審訂音活學活用字典【修訂版】

蔡有秩——編著
孫劍秋——審訂

五南圖書出版公司 印行

目　次

編者簡介

蔡有秩老師

⊙嘉義師專、高雄師範學院國文系、高雄師大暑期國文研究所。
⊙七十二年臺灣區國語文競賽小學教師組注音第一名。
⊙指導賴志倫、方韻茼、張慈芬、陳怡雯、游雅茵、蔡晴竹、李宛真、吳依璇、洪佳吟、黃美娥、李富琪分獲國小、國中、高中、教大、小教、中教組第一名。
⊙推展國語文教育有功，獲頒八十一年特殊優良教師—師鐸獎。
⊙榮獲第二十八屆中國語文獎章。
⊙榮獲嘉義師範學院第一屆傑出校友獎。
⊙擔任高雄市、高雄縣、臺南縣、屏東縣及雲林縣字音字形指導老師。
⊙曾任高雄市中正國中、旗津國小、福康國小老師。
⊙九十五年從教育崗位退休。

著作：

◎新編標準字形字音
◎我不再讀錯音（上、下）
◎新編錯別字門診
◎全新字音字形訓練彙編（上、下）
◎夫子說字
◎一字多音探究
◎字音字形訓練日記（上、下）
◎一字多音辨析手冊
◎字音字形辨正辭典
◎字音字形訓練百分百（上、下）
◎字音字形訓練日記新編（上、下）
◎標準字體解惑（上、下）
◎常用詞語完全訓練日記（上、下）
◎審訂音活學活用字典

審訂者簡介

孫劍秋教授

⊙國立政治大學中國文學研究所碩士（ 1985-1988 ）、博士（ 1988-1993 ）。

⊙曾任中華文化教育學會理事長（ 2000-2008 ）、中華華語文教育學會理事長（ 2006-2011 ）、中華民國易經學會副理事長、國家文官培訓所講座教師、考試院命題及閱卷委員、國立編譯館教科書審查委員、國立國父紀念館文化講座教師、國立臺北教育大學華語文中心主任。

⊙現任國立臺北教育大學語文與創作學系教授、教育部國語文課程與教學輔導諮詢團隊召集人、國立國父紀念館指導委員。

⊙學術專長為清代經學、周易、治學方法、文字學等領域。

⊙教學專長為文字文物與文化、資訊科技融入華語文教學、華語文識字教學等。

推薦序

漢字是語文書寫的基本單位，根據文獻記載，最晚在商代晚期就已經開始使用。後來歷經甲骨文、金文（鐘鼎文）、大篆（古文奇字）、小篆、隸書、楷書（草書、行書）等各種書體變化，其間幸有秦朝李斯等人整理小篆，而開啟了漢字字形統一的先聲。

三千餘年來，漢字的書寫方式變化不大，使得後人得以閱讀古人文章而不生窒礙。然而近代西方文明進入東亞之後，原屬漢字文化圈的日、韓、越等國家，紛紛掀起學習西方文化的思潮。其中，放棄使用漢字竟然成為一個選項！這些西化者的立論以為：跟西方拼音文字相比，漢字是繁瑣且阻礙理解的。於是許多使用漢字的國家便進行不同程度的漢字簡化運動，甚至還有完全拼音化的嘗試。例如：日文假名的拉丁轉寫方案以及漢語多種拼音方案的出現，都是植基於此。同屬華人的中國大陸竟然也以漢字筆劃參考行書、草書進行省簡工作，並於 1956 年 1 月 28 日審訂通過《簡化字總表》，而施用至今（1986 年公布的簡化字約 2200 個）。所以目前的漢字體系分為繁體字（臺灣稱正體字）和簡體字，前者用於臺灣、香港、澳門和北美的華人圈中，後者則通用於中國大陸、新加坡以及東南亞的華人社區。

現今漢字到底有多少呢？根據歷代字書和辭書的記載，可以看出其發展情況。秦代的《倉頡》、《博學》、《爰歷》三篇共有 3300 字；西漢揚雄作《訓纂篇》，收錄 5340 字，到東漢許慎作《說文解字》就增加到 9353 字了。魏晉以後，因為與外族融合加劇，於是字數更見增長。據唐代封演《聞見記·文字篇》所記晉呂忱作《字林》收 12824 字；後魏楊承慶作《字統》收 13734 字；梁顧野王作《玉篇》收 16917 字；唐代孫強增字本《玉篇》收 22561 字。接著進入宋朝，宋代司馬光修《類篇》增多至 31319 字，中間歷經遼、金、蒙古、女真等民族的互動往來，至清代《康熙字典》就收錄達 47000 多字了。1915 年歐陽博存等人作的《中華大字典》，有 48000 多字；1959 年日本諸橋轍次的《大漢和辭典》，收 49964 字；1971 年臺灣張其昀主編的《中文大辭典》已達 49888 字。隨著時代的推移，字典中所收的字數越來越多。1990 年大陸徐中舒主編《漢語大字典》，收字數為 54678 個。1994 年冷玉龍等的《中華字海》，收字數更是驚達 85000 字。

字數這麼多，是不是都該學呢？如果每個人學習和使用漢字都需要掌握八萬多個漢字形音義的話，那漢字當然是世界最難學的了。然而，像《中華字海》這類字書收錄的漢字絕大部分是「死字」，也就是歷史上存在過而今天的書面語裡已經廢置不用的字。那麼我們一般人該學多少字，才能順利的在華人世界生活呢？有人統計過十三經，全部字數大約為 59 萬字（589283 字），其中完全不相同的單字數只有 6544 個字。想想古人熟讀十三經便是大學者了，一般人又何需學這麼多單字呢？

事實上，一個活的漢字具有多種含義，它不僅可以獨立成詞，也有很強的組詞能力。這代表漢字有極高的使用效率，例如，以臺灣字頻表為例，700 個左右的常用字，即可覆蓋 80%以上的溝通表達用語；而 2000 左右常用字，甚至可覆蓋 98% 以上的溝通表達用語。再加上漢字本身具有的表意文字特性，使漢字具備比拼音式文字更高的資訊密度，因此，平均起來，同樣的表達內容，中文語詞比其他任何字母語言所呈現的文字語詞都要簡短。這是我中華民族特有的珍貴資產。

本人多年好友蔡有秩老師，有 30 多年鑽研國語文競賽字音字形領域的經驗，且於指導學生的過程中，頗能善加歸類編排，讓學生的識字與理解能力，均能迅速提升。基於多年的教學與指導經驗，有秩兄也針對部分亦混淆的字詞讀音，提出修正建議，其用心之專與致力之勤，實令人敬佩。今值《審訂音活學活用字典》出版之際，本人於拜讀之餘，爰綴數語，以表彰有秩兄的貢獻，相信將來撰寫字典辭書發展歷史的專家，也必然有感於斯文，予以正面且肯定的歷史定位。

國立臺北教育大學語文與創作學系教授

孫劍秋 謹誌 101.08.15

編者序

字典，向來是學習語文必備的一項利器，尤其在漢字的世界裡，想充分掌握一個字的形、音、義，勤查字典更是不二法門。

而目前坊間紙本字典的編排，仍以部首及字音為最主要的索引方式，但筆者從服務於教育界及訓練字音字形比賽選手多年的經驗中發現——「同偏旁」（同字根）的單字整理，在幫助分類和記憶上也是極重要的一環。怎麼說呢？應該有不少人都曾在小學階段被老師提點過：有「令」偏旁的字都屬「ㄥ」韻，「今」偏旁的則屬「ㄣ」韻；「日」下多一橫的「昜」是「ㄤ」韻，沒有那一橫的「易」就是「一」韻。甚至當遇到不會讀的字時，「有邊讀邊，沒邊讀中間」的策略也經常行得通。

事實上這就是一種「形」和「音」的連結。漢字源於象形、指事、會意、形聲等造字方法，其中占最高比例的就是形聲字。形聲字由形符和聲符組成，形符可以表示這個字的類屬，聲符則表示這個字相近或相同的發音。一般而言，我們所謂的「部首」通常是形符，偏旁則是聲符。

因此本書將同偏旁的字整理在一起，首先是提供了一個不同於部首索引的字典使用方式；再者，讀者可以清楚觀察到同偏旁字群的讀音異同；在非形聲字的狀況下，本書也是形近字辨正的最佳教材，可供教師在教學上使用，讓學生觸類旁通，或舉一反三，抓住一個偏旁，學到更多的單字。如出現在改錯字題型機率相當高的「辦辮辨辧辯」等字，在書中第 980 頁就有詳盡的詞例說明，可以幫助讀者分辨字形、釐清字義和記憶字音。

編輯本書時，最困難的地方應是在蒐集詞例。儘管漢字每個單字本身都有其意義，但在實際使用時，還是以兩個字以上組成的語詞為主。而本書所收單字，筆者力求每個字都有語詞及解釋，畢竟大多數的罕用字一旦沒有詞例說明，就沒有記憶的根據及意義了。至於語詞的出處，除了翻閱大部頭辭典以外，生活周遭包羅萬象的事物也是重要的取材來源。如「翻眉」一詞，就出現在交通要道的廣告看板上，筆者特地為此打電話給指導老師請教其意；「光之穹頂」則是高雄捷運美麗島站的藝術作品，如今已享譽全世界；從報上看到的「黑斑甓魚」恰替「甓」字提供了範例；舉家至苗栗縣獅潭鄉出遊時，又與「汶水老街」喜相逢；與友人到江南旅遊，被江蘇省太湖中的「黿頭渚」景色所吸引。其實，我們不正是生活在一本大辭典之中嗎？

在編排方面，本書以偏旁作為索引，按照偏旁的筆畫數排列單字，遇到超過國中小學生學習範圍的字，即在字前用＊號註明。為了利於閱讀，語詞欄中的難字、破音字亦標上字音，務求讓讀者隨時都能認識正確的字音字形。筆者寫作此書，最大的希望就是讀者們能藉著這項利器，更加貼近、認識漢字的變化與美妙之處，並且學以致用。

教育部國語文課程與教學輔導諮詢團隊今年6月曾開會檢討《國語一字多音審訂表》並提修訂建議，原則上，今年底全國語文競賽字音字形項目仍採用舊音。因此筆者將此次修改的新音和原來的讀音列表於書後，以資讀者參考。最後要感謝國立臺北教育大學孫劍秋教授賜序推薦、高雄市福康國小林千青、王世仁老師格式設計，新北市陳聰明老師、臺北市南港高中林慧雅老師、臺中市蔣鳳琴老師、臺中教育大學附屬小學劉蓉老師、臺中市西屯國小陳子翔老師、高雄市中正高中李富琪老師、加昌國小黃美娥老師和四維國小莊博文、黃馨儀老師用心校對，讓本書的謬誤降到最低。

蔡有秩 2012.5.1

部件索引

【部件索引頁數】

四畫

五畫

六畫

十二畫

十三畫

十四畫

	國字	字音	語詞
	一畫【乚】		
	吼	ㄏㄡˇ	怒吼。河東獅吼（比喻妻子凶悍）。
*	圠	ㄧㄚˋ	坱圠（廣闊無邊的樣子）。地勢坱圠（地勢高低不平）。坱圠無垠（同「坱圠」）。
	孔	ㄎㄨㄥˇ	孔武有力。孔鯉過庭（比喻學生或子女受教）。
	扎	ㄓㄚˊ	掙扎。垂死掙扎。扎寨夫人（即押寨夫人）。
		ㄓㄚ	扎手。扎根。扎針。扎眼（刺眼）。扎實。扎耳朵（說話刺耳不中聽）。扎肩膀（肩膀寬闊）。扎猛子（游泳時，把頭鑽入水裡）。刀割針扎。扎手舞腳（四肢張開，不停的舞動）。向下扎根。
	札	ㄓㄚˊ	手札。札記。信札（書信）。季札掛劍（比喻人重友誼、守誠信）。
	紮	ㄓㄚˊ	屯紮。包紮。紮營。結紮。綑紮。駐紮。紙紮店（製作、販售紙製冥器的店鋪）。紮辮子。安營紮寨（指軍隊駐紮）。穩紮穩打。「紥」為異體字。
*	耴	ㄓㄜˊ	耴耳（古國名）。聱耴（指眾聲混雜的樣子）。
*	蚻	ㄓㄚˊ	麥蚻（一種小蟬）。
	軋	ㄧㄚˋ	坱軋（同「坱圠」）。軋平。軋輥（製作板、條、管等金屬的機器名）。軋鋼。傾軋。擠軋（擁擠）。軋花機（分離棉絮和棉籽的機器名）。軋馬路（在馬路上沒有目的的行走）。軋路機（將土石壓平的車輛）。冷軋鋼板。車聲軋軋（形容車行的聲音）。被車軋了（被車子輾壓過去）。
		ㄍㄚˊ	軋戲。牛軋糖。軋一腳。軋支票。軋朋友（交朋友）。軋頭寸（用支票作押，向人借調現金）。

	國字	字音	語詞
	輒	ㄓㄜˊ	專輒（憑自己的主見決斷事情）。所謀輒左（所謀畫的事情經常不順利）。被詔ㄓㄠˋ輒成（形容人才思敏捷，下筆即成好文章）。動輒得咎。淺嘗輒止。造飲輒盡（喝酒總是喝到盡興才停止）。輒啟兵戎（常常引起戰爭）。臨機輒斷（臨大事時總是能果敢決斷）。
*	鮿	ㄓㄜˊ	鮿鮑ㄅㄠˋ（魚乾）。

二畫【丁】

	國字	字音	語詞
	丁	ㄉㄧㄥ	付丙丁（用火燒掉）。丁茲盛世（遭逢這個太平強盛的時代）。伐木丁丁（伐木聲丁丁作響）。
	亍	ㄔㄨˋ	彳ㄔˋ亍（緩步慢走）。彳亍街頭。
	仃	ㄉㄧㄥ	伶仃。孤苦伶仃。
	叮	ㄉㄧㄥ	叮咬。叮嚀。叮囑ㄓㄨˇ。
	打	ㄉㄚˇ	一打。打靶。蘇打。打破紀錄。插科打諢ㄏㄨㄣˋ（指令人發笑的舉動或談話）。
*	朾	ㄊㄧㄥ	朾螘ㄧˇ（大的紅螞蟻）。<u>虛朾</u>（古地名）。
	汀	ㄊㄧㄥ	汀洲（水中沙土經久積成的小洲）。<u>汀州路</u>。<u>汀泗橋</u>（<u>湖北省</u>地名）。
*	玎	ㄉㄧㄥ	玎璫ㄉㄤ（狀聲詞。即「丁當」）。
	町	ㄊㄧㄥˇ	町町（平坦）。町畦ㄑㄧˊ（田埂。比喻規矩）。町疃ㄊㄨㄢˇ（舍旁空地）。町疃鹿場（屋旁空地踩成了野鹿場）。
		ㄉㄧㄥ	<u>西門町</u>。<u>東門町</u>（今<u>臺北市</u><u>延平南路</u>一帶）。
	疔	ㄉㄧㄥ	疔瘡ㄔㄨㄤ（惡瘡）。

	國字	字音	語詞
	盯	ㄉㄧㄥ	盯梢。盯䁅ㄇㄥˊ（張眼直視的樣子）。緊迫盯人。
*	耵	ㄉㄧㄥˇ	耵聹ㄋㄧㄥˊ（耳垢）。耵聹腺（聽覺器官的外皮腺）。
*	艼	ㄊㄧㄥ	艼熒ㄧㄥˊ（植物名）。
*	虰	ㄉㄧㄥ	虰蛵ㄒㄧㄥ（蜻蛉ㄌㄧㄥˊ科動物名）。
	訂	ㄉㄧㄥˋ	訂購。審訂。釐ㄌㄧˊ訂。
	酊	ㄉㄧㄥˇ	酩ㄇㄧㄥˇ酊（大醉的樣子）。酩酊大醉。
		ㄉㄧㄥ	碘酊（碘酒）。酊劑（化學名詞。即丁幾ㄐㄧ）。
	釘	ㄉㄧㄥ	釘子。補釘（同「補靪」）。碰釘子。板上釘ㄉㄧㄥ釘（比喻確定不變）。斬釘截鐵。
		ㄉㄧㄥˋ	釘扣子。釘門牌。釘書機。
	靪	ㄉㄧㄥ	補靪（衣服鞋襪破損後補綴的地方）。
	頂	ㄉㄧㄥˇ	頂尖。冒名頂替。頂天立地。頂頭上司。摩頂放ㄈㄤˇ踵ㄓㄨㄥˇ。聰明絕頂。
*	飣	ㄉㄧㄥˋ	餖ㄉㄡˋ飣（文辭重疊堆砌ㄑㄧˋ）。餖飣成篇。餖飣堆砌ㄑㄧˋ。

【九】

	國字	字音	語詞
	九	ㄐㄧㄡˇ	九五之尊（指君位）。九煉成鋼。重ㄔㄨㄥˊ九登高。
		ㄐㄧㄡ	九合一匡（憑恃著卓越的治國之才，使混ㄏㄨㄣˋ亂的局勢得以安定下來）。九合諸侯（糾集會合諸侯）。通「糾」。

國字	字音	語詞
仇	ㄔㄡˊ ㄑㄧㄡˊ	報仇。同仇敵愾。嫉惡如仇。靦顏事仇。 仇仇（傲慢不馴順）。仇矛（兵器名）。仇英（明代畫家）。仇偶（配偶）。章仇（複姓）。仇士良（人名）。公侯好仇（公侯的好幫手）。
* 勼	ㄐㄧㄡ	勼聚（牛馬群聚）。
匭	ㄍㄨㄟˇ	票匭。
* 厹	ㄖㄡˊ ㄑㄧㄡˊ	「禸」的異體字。 厹矛（武器名）。厹由（古國名）。厹矛鋈錞（三稜長矛飾著白銅柄套）。
宄	ㄍㄨㄟˇ	奸宄（違法作亂）。姦宄。
尻	ㄎㄠ	尻坐（蹲坐）。尻骨（脊柱下端的楔形三角骨。也稱「坐骨」）。尾尻骨（尾骶骨）。尻輪神馬（比喻為隨心所欲的神遊自然）。昂首尻坐。首下尻高（形容磕頭跪拜的樣子）。
旮	ㄍㄚ	旮旯兒（房屋黑暗的角落）。山旮旯兒（山中偏僻的地方）。
旯	ㄌㄚˊ	旮旯兒。
旭	ㄒㄩˋ	旭日（早上初升的太陽）。旭日東升。
* 朹	ㄑㄧㄡˊ	朹子（山楂的別名）。朹實（盛裝於簋器中的黍稷）。
染	ㄖㄢˇ	汙染。染缸。渲染。傳染。耳濡目染。見聞習染（看久、聽多後，自然受到影響）。纖塵不染。

	國字	字音	語詞
*	氿	ㄍㄨㄟˇ	氿泉（從洞穴旁流出的泉水）。氿濫（泉水）。
	犰	ㄑㄧㄡˊ	犰狳ㄩˊ（動物名）。
	究	ㄐㄧㄡˋ	究竟。研究。追究。追根究柢。
*	艽	ㄑㄧㄡˊ ㄐㄧㄠ	艽野（荒遠的地方）。 秦艽（植物名。根供ㄍㄨㄥ藥用）。
	軌	ㄍㄨㄟˇ	出軌。車軌。軌跡。軌轍ㄔㄜˋ（車輪輾軋ㄧㄚˋ過的痕跡）。鐵軌。一軌同風（指國家統一，全國政令相同）。心懷不軌。圖謀不軌。
	馗	ㄎㄨㄟˊ	中馗（菌類）。鍾馗。氣殺鍾馗（因憤怒而臉色變得很難看）。鍾馗嫁妹（戲曲劇目）。
	鳩	ㄐㄧㄡ	斑鳩。尸鳩之仁（比喻君主公平對待臣民）。刻ㄎㄜˋ鳩進杖（七十歲、八十歲壽誕賀辭）。鳩工庀ㄆㄧˇ材（聚集工人，儲備材料）。鳩占鵲巢。鳩形鵠ㄏㄨˊ面（形容人長期飢餓而枯瘦憔悴）。鳩車竹馬（指童年）。鳩居鳳池（比喻平庸者居要位）。鷽ㄒㄩㄝˊ鳩笑鵬（見識淺薄，又無自知之明）。
*	鼽	ㄑㄧㄡˊ	鼽衄ㄋㄩˋ（流鼻水或鼻腔流血）。鼽窒（鼻不通）。鼽塞（同「鼽窒」）。鼽嚏ㄊㄧˋ（打噴嚏）。
	【十】		
	十	ㄕˊ	十行ㄏㄤˊ俱下（形容閱讀的快速）。駑ㄋㄨˊ馬十駕（比喻才智平庸者，若能發憤努力，也能迎頭趕上聰明的人）。

國字	字音	語詞
什	ㄕˊ	什百(十倍和百倍)。什物(各種日常用的器具)。什長ㄓㄤˇ(古代兵制，十人為一什，其長即稱「什長」)。篇什(詩卷)。撈ㄌㄠ什子(令人厭惡ㄨˋ的東西。也作「勞什子」)。什伯之器(指兵器)。什錦火鍋。什襲珍藏(層層包裹，謹慎珍藏)。
	ㄕㄣˊ	什麼。沒什麼。為什麼。算什麼。
叶	ㄒㄧㄝˊ	叶韻(押韻)。「協」的古字。中國大陸以「叶」為「葉」的簡體字。
汁	ㄓ	果汁。絞ㄐㄧㄠˇ盡腦汁。
計	ㄐㄧˋ	詭計。反間ㄐㄧㄢˋ計。小康計畫。言聽計從。計日程功(形容成功在望)。計功行賞。計然之術(指稱理財的方法)。家庭計畫。國計民生(國家的經濟和人民的生活)。從長計議。無計可施。
針	ㄓㄣ	針餌莫減(針灸ㄐㄧㄡˇ服藥都不能減輕病情)。針鋒相對。磨杵ㄔㄨˇ成針。「鍼」為異體字。
【力】		
* 仂	ㄌㄜˋ	仂語(文法上不成句的詞組)。偪ㄅㄧ仂(逼迫)。
力	ㄌㄧˋ	力圖上進。力學篤行(奮勉學習且確實學以致用)。同等學力。有力人士。有力證據。自力更ㄍㄥ生。身體力行。躬體力行。獨力撫養。獨力難支(比喻事情非常重大)。權力鬥爭。
功	ㄍㄨㄥ	下苦功。功德無量。急功近利。通功易事(分工合作，相互交換以滿足各自的需要)。歌功頌德。德言容功(指婦德、婦言、婦容、婦功)。

國字		字音	語詞
	另	ㄌㄧㄥˋ	另外。另起爐灶。另眼看待。另當別論。另闢蹊徑。
*	叻	ㄌㄧˋ	叻埠ㄅㄨˋ（新加坡）。
	夯	ㄏㄤ	夯貨（笨重的東西）。夯漢（幹粗活的男子ㄗˇ）。夯土樓（福建省的建築物，兼顧防盜與集合住宅的功用。也稱「土樓」）。心拙口夯（心思笨拙，不擅言辭）。夯市大掠（放縱部隊大肆掠奪市街）。夯雀先飛（比喻能力低劣者提早行動，以免落人於後）。氣夯胸脯ㄆㄨˊ（形容非常氣憤）。產品正夯。
*	岃	ㄌㄧˋ	岃崱ㄗㄜˊ（山高聳ㄙㄨㄥˇ的樣子）。
*	扐	ㄌㄜˋ	扐掯ㄎㄣˋ（勒ㄌㄜˋ索）。
*	朸	ㄌㄧˋ	朸縣（古地名）。
*	泐	ㄌㄜˋ	手泐（手書）。石泐（刻ㄎㄜˋ字於石上）。泐布（用書信說明）。蝕泐（碑刻ㄎㄜˋ的字跡漸漸模糊損壞）。耑ㄓㄨㄢ此泐達（特別用書函傳達）。
	筋	ㄐㄧㄣ	筋絡。鋼筋。翻筋斗。筋疲力盡。
	肋	ㄌㄜˋ	肋骨。雞肋。兩肋插刀。味如雞肋（比喻沒有味道）。銅筋鐵肋（形容身體強壯）。
	飭	ㄔˋ	飭令（命令）。督飭。整飭（整頓）。當庭飭回。整飭風紀。

	國字	字音	語詞
			【卜】
	卜	ㄅㄨˇ	卜卦。占ㄓㄢ卜。卜晝卜夜（形容宴樂沒有節制。也作「卜夜卜晝」）。卜鄰而居（選擇鄰居而住）。生死未卜。吉凶未卜。求神問卜。唯鄰是卜（指尋找住屋應選擇鄰居）。
	仆	ㄆㄨ	僵仆（倒下）。顛仆。此仆彼ㄅㄧˇ起。前仆後繼。
*	扑	ㄆㄨ	扑罰（鞭笞ㄔ）。扑擊（擊打）。鞭扑（用鞭子責打之刑）。扑作教ㄐㄧㄠˋ刑（用戒尺鞭打不守教令的人）。
	朴	ㄆㄛˋ	朴硝ㄒㄧㄠ（中藥）。厚朴（木蘭科植物名）。桑朴（桑樹的樹皮）。朴資茅斯（地名）。
		ㄆㄨˊ	朴刀（軍器名）。朴子（嘉義縣地名）。朴直（樸實正直）。朴茂（樸實敦厚）。質朴（質樸無華）。
		ㄆㄧㄠˊ	朴正熙（人名）。
	訃	ㄈㄨˋ	訃告。訃聞。
	赴	ㄈㄨˋ	全力以赴。共赴國難。赴湯蹈ㄉㄠˋ火。慷慨赴義。戮ㄌㄨˋ力以赴。
			【匕】
	匕	ㄅㄧˇ	匕首。匕鬯ㄔㄤˋ（祭祀宗廟用的器具）。匕箸ㄓㄨˋ（羹ㄍㄥ匙ㄔˊ和筷子）。棘匕（用棘木所做的羹匙）。匕鬯不驚（軍隊紀律嚴明不擾民）。圖窮匕見ㄒㄧㄢˋ。
	匙	ㄔˊ	茶匙。湯匙。羹匙。飯匙倩ㄑㄧㄢˋ（蛇名）。公筷母匙。
		˙ㄕ	鎖匙。鑰匙。鑰匙圈。

國字		字音	語詞
	庀	ㄆㄧˇ	鳩工庀材（聚集工人，儲備材料）。
	牝	ㄆㄧㄣˋ	牝牡ㄇㄨˇ（雌ㄘ性和雄性）。父子同牝（淫亂不守倫理規範）。牝牡驪ㄌㄧˊ黃（觀察事物要了解真相，而不能僅著ㄓㄨㄛˊ眼於表面）。牝雞司晨（婦人專權）。
*	疕	ㄅㄧˇ	疕瘍（頭瘡ㄔㄨㄤ）。
*	皀	ㄒㄧㄤ	穀皀（穀類香氣）。通「香」。與「皂ㄗㄠˋ」不同。
	鬯	ㄔㄤˋ	匕鬯（祭祀的器具）。鬯酒（古代祭祀用的香酒）。匕鬯不驚。春風和鬯（春風和順舒暢）。草木鬯茂（草木繁茂滋長）。通「暢」。
	鬱	ㄩˋ	憂鬱。鬱積（鬱結不舒暢）。憂鬱症。鬱金香。沉鬱頓挫（文章深沉蘊積而抑揚曲折）。鬱堙ㄧㄣ不偶（指被埋沒而不得志）。鬱鬱寡歡。鬱鬱蒼蒼（草木茂盛的樣子）。
	鴇	ㄅㄠˇ	老鴇。鴇母。
*	麀	ㄧㄡ	聚麀（亂倫）。父子聚麀（父子共妻）。
	齔	ㄔㄣˋ	始齔（開始換牙）。童齔（兒童）。髫ㄊㄧㄠˊ齔（同「童齔」）。齔髫（同「髫齔」）。齠ㄊㄧㄠˊ齔（幼年）。
			【刀】
	刀	ㄉㄠ	刀鋒。刀頭舔ㄊㄧㄢˇ血（形容極其危險的行為）。大刀闊斧。鈍刀慢剮ㄍㄨㄚˇ（緩慢折磨）。

國字	字音	語詞
叨	ㄊㄠ	叨光（受人恩惠）。叨沓（貪心且懈怠）。叨餂ㄊㄧㄢˇ（誘騙）。叨擾。叨在知己（承蒙對方把自己當ㄉㄤˋ作知己）。叨陪末座。叨陪鯉對（學習孔鯉讀詩學禮）。
	ㄉㄠ	叨念。叨登（談論）。絮叨（嘴裡絮絮不休）。嘮ㄌㄠˊ叨˙ㄉㄠ。
* 忉	ㄉㄠ	忉怛ㄉㄚˊ（悲傷哀痛）。勞心忉忉（憂愁思念）。
* 舠	ㄉㄠ	舠艦（大船和小船）。輕舠（輕快的小船）。
* 虭	ㄉㄧㄠ	虭蟧ㄌㄠˊ（蟪ㄏㄨㄟˋ蛄的別稱）。
初	ㄔㄨ	一本初衷。瓜字初分（指女子十六歲）。和好如初。初生之犢ㄉㄨˊ。初出茅廬。
* 鳭	ㄉㄧㄠ	鳭鷯ㄌㄧㄠˊ（鳥名。即大葦ㄨㄟˇ鶯）。
【八】		
八	ㄅㄚ	八面玲瓏。歪七扭八。
叭	ㄅㄚ	喇叭˙ㄅㄚ。
扒	ㄅㄚ	扒皮。扒住。扒皮魚。扒衣服。扒拉算盤（撥動算盤的算珠）。吊拷綳扒（剝去衣服，用繩索綑綁，吊起來拷打）。揪ㄐㄧㄡ心扒肝（形容非常擔心、憂慮）。
	ㄆㄚˊ	扒手。扒飯。扒竊。豬扒。扒山越嶺（爬越山嶺）。

國字		字音	語詞
*	汃	ㄆㄚˋ	砏ㄅㄣ汃（波濤ㄊㄠˊ激盪的聲音）。澎ㄆㄥˊ汃（急速的水流聲）。砏汃輣ㄆㄥˊ軋ㄧㄚˋ（流水相激盪的聲音）。
*	肸	ㄒㄧˋ	佛ㄅㄧˋ肸（古人名）。胇ㄅㄧˋ肸（大的樣子）。僑肸（賢明的人）。肸肸然（勤勞不息的樣子）。
	趴	ㄆㄚ	趴下。趴炕ㄎㄤˋ（生病躺在床上休息）。趴在地上。趴在桌上。
			【几】
*	仉	ㄓㄤˇ	孟母仉氏。仉桂美（開南科技大學副教授）。
	宂	ㄖㄨㄥˇ	宂長。宂員。心勞意宂（心思煩亂）。撥宂參加。「冗」為異體字。
	几	ㄐㄧ	几席（坐臥時所倚靠的器具）。几案（案桌。指處ㄔㄨˇ理公文、書信）。伏几（趴伏在几上）。茶几。明窗淨几（同「窗明几淨」）。雪窗螢几（比喻勤學苦讀。同「雪案螢窗」）。窗明几淨。
	咒	ㄓㄡˋ	咒罵。詛ㄗㄨˇ咒。賭咒。緊箍ㄍㄨ咒。「呪」為異體字。
*	机	ㄐㄧ	机木（即榿ㄑㄧ木）。机上肉（任憑別人處置。即俎ㄗㄨˇ上肉）。隱机而坐（靠著桌子坐著）。
	肌	ㄐㄧ	肌肉。面黃肌瘦。銘肌鏤ㄌㄡˋ骨（深深感激，終生謹記，不會忘懷）。

國字	字音	語　　詞
處	ㄔㄨˋ	住處。益處。身首異處(身體與頭分離)。首足異處。
	ㄔㄨˇ	周處(人名)。處士(道德學問好而不當官的人)。處女。處子ㄗˇ。處死。處決。處斬。處理。處暑(二十四節氣之一)。老處女。冷處理。處女地。處女作。處女秀。處女座。處女航。處女膜ㄇㄛˊ。處方箋ㄐㄧㄢ。五方雜處(形容居民複雜)。出處進退(當官和退隱)。穴居野處。處心積慮。設身處地。寢處游息(指日常生活作息)。龍蛇雜處。巖ㄧㄢˊ居穴處。蠹ㄉㄨˋ居棋處(比喻惡人散布各處)。
飢	ㄐㄧ	飢餓。己飢己溺ㄋㄧˋ(指關懷別人的苦難或執政者關心民間疾苦的用語)。飢寒交迫。
鳧	ㄈㄨˊ	鳧水(游泳)。澤鳧(水鳥名)。鳧居雁聚(指集聚一處)。鳧脛鶴膝(指事物各有長短)。鳧雁難明(比喻誤會很難說明白)。鳧趨雀躍ㄩㄝˋ(歡欣鼓舞)。慚鳧企鶴(對自己的短處感到慚愧,而只羡慕別人的長處)。斷鶴續鳧(比喻違背自然的本性)。鶴汀ㄊㄧㄥ鳧渚ㄓㄨˇ(形容水邊和沙洲上有很多鳥類聚集)。鶴長鳧短(比喻順其自然,不隨意改變)。
* 麂	ㄐㄧˇ	麂眼(籬笆)。麂皮鞋。麂皮沙發。
		【卩】
卮	ㄓ	卮言(零散破碎不完整的言辭)。漏卮(滲ㄕㄣˋ漏的酒器)。卮言難明。玉卮無當ㄉㄤˋ(東西雖貴重,卻毫無用處)。「巵」為異體字。

	國字	字音	語詞
	厄	ㄜˋ	厄運。在陳之厄（比喻在旅途上遭逢食宿的困難）。乘人之厄（趁人危急時加以要ㄧㄠ挾ㄒㄧㄚˊ或迫害）。消災解厄。
*	呃	ㄜˋ	呃逆（喉間氣逆作聲。也作「打嗝」）。逆呃症（一直打嗝的症狀）。
	扼	ㄜˋ	扼殺。扼腕ㄨㄢˋ。力能扼虎（形容力氣很大）。扼守前線。扼要說明。偏袒扼腕（心中憤慨ㄎㄞˇ不平的樣子）。簡單扼要。攘ㄖㄤˇ袂ㄇㄟˋ扼腕（形容憤慨、激動的樣子）。
	氾	ㄈㄢˋ	氾濫。氾濫成災。彗氾畫塗（比喻非常容易）。
	犯	ㄈㄢˋ	冒犯。通緝ㄑㄧˋ犯。干犯禮義。明知故犯。冒險犯難。秋毫無犯。違法犯紀。
*	笵	ㄈㄢˋ	陶笵（鑄ㄓㄨˋ造青銅器的陶質模ㄇㄛˊ子）。
	範	ㄈㄢˋ	示範。防範。典範。就範。模範。久違顏範（即好久不見）。大家風範。
	范	ㄈㄢˋ	范雎ㄐㄩ（人名）。范蠡ㄌㄧˇ（人名）。范曄ㄧㄝˋ（人名）。
*	軛	ㄜˋ	牛軛（在車衡兩端扼住牛頸背上的曲木）。衡軛（比喻束縛、限制）。牛軛湖。通「軶ㄜˋ」。
	阨	ㄜˋ	困阨（同「困厄」）。阨塞ㄙㄞˋ（險要的地方）。湮ㄧㄣ阨（際遇艱困窮阨）。
	【ㄐ】		
	叫	ㄐㄧㄠˋ	叫喚。叫囂。拍案叫絕。
*	嘂	ㄐㄧㄠˋ	嘂喊（高聲喊叫）。

	國字	字音	語詞
*	朻	ㄐㄧㄡ	朻木（向下彎曲的樹木。同「樛ㄐㄧㄡ木」）。
	糾	ㄐㄧㄡ	糾正。糾紛。糾葛ㄍㄜˊ。糾纏。
*	虯	ㄑㄧㄡˊ	虯結（彎曲纏結）。虯龍（神話傳說中有角的龍）。虯蟠ㄆㄢˊ（盤繞糾結）。虯髯ㄖㄢˊ客（指隋末張仲堅）。「虬」為異體字。
*	觓	ㄑㄧㄡˊ	觓角（彎曲的獸角）。
	赳	ㄐㄧㄡ	雄赳赳。赳赳武夫（雄壯威武的軍人）。赳赳雄風（雄壯威武的氣概ㄍㄞˋ）
	【乂】		
	乂	ㄧˋ	乂安（天下安寧，沒有紛爭）。俊乂（才智出眾的人）。雋ㄐㄩㄣˋ乂（同「俊乂」）。
		ㄞˋ	懲ㄔㄥˊ乂（受懲ㄔㄥˊ罰而戒慎恐懼）。
	刈	ㄧˋ	刈包（一種臺灣小吃）。刈草（割草）。刈鉤（鐮刀）。刈穫（收割稻麥、草料）。斬刈殺伐ㄈㄚˊ（作戰時拿兵器互相砍殺）。斬將ㄐㄧㄤˋ刈旗（形容勇敢而善於作戰。同「斬將搴ㄑㄧㄢ旗」）。剷刈穢草。
	哎	ㄞ	哎呀ㄧㄚ。哎喲ㄧㄠ。
	艾	ㄞˋ	艾草。艾髮（白髮）。耆ㄑㄧˊ艾（老人通稱）。方興未艾。灼艾分痛（比喻兄弟友愛）。期期艾艾（口吃）。蘭艾同焚（同「玉石俱焚」「蘭艾俱焚」）。蘭艾難分（好人、壞人很難區分清楚）。
		ㄧˋ	艾安（同「乂ㄧˋ安」）。俊艾（同「俊乂」）。怨艾（怨恨）。耘艾（耕耘與收穫）。銍ㄓˋ艾（收割農作物的鐮刀）。自怨自艾。

國字	字音	語詞
【刂】		
刖	ㄩㄝˋ	刖刑（砍掉罪犯的腳或腳趾的刑罰）。刖趾適屨ㄐㄩˋ（比喻勉強ㄑㄧㄤˇ遷就或本末倒ㄉㄠˋ置）。
別	ㄅㄧㄝˊ	告別。別墅ㄕㄨˋ。餞ㄐㄧㄢˋ別。鑑別。別出心裁。別有洞天。別開生面。
罰	ㄈㄚˊ	處罰。懲ㄔㄥˊ罰。信賞必罰。「罸」為異體字。
薊	ㄐㄧˋ	薊馬（昆蟲名）。薊縣（河北省縣名）。
釗	ㄓㄠ	林釗（臺灣創價學會理事長）。勉釗（勸勉、勉勵）。吳繼釗（鄭豐喜的遺孀）。與「釧ㄔㄨㄢˋ」不同。
【刁】		
刁	ㄉㄧㄠ	刁悍（刁蠻強悍）。刁蠻。刁鑽ㄗㄨㄢ。刁斗森嚴（指軍隊夜禁非常嚴密）。千刁萬惡ㄜˋ（形容極為刁蠻凶惡）。大膽刁民。百般刁難ㄋㄢˊ。
叼	ㄉㄧㄠ	叼著香菸。叼著骨ㄍㄨˇ頭ㄊㄡˊ。與「叨」不同。
三畫【上】		
上	ㄕㄤˋ	上漲ㄓㄤˇ。上癮。高攀不上。發憤向上。錦上添花。
	ㄕㄤˇ	上聲。平上去入。
卡	ㄎㄚˇ	關卡。卡路里。卡癶ㄅㄛ襠ㄉㄤ（兩條大腿之間）。
	ㄑㄧㄚˇ	卡子（婦女夾髮用的髮夾）。稅卡（政府收稅的機關）。卡脖子（抓到重要的部分）。
忐	ㄊㄢˇ	忐忑ㄊㄜˋ不安。

國字	字音	語詞
		【么】
么	ㄧㄠ	么弟。么妹。老么。么麼ㄇㄛ˙小醜（微不足道的小人。也作「么麼小丑」）。
吆	ㄧㄠ	吆喝ㄏㄜˋ。吆五喝ㄏㄜˋ六（大聲呼喝ㄏㄜˋ）。
胤	ㄧㄣˋ	車ㄔㄜ胤。胤嗣ㄙˋ（後代子孫）。車胤囊ㄋㄤˊ螢（比喻勤學苦讀）。祚ㄗㄨㄛˋ胤繁昌（指後代子孫繁盛）。
*酳	ㄧㄣˋ	酳尸（祭祀時主人向尸獻酒）。酳酢ㄗㄨㄛˋ（祭祀時主人與尸互相敬酒酬酢）。
		【乞】
乞	ㄑㄧˇ	乞丐。乞討。搖尾乞憐。
乾	ㄑㄧㄢˊ	乾卦。乾坤。乾綱不振（國家無道，君權不能伸張）。乾綱獨斷（指國君獨裁專制）。旋乾轉坤。終日乾乾（整日自強不息的樣子）。
	ㄍㄢ	乾涸ㄏㄜˊ。乾燥。乾癟ㄅㄧㄝˇ。霉乾菜。乳臭ㄒㄧㄡˋ未乾。唾面自乾。
*仡	ㄧˋ	仡然（勇壯的樣子）。仡慓ㄆㄧㄠ（迅速）。仡仡勇夫（勇士）。
	ㄍㄜ	仡佬（民族名）。
*刏	ㄐㄧ	刏羊（宰羊）。刏珥ㄦˇ（使用牲畜行釁ㄒㄧㄣˋ禮）。刏衈ㄦˇ（同「刏珥」）。
吃	ㄔ	吃癟ㄅㄧㄝˇ（碰釘子）。吃消夜。吃悶ㄇㄣˋ虧。吃閉門羹。爭風吃醋。倒ㄉㄠˋ吃甘蔗。「喫」為異體字。
	ㄐㄧˊ	口吃。蹇ㄐㄧㄢˇ吃（口吃）。吃口令（繞口令）。鄧艾吃（口吃）。

國字	字音	語詞
屹	ㄧˋ	屹立。屹立不搖。巍ㄨㄟˊ然屹立（高大雄偉，聳立不動的樣子）。
* 仡	ㄑㄧˋ	仡登（忽然）。仡憎ㄗㄥ（討人喜歡的樣子）。
	ㄧˋ	數仡食飲（沒有胃口，卻勉強ㄑㄧㄤˇ飲食）。
* 扢	ㄒㄧˋ	扢然（奮力跳舞的樣子）。滑扢虀ㄐㄧ（非常滑溜的樣子）。
	ㄍㄨˇ	扢嘉壇（擦拭嘉壇）。
* 汔	ㄑㄧˋ	汔可小康（希望稍得安康）。與「汽」不同。
* 犵	ㄑㄧˋ	犵黨（蠻刀名）。
疙	ㄍㄜ	疙瘩ㄉㄚ˙。麵疙瘩。雞皮疙瘩。
矻	ㄎㄨˋ	款矻（疲勞的樣子）。孜孜矻矻（勤勉努力而不懈怠）。矻矻歲月（比喻勤勞不息）。
* 籺	ㄏㄜˊ	糠籺（粗劣的食物）。
紇	ㄏㄜˊ	回紇（族名）。叔梁紇（孔子之父）。紇字不識（譏諷ㄈㄥˋ人不識字）。
肐	ㄍㄜ	肐揪ㄐㄧㄡ（皺緊）。肐膊ㄅㄛ˙（同「胳膊」）。
* 虼	ㄍㄜˋ	虼蚤（一種跳蚤）。
訖	ㄑㄧˋ	付訖。收訖（應收的錢物，對方已全部繳納）。言訖（說完）。起訖（開始與結束）。驗訖（查驗過了）。銀貨兩訖（雙方完成交易）。

	國字	字音	語詞
*	趷	ㄎㄜ	趷蹬ㄉㄥ(東西相碰擊的聲音)。
	迄	ㄑㄧˋ	迄今。迄未成功(直到最後仍未成功)。
*	釳	ㄒㄧˋ	方釳(古代馬車上的裝飾物)。
*	齕	ㄏㄜˊ	胡齕(齊宣王近臣)。掎ㄐㄧˇ齕(嫉ㄐㄧˊ妒他人的才華而排擠對方)。齕齧ㄋㄧㄝˋ(咬齧)。齮ㄧˇ齕(同「掎齕」)。爭食相齕(為爭食而互咬)。齕草飲水(餓了就吃草，渴了就飲水)。
	【于】		
	于	ㄩˊ	于歸(女子出嫁)。單ㄔㄢˊ于。于飛之樂(比喻夫婦感情和睦恩愛)。之子于歸(這個女子要出嫁)。鳳凰于飛(同「于飛之樂」)。
		ㄒㄩ	于嗟ㄐㄧㄝ(嘆詞。同「吁ㄒㄩ嗟」)。
*	冔	ㄒㄩˇ	殷冔(殷代的冠ㄍㄨㄢˋ名)。黼ㄈㄨˇ冔(繡有黑白相間ㄐㄧㄢˋ圖案之禮服及殷商之禮帽)。
	吁	ㄒㄩ	吁咈ㄈㄨˊ(狀聲詞。表示不以為然)。吁嗟(同「于嗟」)。喘吁吁。長吁短嘆。
*	圩	ㄩˊ	圩田(在水邊低窪處築堤開墾的農田)。乍入蘆圩(比喻剛到一個新的地方，對當地情況還不熟ㄕㄡˊ悉)。
	宇	ㄩˇ	宇宙。芝宇(同「眉宇」)。眉宇(指容貌)。梵ㄈㄢˋ宇(佛寺ㄙˋ)。廟宇。衡宇(屋宇)。包舉宇內(指併吞天下)。威震寰宇(指聲威盛大的樣子)。氣宇軒昂(形容人神采飛揚，氣度不凡。也作「器宇軒昂」)。望衡對宇(形容住處相距不遠)。瓊樓玉宇(今指華麗的樓閣或大廈)。

國字	字音	語詞
* 扜	ㄩ	扜弓（張弓）。<u>扜彌</u>（<u>漢</u> <u>西域</u>諸國之一）。
* 盱	ㄒㄩ	<u>盱江</u>（即<u>汝ㄖㄨˇ水</u>）。
* 杅	ㄩˊ	杅杅（廣大或自足的樣子）。杅杓ㄕㄠˊ（盾牌上用來握持的柄部）。焚杅（焚燒蹂躪而加以牽制）。盤杅（食器。同「盤盂ㄩˊ」）。杅穿皮蠹ㄉㄨˋ（比喻國家的蓄積十分充足）。
汙	ㄨ	汙垢。汙染。汙穢ㄏㄨㄟˋ。貪汙。拆爛汙（比喻不負責任，把事情搞砸了，以致於難以收拾）。汙點證人。貪官汙吏。藏汙納垢。通「污」。
* 玗	ㄩˊ	玗琪（玉名）。
盂	ㄩˊ	缽盂。痰盂。盂蘭盆會。盎盂相敲（家人爭吵鬥嘴）。覆盂之固（堅固不動搖）。
* 盱	ㄒㄩ	希盱（欣喜的樣子）。<u>盱眙ㄧˊ</u>（<u>江蘇省</u>縣名）。盱衡全局。盱衡厲色（滿臉怒容，面色嚴厲）。睢ㄙㄨㄟ睢盱盱（跋扈、橫ㄏㄥˋ暴）。
竽	ㄩˊ	埒ㄌㄜˋ竽（樂器名）。濫竽充數。與「竿」不同。
紆	ㄩ	紆曲（曲ㄑㄩ折）。紆迴（迂迴）。紆鬱（委屈鬱結）。紆朱懷金（比喻顯貴者）。紆青拖紫（同「紆朱懷金」）。紆尊降貴（貶ㄅㄧㄢˇ抑尊貴的地位，接近卑賤的人）。紆餘為妍ㄧㄢˊ（紆緩的人也是好的）。
芋	ㄩˋ	芋頭ㄊㄡˊ。姑婆芋。洋芋片。燙手山芋。
* 衧	ㄩˊ	諸衧（婦女的短袍。也作「諸于」）。

	國字	字音	語詞
*	訏	ㄒㄩ	徐訏（作家）。訏訏（廣大）。訏謨ㄇㄛˊ（遠大的謀略）。川澤訏訏（河流沼ㄓㄠˇ澤多ㄉㄨㄛ麼遼闊）。定鼎訏謨（指安定王都帝業的謀略）。訏謨定命（制定國家遠大的計畫、謀略）。
	迂	ㄩ	迂曲ㄑㄩ。迂腐。迂緩（行動緩慢）。迂儒（固執且不通世故的讀書人）。迂闊。迂迴曲折。
*	邘	ㄩˊ	邘叔（周武王之子）。
			【亡】
	亡	ㄨㄤˊ	喪ㄙㄤ亡。亡羊補牢。亡命之徒。亡戟ㄐㄧˇ得矛（比喻有失有得）。臧ㄗㄤ穀亡羊（有虧職守）。
		ㄨˊ	亡賴（無賴）。亡是公（沒有這個人）。亡而為有（沒有裝作有）。日飲亡何（每天喝酒，不過問其他事情）。日知其所亡（每天獲取一些不知道的東西）。通「無」。
	妄	ㄨㄤˋ	妄下雌ㄘ黃（比喻任意評論）。妄自尊大。恣ㄗˋ意妄為。無妄之災。肆ㄙˋ意妄為。輕舉妄動。
	忙	ㄇㄤˊ	幫忙。不慌不忙。
	忘	ㄨㄤˋ	流連忘返。得意忘形。發憤忘食。廢寢忘餐。
*	杗	ㄇㄤˊ	杗桷ㄐㄩㄝˊ（大木與細木）。杗廇ㄌㄧㄡˋ（大梁）。大木為杗（大的木料做棟梁）。
*	汒	ㄇㄤˊ	汒然（同「茫然」）。
*	甿	ㄇㄥˊ	甿庶ㄕㄨˋ（農夫）。甿隸（平民）。編甿（編入戶籍的平民。也作「編氓ㄇㄥˊ」）。
	盲	ㄇㄤˊ	盲目。盲從。盲動。導盲犬。問道於盲（比喻求教於無知的人。也作「求道於盲」）。

	國字	字音	語　　詞
*	硭	ㄇㄤˊ	硭硝ㄒㄧㄠ（白色晶體，可製藥品。同「芒硝」）。
	肓	ㄏㄨㄤ	膏肓。泉石膏肓（指酷愛山水風景成癖ㄆㄧˇ好。同「煙霞癖」）。病入膏肓。
	芒	ㄇㄤˊ	光芒。光芒萬丈。芒刺在背。芒寒色正（頌揚人品高潔剛直）。背若芒刺（同「芒刺在背」）。嶄露ㄌㄨˋ鋒芒。鋒芒畢露ㄌㄨˋ。
*	莣	ㄨㄤˊ	莣草（草名。形狀像茅）。
	茫	ㄇㄤˊ	渺茫。蒼茫。前途茫茫。茫茫大海。茫無頭緒。茫然不知。茫然不解。茫然若失（心中迷惘，如有所失）。暮色蒼茫。
	虻	ㄇㄥˊ	牛虻（昆蟲名。會吸牛血）。蚊虻。蚊虻之勞（比喻小技能）。蚊虻負山（比喻力量雖然微小，卻願意承擔重任）。「蝱」為異體字。
*	衁	ㄏㄨㄤ	衁池（血液ㄧㄝˋ聚合成池）。無衁（沒有血液）。
*	邙	ㄇㄤˊ	北邙山（山名。古時王侯公卿死後多葬於此）。北邙鄉女（指去世的女子）。
*	鋩	ㄇㄤˊ	鋒鋩（同「鋒芒」）。
			【子】
	仔	ㄗˇ	仔肩（責任）。仔密（編織物的紋理細密）。水筆仔。蚵仔煎。歌仔戲。擔仔麵。仔肩未卸。
		ㄗㄞˇ	公仔。牛仔。打仔。華仔（劉德華）。豬仔。大圈仔（香港人稱從事非法買賣的大陸偷渡客）。牛仔褲。狗仔隊。豬仔議員。

國字	字音	語詞
囝	ㄐㄧㄢˇ	囝囡ㄋㄢ（泛指小孩子）。搖囝仔ㄗˇ歌。
子	ㄗˇ	瓜子。石子。老子（李耳）。舟子（船夫）。孢ㄅㄠ子。眸ㄇㄡˊ子（眼睛）。棋子。童子。種子。蓮子。金龜子。敗家子。知識分子。
	˙ㄗ	老子（父親）。桌子。孫子。
孑	ㄐㄧㄝˊ	孑孓ㄐㄩㄝˊ。孑遺（殘留，剩餘）。孑孑為義（把小善行ㄒㄧㄥˋ視為義）。孑然一身。孑然無依（孤單一個人而無依靠）。殆無孑遺（幾ㄐㄧ乎沒有剩餘）。靡ㄇㄧˇ有孑遺（一點都沒有剩餘）。
孓	ㄐㄩㄝˊ	孑孓。
*孖	ㄗ	孖蟲（動物名。一種寄生蟲）。
好	ㄏㄠˇ	好事多磨（指男女婚期多波ㄅㄛ折）。好整以暇（形容在繁忙中顯得從ㄘㄨㄥ容不迫）。君子好逑ㄑㄧㄡˊ（君子好的匹ㄆㄧˇ配）。兩姓之好（指聯姻）。
	ㄏㄠˋ	好奇。好大喜功。好行小惠（喜歡對別人施予小恩惠）。好行小慧（喜歡賣弄ㄋㄨㄥˋ小聰明）。好弄玄ㄒㄩㄢˊ虛。好學不倦。好謀善斷（智謀多，且善於判斷）。投其所好。樂善好施。潔身自好。
字	ㄗˋ	片言隻字。字裡行ㄏㄤˊ間。待字閨中。
*牸	ㄗˋ	烏牸（黑色的母牛）。牸馬（母馬）。
籽	ㄗˇ	菜籽。無籽西瓜。
*耔	ㄗˇ	耘耔（翻土除草）。

	國字	字音	語詞
	【勺】		
	勺	ㄕㄠˊ	勺子。湯勺。腦勺。
		ㄓㄨㄛˊ	舞勺（古代一種由童子所舞的樂舞）。舞勺之年（指十三歲）。
	喲	ㄧㄠ	哎喲。嗨ㄏㄞ喲。
	妁	ㄕㄨㄛˋ	媒妁（婚姻介紹人。即媒人）。媒妁之言。男媒女妁（男女媒人）。
*	尥	ㄌㄧㄠˋ	尥蹶ㄐㄩㄝ子（比喻個性不馴ㄒㄩㄣˊ順）。
	杓	ㄅㄧㄠ	斗杓（北斗七星中第五至第七顆星）。魁杓（北斗星）。斗杓東指（借指春季）。
		ㄕㄠˊ	杓子。鱟ㄏㄡˋ杓（用鱟殼製成的杓子）。後腦杓。
*	彴	ㄓㄨㄛˊ	略彴（獨木橋）。掠彴（同「略彴」）。
		ㄅㄛˊ	彴約（流星的別名）。
*	旳	ㄉㄧˋ	旳旳（明顯的樣子）。
*	汋	ㄓㄨㄛˊ	汋汋（水互相激盪的聲音）。汋約（柔美的樣子）。汋陵（古地名）。
*	灼	ㄓㄨㄛˊ	灼傷。灼熱。焦灼（內心焦慮、著急）。灼艾ㄞˋ分痛（比喻兄弟友愛和睦）。灼灼其華ㄏㄨㄚˊ（火紅的花朵開得茂盛）。桃灼呈祥（祝賀女方出嫁的賀辭）。真知灼見。深知灼見（同「真知灼見」）。
*	玓	ㄉㄧˋ	玓瓅ㄌㄧˋ（明珠的色澤）。蔡玓彤ㄊㄨㄥˊ（即藝人彤彤）。

	國字	字音	語詞
*	瓝	ㄅㄛˊ	瓝槊ㄕㄨㄛˋ(武器名)。
	的	ㄉㄧˋ	中ㄓㄨㄥˋ的。目的。的歷(鮮明顯著)。端的(果然)。標的。質的(箭靶ㄅㄚˇ)。鵠ㄍㄨˇ的。目的地。眾矢之的。無的放矢。哀的美敦書(即最後通牒)。
		ㄉㄧˊ	的款(確實的款項)。的當(確實)。的確。
		˙ㄉㄜ	慢慢的。漸漸的。忙不迭的(非常忙碌)。靜悄ㄑㄧㄠˇ悄的。
*	礿	ㄩㄝˋ	礿禘ㄉㄧˋ(天子於春夏之祭)。
	約	ㄩㄝ	契約。締約。踐約。括ㄎㄨㄛˋ約肌。丰ㄈㄥ姿綽ㄔㄨㄛˋ約。約法三章。
	芍	ㄕㄠˊ	芍藥(植物名)。芍藥之贈(以芍藥相贈來表達結情之約或離別之情)。采蘭贈芍(指男女互贈禮物以表示愛意)。
*	菂	ㄉㄧˋ	紫菂(蓮子ㄗˇ)。綠房紫菂(蓮花的果實)。
*	葯	ㄧㄠˋ	花葯(雄蕊上端內含花粉的囊ㄋㄤˊ狀部分)。
	豹	ㄅㄠˋ	一窺全豹(看到全貌)。君子豹變(比喻人由貧賤轉變為顯達)。南山隱豹(賢能的人隱居山林而不做官)。豺ㄔㄞˊ狼虎豹。窺豹一斑(比喻所見狹小,不見全貌。同「管中窺豹」)。
	趵	ㄅㄠˋ	趵突泉(山東省濟ㄐㄧˇ南市內的名泉)。
	酌	ㄓㄨㄛˊ	酌量ㄌㄧㄤˋ。商酌(商量)。斟ㄓㄣ酌。字斟句酌。自飲自酌。洗盞更ㄍㄥ酌(清洗酒杯,再度喝酒)。斟酌損益(酌量事理,予以適當ㄉㄤˋ的處ㄔㄨˇ理)。衡情酌理。

	國字	字音	語詞
	釣	ㄉㄧㄠˋ	釣鉤。鮪ㄨㄟˇ釣。沽名釣譽。煙波ㄅㄛ釣徒（張志和自稱）。
*	靮	ㄉㄧˊ	執靮（手控制著馬韁繩）。羈ㄐㄧ靮（馬絡頭ㄊㄡˊ和韁轡ㄆㄟˋ）。
*	馰	ㄉㄧˋ	馰顙ㄙㄤˇ（額有白毛之馬）。裴ㄆㄟˊ馰（臺灣名醫）。
*	魡	ㄉㄧˊ	魡者（釣者）。魡魚（釣魚）。
	【叉】		
	叉	ㄔㄚ	叉車（前後車輛相交錯）。交叉。魚叉。叉路貨（不是正路的貨色。引申為外行）。叉燒包。三叉神經。惡叉白賴（凶惡無賴，無理取鬧）。
	扠	ㄔㄚ	扠腰。
		ㄓㄚˇ	一扠（拇指與食指伸張的距離）。三扠寬。
	杈	ㄔㄚ	杈枒ㄧㄚˊ（分岔ㄔㄚˋ的樹枝）。椏ㄧㄚ杈（同「杈枒」）。樹杈（同「杈枒」。也作「樹杈子」）。
*	汊	ㄔㄚˋ	水汊（支流）。汊港（水流歧出的地方）。河汊子（分支的小河）。
	衩	ㄔㄚˋ	衩衣（開衩的便袍）。衩韈（開口不加束帶的韈子）。開衩（衣褲邊緣所開的縫ㄈㄥˋ隙）。褲衩兒（即短褲）。
	釵	ㄔㄞ	釵釧ㄔㄨㄢˋ（釵與鐲ㄓㄨㄛˊ）。分釵破鏡（指夫妻離異）。分釵斷帶（同「分釵破鏡」）。荊釵布裙（貧困或節儉婦女粗劣的服飾）。釵腳漏痕（形容書法的古拙）。鬢ㄅㄧㄣˋ亂釵橫（形容女子睡眠初醒時妝飾未整的神態）。

國字	字音	語詞
		【土】
吐	ㄊㄨˇ	吐痰。吐露ㄌㄨˋ。吐屬ㄓㄨˇ（談吐）。傾吐。吐苦水。吐哺ㄅㄨˇ握髮（比喻求賢心切）。吐絲自縛ㄈㄨˊ（比喻為自作ㄗㄨㄛˋ自受）。堅不吐實。
	ㄊㄨˋ	吐血。吐沫（唾液ㄧㄝˋ）。吐劑。嘔ㄡˇ吐。催吐劑。上吐下瀉。口吐白沫。吐出贓款。
土	ㄊㄨˇ	混ㄏㄨㄣˋ凝ㄋㄧㄥˊ土。土崩瓦解。水來土掩ㄧㄢˇ。
屆	ㄐㄧㄝˋ	屆滿。歷屆。無遠弗ㄈㄨˊ屆。應ㄧㄥ屆畢業生。
杜	ㄉㄨˋ	杜絕。杜撰。杜口無言。杜門卻掃。杜絕後患。杜絕流弊。杜漸防萌ㄇㄥˊ。<u>房</u>謀<u>杜</u>斷（稱頌人善於謀斷）。憑空杜撰。
灶	ㄗㄠˋ	病灶。爐灶。另起爐灶。灶上騷除（比喻很容易辦到）。狗屁倒ㄉㄠˇ灶（比喻言談或行為亂七八糟）。添兵減灶（製造假象以欺騙對方）。塞ㄙㄜˋ井夷灶（表示決意戰鬥，義無反顧）。寧媚於灶（不如奉承在灶的神主）。繩床瓦灶（形容居家環境簡陋，生活窮困）。「竈」為異體字。
牡	ㄇㄨˇ	牝ㄆㄧㄣˋ牡（雌ㄘ性與雄性）。牝牡驪ㄌㄧˊ黃（比喻觀察事物要了解實質真相）。
社	ㄕㄜˋ	社稷ㄐㄧˋ（國家）。城狐社鼠（比喻倚仗權勢而恣意為惡的人）。
肚	ㄉㄨˋ	肚兜。肚量。肚臍ㄑㄧˊ。魚肚白。撐腸拄ㄓㄨˇ肚（吃得過飽，腸肚有撐起的感覺）。
	ㄉㄨˇ	毛肚（即牛胃。同「牛肚」）。牛肚。魚肚。豬肚子。炮ㄅㄠ羊肚（一種菜肴）。驢腸馬肚（形容人食量很大）。

	國字	字音	語詞
	【也】		
*	匜	一ˊ	匜水（盥匜中的水）。盤匜（供盥洗的器具。同「槃ㄆㄢˊ匜」）。奉ㄆㄥˇ匜沃盥（以盥匜澆水洗手）。
	地	ㄉㄧˋ	地殼。發祥地。一矢之地（比喻距離很近的地方）。平地風波ㄅㄛ。名譽掃地。藍地白字（白色的字寫在藍色的底子上）。
		˙ㄉㄜ	慢慢地。漸漸地。通「的」。
	弛	ㄔˊ	弛張（比喻人事或法令的寬嚴）。弛禁（解除禁令）。廢弛。鬆弛。一張一弛（處ㄔㄨˇ理事物在鬆緊之間能配合得宜）。外弛內張（表面上輕鬆或平靜無事，實際上卻是緊張、急迫）。弛張自如（鬆緊自如）。色衰愛弛（以姿色得寵的人，等姿色衰退，寵愛也將減退）。廢弛職務。
	您	ㄊㄢ	您老人家。第三人稱的尊稱。
*	扡	一ˇ	析薪扡矣（劈材要順著木材的紋理）。
*	杝	一ˊ	杝木（木名。古人多用來作棺木）。杝棺（用杝木作成的棺）。
		ㄉㄨㄛˋ	失杝（比喻船在海上迷失方向）。通「舵」。
	池	ㄔˊ	差池。弄兵潢池（不自量ㄌㄧㄤˋ力而稱ㄔㄥ兵作亂）。金城湯池（比喻防守極為嚴密）。酒池肉林（比喻生活揮霍縱欲，毫無節制）。難越雷池。
*	虵	ㄕㄜˊ	虵蟺ㄕㄢˋ（指蛇與蚯蚓）。虵虺ㄏㄨㄟˇ蚊蜹ㄖㄨㄟˋ（皆蟲類）。為「蛇」的異體字。

	國字	字音	語詞
*	衪	ㄧˊ	緇ㄗ衪（黑色的衣緣）。
*	訑	ㄧˊ	訑訑（傲慢自信而不聽別人的話）。猼ㄅㄛˊ訑（神話中的野獸名）。
		ㄊㄨㄛˊ	訑謾（欺騙）。通「詑ㄊㄨㄛˊ」。
*	貤	ㄧˊ	貤封（古代官員以應得的爵位名號，呈請改授與親族尊長）。貤贈（同「貤封」）。
	迆	ㄧˊ	迆邐ㄌㄧˇ（一路走去，曲ㄑㄩ折連綿的樣子）。逶ㄨㄟ迆（彎曲綿長的樣子）。通「迤ㄧˊ」。迆邐不絕。
*	酏	ㄧˊ	酏劑（一種芳香、甜味且含醇的溶液ㄧㄝˋ）。酏醴ㄌㄧˇ（釀粥為酒）。
*	阤	ㄓˋ	峭阤（山勢陡峭而時有碎石崩落之處）。崩阤（崩塌。也作「阤崩」）。登阤（登上山坡）。頹阤（敗壞。同「穨ㄊㄨㄟˊ阤」）。
		ㄧˇ	阤靡ㄇㄧˇ（山勢綿延不斷）。
		ㄊㄨㄛˊ	陂ㄆㄛ阤（傾斜。同「陂ㄆㄛ陀」「陂陁ㄊㄨㄛˊ」）。通「陀」。
	馳	ㄔˊ	奔馳。馳援。馳騁ㄔㄥˇ。馳譽（聲名遠播ㄅㄛˋ）。心動神馳（內心感動而嚮ㄒㄧㄤˋ往）。心蕩神馳（心神迷亂，無法自持）。先馳得點。背道而馳。風馳電掣ㄔㄜˋ。假譽馳聲（傳播ㄅㄛˋ不真實的名聲）。馳名中外。馳聲走譽（指名聲傳揚出去）。遠近馳名。
*	髢	ㄊㄧˋ	珍髢（奇特的假髮）。通「鬄」。

	國字	字音	語詞
			【川】
	川	ㄔㄨㄢ	川資（旅費）。川流不息。川渟ㄊㄧㄥˊ嶽ㄩㄝˋ峙ㄓˋ（讚美人的品格高尚）。
	圳	ㄗㄨㄣˋ	水圳。圳溝。曹公圳（位於高雄）。瑠ㄌㄧㄡˊ公圳（位於臺北）。嘉南大圳。
		ㄓㄣˋ	深圳（廣東省地名）。
*	玔	ㄔㄨㄢˋ	玉玔（玉環。同「玉釧」）。
*	甽	ㄑㄩㄢˇ	甽田（古田制）。甽陌（田間小徑）。甽畝（田地。同「畎畝」）。舉舜甽畝（從田野中荐舉舜出來當天子）。通「畎ㄑㄩㄢˇ」。
*	紃	ㄒㄩㄣˊ	紃察（反覆察視）。紃屨ㄐㄩˋ（用粗繩編成的草鞋）。布衣紃屨（指一般老百姓）。麤ㄘㄨ紃之屨（用粗麻編成的鞋子。同「紃屨」）。
	訓	ㄒㄩㄣˋ	不足為訓（不能奉為法則或典範）。生聚教訓。訓練有素。過庭之訓（指父親的教誨ㄏㄨㄟˋ）。
	釧	ㄔㄨㄢˋ	金釧（金鐲子）。釵ㄔㄞ釧（指婦女的飾物）。王寶釧（民間傳說中的人物）。
	馴	ㄒㄩㄣˊ	溫馴。馴化。馴良。馴服。馴順。馴養。馴獸師。
		ㄒㄩㄣˋ	教馴（教訓）。雅馴（稱善於用文雅字句表達者）。通「訓」。
			【己】
	己	ㄐㄧˇ	自己。一己之私。安分守己。克己復禮（克制私欲，使言行ㄒㄧㄥˋ舉止合於禮節）。

	國字	字音	語詞
	圮	ㄆㄧˇ	圮毀。傾圮。頹圮。雉ㄓˋ堞ㄉㄧㄝˊ圮毀（城牆毀壞）。
	妃	ㄈㄟ	宓ㄈㄨˊ妃（洛水之神）。貴妃。嬪ㄆㄧㄣˊ妃。貴妃醉酒（國劇劇目）。
		ㄆㄟˋ	妃合（配合）。妃偶。妃匹ㄆㄧˇ之愛（即夫妻之愛）。取青妃白（比喻文句對仗工整）。通「配」。
*	屺	ㄑㄧˇ	屺岵ㄏㄨˋ（父母）。陟ㄓˋ屺（思念母親）。陟岵陟屺（遊子想念親人）。
	忌	ㄐㄧˋ	忌諱。忌憚ㄉㄢˋ。猜忌。禁忌。顧忌。外寬內忌（外表寬厚而心懷猜忌）。同行相忌。百無禁忌。兵家大忌。投鼠忌器（行事有所顧忌，不敢去做）。無所畏忌。童言無忌。肆言無忌（直言而毫無顧忌）。肆無忌憚ㄉㄢˋ。葷素不忌。諱ㄏㄨㄟˋ疾忌醫。
	杞	ㄑㄧˇ	杞柳（植物名）。杞梓ㄗˇ（比喻傑出優秀的人才）。枸ㄍㄡˇ杞。杞人憂天。杞宋無徵（比喻事情證據不足）。荊南杞梓（同「杞梓」）。
	紀	ㄐㄧˋ	紀念。侏羅紀。紀錄片。打破紀錄。目無法紀。會議紀錄。經紀人家（居中接洽買賣而抽取佣ㄩㄥˋ金的個人或商行）。綱紀廢弛ㄔˊ。
*	芑	ㄑㄧˇ	芑菜（植物名）。采芑（詩經．小雅的篇名）。
	記	ㄐㄧˋ	記載ㄗㄞˇ。記誦。記錄下來。記憶猶新。
*	跽	ㄐㄧˋ	長跽（長跪）。跽受（跪受）。按劍而跽（按劍而跪。一種準備行動的姿勢）。擎跽曲拳（舉手長跪，屈身伏拜）。
*	邔	ㄑㄧˇ	邔縣（古縣名）。

國字		字音	語詞
	配	ㄆㄟˋ	元配。分配。配角ㄐㄩㄝˊ。配偶。
*	鵋	ㄐㄧˋ	鵋鶀ㄑㄧˊ（貓頭鷹）。
【乇】			
	亳	ㄅㄛˊ	亳縣（安徽省縣名）。
*	侘	ㄔㄚˋ	侘傺ㄔˋ（失意、不得志的樣子）。
*	侂	ㄊㄨㄛ	韓侂胄（宋人，韓琦的曾孫）。
	吒	ㄓㄚˋ	吒食（吃飯時發出嚼食的聲音）。吒異（怪異）。赫ㄏㄜˋ吒（憤怒的樣子）。憤吒（同「赫吒」）。叱吒風雲。「咤」為異體字。
*	垞	ㄔㄚˊ	垞城（古城名）。
	奼	ㄔㄚˋ	奼女（少女）。婭ㄧㄚˋ奼（嫵ㄨˇ媚動人的樣子）。奼紫嫣紅。「姹」為異體字。
	宅	ㄓㄞˊ	宅第。火宅僧ㄙㄥ（稱有家室的出家人）。寸田尺宅（比喻微薄的家產）。宅心仁厚（心地仁慈寬厚）。浮家泛宅（以船為家或長期在水上過活）。
	托	ㄊㄨㄛ	烘托。襯托。不可托大（不可驕傲自大或指不可輕忽）。托塔天王（佛教中四天王之一）。和ㄏㄜˊ盤托出。沿門托缽。烘雲托月。
*	挓	ㄓㄚ	挓挲ㄙㄨㄛ（張開的樣子）。
*	矺	ㄊㄨㄛ	矺刑（古代酷刑之一。同「磔ㄓㄜˊ刑」）。
*	秅	ㄉㄨˋ	秅國（漢侯國名）。

	國字	字音	語詞
*	虴	ㄓㄜˊ	海虴（海蛇）。
	託	ㄊㄨㄛ	委託。信託。託大（驕傲自大。同「托大」）。託運（委託運送）。寄託。推託。請託。孤危託落（孤獨失志）。徒託空言。託之空言（同「徒託空言」）。託付終身。託病請辭。
	詫	ㄔㄚˋ	詫異。驚詫。
*	馲	ㄓㄜˊ	馲⿰馬百ㄇㄛˋ（公驢與母牛雜交而生的獸類）。
*	魠	ㄊㄨㄛ	鰅ㄩˊ鱅ㄩㄥˊ鰜ㄑㄧㄢˊ魠（指鰅魚、鰫ㄖㄨㄥˊ魚、鰻ㄇㄢˊ鱺ㄌㄧˊ和哆ㄔㄜˇ口魚）。
	【凡】		
	凡	ㄈㄢˊ	平凡。凡夫俗子。不同凡響。不知凡幾。
	帆	ㄈㄢˊ	帆布。一帆風順。看風使帆（比喻隨機應變。同「看風使舵」）。
	梵	ㄈㄢˋ	梵文。梵谷。梵音。梵語。梵蒂岡。梵宇僧ㄙㄥ樓（佛寺與和尚的住所）。
	汎	ㄈㄢˋ	汎論（一般性的論述）。汎愛眾（博愛眾人）。汎愛博施（博愛大眾，廣施恩惠）。
*	芃	ㄆㄥˊ	芃芃（草木繁茂的樣子）。禾麻芃芃（禾麻長得十分茂盛的樣子）。
*	軓	ㄈㄢˋ	拚ㄈㄢ軓（古代車子的拚輿板）。
	【弓】		
	弓	ㄍㄨㄥ	左右開弓。杯弓蛇影。烹犬藏弓（比喻功臣在事成之後，反遭拋棄或殺害。同「鳥盡弓藏」「兔死狗烹」）。彎弓搭箭。驚弓之鳥。

國字	字音	語詞
弔	ㄉㄧㄠˋ	弔唁ㄧㄢˋ。一弔錢（一千個制錢）。弔民伐ㄈㄚˊ罪。吉凶慶弔（喜事的慶賀和喪ㄙㄤ事的弔唁）。形影相弔（孤單沒有依靠）。提心弔膽。
引	ㄧㄣˇ	引擎。引渡回國。引經據典。引領而望。拋磚引玉。
*盄	ㄓㄠ	盄器（煎茶的器具）。
*矧	ㄕㄣˇ	笑不至矧（笑而不露出齒齦ㄧㄣˊ）。
穹	ㄑㄩㄥ	穹窒（堵塞ㄙㄜˋ洞穴）。穹廬。皇穹（蒼天）。蒼穹。光之穹頂（高捷建築物之一，位於美麗島站）。穹窒熏鼠（堵住洞穴，用煙熏老鼠）。幽林穹谷（幽深的樹林和山谷）。
第	ㄉㄧˋ	宅第。府第。邸第。門第。落第（應試失敗，名落孫山）。登甲第（中進士）。甲第連雲（形容住宅眾多）。角巾私第（比喻功成身退）。狀元及第（考中狀元）。拜恩私第（拜謝權貴的推荐拔擢ㄓㄨㄛˊ）。書香門第。
粥	ㄓㄡ	饘ㄓㄢ粥（稀飯）。臘八粥。屑ㄒㄧㄝˋ榆為粥（比喻環境貧窮但好學不倦）。清粥小菜。僧ㄙㄥ多粥少。斷虀ㄐㄧ畫粥（形容不怕艱困，刻苦勤學）。
	ㄓㄨˋ	粥粥無能（形容柔弱、謙卑而沒有能力）。群雌ㄘˊ粥粥（婦女聚集，聲音喧鬧雜亂）。
	ㄩˋ	葷ㄒㄩㄣ粥（即匈奴）。
*紖	ㄓㄣˋ	執紖（手操控著牛鼻繩）。

國字	字音	語詞
芎	ㄑㄩㄥ	九芎（樹名）。川芎。芎藭ㄑㄩㄥˊ（植物名。即「川芎」）。芎林鄉（新竹縣鄉名）。
蚓	ㄧㄣˇ	蚯蚓。以蚓投魚（比喻用微小的代價，迎合對方胃口，以換取貴重的東西）。春蚓秋蛇（比喻書法字跡拙劣）。
* 靷	ㄧㄣˇ	陰靷鋈ㄨˋ續（揜ㄧㄢˇ軓ㄈㄢˇ繫著革帶，用白銅澆製扣環）。
【大】		
大	ㄉㄚˋ	大夫（官名）。士大夫。大元帥。卿大夫。三閭ㄌㄩˊ大夫（職官名）。大名鼎鼎。大吹大擂。大庭廣眾。大逆不道。大謬ㄇㄧㄡˋ不然（錯誤極大，與事實完全不相符ㄈㄨˊ）。御史大夫。彪形大漢。
	ㄉㄞˋ	大夫˙ㄈㄨ（醫生。夫字輕讀）。蒙古大夫。
矢	ㄕˇ	一矢之地（比喻很近的地方）。弓折矢盡（兵器毀壞，無力戰鬥）。矢口否認。矢石之難ㄋㄢˋ（指親臨戰場，參與ㄩˋ作戰）。矢石如雨（形容戰爭慘烈）。矢在弦上（比喻為形勢所逼，已到不能不做的地步）。矢志不移。矢志不渝。矢無虛發（形容射箭技術精湛，百發百中）。矢勤矢勇。永矢弗諼ㄒㄩㄢ（發誓永遠不會忘記）。桃弧棘矢（古人用來辟ㄅㄧˋ邪的工具）。桑弧蓬矢（指男子經營四方的遠大志向。同「桑蓬之志」）。躬蹈ㄉㄠˋ矢石（同「矢石之難」）。眾矢之的ㄉㄧˋ。無的ㄉㄧˋ放矢。
尖	ㄐㄧㄢ	尖端。尖銳。頂尖高手。

	國字	字音	語詞
*	忕	ㄕˋ	忸(ㄋㄧㄡˇ)忕(習慣)。苛忕(嚴求細察)。
		ㄊㄞˋ	忕侈(奢侈)。豪忕(奢侈、浪費)。心奓(ㄔˇ)體忕(心胸寬廣而身體安泰舒適。同「心侈體忕」)。侈忕無度(過度浪費，毫無節制)。通「忲」。
*	杕	ㄉㄧˋ	杕杜(詩經・唐風的篇名)。有杕之杜(詩經・唐風的篇名)。
*	汏	ㄉㄞˋ	汏衣服(洗衣服)。
	汰	ㄊㄞˋ	汰換。淘汰。汰舊換新。般(ㄆㄢˊ)樂奢汰(恣情玩樂，揮霍無度)。
*	軑	ㄉㄞˋ	玉軑(以玉裝飾的車軸頭)。紫軑(帝王的座車)。
*	釱	ㄉㄧˋ	鉗(ㄑㄧㄢˊ)釱(古代刑具，加在頭部和腳上的枷鎖)。與「鈦(ㄊㄞˋ)」不同。
	馱	ㄊㄨㄛˊ	馱負。馱馬(用來背(ㄅㄟ)馱貨物的馬匹)。馱運。白馬馱經。韋(ㄨㄟˊ)馱菩薩(佛教的護法神)。馱在背上。馱著貨物。
		ㄉㄨㄛˋ	馱子(騾、馬等牲畜背上馱(ㄊㄨㄛˊ)著的東西)。喝(ㄏㄜˋ)馱子(詞曲名)。騾馱子(馱負貨物的騾子)。
	【刃】		
	仞	ㄖㄣˋ	九仞一簣(ㄎㄨㄟˋ)(比喻功敗垂成。同「功虧一簣」)。千仞無枝(比喻人正直)。堂高數仞(廳堂高聳。形容富貴人家)。壁立千仞(形容岩壁陡峻的樣子)。壁立萬仞(同「壁立千仞」)。為山九仞，功虧一簣(同「九仞一簣」)。

	國字	字音	語詞
	刃	ㄖㄣˋ	刃刃。鋒刃。白刃戰（肉搏戰）。手刃仇敵（親手殺死仇敵）。白刃可蹈ㄉㄠˋ（不避危險，勇往直前）。兵刃相接（兩軍近距離以刀劍相廝殺）。兵不血刃。迎刃而解。張弓拔刃（形容武裝警戒的樣子）。遊刃有餘。「刄」為異體字。
	忍	ㄖㄣˇ	忍氣吞聲。忍辱負重。忍辱偷生。愛不忍釋。慘不忍睹。
*	涊	ㄋㄧㄢˇ	涊顏（因慚愧而出汗）。淟ㄊㄧㄢˇ涊（汙濁而不鮮明）。涊然汗出（流汗的樣子）。
	澀	ㄙㄜˋ	生澀。乾澀。羞澀。艱澀。阮ㄖㄨㄢˇ囊ㄋㄤˊ羞澀（稱自己貧困窘迫，沒有錢）。
*	牣	ㄖㄣˋ	充牣（充滿）。於ㄨ牣魚躍ㄩㄝˋ（啊！魚跳躍滿池塘）。
	紉	ㄖㄣˋ	紉佩（感佩）。感紉（感激）。縫紉。縫紉機。至為紉佩（非常感激佩服）。紉佩在身（比喻銘感在心）。感紉之情（感激之情）。敬紉高誼ㄧˋ（感佩對方人品高尚而有義氣）。
*	肕	ㄖㄣˋ	筋肕骨強（筋骨強韌）。通「韌」。
*	荵	ㄖㄣˇ	苔荵（植物名。即「萊氏蕗ㄌㄨˋ蕨」）。
*	衂	ㄋㄩˋ	敗衂（挫敗）。鼻衂（鼻腔出血）。為「衄」的異體字。
*	訒	ㄖㄣˋ	其言也訒（說話謹慎，不輕易出口）。
	認	ㄖㄣˋ	認識。矢口否認。俯首認罪。
*	譅	ㄙㄜˋ	訥ㄋㄜˋ譅（不善於說話，拙於言辭。同「訥澀」）。

國字	字音	語詞
*軔	ㄖㄣˋ	芒軔（荒廢怠慢）。發軔（事情的開端）。芒軔僈ㄇㄢˋ楛ㄎㄨˇ（荒廢怠惰，疏略輕慢）。雲程發軔（比喻美好遠大的前程剛開始）。
韌	ㄖㄣˋ	堅韌。強韌。韌性。韌帶。「靭」為異體字。
【千】		
仟	ㄑㄧㄢ	仟仟（草木茂盛的樣子。同「芊芊」）。仟伯（田間小路。同「阡陌」）。
千	ㄑㄧㄢ	千萬。千里迢ㄊㄧㄠˊ迢。千頭萬緒。
扦	ㄑㄧㄢ	扦插（一種植物繁殖的方法）。蠟扦（有尖針可以插蠟燭的蠟燭臺）。
芊	ㄑㄧㄢ	芊芊（同「仟仟」）。芊萰ㄌㄧㄢˋ（翠綠而茂盛的樣子）。
阡	ㄑㄧㄢ	阡表（墓碑）。阡陌（田間小路）。田連阡陌（田產極多）。街巷阡陌（大街小巷各個地方）。
【干】		
刊	ㄎㄢ	刊印。刊載ㄗㄞˇ。刊誤。刊誤表（同「勘ㄎㄢ誤表」）。不刊之論（不可磨滅的言論）。
奸	ㄐㄧㄢ	奸猾。奸黠ㄒㄧㄚˊ。姑息養奸。朋比ㄅㄧˋ為奸。洞燭其奸（看清對方的詭ㄍㄨㄟˇ計）。
岸	ㄢˋ	彼岸。傲岸（形容人高傲而不屑ㄒㄧㄝˋ順應世俗行事）。孤峰絕岸（比喻人品出眾）。道貌岸然（莊重嚴肅的面貌和神態）。誕登道岸（已達道的極致，學已大成）。驚濤ㄊㄠ拍岸。

國字	字音	語詞
干	ㄍㄢ	干犯（冒犯）。干戈。干係（關係）。干涉。一干人證。大動干戈。干犯禮義。干名犯義（違背世俗禮教和公義）。干名采譽（以不正當ㄉㄤˋ的手段求取名聲）。干城之將（指保衛國家的將才）。干卿底事（指人多管閒事）。公侯干城（讚揚武士勇猛，捍衛國家）。逆情干譽（同「沽名釣譽」）。毫不相干。善罷干休。豪氣干雲。矯俗干名（故意特立獨行，求取名聲）。
*幵	ㄐㄧㄢ	幵官（複姓。即亓ㄑㄧˊ官）。
扞	ㄏㄢˋ	扞拒（抵抗）。扞格（互相衝突、矛盾）。扞衛（同「捍衛」）。扞格不入（彼此的意見完全不投合）。扞格不通（固執成見而不變通）。
旰	ㄍㄢˋ	日旰（天色已晚）。旰食（比喻勤勞做事，無暇吃飯）。宵旰（比喻勤於政事）。日旰忘食（形容非常勤奮辛勞）。宵衣旰食（形容勤於政事，無暇寢食）。宵旰焦勞（比喻為國事憂愁勞苦）。宵旰圖治（勤於政事，圖謀國家的長治久安）。宵旰憂勞（同「宵旰焦勞」）。
杆	ㄍㄢ	桅ㄨㄟˊ杆。電線杆。
汗	ㄏㄢˋ	汗顏。汗牛充棟（形容藏書甚豐）。汗牛塞ㄙㄜˋ屋（同「汗牛充棟」）。汗馬功勞。揮汗如雨。提劍汗馬（比喻在戰場上奮勇殺敵，建立功勛）。
	ㄏㄢˊ	可ㄎㄜˋ汗（西域各國對君主的稱呼）。天可汗（中國西北邊疆民族對唐太宗所稱的尊號）。成吉思汗（元朝開國君主鐵木真）。欽察汗國（國名。元代四大汗國之一）。

國字	字音	語詞
*汧	ㄏㄢˋ	汧汧（水流湍ㄊㄨㄢ急）。彪彪汧汧（水勢盛大的樣子）。
*犴	ㄢˋ	犴獄。圄ㄩˇ犴。狴ㄅㄧˋ犴。獄犴（以上四詞皆是監獄的意思）。
*玕	ㄍㄢ	明玕（竹子）。琅ㄌㄤˊ玕（比喻光滑美好的竹子）。洪仁玕（人名。洪秀全族弟）。
*皯	ㄍㄢˇ	皯黴（皮膚黝ㄧㄡˇ黑）。
*矸	ㄍㄢ	丹矸（硫和汞的化合物）。
竿	ㄍㄢ	日上三竿（表示時候不早）。立竿見影。百尺竿頭。竿頭日進（同「百尺竿頭」）。揭竿而起（指舉兵發難ㄋㄢˋ）。
罕	ㄏㄢˇ	希罕。罕有。罕見。納罕（驚異）。人跡罕至。罕譬而喻（少用譬喻而能使人明白、了解）。
芈	ㄇㄧㄝ ㄇㄧˇ	芈芈叫。通「咩」。 芈嬰（人名。戰國齊國人）。
肝	ㄍㄢ	大動肝火。肝腦塗地。披肝瀝膽（比喻坦誠相待或極盡忠誠）。剖ㄆㄡˇ肝泣血（比喻內心非常痛苦）。鼠肝蟲臂ㄅㄧˋ（形容卑賤的事物）。
*虷	ㄏㄢˊ	虷蟹（生長在井中的紅色小蟲）。
*衎	ㄎㄢˋ	衎衎（和樂的樣子）。衎然（安定的樣子）。宴衎（宴飲作樂）。燕衎（同「宴衎」）。

	國字	字音	語詞
	訐	ㄐㄧㄝˊ	告訐（揭發他人的祕密）。攻訐。訐直（為人剛直，能當面指摘ㄓㄞ別人的過錯）。訐發陰私（揭發他人的隱私）。群起攻訐。
*	豻	ㄢˋ	青豻（胡地的一種犬）。豻侯（以豻皮為飾的箭靶）。貙ㄔㄨ豻（獸名）。獄豻（指監禁囚犯的地方。同「獄犴ㄢˋ」）。
*	赶	ㄑㄧㄢˊ	獸舉尾而走。
		ㄍㄢˇ	赶趁（急著去做）。赶開（趕開）。為「趕」的異體字。
	軒	ㄒㄩㄢ	軒昂。軒渠（歡樂的樣子）。軒輊ㄓˋ（比喻高低輕重）。不分軒輊。服冕乘軒（形容當官後平步青雲）。軒軒自得（得意自如）。軒然大波。軒然仰笑（大笑的樣子）。軒裳ㄔㄤˊ華冑ㄓㄡˋ（指顯貴世家子弟）。高軒蒞止（比喻貴客臨門）。榮極軒裳ㄔㄤˊ（過著極盡榮華富貴的生活）。
*	邗	ㄏㄢˊ	邗溝（運河名）。邗縣（江蘇省縣名）。
*	釬	ㄏㄢˋ	釬藥（一種銲藥。用來將金屬物件固著ㄓㄨㄛˊ於其他金屬物件之上）。
*	閈	ㄏㄢˋ	里閈（鄉里、里巷）。閈閎ㄏㄨㄥˊ（里巷的大門）。廛ㄔㄢˊ閈（住宅、房舍）。
*	靬	ㄐㄧㄢ	犁靬（古國名。即大秦國）。驪ㄌㄧˊ靬（縣名）。
	頇	ㄏㄢ	頇臉（繃ㄅㄥ著臉不笑）。顢ㄇㄢˊ頇（形容不明事理，糊裡糊塗或做事懶散ㄙㄢˇ，不用心）。顢頇無能。

	國字	字音	語詞
*	馯	ㄏㄢˋ	馯馬(性情凶猛，不易馴ㄒㄩㄣˊ服的馬。同「駻馬」)。
		ㄑㄧㄢ	馯臂ㄅㄧˋ(複姓)。
*	骭	ㄍㄢˋ	骿ㄆㄧㄢˊ骭(肋骨連接在一起)。
	鼾	ㄏㄢ	打鼾。臥榻鼾睡(指他人侵犯到自己的勢力範圍)。鼾聲如雷。鼾齁ㄏㄡ如雷(同「鼾聲如雷」)。
	【工】		
	仝	ㄊㄨㄥˊ	仝賀。盧仝(唐朝詩人)。通「同」。
	佐	ㄗㄨㄛˇ	佐料。輔佐。王佐之才(可作為卿相的才幹)。君臣佐使(中醫調配藥方的方法)。
	工	ㄍㄨㄥ	工心計(心思縝ㄓㄣˇ密，善於算計)。天工開物(書名。明 宋應星撰)。巧奪天工。同工同酬。鬼斧神工。異曲同工。窮而後工(詩人文士於困境時才能寫出工巧的佳作)。
	左	ㄗㄨㄛˇ	左券ㄑㄩㄢˋ在握(對事情很有把握)。所謀輒左(所籌畫的事情經常不順遂)。旁門左道。虛左以待(留著尊位以等待賢能的人)。意見相左(意見互相違背。即意見不一致)。
	扛	ㄍㄤ	扛鼎(力氣很大)。扛幫生事(結黨生事)。拔山扛鼎(力氣強大)。筆力扛鼎(指文筆遒ㄑㄧㄡˊ勁ㄐㄧㄥˋ)。
		ㄎㄤˊ	扛槍。扛大梁(即挑大梁)。扛鋤頭ㄊㄡ˙。

	國字	字音	語　　詞
*	杠	ㄍㄤ	石杠（在水中堆放石頭ㄊㄡˊ，以供ㄍㄨㄥ人行走）。杠梁（橋梁）。杠橋（小橋）。杠轂ㄍㄨˇ（物的中心）。徒杠（供人步行通過的木橋）。旗杠（旗竿）。
		ㄍㄤˋ	木杠（抬東西的粗棍子）。杠人（抬運棺材的人。同「体ㄅㄣˋ夫」）。
	江	ㄐㄧㄤ	江心補漏（事先不預防，臨時補救過失，為時已晚）。江左夷吾（具有輔佐國政的賢才）。江郎才盡。倒ㄉㄠˇ海翻江（比喻力量或聲勢浩大）。
	汞	ㄍㄨㄥˇ	汞中毒。汞汙泥。汞溴ㄒㄧㄡˋ紅（紅藥水）。
*	渱	ㄏㄨㄥˊ	潰渱（水面遼闊，一望無際）。
*	澒	ㄏㄨㄥˋ	白澒（水銀）。厖ㄇㄤˊ澒（混ㄏㄨㄣˋ沌ㄉㄨㄣˋ未開，模糊不清的狀態）。澒洞ㄊㄨㄥˊ（迷濛無間，瀰漫無際）。澒溶（水深廣的樣子）。澒濛（宇宙形成前的混沌狀態）。澒洞崩拆（水勢洶湧澎ㄆㄥ湃，聲勢駭人）。
*	瓨	ㄏㄨㄥˊ	瓨罌ㄧㄥ（瓶屬）。
*	矼	ㄑㄧㄤ	德厚信矼（品德純厚，行為誠實）。
		ㄐㄧㄤ	石矼（石橋）。
	紅	ㄏㄨㄥˊ	紅塵。紅袖添香（形容有美女陪伴讀書）。紅葉題詩（比喻姻緣巧合）。面紅耳赤。
		ㄍㄨㄥ	女紅。紅女（從事紡織、縫紉和刺繡之類工作的女子）。通「工」。

	國字	字音	語詞
	缸	ㄍㄤ	頂缸（即頂罪）。大染缸（對人的思想、行為具有影響力的環境）。菸灰缸。頂缸受罪。
*	翃	ㄍㄨㄥˋ	翃愬ㄙㄨˋ（飛來告訴）。
	肛	ㄍㄤ	肛門。
*	舡	ㄒㄧㄤ	舡魚（一種軟體動物，有八條觸腳）。
*	茳	ㄐㄧㄤ	茳芏ㄊㄨˇ（植物名）。茳蘺ㄌㄧˊ（香草名）。
	虹	ㄏㄨㄥˊ	彩虹。虹吸管。霓虹燈。士氣如虹。白虹貫日（為古代君王遇害的兆象）。氣吐虹霓（形容氣魄極大）。氣貫長虹（形容氣勢旺盛）。氣勢如虹。
	訌	ㄏㄨㄥˊ	內訌。蟊ㄇㄠˊ賊內訌（禍害、敗類者內部爭鬥）。
	豇	ㄐㄧㄤ	豇豆（閩南語稱「菜豆」）。
*	釭	ㄍㄤ	金釭（燈）。殘釭（油盡將熄滅的燈）。蘭釭（用蘭膏所點燃的油燈）。金釭華燭（形容富麗堂皇的景象）。
	項	ㄒㄧㄤˋ	代為說項（替人說情、講好話）。項背相望（形容人數很多）。望其項背（比喻程度接近）。逢人說項（到處替人遊說或講情）。項莊舞劍（比喻暗中另有意圖。原句為「項莊舞劍意在沛公」）。難望項背（比喻程度相差ㄔㄚ太遠）。
	魟	ㄏㄨㄥ	魟魚（魚名。體扁平，尾細長，具尾刺，有毒）。
		ㄍㄨㄥ	「𩶘」之異體字。

	國字	字音	語詞
	鴻	ㄏㄨㄥˊ	來鴻（來信）。鴻門宴。目斷飛鴻（形容離別的悲傷之情）。哀鴻遍ㄅㄢˋ野。判若鴻溝（比喻界線很清楚，區別極明顯）。來鴻去雁（比喻書信的往來）。枕中鴻寶（指不肯輕易示人的珍貴藏書）。附驥ㄐㄧˋ攀鴻（依附他人而得名）。魚沉鴻斷（比喻書信斷絕，沒有消息）。輕如鴻毛。鴻案鹿車（比喻夫妻相敬如賓，同甘共苦）。鴻稀鱗絕（沒有任何消息）。鴻運當頭。鴻圖大展。鴻篇巨帙ㄓˋ（恭讚美他人作品之辭）。驚鴻一瞥ㄆㄧㄝ。鱗鴻杳ㄧㄠˇ絕（同「鴻稀鱗絕」）。
	【兀】		
	兀	ㄨˋ	兀立（獨自站著）。兀自（還是）。兀坐（獨自坐著不動）。兀鷹。突兀。突兀崢嶸（山勢高峻陡峭而突出的樣子）。
*	屼	ㄨˋ	屹ㄧˋ屼（山光禿峻峭的樣子）。嶢ㄧㄠˊ屼（山勢高峻的樣子）。
*	扤	ㄨˋ	天之扤我（老天撼動我）。
	杌	ㄨˋ	檮ㄊㄠˊ杌（楚國的史書）。杌隉ㄋㄧㄝˋ不安（危險不安定的樣子）。晉乘ㄕㄥˋ楚杌（晉楚史書名）。
	虺	ㄏㄨㄟˇ	虺蜴ㄧˋ（比喻人心惡毒）。虺蜮ㄩˋ（比喻惡毒的小人）。長虺成蛇（比喻養奸遺患）。為虺弗ㄈㄨˊ摧（比喻禍根不除，留下無窮的後患）。虺蛇入夢（生女的徵兆）。虺虺其雷（形容打雷的聲音）。養虺成蛇（同「養虎遺患」）。
		ㄏㄨㄟ	虺隤ㄊㄨㄟˊ（生病。同「瘣ㄏㄨㄟˋ隤」）。我馬虺隤（我的馬兒已經生病）。

	國字	字音	語詞
*	豗	ㄏㄨㄟ	堆豗（無精打采的樣子）。喧豗（紛亂嘈ㄘㄠˊ雜的聲音）。轟豗（同「喧豗」）。
*	軏	ㄩㄝˋ	輗ㄋㄧˊ軏（比喻重要的關鍵）。小車無軏。
	阢	ㄨˋ	阢隉（危險不安。同「杌隉」）。
*	髡	ㄎㄨㄣ	留髡（指妓女留客住宿）。髡刖ㄩㄝˋ（古刑法。剃髮稱髡，斷足稱刖）。髡鉗ㄑㄧㄢˊ（古刑法）。髡髮（剃髮）。淳于髡（人名。戰國時齊人）。留髡送客（指妓女留客人住宿）。
	【彡】		
	杉	ㄕㄢ	杉木。
*	肜	ㄖㄨㄥˊ	肜肜（和樂的樣子）。肜祭（古代的一種祭祀名稱）。
	衫	ㄕㄢ	襯衫。衣衫不整。
	【山】		
	仙	ㄒㄧㄢ	仙風道骨（形容人很瘦的樣子）。神仙眷屬（比喻婚姻美滿、感情和睦的夫婦）。飄飄欲仙。
	山	ㄕㄢ	貝積如山（比喻錢財極多）。東山高臥（隱居而不出仕）。執法如山。排山倒ㄉㄠˇ海。逼上梁山。漫山遍ㄅㄧㄢˋ野。
	氙	ㄒㄧㄢ	氙氣。氙氣燈。
	汕	ㄕㄢˋ	汕頭（廣東省城市名）。
	疝	ㄕㄢˋ	疝氣（病名）。

國字	字音	語　　詞
秈	ㄒㄧㄢ	秈米（由秈稻碾ㄋㄧㄢˇ出的米）。秈稻（一種水稻名。米粒細長）。
舢	ㄕㄢ	舢板（小船）。舢舨ㄅㄢˇ（同「舢板」）。
訕	ㄕㄢˋ	訕笑。訕嘴（胡言亂語）。訕臉（臉皮厚的樣子）。搭訕。居下訕上（屬下背地裡嘲笑長官）。
*赸	ㄕㄢˋ	搭赸（同「搭訕」）。發赸（害羞）。
【久】		
久	ㄐㄧㄡˇ	久別重逢。久假ㄐㄧㄚˇ不歸（借用物品，遲遲不歸還）。歷久彌新。曠日持久。
柩	ㄐㄧㄡˋ	靈柩。
灸	ㄐㄧㄡˇ	砭ㄅㄧㄢ灸（古代治病的方法之一）。針灸。灸艾分痛（比喻兄弟友愛和睦。同「灼艾分痛」）。急脈ㄇㄞˋ緩灸（比喻用和緩的方法處ㄔㄨˇ理急事）。無病自灸（比喻自尋苦惱或痛苦）。
玖	ㄐㄧㄡˇ	佩玖（佩玉）。瓊玖（美玉）。李玖哲（名歌手）。
畝	ㄇㄨˇ	畎ㄑㄩㄢˇ畝（田地）。畝丘（高地）。畎畝下才（比喻才能平庸）。
疚	ㄐㄧㄡˋ	內疚。愧疚。歉疚。內省ㄒㄧㄥˇ不疚（自我反省ㄒㄧㄥˇ而無愧疚）。夙宵疚懷（終日自責不安）。疚心疾首（形容極為痛苦慚愧）。負疚良深。憂心孔疚（心中憂悶，非常痛苦）。

國字	字音	語詞
*羑	ㄧㄡˇ	羑里(地名。商紂囚禁周文王的地方)。
【女】		
佞	ㄋㄧㄥˋ	巧佞。奸佞。佞佛(譏人熱中奉佛以求福)。便ㄆㄢˊ佞(巧言阿ㄜ諛ㄩˊ)。不佞之幟ㄓˋ(我的志向。乃自謙詞)。寡人不佞(古代國君自謙詞)。
囡	ㄋㄢ	囡囡(父母親對小孩兒的暱稱)。囝ㄐㄧㄢˇ囡(小孩子)。
女	ㄋㄩˇ	女娃ㄨㄚˊ。婢ㄅㄧˋ女。女媧ㄨㄚ補天。郎才女貌。黃花閨女。
	ㄋㄩˋ	以女ㄋㄩˇ女之(把女兒嫁給他)。
	ㄖㄨˇ	吾語ㄩˇ女(我告訴你)。倡予要ㄧㄠ女(我帶頭先唱,你們應和ㄏㄜˋ)。說ㄩㄝˋ懌ㄧˋ女美(你的豔麗令人喜愛)。通「汝ㄖㄨˇ」。
*改	ㄐㄧˇ	妲ㄉㄚˊ改(紂妃。即妲ㄉㄚˊ己)。
姦	ㄐㄧㄢ	作姦犯科。姦淫擄掠。發姦擿ㄊㄧˋ伏(揭發藏匿的壞人壞事。形容吏治清明)。
汝	ㄖㄨˇ	汝水(河南省河川名)。汝曹(你們)。汝輩。汝南月旦(褒貶品評人物)。笑罵從汝(無視對方的譏笑辱罵)。爾汝之交(親密的交情)。
妝	ㄓㄨㄤ	化妝。卸妝。嫁妝。靚ㄐㄧㄥˋ妝(指女人美麗的妝飾)。女紅妝。化妝品。化妝室。梳妝臺。藥妝店。粉妝玉琢。濃妝豔抹。「粧」為異體字。

	國字	字音	語詞
*	粧	ㄋㄩˇ	粔ㄐㄩˋ粧（糕餅的一種）。
		ㄓㄨㄤ	梳粧打扮。為「妝」的異體字。
	【卂】		
	汛	ㄒㄩㄣˋ	汛期（江河水位上漲ㄓㄤˇ的時期）。漁汛。潮汛（定期的大潮）。漁汛期。汛期防災。
	煢	ㄑㄩㄥˊ	煢居（指人獨居）。煢嫠ㄌㄧˊ（孤單的寡婦）。煢獨（孤單的樣子。同「惸ㄑㄩㄥˊ獨」）。煢子ㄐㄧㄝˊ無依（孤獨而沒有依靠）。煢煢孑ㄐㄧㄝˊ立（孤苦伶仃，沒有依靠）。煢煢獨立（形容孤獨無依）。
*	籸	ㄕㄣ	籸盆（古代於除夕祭祀先祖及各種神明時，架起松柴，點火焚燒以送神）。
	蝨	ㄕ	頭蝨。口中蚤蝨（比喻敵人極易消滅）。穿楊貫蝨（比喻射箭的技術高超、熟練）。捫ㄇㄣˊ蝨而談（態度從ㄘㄨㄥ容不迫，無所顧忌）。貫蝨之技（形容高超的射擊技術）。蝨多不癢（比喻習以為常）。蝨處ㄔㄨˇ褌ㄎㄨㄣ中（處世拘謹，見識狹隘）。
	訊	ㄒㄩㄣˋ	訊息。訊問。喜訊。資訊。鞫ㄐㄩˊ訊（審訊犯人）。警訊。視訊會議（利用電腦網路及影音技術所開的會議）。
*	谻	ㄐㄩㄝˊ	倦谻（疲倦）。
	迅	ㄒㄩㄣˋ	迅速。疾風迅雷（比喻事情發生得太過突然、迅速）。迅雷不及掩耳。
*	鳵	ㄅㄠˇ	老鳵（同「老鴇ㄅㄠˇ」）。鳵母（同「鴇母」）。通「鴇」。

	國字	字音	語詞
			【弋】
	弋	ㄧˋ	弋獲（捕獲）。巡弋。弋陽腔（一種戲劇腔調）。青弋江（水名）。弋不射宿（不射殺已歸巢的鳥。比喻仁愛之心）。弋者何篡ㄘㄨㄢˋ（比喻隱居的賢者不自惹禍亂，統治者也無可奈何）。
	忒	ㄊㄜˋ	差忒（差錯、舛ㄔㄨㄢˇ誤）。忒兒的（鳥類拍擊翅膀飛行的聲音）。忒愣ㄌㄥˊ愣（鳥飛或風吹的聲音）。四時不忒（四季的更迭ㄉㄧㄝˊ沒有差錯）。欺人忒甚（欺人太甚）。聰明忒過（太過聰明）。
*	杙	ㄧˋ	杙船（繫船）。椓ㄓㄨㄛˊ杙（繫牲口的小木樁ㄓㄨㄤ）。以杙為楹（以小木樁作為屋柱）。
*	樲	ㄦˋ	樲棘（酸棗的別名）。
	膩	ㄋㄧˋ	油膩。垢膩。細膩。膩友（感情特別親密的朋友）。膩味。膩煩。閨中膩友。臉欺膩玉（容貌極為細膩柔美）。
*	芅	ㄧˋ	銚ㄧㄠˊ芅（楊桃的別名）。
*	貣	ㄊㄜˋ	行貣（行乞）。行貣而食（向人乞食）。
	貳	ㄦˋ	疑貳（因猜忌疑惑而生二心）。不貳過（不再犯相同的錯誤）。忠貞不貳。析律貳端（官員徇ㄒㄩㄣˋ私枉ㄨㄤˇ法）。國不堪貳（指國家的政權必須統一）。
	鳶	ㄩㄢ	紙鳶。紫鳶花（約旦國花）。鳶肩豺ㄔㄞˊ目（形容人相貌奸險凶惡）。鳶飛戾天（比喻人飛黃騰達）。鳶飛魚躍ㄩㄝˋ（形容天地萬物各得其所，自得其樂）。鳶墮腐鼠（比喻傲慢任性必敗）。

國字	字音	語詞
*黓	ㄧˋ	玄黓（太歲在壬ㄖㄣˊ）。
【巾】		
巾	ㄐㄧㄣ	巾袖無光（形容服裝敝舊不華麗）。巾幗英雄。羽扇綸ㄍㄨㄢ巾。
市	ㄕˋ	市道交（因利益而表面結交。也作「市道之交」）。千金市骨（比喻重金求才，禮聘ㄆㄧㄥˋ賢士）。大發利市。招搖過市。門庭若市。室怒市色（比喻遷怒）。觀者如市（形容觀看者眾多）。
帘	ㄌㄧㄢˊ	布帘。門帘。酒帘（古代酒店的招牌）。窗帘布。
帥	ㄕㄨㄞˋ	統帥。統帥權。三軍統帥。升學掛帥。棄車ㄐㄩ保帥。
柹	ㄕˋ	柹子。柹餅。
飾	ㄕˋ	修飾。掩飾。裝飾。裝飾品。文ㄨㄣˋ過飾非。拒諫飾非。粉飾太平。
【巳】		
圯	ㄧˊ	圯橋（江蘇省地名）。圯上老人（即黃石公）。圯橋進履（比喻屈己尊老，虛心求教）。
夔	ㄎㄨㄟˊ	夔峽（瞿ㄑㄩˊ塘峽的別稱）。蟠ㄆㄢˊ夔紋（指古代青銅器上屈曲纏繞的紋飾）。一夔已足（比喻得一專門人才，事情便可以辦成）。夔 龍禮樂（指可作為規範的禮樂制度。夔、龍相傳為舜二臣，夔為樂官，龍為諫官）。夔夔齊ㄓㄞ栗（戒慎恐懼的樣子）。
巳	ㄙˋ	巳時（上午九點到十一點）。除巳（農曆三月三日）。馮延巳（人名。五代南唐人）。

	國字	字音	語詞
*	戺	ㄕˋ	蘭戺（用香木建造而成的殿階）。金戺玉階（形容建築物富麗宏偉）。
	汜	ㄙˋ	汜水（河川名）。蒙汜（傳說中的日落之處）。
*	犪	ㄎㄨㄟˊ	犪牛（牛名。同「犩(ㄨㄟˊ)牛」）。
	祀	ㄙˋ	祭祀。禋(ㄧㄣ)祀（祭天神之禮）。斬宗絕祀（後嗣(ㄙˋ)滅絕，沒有人祭祀祖先）。覆宗絕祀（毀壞宗廟，斷絕後代子孫）。覆宗滅祀（同「覆宗絕祀」）。
	起	ㄑㄧˇ	起程。崛起。起承轉合。後起之秀。風起雲湧。起用新人。起死回生。貪功起釁(ㄒㄧㄣˋ)（貪求功績而故意挑起事端）。
	【丸】		
	丸	ㄨㄢˊ	魚丸。藥丸。定心丸。丸散(ㄙㄢˇ)膏丹。阪(ㄅㄢˇ)上走丸（比喻事情發展迅速而順利）。跳丸日月（形容時光消逝迅速）。彈(ㄉㄢˋ)丸之地。
*	汍	ㄨㄢˊ	汍瀾(ㄌㄢˊ)（傷心哭泣的樣子）。汍蘭（同「汍瀾」）。與「氿(ㄍㄨㄟˇ)」不同。
	紈	ㄨㄢˊ	紈褲子弟（行為輕佻(ㄊㄧㄠ)的富貴人家子弟）。綺(ㄑㄧˇ)紈之歲（指少年時代）。綺襦(ㄖㄨˊ)紈褲（指富貴子弟）。齊紈魯縞(ㄍㄠˇ)（指質地細緻的絲絹(ㄐㄩㄢˋ)）。蕙心紈質（比喻女子心地芳潔、品德高雅）。
*	芄	ㄨㄢˊ	芄蘭（詩經・衛風的篇名）。
*	骫	ㄨㄟˇ	癹(ㄅㄚ)骫（樹枝盤曲的樣子）。茷(ㄈㄚˊ)骫（同「癹骫」）。骫法（徇(ㄒㄩㄣˋ)情枉(ㄨㄤˇ)法）。撓骫（曲解）。

	國字	字音	語詞
			【丌】
*	丌	ㄐㄧ	丌士能（人名。唐朝人）。
*	亓	ㄑㄧˊ	亓官（複姓。孔子的母親姓亓官）。
*	畀	ㄅㄧˋ	付畀（給ㄐㄧˇ予）。投畀豺ㄔㄞˊ虎（指對進讒ㄔㄢˊ言的小人極端憤恨）。畀予重任（給予重任）。
*	淠	ㄆㄧˋ	淠水（河川名）。淠彼涇ㄐㄧㄥ舟（船隻在涇水中行駛）。膏腴淹淠（田地皆被淹沒）。
*	箅	ㄅㄧˋ	箅子（有空ㄎㄨㄥˋ隙或做間ㄐㄧㄢˋ隔作用的器物）。
	痹	ㄅㄧˋ	痲痹（同「痲痺」）。痿ㄨㄟˇ痹（肢體萎ㄨㄟˇ縮痲痺）。為「痺」的異體字。
			【寸】
*	刌	ㄘㄨㄣˇ	刌斷（割斷）。分刌節度（節制）。
	吋	ㄘㄨㄣˋ	一吋（十二分之一英尺）。
	守	ㄕㄡˇ	守護。防守。守口如瓶。信守不渝ㄩˊ。怠忽職守。盡忠職守。
	寸	ㄘㄨㄣˋ	寸陰尺璧（比喻光陰的可貴）。手無寸鐵。方寸已亂（心緒雜亂）。柔腸寸斷。
	忖	ㄘㄨㄣˇ	自忖。忖度ㄉㄨㄛˋ。忖量ㄌㄧㄤˊ。忖前思後（對前因後果仔細的思考衡量）。
	狩	ㄕㄡˋ	巡狩（舊稱天子巡行天下）。狩獵。
	紂	ㄓㄡˋ	商紂。助紂為虐。

國字	字音	語詞
肘	ㄓㄡˇ	手肘。肘腋ㄧㄝˋ之患（比喻潛ㄑㄧㄢˊ藏在身邊的禍患）。捉襟見ㄐㄧㄢˋ肘（比喻生活非常窮困。也作「捉襟肘見ㄒㄧㄢˋ」）。膝行肘步（形容恭敬服從的樣子）。變生肘腋（比喻禍亂發生在身旁或內部。通常指親信背叛。同「事生肘腋」「禍生肘腋」）。
討	ㄊㄠˇ	研討。討伐ㄈㄚˊ。商討。自討苦吃。南征北討。漫ㄇㄢˋ天討價。
* 酎	ㄓㄡˋ	酎金（漢時諸侯進貢朝廷，用來助祭的錢財）。醇酎（一種上等的酒名）。
【夕】		
夕	ㄒㄧˋ	夕陽。一夕成名。一夕致富。一夕暴紅。命在旦夕。朝ㄓㄠ不慮夕。朝ㄓㄠ令夕改。朝ㄓㄠ乾ㄑㄧㄢˊ夕惕（時時勤奮戒懼，不敢懈怠）。
夙	ㄙㄨˋ	夙夜在公（整日勤於公務）。夙夜匪懈。夙夜憂勤（形容勤於政事，日夜奔波ㄅㄛ忙碌）。夙負盛名（擁有極大的名聲）。夙興ㄒㄧㄥ夜寐ㄇㄟˋ（比喻勤奮）。首丘夙願（比喻死後歸葬故鄉的心願）。
拶	ㄗㄚˊ	拶逼（逼迫）。挨拶（擁ㄩㄥˇ擠）。排拶（逼迫）。
	ㄗㄢˇ	拶子（夾手指的刑具）。拶指（古代酷刑的一種）。
汐	ㄒㄧˋ	潮汐。
矽	ㄒㄧˋ	矽谷（美國著名的科學工業區）。綠色矽島（臺灣發展科技的願景）。
* 穸	ㄒㄧˋ	窀ㄓㄨㄣ穸（墓穴）。

國字	字音	語詞
		【丈】
丈	ㄓㄤˋ	函丈（對老師的尊稱）。丈二金剛（歇後語。指弄不清狀況）。方丈盈前（形容生活豪奢）。火冒三丈。食前方丈（同「方丈盈前」）。
仗	ㄓㄤˋ	炮仗（爆竹）。儀仗。炮仗花。儀仗隊。仗馬無聲（比喻官吏只領俸祿而不敢向上位者諫諍ㄓㄥˋ）。仗勢欺人。仗義執言。明火執仗（形容強盜公然搶劫或指壞人恣意妄為。不作「明火執杖」）。
杖	ㄓㄤˋ	枴杖。杖莫如信（可作憑藉的莫過於守信）。
		【士】
仕	ㄕˋ	仕宦（做官）。仕途（官場）。地方仕紳。強仕之年（男子四十歲）。學優而仕（學習有成後尚有餘力，則可以出來從政。原作「學而優則仕」）。懸車ㄔㄜ致仕（比喻告老辭官，歸隱鄉里）。
士	ㄕˋ	身先士卒。國士無雙（國內絕無僅有的優秀人才）。將ㄐㄧㄤˋ士用命。禮賢下士。
茌	ㄔˊ	茌平（山東省縣名）。接茌兒（搭腔）。
		【才】
才	ㄘㄞˊ	才華。人盡其才。才疏學淺。才貌雙全。
材	ㄘㄞˊ	身材。大材小用。因材施教。楚材晉用。
豺	ㄔㄞˊ	豺虎肆虐（比喻奸人橫ㄏㄥˋ行，暴虐無道）。豺狼虎豹。豺狼野心（形容壞人的野心凶狠殘暴）。豺狼當道（比喻統治者掌握大權，暴虐凶狠）。骨瘦如豺（形容人極為消瘦的樣子。同「骨瘦如柴」）。蜂目豺聲（形容人極為凶狠蠻橫ㄏㄥˋ）。

國字	字音	語詞
財	ㄘㄞˊ	財迷心竅。勞民傷財。臨財不苟（面對錢財的誘惑，不隨便取得）。
閉	ㄅㄧˋ	閉塞ㄙㄜˋ。閉口無言。閉月羞花（形容女子容貌美麗）。閉門天子（比喻有名無實）。閉門卻掃（不與外界來往）。閉門造車ㄔㄜ。閉關自守。
【小】		
小	ㄒㄧㄠˇ	宵小。小心翼翼。牛刀小試。嬌小玲瓏。
* 尒	ㄦˇ	蕞ㄗㄨㄟˋ尒（很小的樣子。同「蕞爾」）。尒則翫ㄨㄢˋ（近則戲弄）。
* 苶	ㄋㄧㄝˊ	疲苶（疲倦、疲累）。衰苶（疲倦）。才窘氣苶（才氣枯窘衰敗）。苶然疲役（辛苦疲倦的樣子）。精神發苶（精神疲累無力的樣子）。
隙	ㄒㄧˋ	孔隙。空ㄎㄨㄥˋ隙。間ㄐㄧㄢˋ隙。嫌隙。縫ㄈㄥˋ隙。寸隙之暇（短暫的空閒）。寸隙難留（比喻時間消失迅速）。小隙沉舟（比喻一點小差錯即能造成大災禍）。凶終隙末（比喻好友後來因誤會而反目）。白駒ㄐㄩ過隙（同「寸隙難留」）。有隙可乘ㄔㄥˊ（同「有機可乘」）。抵瑕蹈ㄉㄠˋ隙（針對他人弱點、短處加以批評攻擊）。指瑕造隙（比喻挑毛病，製造分裂）。乘ㄔㄥˊ間ㄐㄧㄢˋ投隙（利用機會挑ㄊㄧㄠˇ撥離間ㄐㄧㄢˋ）。過隙不留（指光陰不會停留）。隙大牆壞（比喻輕忽小漏洞，最後會演變成大禍害。同「小隙沉舟」）。

	國字	字音	語詞
	四畫【不】		
	不	ㄅㄨˋ	不妨ㄈㄤˊ。百折不撓ㄋㄠˊ。兵不厭詐。冰炭不相容（比喻雙方對立，無法相容）。
		ㄈㄨ	華ㄏㄨㄚˋ不注（山東省山名）。鄂不韡ㄨㄟˇ韡（花蒂十分鮮明）。
		ㄈㄡ	不準（人名。晉代汲郡人）。
		ㄈㄡˇ	尊君在不（令尊在家嗎）。通「否」。
	坏	ㄆㄟˊ	土坏（未經窯燒的磚瓦陶器）。坏土（墳墓）。坏冶（比喻培育人才）。堪坏（神名。居崑崙山）。一坏土（一掬ㄐㄩˊ土。同「一抔ㄆㄡˊ土」）。
	孬	ㄋㄠ	孬種（罵人膽小懦弱的話）。
	抔	ㄆㄡˊ	抔飲（用手捧水而飲）。一抔土（一掬土）。抔土未乾（形容時間不久）。抔水而飲。汙尊抔飲（指遠古的禮法非常簡陋）。
	杯	ㄅㄟ	杯葛ㄍㄜˊ。分一杯羹。杯水車ㄔㄜ薪。杯盤狼藉ㄐㄧˊ。餘杯冷炙ㄓˋ（剩下的酒菜。也作「殘杯冷炙」）。
	盃	ㄅㄟ	盃酌（杯中的酒）。獎盃。通「杯」。
*	紑	ㄈㄡ	絲衣其紑（絲綢禮服多ㄉㄨㄛ麼鮮明潔白）。
*	罘	ㄈㄨˊ	芝罘（山東煙臺的舊名）。罘網（捕捉鳥獸的網子）。罘罳ㄙ（鏤ㄌㄡˋ花的屏風）。罝ㄐㄩ罘（同「罘網」）。芝罘條約。

國字		字音	語詞
*	芣	ㄈㄡˊ	芘ㄆㄧˊ芣（錦葵）。芣苡ㄧˇ（車前草）。芣苢ㄧˇ（同「芣苡」）。
*	衃	ㄆㄟ	衃血（赤黑色的瘀血）。
*	鴀	ㄈㄡˇ	鳺ㄈㄨ鴀（鳥名。也稱「鵓ㄅㄛˊ鳩」）。
			【丐】
	丐	ㄍㄞˋ	乞丐。沾丐後人（給ㄐㄧˇ予後人利益）。
	鈣	ㄍㄞˋ	鈣化。鈣片。鈣質。
			【中】
	中	ㄓㄨㄥ	熱中。適中。釜中魚（比喻處在極端危險困境中的人）。囊ㄋㄤˊ中物（比喻容易得到的事物）。中飽私囊。火中取栗ㄌㄧˋ（受人利用而冒險付出，自己卻一無所獲）。熱中功名。難易適中。
		ㄓㄨㄥˋ	中肯。中獎。中規中矩。正中下懷。動中事理。動中窾ㄎㄨㄢˇ要（比喻言談舉止都能切ㄑㄧㄝˋ中要害）。深中肯綮ㄑㄧㄥˋ（即中ㄓㄨㄥˋ肯）。雀屏中選。談言微中（談話善於諷ㄈㄥˋ諭且洞悉事理）。適中下懷（剛好配合自己的心意、看法）。
	仲	ㄓㄨㄥˋ	仲介。賢昆仲（對人兄弟的尊稱）。伯仲之間。伯壎ㄒㄩㄣ仲篪ㄔˊ（比喻兄弟和睦友愛）。
	忠	ㄓㄨㄥ	忠恕。公忠體國（公正而忠心的為國服務。即盡忠為國）。忠心耿耿。忠言逆耳。盡忠職守。

	國字	字音	語詞
	忡	ㄔㄨㄥ	怔ㄓㄥ忡（內心驚悸）。怔忡不安。憂心忡忡。
	沖	ㄔㄨㄥ	沖天炮。怒氣沖天。一飛沖天。直沖天際。氣沖牛斗（大怒）。氣沖霄漢（形容大無畏的氣概ㄍㄞˋ）。謙沖自牧（為人處事謙虛退讓，以修養自我的德性）。「冲」為異體字。
*	浺	ㄔㄨㄥ	浺瀜ㄖㄨㄥˊ（水深廣的樣子）。
*	狆	ㄓㄨㄥˋ	狆族（雲貴一帶種族名）。
	盅	ㄓㄨㄥ	茶盅。酒盅。
*	祌	ㄓㄨㄥˋ	祌禫ㄊㄢˇ（言談淡薄無味）。
*	种	ㄔㄨㄥˊ	种放。种師道（以上兩人皆宋代人名）。
		ㄓㄨㄥˇ	「種」之異體字。
		ㄓㄨㄥˋ	「種」之異體字。
*	翀	ㄔㄨㄥ	翀天（向上直飛）。一飛翀天（同「一飛沖天」）。通「沖」。
	衷	ㄓㄨㄥ	苦衷。衷曲ㄑㄩ。衷款（真誠）。衷腸（同「衷曲」）。一本初衷。由衷之言。言不由衷。和ㄏㄜˊ衷共濟。莫衷一是。傾ㄑㄧㄥ訴衷曲ㄑㄩ。
*	衶	ㄓㄨㄥˋ	衶禫ㄊㄢˇ（同「祌禫」）。

國字	字音	語詞
【予】		
予	ㄩˇ	給ㄐㄧˇ予。准予。予人口實（留下讓人指責、非議的把柄）。生殺予奪（比喻至高無上的權威）。
	ㄩˊ	人莫予毒（比喻為所欲為，無所顧忌）。予取予求（任意求取，需索無度）。予智自雄（驕傲自滿，自以為很了不起）。宰予晝寢。通「余」。
* 伃	ㄩˊ	倢ㄐㄧㄝˊ伃（職官名。同「婕妤ㄩˊ」）。
墅	ㄕㄨˋ	別墅。
妤	ㄩˊ	婕妤（職官名。同「倢伃」）。班婕妤（人名。漢成帝宮中女官。同「班倢伃」）。
序	ㄒㄩˋ	序幕。庠ㄒㄧㄤˊ序（學校）。脫序。井然有序。公序良俗（公共秩序，善良風俗）。循序漸進。揭開序幕。
抒	ㄕㄨ	抒情。抒發。各抒己見。獨抒性靈（指文學作品以抒發作者性情為主，講究真實、自然）。
杼	ㄓㄨˋ	機杼（織布機）。別出機杼（比喻創作新穎，不落俗套）。投杼市虎（比喻謠言紛傳，就連最親信的人也會受到影響）。杼軸其空（比喻家貧如洗，什ㄕㄣˊ麼都沒有）。崔杼弒君（齊國的崔杼殺了淫亂的齊莊公）。曾母投杼（比喻指流言蜚ㄈㄟˇ語令人生畏）。機杼一家（文章創新，獨成一家）。獨出機杼（同「別出機杼」）。
紓	ㄕㄨ	紓困。紓禍（緩和禍害）。紓解旱象。紓解壓力。毀家紓難（捐出所有家產以解救國難）。
舒	ㄕㄨ	舒坦。舒展。舒暢。舒緩。舒適。舒卷ㄐㄩㄢˇ自如（舒展和捲縮都很自然）。舒筋活血。

國字	字音	語詞
＊芓	ㄓㄨˋ	芓栗(橡樹的果實)。與「茅」不同。
野	ㄧㄝˇ	曠野。哀鴻遍ㄅㄧㄢˋ野。堅壁清野(堅守壁壘ㄌㄟˇ，清除郊野的糧食房舍。一種固守卻敵的策略)。
預	ㄩˋ	干預。預兆。預防接種ㄓㄨㄥˋ。
【亢】		
亢	ㄎㄤˋ ㄍㄤ	亢旱。亢奮。高亢。不卑不亢。亢音高唱(打開喉嚨，高聲歌唱)。亢龍有悔(居高位者要以驕傲自滿為戒，否則會有敗亡之禍)。 絕亢(斬斷脖子)。搤ㄜˋ亢拊ㄈㄨˇ背(控制要害)。
伉	ㄎㄤˋ	伉儷ㄌㄧˋ。賢伉儷(尊稱他人夫婦)。分庭伉禮(同「分庭抗禮」)。
＊匟	ㄎㄤˋ	匟床(可以兩人並坐的木床。床上有小茶几ㄐㄧ，床前有擱腳的矮凳)。
吭	ㄏㄤˊ ㄎㄥ	引吭。引吭高歌。扼吭拊ㄈㄨˇ背(比喻控制要害，克敵制勝。同「搤亢ㄍㄤ拊背」)。 吭氣。吭聲。不吭氣。不敢吭聲。悶ㄇㄣ不吭聲。
坑	ㄎㄥ	坑人。焚書坑儒。滿坑滿谷(數量很多，到處都是)。避坑落井(比喻剛逃過一件災禍，另一件禍害又來到)。
抗	ㄎㄤˋ	抵抗。分庭抗禮。負嵎ㄩˊ頑抗(敵軍或盜匪依恃ㄕˋ險要之勢，做頑強的抵抗)。難以抗衡。

	國字	字音	語詞
	杭	ㄏㄤˊ	杭州。
	沆	ㄏㄤˋ	漭ㄇㄤˇ沆（水廣闊的樣子）。沆瀣ㄒㄧㄝˋ一氣（比喻氣味相投，多用於貶義）。
	炕	ㄎㄤˋ	暖炕（在床下生火取暖的土炕）。落ㄌㄠˋ炕（病得很嚴重而不能起床）。
*	犺	ㄎㄤˋ	狼犺（形容物體巨大、笨重）。
*	肮	ㄏㄤˊ	搤ㄜˋ肮拊ㄈㄨˇ背（比喻據守要衝，置敵人於死地。也作「扼喉撫背」）。
	航	ㄏㄤˊ	航空。護航。處ㄔㄨˇ女航。慈航普渡（指助人脫離苦難）。
*	迒	ㄏㄤˊ	蹏ㄊㄧˊ迒之跡（野獸經過所留下的痕跡）。
*	閌	ㄎㄤˋ	高閌（指建築物宏偉高大）。
	阬	ㄎㄥ	焚書阬儒。填阬滿谷。滿谷滿阬。通「坑」。
	頏	ㄏㄤˊ	頡ㄒㄧㄝˊ頏（鳥飛上飛下）。頡頏之行ㄒㄧㄥˋ（高傲的態度）。
	骯	ㄤ	骯髒（汙穢不潔）。
		ㄎㄤˇ	骯髒ㄗㄤˇ（剛直倔ㄐㄩㄝˋ強ㄐㄧㄤˋ的樣子）。
	【介】		
	介	ㄐㄧㄝˋ	介冑ㄓㄡˋ（鎧甲和頭盔。為古代的軍服）。一介不取。一介書生。不必介懷。介然於懷（同「耿耿於懷」）。耿介之士（堅貞剛直的人）。煞ㄕㄚˋ有介事。

	國字	字音	語詞
*	价	ㄐㄧㄝˋ	小价(謙稱自己的僕人)。貴价(敬稱他人的僕人)。
		ㄐㄧㄚˋ	「價」之異體字。
		˙ㄍㄚ	「價」之異體字。
*	妎	ㄒㄧˋ	嫉ㄐㄧˊ妎(嫉ㄐㄧˊ妒)。
	尬	ㄍㄚˋ	尷尬。處境尷尬。場面尷尬。
*	玠	ㄐㄧㄝˋ	看殺<u>衛玠</u>(指俊俏的男士被人極度仰慕)。
	界	ㄐㄧㄝˋ	世界。疆界。界外球。廣播ㄅㄛ界。輿ㄩˊ論界。世界紀錄。
	疥	ㄐㄧㄝˋ	疥瘡。癬ㄒㄧㄢˇ疥之疾(比喻輕微的禍患)。
*	砎	ㄐㄧㄝˋ	砎石(堅硬的石頭ㄊㄡ)。砎如(石頭堅硬的樣子)。
	芥	ㄐㄧㄝˋ	芥末(不作「芥茉」)。芥菜。芥蒂。如拾地芥(同「易如拾芥」)。易如拾芥(比喻非常容易)。針芥相投(比喻在各方面皆能相投合)。視如土芥(同「視如草芥」)。視如草芥(比喻輕蔑ㄇㄧㄝˋ、看不起)。琥珀ㄆㄛˋ拾芥(比喻彼此感應)。纖ㄒㄧㄢ芥不遺(形容極為詳盡)。
*	蚧	ㄐㄧㄝˋ	蛤ㄍㄜˊ蚧(動物名。與蜥蜴同類異種)。
*	骱	ㄒㄧㄝˋ	脫骱(脫臼)。整骱(整脊ㄐㄧˇ、整椎)。
*	齘	ㄒㄧㄝˋ	噤ㄐㄧㄣˋ齘(憤怒而咬牙切ㄑㄧㄝˋ齒的樣子)。齽ㄐㄧㄣˋ齘(同「噤齘」)。

國字	字音	語詞
【戈】		
伐	ㄈㄚ	北伐。伐木。步伐。討伐。撻ㄊㄚˋ伐。濫伐。口誅筆伐。弔民伐罪。央人作伐（請人作媒）。伐毛洗髓ㄙㄨㄟˇ（比喻清除汙垢，脫胎換骨）。自矜功伐（誇耀自己的功績）。矜功伐善（誇耀自己的功績和長處）。執柯作伐（替人作媒）。殺伐用張（聲明罪狀而加以討伐）。黨同伐異（同黨相助，攻擊異己。泛指團體之間的鬥爭）。
划	ㄏㄨㄚˊ	划拳。划船。划算。划槳。
戈	ㄍㄜ	干戈。入室操戈（比喻就對方的論點，找其紕ㄆㄧ漏，加以攻擊、反駁）。反戈一擊（比喻掉轉矛頭，對自己所屬的陣營進行攻擊、批判）。止戈為武。投戈講藝（雖身在軍中，仍然學習不輟ㄔㄨㄛˋ）。金戈鐵馬（指英姿雄壯的部隊）。韜ㄊㄠ戈偃ㄧㄢˇ武（停止征戰，以修文治。同「偃武修文」）。
找	ㄓㄠˇ	找碴ㄔㄚˊ兒。找臺階下。
戕	ㄑㄧㄤˊ	自戕（自殺或傷害己身）。戕害。戕賊（殘害）。戕摩剝削ㄒㄩㄝˋ（官吏對人民的壓榨、迫害）。
筏	ㄈㄚˊ	竹筏。膠筏。救生筏。
*茷	ㄈㄚˊ	茅茷（茂密的野草）。茷茷（旌ㄐㄧㄥ旗飄動或整齊有法度的樣子）。焚茅茷（焚燒叢密的野草）。其旂ㄑㄧˊ茷茷（旗幟迎風飄揚）。
閥	ㄈㄚˊ	官閥（官爵門第）。軍閥。財閥（在工商界具有強大經濟勢力的人物或集團）。閥閱（仕宦人家）。門閥相當（與家族的社會地位及聲望相等）。書香閥閱（即書香門第）。

	國字	字音	語詞
	【午】		
*	仵	ㄨˇ	仵作（相當於現在的法醫）。
	午	ㄨˇ ˙ㄏㄨㄛ ㄔㄨˇ	亭午（中午）。子午卯ㄇㄠˇ酉ㄧㄡˇ（比喻從頭到尾，十分完整）。祁ㄑㄧˊ奚舉午（比喻荐舉賢能，重在才德，不刻意迴避親人）。 晌ㄕㄤˇ午（中午）。 午臼（同「杵臼」）。通「杵」。
	忤	ㄨˇ	忤逆。不以為忤（不在意、不生氣）。不敢忤視（不敢正視）。忤逆不孝（對父母不孝敬順從）。與人無忤（與人和諧相處，沒有爭吵）。
	杵	ㄔㄨˇ	杵臼。砧ㄓㄣ杵（擣ㄉㄠˇ衣的墊石和木槌）。杵臼之交（比喻朋友交往，不分貴賤）。血流漂杵（比喻戰場上死傷慘重）。杵在一旁（在一旁呆立不動）。急杵擣心（形容驚詫不安的心情）。磨杵成針。鐵杵磨針（同「磨杵成針」）。
	滸	ㄏㄨˇ	水滸傳（書名）。在河之滸（生長在大河邊）。
	許	ㄒㄩˇ	允許。許諾。嘉許。讚許。以身許國。孤高自許（性情傲慢，自命不凡）。
*	迕	ㄨˇ	乖迕（違背、牴觸）。旁迕（氣勢橫ㄏㄥˋ溢，言行ㄒㄧㄥˋ乖戾的樣子）。錯迕（交雜）。莫敢復迕（不敢再次違逆）。

國字	字音	語詞
【壬】		
任	ㄖㄣˋ	任用。責任。任重致遠。任勞任怨。任督二脈。知人善任。勇於任事。負才任氣（自恃ㄕˋ有才華而意氣用事）。燮ㄒㄧㄝˋ和之任（指宰相）。
	ㄖㄣˊ	任昉ㄈㄤˇ（南朝人）。任立渝（氣象專家）。任家萱（藝人 Selina 的本名）。任賢齊（歌手）。悲不任（悲傷得無法承受）。難ㄋㄢˊ任人（同「難壬ㄖㄣˊ人」）。眾怒難任（個人難以抵擋眾人的憤怒）。
* 凭	ㄆㄧㄥˊ	凭欄（倚著欄杆）。為「憑」的異體字。
壬	ㄖㄣˊ	三壬（星相術用語。表福壽之相）。壬人（奸佞ㄋㄧㄥˋ之人）。僉ㄑㄧㄢ壬（小人）。憸ㄒㄧㄢ壬（同「僉壬」）。難壬人（責備奸佞之人）。壬人在位。
妊	ㄖㄣˋ	妊娠ㄕㄣ。懷妊（懷孕）。妊娠紋。
* 恁	ㄖㄣˋ	恁地ㄉㄜ˙（如此）。恁時（彼時）。恁般（這般）。勤恁（心裡時時刻刻惦記著）。
	ㄋㄧㄣˊ	恁們（您們）。通「您」。
* 紝	ㄖㄣˋ	織紝（織布）。紡績織紝（紡績織布）。「絍」為異體字。
荏	ㄖㄣˇ	荏染（柔弱的樣子）。荏苒ㄖㄢˇ（時間漸漸消逝）。色厲內荏（外表剛強嚴厲，但內心卻十分懦弱）。風塵荏苒（比喻戰亂不終止）。荏染柔木（柔弱的小樹木）。韶ㄕㄠˊ光荏苒（時光漸漸的消逝）。

	國字	字音	語詞
	衽	ㄖㄣˋ	衽席（睡臥處）。衽金革（形容隨時保持警戒，準備迎敵）。被ㄆㄧ髮左衽（比喻文化落後的民族）。連衽成帷（形容人多擁ㄩㄥˇ擠）。斂衽正容（整飾衣襟、端正容貌）。「袵」為異體字。
	賃	ㄌㄧㄣˋ	租賃。賃金（租金）。賃屋。
	飪	ㄖㄣˋ	烹飪。烹飪鼎鼐ㄋㄞˋ（比喻治理國家）。
*	鵀	ㄖㄣˊ	棲鵀（死亡的預兆）。戴鵀（鳥名。戴勝的別稱）。
	【分】		
	份	ㄈㄣˋ	一份。股份。備份。
	分	ㄈㄣ	分娩ㄇㄧㄢˇ。瓜分。夜分（半夜）。春分。秋分。分道揚鑣。勞燕分飛。
		ㄈㄣˋ	分內。分外。時分（時間）。身分證。平生交分（一生的交情）。安分守己。知識分子ㄗˇ。夢醒時分（歌名。陳淑樺主唱）。嚴守分際。
	吩	ㄈㄣ	吩咐。
*	坌	ㄅㄣˋ	坌涌ㄩㄥˇ（聚集並向上騰起）。坌集（聚集）。坌鳥先飛（同「笨鳥先飛」）。坌集京師（聚集在京師）。
*	妢	ㄈㄣˊ	妢胡（古國名）。
	岔	ㄔㄚˋ	打岔。岔氣（因胸氣不順而導致身體不適或疼痛的病症）。岔路。岔道。出岔子。交岔路口。岔開話題。

	國字	字音	語詞
*	弅	ㄈㄣˊ	隱弅之丘（隆起的山丘）。
	忿	ㄈㄣˋ	忿懣(ㄇㄣˋ)（同「憤懣」）。一朝之忿（一時所激發出來的忿怒）。忿忿不平。懲(ㄔㄥˊ)忿窒欲（遏(ㄜˋ)止忿怒，堵塞(ㄙㄜˋ)情欲）。
	扮	ㄅㄢˋ	扮演。妝扮。喬裝打扮。
	掰	ㄅㄞ	掰開。瞎掰。掰文兒（故意挑(ㄊㄧㄠ)剔(ㄊㄧ)別人的缺點）。掰交情（使兩方交情破裂）。分斤掰兩（比喻過分計較、比較）。胡說瞎掰。
*	攽	ㄅㄧㄣ	分。通「㓜(ㄅㄧㄣ)」。
		ㄅㄢ	攽發（同「頒發」）。攽獎（同「頒獎」）。通「頒」。
*	枌	ㄈㄣˊ	枌榆（家鄉）。東門之枌（詩經・陳風的篇名）。枌榆同契（同故鄉的人）。
	棼	ㄈㄣˊ	治絲益棼（比喻行事不懂要領而越做越糟）。貫手著(ㄓㄨㄛˊ)棼（形容箭術高超精準）。
	氛	ㄈㄣ	氛圍（周圍的氣氛和情調）。氣氛。
*	汾	ㄈㄣˊ	汾河（河川名）。汾陽（山西省縣名）。汾沮(ㄐㄩˋ)洳(ㄖㄨˋ)（詩經・魏風的篇名）。河汾門下（比喻名師門下人才輩出）。
*	玢	ㄅㄧㄣ	玢岩（地質學名詞）。玢豳(ㄅㄧㄣ)（玉石文采繽紛的樣子）。彪彪玢玢（文采繁盛的樣子）。
	盆	ㄆㄣˊ	傾盆大雨。鼓盆而歌（比喻遭妻死之痛）。戴盆望天（指行動與目的相違背）。覆盆之冤（比喻遭冤屈，無處申訴）。

	國字	字音	語詞
	盼	ㄆㄢˋ	企盼。盼望。顧盼生風(形容神采飛揚的樣子)。顧盼生姿(左右環顧，神采奕奕)。顧盼自雄(形容左顧右盼，自以為了不起)。
*	砏	ㄅㄧㄣ	砏汃ㄆㄚˋ輣ㄆㄥˊ軋ㄧㄚˋ(波ㄅㄛ浪激盪聲)。
	粉	ㄈㄣˇ	粉身碎ㄙㄨㄟˋ骨。粉飾太平。粉墨登場。塗脂ㄓ抹粉。
	紛	ㄈㄣ	五彩繽紛。紛至沓ㄊㄚˋ來(形容接連不斷的來到)。眾說紛紜。議論紛紛。
*	羒	ㄈㄣˊ	羒羊(白色的公羊)。
*	翂	ㄈㄣ	翂翂翐ㄓˋ翐(鳥飛行緩慢的樣子)。
	芬	ㄈㄣ	芬芳。芬多精。香氣芬馥ㄈㄨˋ(香味芬芳濃郁)。
*	棻	ㄈㄣ	鄭彥棻(前總統府祕書長)。桑麻鋪棻(桑麻生長得茂盛的樣子)。
*	蒶	ㄈㄣˊ	蒶蘊ㄩㄣˋ(累ㄌㄟˇ積、蓄積)。
*	蚡	ㄈㄣˊ	田蚡(漢代人名)。蚡冒(春秋楚人)。蚡緼ㄩㄣˋ(形容聲音相錯雜)。
*	衯	ㄈㄣ	衯衯裶ㄈㄟ裶(衣長而拖曳的樣子)。
	貧	ㄆㄧㄣˊ	貧困。貧賤。安貧樂道。劫富濟貧。家貧如洗。
*	邠	ㄅㄧㄣ	邠縣(陝西省縣名)。
*	酚	ㄈㄣ	甲酚(一種無色、液ㄧㄝˋ態的有機化合物)。葡萄多酚。綠茶多酚。蘋果多酚。

	國字	字音	語詞
	雰	ㄈㄣ	雰圍（同「氛圍」）。雰濁（汙濁的穢氣）。
	頒	ㄅㄢ	頒布。頒白（同「斑白」）。頒發。頒獎。頒贈。
*	魵	ㄈㄣˋ	魵魚（魚名。即斑文魚）。
*	鳻	ㄈㄣ	鳻鶞ㄔㄨㄣ（候鳥名）。
		ㄅㄢ	鳻鳩（即斑鳩）。
*	黺	ㄈㄣˇ	黺米（刺繡為文，類聚成米形）。
*	鼢	ㄈㄣˊ	鼢鼠（動物名。即穿地鼠）。
	【內】		
	內	ㄋㄟˋ	內人。內疚ㄐㄧㄡˋ。內幕。丁內艱（遭逢母親過世）。五內如焚（形容內心極為焦慮）。內顧之憂。銘感五內（比喻內心非常的感激）。
		ㄋㄚˋ	周內（到處搜尋疑證，期使人獲罪入獄）。聘內（即迎娶女子。同「聘納」）。深文周內（同「周內」）。通「納」。
	吶	ㄋㄚˋ	吶喊。嗩ㄙㄨㄛˇ吶（樂器名）。搖旗吶喊。
*	妠	ㄋㄚˋ	姶ㄜˋ妠（聚物）。婠ㄨㄢ妠（小孩肥胖的樣子）。
	枘	ㄖㄨㄟˋ	枘鑿ㄗㄠˊ（牴觸而互不相容）。枘鑿冰炭（同「圓鑿方枘」）。圓鑿ㄗㄠˊ方枘（比喻格格不入，互不相合）。鑿枘不入（同「枘鑿」）。
*	汭	ㄖㄨㄟˋ	沙汭（安徽省地名）。夏汭（古地名）。淮汭（淮水彎曲處）。嬀ㄍㄨㄟ汭（河川名）。

	國字	字音	語詞
	納	ㄋㄚˋ	採納。接納。呼吸吐納。招降納叛（招收接納敵方投降叛變的人）。藏汙納垢。
*	肭	ㄋㄚˋ	膃(ㄨㄚˋ)肭（即海狗）。
*	芮	ㄖㄨㄟˋ	芮城（山西省地名）。芮鞫(ㄐㄩˊ)（水灣）。瞀(ㄇㄠˋ)芮（小蟲名）。蕞(ㄗㄨㄟˋ)芮（聚集的樣子）。芮氏級度（表示地震強度的級度表）。
	蚋	ㄖㄨㄟˋ	蚊蚋負山（比喻力小而負擔繁重）。蚊蚋孳生。
	衲	ㄋㄚˋ	老衲（老僧(ㄙㄥ)的自稱）。百衲衣（指僧(ㄙㄥ)衣）。拘攣(ㄌㄨㄢˊ)補衲（好用典故，勉強(ㄑㄧㄤˇ)拼湊而顯得不自然）。破衲芒鞋（破衣草鞋）。
	訥	ㄋㄜˋ	木訥。訥譅(ㄙㄜˋ)（言語笨拙）。大辯若訥（善辯者，常表現出不擅言辭的樣子）。木訥寡言。剛毅木訥（剛強堅毅，質樸且拙於言辭）。訥言敏行（指說話謹慎，行動敏捷）。
*	豽	ㄋㄚˋ	豽獸（獸名。似狗，無前足，有角）。通「貀(ㄋㄚˋ)」。
	鈉	ㄋㄚˋ	低鈉鹽。氯(ㄌㄩˋ)化鈉（鹽的學名）。
*	魶	ㄋㄚˋ	魶魚（鯢(ㄋㄧˊ)魚，聲音如嬰兒）。
			【冘】
*	冘	ㄧㄣˊ	冘冘（行進的樣子）。
	忱	ㄔㄣˊ	賀忱。謝忱。赤忱忠心。滿腔熱忱。

國字	字音	語詞
枕	ㄓㄣˇ	枕木。枕骨（位於頭顱後面正下方）。枕頭˙ㄊㄡ。高枕無憂。繡花枕頭（比喻外表華美而無學識內涵的人）。
	ㄓㄣˋ	枕藉ㄐㄧㄝˋ（縱ㄗㄨㄥˋ橫相枕而躺）。北枕大江（北邊靠近大江）。曲肱ㄍㄨㄥ而枕（比喻安於窮困的生活）。死相枕藉（很多人死亡）。枕山棲谷（隱居山林）。枕戈待旦。枕戈寢甲（形容經常處在備戰的狀態中，不敢懈怠）。枕石漱ㄕㄨˋ流（形容隱居的山林生活）。枕經藉史（形容喜愛讀書，與書為友）。枕經藉書（同「枕經藉史」）。道殣ㄐㄧㄣˋ相枕（路上到處都是餓死的人）。寢苫ㄕㄢ枕塊（古代居父母喪ㄙㄤ的禮節）。
沈	ㄕㄣˇ	沈腰潘鬢ㄅㄧㄣˋ（比喻男子的體質瘦弱，早生白髮）。
	ㄔㄣˊ	沈沒。沈思。沈冤。沈寂。沈淪。沈湎ㄇㄧㄢˇ。沈溺。沈甸甸（分量很重）。暮氣沈沈。通「沉」。
眈	ㄉㄢ	虎視眈眈。眈悅詩書（喜愛詩書）。
* 紞	ㄉㄢˇ	紞如（打鼓聲）。紞紞（同「紞如」）。
耽	ㄉㄢ	耽湎ㄇㄧㄢˇ（沉溺、沉迷）。耽溺。耽誤。耽擱。和樂且耽（融洽歡樂的樣子）。「躭」為異體字。
酖	ㄉㄢ	酖酖（安樂的樣子）。酖於酒（喜好喝酒）。
	ㄓㄣˋ	酖毒（毒酒或毒藥。同「鴆ㄓㄣˋ毒」）。宴安酖毒（貪圖逸樂猶如飲鴆自殺。同「宴安鴆毒」）。通「鴆」。

	國字	字音	語詞
*	醓	ㄊㄢˇ	醓醢ㄏㄞˇ（有汁的肉醬）。
*	髧	ㄉㄢˋ	髧彼兩髦（頭髮垂於兩側與眉相齊）。
	鴆	ㄓㄣˋ	鴆毒（同「酖ㄓㄣˋ毒」）。鴆酒（毒酒）。鴆媒（比喻以讒ㄔㄢˊ佞ㄋㄧㄥˋ陷ㄒㄧㄢˋ害人）。鴆醴（毒酒）。宴安鴆毒（同「宴安酖毒」）。飲鴆止渴（比喻只求解決眼前困難，而不顧將來嚴重的禍患）。弒君鴆母（殺死國君，毒死國母）。
*	黕	ㄉㄢˇ	黕點（黑色汙垢）。
	【化】		
	化	ㄏㄨㄚˋ	文化。化妝。化裝。化境。大而化之。化外之地。化除成見。化險為夷。出神入化。造化弄人（指命運捉弄人）。鼻化元音（語音學名詞。一種鼻音化的元音）。
		ㄏㄨㄚ	叫化（乞丐）。叫化子。叫化子雞（一種用全雞燜ㄇㄣˋ燒成的菜肴）。
*	吪	ㄜˊ	鳳靡鸞吪（哀輓之辭。比喻人死）。
*	囮	ㄧㄡˊ	囮子（用來誘捕同類鳥的鳥。也稱「鳥媒」）。
	花	ㄏㄨㄚ	花卉。妙筆生花。明日黃花。朋分花用。閉月羞花（形容女子面貌姣ㄐㄧㄠˇ好）。曇ㄊㄢˊ花一現。
	訛	ㄜˊ	訛舛ㄔㄨㄢˇ（錯誤）。訛言（假話）。訛詐。訛傳。訛誤。訛謬ㄇㄧㄡˋ（同「訛舛」）。拿訛頭˙ㄊㄡ（以他人的隱私來詐取財物）。以訛傳訛。

國字	字音	語詞
貨	ㄏㄨㄛˋ	百貨。冒牌貨。奇貨可居（囤積稀少貨品，等待高價賣出）。貨暢其流。
靴	ㄒㄩㄝ	皮靴。雨靴。馬靴。靴子。長統靴。面似靴皮（形容臉部皺紋多）。靴刀誓死（指抱著戰死沙場的決心）。隔靴搔癢。
		【卬】
仰	ㄧㄤˇ	仰慕。人仰馬翻。久仰大名。仰人鼻息。前仰後合。前俯後仰。俯仰無愧。與世偃仰（隨波逐流，毫無主見）。
卬	ㄤˊ	卬卬（氣概軒昂）。卬貴（昂貴）。低卬（上下起伏）。人涉卬否（比喻有主見，不隨便附和他人）。卬首信眉（形容意氣風發的樣子）。卬須我友（我在等候我的朋友）。顒顒卬卬（態度溫和，意氣高昂）。通「昂」。
	ㄧㄤˇ	卬望（仰望）。瞻卬（瞻仰）。高山卬止（崇高的德行，令人景仰。同「高山仰止」）。通「仰」。
抑	ㄧˋ	抑制。壓抑。平抑物價。抑強扶弱。抑揚頓挫。抑鬱寡歡。悲不可抑。
昂	ㄤˊ	昂貴。昂首挺胸。昂首闊步。氣宇軒昂。鬥志昂揚。慷慨激昂。七尺昂藏之軀（形容氣宇堂堂的男子漢）。
迎	ㄧㄥˊ	親迎（古婚禮之一）。曲意逢迎。迎刃而解。迎頭痛擊。迎頭趕上。
		【反】
反	ㄈㄢˇ	反對。平反。違反。反目成仇。反求諸己。反映民意。平反冤獄。

國字	字音	語　　詞
叛	ㄆㄢˋ	反叛。叛徒。背叛。眾叛親離。離經叛道（思想和言行ㄒㄧㄥˊ背離正道）。
扳	ㄅㄢ	扳手。扳倒。扳機。扣扳機。扳回一城。扳回顏面。扳纏不清（糾纏不清）。活動扳手。牽絲扳藤（比喻事情牽扯糾纏）。
*昄	ㄅㄢˇ	昄章（國家的領土、區域）。土宇昄章（指疆域、國土）。
板	ㄅㄢˇ	呆板。大陸板塊。拍板定案。板起臉孔。剛板硬正（個性鯁ㄍㄥˇ直）。
版	ㄅㄢˇ	出版。版圖。盜版。絕版書。版築飯牛（指賢臣出身低賤）。版權所有。
*汳	ㄅㄧㄢˋ	汳水（河川名）。
*畈	ㄈㄢˋ	田畈（田地）。
皈	ㄍㄨㄟ	皈依。皈依佛門。
*眅	ㄆㄢ	眅睛（眼膜ㄇㄛˊ上翻，白多黑少）。
粄	ㄅㄢˇ	粄條（客家麵食）。美濃粄條。
舨	ㄅㄢˇ	舢ㄕㄢ舨（一種平底小船。同「舢板」）。
販	ㄈㄢˋ	販賣。量販店。販夫走卒。
返	ㄈㄢˇ	流連忘返。倦鳥知返。迷途知返。積重ㄓㄨㄥˋ難返（積習太久，難以改變。同「積習難改」）。
鈑	ㄅㄢˇ	鈑金（敲打車輛外表金屬板面，使凹凸ㄊㄨ部分恢復平整）。

國字	字音	語詞
阪	ㄅㄢˇ	大阪（日本地名）。阪上走丸（比喻事情隨著情勢發展迅速而順利）。松阪牛肉。
飯	ㄈㄢˋ	吃飯。飯糰。炒冷飯。鐵飯碗。酒囊ㄋㄤˊ飯袋。飯囊衣架（比喻庸碌無用之人）。
【巴】		
吧	ㄅㄚ	吧檯。酒吧。喀ㄎㄚ吧（東西折斷的聲音）。
	˙ㄅㄚ	好吧。快走吧。算了吧。
* 岊	ㄐㄧㄝˊ	岊仲（宋代錢龢ㄏㄜˊ之字）。
巴	ㄅㄚ	巴想（十分想念、盼望）。巴高望上（力求上進）。巴蛇吞象（比喻人心貪婪ㄌㄢˊ無厭）。
* 帊	ㄆㄚˋ	手帊（手帕）。通「帕」。
* 弝	ㄅㄚˋ	弓弝（弓最中央手握的部分）。劍弝（劍柄）。通「把ㄅㄚˋ」。
把	ㄅㄚˇ	把手。把柄。把酒（端著酒杯）。把持不住。
	ㄅㄚˋ	刀把。槍把。茶壺把。通「弝ㄅㄚˋ」。
杷	ㄆㄚˊ	枇ㄆㄧˊ杷。
梔	ㄓ	梔子花（植物名）。「栀」為異體字。
爬	ㄆㄚˊ	攀爬。吃裡爬外。
爸	ㄅㄚˋ	爸爸˙ㄅㄚ。
淝	ㄈㄟˊ	淝水之戰（東晉謝玄大敗前秦苻ㄈㄨˊ堅之戰）。

國字	字音	語詞
琶	ㄆㄚˊ	琵琶。琵琶別抱（女子移情別戀，結識新歡）。
疤	ㄅㄚ	疤痕。瘡ㄔㄨㄤ疤。揭ㄐㄧㄝ瘡疤。
笆	ㄅㄚ	籬笆。
* 粑	ㄅㄚ	糌ㄗㄢ粑（西藏的主要食品）。餈ㄘˊ粑（一種用糯ㄋㄨㄛˋ米所做成的食品）。
絕	ㄐㄩㄝˊ	絕交。絕望。絕對。空前絕後。風味絕佳。風華絕代。息交絕遊（停止與人來往。指隱居）。絕甘分ㄈㄣˋ少（比喻與眾人同甘共苦）。趕盡殺絕。謝絕參觀。斷絕往來。「絶」為異體字。
耙	ㄆㄚˊ	釘耙。耙土機（一種弄碎土塊的機械）。倒ㄉㄠˋ打一耙（不承認做錯事，反而指摘ㄓㄞ揭發他的人）。
肥	ㄈㄟˊ	肥碩。肥瘦。腦滿腸肥（形容飽食終日，養尊處優，無所用心）。
色	ㄙㄜˋ	物色。顏色。物色對象。眉飛色舞。國色天香（形容女子容貌美麗）。喜形於色。
	ㄕㄞˇ	色子（同「骰ㄊㄡˊ子」）。擲色（賭博的一種。同「擲骰子」）。
芭	ㄅㄚ	芭樂。芭蕉。芭樂票（空ㄎㄨㄥˋ頭支票的俗稱）。芭蕾ㄌㄟˇ舞。
葩	ㄆㄚ	奇葩（比喻優秀傑出的人物）。葩經（詩經）。百卉千葩（各式各樣盛開的花卉）。奇葩異卉。春葩雨藻（比喻美妙的談話）。揚葩振藻（形容文章富麗多采）。餐葩飲露ㄌㄨˋ（形容超凡脫俗的神仙生活）。

	國字	字音	語詞
*	鈀	ㄆㄚˊ	釘鈀(同「釘耙」)。鈀爪(古兵器)。鎲ㄊㄤˇ鈀(半月形長柄兵器)。倒ㄉㄠˋ打一鈀(同「倒打一耙」)。通「耙」。
		ㄅㄚ	化學元素之一。
	靶	ㄅㄚˇ	打靶。靶心。靶場。箭靶。箭靶子。飛靶射擊。標靶治療。
		ㄅㄚˋ	執靶(手持著轡繩)。話靶(被ㄅㄟˋ人作談笑資料的言論行為。同「話柄」)。刀子靶(刀柄)。刀靶兒(刀柄)。風流話靶(供人談論的風流韻事)。拿刀靶兒(抓住把柄)。
	【支】		
	伎	ㄐㄧˋ	伎倆ㄌㄧㄤˇ。展伎(發揮技能)。鬼蜮ㄩˋ伎倆(形容暗中害人的陰險伎倆)。通「技」。
	吱	ㄓ	吱聲。吱吱叫。不敢吱聲(不敢吭ㄎㄥ聲)。吱吱喳ㄓㄚ喳。
	妓	ㄐㄧˋ	娼妓。藝妓。
	屐	ㄐㄧ	木屐。折屐(形容非常欣喜)。挈ㄑㄧㄝˋ屐而歸(比喻對竊賊的寬宏大度)。裙屐少年(講究穿戴的公子哥兒)。謝安折屐(形容遇到美事卻壓抑喜悅的樣子)。
	岐	ㄑㄧˊ	岐嶷ㄋㄧˋ(小孩聰明特異的樣子)。千岐萬轍(比喻事理的繁多紛雜)。岐黃之術(比喻醫術)。術妙軒岐(同「華ㄏㄨㄚˋ佗再世」)。麥穗兩岐(同「麥穗兩岐」)。

國字	字音	語詞
庋	ㄐㄧˇ	庋置（收藏）。庋藏（同「庋置」）。傾筐倒ㄉㄠˋ庋（泛指竭盡所有）。
*庪	ㄍㄨㄟˇ	庪懸（祭山之名。把牲品埋藏地下叫庪，把玉幣懸掛山林叫懸）。
忮	ㄓˋ	忮求（指忌妒而貪求）。不忮不求（指不嫉ㄐㄧˊ妒，不貪求）。
技	ㄐㄧˋ	技術。故技重施。雕蟲小技。
支	ㄓ	支離破碎。樂不可支。獨木難支（比喻事情極為重大，非一人之力所能承擔）。
攲	ㄑㄧ	攲側（傾ㄑㄧㄥ斜）。攲斜（同「攲側」）。攲案（躺椅）。日影半攲（日影半斜）。
枝	ㄓ	枝節。反掌折枝（比喻非常簡單）。添枝加葉。橫生枝節。
	ㄑㄧˊ	枝指（歧出的手指。同「駢ㄆㄧㄢˊ枝」）。駢ㄆㄧㄢˊ枝（比喻多餘而沒有用要的東西）。駢ㄆㄧㄢˊ拇枝指（同「駢枝」）。通「歧」「跂」。
歧	ㄑㄧˊ	歧見。歧異。歧視。多歧亡羊（比喻所學駁雜，不易專精）。歧路亡羊（同「多歧亡羊」）。徘徊ㄏㄨㄞˊ歧路。麥穗兩歧（比喻相似的兩種事物）。誤入歧途。
翅	ㄔˋ	翅膀。展翅高飛。插翅難飛。
肢	ㄓ	肢解（同「支解」）。胳ㄍㄜ肢窩（腋ㄧㄝˋ下）。肢體語言。肢體衝突。
芰	ㄐㄧˋ	芰荷（荷花）。芰製荷衣（為隱者衣服）。

國字	字音	語詞
* 蚑	ㄑㄧˊ	蚑行（蟲類爬行的樣子）。蚑行喘息（形容音樂感動人）。蚑行蟯ㄖㄠˊ動（同「蚑行」）。
豉	ㄔˇ	豆豉。豉蟲（昆蟲名）。與「鼓」不同。
* 跂	ㄑㄧˊ	跂跂（蟲類蠕ㄖㄨˊ動的樣子）。跂蹻ㄐㄩㄝˊ（木屐和草鞋）。離跂（違俗自潔的樣子）。倒跂蟲（孑ㄐㄧㄝˊ孓ㄐㄩㄝˊ）。跂行喙ㄏㄨㄟˋ息（泛指鳥獸）。綦ㄑㄧˊ谿利跂（思想、行為與一般人差異極大）。踶ㄉㄧˋ跂為義（用心去求義）。
	ㄑㄧˋ	跂坐（坐時兩腳下垂，腳跟不碰觸地面）。跂望（企望）。跂想（期待）。跂訾ㄗˇ（遠離俗世，自視甚高）。跂踵（盼望殷切）。跂予望之（同「跂望」）。翹ㄑㄧㄠˊ首跂踵（形容盼望非常殷切）。通「企」。
* 頍	ㄎㄨㄟˇ	頍弁ㄅㄧㄢˋ（詩經・小雅的篇名）。有頍者弁（那高聳的是頭上的帽子）。
* 魌	ㄐㄧˋ	射魌（神獸名）。魌服（鬼服）。
* 鳷	ㄓ	鳷鵲（鳥名）。
【牙】		
呀	ㄧㄚ	呀然（狀聲）。哎呀。啊呀。呀的一聲。
	˙ㄧㄚ	他呀，恐怕不行。
	ㄒㄧㄚ	呀呀（張口的樣子）。呀呷ㄒㄧㄚˊ（浪ㄌㄤˋ濤ㄊㄠˊ湧退吞吐的樣子）。呀然（空曠的樣子。狀貌）。呀豁（山谷空曠遼闊）。唅ㄏㄢˊ呀（張口的樣子）。呀然一驚。呀然驚恐（受到驚嚇的樣子）。

	國字	字音	語詞
*	岈	ㄒㄧㄚ	岈然（山勢高起的樣子）。岈然窪然（地勢高低不平。也作「岈然洼ㄨㄚ然」）。
*	庌	ㄧㄚˇ	庌舍（漢時供賓客住宿的房舍）。
	枒	ㄧㄚˊ	杈ㄔㄚ枒（樹枝分岔歧出的樣子）。楈ㄒㄩ枒（椰子樹）。槎ㄔㄚˊ枒（形容參ㄘㄣ差ㄘ交錯）。
	牙	ㄧㄚˊ	牙齒。剔ㄊㄧ牙。老掉牙（指老舊的言談或事件）。犬牙相錯（兩地交界處參ㄘㄣ差ㄘ不齊）。
*	犽	ㄧㄚˊ	犽族（種族名）。
*	琊	ㄧㄝˊ	瑯ㄌㄤˊ琊山（山東省山名）。
*	砑	ㄧㄚˋ	砑光機（將紙製或織物類成品砑光的機械）。扯空砑光（指以花言巧語詐取錢財）。
	穿	ㄔㄨㄢ	穿堂。穿幫。百步穿楊。穿楊貫蝨（比喻箭術高超純熟）。鐵硯磨穿（比喻勤奮苦讀，矢志不移，終有所成）。
	芽	ㄧㄚˊ	抽芽。發芽。豆芽菜。麥芽糖。
	蚜	ㄧㄚˊ	蚜蟲。
	訝	ㄧㄚˋ	訝異。驚訝。
	迓	ㄧㄚˋ	迎迓（迎接）。親迓（親自迎接）。邀迓（迎請）。

國字	字音	語詞
邪	ㄒㄧㄝˊ	邪佞ㄋㄧㄥˋ。邪惡。天真無邪。改邪歸正。邪不勝正。
	ㄧㄝˊ	邪呼（眾人高聲呼喝ㄏㄜˋ聲）。邪揄（揶揄）。昆ㄏㄨㄣˊ邪（漢時匈奴部落名）。涿ㄓㄨㄛˊ邪（山名）。琅邪（古郡名）。莫邪（寶劍名。同「鏌ㄇㄛˋ邪」）。是邪非邪（是對還是錯呢）。
* 釾	ㄧㄝˊ	鏌ㄇㄛˋ釾（寶劍名。同「莫邪ㄧㄝˊ」「鏌鋣ㄧㄝˊ」）。
	ㄧㄚˊ	化學元素。
* 鋣	ㄧㄝˊ	鏌鋣（同「鏌釾」）。
雅	ㄧㄚˇ	雅量。嫻雅。曲ㄑㄩˇ終奏雅（比喻文章或藝術表演的結尾處很精采）。附庸風雅（庸俗者結交文人雅士或學習風雅之事）。雅俗共賞。
	ㄧㄚ	雅片（鴉片）。雅烏（烏鴉）。「鴉」的本字。
* 颬	ㄒㄧㄚ	颬颬（開口呼氣的樣子）。
鴉	ㄧㄚ	塗鴉。鴉片。信筆塗鴉。彩鳳隨鴉（女子嫁給才貌配不上自己的人）。鴉雀無聲。
【牛】		
* 吽	ㄏㄨㄥ	阿ㄚ吽（回教中掌理教務的人。同「阿ㄚ訇ㄏㄨㄥ」）。
	ㄏㄡˇ	怒吽吽（大怒）。通「吼」。
牢	ㄌㄠˊ	牢固。亡羊補牢。牢不可破。牢獄之災。畫地為牢（比喻只准在一定的範圍內活動）。滿腹牢騷。

國字	字音	語詞
牛	ㄋㄧㄡˊ	牛驥同皁ㄗㄠˋ（比喻賢愚不分）。庖ㄆㄠˊ丁解牛（比喻做事得心應手，運用自如）。泥牛入海（比喻一去不再回來。同「石沉大海」）。
【欠】		
吹	ㄔㄨㄟ	吹法螺（比喻說大話）。吹灰之力。吳市吹簫（比喻在街頭乞討，生活困頓）。
坎	ㄎㄢˇ	心坎。坎坷ㄎㄜˇ。駁坎。坎井之蛙（井底之蛙）。
崁	ㄎㄢˇ	南崁（桃園縣地名）。
嵌	ㄑㄧㄢ	嵌金（在器物上鑲ㄒㄧㄤ嵌金飾）。鑲嵌（將某物嵌入另一物體內）。
	ㄎㄢˇ	赤嵌樓（臺南市一級古蹟）。
*忺	ㄒㄧㄢ	忺睡（睡得很甜）。
*杴	ㄒㄧㄢ	木杴（農具名，用於拌散肥料）。鐵杴（農具名，似鍬ㄑㄧㄠ）。
欠	ㄑㄧㄢˋ	欠身（身子稍向前傾提，好像彎腰的樣子。表示恭敬）。賒欠。打呵欠。欠資郵票。
炊	ㄔㄨㄟ	炊煙。無米之炊。炊臼之戚（喪ㄙㄤ妻之痛）。炊金饌ㄓㄨㄢˋ玉（形容菜肴豐盛美味）。數ㄕㄨˇ米而炊（形容人吝嗇小氣或生活困頓）。
砍	ㄎㄢˇ	砍伐ㄈㄚˊ。砍鐵如泥（形容兵器鋒利無比）。
芡	ㄑㄧㄢˋ	勾芡。芡實（植物名）。
軟	ㄖㄨㄢˇ	柔軟。軟弱。軟體。「輭」為異體字。

	國字	字音	語詞
	飲	ㄧㄣˇ	飲恨。暢飲。射石飲羽（比喻心神專注則可發揮超乎想像的力量）。飲水思源。餐風飲露ㄌㄨˋ（形容野外生活或旅途的艱苦）。
		ㄧㄣˋ	飲馬（讓馬飲水）。飲犢ㄉㄨˊ（比喻不求仕祿）。下而飲（比射雙方走下射堂後，勝利者揖ㄧ讓失敗者飲酒）。飲馬河（河川名）。飲嗓子（潤喉）。飲馬投錢（指人廉潔，臨財不苟取）。飲馬長城窟行（古詩名）。
	【斤】		
	匠	ㄐㄧㄤˋ	大匠不斲ㄓㄨㄛˊ（比喻在上位的人不介入枝微末節的事）。匠心獨具。別具匠心（同「匠心獨具」）。郢ㄧㄥˇ匠揮斤（比喻技藝高超純熟）。
*	听	ㄊㄧㄥ	「聽ㄊㄧㄥ」的異體字。
		ㄊㄧㄥˋ	「聽ㄊㄧㄥˋ」的異體字。
		ㄧㄣˇ	听听（爭論不休）。听然而笑（笑的樣子）。
*	圻	ㄑㄧˊ	圻界（邊界）。京圻（京城）。封圻（京城附近的地方）。蒲圻（湖北省地名）。疆圻（疆界）。方面兼圻（指擔任總督、巡撫）。
*	垽	ㄧㄣˋ	垽淪（迴旋的樣子）。
*	忻	ㄒㄧㄣ	忻州（山西省地名）。忻悚（欣喜與恐懼）。忻然（喜悅的樣子）。忻慕（羨慕）。歡忻鼓舞（同「歡欣鼓舞」）。
	斤	ㄐㄧㄣ	斤斤計較。運斤成風（比喻手法熟ㄕㄡˊ練，技藝高超絕妙）。

	國字	字音	語詞
	斧	ㄈㄨˇ	斧政（請人修改文字的謙詞。也作「斧正」）。斧頭ㄊㄡˊ。資斧（旅費）。斧鑿ㄗㄠˊ痕（比喻詩文繪畫過於刻意經營，還留著雕琢的痕跡）。大刀闊斧。班門弄斧。鬼斧神工。
*	斨	ㄑㄧㄤ	斧斨（圓孔和方孔的斧頭ㄊㄡˊ）。斧破斨缺（指兵器損壞殘缺）。
*	旂	ㄑㄧˊ	旂常（旗名）。旛ㄈㄢ旂（旗幟）。莊淑旂（營養學專家）。功在旂常（功勛在於軍界）。
	昕	ㄒㄧㄣ	大昕（黎明）。昏昕（同「大昕」）。昒ㄏㄨ昕（同「大昕」）。昕夕（早晚）。昕夕往返（一天往返）。昕夕惕厲（指君子時常修身自省ㄒㄧㄥˇ）。
	沂	ㄧˊ	沂河（河川名）。浴沂（指人淡泊的情操）。沂水縣（山東省縣名）。春風沂水（指沉浸在大自然的生活樂趣）。
*	炘	ㄒㄧㄣ	炘炘（火光強而亮的樣子）。
*	斫	ㄓㄨㄛˊ	芟ㄕㄢ斫（砍除）。斫木（砍木）。斫伐ㄈㄚˊ（砍伐）。相斫書（左傳）。斫榛ㄓㄣ莽（砍伐雜亂叢生的樹木和野草）。火刀斫柱（用鋒利的佩刀胡亂砍殺）。匠石斫鼻（形容技藝精湛ㄓㄢˋ高超，運用自如）。斫卻垂楊（殺ㄕㄚ風景）。斫輪老手（指技藝精湛熟練或經驗豐富的人。同「斲ㄓㄨㄛˊ輪老手」）。斫營縱火（偷襲敵軍的陣營並放火焚燒）。摧花斫柳（比喻傷害女性）。輪扁斫輪（指技藝精湛）。
	祈	ㄑㄧˊ	祈求。祈請。祈禱。春祈秋報（春秋兩季對土神的祭祀活動）。祈福消災。

	國字	字音	語詞
*	肵	ㄑㄧˊ	肵俎ㄗㄨˇ（古時祭祀盛放牲體心、舌的禮器）。
		ㄐㄧㄥˋ	肵之為言敬也（祭祀時用肵ㄑㄧˊ俎盛放心、舌，意指恭敬）。
	芹	ㄑㄧㄣˊ	芹菜。芹壁（馬祖知名景點）。曹雪芹。芬扇藻芹（形容老師教導的恩情深重）。美芹之獻（自謙所獻菲ㄈㄟˇ薄，請對方笑納）。美芹悲黍（建言沒被國君採納以致滅國）。聊表芹意（略表微薄的心意）。野人獻芹（謙稱自己所獻東西或意見）。獻芹之意（謙稱所獻的東西或意見非常微薄）。
*	蚚	ㄑㄧˊ	蚚蟲（穀物中的小黑蟲）。
*	訢	ㄒㄧㄣ	奕訢（人名。清宣宗子）。訢合（融洽，感通）。訢訢（喜悅的樣子）。訢然（同「欣然」）。天地訢合（陰陽相得的樣子）。終身訢然（一生喜悅的樣子）。
	近	ㄐㄧㄣˋ	不近人情。平易近人。近在咫尺。急功近利。
*	釿	ㄧㄣˊ	釿鋸（斧頭ㄊㄡˊ與刀鋸）。釿鍔ㄜˋ（邊界或指器物凹凸ㄊㄨˊ處）。
	靳	ㄐㄧㄣˋ	嗤靳（嘲笑、羞辱他人）。靳色（吝惜的神色）。靳尚（戰國 楚人）。靳固（吝惜固執）。靳珩ㄏㄥˊ橋（中橫公路橋名）。如驂ㄘㄢ之靳（比喻關係密切，形影不離）。
*	頎	ㄑㄧˊ	頎長（身材修長）。張英頎（老演員）。身頎肩闊。
*	鬿	ㄑㄧˊ	九鬿（北斗九星）。

國字	字音	語詞
* 齗	ㄧㄣˊ	齗齗（爭論的樣子）。齗齗不休。
【今】		
今	ㄐㄧㄣ	今天。今非昔比。亙ㄍㄣˋ古亙今（自古至今）。
* 仱	ㄑㄧㄢˊ	仱侏（古樂人名）。與「伶」不同。
吟	ㄧㄣˊ	吟誦。沉吟。吟風弄月。莊舄ㄒㄧˋ越吟（思念故國）。無病呻吟。「唫」為異體字。
含	ㄏㄢˊ	包含。含蓄。含冤負屈。含糊不清。茹苦含辛。
* 唅	ㄏㄢ	唅呀ㄒㄧㄚ（張口的樣子）。唅唅（張口發聲）。
	ㄏㄢˊ	唅菽飲水（指生活清苦，飲食粗簡。同「啜ㄔㄨㄛˋ菽飲水」）。羹藜ㄌㄧˊ唅糗ㄑㄧㄡˇ（比喻飲食簡單）。
* 嗿	ㄊㄢˇ	有嗿其饁ㄧㄝˋ（送飯的人眾多）。
* 坅	ㄑㄧㄣˇ	坅坎（坑穴，地洞）。
* 妗	ㄐㄧㄣˋ	妗母（舅舅的妻子）。大妗子（大舅母）。
* 岒	ㄑㄧㄢˊ	岒峨ㄜˊ（高下參ㄘㄣ差ㄘ不齊）。與「岭ㄌㄧㄥˇ」不同。
岑	ㄘㄣˊ	岑寂（寂靜無聲）。岑崟ㄧㄣˊ（指山險峻的樣子）。寸木岑樓（比喻差距極大）。山居岑寂。岑樓齊末（比喻不從根本著ㄓㄨㄛˊ手，則不能認清事實）。苔岑之契（比喻朋友彼此相契合）。異苔同岑（同「苔岑之契」）。誼ㄧˋ切ㄑㄧㄝˋ苔岑（形容志同道合，友誼深厚）。
* 梒	ㄏㄢˊ	梒桃（櫻桃）。

國字	字音	語詞
* 梣	ㄔㄣˊ	梣木（植物名）。
* 棽	ㄕㄣ	棽棽（繁華茂盛的樣子）。棽麗（繁盛紛垂的樣子）。
涔	ㄘㄣˊ	李嗣ㄙˋ涔（臺大校長）。汗涔涔（形容汗流很多的樣子）。淚涔涔（同「淚潸潸」）。大汗涔涔（形容人汗流不停的樣子）。牛蹄之涔（比喻處在不能施展作為的境地）。
* 琀	ㄏㄢˋ	琀玉（死者口中所含的玉）。
琴	ㄑㄧㄣˊ	煮鶴焚琴（殺ㄕㄚ風景）。琴瑟和鳴。鳴琴垂拱（比喻無為而治）。對牛彈琴。
* 盦	ㄢ	定盦文集（龔ㄍㄨㄥ自珍撰）。庸盦全集（薛福成撰）。
矜	ㄐㄧㄣ	矜持。驕矜。不矜名節（不自誇名節）。好ㄏㄠˋ自矜誇（驕傲自滿，喜愛炫耀自己）。居以凶矜（待我以凶險）。哀矜勿喜（看到悲慘之事應同情憐憫，不應有喜悅的心情）。矜而不爭（莊重自持，與人無爭）。矜功伐ㄈㄚˊ善（炫耀自己的功勞和長處）。矜功自伐（以為功高而自我炫耀）。矜功恃寵（自恃功高，受寵而驕）。矜矜業業（同「兢兢業業」）。
	ㄍㄨㄢ	矜夫（老而無妻或喪ㄙㄤˋ妻的人。同「鰥ㄍㄨㄢ夫」）。恫ㄊㄨㄥ矜（疾苦。同「恫瘝ㄍㄨㄢ」）。矜寡孤獨（孤獨而無依靠的人）。通「鰥」、「瘝」。
* 耹	ㄑㄧㄣˊ	耹隧（古地名）。與「聆」不同。
* 芩	ㄑㄧㄣˊ	黃芩（植物名。根可入藥）。與「苓ㄌㄧㄥˊ」不同。

	國字	字音	語　　詞
*	蛉	ㄑㄧㄣˊ	蛉窮（入耳之蟲）。與「蛉ㄌㄧㄥˊ」不同。
	衿	ㄐㄧㄣ	紳衿（地方上有權勢、聲望的人）。喉衿（比喻要衝之地）。青青子衿（指學生）。指腹割衿（元時指腹為婚的一種方式）。
	衾	ㄑㄧㄣ	同衾共枕（指夫婦同眠）。孤衾獨枕（比喻閨怨中的女子）。枕冷衾寒（形容獨眠時的孤獨寂ㄐㄧˋ寞）。扇ㄕㄢˋ枕溫衾（比喻侍奉父母能善盡孝道。同「扇枕溫被」）。衾影無慚（指為人光明磊落，問心無愧）。
*	谽	ㄏㄢ	谽谺ㄒㄧㄚ（山谷空曠的樣子）。
	貪	ㄊㄢ	貪婪ㄌㄢˊ。起早貪黑（形容人工作勤奮賣力）。貪官汙吏。貪墨之風（官吏貪汙的風氣）。
*	酓	ㄧㄢˇ	酓絲（蠶吃山桑後所吐出的蠶絲）。
		ㄧㄣˇ	「飲」之異體字。
	鈐	ㄑㄧㄢˊ	鈐記（印信）。鈐鍵（關鍵）。韜ㄊㄠ鈐（指用兵的戰略。同「韜略」）。與「鈴」不同。
*	雂	ㄑㄧㄣˊ	雂鳥（一種鳥喙鉤曲ㄑㄩ的鳥）。
*	霠	ㄧㄣ	霠翳ㄧˋ（指天氣晦ㄏㄨㄟˋ暗）。通「陰」。
*	霒	ㄧㄣ	霒陽（陰陽）。通「陰」。
*	靲	ㄑㄧㄣˊ	靲鞻ㄌㄡˊ（四夷之樂ㄩㄝˋ）。

國字	字音	語　　詞
頷	ㄏㄢˋ	頷首（點頭）。頷聯（律詩中第三、第四兩句）。虎頭燕頷（相貌威武，有富貴之相）。頷下之珠（比喻難得的稀世寶物）。
黔	ㄑㄧㄢˊ	黔突（煙囪）。黔首（百姓）。黔黎（同「黔首」）。以愚黔首（使百姓愚昧無知）。布衣黔首（指一般老百姓）。黔突暖席（比喻人汲汲於行道而奔波ㄅㄛ勞碌）。黔驢之技（比喻拙劣的技能已經用完，再也想不出其他辦法）。黔驢技窮（同「黔驢之技」）。
【屯】		
噸	ㄉㄨㄣˋ	公噸。噸位。
囤	ㄉㄨㄣˋ	米囤（米倉）。鐵怕落爐，人怕落囤（比喻人若陷入困境，只能走一步算一步了）。
	ㄊㄨㄣˊ	囤貨。囤聚。囤積。囤糧。囤積居奇（積存物品，等待價格上漲ㄓㄤˇ時再賣出）。
屯	ㄊㄨㄣˊ	屯兵。屯紮ㄓㄚ。屯積（同「囤積」）。屯墾。屯街塞ㄙㄜˋ巷（形容人多擁ㄩㄥ擠的樣子）。雲屯雨集（同「屯街塞巷」）。
	ㄓㄨㄣ	屯否ㄆㄧˇ（際遇困頓不順）。屯坎（處境困窘）。屯卦。屯剝（同「屯否」）。屯窒（困難）。屯蒙（比喻閉塞ㄙㄜˋ晦暗）。屯蹇ㄐㄧㄢˇ（遭遇挫折、凡事不順利）。屯邅ㄓㄢ（形容處境險惡ㄜˋ）。遘ㄍㄡˋ屯（遭逢困頓）。艱屯（艱難險阻）。屯蹶否ㄆㄧˇ塞ㄙㄜˋ（比喻處境困頓艱險）。屯難ㄋㄢˋ未靖（禍亂尚未平定）。殷殷屯屯（繁盛的樣子）。
	ㄔㄨㄣˊ	屯留（山西省縣名）。

	國字	字音	語詞
*	庉	ㄉㄨㄣˋ	庉庉（波ㄅㄛ浪聲）。
*	忳	ㄊㄨㄣˊ	忳忳（憂愁煩悶）。目眢ㄩㄢ心忳（極為悲傷）。
*	杶	ㄔㄨㄣ	杶木（植物名）。符代杶（前高雄市國小校長）。
	沌	ㄉㄨㄣˋ	混ㄏㄨㄣˋ沌。渾ㄏㄨㄣˋ沌（同「混沌」）。
	盹	ㄉㄨㄣˇ	盹睡（小睡）。打盹兒。立盹行眠（形容非常疲倦）。
*	窀	ㄓㄨㄣ	窀穸ㄒㄧˋ（墓穴）。
	純	ㄔㄨㄣˊ	純粹。純熟ㄕㄡˊ。爐火純青。
*	肫	ㄓㄨㄣ	肫肫（誠懇的樣子）。臑ㄖㄨˊ肫（指豬、羊前足上部的肉）。雞肫皮（雞胃中的皮）。
*	芚	ㄊㄨㄣˊ	芚然（渾然不知的樣子）。
*	訰	ㄓㄨㄣˋ	訰訰（心亂的樣子）。訰訰不安。
*	軘	ㄊㄨㄣˊ	軘車（兵車名）。
	迍	ㄓㄨㄣ	災迍（災禍、災難）。迍邅ㄓㄢ（同「屯ㄓㄨㄣ邅」）。迍邅之世（處境險惡ㄜˋ的時代）。
	鈍	ㄉㄨㄣˋ	駑鈍。遲鈍。成敗利鈍（成功或失敗，順利或遭遇挫折）。拙口鈍腮（不擅長辭令，不會說話）。鈍刀慢剮ㄍㄨㄚˇ（比喻緩慢的折磨）。

國字	字音	語詞
頓	ㄉㄨㄣˋ	困頓。頓首（頭碰地的跪拜禮）。頓悟。整頓。舟車(ㄔㄜ)勞頓（旅途勞累困頓）。抑揚頓挫。茅塞(ㄙㄜˋ)頓開。頓口無言。頓然覺悟。
	ㄉㄨˊ	冒(ㄇㄛˋ)頓（漢初匈奴的單(ㄔㄢˊ)于）。
飩	ㄉㄨㄣˋ	餛(ㄏㄨㄣˊ)飩。餛飩麵。
【匀】		
匀	ㄩㄣˊ	均匀。匀稱(ㄔㄣˋ)。匀出時間。晝夜停匀（日夜時間相等）。
均	ㄐㄩㄣ	平均。均匀。均衡。利益均霑。性行淑均（稟性良善，做事公正）。勞逸不均。勢均力敵。
	ㄩㄣˋ	音均（由聲母、韻母和聲調構成的漢字字音。同「音韻」）。通「韻」。
* 昀	ㄩㄣˊ	紀昀（紀曉嵐(ㄌㄢˊ)）。張其昀（前中國文化大學董事長）。與「昫(ㄒㄩˋ)」不同。
* 畇	ㄩㄣˊ	畇畇（田地開墾得很平整的樣子）。畇畇原隰(ㄒㄧˊ)（廣大平坦和低窪潮溼的地方）。
筠	ㄩㄣˊ	松筠（松竹）。浮筠（竹子）。松筠之節（比喻堅貞的節操）。筠心不變（堅貞不改變）。
* 袀	ㄐㄩㄣ	袀玄(ㄒㄩㄢˊ)（純黑色的衣服）。袀服（黑衣）。袀睟(ㄙㄨㄟˋ)（純粹而不雜亂）。
鈞	ㄐㄩㄣ	鈞座（書信或公文中對尊長的敬稱）。千鈞一髮。千鈞重(ㄓㄨㄥˋ)負。秉鈞持軸（執掌政權）。筆力萬鈞。鈞天廣樂(ㄩㄝˋ)（指神話傳說中天上的音樂。也作「鈞天樂」）。雷霆萬鈞。劇力萬鈞。髮引千鈞（同「千鈞一髮」）。

	國字	字音	語詞
	【及】		
*	伋	ㄐㄧˊ	孔伋（子思。孔子之孫）。伋伋（虛詐的樣子）。
	及	ㄐㄧˊ	及時雨。及時行樂。及時努力。迫不及待。望塵莫及。過猶不及。鞭長莫及。
	吸	ㄒㄧ	吸吮ㄕㄨㄣˇ。吸菸。呼吸。
	圾	ㄙㄜˋ	垃圾。垃圾桶。垃圾場ㄔㄤˇ。
	岌	ㄐㄧˊ	岌岌可危。
*	岋	ㄜˋ	天動地岋（天搖地動）。岋岋惙ㄔㄨㄛˋ惙（憂慮不安的樣子）。
*	彶	ㄐㄧˊ	彶彶（急切的樣子）。通「急」。
*	扱	ㄒㄧ	扱鞋（拖鞋）。
	汲	ㄐㄧˊ	汲水機（從井裡面抽水的機器）。汲汲營營（急切追求名利）。綆ㄍㄥˇ短汲深（比喻才力不能勝ㄕㄥ任艱鉅的任務）。
*	砐	ㄜˋ	砐硪ㄜˊ（高大矗立的樣子）。
	笈	ㄐㄧˊ	祕笈。負笈千里（比喻求學不怕勞苦）。負笈東瀛ㄧㄥˊ（到日本求學）。負笈從師（出外讀書）。
	級	ㄐㄧˊ	級任。階級。奸詐不級（極為奸猾狡詐）。拾ㄕㄜˋ級而上（順著階梯逐步往上走）。
*	芨	ㄐㄧˊ	白芨（植物名）。穀芨（犁田的用具）。
*	衱	ㄐㄧㄝˊ	腰衱（裙帶）。

	國字	字音	語詞
*	趿	ㄙㄚˋ	趿趿（前進的樣子）。塌ㄊㄚ趿（精神委ㄨㄟˇ靡ㄇㄧˇ不振的樣子）。踏趿（失意不得志。同「塌颯ㄙㄚˋ」）。
		ㄊㄚ	趿拉著鞋（拖拉著鞋子走路）。
*	鈒	ㄙㄜˋ	持鈒（持戟ㄐㄧˇ）。鈒鏤ㄌㄡˋ（以金銀鑲ㄒㄧㄤ飾器物）。鈒鏤王家（以金銀鑲飾器物的豪富之家）。舉鈒成雲（形容軍容壯盛）。
*	靸	ㄙㄚˇ	靸霅ㄓㄚˊ（快走的樣子）。靸鞋（一種沒有後跟的草鞋）。闒ㄊㄚˋ靸（精神不振作的樣子）。
*	馺	ㄙㄚˋ	躡ㄋㄧㄝˋ馺（小步行走的樣子）
	【夫】		
	伕	ㄈㄨ	車伕（同「車夫」）。「夫」的俗字。
	夫	ㄈㄨ	匹ㄆㄧˇ夫。夫妻。下工夫ㄈㄨ˙。凡夫俗子。匹夫之勇。
		ㄈㄨˊ	夫容（荷花。同「芙蓉」）。夫差ㄔㄞ（春秋吳王）。嗟ㄐㄧㄝ夫。夫復何求。
	扶	ㄈㄨˊ	扶疏（枝葉繁茂的樣子）。攙扶。扶老攜幼。扶搖直上。花木扶疏。濟弱扶傾。
		ㄆㄨˊ	扶伏（伏地爬行。同「匍ㄆㄨˊ匐ㄈㄨˊ」「匍伏」）。扶匐（同「扶伏」）。通「匍」。
*	枎	ㄈㄨˊ	枎疏（同「扶疏」）。
*	砆	ㄈㄨ	砆石（次於玉的美石）。碔ㄨˇ砆（同「砆石」）。
	芙	ㄈㄨˊ	泡芙。芙蓉。芙蕖ㄑㄩˊ（荷花）。出水芙蓉（比喻文章或女子的清新可愛）。

國字		字音	語詞
*	荴	ㄈㄨ	荴疏（同「扶疏」）。葰ㄙㄨㄟˋ荴（形容女子姿態綽ㄔㄨㄛˋ約）。
*	蚨	ㄈㄨˊ	青蚨（一種蟲。似蟬而稍大）。蚨蝶（蝴蝶）。
*	衭	ㄈㄨ	衭襓ㄖㄠˊ（刀鞘ㄑㄧㄠˋ。同「夫襓」）。
	趺	ㄈㄨ	趺坐（兩腳盤腿而坐）。跏ㄐㄧㄚ趺（打坐的姿勢）。
*	鈇	ㄈㄨ	鈇鉞（刑戮）。鈇質ㄓˋ（古刑具名。同「鈇鑕ㄓˋ」）。亡鈇意鄰（比喻人受到個人主觀意識先入為主的影響而不管客觀證據為何）。甘心鈇鉞（為了公理正義，甘願冒險送死）。疑人竊鈇（同「亡鈇意鄰」）。
*	鳺	ㄈㄨ	鳺鴀ㄈㄡˇ（鳥名。也稱「鵓ㄅㄛˊ鳩」）。
	麩	ㄈㄨ	麩皮（麥子磨成麵粉後留下的麥皮和碎屑ㄒㄧㄝˋ）。
			【夭】
	夭	ㄧㄠ	夭折。夭桃穠ㄋㄨㄥˊ李（比喻新娘容貌美麗。同「夭桃襛ㄋㄨㄥˊ李」）。逃之夭夭。
	妖	ㄧㄠ	妖孽。妖言惑眾。妖魔鬼怪。
*	宎	ㄧㄠˇ	宎奧（指隱暗處。同「穾ㄧㄠˇ奧」「窔ㄧㄠˇ奧」）。
	殀	ㄧㄠˇ	殀壽（短命與長壽。同「夭ㄧㄠ壽」）。
	沃	ㄨㄛˋ	沃腴（肥沃）。肥沃。以飴沃釜（比喻生活奢侈）。如湯沃雪（比喻事情非常容易解決）。沃野千里（土地肥沃，而且面積廣大）。

	國字	字音	語詞
*	祅	ㄧㄠ	祅怪。祅孽。通「妖」。與「祆(ㄒㄧㄢ)」不同。
*	穾	ㄧㄠˇ	穾奧(同「宎(ㄧㄠˇ)奧」「窔(ㄧㄠˇ)奧」)。
	笑	ㄒㄧㄠˋ	破涕為笑。笑逐顏開。捧腹大笑。啼笑皆非。談笑風生。
*	芺	ㄧㄠ	苦芺(植物名)。
*	訞	ㄧㄠ	訞言(妖言)。訞怪(妖怪)。通「妖」。
*	镺	ㄠˇ	镺蔓(草木長得十分茂盛的樣子)。
*	鋈	ㄨˋ	厹(ㄑㄧㄡˊ)矛鋈錞(ㄉㄨㄟˋ)(三稜(ㄌㄥˊ)長矛飾著白銅柄套)。鋈以觼(ㄐㄩㄝˊ)軜(ㄋㄚˋ)(繫軜的觼環鑲飾著白銅)。
*	飫	ㄩˋ	飫宴(宴飲)。飫聞(耳朵已經聽得很多)。飲酒飫宴(宴樂飲酒)。飫甘饜(ㄧㄢˋ)肥(飽吃甘美的食物)。飫聞厭見(指見聞極多)。飽飫郇(ㄒㄩㄣˊ)廚(感謝款待的話)。
	【丑】		
	丑	ㄔㄡˇ	小丑。丑角(ㄐㄩㄝˊ)。跳梁小丑(喜歡興風作浪,但卻成不了大氣候的卑鄙(ㄅㄧˇ)無恥小人。同「跳梁小醜」)。
	妞	ㄋㄧㄡ	小妞。
*	狃	ㄋㄠˊ	狃山(齊國山名)。
	忸	ㄋㄧㄡˇ	忸忕(ㄕˋ)(習以為常)。忸怩(羞慚、不大方的樣子)。忸怩作態(故作含羞、難為情的樣子)。
	扭	ㄋㄧㄡˇ	彆(ㄅㄧㄝˋ)扭。扭曲(ㄑㄩ)事實。扭扭捏捏。扭送警局。扭轉乾(ㄑㄧㄢˊ)坤。扭轉頹勢。歪七扭八。

國字	字音	語詞
*杻	ㄋㄧㄡˇ	杻樹（木名）。
	ㄔㄡˇ	杻械（古刑具名。即手銬ㄎㄠˋ和腳鐐）。杻鎖（刑具名）。杻鐐（同「杻械」）。
*狃	ㄋㄧㄡˇ	狃習（習慣）。無狃（不要大意）。狃於成見。狃於故常（拘泥ㄋㄧˋ舊例而不知變通）。狃於故轍ㄔㄜˋ（同「狃於故常」）。狃於積習。
紐	ㄋㄧㄡˇ	紐約。樞紐。
羞	ㄒㄧㄡ	羞愧。蒙羞。老羞成怒。珍羞美味（同「珍饈美味」）。羞刀難入（比喻事情既已發生，很難再改變）。閉月羞花（同「沉魚落雁」）。
*衄	ㄋㄩˋ	挫衄（戰爭挫敗）。衄血（鼻腔出血）。衄銳（抑制其鋒銳）。敗衄（挫敗）。鼻衄（同「衄血」）。衄銳挫鋩ㄇㄤˊ（挫其銳氣與才華。也作「衄銳挫芒」）。「衂」為異體字。
鈕	ㄋㄧㄡˇ	按鈕。鈕扣。
饈	ㄒㄧㄡ	珍饈（同「珍羞」）。清酌庶饈（香醇的美酒與眾多的美食，為奠祭時的供ㄍㄨㄥˋ品）。
【比】		
仳	ㄆㄧˇ	仳倠ㄙㄨㄟ（古醜女名）。仳離（分離）。夫妻仳離。遇人仳離（嫁了人又離婚）。
妣	ㄅㄧˇ	先妣（稱已過世的母親）。考妣（稱已故的父母）。如喪ㄙㄤˋ考妣（比喻極為悲痛）。
屁	ㄆㄧˋ	拍馬屁。屁滾尿流（形容極度驚懼而狼狽不堪的樣子）。
庇	ㄅㄧˋ	包庇。庇佑。庇短。庇蔭。庇護。政治庇護。覆庇之恩（庇護的恩情）。

國字	字音	語詞
彘	ㄓˋ	犬彘。彘肩（豬的肩肉）。犬彘之食（比喻食物極為粗糙ㄘㄠ）。狗彘不如（比喻人的品格卑劣無恥）。狗彘不食（同「狗彘不如」）。殺彘教ㄐㄧㄠ子（指父母教ㄐㄧㄠ導子女應以身作則，言行ㄒㄧㄥˋ一致）。曾子殺彘（比喻人講求誠信）。雞豚狗彘（雞、狗、大小豬隻）。
批	ㄆㄧ	批示。批判。批逆鱗（勇於直言諍ㄓㄥˋ諫）。
枇	ㄆㄧˊ	枇杷。枇杷門巷（妓院）。
	ㄅㄧˋ	梳枇（梳子與篦子）。枇子。通「篦ㄅㄧˋ」。
* 梐	ㄅㄧˋ	梐枑ㄏㄨˋ（用木頭ㄊㄡˊ交互製成的欄柵ㄓㄚˋ。類似今日的拒馬）。
比	ㄅㄧˇ	比丘（和尚）。比丘尼。比目魚。比翼鳥。比翼雙飛。無與倫比。
	ㄅㄧˋ	比及。比肩。排比。比鄰星（星名）。比比皆是。比年不登（農作物連年歉收）。比肩繼踵（人多而擁擠）。比屋可封（教化有成，國內多賢人）。比屋連甍ㄇㄥˊ（住屋眾多）。比歲不登（同「比年不登」）。比鄰而居。周而不比（君子待人忠信而不結黨營私）。朋比為奸。朋黨比周（彼此勾結，結黨營私）。魚鱗相比（像魚鱗般排列緊密）。鱗次櫛比（形容建築物排列緊密）。天涯若比鄰。
	ㄆㄧˊ	皋比（虎皮。後指教師的講席、講座）。坐擁皋比（位居講席的人）。
毖	ㄅㄧˋ	劼ㄐㄧㄝˊ毖（小心謹慎）。懲ㄔㄥˊ毖（將從前的過失引以為鑑，戒慎不再犯錯）。敕ㄔˋ始毖終（自始至終謹飭ㄔˋ戒慎）。懲前毖後（同「懲毖」）。鑒前毖後（同「懲毖」）。

	國字	字音	語詞
	毗	ㄆㄧˊ	毗倚（尊崇，倚賴）。毗連（土地彼此相連接）。毗鄰。荼ㄊㄨˊ毗（火葬）。
*	毘	ㄆㄧˊ	荼毘（火葬。同「荼毗」）。毘曇ㄊㄢˊ宗（我國佛教學派）。嵐ㄌㄢˊ毘尼（佛書中的花園名）。毘盧禪寺（寺名。位於臺中市后里區）。
*	沘	ㄅㄧˇ	沘水（水名。今名「淠ㄆㄧˋ水」「泌ㄅㄧˋ水」）。沘陽（河南省縣名）。沘源（古縣名）。
*	狴	ㄅㄧˋ	狴犴ㄢˋ（監獄。同「獄犴」「圜ㄩㄢˊ牆」）。
*	玭	ㄆㄧㄣˊ	玭珠（珠名。即蠙ㄆㄧㄣˊ珠）。
	琵	ㄆㄧˊ	琵琶。黑面琵鷺。琵琶別抱（指女子改嫁或結識新歡）。
	砒	ㄆㄧ	砒霜。蜜餞砒霜（比喻言語親切而居心險惡ㄜˋ，處處想陷害人。同「口蜜腹劍」）。
*	秕	ㄅㄧˇ	垢秕（比喻沒有用的東西）。秕政（不良的政治）。秕稗ㄅㄞˋ（比喻卑賤、微薄的東西）。秕糠（比喻瑣碎或毫無價值的事物）。秕言謬ㄇㄧㄡˋ說（指謬誤的言論）。塵垢秕糠（比喻卑賤無用的東西）。「粃」為異體字。
*	粊	ㄅㄧˋ	秕ㄅㄧˇ粊（品質粗劣的米）。
	紕	ㄆㄧ	紕漏。紕繆ㄇㄧㄡˋ（錯誤）。出紕漏。
*	芘	ㄅㄧˋ	芘芣ㄈㄡˊ（錦葵）。芘莉（竹籬。同「笓ㄆㄧˊ筣」）。
*	蚍	ㄆㄧˊ	蚍蜉ㄈㄨˊ（大螞蟻）。蚍蜉撼樹（比喻不自量ㄌㄧㄤˋ力）。蚍蜉戴盆（比喻能力低卻擔負極重的任務）。蚍蜉蟻子（比喻力量微小）。螞蚍叮ㄉㄧㄥ腿（比喻盯得很緊，毫不放鬆）。

	國字	字音	語詞
*	蜌	ㄅㄧˋ	海蜌（貝名）。
*	鈚	ㄆㄧˊ	鈚箭（箭名）。
*	阰	ㄆㄧˊ	阰山（山名）。
	陛	ㄅㄧˋ	陛下（古時對君主的敬稱）。陛見（臣子謁ㄧㄝˋ見天子）。楓陛（指朝廷）。
	【少】		
	劣	ㄌㄧㄝˋ	卑劣。拙劣。劣根性。土豪劣紳。品質窳ㄩˇ劣（品質粗劣）。優勝劣敗。
	吵	ㄔㄠˇ	吵架。吵鬧。
	妙	ㄇㄧㄠˋ	妙語解頤ㄧˊ（形容說話風趣，使人開懷而笑）。妙趣橫生。清歌妙舞（形容歌舞清亮美妙）。莫名其妙。
	少	ㄕㄠˇ	少頃（片刻）。鮮ㄒㄧㄢˇ少（極少）。凶多吉少。少安勿躁。
		ㄕㄠˋ	少年。少白頭（年紀不大而頭髮已經斑白）。老少咸宜。
*	尟	ㄒㄧㄢˇ	尟少（同「鮮少」）。通「鮮ㄒㄧㄢˇ」。
	抄	ㄔㄠ	抄錄。抄襲。文抄公（用以譏諷ㄈㄥˋ專門抄襲他人文章的人）。
	杪	ㄇㄧㄠˇ	月杪（每個月的最後一天）。樹杪（樹的末端）。歲杪（年尾。同「歲暮」）。
*	渻	ㄒㄧㄥˇ	渻丘（前面有流水的山丘）。

國字	字音	語詞
渺	ㄇㄧㄠˇ	渺小。渺茫。煙波ㄅㄛ浩渺（形容寬廣遼闊、雲霧籠ㄌㄨㄥˊ罩的江湖水面。也作「煙波浩淼ㄇㄧㄠˇ」）。
炒	ㄔㄠˇ	炒魷魚（比喻被解僱）。糖炒栗ㄌㄧˋ子。
眇	ㄇㄧㄠˇ	眇小。眇視（眺望）。眇小丈夫（矮小的男子）。
	ㄇㄧㄠˋ	眇思（形容思慮精妙或深遠）。微眇（同「微妙」）。通「妙」。
省	ㄕㄥˇ	省略。省儉。減省。節省。省刑薄斂（減輕刑罰和賦稅）。省卻麻煩。
	ㄒㄧㄥˇ	反省。自省。省思。省問（探視問候）。省悟。省視（審察探視）。省察。省親。歸省（回家探望父母）。不省人事。反躬自省。晨昏定省（子女侍ㄕˋ奉父母的日常禮節。也作「昏定晨省」）。
砂	ㄕㄚ	砂眼。砂石車。磨砂膏。
秒	ㄇㄧㄠˇ	秒針。分秒必爭。
紗	ㄕㄚ	紗布。紗窗。烏紗帽。神祕面紗。
緲	ㄇㄧㄠˇ	縹ㄆㄧㄠˇ緲（高遠隱約的樣子）。虛無縹緲（形容空幻渺茫，難以捉摸的樣子）。
*莏	ㄙㄨㄛ	挼ㄖㄨㄛˊ莏（兩手互相揉搓ㄘㄨㄛ。同「挼莎ㄙㄨㄛ」「捼ㄖㄨㄛˊ莎」）。通「莎ㄙㄨㄛ」。
*訬	ㄔㄠ	訬輕（狡獪ㄎㄨㄞˋ且態度不莊重）。輕訬（同「訬輕」）。訬擾（煩擾）。訬獪ㄎㄨㄞˋ（狡獪、狡猾）。
	ㄇㄧㄠˇ	訬婧ㄐㄧㄥˋ（苗條。同「妙婧」）。

國字	字音	語詞
鈔	ㄔㄠ	偽ㄨㄟˋ鈔。鈔票。
魦	ㄕㄚ	魦魚(同「鯊魚」)。
【方】		
仿	ㄈㄤˇ	相仿(大致相同)。模仿。仿冒品。仿製品。
倣	ㄈㄤˇ	相倣(相仿)。倣效(仿效)。通「仿」。
坊	ㄈㄤ	坊間(市面上)。染坊。書坊。茶坊。牌坊˙ㄈㄤ。街坊˙ㄈㄤ。磨ㄇㄛˋ坊。貞節牌坊˙ㄈㄤ。街坊鄰居。
	ㄈㄤˊ	坊記(禮記篇名)。堤坊(同「堤防」)。刑以坊淫(用刑罰來防範或杜絕人們淫邪的行為)。禮以坊德(用禮節來規範人類的道德)。
妨	ㄈㄤˊ	不妨。妨害。妨礙。望門妨(男子訂婚後,而未婚妻死亡)。好事多妨(同「好事多磨」)。
彷	ㄆㄤˊ	彷徉(徘徊ㄏㄨㄞˊ不前)。彷徨(同「徬徨」)。彷徨失措(心神不寧,舉止失常)。
	ㄈㄤˇ	彷彿。
房	ㄈㄤˊ	房屋。私房錢。房謀杜斷(稱揚人善於謀斷、判斷)。票房毒藥。票房紀錄。
方	ㄈㄤ	方框ㄎㄨㄤ。方寸已亂。方興未艾。血氣方剛。美冠ㄍㄨㄢˋ一方。
	ㄆㄤˊ	方羊(徘徊ㄏㄨㄞˊ)。方皇(同「彷徨」)。通「徬」。
* 昉	ㄈㄤˇ	任ㄖㄣˊ昉(南朝 梁文學家)。李昉(宋人。編太平廣記)。

	國字	字音	語詞
	枋	ㄈㄤ	枋山(屏東縣鄉名)。枋箄ㄆㄞˊ(以竹木編製成的浮筏)。枋寮(屏東縣鄉名)。榆枋(比喻狹小的地方)。榆枋之見(比喻膚淺的見解)。
*	汸	ㄆㄤ	汸汸(水量豐沛的樣子)。汸泉(泉水多)。
*	祊	ㄅㄥ	宗祊(宗廟)。祊祭(求神的祭禮)。
	紡	ㄈㄤˇ	紡織。紡績器(蜘蛛出絲的器官)。針黹ㄓˇ紡績(泛指各類刺繡、裁縫、紡紗和績麻等工作)。
	肪	ㄈㄤˊ	脂ㄓ肪。脂肪酸。脂肪瘤。
	舫	ㄈㄤˇ	筏舫(竹筏)。畫舫(彩飾華麗的遊船)。
	芳	ㄈㄤ	芳馨。芳菲ㄈㄟ(花草的芳香)。芬芳。孤芳自賞。萬古流芳。
	訪	ㄈㄤˇ	拜訪。訪問。尋幽訪勝。
*	邡	ㄈㄤ	什邡市(四川省地名)。
*	鈁	ㄈㄤ	鈁器(古時一種方口的量器。即方形壺)。
	防	ㄈㄤˊ	防範。防不勝ㄕㄥ防。防患未然。防意如城(遏止私欲雜念有如守城防敵一樣)。
*	雱	ㄆㄤˊ	王雱(王安石之子)。雰ㄈㄣ雱(下雪的樣子)。雨ㄩˋ雪其雱(雪下得這麼大)。
*	髣	ㄈㄤˇ	髣髴ㄈㄨˊ(同「彷彿」)。
*	魴	ㄈㄤˊ	魴赬ㄔㄥ(同「魴魚赬尾」)。魴魚赬尾(比喻生活極為勞累辛苦)。

國字	字音	語詞
【元】		
元	ㄩㄢˊ	元配。元勛（有大功勛的人）。復元。一元復始。三元及第。元方季方（比喻不分軒輊，難分高下）。連中ㄓㄨㄥˋ三元（比喻接連獲取勝利）。
冠	ㄍㄨㄢ	后冠。羽冠。肉冠。花冠。皇冠。禮冠。雞冠。月桂冠。雞冠花。衣冠沐猴（同「沐猴而冠ㄍㄨㄢˋ」）。衣冠楚楚。衣冠禽獸。免冠解印（解除官位）。冠上加冠（比喻重複）。冠狀動脈ㄇㄞˋ。冠冕堂皇。冠蓋相屬ㄓㄨˇ（使者往來持續不斷）。冠蓋雲集（達官貴人聚集眾多）。冠履倒ㄉㄠˋ易（比喻上下顛倒ㄉㄠˇ，沒有禮節）。怒髮衝冠。美如冠玉（形容男子面貌俊美）。面如冠玉（同「美如冠玉」）。桂冠湯圓。桂冠詩人。被ㄆㄧ髮纓冠（形容急切的樣子）。高冠博帶（古時儒生的裝扮）。掛冠求去。掛冠歸里（辭官隱居）。張冠李戴。鳳冠霞帔ㄆㄟˋ（指嫁服或后妃的冠飾）。彈ㄊㄢˊ冠相慶（互相慶賀。用於貶義）。彈冠結綬（指朋友間在官場上互相提攜）。髮上指冠（比喻極為憤怒）。優孟衣冠（指登場演戲）。
	ㄍㄨㄢˋ	及冠（男子二十歲）。未冠（未滿二十歲）。冠軍。冠詞。冠禮（古代男子二十歲的成年儀式）。弱冠（同「及冠」）。冠夫姓。沐猴而冠（罵人的話。嘲諷ㄈㄥˇ徒具衣冠ㄍㄨㄢ卻毫無人性的人）。冠山戴粒（輕重大小雖不同，但各得其適）。冠世之才（卓越傑出的才能）。冠胄ㄓㄡˋ服甲（指全副武裝）。冠絕一時。冠絕古今。勇冠三軍。美冠一方（容貌美麗，為當地第一）。氣冠三軍（同「勇冠三軍」）。超今冠古（超越古今，無人能比）。豔冠群芳。

	國字	字音	語詞
*	刓	ㄨㄢˊ	刓缺（磨損）。刓敝（凋零毀壞）。刓斷（圓轉而沒有稜ㄌㄥˊ角）。民力刓敝（人民的生活凋敝）。刓方為圜ㄩㄢˊ（比喻改變忠直的性格為圓融世故）。
	寇	ㄎㄡˋ	流寇。倭ㄨㄛ寇。匪寇。大兵不寇（正義之師不會殘害百姓）。山木自寇（比喻有才華的人易招禍害。）。視如寇讎ㄔㄡˊ（把他當ㄉㄤˋ作敵寇仇人一般看待）。落草為寇。窮寇勿追。
*	岏	ㄨㄢˊ	巉ㄔㄢˊ岏（山勢尖峭高峻）。巑ㄘㄨㄢˊ岏（險峻的山峰）。
*	忨	ㄨㄢˊ	忨愒ㄎㄞˋ（安逸苟且而不求進取）。
*	抏	ㄨㄢˊ	案抏（按摩身體部位，促進血液ㄧㄝˋ循環）。海內抏敝（天下凋敝，生活困苦）。
*	杬	ㄩㄢˊ	杬木（植物名）。
*	沅	ㄩㄢˊ	沅江（湖南省河川名）。
	玩	ㄨㄢˊ	古玩。玩忽。玩愒ㄎㄞˋ。珍玩。童玩。褻ㄒㄧㄝˋ玩。童玩節。日久玩生（時間久了，於是產生輕忽漠視的心理）。玩日愒歲（貪圖逸樂，虛度光陰）。玩世不恭。玩物喪ㄙㄤˋ志（指人沉溺於器物的玩賞，因而消磨壯志）。
*	翫	ㄨㄢˋ	狎ㄒㄧㄚˊ翫（戲弄ㄋㄨㄥˋ）。垢翫（玩忽怠惰）。愛翫（喜愛玩賞）。翫忽（輕視。同「玩ㄨㄢˊ忽」）。翫愒ㄎㄞˋ（同「玩愒」）。水懦ㄋㄨㄛˋ民翫（比喻為政過寬，人民易玩ㄨㄢˊ忽法令而誤蹈ㄉㄠˋ法網）。寇不可翫（不可忽略防範強盜）。翫日愒歲（同「玩日愒歲」）。
	芫	ㄩㄢˊ	芫荽ㄙㄨㄟ（香菜）。

	國字	字音	語　　詞
	蔻	ㄎㄡˋ	蔻丹(指甲油)。荳蔻年華(指女子十三、四歲)。
*	蚖	ㄩㄢˊ	蚖膏(即蚖脂ㄓ。可做燈油燃料)。
	阮	ㄖㄨㄢˇ	阮孚ㄈㄨˊ蠟屐(比喻對某物痴迷)。阮囊ㄋㄤˊ羞澀(稱自己經濟拮ㄐㄧㄝˊ据ㄐㄩ，囊袋中無錢)。
	頑	ㄨㄢˊ	頑皮。頑固。哀感頑豔(內容淒切，文辭綺ㄑㄧˇ麗。後指小說、戲曲或電影裡的感人情節)。負嵎ㄩˊ頑抗。冥頑不靈。頑強不屈。
			【氏】
*	忯	ㄑㄧˊ	忯忯(指和適之愛)。
	扺	ㄓˇ	扺掌(興ㄒㄧㄥ奮激昂的樣子)。扺掌而談(比喻極為歡洽的交談)。扼腕ㄨㄢˋ扺掌(表示奮發的樣子)。
	氏	ㄕˋ	姓氏。伏羲氏。有巢氏。燧ㄙㄨㄟˋ人氏。
		ㄓ	月氏。閼ㄧㄢ氏(漢時匈奴君長的嫡妻)。大月氏。
*	汦	ㄓˇ	汦汦(整齊的樣子)。
*	疧	ㄓ	疧病(疾病)。俾ㄅㄧˋ我疧兮(使我生病)。
	祇	ㄑㄧˊ	地祇。祇悔(大悔)。神祇。祇樹有緣(指和佛法有緣，表示適合出家修行)。
		ㄓˇ	祇是(只是)。祇攪ㄐㄧㄠˇ我心(正攪亂我的心)。
	紙	ㄓˇ	力透紙背。洛陽紙貴。紙上談兵。紙醉金迷。

	國字	字音	語詞
	舐	ㄕˋ	老牛舐犢ㄉㄨˊ（比喻人疼愛子女）。吮ㄕㄨㄣˇ癰ㄩㄥ舐痔（比喻人逢迎阿ㄜ順權貴的無恥行徑）。舐糠及米（比喻由外向內，逐步蠶食進逼）。舐犢情深。
*	芪	ㄑㄧˊ	黃芪（中藥名）。
*	衹	ㄑㄧˊ	衹袛ㄓ（僧ㄙㄥ尼的袈裟）。
*	軝	ㄑㄧˊ	約軝錯衡（紅革纏繞車轂，金玉鑲飾車衡）。
	【公】		
*	伀	ㄓㄨㄥ	兄伀（夫兄）。
	公	ㄍㄨㄥ	公德心。秉公無私。開誠布公。
*	妐	ㄓㄨㄥ	女妐（丈夫的姊姊）。兄妐（同「兄伀」）。姑妐（姑舅）。
*	崧	ㄙㄨㄥ	崧生嶽ㄩㄝˋ降（稱人的稟賦特異。同「嵩生嶽降」）。
*	彸	ㄓㄨㄥ	征彸（驚懼害怕的樣子）。
	忪	ㄓㄨㄥ	忪懞ㄇㄥˊ（驚慌失措）。怔ㄓㄥ忪（同「征彸」）。
		ㄙㄨㄥ	惺忪。睡眼惺忪。
	松	ㄙㄨㄥ	竹苞松茂（祝賀新居落成）。松柏節操（長壽）。松喬之壽（同「松柏節操」）。照松之勤（比喻勤勉讀書。也作「照糠之勤」）。
	淞	ㄙㄨㄥ	吳淞江。淞滬之戰。
*	瓮	ㄨㄥˋ	瓮牖ㄧㄡˇ（貧寒之家。同「甕ㄨㄥˋ牖」）。酒瓮飯囊（同「酒囊飯袋」「飯坑酒囊」）。通「甕」。

	國字	字音	語詞
*	菘	ㄙㄨㄥ	紫花菘（蘿蔔的別名）。
	蚣	ㄍㄨㄥ	蜈蚣。
*	蜙	ㄙㄨㄥ	蜙蝑ㄒㄩ（螽ㄓㄨㄥ斯的別稱）。
	訟	ㄙㄨㄥˋ	纏訟。聽ㄊㄧㄥ訟。聚訟紛紜（論辯紛亂，難定是非。同「眾說紛紜」）。調ㄊㄧㄠˊ詞架訟（唆使他人訴訟，以從中獲取利益）。
*	鈆	ㄧㄢˊ	滇ㄉㄧㄢ鈆（古部族名）。濮ㄆㄨˊ鈆（為古時極南的國家）。反鈆察之（反覆察看）。
	頌	ㄙㄨㄥˋ	頌揚。歌頌。讚頌。善頌善禱（頌揚中寓含規勸之意）。頌古非今（讚揚古代的，否定現代的）。頌聲載道。歌功頌德。
	鬆	ㄙㄨㄥ	蓬鬆。鬆泡ㄆㄠ。鬆散ㄙㄢˇ。鬆懈。
	【斗】		
	抖	ㄉㄡˇ	發抖。顫抖。抖出實情。抖起精神。精神抖擻ㄙㄡˇ。
*	戽	ㄏㄨˋ	戽斗（引水灌溉田地的器具）。
	斗	ㄉㄡˇ	斗膽。八斗之才（讚譽人的才學極高）。久仰山斗（極度仰慕的客套話）。山斗之望（品德高尚，受人欽慕）。斗酒隻雞（指微薄的祭品。悼ㄉㄠˋ念亡友的詞）。斗酒學士（稱讚文人酒量大）。斗絕一隅ㄩˊ（稱譽他人獨具文才或技藝）。日進斗金。步罡ㄍㄤ踏斗（法師禮拜星斗的步態和動作）。膽大如斗（指膽量極大）。

	國字	字音	語詞
	料	ㄌㄧㄠˋ	始料未及。春寒料峭。料事如神。
	斜	ㄒㄧㄝˊ	乜ㄇㄧㄝ斜（眼睛斜視）。歪斜。傾ㄑㄧㄥ斜。斜風細雨。
		ㄧㄝˊ	斜谷（終南山的山谷。位於陝西省）。
	斛	ㄏㄨˊ	石斛蘭。斗斛之祿（菲ㄈㄟˇ薄的俸祿）。渴塵萬斛（形容思念殷切）。飲泉一斛（飲泉五斗）。萬斛泉源（形容文思泉湧）。
*	斝	ㄐㄧㄚˇ	斝耳（一種玉製酒杯）。斝彝ㄧˊ（古代一種刻ㄎㄜˋ畫禾稼圖飾的祭祀彝器）。罍ㄌㄟˊ斝（古代裝酒的兩種器皿ㄇㄧㄣˇ）。飛觥ㄍㄨㄥ走斝（暢飲）。飛觥限斝（同「飛觥走斝」）。瓊杯玉斝（指玉製的酒杯）。
*	枓	ㄓㄨˇ	枓栱ㄍㄨㄥˇ（支撐棟梁的方木）。沃水用枓（用枓器澆水）。
*	槲	ㄏㄨˊ	槲寄生（植物名。常綠小灌木。寄生在槲、櫸、栗等樹枝間，莖和葉可入藥）。
	科	ㄎㄜ	金科玉律（不可更易的信條或法則）。科班出身。盈科後進（比喻學習應步步落實，循序漸進）。新科立委。照本宣科。
	蚪	ㄉㄡˇ	蝌蚪。
	蝌	ㄎㄜ	蝌蚪。蝌蚪文（周代的古文字）。
	魁	ㄎㄨㄟˊ	奪魁。魁岸（同「魁梧ㄨˊ」）。魁梧。文章魁首（文才卓越出眾）。功首罪魁（功績最大，罪禍也最重）。罪魁禍首。

國字	字音	語詞
【文】		
吝	ㄌㄧㄣˋ	吝惜。吝嗇。悔吝（悔恨）。慳（ㄑㄧㄢ）吝（吝嗇）。鄙吝（見識淺薄且吝嗇）。不吝指教。不吝珠玉（希望對方指教的謙詞）。吉凶悔吝（福禍和悔恨）。改過不吝（改錯的態度堅定，絕不吝惜）。
* 忞	ㄇㄧㄣˊ	忞忞（心裡所不了解明白的）。穆忞（無形跡的樣子。也是清代名人何震彝（ㄧˊ）的號）。
憫	ㄇㄧㄣˇ	矜憫（同情憐惜）。悲憫。其情可憫。悲天憫人。
抆	ㄨㄣˋ	抆拭。抆淚。
文	ㄨㄣˊ	允文允武。文風不動。文質彬彬。咬文嚼（ㄐㄧㄠˊ）字。溫文儒雅。斷髮文身（剪短頭髮，在身上刺青。古代吳、越一帶野蠻的風俗）。
	ㄨㄣˋ	文飾。文過。文過飾非。
旻	ㄇㄧㄣˊ	召（ㄕㄠˋ）旻（詩經・大雅的篇名）。旻天（秋天）。旻序（秋天的節候）。穹（ㄑㄩㄥ）旻（蒼天）。蒼旻（同「穹旻」）。霜旻（指寒冷的秋天）。蔡旻佑（名歌手）。通「旼」。
* 旼	ㄇㄧㄣˊ	旼旼（和樂的樣子）。翁昭旼（臺大醫院醫師）。
汶	ㄨㄣˋ	汶山（山名。即岷（ㄇㄧㄣˊ）山）。汶川（四川省縣名。二〇〇八年發生大地震）。汶萊（國名）。東帝汶（國名）。汶水老街（位於苗栗縣獅潭鄉）。
* 玟	ㄨㄣˊ	瓀（ㄖㄨㄢˇ）玟（次於玉的美石。同「砆（ㄈㄨ）石」）。
紊	ㄨㄣˋ	紊亂。有條不紊。

	國字	字音	語詞
	紋	ㄨㄣˊ	陰騭ㄓˋ紋（相術家稱眼眶ㄎㄨㄤ下的膚紋）。波ㄅㄛ紋如縠ㄏㄨˊ（像縐ㄓㄡˋ紗般的波紋）。紋絲不動（絲毫不動）。
*	芠	ㄨㄣˊ	芒芠漠閔（天地未形成前的混ㄏㄨㄣˋ沌ㄉㄨㄣˋ狀態）。
	虔	ㄑㄧㄢˊ	虔心。虔敬。虔誠。心虔志誠（內心誠懇恭敬）。
	蚊	ㄨㄣˊ	使蚊負山（比喻能力無法擔任、承受）。蚊蝱ㄇㄥˊ之勞（比喻微小的技能）。蚊睫之蟲（比喻極小的東西）。聚蚊成雷（比喻多數小人的攻訐ㄐㄧㄝˊ或讒害足以淆亂是非）。
	閔	ㄇㄧㄣˇ	遘ㄍㄡˋ閔（遭人妒忌、陷害）。覯ㄍㄡˋ閔（同「遘閔」）。夙遭閔凶（幼年遭遇親人死亡）。
*	閿	ㄨㄣˊ	閿鄉（古地名）。
	雯	ㄨㄣˊ	雯華（雲彩）。費雯麗（英國女演員）。
*	鰬	ㄑㄧㄢˊ	鰬魚（鰻ㄇㄢˊ鱺ㄌㄧˊ）。
	【殳】		
	廄	ㄐㄧㄡˋ	馬廄（養馬的地方）。廄人（管理馬匹的人）。廄有肥馬。「廐」為異體字。
	役	ㄧˋ	服兵役。無役不與ㄩˋ（每次戰役或活動皆參與ㄩˋ）。貪官蠹ㄉㄨˋ役（貪圖財物的官員和小吏）。
	慇	ㄧㄣ	慇懃（待人接物懇切、周到。同「殷勤」）。
	投	ㄊㄡˊ	投畀ㄅㄧˋ豺ㄔㄞˊ虎（比喻對壞人的極端憤恨）。投筆從戎。投鞭斷流（比喻軍隊眾多）。走投無路。

	國字	字音	語詞
	殳	ㄕㄨ	殳書（書體名。秦書八體之一）。執殳（手握著長殳。殳，兵器名）。
	殷	ㄧㄣ	殷商（富有的商人）。殷勤。殷實。民殷財阜ㄈㄨˋ（百姓生活豐裕，財物充足）。民殷國富（人民生活豐實，國家富裕）。殷切期望。殷憂啟聖（深切的憂慮能開啟聖明）。殷鑑不遠（前人的教訓或可供借鏡的事例近在眼前）。
		ㄧㄢ	殷紅（深紅色）。殷然（低沉的聲音隱隱發出的樣子）。血流殷地。
		ㄧㄣˇ	殷其雷（雷聲隆隆的樣子）。殷天動地（形容震動得非常厲害。也作「殷天震地」）。
	毅	ㄧˋ	毅力。剛毅果決。堅毅不拔。毅然決然。
	疫	ㄧˋ	免疫。瘟疫。免疫力。流感疫苗。
*	癹	ㄅㄚˊ	癹骫ㄨㄟˇ（樹木枝條盤曲交錯的樣子）。
*	祋	ㄉㄨㄟˋ	何ㄏㄜˋ戈與祋（肩上荷ㄏㄜˋ著戈和殳ㄕㄨ等兵器）。
	羖	ㄍㄨˇ	五羖大ㄉㄚˋ夫（春秋百里奚的別稱）。
	股	ㄍㄨˇ	一股力量。一股香味。引錐刺股（發憤讀書，刻苦自勵。股，大腿）。心膂ㄌㄩˇ股肱ㄍㄨㄥ（比喻極為親近的得力助手）。合股經營。股肱耳目（同「心膂ㄌㄩˇ股肱ㄍㄨㄥ」）。割股療親。懸梁刺股。蘇秦刺股（同「引錐刺股」）。
	芟	ㄕㄢ	芟夷（割草）。芟除（刪除）。
	設	ㄕㄜˋ	敷設（布置鋪ㄆㄨ設）。不堪設想。設身處地。

國字	字音	語詞
* 酘	ㄊㄡˊ	酘酒（再釀造的酒）。
骰	ㄊㄡˊ	骰子。擲ㄓˊ骰子。
【爪】		
抓	ㄓㄨㄚ	抓痕。隔靴抓癢。
	ㄔㄨㄚˇ	抓子兒（一種兒童遊戲）。
爪	ㄓㄠˇ	爪牙。爪痕。鳳爪。雞爪。繫爪（彈奏古箏時，套在指端上的角質護甲）。魔爪。五爪龍。鳳爪湯。雞爪凍（也作「雞腳凍」）。一鱗半爪（比喻事物零碎ㄙㄨㄟˋ、不完整）。伸出狼爪。東鱗西爪（同「一鱗半爪」）。張牙舞爪。雪泥鴻爪（比喻往事所遺留的痕跡）。
	ㄓㄨㄚˇ	爪子。爪兒。貓爪子。三爪兒鍋。
* 笊	ㄓㄠˋ	笊籬（將水裡的東西撈ㄌㄠ出來的器具）。
* 釽	ㄆㄧ	鉤釽（屈曲破壞。如「鉤釽析亂」）。
【毛】		
旄	ㄇㄠˊ	旄牛（同「犛ㄌㄧˊ牛」）。旄鉞ㄩㄝˋ（稱將帥指揮權柄的代表）。旄頭ㄊㄡˊ（星名。即昴ㄇㄠˇ宿ㄒㄧㄡˋ）。旌ㄐㄧㄥ旄（指揮軍隊的旗幟）。白旄黃鉞（比喻出征）。擁旄萬里（形容統領的範圍很廣）。
	ㄇㄠˋ	旄倪ㄋㄧˊ（老人和小孩）。旄期（八、九十歲和百歲的老人家）。通「耄ㄇㄠˋ」
毛	ㄇㄠˊ	毛茸ㄖㄨㄥˊ茸。不毛之地。毛骨悚然。雞毛蒜皮。

國字		字音	語詞
*	毷	ㄇㄠˋ	毷毷（恭敬誠懇的樣子）。
*	毤	ㄊㄨㄛˋ	毤毛（換毛，脫毛）。
	毫	ㄏㄠˊ	絲毫。分毫不爽（沒有半點差錯）。秋毫之末（比喻極微小的東西）。秋毫無犯（一點都不加以侵犯）。毫髮不爽（同「分毫不爽」）。毫釐千里（起初相差ㄔㄚ甚微，結果差距很大）。頰上添毫（比喻文章經過潤飾，更為生動）。
*	眊	ㄇㄠˋ	昏眊（視力模糊不清）。眊荒（指年老而昏亂糊塗）。眊亂（神志昏亂）。眊聵ㄎㄨㄟˋ（眼花耳聾）。惛ㄏㄨㄣ眊（形容人年老力衰）。憒ㄎㄨㄟˋ眊（同「眊亂」）。年齒老眊（指人已老邁）。眸ㄇㄡˊ子ㄗˇ眊焉（眼珠子昏花）。銷耗鈍眊（勇氣衰竭，體力耗損）。
*	秏	ㄏㄠˋ	秏損（耗損）。通「耗」。
	耄	ㄇㄠˋ	耄期（老年）。耄耋ㄉㄧㄝˊ。耄齡（八、九十歲以上的年齡）。
	耗	ㄏㄠˋ	耗損。耗費。耗盡。噩耗。消耗品。音耗不絕（音信往來，聯絡不斷）。貓哭耗子（假慈悲）。
*	毦	ㄦˋ	矟ㄕㄨㄛˋ毦（槊ㄕㄨㄛˋ上用羽毛所做的纓條）。氅ㄔㄤˇ毦（用羽毛製成的裝飾物品）。
*	芼	ㄇㄠˋ	芼集（摘取）。芼羹（用菜、肉為材料所做成的羹）。左右芼之（左右手一起拔取）。
*	蚝	ㄏㄠˊ	生蚝（生蠔）。蚝油（蠔油）。通「蠔」。
*	軞	ㄇㄠˊ	軞車（主君的兵車）。

	國字	字音	語詞
	髦	ㄇㄠˊ	俊髦(出眾的人物)。時髦。趕時髦。弁ㄅㄧㄢˋ髦法令(漠視法令)。棄如弁髦(毫不在意的丟棄無用之物)。
	【勿】		
	刎	ㄨㄣˇ	自刎(割喉嚨結束生命)。刎頸之交(比喻可同生死、共患難的至交好友)。
	勿	ㄨˋ	早占ㄓㄢ勿藥(祝禱人病早好的話)。格殺勿論。密勿從事(勤勉竭力的辦理公務)。過勿憚ㄉㄢˋ改(有過錯不要害怕改正)。
	匆	ㄘㄨㄥ	匆忙。興ㄒㄧㄥˋ匆匆。行色匆匆。來去匆匆。「怱」為異體字。
	吻	ㄨㄣˇ	口吻。吻合。「脗」為異體字。
	唿	ㄏㄨ	打唿哨ㄕㄠˋ(用手緊捏嘴脣，呼出尖銳的聲音)。
*	囫	ㄏㄨˊ	囫圇ㄌㄨㄣˊ(完整的)。囫圇吞棗。
	忽	ㄏㄨ	忽然。忽隱忽現。怠忽職守。飄忽不定。
	惚	ㄏㄨ	恍惚。精神恍惚。
*	昒	ㄏㄨ	昒怳ㄏㄨㄤˇ(恍惚)。昒昕ㄒㄧㄣ(黎明)。昒爽(同「昒昕」)。嚮ㄒㄧㄤˋ昒(形容極為迅速)。
*	曶	ㄏㄨ	曶怳ㄏㄨㄤˇ(同「昒ㄏㄨ怳」)。通「昒」。
*	歾	ㄇㄛˋ	父歾(父親過世)。通「歿」。
		ㄨㄣˇ	歾頸(用刀割脖子。同「刎頸」)。通「刎」。

	國字	字音	語　　詞
*	沕	ㄨˋ	沕漠(偏遠的地方)。沕潏ㄐㄩㄝˊ(泉水盛大的樣子)。沕穆(深微的樣子)。
*	淴	ㄏㄨ	淴泱(水流迅速的樣子)。淴浴(洗澡)。
	物	ㄨˋ	物色。天工開物(書名。明 宋應星撰)。物色人選。待人接物。時談物議(時人的言談與評論)。超然物外(胸襟曠達，不為物欲所左右)。開物成務(開發各種物資，建立各種制度)。睥ㄅㄧˋ睨ㄋㄧˋ物表(高傲自負，超脫世俗之外)。遭人物議。薄物細故(輕微瑣碎的事情)。
*	笏	ㄏㄨˋ	象笏(象牙所做成的手板)。秉笏披袍(指在朝當官)。拄ㄓㄨˇ笏看山(比喻人倜ㄊㄧˋ儻ㄊㄤˇ不羈)。垂紳搢ㄐㄧㄣˋ笏(古代當官的人)。倒ㄉㄠˋ笏躬身(屈身平拿笏板，以示恭敬謹慎)。袍笏登場(比喻官員初接新職，猶如登場演戲)。執笏為官(同「秉笏披袍」)。簪ㄗㄢ笏之士(指為官者)。
*	芴	ㄨˋ	芒芴(原始元氣未分，模糊不清的狀態)。軋ㄧㄚˋ芴(緻密或指不分明的樣子)。
	魩	ㄇㄛˋ	魩仔魚(魚名。不作「吻仔魚」)。
			【壬】
	呈	ㄔㄥˊ	呈政(呈上自己的作品請他人糾正錯誤。也作「呈正」)。呈現。呈報。呈遞。呈獻。呈露ㄌㄨˋ(顯露ㄌㄨˋ)。面呈(當面呈遞)。簽呈。桃灼呈祥(祝賀人家嫁女的賀辭)。龍鳳呈祥(富貴吉祥的徵兆。常用來賀人喜慶)。麟趾呈祥(賀人生子的吉祥話。或讚譽他人子孫良善昌盛)。

國字	字音	語詞
廳	ㄊㄧㄥ	餐廳。廳堂。
徵	ㄓㄥ	象徵。徵召ㄓㄠˋ。徵詢。信而有徵。旁徵博引。酒食ㄕˋ徵逐（汲ㄐㄧˊ汲追逐吃喝享樂）。無徵不信（沒有證據，無法使人相信）。
	ㄓˇ	變徵（高亢悲壯的調子）。閏宮閏徵（指古代音調七聲中的變宮和變徵）。變徵之聲（高亢悲壯的聲音）。宮商角ㄐㄩㄝˊ徵羽（古代五音）。
懲	ㄔㄥˊ	重懲。獎懲。膺ㄧㄥ懲（懲治、討伐ㄈㄚˊ）。懲戒。懲治。懲處ㄔㄨˇ。懲罰。略施薄懲。彰善懲惡。懲忿窒欲（遏抑憤怒，阻塞ㄙㄜˋ情欲）。懲前毖ㄅㄧˋ後（以過去的錯誤為教訓，警戒自己不再犯錯）。勸善懲惡。嚴懲不貸（指嚴厲處罰，絕不原諒）。
望	ㄨㄤˋ	大喜過望。得隴望蜀。喜出望外。德高望重。槥ㄏㄨㄟˋ車相望（形容死者眾多）。大旱望雲霓（形容盼望的殷切或比喻渴望擺脫困境）。
*檉	ㄔㄥ	檉柳（植物名）。
澂	ㄔㄥˊ	清澂（清澈）。吳大澂（人名。清朝人）。澂清湖（同「澄清湖」）。萬象澂澈（指一切景象清晰可見）。通「澄」。
癥	ㄓㄥ	癥狀。癥結。洞見癥結（能徹底察見事情的糾葛ㄍㄜˊ或問題的關鍵所在）。
聖	ㄕㄥˋ	至聖先師。紹休聖緒（延續祖先聖賢的美善事業）。超凡入聖（學識修養達到極致的境界）。

	國字	字音	語詞
	聽	ㄊㄧㄥ	聽筒。不聽使喚。流魚出聽（形容音樂優美動聽）。駭ㄏㄞˋ人聽聞。「聼」為異體字。
		ㄊㄧㄥˋ	聽任。聽命。聽便（隨著各人的方便）。聽訟（審理訴訟案件）。聽憑。聽天命。拱手聽命（聽從對方的命令而不反抗）。悉聽而歸（全都聽任你們拿回去）。悉聽尊便（一切任隨你的決定）。聽人穿鼻（聽憑別人牽制、擺布）。聽天由命。聽其自便（同「聽便」）。聽其自然。聽憑尊便（同「悉聽尊便」）。
	蟶	ㄔㄥ	蟶子（一種海產貝類）。蟶乾（晒乾的蟶肉）。
	【王】		
*	尪	ㄨㄤ	尪劣（倦怠衰弱）。尪怯ㄑㄩㄝˋ（懦ㄋㄨㄛˋ弱）。尪羸ㄌㄟˊ（同「尪劣」）。尪仔ㄗˇ標（臺灣舊時一種兒童玩具）。尪羸壽考（身體孱ㄔㄢˊ弱卻長壽）。尪孅ㄒㄧㄢ懦弱（身體孱弱，性情怯ㄑㄩㄝˋ懦）。
*	撋	ㄖㄨㄢˊ	撋就（遷就）。
	旺	ㄨㄤˋ	旺季。旺盛。興旺。
	枉	ㄨㄤˇ	枉費。冤枉。不枉此生。受賕ㄑㄧㄡˊ枉法（因接受賄ㄏㄨㄟˋ賂ㄌㄨˋ而觸法）。枉口拔舌（指肆意胡言，惡意中傷）。矯枉過正。
	汪	ㄨㄤ	大度汪洋（形容人度量很大）。汪洋大海。淚眼汪汪。
	潤	ㄖㄨㄣˋ	潤滑。珠圓玉潤。礎潤而雨（從微小的徵兆中，就能推知事物的真相及發展）。

	國字	字音	語詞
	王	ㄨㄤˊ	無冕王（新聞記者的美稱）。目無王法。
		ㄨㄤˋ	王天下（統治天下）。南面而王（自立為王，統治天下）。
	玉	ㄩˋ	玉成（請他人因愛護而願意成全某事）。玉成其事（成全美事）。玉樹臨風（形容男子年輕而才貌出眾）。玄圃積玉（比喻文辭華美精妙，字字珠璣）。改步改玉（死者身分改變，葬禮也應變更）。拋磚引玉。花容玉貌。鼎力玉成。種玉之緣（兩家聯姻）。藍田種玉（比喻女子懷孕）。
*	玊	ㄒㄧㄡˋ	玊況（人名。東漢人）。與「玉」不同。
	閏	ㄖㄨㄣˋ	閏年。黃楊厄閏（比喻時運不濟，境遇困難）。
*	鳿	ㄩˋ	鸀ㄓㄨˊ鳿（水鳥名。即鸑ㄩㄝˋ鷟ㄓㄨㄛˊ）。

【毋】

	國字	字音	語詞
	毋	ㄨˊ	毋忘在莒ㄐㄩˇ。毋庸多贅ㄓㄨㄟˋ（不須多言）。毋庸置疑。毋望之福（出乎意料獲得的幸福）。毋望之禍（意外發生的災禍）。
*	毐	ㄞˇ	嫪ㄌㄠˋ毐（戰國時秦人）。摎ㄐㄧㄡ毐（同「嫪毐」）。
	毒	ㄉㄨˊ	毒品。病毒。惡毒。肉毒桿菌。赤口毒舌（言語惡毒，出口傷人或說些不吉利的話）。毒蛇猛獸。荼毒生靈。
		ㄉㄞˋ	毒瑁ㄇㄟˋ（同「玳ㄉㄞˋ瑁」）。通「玳」。

國字	字音	語詞
纛	ㄉㄠˋ	大纛（大旗）。纛旗（元帥的大旗）。高牙大纛（形容聲勢烜ㄒㄩㄢˇ赫）。黃屋左纛（指帝王的座車）。龍幡ㄈㄢ虎纛（將帥的旗幟）。
* 蝳	ㄉㄨˊ	蝳蜍ㄔㄨˊ（蜘蛛）。
	ㄉㄞˋ	蝳蝐ㄇㄟˋ（同「玳瑁」）。通「玳」。
【冊】		
實	ㄕˊ	名存實亡。名實相副。秀而不實（比喻僅學到一點皮毛，毫無成就可言）。授人口實（留給他人批評的話柄）。落人口實。實至名歸。
慣	ㄍㄨㄢˋ	習慣。司空見慣。打破慣例。見慣不驚（看習慣了，就不覺得怪異）。嬌生慣養。
擄	ㄌㄨˇ	俘擄。姦淫擄掠。揎拳擄袖（準備打鬥的樣子）。擄人勒ㄌㄜˋ贖。擄獲人心。
摜	ㄍㄨㄢˋ	摜碎（將物品用力摔碎）。摜紗帽（因犯罪而被辭去官職）。摜倒在地（將對方摔倒在地）。
虜	ㄌㄨˇ	俘虜。韃ㄉㄚˊ虜（外來民族）。守財虜（同「守財奴」）。
貫	ㄍㄨㄢˋ	貫穿。貫通。一仍舊貫。一以貫之。一貫作業。全神貫注。魚貫而入。貫手著ㄓㄨㄛˊ棼ㄈㄣˊ（箭術高超精準）。貫魚承寵（后妃依次受到寵幸）。惡貫滿盈。粟紅貫朽（形容生活富裕，錢穀積累甚多）。萬貫家財。腰纏萬貫。融會貫通。

國字	字音	語詞
		【切】
切	ㄑㄧㄝˋ	反切(古代切語之法，用二字切合成一個音)。切末(同「砌ㄑㄧㄝˋ末」)。切脈。切中ㄓㄨㄥˋ時弊。切骨之仇(比喻深切的仇恨)。切膚之痛(親身經歷的痛苦)。拊ㄈㄨˇ膺切齒(悲憤至極)。咬牙切齒。恨之切骨(極為痛恨)。望聞問切。痛切心骨(極為悲痛)。
	ㄑㄧㄝ	切片。切磋。切斷。切麵。互切互磋。切磋琢磨(比喻互相研究討論學問)。如切如磋(同「切磋琢磨」)。
沏	ㄑㄧ	沏油(油經加熱，把花椒放入快炒，然後倒在菜肴上)。沏茶。
砌	ㄑㄧˋ	砌詞(編造不切實際的言語)。砌磚。砌牆。堆砌。砌詞捏控(捏造事實，誣ㄨ控他人)。粉妝玉砌(形容雪景或指婦女皮膚白皙)。堆金砌玉(比喻富裕)。雕欄玉砌(形容富麗華美的建築物)。羅生池砌(遍ㄅㄧㄢˋ生於池中及臺階旁)。
	ㄑㄧㄝˋ	砌末(戲劇舞臺上的道具和布景)。
		【𠬛】
沒	ㄇㄛˋ	出沒。吞沒。沉沒。沒收。埋沒。辱沒(玷ㄉㄧㄢˋ辱)。陷沒。隱沒。 出沒無常。功不可沒。全軍覆沒。沒世不忘(同「沒齒難忘」)。沒而不朽(比喻人雖死而精神和功績永留世間)。沒骨花卉(一種國畫畫法)。沒沒無聞。沒齒難忘。泯ㄇㄧㄣˇ沒無聞(同「湮ㄧㄣ沒無聞」)。神出鬼沒。珠沉玉沒(比喻女子死亡)。湮ㄧㄣ沒無聞(名聲被埋沒，無人知曉)。齎ㄐㄧ志沒地(心願沒有達成就死去。同「齎志而歿」)。「没」為異體字。
	ㄇㄟˊ	沒精打彩(同「沒精打采」)。沒頭蒼蠅(比喻人沒有目標而亂闖亂撞)。

	國字	字音	語詞
	歿	ㄇㄛˋ	亡歿（死亡）。病歿。歿而不朽（同「沒而不朽」）。歿存均感（不論死者和生者皆心存感激）。齎志而歿（沒達成心願就死去。同「齎志沒ㄇㄛˋ地」）。「歿」為異體字。
	【幵】		
	妍	ㄧㄢˊ	妍媸ㄔ（美好與醜陋）。妍麗。百花爭妍。求妍更媸。爭妍比美。爭妍鬥豔。紆ㄩ餘為妍（紆緩的人也是美好的）。媸妍自別（美醜分明）。盡態極妍（形容姿態嬌豔美麗達到極點）。端妍絕倫（端莊秀麗，沒有人比得上）。
*	岍	ㄑㄧㄢ	岍山（陝西省山名）。
	形	ㄒㄧㄥˊ	形跡。形同具文（比喻事物空有形式而無實質的效益）。形跡可疑。相形失色。彪形大漢。喜形於色。變形金剛（電影片名）。
*	揅	ㄧㄢˊ	揅磨（細磨）。揅經室（清朝 阮元的書齋名）。通「研」。
*	枅	ㄐㄧ	枅櫨ㄌㄨˊ（柱上的橫木）。栱ㄍㄨㄥˇ枅（栱是梁柱間的承重結構，枅是柱上方木）。
*	汧	ㄑㄧㄢ	汧山（陝西省山名）。汧水（陝西省水名）。汧陽（陝西省縣名）。
	研	ㄧㄢˊ	研判。研究。鑽研。研 桑心計（比喻有理財的本事）。
		ㄧㄢˋ	洮ㄊㄠˊ研（以洮河綠石製成的硯臺）。蚌研（以蚌殼裝飾的硯臺）。焚研（自愧文不如人，焚毀筆硯，不再著ㄓㄨˋ述）。筆研（筆硯）。通「硯」。

	國字	字音	語詞
	笄	ㄐㄧ	及笄（女子滿十五歲）。加笄（同「及笄」）。笄丱ㄍㄨㄢˋ（指剛成年的時候）。笄年（女子十五歲）。驢生笄角（比喻極不可能發生的事情。同「驢生戟ㄐㄧˇ角」）。
*	豜	ㄐㄧㄢ	獻豜于公（獵獲的大獸全部繳公）。
*	趼	ㄐㄧㄢˇ	趼子（手掌或腳掌上因長久摩擦而長出的硬皮）。百舍重ㄔㄨㄥˊ趼（比喻長途跋涉，極為辛苦。也作「百舍重繭」）。枵ㄒㄧㄠ腹重趼（指長途跋涉，挨餓辛勞的情形）。通「繭」。
*	邢	ㄒㄧㄥˊ	尹ㄧㄣˇ邢避面（比喻因嫉ㄐㄧˊ妒而彼此不見面）。
*	鈃	ㄒㄧㄥˊ	鈃鍾（皆酒器名。不作「鈃鐘」）。
		ㄐㄧㄢ	宋鈃（戰國人）。
	開	ㄎㄞ	開天窗。開先例。別開生面。
			【夬】
*	吷	ㄒㄩㄝˋ	一吷（微細的聲音）。吷氣（用嘴吹氣，助人呼吸）。劍頭一吷（比喻言語無關緊要）。
	夬	ㄍㄨㄞˋ	夬卦（易經卦名）。君子夬夬（君子行事果斷不猶豫）。
	快	ㄎㄨㄞˋ	大快人心。大快朵頤。朵頤稱ㄔㄥˋ快（飽食痛快）。快馬加鞭。乘龍快婿（比喻好女婿）。
	抉	ㄐㄩㄝˊ	抉擇。抉瑕掩瑜（議論嚴苛，故意抹煞ㄕㄚ別人的優點）。爬羅剔ㄊㄧ抉（蒐羅極廣泛，選擇極正確）。怒猊ㄋㄧˊ抉石（形容書法的筆力遒ㄑㄧㄡˊ勁ㄐㄧㄥˋ奔放）。闡ㄔㄢˇ幽抉微（闡釋幽隱，抉發精微）。

	國字	字音	語詞
	決	ㄐㄩㄝˊ	決裂。心意已決。先決條件。決一死戰。決斷如流(下決策或判斷事情果斷快速)。殺伐ㄈㄚˊ決斷(做事有主見，大膽果斷)。感情決裂。毅然決然。懸而未決。
*	炔	ㄐㄩㄝˊ	乙炔(一種由電石和水作用而生成的可燃氣體)。乙炔燈(即電石燈，照明用)。
*	玦	ㄐㄩㄝˊ	玉玦(玉製的耳飾)。環玦(玉環和玉玦)。烏玉玦(墨)。
	筷	ㄎㄨㄞˋ	碗筷。公筷母匙ㄔˊ。
	缺	ㄑㄩㄝ	缺乏。完美無缺。抱殘守缺。金甌ㄡ無缺(國土完整而鞏固)。
*	芵	ㄐㄩㄝˊ	芵茪ㄍㄨㄤ(植物名。即「決明」)。
*	蚗	ㄐㄩㄝˊ	蚗龍(龍的一種)。蛥ㄕㄜˊ蚗(即「蟪ㄏㄨㄟˋ蛄ㄍㄨ」)。
	袂	ㄇㄟˋ	分袂(別離)。聯袂。分首判袂(同「分袂」)。衣袂翩然(衣袖隨風飄揚的樣子)。投袂而起(同「奮袂而起」)。投袂荷ㄏㄜˋ戈(比喻捍衛國家)。投袂援戈(同「投袂荷戈」)。袂雲汗雨(形容行人眾多)。張袂成帷(形容人多擁ㄩㄥ擠)。蒙袂輯屨ㄐㄩˋ(形容極為困乏)。奮袂而起(奮勇前進)。舉袂成幕(同「張袂成帷」)。攘ㄖㄤˇ袂扼腕ㄨㄢˋ(形容發怒、激動的樣子)。
*	觖	ㄐㄩㄝˊ	觖如(心不滿足)。觖望(因不滿而心生怨懟ㄉㄨㄟˋ)。

	國字	字音	語詞
	訣	ㄐㄩㄝˊ	妙訣。祕訣。訣別。訣竅。掐訣念咒（和尚或道士以拇指掐住其他指頭的關節念咒）。
*	趹	ㄐㄩㄝˊ	趹踶ㄉㄧˋ（馬互相踢踩）。趹蹄（古代傳說中的祥瑞之獸）。
*	鈌	ㄐㄩㄝˊ	釕ㄉㄧㄠˋ鈌（綴於帶頭的裝飾物）。
*	駃	ㄐㄩㄝˊ	駃騠ㄊㄧˊ（公馬和母驢交配所生的驢騾）。
	鴃	ㄐㄩㄝˊ	鴃舌（比喻難懂的語言）。南蠻鴃舌（譏稱特異難懂的方言）。「鴂」為異體字。
			【卞】
	卞	ㄅㄧㄢˋ	卞急（性情焦躁）。卞和泣璧（比喻人雖有才華，卻懷才不遇，無法發揮才能）。
	忭	ㄅㄧㄢˋ	忭懽ㄏㄨㄢ（愉悅歡欣）。忭躍ㄩㄝˋ（極為高興、快樂）。欣忭（喜悅快樂）。歡忭（歡喜快樂）。
	抃	ㄅㄧㄢˋ	抃掌（鼓掌）。喜躍ㄩㄝˋ抃舞（形容快樂得手舞足蹈ㄉㄠˋ的樣子）。
	汴	ㄅㄧㄢˋ	汴京（即汴梁）。汴梁（地名。即今河南開封）。
*	犿	ㄏㄨㄢ	連犿（宛轉的樣子）。
			【犬】
	吠	ㄈㄟˋ	犬吠之盜（宵小、小偷）。吠形吠聲（比喻不辨事情真偽ㄨㄟˋ而盲目附和ㄏㄜˋ傳說）。越犬吠雪（少見多怪）。粵犬吠雪（同「越犬吠雪」）。

	國字	字音	語詞
	器	ㄑㄧˋ	成大器。大器晚成。君子不器（比喻君子體用兼備而多才多藝）。投鼠忌器（比喻心中有所顧忌，不敢放手去做事）。廟堂之器（比喻可擔當大任的才幹、本領）。器小易盈（識見氣度狹隘，容易驕矜自滿）。器宇不凡（儀表、氣度出眾，與常人不同）。器宇軒昂（形容人神采洋溢，氣度非凡。同「氣宇軒昂」）。器鼠難投（有人撐腰庇(ㄅㄧˋ)護，壞人就不易被制伏）。
	犬	ㄑㄩㄢˇ	犬牙相錯（兩地交界處的地方參(ㄘㄣ)差(ㄘ)不齊）。犬馬之勞。見兔顧犬（比喻設法補救，還來得及）。喪(ㄙㄤˋ)家之犬。畫虎類犬（比喻模仿不到家，反而顯得不倫不類）。
	狀	ㄓㄨㄤˋ	獎狀。不可名狀（無法用語言形容）。狀元及第。難以名狀（同「不可名狀」）。
*	猋	ㄅㄧㄠ	紛猋（飛揚的樣子）。猋氏（神農氏）。猋迅（飛走迅速）。猋忽（疾風）。猋風（同「猋忽」）。猋逝（迅速消逝）。猋輪（風輪）。
	甽	ㄑㄩㄢˇ	甽畝（田地）。甽畝下才（資質、才能平庸的人）。甽畝之中（鄉野、民間）。畦(ㄑㄧˊ)甽相望（形容農人的田地相毗(ㄆㄧˊ)鄰）。
	突	ㄊㄨˊ	煙突（煙囪）。孔席墨突（形容熱心濟世，奔波(ㄅㄛ)勞碌）。曲(ㄑㄩ)突徙薪（預先採取措施，以防患未然）。突飛猛進。突破瓶頸。唐突西施（對女性不尊重）。墨突不黔(ㄑㄧㄢˊ)（同「孔席墨突」）。
	飆	ㄅㄧㄠ	狂飆。飆車。飆漲(ㄓㄤˇ)。飆車族。迅雷飆風（形容迅速的樣子）。急飆如電（同「迅雷飆風」）。飆發電舉（形容聲勢急速且凶猛）。飆舉電至（形容聲勢猛烈）。「飇」為異體字。

國字	字音	語詞
*鼣	ㄈㄟˋ	鼣鼠（鼠的一種）。
【攵】		
孜	ㄗ	喜孜孜。孜孜不怠。孜孜不倦。孜孜矻ㄎㄨˋ矻（勤奮不懈怠）。
收	ㄕㄡ	收穫。坐收漁利。秋收冬藏。
改	ㄍㄞˇ	改變。改弦ㄒㄧㄢˊ更ㄍㄥ張。痛改前非。
攻	ㄍㄨㄥ	攻堅。不攻自破。攻城略地。
放	ㄈㄤˋ	放蕩。豪放。大放厥詞。
	ㄈㄤˇ	放勛（堯的名號）。摩頂放踵（比喻捨身濟世，不辭辛勞）。放於利而行（一味追逐利益而行）。
敉	ㄇㄧˇ	敉平（平定）。敉平戰亂。
敗	ㄅㄞˋ	敗北。功敗垂成。形跡敗露ㄌㄨˋ。
枚	ㄇㄟˊ	不勝ㄕㄥ枚舉。不遑枚舉（同「不勝枚舉」）。銜枚疾走（士兵急行軍，口銜筷子，以防出聲）。
牧	ㄇㄨˋ	卑以自牧（以謙卑的態度修養自己）。謙沖自牧（同「卑以自牧」）。不牧之地（荒地）。
玫	ㄇㄟˊ	玫瑰ㄍㄨㄟ˙。玫瑰花。與「玟」不同。
畋	ㄊㄧㄢˊ	畋獵（打獵）。焚林而畋（比喻只顧眼前而不顧長遠的利益）。馳騁ㄔㄥˇ畋獵（縱情騎馬打獵）。

	國字	字音	語詞
*	莜	ㄑㄧㄠˊ	莜麥(即蕎麥)。視爾如莜(看你美得像朵朵的錦葵花)。
	【兮】		
	兮	ㄒㄧ	巧笑倩兮(形容女子美好的笑容)。神經兮兮。緊張兮兮。
*	枍	ㄧˋ	枍詣ㄧˋ(漢宮殿名)。
*	盻	ㄒㄧˋ	盻然(眼睛怒視的樣子)。顧盻(注目，留神)。盻盻然(勤勞不休的樣子)。
	謚	ㄕˋ	追謚(死後追加謚號)。謚號(依死者生前的事跡所給ㄐㄧˇ予的稱號)。「諡」為異體字。
	【止】		
	企	ㄑㄧˋ	企求。企盼。企望。不可企及(差距過大，無法趕上)。引領企踵(形容盼望的殷切)。企足而待(比喻極短的時間就可以實現)。
	址	ㄓˇ	地址。網址。
	扯	ㄔㄜˇ	拉扯。扯後腿。扯爛汙(比喻不負責任而使事情變糟)。東拉西扯。
	止	ㄓˇ	舉止。止足之分ㄈㄣˋ(安守本分而不貪求)。高軒蒞止(指貴客蒞臨)。望門投止(比喻情況急迫，來不及選擇棲身處)。嘆為觀止。學無止境。
	沚	ㄓˇ	洲沚(水中的小塊陸地。同「洲渚ㄓㄨˇ」)。于沼ㄓㄠˇ于沚(在水池、在小洲)。
	祉	ㄓˇ	福祉。全民福祉。

國字	字音	語詞
芷	ㄓˇ	岸芷汀(ㄊㄧㄥ)蘭（岸上的白芷，沙洲上的蘭花）。澧(ㄌㄧˇ)蘭沅(ㄩㄢˊ)芷（比喻高潔的人格）。蘭芷之室（指良好的環境）。蘭芷漸滫(ㄒㄧㄡˇ)（被惡質感染，為人所唾棄）。蘭芷蕭艾（比喻士人改變了氣節）。
趾	ㄓˇ	腳趾。交趾燒（也作「交阯燒」）。削(ㄒㄩㄝ)趾適屨(ㄐㄩˋ)（勉強(ㄑㄧㄤˇ)遷就湊合。或比喻拘泥(ㄋㄧˋ)成例而不知變通。同「削足適履」）。趾高氣揚。敢攀玉趾（邀請親友的客套話）。圓顱方趾（指人類）。
阯	ㄓˇ	交阯（古郡名）。
齒	ㄔˇ	啟齒。不以人齒（不當(ㄉㄤˋ)作人看）。不足掛齒。不足齒及（不值得(ㄉㄜˊ)討論）。不足齒數(ㄕㄨˇ)（同「不足齒及」）。分班序齒（指依長幼順序分位次）。切(ㄑㄧㄝˋ)齒拊(ㄈㄨˇ)心（形容極為痛恨）。令人不齒。沒(ㄇㄛˋ)齒難忘。馬齒徒增（自謙年歲徒增，而事業毫無大作為）。齒德俱增（年齡增長的美稱）。磨齒之爭（比喻兄弟鬩(ㄒㄧˋ)牆，互起摩擦爭執）。
【云】		
云	ㄩㄣˊ	人云亦云。子曰詩云（泛指儒家經書上的言論）。不知所云。
* 抎	ㄩㄣˇ	抎失（有所失）。
曇	ㄊㄢˊ	曇花。曇花一現。
* 沄	ㄩㄣˊ	沄沄（大水）。
紜	ㄩㄣˊ	紛紜。紛紜雜沓（眾多且雜亂）。眾口紛紜（人多嘴雜，各有各的說法）。眾說紛紜。聚訟紛紜（論辯紛亂，難定是非。同「眾口紛紜」）。

國字		字音	語詞
	耘	ㄩㄣˊ	耕耘。春耕夏耘。筆耕墨耘（指寫作）。
	芸	ㄩㄣˊ	芸窗（書齋）。芸編（書籍）。舍ㄕㄜˇ己芸人（比喻犧牲自己，以成就他人）。芸芸眾生。
	雲	ㄩㄣˊ	白雲親舍（比喻思念雙親）。判若雲泥（相差ㄔㄚ懸殊）。<u>雲英</u>未嫁（比喻女子尚未嫁人）。
【厷】			
*	吰	ㄏㄨㄥˊ	噌ㄘㄥ吰（聲音壯闊的樣子。指鐘聲）。
	宏	ㄏㄨㄥˊ	宏偉。宏觀。無關宏旨（不涉及主要宗旨、內容。指意義或關係不大）。寬宏大量。
*	汯	ㄏㄨㄥˊ	汯汩ㄍㄨˇ（水流盛大）。泓汯（水勢迴旋的樣子）。
*	浤	ㄏㄨㄥˊ	浤浤（水流騰湧的樣子）。
*	竑	ㄏㄨㄥˊ	<u>焦竑</u>（人名。<u>明朝</u>人）。
*	紘	ㄏㄨㄥˊ	八紘（天下）。鏤ㄌㄡˋ簋ㄍㄨㄟˇ朱紘（雕花的器皿、朱紅的帷幔。比喻器物極為華美）。
*	翃	ㄏㄨㄥˊ	翃翃（蟲飛的樣子）。<u>韓翃</u>（人名。<u>唐朝</u>人）。
*	耾	ㄏㄨㄥˊ	耾耾（打雷聲）。鏗ㄎㄥ耾（鐘磬ㄑㄧㄥˋ的聲音）。
	肱	ㄍㄨㄥ	肱骨（人骨之一）。三折肱（比喻經驗豐富。原作「三折肱為良醫」）。曲ㄑㄩ肱而枕ㄓㄣˋ（比喻安於窮困的生活）。股肱之力（輔佐的能力）。飲水曲肱（形容淡泊名利，安貧樂道的生活）。
*	谹	ㄏㄨㄥˊ	谹議（博大精深的議論）。

	國字	字音	語詞
*	郄	ㄒㄧˋ	以郄視文（比喻見識淺薄狹隘）。白駒ㄐㄩ過郄（同「白駒過隙」）。批郄導窾ㄎㄨㄢˇ（同「批郤ㄒㄧˋ導窾」）。郄詵ㄕㄣ高第（比喻高中科舉，登上榜首）。
	閎	ㄏㄨㄥˊ	閈ㄏㄢˋ閎（里巷的大門）。汪洋閎肆（形容文辭氣勢豪放）。崇論閎議（崇高卓越的議論）。閎中肆外（文章內容豐富，而文筆奔放）。閎侈ㄔˇ不經（指荒誕而不合常理）。閎深婉約。閎識孤懷（高遠的見解和獨特的情懷）。雄辭閎辯（強勁有力的文辭和辯才）。
	雄	ㄒㄩㄥˊ	梟ㄒㄧㄠ雄。一決雌ㄘ雄。草莽英雄。雄才大略。雄霸一方。積健為雄（經年累月的鍛鍊，而成就強健的體魄）。
			【井】
	井	ㄐㄧㄥˇ	井井有條。井然有序。古井無波ㄅㄛ（比喻內心恬靜不動情）。紡績井臼（做家事）。離鄉背井。
*	汫	ㄐㄧㄥˇ	汫水里（臺南市鹽水區里名）。
	耕	ㄍㄥ	耕耘。男耕女織。深耕易耨ㄋㄡˋ（農夫勤於耕種，並除去田間雜草）。
	阱	ㄐㄧㄥˇ	陷阱。自墜陷阱（落人圈套或自惹災禍）。阱中之虎（比喻處於困境中。同「釜中之魚」）。落阱下石（同「落井下石」）。「穽」為異體字。
			【市】
*	巿	ㄈㄨˊ	徐巿（即秦方士徐福）。為「韍ㄈㄨˊ」「紱ㄈㄨˊ」的古文。與「市ㄕˋ」不同。

	國字	字音	語詞
*	旆	ㄆㄟˋ	反旆（將帥凱旋歸來）。征旆（泛指出外旅行）。酒旆（繫在酒店門前用來招徠ㄌㄞˊ客人的布條）。大軍旋旆（大軍歸返）。
	沛	ㄆㄟˋ	充沛。豐沛。沛雨甘霖（比喻恩澤深厚）。造次顛沛（流離失所，生活窮困）。豐沛子弟（比喻與在高位者有某種特殊關係的人）。顛沛流離。
	肺	ㄈㄟˋ	別具肺腸（比喻人別有居心或打算）。肺石風清（審判公正）。肺腑之言。狼心狗肺。感人肺腑。
*	芾	ㄈㄟˋ	芾芾（草木茂盛的樣子）。蔽芾甘棠（長得茂盛的棠梨樹）。
		ㄈㄨˊ	米芾（宋朝書畫家）。赤芾（紅色蔽膝）。通「黻ㄈㄨˊ」「韍」。
	霈	ㄆㄟˋ	甘霈（甘雨。同「甘霖」）。滂ㄆㄤ霈（雨勢盛大的樣子）。霈霈（波ㄅㄛ浪相互激盪的聲音）。
	【心】		
*	伈	ㄒㄧㄣˇ	伈伈睍ㄒㄧㄢˋ睍（小心畏怯ㄑㄩㄝˋ而低聲下氣的樣子）。
	心	ㄒㄧㄣ	一瓣心香（比喻心悅誠服，猶如焚香供ㄍㄨㄥˋ佛般的誠敬）。別出心裁。碧血丹心（形容赤忱忠心）。獨出心裁（同「別出心裁」）。
*	忥	ㄒㄧˋ	忥忥（快樂的樣子）。
	沁	ㄑㄧㄣˋ	沁寒（透出寒冷的感覺）。沁入心脾（形容感受深刻）。沁涼如水（如水般的清涼）。
	芯	ㄒㄧㄣ	燈芯。蠟芯兒（蠟燭的中心部分，可以點燃）。
	恥	ㄔˇ	恥笑。恥辱。廉恥。不恥下問。「耻」為異體字。

	國字	字音	語詞
	【尹】		
	尹	ㄧㄣˇ	伊尹(商湯賢相)。京兆尹(職官名)。尹 邢避面(比喻因嫉ㄐㄧˊ妒而彼此不見面)。
	伊	ㄧ	木乃伊。下車伊始(官吏剛上任)。伊于胡底(到什ㄕㄣˊ麼地步為止。比喻後果不堪設想)。自詒ㄧˊ伊戚(自己招惹禍患)。秋水伊人。
*	咿	ㄧ	咿吾(讀書聲)。喔ㄨㄛ咿嚅ㄖㄨˊ唲ㄦˊ(強ㄑㄧㄤˇ笑奉承獻媚的樣子)。
*	芛	ㄨㄟˇ	萵ㄨㄛ芛(萵苣的別名)。麻芛湯。
	【丰】		
	丰	ㄈㄥ	丰采。一瞻丰采(親睹對方的風姿)。丰姿冶麗(容貌姿態美麗冶豔)。丰姿綽ㄔㄨㄛˋ約。
*	妦	ㄈㄥ	妦容(美麗的容貌)。
	梆	ㄅㄤ	梆子(樂器名)。梆笛。
*	湱	ㄏㄨㄛˋ	洶ㄒㄩㄥ湱(形容波ㄅㄛ濤ㄊㄠˊ相互激盪的聲音)。淜ㄆㄥˊ湱(同「洶湱」)。
*	砉	ㄏㄨㄛˋ	砉然(形容皮骨分離的聲音)。砉欻ㄏㄨ(微細的聲音)。砉騞ㄏㄨㄛˋ(形容箭射出的聲音)。批砉導窾ㄎㄨㄢˇ(比喻善於從關鍵處入手,凡事就可迎刃而解。同「批郤ㄒㄧˋ導窾」)。
	綁	ㄅㄤˇ	綁架。五花大綁。綁赴市曹(將死囚帶到街市熱鬧處,當眾處ㄔㄨˇ死)。

國字	字音	語詞
蚌	ㄅㄤˋ	蛤ㄍㄜˊ蚌（蛤ㄍㄜˊ蜊˙ㄌㄧ）。蚌埠ㄅㄨˋ市（安徽省地名）。老蚌生珠（高齡產婦生子或指老年得子）。
邦	ㄅㄤ	友邦。兄弟之邦。多難ㄋㄢˋ興邦。安邦定國。鞏ㄍㄨㄥˇ固邦誼ㄧˋ。禮義之邦。懷寶迷邦（比喻隱藏才德，不願出仕為官。也作「懷道迷邦」）。
*騞	ㄏㄨㄛˋ	騞然（刀割解物品的聲音）。奏刀騞然（運刀時，發出刀割解硬物的聲音。比喻得心應手，功效非常快速）。
【尤】		
*厖	ㄇㄤˊ	厖雜（雜亂而不精純）。敦厖（民生豐厚富裕）。
*哤	ㄇㄤˊ	哤聒（嘈ㄘㄠˊ雜聲）。
尤	ㄧㄡˊ	尤其。怨尤。效尤（故意仿效他人的過錯，跟著學壞的意思。貶義詞）。天生尤物（指生來就是冶豔動人的女子）。以儆ㄐㄧㄥˇ效尤。怨天尤人。無恥之尤（指人無恥到了極點）。群起效尤。競相效尤（以上兩詞皆貶義詞）。
*尨	ㄇㄤˊ	尨犬（毛多的狗）。尨吠（狗叫）。
	ㄇㄥˊ	尨茸ㄖㄨㄥˊ（毛多而雜亂的樣子）。狐裘尨茸（比喻國政混ㄏㄨㄣˋ亂不堪）。
	ㄆㄤˊ	尨然（巨大的樣子。同「龐然」）。尨眉皓髮（眉髮盡白。形容老人的相貌）。通「龐」。
嵇	ㄐㄧ	嵇康（人名。三國 魏人）。羊體嵇心（比喻人精於琴藝）。嵇侍中血（比喻忠臣為君主而死）。

國字		字音	語詞
*	厖	ㄇㄤˊ	厖澒ㄏㄨㄥˋ（混ㄏㄨㄣˋ沌ㄉㄨㄣˋ不明的樣子）。純厖（忠厚樸實）。
*	沋	ㄧㄡˊ	沋沋（魚鱉顛倒ㄉㄠˇ的樣子）。
*	牻	ㄇㄤˊ	牻牛（黑白色交雜的牛）。
*	疣	ㄧㄡˊ	贅疣（多餘而毫無用處的事物）。臀ㄊㄨㄣˊ疣（猴類臀部上的硬皮）。附贅ㄓㄨㄟˋ懸疣（同「贅疣」）。淬鋒潰疣（比喻除惡容易且順利）。
*	痝	ㄇㄤˊ	痝然（浮腫的樣子）。
*	硥	ㄇㄤˇ	硥魚（魚名。似鯉之魚）。
*	蚘	ㄏㄨㄟˊ	蚘蟲（蛔蟲）。通「蛔」。
*	蛖	ㄇㄤˊ	蛖螻ㄌㄡˊ（蟲名）。
*	訧	ㄧㄡˊ	無訧（沒有過失）。通「尤」。
*	駹	ㄇㄤˊ	冉ㄖㄢˇ駹（漢代西南的民族名）。
	魷	ㄧㄡˊ	魷魚。炒魷魚（被解僱）。

【天】

國字		字音	語詞
	吞	ㄊㄨㄣ	吞吐。天狗吞月（指月蝕）。吞舟是漏（比喻法令寬鬆。也作「網漏吞舟」）。吞炭漆身（比喻不惜性命報答主恩）。忍氣吞聲。
	天	ㄊㄧㄢ	天花亂墜。天奪之魄（比喻人離死不遠或遭遇大災難）。未定之天。

國字	字音	語詞
忝	ㄊㄧㄢˇ	忝眷（婚禮中，雙方主婚人的自稱）。身名無忝（身分名聲沒有受到汙辱）。忝列門牆（學生對師長的自謙語）。忝在愛末（幸運的承蒙對方垂愛）。忝為人師。忝為知己。無忝所生（不辱沒父母，即對得起父母）。
掭	ㄊㄧㄢˋ	掭筆（以毛筆就硯而勻蘸ㄓㄢˋ墨汁）。掭筆蘸墨。
昊	ㄏㄠˋ	太昊（伏羲氏）。昊天（蒼天）。昊天不弔（悼ㄉㄠˋ死者之辭）。昊天罔極（父母之恩無以回報）。
添	ㄊㄧㄢ	平添。添購。增添。添加物。加油添醋。如虎添翼。為ㄨㄟˋ虎添翼。添枝加葉。錦上添花。
祆	ㄒㄧㄢ	祆教（拜火教）。與「祅ㄧㄠ」不同。
舔	ㄊㄧㄢˇ	舔嘴脣。刀頭舔血（形容極其危險的行為）。刀頭舔蜜（指罔顧性命而貪財好色）。舔嘴咂ㄗㄚ舌（吃飽而且感到相當滿意）。
* 菾	ㄊㄧㄢˊ	菾菜（即甜菜）。
* 蚕	ㄘㄢˊ	蚕繭（蠶繭）。「蠶」的異體字。
	ㄊㄧㄢˇ	蜸ㄑㄧㄢˇ蚕（蚯蚓。不作「豎蚕」）。

【日】

國字	字音	語詞
日	ㄖˋ	日新月異。日薄西山（比喻事物衰亡或指人近老年，生命將盡）。度日如年。
	ㄇㄧˋ	金日磾ㄉㄧ（人名。西漢人）。
汨	ㄇㄧˋ	卉汨（快速的樣子）。汨羅江（河川名）。與「汩ㄍㄨˇ」不同。

國字	字音	語詞
* 衵	ㄋㄧˋ	衵衣（褻衣，貼身衣）。衵服（婦女貼身的內衣）。
【丏】		
丏	ㄇㄧㄢˇ	夏丏尊（人名。浙江人）。與「丐」不同。
沔	ㄇㄧㄢˇ	沔水（詩經・小雅的篇名）。湛ㄔㄣˊ沔（沉迷。同「沉湎ㄇㄧㄢˇ」）。渺沔（水流廣遠的樣子）。
眄	ㄇㄧㄢˇ	流眄（眼睛轉動觀看的樣子）。恩眄（加恩看ㄎㄢˋ顧）。眷眄（關愛照顧）。渥ㄨㄛˋ眄（優渥的照料和待遇）。睇ㄉㄧˋ眄（斜眼注視）。顧眄（回頭觀看）。千眄萬睞ㄌㄞˋ（極為眷顧、寵愛）。左顧右眄（同「左顧右盼」）。按劍相眄（按劍而怒目斜視的樣子）。眄視指使（形容驕矜傲慢的神態）。慈眄如子（眷顧憐愛像對自己的小孩一樣）。
【木】		
宋	ㄙㄨㄥˋ	宋朝。宋襄之仁（指不知事態嚴重而空談仁義，因而影響整個局面）。
床	ㄔㄨㄤˊ	床鋪。同床異夢。夜雨對床（比喻兄弟相聚）。東床快婿（女婿）。疊床架屋（比喻重複、累ㄌㄟˋ贅）。「牀」為異體字。
木	ㄇㄨˋ	木頭ㄊㄡ。入木三分。木人石心（說人意志堅定，任何事物皆不能動其心）。木已成舟（事已成定局，無法改變）。風木之思（指父母死亡，兒女無法孝養ㄧㄤˋ的悲傷）。
杏	ㄒㄧㄥˋ	杏林（醫學界）。杏壇（教育界。與「杏林」不同）。杏林春暖（讚頌醫生的仁心仁術）。杏眼圓睜（形容女子生氣時眼睛瞪得很大的神態）。桃羞杏讓（形容女子貌美）。

國字	字音	語詞
李	ㄌㄧˇ	瓜田李下。瓜李之嫌（比喻處在容易被嫌疑的地方）。投桃報李。桃李之教（指老師的教導）。桃李門牆（指培育出的學生後輩）。
杲	ㄍㄠˇ	杲日（明亮的太陽）。顏杲卿（唐朝大將軍）。杲杲出日（太陽升起，明亮照耀的樣子）。
杳	ㄧㄠˇ	杳然（毫無消息、蹤跡）。人琴俱杳（哀悼ㄉㄠˋ友人死亡之辭）。人跡杳然（荒涼無人居住的地方）。杳如黃鶴（比喻一去全無消息，無影無蹤）。杳無音訊。杳無蹤跡（沒有絲毫蹤影、痕跡。即不知去向）。音稀信杳（比喻音訊全無）。雁杳魚沉（同「音稀信杳」）。
沐	ㄇㄨˋ	沐浴。雨沐風餐（比喻奔波ㄅㄛ勞苦不安定）。櫛風沐雨（在外奔波，非常辛苦）。齋戒沐浴。
*蚞	ㄇㄨˋ	蛈蚞（蟪蛄）。
*霂	ㄇㄨˋ	霢ㄇㄛˋ霂（小雨）。

【丹】

國字	字音	語詞
丹	ㄉㄢ	丹鳳眼。馬纓丹。一寸丹心（一片至誠的心）。妙手丹青（繪畫技藝出眾的人）。赤血丹心（赤忱忠心）。碧血丹心（同「赤血丹心」）。
坍	ㄊㄢ	坍方。坍塌ㄊㄚ。坍毀。坍臺。倒ㄉㄠˇ坍。崩坍。
彤	ㄊㄨㄥˊ	彤弓（紅色的弓弩ㄋㄨˇ）。彤庭（皇宮）。彤雲（紅色的雲彩）。彤霞（紅色的雲霞）。彤雲密布。彤管流芳（女喪ㄙㄤ輓辭）。彤管揚輝（讚揚女子的文章很美）。貽ㄧˊ我彤管（送我彤管表達情意）。

	國字	字音	語詞
*	旃	ㄓㄢ	戎旃(軍旗)。勉旃(努力)。旃裘(指北方民族)。旃檀(檀香。同「栴檀」)。細旃(細織的毛織品)。荷ㄏㄜˋ旃被ㄆㄧ毳ㄘㄨㄟˋ(身上披著毛織衣料)。廣夏細旃(形容居所豪華優美)。
*	栴	ㄓㄢ	栴檀(同「旃ㄓㄢ檀」)。錢栴(明代人名)。瓊枝栴檀(比喻人的品德高尚)。
			【水】
	冰	ㄅㄧㄥ	伐冰之家(稱官宦貴族)。冰山一角。冰清玉潔。如履薄冰。
	水	ㄕㄨㄟˇ	水災。水落石出。逆水行舟。
*	砅	ㄌㄧˋ	深則砅(水深就連著衣服渡水。同「深則厲」)。
*	砯	ㄆㄧㄥ	砯砰(形容車聲)。
			【凶】
	兇	ㄒㄩㄥ	兇手。兇猛。緝ㄑㄧ兇。通「凶」。
	凶	ㄒㄩㄥ	凶兆。凶悍。吉凶。凶神惡煞ㄕㄚˋ。凶終隙末(好友後來因誤會而變成了仇敵)。窮凶極惡。趨吉避凶。
	匈	ㄒㄩㄥ	匈奴。匈牙利。
*	忷	ㄒㄩㄥ	忷懼(喧擾恐懼不安)。通「恟」。
*	恟	ㄒㄩㄥ	恟駭(驚恐懼怕)。恟懼(同「忷懼」)。通「忷」。
	洶	ㄒㄩㄥ	洶湧。來勢洶洶。氣勢洶洶。暗潮洶湧。議論洶洶(討論時嘈雜的樣子)。「汹」為異體字。

國字	字音	語詞
朐	ㄒㄩㄥ	心朐狹窄。挺起朐膛。挺朐凸ㄊㄨˊ肚（雄壯威武的樣子）。「胷」為異體字。
酗	ㄒㄩˋ	酗酒。酗訟（因酗酒鬧事而相互控告）。
【火】		
伙	ㄏㄨㄛˇ	伙食。傢伙。
火	ㄏㄨㄛˇ	火災。浴火重ㄔㄨㄥˊ生。火中取栗ㄌㄧˋ（比喻受他人利用而冒險出力，自己卻一無所得）。
*炅	ㄐㄩㄥˇ	趙炅（宋太宗趙匡義即位後所改用的名字）。
炙	ㄓˋ	炙熱。親炙（親受教誨ㄏㄨㄟˋ）。日炙風篩ㄕㄞ（形容旅途的艱辛勞苦）。見彈ㄉㄢˋ求炙（比喻希望過於急切）。炎陽炙人。承受親炙。炙手可熱。炙鳳烹龍（比喻豪奢的美食）。雨淋日炙（形容長途跋涉的艱辛）。欲炙之色（形容極為貪吃）。殘杯冷炙（剩下的酒菜）。膾ㄎㄨㄞˋ炙人口。驕陽如炙（形容天氣酷熱）。
疢	ㄔㄣˋ	疾疢（疾病）。疢如疾首（內心煩躁得頭痛腦脹）。疢篤難療（病很重難以醫治）。疢頭怪腦（比喻長相醜陋）。
【仄】		
仄	ㄗㄜˋ	平仄。偪ㄅㄧ仄（相逼近）。仄目而視（斜著眼看）。
*庂	ㄗㄜˋ	庂慝ㄊㄜˋ（農曆月初月亮在東方出現）。通「仄」。
昃	ㄗㄜˋ	日昃（太陽西斜）。昃晷ㄍㄨㄟˇ（過了正午）。日中則昃（比喻事物盛極必衰。同「月滿則虧」）。日昃忘食（勤奮辛勞的工作。同「日旰ㄍㄢˋ忘食」）。

	國字	字音	語詞
			【戶】
	妒	ㄉㄨˋ	妒忌。妒婦。嫉ㄐㄧˊ妒。妒能害賢（心懷妒意而加以陷害賢能的人）。嫉賢妒能（同「妒能害賢」）。燕妒鶯慚（形容女子貌美如花）。「妬」為異體字。
	戶	ㄏㄨˋ	門戶。窗戶。戶給ㄐㄧˇ人足（家家戶戶衣食充裕，生活富足）。夜不閉戶。門戶之見。門當戶對。
			【允】
	允	ㄩㄣˇ	公允。允諾。應ㄧㄥ允。允文允武（能文能武。即文武兼擅）。允執厥中（指秉持中庸之道，無過與不及）。
	吮	ㄕㄨㄣˇ	吸吮。吮墨（寫作時含著筆毫沉思的樣子）。舔吮。吮指回味。
*	沇	ㄧㄢˇ	沇水（濟ㄐㄧˇ水）。沇州（袞ㄍㄨㄣˇ州）。沇溶（指盛多或指水奔流的樣子）。
*	狁	ㄩㄣˇ	玁ㄒㄧㄢˇ狁（匈奴於周朝時的名稱）。
			【刅】
*	刱	ㄔㄨㄤˋ	沿刱（沿襲成例，創造新法）。刱革（創造革新）。刱造（創造）。刱業（創業）。通「創」。
	梁	ㄌㄧㄤˊ	脊ㄐㄧˇ梁。棟梁。鼻梁。橋梁。挑大梁。小醜跳梁（卑鄙無恥的小人興風作浪）。偷梁換柱。梁上君子（小偷）。梁 孟相敬（指夫婦相敬如賓）。逼上梁山。歌聲繞梁。鼻無梁柱（指人鼻塌ㄊㄚ）。澤梁無禁（比喻為政仁厚）。雕梁畫棟。聲動梁塵（形容歌聲嘹亮）。「樑」為異體字。

國字	字音	語詞
粱	ㄌㄧㄤˊ	高粱。高粱酒。黃粱夢（比喻榮華富貴短促虛幻）。一枕黃粱（比喻美好的事物頃刻間消逝）。陳年高粱。黃粱一夢（同「黃粱夢」）。夢覺黃粱（同「黃粱夢」「夢斷黃粱」）。膏粱子弟。
		【爻】
爻	ㄧㄠˊ	爻辭（易經中每卦下解釋六爻意義的文辭）。陰爻（卦上斷開的兩段短線）。陽爻（八卦上長的全線）。
駁	ㄅㄛˊ	反駁。批駁（批判、駁斥）。接駁。駁斥。駁回。駁坎。駁倒（辯論的言論勝過對方）。駁勘ㄎㄢ（案件被駁回重新審理）。駁船（無動力裝置，需依賴拖船拖帶的船隻）。駁雜（雜亂不純）。辯駁。駁殼槍（手槍的一種）。接駁公車。斑駁陸離（形容色彩紛雜）。警匪駁火。
五畫【且】		
且	ㄑㄧㄝˇ	而且。且戰且走。苟且偷安。
	ㄐㄩ	且月（農曆六月）。余且（神話中的漁夫名）。狂且（狂妄輕浮的人）。乘ㄔㄥˊ且（駿馬名）。萋且（眾多且盛大的樣子）。蒲且（上古人名，善射）。籩ㄅㄧㄢ豆有且（眾多祭祀用的杯盤）。
俎	ㄗㄨˇ	刀俎（刀和砧ㄓㄣ板。比喻迫害者）。俎豆（皆禮器名）。俎上肉（比喻無力反抗而任人宰割迫害的人）。折衝樽俎（指在杯酒宴會間，運用手腕ㄨㄢˋ取勝敵人。指進行外交談判）。俎豆馨香（受到後人永遠的祭祀和懷念）。越俎代庖ㄆㄠˊ。

國字	字音	語詞
咀	ㄐㄩˇ	咀嚼ㄐㄩㄝˊ。含英咀華（反覆玩味、體會文章中的精華）。咀英嚼華（同「含英咀華」）。
姐	ㄐㄧㄝˇ	小姐。姐姐。
宜	ㄧˊ	不合時宜。因地制宜。面授機宜。風景宜人。氣候宜人。權宜之計。
*岨	ㄐㄩ	岨固（地勢險峻）。嶮ㄒㄧㄢˇ岨（山川險峻阻絕）。
徂	ㄘㄨˊ	徂暑（盛暑）。徂歲（過去的歲月）。徂落（死亡）。徂謝（同「徂落」）。徂徠山（山東省山名）。自西徂東（由西向東）。溯ㄙㄨˋ流徂源（比喻追求根本，尋找本源。同「推本溯源」）。
*怚	ㄐㄩˋ	恃愛肆怚（仗恃受寵而放肆驕矜）。
*柤	ㄓㄚ	柤中（古地名）。柤梨橘柚（四種果樹名）。
殂	ㄘㄨˊ	殂沒ㄇㄛˋ。殂逝。殂落。殂謝（以上四詞都是死亡的意思）。崩殂（天子死亡）。中道崩殂（天子半途駕崩）。通「徂」。
沮	ㄐㄩ	沮水（湖北省水名）。沮溺ㄋㄧˋ（指春秋時長沮和桀溺兩位隱者）。
	ㄐㄩˇ	沮格（阻止）。沮敗（敗壞）。沮喪ㄙㄤˋ。沮撓（破壞阻撓）。沮壞（同「沮敗」）。氣沮（氣勢衰頹）。惶沮（畏懼沮喪）。慚沮（羞慚沮喪）。慘沮（悲傷失意）。勸沮（勸阻）。神喪ㄙㄤˋ氣沮（形容人失志的樣子）。氣沮力竭（氣勢衰頹，力量耗竭）。廢然摧沮（失意沮喪的樣子）。
	ㄐㄩˋ	沮洳ㄖㄨˋ（低溼的地方）。沮澤（低溼且水草叢生的地方）。汾ㄈㄣˊ沮洳（詩經・魏風的篇名）。沮洳場（低窪潮溼的地方）。

	國字	字音	語詞
	狙	ㄐㄩ	狙殺。狙擊。狙擊手。
	疽	ㄐㄩ	癉ㄉㄢˋ疽（惡性膿瘡）。癰ㄩㄥ疽（常見的惡瘡）。炭疽病。吮疽之仁（將帥能體恤士卒的辛勞）。決癰潰疽（比喻事情的癥結獲得解決）。
*	砠	ㄐㄩ	山砠（指山中險阻的地方）。陟ㄓˋ彼砠矣（登臨那座石頭山啊）。
	祖	ㄗㄨˇ	光宗耀祖。開山鼻祖。祖鞭先著ㄓㄨㄛˊ（努力向上，領先他人一步）。繩其祖武（繼承祖先志業）。
	租	ㄗㄨ	租賃ㄌㄧㄣˋ。衣租食稅（以租稅作為官員的薪俸）。租庸調ㄉㄧㄠˋ法（一種唐代前期賦稅徭役的制度）。
	粗	ㄘㄨ	粗糙ㄘㄠ。粗獷ㄍㄨㄤˇ。粗衣惡ㄜˋ食。
	組	ㄗㄨˇ	組織。執轡ㄆㄟˋ如組（操縱韁繩就像編織絲帶一樣靈巧）。
	罝	ㄐㄩ	兔罝（捕捉兔子的網子）。罝罘ㄈㄨˊ（捕鳥獸的網）。罝羅（同「罝罘」）。
	苴	ㄐㄩ	苞苴（賄賂ㄌㄨˋ）。苴布（用麻做成的粗布）。苴茅裂土（古代帝王用茅土分封土地給諸侯的儀式。同「分茅裂土」）。苞苴公行（公開賄賂）。補苴罅ㄒㄧㄚˋ漏（彌補事物的缺失、缺陷）。
*	菹	ㄐㄩ	菹醢ㄏㄞˇ（古代酷刑，將人殺死後剁ㄉㄨㄛˋ成肉醬）。
*	葅	ㄐㄩ	葅綠（醃菜）。葅醢ㄏㄞˇ（同「菹醢」）。
	蛆	ㄑㄩ	玉蛆（酒）。蛆蟲。
		ㄐㄩ	浮蛆（釀酒時，酒漿上的浮沫）。蝍ㄐㄧˊ蛆（指蟋蟀或蜈蚣ㄍㄨㄥ）。蝍蛆鉗ㄑㄧㄢˊ帶（比喻物物相剋）。

	國字	字音	語詞
	詛	ㄗㄨˇ	詛咒。詛詈ㄌㄧˋ（咒罵）。詛罵（同「詛詈」）。
	誼	ㄧˋ	友誼。行ㄒㄧㄥˊ誼（品行道義）。情誼。誼士（正義之士）。誼主（指知禮義的國君）。友誼賽。聯誼會。同舟之誼（比喻立場相同或效力於相同對象的人）。同聲之誼（比喻好友間的情誼）。地主之誼。氣誼相投（志氣、情意相契合）。高情厚誼。清風高誼（高尚的節操，深厚的友誼）。深情厚誼。雲天高誼（形容情誼深重）。誼不容辭（同「義不容辭」）。鞏固邦誼。通「義」。
	趄	ㄐㄩ	趄坡（斜坡）。趑ㄗ趄（想前進卻又猶豫不進）。趑趄不前。趑趄卻顧（形容離別欲行時，卻一再回頭，不忍離去）。
*	鉏	ㄔㄨˊ	舂ㄔㄨㄥ鉏（鳥名。白鷺）。耰ㄧㄡ鉏（耘田鬆土的農具）。鉏耰ㄧㄡ棘矜ㄐㄧㄣ（鋤頭、鋤柄和戟ㄐㄧˇ柄）。
	阻	ㄗㄨˇ	阻撓ㄋㄠˊ。風雨無阻。暢行無阻。
	雎	ㄐㄩ	范雎（戰國時人名）。雎鳩（水鳥名）。關雎（詩經・周南的篇名）。關關雎鳩。不同「睢ㄙㄨㄟ」。
*	靻	ㄗㄨˇ	靻蹻ㄐㄩㄝˊ（草鞋。同「草屨ㄐㄩˋ」）。
*	駔	ㄗㄤˇ	駔子（流氓）。駔工（馬夫）。駔儈ㄎㄨㄞˋ（居中介紹買賣的商人。即仲介商）。巨駔洪商（財富雄厚的經紀人或商人）。
		ㄗㄨˋ	乘駔（騎著駿馬）。
*	麆	ㄓㄨˋ	麆沆ㄏㄤˋ（馬奶所製成的酒）。
	齟	ㄐㄩˇ	齟齬ㄩˇ（比喻彼此意見不合）。齟齬不合。

	國字	字音	語詞
			【丘】
	丘	ㄑㄧㄡ	丘垤ㄉㄧㄝˊ（小土丘）。丘壑ㄏㄨㄛˋ。太丘道廣（指人交遊廣泛）。丘山之功（比喻功績很大）。狐丘之誡（比喻做人應當謙虛，切勿驕傲自滿，方能避禍得福）。狐死首丘（比喻人不忘本或對故鄉的思念）。首丘之望（比喻思念故鄉）。曹丘之德（主動推荐或介紹他人的事蹟，使其名聲遠揚。比喻介紹推荐的恩惠）。
	乒	ㄆㄧㄥ	乒乓。乒乓球。
	乓	ㄆㄤ	乒乓。乒乓球。
	兵	ㄅㄧㄥ	兵燹ㄒㄧㄢˇ（因戰亂造成的焚燒和破壞）。兵革之禍（指戰爭所造成的禍害）。
	坵	ㄑㄧㄡ	坵荒（荒地）。通「丘」。
	岳	ㄩㄝˋ	山岳。負山戴岳（比喻擔ㄉㄢ負重責大任）。潘岳貌美（讚譽男子貌美）。
*	浜	ㄅㄤ	洋涇ㄐㄧㄥ浜（不純正的英語）。
		ㄅㄧㄣ	「濱」之異體字。
	蚯	ㄑㄧㄡ	蚯蚓。
	邱	ㄑㄧㄡ	邱壑（同「丘壑」）。
			【主】
	主	ㄓㄨˇ	主人。六神無主。客隨主便。
	住	ㄓㄨˋ	住宿。罩得住。招架不住。

	國字	字音	語　　　詞
*	妵	ㄊㄡˇ	華(ㄏㄨㄚˋ)妵(春秋時人名)。
	往	ㄨㄤˇ	往來。既往不咎。禮尚往來。
	拄	ㄓㄨˇ	拄杖。拄笏(ㄏㄨˋ)看山(比喻人倜(ㄊㄧˋ)儻(ㄊㄤˇ)不羈，雖身處官場卻有閒情逸趣)。拄著枴杖。撐腸拄腹(形容肚子吃得太飽)。
	柱	ㄓㄨˋ	抱柱信(堅守約定)。一拳柱定(堅持自己的意見或主張)。功均柱地(比喻功勛顯著)。尾生抱柱(同「抱柱信」)。膠柱鼓瑟(比喻人固執而不知變通)。
	注	ㄓㄨˋ	貫注。關注。大雨如注。血流如注。孤注一擲(ㄓˊ)。
	炷	ㄓㄨˋ	一炷香(比喻時間極為短暫)。
*	疰	ㄓㄨˋ	疰忤(ㄨˇ)(傳染病名)。疰夏(夏季胃腸不適的病症)。
*	砫	ㄓㄨˋ	石砫(四川省縣名)。
*	紸	ㄓㄨˋ	紸纊(ㄎㄨㄤˋ)聽息(人將死的時候，以新棉置於口鼻前，視其是否斷氣)。
*	黈	ㄊㄡˇ	黈熒(ㄧㄥˊ)(茂盛豐美)。
	蛀	ㄓㄨˋ	蛀牙。蛀蝕。蛀蟲。
	註	ㄓㄨˋ	註冊。註銷。備註欄。
*	跓	ㄓㄨˋ	跓竢(ㄙˋ)(站著等待)。
	駐	ㄓㄨˋ	駐紮(ㄓㄚ)。駐在國(外交使節駐留的國家)。駐衛警。青春永駐。軍隊駐守。駐外使節。駐顏有術。

國字		字音	語詞
*	麈	ㄓㄨˇ	麈尾（拂麈）。麈教（敬稱他人的教誨ㄏㄨㄟˋ指點）。麈談（清談）。揮麈清談（談論）。謹受麈教。
*	黈	ㄊㄡˇ	黈益（增益）。黈纊ㄎㄨㄤˋ（黃綿。古時加於冕的兩旁，以示耳朵不妄聽不義之言）。
【令】			
	令	ㄌㄧㄥˋ	命令。一令紙（紙五百張）。令狐楚（唐代人名）。令狐綯ㄊㄠˊ（令狐楚之子）。下逐客令。巧言令色。
	伶	ㄌㄧㄥˊ	名伶（名演員）。伶俐。機伶。伶牙俐齒。孤苦伶仃。聰明伶俐。
	冷	ㄌㄥˇ	冷場。爆冷門。冷眼旁觀。
	囹	ㄌㄧㄥˊ	囹圄ㄩˇ（牢獄）。身陷囹圄（被關在牢裡）。草滿囹圄（比喻為官清明，少有犯罪者）。
*	岭	ㄌㄧㄥˊ	岭中（山名）。岭嶙ㄌㄧㄣˊ（石聲）。
	嶺	ㄌㄧㄥˇ	峻嶺。翻山越嶺。攀山越嶺。
*	怜	ㄌㄧㄥˊ	怜俐（同「伶俐」）。
		ㄌㄧㄢˊ	怯ㄑㄩㄝˋ怜怜（膽怯可憐的樣子）。通「憐」。
	拎	ㄌㄧㄥ	拎著。拎著皮箱。拎著菜籃。
*	旍	ㄐㄧㄥ	旍表（表彰。同「旌表」）。旍旗（旗子的通稱。同「旌旗」）。通「旌」。
	泠	ㄌㄧㄥˊ	泠然（清涼的樣子）。泠遙（作家）。清泠（清涼）。西泠橋（位於杭州 西湖）。言詞泠泠（說話時冷漠嚴峻的樣子）。泠泠作響（水流的聲音）。與「冷」不同。

國字	字音	語詞
* 狑	ㄌㄧㄥˋ	狑族（蠻族名）。
玲	ㄌㄧㄥˊ	八面玲瓏。小巧玲瓏。玲瓏剔ㄊㄧ透。
* 瓴	ㄌㄧㄥˊ	瓴甋ㄉㄧˊ（磚頭）。屋上建瓴（比喻居高臨下，形勢有利，無法阻擋）。破竹建瓴（比喻形勢順利，無法阻遏）。高屋建瓴（同「屋上建瓴」）。
* 笭	ㄌㄧㄥˊ	笭床（古代船艙內用來堆放器物的竹板）。笭箐ㄐㄧㄥ（小竹籠）。
羚	ㄌㄧㄥˊ	羚羊。羚羊掛角（比喻詩的意境超脫，不落痕跡）。飛躍的羚羊（指短跑健將紀政）。
翎	ㄌㄧㄥˊ	花翎（清代官品的冠ㄍㄨㄢ飾）。翎毛（鳥的羽毛）。白翎島（南韓距北韓最近的島嶼）。鵝翎扇（一種以鵝毛為材料編製而成的羽扇）。箭竹翎毛（皆為造箭所需的材料）。
聆	ㄌㄧㄥˊ	聆訊。聆賞。聆聽。
* 舲	ㄌㄧㄥˊ	舲船（有窗戶的小船）。鶩ㄨˋ舲（小船）。
苓	ㄌㄧㄥˊ	苓雅（高雄市區名）。茯ㄈㄨˊ苓（植物名）。龜苓膏。與「芩ㄑㄧㄣˊ」不同。
蛉	ㄌㄧㄥˊ	螟蛉（一種害蟲。養子的代稱）。
* 詅	ㄌㄧㄥˊ	詅痴符（文章拙劣而喜歡誇耀的人）。
* 軨	ㄌㄧㄥˊ	軨才（才小而不堪重任）。軨軒（車窗）。
鈴	ㄌㄧㄥˊ	按鈴申告。掩耳盜鈴（比喻自欺欺人）。解鈴繫ㄒㄧˋ鈴。

	國字	字音	語詞
	零	ㄌㄧㄥˊ	凋零。涕零。零碼鞋（尺碼已不全的鞋）。化整為零。涕淚交零（形容非常悲傷）。涕零如雨（比喻淚流不止）。望秋先零（比喻體質孱ㄔㄢˊ弱而未老先衰）。感激涕零。
	領	ㄌㄧㄥˇ	領導。引領而望。心領神會。
*	鴒	ㄌㄧㄥˊ	鴒原（比喻兄弟友愛，急難ㄋㄢˋ時互相扶持）。鶺ㄐㄧˊ鴒（鳥名）。鴒原之情（指兄弟的情誼ㄧˋ）。鴒原抱痛（哀兄弟輓辭）。鶺鴒在原（同「鴒原」）。
	齡	ㄌㄧㄥˊ	年齡。妙齡女郎。
	【它】		
	佗	ㄊㄨㄛˊ	佗負（同「馱ㄊㄨㄛˊ負」）。佗背（駝背）。委ㄨㄟ佗（從ㄘㄨㄥ容舒緩的樣子）。華ㄏㄨㄚˋ佗。槖ㄊㄨㄛˊ佗（駱駝）。委ㄨㄟ委佗佗（舉止從ㄘㄨㄥ容舒緩的樣子）。華佗再世。
		ㄊㄚ	佗故（其他的緣故）。通「它」「他」。
*	坨	ㄧˊ	坨商（古代鹽商的俗稱）。
		ㄊㄨㄛˊ	一坨（量詞。計算土、糞等較小堆東西的單位）。秤坨（同「秤砣」「秤鉈」）。泥坨子。
	它	ㄊㄚ	它們。它腸（二心、異心。即對人不忠實）。它山之石（同「他山之石」）。
		ㄕㄜˊ	它虺ㄏㄨㄟˇ（同「蛇虺」）。無它乎（沒有蛇嗎）。通「蛇」。
*	岮	ㄊㄨㄛˊ	岥ㄆㄛ岮（傾ㄑㄧㄥ斜不平的樣子）。

國字		字音	語詞
*	柁	ㄊㄨㄛˊ ㄉㄨㄛˋ	房柁（房屋前後兩柱間的主要橫梁）。 掌柁（同「掌舵」）。通「舵」。
	沱	ㄊㄨㄛˊ ㄉㄨㄛˋ	滂(ㄆㄤ)沱。大雨滂沱。涕泗滂沱。 澹(ㄉㄢˋ)沱（隨波(ㄅㄛ)蕩漾的樣子）。
*	砣	ㄊㄨㄛˊ	秤砣。吃了秤砣鐵了心（歇後語）。
*	紽	ㄊㄨㄛˊ	素絲五紽（白絲線交叉縫合皮革的縫(ㄈㄥˋ)隙）。
	舵	ㄉㄨㄛˋ	把舵。掌舵。見風轉舵。舵後生風（比喻事業順利有成）。隨風倒(ㄉㄠˋ)舵。
	蛇	ㄕㄜˊ ㄧˊ	蛇行。封豕(ㄕˇ)長蛇（比喻貪暴者）。龍蛇混(ㄏㄨㄣˋ)雜。 委(ㄨㄟ)蛇（隨順的樣子）。虛與委蛇（對人虛情假意，敷衍應付）。蛇蛇碩言（虛誇的大話）。
	跎	ㄊㄨㄛˊ	蹉(ㄘㄨㄛ)跎。日月蹉跎（時光流逝，一無所成）。
	酡	ㄊㄨㄛˊ	酡顏（酒後臉上泛紅的樣子）。酒醉臉酡（因酒醉而臉色泛紅）。雙頰酡紅。鶴髮酡顏（頭髮花白，臉色紅潤）。
*	鉈	ㄊㄚ ㄊㄨㄛˊ	化學元素。 秤鉈（同「秤砣」）。通「砣」。
	陀	ㄊㄨㄛˊ	佛陀。陀螺。盤陀路（迂迴彎曲的道路）。阿(ㄜ)彌陀佛。戰鬥陀螺。

	國字	字音	語詞
	駝	ㄊㄨㄛˊ	駱駝。橐（ㄊㄨㄛˊ）駝（人因老病而背部突起）。雙峰駝。象白駝峰（皆為珍貴的佳肴）。銅駝荊棘（形容國土淪陷後的殘破景象或指世族敗落、人事衰頹）。橐（ㄊㄨㄛˊ）駝之技（指高超的栽植技藝）。懸駝就石（比喻用力多，獲益少）。彎腰駝背。
*	鮀	ㄊㄨㄛˊ	祝鮀（春秋衛大（ㄉㄚˋ）夫）。祝鮀之佞（ㄋㄧㄥˋ）（像祝鮀般的口才）。
	鴕	ㄊㄨㄛˊ	鴕鳥。鴕鳥心態。
*	鼧	ㄊㄨㄛˊ	鼧鼥（ㄅㄚˊ）（即土撥鼠）。
	【司】		
	伺	ㄙˋ	窺伺。伺候敵情。伺機而動。強敵環伺。覬釁（ㄒㄧㄣˋ）伺隙（洞察對方破綻，等待行動的機會）。
		ㄘˋ	難伺候。大刑伺候。伺候雙親。
	司	ㄙ	司空見慣。各司其事（各自負責所管理的事務）。各司其職。
	嗣	ㄙˋ	後嗣（後代子孫）。哲嗣（敬稱別人家的兒子）。嗣子（嫡（ㄉㄧˊ）長子）。嗣後（從此以後）。嗣父母（養父母）。身絕血嗣（指人沒有後代子孫）。嗣承財產（繼承財產）。嗣承道統（繼承道統）。覆宗絕嗣（毀壞宗廟，斷絕後代）。
	祠	ㄘˊ	宗祠。祠堂。
	笥	ㄙˋ	經笥（比喻學識淵博的人）。簞（ㄉㄢ）笥（竹箱）。腹笥便（ㄆㄧㄢˊ）便（比喻學識廣博）。腹笥甚窘（與「腹笥便便」義反）。腹笥甚廣（同「腹笥便便」）。

	國字	字音	語詞
	詞	ㄘˊ	各執一詞。理屈詞窮。
	飼	ㄙˋ	飼料。飼養。
			【弗】
	佛	ㄈㄛˊ	佛教。佛口蛇心。佛眼相看（慈心相待，不加傷害）。
		ㄅㄧˋ	佛肸ㄒㄧ（春秋人名）。佛貍（北魏太武帝的小名）。佛貍祠（祠名。在揚州）。佛時仔ㄗˇ肩（請協助我擔負起這個責任）。
		ㄈㄨˊ	仿佛（同「彷彿」）。通「彿」。
*	刜	ㄈㄨˊ	刜斷（砍斷）。刜落（削掉）。
*	咈	ㄈㄨˊ	吁ㄒㄩ咈（狀聲詞。表示不認同）。吁咈都ㄉㄨ俞（形容君臣討論公事融洽和樂）。
*	坲	ㄈㄛˊ	坲坲（塵埃飛揚的樣子）。
*	岪	ㄈㄨˊ	岪蔚（高突特出的樣子）。岪鬱（山勢高聳險峻的樣子）。
	弗	ㄈㄨˊ	永矢弗諼ㄒㄩㄢ（永誓牢記）。自愧弗如。無遠弗屆。
	彿	ㄈㄨˊ	彷彿。
*	怫	ㄈㄨˊ	怫恚ㄏㄨㄟˋ（發怒）。怫然（憤怒的樣子）。怫鬱（憤懣的樣子）。怫然不悅（因生氣而顯出不快的容色）。怫然作色（因憤怒而臉色遽變）。
		ㄅㄟˋ	怫戾（乖違，反常）。怫異（歧異，違逆常理）。通「悖」。

	國字	字音	語詞
	拂	ㄈㄨˊ	吹拂。拂拭。拂逆。拂塵（拂除塵埃或趕蒼蠅的用具）。拂曉（天將亮時）。拂袖而去。春風披拂（春風吹拂）。暖風拂面。
		ㄅㄧˋ	拂士（輔弼ㄅㄧˋ君主的忠臣賢士）。法家拂士（守法度的大臣和輔佐君主的賢士）。通「弼」。
	氟	ㄈㄨˊ	氟化物（氟與金屬或非金屬形成的化合物）。含氟漱口水。
	沸	ㄈㄟˋ	沸點。沸騰。人聲鼎沸。口沸目赤（形容人言論憤慨ㄎㄞˇ，情緒激動的樣子）。以指撓沸（比喻力量薄弱，造成自身的損害。比喻自不量ㄌㄧㄤˋ力，必定失敗）。民怨沸騰。揚湯止沸（比喻暫時紓ㄕㄨ解危急的困境，但無法根本解決問題）。
	狒	ㄈㄟˋ	狒狒。
	紼	ㄈㄨˊ	執紼（泛指送葬）。
*	羛	ㄒㄧ	<u>羛陽</u>（古地名）。
		ㄧˋ	富則見羛（富貴時表現出義來）。通「義」。
*	胇	ㄅㄧˋ	胇肸ㄒㄧˋ（大的樣子）。
		ㄈㄟˋ	胇胃（驅疫神之一）。「肺」之異體字。
*	艴	ㄈㄨˊ	艴然不悅（發怒時容貌變色的樣子）。
*	茀	ㄈㄨˊ	咇ㄅㄧㄝˊ茀（香氣四散）。茀茀（草木茂盛）。簟ㄉㄧㄢˋ茀（車廂上用來遮蔽風雨、陽光的竹席篷子）。茀厥豐草（拔除那茂盛的野草）。

國字	字音	語詞
費	ㄈㄟˋ	費周章。施而不費（給人恩惠利益，而自己又沒有絲毫損失）。茫然費解。惠而不費（同「施而不費」）。費盡心機。
【加】		
伽	ㄑㄧㄝˊ	伽藍（寺ㄙˋ廟）。伽南香（香名）。楞ㄌㄥˊ伽經（佛教典籍）。
	ㄐㄧㄚ	瑜伽。伽利略。瑜伽術。伽瑪射線。
加	ㄐㄧㄚ	加冕禮。慰勉有加。讚譽有加。
咖	ㄎㄚ	咖哩。咖啡。網咖。咖哩飯。
架	ㄐㄧㄚˋ	架式。鷹架。招架不住。架詞誣ㄨ控（捏造事實，以誣陷別人）。調ㄊㄧㄠˊ詞架訟（唆使他人訴訟，以從中取利）。疊床架屋。
枷	ㄐㄧㄚ	枷鎖。披枷帶鎖（罪犯帶上枷鎖等刑具）。
* 珈	ㄐㄧㄚ	六珈（古代貴婦髮簪ㄗㄢ上的玉飾）。
痂	ㄐㄧㄚ	瘡痂（傷口癒合時表面所結的痂）。傷口結痂。嗜痂成癖ㄆㄧˇ（比喻人有怪異的喜好）。
瘸	ㄑㄩㄝˊ	瘸腿（腳有疾病，走路不方便）。一瘸一拐。
笳	ㄐㄧㄚ	胡笳（樂器名）。悲笳（悲涼或悲壯的笳聲）。
茄	ㄑㄧㄝˊ	茄子。番茄。
	ㄐㄧㄚ	茄萣（高雄市地名）。茄冬樹。雪茄花。雪茄菸。

	國字	字音	語詞
	袈	ㄐㄧㄚ	袈裟ㄕㄚ。
	賀	ㄏㄜˋ	致賀。慶賀。燕雀相賀（祝賀新居落成之語）。
*	跏	ㄐㄧㄚ	跏趺ㄈㄨ（打坐的坐姿）。結跏趺坐（同「跏趺」）。
	迦	ㄐㄧㄚ	釋迦。釋迦牟尼。
	駕	ㄐㄧㄚˋ	駕崩。大駕光臨。駕輕就熟ㄕㄡˊ。駕鶴西歸（人死）。
*	鴐	ㄐㄧㄚ	鴐鵝（野鵝）。
	【可】		
	何	ㄏㄜˊ	何啻ㄔˋ（不只）。莫可奈何。
		ㄏㄜˋ	負何（負荷）。何戈與祋ㄉㄨㄟˋ（肩膀荷著戈和殳ㄕㄨ等兵器）。何蓑何笠（身上披著蓑衣，頭上戴著斗笠）。通「荷」。
	可	ㄎㄜˇ	可口。未置可否。
		ㄎㄜˋ	可汗ㄏㄢˊ。可敦（可汗之妻）。天可汗（邊疆民族對唐太宗所稱的尊號）。可賀敦（同「可敦」）。
	呵	ㄏㄜ	呵欠。呵護。呵呵笑。一氣呵成。
		ㄜ	這麼多錢呵。
*	哿	ㄎㄜˇ	哿矣富人（歡樂呀有錢人）。
	坷	ㄎㄜˇ	坎坷。命途坎坷。

	國字	字音	語詞
*	岢	ㄎㄜˇ	岢嵐ㄌㄢˊ（縣名、山名。位於山西省）。
	柯	ㄎㄜ	伐ㄈㄚˊ柯（比喻撮ㄘㄨㄛˋ合婚姻）。斧柯（斧柄）。南柯一夢。執柯作伐（替人作媒）。操斧伐柯（比喻就近取法）。
	河	ㄏㄜˊ	口若懸河。信口開河。痛抱西河（喪ㄙㄤˋ子之痛）。
*	牁	ㄍㄜ	牂ㄗㄤ牁（繫船隻的木樁ㄓㄨㄤ）。牂牁湖（位於貴州省）。
*	珂	ㄎㄜ	珂里（對他人故里的美稱）。珂雪（白雪）。鳴珂鏘ㄑㄧㄤ玉（比喻顯貴）。
*	砢	ㄌㄨㄛˇ	砢硪ㄜˊ（高峻的樣子）。磊砢（眾石堆累ㄌㄟˇ的樣子）。磥ㄌㄟˇ砢（同「磊砢」）。
*	舸	ㄍㄜˇ	走舸（古代一種快速的戰船）。畫舸（畫舫ㄈㄤˇ）。舸艦彌津（船隻堵塞ㄙㄜˋ渡口）。畫舸停橈ㄋㄠˊ（畫舫停止不前）。
	苛	ㄎㄜ	苛求。苛刻。嚴苛。苛捐雜稅。
	荷	ㄏㄜˊ	荷花。荷爾蒙。
		ㄏㄜˋ	負荷。為荷。辱荷（承蒙）。荷鋤。荷擔ㄉㄢ（背負，承擔）。感荷。荷槍實彈。感恩荷德。
*	菏	ㄏㄜˊ	菏水（水名）。菏澤（山東省地名）。
	蚵	ㄎㄜ	屎蚵蜋ㄌㄤˊ（動物名。蜣ㄑㄧㄤ螂的別名）。
		ㄜˊ	青蚵。蚵寮（地名）。蚵仔ㄗˇ煎。醃漬ㄗˋ蚵。
	訶	ㄏㄜ	訶責。訶譴。前訶後擁（形容達官貴人出行的浩大聲勢）。訶佛罵祖（比喻沒有顧忌）。

	國字	字音	語詞
	軻	ㄎㄜ	孟軻(孟子)。
		ㄎㄜˇ	埳ㄎㄢˇ軻(同「坎坷ㄎㄜˇ」)。轗ㄎㄢˇ軻(指人失意不得志。同「坎坷」)。通「坷」。
*	閜	ㄒㄧㄚˇ	谽閜(空虛的樣子)。
	【去】		
	丟	ㄉㄧㄡ	丟棄。丟人現眼。丟三落ㄌㄚˋ四。丟盔卸甲。
*	佉	ㄑㄩ	佉沙(古國名)。佉樓(人名)。薄佉羅(即月氏ㄓ)。
	劫	ㄐㄧㄝˊ	劫持。劫機。搶劫。在劫難逃。劫後餘生。劫富濟貧。趁火打劫。萬劫不復。「刼」為異體字。
	去	ㄑㄩˋ	去世。相去不遠。
*	呿	ㄑㄩ	呿吟(張口呻吟或呼吸)。口呿不合(張開嘴巴合不攏)。
	怯	ㄑㄩㄝˋ	怯場。怯懦。羞怯。大勇若怯(外表畏怯，事實上卻非常沉著ㄓㄨㄛˊ勇敢)。近鄉情怯。雲嬌雨怯(形容女子嬌羞的樣子)。臨死不怯(面對死亡一點也不膽怯)。
	法	ㄈㄚˇ	法郎(法國的貨幣名稱)。法國。法碼。法新社。法蘭西。中法戰爭。
		ㄈㄚˊ	法子。沒法子。
	珐	ㄈㄚˋ	珐瑯ㄌㄤˊ質。「琺」為異體字。

國字	字音	語詞
砝	ㄈㄚˇ	砝碼（同「法ㄈㄚˇ碼」）。
祛	ㄑㄩ	祛病（消除或治療病痛）。祛疑（解除疑惑）。祛痰劑。祛病延年。祛蠹ㄉㄨˋ除奸（驅除禍害與奸佞ㄋㄧㄥˋ）。
* 胠	ㄑㄩ	胠篋ㄑㄧㄝˋ（開箱偷竊）。胠沙思水（事態嚴重，已來不及挽救）。探囊胠篋（比喻偷盜）。
* 袪	ㄑㄩ	袪衣（撩ㄌㄧㄠˊ起衣服）。袪步（舉衣而行）。羔裘豹袪（羔皮袍子，豹皮袖口）。袪衣請業（撩ㄌㄧㄠˊ衣前往受業。表示虛心請教）。
【古】		
* 估	ㄍㄨ	估算。估價。難以估計。
	ㄍㄨˋ	估衣（出售的舊衣）。估衣鋪（專賣舊衣服的店鋪）。
古	ㄍㄨˇ	人心不古。古道熱腸。自我作古（自創超越流俗的新意。指不沿襲前人、古人）。
咕	ㄍㄨ	咕嚕ㄌㄨ。嘀ㄉㄧ咕。嘰ㄐㄧ哩ㄌㄧ咕嚕。
姑	ㄍㄨ	姑息。小姑獨處。姑且一試。姑妄聽之。姑息養奸。
* 岵	ㄏㄨˋ	陟ㄓˋ岵（思念父親。而「陟屺ㄑㄧˇ」為思念母親）。陟岵陟屺（遊子思念遠方的父母親）。陟岵瞻望（同「陟岵陟屺」）。
怙	ㄏㄨˋ	失怙（父死）。怙恃ㄕˋ（父母）。不省ㄒㄧㄥˇ所怙（不了解父親的樣子）。怙惡ㄜˋ不悛ㄑㄩㄢ（堅持做壞事，而不肯悔改）。無父何怙（沒有父親，將依靠誰呢）。攬權怙恃（總攬大權，倚仗勢力）。

	國字	字音	語詞
	故	ㄍㄨˋ	持之有故（指所持的見解有所根據）。故步自封。故劍情深（比喻夫妻感情深厚）。
	枯	ㄎㄨ	枯萎ㄨㄟˇ。枯竭。枯木逢春。
*	楛	ㄏㄨˋ	楛矢（以楛莖做成的箭桿）。榛ㄓㄣ楛（指叢生的雜樹或比喻平庸的東西）。楛矢東來（邊遠的族國都來上朝進貢）。
		ㄎㄨˇ	楛僈ㄇㄢˋ（粗略怠慢）。窳ㄩˇ楛（粗劣不堅固）。楛耕傷稼（粗劣的耕種，使農作物受到損害）。楛耘傷歲（耕作粗略不細緻，會影響到莊稼一年的收成）。
*	𣗥	ㄎㄨ	牡𣗥（植物名。即山榆）。
	沽	ㄍㄨ	沽酒。沽名釣譽。沽酒市脯ㄈㄨˇ（從市場上零買來的酒和肉乾）。待價而沽。善賈ㄐㄧㄚˋ而沽（同「待價而沽」）。買官沽爵（用錢買官位來做）。
		ㄍㄨˇ	沽人（商人）。通「賈ㄍㄨˇ」。
	牯	ㄍㄨˇ	牯嶺（山名）。牯嶺街。
*	祜	ㄏㄨˋ	皇祜（大福）。拉祜族（族名）。受天之祜（蒙受上天賜予的福恩和庇ㄅㄧˋ佑）。
*	盬	ㄍㄨˇ	盬鹽（池鹽）。王事靡盬（指國事極為繁忙）。
	罟	ㄍㄨˇ	牽罟（一種捕魚方式）。數ㄘㄨˋ罟（細密的網）。罟擭ㄏㄨㄛˋ陷阱（捕捉禽獸的工具與窟ㄎㄨ穴）。
	苦	ㄎㄨˇ	苦惱。苦不堪言。

國字	字音	語詞
菇	ㄍㄨ	香菇。蘑菇。蘑菇半天。
蛄	ㄍㄨ	螻ㄌㄡˊ蛄。蟪蛄（動物名。蟬類）。
* 詁	ㄍㄨˇ	訓詁（指以常見詞語去解釋字義）。訓詁學（解釋文字意義的學問）。
辜	ㄍㄨ	無辜。辜負。平白無辜。死有餘辜。波ㄅㄛ及無辜。濫殺無辜。
* 酤	ㄍㄨ	酤酒（同「沽酒」）。韞ㄩㄣˋ櫝ㄉㄨˊ未酤（比喻懷才待用或退隱）。屠酤之肆（泛指市場、民間）。
鈷	ㄍㄨˇ	鈷鉧ㄇㄨˇ（熨斗）。鈷鉧潭（湖泊名）。
	ㄍㄨ	鈷華（紅鈷礦）。鈷彈（核子炸彈之一種）。鈷六十。
骷	ㄎㄨ	骷髏。
鴣	ㄍㄨ	鷓ㄓㄜˋ鴣（鳥名）。鷓鴣菜。
【旦】		
但	ㄉㄢˋ	但書（法律上的專門用語。指有條件的協約）。
* 呾	ㄉㄚˊ	呾蜜（唐西域國名）。
坦	ㄊㄢˇ	坦承。坦率。坦途。坦誠。坦蕩。坦腹東床。東坦蕭然（還沒有女婿。即女兒尚未出嫁）。
妲	ㄉㄚˊ	妲己（紂王之妃）。

國字	字音	語　　詞
怛	ㄉㄚˊ	怛傷（憂傷）。惻怛（憂愁、悲傷）。慘怛（憂勞、哀痛）。怛然失色（因害怕而變了臉色）。疾痛慘怛（痛苦的情懷與悲悽的思念）。勞心怛怛（憂勞哀傷的樣子）。惻怛之心（同「惻隱之心」）。慘悽怛悼ㄉㄠˋ（指憂傷的情緒）。
旦	ㄉㄢˋ	一旦（不作「一但」）。月旦評（品評人物）。危在旦夕。命在旦夕。信誓旦旦。毀於一旦。
* 狚	ㄉㄢˋ	獦ㄍㄜˊ狚（獸名。似狼）。
疸	ㄉㄢˇ	黃疸。
* 笪	ㄉㄚˊ	笪日（日蝕，白天昏暗如夜）。笪笞ㄔ（鞭打）。
袒	ㄊㄢˇ	袒護。偏袒。肉袒負荊（謝罪或請對方責罰）。肉袒面縛（降服順從）。肉袒牽羊（同「肉袒面縛」）。袒胸露ㄌㄨˋ背。袒裼ㄒㄧ裸裎ㄔㄥˊ（身上一絲不掛）。
靼	ㄉㄚˊ	韃ㄉㄚˊ靼（族名）。韃靼海峽。
【田】		
佃	ㄉㄧㄢˋ	佃租。佃農。
* 沺	ㄊㄧㄢˊ	沺沺（水廣闊無邊際的樣子）。
田	ㄊㄧㄢˊ	瓜田之嫌（比喻處在容易被嫌疑的地方）。田父ㄈㄨˇ之獲（輕易獲得利益）。
	ㄉㄧㄢˋ	無田甫田ㄊㄧㄢˊ（不耕種大面積的田地）。通「佃」。

國字	字音	語詞
甸	ㄉㄧㄢˋ	芳甸（長滿芳草的田野）。郊甸（指國都附近的郊外）。華甸（精華薈ㄏㄨㄟˋ集的地方）。緬甸。伊甸園。甸四方（治理四方人民）。沉甸甸。
細	ㄒㄧˋ	細膩。細柳營（軍營）。
鈿	ㄉㄧㄢˋ	花鈿（古代婦女的額飾）。鈿合金釵ㄔㄞ（泛指情人之間定情的信物）。鈿頭雲篦ㄅㄧˋ（指兩頭裝飾金銀珠寶且雕刻ㄎㄜˋ雲紋的梳子）。
【半】		
伴	ㄅㄢˋ	伴侶。伴手禮。伴食宰相（諷ㄈㄥˋ刺尸位素餐的高官）。呼朋引伴。
判	ㄆㄢˋ	批判。裁判。判若天淵（相差ㄔㄚ懸殊）。判若兩人。判若雲泥。判若鴻溝（界線很清楚，區別極為明顯）。判然不合（截然不同）。
半	ㄅㄢˋ	半吊子（對事物一知半解的人）。半身不遂ㄙㄨㄟˋ。
拌	ㄅㄢˋ	拌勻。拌嘴。涼拌。攪拌器。鬥牙拌齒（說玩笑、調戲的話。即以戲言相挑ㄊㄧㄠˇ逗）。鮮魚拌飯。
*柈	ㄆㄢˊ	柈飧ㄙㄨㄣ（盤中的熟食）。柈饌ㄓㄨㄢˋ（盤中的食物）。通「盤」。
	ㄆㄢˋ	木柈子（木材）。
泮	ㄆㄢˋ	入泮（古代童生初入學為生員）。泮宮（周代諸侯的學宮）。瓦解冰泮（比喻崩潰或離散）。潰泓ㄏㄨㄥˊ泮汗（河水廣闊盛大）。

	國字	字音	語　　詞
*	牉	ㄆㄢˋ	夫妻牉合（夫妻的婚配）。
	畔	ㄆㄢˋ	江畔。耳畔。河畔。湖畔。澤畔吟（比喻官吏被貶謫ㄓㄜˊ失意時所寫的作品）。
	絆	ㄅㄢˋ	牽絆。絆倒。絆腳。羈絆。絆腳石。絆手絆腳。無根無絆（沒有親人的負擔、羈絆）。
	胖	ㄆㄤˋ	肥胖。打腫臉充胖子。
		ㄆㄢˊ	胖肆（恣意而為，放縱不拘）。心寬體胖（心胸開闊，體貌自然舒泰）。心廣體胖。通「般ㄆㄢˊ」。
*	袢	ㄆㄢˋ	袢暑（酷暑）。袢溽（悶ㄇㄣˋ熱）。紲ㄒㄧㄝˋ袢（夏季穿的裡衣）。
*	跘	ㄆㄢˊ	跘旋（盤旋）。
		ㄅㄢˋ	跘跨（兩膝張開而坐）。
*	靽	ㄅㄢˋ	鞅靽（套在馬頸上和絆住馬後腿，使其不能後退的皮帶）。
*	頖	ㄆㄢˋ	頖宮（周代諸侯的學宮。同「泮宮」）。
	【占】		
	乩	ㄐㄧ	扶乩（一種道教請示神明的方法。也作「扶鸞」）。乩童。降乩。
	佔	ㄓㄢˋ	佔領。侵佔。通「占ㄓㄢˋ」。
		ㄓㄢ	佔畢（誦讀）。呻其佔畢（比喻照本宣科）。勤其佔畢（勤勉讀書）。

國字		字音	語詞
	占	ㄓㄢ	占卜。占夢。占星術。占風使帆（比喻隨機應變或迎合他人）。早占勿藥（祝人早日康復的話）。
		ㄓㄢˋ	口占（隨口念出而未經起草的詩文）。占領。占據。侵占。占上風。口占一絕。
*	呫	ㄓㄢ	呫呫（嘮ㄌㄠˊ叨、低語）。呫嗶ㄅㄧˋ（誦讀）。呫嚅ㄖㄨˊ（附耳輕聲細語）。呫囁ㄋㄧㄝˋ（同「呫嚅」）。
		ㄔㄜˋ	呫血之盟（同「歃ㄕㄚˋ血之盟」）。
*	坫	ㄉㄧㄢˋ	反坫（宴請嘉賓時放置空杯的設備）。垓ㄍㄞ坫（邊界）。壇坫（會盟的高臺。指會談的場所）。壇坫周旋（指外交上的往來交涉）。
	帖	ㄊㄧㄝˇ	字帖。帖子。法帖。喜帖。碑帖。臨帖。一帖藥。
		ㄊㄧㄝ	妥帖。服帖。俯首帖耳。通「貼」。
*	怗	ㄓㄢ	怗服（服從）。怗懘ㄔˋ（聲音或音調不和諧）。
*	惉	ㄓㄢ	惉懘（同「怗懘」）。
*	扂	ㄉㄧㄢˋ	椳ㄨㄟ闑ㄋㄧㄝˋ扂楔ㄒㄧㄝ（門臼、門檻ㄎㄢˇ、門閂ㄕㄨㄢ、門柱）。
	拈	ㄋㄧㄢˊ	拈取。拈弄（在手中把玩）。拈香。吃醋拈酸（因嫉ㄐㄧˊ妒而心生不愉快的情緒）。拈花微笑（佛教言參悟禪理）。拈花惹草。拈輕怕重（挑選輕鬆的事而避開繁重的工作）。信手拈來。
		ㄋㄧㄢˇ	拈線。拈鬚。拈燈心。績麻拈苧ㄓㄨˋ（搓麻線、紡織等女紅ㄍㄨㄥ）。通「捻ㄋㄧㄢˇ」。

	國字	字音	語詞
*	敁	ㄉㄧㄢ	敁敠ㄉㄨㄛ(在心中衡量事態輕重)。
	沾	ㄓㄢ	沾光。沾染。沾溼。沾沾自喜。沾親帶故。得沾化雨(比喻身受教化，有如被雨水滋潤一般)。滴水不沾。滴酒不沾。
	玷	ㄉㄧㄢˋ	玷汙。玷辱。瑕玷(比喻事物的小缺點)。白圭ㄍㄨㄟ之玷(比喻人或事物大抵完美，只是有些小缺點)。玷辱門庭(有辱家族聲譽)。畢生之玷(終身的恥辱)。
*	痁	ㄉㄧㄢˋ	痁患(憂愁。或指瀕ㄅㄧㄣ臨危險)。
	砧	ㄓㄣ	砧斧(古代斬殺犯人的刑具)。砧板。砧骨(中耳內小骨之一)。寒砧(寒秋的擣ㄉㄠˇ衣聲)。鐵砧山(位於大甲鎮)。砧上之肉(比喻任人宰割的對象)。
	站	ㄓㄢˋ	站崗ㄍㄤˇ。站穩腳跟。
*	笘	ㄕㄢ	竹笘(兒童學習寫字的竹板)。
	粘	ㄓㄢ	粘貼(同「黏貼」)。粘黏(附著不分離)。腸粘連(一種病名)。粘皮帶骨(比喻拖泥帶水，不夠乾脆爽快)。
		ㄋㄧㄢˊ	粘仲仁(前彰化縣副議長)。
	苫	ㄕㄢ	苫次(稱居喪ㄙㄤ者)。苫蓋(茅草屋)。苫眉努目(形容人面容嚴峻凝重)。寢苫枕ㄓㄣˋ塊(古時居父母喪ㄙㄤ的禮節)。鋪ㄆㄨ眉苫眼(裝模作樣)。
*	蒧	ㄉㄧㄢˇ	曾蒧(孔子弟子。即曾點)。通「點」。

	國字	字音	語詞
*	蛅	ㄓㄢ	蛅蟴ㄙ（刺蛾的幼蟲）。
	覘	ㄓㄢ	覘兵（偵察軍情的士兵）。覘候（偵察探聽）。
*	詀	ㄓㄢ	詀詀（話多）。詀喃（細語不斷）。詀諵ㄋㄢˊ（同「詀喃」）。
		ㄔㄜˋ	詀讘ㄓㄜˊ（附耳細語）。
	貼	ㄊㄧㄝ	貼身。貼補。貼身保鑣。體貼入微。
*	跕	ㄊㄧㄝ	鳶ㄩㄢ跕（形容路遙地險）。跕鳶之悟（比喻地位卑下者須安分守己）。
*	鉆	ㄑㄧㄢˊ	鉆鑽（古代一種酷刑。用鐵束頭，鑿去臏ㄅㄧㄣˋ骨）。
	阽	ㄉㄧㄢˋ	阽危（危急）。天下阽危。國勢阽危。
	霑	ㄓㄢ	霑染（同「沾染」）。霑恩（承領恩惠）。霑醉（飲酒大醉）。利益均霑。既霑既足（豐厚的施加恩惠）。霑體塗足（田野耕作勞苦）。
*	颭	ㄓㄢˇ	搖颭（搖曳生姿的樣子）。颭灩（水波ㄅㄛ搖動的樣子）。花枝招颭（同「花枝招展」）。
	鲇	ㄋㄧㄢˊ	鲇魚（魚名。同「鯰ㄋㄧㄢˊ魚」）。為「鯰」的異體字。
	黏	ㄋㄧㄢˊ	黏液ㄧㄝˋ。黏貼。紙黏土。鼻黏膜ㄇㄛˊ。黏著ㄓㄨㄛˊ劑。
	點	ㄉㄧㄢˇ	點土成金。點頭之交。
	【台】		
*	佁	ㄧˇ	佁美（沉思的樣子）。佁然（呆立的樣子）。佁儗ㄋㄧˇ（和煦寬厚的樣子）。佁然不動（靜止不動的樣子）。

國字	字音	語詞
冶	ㄧㄝˇ	冶煉。冶遊（春遊）。冶豔。陶冶。冶容誨ㄏㄨㄟˋ淫（容態妖媚則招致淫邪之事）。
台	ㄊㄞˊ	台州（浙江省地名）。台端（對人的敬稱）。
	ㄧˊ	謾ㄇㄢˊ台（畏懼）。非台小子（不是我這個人）。諸呂不台（外戚呂姓當權，人心不悅）。
* 咍	ㄏㄞ	咍臺（鼾ㄏㄢ聲）。咍樂（歡喜）。咍臺大鼾（呼呼大睡）。
始	ㄕˇ	始作俑ㄩㄥˇ者。始料不及。
怡	ㄧˊ	心曠神怡。怡情養性。怡然自得。怡然稱快（心裡高興得直說痛快）。怡聲下氣。怡顏悅色。
怠	ㄉㄞˋ	怠惰。怠慢。倦怠。懈怠。孜孜不怠（勤奮不懈怠）。汽車怠速。怠忽職守。
抬	ㄊㄞˊ	抬愛。抬轎。不識抬舉。哄ㄏㄨㄥˇ抬物價。高抬貴手。「擡」為異體字。
* 枲	ㄒㄧˇ	枲耳（植物名）。枲麻（泛指麻質的紙張）。枲繩（麻繩）。
殆	ㄉㄞˋ	危殆。百戰不殆（同「百戰百勝」）。車殆馬煩（旅途疲累）。殆於蝍ㄐㄧˊ蛆ㄐㄩ（畏懼蜈蚣）。殆無孑ㄐㄧㄝˊ遺（幾ㄐㄧ無殘存）。革滅殆盡（幾乎全被消滅）。消滅殆盡。張羅殆盡（形容財物匱乏，已竭盡全力籌措所有物資）。揮霍殆盡。
治	ㄓˋ	治水（疏通河道，免除水患）。不治之症。民心望治。
* 炱	ㄊㄞˊ	煤炱（燒煤後產生的黑灰）。

	國字	字音	語詞
*	眙	ㄔˋ	佇ㄓㄨˋ眙（久立凝望）。瞪眙（直瞪著眼）。目眙不禁ㄐㄧㄣ（未禁止眉目傳情）。虎駭鶚ㄜˋ眙（驚視）。
		ㄧˊ	盱ㄒㄩ眙（江蘇省縣名）。
	笞	ㄔ	笞刑。鞭笞。笞杖徙流（行刑後再流放邊疆）。鞭笞天下（形容權勢很大，足以號令天下）。
*	紿	ㄉㄞˋ	受紿（受騙）。欺紿（欺騙）。
	胎	ㄊㄞ	各懷鬼胎。胎死腹中。脫胎換骨。備胎人選。
	苔	ㄊㄞˊ	舌苔。青苔。異苔同岑ㄘㄣˊ（比喻朋友感情契合）。誼ㄧˋ切ㄑㄧㄝˋ苔岑（形容友情深厚，有志一同）。
	詒	ㄧˊ	饋ㄎㄨㄟˋ詒（贈送）。自詒伊阻（自招的禍患）。自詒伊戚（同「自詒伊阻」「自貽伊戚」）。詒厥孫謀（為子孫的將來謀畫。也作「貽厥孫謀」）。燕翼詒謀（比喻能造福後代的祖先）。
		ㄉㄞˋ	骨肉相詒（骨肉相欺騙）。通「紿」。
	貽	ㄧˊ	貽害（留下禍害）。貽人口實。貽笑大方。貽害千年。貽誤戎機（耽誤軍事性行動）。貽誤終身。
	跆	ㄊㄞˊ	跆拳。跆拳道。
*	迨	ㄉㄞˋ	迨吉（指婚嫁合乎時宜）。迨此暇時（趁此空暇時）。迨其吉兮（選在吉日前來求親）。
	邰	ㄊㄞˊ	邰國（國名。后稷ㄐㄧˋ所封）。
	颱	ㄊㄞˊ	颱風。

	國字	字音	語詞
	飴	一ˊ	以飴沃釜（比喻非常奢侈浪費）。甘之如飴。甘死如飴（形容從ㄘㄨㄥˊ容就死。即不怕死）。含飴弄孫。視死如飴（同「視死如歸」）。鼎鑊ㄏㄨㄛˋ如飴（形容不懼怕，視死如歸）。
	駘	ㄊㄞˊ	駑ㄋㄨˊ駘（比喻才能低下平庸）。駘背（指老人。同「鮐ㄊㄞˊ背」）。
		ㄉㄞˋ	駘蕩（令人舒暢）。春風駘蕩（春風令人舒暢）。
	鮐	ㄊㄞˊ	鮐背（同「駘背」）。黃髮鮐背（泛指老年人）。
	【失】		
	佚	一ˋ	佚失（散失）。佚遊（縱情的遊蕩）。佚樂（縱情玩樂）。驕奢淫佚。
	失	ㄕ	失寵。失竊。失之交臂ㄅㄧˋ。
	帙	ㄓˋ	緗ㄒㄧㄤ帙（書卷ㄐㄩㄢˋ）。卷ㄐㄩㄢˋ帙浩繁（書籍極為繁多）。鴻篇巨帙（盛讚他人的作品。也作「鴻篇巨制」）。
*	怢	ㄊㄨˊ	怢慄（身體怕冷發抖）。
*	抶	ㄔˋ	扑ㄆㄨ抶（鞭笞）。
*	昳	ㄉㄧㄝˊ	日昳（日已過中午。同「日昃ㄗㄜˋ」）。自晡ㄅㄨ至昳（從午後三時至五時到日偏斜）。
		一ˋ	昳麗（光鮮亮麗的樣子）。形貌昳麗（容貌生得光豔亮麗）。

國字		字音	語詞
*	柣	ㄓˊ ㄉㄧㄝˊ	柣棖ㄔㄥˊ（門檻ㄎㄢˇ及豎立在門旁的長木柱）。 桔ㄐㄧㄝˊ柣（春秋鄭國城門名）。
*	泆	ㄧˋ	決泆（水流奔騰，氾濫成災）。泆湯（翻騰漫溢的水）。驕奢淫泆（同「驕奢淫佚」）。
	瓞	ㄉㄧㄝˊ	瓜瓞。瓜瓞綿綿（比喻子孫昌盛、傳世久遠）。
	秩	ㄓˋ	有秩（有常道）。官秩（指官爵的品級）。八秩誕辰（八十歲生日）。秩序井然。秩然有序。條理秩然（層次井然有序的樣子）。
*	翐	ㄓˋ	翐翐（動作舒遲或指不能高飛的樣子）。
*	胅	ㄉㄧㄝˊ	胅起（隆起、突起）。
*	蛈	ㄊㄧㄝˋ	蛈蝪ㄊㄤ（蜘蛛的一種）。
*	袟	ㄓˋ	天袟（比喻自然所賦予的形體）。
	跌	ㄉㄧㄝˊ	跌倒。跌破眼鏡（比喻出乎意料）。暴漲ㄓㄤˇ暴跌。
	軼	ㄧˋ	軼事（不見於正式記載ㄗㄞˇ的瑣事）。軼聞（同「軼事」）。超前軼後（同「空前絕後」）。超軼絕塵（指馬奔馳的樣子。比喻出類拔萃ㄘㄨㄟˋ）。軼類超群（出類拔萃，超越眾人）。磊落軼蕩（形容心胸坦蕩，行為無所拘束）。
	迭	ㄉㄧㄝˊ	更ㄍㄥ迭。迷迭香。人事更迭。叫苦不迭。迭遭挫敗。風波ㄅㄛ不迭（風波愈演愈烈，沒有停止的跡象）。剛柔迭用（剛柔交互使用）。高潮迭起。措手不迭（形容辦事極為迅捷）。

	國字	字音	語詞
	【乍】		
	乍	ㄓㄚˋ	乍現。乍聽。乍冷乍熱。乍暖還寒。初逢乍識（初次見面，剛認識）。新來乍到。
	作	ㄗㄨㄛˋ	木作（木匠或指木匠工作的地方）。瓦作（建築中使用瓦磚部分的工作）。作坊 。作癟ㄅㄧㄝˇ子（碰釘子）。打躬作揖。自作自受。敢作敢當。
		ㄗㄨㄛˊ	作料。作摩（揣ㄔㄨㄞˇ度ㄉㄨㄛˋ）。作踐（糟蹋）。作興（索性）。
*	厏	ㄓㄚˇ	厏厊ㄧㄚˇ（指違逆不從或互起衝突）。
		ㄓㄞˇ	通「窄」。
	咋	ㄗㄜˊ	咋舌。嘵ㄒㄧㄠ咋（議論紛紛。或指恐嚇）。鼓脣咋舌（形容以言語進行挑ㄊㄧㄠˇ撥煽ㄕㄢ動）。
*	岝	ㄗㄨㄛˊ	岝崿ㄜˋ（山勢高低不齊的樣子）。
	怍	ㄗㄨㄛˋ	愧怍。慚怍。不愧不怍（行事光明磊落，問心無愧）。愧汗怍人（羞愧、羞於做人）。愧怍無地。
	怎	ㄗㄣˇ	怎麼。怎樣。怎麼樣。怎麼辦。
	搾	ㄓㄚˋ	搾汁。壓搾。通「榨」。
	昨	ㄗㄨㄛˊ	昨日。今是昨非（現在對了，而過去錯了）。
	柞	ㄗㄨㄛˋ	柞木（伐木）。柞溪（湖北省水名）。柞樹（植物名）。柞蠶（昆蟲名）。柞蠶絲。
		ㄗㄜˊ	芟ㄕㄢ柞（砍除草木）。柞鄂ㄜˋ（陷阱中捕獸的裝置）。載芟載柞（開始剷除荒草和雜樹）。

	國字	字音	語詞
	榨	ㄓㄚˋ	榨油。壓榨。通「搾」。
	炸	ㄓㄚˋ	炸毀。炸彈。轟炸。
		ㄓㄚˊ	油炸。炸糕。炸醬。炸雞。油炸果（油條）。炸丸子。炸雞塊。炸醬麵。煎煮炒炸。
*	痄	ㄓㄚˋ	痄腮（耳下腺炎）。
*	砟	ㄓㄚˋ	砟硌ㄌㄨㄛˋ（山石錯落不齊的樣子）。焦砟（煤球或煙煤燃燒後所凝結的塊狀物）。煤砟子（由煤渣中所篩ㄕㄞ出的小塊煤）。
	祚	ㄗㄨㄛˋ	門祚（家運）。國祚（國運）。門衰祚薄（門庭衰頹、福祚淺薄）。祚胤ㄧㄣˋ繁昌（指子孫昌盛）。薄祚寒門（貧苦卑賤的家世）。
	窄	ㄓㄞˇ	狹窄。冤家路窄。
*	笮	ㄗㄜˊ	屈笮（困頓、困厄）。排笮（排擠、排斥）。
*	筰	ㄗㄨㄛˊ	邛ㄑㄩㄥˊ筰（漢時邛都、筰都兩地的合稱）。筰關（地名。位於四川省）。
*	胙	ㄗㄨㄛˋ	世胙（世代享有的爵位）。胙土（以土地酬答有功者）。分茅胙土（古代天子分封土地給諸侯）。
	舴	ㄗㄜˊ	舴艋（小船）。舴艋舟（小船）。
*	葃	ㄗㄨㄛˋ	葃枕ㄓㄣˋ（形容人很勤勉向學。如「葃枕圖史」）。
	蚱	ㄓㄚˋ	蚱蜢。
	詐	ㄓㄚˋ	欺詐。詐術。兵不厭詐。爾虞我詐。敲詐勒ㄌㄜˋ索。

	國字	字音	語詞
*	迮	ㄗㄜˊ	排迮（窘迫、困窘）。壓迮（壓迫）。山道迮狹（山路狹窄難走）。
	酢	ㄗㄨㄛˋ	酬酢（指交際應酬）。
		ㄘㄨˋ	酢敗（酒發酸而敗壞）。酸酢（即酸醋）。工研酢。紅梅酢。酢漿ㄐㄧㄤ草。為「醋」的本字。
*	阼	ㄗㄨㄛˋ	阼階（東階）。踐阼（皇帝即位）。
*	鮓	ㄓㄚˇ	魚鮓（醃魚）。鮓醬（肉醬）。坩ㄍㄢ鮓餉ㄒㄧㄤˇ母（將一甕ㄨㄥˋ子的醃魚送給母親）。孟宗寄鮓（孟宗寄醃魚送給母親的故事）。
	【白】		
	伯	ㄅㄛˊ	伯仲之間。伯仲叔季（兄弟長幼的次序）。伯道無兒（比喻人無子嗣ㄙˋ。同「伯道之憂」）。相驚伯有（因驚疑而自相擾亂）。
		ㄅㄚˋ	伯業。伯道。伯圖。南面稱伯（自立為王）。春秋五伯。通「霸」。
	兜	ㄉㄡ	兜風。兜售。兜剿（圍剿）。圍兜。兜不攏。兜生意。兜圈子。兜攬生意。
	啪	ㄆㄚ	啪啦。劈里啪啦。
	帕	ㄆㄚˋ	手帕。手帕交（指女性之間的友誼ㄧˋ）。
	怕	ㄆㄚˋ	害怕。懼怕。貪生怕死。
	拍	ㄆㄞ	拍馬屁。拍手稱ㄔㄣˋ快。拍板定案。拍案叫絕。

國字	字音	語詞
柏	ㄅㄛˊ	柏臺（御史大(ㄉㄞˋ)夫）。松柏長青。柏舟之痛（比喻喪(ㄙㄤ)夫之痛）。柏舟之節（比喻婦女喪夫後守節不嫁）。柏舟自矢（比喻寡婦自誓守節而不改嫁）。柏臺烏府（御史治事的地方。即御史臺）。
泊	ㄅㄛˊ	血泊。漂泊。一泊二食（旅館住宿，住一晚，吃兩餐）。代客泊車。倒臥血泊。淡泊名利。移船泊岸（自動遷就他人）。楓橋夜泊。
珀	ㄆㄛˋ	琥(ㄏㄨˇ)珀。琥珀色（類似琥珀的色澤）。琥珀拾芥（比喻相互感應）。
白	ㄅㄞˊ	李白。斑白。白帝城。白髮如新（形容朋友相交甚久，彼此卻像陌生人不了解對方）。
皁	ㄗㄠˋ	皁隸（衙(ㄧㄚˊ)門中的差(ㄔㄞ)役）。牛驥同皁（比喻賢愚不分）。販夫皁隸（指生活在下階層的人）。
皂	ㄗㄠˋ	肥皂。皂白不分。皂絲麻線（比喻是非紊(ㄨㄣˋ)亂而牽扯不清）。青紅皂白（比喻辨別分明或指事情的是非情由。皂，黑色）。
* 皛	ㄒㄧㄠˋ	皛白（明白顯著）。皛飯（白飯）。
穆	ㄇㄨˋ	肅穆。雍穆（和睦）。天子穆穆（天子威儀盛大的樣子）。穆如清風（如清風和美，滋養萬物）。
箔	ㄅㄛˊ	鋁箔。鋁箔包。錫箔紙。
粕	ㄆㄛˋ	糟粕（比喻廢棄無用的東西）。
舶	ㄅㄛˊ	船舶。舶來品。
* 袙	ㄆㄚˋ	袙腹（肚兜、抹胸）。袙頭（用來束髮的頭巾）。通「帕」。

	國字	字音	語詞
	迫	ㄆㄛˋ	迫切。緊迫。迫不及待。飛機迫降。
*	鉑	ㄅㄛˊ	鉑黑（化學名詞）。鉑黴素（一種抗生素）。
	【冊】		
	冊	ㄘㄜˋ	名冊。註冊。紀念冊。「册」為異體字。
	刪	ㄕㄢ	刪改。刪除。刪減。「删」為異體字。
	姍	ㄕㄢ	姍笑（譏笑、嘲笑）。姍姍來遲。
	柵	ㄓㄚˋ	木柵。柵門。柵欄。隔柵板。「栅」為異體字。
	珊	ㄕㄢ	珊瑚。珊瑚礁。春意闌珊（指春天將結束）。意興ㄒㄧㄥˋ闌珊（懶洋洋的，提不起興致）。燈火闌珊（燈光微暗。指人煙稀少、冷清的地方）。
	跚	ㄕㄢ	蹣ㄇㄢˊ跚（步伐ㄈㄚˊ不穩，緩慢搖擺的樣子）。步履蹣跚。
	【包】		
	刨	ㄆㄠˊ	刨土。刨根。刨除。刨根問底。
		ㄅㄠˋ	刨子。刨木。刨冰。刨冰機。通「鉋ㄅㄠˋ」。
	包	ㄅㄠ	包庇ㄅㄧˋ。背ㄅㄟ包。包羅萬象。
	匏	ㄆㄠˊ	匏瓜。匏樽（泛指各種酒器。也作「匏尊」）。匏瓜空懸（有才能的人卻毫無施展的機會）。匏有苦葉（詩經・邶ㄅㄟˋ風的篇名）。
	咆	ㄆㄠˊ	咆哮ㄒㄧㄠ。大肆咆哮。咆哮大怒。咆哮山莊（書名）。

	國字	字音	語詞
	孢	ㄅㄠ	孢子ㄗˇ植物（指能產生孢子進行繁殖的植物）。
	庖	ㄆㄠˊ	庖丁（廚師）。庖代。庖鼎（比喻賢臣）。庖廚。尸祝代庖（越權代職）。庖丁解牛。越俎ㄗㄨˇ代庖。
	抱	ㄅㄠˋ	抱負。抱恙（身體生病）。抱恙出席。
*	枹	ㄈㄨˊ	玉枹（鼓槌）。枹鼓（鼓槌和鼓）。援玉枹（拿著鼓槌）。枹鼓相應（比喻配合得很緊密。同「桴ㄈㄨˊ鼓相應」）。援枹而鼓（拿著鼓槌打鼓）。
	泡	ㄆㄠˋ	水泡。電燈泡。泡沫紅茶。夢幻泡影。
		ㄆㄠ	泡溲ㄙㄡ（盛多的樣子）。眼泡（上眼皮）。一泡尿。鬆泡泡（質地蓬鬆不緊密）。撒ㄙㄚ一泡尿。
	炮	ㄆㄠˊ	炮烙ㄌㄨㄛˋ（古代刑法）。炮煉（中藥製藥法）。如法炮製。烹羊炮羔（烹烤大羊小羊）。烹龍炮鳳（比喻豪奢的菜肴）。
		ㄆㄠˋ	炮竹。炮彈。炮轟。沖天炮。「砲」「礮」為異體字。
		ㄅㄠ	炮羊肉。炮羊肚ㄉㄨˇ兒（一種把羊的內臟切成薄片烹調而成的菜肴）。
*	炰	ㄆㄠˊ	炰烋ㄒㄧㄠ（氣勢勇猛剛健。同「咆哮」）。毛炰胾ㄗˋ羹（連毛一起煮的豬和肉片湯）。炰鳳烹龍（豪奢的珍羞）。炰鱉膾ㄎㄨㄞˋ鯉（指珍美的菜肴）。
*	瓟	ㄆㄠˊ	瓟瓜。瓟蠡ㄌㄧˋ（用匏ㄆㄠˊ瓜做成的水瓢ㄆㄧㄠˊ）。通「匏」。
	皰	ㄆㄠˋ	面皰。
	砲	ㄆㄠˋ	砲彈。砲轟。砲火連天。為「炮」的異體字。

國字	字音	語詞
胞	ㄅㄠ	同胞。胞衣（胎衣）。民胞物與（比喻博愛）。
	ㄆㄠ	尿胞（膀胱。同「尿脬ㄆㄠ」）。通「脬」。
苞	ㄅㄠ	花苞。竹苞松茂（賀人新屋落成的吉詞）。含苞待放。苞苴ㄐㄩ公行（指公開賄賂ㄌㄨˋ）。苞桑之固（比喻根基扎ㄓㄚ實穩固）。盤石桑苞（比喻穩固牢靠）。
袍	ㄆㄠˊ	同袍（軍人的互稱）。旗袍。戰袍。同袍同澤（軍中間患難與共的友情）。軍中同袍。袍笏ㄏㄨˋ登場（指演員上場演戲）。袍澤故舊（軍中的故交舊友）。黃袍加身（被擁ㄩㄥˇ戴成為天子）。與子同袍（軍人間相親相愛）。
*裦	ㄅㄠˋ	褱ㄏㄨㄞˊ裦（同「懷抱」）。通「抱」。
	ㄆㄠˊ	裦服（泛稱寬長衣服）。通「袍」。
跑	ㄆㄠˇ	跑腿。跑單幫。跑龍套。龜兔賽跑。
	ㄆㄠˊ	虎跑寺（位於杭州 大慈山）。虎跑泉（泉名。位於杭州 西湖畔）。通「刨ㄆㄠˊ」。
鉋	ㄅㄠˋ	鉋子（削平木材所用的工具。也作「推鉋」）。鉋花（從木材上刮削下來的薄木片）。
雹	ㄅㄠˊ	冰雹。雹碎春紅（冰雹敲碎了春天的紅花）。隕ㄩㄣˇ雹飛霜（指遭受冤屈和誣ㄨ陷）。雷霆電雹（形容盛怒時，氣勢凶猛的樣子）。
*鞄	ㄅㄠ	提鞄（用軟皮所做成的小箱子）。

	國字	字音	語詞
*	颮	ㄆㄠˊ	風颮電激（風雷交加。形容威勢盛大的樣子）。
		ㄅㄧㄠ	颮風（暴風）。通「飆」。
	飽	ㄅㄠˇ	飽以老拳（用拳頭ㄊㄡ˙狠狠的將對方痛打一頓）。飽經世故。飽學之士。
	鮑	ㄅㄠˋ	鮑魚。杏鮑菇。鮑叔牙。鮑魚菇。管鮑之交。管鮑分金（比喻友誼ㄧˋ深厚）。鮑魚之肆（比喻壞人聚集的地方）。遷蘭變鮑（即潛ㄑㄧㄢˊ移默化）。
	齙	ㄅㄠ	齙牙（牙齒長得不整齊，露在嘴脣外面）。
			【北】
	北	ㄅㄟˇ	敗北。北面稱臣（臣服於人。與「南面稱王」相對）。追亡逐北（追擊潰敗的敵軍）。
		ㄅㄟˋ	反北之心（背叛逃亡的心）。通「背」。
	揹	ㄅㄟ	揹黑鍋。通「背ㄅㄟ」。
	背	ㄅㄟˋ	背袋。違背。力透紙背（指書法剛勁ㄐㄧㄥˋ有力）。背山起樓（殺ㄕㄚ風景）。背水一戰。背城借一（與敵人作最後奮戰。多指決定存亡的最後一戰）。背道而馳。離鄉背井。難望項背（程度相差ㄔㄚ極大，比不上）。嚴君見背（指父親過世）。
		ㄅㄟ	背包。背負。背帶。背榜（科舉時代，考試成績名列榜末）。背包客。背黑鍋。
	褙	ㄅㄟˋ	裱褙（同「裱背」、「褾ㄅㄧㄠˇ背」）。
*	邶	ㄅㄟˋ	邶風（詩經十五國風之一）。

	國字	字音	語詞
			【卯】
	卯	ㄇㄠˇ	卯勁。卯時(早晨五點到七點)。誤卯(指做事晚到達)。卯後酒(在晨間所喝的酒)。卯足全力。寅ㄧㄣˊ支卯糧(指經濟拮ㄐㄧㄝˊ据ㄐㄩ，入不敷ㄈㄨ出。同「寅吃卯糧」)。參ㄕㄣ辰卯酉ㄧㄡˇ(彼此隔絕或勢不兩立)。應ㄧㄥ名點卯(即例行公事)。
	卵	ㄌㄨㄢˇ	鵝卵石。以卵擊石。卵翼之恩(上司栽培部屬的恩情)。泰山壓卵(力量懸殊，穩操勝算)。
*	奅	ㄆㄠˋ	大奅佬(說大話騙人)。車大奅(誇口)。通「炮」。
*	昴	ㄇㄠˇ	昴降(顯貴的人降生。頌揚顯貴之詞)。昴宿ㄒㄧㄡˋ(星宿ㄒㄧㄡˋ名)。參ㄕㄣ昴(參ㄕㄣ星和昴星)。維參ㄕㄣ與昴(參星和昴星閃爍不定)。
	柳	ㄌㄧㄡˇ	細柳營(泛指軍營)。柳眉倒ㄉㄠˋ豎(女子生氣的樣子)。柳啼花怨(景象淒涼，心境哀悽)。柳營試馬(稱頌將領紀律嚴明)。蒲ㄆㄨˊ柳之姿(自稱體質衰弱的客套話)。
*	泖	ㄇㄠˇ	泖湖(江蘇省湖泊名)。
*	窌	ㄌㄧㄠˊ	囷ㄐㄩㄣ窌(穀倉與地窖。均為貯藏穀物的地方)。倉窌(同「囷窌」)。掌窌(管理倉廩ㄌㄧㄣˇ的官吏)。
	聊	ㄌㄧㄠˊ	民不聊生。百無聊賴。聊以自慰。聊表寸心。聊表心意。聊城射書(比喻以文克敵，不戰而勝)。聊備一格。聊勝於無。聊齋志異。椒聊繁衍(比喻子孫很多)。
*	茆	ㄇㄠˇ	茆店(用茅草覆蓋屋頂的客店)。茆屋(茅屋)。茆茨ㄘˊ(茅屋)。蓬茆(形容住屋簡陋)。薄采其茆(大夥兒採摘池塘裡的蓴ㄔㄨㄣˊ菜)。

	國字	字音	語詞
*	鉚	ㄇㄠˇ	鉚釘（用來永久結合金屬板件的零件）。鉚釘槍。鉚接法（用鉚釘將鋼板或其他金屬板件作永久性接合的方法）。
	【召】		
	劭	ㄕㄠˋ	劭令（德行的美善）。年高德劭。德劭譽隆（品德美善而聲譽隆盛）。
	卲	ㄕㄠˋ	年高德卲。通「劭」。
	召	ㄓㄠˋ	召集。感召。號召。徵召。徵風召雨（形容人神通廣大，法力無邊）。
		ㄕㄠˋ	召公（周初諸侯）。召南（詩經十五國風之一）。召陵（古地名）。召信臣（漢代人）。召父杜母（用以稱頌地方長官政績的套語）。
*	岧	ㄊㄧㄠˊ	岧嶢ㄧㄠˊ（山高峻的樣子）。
*	弨	ㄔㄠ	盧文弨（清代人）。彤ㄊㄨㄥˊ弓弨兮（將紅色的弓弦ㄒㄧㄢˊ放鬆弛ㄔˊ）。
*	怊	ㄔㄠ	怊悵ㄔㄤˋ（怨恨）。怊悵自失（惆悵失意的樣子）。
	招	ㄓㄠ	招致（引起）。招惹。招攬。招人物議。招搖撞騙。樹大招風。
	昭	ㄓㄠ	昭著ㄓㄨˋ。昭彰。天理昭彰。昭然若揭ㄐㄧㄝ。惡名昭彰。
	沼	ㄓㄠˇ	池沼。沼氣。沼澤。
*	炤	ㄓㄠˋ	李文炤（清朝人）。日月遞炤（日月交替照耀大地）。通「照」。

國字		字音	語詞
	照	ㄓㄠˋ	心照不宣。福星高照。
*	笤	ㄊㄧㄠˊ	笤帚(用竹子編製成的掃ㄙㄠˋ帚)。
	紹	ㄕㄠˋ	介紹。克紹箕裘(繼承父親的志業)。接紹香煙(繁衍子孫,接續香火。也作「接續香煙」)。
*	苕	ㄊㄧㄠˊ	苕帚(清潔用具。用苕稈編紮ㄓㄚ成的掃帚)。風至苕折(指風吹斷蘆葦的花穗)。葦苕繫巢(處境極為危險)。翡ㄈㄟˇ翠蘭苕(形容文彩豔麗,明麗可愛的詩風)。
*	蛁	ㄉㄧㄠ	蛁蟟ㄌㄧㄠˊ(蟬的一種)。
	詔	ㄓㄠˋ	詔令。詔安(福建省縣名)。詔書。罪己詔(帝王自我批評的詔書)。下詔罪己。
	貂	ㄉㄧㄠ	貂皮。狗尾續貂(事物以壞續好,前後優劣不相稱ㄔㄥˋ。多指文學作品)。金貂換酒(文人或富貴者狂妄不羈)。貂裘換酒(同「金貂換酒」)。
	超	ㄔㄠ	超載ㄗㄞˋ。超群絕倫。
*	軺	ㄧㄠˊ	軺車(古代一種輕便的馬車)。乘軺建節(乘輕車、擁旄ㄇㄠˊ節。指將領駐守一地)。
	迢	ㄊㄧㄠˊ	迢遙。千里迢迢。關山迢遞(比喻路途遙遠)。
	邵	ㄕㄠˋ	邵美(美善)。邵族(族名)。
*	鞀	ㄊㄠˊ	鞀牢(樂器名)。鞀鼓(小鼓)。「鞉」為異體字。

	國字	字音	語詞
	韶	ㄕㄠˊ	洛韶(中橫公路上地名)。韶光。韶華。張韶涵(名歌手)。仰韶文化。新韶如意(新年美好如意)。聞韶忘味(對某事物熱愛到入迷的地步)。韶光淑氣(指春天美好的景致)。韶華不再。韶華如駛(形容時光如馬飛馳而過，消逝不再)。韶顏稚齒(比喻年輕且容貌美麗)。聰明韶秀(聰明且清秀美麗)。簫韶九成(泛指優美典雅的樂章。簫韶，虞舜時的樂章)。
	髫	ㄊㄧㄠˊ	髫丱ㄍㄨㄢˋ。髫辮。髫齡(以上三詞皆指童年)。垂髫戴白(小孩和老人)。黃髮垂髫(老人和小孩)。
*	齠	ㄊㄧㄠˊ	齠年(指幼年)。齠齔ㄔㄣˋ(同「齠年」)。齠年稚齒(指孩童時期)。
			【只】
	只	ㄓˇ	只要。只得ㄉㄜˊ。
		ㄓ	一只手表。一只皮箱。一只戒指。通「隻」。
	咫	ㄓˇ	近在咫尺。咫尺山河(相距雖近，卻無法見面)。咫尺之功(小功勞)。咫尺天涯。相去咫尺。
	枳	ㄓˇ	枳棘(惡木。比喻小人或壞人)。南橘北枳(同一物種會因環境的不同而引起變化)。橘化為枳(同「南橘北枳」)。
*	疻	ㄓˇ	疻面(毆傷臉部)。疻痏ㄨㄟˇ(毆打受傷)。
*	胑	ㄓ	四胑(四肢)。四胑不動。通「肢」。
*	軹	ㄓˇ	軹道(古亭名)。軹頭蛇(兩頭蛇。同「枳首蛇」)。

國字	字音	語詞
*齞	ㄧㄢˇ	齞脣歷齒（上脣缺裂，牙齒稀疏）。
【句】		
傴	ㄎㄡˋ	傴僂ㄌㄡˊ（指背部向前彎曲）。傴僂病。
劬	ㄑㄩˊ	劬勞（勞苦）。勤劬（勤勞）。生我劬勞（父母生養兒女極為辛苦）。劬勞顧復（辛苦的照顧撫育）。劬學不倦（勤學不倦）。
句	ㄐㄩˋ	句號。句讀ㄉㄡˋ。
	ㄍㄡˋ	句當（同「勾當」）。
	ㄍㄡ	句兵（兵器）。句戟ㄐㄧˇ（戟刃尖端有鉤的古代兵器名）。句龍（複姓）。句踐。倨ㄐㄩˋ句（物體彎曲的角度）。句漏山（山名。在廣西省）。高句麗ㄌㄧˊ。句駮ㄅㄛˊ省ㄕㄥˇ便（指金錢的收支有方）。
*呴	ㄒㄩˇ	呴呴（言語順暢）。呴濡ㄖㄨˊ（比喻同處困境，以微小的力量互相幫助）。相呴以溼（同「呴濡」）。相呴相濡（同「呴濡」）。眾呴漂ㄆㄧㄠ山（眾人的力量極為強大。同「眾喣ㄒㄩˇ漂山」）。
	ㄏㄡ	唏ㄒㄧ呴（喉中所發出的聲音）。
*岣	ㄍㄡˇ	岣嶁ㄌㄡˇ（湖南省山名）。
夠	ㄍㄡˋ	足夠。能夠。「够」為異體字。
*姁	ㄒㄩˇ	姁姁（喜樂自得）。姁媮ㄩˊ（和悅美好的神態）。

	國字	字音	語詞
*	怐	ㄍㄡˋ	怐愗ㄇㄠˋ（愚昧無知的樣子）。
	拘	ㄐㄩ	拘束。拘留。拘謹。
*	斪	ㄑㄩˊ	斪斸ㄓㄨˊ（鋤頭˙ㄊㄡ）。
*	昫	ㄒㄩˇ	昫伏（對後輩的照顧和栽培）。昫嫗ㄩˋ（天地對萬物的生養撫育）。
	枸	ㄍㄡˇ	枸杞。枸骨（植物名）。枸杞茶。
		ㄐㄩˇ	枸櫞ㄩㄢˊ（植物名）。枸櫞酸（檸檬酸）。
		ㄍㄡ	枸木（彎曲的木頭）。枸橘（植物名）。
*	泃	ㄐㄩˋ	泃河（河北省水名）。
*	欨	ㄒㄩ	欨呵（呵氣使暖和）。欨愉（喜悅的樣子）。
*	喣	ㄒㄩˇ	眾喣漂ㄆㄧㄠ山（比喻眾人的力量極為強大）。
	煦	ㄒㄩˇ	和煦。溫煦。涵煦生民（保護養育百姓）。煦仁子義（小仁小義）。
	狗	ㄍㄡˇ	天狗吞月。白雲蒼狗（比喻世事變化萬端）。
*	痀	ㄐㄩ	痀僂ㄌㄡˊ（駝背）。痀僂承蜩ㄊㄧㄠˊ（駝子用長竹竿黏蟬）。
*	竘	ㄐㄩˇ	竘然（強壯的樣子）。
*	笱	ㄍㄡˇ	魚笱（一種捕魚工具）。敝笱（詩經・齊風的篇名）。

	國字	字音	語詞
*	絇	ㄑㄩˊ	絇屨ㄐㄩˋ（鞋頭上的飾品）。
*	耇	ㄍㄡˇ	耆ㄑㄧˊ耇（老人）。黃耇（背脊ㄐㄧˇ彎曲的高壽老人）。「耈」為異體字。
*	朐	ㄑㄩˊ	臨朐（山東省縣名）。
	苟	ㄍㄡˇ	苟且。苟同。一絲不苟。不苟幸生（不苟且偷生）。苟且偷安。苟全性命。苟合取容。苟延殘喘。蠅營狗苟（比喻四處鑽營，不擇手段；不知羞恥，但求偷生的生活態度）。與「茍ㄐㄧˋ」不同。
	蒟	ㄐㄩˇ	蒟蒻。蒟蒻果凍。
*	蚼	ㄑㄩˊ	蚼犬（食人狗）。蚼蟓ㄒㄧㄤˋ（一種大蟻。即蚍ㄆㄧˊ蜉）。
*	軥	ㄑㄩˊ	軥車（車軛ㄜˋ向下卷ㄑㄩㄢˊ曲的車）。
	鉤	ㄍㄡ	釣鉤。魚鉤。鉤心鬥角。鉤玄ㄒㄩㄢˊ提要（著作能探取精微，摘出綱要）。鉤章棘句（比喻文辭艱澀難懂）。「鈎」為異體字。
*	雊	ㄍㄡˋ	雉雊（雄雉鳴叫）。
	駒	ㄐㄩ	名駒。千里駒。白駒空谷（比喻賢者不出仕，隱居於山林深谷之中。或反喻賢者出仕）。白駒過隙（比喻時間過得很快）。老馬為駒（比喻對老人輕視怠慢）。駒齒未落（比喻人尚年幼）。龍駒鳳雛（比喻幼小而聰慧的人）。
*	鴝	ㄑㄩˊ	鴝鵒ㄩˋ（八哥鳥）。鴝掇ㄉㄨㄛˊ（蟲名）。栗背林鴝（鳥名）。黽ㄇㄧㄣˇ穴鴝巢（比喻貧民的住所）。
		ㄍㄡ	鴝鵅ㄍㄜˊ（鵂ㄒㄧㄡ鶹ㄌㄧㄡˊ的別名）。

	國字	字音	語詞
*	鼩	ㄑㄩˊ	樹鼩（動物名）。鼩鼱ㄐㄧㄥ（動物名）。
*	齁	ㄏㄡ	齁苦（很苦）。齁聲（打鼾聲）。齁鹹（很鹹）。鼾齁如雷。齁聲雷起（同「鼾齁如雷」）。
	齣	ㄔㄨ	一齣戲。一齣鬧劇。
			【必】
*	咇	ㄅㄧㄝˊ	咇茀ㄈㄨˊ（芳香四溢）。
		ㄅㄧˋ	咇咇剝剝（狀聲詞。形容燃燒所發出的爆裂聲。也作「嗶嗶剝剝」「必必剝剝」）。
	宓	ㄇㄧˋ	宓穆（安寧靜穆）。甄宓（曹丕之妻）。靜宓（安靜）。
		ㄈㄨˊ	宓妃（相傳伏羲氏之女）。宓羲（同「伏羲」）。宓戲（同「伏羲」）。宓不齊（春秋魯國人。同「宓子賤」「虙ㄈㄨˊ子賤」）。洛浦ㄆㄨˇ宓妃（神話中洛水的女神）。通「虙」。
	密	ㄇㄧˋ	祕密。密切。親密。哈密瓜。柔情密意。密不可分。過從甚密。緊鑼密鼓。機事不密。親密無間ㄐㄧㄢˋ（關係極為密切而毫無隔閡ㄏㄜˊ）。親密愛人。
	必	ㄅㄧˋ	必須。必需品。日中必彗（比喻做事要把握時機或當機立斷）。必恭必敬（同「畢恭畢敬」）。
*	柲	ㄅㄧˋ	柲丘（上有樹木的小山丘）。
	泌	ㄇㄧˋ	分泌。泌尿。內分泌。泌水樂飢（隱居於水邊，自得其樂）。
		ㄅㄧˋ	泌水（河南省河川名）。泌陽（河南省縣名）。

	國字	字音	語詞
	瑟	ㄙㄜˋ	瑟縮。水木明瑟(形容泉水林木優美的景致)。琴瑟和鳴。膠柱鼓瑟(比喻固執拘泥ㄋㄧˊ而不知變通)。錦瑟華年(比喻美好的青春時代)。
	祕	ㄇㄧˋ	便祕。祕密。祕書。不傳之祕。祕而不宣。「秘」為異體字。
		ㄅㄧˋ	祕魯(國名。位於南美洲)。
*	苾	ㄅㄧˋ	苾芻ㄔㄨˊ(比丘)。苾芻尼(比丘尼)
*	虙	ㄈㄨˊ	虙妃(同「宓ㄈㄨˊ妃」)。虙子賤(孔子學生。同「宓不齊」)。通「宓」。
	蜜	ㄇㄧˋ	甜蜜。水蜜桃。波ㄅㄛ羅蜜。蜜月期。口蜜腹劍。
	謐	ㄇㄧˋ	安謐。寧謐。謐如(安寧的樣子)。靜謐。靜謐無聲。
*	閟	ㄅㄧˋ	閟宮(古代稱神廟)。閟匿(藏匿)。
*	飶	ㄅㄧˋ	有飶其香(佳肴多ㄉㄨㄛ芳香)。
*	馝	ㄅㄧˋ	馝邗ㄏㄢˊ(複姓)。馝馞ㄅㄛˊ(香氣濃郁)。
	【未】		
	味	ㄨㄟˋ	味道。滋味。耐人尋味。
	妹	ㄇㄟˋ	姊ㄐㄧㄝˇ妹。姊妹市。姊妹淘ㄊㄠˊ。
	寐	ㄇㄟˋ	假寐。夙興ㄒㄧㄥ夜寐(比喻勤勞、勤奮)。夜不成寐。恍如夢寐(好像作夢一般)。耿耿不寐(心中掛懷,難以入眠)。晨興夜寐(同「夙興夜寐」)。夢寐以求。寤ㄨˋ寐以求。寢不能寐(形容滿腹心事)。興寐無常。輾轉不寐。

	國字	字音	語詞
	昧	ㄇㄟˋ	冒昧。昧爽（拂ㄈㄨˊ曉、破曉）。愚昧。三昧真火（人的元神、元氣、元精所發出的真火）。拾金不昧。昧於事實。昧著良心。個中三昧。素昧平生。瞞心昧己（違背良心做不該做的事）。曖昧不明。
	未	ㄨㄟˋ	未必。未卜ㄅㄨˇ先知。未嘗不可。意猶未盡。
*	沬	ㄇㄟˋ	沬鄉（古地名）。日中見沬（太陽中有微明之光）。
		ㄏㄨㄟˋ	沬血（血流滿面，有如以血洗面）。洿ㄨ沬（涕淚滿面）。沬血飲泣（滿臉是血，泣不成聲）。通「頮ㄏㄨㄟˋ」「靧ㄏㄨㄟˋ」。與「沫」不同。
*	眛	ㄇㄟˋ	聳眛（耳朵既聾，眼睛又看不清楚）。
	魅	ㄇㄟˋ	鬼魅。魅力。魑ㄔ魅魍ㄨㄤˇ魎ㄌㄧㄤˇ（比喻各種各樣的壞人）。
	【尼】		
	呢	ㄋㄧˊ	呢喃。呢絨。
		˙ㄋㄜ	正忙著呢。怎ㄗㄣˇ麼辦呢。
	妮	ㄋㄧˊ	妮子。婢ㄅㄧˋ妮（女婢ㄅㄧˋ）。小妮子（少女）。
	尼	ㄋㄧˊ	尼父ㄈㄨˇ（對孔子的尊稱）。尼姑。坐無尼父ㄈㄨˇ（比喻缺乏能識別賢才的聖人）。
	怩	ㄋㄧˊ	忸怩。忸怩作態。
	旎	ㄋㄧˇ	旖ㄧˇ旎。風光旖旎。
*	昵	ㄋㄧˋ	昵友（同「暱友」）。昵近（親近）。昵愛（同「暱愛」）。親昵（同「親暱」）。

	國字	字音	語詞
*	柅	ㄋㄧˇ	金柅(金屬製的煞ㄕㄚ車器)。柅杜(斷絕)。柅柅(草木茂盛的樣子)。椅柅(草木柔弱的樣子)。
	泥	ㄋㄧˊ	泥土。判若雲泥(相差ㄔㄚ懸殊)。泥牛入海。拖泥帶水。雲泥殊路(比喻地位相差很大)。維葉泥泥(樹葉柔嫩光滑)。零露ㄌㄨˋ泥泥(露濃而潤溼的樣子)。爛醉如泥。
		ㄋㄧˋ	拘泥。泥古。滯ㄓˋ泥(固執不知變通)。泥古非今(堅持舊有模式，否定現在作法，頑固而不知變通)。致遠恐泥(想以此推求高遠的道理，恐怕行不通)。滯滯泥泥(同「滯泥」)。
*	狔	ㄋㄧˇ	猗ㄧˇ狔(柔弱，柔美)。
*	苨	ㄋㄧˇ	苨苨(茂盛的樣子)。薺ㄐㄧˋ苨(植物名。根似桔ㄐㄧㄝˊ梗根，又名杏葉菜)。
	【甘】		
*	坩	ㄍㄢ	坩堝ㄍㄨㄛ(熔解玻璃或其他金屬的耐火器具)。
*	姏	ㄇㄢˊ	老姏(婚禮中攙扶新娘的婦人)。姏母(老婦)。
	拑	ㄑㄧㄢˊ	拑口(閉口不言。同「箝ㄑㄧㄢˊ口」「鉗口」)。拑制(用威勢壓制。同「箝ㄑㄧㄢˊ制」)。
	柑	ㄍㄢ	柑橘。椪ㄆㄥˋ柑。雙柑斗酒(指春日遊玩美景)。
*	泔	ㄍㄢ	泔水(淘ㄊㄠˊ過米的水)。泔淡(形容美味)。
	甘	ㄍㄢ	甘冒。甘霖。不甘示弱。甘井先竭。甘拜下風。
*	甝	ㄏㄢˊ	甝甝(虎怒或比喻凶猛的樣子)。

	國字	字音	語詞
*	疳	ㄍㄢ	疳積（中醫指小孩面黃肌瘦、肚腹脹大的症狀）。
	箝	ㄑㄧㄢˊ	箝口（同「拑口」）。箝制。箝口結ㄐㄧㄝˊ舌（緊閉嘴巴，不敢說話）。
*	紺	ㄍㄢˋ	紺宇（佛寺ㄙˋ）。紺殿（佛殿）。發紺（由於身體缺氧，導致嘴脣及四肢末端呈現紫色）。
	蚶	ㄏㄢ	蚶子。雕蚶鏤ㄌㄡˋ蛤ㄍㄜˊ（比喻飲食奢侈浪費）。
	邯	ㄏㄢˊ	邯鄲ㄉㄢ（河北省地名）。邯鄲一夢（同「黃粱一夢」）。邯鄲學步（比喻仿效他人，未能成就，反而失去本來的優點和本領）。
	酣	ㄏㄢ	酣夢。酣睡。酣醉。酣戰。酒酣耳熱。酣然入夢。酣飲風霜。酣暢淋漓。
	鉗	ㄑㄧㄢˊ	鉗制（同「箝制」）。尖嘴鉗。老虎鉗。鉗口結舌（同「箝口結舌」）。鉗馬銜枚（形容古代急行軍時聽不到馬鳴聲和人的說話聲）。
*	黚	ㄑㄧㄢˊ	黚水（四川省河川名）。
	【号】		
*	号	ㄒㄧㄠ	号然（大而中空，空虛的樣子。同「枵ㄒㄧㄠ然」）。
	枵	ㄒㄧㄠ	枵腹（餓著肚子）。枵腹重ㄔㄨㄥˊ趼ㄐㄧㄢˇ（長途跋涉，忍飢挨餓的情狀）。枵腹從公。枵腸轆轆（形容非常飢餓的樣子）。敝衣枵腹（形容生活窮苦）。
	號	ㄏㄠˋ	發號施令。號令如山。
		ㄏㄠˊ	呼號。號哭。寒號蟲（動物名）。鬼哭神號。

	國字	字音	語詞
	饕	ㄊㄠ	老饕。饕戾（貪婪ㄌㄢˊ暴戾ㄌㄧˋ）。饕家（貪嘴好吃的人。同「老饕」）。饕餮ㄊㄧㄝˋ（比喻凶暴貪婪的人）。豺ㄔㄞˊ狼饕戾（同「饕戾」）。雪虐風饕（形容天氣嚴寒的樣子）。饕口饞ㄔㄢˊ舌（貪吃的樣子）。
	鴞	ㄒㄧㄠ	鴟ㄔ鴞（動物名。即鴟梟ㄒㄧㄠ）。褐ㄏㄜˋ林鴞（第一級瀕ㄅㄧㄣ臨絕種野生動物）。見彈ㄉㄢˋ求鴞（比喻算計得過早）。鴞心鸝ㄌㄧˊ舌（形容人說話動聽，卻居心狠毒）。鴞鳥生翼（比喻忘恩負義）。<u>蘭嶼</u>角鴞。
	【出】		
	出	ㄔㄨ	出席。出資。出類拔萃。
	咄	ㄉㄨㄛˋ	咄嗟ㄐㄧㄝ（極短暫的時間）。咄咄怪事。咄咄逼人。咄嗟可辦（事情很快就辦成）。書空咄咄（嘆息、激憤和驚詫的狀態）。
	拙	ㄓㄨㄛˊ	拙荊（謙稱自己的妻子）。笨拙。大巧若拙（真正聰明的人深藏不露ㄌㄨˋ，外表像是很笨拙的樣子）。心拙口夯ㄏㄤ（心思笨拙，不擅言辭）。心勞日拙（比喻費盡心機卻無補於事）。弄巧成拙。避賢謝拙（自謙愚笨而讓位給賢者的客套話）。
*	昢	ㄆㄟˋ	昢昢（光線不太明亮的樣子）。
*	朏	ㄈㄟˇ	朏明（天將亮時）。朏朒ㄋㄩˋ（農曆初三的上弦ㄒㄧㄢˊ月）。朏魄（農曆初三的月光）。與「胐ㄎㄨ」不同。
*	柮	ㄉㄨㄛˋ	榾ㄍㄨˇ柮（斷木頭、樹疙ㄍㄜ瘩ㄉㄚ。可當炭用）。
	祟	ㄙㄨㄟˋ	作祟。邪祟。鬼鬼祟祟。從中作祟。

國字		字音	語詞
*	窋	ㄓㄨˊ	不窋(后稷ㄐㄧˋ棄的兒子)。窋室(地下室)。不窋城(位於今甘肅省境內)。
	絀	ㄔㄨˋ	短絀。心餘力絀(即心有餘而力不足)。左支右絀(顧此失彼，窮於應付的窘狀)。相形見絀。時絀舉贏(當處困境時，仍然奢侈揮霍)。財匱力絀(錢財、力量匱乏不足)。
*	朏	ㄎㄨ	朏臀ㄊㄨㄣˊ(臀部)。與「朏ㄈㄟˇ」不同。
	茁	ㄓㄨㄛˊ	茁壯。茁長。
*	詘	ㄑㄩ ㄔㄨˋ	充詘(得意忘形而失去克制)。詘申(屈伸)。詘折(同「曲折」)。詘寸信ㄕㄣ尺(形容不計較小損失，以求得大利益)。詘體受辱(叩頭長跪，受到屈辱)。隨體詰ㄐㄧㄝˊ詘(指隨著物體的形貌，用回轉曲折的筆畫描繪出來)。 詘免(罷免官職。同「黜免」)。詘坐(因罪而被免職)。通「黜」。
*	貀	ㄋㄚˋ	貀獸(獸名。形狀似狗，無前足，有角)。通「豽ㄋㄚˋ」。
*	飿	ㄉㄨㄛˋ	餶ㄍㄨˇ飿(餛ㄏㄨㄣˊ飩ㄉㄨㄣˋ)。
	黜	ㄔㄨˋ	免黜(免除官職)。貶黜(貶官革職)。罷黜。擯ㄅㄧㄣˋ黜(貶謫ㄓㄜˊ、流放)。黜退(同「免黜」)。黜陟ㄓˋ(指官職的升降)。崇正黜邪(崇尚正義，排除邪惡)。黜衣縮食(同「節衣縮食」)。黜陟幽明(罷黜昏愚的官吏，晉升賢明的官員)。黜華崇實(擯除奢華，崇尚樸實)。勸善黜惡(獎勵善人，懲ㄔㄥˊ戒邪惡之人)。

國字	字音	語詞
【瓜】		
呱	ㄍㄨ	呱呱而泣。呱呱墜地。呱呱墮地（同「呱呱墜地」）。
	ㄍㄨㄚ	呱呱叫。頂呱呱。嘰ㄐㄧ哩ㄌㄧ呱啦。
孤	ㄍㄨ	一意孤行。孤芳自賞。孤軍奮戰。孤高自許（性情高傲，自視不凡）。孤掌難鳴。南面稱孤（指自立為王）。稱孤道寡（比喻以皇帝自居）。
弧	ㄏㄨˊ	弧形。弧度。桃弧棘矢（辟ㄅㄧˋ邪的工具）。桑弧蓬矢（指男子有遠大的志向）。懸弧之慶（男子的生日）。懸弧令旦（意同「懸弧之慶」）。
*柧	ㄍㄨ	柧棱ㄌㄥˊ（殿堂最高處。比喻才幹和鋒芒）。
*泒	ㄍㄨ	泒河（古水名）。
*溛	ㄨㄚ	溛瀤ㄨㄟˋ（水波ㄅㄛ高低起伏）。
狐	ㄏㄨˊ	狐疑。狐死首丘（比喻不忘本或思念故鄉）。狐媚魘ㄧㄢˇ道（行為歪邪不正）。城狐社鼠（倚仗權勢而肆意作惡的人）。董狐直筆（指敢秉筆直書，不阿ㄜ附權貴的史家）。滿腹狐疑。
瓜	ㄍㄨㄚ	瓜分。瓜代。瓜葛ㄍㄜˊ。及瓜而代（任期屆滿時，由他人繼任）。瓜田李下。瓜李之嫌。瓜熟蒂落。破瓜之年（指女子十六歲或男子六十四歲）。滾瓜爛熟。
*窊	ㄨㄚ	坳ㄠˋ窊（地面低窪的地方）。窊下（土地凹陷）。窅ㄧㄠˇ窊（高出和低下）。皮膚窊皺（皮膚乾癟ㄅㄧㄝˇ而皺）。苑ㄩㄢˋ窊婦人（蠶神名）。

	國字	字音	語詞
	窳	ㄩˇ	窳劣（粗劣）。窳敗（敗壞、破壞）。簡窳（簡陋粗劣）。良窳不分。品質窳劣。
*	罛	ㄍㄨ	睽罛（高峻幽深的樣子）。施罛濊ㄏㄨㄛˋ濊（魚網放入水中呼呼作響）。
	菰	ㄍㄨ	茨ㄘˊ菰（植物名。同「慈姑」）。野菰（野菇）。
	蓏	ㄌㄨㄛˇ	果蓏（瓜果的總稱）。瓜瓠ㄏㄨˋ果蓏。
	觚	ㄍㄨ	削ㄒㄩㄝˋ觚為圓（比喻將人的性格由正直轉為圓融）。染翰操觚（指寫文章）。破觚為圜ㄩㄢˊ（去除嚴刑峻法）。率爾操觚（不多考慮，輕率寫作）。搦ㄋㄨㄛˋ管操觚（提筆寫作）。
*	軱	ㄍㄨ	大軱（大骨ㄍㄨˇ頭˙ㄊㄡ）。
	【刍】		
	急	ㄐㄧˊ	著急。急先鋒。急人之難ㄋㄢˋ。急公好義。緩不濟急。
	煞	ㄕㄚˋ	凶煞。地煞。忒ㄊㄜˋ煞（過於）。惡煞。煞星。羨煞。煞氣（邪氣）。地煞星。凶神惡煞。忒煞情多。街頭煞星。煞有介事。煞氣很重。煞費周章。煞費苦心。滿臉煞氣。
		ㄕㄚ	抹煞（同「抹殺」）。煞住。煞尾（文章的收尾）。煞車。煞筆（文章最後的結語）。碟煞。一筆抹煞。拿人煞氣（拿人來宣泄怨氣）。碟式煞車。
	【央】		
*	坱	ㄧㄤˇ	坱圠ㄧㄚˋ（廣闊無邊）。坱軋ㄧㄚˋ（同「坱圠」）。坱然（廣大沒有邊際的樣子）。

	國字	字音	語詞
	央	ㄧㄤ	央求。央人作伐ㄈㄚ(請人作媒)。央及無辜。長樂未央(長久歡樂，沒有盡期)。
*	姎	ㄧㄤ	姎我(婦女)。姎徒(吾徒)。
*	岟	ㄧㄤˇ	岟崥ㄅㄧ(山腳)。幽岟(深遠，深邃)。
	怏	ㄧㄤˋ	怏怏不樂。怏然不悅。
	映	ㄧㄥˋ	反映。交相輝映。映雪讀書(形容家境貧困，勤學苦讀)。相映成趣。
*	柍	ㄧㄤ	柍桭ㄓㄣ(中央的屋宇)。通「央」。
	殃	ㄧㄤ	災殃。遭殃。池魚之殃。殃及池魚。殃及無辜。禍國殃民。誤國殃民。積惡餘殃(作惡多端，殃及後代)。
	泱	ㄧㄤ	泱泱大風(讚頌大國風度)。泱泱大國。
	盎	ㄤˋ	盎司。盎然。古意盎然。生意盎然。生趣盎然。盎盂ㄩˊ相敲(家人爭吵，發生口角衝突)。綠意盎然。興致盎然。
	秧	ㄧㄤ	秧苗。
	英	ㄧㄥ	英豪。落英繽紛。雲英未嫁(女子尚未嫁人)。
*	軮	ㄧㄤˇ	軮軋ㄧㄚˋ(廣大而沒有邊際的樣子。也作「坱ㄧㄤˇ圠ㄧㄚˋ」「坱軋ㄧㄚˋ」)。
	鞅	ㄧㄤ	商鞅。王事鞅掌(官差ㄔㄞ忙碌)。逸塵斷鞅(形容馬跑得非常快)。
	鴦	ㄧㄤ	鴛ㄩㄢ鴦。同命鴛鴦。被底鴛鴦(比喻夫妻)。

國字	字音	語詞
		【氐】
低	ㄉㄧ	低估。低迷。眼高手低。
厎	ㄓˇ	厎席（以青蒲編製的蒲席）。
	ㄉㄧˇ	厎柱（山名。同「砥柱」）。厎厲（同「砥礪」）。伊于胡厎（同「伊于胡底」）。終厎於成（最後終於成功。同「終底於成」）。通「砥」「底」。
* 坻	ㄔˊ	坻京（比喻豐收，米穀堆積如山。原作「如坻如京」）。坻崿ㄜˋ（殿階高峻）。宛在水中坻（好像立在水中的小島）。
	ㄉㄧˇ	坻伏（停止而潛ㄑㄧㄢˊ伏）。隴坻（隴山）。寶坻（河北省縣名）。
底	ㄉㄧˇ	底薪。大勢底定。伊于胡底（到什ㄕㄣˊ麼地步為止，有不堪設想的意思）。底棲生物。終底於成。
	˙ㄉㄜ	我底書。通「的」。
抵	ㄉㄧˇ	抵抗。抵制。抵賴。抵償。抵不住。功過相抵。收支相抵。抵死不從。
	ㄓˇ	抵節（擊節。節，樂器名）。抵掌大笑（同「抵ㄓˇ掌大笑」。揚眉抵掌（極為喜悅）。通「抵ㄓˇ」。
柢	ㄉㄧˇ	根柢。根深柢固。追根究柢。歸根究柢。
氐	ㄉㄧ	氐首（低頭）。氐羌。氐族。氐宿ㄒㄧㄡˋ。氐首仰給ㄐㄧˇ（順從聽命，仰賴他人供ㄍㄨㄥ給ㄐㄧˇ）。通「低」。
	ㄉㄧˇ	大氐（大抵）。氐惆ㄔㄡˊ（懊惱，鬱悶）。通「抵」。

	國字	字音	語詞
*	汦	ㄔˊ	汦水（河北省水名）。與「汦ㄓˇ」不同。
	牴	ㄉㄧˇ	牴牾ㄨˇ（相互衝突。也作「牴啎」）。牴觸。狗屠角牴（以殺狗或摔角為業的人）。
	砥	ㄉㄧˇ	砥礪。中流砥柱。為國砥柱（比喻才幹卓越超群，身負國家重任）。砥志礪行ㄒㄧㄥˋ。砥節奉公（磨礪節操，奉公行事，不徇ㄒㄩㄣˋ私情）。
	祗	ㄓ	祗仰（敬仰）。祗奉（敬奉）。祗候。祗謁ㄧㄝˋ（恭敬的拜見）。祗候光臨。
	羝	ㄉㄧ	慍ㄩㄣˋ羝（即狐臭）。羝羊觸藩ㄈㄢˊ（比喻處境窘迫，進退兩難）。羝乳得歸（比喻不可能回去）。
	胝	ㄓ	胼ㄆㄧㄢˊ胝。手足胼胝（形容極為辛勤勞苦）。手肘成胝（因過度勞動，手上長了厚厚的繭皮）。胼手胝足（同「手足胼胝」）。
*	蚳	ㄔˊ	蚳蛙（戰國齊國人）。蠪ㄌㄨㄥˊ蚳（獸名）。
*	袛	ㄉㄧ	袛裯ㄉㄠ（貼身的短衣，汗衫）。
*	觝	ㄉㄧˇ	角觝（即相ㄒㄧㄤ撲、摔跤）。觝排異端（排斥違背於正統思想的學說、主張）。
	詆	ㄉㄧˇ	詆毀。詆諆ㄑㄧ（毀謗攻訐ㄐㄧㄝˊ）。醜詆（同「詆諆」）。痛毀極詆（極力的毀謗誣衊）。微文深詆（用繁苛的法律條文，陷人入罪。同「深文周內ㄋㄚˋ」）。
*	貾	ㄔˊ	餘貾（黃質白點的貝殼）。
	邸	ㄉㄧˇ	官邸。府邸。邸第。士林官邸。
*	骶	ㄉㄧˇ	尾骶骨（尾椎骨）。

	國字	字音	語詞
	鴟	ㄔ	鴟吻（建築物屋脊ㄐㄧˇ兩端的瓦製獸形裝飾物。也作「鴟尾」「蚩吻」）。鴟梟ㄒㄧㄠ。鴟視（有所貪取，像鴟鳥緊盯獵物一般）。鴟鴞（同「鴟梟」）。化鴟為鳳（指官吏以德化人，而不濫用刑罰）。怙ㄏㄨˋ險鴟張（憑恃險固，伺機掠奪）。狐假ㄐㄧㄚˇ鴟張（同「狐假虎威」）。虎飽鴟咽ㄧㄢˋ（形容貪官汙吏凶暴貪婪ㄌㄢˊ，搜括民脂ㄓ民膏）。鴟目虎吻（形容相貌奸狠凶惡）。鴟視狼顧（凶狠而貪求）。
	【幼】		
*	呦	ㄧㄡ	呦咽ㄧㄝˋ（低沉微弱的水流聲。同「幽咽ㄧㄝˋ」）。咿ㄧ呦（狀聲詞）。呦呦鹿鳴（鹿呦呦的歡叫著）。
*	坳	ㄠ	山坳（兩山間凹下的地方）。坳堂（堂上低窪處）。坳塘（小的蓄水池）。
	幼	ㄧㄡˋ	幼稚。扶老攜幼。
*	怮	ㄧㄡ	怮然（憂心的樣子）。窈ㄧㄠˇ怮（幽怨）。
	拗	ㄠˋ	拗口（發音不順口）。拗句（近體詩中不依格律的句子）。拗強ㄐㄧㄤˋ。拗彆ㄅㄧㄝˋ（固執而不順從）。執拗。拗口令（繞口令）。拗相公（指王安石）。拗體詩（平仄不合格律的近體詩）。
		ㄋㄧㄡˋ	拗不過（無法改變他人的意見或想法）。一不拗眾（一人難以抗拒眾人的意見）。四不拗六（同「一不拗眾」）。脾氣很拗。
		ㄠˇ	拗折。拗花。拗曲作直（是非顛倒ㄉㄠˇ、歪曲事實）。
		ㄠ	硬拗。不要拗了（臺灣閩南語）。

	國字	字音	語詞
*	眑	ㄧㄠˇ	眑眑（深遠幽靜的樣子）。
	窈	ㄧㄠˇ	窈冥（幽暗的樣子）。窈窕ㄊㄧㄠˇ。窈然（幽暗深遠的樣子）。佳冶窈窕（容貌豔麗，體態美好）。窈窕淑女。
*	蚴	ㄧㄡˇ	蚴蟉ㄌㄧㄡˊ（蛟ㄐㄧㄠ龍屈身爬行的樣子）。
*	鴢	ㄧㄠˇ	鴢頭（一種食魚鳥，似鸕鷀ㄘˊ。也叫「魚鵁ㄐㄧㄠ」）。
	黝	ㄧㄡˇ	黝黑。黑黝黝（形容烏黑發亮）。
	【母】		
	坶	ㄇㄨˇ	阿坶坪（桃園縣地名）。
		ㄇㄨˋ	坶野（周武王敗紂王處。同「牧野」）。
	姆	ㄇㄨˇ	保姆（同「保母」）。
	拇	ㄇㄨˇ	拇指。拇戰（划拳）。大拇指。
	母	ㄇㄨˇ	保母。母儀天下（儀態舉止可以作為全天下母親的典範）。
*	苺	ㄇㄟˊ	山苺。蛇苺。寒苺（以上三詞皆植物名）。通「莓」。
*	鉧	ㄇㄨˇ	鈷ㄍㄨˇ鉧（熨斗）。鈷鉧潭（湖南省湖泊名）。
	【弘】		
	弘	ㄏㄨㄥˊ	弘願。取精用弘（指從豐富材料中汲取精華）。氣度恢弘。識量弘恢（見識廣博，度量寬宏）。

	國字	字音	語詞
	泓	ㄏㄨㄥˊ	泓澄（水深而清澈的樣子）。一泓泉水。尺樹寸泓（指地方雖小，卻有花草流水）。
			【由】
	冑	ㄓㄡˋ	介冑（鎧ㄎㄞˇ甲和頭盔）。甲冑。躬擐ㄏㄨㄢˋ甲冑（比喻親自上戰場指揮作戰）。與「胄ㄓㄡˋ」不同。
	妯	ㄓㄡˊ	妯娌（兄弟之妻相互的稱呼）。
	宙	ㄓㄡˋ	宇宙。
*	岫	ㄒㄧㄡˋ	嵐ㄌㄢˊ岫（霧氣繚繞的山峰）。霞岫（瀰漫雲氣的山谷）。白雲出岫（白雲在峰巒中露出來）。武岫農場（位於南投縣 鹿谷鄉）。望岫息心（指隱居）。煙嵐雲岫（形容山巒間雲霧瀰漫繚繞）。
*	怞	ㄔㄡˊ	怞怞（憂慮不安）。憂心且怞（心裡憂慮不安寧）。
	抽	ㄔㄡ	抽屜。抽搐ㄔㄨˋ。抽籤。抽絲剝繭。釜底抽薪。
	柚	ㄧㄡˋ	柚子。柚木。葡萄柚。杼ㄓㄨˋ柚其空（形容生產廢弛ㄔˊ，十分貧窮。同「杼軸其空」）。
	油	ㄧㄡˊ	油炸ㄓㄚˊ。油脂ㄓ。揩ㄎㄞ油。油然而生。省油的燈。
	由	ㄧㄡˊ	咎由自取。居仁由義（內存仁愛之心，行事遵循義理）。聽ㄊㄧㄥˋ天由命。
	笛	ㄉㄧˊ	笛子。汽笛。梆ㄅㄤ笛。
*	紬	ㄔㄡˊ	紬絹ㄐㄩㄢˋ（絲織品。即綢絹）。遵紬（指貴州省遵義市所生產的綢布）。通「綢」。
		ㄔㄡ	紬次（綴集排列）。紬績（紡績）。紬繹（理出頭緒條理來）。

國字		字音	語詞
	胄	ㄓㄡˋ	胄裔ㄧˋ。華胄。天潢貴胄（皇族或其後代子孫）。炎黃世胄。軒裳ㄔㄤˊ華胄（指顯貴世家的子弟）。豪門貴胄。遙遙華胄（距今久遠之名人的後代。嘲諷ㄈㄥˋ人自誇系出名門）。與「冑」不同。
	舳	ㄓㄨˊ	舳艫ㄌㄨˊ（船艦）。舳艫千里（形容船隻眾多，往來不絕）。舳艫相繼（同「舳艫千里」）。
*	蚰	ㄧㄡˊ	蚰蜒ㄧㄢˊ（動物名。與「蜒蚰」不同。見P0524)。蚰蜒小路（比喻曲ㄑㄩ折的小路）。
	袖	ㄒㄧㄡˋ	袖珍。兩袖清風。長袖善舞。紅袖添香（有美女在旁陪伴讀書）。袖手旁觀。斷袖之癖ㄆㄧˇ（指男同性戀的親密關係）。
	軸	ㄓㄡˊ	主軸。杼ㄓㄨˋ軸其空（同「杼柚其空」）。軸心成員（比喻組織中最重要的人員）。壓軸好戲。
	迪	ㄉㄧˊ	啟迪。「廸」為異體字。
	釉	ㄧㄡˋ	上釉。彩釉。釉綠（油亮的綠色）。釉藥。牙釉質（琺ㄈㄚˇ瑯ㄌㄤˊ質）。
	鈾	ㄧㄡˋ	鈾礦。天然鈾。
	鼬	ㄧㄡˋ	鼬鼠。鼪ㄕㄥ鼬之徑（指偏僻的小路）。
			【巿】
	姊	ㄗˇ	「小弟聞姊來，磨刀霍霍向豬羊。」《木蘭辭》
		ㄐㄧㄝˇ	姊姊（同「姐姐」）。姊妹。十姊妹。姊妹市。姊妹校。姊妹淘ㄊㄠˊ。兄弟姊妹。

	國字	字音	語詞
*	柹	ㄕˋ	柹子（即柿子）。為「柿」的異體字。
*	泲	ㄐㄧˇ	泲水（山東省水名。即濟ㄐㄧˇ水）。通「濟ㄐㄧˇ」。
*	秭	ㄗˇ	秭歸（湖北省縣名）。萬億及秭（形容數量極多）。
	笫	ㄗˇ	床笫（指枕席之間或夫婦房中之事）。床笫之私（指閨房之內或夫妻間的私話）。與「第」不同。
*	胏	ㄗˇ	胏附（比喻親戚ㄑㄧ）。乾胏（帶骨ㄍㄨˇ頭ㄊㄡ的乾肉）。
	【皮】		
*	啵	ㄅㄛ	打啵（親吻）。
		˙ㄅㄛ	弟兄們，努力幹啵。
	坡	ㄆㄛ	山坡。坡度。坡陡水急。
	婆	ㄆㄛˊ	婆娑ㄙㄨㄛ。姑婆芋ㄩˋ。苦口婆心。婆娑起舞。
	帔	ㄆㄟˋ	官帔（古時官夫人的服飾）。鳳冠ㄍㄨㄢ霞帔（古代后妃的冠ㄍㄨㄢ飾或新嫁娘的裝束）。
	彼	ㄅㄧˇ	彼此。彼岸。此起彼落。知己知彼。厚此薄彼。挹ㄧˋ彼注此（比喻取有餘以補不足）。顧此失彼。
	披	ㄆㄧ	披星戴月。披荊斬棘。披掛上陣。所向披靡ㄇㄧˇ。
	波	ㄅㄛ	奔波。波浪。波斯菊。超音波。平地風波。波及無辜。波臣為虐（洪水氾濫成災）。波濤ㄊㄠ洶湧。淪為波臣（被水淹死）。臨去秋波（離去前回眸ㄇㄡˊ一盼。指離情依依）。
	玻	ㄅㄛ	玻璃。玻尿酸。玻璃帷幕。

國字	字音	語詞
疲	ㄆㄧˊ	疲乏。疲倦。疲憊。兵疲馬困。疲於奔命。筋疲力盡。樂此不疲。
皮	ㄆㄧˊ	皮毛。皮開肉綻。皮裡春秋（表面雖不加以評論，而心中自有褒貶[ㄅㄧㄢˇ]）。隔皮斷貨（由外部現象來判斷內部底細）。
破	ㄆㄛˋ	不攻自破。分文不破（形容人極為吝嗇）。破門而入。破釜沉舟。破膽寒心（形容極為擔心害怕）。破鏡之憂（比喻夫妻分散或感情決裂）。
*碆	ㄅㄛ	矰[ㄗㄥ]碆（器物名。以絲繩繫住石製箭頭射鳥）。
簸	ㄅㄛˇ	簸米。簸弄。簸揚。簸盪（指人顛沛流離）。顛簸。一瘸[ㄑㄩㄝˊ]一簸（腳跛走路不便的樣子）。簸土揚沙（虛張聲勢）。簸是揚非（屏[ㄅㄧㄥˇ]棄好的，表揚壞的）。顛脣簸嘴（搬弄是非）。顛頭簸腦（搖晃著腦袋）。顛簸不破（理論真確，不能更易）。
	ㄅㄛˋ	簸箕（畚箕）。簸籮（一種用竹或藤條所編製而成的器具）。
菠	ㄅㄛ	菠菜。菠稜[ㄌㄥˊ]菜（菠菜。也作「菠薐菜」）。
被	ㄅㄟˋ	被覆（遮蓋）。棉被。植被（植物覆蓋地球表面的總稱）。公孫布被（故作儉約以博得名聲）。衣[ㄧˋ]被群生（比喻恩惠廣施於人）。姜家大被（兄弟間相親相愛）。被山帶河（地勢險要）。澤被天下（天下百姓蒙受恩澤）。
	ㄆㄧ	被甲（穿上鎧[ㄎㄞˇ]甲）。被髮。被甲據鞍（形容武將年紀雖老，但仍有壯志）。被堅執銳。被褐[ㄏㄜˊ]懷玉（比喻賢能者隱藏才能，不為[ㄨㄟˋ]人知）。被髮纓冠[ㄍㄨㄢˋ]（匆忙急切的樣子）。通「披」。

	國字	字音	語詞
*	詖	ㄅㄧˋ	詖行ㄒㄧㄥˋ（偏邪不正的行為）。詖辭（偏邪不正的言論）。險詖（奸邪不正）。曲ㄑㄩ學詖行ㄒㄧㄥˋ（指做學問不走正道，行為邪惡不正）。
	跛	ㄅㄛˇ	跛子。跛腳。跛鱉千里。
		ㄅㄧˋ	跛倚（偏斜，站不正的樣子）。跛立箕坐（形容人坐立歪斜不正，態度無禮）。
*	鈹	ㄆㄧ	鈹刀（兵器名。兩邊有刃的刀）。鈹滑（紛亂離散的樣子）。
		ㄆㄧˊ	化學元素之一。
*	陂	ㄆㄧˊ	山陂（山坡）。陂池（水池）。陂塘（蓄水池）。黃陂（湖北省縣名）。澤陂（詩經・陳風的篇名）。東海之陂（東海的水邊）。
		ㄆㄛ	陂陁ㄊㄨㄛˊ（傾斜不平）。陂陀（同「陂陁」）。偏陂（同「偏頗ㄆㄛ」）。無偏無陂（不偏袒而正直公正）。
	頗	ㄆㄛˇ	偏頗。廉頗。頗為可觀。
*	骳	ㄅㄧˋ	骫ㄨㄟˇ骳（委曲宛轉）。
*	髲	ㄅㄧˋ	頭髲（假髮、假髻ㄐㄧˋ）。
			【犮】
*	帗	ㄈㄨˊ	帗舞（一種周代舞蹈ㄉㄠˋ）。
	拔	ㄅㄚˊ	拔腿。出類拔萃。拔地而起。拔地參天（形容高大或氣勢雄偉的樣子）。
*	犮	ㄅㄛˊ	赤犮氏（掌管消除牆屋蟲害的官名）。

	國字	字音	語詞
*	祓	ㄈㄨˊ	祓除（清除、洗滌ㄉㄧˊ）。湔ㄐㄧㄢ祓（洗除不祥或指洗雪罪名）。祓除不祥。
*	紱	ㄈㄨˊ	紱冕（古時禮服及禮冠ㄍㄨㄢ。比喻高官）。簪ㄗㄢ紱（古代官員服飾。比喻榮顯富貴）。
*	翇	ㄈㄨˊ	翇舞（同「帗ㄈㄨˊ舞」）。
*	胈	ㄅㄚˊ	股無胈（形容勤勞的樣子。後接「脛不生毛」）。腓ㄈㄟˊ無胈（比喻極為勞苦）。
*	茇	ㄅㄚˊ	茇舍（在草叢中休息住宿）。茇涉（同「跋涉」）。根茇（草根）。華茇（植物名）。
		ㄅㄟˋ	茇茇（鳥飛翔的樣子）。
*	蛂	ㄅㄧㄝˊ	蛂蛂（動物名。金龜子ㄗˇ的一種）。
	跋	ㄅㄚˊ	拓跋（北魏的姓）。跋涉。跋扈。題跋。飛揚跋扈。跋山涉水。跋前疐ㄓˋ後（境遇窘迫，進退兩難。同「跋前躓ㄓˋ後」）。跋胡疐尾（同「跋前躓ㄓˋ後」）。燭不見跋（陪人時間不可長過蠟燭燒盡）。
*	軷	ㄅㄚˊ	軷祭（古代祭祀路神的祭名）。取羝ㄉㄧ以軷（捉公羊來祭祀路神）。
	鈸	ㄅㄚˊ	鐃ㄋㄠˊ鈸（樂器名）。
*	韍	ㄈㄨˊ	赤韍（古代諸侯的卿大夫用熟皮革所製成的蔽膝）。璽ㄒㄧˇ韍（印璽）。

國字	字音	語詞
髮	ㄈㄚˇ	理髮。頭髮。心細如髮（指人心思非常細密）。毛髮之功（比喻極小的功勞）。令人髮指。截髮留賓（比喻女性待客極為誠摯）。髮短心長（比喻年紀雖老而智謀深）。雞皮鶴髮。
* 魃	ㄅㄚˊ	旱魃（傳說中引起旱災的妖怪）。炎魃（同「旱魃」）。旱魃為虐（指旱災）。
* 黻	ㄈㄨˊ	黻衣（古代一種禮服）。黻班（指在朝的顯貴之士）。黻冕（古代祭服）。黼ㄈㄨˇ黻（禮服上繪繡的花紋）。黼黻文章（比喻色彩鮮豔或辭藻華麗）。
* 鼥	ㄅㄚˊ	鼧ㄊㄨㄛˊ鼥（鼠的一種。即土撥鼠）。
【奴】		
努	ㄋㄨˇ	努嘴（翹著嘴脣，向人示意）。努力以赴。橫眉努目（形容面目極為凶惡的樣子）。
呶	ㄋㄠˊ	號ㄏㄠˊ呶（喧囂叫喊）。呶呶不休。
奴	ㄋㄨˊ	奴婢ㄅㄧˋ。奴隸。奴顏婢膝。
孥	ㄋㄨˊ	妻孥（妻子與兒女）。孥戮（殺戮株連子孫）。罪人不孥（治罪僅止本人，不累ㄌㄟˋ及妻子兒女）。
帑	ㄊㄤˇ	公帑。帑藏ㄗㄤˋ（指國庫）。國帑（國家的款項）。浪費公帑。虛費府帑（白白的浪費公款）。
	ㄋㄨˊ	帑僇ㄌㄨˋ（刑罰牽連到妻兒）。妻帑（同「妻孥」）。罪人不帑（同「罪人不孥」）。通「孥」。

	國字	字音	語詞
	弩	ㄋㄨˇ	弓弩。弩箭。勁弩。弓弩手。良將勁弩（優秀的武將和強勁銳利的弓箭）。弩箭離絃ㄒㄧㄢˊ（形容速度很快）。負弩先驅（背負弓箭，開路先行。表示對長官的尊敬）。強弩之末。張眉弩眼（形容表情誇張）。棄甲負弩（戰敗，敗北ㄅㄟˋ）。煮弩為糧（比喻城被圍攻，因堅守城池為時甚久而極為艱辛）。劍拔弩張。
	怒	ㄋㄨˋ	金剛怒目。勃然大怒。怒氣沖天。怒髮衝冠ㄍㄨㄢˋ。
*	怓	ㄋㄠˊ	怓怓（吵鬧、喧譁）。惛ㄏㄨㄣ怓（同「怓怓」）。
*	拏	ㄋㄚˊ	拏空（撲空，無所憑藉）。拏雲攫ㄐㄩㄝˊ石（形容姿態輕巧矯捷）。通「拿」。
*	砮	ㄋㄨˇ	石砮（石製的箭頭）。
*	笯	ㄋㄨˊ	鳳凰在笯（比喻有才能的人不能施展抱負）。
	駑	ㄋㄨˊ	駑馬。駑鈍。駑駘ㄊㄞˊ（比喻才能平庸低下）。庶竭駑鈍（希望能竭盡自己庸劣的才能）。策駑礪鈍（勉為其難，盡力做事）。駑馬十駕。駑馬鉛刀（比喻才能庸劣不中ㄓㄨㄥˋ用）。駑馬戀棧ㄓㄢˋ（比喻庸才貪戀俸祿與官位）。鞭駑策蹇ㄐㄧㄢˇ（比喻能力低，但受到嚴厲鞭策而勤奮不懈）。
	【平】		
*	伻	ㄅㄥ	伻當（奴隸）。
	坪	ㄆㄧㄥˊ	地坪。草坪。停機坪。

	國字	字音	語詞
	平	ㄆㄧㄥˊ	平均。平章（古官名）。平衡。平心而論。
		ㄅㄧㄢˋ	平章百姓（指辨明各官吏的職守。同「便章百姓」）。平獄緩刑（判案公正，寬減刑罰）。
	怦	ㄆㄥ	怦怦（心動的樣子）。怦然心動。
	抨	ㄆㄥ	抨擊。大肆抨擊。
*	枰	ㄆㄧㄥˊ	棋枰（棋盤）。敲枰（指弈ㄧˋ棋、下棋）。
*	泙	ㄆㄥ	泙泙（水聲）。泙湃ㄆㄞˋ（同「澎ㄆㄥˊ湃」）。淜ㄆㄥ泙（大水奔騰激盪的聲音）。
	砰	ㄆㄥ	砰訇ㄏㄨㄥ（狀聲詞。多用以形容巨大的響聲）。砰然（形容聲音很大）。硼ㄆㄥ砰（水聲）。砰的一聲。
	秤	ㄔㄥˋ	過秤（用秤稱ㄔㄥ重量）。磅秤。我心如秤（表示自己處ㄔㄨˇ理事情極為公正）。
		ㄆㄧㄥˊ	天秤（天平）。天秤座。
	苹	ㄆㄧㄥˊ	苹苹（雜草叢生的樣子）。苹縈ㄧㄥˊ（迴旋的樣子）。食野之苹（吃那野地生長的藾ㄌㄞˋ蕭）。
	萍	ㄆㄧㄥˊ	浮萍。萍聚（偶然而短暫的相會）。人生如萍。浮萍斷梗（比喻四處飄泊的浪子）。萍水相逢。萍蹤浪跡（比喻人到處飄泊，行蹤無定）。楚昭萍實（比喻吉祥物或指珍奇的水果）。
	評	ㄆㄧㄥˊ	評判。評審。評鑑。評頭論足（同「品頭論足」）。

	國字	字音	語詞
			【正】
*	閛	ㄆㄥ	閛然（閉門）。
*	駍	ㄆㄥ	駍隱（車騎聲）。驞ㄅㄧㄣ駍（形容眾聲喧嚷）。
	征	ㄓㄥ	出征。征伐。征服。征戰。御駕親征。橫征暴斂。
	政	ㄓㄥˋ	政壇。各自為政。政出多門（比喻中央領導軟弱，權力渙散）。政躬康泰（祝賀官員身體安康之辭）。魯衛之政（比喻事物相類似）。
	怔	ㄓㄥ ㄌㄥˋ	怔忡ㄔㄨㄥ。怔忪ㄓㄨㄥ（驚恐害怕）。怔營（惶恐不安的樣子。同「怔忪」）。 一怔（神情呆滯ㄓˋ的樣子）。怔住。怔怔（發呆的樣子）。發怔。怔呵呵。通「愣ㄌㄥˋ」。
	正	ㄓㄥˋ ㄓㄥ	正軌。共同正犯。名正言順。言歸正傳ㄓㄨㄢˋ。 正月。正旦（農曆正月一日）。正朔（同「正旦」）。正鵠ㄍㄨˇ（箭靶子的中心）。夏正（同「正月」）。新正（同「正月」）。奉其正朔（投降）。
	歪	ㄨㄞ ㄨㄞˇ	歪斜。歪主意。東倒西歪。歪七扭八。歪打正著ㄓㄠˊ。上梁不正下梁歪。 歪了腳（扭傷了腳）。
	症	ㄓㄥˋ	癌ㄞˊ症。後遺症。對症下藥。
*	眐	ㄓㄥ	眐眐（獨行的樣子）。
*	竀	ㄔㄥ	竀尾（比喻人民受困於虐政。同「赬ㄔㄥ尾」）。

國字		字音	語　　詞
*	䏳	ㄓㄥ	䏳䏳（獨行的樣子。同「眐ㄓㄥ眐」）。
	罡	ㄍㄤ	罡風（形容強勁的風）。天罡星（北斗星）。步罡踏斗（道教法師禮拜星斗的步態和動作。也作「步斗踏罡」）。
	証	ㄓㄥˋ	証明（證明）。証諫（諫正）。「證」的異體字。
*	鉦	ㄓㄥ	鉦鼓（比喻軍事行動）。
			【丙】
	丙	ㄅㄧㄥˇ	丙丁（火）。付丙丁（被火燒掉）。
*	怲	ㄅㄧㄥˇ	憂心怲怲（極為憂慮的樣子）。
	柄	ㄅㄧㄥˇ	把柄。百年之柄（可長久把持的大權）。授人以柄（比喻將權力授予他人）。落人笑柄。賢人柄政（賢人掌握政權）。
	炳	ㄅㄧㄥˇ	彪炳（文采煥發，功績卓著ㄓㄨˋ）。文炳雕龍（形容文章非常出色）。功業彪炳。炳如日星（形容極為盛大）。炳燭之明（比喻人老而好學不倦）。炳燭夜遊（同「秉燭夜遊」）。戰功彪炳。
	病	ㄅㄧㄥˋ	弊病。同病相憐。病入膏肓ㄏㄨㄤ。
	陋	ㄌㄡˋ	寢陋（相貌醜陋）。鄙陋。簡陋。因陋就簡（遷就簡陋的條件而不求精美完備）。孤陋寡聞。陳規陋習（陳舊的規章制度和不良的習俗）。

	國字	字音	語詞
			【朮】
	怵	ㄔㄨˋ	怵惕(恐懼警惕)。發怵(畏縮、膽怯ㄑㄩㄝˋ)。怵目驚心。動心怵目(感受很深，震撼極大)。
*	怸	ㄕㄨˋ	剽ㄆㄧㄠ怸(細密、堅密)。
	朮	ㄓㄨˊ	兀朮(人名。金太祖第四子)。蒼朮(植物名)。
*	沭	ㄕㄨˋ	沭水(山東省水名)。沭陽(江蘇省縣名)。
*	秫	ㄕㄨˊ	秫米。秫酒(用黏性較大的高粱所釀成的酒)。
	術	ㄕㄨˋ	美術。藝術。不學無術。分身乏術。心術不正。回天乏術。術德兼修。
		ㄙㄨㄟˋ	術有序(一萬二千五百家有一所中學)。通「遂」。
*	訹	ㄒㄩˋ	訹迫(引誘脅迫)。煽ㄕㄢ訹(慫恿誘惑)。
	述	ㄕㄨˋ	述職(向長官陳述工作情況)。敘述。陳述。描述。詳述。闡ㄔㄢˇ述。各自表述。返國述職。述而不作(傳述前人舊聞而不加以創作)。
*	鉥	ㄕㄨˋ	劌ㄍㄨㄟˋ鉥(雕飾、雕琢)。鉥心劌腎(比喻費盡心思)。鉥肝劌腎(同「鉥心劌腎」)。劌目鉥心(比喻看到十分震撼恐怖的事。同「駭目驚心」)。
			【布】
	布	ㄅㄨˋ	公布。公布欄。布衣交(貧困時所結交的朋友。同「貧賤之交」)。布告欄。布帆無恙(比喻旅途平安)。開誠布公。「佈」為異體字。

	國字	字音	語詞
	怖	ㄅㄨˋ	恐怖。白色恐怖。
			【夗】
	怨	ㄩㄢˋ	抱怨。怨懟ㄉㄨㄟˋ（怨恨）。人神怨誖ㄅㄟˋ（形容怨怒已極）。以德報怨。任勞任怨。怨入骨髓ㄙㄨㄟˇ。怨天尤人。怨氣沖天。怨聲載道。柳啼花怨（形容景象淒涼，心境哀悽）。
*	盌	ㄨㄢˇ	盌盤（同「碗盤」）。渠盌（用蚌蛤ㄍㄜˊ類硨ㄔㄜ磲ㄑㄩˊ的殼做成的碗）。為「碗」的異體字。
	苑	ㄩㄢˋ	苑囿ㄧㄡˋ（花園）。苑裡鎮（苗栗縣鎮名）。集苑集枯（比喻人的境遇不同，志趣趨向各異）。瑤池閬ㄌㄤˋ苑（指神仙所居住的林園）。翰苑之光（祝賀書法比賽獲勝的題辭）。
*	眢	ㄩㄢ	眢井（廢井）。目眢心忳ㄊㄨㄣˊ（形容極為悲傷）。
	鴛	ㄩㄢ	鴛鴦。被底鴛鴦（比喻夫婦）。亂點鴛鴦（將未婚男女胡亂配對）。鴛儔ㄔㄡˊ鳳侶（形容男女恩愛，形影不離）。
			【矛】
	懋	ㄇㄠˋ	懋勛（大功績）。懋績（同「懋勛」）。懋遷（貿易，交易）。崇勛懋績（同「懋勛」）。德懋棠蔭（比喻德政美大）。懋遷有無（勉勵人民彼此貿易，互通有無）。豐功懋烈（同「懋勛」）。
*	楙	ㄇㄠˋ	楙盛（同「茂盛」）。楙遷（同「懋遷」）。高敞楙茂（樹木高大茂盛，遮覆十分廣闊）。通「茂」「懋」。

	國字	字音	語詞
	矛	ㄇㄠˊ	矛盾。矛頭ㄊㄡˊ。亡戟ㄐㄧˇ得矛（有失有得或得失相當）。弓矛之士（指防守的兵士）。自相矛盾。
	茅	ㄇㄠˊ	茅廬。三顧茅廬。分茅裂土（天子用茅土分封諸侯的儀式。同「分茅胙ㄗㄨㄛˋ土」）。名列前茅。拔茅連茹（賢人相繼引進）。茅塞ㄙㄜˋ頓開。苞茅不入（比喻作為出兵的藉口。也作「苞茅不貢」）。
	蟊	ㄇㄠˊ	蟊賊（比喻危害社會的敗類。也作「蝥ㄇㄠˊ賊」）。
	袤	ㄇㄠˋ	延袤（連綿不斷）。廣袤（土地的面積。東西稱廣，南北稱袤）。廣袤千里（指土地廣大而無邊際）。廣袤無垠ㄧㄣˊ（同「廣袤千里」）。
*	雺	ㄇㄥˊ	雺亂（謬ㄇㄧㄡˋ亂、昏亂）。
*	髳	ㄇㄠˊ	髳族（我國民族名）。如蠻如髳（像南蠻 西夷一樣不懂禮教）。
		ㄇㄥˊ	覭ㄇㄥˊ髳（草木叢生的樣子）。
	【戊】		
	戊	ㄨˋ	戊夜（五更的時候）。戊戌ㄒㄩ政變。
	戌	ㄒㄩ	戌月（九月）。戌時（指晚上七時到九時）。戊戌政變。
	戍	ㄕㄨˋ	戍守。遣戍（放逐犯人到邊界戍守）。衛戍（防衛戍守）。謫ㄓㄜˊ戍（古代官吏因罪貶謫，流放邊境戍守）。

	國字	字音	語詞
	篾	ㄇㄧㄝˋ	竹篾（薄而細長的竹片）。篾客（專門阿ㄜ諛奉承他人，藉機獲取利益的人）。篾席（竹席）。土篾片（土裡土氣，沒有見識的人）。篾片相公（專門獲取他人利益的人）。
	茂	ㄇㄠˋ	茂密。茂盛。繁茂。英聲茂實（比喻名聲和事跡都很卓著ㄓㄨˋ）。圖文並茂。
*	蕆	ㄔㄢˇ	蕆事（指事情已完全解決或辦理完成）。
			【戉】
*	戉	ㄩㄝˋ	黃戉（以黃金為飾的大斧。同「黃鉞ㄩㄝˋ」）。
*	樾	ㄩㄝˋ	樾蔭（林蔭。比喻獲得仁德的庇ㄅㄧˋ蔭）。
*	泧	ㄩㄝˋ	瀎ㄇㄧㄝˋ泧（水勢盛大的樣子）。
*	狘	ㄒㄩㄝˋ	獝ㄒㄩˋ狘（指鳥獸驚飛狂走的樣子）。
*	眓	ㄏㄨㄛˋ	眓眓（直視的樣子）。
	越	ㄩㄝˋ	卓越。越野車。優越感。吳越同舟。肝膽胡越（比喻雖近猶遠）。胡越一體（形容關係疏遠，感情卻融洽無間ㄐㄧㄢˋ）。殺人越貨。笛音清越（笛音清脆悠揚）。越鳧ㄈㄨˊ楚乙（人蔽於主觀，對真相認識不清而判斷錯誤）。越獄逃亡。播ㄅㄛ越失據（失去倚恃而流亡在外）。翻山越嶺。
	鉞	ㄩㄝˋ	秉鉞（掌控兵權）。甘心鈇ㄈㄨ鉞（甘願接受刑戮）。白旄ㄇㄠˊ黃鉞（比喻出兵征伐）。斧鉞之誅（指死刑）。斧鉞湯鑊ㄏㄨㄛˋ（指漢時兩種酷刑）。

	國字	字音	語詞
*	魆	ㄒㄩˋ	魆黑(漆黑)。黑魆魆(形容黑暗)。魆風驟雨(比喻聲勢浩大,發展迅速而猛烈)。
	【同】		
*	坰	ㄐㄩㄥ	坰野(荒郊、郊野)。
*	扃	ㄐㄩㄥ	扃戶(門戶)。扃門(關門)。扃牖ㄧㄡˇ(關上窗戶)。扃鍵(門鎖)。扃鐍ㄐㄩㄝˊ(門窗或箱篋ㄑㄧㄝˋ前的上鎖處)。門不夜扃(比喻社會安寧,沒有盜賊)。扃牖而居(閉門苦讀,奮發圖強,以期有所作為)。
*	泂	ㄐㄩㄥˇ	泂泂(水清澈而深廣的樣子)。泂酌(詩經・大雅的篇名)。與「洞」不同。
	炯	ㄐㄩㄥˇ	炯戒(顯著的警惕)。炯誡(同「炯戒」)。以昭炯戒。目光炯炯。炯炯有神。「烱」為異體字。
*	絅	ㄐㄩㄥˇ	衣ㄧˋ錦尚絅(君子懷其德而不顯露ㄌㄨˋ出來。同「衣ㄧˋ錦褧ㄐㄩㄥˇ衣」)。
*	詗	ㄒㄩㄥˋ	中詗(從中偵察,以為內應)。詗察(窺探偵察)。
	迥	ㄐㄩㄥˇ	迥別(大不相同)。迥異(同「迥別」)。迥遠(遙遠)。天高地迥(形容天地極其高遠廣闊)。迥然不同。迥不相侔ㄇㄡˊ(完全不一樣)。迥隔霄壤(形容相隔遙遠)。極目迥望(窮盡目力,眺望遠方)。與「迵ㄉㄨㄥˋ」不同。
*	駉	ㄐㄩㄥ	駉駉牡馬(高大健壯的公馬)。
	【立】		
	位	ㄨㄟˋ	崗ㄍㄤˇ位。虛位以待(留著位子等待有才德的人)。

國字	字音	語詞
啦	ㄌㄚ	嘩ㄏㄨㄚ啦。啦啦隊。劈里啪ㄆㄚ啦。
	˙ㄌㄚ	好啦。
垃	ㄌㄜˋ	垃圾。垃圾桶。
拉	ㄌㄚ	拉扯。拉攏。拉鋸戰。
昱	ㄩˋ	昱奕ㄧˋ（光耀的樣子）。昱昱（同「昱奕」）。
泣	ㄑㄧˋ	哭泣。可歌可泣。如泣如訴。孟宗泣筍。皋ㄍㄠ魚之泣（比喻孝順父母須及時）。喜極而泣。龍陽泣魚（男子失寵的典故）。
煜	ㄩˋ	李煜（李後主）。煜爚ㄩㄝˋ（光耀的樣子）。
立	ㄌㄧˋ	立即。立身處世。立竿見影。亭亭玉立。
*竝	ㄅㄧㄥˋ	竝日（同日）。竝世（同時代）。竝列（同列）。竝行（相並而行）。竝行不悖（同「並行不悖」）。為「並」的本字。
笠	ㄌㄧˋ	斗笠。青篛笠（即青箬笠）。車笠之盟（比喻友誼ㄧˋ深厚）。乘車戴笠（同「車笠之盟」）。煙蓑雨笠（比喻隱居避世的人）。戴笠荷ㄏㄜˋ鋤。
粒	ㄌㄧˋ	米粒。米粒之珠（比喻微小的東西）。杯水粒粟ㄙㄨˋ（比喻極為少量的食物）。
翌	ㄧˋ	翌日（次日）。翌年。翌晨。
*翊	ㄧˋ	翊衛（輔佐護衛）。翊贊（輔佐）。輔翊（輔佐保護。同「輔翼」）。翊戴功臣（宋代對有功者所賜予的稱號）。翊贊中樞（襄助中央政府）。

	國字	字音	語詞
*	苙	ㄌㄧˋ	白苙（蘭科植物名。又名「白及」「白芨ㄐㄧˊ」）。
	蒞	ㄌㄧˋ	蒞臨。高軒蒞止（比喻貴客蒞臨）。嘉賓蒞止（嘉賓蒞臨）。「莅」為異體字。
*	鵼	ㄐㄧˊ	鵼鳩（鳥名。即小黑鳥）。
	【民】		
	岷	ㄇㄧㄣˊ	岷江（四川省水名）。岷江夜曲（國語老歌）。
*	愍	ㄇㄧㄣˇ	矜愍（憐憫）。愍凶（父母去世）。憐愍（同「矜愍」）。少遭愍凶（年少時父母喪亡。同「少遭閔凶」）。矜愍愚誠（憐憫我的誠心）。愍不畏死（強橫ㄏㄥˋ不怕死。同「閔不畏死」）。
	抿	ㄇㄧㄣˇ	抿髮（梳理頭髮）。抿嘴。抿嘴而笑。
*	敯	ㄇㄧㄣˇ	敯不畏死（同「愍不畏死」）。
*	暋	ㄇㄧㄣˇ	暋作（努力工作，終日勞苦）。暋不畏死（同「愍不畏死」）。
	民	ㄇㄧㄣˊ	民不聊生。民胞物與。民殷財阜ㄈㄨˋ（百姓生活富足，財物豐饒）。國計民生。
*	氓	ㄇㄥˊ	士氓（士人和庶民）。氓黎（百姓）。氓隸（即社會低層的賤民）。編氓（指平民）。歸氓（自他處歸往的人）。氓俗澆弛ㄔˊ（社會風氣衰頹）。氓隸之人（受僱替人耕種的人）。通「甿ㄇㄥˊ」。
		ㄇㄤˊ	流氓。地痞ㄆㄧˇ流氓。

	國字	字音	語詞
	泯	ㄇㄧㄣˇ	泯沒ㄇㄛˋ。泯除。泯滅。沒ㄇㄛˋ齒難泯（永遠不會忘記）。泯除偏見。泯然眾人（天才不再，跟普通人一樣平凡）。泯然無跡（滅盡而無形跡可尋）。泯然無際（沒有厚度、具體的感覺）。泯滅人性。盛德不泯（指品德高尚的人永遠受人尊敬）。童心未泯。一笑泯恩仇。
*	湣	ㄇㄧㄣˇ	宋湣公（宋閔ㄇㄧㄣˇ公）。齊湣王（戰國 齊宣王子）。魯湣公（魯閔公）。通「閔」。
		ㄇㄧㄢˋ	眩湣（幽暗無光）。湣眩（服藥後產生頭暈目眩的反應）。通「瞑ㄇㄧㄢˋ」。
		ㄏㄨㄣ	湣湣（思慮紛亂的樣子）。滑湣（紛亂）。通「涽ㄏㄨㄣ」。
*	珉	ㄇㄧㄣˊ	琳珉（美玉名）。黃雅珉（城市少女成員）。
	眠	ㄇㄧㄢˊ	冬眠。睡眠。不眠不休。臥雪眠霜（比喻流浪在外的勞苦生活）。眠思夢想。
		ㄇㄧㄢˋ	眩眠（眼神不安的樣子）。眠眩（同「瞑ㄇㄧㄢˋ眩」）。通「瞑ㄇㄧㄢˋ」。
*	笢	ㄇㄧㄣˇ	笢子（梳髮用的小刷子。同「抿ㄇㄧㄣˇ子」）。笢笏ㄏㄨˋ（吹笛時以手按住笛孔）。
*	緡	ㄇㄧㄣˊ	后緡（夏朝 少康之母）。告緡（獎賞告發逃漏稅款的獎金）。緡繈ㄑㄧㄤˇ（穿錢之繩。引申為錢）。緡蠻（小鳥）。一緡錢（一串錢、一貫錢）。
	【末】		
*	妺	ㄇㄛˋ	妺喜（夏桀的寵妃）。與「妹」不同。

	國字	字音	語詞
	抹	ㄇㄛˇ	抹布。抹殺ㄕㄚ。塗抹。搽ㄔㄚˊ脂ㄓ抹粉。濃妝豔抹。
		ㄇㄛˋ	抹灰(用石灰塗平)。抹胸(肚兜)。抹頭(掉頭)。抹不開(行不通)。抹頭就走。拐彎抹角。
	末	ㄇㄛˋ	末年。末梢。芥末。毫末。末大必折(下屬的勢力強大，就會危及上位者。同「尾大不掉」)。敬陪末座。窮途末路。
	沫	ㄇㄛˋ	泡沫。飛沫。口沫橫飛。相濡以沫(比喻人同處於困境，而以微薄的力量互相幫助)。
	秣	ㄇㄛˋ	芻ㄔㄨˊ秣(飼養牛馬的草料)。糧秣。六馬仰秣(形容樂聲美妙動聽)。秣不擇粟(吃的飼料並不選擇)。秣馬厲兵。
	茉	ㄇㄛˋ	茉莉花。
*	袜	ㄇㄛˋ	袜肚(肚兜)。袜腹(同「袜肚」)。
		ㄨㄚˋ	袜子(襪子)。為「襪」的異體字。
*	靺	ㄇㄛˋ	靺鞨ㄏㄜˊ(我國古代族名)。

【巨】

	國字	字音	語詞
*	佢	ㄑㄩˊ	佢們(他們)。
*	岠	ㄐㄩˋ	岠虛(獸名)。岠嵎ㄩˊ(山東省山名)。邛ㄑㄩㄥˊ邛岠虛(神話中獸名)。
	巨	ㄐㄩˋ	巨人。巨大。巨石。巨星。巨蛋。老奸巨猾。狂濤ㄊㄠˊ巨浪。
	拒	ㄐㄩˋ	抗拒。拒馬。拒絕。峻拒。婉拒。來者不拒。拒諫飾非。攀車拒輪(挽留或眷戀賢能長官)。

	國字	字音	語詞
*	柜	ㄐㄩˇ	柜柳（植物名）。<u>柜縣</u>（古縣名）。
		ㄍㄨㄟˋ	貨柜（貨櫃）。為「櫃」的異體字。
	渠	ㄑㄩˊ	軒渠（歡笑的樣子）。渠道。渠魁（首領、首腦）。渠輩（他們）。溝渠。水到渠成。血流成渠（形容戰場上死傷極為慘重）。軒渠自得（自己覺得很多樂趣）。軒渠笑悅（歡樂喜悅）。
	炬	ㄐㄩˋ	火炬。蠟炬（蠟燭）。付之一炬。目光如炬（形容目光遠大，洞察細微）。
	矩	ㄐㄩˇ	矩形。規矩。中ㄓㄨㄥˋ規中ㄓㄨㄥˋ矩。矩矱ㄏㄨㄛˋ繩尺（比喻規矩，法度）。規行矩步。循規蹈ㄉㄠˋ矩。
*	磲	ㄑㄩˊ	硨ㄔㄜ磲（蛤ㄍㄜˊ類的一種）。
*	秬	ㄐㄩˋ	秬鬯ㄔㄤˋ（酒名。用於祭祀降神）。
*	粔	ㄐㄩˋ	粔籹ㄋㄩˇ（古代用蜜和米麵製成的環形糕餅）。
	苣	ㄐㄩˋ	萵ㄨㄛ苣（植物名）。
*	蕖	ㄑㄩˊ	白蕖（白色的蓮花）。芙蕖（荷花的別稱）。蕖華ㄏㄨㄚˊ（蓮花）。蕖藕（蓮藕）。
*	蚷	ㄐㄩˋ	商蚷（蟲名。即「馬蚿ㄒㄧㄢˊ」「馬陸」）。
*	蟝	ㄑㄩˊ	蟝蛶ㄌㄩㄝˋ（蜉蝣）。
*	詎	ㄐㄩˋ	庸詎（反問的話。猶豈、難道）。詎料（那裡料想得到，表示意想不到）。

	國字	字音	語　詞
	距	ㄐㄩˋ	差距。距離。間ㄐㄧㄢˋ距。深閉固距（比喻堅決抵制新觀念、新事物）。貧富差距。麟角鳳距（比喻稀罕ㄏㄢˇ珍貴卻未必有用的東西）。
	鉅	ㄐㄩˋ	艱鉅。文章鉅公（形容文才出眾超群）。創ㄔㄨㄤ鉅痛深（比喻遭受極大的創ㄔㄨㄤ傷和哀痛）。鉅細靡ㄇㄧˇ遺（做事極為仔細）。鉅儒宿學（道德高尚、學識淵博的學者）。鉅學鴻生（學識淵博的人士）。
	【世】		
	世	ㄕˋ	去世。過世。人情世故。不世之功（形容功績極大）。不世之珍（世間罕ㄏㄢˇ見的珍寶）。不可一世。世風日下。老於世故。見過世面。待人處世。時移世易（時代變遷，世事也隨之改變）。飽經世故。懸壺濟世。
	屜	ㄊㄧˋ	抽屜。「屉」為異體字。
*	枻	ㄧˋ	鼓枻（划槳行船）。蘭枻（用蘭木所作的船槳）。
	泄	ㄒㄧㄝˋ	泄洪。泄密。泄露ㄌㄨˋ。宣泄。排泄。發泄。泄洪道。水泄不通。
		ㄧˋ	泄泄（舒緩的樣子）。泄沓（懈怠渙散）。泄柳（春秋時魯國賢士）。泄泄沓沓（同「泄沓」）。融融泄泄（和樂而輕鬆自在的樣子）。
*	紲	ㄒㄧㄝˋ	紲袢ㄆㄢˋ（夏天穿的內衣）。縲ㄌㄟˊ紲（監獄。同「縲絏ㄒㄧㄝˋ」）。
*	詍	ㄧˋ	詍詍（多言）。

	國字	字音	語詞
*	貰	ㄕˋ	貰酒（賒酒）。貰赦（赦罪）。貰貸（借貸）。金貂貰酒（富貴者放蕩不羈，恣ㄗˋ情縱酒。同「金貂換酒」）。誅故貰誤（指嚴懲ㄔㄥˊ故意犯罪的人，寬恕無意中犯錯的人）。
*	跇	ㄔˋ	跇踰ㄩˊ（超越、跨越）。
*	迣	ㄓˋ	遮迣（警衛站在道路兩旁，以阻擋行人）。
	【石】		
	宕	ㄉㄤˋ	延宕。懸宕。推三宕四（形容一再推託拖延）。跌宕不羈（放縱心志，無拘無束）。
	岩	ㄧㄢˊ	岩石。岩漿。岩壁。
	拓	ㄊㄨㄛˋ	拓展。拓荒。拓跋（複姓）。開拓。落拓不羈。
		ㄊㄚˋ	拓本。拓印（同「搨ㄊㄚˋ印」）。拓碑。魚拓。
		ㄓˊ	拓拾（拾取。同「摭ㄓˊ拾」）。通「摭」。
*	柘	ㄓㄜˋ	柘袍（赤黃色的袍子。借指皇帝）。柘黃（用柘樹汁染成的赤黃色）。柘漿（甘蔗汁）。柘樹（桑科植物名）。潭柘山（河北省山名）。潭柘寺（位於北京市）。龍柘寺（位於北京市）。柘弓新張（第一次拉開用柘木所製成的弓箭）。
	泵	ㄅㄥˋ	水泵（一種抽水的機器）。泵浦ㄆㄨˇ（也作「幫浦」）。齒輪式泵（幫浦的一種）。

國字	字音	語詞
石	ㄕˊ	石頭ㄊㄡ˙。木石心腸（心腸冷硬）。匠石運斤（形容技藝精巧高超）。身冒矢石（親赴戰場和敵人作戰）。匪石之心（比喻意志堅定，不可動搖）。藥石無功（病情嚴重，無法醫治）。
	ㄉㄢˋ	公石。十斗為石。以升量ㄌㄧㄤˊ石（比喻以淺陋的思想推測深奧的道理）。
磊	ㄌㄟˇ	磊落。光明磊落。抑塞ㄙㄜˋ磊落（形容人雖抑鬱不得志，卻胸懷坦蕩，心地光明）。嶔崎磊落（比喻人品格高尚，有骨氣）。
* 祏	ㄕˊ	宗祏（宗廟北壁專藏神主的石室。借指宗廟、宗祠）。祏室（同「宗祏」）。
跖	ㄓˊ	盜跖。鴨跖草。盜跖之物（指盜賊搶來的物品）。盜跖 顏淵（指好人與壞人）。詈ㄌㄧˋ夷為跖（比喻顛倒ㄉㄠˇ黑白，誣ㄨ衊德行高潔的人）。跖犬吠堯（比喻各為其主。也作「桀犬吠堯」）。
* 鼫	ㄕˊ	鼫鼠（動物名。形似兔）。
【甲】		
匣	ㄒㄧㄚˊ	匣子。匣式。琴匣。彈匣。收件匣。碳粉匣。寄件匣。話匣子。墨水匣。匣裡龍吟（比喻有才能者希望受重用）。匣劍帷燈（比喻事情無法遮掩，或故意透露ㄌㄨˋ消息引人注意）。得匣還ㄏㄨㄢˊ珠（捨本逐末，取捨失當ㄉㄤˋ。同「買櫝ㄉㄨˊ還珠」）。
呷	ㄒㄧㄚˊ	呷茶。呷醋節帥（比喻具有高尚的品格和操守）。咬薑呷醋（形容生活清苦，省吃儉用）。
岬	ㄐㄧㄚˇ	岬角（陸地突出至海中的尖形部分）。海岬（地理學名詞。同「岬角」）。

國字		字音	語詞
	押	ㄧㄚ	花押（在文書契約上簽名。也作「畫押」）。押尾（在文書契約的末尾或兩紙縫ㄈㄥˊ間簽名）。押解ㄐㄧㄝˋ。畫押。羈押。押人取供ㄍㄨㄥˋ。
	柙	ㄒㄧㄚˊ	虎兕ㄙˋ出柙（比喻失職）。柙虎樊ㄈㄢˊ熊（比喻身旁的危險人物）。猛虎出柙。
*	狎	ㄒㄧㄚˊ	狎弄（親近戲弄）。狎客（嫖ㄆㄧㄠˊ客）。狎翫ㄨㄢˋ（戲弄）。褻狎（與人相處，舉止輕慢不莊重）。
	甲	ㄐㄧㄚˇ	甲魚（鱉）。富甲一方。堅甲利兵。解甲歸田。
	胛	ㄐㄧㄚˇ	肩胛。肩胛骨。
	舺	ㄐㄧㄚˇ	艋ㄇㄥˇ舺（萬華的舊稱）。
	鉀	ㄐㄧㄚˇ	氯ㄌㄩˋ化鉀。硫酸鉀。
	閘	ㄓㄚˊ	水閘。閘口。閘北（地名。指上海北部地區）。閘門。大閘蟹。閘刀開關（一種開關名稱）。
*	䲠	ㄒㄧㄚˊ	䲠鰈ㄉㄧㄝˊ（鱗多而重疊的樣子）。
	鴨	ㄧㄚ	旱鴨子。填鴨式。醜小鴨。鵝行鴨步。

【弁】

	弁	ㄅㄧㄢˋ	皮弁（古時冠ㄍㄨㄢ名）。弁言（序文）。弁冕（古代男子所戴的禮帽）。馬弁（指隨從ㄗㄨㄥˋ、侍衛）。弁冕群英（在眾多才俊之士中居領導地位）。弁髦法令（輕視法令）。皮弁祭菜（穿禮服，用芹菜、水藻祭拜先賢）。棄如弁髦。會ㄎㄨㄞˋ弁如星（鑲嵌ㄑㄧㄢ在皮冠ㄍㄨㄢ中縫ㄈㄥˊ的美玉有如耀眼的星星）。
		ㄆㄢˊ	小弁（詩經・小雅的篇名）。

	國字	字音	語詞
	拚	ㄆㄢ	打拚。拚命。拚鬥。大車拚。拚生盡死（比喻竭盡全力）。
*	昪	ㄅㄧㄢˋ	李昪（人名。五代南唐開國之王）。
*	笲	ㄈㄢˊ	笲器（盛ㄔㄥˊ物的竹器）。
	【斥】		
	坼	ㄔㄜˋ	坼副ㄆㄧˋ（難產）。坼裂（裂開）。龜坼（乾旱田裂）。天崩地坼。剖ㄆㄡˇ心坼肝（比喻忠誠不貳）。
	拆	ㄔㄞ	拆穿。拆除。拆散ㄙㄢˋ。拆夥。過河拆橋。
	斥	ㄔˋ	充斥。斥候（派出伺察敵情的人）。斥退。斥資。斥罵。排斥。喝ㄏㄜˋ斥。駁斥。斥資興學。
	柝	ㄊㄨㄛˋ	金柝（古代軍中夜間打更用的刁斗與打更ㄍㄥ木）。擊柝（巡夜時敲梆ㄅㄤ子以示警）。沉烽靜柝（比喻邊疆沒有戰爭）。抱關擊柝（泛指官職卑下）。重ㄔㄨㄥˊ門擊柝（比喻嚴加提防戒備）。
*	泝	ㄙㄨˋ	泝洄（逆流）。沿泝阻絕（船隻上下阻斷，不能通行）。泝迎而上（逆游而上）。通「溯ㄙㄨˋ」。
*	蚸	ㄌㄧˋ	蚸蠖ㄏㄨㄛˋ（蟲名。即尺蠖）。螇ㄒㄧ蚸（蟲名。即蠻ㄑㄧˊ螽ㄓㄨㄥ）。
	訴	ㄙㄨˋ	起訴。控訴。訴苦。訴訟。傾ㄑㄧㄥ訴。我告訴ㄙㄨˋ你。提出告訴。
*	跅	ㄊㄨㄛˋ	跅弛ㄔˊ（放蕩而加不檢束）。跅弛不羈（放蕩不受拘束）。跅弛之士。

國字	字音	語詞
【㐱】		
*抮	ㄓㄣˇ	抮抱（指二物互相糾纏轉動）。
殄	ㄊㄧㄢˇ	殄夷（被殺盡）。殄滅（滅絕）。邦國殄瘁ㄘㄨㄟˋ（國家面臨絕境）。誅凶殄逆（指征討殘暴叛逆的人）。誤國殄民（貽ㄧˊ誤國事，讓人民遭殃）。暴殄天物。暴殄輕生（任意蹧蹋ㄊㄚˋ生命而自殺身亡）。
*沴	ㄌㄧˋ	妖沴（災禍）。災沴（指自然的災禍）。沴氣（惡氣）。眚ㄕㄥˇ沴（災禍）。傷沴（身體受傷而氣不流通）。百沴辟ㄅㄧˋ易（各種惡氣自行退避）。
珍	ㄓㄣ	珍惜。珍貴。山珍海錯。珍羞美味。席上之珍（比喻至善的德性或人才）。席珍待聘ㄆㄧㄣˋ（身懷才德，等待受人聘用）。餘珍璧謝（接受部分禮物，退還其餘的，並表達感謝之意）。
畛	ㄓㄣˇ	畛域（界限、範圍）。畛畦ㄑㄧˊ（田間小路。指隔閡ㄏㄜˊ）。不分畛域（形容感情融洽，不分彼此）。畛於鬼神（祝告鬼神）。
疹	ㄓㄣˇ	疹子。溼疹。蕁麻疹。
*眕	ㄓㄣˇ	眕重（厚重）。
*紾	ㄓㄣˇ	紾抱（扭轉）。紾臂ㄅㄧˋ（指用力扭轉手臂）。千變萬紾（形容變化無窮）。
胗	ㄓㄣ	胗肝（鳥類的胃和肝）。雞胗（雞的胃。同「雞肫ㄓㄨㄣ」）。

	國字	字音	語詞
*	袗	ㄓㄣˇ	袗衣（繪繡有文采的衣服。指天子的盛服）。
	診	ㄓㄣˇ	診治。診療。診斷。
	趁	ㄔㄣˋ	趁願（如心所願）。打鐵趁熱。趁火打劫。
	軫	ㄓㄣˇ	軫恤（憐憫、體恤）。軫念（悲痛思念）。軫悼ㄉㄠˋ（悲痛哀悼）。軫懷（同「軫念」）。金徽玉軫（形容悅耳的琴音）。連鑣ㄅㄧㄠ並軫（比喻並駕齊驅）。軫念潢池（憐憫因飢餓而淪為盜匪的百姓）。
	饕	ㄊㄧㄝˋ	饕ㄊㄠ餮（比喻凶暴貪婪ㄌㄢˊ的人）。饕餮紋（一種常見於商周青銅器上的紋飾）。饕餮之徒（比喻凶暴貪婪或貪吃的人）。
	【兄】		
	兄	ㄒㄩㄥ	兄弟。兄弟鬩ㄒㄧˋ牆。孿ㄌㄨㄢˊ生兄弟。
*	兗	ㄧㄢˇ	兗州（古九州之一）。
*	党	ㄉㄤˇ	党項（部落名）。
*	呪	ㄓㄡˋ	呪水（符水）。呪咀ㄐㄩˇ（呪罵）。呪詛ㄗㄨˇ（同「呪咀」）。呪語。呪願（向天祈求，表明心願）。符呪。為「咒」的異體字。
*	怳	ㄏㄨㄤˇ	惝ㄔㄤˇ怳（失意不快樂的樣子）。悵怳（恍惚）。愴ㄔㄨㄤˇ怳（失意的樣子）。儵ㄕㄨˋ怳（迅速多變）。儻ㄊㄤˇ怳（同「愴怳」。也作「儻慌」）。
*	柷	ㄓㄨˋ	柷敔ㄩˇ（古代兩種木製敲擊樂器）。

	國字	字音	語詞
	况	ㄎㄨㄤˋ	况且。實况。每下愈况。盛况空前。「況」為異體字。
	祝	ㄓㄨˋ	祝嘏ㄍㄨˇ（祝壽）。尸祝代庖ㄆㄠˊ（比喻越權代職）。馨香禱祝（形容真誠的期盼）。
	競	ㄐㄧㄥˋ	競爭。競技場。千巖競秀。寸陰是競（形容時光極為寶貴）。爭長競短。物競天擇。南風不競（比喻競賽失敗）。端陽競渡。擯ㄅㄧㄣˋ古競今（排斥昔日的，崇尚現今的）。與「兢ㄐㄧㄥ」不同。
	貺	ㄎㄨㄤˋ	來貺（有所賜益或對來信的敬稱）。厚貺（豐厚的賞賜）。貺贈（餽贈）。嘉貺（稱美他人豐厚的禮物）。天貺節（農曆的六月六日）。辱蒙厚貺（蒙受豐厚的賞賜）。
*	軦	ㄎㄨㄤˋ	黃軦（蟲名）。
			【付】
	付	ㄈㄨˋ	支付。付託。付之東流。零存整付。應付自如。
	咐	ㄈㄨˋ	吩咐。囑ㄓㄨˇ咐。
*	弣	ㄈㄨˇ	左手承弣（左手握著弓把的中央）。
	拊	ㄈㄨˇ	拊掌（拍手）。拊背扼喉（比喻控制要衝）。拊膺ㄧㄥ切ㄑㄧㄝˋ齒（極為悲憤、哀痛）。擗ㄆㄧˋ踴ㄩㄥˇ拊心（形容捶胸頓足，極為哀痛的樣子）。通「撫」。
*	柎	ㄈㄨ	楄ㄆㄧㄢˊ柎（古代喪ㄙㄤ禮棺木所用的長方木板）。
		ㄈㄨˇ	鼓柎（放鼓的底座）。鐘柎（放鐘的底座）。

	國字	字音	語詞
*	泭	ㄈㄨˊ	乘泭（乘著竹筏）。
*	祔	ㄈㄨˋ	祔葬（合葬）。祔廟（讓子孫死後附在先祖之廟祭祀）。
	符	ㄈㄨˊ	相符。符合。若合符節（比喻兩件事物完全相同、吻合）。桃符換舊（比喻新年到來）。
*	胕	ㄈㄨˊ	胕腫（浮腫）。寒熱胕腫。
		ㄈㄨ	胕骨（同「跗ㄈㄨ骨」）。尾ㄨㄟˇ湛胕潰（尾巴浸溼，皮膚潰爛）。通「跗」「膚」。
		ㄈㄨˇ	肺胕（同「肺腑」）。通「腑」。
	苻	ㄈㄨˊ	苻堅（人名）。萑ㄏㄨㄢˊ苻不靖（盜賊土匪很多，地方治安不平靜）。
*	蚹	ㄈㄨˋ	蛇蚹蜩ㄊㄧㄠˊ翼（蛇皮和蟬殼）。
	跗	ㄈㄨ	俞跗（古代良醫）。跗骨。跗蹠ㄓˊ（鳥類腿部以下至趾的部分）。萼跗（比喻兄弟）。跣ㄒㄧㄢˇ跗（赤腳）。盧跗（扁鵲和俞跗）。跗關節。
*	軵	ㄈㄨˇ	軵車（卸下牛、馬，把車倒推路旁，不礙交通）。
	附	ㄈㄨˋ	附和ㄏㄜˋ。附著ㄓㄨㄛˊ。附屬。附驥ㄐㄧˋ攀鴻（比喻攀附他人而成名）。穿鑿ㄗㄠˊ附會。魂不附體。膠附不離（比喻十分密切）。趨炎附勢。
	駙	ㄈㄨˋ	駙馬。駙馬爺。
*	鮒	ㄈㄨˋ	轍鮒（比喻身處困境）。涸ㄏㄜˊ轍ㄔㄜˋ之鮒（陷入困境，急需援救的人或物。或簡作「涸鮒」）。轍鮒之急（身陷困境，亟ㄐㄧˊ待救援）。

國字		字音	語詞
【玄】			
	弦	ㄒㄧㄢˊ	弓弦。上弦月。矢在弦上。扣人心弦。改弦更ㄍㄥ張。改弦易轍。弦外之音。空弦落雁（經過創ㄔㄨㄤ傷後，難以承受再次的打擊或驚嚇ㄒㄧㄚˋ）。動人心弦。
*	昡	ㄒㄩㄢˋ	昡曜ㄧㄠˋ（迷惑的樣子）。
	泫	ㄒㄩㄢˋ	泫然（流淚的樣子）。泫然欲泣。泫然涕下。
	炫	ㄒㄩㄢˋ	炫目。炫惑（迷惑）。炫耀。炫晝縞ㄍㄠˇ夜（形容光亮耀眼，不分晝夜）。超酷夠炫。
	玄	ㄒㄩㄢˊ	玄妙。玄奘ㄗㄤˋ。玄機。玄關。玄武岩。玄機妙算。故弄玄虛。暗藏玄機。
*	玆	ㄒㄩㄢˊ	玆白（野獸名）。
		ㄗ	為「玆」的異體字。
*	痃	ㄒㄧㄢˊ	橫痃（病名）。
	眩	ㄒㄩㄢˋ	目眩。昏眩。暈ㄩㄣ眩。目眩神馳（形容所見情景令人驚異）。頭暈ㄩㄣ目眩。
	絃	ㄒㄧㄢˊ	續絃。伯牙絕絃（比喻難遇知音）。弩ㄋㄨˇ箭離絃（形容速度飛快）。琴斷朱絃（喪夫）。繁絃急管（比喻各種樂器同時演奏的情景）。通「弦」。
*	胘	ㄒㄧㄢˊ	胘靁ㄌㄟˊ（古地名）。
	舷	ㄒㄧㄢˊ	扣舷（敲擊船邊）。船舷（船的兩側）。舷梯（供人上下飛機、船隻等用的梯子）。舷窗（船隻上附於舷側的圓形玻璃窗）。

	國字	字音	語詞
	衒	ㄒㄩㄢˋ	自衒（自誇）。衒賣（誇耀東西的好處以求售）。衒耀（炫耀）。衒玉求售（比喻自誇才能，以求任用或信任）。衒玉賈ㄍㄨˇ石（比喻虛假誆騙，言行ㄒㄧㄥˋ不相符ㄈㄨˊ合）。衒材揚己（誇耀才能，表現自己）。
*	蚿	ㄒㄧㄢˊ	馬蚿（馬陸）。
*	袨	ㄒㄩㄢˋ	袨服（鮮豔華麗的衣服）。
*	鉉	ㄒㄩㄢˋ	玉鉉（大臣身處高位）。鉉席（宰相）。鉉臺（同「鉉席」）。鼎鉉（同「鉉席」）。盧武鉉（前韓國總統）。
	【㕣】		
	沿	ㄧㄢˊ	河沿。沿革（稱事物發展和變化的過程）。沿門托缽。沿襲舊規。相沿成習。
	船	ㄔㄨㄢˊ	泊船（停船靠岸）。船隻。船艦。緝ㄑㄧˋ私船。
	鉛	ㄑㄧㄢ	鉛駑ㄋㄨˊ（能力薄弱）。洗淨鉛華（比喻人由絢ㄒㄩㄢˋ爛歸於平淡）。懷鉛握槧ㄑㄧㄢˋ（隨身攜帶書寫用具，以便隨時隨地的記錄或著ㄓㄨˋ述）。
		ㄧㄢˊ	鉛山（江西省地名）。
	【示】		
	佘	ㄕㄜˊ	佘太君（宋朝大將楊業的妻子）。佘詩曼（香港影星）。與「余」不同。
*	柰	ㄋㄞˋ	柰何（同「奈何」）。柰苑ㄩㄢˋ（佛寺）。柰園（同「柰苑」）。
*	沶	ㄧˊ	沶水（湖北省水名）。沶縣（湖北省縣名）。
*	渿	ㄋㄞˋ	渿河橋（即奈河橋）。

國字		字音	語詞
*	狋	ㄧˊ	狋狋（注視的樣子）。
	示	ㄕˋ	示威。示範。告示牌。啟示錄。顯示器。不甘示弱。不良示範。宣示主權。
	蒜	ㄙㄨㄢˋ	大蒜。搗蒜（頻頻磕頭的樣子）。裝蒜。蒜頭ㄊㄡ˙。蔥蒜。磕頭如搗蒜。
	賒	ㄕㄜ	賒欠。賒借。賒帳。賒貸。
【生】			
	姓	ㄒㄧㄥˋ	姓氏。姓名。兩姓之好（聯姻）。隱姓埋名。
	性	ㄒㄧㄥˋ	性別。伐ㄈㄚˊ性之斧（比喻危害身心的事物）。
	旌	ㄐㄧㄥ	旌旗。旌麾ㄏㄨㄟ（軍隊）。心如懸旌（比喻心神不定）。心旌搖曳（比喻心思起伏不定）。心旌搖惑（比喻思緒起伏，十分困惑）。旌善懲ㄔㄥˊ惡（表揚美善，處罰醜惡）。旌旗蔽空（軍容壯盛的樣子）。懸旌萬里（比喻軍隊遠征，武力顯耀海外）。
	牲	ㄕㄥ	牲畜。犧牲。犧牲品。三牲之養（指孝行ㄒㄧㄥˋ）。三牲五鼎（形容食物豐盛美味）。
*	狌	ㄕㄥ	狸狌（野貓）。
	生	ㄕㄥ	生火。生涯。生疏。生火取暖。生起爐火。苟且偷生。捨生取義。談笑風生。議論風生（形容論析事理極為生動又風趣）。
*	甡	ㄕㄣ	甡甡（眾多的樣子）。

	國字	字音	語詞
*	眚	ㄕㄥˇ	一眚（小過失）。眚災（因過失而釀成災害）。肆眚（寬赦有罪的人）。眚災肆赦（赦免因過失而造成災禍的人）。一眚掩大德（一件小過錯掩沒ㄇㄛˋ了大功績）。
	笙	ㄕㄥ	笙歌（指奏樂唱歌）。玉帛笙歌（比喻和平的景象）。夜夜笙歌。笙歌匝地（歌聲和樂聲充滿各處）。笙歌宛轉。笙歌鼎沸（形容歌聲和奏樂聲熱鬧非凡）。笙磬ㄑㄧㄥˋ同音（比喻人相處和睦）。
*	胜	ㄕㄥ	膌ㄐㄧˊ胜（瘦弱、羸弱）。
		ㄒㄧㄥ	胜羶（同「腥羶」）。「腥」的本字。
*	蕤	ㄖㄨㄟˊ	葳ㄨㄟ蕤（枝繁葉茂。草木茂盛的樣子）。翠蕤（用翠羽所做成的旗飾）。蕤賓（十二律之一）。纓蕤（帽子的飾物）。蕤賓佳節（端午節）。瓊蕤玉樹（形容園林欣欣向榮的樣子）。
*	鮏	ㄕㄥ	鮏鼬ㄧㄡˋ之徑（指偏僻的小路）。
	【用】		
	佣	ㄩㄥˋ	佣人（同「用人」）。佣金。
*	用	ㄩㄥˋ	使用。費用。朋分花用。將ㄐㄧㄤˋ士用命。
	甩	ㄕㄨㄞˇ	甩手。甩開。甩脫。
	甪	ㄌㄨˋ	甪里（複姓。同「角ㄌㄨˋ里」）。甪直（江蘇省鎮名。同「角ㄌㄨˋ直」）。
	甭	ㄅㄥˊ	甭用。甭客氣。

國字		字音	語詞
*	甮	ㄈㄥˋ	甮講（不用講）。
*	甯	ㄋㄧㄥˋ	甯邑（古地名）。甯戚（人名。春秋 衛人）。甯越（戰國 趙人）。甯戚扣角（同「甯戚飯牛」）。甯戚飯牛（指自我推荐而獲得重用）。
		ㄋㄧㄥˊ	甯可（寧可）。甯願（寧願）。通「寧」。
	【冬】		
*	佟	ㄊㄨㄥˊ	佟世南（清朝人）。佟家江（江名）。
	冬	ㄉㄨㄥ	冬天。冬烘先生（頭腦迂ㄩ腐，不明事理的人。指淺陋迂腐的知識分子）。臘盡冬殘。
	咚	ㄉㄨㄥ	叮叮咚咚。
	疼	ㄊㄥˊ	疼惜。疼痛。疼愛。
	終	ㄓㄨㄥ	凶終隙末（好朋友後來因誤會而變成了仇敵）。曲ㄑㄩˇ終人散。終天之恨（指遺恨無窮盡）。終天之慕（一輩子的思慕）。終南捷徑（比喻求官或達到目的便捷途徑）。
*	蔠	ㄓㄨㄥ	蔠葵（植物名。即落葵）。
	螽	ㄓㄨㄥ	螽斯。螽斯之徵（比喻子嗣ㄙˋ昌盛的徵兆）。螽斯衍慶（比喻子孫眾多）。斯螽動股（螽斯動兩條腿發聲）。蟲鳴螽躍ㄩㄝˋ（比喻固有的大自然規律）。蟻萃螽集（比喻聚集者眾多）。
*	鼕	ㄉㄨㄥ	鼕鼕（擊鼓聲）。鼓聲鼕鼕。

國字	字音	語詞
【申】		
伸	ㄕㄣ	伸展。伸縮。能屈能伸。
呻	ㄕㄣ	呻吟。無病呻吟。
坤	ㄎㄨㄣ	乾(ㄑㄧㄢˊ)坤。扭轉乾坤。乾坤一擲(一決勝負，以奪取天下)。乾坤再造(比喻重建河山國土)。壺裡乾坤(比喻神仙的住處)。「堃」為異體字。
珅	ㄕㄣ	和珅(清朝大貪官)。
申	ㄕㄣ	申訴。申請。三令五申。申旦達夕(形容日夜不休)。生申令日(賀人生日之辭)。按鈴申告。
神	ㄕㄣˊ	神祇(ㄑㄧˊ)。神祕。六神無主。精神可嘉。貌合神離。
紳	ㄕㄣ	紳士。土豪劣紳(泛指橫(ㄏㄥˋ)行鄉里、仗勢欺人的地方惡霸)。
【乏】		
乏	ㄈㄚˊ	缺乏。人困馬乏。乏善可陳。回天乏術。周急繼乏(救濟有急難(ㄋㄢˋ)和窮困的人)。欲振乏力。
泛	ㄈㄢˋ	泛舟。泛紅。空泛。廣泛。泛泛之交。泛泛之輩。泛萍浮梗(ㄍㄥˇ)(形容行蹤飄泊不定)。浮家泛宅(ㄓㄞˊ)(以船為家或長期在水上過活)。眼眶(ㄎㄨㄤ)泛紅。
	ㄈㄥˇ	泛駕(覆駕、翻車。同「覂(ㄈㄥˇ)駕」)。泛駕之馬(比喻有才能而且敢於創新的人物)。通「覂(ㄈㄥˇ)」。
眨	ㄓㄚˇ	眨眼。一眨眼。殺人不眨眼。

	國字	字音	語詞
	砭	ㄅㄧㄢ	針砭（比喻規勸他人的過失）。砭人肌骨（比喻天氣極為寒冷）。砭石無效（比喻病情極嚴重）。針砭時事。針砭時弊。寒風砭骨。痛下針砭。
*	窆	ㄅㄧㄢˇ	合窆（合葬在同一墓穴）。告窆（將安葬的時間訃ㄈㄨˋ告親友）。窆石（古時用來引棺下墓穴的石頭ㄊㄡˊ）。
*	覂	ㄈㄥˇ	覂駕（指不受駕馭，而使車駕翻覆。同「泛ㄈㄥˇ駕」）。單覂（缺乏）。覂駕之馬。
	貶	ㄅㄧㄢˇ	貶低。貶抑。貶值。貶損。貶謫ㄓㄜˊ（古代官吏有罪，謫降到遠離京城的地方就任）。貶黜ㄔㄨˋ（同「貶謫」）。褒貶。一字褒貶（比喻為文評論人事，措辭極為嚴謹）。自貶身價。褒善貶惡。
*	鳺	ㄈㄨˊ	鵖ㄐㄧㄝˊ鳺（鳥名。即戴勝）。

【冉】

	國字	字音	語詞
*	偁	ㄔㄥ	偁揚（同「稱揚」）。偁譽（同「稱譽」）。王禹偁（北宋文學家）。通「稱ㄔㄥ」。
	冉	ㄖㄢˇ	冉冉（緩慢前進的樣子）。冉肖ㄒㄧㄠ玲（老歌星）。垂楊冉冉（垂楊柔弱下垂的樣子）。時光冉冉。
	再	ㄗㄞˋ	再生紙。再生之德。再生父母。再造之恩。東山再起。恩同再造。華ㄏㄨㄚˋ佗再世。
*	呥	ㄖㄢˊ	呥呥（咀ㄐㄩˇ嚼ㄐㄩㄝˊ的樣子）。
*	姌	ㄖㄢˇ	姌弱（細長柔美的樣子。也作「姌嫋ㄋㄠˇ」）。
*	枏	ㄋㄢˊ	枏木（楠木）。枏梓（同「楠梓」）。通「楠」。

	國字	字音	語詞
	稱	ㄔㄥ	稱病。稱頌。稱謝。稱霸。稱一稱。父子相稱。稱兵作亂。俯首稱臣。過稱虛譽(指過分稱讚)。稱孤道寡(比喻以皇帝自居)。稱薪而爨ㄘㄨㄢˋ(形容人斤斤計較,過於吝嗇)。
		ㄔㄥˋ	勻ㄩㄣˊ稱。對稱。稱心。稱身。稱意。稱錢(富有)。稱職。稱願。名實相稱。稱心如意。稱家有無(指辦理婚喪ㄙㄤ喜慶等事,須與家境相符)。稱體裁衣(比喻事情做得恰到好處)。
	聃	ㄉㄢ	老聃(老子ㄗˇ)。彭聃(彭祖和老聃。傳說皆為長壽之人)。
*	舑	ㄊㄢ	舑䑙ㄊㄢˋ(獸類吐舌的樣子)。
	苒	ㄖㄢˇ	苒弱(草木茂盛。同「苒若」)。光陰荏ㄖㄣˇ苒(時間漸漸過去)。韶ㄕㄠˊ光荏苒(時光漸漸的消逝)。
*	蚺	ㄖㄢˊ	蚺蛇(蟒蛇的別名)。
*	袡	ㄖㄢˊ	袡襦ㄖㄨˊ(婦女跪拜時,用來保護膝蓋的圍裙)。
	髯	ㄖㄢˊ	掀髯(笑時捋ㄌㄩˇ鬚的樣子)。髯口(國劇演員所掛的假鬍子)。髯蛇(同「蚺蛇」)。髯鬚(指鬍子)。一字髯(一字形的鬍鬚)。虯ㄑㄧㄡˊ髯客。美髯公(稱鬍鬚長又美的人)。揚眉奮髯(形容人說話時激動興ㄒㄧㄥ奮的神態)。鬚髯如戟ㄐㄧˇ(比喻外貌雄健威武的樣子)。鬚髯若神(指鬍鬚長得像神仙一樣美)。鬚髯輒ㄓㄜˊ張(形容生氣的樣子)。鬢ㄅㄧㄣˋ髯如漆(鬢毛鬍鬚像漆一般黑)。

	國字	字音	語詞
			【目】
	目	ㄇㄨˋ	目擊者。反目成仇。刮ㄍㄨㄚ目相看。
	看	ㄎㄢˋ	看顧。看板。廣告看板。看風使舵（比喻隨機應變，看情況行事。同「看風轉舵」）。
		ㄎㄢ	看守。看押（拘留）。看門。看家。看管。看護。看守所。看門狗。看財奴（守財奴）。看家戲（演員或劇團擅長的戲碼）。看守內閣。看家本領。看緊荷包。嚴加看管。
*	窅	ㄧㄠˇ	窅眇ㄇㄧㄠˇ（深遠的樣子）。窅冥（深邃ㄙㄨㄟˋ）。窅娘（人名。李後主的宮嬪ㄆㄧㄣˊ）。窅不可測（深不可測）。窅然若失（悵ㄔㄤˋ然若有所失的樣子）。
	苜	ㄇㄨˋ	苜蓿ㄙㄨˋ（植物名）。苜蓿芽。苜蓿風味（比喻教ㄐㄧㄠ書生活的清苦）。
			【充】
	充	ㄔㄨㄥ	充分ㄈㄣˋ。充沛。充足。充裕。充耳不聞。充閭ㄌㄩˊ之慶（賀人生子之辭）。汗牛充棟（形容藏書極多）。食不充飢（形容生活貧困）。
	統	ㄊㄨㄥˇ	系統。統治。統籌。傳統。總統。三軍統帥。成何體統。
*	茺	ㄔㄨㄥ	茺蔚（植物名。即益母草）。
*	銃	ㄔㄨㄥˋ	銃子（一種用金屬製作的打洞器具）。打瞌銃（指打瞌睡）。鳥嘴銃（武器名）。夢夢銃銃（形容乍醒時迷迷糊糊的狀態）。

	國字	字音	語詞
	【宁】		
	佇	ㄓㄨˋ	佇立。佇足（停下腳步。同「駐足」）。佇候（等候）。凝佇（凝神久立）。佇候佳音。倚門佇望（靠在門旁佇立凝望）。停辛佇苦（形容備受艱辛困苦）。鶴立企佇（比喻殷切盼望）。
*	宁	ㄓㄨˋ	宁立（久立。同「佇ㄓㄨˋ立」）。當宁（指帝王）。
*	紵	ㄓㄨˋ	白紵（細緻潔白的夏布）。縞ㄍㄠˇ紵（白絹ㄐㄩㄢˋ與麻衣。比喻朋友間互相饋贈）。黴紵（即麻布）。白紵歌（樂曲名）。縞紵之交（指交情深厚）。
*	羜	ㄓㄨˋ	肥羜（肥嫩的小羊）。
	苧	ㄓㄨˋ	苧麻。績麻拈ㄋㄧㄢ苧（搓麻線、織布等女紅ㄍㄨㄥ）。
	貯	ㄓㄨˇ	貯水。貯存。貯備。貯蓄。貯藏。貯水池。貯藏室。
	【以】		
	以	ㄧˇ	以後。以己度ㄉㄨㄛˋ人（用自己的想法來推測別人的心意）。掉以輕心。
	似	ㄙˋ	相似。光陰似箭。前途似錦。歸心似箭。
	姒	ㄙˋ	娣ㄉㄧˋ姒（妯ㄓㄡˊ娌）。褒姒。
	苡	ㄧˇ	芣ㄈㄡˊ苡（車前草的別名）。薏苡之謗（比喻遭誣ㄨ謗，蒙受冤屈）。薏苡明珠（同「薏苡之謗」）。

	國字	字音	語詞
	【禾】		
	和	ㄏㄜˊ	和平。和風。和氣。和暖。玉體違和(敬稱他人身體不適)。和光同塵(比喻隨波ㄅㄛ逐流的消極處世態度或指同流合汙)。和衣而睡(不脫衣服而睡)。和盤托出。風和日麗。握手言和。零和競賽(輸方的失敗或損失正好等於勝方所獲的報酬)。調和鼎鼐ㄋㄞˋ(指宰相的職責)。羲和馭日(比喻時光飛逝)。鸞鳳和鳴。八千里路雲和月。
		ㄏㄜˋ	和詩。附和。相和。唱和。酬和。應和。曲ㄑㄩ高和寡。彼唱此和。隨聲附和。
		ㄏㄨㄛˋ	和弄。和墨。和麵。摻ㄔㄢ和。攙和。攪和。和稀泥。和丸教ㄐㄧㄠ子(唐人柳公綽娶妻韓氏教子的故事)。畫荻和丸(讚頌母教之辭)。翦鬚和藥(比喻上位者憐恤部屬)。
		ㄏㄢˋ	我和你。
		˙ㄏㄨㄛ	軟和(柔軟)。暖和。熱和(親密、親熱)。
		ㄏㄨˊ	和牌(玩牌戲時,牌張湊齊成副而獲勝)。
*	囷	ㄐㄩㄣ	囷倉(貯ㄓㄨˇ藏穀物的圓形穀倉)。輪囷(屈曲盤繞的樣子)。廩ㄌㄧㄣˇ囷(米倉)。囷鹿空虛(倉廩空虛,沒有穀物)。指囷相贈(朋友慷慨資助)。倒ㄉㄠˇ廩傾囷(傾囊奉獻自己所有的東西。比喻罄ㄑㄧㄥˋ其所有)。輪囷虯ㄑㄧㄡˊ蟠ㄆㄢˊ(同「輪囷」)。魯肅指囷(稱頌人慷慨資助朋友)。

	國字	字音	語詞
	季	ㄐㄧˋ	季軍（比賽名列第三名）。季常癖ㄆㄧˇ（比喻男子懼內、怕老婆）。伯仲叔季（兄弟長幼的順序）。季孟之間（指上等和下等之間）。季常之懼（同「季常癖」）。
	悸	ㄐㄧˋ	心悸。悸動。悸慄（因心中懼怕而致身體發抖）。驚悸。心有餘悸。餘悸猶存。
	禾	ㄏㄜˊ	禾苗。嘉禾（穗大壯美的穀物）。禾黃稻熟。風禾盡起（順應天意，得到天助）。
*	穈	ㄇㄣˊ	嗣ㄙˋ穈（胡適的本名）。穈芑ㄑㄧˇ（兩種黍類植物）。
*	箘	ㄐㄩㄣˋ	箘桂（植物名。即肉桂）。
	菌	ㄐㄩㄣˋ	病菌。細菌。牙菌斑。帶菌者。
*	褎	ㄧㄡˋ	褎然（出眾的樣子）。褎如充耳（比喻士大ㄉㄚˋ夫服飾華美，卻與德行不相稱ㄔㄣˋ）。褎然舉首（比喻才能出眾。也作「褎然居首」）。
		ㄒㄧㄡˋ	奮褎（形容情緒激動）。羔裘豹褎（用羔皮做袍子，用豹皮做袖口）。通「袖」。
	酥	ㄙㄨ	酥油。酥麻。酥軟。酥餅。骨軟筋酥。鑽冰求酥（比喻絕對不可能發生的事情）。
*	鞂	ㄐㄧㄚˊ	槀ㄍㄠˇ鞂（粗席，以稻稈編成的草席）。
*	麇	ㄐㄩㄣ	麇集（群集）。麇驚（受到驚嚇）。狼顧麇驚（比喻極端驚恐）。野有死麇（詩經・召南的篇名）。獐ㄓㄤ麇馬鹿（比喻舉動匆忙倉皇的人）。麇至沓ㄊㄚˋ來（相繼不斷的到來）。麇集蜂萃（成群聚集在一起）。「麕」為異體字。

	國字	字音	語詞
	【代】		
	代	ㄉㄞˋ	瓜代。交代。庖ㄆㄠˊ代。及瓜而代(指任期屆滿時，由他人繼任)。代罪羔羊。
*	岱	ㄉㄞˋ	岱宗(泰山的別名)。岱嶽ㄩㄝˋ(同「岱宗」)。岱宗之限(死的代稱)。海岱清士(指海內廉潔的人)。燕岱之石(比喻才能平庸)。
*	牮	ㄐㄧㄢˋ	打牮(古建築梁架維修技術。把傾ㄑㄧㄥ斜的房屋設法拉正)。牮屋(同「打牮」)。牮屋匠(將傾ㄑㄧㄥ斜的房屋拉正的人)。打牮撥正。
	玳	ㄉㄞˋ	玳瑁ㄇㄟˋ。玳瑁筵ㄧㄢˊ(豐盛珍貴的筵席)。
	袋	ㄉㄞˋ	口袋。掉書袋(譏嘲人喜歡引經據典，賣弄學問。粵語稱「拋書包」)。酒囊飯袋。
	貸	ㄉㄞˋ	告貸(借錢)。宥ㄧㄡˋ貸(赦免其罪)。借貸。貸款。寬貸(寬容，饒恕)。高利貸。告貸無門(形容財力困窘且無處借錢。指生活陷入困境)。借貸無門(無處可借錢，走投無路)。責無旁貸。嚴懲ㄔㄥˊ不貸。
	黛	ㄉㄞˋ	眉黛青顰ㄆㄧㄣˊ(形容女子容貌美麗，出眾動人)。粉白黛綠(同「眉黛青顰」)。碧藍如黛(形容顏色深藍似綠)。黛玉葬花(戲曲劇目)。黛綠年華。
	【㐌】		
*	崺	ㄧˇ	峛ㄌㄧˇ崺(綿延不絕的樣子)。
	拖	ㄊㄨㄛ	拖延。拖累ㄌㄟˋ。拖鞋。推拖。拖下水。拖泥帶水。

	國字	字音	語詞
	施	ㄕ	布施。施不望報。施而不費（加惠於他人而自己又沒有損失）。博施濟眾。發號施令。雲行雨施（比喻廣施恩惠）。樂善好施。
		ㄧˋ	功施到今（功績延續到現在）。施及蠻貊ㄇㄛˋ（傳布到其他未開化的民族去）。施於子孫（傳給他的子孫後代）。
*	暆	ㄧˊ	東暆（舊縣名）。日行暆暆（太陽緩慢移動的樣子）。
*	柂	ㄧˊ	椵ㄐㄧㄚˇ柂（兩種樹木名）。
		ㄉㄨㄛˋ	柂枻ㄧˋ（舵與楫ㄐㄧˊ）。船柂（船舵）。通「舵」。
*	椸	ㄧˊ	椸枷（衣架）。椸無完衣（衣架上沒有完好無缺的衣服）。
*	絁	ㄕ	黃絁（黃色粗綢）。
*	袘	ㄧˊ	褕ㄩˊ袘（華麗的衣袖）。
	迤	ㄧˊ	迤邐ㄌㄧˇ（曲折綿延的樣子）。逶ㄨㄟ迤（曲折前進的樣子）。泓涵演迤（比喻學識精深淵博）。通「迆ㄧˊ」。
	【穴】		
*	泬	ㄒㄩㄝˋ	泬水（古水名）。泬寥（空曠晴朗的樣子）。
*	狖	ㄧㄡˋ	猨ㄩㄢˊ狖（獸名。猿猴類）。
	穴	ㄒㄩㄝˋ	穴道。點穴。穴居野處ㄔㄨˇ。空穴來風。犁庭掃穴（比喻直搗敵人巢穴而徹底摧毀）。

	國字	字音	語詞
*	鴥	ㄩˋ	鴥隼（鳥類的一種）。鴥彼飛隼（快飛的鴞(ㄒㄧㄠ)鷹）。鴥彼晨風（疾飛的晨風鳥）。
	【本】		
	体	ㄊㄧˇ	身体（同「身體」）。為「體」的異體字。
		ㄅㄣˋ	体夫（抬靈柩(ㄐㄧㄡˋ)的人或指壯漢）。
	本	ㄅㄣˇ	本來。本埠(ㄅㄨˋ)。本末倒(ㄉㄠˋ)置。看(ㄎㄢ)家本領。捨本逐末。
*	砵	ㄅㄛ	砵酒（葡萄酒一種）。
	笨	ㄅㄣˋ	笨拙。笨重。笨鳥先飛。
	缽	ㄅㄛ	衣缽（指思想、學術和技能的師徒相傳）。缽盂(ㄩˊ)（出家人的飯器）。傳衣缽。衣缽相傳。承其衣缽。沿門托缽。「鉢」為異體字。
	苯	ㄅㄣˇ	多氯(ㄌㄩˋ)聯苯。
	【丕】		
	丕	ㄆㄧ	丕基（偉大的基業）。丕業（偉大的功業）。丕變（極大的改變）。曹丕。文風丕變。個性丕變。態度丕變。
*	伾	ㄆㄧ	伾伾（形容疾行有力的樣子）。
	呸	ㄆㄟ	呸呸（疾行的腳步聲）。呸搶（譏諷(ㄈㄥˋ)、奚落別人）。呸！一派胡言。
	坯	ㄆㄟ	土坯。坯料。手拉坯。壞坯子（罵人的話。指壞人）。
*	岯	ㄆㄟ	大岯（山名）。

	國字	字音	語詞
*	柸	ㄆㄟ	柸治（不高興）。
*	狉	ㄆㄧ	狉狉（群獸奔馳的樣子。形容尚未開化的狀態）。榛(ㄓㄣ)狉（形容未開化時的景象）。榛狉未啟（指洪荒未闢時代）。
*	秠	ㄆㄧ	秬(ㄐㄩˋ)秠（兩種黑黍）。
	胚	ㄆㄟ	胚芽。胚胎。胚芽米。美人胚子。
	邳	ㄆㄟˊ	邳縣（江蘇省縣名）。
*	駓	ㄆㄧ	駓駓（快走的樣子）。
*	髬	ㄆㄧ	髬髵(ㄦˊ)（猛獸發怒時，頸上的長毛豎起的樣子）。
	【留】		
	劉	ㄌㄧㄡˊ	劉海。前度劉郎（稱去又回來的人）。
*	塯	ㄌㄧㄡˋ	土塯（土製的飯器）。
*	廇	ㄌㄧㄡˋ	中廇（房室的中央。同「中霤(ㄌㄧㄡˋ)」）。杗(ㄇㄤˊ)廇（指房屋的大梁）。
	榴	ㄌㄧㄡˊ	手榴彈。石榴裙（指婦女所穿的裙子）。番石榴。朱脣榴齒（形容女子美麗）。
	溜	ㄌㄧㄡˋ	簷溜（屋簷間所流下的水滴）。懸溜。一溜煙。水溜子。山溜穿石（有志者不畏艱難，只要有決心和毅力，必可達到目的）。
		ㄌㄧㄡ	溜冰。順口溜。說溜了嘴。溜之大吉。擠眉溜眼（同「擠眉弄眼」）。

	國字	字音	語詞
	瀏	ㄌㄧㄡˊ	瀏覽。瀏覽器。
	瑠	ㄌㄧㄡˊ	瑠公圳ㄗㄨㄣˋ（臺北地區最早興建的灌溉渠道。不作「塯ㄌㄧㄡˋ公圳」）。
	留	ㄌㄧㄡˊ	挽留。留連。片甲不留。截髮留賓（比喻女性待客極為誠懇）。
	瘤	ㄌㄧㄡˊ	毒瘤。腫瘤。
*	籀	ㄓㄡˋ	史籀（周宣王的太史）。籀文（書體名）。史籀篇（書名）。
*	罶	ㄌㄧㄡˇ	魚麗ㄌㄧˊ于罶（魚兒闖進了捕魚的竹簍ㄌㄡˇ子）。
	貿	ㄇㄠˋ	貿易。貿然。抱布貿絲（指接近女子。或指進行商品的交易）。貿首之仇（即不共戴天之仇）。貿然行事。貿然決定。
	蹓	ㄌㄧㄡˋ	蹓躂ㄉㄚ˙（閒逛。同「遛達ㄉㄚ˙」）。
	遛	ㄌㄧㄡˋ	遛狗。遛鳥。遛達ㄉㄚ˙。遛彎兒（散步）。
*	鄮	ㄇㄠˋ	鄮縣（我國古代縣名。位於浙江省）。
	霤	ㄌㄧㄡˋ	中霤（同「中廇」）。水霤（同「承霤」）。承霤（置於屋簷下承接雨水的水槽）。屋霤（屋簷）。簷霤（同「簷溜ㄌㄧㄡˋ」）。
*	鎦	ㄌㄧㄡˊ	鎦金（一種用金子裝飾器物的技術）。
	餾	ㄌㄧㄡˋ	分餾。乾餾（將固體放在密閉容器內，加熱分解的過程）。蒸餾。蒸餾水。蒸餾法。
	騮	ㄌㄧㄡˊ	紫騮（駿馬）。驊ㄏㄨㄚˊ騮（周穆王八匹駿馬之一）。驊騮開道（比喻有賢才輔弼）。

	國字	字音	語詞
*	鶹	ㄌㄧㄡˊ	鵂ㄒㄧㄡ鶹（貓頭鷹的一種）。
			【史】
	使	ㄕˇ	出使。不聽使喚。君臣佐使（中醫配制藥方的方法）。
	史	ㄕˇ	史不絕書。史無前例。有史以來。青史留名。
	吏	ㄌㄧˋ	吏治（官吏治事的成績）。官吏。吏治清明。貪官汙吏。
	駛	ㄕˇ	行駛。駕駛。見風駛船（比喻隨機應變，看情況行事。同「見風轉舵」「見風使帆」）。韶華ㄏㄨㄚˊ如駛（形容時光飛逝）。
			【匝】
	匝	ㄗㄚ	匝月（滿月）。匝道。周匝（圍繞一周）。匝道管制。笙歌匝地（歌聲和樂聲充滿各處）。倏逾匝月（很快就過了一個月）。漫天匝地（聲勢浩大）。繞樹三匝（繞樹三圈）。
	咂	ㄗㄚ	咂嘴（用舌尖接觸上顎，發出聲音）。咂嘴弄舌（表示驚嘆、欣賞）。舔嘴咂舌（表示食物味道美好，吃得很飽且相當滿意）。
	砸	ㄗㄚˊ	砸傷。砸毀。砸鍋。砸爛。砸招牌。砸飯碗（比喻丟了差ㄔㄞ事，即失業）。搞砸了。搬磚砸腳（比喻自食惡果或弄巧成拙）。
	箍	ㄍㄨ	針箍（做針線活時套在手指上的金屬環）。箍桶。箍緊。髮箍。頭箍。金箍棒。緊箍咒。老牛箍嘴（比喻將他人的財物據為己有）。

國字	字音	語　　詞
【四】		
* 嗰	ㄒㄧˋ	嗰度（佛家語。指印度）。
四	ㄙˋ	四平八穩。四面楚歌。丟三落ㄌㄚˋ四。名揚四海。
泗	ㄙˋ	涕泗（眼淚和鼻涕）。洙泗流風（指孔門流傳的風俗教化）。涕泗交頤ㄧˊ（形容哭得很悲傷）。涕泗滂ㄆㄤ沱。涕泗縱ㄗㄨㄥ橫。
駟	ㄙˋ	上駟之材（比喻卓越傑出，可以造就的人才）。結駟連騎ㄐㄧˋ（場ㄔㄤˊ面闊綽，喧鬧顯赫）。駟不及舌（同「駟馬難追」）。駟之過隙（比喻時間過得很快。同「白駒過隙」）。駟馬高車（形容顯貴者壯盛的車馬）。駟馬難追。
【永】		
昶	ㄔㄤˇ	孟昶（人名。五代後蜀主）。昶衍（孟昶與王衍的合稱，都是蜀亡國之君）。
永	ㄩㄥˇ	永浴愛河。永續經營。更ㄍㄥ長漏永（形容漫ㄇㄢˋ漫長夜）。
泳	ㄩㄥˇ	涵泳（沉浸其中）。涵泳恩澤。
詠	ㄩㄥˇ	吟詠。詠嘆。歌詠。一觴一詠（一邊飲酒，一邊賦詩。指喝酒吟詩的聚會）。詠絮之才（稱女子美且有詩才）。嘲風詠月（譏嘲文人無聊的寫作）。「咏」為異體字。
樣	ㄧㄤˋ	花樣。樣板戲。樣品屋。心口兩樣（形容為人虛偽ㄨㄟˋ做作）。抽樣調查。花樣年華。氣高樣大（形容姿態舉止驕矜自大）。

	國字	字音	語　　詞
	漾	ㄧㄤˋ	漾奶（嬰兒因吸奶不順而將奶吐ㄊㄨˋ出）。漾舟（泛舟）。蕩漾。波ㄅㄛ光蕩漾。
			【叵】
	叵	ㄆㄛˇ	叵奈（不可容忍、可恨。也作「叵耐」）。叵信（不可信）。叵測。人心叵測。心懷叵測（心地狡詐，難以預測）。居心叵測。
*	笸	ㄆㄛˇ	笸籮（用柳條或竹篾所編成的盛器）。
			六畫【丞】
	丞	ㄔㄥˊ	丞相。丞相肚裡可撐船。
	巹	ㄐㄧㄣˇ	合巹（新郎新娘共喝交杯酒）。巹席（結婚時的喜筵ㄧㄢˊ）。巹筵（同「巹席」）。合巹酒。同牢酌巹（古時祭祀用的牲畜和行婚禮時用的酒杯）。
	拯	ㄓㄥˇ	拯救。拯溺（援救）。扶危拯溺。拯民水火（比喻把人民從困境解救出來。同「解民倒ㄉㄠˋ懸」）。拯危扶溺。拯溺濟危。
	烝	ㄓㄥ	烝民（百姓。同「蒸民」）。烝禋ㄧㄣ（冬祭時，虔ㄑㄧㄢˊ誠祭祀祖先）。烝黎（同「烝民」）。天生烝民（上天降生眾多百姓）。
	蒸	ㄓㄥ	水蒸氣。蒸汽機。風起雲蒸（比喻事物快速興起，聲勢盛大）。雲蒸霞蔚（比喻景物燦爛豔麗）。蒸蒸日上。蒸藜ㄌㄧˊ出妻（比喻人子克盡孝道或作出妻的典故）。
			【亙】
	亙	ㄍㄣˋ	亙古（從古到今）。連亙。綿亙。亙古未有（從古到今不曾有過）。亙古亙今（從古到今）。彌天亙地（形容數量極多）。

	國字	字音	語詞
	恆	ㄏㄥˊ	有恆。恆心。恆星。日升月恆（比喻事物漸趨昌盛圓滿。常用作祝頌語）。哀痛逾ㄩˊ恆。恆久不渝。恆河沙數（形容數量極多）。持之以恆。家無恆產。「恒」為異體字。
*	縆	ㄍㄥ	縆梯（用粗繩所製作的梯子）。縆橋（用粗繩所製作的橋，可架起渡河）。
			【此】
	些	ㄒㄧㄝ	些許。些微。
		ㄙㄨㄛˋ	古書裡常用的語末助詞，像「兮」的口氣，楚辭．招魂裡用得比較多。
		ㄙㄨㄛ	麼ㄇㄛˊ些族（少數民族之一。分布於雲南西北及四川 金沙江上游地帶）。
*	仳	ㄘˇ	仳傂ㄔˇ（參ㄘㄣ差ㄘ不齊的樣子。同「偨ㄘ傂」）。
*	偨	ㄘ	偨池（同「仳ㄘˇ傂ㄔˇ」）。偨傂（同「仳傂」「偨池」）。
	呰	ㄗˇ	呰呰（誹謗、詆毀）。呰窳ㄩˇ（苟且偷懶）。元氣呰敗（元氣虛弱敗壞）。
*	呲	ㄘ	挨呲（受到責罵訓斥）。
		ㄗ	呲牙裂嘴（咧ㄌㄧㄝˇ嘴露齒）。通「齜ㄗ」。
		ㄘˊ	呲食（挑食、挑嘴）。「飺」之異體字。
*	喍	ㄔㄞˊ	啀ㄞˊ喍（犬競鬥的樣子）。
	嘴	ㄗㄨㄟˇ	拌嘴。嘴巴。伶牙俐嘴。

國字	字音	語詞
柴	ㄔㄞˊ	木柴。火柴。柴魚。柴毀骨立（因喪ㄙㄤ痛過度而消瘦憔悴。同「哀毀骨立」）。胸中柴棘（形容人心險惡ㄜˋ）。骨瘦如柴。乾柴烈火。
	ㄓㄞˋ	柴營（以木材架設營寨ㄓㄞˋ）。柴柵ㄓㄚˋ（設於營寨四周的障礙物。同「砦ㄓㄞˋ柵」）。鹿柴（圍籬、柵欄）。藩ㄈㄢ柴（籬笆）。通「砦ㄓㄞˋ」。
此	ㄘˇ	因此。彼此。此起彼ㄅㄧˇ落。厚此薄彼。挹ㄧˋ彼注此（比喻取有餘以補不足）。
*泚	ㄘˇ	泚筆（以筆蘸ㄓㄢˋ墨）。其顙ㄙㄤˇ有泚（額頭冒汗）。新臺有泚（新建的樓臺很鮮明）。
*玼	ㄘˇ	玼吝（毛病）。玼玼（晶瑩潔白的樣子）。
疵	ㄘ	疵瑕（過失）。瑕疵。瑕疵品。大醇小疵（大體純正完美而略有小缺失）。白玉微疵（比喻很好的人或事尚有小缺點。同「白璧微瑕」）。吹毛求疵。疵蒙謬ㄇㄧㄡˋ累ㄌㄟˇ（比喻文章缺點多）。
眥	ㄗˋ	睚ㄧㄚˊ眥（瞪著大眼睛怒視的樣子）。以指撥眥（用手指撥開眼眶ㄎㄨㄤ）。目眥盡裂（形容盛怒的樣子）。張目決眥（同「目眥盡裂」）。睚眥之仇（因細故結成的仇恨）。睚眥必報（極小的仇恨也要報復）。福不盈眥（比喻福分短暫）。髮指眥裂（同「目眥盡裂」）。「眦」為異體字。
砦	ㄓㄞˋ	鹿砦（作戰時的防禦設施）。堡砦（用石頭ㄊㄡˊ砌ㄑㄧˋ築而成的軍事防禦堡壘ㄌㄟˇ）。
紫	ㄗˇ	紫色。紅得發紫。紫陌紅塵（形容京城道上熱鬧的景象）。紫氣東來（比喻吉祥的徵兆）。萬紫千紅。懷金垂紫（形容居高位或身分顯貴。也作「懷黃佩紫」「懷金拖紫」）。

	國字	字音	語　　詞
*	胔	ㄗˋ	掩骼埋胔（掩ㄧㄢˇ埋腐爛的屍骨）。羸ㄌㄟˊ胔老弱（年老而身體消瘦、衰弱）。
*	茈	ㄗˇ	茈草（植物名。即紫草）。茈萁ㄑㄧˊ（草名）。茈薑（嫩薑）。通「紫」。
*	觜	ㄗ	觜宿ㄒㄧㄡˋ（星宿ㄒㄧㄡˋ名）。觜觿ㄒㄧ（同「觜宿」）。
	訾	ㄗˇ	毀訾（毀謗中傷）。訾病（批評他人的缺失）。訾議（非議、批評）。無譽無訾（沒有稱揚，也沒有毀謗）。
*	訿	ㄗˇ	訿毀（非議、詆毀）。訿議（同「訾ㄗˇ議」）。詆訿（攻訐ㄐㄧㄝˊ批評）。翕ㄒㄧˋ翕訿訿（怠惰的樣子）。潝ㄒㄧˋ潝訿訿（當面附和ㄏㄜˋ，背後卻加以詆毀）。
	貲	ㄗ	不貲（指數量極多，無法計算）。所費不貲（花費錢財很多）。家貲萬貫（同「家財萬貫」）。捐貲濟貧（捐助財物，幫助貧窮的人）。納貲為官（向政府單位繳納金錢或財物而拜官授爵）。無貲之寶（無價之寶）。損失不貲。貲力充裕（財力、資產充足）。
*	跐	ㄘˇ	跐豸ㄓˋ（姿態妖媚）。跐蹈ㄉㄠˋ（踐踏）。
	雌	ㄘ	雌花。雌雄。雌蕊。一決雌雄。大發雌威。不甘雌伏（指人不甘沒ㄇㄛˋ沒無聞，無所作為）。妄下雌黃（比喻任意竄改文字，妄下評論）。孤雌生殖（卵不經過受精過程便能單獨發育成新個體的繁殖方法）。信口雌黃。烏之雌雄（比喻是非善惡不分）。群雌粥ㄓㄨˊ粥（比喻婦女聚集，聲音十分嘈雜）。雌牙露嘴（同「齜ㄗ牙咧ㄌㄧㄝˇ嘴」）。雌雄同體。雌雄莫辨。雌雞報曉（比喻婦人專權。同「牝ㄆㄧㄣˋ雞司晨」）。

	國字	字音	語詞
*	飺	ㄘˊ	飺食（挑食，嫌食。同「呲ㄘˊ食」）。
*	骴	ㄘ	枯骴（殘留腐肉的枯骨）。
	髭	ㄗ	髭鬚（生在嘴脣上下的短毛）。拈ㄋㄧㄢˊ斷髭鬚（形容寫作時反覆推敲思考的情形）。
*	鮆	ㄐㄧˋ	鮆魚（魚名。也稱刀魚）。
	齜	ㄗ	齜牙（張嘴露牙）。齜牙咧ㄌㄧㄝˇ嘴（形容因痛苦難忍或受驚嚇而面部扭曲變形）。
【休】			
	休	ㄒㄧㄡ	休養。休休有容（比喻君子寬宏的度量）。休戚相關。休戚與共。休嫌怠慢。休養生息。
		ㄒㄩˇ	噢ㄩˇ休（因痛苦而發出的呻吟聲。同「噢咻ㄒㄩˇ」）。燠ㄩˇ休（同「噢休」）。通「咻ㄒㄩˇ」。
	咻	ㄒㄧㄡ	咻咻（形容呼吸聲或喘氣聲）。氣咻咻（大聲喘氣的樣子）。一傳眾咻（比喻學習環境不佳，受到干擾）。齊傳楚咻（比喻勢孤力單，無法與現實相抗衡，難收成效）。
		ㄒㄩˇ	噢ㄩˇ咻（同「噢休」）。
*	庥	ㄒㄧㄡ	庥息（同「休息」）。神庥（神明庇ㄅㄧˋ護）。神庥永被。被澤蒙庥（指承受恩澤與庇護）。
*	烋	ㄒㄧㄠ	咆烋（氣勢勇猛剛健。或指人桀驁ㄠˋ不馴ㄒㄩㄣˊ。同「咆哮ㄒㄧㄠ」）。炰ㄆㄠˊ烋（同「咆烋」）。
*	茠	ㄏㄠ	茠山（山名）。茠鉏ㄔㄨˊ（刈ㄧˋ除田中的雜草）。

國字		字音	語詞
*	貅	ㄒㄧㄡ	貔(ㄆㄧˊ)貅（猛獸名。比喻勇猛的軍隊或將士）。
*	髹	ㄒㄧㄡ	髹工（油漆匠）。髹漆（塗漆於物上）。
*	鵂	ㄒㄧㄡ	鵂鶹(ㄌㄧㄡˊ)（貓頭鷹的一種）。
	【交】		
	交	ㄐㄧㄠ	交易。交通。交口稱譽（眾人交相讚美）。
	佼	ㄐㄧㄠˇ	佼人（美麗的女子）。佼黠(ㄒㄧㄚˊ)（同「狡黠」）。佼佼者。佼佼不群（形容才貌出眾）。庸中佼佼（在平庸的眾人中顯得特別傑出）。錚(ㄓㄥ)錚佼佼（形容出類拔萃，與眾不同）。
	咬	ㄧㄠˇ	一口咬定。咬文嚼(ㄐㄧㄠˊ)字。咬牙切(ㄑㄧㄝˋ)齒。
		ㄐㄧㄠ	咬咬好音（形容鳥聲宛轉悅耳）。
	姣	ㄐㄧㄠˇ	夸(ㄎㄨㄚ)姣（美好的樣子）。姣好。姣美（容貌美麗）。倚姣作媚（憑恃美貌，撒(ㄙㄚ)嬌胡鬧）。
		ㄒㄧㄠˊ	棄位而姣（不顧身分地位而淫亂）。
*	恔	ㄒㄧㄠˋ	無恔（不感到快慰）。
*	挍	ㄐㄧㄠˋ	挍獵（爭較獲得的獵物多寡。同「獵較」）。犯而不挍（別人無禮觸犯，自己也不計較。同「犯而不校(ㄐㄧㄠˋ)」）。
	效	ㄒㄧㄠˋ	仿效。效尤(仿效他人的過錯。為貶義詞)。效果。效法。起而效尤（群起仿效學習）。「効」為異體字。

國字	字音	語詞
校	ㄒㄧㄠˋ	校長。校尉（古代官名）。學校。
	ㄐㄧㄠˋ	校正。校訂。校勘ㄎㄢ。校量（比一比。同「較量」）。校對。校稿。校閱。校獵（設木欄將禽獸圍住，再獵取之）。校讎ㄔㄡˊ（校對文字。同「校勘」）。覆校（重新審核校對）。戶口校正。犯而不校（別人觸犯自己，也不予計較）。銖銖校量（斤斤計較）。
* 洨	ㄒㄧㄠˊ	洨河（河北省水名）。洨長（指東漢 許慎）。洨縣（古縣名）。斯洨（即洨河）。
狡	ㄐㄧㄠˇ	狡詐。狡猾。狡獪ㄎㄨㄞˋ。狡賴。狡黠ㄒㄧㄚˊ。狡辯。狡兔三窟。
珓	ㄐㄧㄠˋ	杯珓（在神明前用以占ㄓㄢ卜的器具）。聖珓（用杯珓占ㄓㄢ卜，結果呈一俯一仰狀）。通「筊ㄐㄧㄠˇ」。
皎	ㄐㄧㄠˇ	皎潔。風清月皎（形容夜色幽美舒暢。同「風清月白」）。皎月當空。皎如日星（形容非常明顯。或指人的品格高潔。）。
* 窔	ㄧㄠˇ	窔遼（幽深的樣子）。奧窔（指堂室之內）。
筊	ㄐㄧㄠˇ	杯筊（同「杯珓ㄐㄧㄠˋ」）。擲筊（一種道教信仰問卜的儀式）。擲筊比賽。通「珓ㄐㄧㄠˋ」。
絞	ㄐㄧㄠˇ	絞碎。絞臉（閩南話說「挽面」）。心絞痛。心如刀絞（形容內心非常痛苦）。絞盡腦汁。嘔ㄡˇ心絞腦。
茭	ㄐㄧㄠ	芻茭（家畜所食的乾草料）。茭白筍。

	國字	字音	語詞
	蛟	ㄐㄧㄠ	蛟龍。蛟鼉ㄊㄨㄛˊ（蛟龍）。入水斬蛟。池中蛟龍（比喻熟ㄕㄡˊ悉水性，善於游泳的人）。捉虎擒蛟（比喻本領高超，能制服強敵）。蛟龍得水（比喻有才能的人得到施展本領的機會）。潛ㄑㄧㄢˊ蛟困鳳（比喻人才被埋沒，無法施展抱負）。騰蛟起鳳（比喻才華優異突出）。
	跤	ㄐㄧㄠ	跌跤。摔跤。摔了一跤。
	較	ㄐㄧㄠˋ	獵較（泛指打獵）。較若畫一（法令規章明確一致）。較時量ㄌㄧㄤˋ力（衡量時機與能力）。錙ㄗ銖ㄓㄨ必較（斤斤計較。同「銖銖校量」）。
	郊	ㄐㄧㄠ	郊外。戎馬生郊（比喻戰亂不休）。荒郊野外。
	鉸	ㄐㄧㄠˇ	鉸刀（剪刀）。鉸剪（同「鉸刀」）。鉸鏈ㄌㄧㄢˋ（裝在器具或門窗上以便開關的兩塊金屬薄片。也稱「合葉」）。蝶鉸關節。
	餃	ㄐㄧㄠˇ	水餃。蒸餃。
*	頝	ㄑㄧㄠ	頝薄（不美好可愛）。
*	駮	ㄅㄛˊ	斑駮（同「斑駁」）。駮正（糾正錯誤）。駮議（持不同的看法）。句ㄍㄡ駮省ㄕㄥˇ便（指金錢的收支有方）。群臣駮議。
*	骹	ㄑㄧㄠ	鳴骹（響箭）。骹圍（車輻靠近車輪的地方）。
	鮫	ㄐㄧㄠ	鮫綃ㄒㄧㄠ（絲製手絹ㄐㄩㄢˋ）。馬鮫魚（即鰆ㄔㄨㄣ魚、土托魚）。
*	鵁	ㄐㄧㄠ	鵁鶄ㄐㄧㄥ（鳥名。即赤頭鷺）。

國字	字音	語詞
【艮】		
* 佷	ㄏㄣˇ	忮佷(忌刻凶狠)。佷用(狠毒且剛愎自用)。佷戾(凶暴、乖張)。愎佷(固執、凶暴)。
	ㄏㄥˊ	佷山(古縣名)。
哏	ㄍㄣˊ	抓哏(指演員為了逗笑觀眾而臨時編出的有趣動作或臺詞)。逗哏(用滑稽有趣的話或動作引人發笑)。惡哏哏(極為凶惡的樣子)。
垠	ㄧㄣˊ	垠際(邊際)。無垠。一望無垠。無垠無涯。
墾	ㄎㄣˇ	屯墾。開墾。墾地。墾荒。墾殖。
很	ㄏㄣˇ	鬥很(以凶狠的手段與別人爭強鬥勝。同「鬥狠」)。好勇鬥很(同「好勇鬥狠」)。
恨	ㄏㄣˋ	悔恨。憎恨。恨入骨髓。
懇	ㄎㄣˇ	誠懇。懇切。懇託。懇談。懇請。懇摯。懇親會。情詞懇切。
* 拫	ㄏㄣˊ	拫卻(排斥)。
根	ㄍㄣ	根據地。六根清淨。耳根清淨。根深柢固。歸根究柢。
狠	ㄏㄣˇ	狠心。狠毒。心狠手辣。好勇鬥狠。
痕	ㄏㄣˊ	刻痕。淚痕。痕跡。傷痕。斧鑿痕(比喻詩文繪畫刻意雕琢,顯得造作而不自然)。春夢無痕(形容世事變幻無常)。

國字	字音	語詞
眼	ㄧㄢˇ	眼角膜ㄇㄛˊ。別具慧眼。獨具隻眼（具有獨到的眼光或見解）。避人眼目。
* 簋	ㄍㄨㄟˇ	簠ㄈㄨˇ簋（古代祭祀時，用以盛ㄔㄥˊ稻粱黍稷ㄐㄧˋ的器皿）。陳饋八簋（擺上八盤美食）。簠簋不飭ㄔˋ（比喻為官不廉潔。同「簠簋不飾」）。簠簋之風（指官吏貪愛錢財、接受賄賂ㄌㄨˋ的風氣）。鏤ㄌㄡˋ簋朱紘ㄏㄨㄥˊ（比喻器物極為華美）。
腿	ㄊㄨㄟˇ	扯後腿。花拳繡腿。
艮	ㄍㄣˋ	艮卦。艮當（漢代人）。儒艮（動物名。俗稱「美人魚」）。艮苦冰涼（指人窮困淒涼）。
	ㄍㄣˇ	艮蘿蔔（蘿蔔堅硬不脆）。說話太艮（指人說話太粗率、直接）。
艱	ㄐㄧㄢ	艱辛。艱苦。艱鉅。艱澀。艱難。共體時艱。步履維艱。委重投艱（指委託重大艱難的任務）。物力維艱（物資匱乏，取得不易）。備嘗艱苦。創業維艱。遺大投艱（同「委重投艱」）。艱苦奮鬥。舉步維艱。
* 茛	ㄍㄣˋ	毛茛（植物名）。與「莨ㄌㄧㄤˊ」不同。
褪	ㄊㄨㄣˋ	褪手（將手縮藏在袖子內）。褪毛（毛脫落）。褪色。褪衣。褪前擦後（形容人驚恐的樣子）。褪後趨前（形容不斷向人獻殷勤）。
* 豤	ㄎㄣˇ	豤豤（心誠意切的樣子。同「懇懇」）。
跟	ㄍㄣ	腳跟。高跟鞋。腳後跟。立定腳跟。站穩腳跟。
退	ㄊㄨㄟˋ	退化。退步。以退為進。退居幕後。

國字	字音	語詞
銀	ㄧㄣˊ	銀幕。銀漢（銀河）。火樹銀花。鐵畫銀鉤（形容書法筆畫遒ㄑㄧㄡˊ勁有力）。
限	ㄒㄧㄢˋ	大限（死期）。戶限為穿（形容訪客眾多）。未可限量。畫地自限。
齦	ㄧㄣˊ	牙齦。齒齦。
【老】		
佬	ㄌㄠˇ	鄉巴佬。
姥	ㄇㄨˇ	公姥（公婆。也指岳父母）。保姥（保母）。師姥（女巫ㄨ）。天姥山（浙江省山名）。驪ㄌㄧˊ山姥（道教的女仙名）。
	ㄌㄠˇ	姥姥。劉姥姥。
*栳	ㄌㄠˇ	栲ㄎㄠˇ栳（用竹篾ㄇㄧㄝˋ或柳條編製而成的容器）。
老	ㄌㄠˇ	和事老。梅老板（對國劇大師梅蘭芳的尊稱）。老蚌生珠。
荖	ㄌㄠˇ	荖濃溪（溪名。位於臺灣南部）。
【共】		
供	ㄍㄨㄥ	口供。串供。招供。供給ㄐㄧˇ。供詞。供認。供應。訊供（審問犯人的口供）。提供。逼供。親供（被告親口承認的供詞）。錄供（記錄供詞）。翻供。攀供（審訊時供出其他有牽連的人）。求過於供。供不應求。供過於求。供需失調。
	ㄍㄨㄥˋ	上供。供佛。供品。供桌。供奉。供養ㄧㄤˋ。供職。蜜供（供神佛的油炸ㄓㄚˊ麵製糕點）。齋供（供奉神佛的蔬果素食）。

國字	字音	語　　詞
共	ㄍㄨㄥˋ	共鳴。共識。不共戴天。有目共睹。和衷共濟。
	ㄍㄨㄥ	共工（唐堯時負責治水及掌管百工事宜的官吏）。共鼓（上古時黃帝命其造船和槳的人）。共叔段（春秋 鄭武公子）。共其乏困（供ㄍㄨㄥ給ㄐㄧˇ匱乏的資糧）。共承嘉惠（恭奉皇帝的詔ㄓㄠˋ令）。
	ㄍㄨㄥˇ	共手（拱手）。眾星共之（眾星拱繞著歸向它）。通「拱」。
哄	ㄏㄨㄥ	哄動。一哄而上。一哄而散。哄抬物價。哄堂大笑。哄然一笑。哄傳一時（當時眾口相傳的消息、事跡）。
	ㄏㄨㄥˇ	哄人（用言語或手段欺騙人）。哄騙。啜ㄔㄨㄛˋ哄（用好話哄勸）。瞞哄。哄小孩。連哄帶騙。撮科打哄（以詼諧的語言及滑ㄍㄨˇ稽的動作引人發笑。同「插科打諢ㄏㄨㄣˋ」「撮科打鬨ㄏㄨㄥˋ」）。
恭	ㄍㄨㄥ	恭喜。恭維。前倨ㄐㄩˋ後恭（待人勢利，態度轉變迅速，前後不一）。卻之不恭（對他人餽贈或邀請的客套話）。洗耳恭聽。恭喜發財。
*拲	ㄍㄨㄥˇ	梏ㄍㄨˋ拲（古代刑具的一種）。
拱	ㄍㄨㄥˇ	拱門。拱橋。拱手作ㄗㄨㄛˋ揖。拱手聽ㄊㄧㄥˋ命。拱手讓人。珍同拱璧（形容東西極其珍貴，如同稀世珍寶）。眾星拱月。墓木已拱（指人死亡已久）。鳴琴垂拱（比喻無為而治）。
栱	ㄍㄨㄥˇ	斗栱（屋宇梁柱間的銜接結構）。枓ㄓㄨˇ栱（同「斗栱」）。
洪	ㄏㄨㄥˊ	付諸洪喬（書信寄失）。洪水猛獸。洪喬之誤（同「付諸洪喬」）。洪福齊天。聲如洪鐘。

	國字	字音	語詞
	烘	ㄏㄨㄥ	烘烤。烘乾。烘焙ㄅㄟˋ。熱烘烘。鬧烘烘。冬烘先生（淺陋迂ㄩ腐，不明事理的人）。烘雲托月。
*	珙	ㄍㄨㄥˇ	神珙（唐代和尚）。珙桐（植物名。又名「鴿子樹」）。
*	舼	ㄑㄩㄥˊ	舼艚ㄘㄠˊ（小船）。
	葓	ㄏㄨㄥˋ	雪裡葓（植物名。也稱為「雪裡紅」）。
*	蛬	ㄍㄨㄥˇ	秋蛬（蟋蟀）。露ㄌㄨˋ蛬風蟬（草野間的蟲鳴聲）。
	衖	ㄌㄨㄥˋ	巷衖（巷弄ㄌㄨㄥˋ）。衖堂（小巷子）。通「弄ㄌㄨㄥˋ」。
*	輂	ㄐㄩˊ	畚輂（一種似畚箕盛ㄔㄥˊ裝土石的器具）。輂車（一種用馬拉的大車）。
*	輁	ㄍㄨㄥˇ	輁車（古代用來載運靈柩ㄐㄧㄡˋ的車子）。
*	鎣	ㄏㄨㄥˋ	張燦鎣（前臺南市市長）。
	閧	ㄏㄨㄥˋ	起閧。一閧而散(同「一哄而散」)。閧堂大笑(同「哄堂大笑」)。
	龔	ㄍㄨㄥ	龔自珍（清代學者）。龔行天罰（敬奉上天的意志去懲ㄔㄥˊ罰。同「恭行天罰」）。
	【同】		
*	侗	ㄊㄨㄥˊ	倥ㄎㄨㄥˇ侗（愚昧無知的樣子）。儱ㄌㄨㄥˊ侗（模糊籠統。同「籠統」）。籠侗（責備人未成器）。侗而不愿ㄩㄢˋ（愚昧無知的人本該忠厚而不忠厚）。
		ㄉㄨㄥˋ	侗族（少數民族之一。分布於貴州、廣西、湖南三省的交界地區）。

	國字	字音	語詞
	同	ㄊㄨㄥˊ	胡同（小巷道）。死胡同（比喻絕路）。黨同伐ㄈㄚˊ異（結合同黨，打擊不同意見的人）。
*	哃	ㄊㄨㄥˊ	哃唐（揚言）。
*	垌	ㄉㄨㄥˋ	田垌（田地）。與「坰ㄐㄩㄥ」不同。
		ㄊㄨㄥˊ	垌冢（湖北省地名）。
*	峒	ㄊㄨㄥˊ	崆ㄎㄨㄥ峒山（山名）。
		ㄉㄨㄥˋ	苗峒（苗人居住的地方）。大龍峒（臺北市地名）。
	恫	ㄊㄨㄥ	呻恫（因病痛而發出呻吟聲）。哀恫（哀痛）。恫矜ㄍㄨㄢ（疾苦、病痛）。恫瘝ㄍㄨㄢ（同「恫矜」）。恫瘝在抱（把人民的疾苦放在心上。形容愛民殷切）。哀恫中國（哀傷充斥全國）。
		ㄉㄨㄥˋ	恫怨（疑懼怨恨）。恫恐（恐懼）。恫嚇ㄏㄜˋ。恫疑虛喝ㄏㄜˋ（虛張聲勢，使人恐懼不安）。恫疑虛猲ㄏㄜˋ（同「恫疑虛喝」）。
*	挏	ㄊㄨㄥˊ	挏馬（官名。掌管製造乳酪ㄌㄨㄛˋ的工作）。挺挏（指上下或上下推動）。
	桐	ㄊㄨㄥˊ	梧桐。桐生茂豫（遍ㄅㄧㄢˋ地長滿茂盛而有光澤的草木）。破桐之葉（比喻已經分開而且不可復合的事物）。

國字	字音	語詞
洞	ㄉㄨㄥˋ	洞悉。洞曉（洞徹知曉）。別有洞天。洞天福地（比喻名山勝境）。洞房花燭。洞若觀火（觀察事物極為清晰透徹）。洞悉真相。洞燭其奸。洞燭機先。
	ㄊㄨㄥˊ	洪洞（山西省縣名）。洚ㄐㄧㄤˋ洞（大水瀰漫無邊的樣子）。澒ㄏㄨㄥˋ洞（迷濛而瀰漫無際的樣子）。鴻洞（指宇宙混ㄏㄨㄣˋ沌ㄉㄨㄣˋ的原始景象）。澒洞崩拆（形容水勢洶湧盛大，聲勢嚇人）。澒蒙鴻洞（宇宙形成前的混沌狀態。同「鴻洞」）。
*狪	ㄊㄨㄥˊ	狪狪（獸名）。
痌	ㄊㄨㄥ	痌傷（悲痛、哀悼ㄉㄠˋ）。痌瘝ㄍㄨㄢ（同「恫ㄊㄨㄥ瘝」）。痌心疾首（同「痛心疾首」）。
筒	ㄊㄨㄥˇ	筆筒。郵筒。聽筒。出氣筒。竹筒飯。筆筒樹。萬花筒。電話筒。
*絧	ㄊㄨㄥˊ	鴻絧（相連、連續）。與「絅ㄐㄩㄥˇ」不同。
胴	ㄉㄨㄥˋ	胴體（通常指女人的軀體）。
興	ㄒㄧㄥ	興革。興替（興盛與衰微）。興奮。興奮劑。夙興夜寐ㄇㄟˋ。時興式樣（當代流行的款式）。盍ㄏㄜˊ興乎來（何不共同來做一做）。興利除弊。興師動眾。興師問罪。興滅繼絕（扶持建設滅絕的國家，使其得以復興傳承）。
	ㄒㄧㄥˋ	敗興。餘興。興味。興頭ㄊㄡˊ（興味正濃厚）。賦比興（寫作詩文的三種表現方法）。興匆匆。一時興起。乘興而來。興致勃勃。興高采烈。興會淋漓。興盡而返。

	國字	字音	語詞
	茼	ㄊㄨㄥˊ	茼蒿ㄏㄠ（植物名）。
	衕	ㄊㄨㄥˊ	衚ㄏㄨˊ衕（小巷道。同「胡同ㄊㄨㄥˊ」）。
*	詷	ㄉㄨㄥˋ	謥ㄘㄨㄥˋ詷（草率決斷，任意行事）。與「詗ㄒㄩㄥˋ」不同。
*	迵	ㄉㄨㄥˋ	迵迭（透徹通達）。迵風（飲酒過量所引起的風疾）。迵迵（通達）。與「迥ㄐㄩㄥˇ」不同。
	酮	ㄊㄨㄥˊ	丙酮（有臭味的無色液ㄧㄝˋ體，揮發性大，易著火，可溶於水）。酮體症（病名）。
	銅	ㄊㄨㄥˊ	銅臭ㄒㄧㄡˋ味。銅筋鐵肋（比喻身體健壯）。銅駝荊棘（形容國土淪陷後殘破荒蕪的景象）。
	【危】		
*	佹	ㄍㄨㄟˇ	佹辯（詭異狡詐的辯說。同「詭辯」）。倔佹（變化多端。同「譎ㄐㄩㄝˊ詭」）。欐ㄌㄧˋ佹（枝幹盤結）。佹得佹失（得失皆出於偶然）。
	危	ㄨㄟˊ	危險。正襟危坐。危言聳聽。居安思危。臨危不亂。
*	卼	ㄨˋ	臲ㄋㄧㄝˋ卼（動搖不安的樣子。同「杌ㄨˋ隉ㄋㄧㄝˋ」）。
*	垝	ㄍㄨㄟˇ	垝垣ㄩㄢˊ（毀壞的城牆）。垝遇（由側面把箭射出去）。垝牆（同「垝垣」）。
*	姽	ㄍㄨㄟˇ	姽嫿ㄏㄨㄚˋ（女子嫻靜美好的樣子）。
*	峗	ㄨㄟˊ	崎峗（山勢險峻的樣子）。
	桅	ㄨㄟˊ	桅杆。船桅。檣ㄑㄧㄤˊ桅毗ㄆㄧˊ連（形容船多）。
*	硊	ㄨㄟˇ	石硊（安徽省山名）。磈ㄎㄨㄟˇ硊（山石地勢高險的樣子）。磳ㄗㄥ硊（山勢險峻的樣子）。

國字	字音	語詞
*祪	ㄍㄨㄟˇ	祔ㄈㄨˋ祪（新廟與毀廟）。
脆	ㄘㄨㄟˋ	香脆。脆弱。乾脆。清脆。
*詭	ㄍㄨㄟˇ	弔詭。詭異。詭詐。詭譎ㄐㄩㄝˊ。弔詭矜奇（指人言行ㄒㄧㄥˊ詭異）。言行相詭（指人言行不一致而互相違背）。波ㄅㄛ詭雲譎（形容事態的發展變化莫測）。波譎雲詭（同「波詭雲譎」）。詭計多端。詭計陰謀。詭譎多變。
跪	ㄍㄨㄟˋ	跪拜。跪地求饒。
*頠	ㄨㄟˇ	裴ㄆㄟˊ頠（晉代哲學家）。
【亥】		
亥	ㄏㄞˋ	亥時（晚上九點到十一點）。魯魚亥豕（指文字因形似而致傳抄或刻ㄎㄜˋ印時發生錯誤）。
*侅	ㄍㄞ	奇侅（非常）。
刻	ㄎㄜˋ	刻印。刻字。銘刻。雕刻。鐫ㄐㄩㄢ刻。雕刻刀。雕刻家。功在漏刻（形容建立功績極為快速、容易）。尖酸刻薄。刻舟求劍。刻苦耐勞。刻骨銘心。刻畫入微。刻畫無鹽（以醜女比美人。指比喻不夠恰當）。
劾	ㄏㄜˊ	彈劾。深文巧劾（指巧妙的援引嚴苛的法條，羅織罪名，陷人入罪）。
咳	ㄎㄜˊ	咳血。咳痰。咳嗽。咳唾成珠（比喻人談吐不凡或辭藻優美。同「欬ㄎㄜˊ唾成珠」）。珠璣咳唾（同「咳唾成珠」）。
	ㄏㄞ	咳聲嘆氣。

	國字	字音	語詞
	垓	ㄍㄞ	垓下。垓埏ㄧㄢˊ（指極遠之地）。垓極（遙遠而偏僻的地方）。兵圍垓下。八荒九垓（指全國、天下各地）。億兆京垓（數目名）。
	孩	ㄏㄞˊ	孩提（需要人提攜、懷抱的幼兒）。孩童。孩提時代。
*	峐	ㄍㄞ	峐瞻（清代何焯ㄓㄨㄛˊ之字）。
	核	ㄏㄜˊ	考核。果核（果實的種子ㄗˇ）。核心。核定。核准。審核。
	欬	ㄎㄞˋ	謦ㄑㄧㄥˋ欬（談笑）。久違謦欬（指很久不通消息）。
		ㄎㄜˊ	風欬（因風寒而引起的咳嗽）。欬唾成珠（比喻言談不凡或辭藻優美。同「咳唾成珠」）。通「咳」。
	氦	ㄏㄞˋ	氦氣。
*	痎	ㄐㄧㄝ	痎瘧（瘧疾）。
*	絯	ㄍㄞ	物絯（受外物的牽絆）。天地大絯（指受到極大的震撼）。
*	胲	ㄍㄞ	奇胲（兵略）。膍ㄆㄧˊ胲（牛胃和牛蹄）。
*	荄	ㄍㄞ	根荄（草木的根部。比喻事物的根本、根源）。菟荄（植物名。白蘞ㄌㄧㄢˋ的別稱）。
	該	ㄍㄞ	該備（完備。同「賅ㄍㄞ備」）。應該。命不該絕。
*	賌	ㄍㄞ	奇賌（奇祕）。
	賅	ㄍㄞ	賅備（完備）。言簡意賅（言辭簡單而意旨明確完整）。學問賅博（學問淵博）。

	國字	字音	語詞
*	輆	ㄎㄞˇ	輆沐（古國名）。
	閡	ㄏㄜˊ	拘閡（妨礙）。隔閡。疑閡（疑惑）。
*	陔	ㄍㄞ	循陔（事親）。蘭陔（比喻孝養ㄧㄤˋ雙親）。
	頦	ㄏㄞˊ	下頦（下巴）。頦頷ㄏㄢˋ（下巴）。
		ㄎㄜ	下巴頦兒（下巴）。
	駭	ㄏㄞˋ	駭異。驚駭。紛紅駭綠。動心駭目（對事物感受很深，震撼極大）。駭人耳目（使人驚懼）。駭人聽聞。驚世駭俗。驚濤ㄊㄠ駭浪。
	骸	ㄏㄞˊ	形骸（軀體）。骨骸。殘骸。遺骸。骸骨。乞骸骨（古代稱官吏辭職）。放浪形骸（縱情放任，隨心所欲，不加檢束）。析骸以爨ㄘㄨㄢˋ（形容戰亂或災荒時百姓的悲慘困境）。析骸易子（同「析骸以爨」）。
	【朿】		
*	僰	ㄅㄛˊ	僰人（我國古代少數民族之一。散布於西南地區）。
	刺	ㄘˋ	諷ㄈㄥˋ刺。投刺解職（形容放棄官職而遠走他處）。芒刺在背（因畏懼而坐立難安）。刺刺不休（說話嘮ㄌㄠˊ叨，不能停止的樣子）。泥中隱刺（比喻話中帶嘲諷ㄈㄥˋ）。背生芒刺（同「芒刺在背」）。蛋中挑ㄊㄧㄠ刺（比喻故意挑剔ㄊㄧ，找人麻煩）。寒風刺骨。懸梁刺股。

	國字	字音	語詞
*	梀	ㄙㄨˋ	赤梀（木名）。
	棘	ㄐㄧˊ	荊棘。棘手。棘楚（同「荊棘」）。嚴棘（監獄）。朽棘不彫（比喻局勢或人敗壞到無法挽救的地步。也作「朽棘不雕」）。披荊斬棘。胸中柴棘（形容人心險惡ㄜˋ）。荊天棘地（比喻處境極為困難）。棘皮動物。鉤章棘句（比喻文辭艱澀難懂）。
	棗	ㄗㄠˇ	棗紅色。囫ㄏㄨˊ圇ㄌㄨㄣˊ吞棗。災梨禍棗（刊印無用的書籍）。面如重ㄓㄨㄥˋ棗（稱人臉色紅如棗色）。棗泥月餅。讓棗推梨（比喻兄弟友愛）。
	策	ㄘㄜˋ	策馬（鞭策馬使之前進）。獻策。束手無策。乘堅策肥（形容生活豪華奢侈）。群策群力。算無遺策。謀無遺策。簡策楮ㄔㄨˇ墨（指書籍和紙墨）。「筴」為異體字。
*	蕀	ㄐㄧˊ	顛蕀（植物名）。
*	襋	ㄐㄧˊ	要ㄧㄠ之襋之（縫製好腰身，做好衣領）。
	【舌】		
*	佸	ㄏㄨㄛˊ	曷ㄏㄜˊ其有ㄧㄡˇ佸（什ㄕㄣˊ麼時候能再團聚）。
	刮	ㄍㄨㄚ	刮傷。搜刮（同「搜括」）。耳刮子（巴掌）。刮鬍刀。刮目相看。刮骨療毒。
*	咶	ㄏㄨㄚˋ	咭ㄐㄧ咶（囉ㄌㄨㄛ嗦、嘮ㄌㄠˊ叨）。伏而咶天（比喻所做與所求不一致，不能達到目的）。咭ㄐㄧ咭咶咶（同「咭咶」）。
*	姡	ㄏㄨㄛˊ	姡獪ㄎㄨㄞˋ（無賴）。

國字	字音	語　　詞
括	ㄍㄨㄚ	包括。括弧。括號。搜括（同「搜刮」）。概括。總括。囊ㄋㄤˊ括。括囊拱手（臣子不建言，對朝政無所作為）。概括承受。
	ㄎㄨㄛˋ	括約肌（一種環狀肌。能收縮和舒張，以控制食物通過或排泄物排出）。
* 栝	ㄍㄨㄚ	栝樓（植物名）。機栝（泛指機械的發動、開啟部分）。檃ㄧㄣˇ栝（矯正樹木彎曲之器）。
活	ㄏㄨㄛˊ	活塞ㄙㄞ。活躍ㄩㄝˋ。活動看ㄎㄢ板。拿手絕活。
* 筈	ㄍㄨㄚ	箭筈（箭的末端）。箭筈嶺（嶺名。位於陝西省）。
聒	ㄍㄨㄚ	絮聒。聒噪。強ㄑㄧㄤˇ聒不舍ㄕㄜˇ（嘮ㄌㄠˊ叨個不停）。
* 菇	ㄍㄨㄚ	菝ㄅㄚˊ菇（草名。即薄ㄅㄛˋ荷）。
蛞	ㄎㄨㄛˋ	蛞蝓（也稱「蜒ㄧㄢˊ蚰ㄧㄡˊ」。與「蚰蜒」不同）。
話	ㄏㄨㄚˋ	落ㄌㄚˋ話。話柄。話匣ㄒㄧㄚˊ子。
* 趏	ㄍㄨㄚ	趏席（越席）。趏席以坐。
* 适	ㄍㄨㄚ	洪适（宋金石學家）。
* 銛	ㄒㄧㄢ	銛利（鋒利）。銛諸（傳說中居住在月亮上的蝦ㄏㄚˊ蟆）。鐵銛（鐵鍬ㄑㄧㄠ之類的器具）。
闊	ㄎㄨㄛˋ	遼闊。闊綽。大刀闊斧。昂首闊步。海闊天空。高視闊步（說人氣概ㄍㄞˋ不凡或態度高傲）。高談闊論。「濶」為異體字。

	國字	字音	語詞
	颳	ㄍㄨㄚ	颳風（同「刮風」）。冰前颳雪（同「雪上加霜」）。
*	髺	ㄎㄨㄛˋ	髺髮（以麻或布挽束頭髮。同「束髮」）。
*	鴰	ㄍㄨㄚ	老鴰（指烏鴉）。麋ㄇㄧˊ鴰（同「鶬ㄘㄤ鴰」）。鶬ㄘㄤ鴰（白頂鶴的別名）。
	【匡】		
*	劻	ㄎㄨㄤ	劻勷ㄖㄤˊ（驚惶不安的樣子）。
	匡	ㄎㄨㄤ	匡正。匡弼ㄅㄧˋ（匡正輔弼）。匡復。一匡天下（即統一天下）。功均一匡（功勞之大，與一匡天下的功業相等）。匡我不逮ㄉㄞˋ（請人幫忙或向人求教的謙詞）。匡時濟世（挽救艱危的局勢，使其轉危為安）。蠶績蟹匡（比喻本不相關的事，卻因某種因緣而產生連繫）。
*	恇	ㄎㄨㄤ	恇駭（恐懼驚慌）。恇懼。恇怯ㄑㄩㄝˋ不前（恐懼而畏縮不前）。
	框	ㄎㄨㄤ	方框。門框。相框。框架。畫框。鏡框。籃框。
*	洭	ㄎㄨㄤ	洭水（河川名。發源於湖南省）。
	眶	ㄎㄨㄤ	眼眶。奪眶而出。熱淚盈眶。
	筐	ㄎㄨㄤ	籮筐。筐篋ㄑㄧㄝˋ中物（比喻一般常見的事物）。傾筐倒ㄉㄠˇ庋ㄐㄧˇ（盡其所有。即全部拿出來）。傾筐倒ㄉㄠˇ篋（同「傾筐倒庋」）。管窺筐舉（比喻見識淺陋）。

	國字	字音	語詞
	誆	ㄎㄨㄤ	誆哄ㄏㄨㄥˇ（誆騙、哄騙）。誆騙。東誆西騙（到處說謊欺騙）。假話誆人。誆言詐語（欺騙人的話）。誘秦誆楚（比喻搬弄是非、挑ㄊㄧㄠ撥離間ㄐㄧㄢˋ）。
			【关】
	券	ㄑㄩㄢˋ	彩券。獎券。禮券。入場券。招待券。消費券。優待券。可操左券（比喻有成功的把握）。勝券在握。憑券入場。穩操勝券。證券市場。
*	帣	ㄐㄩㄢˋ	盛東西的袋子。
		ㄐㄩㄢˇ	帣韝ㄍㄡ（捲起衣袖）。文錦之帣（外飾錦紋的袋子）。
*	弮	ㄑㄩㄢ	空弮（無箭的弓）。捺ㄋㄚˋ弮（穀物肥實）。
	拳	ㄑㄩㄢˊ	拳頭ㄊㄡˊ。赤手空拳。拳拳服膺（誠懇真摯的牢記在心。同「卷ㄑㄩㄢˊ卷服膺」）。
	眷	ㄐㄩㄢˋ	家眷。眷念。眷屬。眷顧。眷戀。承蒙殊眷（感謝他人的特別照顧）。神仙眷屬。眷念無斁ㄧˋ（時時想念而記掛在心）。攜家帶眷。
*	絭	ㄐㄩㄢˋ	緊絭（緊密纏繞）。
*	觠	ㄑㄩㄢˊ	觠局（蹲伏曲身）。觠角（指牛羊彎曲的角）。
	豢	ㄏㄨㄢˋ	酣豢（沉溺於享樂）。豢養。山膚水豢（泛稱各式美味）。豢養牲畜。
*	齤	ㄑㄩㄢˊ	齤然而笑（露齒而笑的樣子）。
			【各】
	各	ㄍㄜˋ	各自。各有千秋。各行其是。各個擊破。

國字	字音	語詞
咯	˙ㄌㄛ	來咯。當然咯。
	ㄍㄜ	咯咯叫。咯咯作響。咭ㄐㄧ吱ㄓ咯吱（形容器物摩擦或擠壓的聲音）。
	ㄎㄚˇ	咯血（咳嗽時出血）。
	ㄍㄜˊ	打飽咯兒（同「打飽嗝ㄍㄜˊ兒」）。通「嗝」。
*峉	ㄜ	岝ㄗㄨㄛˊ峉（山勢參ㄘㄣ差ㄘ不齊的樣子）。
恪	ㄎㄜˋ	恪守。恪慎（恭敬謹慎）。恪遵。勤恪（勤勉恭謹）。恪守不渝。恪守成式（謹守前人訂定的法令規章）。恪守成憲（同「恪守成式」）。恪勤為公（為公事謹慎勤勉）。
*挌	ㄍㄜˊ	挌鬥（同「格鬥」）。手挌猛獸（赤手擊打猛獸）。
撂	ㄌㄧㄠˋ	撂倒。撂不著ㄓㄠˊ（打不到）。撂下狠話。撂下臉來（沉下臉來，表示不滿或憤怒）。
擱	ㄍㄜ	耽擱。擱淺。擱筆。擱置。擱在心上。
格	ㄍㄜˊ	形格勢禁（受到環境情勢的阻礙或限制）。降格以求。格物致知（推究事物的道理，以獲得知識）。格格不入。
洛	ㄌㄨㄛˋ	洛浦宓ㄈㄨˊ妃（神話中洛水的女神）。洛陽紙貴。
烙	ㄌㄨㄛˋ	炮ㄆㄠˊ烙（用燒紅的金屬器物灼燙身體的酷刑）。
	ㄌㄠˋ	烙印。烙痕。烙餅。烙鐵。熱鐵烙膚（比喻記憶長久或感受極為深刻）。機車烙碼。

	國字	字音	語詞
*	珞	ㄌㄨㄛˋ	瓔ㄧㄥ珞(用珠玉綴成的頸飾)。珞珞如石(形容剛正的樣子或形容死硬而不知變通)。
	略	ㄌㄩㄝˋ	侵略。攻城略地。略高一籌。雄才大略。
*	硌	ㄍㄜˋ	硌牙。硌吱ㄓ(狀聲詞)。硌登(坐在椅子上用腳尖著地,使腿抖動)。硌腳(腳觸到凸ㄊㄨˊ起的東西感到難受)。
		ㄌㄨㄛˋ	砟ㄓㄚˇ硌(山石錯落不齊的樣子)。硌石(山中大石頭)。磥ㄌㄟˇ硌(壯盛的樣子)。
	絡	ㄌㄨㄛˋ	活絡。脈ㄇㄞˋ絡。經絡。熱絡。籠ㄌㄨㄥˇ絡。馬絡頭ㄊㄡˊ(套在馬頭上的籠頭,以便駕馭)。絡繹不絕。絡繹於途。籠絡人心。
		ㄌㄠˋ	絡子(用線或繩編成的網子,可以裝物)。
	胳	ㄍㄜ	胳膊。胳臂ㄅㄧ˙。胳肢窩。
*	茖	ㄍㄜˊ	茖蔥(植物名)。
	落	ㄌㄨㄛˋ	落單。落款。希望落空ㄎㄨㄥ。落腮鬍子。
		ㄌㄠˋ	落子(蓮花落的俗稱)。落枕。落炕ㄎㄤˋ(病得很嚴重而不能起床)。落價(價格下跌)。落不是(遭到批評、指責)。落褒貶(招惹別人的批評)。蓮花落(古代時乞丐所唱的歌曲。後發展成中國曲藝藝術)。落在樹上(停在樹上)。
		ㄌㄚˋ	落字。落神。落話(吩咐的不周到)。一時落空ㄎㄨㄥˋ(一時疏忽而未顧及)。丟三落四。落在後頭。
*	袼	ㄌㄨㄛˋ	緊ㄧ袼(圍兜、幼兒涎ㄒㄧㄢˊ衣)。

	國字	字音	語詞
*	觡	ㄍㄜˊ	角觡（有角的獸類）。鹿觡（鹿的角）。
*	詻	ㄜˋ	言容詻詻（說話臉色和語氣嚴肅莊重）。詻詻之下（指敢直言勸諫的下屬）。
	貉	ㄏㄜˊ	一丘之貉。
		ㄇㄛˋ	薉ㄏㄨㄟˋ貉（東夷族名。同「穢貊」）。蠻貉（南蠻和北狄）。干越夷貉（泛指古代各種不同的種族）。通「貊ㄇㄛˋ」。
	賂	ㄌㄨˋ	賄ㄏㄨㄟˋ賂。招權納賂（獨攬權柄，收取賄賂）。苞苴ㄐㄩ賄賂（公然賄賂）。貨賂公行（公然以財物行賄他人）。賄賂公行（同「貨賂公行」）。
*	輅	ㄌㄨˋ	玉輅（用珠玉裝飾的車子）。輅車（天子乘坐的車子）。輚ㄓㄢˋ輅（臥車）。椎輪大輅（比喻事物由簡至繁，由粗到精，逐步進化、完善）。
	酪	ㄌㄨㄛˋ	奶酪。乳酪。酪梨。酪農。優酪乳。
	鉻	ㄍㄜˋ	鉻鋼（含鉻的合金鋼）。鍍鉻鋼（鍍過鉻的鋼）。
	閣	ㄍㄜˊ	內閣。出閣（女子出嫁）。閣下。閣揆。樓閣。束之高閣。空中樓閣。閉閣思過（在家檢討反省過失）。臺閣生風（比喻官風廉潔不苟取）。樓閣亭臺。
		ㄍㄜ	耽閣（同「耽擱」）。通「擱」。
	雒	ㄌㄨㄛˋ	雒邑（為周代的王城）。雒南（陝西省縣名）。
	駱	ㄌㄨㄛˋ	駱駝。

國字	字音	語詞
骼	ㄍㄜˊ	骨骼。掩骼埋胔ㄗˋ（掩埋腐爛的屍骨）。
*鴿	ㄌㄨㄛˋ	鴿鳥（水鳥名）。
	ㄍㄜˊ	鴝ㄍㄡ鴿（即鵂ㄒㄧㄡ鶹ㄌㄧㄡˊ，貓頭鷹的一種）。
【合】		
*匼	ㄢˇ	匼匝ㄗㄚ（周匝）。烏匼（烏巾，為隱逸者的服飾）。阿ㄜ匼取容（諂媚逢迎的樣子）。諂媚阿ㄜ匼。
合	ㄏㄜˊ	聚合。不合邏輯。天作之合。折合現金。苟合取容（苟且迎合他人，以求容身）。
	ㄍㄜˇ	公合（容量單位。等於十分之一公升）。升合（比喻數量極少）。石ㄉㄢˋ斗升合。
哈	ㄏㄚ	哈腰。哈密瓜。哼哈二將（比喻行為迥ㄐㄩㄥˇ異卻默契十足的一對伙伴）。哈雷彗星。點頭哈腰。
	ㄏㄚˇ	哈達（紅、黃、藍、白的薄絹ㄐㄩㄢˋ。蒙古、西藏人用以敬佛或饋贈之物）。哈巴狗。哈遠儀（中天主播ㄅㄛˋ）。哈德門（北京 崇文門的俗稱）。
	ㄎㄚ	哈喇呢ㄋㄧˊ（毛織品。為呢ㄋㄧˊ絨的最上品，產於俄ㄜˊ國）。哈喇馬褂。
*姶	ㄜˋ	婤ㄓㄡ姶（人名。衛襄公嬖ㄅㄧˋ人）。
峇	ㄅㄚ	峇里島。
*帢	ㄑㄧㄚˋ	白帢（百姓戴的白色便帽）。衣帢（衣帽）。帢帽（三國 魏武帝時的一種便帽）。

國字		字音	語詞
	恰	ㄑㄧㄚˋ	恰巧。恰當。恰如其分ㄈㄣˋ。恰到好處。
	拾	ㄕˊ	撿拾。不可收拾。拾人牙慧（比喻抄襲他人的意見或言論）。拾人涕唾（同「拾人牙慧」）。俯拾皆是。
		ㄕㄜˋ	拾級（順著階梯一級一級的往上走）。拾級而上。
	拿	ㄋㄚˊ	拿喬（故作姿態為難他人，以抬高自己的身價）。拿翹ㄑㄧㄠˊ（同「拿喬」）。拿手絕活。拿捏分寸。拿班作勢（即裝模作樣）。
*	搿	ㄍㄜˊ	搿抱（兩手合抱）。
*	欱	ㄒㄧㄚˋ	呵欱（比喻推荐或進退）。
	洽	ㄑㄧㄚˋ	接洽。融洽。重ㄔㄨㄥˊ熙累ㄌㄟˇ洽（指國家累世太平安樂）。博學洽聞（學問淵博，見識豐富）。殫ㄉㄢ見洽聞（同「博學洽聞」）。
*	湁	ㄔˋ	潗ㄐㄧˊ湁（小水翻騰上湧的樣子）。
*	畣	ㄉㄚˊ	回畣（同「回答」）。為「答」的古字。
	盒	ㄏㄜˊ	餐盒。禮盒。保鮮盒。
*	祫	ㄒㄧㄚˊ	三歲一祫（每三年在太廟中合祭遠近祖先）。
	答	ㄉㄚˊ	答覆。答辯。應答如流。
		ㄉㄚ	答理。答腔。答應。滴答。羞答答。溼答答。羞人答答（形容害羞、難為情的樣子）。

國字		字音	語詞
	劄	ㄓㄚˊ	劄記。駐劄（駐留外地）。點劄（檢查）。駐劄國（稱使節所駐紮之國）。撩東劄西（比喻不按部就班做事）。駐劄大臣（清代官名）。
	給	ㄐㄧˇ	供ㄍㄨㄥ給。配給。給予。給假。給獎。薪給（工資、薪水）。辯給（有口才，能言善辯）。有給職。給事中（職官名）。補給品。口齒便ㄆㄧㄢˊ給（比喻口才敏捷，能言善道）。公共給水。戶給人足（家家戶戶衣食充裕，生活富足）。日不暇給（指事務繁多而時間不夠用）。目不給視（同「目不暇給」）。目不暇給。自給自足。利口捷給（同「口齒便給」）。家給戶足（同「戶給人足」）。現金給付。給水設備。職務加給。
		ㄍㄟˇ	發給。給以顏色。
	蛤	ㄍㄜˊ	文蛤。蛤蚌。蛤蚧ㄐㄧㄝˋ（動物名。與蜥蜴同類異種）。蛤蜊ㄌㄧ˙。蛤蠣（同「蛤蜊」）。且食蛤蜊（暫且置之不問）。雕蚶ㄏㄢ鏤ㄌㄡˋ蛤（比喻飲食奢侈）。
		ㄏㄚˊ	山蛤（蛙的一種）。蛤蟆（同「蝦蟆」）。蛙蛤（蛙的一種）。
*	袷	ㄐㄧㄚˊ	白袷（白色的夾衣）。袷衣（有夾層的衣服。即夾衣）。袷輅ㄌㄨˋ（帝王或貴族副車）。白袷衣（白夾衣。唐人的便服）。與「祫ㄒㄧㄚˊ」不同。
*	跲	ㄐㄧㄚˊ	跲躓ㄓˋ（跌倒）。綴跲（同「跲躓」）。
*	郃	ㄏㄜˊ	郃陽（陝西省縣名）。張郃（三國 魏人）。

	國字	字音	語詞
*	鉿	ㄏㄜˊ	鉿然（器物陷入他物時發出的聲音）。
		ㄏㄚ	化學元素。
	閤	ㄍㄜˊ	東閤(指宰相接待賓客之處。同「東閣」)。閤下(同「閣下」)。閤中(樓閣、殿堂之中。同「閣中」)。閤正(敬稱他人的妻子。同「閣正」)。閉閤思過(關起門來反省過失。同「閉閣思過」)。通「閣」。
		ㄏㄜˊ	閤府(尊稱對方全家人)。閤眼。閤第。閤家歡。閤第光臨。通「合」「闔」。
*	鞈	ㄐㄧㄚˊ	鞈革（古代用皮革製成的胸甲）。鞈如金石（像金石般的堅硬）。
		ㄊㄚˋ	鏜ㄊㄤ鞈（鐘鼓發出的聲音。同「鏜鞳ㄊㄚˋ」）。
*	韐	ㄍㄜˊ	韎ㄇㄟˋ韐（古代一種皮製蔽膝）。
*	頜	ㄍㄜˊ	上頜(構成口腔上部位的骨骼、肌肉組織)。下頜。顳ㄋㄧㄝˋ頜關節症（口腔頜面部常見的疾病之一）。
	鴿	ㄍㄜ	鴿子。鴿派（主張以和平手段解決紛爭的一派。與「鷹派」反)。放鴿子。飛鴿傳書。
	【圭】		
	佳	ㄐㄧㄚ	佳肴。佳績。才子佳人。佳兵不祥（好用兵是不吉祥的。指最好不要用兵）。漸入佳境。
*	刲	ㄎㄨㄟ	刲羊（宰羊）。
	卦	ㄍㄨㄚˋ	卜卦。占ㄓㄢ卦。變卦。八卦新聞。

	國字	字音	語　　詞
	哇	ㄨㄚ	爪ㄓㄠˇ哇。哇哇叫。哇哇大哭。
		˙ㄨㄚ	好哇（語氣助詞使用）。
	圭	ㄍㄨㄟ	圭角（指稜ㄌㄥˊ角、鋒芒）。圭臬ㄋㄧㄝˋ（法度、標準）。三復白圭（比喻說話謹慎）。不露ㄌㄨˋ圭角（指才華內斂，不鋒芒顯露ㄌㄨˋ）。白圭之玷ㄉㄧㄢˋ（比喻完美中的一點小缺失）。奉為圭臬ㄋㄧㄝˋ。析圭分土（帝王以土地分封諸侯）。零圭斷璧（比喻殘缺不全的珍貴文物）。篳門圭竇ㄉㄡˋ（比喻貧窮人家或貧窮人家居室的簡陋。也作「篳門圭竇」「篳門圭窬ㄩˊ」）。
	奎	ㄎㄨㄟˊ	奎寧（一種藥物）。奎星高照（比喻考運佳）。
*	奊	ㄒㄧㄝˊ	奊詬ㄍㄡˋ（缺乏意志節操）。骫ㄨㄟˇ奊（頭不正的樣子）。
	娃	ㄨㄚˊ	女娃。娃娃。夏娃。嬌娃。泥娃娃。娃娃車。娃娃魚。娃娃臉。洋娃娃。霹靂嬌娃（影片名）。
	恚	ㄏㄨㄟˋ	恚怒（憤怒）。恚恨。恚憤。慍ㄩㄣˋ恚（忿恨）。瞋ㄔㄣ恚（忿怒怨恨）。瞋恚心。
*	挂	ㄍㄨㄚˋ	寸絲不挂（比喻心中無所牽掛）。挂一漏萬（列舉不完備，很多遺漏）。羚羊挂角（比喻詩文意境超脫，無跡可尋）。通「掛」。
	掛	ㄍㄨㄚˋ	掛念。掛彩。牽掛。不足掛齒。牛角掛書（比喻勤奮讀書）。披掛上陣。牽腸掛肚。羚羊掛角（同「羚羊挂角」）。無掛無礙。

國字	字音	語詞
桂	ㄍㄨㄟˋ	桂棹ㄓㄠˋ（用桂木做成的船槳）。米珠薪桂（比喻物價昂貴，人民生活困難）。桂馥ㄈㄨˋ蘭芳（稱譽人賢德或子孫昌榮顯達）。蟾ㄔㄢˊ宮折桂（比喻科舉中試）。薑桂老辣（比喻性情剛烈正直）。爨ㄘㄨㄢˋ桂炊玉（同「米珠薪桂」）。
* 洼	ㄨㄚ	洼地（低窪的地方）。岈ㄒㄧㄚ然洼然（地勢有的凸ㄊㄨˊ起，有的凹陷）。
	ㄍㄨㄟ	洼丹（人名。漢代人）。
* 烓	ㄨㄟ	烓灶（一種燒柴炭的爐灶。即風爐）。
* 珪	ㄍㄨㄟ	珪璋（比喻人品高尚）。拓跋珪（後魏開國君主）。珪璋特達（比喻人品高潔，出類拔萃）。破璧毀珪（比喻破壞美好的事物）。
畦	ㄑㄧˊ	田畦。夏畦（比喻勤勉工作）。麥畦。菜畦。稻畦（稻田）。灌畦。畦畎ㄑㄩㄢˇ相望（形容彼此的田地比ㄅㄧˋ鄰相接）。
* 眭	ㄙㄨㄟ	眭視（眼神深視的樣子）。眭澔ㄏㄠˋ平（前臺視記者）。
* 硅	ㄍㄨㄟ	硅肺（病名。矽肺症）。
* 窐	ㄍㄨㄟ	窐孔（細小的孔穴）。窐衡（隱士所住的簡陋房屋）。甑ㄗㄥˋ窐（粗陋的瓦器。比喻人愚劣）。
窪	ㄨㄚ	低窪。窪地。
* 絓	ㄍㄨㄚˋ	絓結（心中掛念）。絓誤（受牽累ㄌㄟˋ而丟官）。
罣	ㄍㄨㄚˋ	罣念（同「掛念」）。罣礙。

	國字	字音	語詞
*	罣	ㄍㄨㄚˋ	方罣（方格子）。罣紙（日本稱畫方格的紙）。
*	蘳	ㄏㄨㄚˋ	蘳熒ㄧㄥˊ（花葉粲美的樣子）。
	蛙	ㄨㄚ	井底之蛙。井蛙之見。井蛙語海（比喻不自量ㄌㄧㄤˋ力）。井蛙醯ㄒㄧ雞（比喻識見淺薄）。怒蛙可式（比喻向勇士敬禮）。「鼃」為異體字。
	街	ㄐㄧㄝ	屯街塞ㄙㄜˋ巷（形容人多擁ㄩㄥˇ擠）。街談巷議（小巷中的議論。指不正確的傳聞）。街頭巷尾。
*	袿	ㄍㄨㄟ	袿袍（漢代的一種袍服）。袿襡ㄕㄨˇ（女子服裝之一）。微風動袿（微風吹動衣袖）。
		ㄍㄨㄚˋ	長袍馬袿（同「長袍馬褂」）。通「褂」。
	褂	ㄍㄨㄚˋ	長袍馬褂。
*	觟	ㄏㄨㄚˋ	觟矢（古箭名）。觟陽（複姓）。
*	詿	ㄍㄨㄚˋ	詿誤（受他人蒙蔽而犯錯）。扶同詿誤（因受牽連而犯錯）。
	跬	ㄎㄨㄟˇ	跬步（半步）。計不旋跬（計謀很快就實現了）。跬步千里（指前進雖然緩慢，只要不懈怠，終能到達目的地。比喻學習應該持之以恆）。跬步不離（指半步也不離開。形容跟得很緊）。
*	邽	ㄍㄨㄟ	上邽。下邽（皆古地名）。邽石（石名）。
	閨	ㄍㄨㄟ	閨房。大家閨秀。待字閨中。黃花閨女。閨中密友。
	鞋	ㄒㄧㄝˊ	鞋子。高跟鞋。踏破鐵鞋。

	國字	字音	語詞
	鮭	ㄍㄨㄟ	鮭魚。鮭魚返鄉(比喻臺商返臺投資)。
		ㄒㄧㄝˊ	鮭菜(魚類菜肴的總稱)。
			【伏】
	伏	ㄈㄨˊ	降ㄒㄧㄤˊ伏。起伏。伏地挺身。伏法受誅(犯罪受到制裁處以死刑)。伏案寫字。發姦擿ㄊㄧˋ伏(揭發姦邪,使無可隱藏。形容吏治清明)。晝伏夜出。
*	洑	ㄈㄨˊ	洄洑(水流迴轉盤旋的樣子)。洑水(游泳)。
	茯	ㄈㄨˊ	茯苓(植物名)。茯苓糕。
	袱	ㄈㄨˊ	包袱。歷史包袱。
			【牟】
	侔	ㄇㄡˊ	相侔(相等)。子本相侔(利息與本金相等)。侔色揣ㄔㄨㄞˇ稱ㄔㄥˋ(形容賦詩為文善於摹擬比量)。侔德覆載ㄗㄞˋ(功德等同於天地)。
	牟	ㄇㄡˊ	牟利。牟然而鳴(牛叫)。釋迦牟尼。
		ㄇㄨˋ	牟平縣(山東省縣名)。
	眸	ㄇㄡˊ	眸子ㄗˇ(眼睛中的瞳仁。即黑眼珠)。眼眸(眼睛)。凝眸(專心注視)。回眸一笑。明眸善睞ㄌㄞˋ。皓齒星眸(形容女子相貌美麗)。
*	蛑	ㄇㄡˊ	蛑賊(指危亂社會國家的壞人。同「蟊ㄇㄠˊ賊」「蝥ㄇㄠˊ賊」)。蝤ㄐㄧㄡ蛑(梭子蟹的別名)。
*	麰	ㄇㄡˊ	麰麥(大麥)。

	國字	字音	語詞
*	鴾	ㄇㄡˊ	鴾母（鵪ㄢ鶉ㄔㄨㄣˊ的別名）。
	【𠂢】		
	派	ㄆㄞˋ	門派。派遣。派頭ㄊㄡˊ。派不是（指責別人的過錯）。一派胡言。一派輕鬆。派上用場。
*	眽	ㄇㄛˋ	眽眽（眼神含情而相視不語的樣子。同「脈脈」）。眽眽含情（同「脈脈含情」）。
	脈	ㄇㄞˋ	山脈。切ㄑㄧㄝ脈。把脈。命脈。脈息（脈搏）。脈動。脈象。脈絡。脈搏。動脈。經脈。葉脈。靜脈。平行脈。網狀脈。一脈相承。血脈相連。來龍去脈。延續命脈。冠ㄍㄨㄢ狀動脈。脈絡分明。脈絡相連。張脈僨ㄈㄣˋ興（形容緊張、興ㄒㄧㄥ奮的樣子）。
		ㄇㄛˋ	含情脈脈。脈脈含情。通「眽ㄇㄛˋ」。
*	覛	ㄇㄛˋ	覛土（勘ㄎㄢ察土地）。
*	霢	ㄇㄛˋ	霢霂ㄇㄨˋ（小雨）。
	【列】		
	例	ㄌㄧˋ	慣例。例假日。開先例。下不為例。史無前例。例行公事。
	列	ㄌㄧㄝˋ	列宿ㄒㄧㄡˋ。列舉。列祖列宗。陳力就列（指各人在工作崗ㄍㄤˇ位上施展才能、貢獻才力）。
	冽	ㄌㄧㄝˋ	冷冽。清冽（水清澈寒涼）。凜ㄌㄧㄣˇ冽。

	國字	字音	語詞
	咧	ㄌㄧㄝˇ	咧開。咧嘴（嘴微開，嘴角朝兩邊伸展）。齜ㄗ牙咧嘴（因痛苦或驚恐而臉部扭曲變形）。
		˙ㄌㄧㄝ	可以開始咧。
*	峛	ㄌㄧˇ	峛崺ㄧˇ（迂迴而連綿不絕的樣子）。
	洌	ㄌㄧㄝˋ	洌清（水流清澈的樣子）。泉香酒洌（泉水甘香，酒色澄清）。
	烈	ㄌㄧㄝˋ	先烈。烈日。興ㄒㄧㄥˋ高采烈。
	裂	ㄌㄧㄝˋ	分裂。裂縫ㄈㄥˋ。天崩地裂。
*	鴷	ㄌㄧㄝˋ	鴷鳥（啄木鳥）。蟻鴷（鳥名。又名鶇ㄉㄨㄥ鶄ㄐㄧㄥ）。
	【因】		
	咽	ㄧㄢ	咽峽（位於口腔深處，後面連接咽頭ㄊㄡˊ及喉頭ㄊㄡˊ）。咽喉。咽頭。耳咽管。咽喉要路（比喻地勢最為險要的地方。也作「咽喉要道」）。
		ㄧㄝˋ	幽咽。哽ㄍㄥˇ咽。悲咽。嗚咽。填咽（熱鬧喧雜）。人物闐ㄊㄧㄢˊ咽（形容人多氣盛，聲音喧鬧）。無語凝咽（因傷心哽咽而說不出話來）。聲絲氣咽（形容人非常虛弱，連說話都很困難）。
		ㄧㄢˋ	咽氣（人死斷氣）。食不下咽。狼吞虎咽。流涎ㄒㄧㄢˊ咽唾（形容見到美食，就不斷流口水，想吃的樣子）。舐ㄕˋ脣咽唾（一副很想吃東西的樣子）。通「嚥」。會咽軟骨（同「會厭軟骨」）。
	因	ㄧㄣ	因緣巧合（無法預料的湊巧機緣）。因緣為市（官吏以不公正的判決，收取賄賂ㄌㄨˋ）。因緣際會。香火因緣（前世共修所結下的緣分）。陳陳相因（因襲舊例，而沒有革新）。

國字	字音	語詞
姻	ㄧㄣ	前世姻緣。閭ㄌㄩˊ黨姻婭ㄧㄚˋ（泛稱鄉里親戚ㄑㄧ）。
恩	ㄣ	恩典。感恩。忘恩負義。
摁	ㄣˋ	摁電鈴（同「揿ㄑㄧㄣˋ電鈴」「搵ㄨㄣˋ電鈴」）。
* 欭	ㄧㄣ	欭嚘ㄧㄡ（嘆息聲）。
氤	ㄧㄣ	氤氳ㄩㄣ（煙雲瀰漫的樣子）。氤氳靉ㄞˋ靆ㄉㄞˋ（形容雲氣瀰漫、濃鬱）。
* 絪	ㄧㄣ	絪縕ㄩㄣ（天地間陰陽兩氣互相作用的狀態）。
胭	ㄧㄢ	胭脂ㄓ。胭脂花粉（形容女子嬌豔美麗）。
茵	ㄧㄣ	丙馭吐茵（好掩人過、不計較小過失）。居不重ㄔㄨㄥˊ茵（比喻生活非常儉樸）。茵席之臣（侍ㄕˋ奉於君主身旁的近臣）。綠草如茵。飄茵落溷ㄏㄨㄣˋ（比喻人生際遇好壞各有不同）。
* 裀	ㄧㄣ	花裀（用花作墊褥）。列鼎重ㄔㄨㄥˊ裀（形容極盡奢華的富貴生活）。重裀疊褥（形容住處華美，生活富裕）。
* 駰	ㄧㄣ	崔駰（東漢文學家）。
【兆】		
佻	ㄊㄧㄠˊ	佻巧（性格輕浮取巧）。佻薄（輕薄）。輕佻。
	ㄊㄧㄠ	佻㒓ㄊㄚˋ（輕薄不莊重的樣子。同「輕佻」）。

國字	字音	語詞
兆	ㄓㄠˋ	兆頭ㄊㄡˊ。吉兆。朕ㄓㄣˋ兆(預兆)。病兆(發病的徵象)。預兆。不祥之兆。五日京兆(比喻任職無法長久的人)。兆人萬姓(廣大人民)。兆民賴之(人民仰賴他)。雪兆豐年(冬季下大雪是來年豐收的好預兆)。億兆京垓。
咷	ㄊㄠˊ	嚎咷。號咷痛哭。
姚	ㄧㄠˊ	姚冶(豔麗的樣子)。嫖ㄆㄧㄠ姚(矯捷強勁)。魏紫姚黃(指兩種名貴的花卉。也作「姚黃魏紫」)。
*窕	ㄊㄧㄠˇ	輕窕(放肆。同「輕窕ㄊㄧㄠˊ」、「輕佻ㄊㄧㄠˊ」)。
*恌	ㄊㄧㄠ	視民不恌(作百姓的榜樣而不輕薄)。
挑	ㄊㄧㄠ	挑剔。挑眼(故意挑剔別人的過失)。挑揀。挑達ㄊㄚˋ(態度輕浮,舉止隨便)。挑嘴。挑選。挑重擔ㄉㄢˋ。挑三揀四。細高挑兒。
	ㄊㄧㄠˇ	一挑(由下斜著向上寫的筆法)。挑火(撥動炭火,使爐火旺一些)。挑唆(挑撥教唆,使人心生嫌隙)。挑逗。挑撥。挑戰。挑釁ㄒㄧㄣˋ。目挑心招(形容女子勾引人的媚態)。孤燈挑盡(比喻長夜漫ㄇㄢˋ漫,難以入睡)。挑三窩四(搬弄口舌,挑撥是非)。挑弄是非。挑眉立目(指女子擺弄出嫵ㄨˇ媚誘人的體態)。挑動事端。挑著旗子(舉起旗子)。挑撥離間ㄐㄧㄢˋ。挑燈夜戰。挑燈撥火(搬弄是非)。
*旐	ㄓㄠˋ	丹旐(喪ㄙㄤ家用來書寫死者名銜的銘旌ㄐㄧㄥ)。旒ㄌㄧㄡˊ旐(出殯時擺放在靈柩ㄐㄧㄡˋ前的白幡ㄈㄢ)。
*晁	ㄔㄠˊ	晁補之(宋代著名文學家。以文章見知於蘇軾)。「鼂」為異體字。

	國字	字音	語詞
*	朓	ㄊㄧㄠˋ	朒ㄋㄩˋ朓（農曆月初月末月亮出現在東方和西方）。謝朓（南朝齊詩人）。
	桃	ㄊㄠˊ	桃花源。桃花源記。桃花過渡。桃園結義。斷袖分桃（比喻男同性戀之間的親密關係）。
	洮	ㄊㄠˊ	洮汰（同「淘汰」）。洮河（黃河上游的主要支流）。洮硯（以洮河產的綠石製成的硯臺）。
		ㄧㄠˊ	洮湖（江蘇省湖名）。
*	珧	ㄧㄠˊ	江珧（蚌類）。江珧柱（蚌類動物江珧的肉柱）。
	眺	ㄊㄧㄠˋ	眺望。遠眺。憑眺。眺望臺。
*	祧	ㄊㄧㄠ	宗祧（宗廟）。承祧（承繼祭祀祖先的宗廟）。兼祧（宗法上指一子繼承兩房）。承祧子（嗣ㄙˋ子）。不祧之祖（永遠奉祀的始祖）。
	窕	ㄊㄧㄠˇ	窈ㄧㄠˇ窕。窕言（謊話）。睄ㄑㄧㄠˊ窕（幽冥，深暗）。輕窕（舉止不莊重。同「輕佻」）。目窕心與（指眼眉勾引，內心相許）。窈窕淑女。
		ㄧㄠˊ	窕冶（妖豔、冶豔）。通「姚」。
*	覜	ㄊㄧㄠˋ	遠覜（遠看）。通「眺」。
	逃	ㄊㄠˊ	逃逸。逃避。落荒而逃。
*	誂	ㄉㄧㄠˋ	誂合刃於天下（天下突然發生戰事）。
		ㄊㄧㄠˇ	誂越（音調輕佻ㄊㄧㄠˊ激揚）。噭ㄐㄧㄠˋ誂（聲音清越）。
	跳	ㄊㄧㄠˋ	跳蚤。跳躍ㄩㄝˋ。蹦ㄅㄥˋ跳。活蹦亂跳。

國字	字音	語詞
* 銚	ㄧㄠˊ	銚弋（楊桃。同「銚芅ㄧˋ」）。銚期（人名。東漢人）。銚鎒ㄋㄡˋ（鋤草的用具）。
	ㄉㄧㄠˋ	銚子（炊具）。銚銳（可愛美好的碗）。
	ㄊㄧㄠˊ	長銚（長矛。武器的一種）。長銚利兵（長矛和鋒利的兵器）。
	ㄓㄠˋ	化學元素（限讀）。
* 霯	ㄉㄧㄠˋ	霄霯（指高遠幽深的樣子）。
* 鞉	ㄊㄠˊ	鞉鼓（小鼓。同「鞀ㄊㄠˊ鼓」）。為「鞀」之異體字。
頫	ㄈㄨˇ	頫視（同「俯視」）。趙孟頫（人名。元代書畫家）。
* 鼗	ㄊㄠˊ	鼗鼓（小鼓）。

【多】

國字	字音	語詞
侈	ㄔˇ	侈言（誇口）。侈靡ㄇㄧˇ（奢侈淫靡）。奢侈。奢侈品。侈衣美食（形容衣著ㄓㄨㄛˊ飲食非常講究）。窮奢極侈（形容人極為奢侈揮霍）。
哆	ㄉㄨㄛ	哆嗦。哆囉呢ㄋㄧˊ（古代一種毛織物）。
	ㄔㄜˇ	哆哆（張嘴的樣子）。哆著嘴（張開嘴巴的樣子）。目瞠ㄔㄥ口哆（驚訝的樣子）。
嗲	ㄉㄧㄝ	嗲聲嗲氣。
多	ㄉㄨㄛ	多久。多麼。多難ㄋㄢˋ興邦。

	國字	字音	語詞
*	奓	ㄓㄚ	奓戶而入（推門進入）。奓著膽子（鼓起勇氣）。
		ㄔˇ	奓言（誇口。同「侈言」）。奓闊（寬廣遼闊）。心奓體忕ㄊㄞˋ（心胸寬大而身體安泰、舒適）。通「侈」。
*	姼	ㄔˇ	姼姼（美好的樣子）。
	夥	ㄏㄨㄛˇ	合夥。拆夥。夥伴。
*	恀	ㄔˇ	恀然（仗恃ㄕˋ尊長的樣子）。
*	拸	ㄔˇ	拸棄（離棄）。拸畫（不被法度所束縛）。
*	栘	ㄧˊ	扶栘（樹名。即水楊）。蒲栘（同「扶栘」）。
	爹	ㄉㄧㄝ	老爹。爹娘。乾爹。
*	痑	ㄊㄨㄛ	痑痑（馬疲累而喘息的樣子。同「嘽ㄊㄢ嘽」）。
*	眵	ㄔ	眵目糊（眼屎）。抱ㄧˋ淚揉眵（形容傷心落淚的樣子）。
	移	ㄧˊ	挪移。遷移。物換星移。移花接木。移風易俗。
*	誃	ㄔˇ	誃門（旁門）。誃臺（別館）。
*	趍	ㄑㄩ	趍向（趨向）。通「趨」。
*	跢	ㄉㄨㄛˋ	跢腳（頓足。同「跺腳」）。
	迻	ㄧˊ	迻譯（翻譯）。

	國字	字音	語詞
*	鉹	ㄧˊ	曲鉹（炊器的一種。即甑ㄗㄥˋ）。
*	陊	ㄉㄨㄛˋ	陊落（崩落、墜落）。傾陊（同「陊落」）。
*	黟	ㄧ	黟山（安徽省山名）。黟然（烏黑的樣子）。黟縣（安徽省縣名）。
			【自】
	咱	ㄗㄢˊ	咱們。
		ㄗㄚˊ	咱家（小說或戲劇中人物的自稱）。
*	洎	ㄐㄧˋ	自古洎今（從古到今）。洎乎晚節（到了晚年）。
	自	ㄗˋ	獨自。不能自已（情緒激動到無法自己控制）。不能自給ㄐㄧˇ（不能自己養活自己）。反躬自省ㄒㄧㄥˇ。
*	郋	ㄒㄧˊ	郋里（古地名）。
			【㓞】
	囓	ㄋㄧㄝˋ	相囓（相咬）。通「齧ㄋㄧㄝˋ」。
	恝	ㄐㄧㄚˊ	恝然（淡然不在乎的樣子）。恝置不顧（毫不介意，不加以理會）。
	挈	ㄑㄧㄝˋ	帶挈（帶領）。提挈（提拔、扶持）。左提右挈（互相協助，彼此扶持）。挈瓶之知ㄓˋ（比喻見識淺薄。同「挈缾ㄆㄧㄥˊ之知」）。提綱挈領。攜老挈幼。
*	栔	ㄑㄧˋ	栔刀（我國古代銅幣名）。栔栔（愁苦）。

國字	字音	語詞
潔	ㄐㄧㄝˊ	廉潔。潔癖ㄆㄧˇ。冰清玉潔。源清流潔（比喻在上者正，則屬下亦正）。潔己奉公。潔身自愛。
絜	ㄒㄧㄝˊ	度ㄉㄨㄛˋ長絜大（指度ㄉㄨㄛˋ量ㄌㄧㄤˊ長短、大小。有比較的意思）。絜之百圍（樹幹有百圍之粗。比喻樹木粗壯高大）。絜矩之道（即忠恕之道）。較短絜長（指比較長短）。
	ㄐㄧㄝˊ	拘絜（即隱逸之人）。絜己（修養自身）。絜粢ㄗ（潔淨的穀物）。絜楹（形容諂媚逢迎，以圖個人利益）。絜操（高潔的操守）。淳絜之風（質樸清廉的風氣）。絜粢豐盛（穀物豐盛）。積仁絜行ㄒㄧㄥˋ（積累仁德，修養品行）。通「潔」。
*蛪	ㄑㄧㄝˋ	蛪蚼ㄑㄩˊ（蟲名）。
齧	ㄋㄧㄝˋ	齧合（像牙齒般的咬合）。齧齒目。齧臂ㄅㄧˋ盟（指男女私訂終身）。窮鼠齧貓（比喻人到了走投無路的時候，也會起而反抗）。養虎自齧（姑息敵人而自受其害）。齧雪吞氈ㄓㄢ（比喻在逆境中艱困的生活）。「囓」「嚙」為異體字。
【向】		
向	ㄒㄧㄤˋ	民意向背。<u>向平</u>之願（指子女婚嫁的事）。向壁虛構（比喻憑空臆造。同「鄉ㄒㄧㄤˋ壁虛構」）。向聲背實（重視虛名而不求實際）。奮發向上。
嚮	ㄒㄧㄤˋ	嚮往。嚮明（黎明）。嚮導。東嚮坐（面向東方而坐）。女生外嚮（女子的心向著夫家）。心嚮往之（內心思念仰慕）。心嚮神往。嚮壁虛造（同「向壁虛構」）。

	國字	字音	語詞
	晌	ㄕㄤˇ	片晌（片刻）。半晌（同「片晌」）。後晌（午後）。晌午ㄏㄨㄛ˙（中午）。晌飯（午餐）。下半晌（下午）。睡晌覺（睡午覺）。一晌貪歡（貪求一時的歡樂）。
	餉	ㄒㄧㄤˇ	軍餉。餉遺ㄨㄟˋ（餽贈）。薪餉。糧餉。關餉（領薪水）。飛芻轉餉（令人急速運送糧草趕到）。
	【有】		
	侑	ㄧㄡˋ	侑卮ㄓ（一種杯子。即攲ㄑㄧ器，很容易翻覆）。侑食（勸人吃東西）。侑酒（勸酒）。侑觴（同「侑酒」）。侑歡（助興以增加歡樂）。
	囿	ㄧㄡˋ	拘囿（拘泥ㄋㄧˋ、局限）。苑ㄩㄢˋ囿（花園）。園囿（供人遊樂的園林）。囿於一隅（局限在一個角落）。囿於成見（局限於原有的想法）。
	宥	ㄧㄡˋ	宥免（寬恕）。宥恕（同「宥免」）。宥弼ㄅㄧˋ（輔助）。宥貸（赦免其罪）。原宥（同「宥免」）。特宥（特別寬免）。寬宥（同「宥免」）。赦過宥罪。
	有	ㄧㄡˇ	有目共睹。有條有理。有教ㄐㄧㄠˋ無類。應ㄧㄥ有盡有。
		ㄧㄡˋ	十有五歲（十五歲）。不日有曀ㄧˋ（剛出太陽又變為陰暗）。通「又」。
*	栯	ㄩˋ	栯李（果木名。又名「雀李」）。
		ㄧㄡˇ	栯木（木名。葉子像梨）。
*	洧	ㄨㄟˇ	洧川（河南省縣名）。洧水（古水名）。溱ㄓㄣ洧（詩經・鄭風的篇名）。褰ㄑㄧㄢ裳ㄔㄤˊ涉洧（撩起裙襬渡過洧河）。
*	痏	ㄨㄟˇ	疻ㄓˇ痏（被打傷後，皮膚所呈現青黑色腫脹的創ㄔㄨㄤ痕）。瘡ㄔㄨㄤ痏（瘡傷）。

國字	字音	語詞
賄	ㄏㄨㄟˋ	行賄。索賄。賄賂ㄌㄨˋ。賄選。招權納賄（掌控權勢，收取賄賂）。苞苴ㄐㄩ賄賂（公然賄賂）。貪贓受賄。賄賂公行（公然行賄、收賄）。
郁	ㄩˋ	濃郁。馥ㄈㄨˋ郁（香氣很濃）。沉浸醲ㄋㄨㄥˊ郁（埋首在典籍古書的香味裡）。郁郁青ㄐㄧㄥ青ㄐㄧㄥ（草木芳香繁茂的樣子）。
*陏	ㄉㄨㄛˋ	果陏蠃ㄌㄨㄛˇ蛤ㄍㄜˊ（瓜果螺蛤。蠃，通「螺」）。
鮪	ㄨㄟˇ	鮪釣。鮪魚。鮪魚肚。
【朵】		
剁	ㄉㄨㄛˋ	剁肉。剁碎。千刀萬剁（同「千刀萬剮ㄍㄨㄚˇ」）。剁成肉醬。
垛	ㄉㄨㄛˇ	城垛（城上的矮牆）。門垛子（指門兩邊延伸出的小牆）。牆垛子（牆壁的上緣，突起似城垛口）。觀者如垛（形容觀看的人很多）。
	ㄉㄨㄛˋ	垛積（堆積）。草垛（草堆）。堆垛（堆積）。垛指兒（腳的第二個指頭壓在拇指上）。箭垛子（箭靶）。一箭上垛（比喻辦事一次即成）。堆垛死屍（比喻寫作只知堆砌ㄑㄧˋ辭藻而不知潤飾）。
朵	ㄉㄨㄛˇ	耳朵。花朵。大快朵頤。「朶」為異體字。
*趓	ㄉㄨㄛˇ	拋趓（拋開、遺棄。同「拋躲」）。趓藏（躲藏）。明槍易趓。潛ㄑㄧㄢˊ潛趓趓（躲藏）。通「躲」。
跺	ㄉㄨㄛˋ	跺腳。搓ㄘㄨㄛ手跺腳。
躲	ㄉㄨㄛˇ	閃躲。躲避。躲藏。

	國字	字音	語詞
	【如】		
	如	ㄖㄨˊ	如廁（上廁所）。突如其來。焚如之災（火災）。
*	帤	ㄖㄨˊ	手帤（手巾）。
	恕	ㄕㄨˋ	忠恕（盡心盡力並推己及人）。恕罪。寬恕。饒恕。忠恕之道。恕己及人（將寬恕自己的心推廣到他人）。恕難照辦。
*	挐	ㄖㄨˊ	挐首（頭髮蓬亂且不修飾容貌）。紛挐（紛雜混ㄏㄨㄣˋ亂的樣子）。
		ㄋㄚˊ	挐攫ㄐㄩㄝˊ（相互搏鬥的樣子）。環挐（環繞盤結）。蟠ㄆㄢˊ挐（屈曲作攫取之狀）。虎擲龍挐（比喻英雄豪傑激烈爭鬥）。通「拏ㄋㄚˊ」。
	洳	ㄖㄨˋ	沮ㄐㄩˋ洳（低下潮溼的地方）。漸洳（浸溼）。漣洳（哭泣落淚的樣子）。汾ㄈㄣˊ沮洳（詩經・魏風的篇名）。
	絮	ㄒㄩˋ	花絮。敗絮（破棉絮）。絮聒。花絮新聞。柳絮才高（指女子有卓越的文才）。隻雞絮酒（祭品雖不豐，但情意深重）。絮絮不休。蘭因絮果（比喻男女始合終離，婚姻不美滿）。
	茹	ㄖㄨˊ	茹素（吃素）。吐剛茹柔（比喻畏強凌弱）。含辛茹苦。拔茅連茹（比喻賢士相繼引荐）。柔茹寡斷（性格懦弱，行事不果斷）。茹毛飲血。茹古涵今（形容學識廣博，貫古通今）。茹泣吞悲（形容極為哀痛、悲傷）。飲冰茹蘗ㄅㄛˋ（讚揚婦女耐苦守節。也作「飲冰食蘗」）。飯糗ㄑㄧㄡˇ茹草（比喻生活貧苦）。銜悲茹恨（心懷悲苦仇恨）。

國字	字音	語詞
		【朱】
侏	ㄓㄨ	侏儒。侏羅紀（不作「侏儸紀」）。侏儒觀戰（說人沒有主意，人云亦云）。
* 咮	ㄓㄡˋ	鳥咮（鳥嘴。同「鳥噣ㄓㄡˋ」）。讋ㄓㄜˊ咮（話多的樣子）。
姝	ㄕㄨ	名姝（有名的美女）。姝麗（美麗）。暖ㄒㄩㄢ姝（柔順的樣子）。雙姝怨（電影片名）。
朱	ㄓㄨ	陶朱公（俗稱經商致富的人）。朱陳之好（比喻兩姓締結婚姻關係的情誼ㄧˋ）。朱墨爛然（形容勤奮讀書）。看朱成碧（形容眼睛昏花，視覺模糊不清）。紅紫亂朱（比喻正道被邪道取代）。脣如塗朱（形容脣紅）。
株	ㄓㄨ	株守（比喻拘泥ㄋㄧˋ保守而不知變通）。株連。守株伺兔（同「守株待兔」）。守株待兔。杜門株守（閉門而居，等待機會）。株連九族。蔓引株求（一人犯罪而株連有關人員）。
殊	ㄕㄨ	殊功（卓越的功績）。殊念（十分想念）。殊榮。特殊。懸殊。殊不知。殊死戰。言人人殊（每人所言各不相同）。殊方絕域（遠方人跡罕ㄏㄢˇ至之處）。殊途同歸。貧富懸殊。實力懸殊。
洙	ㄓㄨ	洙泗（指魯國的文化和孔子的教澤。為儒家的代稱）。洙泗流風（指孔門流傳的教化）。
珠	ㄓㄨ	連珠炮。人老珠黃。字字珠璣。妙語如珠。珠玉之論（形容非常精妙而有價值的言論）。滿腹珠璣（形容人善於詩文，極富才情）。遺珠之憾。
硃	ㄓㄨ	硃砂。脣若塗硃（同「脣如塗朱」）。

國字	字音	語詞
茱	ㄓㄨ	茱萸ㄩˊ（植物名）。
蛛	ㄓㄨ	蛛絲馬跡。蛛網塵封（形容居室、器物等長時間無人居住或使用）。
* 袾	ㄓㄨ	袾襦ㄖㄨˊ（短衣）。
誅	ㄓㄨ	誅滅（滅除）。誅戮（殺戮）。口誅筆伐ㄈㄚˊ。不教而誅（平時不經由教育來防範罪行ㄒㄧㄥˊ，犯錯立即處罰或判死刑）。天誅地滅。罪不容誅（比喻罪惡深重）。誅心之論（指深刻的議論或批評）。誅求無厭（不停的需求勒ㄌㄜˋ索，沒有滿足的時候）。誅殛滅絕（全部消滅）。誅盡殺絕（同「誅殛滅絕」）。
* 趎	ㄔㄨˊ	南榮趎（人名。庚桑楚弟子）。
* 跦	ㄓㄨ	跢ㄉㄨㄛˋ跦（徘徊不前的樣子）。跦跦（跳走的樣子）。
* 邾	ㄓㄨ	邾婁ㄌㄡˊ（國名）。
銖	ㄓㄨ	錙ㄗ銖（比喻非常細微）。算及錙銖（斤斤計較）。銖兩悉稱ㄔㄥˋ（比喻雙方分量或優劣相當）。銖銖校ㄐㄧㄠˋ量（同「算及錙銖」）。銖積寸累ㄌㄟˇ（比喻從小處開始積累）。錙銖必較。
【先】		
* 侁	ㄕㄣ	侁侁（形容走路的聲音）。
先	ㄒㄧㄢ	先鋒。先遣部隊。先聲奪人。承先啟後。
* 姺	ㄒㄧㄢˇ	媥ㄆㄧㄢ姺（步履輕盈的樣子。同「蹁ㄆㄧㄢ躚ㄒㄧㄢ」）。

	國字	字音	語詞
*	毨	ㄒㄧㄢˇ	氄ㄖㄨㄥˇ毨（細軟茂密的絨毛）。
	洗	ㄒㄧˇ	洗劫。洗滌。洗心革面。洗手奉職（稱譽人忠於職守，廉潔無私）。家貧如洗。
		ㄒㄧㄢˇ	洗光（人名。明代人）。洗馬（職官名）。洗然（洒ㄒㄧㄢˇ然。肅穆莊嚴的樣子）。除臣洗馬（改任臣為洗馬官）。
*	筅	ㄒㄧㄢˇ	筅帚（用竹條做成的洗鍋帚）。通「箲ㄒㄧㄢˇ」。
*	詵	ㄕㄣ	詵詵（眾多的樣子）。郄ㄒㄧˋ詵高第（比喻科舉高第，榮登榜首）。螽ㄓㄨㄥ羽詵詵（表示子孫很多）。
	跣	ㄒㄧㄢˇ	跣足（打赤腳，沒穿鞋襪）。科頭跣足（任性隨意，不受拘束）。被ㄆㄧ髮跣足（披頭散髮，赤著腳）。蓬頭跣足（形容人衣冠ㄍㄨㄢ不整，狼狽不堪）。
*	銑	ㄒㄧㄢˇ	銑工（從事銑床工作的人）。銑床（一種穿在心軸上的圓形工具機）。銑鐵（生鐵的別名）。
*	鍌	ㄒㄧㄢˇ	李鍌（前國委會主任委員）。
*	駪	ㄕㄣ	駪駪（眾多而快走的樣子）。駪駪征夫。
			【并】
	併	ㄅㄧㄥˋ	火併。合併。併吞。兼併。裁併。併發症。併案處ㄔㄨˇ理。
	姘	ㄆㄧㄣ	姘居（沒有合法的婚姻關係而同居一處）。姘婦。姘頭（私自結合的男女任何一方）。
*	帡	ㄆㄧㄥˊ	帡幪ㄇㄥˊ（帳幕）。

	國字	字音	語詞
	并	ㄅㄧㄥˋ	并吞（同「併吞」）。并日而食（比喻窮困而吃不飽）。兼容并包（把各種相關的事物都包含在內）。通「併」「並」。
		ㄅㄧㄥ	并州（古十二州之一）。并州剪（比喻處ㄔㄨˇ理事務敏捷果斷）。并州故鄉（比喻對長期旅居之地的眷戀）。
*	恲	ㄆㄥ	恲恲（忠直的樣子）。
	拼	ㄆㄧㄣ	拼湊。拼圖。拼裝車。東拼西湊。
*	栟	ㄅㄧㄥ	栟櫚ㄌㄩˊ（木名。即「棕櫚」）。
*	洴	ㄆㄧㄥˊ	洴澼ㄆㄧˋ絖ㄎㄨㄤˋ（指在水中漂ㄆㄧㄠˇ洗棉絮）。
	瓶	ㄆㄧㄥˊ	瓶頸。擲瓶禮（新艦下水時所舉行的典禮）。交通瓶頸。守口如瓶。緘ㄐㄧㄢ口如瓶（同「守口如瓶」）。
*	皏	ㄆㄥˇ	皏然（淺白色）。
*	絣	ㄅㄥ	絣扒ㄅㄚ（捆綁拷打）。絣扒吊拷（剝衣捆綁，吊起來拷打。同「繃扒吊拷」）。
	缾	ㄆㄧㄥˊ	挈ㄑㄧㄝˋ缾之知ㄓˋ（比喻見識淺陋。同「挈瓶之知」）。缾沉簪ㄗㄢ折（比喻男女訣別、分離）。缾罄ㄑㄧㄥˋ罍ㄌㄟˊ恥（比喻關係緊密，利害一致）。通「瓶」。
	胼	ㄆㄧㄢˊ	胼胝ㄓ（手腳因長時間勞動摩擦而結的厚繭）。胼胝體（哺乳動物大腦的最大白質帶，聯繫兩側大腦半球）。手足胼胝。胼手胝足（形容人不辭勞苦，努力工作）。
*	艵	ㄆㄧㄥ	艵艵（青白色）。

國字		字音	語　　詞
*	荓	ㄆㄧㄥˊ	荓蜂（迫使對方做不合正道的事）。荓翳ㄧˋ（道教神名之一。傳說掌管雨的神）。
*	蓱	ㄆㄧㄥˊ	蓱翳ㄧˋ（雨神名。同「荓翳」）。
*	蛢	ㄆㄧㄥˊ	花蛢（蟲名。幼蟲為毛織物、標本等乾燥品的害蟲）。蟥ㄏㄨㄤˊ蛢（蟲名）。
*	跰	ㄆㄧㄢˊ	跰胝（同「胼ㄆㄧㄢˊ胝」）。跰蹇ㄐㄧㄢˇ（腳行走不方便）。跰躚ㄒㄧㄢ（走路不穩的樣子）。
*	軿	ㄆㄧㄥˊ	軿車（古代車廂四周掛有帷幕障蔽的車子）。軿輅ㄌㄨˋ（同「軿車」）。輜ㄗ軿（同「軿車」）。
	迸	ㄅㄥˋ	迸發（突然發出）。迸裂。迸不過（無法硬撐下去）。火光迸濺（因撞擊而火花飛濺）。波ㄅㄛ迸流移（運勢不佳，顛沛流離）。迸出火花。
*	郱	ㄆㄧㄥˊ	郱城（古地名）。
*	鉼	ㄅㄧㄥˇ	鉼金（餅狀的金屬板）。鉼盂ㄩˊ（釜與盂）。
*	頩	ㄆㄧㄥ	頩姿（姿色美妙的樣子）。
	餅	ㄅㄧㄥˇ	烙ㄌㄠˋ餅。夾心餅乾。畫餅充飢。
	駢	ㄆㄧㄢˊ	填駢（眾多擁ㄩㄥˇ擠的樣子）。駢比ㄅㄧˋ（形容眾多且密集排列的樣子）。駢枝ㄑㄧˊ（同「駢拇枝ㄑㄧˊ指」）。駢羅（羅列，駢比）。駢體文。車馬駢闐ㄊㄧㄢˊ（形容車馬眾多，極為熱鬧）。駢四儷ㄌㄧˋ六（指駢體文）。駢拇枝指（比喻多餘而無用的東西）。駢肩雜遝ㄊㄚˋ（形容人多而擁擠不堪的樣子）。駢首就戮（一起被殺）。
*	骿	ㄆㄧㄢˊ	骿胝（同「胼胝」）。骿脅（肋骨併連在一起）。骿骭ㄍㄢˋ（同「骿脅」）。

國字	字音	語　　詞
* 鵧	ㄆㄧㄥˊ	鵧鷑ㄐㄧˊ（鳥名）。
【寺】		
侍	ㄕˋ	侍奉。侍候。侍從ㄗㄨㄥˋ。侍衛。服侍。侍從ㄗㄨㄥˋ官。隨侍在側。
* 偫	ㄓˋ	儲偫（儲備）。
* 塒	ㄕˊ	雞塒（雞窩）。
寺	ㄙˋ	寺院。寺廟。佛寺。
峙	ㄓˋ	峙立。峙積（囤ㄊㄨㄣˊ積）。對峙。聳峙。瓜分鼎峙（比喻國家分裂，群雄對峙）。淵渟嶽ㄩㄝˋ峙（比喻品格高尚，氣度恢弘。同「川渟嶽峙」）。雄峙亞ㄧㄚˋ東。鸞鵠停峙（讚美他人子孫賢俊）。
* 庤	ㄓˋ	庤乃錢ㄐㄧㄢˇ鎛ㄅㄛˊ（準備好農具）。
待	ㄉㄞˋ	虐待。等待。枕ㄓㄣˋ戈待旦。待字閨中。待價而沽。
	ㄉㄞ	待不了。待不住。待一會兒。待了半天。待在家裡。
恃	ㄕˋ	仗恃。失恃（指喪ㄙㄤˋ母）。怙ㄏㄨˋ恃（比喻父母）。有恃無恐。居功自恃（憑藉著自己的功勞而驕矜自滿）。恃才矜己（憑藉才能而驕矜自負）。恃才傲物。恃強凌弱。恃寵而驕。為而不恃（有所作為而不仗恃自己的才能）。矜功恃寵（自誇功高，倚仗恩寵）。虛憍ㄐㄧㄠ恃氣（比喻內在涵養不足而驕傲自滿）。
持	ㄔˊ	持家。各持己見。老成持重。把持不住。爭持不下。持之有恆。持之有故（主張的見解有所根據）。持平之論。相持不下。

	國字	字音	語詞
	時	ㄕˊ	時候。不合時宜。不時之需。不識時務。相ㄒㄧㄤˋ時而動（觀察時機後再行動）。
*	峙	ㄔˊ	峙躇ㄔㄨˊ（徘徊ㄏㄨㄞˊ不前。同「踟ㄔˊ躕ㄔㄨˊ」）。
		ㄓˋ	峙糧（儲備糧食）。
	特	ㄊㄜˋ	特色。特別。特殊。特赦。特徵。特效藥。大書特書。特立獨行。特異功能。
*	畤	ㄓˋ	郊畤（古代祭天的地方）。廣畤（古代祭祀地祇ㄑㄧˊ的地方）。
	痔	ㄓˋ	舐ㄕˋ痔（比喻逢迎者的無恥行為）。痔瘡。吮ㄕㄨㄣˇ癰ㄩㄥ舐痔（比喻諂ㄔㄢˇ媚之徒阿ㄜ順逢迎權貴的卑賤行為）。舐癰吮痔（同「吮癰舐痔」）。
	等	ㄉㄥˇ	相等。等待。等閒之輩。等閒視之。著ㄓㄨˋ作等身。
	蒔	ㄕˊ	蒔花（種花）。蒔花弄草。蒔花養草。
	詩	ㄕ	詩人。七步成詩（思考敏捷且有才氣）。吟詩作對。詩情畫意。
*	跱	ㄓˋ	棲跱（佇立棲息）。儲跱（儲備）。躇ㄔㄨˊ跱（徘徊ㄏㄨㄞˊ不前的樣子）。熊據虎跱（比喻雄據一方）。
*	邿	ㄕ	邿國（古國名）。
*	鼭	ㄕˊ	鼭鼠（鼠的一種）。
			【回】
*	佪	ㄏㄨㄞˊ	俳佪（同「徘徊」）。儃ㄔㄢˊ佪（徘徊不前的樣子）。

	國字	字音	語詞
	回	ㄏㄨㄟˊ	回覆。回饋。來回。
	徊	ㄏㄨㄞˊ	徘徊。徘徊歧路(比喻猶豫再三，不能當機立斷)。
*	恛	ㄏㄨㄟˊ	恛惶(惶惑不安的樣子)。
	洄	ㄏㄨㄟˊ	泝ㄙㄨˋ洄(逆流而上)。洄游。洄游生物。
	茴	ㄏㄨㄟˊ	茴香(植物名。常用做香料)。
	蛔	ㄏㄨㄟˊ	蛔蟲(也作「蚘ㄏㄨㄟˊ蟲」)。
	迴	ㄏㄨㄟˊ	巡迴。迴避。迴紋針。千迴百折。北迴鐵路。迂ㄩ迴曲ㄑㄩ折。迴腸盪氣。「廻」為異體字。
	鄙	ㄅㄧˇ	卑鄙。鄙人(謙稱自己)。鄙夷(蔑視、看不起)。鄙陋。鄙棄。鄙視。多能鄙事(能夠做很多粗鄙的事)。卑鄙無恥。
	【旬】		
*	侚	ㄒㄩㄣˋ	侚搖(速度很快)。
	峋	ㄒㄩㄣˊ	怪石嶙ㄌㄧㄣˊ峋(石頭ㄊㄡˊ眾多且奇形怪狀)。傲骨嶙峋(形容人風骨高傲，正直剛毅)。瘦骨嶙峋(形容身體極為瘦弱)。
	徇	ㄒㄩㄣˋ	徇私。徇情(同「徇私」)。不徇顏面(形容做事公正無私)。徇公滅私(捐棄私利而為國家或百姓的利益著想)。徇私舞弊。徇私廢公(曲從私情而違背公理)。徇情枉ㄨㄤˇ法(為顧及私情而做出違法的事)。思慮徇通(思慮周密通達)。烈士徇名(烈士為保全名節而犧牲性命)。貪夫徇財(貪心的人為錢財送命)。

國字		字音	語詞
*	恂	ㄒㄩㄣˊ	恂慄（恐懼害怕）。思慮恂達（思想智慮通達）。恂恂善誘（同「循循善誘」）。惴ㄓㄨㄟˋ慄恂懼（恐懼害怕的樣子）。
	惸	ㄑㄩㄥˊ	惸嫠ㄌㄧˊ（孤苦無依的寡婦）。惸獨（孤獨無依的人）。惸獨鰥寡（指無勞動力而又無家屬供ㄍㄨㄥˋ養ㄧㄤˋ的人）。憂心惸惸（擔心煩惱的樣子）。
	旬	ㄒㄩㄣˊ	旬歲（滿一年）。年過七旬（年過七十歲）。淹旬曠月（拖延荒廢歲月）。經旬累ㄌㄟˇ月（經過一段很長的時間）。
*	栒	ㄒㄩㄣˊ	栒虡ㄐㄩˋ（懸掛磬ㄑㄧㄥˋ的架子。同「簨ㄙㄨㄣˇ虡」）。
*	椯	ㄔㄨㄣ	椯木（杶ㄔㄨㄣ木的別名）。
	殉	ㄒㄩㄣˋ	殉葬。殉職。殉難ㄋㄢˋ。殉葬品。以身殉國。因公殉職。
*	洵	ㄒㄩㄣˊ	洵非昔比（確實不是過去所能比得上的）。洵屬可貴（確實可貴）。洵屬虛言（真是不切實際的言辭）。
*	珣	ㄒㄩㄣˊ	珣玗ㄩˊ琪（玉石名）。
*	眴	ㄒㄩㄢˋ	冥眴（視力昏花模糊）。眴眴（暈眩ㄒㄩㄢˋ而看不清的樣子）。眴轉（眼睛看不清楚）。顛眴（昏倒）。鱗眴（高峻的樣子）。
	笋	ㄙㄨㄣˇ	竹笋。蘆笋。孟宗泣笋。雨後春笋。春笋怒發（比喻發生迅速興盛）。「筍」為異體字。

國字	字音	語詞
絢	ㄒㄩㄢˋ	絢麗。絢爛。絢麗多姿。
荀	ㄒㄩㄣˊ	荀子。荀彧ㄩˋ（漢代人名）。
詢	ㄒㄩㄣˊ	垂詢。查詢。洽詢。探詢。質詢。徵詢。詢於芻蕘ㄖㄠˊ（比喻不恥下問）。
* 郇	ㄒㄩㄣˊ	郇廚（指盛筵ㄧㄢˊ）。飽飫ㄩˋ郇廚（謝人盛筵款待的話）。
		【旨】
嘗	ㄔㄤˊ	品嘗。嘗試。未嘗不可。臥薪嘗膽。得未嘗有（從來不曾有過）。淺嘗輒ㄓㄜˊ止。備嘗艱苦。
嚐	ㄔㄤˊ	品嚐（同「品嘗」）。通「嘗」。
指	ㄓˇ	大拇指。光陰彈ㄊㄢˊ指（形容時間過得極快）。言近指遠（言辭淺近而意義深遠）。指顧之際（比喻時間十分短暫）。食指大動。食指浩繁（家中賴以維生的人口很多）。瞭ㄌㄧㄠˇ若指掌。
旨	ㄓˇ	主旨。旨酒（美酒）。旨趣。宗旨。先意承旨（善於揣ㄔㄨㄞˇ度ㄉㄨㄛˋ長官意圖，極力奉承）。旨酒佳肴（美酒、好菜）。言近旨遠（同「言近指遠」）。望風希旨（指說話做事迎合上級的意旨）。無關宏旨（不涉及主要宗旨。指意義不大）。
稽	ㄐㄧ	稽考。稽查。稽留。反脣相稽。有案可稽。居今稽古（身處今世而與古人之意相契合。突梯滑ㄍㄨˇ稽（委婉順從、圓滑隨俗）。荒誕無稽。無稽之談。滑ㄏㄨㄚˊ稽可笑。
	ㄑㄧˇ	稽首。稽顙ㄙㄤˇ（屈膝下跪，以額碰地的敬禮）。泣血稽顙（喪ㄙㄤ家懷著悲痛的心情向前來弔唁ㄧㄢˋ者哭拜致謝）。拜手稽首（古代一種敬禮）。稽顙執贄ㄓˋ（以禮拜見，表示順服）。

	國字	字音	語詞
	脂	ㄓ	油脂。脂肪。樹脂。血脂肪。卵磷脂。脂肪酸。民脂民膏。全脂奶粉。脂膏不潤（比喻為人廉潔自持，不貪取財物）。庸脂俗粉（形容庸俗或刻意妝飾得豔麗的女人）。脣若塗脂（形容嘴脣紅豔）。脫脂奶粉。塗脂抹粉。
	詣	ㄧˋ	造詣。苦心孤詣。詣門請益（登門拜訪請教）。
*	酯	ㄓˇ	松酯膠（松香油和甘油起酯化作用所形成的硬合成樹脂ㄓ）。
*	鮨	ㄑㄧˊ	牛鮨（細切的牛肉。同「牛膾ㄎㄨㄞˋ」）。
	【灰】		
	恢	ㄏㄨㄟ	恢復。法網恢恢。識量弘恢（見識廣博，度量寬宏）。
	灰	ㄏㄨㄟ	灰燼。死灰復燃。灰飛煙滅（比喻消失殆盡）。灰頭土臉。吹灰之力。槁木死灰（形容遭受挫折巨變而灰心喪ㄙㄤˋ志的樣子）。
	盔	ㄎㄨㄟ	盔甲。膠盔。頭盔。鋼盔。丟盔卸甲（形容戰敗後，狼狽逃走的樣子）。
	詼	ㄏㄨㄟ	詼諧。詼諧風趣。
	【次】		
*	佽	ㄘˋ	佽助（幫助）。
	咨	ㄗ	咨爾多士。咨請公布。國情咨文。疇ㄔㄡˊ咨之憂（比喻人才難覓的憂慮）。
	姿	ㄗ	姿色。姿勢。姿態。多采多姿。搖曳生姿。

	國字	字音	語詞
	恣	ㄗˋ	恣意。汪洋自恣（形容人的氣度寬宏或文章氣勢盛大）。恣情作樂。恣意妄為。暴戾恣睢ㄙㄨㄟ（形容人凶惡橫ㄏㄥˋ暴。同「窮凶極惡」）。
	楶	ㄐㄧㄝˊ	山楶藻梲ㄓㄨㄛˊ（斗栱ㄍㄨㄥˇ雕刻ㄎㄜˋ山的圖形，梁上短柱畫水藻花紋。也作「山節藻梲」）。楶梲ㄓㄨㄛˊ之材（比喻無法擔負重任的小材）。
	次	ㄘˋ	名次。次序。次骨（比喻極為深刻）。不敢造次。貫魚之次（后妃依次受到寵愛）。凝脂ㄓ次骨（形容殘酷和暴烈）。櫛比ㄅㄧˋ鱗次。
	瓷	ㄘˊ	瓷器。瓷磚。青花瓷（周杰倫歌曲）。
*	秶	ㄗ	秶盛ㄔㄥˊ（祭祀時將黍稷ㄐㄧˋ放在祭器內。同「粢ㄗ盛ㄔㄥˊ」）。通「粢」。
	粢	ㄗ	粢盛ㄔㄥˊ（同「秶盛」）。
*	絘	ㄘˋ	絘布（古幣名）。
*	羡	ㄧˊ	沙羡（古地名。在今湖北武昌西南）。
		ㄧㄢˊ	「乃羡公侯卿士」（文選・張衡・東京賦）。
		ㄒㄧㄢˋ	「羨」之異體字。
	茨	ㄘˊ	茨菰（慈姑的別名）。波茨坦（德國城市名）。土階茅茨（比喻房屋簡陋）。茅茨不剪（比喻生活十分簡樸）。
	諮	ㄗ	諮商。諮詢。諮議（諮詢商討）。諮諏ㄗㄡ善道（向臣子徵詢治國的良策）。

	國字	字音	語詞
	資	ㄗ	資助。資斧(旅費)。資金。資訊。資深。資優生。欠資郵票。以資參考。以資鼓勵。
	赼	ㄗ	赼趄ㄐㄩ(想前進卻又猶豫)。赼趄不前。赼趄卻顧(形容離別時,仍不斷回頭,依依不捨的樣子)。赼趄囁ㄋㄧㄝˋ嚅ㄖㄨˊ(形容奴顏婢ㄅㄧˋ膝,不敢向前的樣子)。「趦」為異體字。
*	餈	ㄘˊ	餈粑ㄅㄚ(一種用糯米蒸煮搗爛後做成的食品食物名)。餈糕(同「餈粑」)。
【巩】			
	恐	ㄎㄨㄥˇ	恐怕。恐怖。恐懼。爭先恐後。誠惶誠恐。
	筑	ㄓㄨˊ	貴筑(貴州省縣名)。擊筑而歌。擊筑悲歌(意志激昂的放聲高歌,以抒發悲壯的胸懷)。
	築	ㄓㄨˊ	建築。債臺高築。築室道謀(比喻人多嘴雜,難有結論)。
*	茿	ㄓㄨˊ	萹ㄅㄧㄢ茿(草名。即萹竹)。
	蛩	ㄑㄩㄥˊ	吟蛩(蟋蟀。同「吟蛬ㄍㄨㄥˇ」)。飛蛩(蝗蟲)。寒蛩(同「吟蛩」)。蛩蛩(擔心煩惱的樣子)。蝶怨蛩淒(比喻哀怨淒涼的思家之情)。
	跫	ㄑㄩㄥˊ	跫音(腳步聲)。跫然(腳步聲)。足音跫然(比喻有客來訪,心中非常高興)。空谷跫音(比喻難得的人物或言論)。跫然足音(同「足音跫然」)。跫響空谷(同「空谷跫音」)。
*	銎	ㄑㄩㄥ	斧銎(斧頭ㄊㄡˊ上的孔,用以裝斧柄)。
	鞏	ㄍㄨㄥˇ	鞏固。鞏膜ㄇㄛˊ(眼球外表的纖ㄒㄧㄢ維膜ㄇㄛˊ,白色但不透明)。鞏固邦誼ㄧˋ。

	國字	字音	語　　詞
	【衣】		
	依	ㄧ	依賴。依人籬下。依然故我。相依為命。
*	扆	ㄧˇ	負扆（比喻南面稱帝）。宸扆（帝位）。扆座（君主的座位）。帷扆（帝座）。璿ㄒㄩㄢˊ扆（比喻天子）。黼ㄈㄨˇ扆（古代帝王座後繡有斧形花紋的屏風）。負扆南面（同「負扆」）。
	衣	ㄧ	牛衣對泣（比喻夫妻共度窮苦的生活）。布衣之怒（指百姓為正義公理而發怒）。衣缽相傳。
		ㄧˋ	衣帛食肉（形容生活富足安樂）。衣被ㄅㄟˋ群生（比喻恩澤廣及百姓）。衣褐ㄏㄜˊ懷寶（比喻外表樸實鄙陋，卻內藏真才）。衣錦食肉（同「衣帛食肉」）。衣錦榮歸。衣錦還鄉。衣繡夜行（比喻榮華顯貴不為ㄨㄟˋ人知，徒自埋沒湮ㄧㄢ滅）。衣繡晝行（比喻身居官職，光采異常顯耀）。解衣ㄧ衣人（脫下衣服給他人穿）。
	【吉】		
*	佶	ㄐㄧˊ	佶屈聱ㄠˊ牙（形容文句晦澀艱深，拗ㄠˋ口難念。同「詰ㄐㄧㄝˊ屈聱牙」）。
*	劼	ㄐㄧㄝˊ	劼毖ㄅㄧˋ（謹慎）。
	吉	ㄐㄧˊ	吉人天相。吉光片羽（比喻殘餘的文章或書畫等珍貴文物）。黃道吉日。
*	咭	ㄐㄧ	咭吱咯ㄍㄜ吱（形容器物摩擦或擠壓聲）。咭咭呱ㄍㄨㄚ呱（形容大聲說笑的聲音）。
*	喆	ㄓㄜˊ	陶喆（名創作歌手）。為「哲」的異體字。

	國字	字音	語詞
*	喆	ㄓㄜˊ	林喆慧(前特偵組檢察官)。為「哲」的異體字。
*	姞	ㄐㄧˊ	燕ㄧㄢ姞夢蘭(比喻受寵或婦人有孕的吉兆)。
	拮	ㄐㄧㄝˊ	拮据ㄐㄩ(處境窘迫)。手頭拮据。經濟拮据。
*	桔	ㄐㄧㄝˊ	桔梗(植物名)。桔槔ㄍㄠ(汲水的工具)。
		ㄐㄩˊ	柑桔(同「柑橘」)。桔子(同「橘子」)。桔醬。鮮桔茶。為「橘」的異體字。
	檯	ㄊㄞˊ	櫃檯。檯燈。浮上檯面。揩ㄎㄞ檯抹凳(擦拭桌椅)。
*	欯	ㄒㄧˊ	欯欯(喜悅的樣子)。
*	狤	ㄐㄧㄝˊ	狤獠(邊疆民族名)。
*	硈	ㄑㄧㄚˋ	硈然(堅固的樣子)。硈然堅固。
*	秸	ㄐㄧㄚˊ	秸席(用禾黍的莖稈所製成的席子)。
	結	ㄐㄧㄝˊ	兵連禍結。張口結舌。結草銜環(比喻生前受恩,死後圖報的客氣話)。結實ㄕˊ纍ㄌㄟˊ纍。結髮夫妻。瑜亮情結。瞠ㄔㄥ目結舌。
		ㄐㄧㄝ	結巴ㄅㄚ˙。身材結實ㄕ˙。結結巴巴。
	臺	ㄊㄞˊ	臺灣。舞臺。近水樓臺。亭臺樓閣。後臺老闆。債臺高築。
*	薹	ㄊㄞˊ	菜薹(十字花科蔬菜植物的花莖)。
*	蛣	ㄐㄧㄝˊ	蛣屈(屈曲、屈折)。蛣蜣ㄑㄧㄤ(蜣螂的別名)。蛣蟩ㄐㄩㄝˊ(即孑ㄐㄧㄝˊ孓ㄐㄩㄝˊ)。璅ㄙㄨㄛˇ蛣(即寄居蟹)。

	國字	字音	語詞
*	祮	ㄐㄧㄝˊ	祮襘ㄍㄨㄟˋ（比喻重要的地方）。
	詰	ㄐㄧㄝˊ	反詰（反問）。詰旦（第二天早上）。詰問（質問）。詰責（譴責）。詰難ㄋㄢˋ（責問、責備）。盤詰。交叉詰問。詰屈聱ㄠˊ牙（同「佶ㄐㄧˊ屈聱牙」）。
	髻	ㄐㄧˋ	抓髻（將頭髮梳攏盤繞於頭頂所結成的髻）。椎髻（髮髻的樣子像椎）。髮髻。倭ㄨㄛ墮髻（漢時流行的一種髮髻型）。椎髻布衣（指古時婦女樸素的服飾）。廣袖高髻（比喻風俗奢靡）。
*	鮚	ㄐㄧㄝˊ	鮚埼ㄑㄧˊ亭（浙江省地名）。
*	鴶	ㄐㄧˊ	鴶鵴ㄐㄩˊ（鳥名。布穀類）。
	黠	ㄒㄧㄚˊ	奸黠。狡黠（狡詐）。桀黠（凶惡狡詐）。慧黠（聰慧靈敏。也作「黠慧」）。汙吏黠胥ㄒㄩ（指貪贓枉ㄨㄤˇ法、奸險狡猾的官吏）。
	【曳】		
	拽	ㄓㄨㄞˋ	生拉硬拽。生拖死拽（同「生拉硬拽」）。死拉活拽。把門拽上。東扯西拽（藉各種理由推託不做事）。拽著不放（拖拉著不放手）。
	曳	ㄧˋ	搖曳。曳引機。曳光彈。拖曳傘。曳尾塗中（比喻寧願窮困而逍遙自在，也不願榮華富貴而受拘束）。曳裾ㄐㄩ王門（依附王侯權貴門下，仰人鼻息）。衣不曳地（形容衣著ㄓㄨㄛˊ樸素）。迎風搖曳。棄甲曳兵（形容戰敗潰逃的樣子）。搖曳生姿。履絲曳縞ㄍㄠˇ（形容衣著華美奢侈）。隨風搖曳。

	國字	字音	語詞
	洩	ㄒㄧㄝˋ	外洩。洩底。洩氣。洩密。洩露ㄌㄨˋ。發洩。通「泄」。
		ㄧˋ	洩洩（舒適快樂的樣子）。掣掣ㄔㄜˋ洩洩（迎風飄揚的樣子）。融融洩洩（形容極為和樂歡愉的樣子）。
	絏	ㄒㄧㄝˋ	縲ㄌㄟˊ絏（比喻監獄）。身陷縲絏（指犯罪入獄）。
	跩	ㄓㄨㄞˇ	好跩。鴨跩鵝行（走路時搖晃不穩的樣子）。
	【全】		
*	佺	ㄑㄩㄢˊ	偓ㄨㄛˋ佺（傳說中的仙人）。沈佺期（唐代人名）。
	全	ㄑㄩㄢˊ	全部。求全之毀（想保全聲譽，卻招來毀謗）。求全責備（指對人或事要求完美無瑕）。兩全其美。
	拴	ㄕㄨㄢ	拴住。牢拴（緊緊的綁住）。
	栓	ㄕㄨㄢ	水栓（水龍頭ㄊㄡˊ）。門栓（門閂ㄕㄨㄢ）。止水栓。消防栓。
*	牷	ㄑㄩㄢˊ	牷物（指毛色純而體完整的牲畜）。
	痊	ㄑㄩㄢˊ	痊癒。病體痊癒。
	筌	ㄑㄩㄢˊ	不落言筌（不落入文字的陷阱裡面）。以筌為魚（滿足於對事物表面的認識，未能深究內容）。得魚忘筌（比喻人在成功後忘記原本的憑藉）。
*	荃	ㄑㄩㄢˊ	荃宰（君臣）。荃察（希望對方體諒的謙詞）。曾國荃（曾國藩ㄈㄢ弟）。
	詮	ㄑㄩㄢˊ	詮論（論述事情的道理）。詮釋。詮才末學（才能不高，學識膚淺）。

	國字	字音	語詞
*	跧	ㄑㄩㄢˊ	跧伏（蜷ㄑㄩㄢˊ伏）。跧縮（蜷縮）。踠ㄨㄢˇ跧（同「跧伏」）。彎跧（身體蜷縮）。龍跧虎臥（比喻山勢蜿ㄨㄢ蜒起伏。同「龍蟠ㄆㄢˊ虎踞」）。
*	輇	ㄑㄩㄢˊ	輇才（才識淺薄，不堪重任）。
*	醛	ㄑㄩㄢˊ	甲醛（一種有機化合物）。
	銓	ㄑㄩㄢˊ	銓敘（考核官員的資歷和功績而授予官職）。銓敘部（行政機關之一，隸屬於考試院）。
	【州】		
	州	ㄓㄡ	州官放火。青州從事（泛稱美酒）。
	洲	ㄓㄡ	洲際飛彈。
*	詶	ㄔㄡˊ	詶對（應答）。詶賽（祭祀酬神）。通「酬」。
	酬	ㄔㄡˊ	報酬。酬和ㄏㄜˋ（以詩文酬答唱和）。酬勞。酬報。酬酢ㄗㄨㄛˋ（交際應酬）。酬謝。應酬。大德不酬（所受的恩德太大，無法酬報）。天道酬勤。功過相酬（功過相抵）。同工同酬。有志難酬。壯志未酬。得不酬失（同「得不償ㄔㄤˊ失」）。論件計酬。
	【安】		
	安	ㄢ	安全。安裝。民安物阜ㄈㄨˋ（人民生活安康，物產富饒）。潘安再世（比喻男子長得非常英俊）。
	宴	ㄧㄢˋ	宴會。鴻門宴（指不懷好意的邀宴）。宴安鴆ㄓㄣˋ毒（貪圖安逸享樂，無異飲鴆自殺）。宴然無事（平安無事的樣子）。宴爾新婚（形容新婚甜蜜的生活。也作「燕爾新婚」「新婚燕爾」）。

國字	字音	語詞
按	ㄢˋ	按摩。按兵不動。按家伏業（專心處ㄔㄨˇ理家務事）。按部就班。按鈴申告。
晏	ㄧㄢˋ	晏起（很晚起床）。晏嬰。歲晏（年終）。天清日晏（天晴無雲的樣子）。四海晏然（政治清明，全國各地太平安定）。夙興晏寢（比喻勤勞）。言笑晏晏（形容言談舉止閒適和樂）。河清海晏（比喻太平盛世的景象）。宮車ㄔㄜ晏駕（天子死亡）。晏御揚揚（說人無知自滿）。晏開之警（比喻社會不安定）。茶遲飯晏（待客怠慢，招待不周到）。蚤寢晏起（早睡晚起）。
桉	ㄢˋ	桉樹（油加利樹）。大葉桉。檸檬桉（植物名）。
案	ㄢˋ	腹案。拍案叫絕。案牘ㄉㄨˊ勞形（形容因文書工作繁重而感到疲憊）。雪案螢窗（比喻勤學苦讀）。舉案齊眉（比喻夫妻相敬如賓）。鴻案相莊（同「舉案齊眉」）。鴻案鹿車（比喻夫妻甘苦與共，相敬如賓）。鐵案如山。
氨	ㄢ	氨氣（一種無色而有臭味的氣體，為氫與氮化合而成）。
銨	ㄢ	氯ㄌㄩˋ化銨（一種無機化合物，可製造肥料）。
鞍	ㄢ	馬鞍。鞍轡ㄆㄟˋ（馬鞍和韁繩）。鞍韉ㄐㄧㄢ（馬背上的坐具）。見鞍思馬（看見東西而興起思念之情）。馬不及鞍（比喻倉卒ㄘㄨˋ慌亂）。摘鞍下馬（比喻退休）。鞍馬勞頓（策馬奔馳，疲憊困頓）。
頞	ㄜˋ	縮頞（不快樂的樣子）。蹙ㄘㄨˋ頞（心中憂愁而皺著鼻梁）。灸ㄐㄧㄡˇ頞歕ㄆㄣ鼻（以艾炷灸鼻梁，用瓜蒂噴鼻的治病之法。比喻貪生怕死）。疾首蹙頞（憎ㄗㄥ恨厭惡ㄨˋ的樣子）。掩鼻蹙頞（形容極其厭惡ㄨˋ，而不願提及）。

	國字	字音	語詞
*	鴳	ㄧㄢˋ	鴳雀（小鳥）。
*	鷃	ㄧㄢˋ	鷃雀（同「鴳雀」）。籬鷃（比喻見識淺陋）。藩ㄈㄢˊ籬之鷃（比喻見識淺陋之人。也作「蕃ㄈㄢˊ籬之鷃」）。鷃鵬蘭艾（比喻見解不同而看法亦異）。
			【亘】
*	咺	ㄒㄩㄢˇ	赫咺（威儀盛大的樣子）。嘽ㄔㄢˇ咺（迂ㄩ緩的樣子）。赫兮咺兮（威儀多ㄉㄨㄛ麼顯著盛大啊）。
	垣	ㄩㄢˊ	垣牆（圍牆）。城垣。省垣（省政府所在地）。石垣島。短垣自踰ㄩˊ（比喻自己違背禮法）。斷垣殘壁。斷壁頹垣。屬ㄓㄨˇ垣有耳（以耳貼牆，偷聽他人的談話）。
	姮	ㄏㄥˊ	姮娥（即嫦娥）。
	桓	ㄏㄨㄢˊ	般ㄆㄢˊ桓（徘徊ㄏㄨㄞˊ流連的樣子）。盤桓（同「般桓」）。齊桓公。
*	洹	ㄏㄨㄢˊ	洹水（水名。即安陽河）。洹洹（水流盛大的樣子）。
	烜	ㄒㄩㄢˇ	烜赫。烜赫一時（名聲或威勢在當時很壯盛）。
*	狟	ㄏㄨㄢˊ	狟豬（獸名。似豚，毛色白）。
*	貆	ㄏㄨㄢˊ	貆獸（一種貉ㄏㄜˊ類動物）。懸貆素餐（比喻無功受祿）。
			【光】
	光	ㄍㄨㄤ	光芒。曝光。光天化日。

國字	字音	語　詞
幌	ㄏㄨㄤˇ	幌子。簾幌（窗簾與帷幕）。裝幌子（比喻藉著某種好聽的說法來掩飾自己）。
恍	ㄏㄨㄤˇ	恍惚。恍如隔世。恍然大悟。精神恍惚。
晃	ㄏㄨㄤˇ	晃朗（光明的樣子）。晃眼。晃縣（湖南省縣名）。晃耀（光彩明亮）。一晃眼。白晃晃（形容雪亮閃耀）。明晃晃（光亮眩目的樣子）。亮晃晃（明亮閃耀，光線鮮明的樣子）。虛晃一招。眼前一晃而過。
	ㄏㄨㄤˋ	晃動。晃悠（擺動）。晃蕩（搖曳動盪，閃爍不定的樣子）。搖晃。搖搖晃晃。搖頭晃腦。一晃就是一年。
桄	ㄍㄨㄤ	桄榔（植物名）。
	ㄍㄨㄤˋ	門桄（門戶的橫梁）。梯桄（梯子的橫木）。線桄子（纏線的器具，中間有軸）。一桄毛線（毛線一團或一束）。
洸	ㄍㄨㄤ	洸洋（水深廣的樣子）。有洸有潰（凶惡殘暴，蠻橫ㄏㄥˋ霸道）。武夫洸洸（將士們鬥志高昂）。洸洋自恣（語言文辭奔放，沒有拘束）。
	ㄏㄨㄤˇ	洸忽（隱約模糊的樣子。同「恍惚」）。通「恍」。
*滉	ㄏㄨㄤˇ	滉瀁ㄧㄤˋ（水深且廣，無邊無際的樣子）。瀇ㄨㄤˇ滉（同「洸洋」）。
*皝	ㄏㄨㄤˇ	慕容皝（人名。前燕ㄧㄢ人。慕容廆ㄍㄨㄟˇ之子）。
*絖	ㄎㄨㄤˋ	洴ㄆㄧㄥˊ澼ㄆㄧˋ絖（指在水中漂ㄆㄧㄠˇ洗棉絮）。

	國字	字音	語詞
	胱	ㄍㄨㄤ	膀胱。
	觥	ㄍㄨㄥ	兕ㄙˋ觥（用兕角做成的酒器）。觥令（酒令）。杯觥交錯（形容筵ㄧㄢˊ席間互相敬酒的熱烈氣氛ㄈㄣ）。飛觥走斝ㄐㄧㄚˇ（暢飲）。觥籌交錯（同「杯觥交錯」）。
	【成】		
	城	ㄔㄥˊ	連城璧（比喻非常有價值的物品）。扳ㄅㄢ回一城。防意如城（防止私欲之心就如同防止敵人攻城）。背城借一（和敵人決一死戰）。眾心如城（同「眾志成城」）。眾志成城。價值連城。
	成	ㄔㄥˊ	玉成（基於喜愛，而願意幫助成全）。一成一旅（以微薄的力量戰勝敵人）。一成不變。玉成其事（請求他人成全好事）。老成持重。
	晟	ㄔㄥˊ	吳晟（作家）。李晟（中國大陸內地影視女演員）。大晟府（北宋所設掌管樂律的機構）。
	盛	ㄕㄥˋ	盛衰。盛裝。盛舉。盛宣懷（人名。清代人）。共襄盛舉。春秋鼎盛（正值壯盛之年）。盛氣凌人。盛情難卻。盛暑祁ㄑㄧˊ寒（形容氣候狀況非常惡劣）。盛極一時。
		ㄔㄥˊ	盛飯。盛器。粢ㄗ盛（祭祀時將黍稷ㄐㄧˋ放在祭器內）。齊ㄗ盛（同「粢盛」）。盛水不漏（比喻理論、思想或見解嚴謹縝ㄓㄣˇ密，看不出破綻）。
	誠	ㄔㄥˊ	誠懇。心悅誠服。開誠布公。誠惶誠恐。精誠團結。
*	鋮	ㄔㄥˊ	阮大鋮（明末詞曲家）。

	國字	字音	語詞
			【戈】
	哉	ㄗㄞ	大哉問。何苦來哉。得其所哉(形容稱ㄔㄥˋ心如意、志得意滿的樣子)。嗚呼哀哉。優哉游哉(形容從ㄘㄨㄥ容自在，悠閒自得)。
	截	ㄐㄧㄝˊ	截止。截稿。截獲。攔截機。半截入土(指人之將死)。直截了當。斬釘截鐵。報名截止。矮了半截。截長補短。截然不同。截髮留賓(比喻女性待客真摯誠懇)。截彎取直。
	戴	ㄉㄞˋ	穿戴。擁ㄩㄥ戴。戴口罩。披星戴月。穿金戴銀(穿戴貴重華麗的服飾)。張冠ㄍㄨㄢ李戴。寒毛盡戴(比喻十分恐怖)。感恩戴德。戴天之仇。戴盆望天(比喻願望無法達成)。戴罪立功。
	栽	ㄗㄞ	栽培。栽植。栽種。栽贓。倒ㄉㄠˋ栽蔥。栽跟頭ㄊㄡ。
*	胾	ㄗˋ	臠ㄌㄨㄢˊ胾(切肉)。毛炰ㄆㄠˊ胾羹(連毛一起煮的豬和肉片湯)。池酒林胾(形容酒肉極多，生活奢靡)。啜ㄔㄨㄛˋ羹食胾(喝湯吃肉)。
*	臷	ㄓˋ	臷國(神話中的國名)。犬馬齒臷(表示臣已年邁。犬馬，臣對君之謙詞)。
*	蛓	ㄘˋ	蛓毛蟲(動物名。一種吃樹葉的蟲)。
	裁	ㄘㄞˊ	仲裁。自裁(自殺)。裁判。裁決。裁度ㄉㄨㄛˋ。裁撤。獨裁。體裁。別出心裁。裁減軍備。稱ㄔㄥˋ體裁衣(比喻事情做得恰到好處)。

	國字	字音	語詞
*	襶	ㄉㄞˋ	褦ㄋㄞˋ襶（不明白事理，不懂事）。
	載	ㄗㄞˋ	刊載。負載。記載。張載（人名。宋代人）。連載。超載。搭載。裝載。高乘載。上傳下載。文以載道。車載斗量（形容數量極多）。侔ㄇㄡˊ德覆載（功德與天地相等）。怨聲載道。載舟覆舟。載沉載浮。載欣載奔（快樂的奔跑）。載酒問字（比喻人勤學好問）。載歌載舞。載譽歸國。
		ㄗㄞˇ	一年半載。十載寒窗。三年五載。千年萬載。千載一逢。千載獨步（古往今來極少的）。千載難逢。億載金城。
*	䵧	ㄗㄞˋ	䵧漿（醋漿）。
			【西】
	哂	ㄕㄣˇ	哂笑（嘲笑）。哂納。微哂（微笑）。不值一哂（表示事物毫無意義或內容貧乏）。付之一哂（完全不放在心上而一笑置之）。
	晒	ㄕㄞˋ	防晒。晒圖。曝晒。晒衣場。晒穀場。日晒雨淋。「曬」為異體字。
*	栖	ㄒㄧ	羊栖菜（植物名）。栖栖皇皇（匆促不安的樣子。又作「棲棲遑遑」「棲棲皇皇」）。
		ㄑㄧ	栖身（同「棲身」）。栖息（同「棲息」）。銜膽栖冰（比喻刻苦自勵。同「銜膽棲冰」）。暮栖木上（晚上睡在樹巢上）。通「棲」。

國字	字音	語詞
洒	ㄒㄧˇ	洒心（同「洗心」）。洒濯ㄓㄨㄛˊ（同「洗濯」）。洒心自新（屏ㄅㄧㄥˇ除雜念，改過自新）。通「洗」。
	ㄒㄧㄢˇ	洒如（肅敬的樣子）。洒淅（寒冷顫抖的樣子）。洒然（驚訝或肅然起敬的樣子）。洒洒時寒（同「洒淅」）。
	ㄙㄚˇ	洒家（我）。洒脫。洒落。洒埽ㄙㄠˇ（同「灑掃」）。「灑」之異體字。
	ㄘㄨㄟˇ	新臺有洒（新建的樓臺高聳矗立著）。
茜	ㄑㄧㄢˋ	茜草（植物名）。
西	ㄒㄧ	買東西˙ㄒㄧ。東西南北。唐突西施（對女性不尊重）。
*跴	ㄘㄞˇ	跴訪（察訪探尋）。跴緝（查尋追捕）。跴蹻ㄑㄧㄠ（武旦和花旦穿木質假足，作纏足形）。跴緝歸案。
迺	ㄋㄞˇ	況迺（況且）。曖ㄞˇ迺（搖櫓聲。同「欸ㄞˇ乃」）。朱迺武（前雄中、雄女校長）。甘迺迪。「廼」為異體字。
【考】		
拷	ㄎㄠˇ	拷打。拷貝。拷問。盜拷。嚴刑拷打。
*栲	ㄎㄠˇ	栲栳ㄌㄠˇ（竹製或柳條編成的容器）。掤ㄅㄧㄥ扒ㄅㄚ吊栲（強行脫去衣服，用繩子捆綁，並吊起來拷打。同「繃扒吊拷」）。
烤	ㄎㄠˇ	火烤。炭烤。烤箱。燒烤。
考	ㄎㄠˇ	考試。考量ㄌㄧㄤˊ。考慮。如喪ㄙㄤ考妣ㄅㄧˇ（比喻極為悲痛）。班班可考。歷歷可考。「攷」為異體字。

	國字	字音	語詞
	銬	ㄎㄠˋ	手銬。腳鐐手銬。
	【存】		
	存	ㄘㄨㄣˊ	存摺。名存實亡。救亡圖存。蕩然無存。
*	洊	ㄐㄧㄢˋ	洊至（水接連來到）。洊密（重重密接）。洊歲（隔年。指兩年）。洊雷（接連打雷）。
	荐	ㄐㄧㄢˋ	推荐。毛遂自荐。超荐法會（法會名）。饑饉ㄐㄧㄣˇ荐臻ㄓㄣ（指連年災荒）。「薦」為異體字。
	【羽】		
	栩	ㄒㄩˇ	栩然（歡暢活潑的樣子）。張栩（旅日圍棋好手）。栩栩如生。栩栩如繪。栩栩欲動（形容文字生動活潑）。
	羽	ㄩˇ	羽士（道士）。羽化。羽翼（比喻輔佐的人）。羽林軍（古代皇帝禁衛軍）。天生羽翼（比喻兄弟間和睦友愛）。吉光片羽（比喻殘餘的文章或書畫等珍貴文物）。羽化登仙（人得道而飛入天界成仙。或比喻去世）。羽扇綸ㄍㄨㄢ巾（形容態度從ㄘㄨㄥ容不迫的樣子）。羽翼已成（比喻得到輔佐的人才，勢力已經鞏固）。沒ㄇㄛˋ金飲羽（比喻用力過猛，以致箭射入極深）。負羽從軍（比喻投身軍旅，從軍出征）。射石飲羽（比喻心神專注，發揮超人的力量）。愛惜羽毛。積羽沉舟（比喻積小患而造成大災禍）。鎩ㄕㄚ羽而歸。鑽ㄗㄨㄢ皮出羽（比喻過分稱譽自己偏愛的人）。
	羿	ㄧˋ	后羿。后羿射日（比喻為民除害或驍ㄒㄧㄠ勇善戰）。羿射九日（形容為民除去禍害的英勇行為）。

國字	字音	語詞
翔	ㄒㄧㄤˊ	飛翔。翔貴（物價上漲ㄓㄤˇ）。翔實。翱翔。滑翔機。沙鷗翔集（沙鷗時而飛翔，時而聚集於一處）。高翔遠引（形容離世隱居）。
詡	ㄒㄩˇ	誇詡（誇大）。詡詡自得（誇大自得的樣子）。
* 頨	ㄩˇ	頨妍（頭形美好）。頨頂（孔子的頭形）。
【行】		
愆	ㄑㄧㄢ	罪愆。不愆不忘（沒有過錯，也不遺忘）。乾ㄍㄢ餱ㄏㄡˊ以愆（指粗食招待的過失）。惹禍招愆（引來災禍、麻煩）。禮義不愆（行為合乎禮義沒有錯誤）。繩愆糾謬ㄇㄧㄡˋ（糾正過失、錯誤）。
* 桁	ㄏㄥˊ	桁條（架在屋頂，用來支撐椽ㄔㄨㄢˊ子或屋面板的橫木）。桁桷ㄐㄩㄝˊ（屋上的橫木和方椽ㄔㄨㄢˊ）。
	ㄏㄤˊ	桁衣（掛在衣架上的衣服）。桁楊（古代夾頸項、腳脛ㄐㄧㄥˋ的刑具）。朱雀桁（古浮橋名。橫跨在秦淮河上）。桁楊刀鋸（指各種刑具）。桁楊相望（比喻罪犯極多。同「桁楊相推」）。
* 珩	ㄏㄥˊ	張珩（前臺北市衛生局局長）。黃肇珩（前監委）。靳ㄐㄧㄣˋ珩橋（中橫橋名之一）。
* 胻	ㄏㄥˊ	斬胻（斬斷腳脛）。
荇	ㄒㄧㄥˋ	荇菜（莧ㄒㄧㄢˋ菜的別名）。藻荇（水草）。藻荇交橫。「莕」為異體字。

國字	字音	語　　詞
行	ㄒㄧㄥˊ	行頭ㄊㄡ˙（演戲所用的衣物）。修行。歌行。行道樹。現行犯。行將就木（指人將死）。陰陽五行。置辦行頭（購買演戲用的衣物）。
	ㄒㄧㄥˋ	行狀（記述死者一生行為的文章）。行誼ㄧˋ（品行道義）。孝行。言行。品行。善行。罪行。義行。暴行。操行。薄行（行為不端）。醜行。鳥獸行（比喻亂倫的行為）。末節細行（無關大體的小節、小事）。行短才高（才能雖高，但品格卑劣）。高山景行（比喻做事光明磊落）。景行行ㄒㄧㄥˊ止（比喻高尚的品德，令人敬仰）。
	ㄏㄤˊ	行列。行伍（軍隊）。行家。行陣（指軍隊）。行款（文字的書寫順序和排列格式）。行窳ㄩˇ（器物製作粗劣，容易破碎）。行輩（排行輩份）。行頭ㄊㄡˊ（行業的頭子）。武行。排行。太行山。全武行（打架）。當行家（內行人）。十行俱下（比喻閱讀迅速）。字裡行間。雁行失序（指兄弟死亡）。雁行折翼（同「雁行失序」）。當行出色（做本行的事而特別出色）。
	ㄏㄤˋ	行行如也（剛強的樣子）。
衍	ㄧㄢˇ	衍生。敷衍。繁衍。魚龍曼衍（形容事物雜亂無章）。敷衍塞ㄙㄜˋ責。
*餰	ㄐㄧㄢ	餰粥（粥）。餰餌（粥與餅）。餰鬻ㄩˋ（同「餰粥」）。
*鴴	ㄏㄥˊ	高蹺ㄑㄧㄠ鴴（鳥名）。
【㐬】		
旒	ㄌㄧㄡˊ	冕旒（古代最尊貴的一種禮冠ㄍㄨㄢ）。

國字	字音	語詞
梳	ㄕㄨ	梳妝。梳洗。梳理。梳妝臺。爬梳剔ㄊㄧ抉（蒐羅極廣泛，選擇極正確）。
*橀	ㄒㄧ	榽ㄒㄧ橀（木名。似檀）。
毓	ㄩˋ	華堂毓秀（賀人新居落成的吉祥話）。毓子孕孫（指生養繁衍後代子孫）。鍾靈毓秀（形容能孕育傑出人才的環境）。
流	ㄌㄧㄡˊ	交流。流行。流暢。巧言如流（形容表面上動聽而實際上虛偽ㄨㄟˋ的話）。投鞭斷流（比喻軍容壯盛，兵力強大）。流芳百世。流金歲月（指青春絢ㄒㄩㄢˋ爛的年紀）。流連忘返。筆翰如流（形容文筆快捷如流水）。
琉	ㄌㄧㄡˊ	琉璃。琉璃瓦。萬頃琉璃（形容水波ㄅㄛ蕩漾）。
疏	ㄕㄨ	生疏。注疏。奏疏（臣子向皇帝進言的奏章）。書疏（奏章）。疏忽。疏散。疏遠。疏導。疏離感。才疏意廣（才能不高卻很有抱負）。才疏學淺。仗義疏財。百密一疏。志大才疏（同「才疏意廣」）。花木扶疏。疏不間ㄐㄧㄢˋ親（關係疏遠的人不能離間ㄐㄧㄢˋ或干預關係親近的人與事。也作「疏不謀親」）。疏軍而去（撤軍）。暗香疏影（梅花的代稱）。頗曉書疏（指對於書信或奏章的理解與撰寫有一定程度的能力）。論貴粟疏（西漢．鼂ㄔㄠˊ錯撰）。親疏遠近。「疎」為異體字。
硫	ㄌㄧㄡˊ	硫黃（同「硫磺」）。
蔬	ㄕㄨ	蔬菜。布衣蔬食（形容生活樸實儉約）。惡ㄜˋ衣蔬食（同「布衣蔬食」）。飯蔬飲水（形容過著清心寡欲，安貧樂道的生活）。

	國字	字音	語詞
*	醯	ㄒㄧ	醯雞（酒甕ㄨㄥˋ中的一種酒蟲）。井蛙醯雞（比喻人的識見淺薄）。甕裡醯雞（同「井蛙醯雞」）。
*	鎏	ㄌㄧㄡˊ	冕鎏（同「冕旒」）。汝ㄖㄨˇ鎏國小（位於臺中市）。鎏金佛像。
	【夸】		
*	侉	ㄎㄨㄚˇ	侉子（稱沒見過世面的人）。
	刳	ㄎㄨ	刳剔ㄊㄧ（剖ㄆㄡˇ解）。刳心雕腎（同「刻骨銘心」）。刳木為舟（剖開木頭ㄊㄡˊ，將中心挖空做成小船）。刳肝瀝膽（比喻坦誠相見）。刳脂ㄓ剔ㄊㄧ膏（比喻殘酷的剝削ㄒㄩㄝˋ）。刳腸之患（剖腹挖腸之禍）。劌ㄍㄨㄟˋ心刳肺（形容費盡心思，刻意去做）。
	垮	ㄎㄨㄚˇ	拖垮。垮臺。累垮。
	夸	ㄎㄨㄚ	大言非夸（平凡人以為智者洞燭機先的卓見，是誇大不實的言論）。夸父逐日（比喻不自量ㄌㄧㄤˋ力或指懷有雄心壯志但未能實現）。夸誕不經。言大而夸（言論誇大而不切實際）。貴而不夸（顯貴而不奢侈）。
*	姱	ㄎㄨㄚ	姱名（美名）。姱節（美好的節操）。嫭ㄏㄨˋ姱（美好的樣子）。嫮ㄏㄨˋ姱（同「嫭姱」）。
	挎	ㄎㄨ	挎著寶劍（帶著寶劍）。
		ㄎㄨㄚ	挎著胳膊（胳膊彎起來掛著東西）。
		ㄎㄡ	「摳」之異體字。
	洿	ㄨ	洿池（停滯ㄓˋ不流的水池）。洿行ㄒㄧㄥˋ（汙穢的行為）。洿染（同「汙染」）。渟ㄊㄧㄥˊ洿（不流動的汙水）。

	國字	字音	語　　　詞
	瓠	ㄏㄨˋ	瓠瓜。瓠果（外皮堅硬的漿果）。瓠落（空曠、空廓）。大瓠之用（比喻事物的大小，經過妥善運用，會產生不同的效果。後指量材使用）。千金一瓠（比喻物雖輕賤，關鍵時發揮用途，卻異常珍貴）。玄酒瓠脯ㄈㄨˇ（指生活清苦恬淡）。瓠巴鼓瑟。齒如瓠犀（比喻美人整齊潔白的牙齒）。
	胯	ㄎㄨㄚˋ	胯骨。扭腰撒ㄙㄚ胯（故意作出妖嬈ㄖㄠˊ的醜態）。胯下之辱。胯下蒲ㄆㄨˊ伏（比喻很難忘記的奇恥大辱）。
*	荂	ㄏㄨㄚ	皇荂（古俗曲名）。通「花」。
*	袴	ㄎㄨˋ	紈袴子弟（行為輕佻ㄊㄧㄠ的富貴人家子弟）。通「絝ㄎㄨˋ」。為「褲」的異體字。
	誇	ㄎㄨㄚ	誇大。誇獎。誇耀。誇讚。好ㄏㄠˋ自矜誇（驕矜自負，喜歡誇耀自己）。誇下海口。
	跨	ㄎㄨㄚˋ	跨刀（為他人助長聲勢）。跨越。橫跨。跨年晚會。跨鶴西歸（比喻人死。同「駕鶴西歸」）。
*	陓	ㄨ	楊陓（澤名。位於甘肅省）。
*	骻	ㄎㄨㄚˋ	腰骻（同「腰胯」）。骻骨（同「胯骨」）。通「胯」。
*	鴮	ㄨ	鴮鸅ㄓㄜˊ（鵜ㄊㄧˊ鶘ㄏㄨˊ）。

【夅】

*	洚	ㄐㄧㄤˋ	洚水（洪水）。洚洞ㄊㄨㄥˊ（大水瀰漫的樣子）。
*	絳	ㄐㄧㄤˋ	絳帳（講席或對師長的敬稱）。絳脣（紅脣）。玉貌絳脣（形容女子貌美如花）。神霄絳闕ㄑㄩㄝˋ（形容帝王堂皇富麗的宮殿）。絳帳春風（形容教ㄐㄧㄠˋ學環境良好）。絳帳授徒（指師長傳道授業）。

	國字	字音	語詞
*	艕	ㄆㄤˊ	艕舡ㄒㄧㄤˊ（船名）。艕艭ㄕㄨㄤ（船名）。
*	逄	ㄆㄤˊ	逄門（複姓）。逄逄（鼓聲）。逄蒙（夏代人名。善於射箭。同「逢ㄆㄥˊ門」「逢ㄆㄥˊ蒙」）。逄家村（山東省地名）。
		ㄈㄥˊ	「逢」之異體字。
	降	ㄐㄧㄤˋ	降落。降價。降心相從（委屈自己，順從別人）。神明降駕。降格以求（降低標準以求達成任務）。喜從天降。普降甘霖。
		ㄒㄧㄤˊ	投降。降伏。降附（投降歸附）。歸降。招降納叛。降龍伏虎（比喻有極大的本領，能克服重大困難或戰勝強敵）。
			【至】
	侄	ㄓˊ	侄兒（同「姪兒」）。通「姪」。
	倒	ㄉㄠˇ	倒坍。倒塌ㄊㄚ。倒運。顛倒。倒胃口。房屋傾倒。為之傾倒。倒海翻江（比喻力量或聲勢浩大）。倒頭便睡。排山倒峽（形容聲勢浩大，無法抵擋）。排山倒海。隨風倒舵（同「隨風轉舵」）。翻箱倒篋ㄑㄧㄝˋ。翻箱倒櫃。
		ㄉㄠˋ	倒立。倒扣。倒敘。倒影。倒轉。倒不如。倒栽蔥。倒裝句。本末倒置。柳眉倒豎（女子發怒的樣子）。倒行逆施。倒果為因。倒持泰阿ㄜ（比喻授人權柄，自己反受其害）。倒屣ㄒㄧˇ相迎（熱情接待賓客）。倒繃孩兒（比喻原本熟習的事竟然犯了錯誤）。傾倒垃圾。傾筐倒庋ㄐㄧˇ（泛指盡其所有）。解民倒懸（比喻把身陷困苦之境的人民解救出來）。銀河倒瀉（形容雨勢極大）。

	國字	字音	語　　詞
	到	ㄉㄠˋ	到達。面面俱到。經驗老到。
*	厔	ㄓˋ	盩ㄓㄡ厔（陝西省縣名。同「盩庢」）。為「庢」的異體字。
*	咥	ㄒㄧˋ	咥其笑矣（還來譏笑我呀）。
		ㄉㄧㄝˊ	咥噬ㄕˋ（咬食）。不咥人（不咬人）。
	垤	ㄉㄧㄝˊ	丘垤（小土堆）。蟻垤（蟻穴周圍所隆起的小土堆）。若垤若穴（有的隆起像土堆，有的深陷如窟窿。指地勢高低不平）。
	姪	ㄓˊ	姪女。姪兒。
	室	ㄕˋ	斗室。盥洗室。室怒市色（比喻遷怒於人）。築室道謀（比喻人多嘴雜，很難有確定的意見）。
*	峌	ㄉㄧㄝˊ	峌嵲ㄋㄧㄝˋ（山高峻的樣子）。
*	庢	ㄓˋ	庢沓（受到阻礙而湧出）。庢礙（阻礙）。盩ㄓㄡ庢（陝西省縣名）。「厔」為異體字。
*	挃	ㄉㄠˊ	挃線（放風箏時收線的動作）。
*	晊	ㄓˋ	李慶晊（高雄市三信高商第二任校長）。
	桎	ㄓˋ	桎梏ㄍㄨˋ（古代刑具。類似現代的腳鐐手銬ㄎㄠˋ）。
	窒	ㄓˋ	窒息。窒礙難行。懲ㄔㄥˊ忿窒欲（克制忿怒，遏止情欲）。
	絰	ㄉㄧㄝˊ	縗ㄘㄨㄟ絰（用麻布做成的喪ㄙㄤ服）。墨絰從公（守喪ㄙㄤ期間，仍勤於公事）。墨絰從戎。

國字		字音	語詞
	緻	ㄓˋ	細緻。精緻。林木緻密（林木細緻緊密）。
	耋	ㄉㄧㄝˊ	大耋（指高壽的人）。耄ㄇㄠˋ耋（同「大耋」）。耋艾（同「大耋」）。耄耋之年。
*	胵	ㄔ	膍ㄆㄧˊ胵（反芻ㄔㄨˊ動物的胃。又稱「百葉」）。
	至	ㄓˋ	仁至義盡。至高無上。至理名言。至聖先師。至誠感人。事親至孝。骨肉至親。
	致	ㄓˋ	別致。致仕（官員退休）。致富。致賀。致意。致敬。致謝。致贈。景致。雅致。標致。致命傷。凹凸ㄊㄨˊ有致。任重致遠。言行ㄒㄧㄥˊ一致。和氣致祥。爭相羅致（爭相網羅人才）。致力革命。致命一擊。格物致知（推究事物的道理，以獲得知識）。專心致志。殺敵致果。淋漓盡致。雅人深致（風雅的人，意致深遠）。閒情逸致。經世致用（治理世事，符ㄈㄨˊ合實用）。經商致富。慢令致期（政令鬆懈而到期又不寬限）。談吐有致（談話文雅有條理）。學以致用。興致盎然。錯落有致（布局雖交錯紛雜但有條理）。羅致人才。
*	茎	ㄔˊ	茎藸ㄔㄨˊ（五味子的別名）。
	蛭	ㄓˋ	水蛭（動物名）。肝蛭（一種寄生蟲）。蝸居蟻蛭（謙稱自己的房舍窄小）。
*	螲	ㄉㄧㄝˊ	螲蟷ㄉㄤ（動物名。蜘蛛的一種）。
		ㄓˋ	螻螲（即螻蛄ㄍㄨ）。
*	跮	ㄔˋ	跮踱（走路時忽進忽退，徘徊ㄏㄨㄞˊ不進的樣子）。
	輊	ㄓˋ	軒輊（比喻高低輕重）。不分軒輊（兩者相比較，勢均力敵，分不出高下）。

國字	字音	語詞
* 郅	ㄓˋ	郅隆（最為昌盛興隆）。郅治之世（太平盛世）。
* 銍	ㄓˋ	銍艾ㄧˋ（收割農作物的鐮刀）。
【耳】		
* 佴	ㄦˋ	佴之蠶室（被送到宮刑的刑房）。
* 刵	ㄦˋ	刵刑（一種割去耳朵的刑罰）。劓ㄧˋ刵椓ㄓㄨㄛˊ黥ㄑㄧㄥˊ（古代四種酷刑）。
* 咡	ㄦˋ	咡絲（蠶口上下吐絲）。循咡（食後用手擦嘴）。辟ㄆㄧˋ咡（側著頭交談）。
奆	ㄉㄚ	朱奆（明代人。又號八大山人）。奆拉（下垂的樣子）。低頭奆腦（形容惶恐不安或無精打采的樣子）。眼皮奆拉（眼皮鬆弛ㄔˊ下垂）。
洱	ㄦˇ	普洱茶。
珥	ㄦˇ	簪ㄗㄢ珥（髮簪與耳飾）。脫簪珥（自責請罪）。珥金拖紫（官位顯赫）。瑤環瑜珥（比喻子弟資質美好）。墮珥遺簪（酒酣而場面混ㄏㄨㄣˋ亂的樣子）。
* 眲	ㄋㄜˋ	眲之（輕視）。
耳	ㄦˇ	耳朵。耳聞。耳目一新。耳熟能詳。秋風過耳（比喻漠不關心）。馬耳東風。想當然耳（不作「想當然爾」）。隔牆有耳。
茸	ㄖㄨㄥˊ	鹿茸。闒ㄊㄚˋ茸（資質愚劣駑ㄋㄨˊ鈍）。毛茸茸。金茸菇。綠茸茸（碧綠而柔軟密集的樣子）。闒茸貨（比喻懦ㄋㄨㄛˋ弱無能的人）。
* 衈	ㄦˋ	衈社（釁ㄒㄧㄣˋ禮之一。取鼻血以釁祭社器）。

國字		字音	語詞
	聞	ㄨㄣˊ	令聞(美好的聲譽)。聞人(有名望的人)。緋ㄈㄟ聞。不求聞達(無意追求名譽地位,不求人知)。先斬後聞(同「先斬後奏」)。耳聞目睹。望聞問切ㄑㄧㄝˋ。聲聞過情(名譽聲望超過實情)。
	餌	ㄦˇ	釣餌。魚餌。誘餌。以狸餌鼠(比喻毫無用處,事難成功)。抑威餌敵(作戰時,以偽ㄨㄟˋ裝軍容不盛來引誘敵人)。垂餌虎口(比喻冒險)。針餌莫減(針灸ㄐㄧㄡˇ和吃藥都不能減輕病情)。餌之重利(以重利誘惑)。餌名釣祿(騙取名聲和俸祿)。
*	駬	ㄦˇ	騄ㄌㄨˋ駬(周穆王八駿馬之一。同「騄耳」)。
*	髶	ㄖㄨㄥˊ	髶髦(頭髮蓬亂)。
【羊】			
	佯	ㄧㄤˊ	佯死。佯言(欺騙的話)。佯裝。佯若無事。被ㄆㄧ髮佯狂(披散著頭髮,假裝瘋癲的樣子)。詐敗佯輸(佯裝敗陣,引誘人上當)。
	咩	ㄇㄧㄝ	咩咩叫。通「芈ㄇㄧㄝ」。
	庠	ㄒㄧㄤˊ	入庠(古代稱秀才科舉考試及格)。庠生(古代府縣學校的學生)。庠序(古時學校的名稱)。庠序之教ㄐㄧㄠˋ(各級學校的教育)。
	徉	ㄧㄤˊ	彷ㄆㄤˊ徉(徘徊ㄏㄨㄞˊ不前)。徜ㄔㄤˊ徉。
	氧	ㄧㄤˇ	氧化。氧氣筒ㄊㄨㄥˇ。氧氣罩。臭氧層。有氧舞蹈ㄉㄠˋ。
	洋	ㄧㄤˊ	汪洋。出洋相。開洋葷。崇洋媚外。喜氣洋洋。

國字	字音	語詞
烊	ㄧㄤˊ	打烊。商店打烊。
* 牂	ㄗㄤ	牂羊（母羊）。牂牁ㄍㄜ（繫綁船隻的木樁ㄓㄨㄤ）。牂雲（形狀像狗的赤色雲彩）。羝ㄉㄧ牂（比喻配偶）。獦ㄍㄜˊ牂（動物名。即狙ㄐㄩ）。其葉牂牂（它的枝葉茂盛）。牂羊墳首（母羊長個大腦袋。比喻母羊瘦瘠）。
* 痒	ㄧㄤˇ	預搔待痒（比喻多餘而不切實際的準備）。為「癢」的異體字。
祥	ㄒㄧㄤˊ	吉祥。祥和。祥瑞。發祥地。佳兵不祥（好ㄏㄠˋ用兵是不吉祥的。指最好不要用兵）。
羊	ㄧㄤˊ	羊羹ㄍㄥ。羊癲風。十羊九牧（比喻政令不一，讓人無所適從）。羊腸小徑。羊質虎皮（比喻虛有其表）。紅羊浩劫（比喻國家遭遇戰亂或兵變）。迷途羔羊。
	ㄒㄧㄤˊ	吉羊（同「吉祥」）。通「祥」。
羼	ㄔㄢˋ	羼水（同「攙水」「摻ㄔㄢ水」）。羼雜（混ㄏㄨㄣˋ雜）。
* 蛘	ㄧㄤˊ	蛘子（蟲名。生在穀食中）。
詳	ㄒㄧㄤˊ	安詳。不厭其詳。耳熟ㄕㄡˊ能詳。步履安詳（走路從ㄘㄨㄥ容安穩的樣子）。語焉不詳。舉止安詳。
【米】		
* 罙	ㄇㄧˊ	扞ㄏㄢˋ罙（漢時國名）。罙入其阻（深入到它的險阻之地）。
咪	ㄇㄧ	笑咪咪。

國字		字音	語詞
	屎	ㄕˇ	屎棋（譏笑棋藝拙劣的人所下的棋）。屎蚵ㄎㄜ蜋ㄌㄤˊ（蜣ㄑㄧㄤ螂的別名）。
	彝	ㄧˊ	秉彝（人心所執守的常道）。彝倫（常道、倫常）。彝訓（合於常道的教訓）。彝器（古代宗廟常用青銅祭器的總稱）。功銘鼎彝（功業被刻ㄎㄜ在鼎、彝上，以資表揚）。商彝夏鼎（稱極為珍貴的古董）。彝倫攸斁ㄉㄨˋ（指倫常敗壞）。彝鼎圭璋（比喻極為典雅，超出眾人）。「彞」為異體字。
*	敹	ㄌㄧㄠˊ	敹一針（粗略的縫製衣裳）。
	眯	ㄇㄧˇ	砂子眯眼（砂子掉到眼睛裡面去）。播ㄅㄛ糠眯目（比喻外物雖然細微，造成的傷害卻很大）。
		ㄇㄧ	眯瞝ㄔ（瞇眼，似視不視的樣子）。笑眯眯（同「笑咪咪」）。
	瞇	ㄇㄧ	瞇眼。瞇縫ㄈㄥˋ（眼睛瞇成一條縫）。瞇縫眼。
	米	ㄇㄧˇ	稻米。灌米湯（假意或過分恭維他人）。米已成炊。米鹽博辯（比喻議論廣泛細雜）。
	粟	ㄙㄨˋ	千鍾粟（指高祿）。不食周粟（不吃周朝的食物）。尺布斗粟（比喻兄弟不和睦）。布帛ㄅㄛˊ菽粟（比喻極為平常，卻連一日都不可或缺的東西）。杯水粒粟（極少量的食物）。散財發粟（散發錢財和穀物，熱心助人）。粟陳貫朽（比喻錢穀豐饒，生活富裕）。滄海一粟。義粟仁漿（泛指善心人士所施捨的東西）。
*	蔝	ㄇㄧˇ	蔝薂ㄠˇ（草名）。

國字		字音	語詞
	謎	ㄇㄧˊ	謎底。謎語。謎團。
	迷	ㄇㄧˊ	迷津。低迷不振。紙醉金迷。景氣低迷。撲朔迷離。
	醚	ㄇㄧˊ	乙醚(一種常用的揮發性有機溶劑)。
*	麊	ㄇㄧˊ	麊泠ㄌㄧㄥˊ(古縣名)。
	【名】		
	名	ㄇㄧㄥˊ	名角ㄐㄩㄝˊ。名副其實。莫名其妙。欽佩莫名。隱姓埋名。
*	洺	ㄇㄧㄥˊ	洺河(河川名。源出太行ㄏㄤˊ山)。
*	眳	ㄇㄧㄥˊ	眳睛(不高興的樣子)。
	茗	ㄇㄧㄥˊ	品茗。茗具(茶具)。茗茶。杯茗之敬(請人飲宴的客套話)。煮茗清談(與朋友飲茶談心)。敲冰煮茗(古代嚴冬時分ㄈㄣ待客的一種雅趣)。
	酩	ㄇㄧㄥˊ	酩酊ㄉㄧㄥˇ。酩酊大醉。
	銘	ㄇㄧㄥˊ	座右銘。刻骨銘心。銘肌鏤ㄌㄡˋ骨(比喻感受深刻,永誌難忘)。銘記在心。銘感五內。鐫ㄐㄩㄢ心銘骨(同「銘肌鏤骨」)。
	【劦】		
*	劦	ㄒㄧㄝˊ	劦力(同「協力」)。通「協」。
	勰	ㄒㄧㄝˊ	劉勰(南朝梁人。著文心雕龍一書)。
	協	ㄒㄧㄝˊ	妥協。協助。協商。協調。協議。同心協力。朝野協商。「恊」為異體字。

國字	字音	語詞
* 搚	ㄌㄚ	搚幹（拉斷腳脛ㄐㄧㄥˋ）。通「拉」。
脅	ㄒㄧㄝˊ	威脅。要ㄧㄠ脅。脅持。脅迫。裹脅（用脅迫的手段逼人順從）。威脅利誘。脅肩累ㄌㄟˇ足（形容戒慎恐懼的樣子）。脅肩低眉（假裝恭敬的樣子）。脅肩諂笑（形容逢迎諂媚的醜態）。
劦	ㄌㄧˋ	劦枝。薜ㄅㄧˋ劦（植物名）。
【刑】		
刑	ㄒㄧㄥˊ	徒刑。酷刑。刑仁講讓（以仁德為準則，並講求禮讓）。刑馬作誓（宰馬盟ㄇㄥˊ誓，守信不悔）。刑期無刑（指刑罰的目的，在教育人恪ㄎㄜˋ守法律，從而達到不用刑的境地）。明正典刑（指依照法律當眾處ㄔㄨˇ決）。政簡刑清（指政治清明，刑獄簡約。稱道地方官政績的話）。嚴刑峻法。
型	ㄒㄧㄥˊ	典型。模型。髮型。轉型期。典型足式（形容死者的德行與風範，足為後人楷模）。微型小說（指極短篇的小說）。購物型錄。
* 硎	ㄒㄧㄥˊ	新硎初試（比喻首次嘗試或鋒芒初露，展現才華）。新發於硎（同「新硎初試」）。發硎新試（同「新硎初試」）。
荊	ㄐㄧㄥ	荊棘。幸獲識荊（初見仰慕者的敬辭）。披荊斬棘。負荊請罪。班荊道故（形容朋友在途中相遇，共敘舊情）。荊山之玉（比喻資質美好）。荊天棘地（比喻充滿重重障礙和困難）。荊釵ㄔㄞ布裙（形容婦女的儉樸）。荊棘銅駝（形容國土淪陷後殘破的景象）。荊榛ㄓㄣ滿目（形容一片荒蕪的景象）。蓬門荊布（形容貧苦人家）。

	國字	字音	語詞
*	鉶	ㄒㄧㄥˊ	鉶鼎（盛ㄔㄥˊ羹湯的三足鼎）。鉶羹（將調和五味的羹盛於鉶鼎中）。
	【后】		
	后	ㄏㄡˋ	后冠ㄍㄨㄢ。后羿ㄧˋ。后稷ㄐㄧˋ（周朝的先祖）。皇天后土（指天地神明）。
	垢	ㄍㄡˋ	汙垢。油垢。囚首垢面（儀容不整、汙穢ㄏㄨㄟˋ的樣子）。忍辱含垢（忍受羞辱或恥辱）。刮垢磨光（指除去人的缺失，使顯現光芒。也比喻仔細琢磨）。蓬頭垢面。藏汙納垢。
*	姤	ㄍㄡˋ	夷姤（性情平和）。姤卦（易經卦名）。
*	缿	ㄒㄧㄤˋ	投缿（投書）。缿筩ㄊㄨㄥˇ（盛裝告密文書的器具）。
*	茩	ㄍㄡˇ	薢ㄒㄧㄝˋ茩（植物名）。
	詬	ㄍㄡˋ	詬病。詬厲（同「詬病」）。詬罵。甘受詬厲（甘心接受指責、嘲罵）。忍尤含詬（能忍受罪過、恥辱。也作「忍尤含垢」）。詬誶ㄙㄨㄟˋ謠諑ㄓㄨㄛˊ（毀謗造謠的話）。詬龜呼天（對命運乖舛ㄔㄨㄢˇ的呼號）。
	逅	ㄏㄡˋ	邂ㄒㄧㄝˋ逅。邂逅相逢。
*	郈	ㄏㄡˋ	郈成子（春秋時魯國的大ㄉㄞˋ夫）。
*	銗	ㄒㄧㄤˋ	銗鏤ㄌㄡˋ（裝熟食的器具）。鏂ㄡ銗（同「鋪ㄆㄨ首」）。
	【而】		
*	恧	ㄋㄩˋ	恧然（慚愧的樣子）。恧縮（慚愧而畏縮）。愧恧（慚愧）。慚恧（心中羞慚）。

	國字	字音	語詞
*	栭	ㄦˊ	栭棩ㄐㄩㄝˊ（承托屋梁的方形椽ㄔㄨㄢˊ子）。
*	洏	ㄦˊ	漣洏（淚流不停的樣子）。涕淚漣洏（涕淚不止）。
	而	ㄦˊ	不一而足。公而忘私。脫穎而出。
	耍	ㄕㄨㄚˇ	玩耍。耍賴。雜耍。耍花樣。耍威風。耍嘴皮。
	耐	ㄋㄞˋ	能耐。刻苦耐勞。俗不可耐。耐人尋味。
*	耏	ㄦˊ	冒耏（西域人的容貌。鬍鬚多的樣子）。耏水（古水名）。耏門（複姓）。
		ㄋㄞˋ	耏刑（古代一種刑罰。只剃去鬢ㄅㄧㄣˋ鬚而不剃髮的輕刑）。通「耐」。
*	聏	ㄦˊ	聏和（調ㄊㄧㄠˊ和）。
*	胹	ㄦˊ	補苴ㄐㄩ調ㄊㄧㄠˊ胹（比喻對理論或文章修飾加工，使之更加完美）。
*	輀	ㄦˊ	輀車（喪ㄙㄤ車、靈車）。
*	陑	ㄦˊ	陑山（古山名）。陞陑（指創業的開始）。
*	鮞	ㄦˊ	鮞石（又名魚卵石。多半為石灰岩）。
	鴯	ㄦˊ	鴯鶓ㄇㄧㄠˊ（鳥類名，產於澳洲）。

【聿】

*	嵂	ㄌㄩˋ	崒ㄗㄨˊ嵂（山高峻的樣子）。

國字	字音	語詞
律	ㄌㄩˋ	紀律。千篇一律。方頭不律（脾氣倔ㄐㄩㄝˋ強ㄐㄧㄤˋ或蠻橫ㄏㄥˋ不講理）。同音共律（比喻關係緊密）。金科玉律。漫無紀律。嚴以律己。
* 殔	ㄙˋ	掘殔（挖掘埋棺材的坑穴）。
津	ㄐㄧㄣ	津渡（渡口）。津貼。乏人問津。生津止渴。位居要津（擔任顯要的職位）。指點迷津。津津有味。津津樂道。遍ㄅㄧㄢˋ體生津（全身汗流浹背）。覺返迷津（發覺自己步入歧途後，能夠加以改正）。竊據要津（採取不正當ㄉㄤˋ或陰謀的手段占據重要的職位）。
* 硉	ㄌㄨˋ	崒ㄗㄨˊ硉（高而不平坦的樣子）。硉矹ㄨˋ（崖ㄧㄚˊ石高聳突出樣子）。
筆	ㄅㄧˇ	筆直。筆跡。口誅筆伐ㄈㄚˊ。西裝筆挺。妙筆生花。筆墨紙硯。奮筆疾書。
聿	ㄩˋ	聿皇（輕快迅疾的樣子）。聿修厥德（修養他的品行）。聿懷多福（於是獲得許多福祿）。歲聿其莫ㄇㄨˋ（指一年將盡）。歲聿其逝（同「歲聿其莫」）。
肆	ㄙˋ	放肆。肆虐。肆意（恣意，任意）。肆應（有才能，遭遇事情都能圓滿處ㄔㄨˇ理解決）。求馬唐肆（比喻所尋求的方法不對，必無所獲）。汪洋閎ㄏㄨㄥˊ肆（形容人的氣度或文辭寬宏奔放，瀟灑自如）。枯魚之肆（比喻人處於絕境）。茶館酒肆。肆言無忌（毫無顧忌的說話）。肆無忌憚ㄉㄢˋ。肆意妄為（同「肆無忌憚」）。肆應之才（才具開展，善於應付各種事情的人才）。
肄	ㄧˋ	肄業。
* 貄	ㄙˋ	貄獸（一種野獸名）。

國字	字音	語詞
		【舌】
啥	ㄕㄚˊ	啥事。幹啥。
恬	ㄊㄧㄢˊ	恬淡。恬適。恬靜。文恬武嬉（形容文武官員安逸享樂，不務國事）。恬不知恥。恬不為怪（對於不合理的事情，不覺得奇怪）。恬不為意（滿不在乎的樣子）。恬淡寡欲。恬然不恥（同「恬不知恥」）。恬然自安（心中安逸自適的樣子）。恬然自足（胸中恬淡，自覺滿足的樣子）。風恬浪靜（比喻平安無事）。
*湉	ㄊㄧㄢˊ	澶ㄔㄢˊ湉（形容水流緩慢的樣子）。
憩	ㄑㄧˋ	休憩。遊憩。憩息。小憩片刻。「憇」為異體字。
捨	ㄕㄜˇ	捨棄。捨不得˙ㄉㄜ。依依不捨。捨生取義。
甜	ㄊㄧㄢˊ	甜美。甜蜜。甜頭˙ㄊㄡ。心甜意洽（形容心情愉快、滿足）。甜言蜜語。酸甜苦辣。
舌	ㄕㄜˊ	舌頭˙ㄊㄡ。舌戰。大費脣舌。用筆如舌（形容為文自然流暢）。金口木舌（比喻為傳道者）。金口弊舌（比喻枉費口舌）。徒費脣舌。脣槍舌劍。駟不及舌（比喻說話要謹慎小心）。
舍	ㄕㄜˋ	宿舍。寒舍。舍利子。竹籬茅舍。作舍道旁（比喻眾口紛紜，事情難成）。退避三舍。魂不守舍。
	ㄕㄜˇ	不舍晝夜。用行舍藏（指可以仕則仕，不得任用就退隱的處世態度）。用舍失宜（指用人或行政措施不當）。舍己從人（拋棄自己的意見或利益，而依從他人）。舍我其誰。強ㄑㄧㄤˇ聒不舍。趨舍異路（進退的道路不一樣）。通「捨」。

	國字	字音	語　　詞
*	餂	ㄊㄧㄢˇ	叨ㄊㄠ餂（誘騙、騙取）。以言餂之（用話去探取別人的歡心）。
	【戎】		
*	娀	ㄙㄨㄥ	有娀（早期社會的部落）。
	戎	ㄖㄨㄥˊ	兵戎（戰爭）。戎裝。兵戎相見。戎馬倥ㄎㄨㄥˇ傯ㄗㄨㄥˇ（形容軍務繁忙、迫切）。投筆從戎。
*	狨	ㄖㄨㄥˊ	金狨（金絲猴）。
	絨	ㄖㄨㄥˊ	呢ㄋㄧˊ絨。絨毛。絨布。羽絨衣。
*	羢	ㄖㄨㄥˊ	羊羢（纖ㄒㄧㄢ細的羊毛）。呢ㄋㄧˊ羢（同「呢絨」）。
*	茙	ㄖㄨㄥˊ	茙菽（大豆）。茙葵（草名。即蜀葵）。
	賊	ㄗㄟˊ	戕ㄑㄧㄤˊ賊。盜賊。烏賊戰術。亂臣賊子ㄗˇ。認賊作父。擒ㄑㄧㄣˊ賊擒王。
	【屰】		
*	蝷	ㄌㄧˋ	螇ㄒㄧ蝷（蟲名。同「螇蚸ㄌㄧˋ」）。
	逆	ㄋㄧˋ	叛逆。逆旅（旅館）。批逆鱗（直言諍ㄓㄥˋ諫）。大逆不道。忤ㄨˇ逆不孝。忠言逆耳。相視莫逆（彼此的友誼ㄧˋ深厚）。倒ㄉㄠˋ行逆施。逆來順受。莫逆之交。萬物逆旅（指天地）。
*	遻	ㄨˋ	遻逆（違逆）。遻驚（相遇而驚）。

國字	字音	語詞
闕	ㄑㄩㄝˋ	天闕（京城）。城闕。宮闕。闕里（孔子的故居）。心存魏闕（不論身處何地，仍惦記著朝廷）。珠宮貝闕（形容帝王宮殿富麗堂皇，光彩奪目）。登樓望闕（比喻懷念朝廷）。瑤臺銀闕（指屋舍華麗）。瓊樓金闕（形容建築物富麗堂皇。同「瓊樓玉宇」）。
	ㄑㄩㄝ	闕文（古書中脫落的文句）。闕失（過失）。闕字。闕疑。付之闕如。多聞闕疑（雖然見多識廣，遇到不明白的地方，仍須存疑）。拾遺補闕（彌補遺漏、匡正過失）。裨ㄅㄧˋ補闕漏（有助於改善缺失）。盡付闕如（完全缺乏）。
【臼】		
臼	ㄐㄧㄡˋ	臼齒。窠ㄎㄜ臼。杵臼交（比喻朋友相交不分貧富貴賤）。操井臼（做家事，操持家務）。不落窠臼（獨創風格，不落俗套）。臼中無釜（比喻妻子死亡）。炊臼之夢（比喻喪ㄙㄤˋ妻）。
舁	ㄩˊ	舁夫（轎夫）。舁床（一種用手挽的轎子）。舁傷（抬著傷患）。舁歸（抬回去）。舁轎（抬轎子）。籃舁（竹轎。同「籃輿ㄩˊ」）。舁傷救死。
舊	ㄐㄧㄡˋ	仍舊。守舊。一仍舊貫。故舊不棄。除舊布新。喜新厭舊。舊地重遊。舊雨新知。舊疾復發。
【百】		
* 奭	ㄕˋ	酣奭（飲酒過度，以致臉紅）。奭然（消散的樣子。同「釋然」）。奭懌ㄧˋ（愉快的樣子）。召ㄕㄠˋ公奭（人名。周文王庶子）。路車ㄔㄜ有奭（指揮車呈現鮮紅色）。

國字		字音	語詞
	弼	ㄅㄧˋ	輔弼。左輔右弼（輔佐君王的左右重臣）。明刑弼教（彰明刑罰，以輔助教育的不足之處）。
	百	ㄅㄞˇ	百口莫辯。百折不撓ㄋㄠˊ。百步穿楊。百福具臻ㄓㄣ（各種福分同時來到）。百弊叢生。
		ㄅㄛˊ	百色（地名。位於廣西省）。
*	皕	ㄅㄧˋ	皕宋樓（清代陸心源的藏書樓）。
*	袹	ㄇㄛˋ	袹腹（指肚兜或背心）。袹額（初守喪者用來束髮的頭巾）。
	貊	ㄇㄛˋ	濊ㄏㄨㄟˋ貊（朝鮮ㄒㄧㄢˇ族一支，為北貉ㄇㄛˋ的一部）。獩ㄏㄨㄟˋ貊（同「濊貊」）。蠻貊（指四方未開化落後的民族）。貊鄉鼠壤（指民風澆薄，宵小橫ㄏㄥˋ行之地）。
	陌	ㄇㄛˋ	阡陌（田間小路）。陌生。田連阡陌（田地廣闊，田產為數可觀）。形同陌路。視同陌路。通衢ㄑㄩˊ廣陌（四通八達的大路）。紫陌紅塵（形容京都道上極為熱鬧）。
【肉】			
	肉	ㄖㄡˋ	肉票。肉羹。骨肉。滷肉。苦肉計。皮肉之見（比喻見解膚淺）。皮肉之傷。皮開肉綻。血肉之軀。行尸走肉。骨肉至親。
*	朒	ㄋㄩˋ	朏ㄈㄟˇ朒（農曆初三日的上弦ㄒㄧㄢˊ月）。盈朒（古代計算月亮盈虧的一種方法）。朒朓ㄊㄧㄠˇ（農曆月初月見於東方和月末月見於西方）。縮朒（退縮不敢向前）。縮縮朒朒（同「縮朒」）。

國字		字音	語詞
【𧘇】			
	旅	ㄌㄩˇ	軍旅（軍隊）。旅行。旅客。旅遊。旅館。逆旅（旅館）。休旅車。一成一旅（以微薄的力量戰勝敵人）。旅進旅退（比喻人隨波ㄅㄛ逐流，沒有主見）。強兵勁旅。陳師鞠旅（指整軍誓師）。
*	玈	ㄌㄨˊ	玈弓（黑色的弓）。
	膂	ㄌㄩˇ	心膂（比喻親信得力的人）。膂力（體力）。心膂爪ㄓㄠˇ牙（比喻極為親近的得力助手）。心膂股肱ㄍㄨㄥ（同「心膂爪牙」）。肢體心膂（指全身）。痛貫心膂（形容極為悲痛）。膂力過人（體力過人）。雕肝琢膂（比喻寫作時刻意雕琢字句）。
【臣】			
*	嚚	ㄧㄣˊ	頑嚚（頑劣愚蠢）。嚚訟（狡猾而好爭訟）。嚚猾（說話不老實，行為狡詐的人）。嚚闇ㄢˋ（愚昧無知）。父頑母嚚（父頑強母愚昧）。嚚頑無禮（愚蠢頑固不懂禮法）。
	宦	ㄏㄨㄢˋ	仕宦（當官）。宦官。宦途（官場中升與降的歷程、遭遇）。宦遊（外出當官）。官宦人家（享有官俸的世家）。宦海浮沉（宦途升降無定）。達官顯宦（高級官員和社會地位顯達的人）。與「宧ㄧˊ」不同。
*	抯	ㄓㄣˋ	抯拭（擦拭、洗濯ㄓㄨㄛˊ）。
	臣	ㄔㄣˊ	臣服。佞ㄋㄧㄥˋ臣。位極人臣（人臣中官位最高的人）。俯首稱ㄔㄥ臣。稱臣納貢（小國向大國臣服，年年進貢）。

	國字	字音	語詞
	【亦】		
	亦	ㄧˋ	人云亦云。不亦樂乎。亦步亦趨。盜亦有道(指盜賊也有一定的規矩與原則，不任意盜取他人的財物)。
	奕	ㄧˋ	奕世(累ㄌㄟˇ代、累世)。奕訢ㄒㄧㄣ(人名。清宣宗子)。門庭赫奕(家勢顯赫盛大)。奕世受恩(代代受到恩寵)。神采奕奕。精神奕奕。憂心奕奕(憂愁的樣子)。
*	帟	ㄧˋ	幃ㄨㄟˊ帟(指室內的帷幕。同「帷帟」)。
	弈	ㄧˋ	弈棋(下棋)。弈楸ㄑㄧㄡ(棋盤)。博弈。對弈(同「弈棋」)。長安如弈(比喻時局變幻不定)。博弈條款。
	跡	ㄐㄧ	形跡。足跡。發跡。筆跡。血跡斑斑。形跡可疑。表明心跡。浪跡天涯。發跡得志。萍蹤浪跡(比喻人到處飄泊，行蹤無定)。蛛絲馬跡。銷聲匿跡。韜ㄊㄠ光晦ㄏㄨㄟˋ跡(比喻隱藏才能，不顯露ㄌㄨˋ於外)。「迹」為異體字。
	【㐺】		
*	潀	ㄓㄨㄥ	奔潀(急湍)。潀然(水聲。同「淙ㄘㄨㄥˊ然」)。潀潀(水流聲)。鳧ㄈㄨˊ鷖ㄧ在潀(水鳥在水流交會處飛翔)。
	眾	ㄓㄨㄥˋ	群眾。觀眾。大庭廣眾。斬首示眾。眾望所歸。勞師動眾。寡不敵眾。「衆」為異體字。
	聚	ㄐㄩˋ	團聚。凝聚力。生聚教訓。物以類聚。聚精會神。歡聚一堂。

	國字	字音	語詞
*	蓯	ㄘㄨㄥˊ	蓯苴ㄐㄩ（苴草叢生的樣子）。蓯臺（臺名）。草木蓯茂（草木叢雜茂盛）。通「叢」。
*	鄹	ㄗㄡ	鄹邑（地名。位於今山東省曲阜ㄈㄨˋ縣東南）。
	驟	ㄗㄡˋ	步驟。驟雨。驟諫（屢屢進諫）。驟變。公務馳驟（公務奔走繁忙）。狂風驟雨。雨疏風驟。風雨驟至。風急雨驟。氣溫驟降。齊驅並驟（同「並駕齊驅」）。飄風驟雨（指稱突然而來的狂風暴雨）。驟不及防（同「猝ㄘㄨˋ不及防」）。
	【羊】		
*	唴	ㄑㄧㄤˋ	唴喨ㄌㄧㄤˋ（傷痛）。
	姜	ㄐㄧㄤ	姜太公。姜家大被（比喻兄弟間相ㄒㄧㄤ親相愛）。情重姜肱ㄍㄨㄥ（比喻兄弟友愛和睦）。敬姜猶績（比喻雖處富貴卻不求安逸，不忘過去的艱苦）。
	恙	ㄧㄤˋ	恙蟲病。布帆無恙（比喻旅途平安順利）。安然無恙。別來無恙。身體微恙。抱恙參加。
*	瀁	ㄧㄤˋ	漭ㄇㄤˇ瀁（廣大的樣子）。瀇ㄨㄤˇ瀁（水勢盛大的樣子）。林其瀁（詩人向陽的本名）。滉ㄏㄨㄤˇ瀁無涯（比喻人的志氣和度量廣大）。
	羌	ㄑㄧㄤ	氐ㄉㄧ羌。羌笛（樂器名）。羌無故實（比喻言論或文章沒有根據）。臺灣山羌。「羗」為異體字。
*	蜣	ㄑㄧㄤ	蜣螂（動物名。即屎蚵ㄎㄜ蜋ㄌㄤˊ）。
*	觲	ㄒㄧㄥ	觲觲（調ㄊㄧㄠˊ和）。

國字		字音	語詞
	養	ㄧㄤˇ	傻養化（不作「傻氧化」）。休養生息。姑息養奸。養尊處優。養精蓄銳。養癰ㄩㄥ遺患（比喻姑息養奸，必招致後患）。
		ㄧㄤˋ	孝養。供ㄍㄨㄥˋ養。奉養。養生送死（指子女對父母生前的孝養和死後的安葬）。
*	鮝	ㄒㄧㄤˇ	白鮝（指晒乾的石首魚或大黃魚）。鮝魚（晒乾且醃製過的鹹魚）。「鯗」為異體字。
【邛】			
*	笻	ㄑㄩㄥˊ	扶笻（拄ㄓㄨˇ杖）。笻竹（竹名。又名扶老竹）。
*	邛	ㄑㄩㄥˊ	邛竹（同「笻竹」）。邛崍ㄌㄞˊ（四川省縣名）。臨邛（四川省縣名）。邛崍山（四川省山名）。邛有旨苕ㄊㄧㄠˊ（小土山上有美味的苕草）。
【囟】			
	傻	ㄕㄚˇ	傻瓜。傻勁。傻眼。裝傻。裝瘋賣傻。「儍」為異體字。
	囟	ㄒㄧㄣˋ	囟門（初生嬰兒的頭頂接近前額處）。
	惱	ㄋㄠˇ	惱人。惱火。惱恨。煩惱。春色惱人。惱羞成怒。
	瑙	ㄋㄠˇ	瑪瑙。多瑙河。瑪瑙珠（植物名）。
*	硇	ㄋㄠˊ	硇砂（即氯ㄌㄩˋ化銨。白色結晶的礦物）。
	腦	ㄋㄠˇ	頭腦。拋在腦後。腦滿腸肥（形容飽食終日，一副肥胖醜陋的樣子）。

	國字	字音	語詞
			【血】
*	侐	ㄒㄩˋ	閟ㄅㄧˋ宮有侐（神廟清靜）。
	卹	ㄒㄩˋ	撫卹。撫卹金。從優撫卹。
	恤	ㄒㄩˋ	撫恤（安慰救助。同「撫卹」）。體恤。撫恤金（同「撫卹金」）。患難相恤（遇到艱困時，則互相安慰救助）。敬老恤貧。憂國恤民（憂心國事，憫恤百姓）。撫孤恤寡（撫養孤兒，照顧寡婦）。
	洫	ㄒㄩˋ	城洫（城壕、護城河）。溝洫（田間水道）。
	血	ㄒㄧㄝˇ	血汗。血液ㄧㄝˋ。流血。血淋淋。血氣之勇。兵不血刃。
			【舟】
*	侜	ㄓㄡ	侜張（欺騙。同「譸ㄓㄡ張」）。侜張為幻（用不實的話來欺騙人。同「譸張為幻」）。
	舟	ㄓㄡ	木已成舟（比喻已成事實，不能改變）。同舟之誼ㄧˋ（比喻立場相同或效力相同對象的人）。同舟共濟。舟中敵國（比喻親信背叛）。舟車ㄔㄜ勞頓（旅途勞累困頓）。吞舟之魚（比喻犯大罪者）。吳越同舟（比喻在患難時化敵為友，同心協力，共度難關）。柏舟之痛（比喻喪ㄙㄤ夫的悲痛）。風雨同舟。破釜沉舟。逆水行舟。麥舟之贈（感謝他人賻ㄈㄨˋ贈的話）。藏舟難固（比喻生死很難預料）。
*	輈	ㄓㄡ	輈張跋扈（專橫ㄏㄥˋ暴戾、霸道囂張）。鉤輈格磔ㄓㄜˊ（形容鷓ㄓㄜˋ鴣ㄍㄨ的啼叫聲）。
*	鵃	ㄓㄡ	鶻ㄍㄨˇ鵃（即斑鳩）。

	國字	字音	語詞
			【关】
	朕	ㄓㄣˋ	朕兆（預兆、徵兆）。朕躬（我身，多用於古代皇帝自稱）。罪在朕躬（罪在我皇帝本身）。
*	栚	ㄓㄣˋ	栚曲ㄑㄩ（曲薄）。
*	眹	ㄓㄣˋ	眹兆（同「朕兆」）。通「朕」。
	送	ㄙㄨㄥˋ	贈送。目送手揮（比喻做事純熟，能兩面兼顧）。
			【式】
	式	ㄕˋ	中ㄓㄨㄥˋ式（科舉時代稱應考及格）。式微。架式。矜式（尊崇、效法）。足資矜式（足以作為效法）。怒蛙可式（比喻向勇士致敬）。架式十足。
	弒	ㄕˋ	篡ㄘㄨㄢˋ弒（誅殺君王而奪取王位）。逆倫弒親。滅國弒君。崔杼ㄓㄨˋ弒君（崔杼弒齊莊公而立齊景公）。
	拭	ㄕˋ	拂ㄈㄨˊ拭。拭淚。擦拭。拭目以待。拭目傾耳（比喻殷切期盼）。
	試	ㄕˋ	考試。試金石。及鋒而試（指利用好機會，果斷進行）。日試萬言（比喻人富有才華，文思敏捷）。以身試法。試管嬰兒。屢試不爽。
	軾	ㄕˋ	憑軾（指靠著車前的橫木，表示敬意）。蘇軾（即蘇東坡）。憑軾結轍（駕車奔走，絡繹不絕）。
			【舛】
	瞬	ㄕㄨㄣˋ	瞬息（比喻極為短暫的時間）。一瞬間。轉瞬間。流光瞬息（形容時間極為短暫，很快就過去了）。揚眉瞬目（形容志得意滿、沾沾自喜的樣子）。瞬息千里（比喻迅速）。瞬息萬變。轉瞬成空（轉眼成空）。

	國字	字音	語詞
	舛	ㄔㄨㄢˇ	舛誤。舛雜（謬誤雜亂）。乖舛（不順利）。訛ㄜˊ舛（錯誤）。本末舛逆（比喻不知事情的緩急輕重。同「本末倒ㄉㄠˋ置」）。命途多舛。時乖命舛。
	舜	ㄕㄨㄣˋ	虞舜。堯天舜日（比喻太平盛世）。顏如舜華ㄏㄨㄚ（臉頰像木槿ㄐㄧㄣˇ花一樣美麗）。
	舞	ㄨˇ	項莊舞劍（比喻暗中另有意圖。原句為「項莊舞劍意在沛公」）。歌舞昇平。舞馬之災（比喻火災）。歡欣鼓舞。
*	蕣	ㄕㄨㄣˋ	蕣華ㄏㄨㄚ（比喻美女。同「舜華」）。
			【夷】
	夷	ㄧˊ	芟ㄕㄢ夷（刈ㄧˋ除、刪除）。創ㄔㄨㄤ夷（同「瘡痍」）。鄙夷（輕視）。燒夷彈。化險為夷。夷為平地。自相夷戮（自相誅殺）。匪夷所思。視險如夷（面對危險，毫不畏懼）。塞ㄙㄜˋ井夷灶（表示決心戰鬥而勇往直前）。履險如夷。
	姨	ㄧˊ	姨媽。封姨（神話裡的風神）。封姨肆虐。
	痍	ㄧˊ	痍傷（創ㄔㄨㄤ傷）。滿目瘡ㄔㄨㄤ痍。
	胰	ㄧˊ	胰子（肥皂的別稱）。胰臟。胰島素。
	荑	ㄧˊ	芟荑（同「芟夷」）。手如柔荑（比喻女子的手細白柔嫩）。柔荑花序（花序的一種）。荑手纖ㄒㄧㄢ纖（同「手如柔荑」）。

國字	字音	語詞
		【耒】
耒	ㄌㄟˇ	耒耜ㄙˋ（翻鬆泥土所使用的農具）。耒耜之勤（指辛勤從事農業活動）。耒耨ㄋㄡˋ之利（農業耕作所獲取的利益）。
* 誄	ㄌㄟˇ	誄辭（哀祭文的一種）。銘誄尚實（銘誄是記述死者經歷和功德的，行文貴在真實）。
		【曲】
曲	ㄑㄩ	心曲（內心深處）。曲折。曲線。部曲（古代軍隊編制的名稱）。鄉曲（野外偏僻的地方）。文曲星（星名。傳說為主掌文運的星宿ㄒㄧㄡˋ）。一曲之人（形容心存偏見，不能接納他人意見的人）。曲肱ㄍㄨㄥ而枕ㄓㄣˋ（比喻安貧樂道）。曲突徙薪（比喻防患未然）。曲媚取容（曲意諂媚以迎合他人）。曲意逢迎（違背己意，去討好他人）。曲學阿ㄜ世（指違背自己的學識，以投世俗之所好）。委曲求全。歪曲事實。是非曲直。暗通款曲。傾ㄑㄧㄥ訴衷曲。褶ㄓㄜˊ曲山脈ㄇㄞˋ（因造山運動產生褶曲作用而形成的山脈）。
	ㄑㄩˇ	一曲千金（形容歌曲的價值極高）。曲高和ㄏㄜˋ寡。曲終人散。曲終奏雅（比喻結局十分精采）。周郎顧曲（指精通音樂戲曲的人）。異曲同工。
蛐	ㄑㄩ	蛐蛐兒（蟋蟀的別名）。
麯	ㄑㄩˊ	大麯酒（酒名）。為「麴ㄑㄩˊ」的異體字。
		七畫【串】
串	ㄔㄨㄢˋ	串供ㄍㄨㄥˋ。串通。客串。貫串。串門子。

	國字	字音	語詞
	恚	ㄏㄨㄢˋ	人滿為患。有備無患。防患未然。後患無窮。患得患失。患難與共。
	漶	ㄏㄨㄢˋ	漫漶（木石上的文字，因長時間受風雨侵蝕，變得模糊不清而無法辨識）。碑石漫漶。
	【亨】		
	亨	ㄏㄥ	大亨。亨通。官運亨通。財運亨通。萬事亨通。豐亨豫大（形容君德隆盛，國家富足興盛）。
		ㄆㄥ	亨人（古官名。掌管宮廷炊煮之事）。亨煮（烹煮）。割亨（指烹飪）。鑊ㄏㄨㄛˋ亨（古代酷刑之一。把人放在鼎鑊中烹煮）。亨葵及菽（烹煮葵菜和豆類等植物）。通「烹」。
	哼	ㄏㄥ	哼唱。哼哈二將（比喻行為迥ㄐㄩㄥˇ異卻默契十足的一對伙伴）。
	烹	ㄆㄥ	烹煮。烹飪。烹調ㄊㄧㄠˊ。兔死狗烹（比喻事成之後，為統治者效勞的人即遭到殺戮ㄌㄨˋ）。炙ㄓˋ鳳烹龍（奢侈的食物）。炮ㄆㄠˊ鳳烹龍（同「炙鳳烹龍」）。
	【佘】		
	佘	ㄩˊ	佘月（陰曆四月的別稱）。莫佘毒也（比喻可以放肆而為，毫無顧忌。同「人莫予ㄩˊ毒」）。
		ㄒㄩˊ	佘佘（安穩的樣子）。佘吾（山西省鄉鎮名）。
	涂	ㄊㄨˊ	涂鴉。生靈涂炭。肝腦涂地。泥涂軒冕（鄙夷官位爵祿）。彗汜畫涂（比喻非常容易）。塵飯涂羹（比喻以假當ㄉㄤˋ真。或沒有用處的物品）。
*	峹	ㄊㄨˊ	峹山（浙江省山名。即涂山）。通「涂」。
	徐	ㄒㄩˊ	不疾不徐。徐娘半老。清風徐來。

國字	字音	語詞
* 悇	ㄊㄨˊ	悇憛ㄊㄢˊ（憂愁煩惱的樣子）。
敘	ㄒㄩˋ	敘別。敘述。敘獎。敘談（交談、敘談）。敘舊。餐敘。敘家常。永不敘用（永不任用）。暢敘所感。暢敘幽情。「敍」為異體字。
涂	ㄊㄨˊ	涂月（農曆十二月）。環涂（繞城修築的道路）。
* 滁	ㄔㄨˊ	滁州市（安徽省地名）。
漵	ㄒㄩˋ	漵水（湖南省水名）。
狳	ㄩˊ	犰ㄑㄡˊ狳（動物名。全身被甲，以白蟻、蚯蚓為食）。
畬	ㄩˊ	耕畬（耕種）。畬丁（農民）。畬田（新田）。菑ㄗ畬（耕田種植）。
	ㄕㄜ	畬民（我國少數民族之一）。燒畬（焚燒草木，開墾旱田。俗稱「火耕」）。
* 筡	ㄊㄨˊ	篔ㄇㄣˊ筡（皆竹名）。
* 篨	ㄔㄨˊ	籧ㄑㄩˊ篨（粗竹席）。籧篨戚施（指極為醜陋的人）。
* 艅	ㄩˊ	艅艎ㄏㄨㄤˊ（大船名）。
荼	ㄊㄨˊ	荼首（比喻滿頭白髮的老人）。荼毗ㄆㄧˊ（火葬）。荼毒。荼蓼ㄌㄧㄠˇ（比喻處境艱困）。生靈荼炭（同「生靈塗炭」）。如火如荼。秋荼密網（比喻刑法苛刻煩雜）。荼毒生靈。開到荼蘼ㄇㄧˊ（比喻最繁盛的時期即將結束了）。
	ㄕㄨ	吁ㄒㄩ荼（散發出和暖之氣）。神荼鬱壘ㄌㄩˋ（神話中的兩位門神）。

	國字	字音	語詞
*	蒤	ㄊㄨˊ	蒤蓼ㄌㄧㄠˇ（植物名。即荼蓼）。
	蜍	ㄔㄨˊ	蟾ㄔㄢˊ蜍。
	途	ㄊㄨˊ	老馬識途。殊途同歸。視為畏途。窮途末路。
*	酴	ㄊㄨˊ	酴酥ㄙㄨ（屠蘇酒的別稱）。酴醾ㄇㄧˊ（重釀的酒）。
	除	ㄔㄨˊ	革除。剔ㄊㄧ除。斬草除根。灑掃庭除（灑掃庭院）。
	餘	ㄩˊ	劫後餘生。業餘選手。餘悸猶存。餘興節目。
*	駼	ㄊㄨˊ	騉ㄎㄨㄣ駼（馬名。馬身而牛蹄，善於爬高）。騊ㄊㄠˊ駼（古代一種神獸。形狀似馬）。
	【言】		
	信	ㄒㄧㄣˋ	明信片。花信年華（指女子二十四歲）。信而有徵（既可靠又有證據）。信步而行（沒有目的的隨意走動）。
		ㄕㄣ	屈信（彎曲和伸展）。卬ㄤˊ首信眉（形容人意氣昂揚的樣子）。尺蠖ㄏㄨㄛˋ求信（比喻暫時委屈養晦，等待時機伸展抱負）。屈信相感。詘ㄑㄩ寸信尺（形容不計較小損失，以求得大利益）。通「申」、「伸」。
	唁	ㄧㄢˋ	弔唁。電唁（拍電報弔唁）。
*	圁	ㄧㄣˊ	圁水（水名）。圁陰（舊縣名）。圁陽（舊縣名）。
	狺	ㄧㄣˊ	狺狺（狗叫聲）。狺狺而吠。

	國字	字音	語　　詞
	詈	ㄌㄧˋ	詈辱（責罵侮辱）。詈罵（惡言唾罵）。眾口交詈（眾人一致指責謾罵）。惡言詈辭（辱罵、中傷人的言辭）。詬ㄍㄡˋ詈不休（不停的辱罵）。肆言詈辱（毫無畏懼而嚴厲的侮辱謾罵）。
	言	ㄧㄢˊ	疾言厲色（形容人發怒的樣子）。察言觀色。德言容功（古時婦女所應具備的四種美德）。
*	誾	ㄧㄣˊ	誾誾（和悅的爭辯或直言勸告）。
*	霅	ㄓㄚˊ	煜ㄩˋ霅（光輝照耀的樣子）。靸ㄙㄚˇ霅（用極快的速度前進）。霅溪（浙江省河川名）。
	【良】		
*	俍	ㄌㄧㄤˊ	俍傷ㄊㄤˇ（形容修長的樣子）。
*	埌	ㄌㄤˋ	壙ㄎㄨㄤˋ埌（空曠遼闊的原野）。
	娘	ㄋㄧㄤˊ	大姑娘。晚娘面孔。
	悢	ㄌㄧㄤˋ	愴ㄔㄨㄤˋ悢（悲痛）。懭ㄎㄨㄤˇ悢（惆悵失意）。
*	桹	ㄌㄤˊ	枸ㄐㄩˇ桹（木名。同「枸ㄐㄩˇ榔ㄌㄤˊ」）。
	浪	ㄌㄤˋ	浪濤ㄊㄠ。滄浪（水青色）。浪擲ㄓˋ光陰（浪費時光。同「時光虛擲」）。濯ㄓㄨㄛˊ纓滄浪（比喻屏ㄅㄧㄥˇ除世間塵俗，保有清高的節操）。
*	烺	ㄌㄤˇ	爣ㄊㄤˇ烺（寬敞明亮的樣子。也作「爣閬ㄌㄤˇ」）。炳炳烺烺（指文章辭藻聲韻之美）。
	狼	ㄌㄤˊ	狼嗥ㄏㄠˊ。豺ㄔㄞˊ狼。狼子野心。狼狽為奸。

國字		字音	語　　詞
	琅	ㄌㄤˊ	琅琅上口。琳琅珠玉(比喻人品格高尚)。琳琅滿目。書聲琅琅(形容讀書聲清脆響亮)。
*	硠	ㄌㄤˊ	雷硠(形容山崩的巨大聲響)。磅ㄆㄤ硠(鼓聲)。硼ㄆㄥ硠(聲音大)。
	稂	ㄌㄤˊ	苞稂(田裡叢生的野草)。稂莠ㄧㄡˇ(比喻姦佞、壞人)。不稂不莠(比喻人不成材)。
*	筤	ㄌㄤˊ	蒼筤(初生之竹)。篣ㄆㄤˊ筤(盛裝茶葉於火上烘烤的竹器)。
	良	ㄌㄧㄤˊ	良久(很久)。良心未泯ㄇㄧㄣˇ。良辰美景。金玉良言。
*	茛	ㄌㄧㄤˊ	茛尾(狼尾草)。茛菪ㄉㄤˋ(草名)。薯茛(植物名)。薯茛綢(用薯茛的塊根煮汁染紗絹製成)。與「茛ㄍㄣˋ」不同。
*	蒗	ㄌㄤˋ	蒗蕩渠(河南省水名)。
	蜋	ㄌㄤˊ	蜋蜩ㄊㄧㄠˊ(蟬科昆蟲，色黑)。螗蜋(即螳螂)。屎蚵ㄎㄜ蜋(即蜣ㄑㄧㄤ螂)。
	踉	ㄌㄧㄤˊ	跳踉(跳躍ㄩㄝˋ、跳起)。
		ㄌㄧㄤˋ	踉蹌ㄑㄧㄤˋ。踉蹡ㄑㄧㄤ(走路歪斜搖晃的樣子)。踉踉蹌蹌。
	鋃	ㄌㄤˊ	釘鈴鐺鋃(形容金石碰撞的聲音)。鋃鐺入獄(被捕坐牢)。
*	閬	ㄌㄤˇ	閬中(四川省縣名)。閬苑ㄩㄢˋ(神仙居住的地方)。爣ㄊㄤˇ閬(寬敞明亮)。閬苑歸真(哀悼ㄉㄠˋ男喪之辭)。閬苑瓊樓(廣闊的園林，華麗的樓閣)。
*	駺	ㄌㄤˊ	吉駺(馬名)。

	國字	字音	語詞
	【兌】		
*	侻	ㄊㄨㄛˋ	侻陋（容貌不美）。通侻（豪放不拘，不受禮法的束縛）。驁ㄠˊ侻（說人傲慢，態度輕佻ㄊㄧㄠˊ）。
	兌	ㄉㄨㄟˋ	兌卦。兌現。兌換。兌款（憑票據支領現金）。擠兌（人群爭先恐後到金融機構兌取現款或外幣）。兌換券。塞ㄙㄜˋ其兌（阻塞ㄙㄜˋ情欲之路）。行道兌矣（道路通暢無阻）。國外匯兌。
		ㄩㄝˋ	兌命（書經篇名。即說ㄩㄝˋ命）。
	帨	ㄕㄨㄟˋ	帨辰（指女子生日）。帨縭ㄌㄧˊ（佩巾）。設帨（同「帨辰」。與「設弧」反）。結帨（古代嫁女時，由母親為女兒結佩巾的儀式）。弧帨齊輝（祝人夫婦高壽）。設帨佳辰（祝賀他人生女之辭）。
	悅	ㄩㄝˋ	喜悅。愉悅。心悅誠服。兩情相悅。和顏悅色。近悅遠來。神人共悅（形容太平盛世的景象）。悅耳動聽。清耳悅心（形容音樂美妙動聽）。賞心悅目。
*	捝	ㄕㄨㄟˋ	捝手（擦手）。
		ㄊㄨㄛ	解捝（同「解脫」）。通「脫」。
*	敓	ㄉㄨㄛˊ	抄敓（搶奪竊取）。推敓（推移）。通「奪」。
	棁	ㄓㄨㄛˊ	楶ㄐㄧㄝˊ棁（比喻不能擔負重任的小材）。藻棁（梁上畫有水藻花紋的短柱）。山楶藻棁（斗栱雕刻ㄎㄜˋ山的圖形，梁上短柱畫水藻花紋）。
*	涚	ㄕㄨㄟˋ	涚水（用灰濾過的清水）。涚齊（濾過的清酒）。

	國字	字音	語詞
	稅	ㄕㄨㄟˋ	納稅。賦稅。苛捐雜稅。
	脫	ㄊㄨㄛ	脫逃。脫離。動如脫兔。脫口而出。脫胎換骨。脫穎而出。臨陣脫逃。
*	莌	ㄊㄨㄛˋ	活莌（草名。即通脫木）。
	蛻	ㄊㄨㄟˋ	蛇蛻（蛇所脫下的舊皮）。蛻化。蛻皮。蛻變。蟬蛻。蛻化變質（比喻人墮落而變壞）。蟬蛻囂埃（從紛擾的塵世中超脫而出）。
	說	ㄕㄨㄛ	代為說項（替他人說好話）。光說不練。成事不說（指事情已過，不要再解釋）。逢人說項（比喻到處替人遊說或說好話）。
		ㄕㄨㄟˋ	遊說。說士（向他人遊說，使聽從自己主張的人）。說客。說服力。
		ㄩㄝˋ	傅說（殷高宗的賢相）。虞說（娛悅）。說懌ㄧˋ（喜悅歡樂）。不亦說乎（不是很令人喜悅的嗎）。我心不說（我心裡不愉快）。近說遠來（近的人歡悅，遠方的人來歸附）。傅說版築（比喻有才能的人不怕出身卑賤，總有機會成功立業，出人頭地）。說豫娩ㄨㄢˇ澤（喜悅歡樂，容光煥發的樣子）。通「悅」。
*	銳	ㄖㄨㄟˋ	尖銳。敏銳。新銳。精銳。銳利。銳減。銳器。被ㄆㄧ堅執銳。銳不可當ㄉㄤ。銳眼識人。銳意改革。養精蓄銳。
	閱	ㄩㄝˋ	批閱。閱兵。閱卷。閱歷（經歷）。閱讀。閱覽室。閱人無數。閱聽大眾（泛稱閱讀或聽聞的人）。
*	駾	ㄊㄨㄟˋ	混ㄎㄨㄣ夷駾矣（混夷族驚嚇奔逃）。

	國字	字音	語詞
	【𠬶】		
	侵	ㄑㄧㄣ	入侵。侵犯。侵略。侵蝕。
*	寑	ㄑㄧㄣˇ	寑門（內室的門）。寑宮（古代帝王的寢宮）。通「寢」。
*	寖	ㄐㄧㄣˋ	寖淫（浸染）。寖潤（同「寖淫」）。恩愛寖薄（慢慢失去恩愛）。孳乳寖多（數量因滋生而逐漸增加）。寖明寖昌（逐漸顯明而至於興盛）。寖微寖滅（逐漸衰微而至於消失不見）。儒學寖衰。
	寢	ㄑㄧㄣˇ	陵寢。就寢。寢室。貌寢（相貌醜陋）。色衰愛寢（因姿色衰退而失寵）。枕ㄓㄣˇ戈寢甲（形容隨時處於備戰中，不敢稍有懈怠）。食肉寢皮（形容極為痛恨）。寢不安席（形容有心事而睡不著）。寢食俱廢。寢食難安。廢寢忘食。
*	梫	ㄑㄧㄣ	梫木（植物名）。
	浸	ㄐㄧㄣˋ	浸泡。浸染。浸溼。浸潤之譖ㄗㄣˋ（毀謗他人的話如水之滲透，積久而逐漸發生作用）。
*	祲	ㄐㄧㄣ	氛祲（妖氣。比喻戰亂）。祲兆（吉凶的預兆）。祲威盛容（盛大的聲威和儀容）。
*	綅	ㄑㄧㄣ	朱綅（紅絲線）。貝胄朱綅（紅絲線連綴的貝殼妝飾頭盔）。
		ㄒㄧㄢ	同「纖」。
*	鋟	ㄑㄧㄣˇ	鋟木（刻ㄎㄜˋ版印書。即印刷）。鋟板（同「鋟木」）。鋟蚵ㄜˊ（挖蚵肉）。鋟棗（刻ㄎㄜˋ印書籍）。

國字	字音	語詞
*駸	ㄑㄧㄣ	駸駸（馬跑得很快的樣子）。
【夾】		
俠	ㄒㄧㄚˊ	豪俠。俠氣干雲。俠骨柔腸。輕財任俠（輕視錢財而喜歡打抱不平）。
夾	ㄐㄧㄚˊ	夾生（食物半生不熟）。皮夾子。夾生飯。夾竹桃。夾肢窩（腋ㄧㄝˋ下）。夾心餅乾。夾道歡迎。
峽	ㄒㄧㄚˊ	巫ㄨ峽。峽谷。夔ㄎㄨㄟˊ峽。瞿ㄑㄩˊ塘峽。排山倒ㄉㄠˇ峽（形容聲勢巨大，無法抵抗）。韃靼ㄉㄚˊ海峽。
愜	ㄑㄧㄝˋ	愜意。愜當ㄉㄤˋ（適宜、恰當）。愜懷（稱ㄔㄥˋ心如意）。不愜於心（心裡不暢快如意）。
挾	ㄒㄧㄚˊ	要ㄧㄠ挾。挾制（倚恃ㄕˋ權勢，或利用他人弱點而強使對方服從）。挾恨。挾持。挾帶。字挾風霜（形容文章筆法凌厲嚴明）。挾人捉將（在戰鬥中制服、活捉敵將）。挾山超海（比喻不可能做到的事）。挾怨報復。挾貴倚勢（倚仗權貴、權勢）。張弓挾矢（指作戰或打獵時的緊張局面）。
浹	ㄐㄧㄚˊ	浹渫ㄉㄧㄝˊ（水流動的樣子）。汗流浹背。日浹往來（指交往頻繁，常常往來）。情意浹洽（情意和諧、融洽）。淪肌浹髓ㄙㄨㄟˇ（比喻感受極為深刻）。
狹	ㄒㄧㄚˊ	狹長。狹窄。褊ㄅㄧㄢˇ狹。促狹鬼（稱刻ㄎㄜˋ薄陰狠，喜歡作弄他人的人）。狹心症（不作「夾心症」）。狹路相逢。褊ㄅㄧㄢˇ狹小器。
瘞	ㄧˋ	瘞埋（埋葬）。瘞薶ㄇㄞˊ（古代祭地之禮）。瘞旅文（作者王守仁）。瘞菊記（作者朱惺公）。瘞鶴銘（碑名）。瘞玉埋香（比喻美女死亡）。

	國字	字音	語詞
*	瘱	ㄧˋ	婉瘱（文靜柔順。同「婉嫕」）。
*	硤	ㄒㄧㄚˊ	硤路（山澗ㄐㄧㄢˋ間危險狹窄的道路）。硤石鎮（浙江省地名）。
	筴	ㄐㄧㄚˊ	火筴（筷子）。牢筴（豬圈ㄐㄩㄢˋ）。
		ㄘㄜˋ	挾ㄒㄧㄚˊ筴（勤奮讀書）。龜筴（古代卜ㄅㄨˇ筮ㄕˋ吉凶的用具）。鹽筴（國家徵收鹽稅的法令政策）。鼓筴播ㄅㄛˋ精（算命占ㄓㄢ卜，精判吉凶）。為「策」的異體字。
	篋	ㄑㄧㄝˋ	箱篋。入學鼓篋（入學時，擊鼓召ㄓㄠˋ集學生，打開箱篋取出書來）。盈箱累ㄌㄟˇ篋（形容衣飾極多）。筐篋中物（比喻平常的事物）。傾筐倒ㄉㄠˋ篋。傾箱倒ㄉㄠˋ篋。翻箱倒ㄉㄠˋ篋。囊ㄋㄤˊ篋蕭然（家境貧困）。
*	脥	ㄒㄧㄝˊ	脥肩（斂身、藏身）。
	莢	ㄐㄧㄚˊ	豆莢。皂莢（植物名）。莢果。榆莢（漢代錢名）。
	蛺	ㄐㄧㄚˊ	蛺蝶。穿花蛺蝶（比喻濫情迷戀女色的行為）。
*	郟	ㄐㄧㄚˊ	郟室（指東西廂）。
*	鋏	ㄐㄧㄚˊ	長鋏（劍的一種）。馮ㄈㄥˊ諼ㄒㄩㄢ彈ㄊㄢˊ鋏（比喻有才華者暫時處於困境而有求於人）。彈鋏無魚（同「馮諼彈鋏」）。鱗鋏星鐔ㄊㄢˊ（形容紋飾奇異，少見而珍貴的寶劍）。
*	陜	ㄒㄧㄚˊ	陜小（狹小）。陜陒ㄜˋ（狹隘）。陜室（狹隘的房間）。陜隘（狹隘）。通「狹」。與「陝ㄕㄢˇ」不同。
	頰	ㄐㄧㄚˊ	臉頰。出面緩頰。梨頰微渦（形容女子的笑靨ㄧㄝˋ迷人）。齒頰留香。頰上添毫（比喻文章一經潤飾，則更為生動精采）。

	國字	字音	語詞
	【辰】		
*	侲	ㄓㄣˋ	侲子（驅逐疫鬼的童子）。
	娠	ㄕㄣ	妊ㄖㄣˋ娠（懷孕）。妊娠紋。
	宸	ㄔㄣˊ	宸垣ㄩㄢˊ（古稱京師）。宸衷（天子的心意）。宸眷（君王的恩寵）。楓宸（朝廷、宮廷）。
	振	ㄓㄣˋ	振奮。振盪。均服振振（身穿黑色軍服，顯得威武氣派）。金聲玉振（比喻人才德俱備，學識廣博）。振振有辭。振筆直書。
*	桭	ㄓㄣ	柍ㄧㄤ桭（中央的屋宇）。
	晨	ㄔㄣˊ	晨曦。晨昏定省ㄒㄧㄥˇ。寥ㄌㄧㄠˊ若晨星。暮鼓晨鐘。
*	漘	ㄔㄨㄣˊ	在河之漘（在大河的水邊）。
	脣	ㄔㄨㄣˊ	嘴脣。反脣相稽。共相脣齒（比喻互相依存，關係密切）。費盡脣舌。輔車ㄔㄜ脣齒（同「共相脣齒」）。「唇」為異體字。
*	脤	ㄕㄣˋ	脤膰ㄈㄢˊ（古代用來祭祀社稷ㄐㄧˋ和宗廟的祭肉）。歸ㄎㄨㄟˋ脤（贈送祭肉。歸，通「饋」）。
	蜃	ㄕㄣˋ	蜃景（由光線折射所產生的虛幻景象。同「海市蜃樓」）。蜃蛤ㄍㄜˊ（大蚌）。海市蜃樓（比喻繁華而虛幻不實的景象）。
*	蜄	ㄓㄣˋ	振動。
		ㄕㄣˋ	蠬ㄌㄨㄥˊ蜄（貝類）。通「蜃」。
*	裖	ㄓㄣˇ	裖衣（單層沒有內裡的衣服）。通「袗ㄓㄣˇ」。

國字	字音	語　　詞
賑	ㄓㄣˋ	賑災。賑款。賑濟。以工代賑。賑窮濟乏(救濟貧乏的人)。濟寒賑貧。
辰	ㄔㄣˊ	辰砂(朱砂)。星辰。時辰。誕辰。北辰星拱(比喻受眾人愛戴的人)。生不逢辰。良辰吉日。良辰美景。孤辰合注(注定要當個單身漢)。參ㄕㄣ辰卯ㄇㄠˇ酉(比喻彼此隔絕或勢不兩立)。
䩨	ㄓㄣˇ	䩨然而笑(笑的樣子)。
震	ㄓㄣˋ	震怒。震悼ㄉㄠˋ。震撼。震懾ㄓㄜˊ。震撼彈。功高震主。名震一時。震天駭地(形容事情重大或聲勢浩大)。震古鑠ㄕㄨㄛˋ今(形容功業偉大，可以震驚古代，誇耀當世)。震耳欲聾。震撼人心。
【釆】		
*傒	ㄒㄧˋ	傒傒(呻吟聲)。
悉	ㄒㄧ	知悉。工力悉敵(雙方的功夫才學相當，分不出高下)。洞悉明白。洞悉真相。悉心畢力(竭盡心思和力量)。悉心照顧。悉心竭力(同「悉心畢力」)。悉數歸還。毫無所悉。
窸	ㄒㄧ	窸窣ㄙㄨ(形容細碎而斷續的摩擦聲)。窸窸窣窣。
竊	ㄑㄧㄝˋ	偷竊。竊取。竊笑。竊盜。竊據。竊聽。竊盜罪。竊聽器。仰屋竊嘆(形容人無計可施的樣子)。偷目竊望(暗地裡偷看)。暗自竊喜。詭銜竊轡ㄆㄟˋ(比喻約束或控制越多，則反抗力就越強)。竊鉤竊國(諷ㄈㄥˋ刺國家是非賞罰的顛倒ㄉㄠˇ錯亂，或法制的不合理)。竊竊私語。
粵	ㄩㄝˋ	粵劇。粵犬吠雪(比喻少見多怪)。粵若稽古(指探求古聖先賢的義理)。粵漢鐵路。

國字	字音	語詞
蟋	ㄒㄧ	蟋蟀。
釆	ㄅㄧㄢˋ	釆部（部首之一）。與「采」不同。
【志】		
志	ㄓˋ	志願。先意承志（揣ㄔㄨㄞˇ測人意而加以迎合）。志同道合。志在必得。神志不清（指人的意識不清，沒有判斷能力）。專心一志。專心致志。寢丘之志（指與世無爭，隨緣知足）。
痣	ㄓˋ	點痣。
誌	ㄓˋ	號誌。永誌不忘。交通標誌。誌之不忘。
【車】		
庫	ㄎㄨˋ	車庫。倉庫。庫存。寶庫。
* 硨	ㄔㄜ	硨磲ㄑㄩˊ（蛤ㄍㄜˊ類的一種）。
褲	ㄎㄨˋ	褲襠ㄉㄤ。牛仔ㄗㄞˇ褲。開襠褲。
車	ㄐㄩ	車馬包。棄車保帥（本為象棋術語。比喻在危急時，捨棄不重要的而保留重要的）。
	ㄔㄜ	車胤。煞ㄕㄚ車。代客泊車。安步當車。舟車勞頓。車殆馬煩（形容旅途疲累）。奔車朽索（比喻極為危險）。杯水車薪。前車之鑑。宮車晏駕（皇帝駕崩）。脣齒輔車（比喻相互依存，關係密切）。閉門造車。碟式煞車。輕車熟路（同「駕輕就熟」）。輕車簡從ㄗㄨㄥˋ。學富五車。龍車鳳輦ㄋㄧㄢˇ（天子乘坐的車子）。鮮車怒馬（形容豪奢的服飾車駕）。

	國字	字音	語詞
*	夆	ㄈㄢˋ	夆帶（繫ㄐㄧˋ住車篷四角的繩子）。
*	峯	ㄐㄩ	峯人（傜族）。
	輿	ㄩˊ	肩輿（轎子）。輿情。輿臺（指奴僕及地位低微的人）。輿論。輿薪（比喻顯而易見的事物）。不見輿薪（比喻連很明顯的事物都輕疏忽略）。不洽輿情（指個人的看法和大多數人不同）。杯水輿薪（同「杯水車ㄔㄜ薪」）。俶落權輿（開始）。梓ㄗˇ匠輪輿（木工和修造車子的技師或工人。泛指有手藝的人）。鉤金輿羽（兩者懸殊，不可對比）。輿論譁ㄏㄨㄚˊ然。
	轟	ㄏㄨㄥ	炮轟。轟炸。轟動。轟然。轟的一聲。轟然雷動（比喻聲響巨大）。
	轡	ㄆㄟˋ	轡頭ㄊㄡˊ（控制馬匹行動的韁繩和口勒等器物）。韁轡（控制牲口行動的韁繩）。並轡而馳（兩匹馬並排奔跑）。枉轡學步（比喻錯誤的模仿他人）。按轡徐行（勒住馬韁，讓馬慢走）。登車攬轡（比喻剛就任）。詭銜竊轡（比喻控制愈強，則抗拒力愈大）。攬轡未安（韁繩尚未拉妥）。攬轡澄清（指初任官職，即有澄清天下的抱負）。
	陣	ㄓㄣˋ	壓陣。披掛上陣。臨陣脫逃。臨陣磨槍。嚴陣以待。
			【肖】
	俏	ㄑㄧㄠˋ	俏皮。俏麗。俊俏。老來俏。俏皮話。打情罵俏。行ㄏㄤˊ情走俏。行情看俏。金價走俏。

	國字	字音	語詞
	削	ㄒㄩㄝˋ	削弱。削減。削壁。削職（革職）。剝削。瘦削。戕ㄑㄧㄤˊ摩剝削（指官吏壓榨百姓）。削足適履（比喻勉強ㄑㄧㄤˇ遷就，拘泥ㄋㄧˋ成例而不知變通）。削趾適屨ㄐㄩˋ（同「削足適履」）。削髮披緇ㄗ（剃光頭髮，披上僧ㄙㄥ衣，出家為僧或為尼）。削髮為尼。削髮為僧。削壁千仞。削鐵如泥（形容兵器極為鋒利）。
		ㄒㄧㄠ	刀削冰。刀削麵。削鉛筆。
	哨	ㄕㄠˋ	步哨。查哨。哨子。哨音。崗ㄍㄤˇ哨。吹口哨。前哨戰。
	宵	ㄒㄧㄠ	宵小。元宵節。春宵苦短（比喻歡樂時光容易逝去）。宵小猖獗。宵衣旰ㄍㄢˋ食（形容勤於處ㄔㄨˇ理政事）。終宵難眠。通宵達旦。
	屑	ㄒㄧㄝˋ	屑意（介意、在意）。紙屑。瑣屑。頭皮屑。不屑一顧。竹頭ㄊㄡˊ木屑（比喻可以利用的廢物）。
	峭	ㄑㄧㄠˋ	峭拔（山勢高峻的樣子）。峻峭。陡峭。春寒料峭（初春寒冷，侵人肌骨）。風骨峭峻（形容人剛正有骨氣）。懸崖ㄧㄚˊ峭壁。
*	帩	ㄑㄧㄠˋ	帩頭（束髮用的頭巾）。
	悄	ㄑㄧㄠˇ	悄悄話。靜悄悄。憂心悄悄（憂慮的樣子）。
	捎	ㄕㄠ	捎書（送信）。捎帶（攜帶）。捎封信。
		ㄕㄠˋ	捎水（灑水）。捎色（褪ㄊㄨㄣˋ色）。捎雨（雨斜著灑落）。捎一捎（往後退一退）。捎馬子（指馱ㄊㄨㄛˊ在馬背上用厚布製成的囊袋）。

國字	字音	語詞
* 揱	ㄒㄧㄠ	揱爾（由粗變為細長的樣子）。
梢	ㄕㄠ	末梢。盯梢。林梢。樹梢。神經末梢。梢長大漢（形容身材魁梧ㄨˊ壯碩）。喜上眉梢。
* 榍	ㄒㄧㄝˋ	榍石（礦物名）。
消	ㄒㄧㄠ	消夜。消耗。消費。消波ㄅㄛ塊。消耗戰。冰消瓦解。
* 潲	ㄕㄠˋ	上潲（河川的上游）。潲水（同「捎ㄕㄠˋ水」）。
* 痟	ㄒㄧㄠ	痟首（頭痛）。痟渴（糖尿病。同「消渴」）。痟酲ㄔㄥˊ（同「痟首」）。
* 睄	ㄑㄧㄠˊ	睄窕ㄊㄧㄠˇ（幽冥、幽深）。
* 矟	ㄕㄨㄛˋ	矟毦ㄦˇ（槊ㄕㄨㄛˋ上用羽毛所做成的纓）。黑矟將軍（指北魏于栗磾ㄉㄧ）。
硝	ㄒㄧㄠ	硝煙味。硝雲彈ㄉㄢˋ雨（形容槍林彈雨，戰況十分激烈）。
稍	ㄕㄠ	花稍（打扮豔麗。不作「花俏」）。稍息。稍微。稍事休息。稍縱即逝。
筲	ㄕㄠ	斗量ㄌㄧㄤˊ筲計（形容數量極多）。斗筲小器（比喻心胸狹窄、見識淺薄的人）。斗筲之人（比喻氣度狹窄，才疏學淺的人）。斗筲穿窬ㄩˊ（指人氣度狹小，見識鄙陋）。
* 箾	ㄕㄨㄛˋ	象箾（文王樂曲名）。箾韶ㄕㄠˊ（舜所制的樂曲）。潚ㄒㄧㄠ箾（鳥網的形狀）。

國字	字音	語詞
綃	ㄒㄧㄠ	生綃（尚未漂ㄆㄧㄠˇ煮過的絲絹ㄐㄩㄢˋ）。霧綃（如薄霧般的輕紗）。輕勻如綃（像綃一樣輕巧勻淨）。
肖	ㄒㄧㄠˋ	生肖。肖像。酷肖。不肖子孫。不肖之徒。唯妙唯肖。
* 艄	ㄕㄠ	艄公（船夫）。當艄拿舵（行船掌舵）。
* 莦	ㄕㄠ	莦蔘ㄕㄣ（枝幹高聳的樣子）。
蛸	ㄒㄧㄠ	螵ㄆㄧㄠ蛸（螳螂卵簇ㄘㄨˋ聚的卵塊）。桑螵蛸（螳螂產於桑樹上的卵）。海螵蛸（烏賊體內的骨狀硬殼）。蠨ㄒㄧㄠ蛸滿堂（形容長久沒人居住）。
誚	ㄑㄧㄠˋ	誚讓（譴責、責備）。譏誚（以譏諷ㄈㄥˋ的話責備他人）。貽ㄧˊ誚多方（受到各方的責備）。
趙	ㄓㄠˋ	璧趙（物歸原主）。完璧歸趙。原璧歸趙（同「完璧歸趙」）。
逍	ㄒㄧㄠ	逍遙。逍遙自在。逍遙法外。
銷	ㄒㄧㄠ	銷售。銷毀。承銷商。形銷骨立（形容人極為瘦弱）。實報實銷。積毀銷骨（形容流言可畏。同「眾口鑠金」）。薄利多銷。
霄	ㄒㄧㄠ	雲霄。九霄雲外。沖霄漢外（聲音傳得很遠）。氣沖霄漢（形容大無畏的精神和氣魄）。氣踰ㄩˊ霄漢（形容氣勢雄壯，直沖雲天）。高入雲霄。雲霄飛車。義氣干霄（形容十分重義氣）。霄壤之別（形容相差ㄔㄚ懸殊）。響徹雲霄。

	國字	字音	語詞
	鞘	ㄑㄧㄠˋ	刀鞘（刀套）。葉鞘。劍鞘。刀出鞘。腱ㄐㄧㄢˋ鞘炎。鞘翅目（昆蟲的一目。又名甲蟲類）。鞘裡藏刀（暗藏害人的利器）。寶劍出鞘。
*	髾	ㄕㄠ	飛髾（羽毛旗飾迎風飄動）。
	魈	ㄒㄧㄠ	山魈（靈長ㄓㄤˇ目動物名）。彩面山魈。
	【見】		
*	俔	ㄑㄧㄢˋ	俔天（指譬喻如天。表示尊崇之意）。俔天之妹（好像天上下凡的仙女）。
*	峴	ㄒㄧㄢˋ	峴山（湖北省山名）。黃峴關（河南省關名）。
*	晛	ㄒㄧㄢˋ	曣ㄧㄢˋ晛（陽光照射的樣子）。見晛曰消（一接觸陽光就消融）。
	現	ㄒㄧㄢˋ	兌現。現世報。現行犯。忽隱忽現。
*	睍	ㄒㄧㄢˋ	睍睆ㄏㄨㄢˇ（鳥色明亮美好）。伈ㄒㄧㄣˇ伈睍睍（因畏懼而低聲下氣的樣子）。睍睆黃鳥（羽毛美麗明亮的黃鳥）。
	硯	ㄧㄢˋ	硯友（同學）。硯臺。筆刀硯城（比喻寫字如同作戰時的布局）。筆耕硯田（指寫作）。筆墨紙硯。磨穿鐵硯（比喻勤學讀書，終於有成）。
	筧	ㄐㄧㄢˇ	筧橋（浙江省地名）。筧橋英烈傳（電影片名）。
	莧	ㄒㄧㄢˋ	莧菜。馬齒莧。野莧菜。
	蜆	ㄒㄧㄢˇ	河蜆。蜆精。

	國字	字音	語詞
	見	ㄐㄧㄢˋ	稟見。見風轉舵。見異思遷。捉襟見肘（比喻生活非常窮困）。
		ㄒㄧㄢˋ	發見（發現）。軍無見糧（軍中無現存的糧食）。捉襟肘見（同「捉襟見肘」）。情見乎辭（指真情表現在字裡行ㄏㄤˊ間）。情見勢屈（事實顯露ㄌㄨˋ而力已竭盡）。善於自見（善於表現自己）。圖窮匕見。踵決肘見（形容衣履破敗，極為貧困的樣子）。通「現」。
	覓	ㄇㄧˋ	覓食。尋覓。閉門覓句（形容作詩時冥思苦索）。尋死覓活（意圖自殺）。尋蹤覓跡。
	視	ㄕˋ	自視過高。坐視不管。長生久視（指人長久存活，永不衰老。形容長壽）。視端容寂（目光端正，臉色平靜）。
*	鋧	ㄒㄧㄢˇ	銑ㄒㄧㄢˇ鋧（小鑿子）。
	【甹】		
*	俜	ㄆㄧㄥ	伶俜（飄零孤單而無依靠的樣子）。俜停婐ㄨㄛˇ妥（優美的樣子）。
	娉	ㄆㄧㄥ	娉婷（輕巧美好）。娉娉裊ㄋㄧㄠˇ裊（輕柔美好的樣子）。
*	梬	ㄧㄥˇ	梬棗（木名。即羊棗）。
*	甹	ㄆㄧㄥ	甹命（輕生）。
	聘	ㄆㄧㄣˋ	下聘。延聘。聘任。聘金。聘書。聘請。聘禮。解聘。禮聘。續聘。聘姑娘（女兒出嫁）。席珍待聘（比喻身懷才德，等待受聘用）。

	國字	字音	語詞
	騁	ㄔㄥˇ	馳騁。騁騖（任意馳騁）。騁辯（滔滔不絕的辯論）。貫穿馳騁（將有關聯的事物融會貫通，並加以靈活運用）。游目騁懷（縱目四望，舒展胸襟）。馳騁疆場（形容英勇作戰，無法抵擋）。騁強背理（倚勢逞強，違背公理）。
	【足】		
	促	ㄘㄨˋ	傴促。促狹鬼（稱刻ㄎㄜˋ薄陰狠，喜歡作弄他人的人）。促膝長談。促膝談心。
*	哫	ㄗㄨˊ	哫呰ㄗˇ（阿ㄜ諛ㄩˊ逢迎）。
*	娖	ㄔㄨㄛˋ	修娖（整頓修補）。娖娖（誠實的樣子）。整娖（整齊或條理分明的樣子）。稱ㄔㄥˋ娖前行（隊伍整齊的向前進）。
	捉	ㄓㄨㄛ	捕捉。代人捉刀。
	浞	ㄓㄨㄛˊ	寒浞（夏朝人名）。
	足	ㄗㄨˊ	手足。足下。不一而足。不足掛齒。手足情深。卯足全力。品頭論足。裹足不前。鼎足而立。
		ㄐㄩˋ	足恭（過分謙恭）。卑諂ㄔㄢˇ足恭（低聲下氣，阿ㄜ諛諂媚；過分恭順，近於造作）。
	齪	ㄔㄨㄛˋ	打齪（支持）。齷ㄨㄛˋ齪（不乾淨）。卑鄙ㄅㄧˇ齷齪。
	【身】		
	身	ㄕㄣ	身分ㄈㄣˋ。身分證。孑ㄐㄧㄝˊ然一身。感同身受。
		ㄐㄩㄢ	身毒（印度的舊稱）。

國字	字音	語　　詞
躬	ㄍㄨㄥ	鞠躬。反躬自省ㄒㄧㄥˇ。反躬自問。打躬作ㄗㄨㄛˋ揖。事必躬親。卑躬屈膝。政躬康泰（祝賀官員身體安康的話）。匪躬之節（不顧己身的利害而盡忠王室的節操）。躬先士卒（作戰時，將帥奮勇殺敵於士兵之前）。躬行實踐。躬逢其盛。躬親撫養。責躬省ㄒㄧㄥˇ過（責求己身的所作所為，反省過失）。撫躬自問。鞠躬盡瘁。
【更】		
便	ㄅㄧㄢˋ	便捷。因利乘便（借著有利的形勢辦事）。便宜行事（經上級許可，不用請示而自己處ㄔㄨˇ理事務）。便宜處置（同「便宜行事」）。
	ㄆㄧㄢˊ	便佞ㄋㄧㄥˋ（巧言善辯，阿ㄜ諛ㄩˊ奉承）。便辟ㄆㄧˋ（善於迎合討好他人）。貪便宜。口才便給ㄐㄧˇ（比喻口才很好。同「口才辨給」「口才辯給」）。大腹便便。孝先便腹（貪睡而腹大的樣子）。空腹便便（比喻人無真才實學）。
哽	ㄍㄥˇ	哽咽ㄧㄝˋ。哽噎ㄧㄝ難言（因悲傷過度而說不出話來）。
埂	ㄍㄥˇ	田埂。
更	ㄍㄥ	打更。更夫。更名。更迭。更替。更生人（犯了罪但已接受過法律制裁的人）。三更半夜。少不更事（年紀輕，閱歷淺陋）。自力更生。改弦ㄒㄧㄢˊ更張。更生保護。更長漏永（形容夜晚漫長）。更相ㄒㄧㄤ為命（彼此相依為命）。更深人靜。更僕難數ㄕㄨˇ（形容事物繁多，難以計數或陳述）。夜靜更闌（夜將盡時安靜無聲）。洗盞更酌（洗淨酒杯，重新倒酒）。
	ㄍㄥˋ	更加。更勝一籌。

國字	字音	語詞
梗	ㄍㄥˇ	強梗（強硬）。梗直（同「耿直」「鯁直」）。梗塞ㄙㄜˋ。梗概ㄍㄞˋ。心肌梗塞ㄙㄜˋ。木梗之患（流落在外，客死他鄉，不能復歸故里）。浮萍斷梗（比喻四處飄泊，生活不安定）。從中作梗。萍蹤梗跡（比喻四處飄泊，行蹤無定的樣子）。斷梗飛蓬（同「浮萍斷梗」）。
* 楩	ㄆㄧㄢˊ	黃楩（古代一種生長在南方的大樹）。楩楠之材（即棟梁之材）。楩楠豫樟（皆木名，建築和製作家具的良材）。
* 浭	ㄍㄥ	浭水（河北省水名）。
甦	ㄙㄨ	甦醒。有感復甦（同「有感復蘇」）。死而復甦。
硬	ㄧㄥˋ	硬骨ㄍㄨˇ頭ㄊㄡ˙。心高氣硬（形容態度高傲，自以為高人一等）。軟硬兼施。硬語盤空（形容文章氣勢雄偉，言語渾厚有力）。
* 箯	ㄅㄧㄢ	竹箯（用竹子編成的轎子）。箯輿ㄩˊ（同「竹箯」）。
* 粳	ㄍㄥ	粳米（粳稻的米）。粳稻（一種稻米）。「稉」為異體字。
綆	ㄍㄥˇ	綆縻ㄇㄧˊ（繩索。比喻淚流不絕）。汲古得綆（鑽研古代學術而得到門徑）。綆短汲深（比喻才力不能勝ㄕㄥ任艱鉅的任務）。
* 緶	ㄅㄧㄢˋ	草帽緶（用麥稈編成製作草帽的辮形帶子）。
鞭	ㄅㄧㄢ	鞭子。教鞭。鞭炮。鞭策。著ㄓㄨㄛˊ先鞭（比喻先一步到達，處於領先地位）。快馬加鞭。投鞭斷流（比喻軍隊眾多，兵力強盛）。蒲ㄆㄨˊ鞭之政（比喻施行寬容仁厚的政治）。鞭長莫及。

國字	字音	語詞
骾	ㄍㄥˇ	骨骾（同「骨鯁」）。骾訐ㄐㄧㄝˊ（遇不平之事，直言不諱ㄏㄨㄟˋ的抨ㄆㄥ擊）。
鯁	ㄍㄥˇ	骨鯁（比喻正直）。鯁直（正直）。直言骨鯁（正直敢言，剛強而不屈服）。骨鯁之臣（性情剛直，敢進忠言的臣子）。骨鯁在喉（比喻心中有話，非說不可）。
【矣】		
俟	ㄙˋ	俟命（聽ㄊㄧㄥ天由命）。不俟終日（不要耽誤時間）。居易俟命（居平順坦蕩之境，等待天命的到來）。河清難俟（比喻時間漫長，難以等待）。俟河之清（比喻期望的事很難實現）。俟機而動。拭目以俟（同「拭目以待」）。計日而俟（形容為時不遠。同「計日而待」）。韜ㄊㄠ光俟奮（掩藏才能，等待機會奮起）。
	ㄑㄧˊ	万ㄇㄛˋ俟（複姓）。万俟卨ㄒㄧㄝˋ（人名。宋代人）。
唉	ㄞ	唉呀ㄧㄚ。唉唷ㄧㄛ。唉聲嘆氣。
埃	ㄞ	塵埃。涓埃之功（比喻小功勞）。塵埃落定。
*娭	ㄒㄧ	娭光（嬉戲娛樂時所顯露ㄌㄨˋ的容光）。宴娭（宴飲戲樂）。
挨	ㄞ	挨揍。挨餓。沿門挨戶。挨家挨戶。
欸	ㄞˇ	牙欸（比喻生氣而咬牙切齒的樣子）。欸乃（搖櫓聲）。欸乃曲。與「欵ㄎㄨㄢˇ」不同
	ㄟˋ	欸！我可以照辦。

國字	字音	語詞
涘	ㄙˋ	涯ㄧㄚˊ涘（比喻邊際、界限）。在河之涘（生長在大河的水邊）。
矣	ㄧˇ	大事去矣（形容事情已經無法挽回）。至矣盡矣（指已達到了極點）。瞠ㄔㄥ乎後矣（比喻差距很大，追趕不上）。
*誒	ㄒㄧ	誒笑（強笑）。誒詒ㄧˊ為病（心情抑鬱而生病）。誒誒出出（哀嘆聲）。
	ㄝˋ	答應聲或招呼聲。通「唉」。
騃	ㄞˊ	童騃（指年幼無知）。愚騃（痴呆不明事理）。痴騃（愚笨）。童騃無知。
【夋】		
俊	ㄐㄩㄣˋ	俊俏。英俊。忍俊不禁ㄐㄧㄣ（忍不住的要發笑）。旁求俊彥（多方面徵求有才幹的人）。清麗俊逸（清新秀逸，不落俗套）。
唆	ㄙㄨㄛ	唆使。教唆。教唆罪。
峻	ㄐㄩㄣˋ	冷峻。峻急（性情嚴厲而急躁）。陡峻。雄峻。險峻。嚴峻。克明峻德（能彰顯大德）。峻宇彫牆（高大富麗的宮室）。高風峻節（高尚堅貞的品格和氣節）。崇山峻嶺。清風峻節（同「高風峻節」）。清榮峻茂（形容草木翠綠，高大茂盛的樣子）。詔ㄓㄠˋ書切ㄑㄧㄝˋ峻（詔書急切嚴峻）。隆刑峻法（同「嚴刑峻法」）。業峻鴻績（指功績卓越）。嚴刑峻法。

	國字	字音	語詞
	悛	ㄑㄩㄢ	悛改。悛革（改過）。怙ㄏㄨˋ惡不悛。負固不悛（憑恃險阻，不肯臣服）。革面悛心（同「洗心革面」）。稔ㄖㄣˇ惡不悛（作惡多端而不知悔悟改過）。懷惡不悛（心懷奸惡，不知悛改）。
*	捘	ㄐㄩㄣˋ	捘臧ㄗㄤ（推抑）。
*	朘	ㄐㄩㄢ	朘削ㄒㄩㄝˋ（剝削ㄒㄩㄝˋ）。日削月朘（每日每月的減損。指時時受到搜括）。用法同「朘」。
		ㄗㄨㄟ	男孩的生殖器。
	梭	ㄙㄨㄛ	穿梭。梭巡。太空梭。日月如梭。投梭之拒（女子抗拒男士的引誘）。投梭折齒（同「投梭之拒」）。穿梭自如。歲月如梭。
	浚	ㄐㄩㄣˋ	浚財（搜括他人財物而飽私囊）。疏浚（疏通水道。同「疏濬ㄐㄩㄣˋ」）。水道浚利（水路暢通無阻）。
*	焌	ㄐㄩㄣˋ	焌油（一種烹調方法。把油加熱後澆淋在菜肴上）。
	狻	ㄙㄨㄢ	狻猊ㄋㄧˊ（獅子）。
*	畯	ㄐㄩㄣˋ	才畯（才能傑出的人。同「才俊」）。寒畯（出身貧寒而才能出眾的人。同「寒俊」）。通「俊」。
	痠	ㄙㄨㄢ	痠麻。痠痛。腰痠背痛。
	皴	ㄘㄨㄣ	皴法（國畫的筆法）。皴裂（同「龜ㄐㄩㄣ裂」「皸ㄐㄩㄣ裂」）。披麻皴（山水畫皴法的一種）。
	竣	ㄐㄩㄣˋ	告竣（宣告事情完成）。完竣。竣工。竣事。

	國字	字音	語詞
*	羧	ㄗㄨㄟ	羊羧（古代羊毛織品）。羧酸（具有羧基的化合物的統稱）。羧酸鹽（羧酸形成的鹽類）。
*	朘	ㄐㄩㄢ	朘削（剝削ㄒㄩㄝˋ）。日削ㄒㄩㄝˋ月朘（每日每月的減損。指時時受到搜括）。月朘月削（同「日削月朘」）。歲朘月耗（同「日削月朘」）。
		ㄗㄨㄟ	男孩的生殖器。
*	葰	ㄙㄨㄟ	葰茯ㄈㄨˊ（形容女子風姿綽ㄔㄨㄛˋ約）。
*	踆	ㄘㄨㄣ	踆烏（太陽）。踆鴟ㄔ（古代岷ㄇㄧㄣˊ山下出產的大芋ㄩˋ）。蟾ㄔㄢˊ踆（日月）。烏踆兔走（指日月運行）。
		ㄑㄩㄣ	踆踆（跳躍ㄩㄝˋ行走或遲疑不前的樣子）。
	逡	ㄑㄩㄣ	逡巡不前（徘徊ㄏㄨㄞˊ不前）。逡巡遁逃（四處逃走，不敢再前進）。韓盧逐逡（比喻爭強好勝而兩敗俱傷。韓盧，獵犬名）。
	酸	ㄙㄨㄢ	脂ㄓ肪酸。酸辣湯。酸鹼值。令人鼻酸。酸甜苦辣。
*	餕	ㄐㄩㄣˋ	餕餘（吃剩下的食物）。
	駿	ㄐㄩㄣˋ	駿馬。市駿骨（比喻重金禮聘ㄆㄧㄥˋ賢士。同「千金市骨」）。神采駿發（同「神采奕奕」）。高頭駿馬（高大健壯的馬匹）。駿業宏發。
*	鵔	ㄐㄩㄣˋ	鵔鸃ㄧˊ（鳥名。即鷩ㄅㄧˋ。又名赤雉）。
	【冏】		
*	囧	ㄐㄩㄥˇ	囧囧（明亮的樣子）。囧男孩（電影片名）。

	國字	字音	語詞
*	冏	ㄐㄩㄥˇ	冏冏(同「囧囧」)。冏然(鳥飛的樣子)。冏然鳥逝(形容鳥疾飛的樣子)。
	商	ㄕㄤ	商榷。引商刻ㄎㄜˋ羽(指在音樂上有很高成就，演奏出最高境界的曲調)。略無參ㄕㄣ商(指彼此感情融洽和睦)。意見參商(意見不合)。
*	莔	ㄇㄥˊ	莔麻(植物名)。
	裔	ㄧˋ	亞ㄧㄚˋ裔。後裔。胄ㄓㄡˋ裔。華裔。德垂後裔(德澤留傳於後代子孫)。

【步】

	國字	字音	語詞
	步	ㄅㄨˋ	步伐ㄈㄚˊ。步履。牛步化。平步青雲。改步改玉(死者身分改變，葬禮也隨之改變)。步人後塵。步步為營。獨步天下。
	涉	ㄕㄜˋ	干涉。涉案。涉嫌。涉險。涉獵。牽涉。跋涉。長途跋涉。涉世未深。涉足其間。涉筆成趣(比喻文章富有才情，充滿意趣情致)。跋山涉水。
		ㄉㄧㄝˊ	涉血(殺人眾多而血流滿地)。通「喋」。
	陟	ㄓˋ	黜ㄔㄨˋ陟(官位的升遷或黜降)。考績黜陟(考查官吏的政績，以決定升降官職)。陟岵ㄏㄨˋ瞻望(比喻想念父母)。陟罰臧否ㄆㄧˇ(獎勵好人，處罰惡人)。登山陟嶺(形容長途跋涉的艱辛)。黜陟不聞(不與ㄩˋ聞官職的升降)。黜陟幽明(黜退愚昧的昏官，晉升賢明的好官)。
*	騭	ㄓˋ	陰騭(陰德)。評騭(評定)。陰騭文(勸人布施陰德的文章)。陰騭紋(眼眶ㄎㄨㄤ下的紋路)。損陰騭(即損陰德)。廣行陰騭(廣行陰德)。

	國字	字音	語詞
			【君】
	君	ㄐㄩㄣ	君子。君臣。國君。正人君子。君臣佐使(中醫配制藥方的方法)。使君有婦(比喻男子已有妻室。與「羅敷有夫」反)。
*	峮	ㄑㄩㄣ	峮嶙ㄌㄧㄣˊ(山相連的樣子)。
*	捃	ㄐㄩㄣˋ	捃拾(拾取、收集)。捃華(擷ㄐㄧㄝˊ取精華的部分)。捃摭ㄓˊ(採集)。
*	涒	ㄊㄨㄣ	涒灘(太歲名)。
		ㄐㄩㄣ	涒粼(水勢迴旋曲ㄑㄩ折的樣子)。涒鄰(同「涒粼」)。
*	焄	ㄒㄩㄣ	焄蒿ㄏㄠ悽愴ㄔㄨㄤˋ(祭品香臭之氣往上騰升,使人感到哀傷)。
	窘	ㄐㄩㄥˇ	困窘。受窘。發窘。窘迫。窘境。窘態。文思枯窘。枯窘無趣。窘態百出。窘態畢露ㄌㄨˋ。
	群	ㄑㄩㄣˊ	群眾。群聚。害群之馬。領先群倫。離群索居。「羣」為異體字。
*	莙	ㄐㄩㄣˋ	莙凝(聚集凝結)。莙薘ㄉㄚˊ(甜菜)。
*	焄	ㄏㄨㄣ	焄蒿悽愴(同「焄蒿悽愴」)。
	裙	ㄑㄩㄣˊ	石榴裙(指婦女的裙子)。百褶裙。裙帶關係。
*	輑	ㄑㄩㄣ	相輑(相連)。轔ㄌㄧㄣˊ輑(象鼻下垂的樣子)。
	郡	ㄐㄩㄣˋ	延平郡王(鄭成功)。

	國字	字音	語詞
*	頵	ㄐㄩㄣ	頵砡ㄩˋ（眾石推積的樣子）。
			【免】
	俛	ㄇㄧㄢˇ	俛容（容貌謙遜）。僶ㄇㄧㄣˇ俛（勤奮努力，盡力而為。同「黽ㄇㄧㄣˇ勉」）。
		ㄈㄨˇ	俛僂ㄌㄡˊ（駝背的樣子）。俛仰之間（指時間短促）。俛拾地芥（比喻極易獲取）。俛首帖耳（比喻卑屈順服）。俛首係頸（形容被俘）。通「俯」。
	免	ㄇㄧㄢˇ	免除。避免。免疫力。未能免俗。無一倖免。
		ㄨㄣˋ	袒免（袒露ㄌㄨˋ左臂ㄅㄧˋ，脫掉帽子，是古代喪ㄙㄤ服中最輕的服制）。通「絻ㄨㄣˋ」。
	兔	ㄊㄨˋ	兔脫。兔死狐悲（比喻同類相惜，憂戚與共）。兔走烏飛（比喻時間流逝迅速）。動如脫兔。「兎」為異體字。
	冕	ㄇㄧㄢˇ	加冕。軒冕（指爵祿官位或顯貴的人物）。衛冕。無冕王（指記者）。服冕乘軒（形容為官後飛黃騰達）。泥塗軒冕（比喻蔑視官位爵祿）。冠ㄍㄨㄢˋ冕堂皇。袞ㄍㄨㄣˇ冕之志（從政為官的志向）。裂冠ㄍㄨㄢ毀冕（比喻毀滅華夏文化，依隨夷狄之俗）。
	冤	ㄩㄢ	冤枉ㄨㄤˇ。冤屈。冤獄。冤大頭。沉冤莫白。冤冤相報。銜冤負屈（蒙受冤屈，無處申訴）。歡喜冤家。「寃」為異體字。
	勉	ㄇㄧㄢˇ	勉強ㄑㄧㄤˇ。勉勵。嘉勉。困知勉行（指艱困學習中獲得知識，並勉力實踐）。勉為其難。

	國字	字音	語詞
	娩	ㄨㄢˇ	娩澤（容色美好潤澤）。婉娩（言語容貌柔順溫和）。婉娩聽從（柔順而遵循教誨ㄏㄨㄟˋ）。說ㄩㄝˋ豫娩澤（喜悅歡樂，容光煥發的樣子）。
		ㄇㄧㄢˇ	分娩。娩身（婦人生小孩。同「分娩」）。娩乳（同「分娩」）。無痛分娩。
*	悗	ㄇㄢˊ	悗密（忘情而寂靜）。
	挽	ㄨㄢˇ	挽回。挽留。挽救。力挽狂瀾ㄌㄢˊ。挽袖捐血。鹿車共挽（比喻夫婦安於貧窮，同甘共苦）。
	晚	ㄨㄢˇ	傍晚。相見恨晚。晚節黃花（比喻人愈老而操守愈堅定）。
	浼	ㄇㄟˇ	央浼（請託）。以此相浼（以此相請託）。央浼營幹（屬下請託長官親信，傳達長官派好差ㄔㄞ事）。河水浼浼（河水盛大，與兩岸齊平）。浼人設法。浼人親行（請託他人親身辦理）。焉能浼我（怎麼能玷ㄉㄧㄢˋ汙我呢）。避之若浼（指躲避唯恐不及，生怕玷辱了自己）。
*	睌	ㄨㄢˇ	睌睌（目視的樣子）。
*	絻	ㄨㄣˋ	袒絻（同「袒免ㄨㄣˋ」）。
*	脕	ㄨㄢˇ	脕顏（容色潤澤）。
	菟	ㄊㄨˋ	菟絲子（植物名）。歸老菟裘（辭職歸隱）。
		ㄊㄨˊ	於ㄨ菟（老虎）。
*	葂	ㄨㄢˇ	將ㄐㄧㄤ閭ㄌㄩˊ葂（人名。「將閭」為複姓）。
	輓	ㄨㄢˇ	輓聯。飛芻輓粟（用車船快運糧食）。殺手輓歌。

	國字	字音	語　　詞
	逸	ㄧˋ	安逸。逃逸。一勞永逸。以逸待勞。好逸惡ㄨˋ勞。奔逸絕塵（比喻才能出眾）。逃逸無蹤。高人逸士（清高脫俗不貪慕名利的人）。勞逸不均。逸群絕倫（超出眾人和同輩）。逸趣橫生。閒情逸致。肇事逃逸。籠中逸鳥。
*	鞔	ㄇㄢˊ	鞔鼓（將皮革固定在鼓框ㄎㄨㄤ上做成鼓面）。
*	鮸	ㄇㄧㄢˇ	鮸魚（魚名。又稱「米魚」）。
【我】			
	俄	ㄜˊ	俄而（片刻）。俄頃（同「俄而」）。俄羅斯。
	哦	ㄜˊ	吟哦。哦詩（吟詩）。
		ㄛˊ	哦！您就是蔡先生。
	娥	ㄜˊ	嫦娥。月裡嫦娥（比喻綽ㄔㄨㄛˋ約多姿的女子）。
	峨	ㄜˊ	巍ㄨㄟˊ峨。峨冠ㄍㄨㄢ博帶（古代士大夫的服飾）。峨然矗立。「峩」為異體字。
	我	ㄨㄛˇ	自我解嘲。依然故我。歲不我與。爾虞我詐。
*	睋	ㄜˊ	睋而（同「俄而」）。
*	硪	ㄜˊ	砐ㄜˋ硪（高大矗立的樣子）。砢ㄌㄨㄛˇ硪（高峻的樣子）。
	莪	ㄜˊ	蓼ㄌㄨˋ莪（詩經・小雅的篇名）。作育菁ㄐㄧㄥ莪（培育人才）。菁ㄐㄧㄥ菁者莪（比喻樂育賢才）。

	國字	字音	語詞
	蛾	ㄜˊ	蛾眉。飛蛾撲火。淡掃蛾眉（指淡妝）。螓首蛾眉（形容女子面貌美麗）。
		ㄧˇ	蛾伏（蟄ㄓˊ伏如螞蟻）。蛾術（比喻勤奮學習）。蛾賊（黃巾賊）。蛾附蜂屯（像螞蟻和蜜蜂一樣群集攀附）。蛾子時術之（比喻求學的人時時學習而成大道）。通「蟻」。
	餓	ㄜˋ	飢餓。餓虎撲羊。
	鵝	ㄜˊ	鵝鑾鼻（不作「鵝鸞鼻」）。鴨跩ㄓㄨㄞˇ鵝行。
【狂】			
*	俇	ㄍㄨㄤˋ	俇俇（急迫驚恐的樣子）。俇攘ㄖㄤˇ（紛亂不安的樣子）。逢世俇攘（遇到時代紛擾不安）。
	狂	ㄎㄨㄤˊ	狂熱。狂風暴雨。欣喜若狂。喪ㄙㄤˋ心病狂。舉國若狂。
	逛	ㄍㄨㄤˋ	逛街。閒逛。
	誑	ㄎㄨㄤˊ	誑言（欺騙人的謊言）。誑騙。欺天誑地（比喻用欺詐的手段做事）。
*	鵟	ㄎㄨㄤˊ	灰面鵟鷹（即灰面鷲ㄐㄧㄡˋ）。
【甫】			
	匍	ㄆㄨˊ	匍匐ㄈㄨˊ。匍匐之救（竭盡全力相救）。匍匐前進。
	哺	ㄅㄨˇ	反哺。哺育。哺乳。吐ㄊㄨˇ哺握髮（比喻求賢心切）。周公吐哺（同「吐哺握髮」）。慈烏反哺（比喻子女報答父母的養育之恩）。鼓腹含哺（形容太平盛世無憂自在的生活）。

	國字	字音	語　　詞
	圃	ㄆㄨˇ	老圃（老園丁）。花圃。苗圃。菜圃。玄圃積玉（比喻辭藻華美，字字珠璣）。辯圃學林（辯士與學者常聚會的地方）。
	埔	ㄆㄨˇ	柬埔寨ㄓㄞˋ。海埔地。黃埔軍校。
*	峬	ㄅㄨ	峬峭（形貌優美的樣子）。
	捕	ㄅㄨˇ	拘捕。捕捉。捕獲。逮ㄉㄞˇ捕。捕蚊燈。捕風捉影。
	敷	ㄈㄨ	冷敷。敷衍。敷陳（詳盡陳述）。敷臉。敷藥。熱敷。入不敷出。不敷成本。不敷使用。敷衍了事。敷衍塞ㄙㄜˋ責。敷張揚厲（同「鋪ㄆㄨ張揚厲」）。敷教明倫（普施教化，彰顯人倫）。蕭敷艾榮（比喻凡事委曲求全而飛黃騰達）。羅敷有夫（有夫之婦）。
*	晡	ㄅㄨ	日晡（天將近黃昏）。晡夕（黃昏）。晡食（晚餐）。晡時（指下午三點到五點）。
	浦	ㄆㄨˇ	泵ㄅㄥˋ浦（抽水機）。黃浦江。合浦珠還（比喻人離開而復返或物失而復得。合浦，廣東省地名）。凍浦魚驚（比喻孝親。同「臥冰求鯉」）。
	牖	ㄧㄡˇ	窗牖（窗戶）。老死牖下（老死家中，終其天年）。茅椽ㄔㄨㄢˊ蓬牖（形容居處簡陋）。啟牖民智（開通民智）。淑世牖民（改善社會，啟發民智）。牖中窺日（比喻見識淺薄）。蓬戶甕ㄨㄥˋ牖（同「茅椽蓬牖」）。甕牖繩樞（比喻貧窮的人家）。
	甫	ㄈㄨˇ	行裝甫卸（剛卸下行李）。章甫荐履（比喻行事顛倒錯亂，是非不分）。驚魂甫定。

國字		字音	語詞
*	痡	ㄆㄨ	我僕痡矣（我的車夫生了病）。財殫ㄉㄢ力痡（錢財竭盡，民力困頓）。
*	簠	ㄈㄨˇ	簠簋ㄍㄨㄟˇ（古代祭祀時盛放稻粱黍稷ㄐㄧˋ的器皿）。簠簋不飭ㄔˋ（比喻為官不廉潔。舊時彈劾ㄏㄜˊ貪官常用此語）。簠簋不飾（同「簠簋不飭」）。
	脯	ㄈㄨˇ	肉脯。脯資（泛指食物或旅費）。脯醢ㄏㄞˇ（古代酷刑。把人晒成肉乾或剁ㄉㄨㄛˋ成肉醬）。肉山脯林（比喻生活極為奢侈）。束蒲ㄆㄨˊ為脯（故意顛倒黑白是非）。漏脯充饑（比喻只顧眼前的利益與欲望而忘卻後患）。
		ㄆㄨˊ	胸脯。拍胸脯。氣夯ㄏㄤ胸脯（形容極為氣憤）。雞胸脯兒（指人胸部突出像雞的胸部，是一種病態。簡稱為「雞胸」）。
*	莆	ㄆㄨˊ	莆田（福建省地名）。萐ㄕㄚˋ莆（瑞草名）。
	葡	ㄆㄨˊ	葡萄。葡萄深碧（形容江水碧綠清澈）。
*	蒱	ㄆㄨˊ	摴ㄕㄨ蒱（一種古代賭博的遊戲。同「樗ㄕㄨ蒲」）。
	蒲	ㄆㄨˊ	蒲扇。蒲葵。蒲公英。安車ㄔㄜ蒲輪（比喻對賢能者的禮遇）。束蒲為脯ㄈㄨˇ（故意顛倒黑白是非）。望杏瞻蒲（比喻依照時令勸勉百姓耕種）。蒲柳之姿（比喻身體羸弱）。蒲鞭不施（比喻為政者寬厚仁慈。同「蒲鞭示辱」）。
	補	ㄅㄨˇ	候補。補充。補助。補習。補償ㄔㄤˊ。彌補。不無小補。修橋補路（不作「修橋鋪路」）。補天浴日（比喻功勛極大）。貼補家用。

國字	字音	語詞
輔	ㄈㄨˇ	輔佐。輔助。輔弼ㄅㄧˋ。輔導。相輔相成。宰輔之量（比喻人度量寬大）。輔車ㄔㄜ相依（比喻雙方關係緊密，互相依存）。
* 逋	ㄅㄨ	逋欠（積欠賦稅）。逋客（指避世的隱士）。逋負（同「逋欠」）。逋逃（逃亡）。逋慢（不守法）。洗雪逋負（實現報仇雪恨的願望）。宿逋未償（拖欠賦稅，尚未繳清）。責臣逋慢（責備臣子怠慢）。逋慢之罪（指不守法令的罪）。鼠竄狼逋（狼狽奔逃的樣子）。
* 酺	ㄆㄨˊ	酺宴（帝王賜臣民聚會飲酒）。賜酺（特准百姓聚集歡酒）。
鋪	ㄆㄨ	鋪床。鋪首（附著門上，用以銜環的底座）。鋪張。鋪設。鋪陳。鋪蓋。捲鋪蓋。平鋪直敘。鋪天蓋地（聲勢大而猛烈。不作「撲天蓋地」）。鋪張揚厲（極力鋪陳張揚，以表闊綽）。
	ㄆㄨˋ	床鋪。店鋪。當ㄉㄤˋ鋪。鋪位（可以臥睡的床位）。鋪板（床鋪上用的木板）。鋪保（以商店名義出具擔保證明）。鋪席（門面的擺飾）。十里鋪（地名）。打地鋪。「舖」為異體字。
* 餔	ㄅㄨ	餔時（傍晚）。餔啜ㄔㄨㄛˋ（吃喝）。餔菜（幫客人夾菜）。餔歠ㄔㄨㄛˋ（同「餔啜」）。餔糟歠醨ㄌㄧˊ（比喻與世浮沉，隨波ㄅㄛ逐流的生活態度）。
* 鯆	ㄆㄨ	鯆魮ㄆㄧˊ（海鷂ㄧㄠˋ魚的別稱）。
* 鵏	ㄅㄨˋ	鵏鴇（鳥名）。鵏穀（鳥名。同「布穀」）。
* 黼	ㄈㄨˇ	黼扆ㄧˇ（繡有斧形花紋的屏風）。黼黻ㄈㄨˊ（衣裳上繪繡的華美花紋。比喻文章）。我黼子佩（比喻夫妻同享富貴的生活）。黼衣方領（指朝廷王公顯貴）。黼黻文章（指華麗鮮豔的色彩）。

國字	字音	語詞
【次】		
盜	ㄉㄠˋ	強盜。竊盜。掩耳盜鈴。欺世盜名。盜亦有道。監守自盜。
羨	ㄒㄧㄢˋ	欣羨(欣喜羨慕)。羨漫(形容漫不經心的樣子)。羨慕。羨餘(地方稅收解庫後盈餘的賦稅)。豔羨。個個稱羨。稱羨不置(極為傾ㄑㄧㄥ慕的樣子)。臨淵羨魚(比喻雖有願望,但只憑空妄想而沒有措施,難收實效)。
* 檨	ㄕㄜ	香檨(果樹名)。檨仔(芒果)。檨仔欉(芒果樹)。檨腳里(高雄市大樹區里名)。
【孝】		
哮	ㄒㄧㄠ	狂哮。咆哮。哮喘。哮天犬(神話傳說中三郎神身邊的神獸)。大肆咆哮。咆哮山莊(書名)。
孝	ㄒㄧㄠˋ	孝行ㄒㄧㄥˋ。孝弟ㄊㄧˋ。火山孝子(拿錢供歡場女子花用的男人)。
* 庨	ㄒㄧㄠ	庨豁(指宮室高聳深邃ㄙㄨㄟˋ)。
教	ㄐㄧㄠˋ	教材。教法。教導。教科書。戶外教學。有教無類。明恥教戰。相ㄒㄧㄤˋ夫教子。教學相長。教學目標。教學觀摩。教戰守策。孺子可教。
	ㄐㄧㄠ	教書。試教。教書匠。
* 痚	ㄒㄧㄠ	痚病(氣喘病)。
* 寥	ㄒㄧㄠ	寥寥ㄌㄧㄠˊ(開闊的樣子)。
酵	ㄒㄧㄠˋ	發酵。醱ㄆㄛ酵(同「發酵」)。酵母菌。醱酵乳。

國字	字音	語　　詞
【束】		
剌	ㄌㄚˋ	瓦剌(部落名)。乖剌(性情暴戾，不講道理)。剌剌(狀聲詞)。剌謬ㄇㄧㄡˋ(違背)。大剌剌。歪剌骨(辱罵婦人卑劣下賤的詞)。歪剌貨(不好的東西)。私心剌謬(與自我內心相違背)。
	ㄌㄚˊ	剌開(割開)。剌心剌肝(形容極為擔憂)。
喇	ㄌㄚˇ	喇叭。喇嘛ㄇㄚ。喇嘛教。
嫩	ㄋㄣˋ	細嫩。嫩芽。嫩葉。鮮嫩。嫩骨ㄍㄨˊ頭ㄊㄡ。嬌皮嫩肉。
悚	ㄙㄨㄥˇ	悚懼。毛骨悚然。悚然心驚。惶悚不安。
敕	ㄔˋ	敕令(皇帝的詔ㄓㄠˋ令)。敕封。敕勒(種族名)。敕勒歌。明罰敕法(嚴明刑罰，整頓法紀)。「勅」為異體字。
整	ㄓㄥˇ	整頓。化整為零。好ㄏㄠˋ整以暇。重整旗鼓。整軍經武。整然有序。
束	ㄕㄨˋ	束縛。約束。裝束。管束。束之高閣。束手旁觀。束手就擒。束手無策。束身自愛。束修自好ㄏㄠˋ(約束言行ㄒㄧㄥˊ，不與惡人同流合汙)。束裝待發。
*涑	ㄙㄨˋ	涑水(山西省水名或地名)。涑水先生(司馬光)。
疎	ㄕㄨ	力薄才疎(說自己的力量、才能很有限。為自謙詞)。為「疏」的異體字。
瘌	ㄌㄚˋ	瘌痢頭(感染黃癬而使頭髮脫落的頭部)。
竦	ㄙㄨㄥˇ	竦峙ㄓˋ(同「聳峙」)。竦懼(同「悚懼」)。毛骨竦然(同「毛骨悚然」)。竦然起敬(肅然起敬)。

	國字	字音	語詞
*	綀	ㄕㄨ	綀巾（用粗布所做成的頭巾）。綀囊（用粗葛ㄍㄜˊ布所製成的袋子）。飯蔬衣ㄧˋ綀（形容生活儉樸）。綀裳ㄔㄤˊ竹笥ㄙˋ（嫁女時對嫁妝儉薄的謙詞）。
	觫	ㄙㄨˋ	觳ㄏㄨˊ觫（因恐懼而身體顫抖的樣子）。觳觫伏罪（惶恐不安的認罪）。
	辣	ㄌㄚˋ	辣椒。心狠手辣。吃香喝辣。身材火辣。麻辣火鍋。辣手摧花。酸甜苦辣。
	速	ㄙㄨˋ	快速。迅速。速度。十萬火速。不速之客。兵貴神速。速戰速決。進步神速。
	餗	ㄙㄨˋ	折足覆餗（比喻力不能勝ㄕㄥ任必導致失敗）。折鼎覆餗（同「折足覆餗」）。覆餗之憂（比喻因力不能勝ㄕㄥ任而敗事的憂慮）。
*	鬎	ㄌㄚˋ	鬎鬁ㄌㄧˋ（頭上長瘡而禿髮的病）。
*	鶒	ㄔˋ	鸂ㄒㄧ鶒（水鳥名）。
			【走】
	徒	ㄊㄨˊ	徒刑。徒弟。徒步。登徒子。不法之徒。徒子徒孫（指一脈ㄇㄞˋ相承的人。含貶義）。徒手體操。徒步旅行。徒步當ㄉㄤˋ車ㄔㄜ。家徒四壁（形容家境極為貧窮，一無所有）。徒負虛名（指名聲與事實不符ㄈㄨˊ合。即名實不副）。徒勞往返。徒勞無功。馬齒徒增。實繁有徒（人數眾多）。
	走	ㄗㄡˇ	競走。走馬章臺（比喻涉足風月場所）。飛簷走壁。販夫走卒。
	陡	ㄉㄡˇ	陡坡。陡峻。陡峭。陡壁。陡然間（突然間）。山高路陡。天氣陡變。氣溫陡降。

	國字	字音	語詞
【巠】			
*	俓	ㄐㄧㄥˋ	俓峻赴險（前往險峻之地）。
	剄	ㄐㄧㄥˇ	自剄（割頸自殺）。
	勁	ㄐㄧㄥˋ	使勁。勁旅。勁草。勁裝。勁敵。後勁。起勁。強勁。費勁。幹勁。較勁。對勁。賣勁。勁骨豐肌（形容書法筆勢豐潤強勁）。疾風勁草。醋勁大發。
*	娙	ㄒㄧㄥˊ	娙娥（女子美好的樣子）。
	徑	ㄐㄧㄥˋ	行徑。途徑。捷徑。三徑之資（比喻籌集退休養老或隱居的費用）。口徑一致。另闢蹊徑。曲ㄑㄩ徑通幽。行不由徑（比喻行事光明磊落，不投機取巧）。直情徑行（指人率性而為，全不受禮教的約束）。
	氫	ㄑㄧㄥ	氫氣。氫化物。
	涇	ㄐㄧㄥ	涇渭不分（比喻是非不明、好壞不分）。涇渭分明。濁涇清渭（同「涇渭分明」）。
*	烴	ㄑㄧㄥ	烴基（由烴分子減除一個或多個氫原子所剩下的基）。
*	牼	ㄎㄥ	宋牼（人名。戰國時宋人）。
	痙	ㄐㄧㄥˋ	痙攣ㄌㄨㄢˊ。全身痙攣。肌肉痙攣。
*	硜	ㄎㄥ	硜硜（鄙陋固執）。硜硜之愚（堅持自己看法或意見的謙詞）。硜硜自守（形容固執己見）。

國字	字音	語詞
經	ㄐㄧㄥ	不經之談（荒誕、沒有根據的話。同「無稽之談」）。天經地義。漫不經心。整軍經武。塵務經心（被世俗的事務所煩擾）。
*羥	ㄎㄥ	羊名。
	ㄑㄧㄤˇ	羥基（氫氧基的簡稱）。
脛	ㄐㄧㄥˋ	脛骨。不脛而走（比喻事物不用推行，也能傳播ㄅㄛˋ快速）。無脛而行（同「不脛而走」）。蝨脛蟣ㄐㄧˇ肝（比喻東西極其微小）。積雪沒ㄇㄛˋ脛（比喻雪下得很多）。
莖	ㄐㄧㄥ	根莖。地下莖。數莖白髮（數根白髮）。
*葝	ㄑㄧㄥˊ	葝菜（植物名。即野薤ㄒㄧㄝˋ）。
*蛵	ㄒㄧㄥ	虰ㄉㄧㄥ蛵（蜻蛉ㄌㄧㄥˊ科昆蟲名）。
*誙	ㄎㄥ	誙誙（競相奔走的樣子）。
輕	ㄑㄧㄥ	年輕。年輕力壯。年輕貌美。雲淡風輕。輕歌慢舞。駕輕就熟。
逕	ㄐㄧㄥˋ	逕庭ㄊㄧㄥˊ（差距很大）。逕啟者（舊書信的開頭語）。大相逕庭（兩者截然不同，相差ㄔㄚ極遠）。逕自離去。逕行告發。
陘	ㄒㄧㄥˊ	井陘（河北省縣名）。
頸	ㄐㄧㄥˇ	瓶頸。引頸就戮（指從ㄘㄨㄥ容就義，無所畏懼）。刎頸之交（比喻可同生死、共患難的至交好友）。延頸企踵（形容熱切盼望的樣子）。
	ㄍㄥˇ	脖頸子（脖子的後部）。

國字		字音	語詞
*	鶪	ㄐㄧㄥ	鶪雀（怪鳥名）。
【里】			
	俚	ㄌㄧˇ	俚言（民間鄙俗的言語）。俚俗（鄙陋、粗野）。俚語。質而不俚（樸實而不鄙陋）。
	厘	ㄌㄧˊ	厘米（公分）。無厘頭。「釐」的異體字。
		ㄔㄢˊ	市厘（商店雲集之地）。「廛ㄔㄢˊ」的異體字。
	哩	ㄌㄧ	哩嚕ㄌㄨ（說話冗ㄖㄨㄥˇ雜不清楚）。哩哩囉囉（同「哩嚕」）。囉ㄌㄨㄛ哩囉嗦。
		ㄌㄧˇ	一哩（英美長度單位）。咖ㄎㄚ哩。
	埋	ㄇㄞˊ	埋葬。埋藏。掩ㄧㄢˇ埋。掩埋場。埋鍋造飯（挖灶安鍋做飯。軍隊野炊的一種方式）。
		ㄇㄢˊ	埋怨。埋天怨地。
	娌	ㄌㄧˇ	妯ㄓㄡˊ娌ㄌㄧ。
*	悝	ㄎㄨㄟ	孔悝（人名。春秋 衛人）。李悝（人名。戰國 魏人）。高悝匿孤（朋友間重視信義，互相扶持）。
*	梩	ㄌㄧˊ	蔂ㄌㄟˊ梩（盛土的籠子和挖土的鐵鍬ㄑㄧㄠ）。虆ㄌㄟˊ梩（同「蔂梩」）。
	浬	ㄌㄧˇ	一浬（一千八百五十二公尺。今作「海里」）。
	狸	ㄌㄧˊ	狐狸ㄌㄧ。以狸餌鼠（比喻毫無用處，事難成功）。
	理	ㄌㄧˇ	理睬。不近情理。知情達理。通情達理。

國字	字音	語詞
糧	ㄌㄧㄤˊ	食糧。糧餉ㄒㄧㄤˇ。寅ㄧㄣˊ支卯ㄇㄠˇ糧（比喻入不敷ㄈㄨ出，經濟拮ㄐㄧㄝˊ据ㄐㄩ）。
* 薶	ㄇㄞˊ	瘞ㄧˋ薶（古代一種祭地之禮）。
裡	ㄌㄧˇ	不明就裡。不知就裡。皮裡春秋（表面上不作任何評論，而心中自有褒貶。也作「皮裡陽秋」）。表裡如一。「裏」為異體字。
貍	ㄌㄧˊ	貍貓。佛ㄅㄧˋ貍祠（位於揚州）。窮鼠齧ㄋㄧㄝˋ貍（同「窮鼠齧貓」「困獸猶鬥」）。
里	ㄌㄧˇ	里程碑。里仁為美（選擇居處應挑風俗仁厚的地方）。鵬程萬里。
量	ㄌㄧㄤˋ	打量。估量。量刑。度量衡。不自量力。比權量力（比較衡量權勢的大小）。自不量力。量入為出。量力而行。量力而為。量才適所。量才稱ㄔㄥˋ職（依據各人的才能，授予相當職務）。量材器使（同「量才稱職」）。量材錄用。量時度ㄉㄨㄛˊ力（衡量時勢，估計力量。形容做事謹慎有計畫）。量腹取食（按照食量拿取食物）。量體裁衣（比喻事情做得剛好合適。同「稱ㄔㄥˋ體裁衣」）。
	ㄌㄧㄤˊ	考量。車載ㄗㄞˋ斗量（比喻數量極多）。政治考量。唱籌量沙（比喻製造假象，欺騙敵人）。
霾	ㄇㄞˊ	陰霾。霾害。霾晦ㄏㄨㄟˋ（大風揚起塵土以致空中晦暗）。雨霾風障（指狂暴的風雨）。終風且霾（既颳風又天色陰霾）。
鯉	ㄌㄧˇ	鯉素（比喻書信）。鯉魚。雙鯉魚（同「鯉素」）。孔鯉過庭（指子女或學生受教）。鯉躍ㄩㄝˋ龍門（比喻人發跡或仕途飛黃騰達，身價百倍）。

國字	字音	語詞
【吾】		
吾	ㄨˊ	支支吾吾。支吾其詞。先吾著ㄓㄨㄛˊ鞭（泛指他人比自己搶先一步）。
唔	ㄨˊ	咿唔（讀書聲）。
* 牾	ㄨˇ	牾逆（違背）。莫敢與牾（不敢相違背）。
圄	ㄩˇ	囹ㄌㄧㄥˊ圄（監獄）。圄空（指吏治清平，沒有人犯罪）。身陷囹圄。身陷幽圄（指犯罪坐牢。同「身陷囹圄」）。草滿囹圄（比喻吏治清平，犯罪者少）。
寤	ㄨˋ	寤寐（時時刻刻）。寤懷（比喻極為思念）。夙寤晨興（早起晚睡。同「夙興夜寐」）。寤言不寐（睜著眼，睡不著覺）。寤寐以求（形容願望迫切，隨時想獲取）。莊公寤生（莊公難產）。
* 峿	ㄨˊ	岨ㄐㄩ峿（抵觸）。
悟	ㄨˋ	省ㄒㄧㄥˇ悟。悔悟。頓悟。覺悟。執迷不悟。穎悟絕倫（聰明才智超過眾人，無人能比）。
捂	ㄨˇ	捂住（遮住）。捂蓋（遮掩）。捂耳朵。捂蓋子（掩蓋事物的真相，不讓問題暴ㄆㄨˋ露ㄌㄨˋ）。
* 敔	ㄩˇ	柷ㄓㄨˋ敔（古代兩種木製敲擊樂器）。
晤	ㄨˋ	晤見（會見）。晤面。晤談。會晤政要。
梧	ㄨˊ	魁梧。梧丘之魂（指無罪的冤魂）。梧鼠技窮（比喻技能雖多但不專精）。梧鳳之鳴（比喻政教和協，國家太平無事）。魁梧奇偉（形容身材壯碩高大，風格奇特非凡）。鳳棲高梧（賀人新居落成的題辭）。

	國字	字音	語詞
*	牾	ㄨˇ	牴牾(抵觸)。牾逆(違逆)。嫌牾(厭惡ㄨˋ不滿)。違牾(違背)。
*	珸	ㄨˊ	琨珸(玉石)。
*	痦	ㄨˋ	痦子(黑痣)。
	衙	ㄧㄚˊ	府衙(府城行政機關的辦公處所)。衙役。衙門。衙署ㄕㄨˇ(古代官吏辦理公務的地方)。衙官屈宋(稱讚自己或他人的文才)。
		ㄩˊ	衙衙(列隊行走的樣子)。
	語	ㄩˇ	論ㄌㄨㄣˊ語。妙語解頤(說話幽默風趣，使人發笑)。喃喃自語。竊竊私語。
		ㄩˋ	吾語汝ㄖㄨˇ(我告訴ㄙㄨˋ你)。夏蟲不可語冰(比喻人見識淺薄)。
*	鋙	ㄨˊ	錕ㄎㄨㄣ鋙(古代的寶刀、寶劍。也作「昆吾」)。
	鼯	ㄨˊ	鼯鼠(飛鼠)。
	齬	ㄩˇ	齟ㄐㄩˇ齬(比喻彼此意見不合)。言語齟齬。齟齬不合。
	【呈】		
	埕	ㄔㄥˊ	廟埕。鹽埕(晒鹽的海岸)。大稻埕。
*	桯	ㄊㄧㄥ	門桯(門檻ㄎㄢˇ)。桯凳(床前長凳子)。
*	浧	ㄧㄥˇ	浧濡ㄖㄨˊ(滑滯ㄓˋ)。

	國字	字音	語詞
	程	ㄔㄥˊ	歷程。計日程功（形容不久即可大功告成）。專程拜訪。程 孔傾蓋（比喻新交一見如故，彼此極為投合）。程門立雪（比喻尊敬師長和誠懇向學）。懸石程書（形容勤於政事）。
*	脭	ㄔㄥˊ	脭醲ㄋㄨㄥˊ（肥美的精肉與香醇濃厚的上酒）。
	裎	ㄔㄥˊ	袒裼ㄒㄧˊ裸裎（身體裸露ㄌㄨˋ，一絲不掛）。
	逞	ㄔㄥˇ	逞凶。逞能。逞強。逞威風。不逞之徒（心懷不滿而存心搗亂鬧事的人）。奸計得逞。好逞易窮（愛逞強容易力量用盡）。逞強稱ㄔㄥ能。逞勢欺人。逞意妄為（放縱心志，妄作胡為）。殘民以逞（殘害人民，蠻橫ㄏㄥˋ凶暴，任性無度）。
	郢	ㄧㄥˇ	班 郢（比喻身懷絕藝奇技的高手）。郢正（請人修改詩文的敬詞）。郢斲ㄓㄨㄛˊ（同「郢正」）。郢匠揮斤（比喻技藝高超純熟ㄕㄡˊ）。郢書燕ㄧㄢ說（比喻穿鑿ㄗㄠˊ附會，以訛ㄜˊ傳訛而扭曲原意）。須臾忘郢（片刻忘記復仇的志向）。
	酲	ㄔㄥˊ	宿酲未解（前夜喝酒而病醉未醒）。憂心如酲（比喻心情非常鬱悶）。蠲ㄐㄩㄢ煩析酲（消除煩惱，解除酒病）。
	鐵	ㄊㄧㄝˇ	鐵幕。手無寸鐵。打鐵趁熱。面皮鐵青（形容非常憤怒）。面如鐵色（比喻人因發怒而臉色鐵青）。鐵石心腸。鐵面無私。鐵證如山。
*	鞓	ㄊㄧㄥ	紅鞓（紅色的皮帶）。鞓帶（即皮帶）。
*	驖	ㄊㄧㄝˇ	駟驖（詩經・秦風的篇名）。

國字	字音	語詞
【告】		
告	ㄍㄠˋ	告饒。忠告。自告奮勇。告老還鄉。告貸無門。我告訴(ㄙㄨ˙)你。提出告訴(ㄙㄨˋ)。
	ㄍㄨˋ	告朔（古代一種祭祀儀式）。告朔餼(ㄒㄧˋ)羊（比喻徒有形式或虛應(ㄧㄥ)故事(ㄕˋ)、敷衍了事）。
嚳	ㄎㄨˋ	帝嚳（古帝名）。軒嚳（軒轅和帝嚳）。
*慥	ㄗㄠˋ	陳慥（陳季常。以懼內聞名）。慥慥（誠實的樣子）。
*捁	ㄐㄧㄠˇ	捁亂（攪亂）。通「攪(ㄐㄧㄠˇ)」。
梏	ㄍㄨˋ	桎(ㄓˋ)梏（束縛）。鉗(ㄑㄧㄢˊ)梏（束縛，約束）。
浩	ㄏㄠˋ	浩大。浩劫。食指浩繁（家中賴以維生的人口眾多）。般浩書空（比喻事情怪異，令人驚奇）。浩如煙海（形容典籍或文獻資料等極為豐富）。浩浩蕩蕩。浩然正氣。煙波(ㄅㄛ)浩渺（形容雲霧籠(ㄌㄨㄥˇ)罩的水面廣大遼闊）。聲勢浩大。
澔	ㄏㄠˋ	澔汗（極為繁盛的樣子）。
皓	ㄏㄠˋ	朱脣皓齒（形容美女）。尨(ㄆㄤˊ)眉皓髮（老人眉髮盡白。形容年邁的樣子）。明眸(ㄇㄡˊ)皓齒。皓月當空。皓首蒼顏（形容年邁者的容貌）。皓首窮經（年老而仍持續的鑽(ㄗㄨㄢ)研經典和古籍）。
窖	ㄐㄧㄠˋ	地窖。酒窖（儲存酒類的地下室）。窖藏。冰天雪窖（形容極為寒冷或酷寒之地）。
*簉	ㄗㄠˋ	簉弄（小曲）。簉室（小妾）。

國字	字音	語詞
糙	ㄘㄠ	粗糙。糙米。糙紙(質粗的紙、草紙)。
誥	ㄍㄠˋ	誥命(皇帝頒賜爵位的詔ㄓㄠˋ令)。誥贈(同「誥命」)。
造	ㄗㄠˋ	捏造。造訪。締造。登峰造極。
*郜	ㄍㄠˋ	郜鼎(泛指國家重器)。
酷	ㄎㄨˋ	冷酷。殘酷。酷刑。酷吏。酷似。酷寒。酷愛。酷熱。冷酷無情。
靠	ㄎㄠˋ	依靠。靠墊。靠攏ㄌㄨㄥˇ。
鵠	ㄏㄨˊ	鴻鵠(比喻志向遠大的人)。鵠立。鵠候。鵠望。鵠鼎(比喻佳肴)。鵠髮(白髮)。黃鵠磯(中國大陸地名)。刻ㄎㄜˋ木為鵠(比喻仿效雖欠逼真,但仍相像)。刻ㄎㄜˋ鵠類鶩ㄨˋ(同「刻木為鵠」)。孤鸞寡鵠(比喻失去配偶的男女)。鳥面鵠形(形容人形貌疲憊瘦削ㄒㄩㄝˋ的樣子)。單鵠寡鳧ㄈㄨˊ(比喻失偶的人)。鳩形鵠面(同「鳥面鵠形」)。寡鵠孤鸞(同「孤鸞寡鵠」)。鳶ㄩㄢ肩鵠頸(形容伏案苦思的樣子)。緣鵠飾玉(指因遇機緣而攀登高位)。鴻鵠之志(比喻志向遠大)。鴻鵠將至(指學習分心)。鵠形菜色(面容飢餓瘦弱的樣子)。鶉ㄔㄨㄣˊ衣鵠面(形容窮苦落魄ㄊㄨㄛˋ的樣子)。鸞鵠停峙ㄓˋ(稱讚他人子孫俊秀賢能)。
	ㄍㄨˇ	中ㄓㄨㄥˋ鵠(打中箭靶)。正ㄓㄥ鵠(箭靶的中心)。鵠的ㄉㄧˋ(目的。或指練習射擊的目標)。

國字	字音	語詞
【利】		
俐	ㄌㄧˋ	伶俐。口齒伶俐。手腳俐落。伶牙俐齒。乾淨俐落。聰明伶俐。
利	ㄌㄧˋ	勢利眼。權利金。大發利市。利害得失。利害關係。爭權奪利。權利義務。
梨	ㄌㄧˊ	災梨禍棗（濫刻ㄎㄜˋ沒價值的書籍）。梨花大鼓（鐵片大鼓的別名）。梨園子弟（泛稱表演戲曲的演員）。梨頰微渦（形容美女的笑靨ㄧㄝˋ迷人）。讓棗推梨（比喻兄弟友愛和睦）。
犁	ㄌㄧˊ	犁田。犁牛之子（比喻父鄙賤而子賢明）。犁牛愛尾（比喻人因貪婪ㄌㄢˊ而喪命）。犁庭掃穴（比喻徹底消滅敵人）。鑄劍為犁（銷熔武器以製造農具）。「犂」為異體字。
痢	ㄌㄧˋ	瘌ㄌㄚˋ痢頭（感染黃癬而使頭髮脫落的頭部）。
莉	ㄌㄧˋ	茉莉。
蜊	ㄌㄧˊ	蛤ㄍㄜˊ蜊˙ㄌㄧ（蛤蚌、蛤蠣）。蛤蜊湯。
* 鬁	ㄌㄧˋ	鬎ㄌㄚˋ鬁（頭上生瘡而禿髮的病）。
【克】		
克	ㄎㄜˋ	克服。克難ㄋㄢˊ。克己復禮（約束自己，使言行ㄒㄧㄥˊ舉止合乎禮節）。克勤克儉。克盡己職。克敵制勝。攻無不克。戰無不克。
兢	ㄐㄧㄥ	戰兢（同「戰戰兢兢」）。朝ㄓㄠ兢夕惕（形容勤奮戒懼，不敢疏忽懈怠）。兢兢業業。戰戰兢兢。

	國字	字音	語詞
	剋	ㄎㄜˋ	剋扣。剋星。剋食（具有消化食物的作用）。共剋時日（共同約定相會的日子）。剋期動身（定期動身）。相生相剋。「尅」為異體字。
*	殑	ㄑㄧㄥˊ	殑伽（古印度恆河名）。
	【那】		
	哪	ㄋㄚˇ	哪怕。哪知。哪個。哪門子（同「那門子」）。
		˙ㄋㄚ	你又走哪（句末語助詞，用法跟「呢」相同）。
		ㄋㄨㄛˊ	哪吒（佛教神名）。
	娜	ㄋㄨㄛˊ	婀ㄜ娜。裊娜（女子姿態輕盈柔美的樣子）。婀娜多姿。嫋ㄋㄧㄠˇ嫋娜娜（同「裊娜」）。嬝ㄋㄧㄠˇ娜纖ㄒㄧㄢ巧（同「裊娜」）。
		ㄋㄚˋ	安娜。莉娜。蒙娜麗莎。（限於人名譯音）。
	挪	ㄋㄨㄛˊ	挪用。挪借。挪動。挪移。東挪西湊。
	那	ㄋㄚˋ	那樣。剎ㄔㄚˋ那。剎那間。
		ㄋㄚˇ	那能。那門子（什ㄕㄣˊ麼）。
		ㄋㄚ	那英（中國大陸名歌星）。那椿（西魏人）。那宗訓（前中山大學教授）。
		ㄋㄨㄛˊ	那步（同「挪步」）。那動（同「挪動」）。有那其居（宮室雄偉高大）。受福不那（受福不多）。

國字	字音	語詞
		【即】
即	ㄐㄧˊ	立即。即使。一觸即發。不即不離。即席演講。即時新聞。相次即世（相繼過世）。若即若離。可望不可即（不作「可望不可及」）。
卿	ㄑㄧㄥ	國務卿。劉長ㄓㄤˇ卿（唐代人）。干卿底事。公卿大臣。名動公卿（名聲傳播ㄅㄛ於高官權貴之間）。卿卿我我。
唧	ㄐㄧ	唧筒。唧唧叫。
*楖	ㄐㄧˊ	楖人（木匠）。
蝍	ㄐㄧˊ	蝍蛆ㄐㄩ（蟋蟀或蜈蚣ㄍㄨㄥ）。蝍蛉ㄌㄧㄥˊ（蜻蛉的別名）。蝍蛆鉗ㄑㄧㄢˊ帶（比喻一物剋一物。蝍蛆，蜈蚣）。
鯽	ㄐㄧˋ	鯽魚。過江之鯽（比喻來往者眾多）。
		【赤】
哧	ㄔ	噗ㄆㄨ哧（形容笑聲。同「噗嗤ㄔ」）。噗哧一笑。
嚇	ㄏㄜˋ	恫ㄉㄨㄥˋ嚇。威嚇。恐嚇。嚇阻。嚇嚇（笑聲）。文攻武嚇。虛聲恫ㄉㄨㄥˋ嚇（虛張聲勢來恐嚇他人）。
	ㄒㄧㄚˋ	震嚇。嚇唬。嚇跑。驚嚇。瞞神嚇鬼（背著人在暗地裡搗鬼）。嚇眉唬眼（橫眉豎眼，表示發怒）。驚嚇過度。
螫	ㄓㄜ	螫傷。螫蠅（昆蟲名）。撩ㄌㄧㄠˊ蜂吃螫（招惹壞人，自取禍害）。蝮螫解腕ㄨㄢˋ（比喻當機立斷）。
赤	ㄔˋ	赤忱。赤貧。赤裸。赤子之心。赤手空拳。赤地千里（形容災荒後造成廣大土地荒涼的景象）。赤貧如洗。忠心赤膽。面紅耳赤。

	國字	字音	語詞
	赦	ㄕㄜˋ	特赦。赦免。赦罪。特赦令。十惡不赦。大赦天下。赦事誅意（不問其實際行動而僅推究其居心來定罪）。赦罪責功（赦免罪過，要求犯罪者將功贖罪）。罪不可赦。
	赧	ㄋㄢˇ	羞赧。赧然（羞慚而臉紅的樣子）。赧顏（因羞慚而臉紅）。周赧王（周朝最後的君主）。面有赧色。赧於啟齒（不好意思開口）。赧顏汗下（形容極為羞慚的樣子）。
*	赩	ㄒㄧˋ	翕ㄒㄧˋ赩（光色熾ㄔˋ烈的樣子）。赩赫（紅色的樣子）。赩熾（赤色熾盛的樣子）。歙ㄒㄧˋ赩（同「赩赫」）。
*	赨	ㄊㄨㄥˊ	赨莖（紅色的莖）。
	赫	ㄏㄜˋ	赫斯之怒（指帝王的怒氣）。赫然大怒。赫然發現。赫赫之功（顯赫的功勛）。赫赫名流（名聲顯赫的人士）。赫赫有名。聲勢赫赫（聲勢浩大壯盛）。
	郝	ㄏㄠˇ	郝柏村。郝龍斌。
	【囪】		
	傯	ㄗㄨㄥˇ	倥ㄎㄨㄥˇ傯（事情冗多而忙碌的樣子）。戎馬倥傯（形容軍務繁忙迫切）。兵馬倥傯（兵荒馬亂）。
	囪	ㄘㄨㄥ ㄔㄨㄤ	煙囪。「囱」為異體字。 囪戶（同「窗戶」）。「窗」的本字。
*	憁	ㄗㄨㄥˇ ㄙㄨㄥ	悾ㄎㄨㄥˇ憁（窮困而不得志）。 惺憁（警覺）。

	國字	字音	語詞
*	揔	ㄗㄨㄥˇ	揔括ㄍㄨㄚ（總括）。揔要（總要）。揔攝（統攝）。通「總」。
*	璁	ㄘㄨㄥ	璁琤ㄔㄥ（泛指歌樂之聲）。璁瓏（明潔的樣子）。
	窗	ㄔㄨㄤ	同窗。窗戶。空窗期。開天窗。東窗事發。窗間過馬（光陰飛逝，轉眼即過。同「白駒過隙」）。「窓」「牕」為異體字。
	總	ㄗㄨㄥˇ	總丱ㄍㄨㄢˋ（指童年）。總統。林林總總。總角ㄐㄧㄠˇ之交（童年時期便相契要好的朋友）。總狀花序。
	聰	ㄘㄨㄥ	聰明。冰雪聰明（比喻極為聰明）。耳聰目明。
	蔥	ㄘㄨㄥ	青蔥。洋蔥。蔥翠。蔥蒜。蔥蘢ㄌㄨㄥˊ（草木蒼翠茂盛的樣子）。蔥油餅。蔥油雞。手如削ㄒㄩㄝˋ蔥（比喻女子的手指纖ㄒㄧㄢ細白嫩）。「葱」為異體字。
*	蟌	ㄘㄨㄥ	紅腹細蟌（昆蟲名。豆娘的一種）。
*	謥	ㄘㄨㄥˋ	謥詷ㄉㄨㄥˋ（形容說話急促不和緩）。
*	驄	ㄘㄨㄥ	鐵驄（泛指駿馬）。驄馬（泛指健壯的駿馬）。
	【豕】		
*	圂	ㄏㄨㄣˋ	圂廁（廁所）。圂腴（指豬狗的腸胃）。圊ㄑㄧㄥ圂（廁所）。
*	慁	ㄏㄨㄣˋ	慁慁（昏亂不明的樣子）。
	溷	ㄏㄨㄣˋ	溷汁（糞汁、尿液ㄧㄝˋ）。溷軒（廁所）。溷廁（廁所）。溷濁（汙濁）。豬溷（豬圈ㄐㄩㄢˋ）。逃名溷俗（隱身不露，混ㄏㄨㄣˋ跡於塵俗之中）。飄茵落溷（比喻人生際遇好壞各有不同。也作「墜茵落溷」）。

國字	字音	語詞
燹	ㄒㄧㄢˇ	兵燹（因戰亂而造成的焚燒、破壞）。
* 篴	ㄉㄧˊ	篴子（同「笛子」）。通「笛」。
豚	ㄊㄨㄣˊ	河豚。海豚。信及豚魚（比喻非常有信用）。敝鼓喪ㄙㄤˋ豚（指徒費心力而無益）。
* 蓫	ㄓㄨˊ	蓫薚ㄊㄤ（植物名。即商陸）。
豕	ㄕˇ	遼東豕（比喻見識淺陋，少見多怪）。三豕渡河（因文字形似而致傳抄或刊刻ㄎㄜˋ訛ㄜˊ誤）。封豕長蛇（比喻貪暴的人物或集團）。狼奔豕突（指人驚慌失措的逃跑）。魯魚亥豕（同「三豕渡河」）。蠢如鹿豕（比喻人愚昧無知）。
豳	ㄅㄧㄣ	豳州（州名）。豳風（詩經十五國風之一）。
逐	ㄓㄨˊ	追逐。驅逐。下逐客令。爭名逐利。笑逐顏開。喜逐顏開。隨波ㄅㄛ逐流。
遯	ㄉㄨㄣˋ	遯世（逃離人世。指隱居）。遯形（隱藏形跡）。遯逃（逃走）。遯辭（支吾搪塞ㄙㄜˋ的言辭）。肥遯鳴高（避世隱居而自得其樂）。飛遯離俗（隱退而遠離世俗）。逃名遯俗（同「逃名溷俗」）。遯跡山林（逃逸到山林隱居）。通「遁」。
【壯】		
壯	ㄓㄨㄤˋ	壯碩。壯舉。豪壯。壯志未酬。雄心壯志。
奘	ㄗㄤˋ	玄ㄒㄩㄢˊ奘。
莊	ㄓㄨㄤ	莊重。連莊。莊稼漢。鴻案相莊（比喻夫妻和睦相敬。同「舉案齊眉」）。「庄」為異體字。

	國字	字音	語　　詞
	裝	ㄓㄨㄤ	裝卸。裝飾。牛仔ㄗㄞˇ裝。裝飾品。化裝舞會。化裝潛ㄑㄧㄢˊ逃。
	【臣】		
	姬	ㄐㄧ	姬妾。歌姬。寵姬。霸王別姬（戲曲劇目）。
*	宧	ㄧˊ	宧窔ㄧㄠˋ（指房屋隱蔽處）。宧隅ㄩˊ（房屋的東北角）。宧養（同「頤養」）。與「宦ㄏㄨㄢˋ」不同。
*	洍	ㄙˋ	洍水（水名）。
	熙	ㄒㄧ	康熙。物阜ㄈㄨˋ民熙（物產富饒，人民安樂）。重ㄔㄨㄥˊ熙累ㄌㄟˇ洽（指國家累世太平安樂）。庶績咸熙（同「功業彪炳」）。熙來攘ㄖㄤˇ往。熙春寒往（和暖的春天來臨，寒冷的冬天遠離）。熙熙攘攘。緝ㄑㄧ熙敬止（光明恭敬）。
*	茝	ㄔㄞˇ	蘄ㄑㄧˊ茝（香草名。即蘼ㄇㄧˊ蕪）。沅茝澧ㄌㄧˇ蘭（比喻人高潔的品德或指高尚的事物）。蘭茝蓀蕙（皆香草名。比喻美質）。
	頤	ㄧˊ	期ㄑㄧ頤（一百歲）。夥頤（驚嘆詞。或指眾多的意思）。頤和園。大快朵頤。方頤大口（形容人儀表堂堂的樣子）。目使頤令（形容以高傲的態度指使屬下）。妙語解頤（形容說話幽默風趣，使人發笑）。涕泗交頤（形容哭得非常傷心）。貫頤奮戟ㄐㄧˇ（形容將ㄐㄧㄤˋ士奮勇殺敵，毫無畏懼）。期頤之壽（指人高壽）。期頤偕ㄒㄧㄝˊ老（祝福夫妻白頭偕老的賀辭）。過頤豕視（形容極醜陋邪惡的相貌）。頤指氣使（同「目使頤令」）。頤養天年（清靜安養年老的歲月）。

	國字	字音	語詞
			【沙】
	娑	ㄙㄨㄛ	婆娑。娑婆世界。淚眼婆娑。婆娑起舞。
*	挲	ㄙㄨㄛ	挼ㄖㄨㄛˊ挲（互相搓摩）。摩挲（用手撫摩、撫弄）。「抄」為異體字。
*	桫	ㄙㄨㄛ	桫欏ㄌㄨㄛˊ（植物名）。
	沙	ㄕㄚ	沙漠。含沙射影。沙場老將。恆河沙數（形容數量極多）。摶ㄊㄨㄢˊ沙作飯（比喻白費心力）。
	痧	ㄕㄚ	刮痧。發痧（中暑，染患痧症）。絞腸痧（中醫指稱腹痛如絞的急性腸胃炎）。
	莎	ㄕㄚ	莎車ㄔㄜ（新疆省縣名）。莎雞（昆蟲名）。莎士比亞ㄧㄚˋ。
		ㄙㄨㄛ	挼ㄖㄨㄛˊ莎（同「挼挲ㄙㄨㄛ」）。莎岸（長滿莎草的岸邊）。莎草（植物名）。踏莎行（詞牌名）。
	裟	ㄕㄚ	袈ㄐㄧㄚ裟（出家人穿的法衣）。
			【肙】
	娟	ㄐㄩㄢ	娟秀。嬋娟（指明月）。
	悁	ㄐㄩㄢˋ	忿悁（憤恨）。悁急（心情急躁、浮躁）。中心悁悁（心中憂悶）。
	捐	ㄐㄩㄢ	捐助。捐款。募捐。秋扇見捐（比喻女性失寵而遭到冷落忽略）。捐棄成見。踴躍ㄩㄝˋ捐輸。
	涓	ㄐㄩㄢ	涓吉（看個好日子）。涓涓。涓塵（比喻微小）。涓滴。涓埃之功（比喻極微小的功勞）。涓滴微利（形容微小的利益）。涓滴歸公（即使是極少量的財物，也要歸入公家所有）。

	國字	字音	語詞
	狷	ㄐㄩㄢˋ	狂狷（過於激進與過於保守的人）。狷急（性情急躁）。狷介之士（廉潔耿直的人）。
*	琄	ㄒㄩㄢˋ	王琄（九十四年金鐘獎影后）。
*	睊	ㄐㄩㄢˋ	睊睊（側目怒視）。睊睊胥ㄒㄩ讒（怒目相向，彼此毀謗）。
	絹	ㄐㄩㄢˋ	手絹。絹印（一種印刷方法）。絹帛（用生絲織成的衣料）。黃絹幼婦（絕妙）。
*	罥	ㄐㄩㄢˋ	罥索（鞦韆）。荒葛ㄍㄜˊ罥塗（野葛長滿了道路）。塵封網罥（比喻長久無人居住）。
*	蜎	ㄩㄢ	蜵ㄩㄢ蜎（古代建築物上所刻ㄎㄜˋ的花紋。或指宮觀ㄍㄨㄢˋ深邃ㄙㄨㄟˋ的樣子）。蜎飛蠕ㄖㄨˊ動（指能飛行或蠕動的小動物。同「蠉ㄒㄩㄢ飛蠕動」）。蜎蜎者蠋ㄓㄨˊ（會蠕動屈曲的是野蠶）。蟺ㄕㄢˋ蜎蠖濩ㄏㄨㄛˋ（同「蜵蜎」）。
*	鋗	ㄒㄩㄢ	銅鋗（以銅鑄ㄓㄨˋ造的盆形器皿）。鋗玉（擊玉聲）。
*	鞙	ㄐㄩㄢ	鞙鞙（佩玉連串下垂的樣子）。鞙鞙佩璲ㄙㄨㄟˋ（佩玉長長一串）。
*	騆	ㄒㄩㄢ	駜ㄅㄧˋ彼乘ㄕㄥˋ騆（那四匹青黑色的馬多ㄉㄨㄛ麼強壯）。
	鵑	ㄐㄩㄢ	杜鵑。杜鵑啼血（比喻極為哀傷）。
			【孛】
	勃	ㄅㄛˊ	勃谿（家人之間的爭吵）。蓬勃。牛溲ㄙㄡ馬勃（比喻雖微賤而有用的東西）。生氣蓬勃。勃然大怒。勃然變色。婦姑勃谿（婆媳彼此爭吵）。野心勃勃。朝氣蓬勃。雄心勃勃。興致勃勃。興致勃發（同「興致勃勃」）。

國字	字音	語詞
* 哱	ㄆㄛˋ	哱囉（古軍樂器。號角的一種，用海螺殼製成）。
孛	ㄅㄛˊ	孛老（傳統戲劇中老年男子的俗稱）。孛星（彗星）。彗孛（同「孛星」）。
悖	ㄅㄟˋ	悖逆（違背正道、犯上作亂）。悖異（牴觸。同「佛ㄅㄟˋ異」）。悖慢（傲慢、不敬）。狂悖之言（放誕而違背人情事理的話）。言行ㄒㄧㄥˊ相悖（說話和行動不一致，互相違背）。並行不悖。悖入悖出（以不正當ㄉㄤˋ手段獲得的財物，又被人奪去或自己胡亂花掉）。悖禮犯義。
	ㄅㄛˊ	禹湯罪己，其興也悖焉（夏禹、商湯歸罪給自己，於是勃然興起）。通「勃」。
* 捊	ㄅㄛˊ	捊拔（拔取）。
* 浡	ㄅㄛˊ	浡然（興起的樣子）。浡滃ㄨㄥˇ（興盛布滿的樣子）。浡潏ㄐㄩㄝˊ（指水沸騰翻湧的樣子）。
渤	ㄅㄛˊ	渤海。渤潏ㄐㄩㄝˊ（同「浡潏」）。渤澥ㄒㄧㄝˋ（即渤海）。
* 綍	ㄈㄨˊ	綸綍（指古代天子的詔ㄓㄠˋ書）。
脖	ㄅㄛˊ	脖子。脖頸ㄍㄥˇ子（脖子的後面部分）。
荸	ㄅㄧˊ	荸薺（植物名）。
* 葧	ㄅㄛˊ	葧薺（荸薺的別名）。
* 誖	ㄅㄟˋ	誖逆（違逆）。誖暴（昏亂凶暴）。誖德（違背道德）。誖謬ㄇㄧㄡˋ（荒謬，不合事理）。誖人倫（違背人倫）。通「悖」。

	國字	字音	語詞
*	郣	ㄅㄛˊ	郣海（同「渤海」）。
*	餑	ㄅㄛ	餑餑（用麵粉做成的糕點或饅頭ㄊㄡ˙一類的食品）。
*	馞	ㄅㄛˊ	馞馞（香氣濃郁的樣子）。
*	鵓	ㄅㄛˊ	鵓鳩（鳥名。即祝鳩）。鵓鴣（同「鵓鳩」）。鵓鴿（鴿子）。
	【酉】		
*	庮	ㄧㄡˇ	一薰一庮（比喻善容易被惡所遮蔽。同「一薰一蕕ㄧㄡˊ」）。
*	槱	ㄧㄡˇ	槱森（徐志摩的字）。薪槱（荐舉人才）。薪之槱之（將木材砍下來並堆起燃燒祭神）。
	酉	ㄧㄡˇ	酉時（下午五點至七點）。子午卯ㄇㄠˇ酉（比喻從頭到尾，完完整整）。才貫二酉（比喻學識淵博）。卯酉參ㄕㄣ辰（比喻彼此隔絕或勢不兩立）。書通二酉（同「才貫二酉」）。
	酒	ㄐㄧㄡˇ	耽酒。酒吧ㄅㄚ˙。美酒佳肴。
	【弄】		
*	哢	ㄌㄨㄥˋ	哢吭ㄏㄤˊ（鳥鳴）。
	弄	ㄋㄨㄥˋ	弄瓦（生女兒）。弄璋（生兒子）。玩弄。愚弄。嘲弄。撥弄。賣弄。戲弄。弄巧成拙。故弄玄虛。梅花三弄。搬弄是非。舞文弄墨。
		ㄌㄨㄥˋ	弄堂（小巷子。同「衖ㄌㄨㄥˋ堂」）。巷弄。通「衖ㄌㄨㄥˋ」。
*	筭	ㄙㄨㄢˋ	星筭（即占ㄓㄢ星術）。意筭（計算）。籌筭（籌畫）。通「算」。

	國字	字音	語詞
			【廷】
	庭	ㄊㄧㄥˊ	家庭。大相逕庭(比喻彼此相差ㄔㄚ極大)。大庭廣眾。天庭飽滿。初寫黃庭(做事或行文恰到好處)。秦庭之哭(指向別國請求救援,或哀求別人幫助)。過庭之訓(指父親的教誨ㄏㄨㄟˋ、訓示)。
	廷	ㄊㄧㄥˊ	廷杖(朝廷上杖打大臣的懲ㄔㄥˊ罰)。宮廷。朝廷。面折廷爭(朝廷上直言諫諍ㄓㄥˋ)。
	挺	ㄊㄧㄥˇ	英挺。挺拔。挺直。伏地挺身。抬頭挺胸。昂首挺立。挺身而出。挺胸凸ㄊㄨˊ肚。
*	梃	ㄊㄧㄥˇ	制梃(提著木棍)。梃擊案(明代三大奇案之一)。
*	珽	ㄊㄧㄥˇ	玉珽(用玉製成的手板)。袞ㄍㄨㄣˇ冕黻ㄈㄨˊ珽(禮服、禮帽、蔽膝、大圭ㄍㄨㄟ)。
*	筳	ㄊㄧㄥˊ	筳子(紡紗或捲棉條的器具)。筳篿ㄊㄨㄢˊ(古代占ㄓㄢ卜的一種方法)。與「筵ㄧㄢˊ」不同。
*	綎	ㄊㄧㄥ	縉ㄐㄧㄣˋ綎(佩玉上赤色的絲帶)。
*	脡	ㄊㄧㄥˇ	脡直(挺直的樣子)。脡祭(供祭祀時用的鮮魚)。
	艇	ㄊㄧㄥˇ	快艇。潛ㄑㄧㄢˊ水艇。橡皮艇。
*	莛	ㄊㄧㄥˊ	莛楹(細小的草莖和巨大的屋柱)。以莛撞鐘(比喻自不量ㄌㄧㄤˋ力。也作「以莛叩鐘」)。
	蜓	ㄊㄧㄥˊ	蜻蜓。蜻蜓點水。
	鋌	ㄊㄧㄥˇ	鋌而走險(不作「挺而走險」)。

	國字	字音	語詞
	霆	ㄊㄧㄥˊ	大發雷霆。雷霆之怒。雷霆萬鈞。雷霆電雹ㄅㄠˊ（形容盛怒時，氣勢凶猛的樣子）。
*	頲	ㄊㄧㄥˇ	頲直（挺直）。通「挺」。
	【弟】		
	剃	ㄊㄧˋ	剃刀。剃髮。剃刀邊緣（比喻性命瀕ㄅㄧㄣ臨生死邊緣）。剃度出家。
	娣	ㄉㄧˋ	內娣（稱妻子的妹妹）。娣姒（妯ㄓㄡˊ娌）。娣婦（哥哥的妻子稱呼弟弟的妻子）。
	弟	ㄉㄧˋ	兄弟鬩ㄒㄧˋ牆（比喻內部爭鬥不和睦）。梨園子弟（稱表演戲曲的演員）。膏粱子弟（只知過奢華生活的富貴人家子弟）。巒兄巒弟（妻子的兄弟）。
		ㄊㄧˋ	孝弟。豈ㄎㄞˇ弟（和樂平易的樣子）。入孝出弟（在家要孝順父母，出門要恭敬長上）。豈弟君子（和樂平易的有德君子）。通「悌」。
	悌	ㄊㄧˋ	孝悌。愷ㄎㄞˇ悌君子（同「豈弟君子」）。
*	罤	ㄎㄨㄣ	罤弟（兄弟）。族罤弟（同高祖兄弟）。通「昆」。
	梯	ㄊㄧ	梯次。階梯。突梯滑ㄍㄨˇ稽（婉轉順從、圓滑而隨俗）。
	涕	ㄊㄧˋ	鼻涕。拾人涕唾（比喻抄襲他人的言論或主張）。涕泗縱ㄗㄨㄥˋ橫。破涕為笑。感激涕零。
*	琋	ㄉㄧˋ	瓊琋（美玉）。
	睇	ㄉㄧˋ	迎睇（以目迎接）。睇眄ㄇㄧㄢˇ（斜眼注視、顧盼）。凝睇（注視）。

國字	字音	語詞
稊	ㄊㄧˊ	稊米（小米）。太倉稊米（比喻極微小）。枯楊生稊（比喻年老者娶年少的妻子）。
綈	ㄊㄧˊ	綈袍（用粗繒ㄗㄥ製成的袍子）。綈袍之贈（貧困時他人饋贈的東西或寄予的同情）。綈袍垂愛（同「綈袍之贈」）。
銻	ㄊㄧˋ	鎕ㄊㄤˊ銻（一種赤黃色的礦物。即火齊ㄐㄧˋ）。
	ㄊㄧ	化學元素之一。
鵜	ㄊㄧˊ	鵜鶘ㄏㄨˊ（鳥名。又稱伽ㄑㄧㄝˊ藍鳥）。
【戒】		
戒	ㄐㄧㄝˋ	戒指。戒菸。戒葷。警戒。戒急用忍。戒慎恐懼。持滿戒盈（比喻居高位者而能警戒自己不驕矜自大）。覆車ㄔㄜ之戒（比喻失敗的教訓）。
械	ㄒㄧㄝˋ	刀械。械鬥。械彈。槍械。機械。棄械投降。
* 祴	ㄍㄞ	祴夏（古樂名。九夏之一）。與「裓ㄍㄜˊ」不同。
* 裓	ㄍㄜˊ	衣裓（佛教徒披在肩上用來擦手或盛ㄔㄥˊ物的長方形布袋）。蘭裓（袈裟）。
誡	ㄐㄧㄝˋ	告誡。規誡。
* 駴	ㄒㄧㄝˋ	駴世（改革當代風俗習慣）。駴國（改革國家法規和制度）。駴天下（改變天下老百姓的視聽）。駴雷鼓（迅疾的擊鼓）。
	ㄏㄞˋ	讙ㄏㄨㄢ囂駴眾（大聲喧囂而驚嚇群眾）。「駭」之異體字。

國字	字音	語詞
【每】		
侮	ㄨˇ	侮辱。侮蔑（輕視、欺侮）。欺侮。共禦外侮。
嗨	ㄏㄞ	嗨喲ㄧㄠ（眾人一起出力使勁ㄐㄧㄥˋ時的呼叫聲）。
悔	ㄏㄨㄟˇ	後悔。悔恨。後悔莫及。悔不當初。悔過自新。
*挴	ㄇㄟˇ	巧挴（巧於貪求）。
敏	ㄇㄧㄣˇ	敏捷。聰敏。敬謝不敏。
晦	ㄏㄨㄟˋ	晦氣（遇事不順利）。晦暗（天色昏暗）。晦澀（指詩文不容易理解）。杜門晦跡（隱匿行蹤，不讓人發現）。風雨如晦（比喻環境雖然險惡ㄜˋ，也不改變操守）。風雨晦冥（同「風雨如晦」）。晦明變化（天氣陰晴明暗，變化無常）。遵時養晦（同「遵養時晦」）。遵養時晦（暫時隱居，等待時機）。艱深晦澀。隱晦不明（幽暗不明顯）。韜光養晦（隱藏才能，不顯露ㄌㄨˋ於外）。
梅	ㄇㄟˊ	梅花。梅雨。青梅竹馬。望梅止渴。梅妻鶴子（比喻高士隱居的生活）。
每	ㄇㄟˇ	每下愈況。每戰皆北（比喻在比賽中都失敗）。
海	ㄏㄞˇ	海鰻ㄇㄢˊ。海鷗。海不揚波ㄅㄛ（比喻國家太平無事）。
*痗	ㄇㄟˋ	心痗（心裡憂思）。憂念成痗（憂慮掛念成病）。

	國字	字音	語詞
	緐	ㄈㄢˊ	緐衍。緐殖。緐瑣。緐複。緐星計畫。
		ㄆㄛˊ	緐欽（三國魏人）。緐臺（河南省地名）。
		ㄆㄢˊ	緐纓（古代天子、諸侯車馬上的裝飾。同「鞶ㄆㄢˊ纓」）。通「鞶」。
*	脢	ㄇㄟˊ	脢胎（放誕不檢束）。
	莓	ㄇㄟˊ	草莓。草莓族。黑莓機。
	誨	ㄏㄨㄟˋ	教誨。教誨師。冶ㄧㄝˇ容誨淫（女子打扮妖豔，易招致姦淫之事）。慢藏誨盜（收藏財物不謹慎，易引誘盜賊偷竊）。誨人不倦。誨淫誨盜（引誘或教唆人去做姦淫偷竊等壞事）。諄ㄓㄨㄣ諄教誨。
*	踇	ㄇㄡˇ	踇偶（山名）。
	霉	ㄇㄟˊ	發霉。霉運。霉乾菜。
*	鰵	ㄇㄧㄣˇ	鰵魚肝油（醫療滋補用的魚肝油。由鱈魚的肝臟製成）。
	【攸】		
	修	ㄒㄧㄡ	修竹（長竹）。修行ㄒㄧㄥˊ。修長。修養。修正液ㄧㄝˋ。修橋補路。
	倏	ㄕㄨˋ	倏地（突然的、快速的）。倏忽。倏爾（同「倏地」）。倏來忽往（速度極快的來去）。倏然不見。變化倏忽（形容變化極為快速的樣子）。
*	儵	ㄕㄨˋ	黝ㄧㄡˇ儵（茂盛的樣子）。儵忽（迅速的樣子。同「倏忽」）。儵怳ㄏㄨㄤˇ（疾速多變）。儵儵（光彩鮮豔耀眼的樣子）。儵爍（閃爍不定）。

	國字	字音	語詞
	悠	ㄧㄡ	悠久。悠揚。悠閒(同「優閒」)。悠然自得。悠然神往(從內心深處所升起的一股企盼，而心嚮ㄒㄧㄤˋ神往)。悠然暢寄(悠閒的將自己寄託在大自然的懷抱)。
	攸	ㄧㄡ	攸關。生死攸關(比喻關係極為重大)。攸然而逝(迅速消失)。性命攸關。眾望攸歸(同「眾望所歸」)。責有攸歸(指各有各的責任，不容推卸)。罪有攸歸(罪責有所歸屬。指罪犯必受懲處)。彝ㄧˊ倫攸斁ㄉㄨˋ(倫常敗壞)。
*	浟	ㄧㄡˊ	浟浟(水緩緩流動的樣子)。
		ㄉㄧˊ	浟浟(競求、貪求的樣子)。
*	滫	ㄒㄧㄡˇ	滫瀡ㄙㄨㄟˇ(用淘ㄊㄠˊ米水浸食物使柔滑)。其漸之滫(把它浸漬ㄗˋ於淘米水裡)。蘭芷漸滫(比喻受惡質影響，為人所唾棄)。
	筱	ㄒㄧㄠˇ	王筱嬋(演員)。
	絛	ㄊㄠ	絛蟲。萬條垂下綠絲絛(下垂披拂ㄈㄨˊ的柳枝猶如絲帶萬千條)。
*	翛	ㄒㄧㄠ	翛然(無拘無束、自由自在的樣子)。翛翛(鳥羽殘破的樣子)。翛然塵外(形容人品格高潔，灑脫不羈)。
	脩	ㄒㄧㄡ	束脩。蹇ㄐㄧㄢˇ脩(媒人)。歐陽脩。封豨ㄒㄧ脩蛇(比喻貪暴的人。同「封豕ㄕˇ長蛇」)。藏脩游息(專心為學，即使休息閒暇也不懈怠)。
*	蓨	ㄊㄧㄠˊ	苗蓨(草名)。
		ㄒㄧㄡ	蓨酸(草酸)。

	國字	字音	語詞
*	鞗	ㄊㄧㄠˊ	鞗革（轡ㄆㄟˋ首的飾物）。
*	鯈	ㄔㄡˊ	輕鯈（小魚）。鯈魚（魚名。同「鰷ㄊㄧㄠˊ魚」）。
	【完】		
	完	ㄨㄢˊ	完畢。完竣。體無完膚。
*	抏	ㄨㄢˊ	抏摩（刮磨）。
*	晥	ㄏㄨㄢˇ	晥城（安徽省舊縣名）。
*	梡	ㄎㄨㄢˇ	梡嶡ㄐㄩㄝˊ（虞舜夏禹時陳放牲禮的禮器）。梡器（祭祀時使用的祭器）。
		ㄏㄨㄢˊ	梡革（切割皮革）。梡革為鞠（刮磨皮革做成皮球）。
	浣	ㄨㄢˇ	浣衣（洗衣）。浣雪（洗刷罪名）。浣滌（洗滌）。浣熊。浣花溪（四川省河川名）。煎浣腸胃（清洗腸胃）。通「澣ㄏㄨㄢˇ」。
	烷	ㄨㄢˊ	三鹵甲烷（一種化合物。會致癌ㄞˊ）。
	皖	ㄨㄢˇ	皖北（安徽省北部）。
*	睆	ㄏㄨㄢˇ	睍ㄒㄧㄢˋ睆（鳥色明亮美好）。睆彼牽牛（那明亮的牽牛星）。睍睆黃鳥（羽毛亮麗的黃鳥）。
*	筦	ㄍㄨㄢˇ	筦弦（同「管弦」）。筦鍵（鎖和鑰ㄧㄠˋ匙）。筦籥ㄩㄝˋ（笙與簫兩種樂器）。通「管」。
*	脘	ㄨㄢˇ	胃脘（即胃腔）。胃脘痛（俗稱心口痛）。

國字	字音	語詞
莞	ㄨㄢˇ	莞爾一笑(微笑)。
	ㄍㄨㄢˇ	東莞(廣東省地名)。
	ㄍㄨㄢ	莞席(用莞草編成的席子)。莞草(植物名)。莞蒲(植物名)。莞簟ㄉㄧㄢˋ(草製及竹製的席子)。莞先生。下莞上簟(下面墊蒲席,上面鋪竹席)。雲林莞草(植物名)。
* 輐	ㄨㄢˋ	椎拍輐斷(順應變化,不露稜ㄌㄥˊ角)。
院	ㄩㄢˋ	庭院。院轄市。深宅大院(比喻富貴人家)。
* 鯇	ㄏㄨㄢˋ	鯇魚(草魚)。「鯶」為異體字。
【狄】		
啾	ㄉㄧˊ	啾咕(低聲說話)。為「嘀ㄉㄧˊ」的異體字。
* 愁	ㄊㄧˋ	愁愁(憂愁恐懼的樣子)。
狄	ㄉㄧˊ	夷狄(古稱未開化的民族)。狄良突盧(眼睛靈活轉動的樣子)。
荻	ㄉㄧˊ	蘆荻。然荻讀書(比喻勤奮苦讀)。畫荻教ㄐㄧㄠ子。歐母畫荻(稱頌母教)。與「萩ㄑㄧㄡ」不同。
逖	ㄊㄧˋ	祖逖(晉代人)。逖聽(遠道聽聞)。逖聽遐視(指視聽範圍很遼遠)。逖聽鴻名(遠聞大名)。離逖骨肉(遠離至親之人)。
【求】		
* 俅	ㄑㄧㄡˊ	俅俅(恭敬、恭順)。

國字	字音	語　詞
* 梂	ㄑㄧㄡˊ ㄐㄧㄡˋ	有梂棘匕ㄅㄧˇ（用酸棗木做成的羹匙長又彎）。 梂敗（同「救敗」）。通「救」。
救	ㄐㄧㄡˋ	急救。拯救。救濟。自力救濟。救亡圖存。
* 梂	ㄑㄧㄡˊ	棠梂子（植物名。山楂ㄓㄚ的別名）。
毬	ㄑㄧㄡˊ	毬果。
求	ㄑㄧㄡˊ	祈求。懇求。求全之毀（想保全聲譽，卻受到毀謗）。
球	ㄑㄧㄡˊ	球場。曲ㄑㄩ棍球。拋繡球。熱氣球。
* 絿	ㄑㄧㄡˊ	不競不絿（不競爭、不急躁）。
裘	ㄑㄧㄡˊ	氈ㄓㄢ裘（用毛皮製成的衣服）。反裘負薪（形容貧困勞苦）。克紹箕裘（比喻能夠繼承父業）。肥馬輕裘（形容生活豪奢闊綽）。披裘負薪（比喻貧困隱居）。狐裘羔袖（比喻整體雖然完好卻略有缺點）。為裘為箕（比喻子弟繼承父兄的事業）。眾毛攢ㄘㄨㄢˊ裘（比喻積少成多）。鹿裘不完（生活節儉）。集腋ㄧㄝˋ成裘（同「眾毛攢裘」）。貂ㄉㄧㄠ裘換酒（形容富貴者的放蕩不羈）。愛毛反裘（比喻不重視根本，因小而失大）。裘馬輕肥（同「肥馬輕裘」）。裘弊金盡（比喻生活困窘）。箕裘相繼（同「為裘為箕」）。
* 觩	ㄑㄧㄡˊ	兕ㄙˋ觥ㄍㄨㄥ其觩（犀角酒杯兩頭向上翹）。

	國字	字音	語詞
*	賕	ㄑㄧㄡˊ	賕賂ㄌㄨˋ（賄賂）。賕謁ㄧㄝˋ（用賄賂手段請求進見）。受賕枉ㄨㄤˇ法（收受賄賂而違犯法紀）。招權納賕（把持權柄，接受賄賂）。
	逑	ㄑㄧㄡˊ	君子好ㄏㄠˇ逑（君子好的匹ㄆㄧˇ配）。
	【旱】		
	悍	ㄏㄢˋ	凶悍。悍妒（蠻橫ㄏㄥˋ且好ㄏㄠˋ嫉ㄐㄧˊ妒）。悍婦。悍將。強悍。剽ㄆㄧㄠ悍。悍馬車。悍然不顧。悍然拒絕。短小精悍。雋ㄐㄩㄣˋ傑廉悍（俊秀出眾，鋒芒畢露ㄌㄨˋ。同「俊傑廉悍」）。
	捍	ㄏㄢˋ	捍衛（同「扞ㄏㄢˋ衛」）。捍禦（保衛、抵禦）。捍衛主權。捍難ㄋㄢˋ之功（抵抗外侮的功勞）。
	旱	ㄏㄢˋ	旱災。旱潦ㄌㄠˋ（旱災和水災）。旱鴨子。久旱不雨。水旱不收。
	桿	ㄍㄢˇ	筆桿。電線桿。一桿進洞。光桿司令（比喻失去群眾擁戴，缺乏得力助手的領導人）。肉毒桿菌。
	稈	ㄍㄢˇ	莖稈。麥稈。稻稈。
*	蔊	ㄏㄢˇ	蔊菜（植物名）。
	趕	ㄍㄢˇ	趕緊。趕時髦。趕盡殺絕。
	銲	ㄏㄢˋ	電銲。銲接。通「焊」。
*	駻	ㄏㄢˋ	駻突（指性情凶悍，不易馴ㄒㄩㄣˊ服的馬）。駻馬（同「馯ㄏㄢˋ馬」「駻突」）。
	【寽】		
*	埒	ㄌㄜˋ	馬埒（練習騎射的馳道）。富埒天子（比喻極為富有）。富埒陶白（同「富埒天子」）。

國字	字音	語詞
捋	ㄌㄜˋ	捋虎鬚（比喻做冒險的事）。
	ㄌㄩˇ	捋平（用手指順著抹過去，使物體平順）。捋鬍子。把紙捋平。捋平頭髮。
	ㄌㄨㄛ	捋汗（遇事窘迫的樣子）。捋奶（擠奶）。捋胳膊（捲起衣袖，露ㄌㄡˋ出臂ㄅㄧˋ膀）。捋袖子（捲起袖子）。捋臂捲袖（奮起努力的樣子）。揎ㄒㄩㄢ拳捋袖（形容粗野、準備打架的樣子）。
*脟	ㄌㄨㄢˊ	脟割（把肉切成小塊）。通「臠ㄌㄨㄢˊ」。
	ㄌㄧㄝˋ	肋骨部位的肉。
虢	ㄍㄨㄛˊ	假途滅虢（泛指用借路的名義，而進行滅亡對方的計謀）。暮虢朝虞（比喻滅亡的迅速）。虢國夫人（楊貴妃的姊姊）。虢滅虞亡（比喻兩國安危與共，關係密切）。
酹	ㄌㄟˋ	奠酹（祭祀後以酒灑地。也作「奠酒」）。還ㄏㄨㄢˊ酹江月（斟酒祭祀江中的明月）。
*鋝	ㄌㄩㄝˋ	三鋝（約二十兩重）。
【孚】		
乳	ㄖㄨˇ	乳癌ㄞˊ。哺ㄅㄨˇ乳。鐘乳石。口尚乳臭ㄒㄧㄡˋ。水乳交融。乳臭ㄒㄧㄡˋ未乾（同「口尚乳臭」）。
俘	ㄈㄨˊ	俘虜。俘擄。俘獲。傷俘。獻俘（古時將俘虜獻於宗廟的儀式）。
孚	ㄈㄨˊ	孚甲（種子ㄗˇ的外殼）。孚佑（信任而幫助）。不孚眾望（不受眾人信服）。名孚眾望。孚佑帝君（呂洞賓）。阮孚蠟屐ㄐㄧ（比喻對某物痴迷）。情孚意合（同「情投意合」）。

	國字	字音	語詞
	孵	ㄈㄨ	孵化。孵卵。孵育。孵蛋。
*	捊	ㄆㄡˊ	捊治（聚土耕種）。捊聚（聚集）。
	桴	ㄈㄨˊ	乘桴（乘坐竹筏）。桴思（屏風）。桴鼓（戰鼓）。棟桴（屋梁）。君桴臣鼓（比喻君臣間合作協調，相得益彰）。乘桴浮海（乘坐竹筏到海外去）。桴鼓相應（比喻相互應和，配合緊密。（同「枹ㄈㄨˊ鼓相應」）。
	殍	ㄆㄧㄠˇ	餓殍（餓死的人。同「餓莩ㄆㄧㄠˇ」）。餒殍枕ㄓㄣˇ藉（形容饑荒極為嚴重）。餒殍相望（形容餓死的人很多）。
	浮	ㄈㄨˊ	浮濫。人心浮動。人浮於事（欲就業的人多，而工作的機會卻少）。浮生若寄（人生短暫虛浮，如同寄居在世間）。浮光掠影。浮動油價（中油計算油價的方式）。
*	烰	ㄈㄨˊ	烰人（廚師）。
*	稃	ㄈㄨ	外稃（禾本植物的小花外面包著的苞片）。通「麩」。
*	罦	ㄈㄨˊ	罦罝ㄐㄩ（捕捉鳥獸用的網子）。罦罳ㄙ（宮闕ㄑㄩㄝˋ中鏤ㄌㄡˋ空的屏風。同「罘ㄈㄨˊ罳」）。
	脬	ㄆㄠ	尿脬（膀胱）。空大老脬（比喻表面雖偉大，實則虛浮萎ㄨㄟˇ弱。同「羊質虎皮」）。
*	艀	ㄈㄨˊ	艀船（接運大船的貨物到岸邊的小船隻）。
	莩	ㄈㄨˊ	莩末（微薄）。葭ㄐㄧㄚ莩（比喻關係疏遠的親戚）。萬物莩甲（萬物萌ㄇㄥˊ芽生長）。葭莩之親（同「葭莩」）。
		ㄆㄧㄠˇ	野莩（荒野裡餓死的人）。餓莩（餓死的人）。餓莩載道（餓死的人很多。同「餒殍相望」）。通「殍」。

	國字	字音	語詞
	蜉	ㄈㄨˊ	蚍ㄆㄧˊ蜉（大螞蟻）。蜉蝣。蚍蜉撼樹（比喻不自量ㄌㄧㄤˋ力）。蜉蝣在世（比喻生命短促）。
*	郛	ㄈㄨˊ	皮郛（比喻人的軀體）。郛郭（外城）。
			【妥】
	妥	ㄊㄨㄛˇ	妥協。妥帖ㄊㄧㄝ。妥善。妥當。妥為安排。妥為照料。
*	挼	ㄖㄨㄛˊ	挼搓（揉搓）。挼挲ㄙㄨㄛ（同「挼搓」）。
*	桵	ㄖㄨㄟˊ	白桵（植物名）。
	綏	ㄙㄨㄟ	綏遠。綏定（平定）。綏靖（同「綏定」）。順頌時綏（書信問候語。問候受信人平安）。福履增綏（生活平安，福祿永存）。撫綏萬方（指安定天下）。
	荽	ㄙㄨㄟ	芫荽（香菜）。胡荽（同「芫荽」）。
	餒	ㄋㄟˇ	凍餒。氣餒。若敖鬼餒（比喻人絕嗣ㄙˋ，無人祭祀）。魚餒肉敗（魚肉腐敗）。鼓餒旗靡ㄇㄧˇ（形容軍隊士氣低靡不振）。餒殍ㄆㄧㄠˇ相望（餓死的人很多）。
			【坐】
	剉	ㄘㄨㄛˋ	剉折（同「挫折」）。心如刀剉（比喻心裡極為痛苦）。剉骨揚灰（比喻非常憤恨。同「挫骨揚灰」）。
*	唑	ㄗㄨㄛˋ	噻ㄙㄞ唑（有機化合物之一）。潘他唑新（毒品之一。俗稱「速賜康」）。
		ㄕˋ	「噬」之異體字。
	坐	ㄗㄨㄛˋ	坐鎮。坐月子（不作「做月子」）。縱ㄗㄨㄥˇ坐標。坐失良機。坐視不管。坐落何處。

國字	字音	語詞
座	ㄗㄨㄛˋ	叫座。寶座。座上賓。客座教授。座無虛席。高朋滿座。敬陪末座。賓朋滿座。
挫	ㄘㄨㄛˋ	下挫。受挫。挫折。挫敗。挫傷。抑揚頓挫。挫骨揚灰(同「剉骨揚灰」)。愈挫愈奮。
* 痤	ㄘㄨㄛˊ	痤瘡(即青春痘)。
* 矬	ㄘㄨㄛˊ	矬子(身材短小的人)。矮矬(身材矮小)。矮矬子。形貌矬陋(身材短小,相貌醜陋)。
脞	ㄘㄨㄛˇ	叢脞(事情煩瑣細碎)。諸務叢脞(諸事雜亂廢弛ㄔˊ。為自謙能力不足的話)。
* 莝	ㄘㄨㄛˋ	莝豆(馬的飼料)。莝草(鍘ㄓㄚˊ碎的草料)。
* 遳	ㄘㄨㄛ	遳陋(懦弱醜陋)。遳脆(脆弱的樣子)。
銼	ㄘㄨㄛˋ	冷銼(比喻家境貧困)。銼刀。
* 髽	ㄓㄨㄚ	髽髻ㄐㄧˋ(頭上所梳的髮髻。也作「抓髻」)。
【角】		
觔	ㄐㄧㄣ	觔斗雲。栽觔斗(跌倒)。銅觔鐵肋(指強健有力的體魄。同「銅筋鐵肋」)。彈ㄊㄢˊ觔估兩(掂ㄉㄧㄢ量輕重。比喻挑ㄊㄧㄠ剔)。
* 埆	ㄑㄩㄝˋ	峭埆(高險峻峭)。墝ㄑㄧㄠ埆(土地不肥沃)。土地塉ㄐㄧˊ埆(土壤貧瘠ㄐㄧˊ不肥沃)。
* 捔	ㄐㄩㄝˊ	掎ㄐㄧˇ捔(兵分兩面,以牽制或夾攻敵人。同「掎角ㄐㄧㄠˇ」)。攙捔(刺穿身體)。陰陽相捔(陰陽相競爭)。
* 桷	ㄐㄩㄝˊ	桁ㄏㄥˊ桷(屋上的橫木和方椽ㄔㄨㄢˊ)。椽ㄔㄨㄢˊ桷(承接屋瓦用的圓木和方木)。榱ㄘㄨㄟ桷(屋椽)。丹楹刻ㄎㄜˋ桷(形容建築物的華麗壯觀)。細木為桷(小的木頭ㄊㄡˊ做椽子)。

國字		字音	語詞
*	确	ㄑㄩㄝˋ	堅确(心意堅定不移)。确然(堅毅不拔的樣子)。确瘠(石多而貧瘠的土地)。犖ㄌㄨㄛˋ确(地勢險峻不平的樣子)。
	角	ㄐㄧㄠˇ	角力。角逐。角黍(粽子)。角落。馬生角(比喻不可能實現的事。同「天雨ㄩˋ粟」)。口角春風。丱ㄍㄨㄢˋ角之交(同「總角之交」)。鉤心鬥角。嶄露ㄌㄨˋ頭角。鳳毛麟角(比喻稀罕ㄏㄢˇ珍貴的人才或事物)。頭角崢嶸。總角之交(從小便結交的朋友)。
		ㄐㄩㄝˊ	主角。角色。角宿ㄒㄧㄡˋ(星宿名)。要角。配角。女主角。男主角。宮商角徵ㄓˇ羽。
		ㄌㄨˋ	角里(江蘇省地名或複姓)。角里先生(漢初商山四隱士之一。原名周術)。通「甪ㄌㄨˋ」。
*	觕	ㄘㄨ	觕舉(大略舉出)。麤ㄘㄨ觕(粗略、粗糙ㄘㄠˋ)。通「粗」。
【杀】			
	刹	ㄔㄚˋ	古刹(年代久遠的寺院)。佛刹(寺院)。刹那ㄋㄚˋ。寶刹(對寺院的敬稱)。一刹那。刹那間。名山古刹。
*	摋	ㄕㄚ	拔摋(分散)。抹摋(同「抹殺」)。
	殺	ㄕㄚ	殺青。屠殺。殺風景。殺一儆ㄐㄧㄥˇ百。
		ㄕㄞˋ	隆殺(盛衰)。豐殺(增減)。不豐不殺(比喻不奢侈也不儉約,適得其中)。威勢稍殺(威勢稍為減低)。親親之殺(與親人相親愛,是由親而及疏的)。廣袤豐殺(指事物空間上的位置)。
		ㄕㄚˋ	傲殺萬戶侯(生活得比人間的高官顯貴還要快樂)。通「煞ㄕㄚˋ」。

	國字	字音	語詞
	鎩	ㄕㄚ	鎩羽（比喻人失志或受挫敗）。鎩羽而歸（比喻失敗而回。不作「鍛羽而歸」）。
			【折】
	哲	ㄓㄜˊ	哲理。明哲保身。哲人其萎ㄨㄟ（悼ㄉㄠˋ念賢者的輓詞）。「喆」為異體字。
*	哳	ㄓㄚˊ	啁ㄓㄡ哳（形容繁雜細碎的鳥鳴聲）。嘲哳（聲音細碎、嘈雜）。
*	悊	ㄓㄜˊ	明悊（明智。同「明哲」）。通「哲」。
	折	ㄓㄜˊ	折扣。折服。折衷。心折首肯（心裡由衷欽佩、讚許）。片言折獄（憑一句話就能判決訴訟案件）。百折不撓。折腰五斗（比喻為做小官而忍受屈辱）。折箭為誓（形容意志堅定）。將功折罪。
		ㄕㄜˊ	折本（賠本）。折耗（虧損、耗費）。腿折了。折光老本。棍子折了。折本生意。掂ㄉㄧㄢ梢折本（指生意虧損，賠人錢財）。
		ㄓㄜ	折騰。折跟頭ㄊㄡ。
*	晢	ㄓㄜˊ	晢晢（明亮的樣子）。明星晢晢（啟明星在東方閃耀著）。
	浙	ㄓㄜˋ	浙江省。
*	狾	ㄓˋ	狾犬（瘋狗。同「瘈ㄐㄧˋ狗」）。
*	硩	ㄔㄜˋ	硩蔟ㄘㄨˋ氏（官名）。
	蜇	ㄓㄜˊ	海蜇（即水母）。海蜇皮。
*	裚	ㄐㄧˋ	裚斷（折斷）。

國字	字音	語詞
誓	ㄕˋ	發誓。誓言。山盟海誓。刑馬作誓（宰馬盟誓，守信不悔）。信誓旦旦。誓死不屈。
趧	ㄒㄩㄝˊ	趧身（轉身）。趧探（窺探）。趧了一趟。趧來趧去（踱來踱去）。趧門瞭ㄌㄧㄠˋ戶（串門子）。
逝	ㄕˋ	消逝。逝世。稍縱即逝。溘ㄎㄜˋ然長逝。
【甬】		
俑	ㄩㄥˇ	陶俑（一種古代的陪葬物。以陶土捏塑ㄙㄨˋ成形）。兵馬俑。始作俑者。
勇	ㄩㄥˇ	匹ㄆㄧˇ夫之勇。急流勇退。散ㄙㄢˇ兵游勇（指沒有團體組織，而獨自行動的人）。餘勇可賈ㄍㄨˇ（比喻做事有勇氣而持久不懈）。
恿	ㄩㄥˇ	慫恿。百般慫恿。
捅	ㄊㄨㄥˇ	捅一刀。捅樓子（比喻闖禍。同「捅婁子」）。捅馬蜂窩（比喻引發糾紛或招惹難以應付的人）。
桶	ㄊㄨㄥˇ	垃圾桶（不作「垃圾筒」）。
* 涌	ㄩㄥˇ	坌ㄅㄣˋ涌（湧出）。洶涌（同「洶湧」）。波ㄅㄛ涌雲亂（指雲彩變幻不定的樣子）。思如涌泉（形容文思敏捷、充沛）。通「湧」。
湧	ㄩㄥˇ	洶湧。文思泉湧。波濤洶湧。風起雲湧。淚如泉湧。
甬	ㄩㄥˇ	甬路（通道、走道）。甬道（同「甬路」）。
痛	ㄊㄨㄥˋ	疼痛。劇痛。痛心疾首。痛滌ㄉㄧˊ前非。痛癢相關。

國字		字音	語詞
*	筩	ㄊㄨㄥˇ	缿ㄒㄧㄤˋ筩（接受告密文書的器具）。箸ㄓㄨˋ筩（放筷子的竹筒）。箭筩（箭筒）。通「筒」。
	蛹	ㄩㄥˇ	蛹臥（比喻隱者蟄ㄓˊ伏不出）。蝶蛹。蠶蛹。
	誦	ㄙㄨㄥˋ	吟誦。背誦。朗誦。誦經。誦讀。千古傳誦。家傳戶誦(形容詩文極佳，廣受人喜愛)。過目成誦。
	踊	ㄩㄥˇ	騰踊(物價暴漲ㄓㄤˇ)。擗ㄆㄧˋ踊拊ㄈㄨˇ心(形容捶胸頓足，極為哀痛的樣子)。屨ㄐㄩˋ賤踊貴（比喻刑罰嚴酷苛濫）。
	踴	ㄩㄥˇ	踴貴（物價飛漲ㄓㄤˇ）。踴躍ㄩㄝˋ。米穀踴貴。歡欣踴躍（歡樂熱烈的樣子）。
	通	ㄊㄨㄥ	通緝ㄑㄧˋ。撲通。大通之年(運氣通達順利之年)。通家之好（即世交）。通都ㄉㄨ大邑（四通八達的大都會）。
			【困】
*	困	ㄎㄨㄣˋ	困窘。兵疲馬困。困心衡慮（比喻費盡心思，處心積慮）。困知勉行。坐困愁城。禽困覆車(比喻凡事不可逼人太甚）。
	悃	ㄎㄨㄣˇ	忠悃（忠誠的心意）。芹悃（謙稱微薄的誠意）。悃款（誠摯、忠心）。賀悃（祝賀的誠意）。懇悃(懇切真誠)。謝悃(感謝的心意)。悃愊ㄅㄧˋ無華(誠樸不浮華）。
	捆	ㄎㄨㄣˇ	捆工。捆綁。
*	梱	ㄎㄨㄣˇ	梐ㄅㄧˋ梱（古代置於官署前用以遮攔行人的障礙物，以木頭交互製成。同「梐枑ㄏㄨˋ」）。

國字		字音	語詞
	睏	ㄎㄨㄣˋ	睏倦。睏覺（睡覺）。
*	硱	ㄎㄨㄣˇ	硱磈ㄎㄨㄟˇ（山高聳險峻的樣子）。
	綑	ㄎㄨㄣˇ	綑綁（同「捆綁」）。
	閫	ㄎㄨㄣˇ	令閫（敬稱他人的妻子）。閨閫（古代女子所居住的內室）。閫範（指婦女的德行）。閫闈ㄨㄟˊ（同「閨閫」）。大發閫威（大大的展現妻子的威風）。尊閫夫人（同「令閫」）。通「壼ㄎㄨㄣˇ」。
*	齫	ㄎㄨㄣˇ	齫然（無齒的樣子）。齫齳（齒起的樣子）。
【希】			
	唏	ㄒㄧ	唏噓（哀嘆聲）。不勝ㄕㄥ唏噓。
	希	ㄒㄧ	希罕ㄏㄢˇ。希冀。先意希旨（善於揣ㄔㄨㄞˇ度ㄉㄨㄛˋ他人心意而投其所好）。希世之寶。抗心希古（心志高尚，以古代的賢人為榜樣）。承風希旨（同「先意希旨」）。望風希指（形容阿ㄜ諛奉承的行為）。
*	晞	ㄒㄧ	晞堁ㄎㄜˇ（成塊的乾土）。晞髮（披散頭髮，使之乾爽）。白露ㄌㄨˋ未晞（白露還沒被蒸乾）。東方未晞（東方天尚未明亮）。
	欷	ㄒㄧ	欷歔ㄒㄩ（哭泣抽噎ㄧㄝ的樣子）。歔欷（同「欷歔」）。
*	浠	ㄒㄧ	浠水（湖北省水名）。
*	狶	ㄒㄧ	履狶（體察民情）。監市履狶（比喻善於體察細微的事物）。

	國字	字音	語詞
*	瓻	ㄔ	一瓻（一瓶酒）。借書一瓻（古人借書歸還時，送酒一瓶以為報酬）。
*	睎	ㄒㄧ	瞇睎（兩眼張不開）。追睎祖德（追念嚮ㄒㄧㄤˋ慕祖先的德澤）。
	稀	ㄒㄧ	稀奇。稀疏。和ㄏㄨㄛˋ稀泥。月明星稀。古稀之年（七十歲）。地廣人稀。音稀信杳ㄧㄠˇ（沒有任何消息）。稀鬆平常。鴻稀鱗絕（同「音稀信杳」）。
*	絺	ㄔ	絺衣（用細葛ㄍㄜˊ布做成的衣服）。絺紵ㄓㄨˋ（葛ㄍㄜˊ布與麻布）。絺綌ㄒㄧˋ（指夏天所穿的粗細葛布衣）。絺纊ㄎㄨㄤˋ（指夏衣與冬衣）。為絺為綌（織成葛布有粗有細）。絺句繪章（指雕琢文辭章句，以增加文采）。絺章繪句（同「絺句繪章」）。
*	豨	ㄒㄧ	封豨（大豬）。豨突（像野豬一樣奔竄侵擾）。豨膏（豬油）。行ㄒㄧㄥˊ同狗豨（形容行為極為卑鄙ㄅㄧˇ惡劣）。封豨脩蛇（比喻貪暴的人。同「封豕長蛇」）。豬突豨勇（指拚ㄆㄢˋ命向前衝且不怕死的人。含貶義）。
*	郗	ㄔ	郗超（東晉人）。郗鑒（東晉人）。
	【邑】		
*	俋	ㄧˋ	俋俋（耕耘的樣子）。
*	唈	ㄧˋ	心唈（內心不快，暗自憂傷）。嗚唈（哭泣抽搐ㄔㄨˋ的樣子）。
*	悒	ㄧˋ	悒怏ㄧㄤˋ（憂悶不快樂）。悒憤（憂鬱憤恨）。憂悒（憂愁煩惱）。悒悒不樂（鬱悶憂愁、不快樂。也作「悒悒不歡」）。
	扈	ㄏㄨˋ	跋扈。扈從ㄗㄨㄥˋ（天子出巡時隨從ㄘㄨㄥˊ護駕的人）。隨扈。專恣ㄗˋ跋扈（專斷獨行，蠻不講理）。

國字	字音	語詞
挹	一ˋ	挹注（取有餘以補不足）。謙挹（謙虛退讓。同「謙抑」）。平挹江瀨ㄌㄞˋ（兩眼平視可以盡賞江灘上的風光）。往復挹注（眾人傳來傳去的倒酒）。挹彼注此（同「挹注」）。鬥挹箕揚（比喻不實用）。得挹芝眉（與人會晤的敬辭）。經費挹注。
* 浥	一ˋ	厭浥（潮溼）。
滬	ㄏㄨˋ	石滬（以石塊築成的捕魚圍堤。如「澎湖雙心石滬」）。滬尾（淡水的舊稱）。
* 薍	ㄏㄨˋ	萑ㄏㄨㄢˊ薍（光彩豔麗的樣子）。
* 裛	一ˋ	裛裛（香氣濃郁的樣子）。
邑	一ˋ	悁ㄐㄩㄢ邑（憂憤）。都ㄉㄨ邑（都市）。邑犬群吠（比喻小人群聚詆毀賢士）。通都ㄉㄨ大邑（四通八達的大都市）。塗歌邑誦（形容四海昇平，百姓歡樂的景象）。
【秀】		
琇	ㄒㄧㄡˋ	琇實（用美玉做成的耳飾）。
秀	ㄒㄧㄡˋ	山明水秀。秀色可餐（形容女子的姿容秀美）。後起之秀。苗而不秀（比喻人資質好卻沒有成就）。
綉	ㄒㄧㄡˋ	刺綉。綉學號。為「繡」的異體字。
莠	一ㄡˋ	莠民（壞人）。稂ㄌㄤˊ莠（比喻壞人）。不稂不莠（比喻人不成材或沒有出息）。以莠亂苗（比喻偽ㄨㄟˋ可以亂真）。良莠不齊。

	國字	字音	語詞
	誘	ㄧㄡˋ	引誘。誘惑。誘騙。威脅ㄒㄧㄝˊ利誘。循循善誘。誘掖ㄧㄝˋ後進(誘導扶助後輩上進)。
	透	ㄊㄡˋ	透明。滲透。透天厝ㄘㄨㄛˋ。力透紙背。密不透風。
	銹	ㄒㄧㄡˋ	生銹。不銹鋼。為「鏽」的異體字。
	【否】		
	否	ㄈㄡˇ	否認。不置可否。獻替可否(臣子向君王勸善規過，提出興革的建議)。
		ㄆㄧˇ	屯ㄓㄨㄣ否(比喻處境艱難困頓)。否卦。(庸俗無知的婦女)。臧ㄗㄤ否(評論)。屯ㄓㄨㄣ蹶否塞ㄙㄜˋ(同「屯否」)。否極泰來。陟ㄓˋ罰臧否(獎勵好人，處罰惡人)。晦ㄏㄨㄟˋ盲否塞(國政紊ㄨㄣˋ亂，下情無法上達)。臧否人物(評論人物的好壞)。
*	嚭	ㄆㄧˇ	伯嚭(春秋 吳國的官吏)。太宰嚭(人名。春秋楚人。同「伯嚭」)。
*	桮	ㄅㄟ	桮杓(泛指酒器)。桮棬ㄑㄩㄢ(形狀彎曲的木質飲器)。不勝ㄕㄥ桮杓(酒量有限，已經醉了，不能再喝)。竅如桮大(像杯子那樣大小的孔穴)。「杯」的本字。
	痞	ㄆㄧˇ	地痞。雅痞(居住於都市中追求時尚的專業人員)。壞痞子(行為不檢，令人厭惡ㄨˋ的人)。痞子英雄(偶像劇名)。
	【俗】		
	俗	ㄙㄨˊ	俗氣。風俗。通俗。世俗之見。俗不可耐。移風易俗。傷風敗俗。

國字	字音	語詞
卻	ㄑㄩㄝˋ	冷卻。忘卻。省ㄕㄥˇ卻。退卻。推卻。了卻心願。卻之不恭（接受饋贈或邀請時的客套話）。望門卻步。盛情難卻。閉門卻掃（不與外界往來）。「却」為異體字。
壑	ㄏㄨㄛˋ	丘壑（山峰與溪谷）。林壑（山林幽深的地方）。填溝壑（稱自己死亡的自謙詞）。千巖萬壑（形容高山深谷極多）。不忘溝壑（比喻時刻不忘為正義而犧牲生命）。以鄰為壑（比喻損人利己）。凹者為壑。怒濤ㄊㄠ排壑(形容聲勢浩大)。胸有丘壑(比喻思慮深遠，胸懷遠大。也作「胸懷丘壑」)。梯山架壑（形容登山涉險，備嘗艱辛）。欲深谿壑（形容欲望無窮，難以滿足）。萬壑爭流。欲壑難填（同「欲深谿壑」）。聳壑昂霄（比喻表現傑出，卓越非凡）。谿壑無厭（同「欲深谿壑」）。
峪	ㄩˋ	嘉峪關（位於甘肅省）。
慾	ㄩˋ	慾望。利慾薰心（心智被貪圖名利的私慾所蒙蔽）。慾壑難填（形容貪欲永遠難以滿足。同「欲壑難填」）。通「欲」。
欲	ㄩˋ	欲言又止。望眼欲穿。欲罷不能。隨心所欲。
浴	ㄩˋ	浴室。永浴愛河。沐浴春風（比喻接受師長的教ㄐㄧㄠˋ導，令人感到心情愉悅）。浴火重生。浴血奮戰。補天浴日（比喻功勛極大）。澡身浴德（修養品德，而使身心純淨清白）。齋戒沐浴。
*綌	ㄒㄧˋ	絺ㄔ綌（指夏天所穿的粗細葛ㄍㄜˊ布衣）。

國字	字音	語　　詞
腳	ㄐㄧㄠˇ	腳本。腳踝ㄏㄨㄞˊ。絆腳石。兩腳書櫥（比喻死讀書而不知活用的人）。陽春有腳（稱譽賢明的官吏愛護百姓，施行德政。也作「有腳陽春」）。「脚」為異體字。
	ㄐㄩㄝˊ	腳色（同「角ㄐㄩㄝˊ色」）。
裕	ㄩˋ	充裕。富裕。寬裕。優裕。豐裕。生活裕如（生活充足的樣子）。光前裕後（稱頌他人功業偉大）。好問則裕（喜歡詢問的人，學識就會淵博精深）。垂裕後昆（為後代子孫留下財富或功業）。節用裕民（節約用度，使百姓的生活富裕）。綽有餘裕（極為寬裕，足以應付所需）。應付裕如（形容處事從ㄘㄨㄥ容，毫不費勁ㄐㄧㄥˋ）。
谷	ㄍㄨˇ	山谷。空谷足音（難得的人物或言論。同「空谷跫ㄑㄩㄥˊ音」）。金谷酒數（指宴會上罰酒之數）。虛懷若谷。進退維谷。黍谷生春（處境困阨卻有好的轉機）。新鶯出谷（比喻人的歌聲宛轉動聽）。
	ㄩˋ	谷渾（複姓）。吐谷渾（我國古時西方的一國）。
郤	ㄒㄧˋ	郤缺（春秋 晉大夫）。間ㄐㄧㄢˋ郤（空隙）。嫌郤（同「嫌隙」）。批郤導窾ㄎㄨㄢˇ（比喻凡事得其要領，就可以順利解決問題）。通「隙」。與「卻」不同。
* 鵒	ㄩˋ	鴝ㄑㄩˊ鵒（鳥名。即八哥）。
		【辛】
* 厗	ㄊㄧˊ	厗奚（舊縣名）。
宰	ㄗㄞˇ	主宰。宰予ㄩˇ（孔子弟子）。宰相。宰殺。屠宰。任人宰割。伴食宰相（諷ㄈㄥˋ刺尸位素餐的高官。也作「伴食中書」）。

	國字	字音	語詞
*	犀	ㄒㄧ	犀利（同「犀利」）。犀遲（滯ㄓˋ留不進）。
	梓	ㄗˇ	付梓（排印書籍）。桑梓（故鄉）。梓匠（木工）。鄉梓。楠梓。賢喬梓（尊稱別人父子）。杞ㄑㄧˇ梓之林（比喻人才眾多）。桑梓之邦（故鄉）。荊南杞ㄑㄧˇ梓（比喻傑出的人才）。敬恭桑梓（熱愛故鄉和敬重故鄉的人）。
	滓	ㄗˇ	渣滓（比喻剩餘而無用的廢物）。滓穢ㄏㄨㄟˋ（汙穢）。泥而不滓（比喻潔身自愛，不受壞的影響）。滓穢太清（比喻玷ㄉㄧㄢˋ汙清白）。
*	稺	ㄓˋ	田稺（田裡的秧苗。同「田穉ㄓˋ」）。稺子（同「稚子」）。「稺」「穉」皆為「稚」的異體字。
	莘	ㄒㄧㄣ	有莘（古國名）。莘縣（山東省縣名）。耕莘醫院。
		ㄕㄣ	莘莘學子（眾多的學生）。
*	誶	ㄔˊ	諄ㄓㄨㄣ誶（說話遲鈍）。
	辛	ㄒㄧㄣ	辛苦。辛辣。含辛茹苦。
	鋅	ㄒㄧㄣ	鋅版（用鋅質製成的印刷版）。鋅鐵礦。
*	騂	ㄒㄧㄥ	騂牡（赤色的公牛）。騂旄ㄇㄠˊ（赤紅色的牛）。騂且角ㄐㄧㄠˇ（牛純赤色而且兩角端正）。犁生騂角（比喻低劣的父親生出賢明的兒女）。騂騂角弓（鬆緊適度的角弓）。
			【夆】
*	夆	ㄈㄥˊ	甹ㄆㄧㄥ夆（牽引掣ㄔㄜˋ曳，迫使為惡。也作「荓ㄆㄧㄥˊ蜂」）。

國字	字音	語詞
峰	ㄈㄥ	山峰。峰巒。高峰。層峰。高峰期。尖峰時間。奇峰怪石。孤峰絕岸(比喻人品出眾)。峰迴路轉。高峰會議。登峰造極。巔峰狀態。「峯」為異體字。
* 捀	ㄈㄥˊ	捀衣(古代袖子寬大的儒服)。
烽	ㄈㄥ	烽火。烽火臺。烽火相連(形容戰火蔓延不斷)。烽煙四起(比喻到處有戰亂)。
縫	ㄈㄥˊ	裁縫。彌縫(設法遮掩缺失，免被發覺)。縫紉。匡救彌縫(糾正謬[ㄇㄧㄡˋ]誤，彌補過失)。彌縫其闕[ㄑㄩㄝ](補救行事的缺失)。
	ㄈㄥˋ	衣縫。門縫。裂縫。縫隙。塞[ㄙㄞ]牙縫。騎縫章(蓋在文件騎縫處的印章)。天衣無縫。見縫插針。捱[ㄞˊ]風緝[ㄑㄧ]縫(比喻善於鑽[ㄗㄨㄢ]營門路。也作「挨風緝縫」)。無縫接軌。嚴絲合縫(比喻銜接得非常密合)。鑽[ㄗㄨㄢ]頭覓縫(比喻極力鑽營門路地方)。
篷	ㄆㄥˊ	斗篷。篷窗(船窗)。敞篷車。見風轉篷(同「見風轉舵」)。
* 艂	ㄈㄥˊ	艂舡[ㄒㄧㄤ](船名)。
蓬	ㄆㄥˊ	蓮蓬。蓬勃。蓬鬆。蓮蓬頭。蓬萊米。桑弧蓬矢(指男子有遠大的志向)。朝氣蓬勃。華門蓬戶(比喻貧窮人家)。蓬戶甕牖[ㄧㄡˇ](同「華門蓬戶」)。蓬生麻中(比喻人受環境的影響)。蓬門華戶(同「華門蓬戶」)。蓬蒿[ㄏㄠ]滿徑(形容極為荒涼，人煙罕[ㄏㄢˇ]至的地方)。蓬華生輝。蓬頭垢面。

國字	字音	語詞
蜂	ㄈㄥ	蜂起（比喻眾多）。蜂腰（細腰）。蜂蜜。蜜蜂。馬蜂窩（比喻難以應付的人或容易引起麻煩的事）。盜賊蜂起。蜂午並起（形容雜沓而出）。蜂屯蟻聚（比喻眾人聚在一處）。蜂目豺ㄔㄞˊ聲（形容人非常凶悍）。蜂擁而上。蜂蠆ㄔㄞˋ有毒（比喻東西雖小，也能害人）。鹽水蜂炮。「蠭」為異體字。
逢	ㄈㄥˊ	逢迎。久別重逢。狹路相逢。逢凶化吉。逢掖ㄧㄝˋ之士（指讀書人或官吏富豪）。逢場作戲。棋逢敵手。絕處逢生。
	ㄆㄥˊ	逢蒙（人名。古代善射之人。同「逄ㄆㄤˊ蒙」）。逢逢然（狀聲詞。形容鼓聲）。鼉ㄊㄨㄛˊ鼓逢逢（鱷皮鼓的鼓聲咚咚響）。
鋒	ㄈㄥ	先鋒。前鋒。鋒刃。鋒利。急先鋒。衝鋒槍。及鋒而試（指趁著有利時機果斷行動）。舌鋒如火（比喻話說得很尖銳）。冷鋒過境。冒鋒突圍（冒險衝破敵人的包圍）。冒鏑ㄉㄧˊ當鋒（指親自作戰）。為ㄨㄟˋ民前鋒。針鋒相對。寄身鋒刃（指處在危險境地中）。推鋒爭死（不畏犧牲而奮勇殺敵）。開路先鋒。話鋒一轉。衝鋒陷陣。鋒芒畢露ㄌㄨˋ。鋒發韻流（比喻文章筆鋒犀利，音韻優美）。藏鋒斂鍔ㄜˋ（不露鋒芒）。權變鋒出（形容言辭辯捷犀利）。
* 鬔	ㄆㄥˊ	鬔鬆（頭髮散亂的樣子）。
【助】		
助	ㄓㄨˋ	輔助。談助（談話的資料）。贊助。守望相助。揠ㄧㄚˋ苗助長。談助之資。

國字	字音	語詞
勗	ㄒㄩˋ	勗勉(勉勵)。「勖」為異體字。
* 筯	ㄓㄨˋ	竹筯。衛生筯。為「箸」的異體字。與「筋」不同。
* 耡	ㄔㄨˊ	耕前耡後(比喻夫妻感情融洽，同甘共苦)。通「鋤」。
鋤	ㄔㄨˊ	鋤頭ㄊㄡˊ。誅鋤異己(消滅剷除意見不同的人)。鋤強扶弱。濟弱鋤強(幫助弱小，剷除強暴)。
【巫】		
噬	ㄕˋ	反噬(比喻陷害對自己有恩惠的人)。吞噬。噬嗑ㄏㄜˊ(易經卦名)。噬菌體(濾過性病毒的一種)。反噬一口。吞噬細胞(能吞食細菌、外來異物的細胞)。狼吞虎噬(同「狼吞虎咽ㄧㄢˋ」)。蒼黃伏噬(驚慌的亂叫亂咬)。噬指棄薪(比喻母子眷念之情)。噬臍ㄑㄧˊ莫及(同「後悔莫及」)。擇肥而噬(比喻對富豪進行敲詐勒ㄌㄜˋ索)。鯨吞虎噬(比喻強者吞併弱者)。
巫	ㄨ	女巫。巫山。巫峽。巫師。巫婆。巫術。巫覡ㄒㄧˊ(男女巫師的合稱)。巫蠱ㄍㄨˇ(以咒詛害人或仇敵的邪術)。小巫見大巫。
* 毉	ㄧ	公毉(公家所用的產科醫生)。
* 澨	ㄕˋ	澨水(湖北省河川名)。山陬ㄗㄡ海澨(指邊遠的地方)。
筮	ㄕˋ	卜筮(泛指占ㄓㄢ卜)。龜筮(占卦)。

	國字	字音	語詞
*	簭	ㄕˋ	九簭（卜祝的九項大事）。通「筮」。
*	莁	ㄨˊ	莁荑ㄧˊ（植物名。又名蕪荑）。
	覡	ㄒㄧˊ	巫ㄨ覡（男女巫師的合稱）。
	誣	ㄨ	誣告。誣陷。誣賴。誣衊。辯誣（辯解所受的冤屈）。來者難誣（對後生晚輩不妄下批評）。挾ㄒㄧㄚˊ嫌誣告（心懷恨意而對他人妄言指控）。誣良為盜（捏造事實，陷害、冤枉ㄨㄤˇ守法的人是盜賊）。
	【局】		
	侷	ㄐㄩˊ	侷促不安。侷促一隅（局限在某個狹小的範圍內）。
	局	ㄐㄩˊ	局限。大局已定。各司其局。局促一隅（同「侷促一隅」）。局促不安（同「侷促不安」）。當局者迷。
*	挶	ㄐㄩˊ	畚挶（盛ㄔㄥˊ土和抬土的器具）。
	焗	ㄐㄩˊ	焗烤。鹽焗雞。
*	跼	ㄐㄩˊ	跼促（同「侷促」）。跼天蹐ㄐㄧˊ地（戒慎恐懼的樣子）。跼蹐ㄐㄧˊ不安（形容緊張害怕，不知所措的樣子）。
*	鋦	ㄐㄩ	鋦碗（用兩腳鉤釘將破裂的碗連綴起來）。通「鋸ㄐㄩ」。
		ㄐㄩˊ	化學元素之一。

	國字	字音	語詞
*	䮾	ㄐㄩˊ	䮾跳（指馬侷促不安而跳躍ㄩㄝˋ逃跑）。
			【吳】
*	俁	ㄩˇ	水俁症（病名）。碩人俁俁（高大的舞師雄壯魁梧ㄨˊ）。
	吳	ㄨˊ	吳下阿蒙（比喻人學識淺薄）。吳市吹簫（比喻在街頭行乞或四處飄泊流浪，生活困頓）。
*	噳	ㄩˇ	麀ㄧㄡ鹿噳噳（鹿兒眾多群聚的樣子）。
	娛	ㄩˊ	娛樂。綵衣娛親（比喻孝養ㄧㄤˋ父母）。
	虞	ㄩˊ	虞舜（古帝王）。不虞之隙（料想不到的嫌隙或誤會）。不虞之譽（意料不到的讚譽）。不虞匱乏。日薄虞淵（指黃昏時候。同「日薄西山」）。永保無虞（長久保證不須憂慮）。安全無虞。衣食無虞。即鹿無虞（比喻若條件不成熟ㄕㄡˊ就草率做事，必然徒勞無功）。後果堪虞。高枕無虞。陳蔡之虞（指人沒有積蓄）。虞犯少年（可能犯罪的少年）。爾虞我詐。虢滅虞亡（比喻兩國或相互依存的事物安危與共，休戚相關）。
	蜈	ㄨˊ	蜈蚣ㄍㄨㄥ。
	誤	ㄨˋ	舛ㄔㄨㄢˇ誤。延誤。誤人子弟。誤入歧途。誤國殃民。
*	鸆	ㄩˊ	蒼鸆（傳說中不祥的怪鳥）。鸅ㄓㄜˊ鸆（俗稱護田鳥）。
*	麌	ㄩˇ	麀ㄧㄡ鹿麌麌（同「麀鹿噳ㄩˇ噳」）。

	國字	字音	語詞
			【呂】
	侶	ㄌㄩˇ	僧(ㄙㄥ)侶。命儔(ㄔㄡˊ)嘯侶(呼引同類)。鶯儔燕侶(形容男女情深意摯，如膠似漆)。鸞儔鳳侶(新婚賀詞)。
	呂	ㄌㄩˇ	呂不韋(ㄨㄟˊ)(人名。戰國時秦人)。九鼎大呂(比喻說的話分量極重)。知音諳(ㄢ)呂(指人精通樂律)。
	宮	ㄍㄨㄥ	宮廷。宮殿。宮闈(ㄨㄟˊ)(后妃所住的深宮)。宮闕(ㄑㄩㄝˋ)。貝闕珠宮(形容宮殿富麗堂皇)。故宮禾黍(比喻懷念故國的情思)。宮車(ㄔㄜ)晏駕(比喻天子駕崩)。移宮換羽(比喻事情的內容有變化)。
	櫚	ㄌㄩˊ	栟(ㄅㄧㄥ)櫚(即棕櫚)。棕櫚。
*	筥	ㄐㄩˇ	豆筥(盛杯器的竹籠子)。筥筐(盛物的竹器)。箱筥(竹製的盛物器)。筐筥錡(ㄑㄧˊ)釜(皆盛物之器)。
	莒	ㄐㄩˇ	莒縣(山東省縣名)。毋忘在莒。
*	郘	ㄌㄩˇ	郘鐘(周代的銅器)。
	鋁	ㄌㄩˇ	鋁罐。鋁箔包。
	閭	ㄌㄩˊ	里閭(鄉里)。閭巷(街巷)。閭閻(ㄧㄢˊ)(指民間)。尾閭骨。三閭大(ㄉㄚˋ)夫(職官名)。充閭之慶(賀人生子的詞)。光耀門閭(光彩照耀家門里閭)。改換門閭(改變出身門第，以提高社會地位)。倚門倚閭(形容父母殷切的盼望子女歸來)。倚閭之望(同「倚門倚閭」)。犁庭掃閭(比喻徹底摧毀敵人。同「犁庭掃穴」)。蓬閭生輝(同「蓬華生輝」)。閭巷草野(鄉野、民間)。

國字	字音	語詞
【貝】		
唄	ㄅㄞˋ	唄唱(歌詠讚頌佛教三寶的偈ㄐㄧˋ頌。即唱偈誦經)。唄讚(同「唄唱」)。梵ㄈㄢˋ唄(佛教經文的讚頌)。
屭	ㄒㄧˋ	奰ㄅㄟˋ屭(氣盛的樣子)。贔ㄅㄧˋ屭(動物名。龜類)。屭屭(勇猛有力的樣子)。
* 浿	ㄆㄟˋ	浿水(古水名)。浿丘(古地名)。
狽	ㄅㄟˋ	狼狽。周章狼狽(倉皇失措,困窘狼狽的樣子)。狼狽不堪。狼狽為奸。
貝	ㄅㄟˋ	貝殼。寶貝。貝積如山(比喻錢財眾多,極為富有)。萋斐ㄈㄟˇ貝錦(比喻讒言)。齒若編貝(形容牙齒整齊潔白)。
負	ㄈㄨˋ	抱負。負笈(比喻出外求學)。負責。不負眾望。不堪負荷ㄏㄜˋ。生死不負(比喻不論生死,永不違背)。因公負傷。自負不凡(自以為不平凡)。忘恩負義。使蚊負山(比喻力不能勝ㄕㄥ任)。負石赴河(比喻決心一死以明志)。負老攜幼(形容百姓全體出動的情景)。負固不服(憑恃險阻,不肯臣服)。負屈含冤。負重致遠。負薪之議(地位卑賤者的議論)。負薪救火(同「抱薪救火」)。徒呼負負(比喻無能為力,只能喟ㄎㄨㄟˋ嘆)。腹負將軍(比喻才能平庸的人)。頗負盛名。
買	ㄇㄞˇ	買賣。招兵買馬。買臣負薪(指懷才不遇時的貧困生活)。
贔	ㄅㄧˋ	澎ㄆㄥ贔(瀑布傾瀉而下的聲音)。贔屭ㄒㄧˋ(龜類動物名)。
* 鵙	ㄐㄩㄝˊ	七月鳴鵙(七月伯勞快樂的歌唱)。

國字	字音	語詞
* 鼳	ㄐㄩˊ	鼳鼠（松鼠）。
【尾】		
娓	ㄨㄟˇ	娓娓不倦（接連談論而不知疲倦）。娓娓道來。娓娓動聽。
尾	ㄨㄟˇ	尾巴ㄅㄚ˙。狐狸尾巴。首尾相衛（前後互相援救）。街頭巷尾。
㕓	ㄇㄢ	㕓叔（排行最小的叔叔）。㕓舅。黃根㕓（摔角國手）。
* 浘	ㄨㄟˇ	浘浘（水勢盛大的樣子。同「浼ㄇㄟˇ浼」）。
【豆】		
* 洹	ㄉㄡˋ	洹水（古水名）。
痘	ㄉㄡˋ	痘瘡。青春痘。種牛痘。
短	ㄉㄨㄢˇ	短絀ㄔㄨˋ。拔短籌（短命）。短褐ㄏㄜˊ不完（形容非常貧困）。
* 脰	ㄉㄡˋ	其脰肩肩（脖子細小）。斷脰決腹（指砍頭剖ㄆㄡˇ腹，死狀慘烈）。
荳	ㄉㄡˋ	荳蔻年華（指年輕未婚的少女。同「豆蔻年華」）。
* 裋	ㄕㄨˋ	裋褕ㄩˊ（古代僕役所穿的粗布短衣）。裋褐ㄏㄜˊ（粗布短衣）。裋褐不完（形容生活貧窮）。
豆	ㄉㄡˋ	豆莢。目光如豆。豆萁ㄑㄧˊ相煎（比喻骨肉相殘）。簞食ㄙˋ豆羹（指食物很少、簡陋）。
逗	ㄉㄡˋ	挑ㄊㄧㄠˇ逗。逗留。逗趣。說學逗唱。逗人喜愛。

國字	字音	語詞
頭	ㄊㄡˊ	山頭。年頭。床頭。枝頭。肩頭。派頭。眉頭。滑頭。過頭。零頭。盡頭。蒜頭。蔥頭。噱ㄒㄩㄝ頭。磚頭。牆頭。鏡頭。關頭。口頭語。口頭禪。水籠頭。耍噱頭。冤大頭。搶鏡頭。牆頭草。手頭不便。竹頭木屑ㄒㄧㄝˋ(比喻可以利用的廢物)。床頭金盡。沒頭蒼蠅。眉頭不展。浮上心頭。特寫鏡頭。
	˙ㄊㄡ	上頭。丫ㄧㄚ頭。木頭。外頭。石頭。兆頭。舌頭。行頭。芋ㄩˋ頭。來頭。念頭。斧頭。枕頭。前頭。後頭。苗頭。看頭。拳頭。骨ㄍㄨˊ頭。甜頭。裡頭。榔頭。準頭。榫ㄙㄨㄣˇ頭。鋒頭。鋤頭。霉頭。興ㄒㄧㄥˋ頭。賺頭。鎖頭。饅頭。罐頭。木頭人。出風頭。有來頭。死對頭。老骨頭。別苗頭。沒看頭。沒骨頭。沒準頭。沒賺頭。拜碼頭。拿訛ㄜˊ頭(以他人隱私勒ㄌㄜˋ索財物)。栽跟頭。馬籠頭(套在馬頭上的絡頭)。野丫頭。硬骨頭。嘗甜頭。嫩骨頭。摔跟頭。翻跟頭。懶骨頭。嚼ㄐㄧㄠˊ舌頭。互別苗頭。來頭不小。空頭冤家(沒來由的冤家)。風頭很健。骨頭架子。黃毛丫頭。鋒頭很健。
* 餖	ㄉㄡˋ	餖飣ㄉㄧㄥˋ(堆砌ㄑㄧˋ詞藻)。餖飣成篇。餖飣堆砌。
【[illegible]】		
囊	ㄋㄤˊ	毛囊。私囊。氣囊。囊括。囊袋。智囊團。窩囊ㄋㄤ廢。囊中物。中ㄓㄨㄥˋ飽私囊。斗粟囊金(比喻物價昂貴)。阮ㄖㄨㄢˇ囊羞澀(稱自己貧困窘迫)。書囊無底(形容古今書籍浩繁,難以窮究)。探囊取物(比喻事情極容易辦到)。脫穎囊錐(比喻有才能者顯露ㄌㄨˋ頭角)。飯囊衣架(比喻平庸無能的人)。傾囊相授。楚囊之情(指愛國之情)。錦囊妙計。錐處囊中(比喻有才智者很快就會顯露ㄌㄨˋ頭角)。囊空如洗(比喻沒有錢)。囊螢照讀(形容家境貧寒,勤學苦讀)。

	國字	字音	語　　詞
*	囔	˙ㄋㄤ	嘟囔（自言自語）。
*	攮	ㄋㄤˇ	攮氣（招惹一肚子的怨氣）。推推攮攮（推辭）。
*	橐	ㄊㄨㄛˊ	橐駝（人因老病而背部突起）。持橐簪ㄗㄢ筆（侍從ㄗㄨㄥˋ手提書囊，插筆於頭，以備隨時記事）。為ㄨㄟˋ賊囊橐（為盜賊包庇ㄅㄧˋ）。荷ㄏㄜˋ橐持籌（參與ㄩˋ籌畫，出謀獻策）。傾囊倒ㄉㄠˋ橐（盡其所有，毫無保留）。履聲橐橐（形容行走時鞋子發出聲音）。橐駝之技（指高明的栽培技術）。囊橐豐盈（比喻財物充裕）。「槖」為異體字。
*	櫜	ㄍㄠ	櫜鞬ㄐㄧㄢ（安放武器的袋子）。垂櫜而入（倒垂兵器袋入城，表示內無武器）。櫜弓臥鼓（比喻停息戰事或議和）。
	蠹	ㄉㄨˋ	書蠹（書蟲）。蠹政（暴政）。蠹魚（蠹蟲、衣魚）。蠹蝕。蠹書蟲（比喻死讀書的人）。戶樞不蠹（比喻經常活動便能避免退化或老化）。祛ㄑㄩ蠹除奸（除去禍害，消滅奸佞ㄋㄧㄥˋ小人）。魚枯生蠹（比喻禍患的產生，必有其原因）。鼠齧ㄋㄧㄝˋ蠹蝕（指鼠咬蟲蛀）。積訛ㄜˊ成蠹（謬ㄇㄧㄡˋ誤積久了，便敗壞人心）。蠹居棋處ㄔㄨˇ（比喻壞人深入社會，散布很廣）。蠹國害民（危害國家和百姓）。蠹眾木折（比喻不利的因素一多，就易造成禍害）。
*	齉	ㄋㄤˋ	齉鼻（鼻音特別重，發音不清楚）。
			【禿】
*	瀨	ㄉㄨㄟˋ	澹ㄉㄢˋ瀨（蕩漾的樣子）。

國字	字音	語詞
禿	ㄊㄨ	光禿。禿筆（脫毛而不合用的毛筆。也是文人自謙的話）。禿髮。禿頭。
頹	ㄊㄨㄟˊ	衰頹。頹圮ㄆㄧˇ。頹唐。頹喪ㄙㄤˋ。頹勢。頹廢。頹靡ㄇㄧˇ。山頹木壞（比喻偉人去世）。玉山傾頹（人喝醉酒的樣子）。扭轉頹勢。泰山其頹（哀悼ㄉㄠˋ德高望重的人去世）。敗宇頹垣ㄩㄢˊ（形容無人居住的破敗殘破景象）。斷壁頹垣（同「敗宇頹垣」）。
【星】		
捏	ㄋㄧㄝ	拿捏。捏造。捏塑ㄙㄨˋ。捏麵人。扭扭捏捏。捏手捏腳(同「躡手躡腳」)。捏把冷汗。憑空捏造。「揑」為異體字。
涅	ㄋㄧㄝˋ	涅槃（出家人去世。同「圓寂」）。涅齒（把牙齒染黑）。染藍涅皂(指胡亂塗抹。皂，黑色)。涅而不緇ㄗ（比喻本質極好，不受惡劣環境的影響）。白沙在涅，與之俱黑（比喻環境的重要）。「湼」為異體字。
【鳥】		
*噭	ㄐㄧㄠ	噭陽（即狒ㄈㄟˋ狒）。噭螃（蟲名）。噭謼ㄏㄨ（呼叫）。
嫋	ㄋㄧㄠˇ	嫋娜ㄋㄨㄛˇ（體態柔美的樣子）。嫋娜纖ㄒㄧㄢ巧（同「嫋娜」）。嫋嫋娜娜。
梟	ㄒㄧㄠ	私梟。毒梟。梟將ㄐㄧㄤˋ（勇猛的將領。同「驍ㄒㄧㄠ將」）。梟雄。鴟ㄔ梟(同「鴟鴞ㄒㄧㄠ」)。一代梟雄。化梟為鳩(比喻化凶險為平安）。衣冠ㄍㄨㄢ梟獍ㄐㄧㄥˋ（比喻行為惡劣的人或不孝者）。梟首示眾（斬首並懸掛在木桿上示眾）。梟雄之姿（形容人具有英雄氣概ㄍㄞˋ）。

	國字	字音	語詞
	裊	ㄋㄧㄠˇ	裊娜ㄋㄨㄛˊ（同「嬝娜」）。裊繞（繚繞不停的樣子）。炊煙裊裊（同「炊煙嫋ㄋㄧㄠˇ嫋」）。
*	鄡	ㄑㄧㄠ	鄡單（孔子弟子）。
【系】			
	係	ㄒㄧˋ	關係。拉關係。係踵而至（同「接踵而至」）。感慨ㄎㄞˇ係之。裙帶關係。
	懸	ㄒㄩㄢˊ	懸宕ㄉㄤˋ。懸案。懸殊。懸掛。口若懸河。天懸地隔（相差ㄔㄚ極遠）。虛堂懸鏡（比喻廉明公正，自能明察是非曲ㄑㄩ直）。懸而未決。懸車ㄔㄜ致仕（比喻告老引退，辭官返鄉）。懸壺濟世。
	系	ㄒㄧˋ	系統。科系。一系列。系出名門。嫡ㄉㄧˊ系人馬。
	縣	ㄒㄧㄢˋ	縣長。赤縣神州（中國的代稱）。
	鯀	ㄍㄨㄣˇ	鯀魚（魚名）。鯀禹治水。
【𣦼】			
	燦	ㄘㄢˋ	燦爛。舌燦蓮花（形容口才很好）。燦然一新（形容光耀明亮，有一種全新的感覺）。燦爛奪目。
	璨	ㄘㄢˋ	璀ㄘㄨㄟˇ璨。璨瑳ㄘㄨㄛ（皎潔的樣子）。璀璨奪目。
	粲	ㄘㄢˋ	舌粲蓮花（同「舌燦蓮花」）。博君一粲（博君一笑）。粲於牙齒（形容談吐幽默典雅）。粲花之論（言論優美絕妙）。粲然一笑（形容笑容甜美）。粲然可觀（形容表現優秀，成績卓著ㄓㄨˋ）。

	國字	字音	語詞
	餐	ㄘㄢ	餐廳。尸位素餐(占著職位不做事而白領俸祿)。廢寢忘餐。餐風宿露ㄌㄨˋ。竊位素餐(同「尸位素餐」)。
	【百】		
*	嘎	ㄍㄚ	嘎吱ㄓ(形容東西受壓或折斷而發出的聲音)。嘎咕(形容雁叫的聲音)。嘎啦(形容巨大的聲音)。嘎然(形容鳥類鳴叫的聲音)。
*	奡	ㄠˋ	叫奡(呼聲喧鬧)。排奡(矯健有力的樣子)。排奡縱ㄗㄨㄥˋ橫(詩文書畫筆力奔放矯健,不受拘束)。
	戛	ㄐㄧㄚˊ	戛然而止(形容突然停止)。戛戛其難(極為艱難費力)。戛戛獨造(形容文章獨出心裁,不同流俗)。敲冰戛玉(形容聲音清脆動聽)。敲金戛玉(同「敲冰戛玉」)。「戞」為異體字。
	【育】		
	喐	ㄧㄛ	唉喐。喔ㄛ喐。
*	淯	ㄩˋ	<u>淯水</u>(<u>河南省</u>水名)。
	育	ㄩˋ	孕育。哺育。教育。體育。作育英才。
	【卣】		
*	卣	ㄧㄡˇ	卣器(古代一種盛酒的器具)。
*	逌	ㄧㄡˊ	逌然(自得的樣子)。逌爾(笑的樣子)。

	國字	字音	語　詞
			【疋】
	旋	ㄒㄩㄢˊ	旋轉。盤旋。不旋踵（比喻時間迅速）。天旋地轉。周旋到底。計不旋踵（指短時間內打定主意後，即毫不猶豫，勇往直前）。旋即北上（立刻北上）。旋乾ㄑㄧㄢˊ轉坤。僅容旋馬（形容為官廉潔，不貪虛榮）。
		ㄒㄩㄢˋ	旋子（漩ㄒㄩㄢˊ渦）。旋風。旋球。旋一壺酒（溫一壺酒。同「鏇ㄒㄩㄢˋ一壺酒」）。
	漩	ㄒㄩㄢˊ	漩渦。捲入漩渦。
*	琁	ㄒㄩㄢˊ	琁室（用美玉裝飾的宮室）。琁璣（古時測量天文的儀器。同「璇璣」）。通「璇」。
	璇	ㄒㄩㄢˊ	璇璣（同「琁璣」「璿ㄒㄩㄢˊ璣」）。持衡擁璇（比喻執掌國家的權力）。璇霄丹闕ㄑㄩㄝˋ（指仙境）。
*	縼	ㄒㄩㄢˋ	縼纏（繩索）。
*	蜁	ㄒㄩㄢˊ	蜁蝸ㄍㄨㄚ（貝類的一種）。
	鏇	ㄒㄩㄢˋ	酒鏇（溫酒器）。鏇床（車床）。鏇一壺酒（同「旋ㄒㄩㄢˋ一壺酒」）。
			【呆】
	保	ㄅㄠˇ	保母。保衛。保鮮膜ㄇㄛˊ。持盈保泰（處在高位時而能保住既有的事業）。
	呆	ㄉㄞ	呆板。痴呆。痴呆症。目瞪口呆。呆若木雞。
	堡	ㄅㄠˇ	城堡。堡壘ㄌㄟˇ。橋頭堡（軍隊進攻時的據點）。

	國字	字音	語詞
	煲	ㄅㄠ	煲湯。煲飯(一種食品。將菜肴與米飯一起煮熟了食用)。牛腩ㄋㄢˇ煲。羊肉煲。煲仔飯(用生米放在砂鍋裡以明火熬煮而成)。雞煲飯。
	葆	ㄅㄠˇ	沈葆楨(清代人)。全身葆真(避世以保全生命與天真)。葆力之士(比喻勤苦工作的人)。頭如蓬葆(形容頭髮散亂)。
	褓	ㄅㄠˇ	襁ㄑㄧㄤˇ褓。褓抱提攜(指父母對孩子的用心照顧)。
	褒	ㄅㄠ	褒揚。褒貶。褒獎。褒揚令。一字褒貶(比喻為文評論人事,措辭用字極為嚴謹)。明令褒揚。褒衣博帶(寬衣闊帶。為古代儒生的裝束)。「襃」為異體字。
	【医】		
*	嫕	ㄧˋ	婉嫕(柔順嫻靜的樣子)。
*	嫛	ㄧ	嫛婗ㄋㄧˊ(嬰兒)。嫛婗情狀(幼年的情形)。
*	瑿	ㄧ	瑿珀ㄆㄛˋ(極為珍貴的紅黑色琥珀)。
*	繄	ㄧ	繄袼ㄌㄨㄛˋ(圍兜)。繄我獨無(怎ㄗㄣˇ麼只有我沒有)。
	翳	ㄧˋ	眼翳(眼珠上所生障蔽視線的薄膜ㄇㄛˊ)。翳薈ㄏㄨㄟˋ(草木茂盛的樣子)。枝葉陰翳(枝葉繁茂)。浮雲翳日(比喻奸佞小人蒙蔽君主,讒ㄔㄢˊ害賢良)。群蝗翳日(比喻蝗蟲很多)。翳入天聽(隱匿在天際,被上帝聽到)。翳桑之飢(形容斷糧挨餓)。
*	蘙	ㄧˋ	蘙薈ㄏㄨㄟˋ(草木繁茂的樣子。同「翳薈」)。

	國字	字音	語詞
*	蠮	ㄧㄝ	蠮螉ㄨㄥ（蜂科昆蟲名）。
	醫	ㄧ	醫生。久病成醫。諱ㄏㄨㄟˋ疾忌醫。割肉醫瘡ㄔㄨㄤ。
*	鷖	ㄧ	鳧ㄈㄨˊ鷖（水鳥名）。蟲鷖（禽鳥）。
*	黳	ㄧ	黳珀ㄆㄛˋ（黑色的琥珀ㄆㄛˋ）。黳黑（鬒髮濃黑）。
			【臼】
	裒	ㄆㄡˊ	裒輯（蒐集編輯）。裒多益寡（減有餘，以補不足）。裒，「衣」內作「臼ㄐㄧㄡˋ」，不作「臼」。
		ㄅㄠ	裒錫（褒獎，賞賜）。「褒」之異體字。
	盥	ㄍㄨㄢˋ	盥洗。盥漱（泛指梳洗）。盥櫛（梳洗）。盥洗室。不盥不櫛（不盥洗梳髮）。盥耳山棲（比喻隱居不做官）。
			八畫【事】
	事	ㄕˋ	不事生產（不工作賺錢）。少不更ㄍㄥ事。交通事故。年事已高。事過境遷。事親至孝。無所事事。
		ㄗˋ	事刃（以刀劍刺入）。通「剚ㄗˋ」。
*	倳	ㄗˋ	倳刃（同「事刃」）。
*	剚	ㄗˋ	剚刃（同「事刃」「倳刃」）。剚刃愛子（張繡刺殺曹操的長子）。
			【亞】
	亞	ㄧㄚˋ	亞洲。亞軍。亞歲（冬至）。亞熱帶。東南亞。冠亞軍。西伯利亞。亞肩疊背（形容人多擁ㄩㄥˇ擠）。馬來西亞。歐亞大陸。

國字	字音	語詞
啞	ㄧㄚˇ	啞巴。啞口無言。啞然失色（驚嚇得說不出話，臉色也變得蒼白）。啞然失笑（情不自禁ㄐㄧㄣ的笑出來）。「瘂」為異體字。
	ㄧㄚ	啞啞（形容鳥鳴聲）。嘔ㄡ啞（狀聲詞。指管絃聲、搖櫓聲或小兒學語聲）。啞啞學語（同「牙牙學語」）。嘔ㄡ啞嘲哳ㄓㄚˊ（指聲音嘈雜而不和諧）。
噁	ㄜˇ	噁心（同「惡ㄜˇ心」）。
*埡	ㄧㄚˋ	埡口（地名。位於南橫公路上）。
	ㄨˋ	「塢」之異體字。
	ㄜˋ	「堊」之異體字。
*婭	ㄧㄚˋ	姻婭（指姻親）。婭婿（連襟）。婭鬟（婢ㄅㄧˋ女）。熱比婭（世界維吾爾代表大會主席）。閭ㄌㄩˊ黨姻婭（泛指鄉里親戚）。
*⿰犭亞	ㄧㄚ	⿰犭亞⿰犭亞（嬰兒學語聲。同「牙牙」）。⿰犭亞⿰犭亞學語（同「牙牙學語」）。
堊	ㄜˋ	堊粉（白色土質或石質的粉末）。白堊紀（地質年代中中生代的最後一紀）。白堊質（齒根外部表面的部分）。鼻堊揮斤（比喻糾正錯誤）。
壼	ㄎㄨㄣˇ	壼政（宮裡的事務）。壼奧（比喻事理的深微奧祕）。壼範（婦女的典範）。壼闈ㄨㄟˊ（女子所居住的內室。同「閫ㄎㄨㄣˇ闈」）。與「壺」不同。

	國字	字音	語詞
	惡	ㄜˋ	惡行ㄒㄧㄥˊ。萬惡。險惡。元惡大憝ㄉㄨㄟˋ（指罪惡滔天的罪魁ㄎㄨㄟˊ禍首）。布衣惡食（形容生活儉約樸素）。同惡相濟（惡人彼此勾結，共同作惡）。成績不惡。怙ㄏㄨˋ惡不悛ㄑㄩㄢ。惡ㄨˋ惡從短（對別人所做的壞事一味姑息袒護）。善善惡ㄨˋ惡（形容人區別善惡，愛憎分明）。窮山惡水（形容自然條件惡劣的地方）。
		ㄜˇ	惡心（同「噁心」）。
		ㄨˋ	交惡。好惡。羞惡。痛惡。嫌惡。厭惡。憎ㄗㄥ惡。好逸惡勞。深惡痛絕。惡溼居下（比喻行為與想法相違背）。惡醉強ㄑㄧㄤˇ酒（比喻明知故犯）。
		ㄨ	惡乎成名（又如何稱得上君子呢）。惡可如此（怎ㄗㄣˇ麼可以這樣呢）。
*	掗	ㄧㄚˋ	掗緊（用力壓緊）。掗擺（把持、操縱）。掗在袖內（將東西硬塞ㄙㄞ在別人的袖內）。
	椏	ㄧㄚ	枝椏。椏杈ㄔㄚˇ（樹枝分歧的地方）。
	氬	ㄧㄚˇ	氬氣。氬氦ㄏㄞˋ刀（治療腫瘤的最新技術）。
*	錏	ㄧㄚˋ	錏鍜ㄒㄧㄚˊ（保護脖子的鎧ㄎㄞˇ甲）。
	【享】		
	享	ㄒㄧㄤˇ	坐享其成。享譽國際。
*	啍	ㄊㄨㄣ	啍啍（車行遲重緩慢的樣子）。嗆ㄑㄧㄤˋ啍（膽小愚蠢的樣子）。

	國字	字音	語詞
*	埻	ㄓㄨㄣˇ	埻的ㄉㄧˋ（準的ㄉㄧˋ）。埻端（傳說中的西域古國名）。
*	崞	ㄍㄨㄛ	崞山（山西省山名）。崞縣（山西省縣名）。
*	惇	ㄉㄨㄣ	惇惇（仁厚的樣子）。惇敘（依長幼親疏之序，彼此敦睦）。惇惠（寬厚慈善）。惇誨ㄏㄨㄟˋ（諄ㄓㄨㄣ諄教誨）。惇樸（寬厚樸實）。惇謹（敦厚謹慎）。夏侯惇（三國魏人）。
	淳	ㄔㄨㄣˊ	淳厚（質樸忠厚）。淳樸（敦厚質樸）。民淳俗厚（民風樸實敦厚）。
*	焞	ㄔㄨㄣˊ	尹ㄧㄣˇ焞（宋代人）。焞焞（盛大的樣子）。楚焞（占ㄓㄢ卜時用來灼龜的棒子）。嘽ㄊㄢ嘽焞焞（眾多而盛大的樣子）。
*	犉	ㄖㄨㄣˊ	犉牡（黑脣的公黃牛）。
*	綧	ㄓㄨㄣˇ	綧制（古代丈量的標準制）。通「準」。
*	蜳	ㄉㄨㄣ	螴ㄔㄣˊ蜳（不安定的樣子或比喻事情難成）。
	諄	ㄓㄨㄣ	言者諄諄。諄諄不倦。諄諄教誨ㄏㄨㄟˋ。諄諄善誘。
	醇	ㄔㄨㄣˊ	醇厚。醇酒。膽固醇。類固醇。大醇小疵（大致上完美而略有缺點）。品行端醇（品行端正醇厚）。香醇可口。香醇濃郁。飲醇自醉（與寬厚人交往，如飲酒而醉。比喻德盛服人）。
*	錞	ㄔㄨㄣˊ	金錞（軍樂器）。錞于（古代樂器名。也作「錞釪ㄩˊ」）。錞鼓（皆打擊樂器）。
		ㄉㄨㄟˋ	厹ㄑㄧㄡˊ矛鋈ㄨˋ錞（三稜ㄌㄥˊ長矛鑲飾著白銅柄套）。

	國字	字音	語詞
*	鞟	ㄎㄨㄛˋ	虎豹之鞟，猶犬羊之鞟（去掉虎豹皮上的花紋，就和犬羊的皮一樣）。為「鞹」的異體字。
*	韕	ㄎㄨㄛˋ	韕韕（圓轉）。
	鶉	ㄔㄨㄣˊ	鵪ㄢ鶉。<u>子夏</u>懸鶉（形容人衣著ㄓㄨㄛˊ破爛，生活困頓卻安貧樂道，清高自持）。麻屣ㄒㄧˇ鶉衣（形容穿著ㄓㄨㄛˊ破爛）。鶉衣百結（形容衣衫襤褸）。懸鶉百結（同「鶉衣百結」）。
			【京】
	京	ㄐㄧㄥ	大莫與京（同「莫之與京」）。五日京兆（比喻任職不能長久。京兆，古官名）。莫之與京（形容極大）。億兆京垓（皆數目字）。
*	剠	ㄑㄧㄥˊ	剠面（在臉上刺字、塗墨）。通「黥ㄑㄧㄥˊ」。
		ㄌㄩㄝˋ	剠奪（同「掠奪」）。通「掠」。
*	勍	ㄑㄧㄥˊ	勍敵（勁敵）。獨拔勍敵（摧毀勁敵）。
	掠	ㄌㄩㄝˋ	掠殺。掠奪。低空掠過。攻城掠地（同「攻城略地」）。姦淫擄掠。浮光掠影。掠人之美。掠上心頭（記憶浮現在腦海中）。掠取一空。掠美市恩（同「掠人之美」）。
	晾	ㄌㄧㄤˋ	晾乾。晾衣服。
	涼	ㄌㄧㄤˊ	著ㄓㄠˊ涼。涼颼颼。一斛ㄏㄨˊ<u>涼州</u>（比喻行賄獲得官位）。世態炎涼。涼了半截。「凉」為異體字。
		ㄌㄧㄤˋ	涼涼ㄌㄧㄤˊ（增加散熱面積，降低物體的溫度）。涼一涼。涼彼<u>武王</u>（輔佐<u>周武王</u>）。

	國字	字音	語詞
	諒	ㄌㄧㄤˋ	見諒。諒陰ㄢ（天子居喪ㄙㄤ。也作「諒闇ㄢ」「亮陰ㄢ」）。體諒。直諒多聞（為人正直誠懇，見識廣博）。貞而不諒（堅守正道，不拘泥ㄋㄧˋ小節）。
*	輬	ㄌㄧㄤˊ	轀ㄨㄣ輬（喪ㄙㄤ車）。
	鯨	ㄐㄧㄥ	鯨波ㄅㄛ（海浪）。鯨魚。虎踞鯨吞（比喻豪強割據和兼併）。鯨吞虎噬ㄕˋ（比喻強者併吞弱者）。鯨波萬仞（形容波浪極高）。蠶食鯨吞。
	黥	ㄑㄧㄥˊ	天黥（稱臉上天生的痘疤）。黥面（在臉上刺字、塗墨）。黥首（在額上刺字、塗墨）。天黥滿面（滿臉天生的痘疤）。息黥補劓ㄧˋ（比喻痛改前非）。救黥醫劓（比喻恢復本來面貌）。黥首刖ㄩㄝˋ足（在額頭上刻ㄎㄜˋ字塗墨，且截斷雙腳）。黥首繫趾（刻額塗墨，並以鐵鎖繫足）。
	【來】		
*	來	ㄌㄞˊ	回來。勞ㄌㄠˋ來（慰勞ㄌㄠˋ勉勵）。來龍去脈ㄇㄞˋ。突如其來。
*	倈	ㄌㄞˊ	勞ㄌㄠˋ倈（慰勞ㄌㄠˋ、勸勉。同「勞ㄌㄠˋ來」「勞ㄌㄠˋ徠ㄌㄞˋ」「勞ㄌㄠˋ勑ㄌㄞˋ」）。
*	勑	ㄌㄞˋ	招勑（慰勞ㄌㄠˋ）。勞ㄌㄠˋ勑（勸勉）。
		ㄔˋ	勑令（誡令。同「敕令」）。勑命（命令）。整勑（品德端正謹慎）。檢勑（同「整勑」）。明罰勑法（嚴明刑罰，整飭ㄔˋ法令）。既匡既勑（既端正又戒慎）。通「敕ㄔˋ」。
*	崍	ㄌㄞˊ	邛ㄑㄩㄥˊ崍山（四川省山名）。邛崍縣（四川省縣名）。

	國字	字音	語詞
*	庲	ㄌㄞˊ	庲降ㄒㄧㄤˊ（雲南省地名）。
	徠	ㄌㄞˊ	招徠。徂ㄘㄨˊ徠山（山東省山名）。
		ㄌㄞˋ	勞ㄌㄠˋ徠（勸勉）。不相勞徠（不願勤勉的工作）。
*	憖	ㄧㄣˋ	憖憖然（戒慎恭敬的樣子）。天不憖遺（天子哀悼ㄉㄠˋ大臣的輓辭）。
	睞	ㄌㄞˋ	青睞（重視）。眄ㄇㄧㄢˇ睞（環顧）。千眄ㄇㄧㄢˇ萬睞（極為寵愛眷顧）。奴顏婢ㄅㄧˋ睞（形容卑賤無恥，諂媚奉承的態度）。明眸ㄇㄡˊ善睞。
	萊	ㄌㄞˊ	老萊娛親（比喻孝養ㄧㄤˋ父母親）。萊綵北堂（賀他人母親長壽之辭）。蓬萊仙境（人間仙境）。
*	賚	ㄌㄞˋ	頒賚（賞賜）。犒ㄎㄠˋ賚（慰勞ㄌㄠˋ賞賜）。賚品（賞賜的物品）。賚獎（獎賞）。錫賚（同「頒賚」）。
	【空】		
	倥	ㄎㄨㄥ	倥侗ㄊㄨㄥˊ（年幼無知的樣子）。
		ㄎㄨㄥˇ	倥傯ㄗㄨㄥˇ（事情紛雜迫促或貧困窘迫的樣子）。戎馬倥傯（形容軍務繁忙不堪）。兵馬倥傯（即兵荒馬亂）。
*	崆	ㄎㄨㄥ	崆峒ㄊㄨㄥˊ山（甘肅省山名）。
*	悾	ㄎㄨㄥ	悾悾（無知或誠懇的樣子）。悾款（誠懇）。悾然大驚（吃驚的樣子）。
		ㄎㄨㄥˇ	悾憁ㄗㄨㄥˇ（窮苦不得志。同「倥傯ㄗㄨㄥˇ」）。

國字	字音	語詞
控	ㄎㄨㄥˋ	失控。控制。掌控。遙控。遙控器。
* 椌	ㄑㄧㄤ	椌楬ㄑㄧㄚˋ(古代兩種打擊樂器)。
* 涳	ㄎㄨㄥ	涳濛(煙雨迷濛的樣子)。
焢	ㄏㄨㄥ	焢土窯。
空	ㄎㄨㄥ	空泛。空檔ㄉㄤˇ(汽車排檔之一)。打空檔。希望落ㄌㄨㄛˋ空。空中樓閣。空穴來風。徒託空言。遁入空門。
	ㄎㄨㄥˋ	空白。空乏(貧窮困乏)。空房。空閒。空隙。空檔(休閒時間)。空額。虧空。空肚兒(空著肚子，沒有進食)。鑽ㄗㄨㄢ空子(比喻利用時機，採取對自己有利的行動)。一時落ㄌㄚˋ空(因一時疏忽而沒有注意到)。空頭支票。簞ㄉㄢ瓢ㄆㄧㄠˊ屢空(形容極為貧困，缺乏食物)。
* 箜	ㄎㄨㄥ	箜篌ㄏㄡˊ(古代一種弦ㄒㄧㄢˊ樂器)。
腔	ㄑㄧㄤ	油腔滑調。野調無腔(言語恣ㄗˋ肆，沒有禮貌)。陳腔濫調。裝腔作勢。滿腔熱血。
* 谾	ㄏㄨㄥ	谾谾(山谷深通的樣子)。
* 鞚	ㄎㄨㄥˋ	花鞚(樂器名)。嚲ㄉㄨㄛˇ鞚(形容縱馬奔馳)。
【炎】		
* 倓	ㄊㄢˊ	倓然(安然不疑的樣子)。

	國字	字音	語詞
	剡	ㄧㄢˇ	剡利（銳利）。剡移（門閂ㄕㄨㄢ。同「扊ㄧㄢˇ扅ㄧˊ」）。剡木為矢（把木頭ㄊㄡˊ削尖當ㄉㄤˋ作箭）。
		ㄕㄢˋ	荐剡（推荐人才的公文）。剡溪（浙江省水名）。剡縣（浙江省舊縣名）。剡藤（剡溪產的紙）。剡牘ㄉㄨˊ（公牘、公文）。
	啖	ㄉㄢˋ	倒ㄉㄠˋ啖蔗（比喻漸入佳境）。健啖客（食量大的人）。啖之以利（以重利引誘）。啖指咬舌（恐懼而不敢多言的樣子）。飽啖一頓。餐松啖柏（形容超塵脫俗）。通「噉ㄉㄢˋ」「啗ㄉㄢˋ」。
*	惔	ㄊㄢˊ	惔焚（形容大旱災）。如惔如焚（大地酷熱像烈火焚燒）。憂心如惔（比喻極為焦慮不安）。
*	扊	ㄧㄢˇ	扊扅ㄧˊ（門閂ㄕㄨㄢ）。扊扅歌（古琴曲名）。
*	掞	ㄧㄢˋ	掞張（言辭鋪ㄆㄨ張浮華）。掞麗（光豔富麗）。掞藻（發抒詞藻）。掞藻飛聲（發抒辭藻而聲譽遠揚）。
*	棪	ㄧㄢˇ	棪木（木名）。黃孝棪（前高雄市教育局副局長）。
	欻	ㄏㄨ	奄欻（來去不定的樣子）。砉ㄏㄨㄛˋ欻（微細的聲音）。欻吸（短暫的時間）。欻忽（迅速）。
	毯	ㄊㄢˇ	毛毯。地毯。地毯式。
	氮	ㄉㄢˋ	氮肥。氮氣。氮化物（氮與其他元素化合而成的物質）。
	淡	ㄉㄢˋ	淡忘。淡定。攻苦食淡（形容不貪求物質享受而刻苦自勵）。淡然處之。雲淡風輕。

	國字	字音	語詞
*	瀱	ㄐㄧˋ	瀱汋ㄓㄨㄛˊ（時有時竭的井水）。
	炎	ㄧㄢˊ	炎夏。炎熱。世態炎涼。炎黃子孫。趨炎附勢（比喻攀附有權勢的人）。
	焱	ㄧㄢˋ	焱忽（猛烈的風）。焱焱（光彩閃耀的樣子）。范園焱（反共義士）。
*	燊	ㄕㄣ	何鴻燊（香港富商）。陳燊齡（前參謀總長）。
	琰	ㄧㄢˇ	琬ㄨㄢˇ琰（比喻美德）。蔡琰（東漢人。即蔡文姬）。琬琰為心。
	痰	ㄊㄢˊ	吐痰。祛ㄑㄩ痰。痰迷心竅（中醫病名。今指人精神錯亂，神志不清）。
*	睒	ㄕㄢˇ	睒閃（光輝閃耀）。睒睒（同「睒閃」）。睒睗ㄕˋ（同「睒閃」）。瞬睒（時間慢慢消逝）。
*	緂	ㄊㄢ	緂麻（搓麻，績麻）。
*	罽	ㄐㄧˋ	罽魚（鱖ㄍㄨㄟˋ魚的別名）。罽帳（匈奴人用毛織品所做成的帳幕）。罽賓（漢西域國名）。罽幕（同「罽帳」）。繢ㄏㄨㄟˋ罽（五彩的毛氈ㄓㄢ）。
*	舕	ㄊㄢˋ	舔ㄊㄧㄢˇ舕（伸出舌頭ㄊㄡˊ）。
*	菼	ㄊㄢˇ	葭ㄐㄧㄚ菼（蘆葦ㄨㄟˇ和荻草）。毳ㄘㄨㄟˋ衣如菼（穿著淺藍色用細毛織成的官服）。
*	葪	ㄐㄧˋ	葪蕠ㄖㄨˊ（植物名）。
*	裧	ㄔㄢ	裧車（有帷幕的車子）。裧褕ㄩˊ（直襟的單衣。同「襜ㄔㄢ褕」）。通「襜」。

國字		字音	語詞
	談	ㄊㄢˊ	談判。揮霍談笑（恣ㄗˋ意談天說笑）。談笑風生。
*	郯	ㄊㄢˊ	郯子（春秋時郯國的國君）。郯城（山東省縣名）。
*	錟	ㄊㄢˊ	錟鏦ㄘㄨㄥ（長矛）。
		ㄒㄧㄢ	錟戈（利戈）。通「銛ㄒㄧㄢ」。
*	餤	ㄉㄢˋ	餤屍（吃屍體）。餤飯（吃飯）。紅綾餅餤（古代一種餅類食物）。通「啖」「啗」。
【𣶒】			
*	潫	ㄩㄣ	潫淪（水勢迴旋的樣子）。潫潫（同「潫淪」）。
*	婣	ㄧㄣ	婣婭ㄧㄚˋ（姻親）。睦婣（敦睦九族與外親）。為「姻」的異體字。
	淵	ㄩㄢ	深淵。淵博。淵藪ㄙㄡˇ。天淵之別。加膝墜淵（比喻用人愛恨無常。也作「加膝墜泉」）。判若天淵（形容相差懸殊）。相去天淵（比喻差距非常大）。家學淵源。深淵薄冰（比喻身歷險境，戒慎恐懼）。萬丈深淵。臨淵羨魚（比喻雖有願望，但只憑空想，難以實現）。臨淵履薄（同「深淵薄冰」）。
*	蜵	ㄩㄢ	蜵蜎ㄩㄢ（古代建築物上所雕刻ㄎㄜˋ的花紋）。
*	鼘	ㄩㄢ	鼘鼘（打鼓聲）。
【罔】			
	惘	ㄨㄤˇ	迷惘。悵惘。惘然若失（惆悵失意，若有所失的樣子。同「悵然若失」）。

國字	字音	語詞
網	ㄨㄤˇ	網羅。一網打盡。自投羅網。法網恢恢。蛛網塵封（形容居室、器物等長時間沒人居住或使用）。漏網游魚（比喻僥倖逃過法律制裁的人。也作「漏網之魚」）。網開一面。網漏吞舟（比喻法令寬鬆，罪大惡極的人仍被饒恕）。
罔	ㄨㄤˇ	名垂罔極（名聲流傳久遠）。昊ㄏㄠˋ天罔極（比喻父母恩德浩大，無以回報）。罔極之恩（形容恩惠極大）。罔顧人命。欺君罔上。置若罔聞。藥石罔效（形容病情極為嚴重）。
*輞	ㄨㄤˇ	輞川（陝西省河川名）。
魍	ㄨㄤˇ	魑ㄔ魅魍魎ㄌㄧㄤˇ（比喻各種各樣的惡人）。
【巠】		
淫	ㄧㄣˊ	淫雨（下了很久的雨。同「霪雨」）。冶容誨ㄏㄨㄟˋ淫（女子打扮妖豔，容易引起壞人產生邪念）。奇技淫巧（奇異而眩ㄒㄩㄢˋ人耳目的技能）。指揮盜淫（唆使別人做盜騙邪惡的壞事）。浸淫其中。荒淫無道。樂而不淫（雖然歡樂，卻不流於邪惡放蕩）。
霪	ㄧㄣˊ	霪雨（同「淫雨」）。霪雨霏ㄈㄟ霏。
【青】		
倩	ㄑㄧㄢˋ	妹倩（妹婿）。倩代（請人代替做事）。倩妝（妝扮美麗）。倩影。巧笑倩兮（形容女子甜美的笑容）。奉倩神傷（哀悼ㄉㄠˋ他人喪妻。奉倩即三國荀粲）。倩人捉刀（請人捉刀）。

國字	字音	語詞
凊	ㄐㄧㄥˋ	冬溫夏凊（子女侍奉雙親，照顧得無微不至）。溫凊定省ㄒㄧㄥˇ（同「冬溫夏凊」）。
* 圊	ㄑㄧㄥ	圊溷ㄏㄨㄣˋ（廁所）。
* 婧	ㄐㄧㄥˋ	訬ㄇㄧㄠˇ婧（腰纖ㄒㄧㄢ細的樣子）。
* 崝	ㄓㄥ	崝嶸（山高峻的樣子。同「崢嶸」）。
情	ㄑㄧㄥˊ	情愫。情誼ㄧˋ。不情之請（不合情理的請求）。
晴	ㄑㄧㄥˊ	雨過天晴（同「雨過天青」）。風日晴和（比喻天氣晴朗）。
氰	ㄑㄧㄥ	氰化法（煉製金銀方法之一）。三聚氰胺。
清	ㄑㄧㄥ	月白風清。明月清風。清風徐來。穆如清風（像溫和的清風，化養萬物）。聲音清脆。
猜	ㄘㄞ	猜忌。猜度ㄉㄨㄛˊ。兩小無猜。
睛	ㄐㄧㄥ	目不轉睛。定睛一看。畫龍點睛。
* 箐	ㄐㄧㄥ	笭ㄌㄧㄥˊ箐（小竹籠）。叢箐（茂盛的竹林）。
精	ㄐㄧㄥ	精緻。取精用弘（從豐富材料中擷ㄐㄧㄝˊ取精華）。研精苦思（用心研究，深入思考）。精忠報國。精益求精。勵精圖治。體大思精（規模宏大、構思周密。常指著作或文章）。
* 綪	ㄑㄧㄢˋ	綪繳ㄓㄨㄛˊ（捲收弋ㄧˋ射用的絲繩）。

	國字	字音	語詞
	菁	ㄐㄧㄥ	荼菁。菁英。菁菁（草木茂密的樣子）。菁華。去蕪存菁。作育菁莪ㄜˊ（指培養人才）。
*	蒨	ㄑㄧㄢˋ	姸蒨（秀美新穎）。蒨裙（紅色的裙子）。蔥蒨（比喻才華橫溢）。通「茜ㄑㄧㄢˋ」。
	蜻	ㄑㄧㄥ	蜻蜓。蜻蜓點水。
	請	ㄑㄧㄥˇ	請益。請纓（比喻自請入伍從軍）。請功受賞。
		ㄐㄧㄥˋ	朝ㄔㄠˊ請（泛指朝見）。奉朝請（古官名）。春朝ㄔㄠˊ秋請（同「朝請」）。
*	錆	ㄑㄧㄤ	錆色（金屬或礦物因氧化所形成的顏色）。
	青	ㄑㄧㄥ	汗青（史冊、史簡）。殺青。踏青。長青樹。平步青雲。妙手丹青（指繪畫技藝優秀的畫家）。雨過天青。青天霹靂。青州從事（泛稱美酒。與「平原督郵」義反）。青錢萬選（比喻文才傑出）。面皮鐵青（形容極為憤怒）。
		ㄐㄧㄥ	郁郁青青（草木芳香茂盛的樣子）。綠竹青青（綠竹長得青翠茂盛的樣子）。通「菁ㄐㄧㄥ」。
	靖	ㄐㄧㄥˋ	靖亂（掃平亂事）。靖難ㄋㄢˋ（解除危難，使局勢穩定）。綏靖（安撫、平定）。時局不靖（時局不穩定）。萑ㄏㄨㄢˊ苻不靖（盜匪很多，治安不平靜）。靖難之變（發生在明朝的兵變）。
	靚	ㄐㄧㄥˋ	靚女（美麗的女子）。靚妝（美麗的妝扮）。黃睿靚（前總統陳水扁的媳婦）。豐容靚飾（面貌豐潤，妝飾美麗）。

國字		字音	語詞
	鯖	ㄑㄧㄥ	鯖魚（魚名）。食魚遇鯖（比喻調換口味，使有變化而不單調）。
*	鶄	ㄐㄧㄥ	鶄鶴（鳥名。似鶴）。
*	鼱	ㄐㄧㄥ	鼱鼩ㄑㄩˊ（鼠名。又名地鼠）。
【屈】			
	倔	ㄐㄩㄝˊ	倔起（興起。同「崛起」）。倔強ㄐㄧㄤˋ。
		ㄐㄩㄝˋ	倔巴棍子（言語粗直的人）。倔頭倔腦（形容人脾氣倔強、態度執拗ㄠˋ的樣子）。
*	啒	ㄍㄨˇ	啒啒（憂慮的樣子）。
	堀	ㄎㄨ	堀穴（洞穴）。堀室（地下室）。新堀江（高雄市地名。一般人容易讀錯）。堀江市場。堀堁ㄎㄜˋ揚塵（塵沙飛揚的樣子）。通「窟」。
	屈	ㄑㄩ	屈服。屈撓。大直若屈（品行端直者，外表反似委曲隨和）。不屈不撓。卑躬屈膝。屈己從人（委屈自己，順從他人）。屈打成招。屈居下風。屈指可數ㄕㄨˇ。威武不屈。首屈一指。
	崛	ㄐㄩㄝˊ	奇崛（山勢高峻突出）。崛起（同「倔起」）。
	掘	ㄐㄩㄝˊ	挖掘。發掘。羅掘一空（財物被人搜括殆盡）。羅掘俱窮（形容財物缺乏，亦陷入無力籌措的艱難處境）。羅雀掘鼠（形容財物缺乏時，想盡一切辦法籌措款項）。
*	淈	ㄍㄨˇ	淈淈（水流湧出的樣子）。淈泥揚波（比喻隨俗浮沉。同「滑ㄍㄨˇ泥揚波」）。潏ㄐㄩㄝˊ潏淈淈（同「淈淈」）。

	國字	字音	語詞
	窟	ㄎㄨ	火窟。石窟。洞窟。窟窖（地窖ㄐㄧㄠˋ）。窟窿。貧民窟。狡兔三窟。葬身火窟。
*	𩬆	ㄑㄩ	繡𩬆（古代婦女所穿的彩色半臂ㄅㄧˋ短衣）。
			【兩】
	倆	ㄌㄧㄤˇ	伎倆。司空伎倆（同「司空見慣」）。鬼蜮ㄩˋ伎倆（指暗中傷人的卑劣手段）。
		ㄌㄧㄚˇ	我倆。他們倆。哥兒倆。哥倆好。爺兒倆。
	兩	ㄌㄧㄤˇ	兩棲類。判若兩人。兩姓之好（聯姻、結婚）。兩袖清風。
		ㄌㄧㄤˋ	百兩御之（百輛車子迎接她）。通「輛」。
*	裲	ㄌㄧㄤˇ	裲襠ㄉㄤ（古代婦女所穿的一種背心）。
	輛	ㄌㄧㄤˋ	車輛。
	魎	ㄌㄧㄤˇ	魑ㄔ魅魍魎（比喻各種各樣的惡人）。
			【刷】
	刷	ㄕㄨㄚ	刷白（臉色白而帶青）。刷選（挑選）。刷新紀錄。
	涮	ㄕㄨㄢˋ	涮羊肉。涮涮鍋。涮碗碟（清洗碗碟）。
			【直】
	值	ㄓˊ	值得ㄉㄜˊ。值勤。一文不值。報值掛號。
*	埴	ㄓˊ	埏ㄕㄢ埴（用水和ㄏㄨㄛˋ泥製作陶器）。冥行擿ㄓˊ埴（研究學問時不識門徑，暗中摸索）。

	國字	字音	語詞
	植	ㄓˊ	厚植國力。深植人心。植黨營私。
	殖	ㄓˊ	生殖。養殖。繁殖。殖民地。開荒拓殖。
*	淔	ㄔˋ	淔水（水名）。淔灌（菌的一種）。
	直	ㄓˊ	筆直。直升機。直言不諱ㄏㄨㄟˋ。直躬之信（比喻一種沽名釣譽的小信）。截彎取直。
	矗	ㄔㄨˋ	矗立。峨ㄜˊ然矗立（形容山勢高聳直立）。
*	稙	ㄓˊ	稙稺ㄓˋ菽麥（先種後種的穀物和大豆小麥）。
	置	ㄓˋ	置產。一笑置之。不予置評。投閒置散ㄙㄢˇ（安排在不重要的地位，不予重用）。前置作業。推心置腹。置之不理。置之度外。置若罔聞（雖有耳聞，卻不加以理睬）。難以置信。置人於死地。

【奄】

	國字	字音	語詞
	俺	ㄢˇ	俺們（我們）。俺家（我）。
		ㄧㄢˋ	俺有龜蒙（魯國擁有龜山和蒙山）。
*	唵	ㄢˇ	唵噆ㄗㄢˇ（骯髒）。
	奄	ㄧㄢˇ	奄忽（忽然）。奄國（古國名）。奄欻ㄏㄨ（來去不定的樣子）。奄有四方（統治四方）。奄然而逝（忽然去世）。
		ㄧㄢ	奄人（宦官）。奄宦（太監ㄐㄧㄢˋ）。奄奄一息。奄奄垂絕（同「奄奄一息」）。奄奄無力。氣息奄奄。

國字		字音	語詞
	崦	ㄧㄢ	崦嵫ㄗ（山名）。日薄崦嵫（比喻人老）。
	庵	ㄢ	庵寺（尼寺、僧ㄙㄥ寺的通稱）。尼姑庵。
	掩	ㄧㄢˇ	掩沒ㄇㄛˋ。掩埋。掩飾。掩護。掩埋場。水來土掩。掩人耳目。掩面失色（形容驚恐害怕）。衛生掩埋。
*	殗	ㄧㄝˋ	殗殜ㄧㄝˋ（病不太重，半臥半起）。
*	晻	ㄧㄢˇ	晻世（昏暗的時代）。晻翳ㄧˋ（遮蔽的樣子）。
	淹	ㄧㄢ	淹沒。淹博（淵博）。江淹才盡（比喻文思衰退。同「江郎才盡」）。江淹夢筆（比喻文思枯竭。同「江郎才盡」）。故淹珠玉（比喻故意掩蓋他人優點）。淹年累ㄌㄟˋ月（同「經年累月」）。淹旬曠月（指荒廢拖延時日）。
*	痷	ㄢ	痷殜ㄧㄝˋ（同「殗殜」）。
	罨	ㄧㄢˇ	罨損（發霉變壞）。冷罨法。熱罨法。
	腌	ㄤ	腌臢ㄗㄤ（同「骯髒」）。
*	菴	ㄢ	菴舍（守喪ㄙㄤ居住的草屋。也作「廬舍」）。菴廬（草舍、草房）。通「庵」。
*	裺	ㄧㄢˇ	裺囊（餵馬的器皿）。
	醃	ㄧㄢ	醃肉。醃魚。醃製。醃漬ㄗˋ物。

國字		字音	語　　詞
	閹	ㄧㄢ	閹人（同「奄人」）。閹寺（宦官）。閹割。閹雞。閹然媚世（迎合世俗，博取他人歡心）。
*	馣	ㄧㄢˇ	馣馤ㄞˋ（香氣濃郁）。
	鵪	ㄢ	鵪鶉。鬥鵪鶉。鵪鶉蛋。
*	黤	ㄧㄢˇ	黤黤（陰暗）。黤黮ㄊㄢˇ（黑暗，不明亮）。
【𣏟】			
*	劘	ㄇㄛˊ	切ㄑㄧㄝ劘（切磋琢磨）。劘滅（同「磨滅」）。轂交蹄劘（形容車馬絡繹不絕，來往頻繁）。
	嘛	ㄇㄚˊ	幹嘛（同「幹麼ㄇㄚˊ」）。
		˙ㄇㄚ	來嘛。喇嘛。喇嘛教。
*	塺	ㄇㄟˊ	塺塺（塵土瀰漫飛揚的樣子）。
	嬤	ㄇㄚ	嬤嬤。老嬤（年老的女僕）。老嬤嬤（同「老嬤」）。
	摩	ㄇㄛˊ	按摩。摩擦。戕ㄑㄧㄤˊ摩剝削ㄒㄩㄝˋ（指官吏壓榨百姓）。高可摩天（形容極高）。漸仁摩義（指百姓受仁義教化所習染）。摩天大樓。摩肩如雲（形容人多擁ㄩㄥˇ擠不堪的樣子）。摩肩接踵。摩拳擦掌。摩頂放ㄈㄤˇ踵。摩旗相助（比喻盡心幫忙）。
	潸	ㄕㄢ	雨潸潸（雨不停的樣子）。淚潸潸。潸然淚下。

	國字	字音	語詞
*	瀰	ㄇㄧˇ	雪霜滖ㄙㄨㄟˋ瀰（雪霜鋪地，潔白閃耀的樣子）。
*	犘	ㄇㄚˊ	犘牛（犛ㄌㄧˊ牛）。
	痲	ㄇㄚˊ	痲疹（同「麻疹」）。痲痺（同「麻痺」）。痲瘋病。通「麻」。
	磨	ㄇㄛˊ	琢磨。磨蹭ㄘㄥˋ。磨難ㄋㄢˋ。不可磨滅。切ㄑㄧㄝ磋琢磨。水磨工夫（比喻精密而細緻的工夫）。
		ㄇㄛˋ	石磨。推磨。磨子。磨坊ㄈㄤ。磨房（設有石磨的房屋）。磨麵。轉ㄓㄨㄢˋ磨（推磨使其轉動）。打旋磨（對人有要求，一再糾纏或獻殷勤）。磨不開（難為情，不好意思）。磨豆腐（比喻人反覆說個不停）。指山賣磨（比喻說空話詐騙他人）。卸磨殺驢（比喻將曾經幫助自己的人一腳踢開而不顧）。有錢能使鬼推磨。
	糜	ㄇㄧˊ	糜爛（同「靡ㄇㄧˊ爛」）。生活糜爛。粉骨糜軀（同「粉身碎骨」）。頂踵捐糜（比喻為國家犧牲生命）。傷口糜爛。隕ㄩㄣˇ身糜骨（同「粉身碎骨」）。糜軀碎骨（同「粉身碎骨」）。
	縻	ㄇㄧˊ	綆ㄍㄥˇ縻（繩索。比喻連綿不絕）。羈縻（維繫牽制）。羈縻不絕（牽制使不脫離）。
	蘑	ㄇㄛˊ	蘑菇。蘑菇醬。蘑菇半天。
*	蘼	ㄇㄧˊ	薔蘼（薔薇ㄨㄟˊ）。蘼蕪（植物名）。開到荼蘼（春天的花期即將結束，最繁盛的時期快過了）。蘼蕪路斷（比喻女子失寵而遭到冷落。同「秋扇見捐」）。
*	醾	ㄇㄧˊ	酴ㄊㄨˊ醾（重釀的酒）。

國字	字音	語詞
靡	ㄇㄧˇ	侈靡（奢侈浪費）。淫靡。靡麗（奢華）。之死靡它（意志堅定，至死不變）。天命靡常（天命無常）。所向披靡。委ㄨㄟˇ靡不振。風靡一時。風靡雲蒸（比喻事物風行快速）。草靡風行（比喻上位者以德化民。同「風行草偃」）。從風而靡（比喻有崇高的德望而使人信服）。望風披靡。鉅細靡遺。禍福靡常（禍福無常）。靡有孑ㄐㄧㄝˊ遺（指蕩然無存，毫無剩留）。靡衣玉食（形容生活豪華奢侈）。靡衣偷食（形容渾渾噩噩，只顧目前生活的享受）。靡知所措（不知所措）。靡然鄉ㄒㄧㄤˋ風（指紛紛學習、趨附而成一種風氣）。靡顏膩理（指容貌美麗、肌膚細膩）。靡靡之音。轍亂旗靡（形容軍隊潰敗逃亡的樣子）。
	ㄇㄧˊ	靡費（浪費）。靡爛（同「糜爛」）。通「糜」。
*髍	ㄇㄛˊ	髍病（半身不遂ㄙㄨㄟˋ之症）。
魔	ㄇㄛˊ	病魔。魔鬼。魔掌。走火入魔。魔鬼身材。魔術方塊。
麻	ㄇㄚˊ	麻煩。麻痺。麻醉。心緒如麻（心思煩亂，沒有頭緒）。芝麻小事。芝麻綠豆（形容事情極其細微）。殺人如麻。麻木不仁。麻辣火鍋。國事如麻。「蔴」為異體字。
麼	ㄇㄛˊ	么ㄧㄠ麼（小東西）。么麼小吏（小官吏）。么麼小醜（比喻微不足道的小人。也作「么麼小丑」）。麼些ㄙㄨㄛ族（我國少數民族之一）。
	˙ㄇㄜ	什ㄕㄣˊ麼。多ㄉㄨㄛ麼。那麼。甚ㄕㄣˊ麼。
	ㄇㄚˊ	幹麼（同「幹嘛ㄇㄚˊ」）。

國字	字音	語　　詞
麾	ㄏㄨㄟ	指麾（指揮）。麾下（將帥的部下）。麾軍（指揮軍隊）。麾節（指將帥的指揮）。一麾出守（指京官出任地方官）。韋ㄨㄟˊ叡ㄖㄨㄟˋ樹麾（比喻意志堅定，誓死不退）。雲麾勛章。麾軍前進。
【尚】		
倘	ㄊㄤˇ	倘若。倘來之物（無意中得到或非本分所應得的東西。同「儻ㄊㄤˇ來之物」）。
	ㄔㄤˊ	倘佯（悠閒自在的徘徊ㄏㄨㄞˊ。同「徜ㄔㄤˊ佯」）。通「徜」。
償	ㄔㄤˊ	抵償。補償。賠償。償還。如願以償。得不償失。
嫦	ㄔㄤˊ	月裡嫦娥（比喻綽約多姿的女子）。
尚	ㄕㄤˋ	尚方寶劍（皇帝御用的寶劍，代表皇帝旨意）。尊年尚齒（尊重年長者）。禮尚往來。
常	ㄔㄤˊ	季常癖ㄆㄧˇ（為懼內、怕老婆的典故）。人生無常。好景不常。習以為常。蹈ㄉㄠˇ常襲故（因循舊例而不知變通）。
徜	ㄔㄤˊ	徜徉（同「倘ㄔㄤˊ佯」）。徜徉容與（從ㄘㄨㄥ容不迫的樣子）。徜徉肆恣（徘徊流連，盡情遨遊）。
惝	ㄔㄤˇ	惝怳ㄏㄨㄤˇ（失意不快樂）。惝然（同「惝怳」）。迷離惝怳（形容模糊不清而難以分辨）。
掌	ㄓㄤˇ	執掌。掌故（一國的典章制度或傳說故事）。掌舵。反掌折枝（比喻事情極容易）。孤掌難鳴。掌上明珠。擊掌為盟。擊掌為誓。擊掌稱快。

	國字	字音	語詞
	撐	ㄔㄥ	撐腰。撐竿跳。撐場面。撐腸拄ㄓㄨˇ腹（形容吃得很飽）。「撑」為異體字。
	棠	ㄊㄤˊ	秋海棠。甘棠之惠（對賢明官吏的愛戴或懷念）。甘棠遺愛（同「甘棠之惠」）。棠棣ㄉㄧˋ競秀（稱譽他人兄弟優秀）。發棠之請（告請賑濟貧民）。
	淌	ㄊㄤˇ	淌血。淌汗水。淌眼淚。淌眼抹淚（形容哭泣）。
*	牚	ㄔㄥ	牚拒（支持。同「撐拒」）。牚距（同「牚拒」）。
*	党	ㄉㄤˋ	党權英（人名。金人）。
	裳	ㄔㄤˊ	軒裳（顯貴者）。衣裳之會（和平的會議）。衣裳楚楚（服裝整齊鮮麗的樣子）。拱手垂裳（形容無為而治，穩坐江山）。綠衣黃裳（綠色的上衣，黃色的下裳）。霓ㄋㄧˊ裳羽衣（樂曲名）。
		˙ㄕㄤ	衣裳。摟ㄌㄡ衣裳（用手攏ㄌㄨㄥˇ著衣裳並提起）。
	賞	ㄕㄤˇ	賞識。鑑賞。孤芳自賞。風流自賞（自我欣賞）。論功行賞。
	趟	ㄊㄤˋ	趕趟兒（趕得上或指湊熱鬧）。
	躺	ㄊㄤˇ	躺平。橫躺豎臥（多人倒臥的凌亂景象）。

【具】

	國字	字音	語詞
	俱	ㄐㄩˋ	俱樂部。一應ㄧㄥ俱全。兩敗俱傷。聲淚俱下。
	具	ㄐㄩˋ	具備。家具。形同具文（形容徒具形式而無實質的效益）。視同具文（當ㄉㄤˋ做一紙空文看待，不按規定實行）。濟勝有具（指身體強健）。

	國字	字音	語　　詞
*	垻	ㄐㄩˋ	堤塘。
		ㄅㄚˋ	垻子(同「壩子」)。沙坪垻(地名。位於重慶市區西部)。為「壩」的異體字。
*	椇	ㄐㄩˇ	椇木(木名)。枳ㄓˇ椇(植物名)。般以椇(般代祭祀置放牲禮的架子)。
	颶	ㄐㄩˋ	颶風。颶風肆虐。

【昌】

	國字	字音	語　　詞
	倡	ㄔㄤˋ	提倡。一倡百和ㄏㄜˋ(比喻附和ㄏㄜˋ的人很多。同「一唱百和」)。夫倡婦隨(同「夫唱婦隨」)。彼倡此和(同「彼唱此和」)。
		ㄔㄤ	倡女(妓女)。倡家(妓院)。倡條(同「倡女」)。倡優(表演歌舞或雜藝的人)。倡條冶葉(比喻妓女、歌妓)。通「娼」。
	唱	ㄔㄤˋ	唱片ㄆㄧㄢˋ。唱和ㄏㄜˋ。淺斟ㄓㄣ低唱。說學逗唱。
	娼	ㄔㄤ	男盜女娼。逼良為娼。
	昌	ㄔㄤ	五世其昌(新婚的賀詞)。昌言無忌(敢於直言，毫無顧忌)。國運昌隆。樂昌破鏡(比喻夫妻因故分離)。
	猖	ㄔㄤ	猖狂。猖獗。猖亂橫ㄏㄥˋ行。
	菖	ㄔㄤ	菖蒲ㄆㄨˊ(植物名)。杏花菖葉(比喻春耕開始，及時耕種)。
*	閶	ㄔㄤ	閶風(秋風)。閶闔(皇宮正門)。

	國字	字音	語詞
	鯧	ㄔㄤ	鯧魚（魚名）。
	【受】		
	受	ㄕㄡˋ	受惠。受賄ㄏㄨㄟˋ。受寵若驚。感同身受。難以消受。
	授	ㄕㄡˋ	傳授。色授魂與（彼此眉目傳情而情投意合）。私相授受。沿才授職（根據才能，授以相稱ㄔㄥˋ的職務）。面授機宜。傾ㄑㄧㄥ囊ㄋㄤˊ相授。
	綬	ㄕㄡˋ	印纍ㄌㄟˊ綬若（形容官吏身兼多職，權勢顯赫）。彈ㄊㄢˊ冠ㄍㄨㄢˋ結綬（比喻朋友之間在仕途上互相拉拔提攜）。
*	閿	ㄨㄣˊ	閿鄉（河南省縣名）。
	【欣】		
	掀	ㄒㄧㄢ	掀開。白浪掀天。掀天揭地（可以撼動天地。比喻本領高強，聲勢慴ㄓㄜˊ人）。掀風播ㄅㄛˋ浪（比喻鼓動風潮，挑起事端）。
	欣	ㄒㄧㄣ	欣欣向榮。欣然自喜（內心極為高興）。歡欣鼓舞。
*	焮	ㄒㄧㄣˋ	焮毛（植物葉柄、葉片密布刺狀的短毛）。焮天鑠ㄕㄨㄛˋ地（形容火勢很大的樣子）。
	【析】		
	晰	ㄒㄧ	明晰。清晰。清晰可見。晰毛辨髮（形容分析事理達到極精細的地步）。
	析	ㄒㄧ	分析。析爨ㄘㄨㄢˋ（分家）。分崩離析。父析子荷ㄏㄜˋ（比喻兒子繼承父業）。條分縷析。

	國字	字音	語詞
	淅	ㄒㄧ	淅颯ㄙㄚˋ（細微的動作聲）。淅瀝。接淅而行（形容時間緊迫，匆忙離開）。
	皙	ㄒㄧ	白皙。皮膚白皙。
	蜥	ㄒㄧ	蜥蜴。鬣ㄌㄧㄝˋ蜥（動物名）。
*	蜤	ㄙ	蜤螽ㄓㄨㄥ（動物名。即螽斯）。
	【固】		
	個	ㄍㄜˋ	各個擊破。個中三昧。個個稱羨。
		ㄍㄜˇ	自個兒（自己）。
*	凅	ㄍㄨˋ	凅凍（寒冷）。
	固	ㄍㄨˋ	鞏固。固有文化。固有道德。固執己見。負固不服（憑恃險阻，不肯臣服）。欲取固與（欲奪取他人的東西，得先付出代價以誘使對方放鬆警戒。原作「將欲取之，必先與之」）。
*	婟	ㄏㄨˋ	婟嫪ㄌㄠˋ（戀惜）。
	涸	ㄏㄜˊ	涸乾。乾涸。涸澤而漁（比喻榨取殆盡而不留餘地）。涸轍枯魚（比喻陷於困境，急需救援的人或物）。涸轍鮒魚（同「涸轍枯魚」）。
	痼	ㄍㄨˋ	痼疾。痼習（長期養成而不易改變的習慣）。沉痼自若（比喻積久難改的習慣、風俗）。煙霞痼疾（熱愛山水成為癖ㄆㄧˇ好）。痼習難改。
	箇	ㄍㄜˋ	箇中（此中。同「個中」）。箇舊（雲南省縣名）。

國字	字音	語詞
錮	ㄍㄨˋ	禁錮（限制）。黨錮之禍（東漢末發生之事件）。
【叔】		
俶	ㄔㄨˋ	俶裝（整理行裝）。俶擾（騷亂）。朱俶賢（前副總統蕭萬長之妻）。令終有俶（有好的結果就有好的開端）。俶落權輿ㄩˊ（比喻開始）。俶裝待發。俶載南畝（開始下田幹活）。禽羞俶獻（把用禽類烹調的佳肴獻給國君）。
	ㄊㄧˋ	俶儻ㄊㄤˇ（卓越豪邁，灑脫不受拘束的樣子。同「倜ㄊㄧˋ儻」）。通「倜」。
叔	ㄕㄨˊ	叔叔。伯仲叔季（兄弟長幼的次序）。
寂	ㄐㄧˊ	孤寂。枯寂。寂寞。寂寥ㄌㄧㄠˊ。寂若死灰（形容極為沉靜）。寂寂無聞（沒有名氣，不為眾人所知。同「沒ㄇㄛˋ沒無聞」）。寂靜無聲。寞天寂地（比喻極為寂寞）。萬籟俱寂。闃ㄑㄩˋ寂無聲（形容非常寂靜，沒有一點聲音）。
* 惄	ㄋㄧˋ	惄如調ㄊㄠˊ飢（指極憂思想念）。惄焉如擣ㄉㄠˇ（憂傷想念，痛苦難耐）。
椒	ㄐㄧㄠ	椒房（后妃的代稱）。椒庭（後宮）。椒閣（比喻后妃、貴夫人的居處。借指閨房）。辣椒。山椒魚。辣椒醬。椒聊繁衍（比喻子孫眾多）。椒蘭之德（美好的品德）。
淑	ㄕㄨˊ	賢淑。私淑弟子（未親受業而宗仰其學，並以之為榜樣，作為學習對象的弟子之自稱）。貞懿ㄧˋ賢淑（形容女子性情堅貞善良）。淑善之家（指德行美好良善的家庭）。淑善君子（稱德行賢良的君子）。報國淑世（報效國家，改善社會風氣）。遇人不淑。

	國字	字音	語詞
*	淑	ㄐㄧˊ	淑漻ㄌㄧㄠˊ（水清淨的樣子）。
	督	ㄉㄨ	督促。督導。監督。平原督郵（劣酒的隱語。與「青州從事」反）。任督二脈。
	菽	ㄕㄨˊ	菽麥（豆與麥）。不辨菽麥（形容人愚蠢無知）。半菽不飽（形容生活貧困）。布帛菽粟（比喻雖屬平常，卻不可或缺的事物）。啜菽飲水（生活清貧，飲食粗劣）。菽水之養。菽水承歡。
*	諔	ㄔㄨˋ	諔詭ㄍㄨㄟˇ（奇異）。
*	踧	ㄘㄨˋ	踧爾（驚訝的樣子）。踧踖ㄐㄧˊ（恭敬而侷促不安的樣子）。踧縮（侷促不安）。踧踖不安。
		ㄉㄧˊ	踧踧（平坦的樣子）。踧踧周道（平坦的周國道路）。
	【朋】		
*	堋	ㄅㄥˋ	毀之則朝ㄓㄠ而堋（拆了它，就可以在早晨安葬）。
		ㄆㄥˊ	射堋（箭靶）。堋的ㄉㄧˋ（同「射堋」）。
*	弸	ㄆㄥˊ	弸弓（一種以彈簧製成，使門自動掩閉的工具）。弸中彪外（比喻人內有才德，而外發為文辭。讚美才德兼備的人）。
	朋	ㄆㄥˊ	朋分花用。朋比ㄅㄧˋ為奸。高朋滿座。碩大無朋。
*	掤	ㄅㄧㄥ	掤扒ㄅㄚ（古刑法。脫去衣裳，以繩索捆綁）。抑釋掤忌（射事已畢，放下箭筒蓋）。掤扒ㄅㄚ吊拷（強脫衣服，以繩索捆緊，吊起來拷打）。

	國字	字音	語詞
	棚	ㄆㄥˊ	瓜棚。帳棚。攝影棚。
*	淜	ㄆㄧㄥˊ	無舟渡河。通「馮ㄆㄧㄥˊ」。
		ㄆㄥ	淜滂ㄆㄤ（水聲、風擊物的聲音）。
	硼	ㄆㄥˊ	硼砂。硼砰（水激盪聲）。
*	綳	ㄅㄥ	硬綳綳（堅硬的樣子）。苦綳苦拽ㄓㄨㄞˋ（辛苦的東挪西湊，湊集錢財）。通「繃」。
	蒯	ㄎㄨㄞˇ	蒯通（人名。楚 漢時策士）。抓腸蒯腹（抓腸搔腹）。
*	輣	ㄆㄥˊ	輣車（兵車）。輣軋ㄧㄚˋ（波ㄅㄛ浪相激盪聲）。
*	鬅	ㄆㄥˊ	鬅鬆（頭髮蓬鬆的樣子）。鬅鬙ㄙㄥ（頭髮散亂的樣子）。鬅頭跣ㄒㄧㄢˇ足（形容衣冠ㄍㄨㄢ不整的樣子）。
	鵬	ㄆㄥˊ	萬里鵬翼（比喻前程遠大，不可限量）。圖南鵬翼（形容志向遠大）。鯤鵬展翅（同「萬里鵬翼」）。鵬程萬里。鷽ㄒㄩㄝˊ鳩笑鵬（比喻人見識淺陋，又缺乏自知之明）。
	【庚】		
	庚	ㄍㄥ	年庚（年紀）。貴庚。呼庚呼癸ㄍㄨㄟˇ（指祈求穀物豐收）。庚癸之呼（指向人借錢）。
	賡	ㄍㄥ	賡酬（作詩歌互相贈答）。賡續（繼續）。
*	鶊	ㄍㄥ	鶬ㄘㄤ鶊（黃鶯的別名）。

國字	字音	語詞
		【周】
倜	ㄊㄧˋ	倜儻ㄊㄤˇ（卓越豪邁，灑脫自在的樣子）。風流倜儻。倜儻不羈。
凋	ㄉㄧㄠ	凋敝。凋零。凋謝。老成凋謝。松柏後凋（比喻君子處在艱危的境況中，仍能守正不苟）。急景凋年（指歲暮）。
周	ㄓㄡ	周年（同「週年」）。周到。大費周章。周旋到底。朋黨比ㄅㄧˋ周（指一群人彼此勾結，排斥異己）。服務周到。眾所周知。慮周行果（考慮細密，行動果決）。禮數周到。
啁	ㄓㄡ	啁哳ㄓㄚ（形容繁雜細碎的鳥鳴聲）。啁啾ㄐㄧㄡ。
彫	ㄉㄧㄠ	彫刻ㄎㄜˋ。峻宇彫牆（高大華豪的宮室）。彫章鏤ㄌㄡˋ句（刻意修飾文章字句）。彫蟲篆ㄓㄨㄢˋ刻ㄎㄜˋ（比喻文章小技）。通「雕」。
惆	ㄔㄡˊ	惆惋ㄨㄢˋ（哀嘆惋ㄨㄢˋ惜）。惆悵。
琱	ㄉㄧㄠ	琱弓（有雕飾花樣的弓）。琱琢ㄓㄨㄛˊ（雕琢文ㄨㄣˋ飾）。斲ㄓㄨㄛˊ琱為樸（去除浮華，讓事物變為質樸。同「斲雕為樸」）。通「雕」「彫」。
碉	ㄉㄧㄠ	碉堡。碉樓。
* 禂	ㄉㄠˇ	禂馬（為馬祈求無疾病）。
稠	ㄔㄡˊ	稠密。人煙稠密。地廣人稠。稠人廣眾（指人數眾多）。
綢	ㄔㄡˊ	綢緞。未雨綢繆ㄇㄡˊ。綢直如髮（指人情性密緻，操行正直）。綾羅綢緞。

	國字	字音	語詞
*	翢	ㄉㄠˋ	左翢（古代帝王的乘輿ㄩˊ左邊插有大旗。同「左纛ㄉㄠˋ」）。通「纛」。
		ㄓㄡ	翢翢（鳥名）。
	蜩	ㄊㄧㄠˊ	承蜩（以竿黏蟬）。寒蜩（寒蟬）。蜩沸（比喻世局紛擾不寧）。鳴蜩（秋蟬）。如蜩如螗ㄊㄤˊ（比喻嘈雜喧鬧，紛亂不寧）。國運蜩螗（比喻國事紛亂不已）。蜩螗沸羹（同「如蜩如螗」）。
*	裯	ㄔㄡˊ	衾ㄑㄧㄣ裯（被褥及床帳）。抱衾ㄑㄧㄣ與裯（抱著被褥）。
		ㄉㄠ	祇ㄉㄧ裯（短衣）。
	調	ㄊㄧㄠˊ	調皮。調唆（挑ㄊㄧㄠˇ撥）。調笑（戲謔譏笑）。調羹。眾口難調（比喻做事很難讓所有的人都能稱心滿意）。調三斡ㄨㄛˋ四（搬弄是非）。調詞架訟（唆使他人訴訟，以從中取利）。調嘴弄舌（暗地裡說人閒話，搬弄是非）。
		ㄉㄧㄠˋ	調度。調換。租庸調法（一種唐代賦稅徭役的制度）。
	賙	ㄓㄡ	賙濟（救濟。也作「周濟」）。
*	輖	ㄓㄡ	軒輖（比喻高低、輕重。同「軒輊」）。
	週	ㄓㄡ	週末。週年。週會。週曆。眾所週知（同「眾所周知」）。
*	錭	ㄊㄠˊ	錭鈍（挫抑他人）。錭鑄ㄓㄨˋ（同「陶鑄」）。

國字	字音	語詞
雕	ㄉㄧㄠ	雕刻ㄎㄜˋ。雕琢。朽木不雕（比喻人不努力上進，不堪造就）。精雕細琢。斲雕為樸（去除浮華，讓事物變質樸）。雕梁畫棟。雕蟲小技。
鯛	ㄉㄧㄠ	鯛魚。臺灣鯛。
鵰	ㄉㄧㄠ	鵰悍（蠻橫ㄏㄥˋ、凶悍）。射鵰手（擅長射箭的人）。一箭雙鵰。鵰心雁爪ㄓㄠˇ（比喻人心狠手辣）。
【委】		
倭	ㄨㄛ	倭刀（古代日本所製的一種佩刀）。倭瓜（南瓜）。倭寇。倭遲（迂ㄩ迴遙遠的樣子）。倭墮髻ㄐㄧˋ（古代一種婦女髮髻型式）。
委	ㄨㄟˇ	委託。原委。委以重任。委曲求全。委決不下（一再猶豫，不能下決定）。委身玉盤（比喻投身官場）。委罪於人。委靡ㄇㄧˇ不振。斯文委地（同「斯文掃地」）。
	ㄨㄟ	委蛇ㄧˊ（隨順的樣子）。委然（有文采的樣子）。委委佗ㄊㄨㄛˊ佗（從ㄘㄨㄥ容自得的樣子）。虛與委蛇（對人假意殷勤，敷衍應付）。
*挼	ㄖㄨㄛˊ	挼莎ㄙㄨㄛ（兩手互相搓揉）。挼搓（揉搓）。通「捼ㄖㄨㄛˊ」。
*瓾	ㄇㄥˇ	甑ㄗㄥˋ瓾（甑帶）。
痿	ㄨㄟˇ	陽痿（不作「陽萎」）。痿不忘起（比喻意志堅定，願望卻無法實現）。痿蹶不振（委ㄨㄟˇ靡ㄇㄧˇ不振作）。
矮	ㄞˇ	低矮。矮化。矮人一截。

	國字	字音	語詞
*	緌	ㄖㄨㄟˊ	繢ㄏㄨㄟˋ緌（有花紋的帽帶）。蟹匡蟬緌（比喻名實不副）。纓緌之徒（比喻顯貴的人）。
*	腇	ㄋㄟˇ	萎ㄨㄟˇ腇（軟弱無力的樣子）。
	萎	ㄨㄟ	枯萎。凋萎。萎謝。哲人其萎（悼ㄉㄠˋ念賢者的輓辭）。萱萎北堂（哀悼ㄉㄠˋ母親去世的輓辭）。
*	覣	ㄨㄟ	覣盈（發怒）。
	諉	ㄨㄟˇ	推諉。爭功諉過。推諉塞ㄙㄜˋ責。
	逶	ㄨㄟ	逶迆ㄧˊ（彎曲而綿長的樣子）。逶迤ㄧˊ（同「逶迆」）。逶遲（徐行的樣子）。
*	餧	ㄨㄟˋ	餧毒（餵毒）。以肉餧虎（比喻平白犧牲，無濟於事）。通「餵」。
		ㄋㄟˇ	凍餧（寒冷飢餓。同「凍餒」）。餧人（飢餓的人）。餧死（餓死）。通「餒」。
	魏	ㄨㄟˋ	魏闕ㄑㄩㄝˋ（朝廷）。心存魏闕（不論身處何地，仍關心朝政）。心馳魏闕（同「心存魏闕」）。<u>生張熟魏</u>（比喻互不熟識的人或娼妓接待客人，不分生客或熟客）。
		ㄨㄟˊ	魏然（獨立不動的樣子）。魏魏（高大的樣子）。通「巍ㄨㄟˊ」。
			【𥝢】
*	藜	ㄌㄧˊ	蒺藜（植物名）。藜杖（枴杖）。藜羹（用藜菜作的羹。比喻粗食）。青藜學士（比喻學識廣博的人）。蒸藜出妻（比喻人子能盡孝道）。羹藜唅ㄏㄢˊ糗ㄑㄧㄡˇ（比喻飲食粗劣菲ㄈㄟˇ薄）。

國字	字音	語詞
* 鸝	ㄌㄧˊ	鸝鳥（鳥名。即黃鶯）。
黎	ㄌㄧˊ	烝黎（百姓）。黎民（百姓）。黎明。群黎百姓（眾民）。黎丘丈人（不察真相而陷入錯誤的人）。
黧	ㄌㄧˊ	黧黑（黑色）。面目黧黑（也作「面目黎黑」）。黧老童孺（老人和小孩）。
【卑】		
俾	ㄅㄧˋ	俾能自立（使能自立）。俾晝作夜（指日夜生活顛倒ㄉㄠˇ。常用在無限制的享樂）。
卑	ㄅㄟ	自卑。卑微。卑鄙ㄅㄧˇ。謙卑。自卑感。不亢不卑。天高聽卑（讚頌帝王聖明）。位卑言高（比喻逾ㄩˊ越本分議論）。男尊女卑。卑宮菲ㄈㄟˇ食（比喻賢君自奉儉約，不重物質的享受，專心於國事的治理）。卑躬屈膝。登高自卑。
啤	ㄆㄧˊ	啤酒。啤酒肚。
埤	ㄆㄧˊ	水埤（灌溉用的蓄水池）。埤益（增益、補益）。埤溼（低窪潮溼的地方）。虎頭埤。埤頭鄉（彰化縣鄉名）。新埤鄉（屏東縣鄉名）。
	ㄅㄧˋ	埤堄ㄋㄧˋ（古時城牆上的矮牆）。松柏不生埤（松柏不生在低窪潮溼的地方）。
婢	ㄅㄧˋ	女婢。奴婢。婢女。奴顏婢膝。婢學夫人（譏笑人好模仿而不能逼真）。
* 崥	ㄅㄧˇ	岟ㄧㄤ崥（山麓ㄌㄨˋ、山腳）。
	ㄆㄧˊ	崥崹ㄊㄧˊ（山勢漸趨平緩的樣子）。

	國字	字音	語詞
*	庳	ㄅㄧˋ	有庳（古地名）。宮室卑庳（宮室低窪凹下）。
		ㄅㄟ	庳車（低車）。
	捭	ㄅㄞˇ	捭闔（ㄏㄜˊ）（指分化和拉攏）。縱（ㄗㄨㄥˋ）橫捭闔（指政治或外交上使用的分化與拉攏等高明的手段）。
*	椑	ㄆㄧˊ	椑榼（ㄎㄜˋ）（盛酒器）。美酒一椑（一罐美酒）。
		ㄅㄟ	椑柹（ㄕˋ）（木名。同「椑柿」）。
	牌	ㄆㄞˊ	門牌。牌樓。攤牌。布告牌。亮底牌。擋箭牌。骨牌效應。
*	猈	ㄅㄚˋ	猈犬（短脛狗或短頸狗）。
	痺	ㄅㄧˋ	痲痺。肌肉痲痺。痲痺不仁。「痹」為異體字。
		ㄅㄟ	鶛（ㄐㄧㄝ）痺（雄鶉（ㄔㄨㄣˊ）和雌（ㄘ）鶉）。
	睥	ㄅㄧˋ	睥睨（ㄋㄧˋ）（斜著眼睛看人）。睥睨物表（形容驕傲自大，看不起人）。睥睨群雄。睥睨窺覷（ㄑㄩˋ）（暗中察看，以便找到有利機會下手）。
	碑	ㄅㄟ	口碑。石碑。里程碑。口碑載道。有口皆碑。
	稗	ㄅㄞˋ	稊（ㄊㄧˊ）稗（泛指田裡無用的小草）。稗官（小說家）。稗草（稻田裡的雜草）。稗販（小販）。稗耳販目（比喻見聞淺陋）。稗官野史（泛指小說或私人編撰的雜史傳記）。

	國字	字音	語詞
*	箄	ㄆㄞˊ	枋ㄈㄤˊ箄（用竹木編成的浮筏。即竹筏）。箄船（同「枋箄」）。
		ㄅㄟ	甑ㄗㄥˋ箄（古時置放於甑底，用來防止食物掉落鍋中的竹片）。炊忘箸ㄓㄨˋ箄（煮飯時，忘記放置覆蓋蒸物的器具）。
*	粺	ㄅㄞˋ	精粺（細舂ㄔㄨㄥ的精米）。
*	綼	ㄅㄧˋ	綼緆ㄒㄧˋ（裙子下襬的裝飾）。
	脾	ㄆㄧˊ	脾氣。沁ㄑㄧㄣˋ人心脾。痛入心脾。脾胃相投。感人心脾。
*	萆	ㄅㄧˋ	萆荔（植物名。即薜ㄅㄧˋ荔）。萆麻（即蓖ㄅㄧˋ麻）。山萆薢ㄒㄧㄝˋ（植物名）。
*	蜱	ㄆㄧˊ	蜱蛸ㄒㄧㄠ（螳螂的卵。即螵ㄆㄧㄠ蛸）。
*	螷	ㄆㄧˊ	螷醢ㄏㄞˇ（用蚌蛤ㄍㄜˊ肉所製成的醬）。
*	蠯	ㄆㄧˊ	蠯醢（同「螷醢」）。通「螷」。
	裨	ㄅㄧˋ	裨益。無裨於事。裨補闕ㄑㄩㄝ漏（有助於改善缺失）。
		ㄆㄧˊ	偏裨（副將）。裨海（小海）。裨將（同「偏裨」）。裨諶ㄔㄣˊ（春秋鄭大ㄉㄞˋ夫，善於謀事）。
*	諀	ㄆㄧˇ	諀訾ㄗˇ（好毀謗）。
*	豍	ㄅㄧㄢˇ	豍豆（豌ㄨㄢ豆）。
*	貏	ㄅㄧˇ	貏豸ㄓˋ（比喻山勢漸趨平坦的樣子）。

國字	字音	語詞
*郫	ㄆㄧˊ	郫江（四川省水名）。郫筒（竹製的盛酒器）。郫縣（四川省縣名）。
*錍	ㄆㄧˊ	錍箭（箭名。即鍭ㄏㄡˊ箭）。
陴	ㄆㄧˊ	撫弦登陴（手持弓箭，登上城牆）。
*鞞	ㄅㄥˇ	鞞琫ㄅㄥˇ（刀鞘ㄑㄧㄠˋ）。鞞舞（古代一種手持小鼓、搖動作響的舞蹈ㄉㄠˋ）。鞞琫容刀（刀鞘鑲有寶石的佩刀）。
	ㄅㄟ	牛鞞縣（古地名）。
	ㄆㄧˊ	鞞婆（琵琶）。鞞鼓（戰鼓。同「鼙ㄆㄧˊ鼓」）。漁陽鞞鼓（指外族侵略）。通「鼙」。
髀	ㄅㄧˋ	髀骨（胯ㄎㄨㄚˋ骨）。拊ㄈㄨˇ髀雀躍ㄩㄝˋ（用手拍大腿，表示興ㄒㄧㄥ奮）。拊髀興嘆（拍著大腿，發出嘆息）。彈箏搏髀（彈著古箏，手拍擊大腿，以為節拍）。髀肉皆消（形容因過度勞累而身體消瘦）。髀肉復生（形容久居安逸，無所作為）。
*鵯	ㄅㄟ	鵯鵊ㄐㄧㄚˊ（鳥名。即催明鳥）。鵯鶋ㄐㄩ（鳥名。外形似烏）。紅嘴黑鵯（鳥名）。
鼙	ㄆㄧˊ	鼙鼓（戰鼓）。鼙鼓雷鳴（指戰爭氣氛ㄈㄣ極ㄐㄧˊ濃）。
【者】		
儲	ㄔㄨˊ	儲存。儲備。儲蓄。
嘟	ㄉㄨ	嘟嘴。嘟囔ㄋㄤ（自言自語）。胖嘟嘟。

	國字	字音	語詞
	堵	ㄉㄨˇ	防堵。堵塞ㄙㄜˋ。堵嘴。圍堵。一堵牆。阿ㄚ堵物（錢）。安堵如故（如過去一樣相安無事）。安堵樂業（同「安居樂業」）。案堵如故（同「安堵如故」）。環堵蕭然（形容居室簡陋，極為貧窮）。觀者如堵（形容圍觀的人很多）。
		ㄓㄜˇ	堵水（湖北省水名）。堵陽（河南省古地名）。
	奢	ㄕㄜ	奢求。奢侈。奢華。奢靡。奢侈品。窮奢極欲。驕奢淫佚（指富人或權貴的糜爛生活）。
	屠	ㄊㄨˊ	屠夫。屠宰。屠殺。七級浮屠（七層的佛塔）。屠門大嚼ㄐㄩㄝˊ（比喻內心喜歡而不能得到，藉幻想已得到的樣子來自我安慰）。屠龍之技（比喻技能高妙卻不實用）。
*	撦	ㄔㄜˇ	風撦（被風吹裂）。撏ㄒㄩㄣˊ撦（多方摘取、摭ㄓˊ拾）。撦鼓奪旗（形容英勇作戰）。「扯」的本字。
	暑	ㄕㄨˇ	暑假。溽暑。盛暑祁ㄑㄧˊ寒（形容氣候條件極為惡劣）。
	楮	ㄔㄨˇ	楮錢（冥紙）。楮墨（紙墨）。楮樹。寸楮尺素（書信）。莫辨楮葉（比喻模仿逼真，不易分辨真假）。筆楮難窮（筆墨難以盡記）。臨楮眷念（下筆時，思念殷切）。斷墨殘楮（指殘缺不完整的典籍）。簡策楮墨（指書籍紙墨）。鏤ㄌㄡˋ脂ㄓ翦楮（比喻徒勞無功）。
*	櫧	ㄓㄨ	鐵櫧（植物名）。
	櫫	ㄓㄨ	揭櫫（揭示、標明）。楬ㄐㄧㄝˊ櫫（同「揭櫫」）。
	渚	ㄓㄨˇ	江渚（江中小陸地）。洲渚（水中小塊陸地，可以居住的地方）。渚清沙白（指水中的小陸地及陸地上的白沙清楚可見）。

國字		字音	語詞
*	瀦	ㄓㄨ	堰ㄧㄢˋ瀦（攔河壩）。瀦水（水積聚而成）。瀦澤（水停積聚集的地方）。
	煮	ㄓㄨˇ	烹煮。煮字療飢（讀書人賣文為生）。
*	瘏	ㄊㄨˊ	瘏悴（因過度勞疲而生病）。我馬瘏矣（我馬病得很重呀）。瘏口嘵ㄒㄧㄠ舌（費盡脣舌。同「舌敝脣焦」）。
	睹	ㄉㄨˇ	先睹為快。有目共睹。耳聞目睹。視若無睹。睹物思人。慘不忍睹。熟視無睹（指對眼前的事物毫不關心）。親眼目睹。「覩」為異體字。
	箸	ㄓㄨˋ	前箸（比喻代人謀畫）。象箸（用象牙製成的筷子）。舉箸（拿起筷子）。衛生箸（衛生筷）。入耳箸心（對所聽聞的事都緊記在心）。借箸代籌（同「前箸」）。張良借箸（指籌畫、計畫）。無下箸處（比喻生活豪奢）。象箸玉杯（形容豪奢的生活）。超超玄箸（言辭高妙而不著ㄓㄨㄛˊ形跡）。飯飽丟箸（形容得意忘形的樣子）。運籌借箸（指謀畫策略）。聞雷失箸（比喻利用巧言掩飾真實情況）。「筯」為異體字。
	緒	ㄒㄩˋ	思緒。就緒。千頭萬緒。茫無頭緒。愁緒如麻。準備就緒。
*	翥	ㄓㄨˋ	軒翥（高飛的樣子）。高翔遠翥（比喻遁世隱居）。鳳翥鸞迴（形容書法筆勢飛舞多姿）。鴻軒鳳翥（比喻人舉止高尚大方）。鸞翔鳳翥（比喻書法筆勢生動神妙）。
	者	ㄓㄜˇ	目擊者。之乎者也。觀者如市（形容觀看的人眾多。同「觀者如堵」）。

國字	字音	語　　詞
著	ㄓㄨˋ	名著。著名。著作。著述。著稱。顯著。見微知著(看到細微的徵兆，就可了解事情發展的趨向)。臭名昭著。著作等身。著書立說。睹著知微(由明顯的表象，推知其內在的隱情)。彰明較著(形容極為顯明)。「着」為異體字。
	ㄓㄨㄛˊ	土著。附著。著力。著手。著地。著色。著衣(穿衣)。著花。著重。著眼。著陸。著棋(下棋)。著筆(下筆)。著意(刻意)。著落。著實。著墨。膠著。著先鞭(比喻搶先一步成功)。黏著劑。不著痕跡。不著邊際。少吃無著(衣食缺乏，窮困的景況)。生活無著。先吾著鞭(指別人比自己搶先一步)。吃著不盡(衣食有餘)。衣食無著。佛頭著糞(比喻褻ㄒㄧㄝˋ瀆、玷ㄉㄧㄢˋ汙)。猛著祖鞭(勉勵人奮發圖強)。棋高一著(比喻能力或智謀比人高超)。著手成春(形容醫術高明)。著無庸議(沒必要討論)。著著進逼。
	ㄓㄠˊ	著火。著迷。著魔(被邪魔附身)。著火點。歪打正著。逮個正著。搔著癢處。偷雞不著蝕把米。
	ㄓㄠ	著水。著忙(著慌、著急)。著雨。著急。著風(受到風寒)。著涼。著慌。著數(方法、計謀)。毒著兒。陰著兒(陰毒的手段)。三十六著(三十六招)。
	˙ㄓㄜ	憑著。拔著短籌(比喻短命)。哭喪ㄙㄤ著臉。
藷	ㄓㄨ	藷蔗(甘蔗)。
	ㄕㄨˇ	甘藷(甘薯)。通「薯」。
* 藸	ㄔㄨˊ	荎ㄔˊ藸(植物名)。

	國字	字音	語詞
*	蝫	ㄓㄨ	蜛ㄐㄩ蝫（蟲名）。蟾ㄔㄢˊ蝫（癩蝦ㄏㄚˊ蟆）。通「蠩ㄓㄨ」。
*	蠩	ㄓㄨ	蜛蠩（蟲名。同「蜛蝫」）。
		ㄔㄨˊ	蟾ㄔㄢˊ蠩（同「蟾蜍」）。
	褚	ㄔㄨˇ	褚遂良（初唐書法家）。。
*	觰	ㄓㄚ	觰沙（張開的樣子）。
	諸	ㄓㄨ	公諸於世。反求諸己。日居月諸（感嘆光陰的流逝）。藏諸名山（比喻著作極有價值，能流傳後世）。
*	譇	ㄓㄚ	譇拏ㄋㄚˊ（文辭晦澀難懂）。
	豬	ㄓㄨ	豬仔ㄗㄞˇ。豬狗不如。「猪」為異體字。
	賭	ㄉㄨˇ	賭咒。賭注。賭徒。賭氣。賭博。賭身立誓。
	赭	ㄓㄜˇ	赭衣（比喻囚犯）。赭紅（赤紅色）。被ㄆㄧ赭貫木（穿著囚衣，戴著刑具）。赫如渥赭（形容臉色紅潤有光澤）。赭衣塞ㄙㄜˋ路（形容罪犯很多。也作「赭衣滿道」）。赭麴ㄑㄩ毒素（一種黴菌毒素）。
	躇	ㄔㄨˊ	躕ㄔㄨˊ躇（徘徊ㄏㄨㄞˊ）。躊ㄔㄡˊ躇。躇階而走（不依臺階等級，跨越數級而走）。躊躇不決（同「猶豫不決」）。躊躇滿志（自得的樣子）。
	都	ㄉㄨ	首都。都市。麗都（華麗）。大都會。通都大邑（四通八達的大都市）。
		ㄉㄡ	大都如此。

國字		字音	語詞
*	闍	ㄕㄜˊ	闉ㄧㄣ闍（城門外）。蘭闍（古印度褒讚人的話）。阿闍梨（佛教上指能教授弟子法式，矯正弟子行為的比丘）。
【兒】			
	倪	ㄋㄧˊ	旄ㄇㄠˋ倪（老人和小孩）。端倪。露出端倪。
	兒	ㄦˊ	兒童。伯道無兒（比喻人無子嗣ㄙˋ）。
		ㄋㄧˊ	兒寬（人名。西漢人）。
*	唲	ㄦˊ	喔ㄨㄛ咿嚅ㄖㄨˊ唲（強ㄑㄧㄤˇ笑獻媚的樣子）。
*	堄	ㄋㄧˊ	埤ㄅㄧˋ堄（古代城牆上的矮牆）。
*	婗	ㄋㄧˊ	嫛ㄧ婗（嬰兒）。
*	掜	ㄋㄧˇ	握而不掜（握著拳不必拿東西）。
	猊	ㄋㄧˊ	狻ㄙㄨㄢ猊（獅子）。怒猊抉石（形容書法的筆力遒ㄑㄧㄡˊ勁奔放）。怒猊渴驥（比喻書法的骨力雄健，筆勢奔放）。唐猊鎧ㄎㄞˇ甲（指良甲）。
	睨	ㄋㄧˋ	斜睨（斜著眼睛看）。睥ㄅㄧˋ睨（同「斜睨」）。高睨大談（放言高論，神態倨ㄐㄩˋ傲）。傲睨自若（形容高傲倨慢，藐視一切）。
*	蜺	ㄋㄧˊ	虹蜺（彩虹）。氣成虹蜺（形容氣勢壯盛）。
*	䑱	ㄋㄧˊ	䑱是（陝西省古縣名）。
	輗	ㄋㄧˊ	輗軏ㄩㄝˋ（比喻重要的關鍵）。大車無輗（比喻若言而無信，則無法取信於人）。

	國字	字音	語詞
*	郳	ㄋㄧˊ	郳國（周所封的小國）。
	霓	ㄋㄧˊ	雲霓（雲與虹。比喻人所渴望的事物）。霓虹燈。大旱雲霓（形容期盼的殷切）。虹霓吐穎（比喻人富有詩文才華）。氣吐虹霓（形容很有氣魄）。望切雲霓（同「大旱雲霓」）。雲霓之望（同「大旱雲霓」）。
	鬩	ㄒㄧˋ	鬩牆（比喻兄弟相爭）。兄弟鬩牆。鬩牆之禍。鬩牆誶ㄙㄨㄟˋ帚（指家庭內部爭吵不和睦）。
*	鯢	ㄋㄧˊ	鯨鯢（比喻凶暴的人）。尺澤之鯢（比喻見識短淺狹隘的人）。
*	鶂	ㄧˋ	鶂鶂（鵝叫聲）。
*	麑	ㄋㄧˊ	狻ㄙㄨㄢ麑（同「狻猊」）。鉏ㄔㄨˊ麑（人名。春秋晉人）。麑鹿（小鹿）。麑裘（以鹿皮做成的皮衣）。
*	齯	ㄋㄧˊ	齯齒（比喻長壽）。
			【奈】
	奈	ㄋㄞˋ	無奈。如之奈何。奈米科技。莫可奈何。無可奈何。
	捺	ㄋㄚˋ	捺印。按捺不住。捺定性子（壓住脾氣）。
			【定】
	定	ㄉㄧㄥˋ	定型。底定。老僧ㄙㄥ入定。
*	淀	ㄉㄧㄢˋ	海淀（地名。在北京市西北）。淀河（即河北省大清河）。寸金淀（河南省湖泊名）。白洋淀（古水澤名）。

國字	字音	語詞
碇	ㄉㄧㄥˋ	拔碇（開船）。啟碇（起航）。碇泊區（船隻停泊的水域）。
綻	ㄓㄢˋ	綻放。皮開肉綻。破綻百出。綻開笑靨ㄧㄝˋ。露ㄌㄡˋ出破綻。
茋	ㄉㄧㄥˋ	茄ㄐㄧㄚ茋（高雄市地名）。
錠	ㄉㄧㄥˋ	銀錠（鑄ㄓㄨˋ成元寶形的銀塊）。藥錠。一錠墨。
靛	ㄉㄧㄢˋ	靛青（一種藍色染料）。靛藍（同「靛青」）。紅橙黃綠藍靛紫。

【其】

國字	字音	語詞
*倛	ㄑㄧ	倛儗ㄋㄧˇ（遲疑不前）。倛醜（比喻醜惡ㄜˋ）。蒙倛（古代驅逐疫鬼或出喪開道的神像）。
其	ㄑㄧˊ	其他。上下其手。大異其趣。出其不意。突如其來。莫名其妙。
	ㄐㄧ	審食ㄧˋ其（漢初沛縣人）。酈ㄌㄧˋ食ㄧˋ其（秦末辯士）。夜如何其（夜色怎樣了）。
基	ㄐㄧ	丕基。根基。基礎。奠基。
*娸	ㄑㄧ	詆娸（毀謗，醜化。同「詆諆」）。
*惎	ㄐㄧˋ	惎悔（教人覺悟悔改）。惎間ㄐㄧㄢˋ（挑ㄊㄧㄠˇ撥離間ㄐㄧㄢˋ）。惎構（誣ㄨ衊陷害）。惎之尤甚（更加厭惡ㄨˋ他）。
旗	ㄑㄧˊ	旗袍。大張旗鼓。旗開得勝。旗鼓相望（形容軍容壯盛，聲勢浩大）。旗鼓相當。

國字	字音	語　　詞
期	ㄑㄧˊ	不期而遇。期期艾艾（形容口吃ㄐㄧˊ）。期頤之壽（長壽）。
	ㄐㄧ	期月（一年或滿一個月）。期功（喪ㄙㄤ服名）。期年（一週年）。期服（一年的喪服）。期歲（一周歲）。杖期夫（妻入門後，曾服翁或姑或太翁太姑之喪，妻死，夫稱「杖期夫」。反之，稱「不杖期夫」）。期月有成（形容辦事功效迅速顯著ㄓㄨˋ）。實維何期（它戴在哪裡喲）。
棋	ㄑㄧˊ	棋子ㄗˇ。星羅棋布。棋逢敵手。舉棋不定。蠹ㄉㄨˋ居棋處ㄔㄨˇ（比喻壞人深入社會，散布很廣）
欺	ㄑㄧ	欺騙。仗勢欺人。欺世盜名。暗室不欺（形容坦誠磊落。也作「不欺暗室」）。
淇	ㄑㄧˊ	淇水（河南省水名）。淇奧（詩經・衛風的篇名）。淇縣（河南省縣名）。冰淇淋。
琪	ㄑㄧˊ	火樹琪花（比喻燈火燦爛輝煌）。琪花瑤草（比喻珍異的花草）。
碁	ㄑㄧˊ	宏碁電腦。「棋」的異體字。
祺	ㄑㄧˊ	祺祥（吉祥）。順候近祺。
* 稘	ㄐㄧ	稘年（一週年）。「期ㄐㄧ」的本字。
箕	ㄐㄧ	畚箕。簸ㄅㄛˇ箕。執箕帚（為人妻妾的謙詞）。南箕北斗（比喻徒有虛名）。箕山之志（指避世隱居，不慕虛榮的志節）。箕風畢雨（比喻施政能順應體恤民情）。箕踞而遨（蹲坐而遊目四望）。頭會箕斂（比喻賦稅繁重苛刻）。

國字	字音	語詞
綦	ㄑㄧˊ	家教綦嚴。責任綦重。綦谿利跂ㄑㄧˋ（指故作高深狀，思想、行為與一般人差異極大）。縞ㄍㄠˇ衣綦巾（白絹ㄐㄩㄢˋ衣、綠佩巾）。
萁	ㄑㄧˊ	豆萁（豆的莖部）。豆萁相煎（比喻骨肉相殘）。煮豆燃萁（同「豆萁相煎」）。燃萁之敏（比喻文思敏捷）。
*藄	ㄑㄧˊ	紫藄（植物名。似蕨）。
*蜝	ㄑㄧˊ	螃蜝（蟹的一種。即蟛ㄆㄥˊ蜝）。蟛蜝。
*諆	ㄑㄧ	詆諆（毀謗汙衊。同「詆娸」）。
*踑	ㄑㄧˊ	踑踞（兩腿舒展而坐，形似畚箕。同「箕踞」）。
騏	ㄑㄧˊ	騏驥（駿馬）。人中騏驥（比喻才能出眾的人）。
*魌	ㄑㄧ	魌頭（古時扮神者打鬼驅疫所戴的面具）。
*鵸	ㄑㄧˊ	鵸雁（小雁）。
麒	ㄑㄧˊ	麒麟。天上麒麟（稱讚他人的兒子聰穎出眾）。
【取】		
*冣	ㄐㄩˋ	積冣（積聚）。
	ㄗㄨㄟˋ	「最」之異體字。
取	ㄑㄩˇ	取悅。取締。苟合取容（苟且迎合，取悅他人，以求容身）。

	國字	字音	語詞
	叢	ㄘㄨㄥˊ	花叢。草叢。叢林。叢書。水泥叢林。百病叢生。百弊叢生。野草叢生。
*	娵	ㄐㄩ	孟娵（古美女名）。閭ㄌㄩˊ娵（古美女名）。
	娶	ㄑㄩˇ	嫁娶。明媒正娶。
*	掫	ㄗㄡ	干掫（泛指捍衛）。掫囊（比喻懷才隱退，不為世用）。
*	棷	ㄗㄡ	棷樿ㄕㄢˋ（木名）。通「棸ㄗㄡ」。
*	聚	ㄐㄩˋ	聚子（人名）。
*	緅	ㄗㄡ	紺ㄍㄢˋ緅（深青微紅與深青透紅的顏色）。紺緅之衣（深色的衣服）。
*	菆	ㄗㄡ	矢菆（品質良好的箭）。蒲ㄆㄨˊ菆（蒲莖）。
*	諏	ㄗㄡ	諏吉（選擇好日子）。諏訪（諮詢、徵求意見）。諮諏（詢問政事）。諏吉遷居。諮諏善道（訪求好的道理作為）。
	趣	ㄑㄩˋ	各異其趣。妙趣橫生。
		ㄘㄨˋ	局趣（拘束）。敦趣（同「敦促」）。督趣（督促）。趣裝（迅速整理服裝）。趣織（蟋蟀）。趣民收斂（催促民眾收穫穀物）。通「促」。
		ㄑㄩ	趣向（同「趨向」）。趣舍ㄕㄜˇ（取舍。同「趨舍」）。趣勢（同「趨勢」）。通「趨」。
*	郰	ㄗㄡ	郰城（古地名。同「鄹ㄗㄡ城」）。通「鄹」。

	國字	字音	語　　詞
*	陬	ㄗㄡ	孟陬（陰曆正ㄓㄥ月）。海陬（海角，沿海偏遠的地方）。荒陬（偏僻荒遠的角落）。陬月（同「孟陬」）。陬隅ㄩˊ（角落）。陬落（邊疆村落）。山陬海澨ㄕˋ（指邊遠的地方）。卑陬失色（因慚愧而變色）。區聞陬見（學識淺薄，見聞狹隘）。窮陬僻壤（同「窮鄉僻壤」）。
*	鯫	ㄗㄡ	鯫生（古時文士自謙詞）。
*	齱	ㄗㄡ	齱齵ㄩˊ（牙齒不正）。

【店】

	國字	字音	語　　詞
	店	ㄉㄧㄢˋ	店鋪。連鎖店。量販店。
	惦	ㄉㄧㄢˋ	惦念。惦記。
	掂	ㄉㄧㄢ	掂掇ㄉㄨㄛ（斟酌、估量）。掂量。掂算。掂一掂（用手估量物體的輕重）。掂斤播ㄅㄛˋ兩（比喻品評優劣或形容斤斤計較。也作「掂斤估兩」）。掂梢折ㄕㄜˊ本（指生意虧本，賠人錢財）。
	踮	ㄉㄧㄢˋ	踮著腳尖。

【函】

	國字	字音	語　　詞
	函	ㄏㄢˊ	函授。信函。泥封函谷（形容嚴密把守關隘ㄞˋ，不容敵人入侵）。
	涵	ㄏㄢˊ	內涵。包涵。海涵。涵洞。涵養。茹古涵今（形容學識豐富，通貫古今）。涵養水源。

	國字	字音	語詞
	菡	ㄏㄢˋ	菡萏ㄉㄢˋ（荷花）。
*	顄	ㄏㄢˋ	顄淡（水波ㄅㄛ蕩漾的樣子）。
			【彔】
	剝	ㄅㄛ	剝皮。剝削ㄒㄩㄝ。剝落。剝奪。生吞活剝。抽絲剝繭。剝皮剉ㄘㄨㄛˋ骨（剝離外皮，磨削筋骨）。剝極必復（比喻情況壞到極點後，必定轉好）。剝膚之痛（指受害很深而引起的痛苦）。
		ㄅㄛˊ	斑剝（色彩相雜不純。同「斑駁」）。通「駁」。
*	彔	ㄌㄨˋ	曲彔（僧ㄙㄥ人所坐的椅子）。近日彔彔（近日事情忙碌）。往事彔彔（往事清晰可數ㄕㄨˇ）。
	氯	ㄌㄩˋ	氯化鈉。氯化鉀。三氯乙烷ㄨㄢˊ。多氯聯苯。
*	淥	ㄌㄨˋ	淥水（清澈的水）。溼淥淥（同「溼漉漉」）。
*	琭	ㄌㄨˋ	琭琭（稀少而珍貴）。琭琭如玉（像美玉璀璨明亮）。
*	盝	ㄌㄨˋ	脂ㄓ盝（化妝盒）。奩ㄌㄧㄢˊ盝（香盒）。
*	睩	ㄌㄨˋ	睩睩（注視）。蛾眉曼睩（形容女子容貌美麗）。
	碌	ㄌㄨˋ	忙碌。庸碌。勞碌命。奔波ㄅㄛ勞碌。庸碌無能（庸俗平凡，沒有才能）。碌碌庸流（才能平庸的人）。碌碌無為（才能平庸而無所作為）。碌碌寡合（性情孤僻，與人無法相合）。

	國字	字音	語詞
	祿	ㄌㄨˋ	俸祿。爵祿。寸祿之俸（微薄的薪俸）。尸祿害政（受祿而無作為，反而有害政事）。功名利祿。回祿之災（火災）。括囊守祿（比喻臣子不肯建言，只圖保住祿位）。持祿養交（結交權貴以保住祿位）。高官厚祿。無任之祿（不做事而徒得祿位）。無功受祿。祿山之爪ㄓㄠˇ（指對女子襲胸的男子之手）。餌名釣祿（謀取名譽和俸祿）。
	籙	ㄌㄨˋ	符籙（道家役使鬼神的一種神祕文字）。
	綠	ㄌㄩˋ	綠色。鴨綠江。慘綠少年（指風度翩翩、意氣風發的青年男子）。綠林大盜。綠草如茵。綠意盎然。
*	菉	ㄌㄩˋ	菉竹（綠竹）。菉豆（綠豆）。通「綠」。
*	逯	ㄌㄨˋ	行事逯逯（做事謹慎）。逯然而來（隨意地、無目的地前來）。逯逯之輩（指平庸無奇的人）。
*	醁	ㄌㄨˋ	醽ㄌㄧㄥˊ醁（泛指美酒）。
	錄	ㄌㄨˋ	型錄（介紹產品的說明書）。錄取。錄音。紀錄片。破紀錄。錄音帶。錄音機。
*	騄	ㄌㄨˋ	騄耳（周穆王八駿馬之一）。驥ㄐㄧˋ騄（古代二駿馬名。泛指良馬）。
	【府】		
	俯	ㄈㄨˇ	俯視。俯衝。俯瞰ㄎㄢˋ。前俯後仰。俯仰無愧（比喻沒有做虧心事，心裡不感到慚愧）。俯拾皆是。俯首帖ㄊㄧㄝ耳。俯首稱ㄔㄥ臣。俯首認罪。
	府	ㄈㄨˇ	府邸。府第。天府之國（指四川省）。怨謗之府（眾人怨誹的對象）。

國字	字音	語詞
腑	ㄈㄨˇ	肺腑。臟腑。肺腑之言。痛徹心腑。感人肺腑。
腐	ㄈㄨˇ	腐朽。腐刑（宮刑）。腐敗。腐蝕。切(ㄑㄧㄝˋ)齒腐心（形容憤恨到了極點）。物腐蟲生（比喻事出有因，必先有弱點，他人才有可乘(ㄔㄥˊ)之機）。貪汙腐化。
【孟】		
孟	ㄇㄥˋ	孟浪（形容舉止魯莽輕率）。孟浪輕狂（同「孟浪」）。焦孟不離（比喻友誼(ㄧˋ)深厚，形影不離）。優孟衣冠(ㄍㄨㄢ)（指登場演戲）。
猛	ㄇㄥˇ	猛獸。生猛海鮮（新鮮且富營養的水產食用生物）。突飛猛進。猛著(ㄓㄨㄛˊ)先鞭（比喻奮發向上，勇往直前）。謀臣猛將。
艋	ㄇㄥˇ	舴(ㄗㄜˊ)艋（小船）。艋舺。
蜢	ㄇㄥˇ	蚱蜢。
錳	ㄇㄥˇ	鎢錳鐵礦（含有鐵與錳的鎢酸鹽）。
【門】		
們	ㄇㄣˊ	圖們江。
	˙ㄇㄣ	他們。你們。我們。
問	ㄨㄣˋ	不恥下問。撫心自問。
捫	ㄇㄣˊ	扣槃(ㄆㄢˊ)捫燭（比喻認識不確切，以致產生誤解）。捫心自問。捫心無愧。捫蝨而談（形容人態度從(ㄘㄨㄥ)容不迫，旁若無人）。
門	ㄇㄣˊ	門戶。門楣(ㄇㄟˊ)。北門鎖鑰(ㄧㄠˋ)（指國土北境的要塞(ㄙㄞˋ)）。

國字		字音	語詞
	閂	ㄕㄨㄢ	閂閂。關門落閂（比喻事情已定，無法改變）。
【音】			
	倍	ㄅㄟˋ	倍力橋。倍感親切。倍道兼行（加速行走，一天走兩天的路程）。事半功倍。
	剖	ㄆㄡˇ	剖析。剖開。剖腹。解剖。剖面圖。豆剖瓜分（比喻國土被分割、併吞）。剖肝泣血（比喻內心極為痛苦）。摧心剖肝（形容極度悲痛）。
	培	ㄆㄟˊ	培育。培植。培養。
		ㄆㄡˇ	培塿ㄌㄡˇ（小土山）。
	掊	ㄆㄡˊ	掊克（以苛稅斂取財物）。掊坑（用手或工具挖坑穴）。掊洞（挖洞）。掊斂（搜括民財）。一掊之土（同「一抔ㄆㄡˊ之土」）。掊多益寡（減有餘，補不足。同「裒ㄆㄡˊ多益寡」）。掊克在位（不賢良的人在位）。
		ㄆㄡˇ	掊擊（抨ㄆㄥ擊）。掊斗折衡（指廢除讓人爭多論少的斗衡）。
*	棓	ㄆㄡˇ	棓生（人名。漢代人）。
*	毰	ㄆㄟˊ	毰毸ㄙㄞ（鳥羽奮張的樣子）。
	涪	ㄈㄨˊ	涪江（四川省水名）。涪陵（四川省縣名）。
	焙	ㄅㄟˋ	烘焙。焙茶。焙乾（在火上烘烤，去除水分）。烘焙班。焙茶機（烘茶機）。
*	瓿	ㄆㄡˇ	覆瓿（比喻著ㄓㄨˋ作不受人重視）。覆醬瓿（同「覆瓿」）。

國字	字音	語詞
* 碚	ㄅㄟˋ	北碚(地名。位於重慶市北方)。碚礧ㄌㄟˇ(同「蓓ㄅㄟˋ蕾」)。
菩	ㄆㄨˊ	菩提。菩提樹。菩薩心腸。菩薩低眉(形容人面貌慈善的樣子)。
蓓	ㄅㄟˋ	蓓蕾ㄌㄟˇ。倪蓓蓓(電臺主持人)。
* 蔀	ㄅㄨˋ	蔀屋(指窮人所住幽暗簡陋的房屋)。
賠	ㄆㄟˊ	賠罪(同「陪罪」)。賠償ㄔㄤˊ。
踣	ㄅㄛˊ	頓踣(跌倒)。顛踣(同「頓踣」)。躓ㄓˋ踣(比喻遭受挫敗)。踣地不起(倒地不起)。踣地呼天(形容悲傷至極)。驀然而踣(突然跌倒)。
部	ㄅㄨˋ	部曲ㄑㄩ(軍隊)。部署ㄕㄨˋ。按部就班。
醅	ㄆㄟ	黍醅(用黍釀成的酒)。舊醅(以前釀的劣酒)。醱ㄆㄛ醅(釀酒)。
陪	ㄆㄟˊ	陪禮(同「賠禮」)。陪襯。敬陪末座。
【戔】		
* 俴	ㄐㄧㄢˋ	俴駟(四匹披薄甲的馬)。俴駟孔群(披薄甲的四匹馬步伐ㄈㄚˊ很協調)。
* 剗	ㄔㄢˇ	剗平(同「剷平」)。剗除(同「剷除」)。剗道(棧ㄓㄢˋ道)。剗襪(只穿襪子著ㄓㄨㄛˊ地,而不穿鞋子)。剗草除根(同「斬草除根」)。剗跡山林。
戔	ㄐㄧㄢ	戔戔(微細的樣子)。戔戔微物(東西微小的樣子)。為數戔戔(數量很少)。

	國字	字音	語詞
	棧	ㄓㄢˋ	客棧。貨棧。棧道。戀棧。無心戀棧。駑ㄋㄨˊ馬戀棧（比喻庸才貪圖祿位）。戀棧不去。戀棧權位。
	殘	ㄘㄢˊ	殘酷。同類相殘。抱殘守缺（守著陳舊的事物或思想而不知變通）。
	淺	ㄑㄧㄢˇ	淺見。淺鮮ㄒㄧㄢˇ（輕微）。膚淺。淺顯易懂。
		ㄐㄧㄢ	淺淺（形容水流急速）。
	濺	ㄐㄧㄢˋ	水花四濺。水花飛濺。火光迸ㄅㄥˋ濺（因撞擊而火花飛濺）。浪花四濺。
		ㄐㄧㄢ	濺濺（同「淺淺」）。
	牋	ㄐㄧㄢ	牋紙（信紙）。瑤牋（美稱他人的書信）。擘ㄅㄛˋ牋（裁紙）。通「箋」。
*	琖	ㄓㄢˇ	把琖（舉杯喝酒）。臺琖（下附有托盤的酒器）。金琖銀臺（水仙花的別名）。通「盞」。
	盞	ㄓㄢˇ	一盞燈。金盞花。把盞言歡。洗盞更ㄍㄥ酌（清洗酒杯，重新倒酒）。傳杯送盞（形容酒宴上互相斟酒邀飲的歡樂景象）。
	箋	ㄐㄧㄢ	信箋。箋注（注解文義）。處方箋（不作「處方籤」）。片箋片玉（比喻詩文之美）。
*	籛	ㄐㄧㄢ	籛鏗ㄎㄥ（即彭祖）。
*	諓	ㄐㄧㄢˋ	諓諓（巧言善辯的樣子）。

	國字	字音	語詞
	賤	ㄐㄧㄢˋ	低賤。卑賤。貧賤。貴賤。賤賣。人離鄉賤(比喻人在陌生環境的哀傷心境)。安貧樂賤。低價賤賣。貧賤之交。貴古賤今(推崇古代而鄙視當代的事物)。穀賤傷農。賤如糞土。賤斂貴出(低價買進,高價賣出)。
	踐	ㄐㄧㄢˋ	實踐。踐阼ㄗㄨㄛˋ(天子即位。也作「踐祚ㄗㄨㄛˋ」)。踐約(履行先前約定的事)。踐踏。踐諾(實踐答應人家的事)。作ㄗㄨㄛˋ踐自己。言不踐行(所說的話沒有實踐)。食毛踐土(為古代臣民感戴君恩的話)。踐言履信(實踐諾言,履行誠信)。踐履諾言。篤實踐履(切實實踐)。
*	輚	ㄓㄢˋ	輚輅ㄌㄨˋ(古代一種臥車)。
*	醆	ㄓㄢˇ	醆酒(較清的白酒)。醆斝ㄐㄧㄚˇ(古代的酒器)。浮沉酒醆(糊糊塗塗的喝酒過日子)。
	錢	ㄑㄧㄢˊ	賭錢。錢幣。看ㄎㄢ錢奴。
		ㄐㄧㄢˇ	錢鎛ㄅㄛˊ(古代兩種鋤田的農具。泛指農具)。庤ㄓˋ乃錢鎛(準備好農具)。
	餞	ㄐㄧㄢˋ	蜜餞。餞行。餞別。蜜餞砒ㄆㄧ霜(同「口蜜腹劍」)。賓餞日月(指歲月像流水般飛逝)。
	【昜】		
	剔	ㄊㄧ	挑ㄊㄧㄠ剔ㄊㄧ(書法的筆畫名稱)。挑剔ㄊㄧ(吹毛求疵)。剔牙。剔除。玲瓏剔透。爬羅剔抉(形容蒐羅極廣泛、選擇極正確)。晶瑩剔透。
	埸	ㄧˋ	疆埸(邊界、邊境)。與「場ㄔㄤˊ」不同。

國字	字音	語詞
惕	ㄊㄧˋ	怵ㄔㄨˋ惕（驚恐）。惕厲。警惕。朝乾ㄑㄧㄢˊ夕惕（形容勤奮謹慎，不敢稍有懈怠）。與「惕ㄕㄤ」不同。
易	ㄧˋ	不易之論（形容論斷或意見極為正確）。以貨易貨。以暴易暴。平易近人。易牙之味（比喻食物味道鮮美）。易地而處ㄔㄨˇ。易科罰金。易與之人（容易應付的人）。移風易俗。寒暑易節（比喻光陰的移轉，季節的變換）。賢賢易色（指尊重賢德的人，而不愛好女色）。與「昜ㄧㄤˊ」不同。
* 緆	ㄒㄧˋ	弱緆（細布）。
蜴	ㄧˋ	虺ㄏㄨㄟˇ蜴（比喻肆毒害人）。蜥蜴。虺蜴為心（比喻心很毒辣）。與「蝪ㄊㄤ」不同。
裼	ㄒㄧˊ	袒裼（脫外衣，露ㄌㄡˋ裡衣。即露臂）。袒裼裸裎ㄔㄥˊ（赤身露體）。與「禓ㄧㄤˊ」不同。
	ㄊㄧˋ	載衣之裼（就讓她裹著小被）。
賜	ㄙˋ	恩賜。御賜。賜死。賜教。賜箭。賞賜。天官賜福。
踢	ㄊㄧ	踢皮球。踢毽子。拳打腳踢。與「踼ㄉㄤˋ」不同。
錫	ㄒㄧˊ	錫箔。錫賚ㄌㄞˋ（賞賜）。永錫不匱（形容蒙受恩遇，不虞匱乏）。與「鍚ㄧㄤˊ」不同。
* 鬄	ㄊㄧˋ	鬄鬄（假髮）。禿而施鬄（頭髮禿了才給假髮）。同「髢ㄊㄧˋ」。
【果】		
* 倮	ㄌㄨㄛˇ	倮身（同「裸身」）。倮裎（同「裸裎」）。倮蟲（指人類）。通「裸」。

國字	字音	語詞
* 堁	ㄎㄜˇ	晞ㄒㄧ堁（成塊的乾土）。堀ㄎㄨ堁揚塵（塵沙飛揚的樣子）。
* 婐	ㄜˇ	婐婧ㄊㄨㄛˇ（女子溫柔美麗的樣子）。
彙	ㄏㄨㄟˋ	字彙。詞彙。彙集。彙編。彙整。
* 惈	ㄍㄨㄛˇ	惈敢（同「果敢」）。通「果」。
* 敤	ㄎㄜˇ	敤手（虞舜之妹）。
果	ㄍㄨㄛˇ	果腹。食不果腹（形容生活貧困）。剛毅果決。殺敵致果。「菓」為異體字。
棵	ㄎㄜ	一棵樹。
* 猓	ㄍㄨㄛˇ	猓然（動物名。即長尾猴）。猓玀ㄌㄨㄛˊ（我國民族名）。
* 祼	ㄍㄨㄢˋ	祼玉（古時舉行祼祭時所使用的玉器）。祼圭ㄍㄨㄟ（古代玉製酒器名）。祼祭（以酒灑地以告神的祭禮）。與「裸」不同。
稞	ㄎㄜ	青稞（植物名）。
窠	ㄎㄜ	窠臼。窠巢（鳥巢）。不落窠臼（比喻不落舊套，有獨創的風格）。落入窠臼。蜂窠蟻穴（比喻占據的地方極為狹窄）。
粿	ㄍㄨㄛˇ	碗粿。油炸ㄓㄚˊ粿（油條）。紅豆粉粿。
蜾	ㄍㄨㄛˇ	蜾蠃ㄌㄨㄛˇ（昆蟲名。體形似蜂）。
裸	ㄌㄨㄛˇ	裸露ㄌㄨˋ。裸體。赤身裸體。袒裼ㄒㄧˊ裸裎。

	國字	字音	語詞
*	裹	ㄍㄨㄛˇ	包裹。裹脅(用脅迫手段逼迫他人聽從)。裹傷。裹腳布。大包小裹。包裹表決。杜口裹足(形容畏懼而不敢進言)。馬革裹屍(比喻英勇戰死在沙場上)。裹足不前。
	課	ㄎㄜˋ	課稅。課題。循名課實(依照其名來考核其實)。
	踝	ㄏㄨㄞˊ	腳踝。踝骨。踝子骨(同「踝骨」)。踝關節。
*	輠	ㄍㄨㄛˇ	炙輠(同「流輠」)。流輠(比喻善於言辭)。
*	錁	ㄎㄜˋ	錁子(古代用金銀鑄ㄓㄨˋ成的小錠)。
	顆	ㄎㄜ	顆粒。一顆糖。
*	騍	ㄎㄜˋ	騍馬(雌ㄘ馬)。
*	髁	ㄎㄜ	枕髁(位於頭骨與第一頸椎相接處，可使頭部自由活動)。誒ㄒㄧ髁(不正的樣子)。髁骨(大腿骨或膝蓋骨)。髁膝蓋(同「膝蓋」)。

【並】

	國字	字音	語詞
	並	ㄅㄧㄥˋ	並肩。並鄰(比ㄅㄧˋ鄰而居)。並蒂蓮(比喻夫妻恩愛)。並肩而行。並肩作戰。並肩前進。圖文並茂。
*	掽	ㄆㄥˋ	掽見(碰見)。「碰」的本字。
	普	ㄆㄨˇ	普遍ㄅㄧㄢˋ。普洱ㄦˇ茶。普天同慶。普降甘霖。
	椪	ㄆㄥˋ	椪柑。椪餅。

	國字	字音	語　　詞
	碰	ㄆㄥˋ	碰撞。碰壁。碰釘子。四處碰壁。磕頭碰腦（形容人多擁ㄩㄥˇ擠，互相碰觸）。
	譜	ㄆㄨˇ	離譜。工尺ㄔㄜˇ譜（一種記錄樂譜的方法）。有譜兒。擺譜兒（擺架子）。心裡有譜。譜出戀曲。
	【非】		
	俳	ㄆㄞˊ	俳賦（一種賦體）。俳優（即戲劇演員）。
*	剕	ㄈㄟˋ	剕刑（古代一種斷腳的刑名）。
	匪	ㄈㄟˇ	交情匪淺。夙夜匪懈。匪石之心（比喻意志堅定，不可動搖）。匪夷所思。匪躬之節（不顧自身利害而盡忠國家的節操）。獲益匪淺。
*	厞	ㄈㄟˋ	厞陋（闇ㄢˋ蔽）。
	啡	ㄈㄟ	咖啡。嗎ㄇㄚˇ啡。
*	婓	ㄈㄟ	婓婓（來來往往的樣子）。
*	屝	ㄈㄟˋ	屝屨ㄐㄩˋ（粗陋的草鞋）。
	徘	ㄆㄞˊ	徘徊ㄏㄨㄞˊ。徘徊歧路。
	悱	ㄈㄟˇ	悱憤（鬱悶不舒暢）。憤悱（發憤鑽研學問，想求通達而做不到）。不悱不發（不是想說而說不出的，不去開導他）。纏綿悱惻。
	悲	ㄅㄟ	悲切ㄑㄧㄝˋ。悲戚。悲慟ㄊㄨㄥˋ。

國字		字音	語　　詞
	排	ㄆㄞˊ	彩排。排山倒ㄉㄠˇ海。排難ㄋㄢˋ解紛。
		ㄆㄞˇ	排子車（載運器物的木板車，用人力推拉）。
	扉	ㄈㄟ	心扉。門扉。柴扉（形容簡陋的住所）。荊扉（用荊條編成的柴門）。扉頁（書籍畫冊封面後的第一頁）。倚扉而望。
	斐	ㄈㄟˇ	文采斐然。成績斐然。斐然向風（形容人們景仰對方的德政而紛紛學習成一種風氣）。斐然成章（形容文章富有文采，且成章法）。萋斐貝錦（比喻讒ㄔㄢˊ言）。績效斐然。
*	棐	ㄈㄟˇ	棐忱（輔助誠信的人）。棐德（指不道德的事）。棐檠ㄑㄧㄥˊ（夾弓弦ㄒㄧㄢˊ的工具）。
	榧	ㄈㄟˇ	打榧子（用大拇指和中指急搓，發出清脆的聲音）。
*	琲	ㄅㄟˋ	珠琲（珠十貫為一琲。如「珠琲闌干」）。將「咖啡」作「珈ㄐㄧㄚ琲」為訛用。
	痱	ㄈㄟˋ	痱子。痱子粉。「疿」為異體字。
*	篚	ㄈㄟˇ	罍ㄌㄟˊ篚（指祭祀）。
	緋	ㄈㄟ	緋紅（深紅）。緋聞。緋寒櫻（即山櫻花）。
	罪	ㄗㄨㄟˋ	罪行ㄒㄧㄥˊ。罪愆ㄑㄧㄢ。代罪羔羊。戴罪立功。
	翡	ㄈㄟˇ	翡翠。翡翠蘭苕ㄊㄧㄠˊ（形容文采鮮妍，明麗可愛的詩風）。
	腓	ㄈㄟˊ	腓骨。<u>腓尼基</u>（地名）。腓腸肌（脛ㄐㄧㄥˋ骨後面的一塊肌肉）。百卉具腓（草木都枯萎ㄨㄟˇ）。腓力牛排（牛排名。或作「菲力牛排」）。

國字	字音	語詞
菲	ㄈㄟˇ	菲菜（一種菜）。菲酌（粗劣的酒飯）。菲敬（送禮時的謙詞）。葑ㄈㄥ菲（比喻人有可取之處）。妄自菲薄。待遇菲薄。菲才寡學（才能小，學識淺）。菲言厚行（少說話、多做事）。惡ㄜˋ衣菲食（形容生活節儉樸實）。葑菲之采（比喻他人對自己有所採取的謙詞）。薄具菲酌。
	ㄈㄟ	芳菲（花草的芳香）。菲律賓。
蜚	ㄈㄟˇ	蜚蠊（蟑螂）。
	ㄈㄟ	蜚語（沒有根據的流言）。流言蜚語（指謠言）。蜚言蜚語（同「蜚短流長」）。蜚英騰茂（稱頌人的聲名與實際相符ㄈㄨˊ）。蜚短流長（流傳於眾人之口的閒話）。蜚蓬之問（比喻毫無根據的傳聞）。蜚聲中外。蜚聲國際。蜚聲鵲起（名聲突起，為人所尊崇）。通「飛」。
* 裶	ㄈㄟ	裶裶（衣服長的樣子）。
裴	ㄆㄟˊ	裴度（唐代名臣）。裴行儉（唐代名將）。
誹	ㄈㄟˇ	腹誹（口不說而心裡認為不對）。誹謗。腹誹心謗（嘴裡不說，內心卻不滿）。
輩	ㄅㄟˋ	汝ㄖㄨˇ輩（你們）。輩行ㄏㄤˊ（前後輩的行次。即輩分）。人才輩出。名家輩出。英雄輩出。等閒之輩。當今無輩（目前沒有可以與其匹ㄆㄧ敵的人）。
* 陫	ㄈㄟˋ	陫側（隱痛、難過）。

	國字	字音	語詞
	霏	ㄈㄟ	煙霏（煙霧瀰漫）。雨ㄩˋ雪霏霏（大雪紛飛）。煙霏雨散（形容很多）。煙霏雲斂（煙氣瀰漫，雲彩收斂）。煙霏霧集（煙霧瀰漫集結的樣子）。談霏玉屑ㄒㄧㄝˋ（形容談吐美妙，滔滔不絕）。
	非	ㄈㄟ	非議。明辨是非。惹是生非。
*	馡	ㄈㄟ	馡馡（香氣濃郁而四處飄逸的樣子）。
*	騑	ㄈㄟ	騑騑（馬不停向前急行的樣子）。
	【卓】		
*	倬	ㄓㄨㄛˊ	俏倬（風流俊俏）。倬詭ㄍㄨㄟˇ（超群奇特）。倬彼雲漢（那氣勢浩大的雲河啊）。
	卓	ㄓㄨㄛˊ	卓越。卓有成效。卓然有成。卓爾不群（才德特立突出，與眾不同）。堅苦卓絕。遠見卓識（高遠卓越的眼光、見識）。顏苦孔卓（顏淵苦於孔子的卓然特出，不可企及）。
*	啅	ㄓㄨㄛˊ	啅啅（形容群鳥啁啾ㄐㄧㄡ聲）。啅噪（形容鳥叫聲）。
*	婥	ㄔㄨㄛˋ	婥約（柔美婉約。同「綽約」）。
	悼	ㄉㄠˋ	哀悼。追悼。悲悼。悼念。嗟ㄐㄧㄝ悼（哀傷、悲悼）。追悼會。悼心失圖（因為過於悲傷而疏於謀畫）。悼心疾首（形容十分悲傷）。舉國震悼。驚心悼膽（形容極為害怕而心裡不安）。
	掉	ㄉㄧㄠˋ	掉書袋（說人喜歡引經據典，咬文嚼ㄐㄧㄠˊ字的毛病）。掉以輕心。掉頭而去。

國字		字音	語詞
	桌	ㄓㄨㄛ	供(ㄍㄨㄥˋ)桌。圓桌會議。
	棹	ㄓㄠˋ	桂棹（用桂木做成的船槳）。棹歌（船夫行船時所唱的歌）。鼓棹（搖動船槳）。歸棹（回航的船隻）。買棹歸航（雇船回航）。通「櫂(ㄓㄠˋ)」。
		ㄓㄨㄛ	方棹。石棹（地名。屬嘉義縣竹崎鄉。有阿(ㄚ)里山公路經過）。圓棹。通「桌」。
	淖	ㄋㄠˋ	泥淖。淖濘(ㄋㄧㄥˋ)（泥濘(ㄋㄧㄥˋ)）。淖糜(ㄇㄧˊ)（即稀飯）。
*	焯	ㄓㄨㄛˊ	焯見（灼見）。焯爍（明亮、光彩）。較德焯勤（顯著的德行和勛勞）。通「灼」。
	綽	ㄔㄨㄛˋ	綽號。寬綽。闊綽。風姿綽約。綽有餘裕（同「綽綽有餘」）。綽綽有餘。
	罩	ㄓㄠˋ	口罩。面罩。燈罩。籠(ㄌㄨㄥˊ)罩。氧氣罩。罩得住。
*	趠	ㄓㄨㄛˊ	騰趠（動作輕快敏捷的樣子）。
	踔	ㄓㄨㄛˊ	發揚踔厲（形容意氣昂揚，精神奮發）。踔厲風發（形容文氣奮揚，如風速迅疾強勁(ㄐㄧㄥˋ)）。
*	逴	ㄔㄨㄛˋ	逴夜（長夜）。逴逴（高遠的樣子）。逴躒(ㄌㄨㄛˋ)（高超、出眾）。
			【咎】
*	厬	ㄍㄨㄟˇ	厬泉（從旁湧出的泉水。同「氿(ㄍㄨㄟˇ)泉」）。

國字	字音	語詞
咎	ㄐㄧㄡˋ	休咎（吉凶、福禍、美惡）。咎悔（懊悔自責）。歸咎。不咎既往。引咎自責。引咎責躬（坦承過錯並自責）。引咎辭職。自取其咎（同「咎由自取」）。咎由自取。既往不咎。盈滿之咎（富貴或權勢達到極盛時，就會招致禍患）。動輒得咎。無咎無譽（沒有過失也沒有可以稱頌讚揚的）。榮枯休咎（比喻人事的盛衰）。難辭其咎。
	ㄍㄠ	咎陶ㄧㄠˊ（人名。我國法典的創始人）。咎鼓（大鼓）。咎繇ㄧㄠˊ（同「皋陶ㄧㄠˊ」「咎陶」）。廧ㄑㄧㄤˊ咎如（春秋時赤狄的分支）。
晷	ㄍㄨㄟˇ	晷刻（時刻）。日晷儀。日不移晷（比喻速度很快）。日無暇晷（形容非常忙碌，時間不夠使用）。正午晷刻（正午時間）。昃ㄗㄜˋ晷不食（過了正午不吃）。風簷寸晷（形容古代科舉考試分秒必爭的情形）。焚膏繼晷（形容夜以繼日的工作或勤讀不倦）。曠日積晷（經過長久的時間）。
綹	ㄌㄧㄡˇ	一綹（頭髮、鬍鬚一束）。剪綹（扒手。同「翦綹」）。五綹長鬚。順絲順綹（不違逆反抗）。
*鼛	ㄍㄠ	鼛鼓（樂器名。即大鼓）。鼓鐘伐鼛（敲鐘打鼓）。
【妾】		
*唼	ㄕㄚˋ	唼血（殺人眾多，踏血而行）。唼氣（器物因有小孔而洩氣）。唼喋（形容水鳥或魚類吃東西的聲音）。唼眼（器物上的小洞）。
	ㄑㄧㄝˋ	唼佞ㄋㄧㄥˋ（誹謗的話）。

	國字	字音	語詞
	妾	ㄑㄧㄝˋ	妻妾。妾身未明（比喻身分、事物或情況尚未合法或明朗）。嬌妻美妾。
	接	ㄐㄧㄝ	接洽。接班。接獲。目不暇接。短兵相接。
*	椄	ㄐㄧㄝ	椄槢ㄒㄧˊ（古刑具名）。椄慮（果樹名）。
*	翣	ㄕㄚˋ	僂ㄌㄡˊ翣（棺蓋上的飾物）。翣舌（舌腫大的病症）。壁翣（懸掛鐘磬ㄑㄧㄥˋ架上的飾物）。
*	菨	ㄐㄧㄝ	菨餘（荇ㄒㄧㄥˋ菜）。
*	踥	ㄑㄧㄝˋ	踥踥（往來的樣子）。踥蹀ㄉㄧㄝˊ（步行的樣子）。
	霎	ㄕㄚˋ	霎時（極短的時間）。瞬霎（同「霎時」）。
			【卒】
*	倅	ㄘㄨㄟˋ	倅車（副車）。倅貳（副官）。
	卒	ㄗㄨˊ	卒業（畢業）。暴卒（突然死去）。馬前卒。一卒之令（判定死罪的法令只有一條）。身先士卒。卒能成事。為德不卒（好事沒做到底）。販夫走卒。無名小卒。過河卒子（比喻毫無退路，只能奮力向前的人）。
		ㄘㄨˋ	卒中（腦溢血）。卒倒（突然昏倒）。卒然（突然）。倉卒（同「倉促」「倉猝」）。
*	啐	ㄘㄨㄟˋ	啐飲（古代祭畢飲酒的儀式）。啐醴（同「啐飲」）。啐一口痰（用力吐出一口痰）。
*	崒	ㄗㄨˊ	崒兀（山勢高峻）。崒硉ㄌㄨˋ（高而不平的樣子）。嵂ㄌㄩˋ崒（同「崒兀」）。「崪」為異體字。

國字	字音	語詞
悴	ㄘㄨㄟˋ	憔悴。朝ㄓㄠ榮夕悴（比喻人生短暫，富貴無常）。
捽	ㄗㄨˊ	捽兀（高傲）。捽扯（拉扯）。捽脫（掙脫）。捽髮（揪ㄐㄧㄡ著頭髮）。揪捽（用力抓扯）。
晬	ㄗㄨㄟˋ	百晬（小兒出生一百天所舉行的宴會）。周晬（小兒出生滿一歲。即周歲）。試晬（即抓周）。晬而能言（滿周歲就能說話）。
淬	ㄘㄨㄟˋ	淬勉（奮勉）。淬鍊。淬礪（比喻奮發努力，刻苦進修。也作「淬厲」）。
* 焠	ㄘㄨㄟˋ	焠掌（用火灼掌，以警惕勿因貪睡而廢讀）。
猝	ㄘㄨˋ	猝死。猝然（突然）。猝死症。猝不及防。
瘁	ㄘㄨㄟˋ	殄ㄊㄧㄢˇ瘁（貧病）。勞瘁。心力交瘁。生我勞瘁（生養我多ㄉㄨㄛ麼勞累）。身心交瘁。邦國殄ㄊㄧㄢˇ瘁（指國家陷於絕境）。神勞形瘁（身心極為疲累）。盡瘁事國（對國家盡心竭力的效勞）。鞠躬盡瘁。
* 睟	ㄙㄨㄟˋ	睟容（溫和潤澤的面容）。睟面盎背（形容有德君子的儀態）。
碎	ㄙㄨㄟˋ	粉碎。瑣碎。心膽俱碎（形容極為悲憤或驚嚇）。支離破碎。玉石俱碎（同「玉石俱焚」）。粉身碎骨。
窣	ㄙㄨˋ	勃窣（人說話緩慢）。屑ㄒㄧㄝˋ窣（煩雜細碎的聲音）。窸ㄒㄧ窣（形容細碎而又斷續的聲音）。
粹	ㄘㄨㄟˋ	納粹。純粹。國粹。精粹。
* 綷	ㄘㄨㄟˋ	綷縩（形容衣服摩擦聲）。綷縩ㄘㄞˋ（同「綷縩」）。

國字	字音	語詞
翠	ㄘㄨㄟˋ	青翠。偎ㄨㄟ紅倚翠（比喻狎ㄒㄧㄚˊ妓）。翠繞珠圍（形容婦女華麗的妝飾）。
* 脺	ㄘㄨㄟˋ	脺臟（胰臟）。
萃	ㄘㄨㄟˋ	萃取。萃取物。人文薈ㄏㄨㄟˋ萃（比喻許多傑出人物聚集的地方）。出類拔萃。拔群出萃（同「出類拔萃」）。烏集鱗萃（比喻眾多聚集的樣子）。諸氣萃然（各種惡氣聚合在一起）。薈萃一堂（聚集四方菁英於一處。形容難逢的盛會）。
* 誶	ㄙㄨㄟˋ	詬ㄍㄡˋ誶（責罵）。誶語（責罵，埋ㄇㄢˊ怨）。誶罵（同「詬誶」）。朝誶夕替（早上勸諫君王，晚上被貶官）。詬誶謠諑ㄓㄨㄛˊ（毀謗造謠的話）。鬩ㄒㄧˋ牆誶帚（指家庭內部爭吵不和睦）。
* 踤	ㄗㄨˊ	衝踤（衝撞）。
醉	ㄗㄨㄟˋ	醉醺醺。如痴如醉。紙醉金迷。醉生夢死。
* 顇	ㄘㄨㄟˋ	叢顇（多而雜亂的樣子）。顦ㄑㄧㄠˊ顇（同「憔悴」）。為「悴」的異體字。
		【疌】
* 倢	ㄐㄧㄝˊ	倢伃ㄩˊ（漢女官名。同「婕妤ㄩˊ」）。
* 啑	ㄐㄧㄝˊ	啑血（殺人眾多，踏血而行。同「喋血」）。
	ㄕㄚˋ	啑血為盟（古代盟誓時，以牲血塗於口，表示誠信不渝。同「歃ㄕㄚˋ血為盟」）。通「歃」。
婕	ㄐㄧㄝˊ	婕妤（同「倢伃」）。「倢」為異體字。

	國字	字音	語　　詞
*	寁	ㄗㄢˇ	不寁（不迅捷）。
	捷	ㄐㄧㄝˊ	便捷。捷徑。捷報。捷給ㄐㄧˇ。敏捷。出師未捷。利口捷給ㄐㄧˇ（口齒敏捷伶俐，能言善辯）。快捷郵件。身手矯捷。捷足先登。終南捷徑。連戰皆捷。傳來捷報。
	睫	ㄐㄧㄝˊ	眼睫毛。目不交睫（比喻因憂慮而無法入眠或工作緊張勞碌）。看人眉睫（比喻看他人臉色）。眉睫之利（指眼前的利益）。迫在眉睫。蝸ㄍㄨㄚ角蚊睫（比喻極其細小的東西）。
*	箑	ㄕㄚˋ	巾箑（用絹ㄐㄩㄢˋ綢所做成的扇子）。扇箑（扇子）。箑脯ㄈㄨˇ（瑞草名。同「萐ㄕㄚˋ莆ㄆㄨˊ」）。冬箑夏裘（比喻不合時宜。同「夏鑪冬扇」）。
*	緁	ㄑㄧ	緁獵（前後順序）。
*	萐	ㄕㄚˋ	萐莆（同「箑脯」）。
*	蜨	ㄉㄧㄝˊ	蛺ㄐㄧㄚˊ蜨（昆蟲名。即蛺蝶）。通「蝶」。
*	踕	ㄐㄧㄝˊ	曄ㄧㄝˋ踕（繁多而迅速的樣子）。
			【奉】
	俸	ㄈㄥˋ	俸給ㄐㄧˇ。俸祿。薪俸。
*	唪	ㄈㄥˇ	唪經（出家人誦念佛經）。瓜瓞ㄉㄧㄝˊ唪唪（瓜果結實纍纍的樣子）。

國字	字音	語詞
奉	ㄈㄥˋ	自奉儉樸。克己奉公（對自己要求嚴格，以公事為重）。奉天承運（皇帝詔ㄓㄠˋ書開頭常用的詞語）。奉公守法。奉為圭臬ㄋㄧㄝˋ。洗手奉職（比喻廉潔奉公，忠於職守）。
	ㄆㄥˇ	奉觴（手持酒杯進酒勸飲）。奉箕帚（指婦人持箕帚做家事。為女家自謙之詞）。奉頭鼠竄（同「抱頭鼠竄」）。通「捧」。
捧	ㄆㄥˇ	捧場。西施捧心（比喻別具丰姿或病困愁苦的樣子。同「西施顰眉」）。捧腹大笑。
棒	ㄅㄤˋ	棍棒。金箍ㄍㄨ棒。當頭棒喝ㄏㄜˋ。
*琫	ㄅㄥˇ	鞞ㄅㄥˇ琫（刀鞘ㄑㄧㄠˋ）。
*菶	ㄅㄥˇ	菶茸ㄖㄨㄥˊ（茂盛的樣子）。菶菶（草木茂盛的樣子）。菶菶萋萋（同「菶菶」）。
【昔】		
*借	ㄐㄧㄝˋ	借貸。挪借。背城借一（與敵人作最後的死戰）。借題發揮。
*剒	ㄘㄨㄛˋ	剒斷（斬斷）。
厝	ㄘㄨㄛˋ	古厝。奉厝（暫時安放靈柩）。透天厝。五方雜厝（形容居民複雜）。積薪厝火（比喻情勢危急，潛ㄑㄧㄢˊ藏著無窮的禍害）。
*唶	ㄐㄧㄝˋ	咋ㄗㄜˊ唶（嘈雜聲）。咄ㄉㄨㄛˋ唶（嘆息聲）。唶惋ㄨㄢˋ（哀嘆惋惜）。唶唶（讚嘆聲）。嗟ㄐㄧㄝ唶（悲傷哀嘆）。
	ㄗㄜˋ	嚄ㄏㄨㄛˋ唶（大聲呼笑）。嚄唶宿將（剛健且作戰經驗豐富的老將）。

國字	字音	語　　詞
惜	ㄒㄧˊ	惋ㄨㄢˋ惜。愛惜羽毛。憐香惜玉。
措	ㄘㄨㄛˋ	舉措。籌措。窮措大(指貧困的讀書人)。不知所措。手足無措。措手不及。措顏無地(形容極為羞愧)。措辭和婉。寒酸措大(同「窮措大」)。舉直措枉(指起用正直賢良的君子，罷黜ㄔㄨˋ奸佞諂媚的小人)。
* 斮	ㄓㄨㄛˊ	椓斮(宮刑)。斮脛(斬斷小腿骨)。斮斷(砍斷)。
昔	ㄒㄧˊ	今昔。往昔。昔日。今非昔比。撫今追昔。
* 皵	ㄑㄩㄝˋ	皴ㄘㄨㄣ皵(樹皮粗厚)。
* 猎	ㄘㄜˋ	矛類的兵器。
	ㄗㄜˊ	猎魚鱉(用叉矛刺取水中魚鱉)。通「簎ㄘㄜˋ」。
碏	ㄑㄩㄝˋ	石碏(春秋時衛人)。
簎	ㄘㄜˋ	簎魚鱉(同「猎ㄗㄜˊ魚鱉」)。
籍	ㄐㄧˊ	典籍。國籍。籍貫。人言籍籍(指眾人議論紛紛)。枕ㄓㄣˇ經籍書(形容人酷愛讀書)。無籍之徒(即無賴漢)。籍籍無名(指人沒有名氣)。
腊	ㄒㄧˊ	豕ㄕˇ腊(豬肉乾)。枯腊(乾枯的肉)。魚腊(魚肉乾)。腊毒(極毒)。噬腊肉(咬著堅硬的肉)。
	ㄌㄚˋ	腊八粥(同「臘八粥」)。「臘」的異體字。

國字	字音	語詞
藉	ㄐㄧㄝˋ	慰藉。憑藉。藉口。枕ㄓㄣˇ經藉史（形容酷愛讀書，以書為伴。同「枕經籍書」）。傷亡枕ㄓㄣˇ藉。餓殍ㄆㄧㄠˇ枕藉（形容饑荒時的悲慘景象）。
	ㄐㄧˊ	狼藉（形容凌亂不整）。蹈ㄉㄠˋ藉（踐踏）。人言藉藉（同「人言籍籍」）。杯盤狼藉。聲名狼藉。贓汙狼藉（因貪汙受賄而敗壞名聲）。
蜡	ㄓㄚˋ	蜡月（陰曆十二月）。蜡祭（歲末祭祀名稱）。八蜡廟（廟名）。與ㄩˋ於蜡賓（參與ㄩˋ歲末大祭祀，並且擔任助祭）。
	ㄌㄚˋ	打蜡（同「打蠟」）。「蠟」的異體字。
* 踖	ㄐㄧˊ	執爨ㄘㄨㄢˋ踖踖（操持廚房的工作敏捷恭敬）。踧ㄘㄨˋ踖不安（表面恭敬而內心卻侷促不安）。
醋	ㄘㄨˋ	醋勁ㄐㄧㄥˋ。醋罈子。爭風吃醋。咬薑呷ㄒㄧㄚˊ醋（形容生活清苦，省吃儉用）。醋海生波ㄅㄛ。
錯	ㄘㄨㄛˋ	錯愕。山珍海錯。他山攻錯（比喻借助外力，改正自己缺點）。刑錯不用（刑罰置放不用）。
鵲	ㄑㄩㄝˋ	喜鵲。烏鵲成橋（比喻男女結合成夫妻）。烏鵲南飛。烏鵲通巢（比喻異類動物和睦共處）。鳩占鵲巢。鳩居鵲巢（同「鳩占鵲巢」）。鵲笑鳩舞（比喻歌舞歡樂的樣子）。鵲橋相會。聲譽鵲起。靈鵲報喜（指好預兆）。
* 齰	ㄗㄜˊ	啗ㄉㄢˋ齰（中風者嘴巴抖動的樣子）。齰牙（咬牙）。齰舌（咬舌）。齰舌自盡。

國字	字音	語詞
【阿】		
啊	ㄚ	啊呀。啊唷ㄧㄛ。啊喲ㄧㄠ。
	˙ㄚ	不錯啊。
婀	ㄜ	婀娜。婀娜多姿。
* 屙	ㄜ	屙尿（排尿）。屙屎（排便。同「阿ㄜ屎」）。獨吃自屙（比喻獨享利益，不顧別人。屙，排泄大小便。作「獨吃自痾」有誤）。
痾	ㄜ	沉痾（積久的疾病）。養痾（調養疾病）。不通痾癢（不重要、無關緊要）。沉痾頓愈（拖了很久的的病突然痊癒）。沉痾難起（久罹ㄌㄧˊ重疾，不能下床）。「疴」為異體字。
阿	ㄜ	山阿（山彎曲的地方）。阿諛。阿房宮。阿芙蓉（鴉片）。方正不阿（為人正直，不阿諛逢迎）。守正不阿。曲ㄑㄩ學阿世（指歪曲或違背學識良知，以投世俗之所好）。依阿兩可（附和ㄏㄜˋ阿諛他人的話而不加可否）。阿其所好（迎合他人的愛好）。阿意曲ㄑㄩ從（刻意逢迎拍馬，委曲順從）。阿順取容（刻意的討好取悅）。阿諛奉承。阿縞ㄍㄠˇ之衣（用極佳的絲綢做成的衣服）。阿彌陀佛。倒ㄉㄠˋ持泰阿（比喻授人以權柄，自己反受其害）。執法不阿。歙ㄕㄜˋ漆阿膠（比喻情投意合）。
	ㄚ	阿斗。阿伯。阿里山。阿拉伯。阿堵物（錢）。吳下阿蒙（比喻人學識鄙陋）。

	國字	字音	語詞
			【冢】
	冢	ㄓㄨㄥˇ	冢婦(嫡ㄉㄧˊ長子的妻子)。衣冠ㄍㄨㄢ冢。冢中枯骨(比喻無用之人)。
	啄	ㄓㄨㄛˊ	啄食。一飲一啄(比喻安分守己，不作非分之求)。燕ㄧㄢ啄皇孫(比喻后妃謀害皇子)。
	塚	ㄓㄨㄥˇ	衣冠ㄍㄨㄢ塚(同「衣冠冢」)。詩書發塚(比喻言行ㄒㄧㄥˊ不一致的偽ㄨㄟˋ君子作風)。通「冢」。
*	椓	ㄓㄨㄛˊ	昏椓(太監ㄐㄧㄢ)。昏椓靡共(昏亂毀謗，有虧職守)。
	涿	ㄓㄨㄛˊ	涿鹿縣(河北省縣名)。潞ㄌㄨˋ涿君(譏嘲沒有鬍子的男人)。
	琢	ㄓㄨㄛˊ	琢磨。切ㄑㄧㄝ磋琢磨。粉妝玉琢。琢玉成器(比喻要經過磨練，才能成大器)。精雕細琢。
*	瘃	ㄓㄨˊ	皸ㄐㄩㄣ瘃(即凍瘡ㄔㄨㄤ)。手足皸瘃。
*	諑	ㄓㄨㄛˊ	謠諑(謠言)。詬誶ㄙㄨㄟˋ謠諑(毀謗的話)。謠諑紛傳(不實、毀謗的話到處傳布)。
			【肯】
	啃	ㄎㄣˇ	啃蝕。啃書本。
	掯	ㄎㄣˋ	勒ㄌㄜˋ掯(勒索、敲詐)。掯勒(刁難人家)。
	肯	ㄎㄣˇ	中ㄓㄨㄥˋ肯。肯綮ㄑㄧㄥˋ(比喻事理的關鍵處)。首肯。肯堂肯構(比喻兒子能繼承父業)。
			【卷】
	倦	ㄐㄩㄢˋ	倦容。倦勤。疲倦。力學不倦。倦鳥知返。

	國字	字音	語　　詞
	卷	ㄐㄩㄢˋ	上卷。手卷（書畫橫幅之類的長卷）。卷宗。卷帙ㄓˋ（書籍）。卷軸（泛指書籍或帶軸的字畫）。書卷氣。手不釋卷。卷帙浩繁（比喻書籍很多）。開卷有益。黃卷青燈（古代書生深夜苦讀的生活）。壓卷之作（超越眾人的詩文著作）。
		ㄐㄩㄢˇ	手卷（一種日本料理）。卷耳（植物名）。卷舌。卷鬚。臠ㄌㄨㄢˊ卷（不舒展暢快的樣子）。卷積雲。水逝雲卷（比喻消失快速）。束戈卷甲（指棄械投降）。卷土重來。卷甲而藏（把兵器收藏起來）。卷旗息鼓（比喻停止作戰。同「偃ㄧㄢˇ旗息鼓」）。席卷天下。電卷風馳（比喻迅速）。通「捲」。
		ㄑㄩㄢˊ	卷曲（蜷ㄑㄩㄢˊ縮彎曲。同「蜷曲」）。卷髮。卷卷服膺（真摯誠懇的服從。同「拳拳服膺」）。
	圈	ㄑㄩㄢ	圈禁。城圈兒（城牆圍繞著城市。指城牆四周的範圍）。墳圈子（墳旁的圍牆）。可圈可點。
		ㄐㄩㄢˋ	牛圈。羊圈。豬圈。圈檻ㄐㄧㄢˋ（養猛獸的鐵籠）。獸圈。
*	婘	ㄑㄩㄢˊ	玉婘（對他人家眷的尊稱）。婘屬（同「眷屬」）。
*	惓	ㄑㄩㄢˊ	惓惓（真摯誠懇。同「拳拳」「卷ㄑㄩㄢˊ卷」）。惓惓垂問（真摯誠懇的詢問）。
	捲	ㄐㄩㄢˇ	捲入漩ㄒㄩㄢˊ渦。捲土重來。
*	棬	ㄑㄩㄢ	桮ㄅㄟ棬（形狀彎曲的木製飲酒器具）。桑戶棬樞（形容居室簡陋，家境貧寒）。
*	睠	ㄐㄩㄢˋ	睠顧（懷念）。睠以佳耦（因關心而為他人介紹佳偶）。睠睠懷顧（深深思念回顧）。

	國字	字音	語詞
	綣	ㄑㄩㄢˇ	繾ㄑㄧㄢˇ綣(情意纏綿而不忍分離的樣子)。兩情繾綣。深情繾綣。繾綣難捨。
*	腃	ㄑㄩㄢˊ	腃髮(蟲名。斑蝥ㄇㄠˊ的別名)。
*	菤	ㄐㄩㄢˇ	菤耳(即卷耳)。菤葹ㄕ(草名)。
	蜷	ㄑㄩㄢˊ	蜷伏。蜷曲。蜷縮。
*	裷	ㄩㄢ	襎ㄈㄢ裷(擦拭或覆蓋東西的布巾)。
	踡	ㄑㄩㄢˊ	踡伏(彎曲而縮伏)。踡跼ㄐㄩˊ(侷促不能舒展的樣子)。
	鬈	ㄑㄩㄢˊ	鬈髮(卷ㄑㄩㄢˊ曲的頭髮。同「卷ㄑㄩㄢˊ髮」)。
	【幸】		
	倖	ㄒㄧㄥˋ	倖臣(古代帝王寵幸的臣子)。僥倖。倖免於難。無一倖免。無法倖免。
	圉	ㄩˇ	囹ㄌㄧㄥˊ圉(監獄。同「囹圄」)。牧圉(養馬的人)。豢ㄏㄨㄢˋ圉(飼養牛馬的地方)。邊圉(邊境)。
*	婞	ㄒㄧㄥˋ	婞直(凶狠固執)。
	幸	ㄒㄧㄥˋ	佞ㄋㄧㄥˋ幸(以諂ㄔㄢˇ媚而獲得寵幸)。幸福。幸災樂禍。幸為ㄨㄟˋ先容(請託他人為自己推介並引見)。竊幸乘寵(用各種手段獲得皇帝的寵愛)。
	悻	ㄒㄧㄥˋ	悻悻然(氣憤不平的樣子)。悻然離去。
*	涬	ㄒㄧㄥˋ	涬溟ㄇㄧㄥˊ(天地未形成時的自然元氣)。

國字		字音	語詞
*	瓡	ㄓˊ	瓡縣（山東省舊縣名）。
*	盩	ㄓㄡ	盩厔ㄓˋ（陝西省縣名。同「盩厔」。「厔」為異體字）。
*	盭	ㄌㄧˋ	烏盭（甘肅省山名）。繆ㄇㄧㄡˋ盭（乖舛ㄔㄨㄢˇ）。盭夫（狠戾凶暴的人）。
【延】			
*	唌	ㄒㄧㄢˊ	飛唌（口沫飛散。如「噴浪飛唌」）。通「涎ㄒㄧㄢˊ」。
		ㄧㄢˊ	唌唌（言辭流利的樣子）。
*	埏	ㄧㄢˊ	八埏（八方邊遠之地）。垓ㄍㄞ埏（指極遠的地方）。
		ㄕㄢ	埏埴ㄓˊ（用水和泥製作陶器）。埏蹂（再三修改，錘鍊詩文）。
	延	ㄧㄢˊ	延長。延誤。延續。延年益壽。延陵掛劍（比喻友誼ㄧˋ至死不變）。苟延殘喘。綿延不絕。
	涎	ㄒㄧㄢˊ	流涎（流口水）。垂涎。涎沫（唾液ㄧㄝˋ）。龍涎香（一種香料）。垂涎三尺。垂涎欲滴。染指垂涎（比喻亟欲攫ㄐㄩㄝˊ取非分利益）。涎皮賴臉。饞ㄔㄢˊ涎欲滴。
*	烻	ㄧㄢˋ	電烻（赤光）。
*	狿	ㄧㄢˊ	獌ㄇㄢˋ狿（古獸名。同「蟃ㄨㄢˋ蜒ㄧㄢˊ」）。
	筵	ㄧㄢˊ	喜筵。筵席。盛筵易散（比喻美好的事物不能永存）。盛筵難再（比喻機會應及時珍惜，不要錯失）。設席張筵（擺設筵席）。

國字		字音	語詞
*	綖	ㄧㄢˊ	紘ㄏㄨㄥˊ綖（指冠ㄍㄨㄢ冕）。愉綖（懈怠遲緩）。
*	蜑	ㄉㄢˋ	蜑戶（我國少數民族之一）。蠻雲蜑雨（形容偏僻地區荒涼的景象）。
	蜒	ㄧㄢˊ	蚰ㄧㄡˊ蜒（節足動物名。又名蠼ㄐㄩㄝˊ螋ㄙㄡ）。蜒蚰（蛞ㄎㄨㄛˋ蝓）。蚰蜒小路（比喻曲折的路）。與「蜓」不同。
	誕	ㄉㄢˋ	夸ㄎㄨㄚ誕。誕生。誕辰。言詞閎ㄏㄨㄥˊ誕（言詞誇大）。怪誕不經。放誕不羈（行為放縱而不受拘束）。荒誕不經。誕登道岸（已達道的極致）。
*	鋋	ㄧㄢˊ	刀鋋（刀和矛）。矛鋋（泛指一般短柄的兵器）。

【帚】

國字		字音	語詞
	埽	ㄙㄠˇ	卻埽（隱居不做官）。洒ㄙㄚˇ埽（灑掃）。洒埽穹ㄑㄩㄥ窒（打掃屋子，塞ㄙㄞ住老鼠洞）。通「掃」。
		ㄙㄠˋ	埽星（掃帚星，彗星）。
	婦	ㄈㄨˋ	馮ㄈㄥˊ婦（人名。春秋 晉人）。重ㄔㄨㄥˊ作馮婦（比喻重操舊業）。婦人之仁（比喻處事姑息優柔少決斷）。婦姑勃谿（媳婦和婆婆爭吵）。
*	巋	ㄎㄨㄟ	巋然不動（形容高大堅固，屹ㄧˋ立不搖）。巋然獨存（形容變亂後僅存的人或事）。靈光巋然（比喻碩果僅存的的人或事物）。
	帚	ㄓㄡˇ	掃ㄙㄠˇ帚。敝帚千金（比喻自己的東西不值錢，卻看得很珍貴）。敝帚自珍（同「敝帚千金」）。

	國字	字音	語詞
	掃	ㄙㄠˇ	掃興。掃堂腿（一種武術動作）。掃描器。掃榻ㄊㄚˋ以待（比喻殷切盼望賓客的來到）。
		ㄙㄠˋ	掃把。掃帚。掃帚星。
	歸	ㄍㄨㄟ	于歸。歸併。歸咎。完璧歸趙。賓至如歸。
		ㄎㄨㄟˋ	歸脤ㄕㄣˋ（發放祭肉）。歸遺ㄨㄟˋ（贈送）。面有歸色（臉上有慚愧、羞愧的表情）。歸孔子豚（贈送孔子一隻蒸熟的小豬）。歸遺細君（贈送給妻子）。通「愧」「饋」。
*	鯞	ㄓㄡˇ	鱖ㄍㄨㄟˋ鯞（小魚名。俗稱婢ㄅㄧˋ魚）。
	【玨】		
	斑	ㄅㄢ	斑剝ㄅㄛ。斑馬。斑著ㄓㄨˋ（明白顯著）。斑駁。斑斕ㄌㄢˊ。石斑魚。斑馬線。斑節蝦。紫斑蝶。可見一斑。血跡斑斑。陸離斑駁（形容色彩雜亂或絢ㄒㄩㄢˋ麗燦爛）。窺豹一斑。
*	玨	ㄐㄩㄝˊ	王玨（老演員）。鄧玨人（老演員）。
	班	ㄅㄢ	班駁（同「斑駁」）。接班人。一班人馬。分班序齒（指依年齡長幼順序而分位次）。秀出班行ㄏㄤˊ（指才華優秀，超越同輩）。按部就班。科班出身。原班人馬。拿班作勢（裝模作樣）。班功行賞（按功勞大小給ㄐㄧˇ予獎賞）。班門弄斧。班香宋豔（指辭賦華美富麗）。班師回朝。班師振旅（凱旋歸國）。班班可考。班荊道故（形容朋友在半路上相逢，互敘舊情）。班 馬文章（泛稱文章可媲ㄆㄧˋ美司馬遷、班固）。

	國字	字音	語詞
			【帛】
	帛	ㄅㄛˊ	布帛。功垂竹帛（史書上記載ㄗㄞˋ著功業，功名將永垂不朽）。布帛菽ㄕㄨˊ粟ㄙㄨˋ（比喻雖屬平常，卻連一日都不可或缺的事物）。玉帛笙歌（比喻和平的景象）。衣ㄧˋ帛食肉（形容生活安樂富足）。束髮封帛（指婦女的貞節永不改變）。垂名竹帛（指在史冊上留名）。化干戈為玉帛。
	棉	ㄇㄧㄢˊ	木棉。棉花。棉被。棉絮。
	綿	ㄇㄧㄢˊ	綿羊。綿密。纏綿。情意綿綿。連綿不絕。連綿起伏。綿延不絕。綿薄之力。「緜」為異體字。
	錦	ㄐㄧㄣˇ	錦標。衣ㄧˋ錦還鄉。前程似錦。萋斐ㄈㄟˇ貝錦（比喻讒ㄔㄢˊ言）。錦心繡口（文思巧妙，辭藻富麗）。錦衣玉食（形容豪奢的生活）。錦繡河山。
			【匊】
*	匊	ㄐㄩˊ	手匊而飲（雙手捧水而喝）。蕃ㄈㄢˊ衍盈匊（兩手捧著花椒樹結的種子ㄗˇ）。通「掬」。
	掬	ㄐㄩˊ	掬飲（雙手捧水喝）。真情可掬（真情顯露ㄌㄨˋ於外）。笑容可掬。掬水而飲。憨態可掬。
	菊	ㄐㄩˊ	菊花。菊壇（戲劇界）。<u>波ㄅㄛ斯</u>菊。春蘭秋菊。
*	趜	ㄐㄩˊ	趜窮（貧困）。
*	踘	ㄐㄩˊ	蹴ㄘㄨˋ踘（一種古代踢球遊戲）。
	鞠	ㄐㄩˊ	鞠躬。陳師鞠旅（指整軍誓師）。撫摩鞠育（撫養教育）。鞠躬盡瘁。鞠養恩情（養育的恩情）。

國字	字音	語詞
* 鷸	ㄐㄩˊ	鵠ㄐㄧˊ鷸（鳥名。即布穀類）。
麴	ㄑㄩˊ	紅麴。酒麴（酒母）。大麴酒。鼠麴草（植物名）。枕ㄓㄣˇ麴藉糟（比喻乘ㄔㄥˊ興ㄒㄧㄥˋ喝酒）。黃麴毒素。「麯」為異體字。
【隹】		
* 倠	ㄙㄨㄟ	仳ㄆㄧˇ倠（面貌醜陋）。
准	ㄓㄨㄣˇ	允准。准予。准許。核准。
匯	ㄏㄨㄟˋ	匯率。匯款。百老匯。外匯存底。匯豐汽車。匯豐銀行。「滙」為異體字。
售	ㄕㄡˋ	出售。售價。零售商。奸計不售（奸計沒有得逞）。詭計得售（詭計得逞）。銷售一空。
唯	ㄨㄟˊ	唯諾（順從而不違逆）。唯利是圖。唯妙唯肖ㄒㄧㄠˋ。唯唯否否（敷衍應付的態度，只應聲而不作主張）。唯唯諾諾（同「唯諾」）。
堆	ㄉㄨㄟ	堆棧ㄓㄢˋ。堆積。堆疊。堆積如山。
* 崔	ㄗㄨㄟˇ	㠑ㄗㄨㄟˇ崔（崇高的樣子）。
* 㠑	ㄗㄨㄟˇ	㠑崔（崇高的樣子）。
帷	ㄨㄟˊ	玻璃帷幕。面壁下帷（形容足不出門）。帷蓋不棄（比喻珍惜舊物）。連衽ㄖㄣˋ成帷（形容人多擁ㄩㄥˇ擠）。運籌帷幄ㄨㄛˋ（謀畫策略）。
惟	ㄨㄟˊ	我武惟揚（形容威武凌厲，奮發圖強的樣子）。惟利是圖。惟我獨尊。通「唯」「維」。

	國字	字音	語詞
*	悚	ㄙㄨㄥˇ	悚懼（非常恐懼的樣子）。
*	推	ㄊㄨㄟ	推卸。推荐。推託。推本溯ㄙㄨˋ源。推襟送抱。
*	搉	ㄎㄨㄞˇ	搉癢（用指甲輕輕抓癢）。搉著籃子（把臂ㄅㄧˋ插在籃子環裡）。
	椎	ㄓㄨㄟ	脊ㄐㄧˇ椎。椎魯（愚昧遲鈍）。鐵椎。一里撓椎（形容人言可畏）。椎心泣血。椎心刺骨。椎心蝕骨（比喻內心非常痛苦）。椎魯無能（愚昧無能力）。
	榫	ㄙㄨㄣˇ	卡榫。卯ㄇㄠˇ榫（指兩器具接合的地方。也作「卯眼」）。榫眼（器物接合的地方，凹下去的部分）。榫頭（器物接合的地方，凸ㄊㄨˊ出來的部分）。斗榫合縫ㄈㄥˋ（形容手藝精巧高超）。
	淮	ㄏㄨㄞˊ	別風淮雨（指文章中錯別字連篇而以訛ㄜˊ傳訛）。臥理<u>淮陽</u>（比喻為政有方，不勞而治）。
	準	ㄓㄨㄣˇ	隆準（隆鼻）。準的ㄉㄧˋ（標準）。準繩。準女婿。準決賽。準博士。
	睢	ㄙㄨㄟ	<u>睢陽</u>（古地名）。恣ㄗˋ睢無忌（毫無忌憚ㄉㄢˋ的任意放縱）。萬眾睢睢（眾人仰目而視的樣子）。暴戾恣睢。與「雎ㄐㄩ」不同。
	碓	ㄉㄨㄟˋ	水碓（藉著水力舂ㄔㄨㄥ米的工具）。碓投（形容水往下沖擊）。碓房（舂米的作ㄗㄨㄛˋ坊）。碓舂（用水碓舂米）。碓顙ㄙㄤˇ（額頭很高）。
		ㄉㄨㄟ	<u>離碓</u>（地名）。通「堆」。
	穉	ㄓˋ	幼穉。童穉。穉嫩。穉氣未脫。韶ㄕㄠˊ顏穉齒（比喻年輕貌美）。

	國字	字音	語詞
	維	ㄨㄟˊ	恭維。纖ㄒㄧㄢ維。口誦心維(口裡誦讀，心裡思考)。進退維谷。創業維艱。維妙維肖ㄒㄧㄠˋ(同「唯妙唯肖」)。舉步維艱。
	罹	ㄌㄧˊ	罹病。罹患。罹難。
*	雎	ㄕㄨㄟˊ	汾ㄈㄣˊ雎(汾水旁的高丘)。魏雎(戰國時地名)。
	萑	ㄏㄨㄢˊ	萑苻ㄈㄨˊ(比喻盜匪出沒ㄇㄛˋ藏匿的地方)。萑苻不靖(盜匪很多，治安不好)。萑苻之盜(強盜)。
*	蓷	ㄊㄨㄟ	中谷有蓷(詩經・王風的篇名)。
	薙	ㄊㄧˋ	薙髮(剃去頭髮)。薙髮令(滿清頒布的剃頭留辮的法令)。草薙禽獮ㄒㄧㄢˇ(比喻不分好壞，全數屠殺)。焚薙草木(焚燒清除草木)。
*	蜼	ㄨㄟˋ	蜼彝ㄧˊ(禮器名。刻ㄎㄜˋ飾有蜼形的器具)。
	誰	ㄕㄟˊ	舍ㄕㄜˇ我其誰。鹿死誰手。
*	趡	ㄘㄨㄟˇ	狂趡(疾速奔走)。
	進	ㄐㄧㄣˋ	進駐。冒險進取。突飛猛進。進身之階。
	暹	ㄒㄧㄢ	暹羅(泰國的舊名)。暹羅灣。
	錐	ㄓㄨㄟ	引錐刺股(比喻學習勤奮，刻苦自勵)。立錐之地(比喻地方極其微小)。鬥而鑄ㄓㄨˋ錐(比喻機會已經喪失)。貧無立錐(形容非常貧窮)。錐刀之末(比喻微小的利益。同「蠅頭小利」)。錐處囊ㄋㄤˊ中(比喻有才智者不會被長久埋沒，很快就會嶄露ㄌㄨˋ頭角ㄐㄧㄠˇ)。囊中之錐(同「錐處囊中」)。

	國字	字音	語詞
	隼	ㄓㄨㄣˇ	游隼（猛禽名）。鷹隼（鳥名）。
	隻	ㄓ	別具隻眼。形單影隻。隻手遮天。隻字不提。隻字片語。隻身孤影。
	雁	ㄧㄢˋ	魚雁（書信）。沉魚落雁。指雁為羹（比喻以空幻不真實的事物來安慰自己）。魚雁不絕（經常以書信往來）。雁行ㄏㄤˊ折翼（比喻兄弟死亡）。雁杳ㄧㄠˇ魚沉（比喻沒有任何消息）。雁影分飛（比喻兩相分離，不能相聚）。衡陽雁斷（比喻音信阻隔不通）。鴻雁傳書（比喻投寄書信或書信往來）。斷雁孤鴻（比喻單獨一個人居住）。
	雉	ㄓˋ	帝雉。雉堞ㄉㄧㄝˊ（城上的短牆）。如皋射雉（指男子以其才華獲得美人的重視）。呼盧喝ㄏㄜˋ雉（形容賭博時的呼聲）。家雞野雉（比喻賤近貴遠，喜新厭舊）。錦雉之衣（鮮豔華麗的衣服）。
	雖	ㄙㄨㄟ	雖然。雖死猶生。
*	騅	ㄓㄨㄟ	烏騅（黑色的馬）。斑騅（身上有斑紋的馬）。
*	魋	ㄊㄨㄟˊ	桓ㄏㄨㄢˊ魋（春秋時宋人）。魋翕ㄒㄧˋ（額頭向前突出的樣子）。
*	鵻	ㄓㄨㄟ	青鵻（鳥名）。
*	鷕	ㄧㄠˇ	呦ㄧㄡ鷕（野鳥的鳴叫聲）。有鷕雉鳴（野雉呦呦的鳴叫著）。
	【阜】		
	埠	ㄅㄨˋ	外埠（本地以外的城市）。本埠。蚌埠（安徽省地名）。商埠。港埠（港口、碼頭ㄊㄡˊ）。

國字	字音	語詞
阜	ㄈㄨˋ	曲阜(山東省縣名。孔子的故鄉)。民殷物阜(百姓生活富裕，財物豐足)。民康物阜(人民生活安康，物產豐饒)。物阜民豐(物產豐足而民生富裕)。殷民阜財(同「民殷物阜」)。
* 頔	ㄧˊ	貫頔(穿過腮頰。同「貫頤」)。通「頤」。
【夜】		
夜	ㄧㄝˋ	夜分ㄈㄣ。晝夜。夜以繼日。挑ㄊㄠˇ燈夜戰。
掖	ㄧㄝˋ	扶掖(攙扶)。宮掖(宮殿)。張掖(甘肅省縣名)。掖門(宮殿正門邊的小門)。掖縣(山東省縣名)。提掖(提拔)。獎掖。逢掖之士(穿寬袍大袖衣服的人。指讀書人)。章甫縫掖(指讀書人的服飾)。誘掖後進(引導扶助後輩上進)。誘掖獎勸(引導扶助，獎賞勸勉)。
	ㄧㄝ	藏掖(藏匿的地方)。掖著槍(把槍塞ㄙㄞ藏在身體緊密的地方)。掖在懷裡。掖掖蓋蓋(怕人看見而極力遮掩的樣子)。
液	ㄧㄝˋ	汁液。血液。尿液。乳液。毒液。液化。液晶。液態。液體。唾液。修正液。消化液。液態氮。人工淚液。瓊漿玉液(比喻美酒)。
腋	ㄧㄝˋ	腋下。腋毛。腋臭(狐臭)。腋窩。一狐之腋(比喻珍貴的東西)。肘腋之患(比喻潛ㄑㄧㄢˊ匿在身旁的禍患)。兩腋生風(比喻茶葉甘美醇香)。集腋成裘(比喻積少成多)。變生肘腋(比喻禍患發生在身邊)。

國字	字音	語詞
【奇】		
倚	ㄧˇ	倚仗。倚重。倚靠。倚賴。不偏不倚。松蘿共倚（比喻夫妻感情親密和睦）。倚玉之榮（比喻雙方結為姻親）。倚老賣老。倚門倚閭ㄌㄩˊ（形容父母殷盼子女歸來。也比喻長輩對子女的盼望和愛護）。倚馬可待（比喻文思敏捷，寫作快速）。倚強欺弱。挾ㄒㄧㄚˊ權倚勢。禍福相倚。
*剞	ㄐㄧ	劫剞（搶奪）。剞劂ㄐㄩㄝˊ（雕刻ㄎㄜˋ用的曲刀）。
奇	ㄑㄧˊ	奇門遁甲（推測人事吉凶的術數用語）。奇貨可居。奇經八脈ㄇㄞˋ（人體上的經脈）。突發奇想。操奇計贏（商人囤ㄊㄨㄣˊ積貨物以謀取暴利）。
	ㄐㄧ	有奇（有餘）。奇利（多餘的利益）。奇羨（盈餘）。奇零（零餘的數目。同「畸ㄐㄧ零」）。奇數。奇贏（利潤）。數奇（人命運不佳）。奇蹄目。數奇命蹇ㄐㄧㄢˇ（指時運不濟，處境困難不順利）。操其奇贏（同「操奇計贏」）。
寄	ㄐㄧˋ	人生如寄。生寄死歸（生如寄居於人世間，死如歸去。為達觀者的處世態度）。浮生若寄（虛浮的人生，就像寄居塵世間）。寄顏無所（比喻羞愧得無地自處）。
崎	ㄑㄧˊ	崎嶇。崎嶇不平。嶔ㄑㄧㄣ崎磊落（比喻人品高潔，風格 不凡）。
掎	ㄐㄧˇ	掎角（兵分兩邊，牽制或夾擊敵人）。掎掣ㄔㄜˋ（挾ㄒㄧㄚˊ制，牽制）。掎摭ㄓˊ（批評）。掎裳ㄔㄤˊ（拉住衣服，表示不忍分開）。掎角之勢（比喻兩邊彼此呼應，共同夾攻敵方）。掎裳連袂ㄇㄟˋ（同「掎裳連襼ㄧˋ」）。掎裳連襼ㄧˋ（形容人多）。

國字		字音	語詞
*	敧	ㄐㄧ	敧傾（傾ㄑㄧㄥ斜）。與「敧ㄑㄧ」讀音不同（見P0077「支」字條）。
	旖	ㄧˇ	旖旎ㄋㄧˇ（輕盈柔美的樣子）。風光旖旎（形容景色柔和美好，令人感到心曠神怡）。
	椅	ㄧˇ	椅子。椅墊。藤椅。椅桐梓ㄗˇ漆（四者皆樹名）。
*	檹	ㄧ	檹匜ㄧˊ（不正）。
*	欹	ㄑㄧ	欹午（午後太陽漸漸西斜）。欹案（讀書時托書的架子）。欹器（傾ㄑㄧㄥ斜不正，而容易傾覆的器具。同「敧ㄑㄧ器」）。蹺ㄑㄧㄠ欹（怪異而違背常理的事。同「蹊蹺ㄑㄧㄠ」「蹺ㄑㄧㄠ蹊」）。
		ㄧ	欹歟ㄩˊ（讚美詞。同「猗歟」）。欹嶔歷落（比喻人品高潔，風格不凡。同「嶔崎歷落」「嶔崎磊落」）。通「猗ㄧ」。
	漪	ㄧ	漣漪。激起漣漪。
	犄	ㄐㄧ	犄角。犄角之勢（同「掎ㄐㄧˇ角之勢」）。鑽ㄗㄨㄢ牛犄角。
	猗	ㄧ	猗郁（美好芬芳）。猗嗟ㄐㄧㄝ（讚嘆聲）。猗頓（春秋魯人）。猗靡ㄇㄧˇ（隨風搖動的樣子）。猗猗靡靡（相隨的樣子）。猗嗟昌兮（嗨！好強健喲）。猗歟ㄩˊ盛哉（美呀盛啊）。陶朱猗頓（皆為春秋時代的大富豪）。陶猗之富（比喻人很富有）。綠竹猗猗（綠竹茂盛搖蕩）。
		ㄧˇ	猗狔ㄋㄧˇ（柔順、軟弱的樣子。同「旖ㄧˇ旎ㄋㄧˇ」）。猗于畝丘（緊靠著高地）。
		ㄜˇ	猗儺ㄋㄨㄛˊ（柔順的樣子）。

	國字	字音	語詞
	琦	ㄑㄧˊ	瑰意琦行（思想行為與眾不同）。
	畸	ㄐㄧ	畸形。畸戀。畸零地。畸形發展。畸輕畸重（形容對待事物的態度偏頗ㄆㄛˇ不公正）。
*	碕	ㄑㄧˊ	碕岸（彎彎曲曲的堤岸）。碕嶺（綿延起伏的山嶺）。
	綺	ㄑㄧˇ	綺窗。綺靡（豪華奢侈）。綺麗。珠翠羅綺（形容華麗的服飾）。綺年玉貌（指女子年輕漂亮）。綺紈ㄨㄢˊ之歲（指年少時）。膏粱紈ㄨㄢˊ綺（比喻繁華奢靡）。餘霞成綺（形容彩霞絢ㄒㄩㄢˋ麗多彩）。
	羇	ㄐㄧ	羇旅（寄身他鄉。同「羈旅」）。
*	觭	ㄐㄧ	觭偶（單數與雙數。同「奇ㄐㄧ偶」）。觭夢（怪異的夢）。三觭龍（動物名。恐龍類）。觭夢幻想（怪異的夢境，超越現實的想法）。
	踦	ㄐㄧˇ	踦跂ㄑㄧˊ（走路不便的樣子）。
		ㄧˇ	踦閭ㄌㄩˊ（門一扇開，另一扇閉，一人在外、一人在內，靠著門邊相對）。膝之所踦（殺牛時，另一隻腳舉起膝來抵住牛）。
		ㄑㄧˊ	踦區（隱匿）。汪踦（春秋時魯國童子）。踦距（山路不平）。踦軀（山路不平。同「崎嶇」）。
*	錡	ㄑㄧˊ	狗烹錡釜（比喻統治者殺戮ㄌㄨˋ功臣。同「兔死狗烹」）。筐筥ㄐㄩˇ錡釜（皆盛物之器）。

	國字	字音	語詞
	騎	ㄑㄧˊ	勢如騎虎（比喻事情迫於情勢，無法中止，只能繼續下去）。騎牆之見（比喻心存觀望，立場不明，態度模稜ㄌㄥˊ兩可）。
		ㄐㄧˋ	坐騎（乘坐的馬匹或獸類）。車騎（成隊的車馬）。單騎。輕騎（輕裝而行動迅捷的騎兵）。緹ㄊㄧˊ騎（古代逮ㄉㄞˇ捕罪犯的紅衣騎兵）。騎劫（燕將名）。騎從ㄗㄨㄥˋ（乘馬的隨從ㄗㄨㄥˋ）。鐵騎（形容精銳強悍的騎兵）。騎兵團。千乘ㄕㄥˋ萬騎（形容車馬盛大眾多）。結駟連騎（形容喧鬧顯赫，場面闊綽）。輕騎過關。驃ㄆㄧㄠˋ騎將軍（職官名）。
*	鵸	ㄑㄧˊ	鵸鵌ㄊㄨˊ（傳說中鳥名）。
*	齮	ㄧˇ	齮齕ㄏㄜˊ（嫉ㄐㄧˊ妒他人的才華而予以排擠）。
			【妻】
	妻	ㄑㄧ	夫妻。妻子。拋妻別子ㄗˇ。糟糠之妻（比喻貧賤時同甘苦、共患難的妻子）。
		ㄑㄧˋ	妻娶（嫁女和娶媳）。以女妻之（把女兒嫁給他）。
	悽	ㄑㄧ	悲悽。悽愴ㄔㄨㄤˋ。悽慘。悽然淚下（悲傷而掉下眼淚）。
	棲	ㄑㄧ	棲身。棲息。棲息地。山棲谷飲（指過著隱居的生活）。水陸兩棲。兩棲動物。底棲生物。零落棲遲（窮困潦倒，飄泊失意）。影視雙棲。盥耳山棲（比喻隱居不仕）。雙棲雙宿（比喻男女相愛而形影不離）。
		ㄒㄧ	棲遑（奔走不定。同「栖ㄒㄧ遑」）。棲棲皇皇（匆忙奔波ㄅㄛ而不安定的樣子。同「棲棲遑遑」「栖栖皇皇」）。通「栖」。

國字	字音	語詞
淒	ㄑㄧ	淒涼。淒慘（同「悽慘」）。淒風苦雨。
萋	ㄑㄧ	貝錦萋菲ㄈㄟˇ（比喻讒言陷人入罪）。春草萋萋（春草茂盛的樣子）。
【宛】		
剜	ㄨㄢ	剜刀（修削孔眼的鋼刀）。剜空（挖空）。好肉剜瘡（比喻本來無事，而自尋煩惱）。剖ㄆㄡˇ腹剜心（比喻極為憤怒）。剜肉補瘡（比喻只顧眼前的緊急，而不計後果）。剜肉醫瘡（同「剜肉補瘡」）。剜空心思。腹如錐剜（比喻悲痛欲絕）。
婉	ㄨㄢˇ	和婉。委婉。婉拒。婉謝。婉轉。婉言相勸。溫柔婉約。
宛	ㄨㄢˇ	小宛（詩經・小雅的篇名）。宛延（曲折延伸的樣子。同「蜿蜒」）。宛轉周折（不直接、多曲折變化）。宛轉動聽。音容宛在。鶯聲宛轉。
	ㄩㄢ	大宛（漢時西域國名）。宛馬（大宛產的馬）。宛渠（古代傳說中的國名）。
惋	ㄨㄢˋ	惋惜。惋嘆。悵ㄔㄤˋ惋。憤惋。
*惌	ㄩㄢ	惌枉ㄨㄤˇ（同「冤枉」）。通「冤」。
*捥	ㄨㄢˋ	搤ㄜˋ捥（失意、憤怒的樣子。同「搤腕ㄨㄢˋ」）。通「腕」。
*晼	ㄨㄢˇ	晼晚（日將西落的樣子）。
*涴	ㄨㄛˋ	涴潬ㄉㄢˋ（水波ㄅㄛ相碰擊）。涴瀘ㄕㄢˋ（同「涴潬」）。

	國字	字音	語詞
	琬	ㄨㄢˇ	琬圭ㄍㄨㄟ（一種沒有稜ㄌㄥˊ角的圭）。琬琰ㄧㄢˇ（泛指美玉或比喻君子的品德）。琬琰為心。
*	畹	ㄨㄢˇ	畦ㄑㄧˊ畹（植物名。即山藥）。蘭畹（蘭圃）。
*	睕	ㄨㄢˇ	睕睕（目深的樣子）。
	碗	ㄨㄢˇ	碗粿ㄍㄨㄛˇ。碗盤。金飯碗。「盌」為異體字。
	腕	ㄨㄢˋ	手腕。腕力。腕骨。懸腕。鐵腕。耍手腕。大腕小生（一線小生）。令人扼腕。壯士斷腕。偏袒扼腕（形容激動憤怒的樣子）。
*	菀	ㄨㄢˇ	紫菀（植物名）。菀柳（詩經・小雅的篇名）。
	蜿	ㄨㄢ	蜷ㄑㄩㄢˊ蜿（環繞盤旋）。蜿蜒。
	豌	ㄨㄢ	豌豆。豌豆苗。
*	踠	ㄨㄢˇ	攣ㄌㄨㄢˊ踠（手腳卷ㄑㄩㄢˊ曲不能伸直的病）。
*	鵷	ㄩㄢ	鵷行ㄏㄤˊ（比喻官員朝班的行ㄏㄤˊ伍井然有序）。鵷雛（鳥名。鳳凰類）。鵷鷺（同「鵷行」）。虎體鵷班（比喻為朝廷的文武官員）。
*	黦	ㄧㄝˋ	敗黦（變色）。黦顏（臉色變壞）。
	【居】		
	倨	ㄐㄩˋ	倨傲（傲慢不恭）。前倨後恭（比喻待人勢利，態度轉變快速，前後不一）。倨傲怠慢。倨傲鮮ㄒㄧㄢˇ腆ㄊㄧㄢˇ（傲慢不謙虛）。
	居	ㄐㄩ	蝸ㄍㄨㄚ居（謙稱自己的居舍狹窄）。別有居心。居高不下。居停主人（指房東）。

	國字	字音	語詞
*	崌	ㄐㄩ	崌崍ㄌㄞˊ（四川省山名）。
	据	ㄐㄩ	拮ㄐㄧㄝˊ据（境況窘迫缺錢）。手頭拮据。經濟拮据。
		ㄐㄩˋ	据法（根據法令。同「據法」）。据傲（同「倨ㄐㄩˋ傲」）。据慢（傲慢。同「倨慢」）。通「據」「倨」。
*	椐	ㄐㄩ	椐椐彊ㄑㄧㄤˊ彊（相隨的樣子。同「猗ㄧ猗靡ㄇㄧˇ靡」）。
*	琚	ㄐㄩ	瓊琚（美玉）。玉佩瓊琚（稱讚他人的詩文作品）。
*	腒	ㄐㄩ	腒腊ㄒㄧ（比喻極為辛勞）。腒鱶ㄒㄧㄤˇ（乾烏賊魚）。
*	蜛	ㄐㄩ	蜛蝫ㄓㄨ（蟲名。狀如蠶）。
*	裾	ㄐㄩ	簪ㄗㄢ裾（指顯貴）。曳裾王門（指攀附權貴，仰承鼻息）。馬牛襟裾（比喻行為卑劣可惡ㄨˋ像禽獸一般）。絕裾而去（形容決意離開）。
	踞	ㄐㄩˋ	盤踞。科頭箕踞（比喻過著無拘無束、悠然自得的隱居生活）。高踞枝頭。踞爐炭上（比喻處境危險）。龍蟠ㄆㄢˊ虎踞。
	鋸	ㄐㄩˋ	鋸子。拉鋸戰。鋸齒狀。刀鋸之餘（指服過刑的人。同「刑餘之人」）。心如刀鋸（同「心如刀割」）。鉤爪ㄓㄠˇ鋸牙（比喻人凶惡暴戾）。鋸嘴葫蘆（比喻不善於應對，拙於言辭的人）。繩鋸木斷（比喻力量雖小，只要持之以恆，事必有成。同「水滴石穿」）。
		ㄐㄩ	鋸碗（用兩腳鉤釘緊合連綴破裂的碗）。鋸大缸（戲曲劇目）。通「鋦ㄐㄩ」。

	國字	字音	語　　詞
*	鶋	ㄐㄩ	鵯ㄅㄟ鶋(鳥名。外形似烏鴉)。
	【走】		
	屣	ㄒㄧˇ	敝屣(比喻毫無價值,不受重視的事物)。倒ㄉㄠˋ屣相迎(比喻熱情迎接款待賓客)。敝屣王侯(表示輕視、不屑ㄒㄧㄝˋ或毫不在意)。敝屣自珍(同「敝帚自珍」)。敝屣尊榮(同「敝屣王侯」)。視如敝屣(同「敝屣王侯」)。麻屣鶉ㄔㄨㄣˊ衣(形容衣衫襤褸)。屣履出迎(同「倒屣相迎」)。屣履造門(形容急於會見或拜見某人)。
	徙	ㄒㄧˇ	遷徙。未焚徙薪(比喻防患未然)。曲ㄑㄩ突徙薪(同「未焚徙薪」)。徙木立信(建立人民守信的手段)。徙宅忘妻(比喻人健忘,做事荒唐粗心)。遷徙流離(遷移住家而流浪各處)。
*	漇	ㄒㄧˇ	漇漇(滋潤的樣子)。
*	簁	ㄒㄧˇ	簁箄ㄅㄟˋ(盛物的竹器)。
*	縰	ㄕˇ	縰履(古代一種無後跟的鞋子)。縰縰(形容眾多的樣子)。
	蓰	ㄒㄧˇ	倍蓰(形容很多)。或相倍蓰(有的相差一倍或五倍)。獲利倍蓰(獲得數倍的利益)。
*	褷	ㄕ	離褷(羽毛初生的樣子)。毵ㄙㄢ褷(形容毛羽下垂的樣子)。
*	蹝	ㄒㄧˇ	敝蹝(同「敝屣」)。蹝履(形容匆忙的樣子。同「屣履」)。通「屣」。

國字	字音	語詞
【㓻】		
剛	ㄍㄤ	剛直。金剛經。金剛鑽。鐵金剛。丈二金剛。以柔克剛。立地金剛（比喻人孔武有力，氣勢威猛）。吐剛茹柔（比喻畏強凌弱）。血氣方剛。柔能克剛。剛正不阿ㄜ。無欲則剛。變形金剛（指一種可以組合成多種形狀的玩具）。
岡	ㄍㄤ	山岡。梵ㄈㄢˋ蒂岡。黃花岡。岡連嶺屬ㄓㄨˇ（高山相連，綿延不斷的樣子）。
崗	ㄍㄤˇ	站崗。崗位。崗哨。崗警。罷崗。堅守崗位。
	ㄍㄤ	山崗（同「山岡」）。花崗岩。景陽崗（為小說水滸ㄏㄨˇ傳中武松打虎之處）。通「岡」。
綱	ㄍㄤ	提綱。三綱五常（泛指人倫大道）。本草綱目。討論提綱。釣而不綱（用釣魚竿釣魚而不用大網）。提綱挈ㄑㄧㄝˋ領。無限上綱（無限的擴大範圍）。綱紀廢弛ㄔˊ（國家的綱常秩序鬆懈）。綱舉目張（比喻條理分明）。擔綱演出。
鋼	ㄍㄤ	鋼鐵。不鏽鋼。九煉成鋼（比喻經過重重的磨練而成大器）。百鍊成鋼。鋼骨結構。
	ㄍㄤˋ	鋼一鋼（把刀放在皮、布或磨刀石等上磨，使刀變得銳利）。
【夌】		
* 倰	ㄌㄥˋ	欺倰（欺壓）。

國字	字音	語　　詞
凌	ㄌㄧㄥˊ	凌辱。凌晨。凌亂。凌厲。凌駕。凌遲(一種古代酷刑)。欺凌。仗勢凌人。攻勢凌厲。金星凌日。畏強凌弱。凌波微步(形容物體緩慢輕盈的移動)。凌雲壯志(比喻志向高遠)。凌雲健筆(形容詩文豪邁脫俗，文筆雄健有力)。校園霸凌。氣凌霄漢(形容氣勢壯闊，直沖雲霄)。
* 夌	ㄌㄧㄥˊ	夌遟ㄔˊ(歷時長久而漸趨衰敗。同「陵遲」)。
崚	ㄌㄥˊ	崚嶒ㄘㄥˊ(山勢高峻)。風骨崚峭(比喻人風骨奇高)。傲骨崚嶒(形容人性情剛直、堅貞不屈)。
* 庱	ㄔㄥ	庱亭(古亭名)。
棱	ㄌㄥˊ	柧ㄍㄨ棱(殿堂、廟宇上的最高處)。剛棱(性情剛直)。眉棱骨(生長在眉毛部位的骨ㄍㄨˊ頭˙ㄊㄡ)。棱柱層(貝殼的剖面，其三層中之一層)。首鼠模棱(猶疑不決，含糊不清的樣子)。模棱兩可(同「模稜ㄌㄥˊ兩可」)。
* 淩	ㄌㄧㄥˊ	淩遲(同「凌遲」)。欺淩(同「欺凌」)。淩雜米鹽(比喻凌亂瑣屑ㄒㄧㄝˋ)。
* 睖	ㄌㄥˋ	睖瞪(眼睛直視的樣子)。
稜	ㄌㄥˊ	稜角。稜線。三稜鏡。菠稜菜(菠菜)。有稜有角。模稜兩可。
綾	ㄌㄧㄥˊ	綾羅綢緞(比喻奢侈的衣著ㄓㄨㄛˊ)。
菱	ㄌㄧㄥˊ	菱形。菱角。
* 蔆	ㄌㄧㄥˊ	蔆角(同「菱角」)。通「菱」。

國字		字音	語詞
*	薐	ㄌㄥˊ	菠薐菜（菠菜。也作「菠稜ㄌㄥˊ菜」）。
*	輘	ㄌㄧㄥˊ	輘轢ㄌㄧˋ（欺壓虐待）。輘轢宗室。
	陵	ㄌㄧㄥˊ	陵寢。陵遲（同「凌遲」）。欺陵（同「欺凌」）。謁ㄧㄝˋ陵（不作「謁靈」）。廣陵散ㄙㄢˇ（比喻人事凋零或事成絕響）。如岡如陵（賀人高壽之辭）。延陵掛劍（比喻友誼ㄧˋ至死不變）。深谷為陵（比喻世事多變。同「滄海桑田」）。陵土未乾（比喻人剛去世不久）。壽陵匍ㄆㄨˊ匐ㄈㄨˊ（比喻仿他人不成，反而喪失原有的技能）。廣陵絕響（比喻學問或技藝中斷，無法流傳下去）。
*	鯪	ㄌㄧㄥˊ	鯪鯉（穿山甲）。
【爭】			
	崢	ㄓㄥ	崢嶸（山勢高峻的樣子）。泓崢蕭瑟（指幽雅安靜）。崢嶸歲月（形容不平凡的歲月）。歲月崢嶸（同「崢嶸歲月」）。頭角ㄐㄧㄠˇ崢嶸（形容人才華洋溢，能力出眾，引人矚目）。
	掙	ㄓㄥ	掙扎。掙命（臨死的掙扎）。掙脫。掙開。掙臉（爭面子）。掙面子。
		ㄓㄥˋ	掙錢（出力賺錢）。
	淨	ㄐㄧㄥˋ	乾淨。六根清淨。消滅淨盡（徹底消除毀滅）。乾淨俐落。淨說不做。窗明几ㄐㄧ淨。
	爭	ㄓㄥ	爭奪。爭辯。競爭。爭功諉過。爭持不下。
	猙	ㄓㄥ	猙獰。面目猙獰（面貌凶惡的樣子）。

國字	字音	語詞
琤	ㄔㄥ	琤瑽ㄘㄨㄥ（指走路時玉佩相碰的聲音或流水聲）。琮ㄘㄨㄥˊ琤（形容玉石碰擊聲）。
睜	ㄓㄥ	睜眼。杏眼圓睜（形容女子生氣時眼睛瞪得很大的神態）。
* 竫	ㄐㄧㄥˋ	竫言（偽ㄨㄟˋ造的話。即謊言）。
箏	ㄓㄥ	風箏。斷線風箏。
諍	ㄓㄥ	諍友（用直言糾正別人過失的益友）。諍言（規勸他人的言辭）。諫ㄐㄧㄢˋ諍（直言規勸在上位者）。
錚	ㄓㄥ	鐵錚錚（形容不屈服惡勢力的威武樣子）。錚錚有名（擁有顯赫的名聲）。錚錚鏦ㄘㄨㄥ鏦（形容清脆的聲音）。鐵中錚錚（比喻才能傑出的人物）。
靜	ㄐㄧㄥˋ	安靜。靜脈ㄇㄞˋ。平心靜氣。鬧中取靜。靜極思動。
【肴】		
崤	ㄧㄠˊ	崤山（河南省山名。同「殽ㄧㄠˊ山」）。崤函之固（崤山和函谷關的險固）。
殽	ㄧㄠˊ	殽亂（同「淆亂」）。殽雜（混ㄏㄨㄣˋ淆不清。同「淆雜」）。嘉殽（同「佳肴」）。嘉殽美饌。
淆	ㄧㄠˊ	混ㄏㄨㄣˋ淆。淆亂（混ㄏㄨㄣˋ亂、雜亂）。混淆不清。混淆視聽。
肴	ㄧㄠˊ	佳肴。菜肴。山肴野蔌ㄙㄨˋ（山裡的野味和蔬菜）。美酒佳肴。通「餚」。
餚	ㄧㄠˊ	菜餚。美饌佳餚（美好精緻的食物）。通「肴」。

國字	字音	語詞
【長】		
倀	ㄔㄤ	倀鬼（傳說中被老虎咬死的人所變成的鬼，會助虎傷人）。為ㄨㄟˋ虎作倀。
帳	ㄓㄤˋ	帳棚。帳簿。賒ㄕㄜ帳。虎帳談兵（在軍營裡議論軍事）。秋後算帳。
張	ㄓㄤ	大張旗鼓。失張冒勢（冒冒失失）。改弦ㄒㄧㄢˊ更ㄍㄥ張。設張舉措（泛指心裡想要做的一切行動）。
悵	ㄔㄤˋ	惆悵。悵惘。悵惋ㄨㄢˋ。悵然自失（失意的樣子）。悵然若失（同「悵然自失」）。
*棖	ㄔㄥˊ	棖撥（撥動）。棖闑ㄋㄧㄝˋ（比喻家門）。棖觸（感動、觸動）。棖觸無端（感觸很多）。
漲	ㄓㄤˋ	漲大。熱漲冷縮。煙塵漲天。漲紅著臉。
	ㄓㄤˇ	上漲。看漲。飛漲。漲跌。漲落。漲潮。漲價。暴漲。調漲。飆漲。漲停板（股票術語）。水漲船高（同「水長船高」）。行情看漲。油電雙漲。物價飛漲。情緒高漲。漲價歸公。
*粻	ㄓㄤ	糗ㄑㄧㄡˇ粻（食糧）。麵粻（用麵粉做成的祭品）。以峙其粻（儲備米糧）。
脹	ㄓㄤˋ	腫脹。膨脹。通貨膨脹。滿臉紅脹。頭昏腦脹。
*萇	ㄔㄤˊ	萇弘化碧（比喻忠誠正直）。
賬	ㄓㄤˋ	欠賬。查賬。通「帳」。

國字	字音	語　　詞
長	ㄔㄤˊ	長處。長青樹。一日之長（才能比別人稍強）。百無一長（毫無可取之處）。長生久視（生命長久，永不衰老）。長於寫作。長林豐草（比喻隱居的地方）。長惡不悛ㄑㄩㄢ（長期為惡，不肯悔改）。
	ㄓㄤˇ	劉長卿（唐代人）。靈長目。一日之長（年紀稍大）。長君之惡ㄜˋ（助長國君的罪惡）。長孫無忌（人名。唐代人）。草長鶯飛（形容暮春三月的景致）。
	ㄓㄤˋ	長物（多餘的物品）。一無長物（形容沒有剩下的東西）。別無長物（指除必備事物之外，一無所有）。身無長物（比喻節儉或窮困）。家無長物（比喻為人清廉或家貧儉約）。
* 韔	ㄔㄤˋ	弓韔（裝弓的袋子）。虎韔（用虎皮做成的弓袋）。虎韔鏤ㄌㄡˋ膺（虎皮弓袋上有青銅刻雕的裝飾）。
【卸】		
卸	ㄒㄧㄝˋ	拆卸。卸任。卸妝。卸貨。卸責。推卸。裝卸。大卸八塊。丟盔卸甲（形容戰敗後，狼狽逃跑的樣子）。卸下心防。卸下重擔。卸除職務。
啣	ㄒㄧㄢˊ	啣命（奉命）。啣觴（飲酒）。啣口墊背（比喻死亡）。啣尾相隨（一個緊跟著一個向前走）。啣觴賦詩。結草啣環（比喻感恩圖報）。通「銜」。
御	ㄩˋ	御旨（皇帝的命令）。御書房。御膳房。射御詩禮（指射箭、駕車、誦詩和習禮）。御夫有術。御用學者。御溝題葉（比喻姻緣之巧合）。御駕親征。馮ㄆㄧㄥˊ虛御風（在空中乘風飛行）。鉛華不御（比喻女子天生麗質）。領導統御。鐵面御史（指公正不阿ㄜ，負有監察權的官員或民代。御史，即今監察委員，又稱「柏臺」）。

國字	字音	語詞
禦	ㄩˋ	防禦。抵禦。禦侮。禦寒。禦敵。不避彊ㄑㄧㄤˊ禦（為官剛直，不畏強勢）。共禦外侮。防禦工事。禦人口給ㄐㄧˇ（靠口才敏捷去辯護以應付人）。
【官】		
倌	ㄍㄨㄢ	堂倌（古時對茶樓、酒鋪、飯館和澡堂等服務人員的稱呼）。
*婠	ㄨㄢ	婠妠ㄋㄚˋ（小孩肥胖的樣子）。
官	ㄍㄨㄢ	官銜。官爵。加官進祿（晉升官位，增加俸祿）。官法如爐（形容法律嚴正無情）。
棺	ㄍㄨㄢ	棺槨ㄍㄨㄛˇ（棺材和外棺）。
*涫	ㄍㄨㄢˋ	沸涫（水沸騰的樣子）。涫湯（沸騰的熱水）。
*琯	ㄍㄨㄢˇ	玉琯（古代玉製的管樂器）。房琯（唐代人名）。
*痯	ㄍㄨㄢˇ	痯痯（疲累沒有精神的樣子）。四牡痯痯（四匹公馬疲累不堪）。
管	ㄍㄨㄢˇ	略陳管見（約略說明自己的見解）。管城生花（比喻才思泉湧，詞藻華麗）。管窺之見（比喻識見狹隘）。管鮑之交。
綰	ㄨㄢˇ	綰髮（束髮）。綰轂ㄍㄨˇ（比喻守住要衝）。赤繩綰足（比喻男女姻緣天注定）。綰轂天下（指掌控政權的人）。總綰兵符（全面掌握兵符）。
菅	ㄐㄧㄢ	菅屨ㄐㄩˋ（用菅草編織成的鞋）。菅芒花。菅直人（日本前首相）。草菅人命（比喻輕視人命）。草菅其命（同「草菅人命」）。華菅茅束（比喻夫妻離異）。

	國字	字音	語詞
	逭	ㄏㄨㄢˋ	逭暑（避暑）。罪無可逭（無法逃避罪刑）。
*	錧	ㄍㄨㄢˇ	木錧（車軸端用來固定車輪的木插閂ㄕㄨㄢ）。
	館	ㄍㄨㄢˇ	旅館。蠟像館。「錧」為異體字。
	【林】		
*	埜	ㄧㄝˇ	埜外（同「野外」）。「野」的古字。
	婪	ㄌㄢˊ	貪婪（貪求無度而不滿足）。貪婪之島。貪婪無厭。
	彬	ㄅㄧㄣ	文質彬彬。彬彬有禮。
*	惏	ㄌㄢˊ	貪惏（同「貪婪」）。通「婪」。
	林	ㄌㄧㄣˊ	林立。林下風範（形容女子舉止嫻雅，風韻不俗）。林林總總（形容事物眾多）。酒池肉林（比喻生活奢侈放縱，毫無節制）。
	森	ㄙㄣ	森林。門禁森嚴。森羅萬象。
	淋	ㄌㄧㄣˊ	淋溼。日晒雨淋。淋漓盡致。痛快淋漓。酣暢淋漓（極為暢快的樣子）。興ㄒㄧㄥˋ會淋漓。
	焚	ㄈㄣˊ	焚燒。心急如焚。焚如之災（火災）。焚如之禍（遭到被火燒的災禍）。焚琴煮鶴（比喻殺ㄕㄚ風景）。象齒焚身（比喻因財多而招來禍事）。
	琳	ㄌㄧㄣˊ	琳宮梵ㄈㄢˋ宇（雕飾華美的佛殿道觀ㄍㄨㄢˋ）。琳琅滿目。
*	痳	ㄌㄧㄣˊ	痳病（同「淋病」）。與「痲ㄇㄚˊ」不同。

	國字	字音	語詞
*	箖	ㄌㄧㄣˊ	箖箊ㄩ（竹的一種）。
*	綝	ㄔㄣ	止住。
		ㄌㄧㄣˊ	綝纚ㄌㄧˇ（衣裳毛羽下垂的樣子）。
	郴	ㄔㄣ	郴江（湖南省河川名）。郴縣（湖南省縣名）。
	霖	ㄌㄧㄣˊ	沛雨甘霖（比喻恩澤深厚）。普降甘霖。霖雨蒼生（比喻恩澤廣被於人民）。
	【侖】		
	侖	ㄌㄨㄣˊ	加侖。
	倫	ㄌㄨㄣˊ	倫匹ㄆㄧˇ（同輩）。天倫之樂。出倫之才（形容才能出眾的人）。無與倫比。超群絕倫。精采絕倫。語無倫次。領先群倫。敷教明倫（普施教化，彰顯人倫）。
	圇	ㄌㄨㄣˊ	囫ㄏㄨˊ圇（含糊籠統）。囫圇吞棗。
	崙	ㄌㄨㄣˊ	崑崙山。
	掄	ㄌㄨㄣˊ	掄才（甄選人才）。掄元（獲得第一）。掄魁（高中狀元）。
		ㄌㄨㄣ	掄刀。掄拳（高舉拳頭ㄊㄡ˙）。比箭掄拳（指互相較勁ㄐㄧㄥˋ）。胡掄混鬧（比喻糊裡糊塗、任性妄為）。掄光家產（把家產揮霍敗光）。掄眉豎目（形容憤怒至極的樣子）。
	淪	ㄌㄨㄣˊ	沉淪。淪陷。淪喪ㄙㄤˋ。淪落。淪肌浹髓ㄙㄨㄟˇ（比喻感受深刻或受到深厚的恩惠）。淪為波ㄅㄛ臣（溺死）。

國字	字音	語詞
癟	ㄅㄧㄝˇ	吃癟。乾癟。作癟子（指受到挫折、碰釘子）。癟嘴子。癟著肚子。
	ㄅㄧㄝ	癟三（流氓）。
綸	ㄌㄨㄣˊ	垂綸（釣魚）。釣綸（釣魚線）。綸布（昆布的別名）。綸言（天子的話）。綸音（同「綸言」）。如奉綸音（如同奉為天子的諭ㄩˋ旨）。經綸天下（治理天下）。經綸世務（指處ㄔㄨˇ理政事）。經綸濟世（治理國政，拯救世局）。滿腹經綸。
	ㄍㄨㄢ	羽扇綸巾（形容從ㄘㄨㄥ容不迫的樣子）。
＊蜦	ㄌㄨㄣˊ	蝹ㄩㄣ蜦（龍蛇屈身爬行的樣子）。
論	ㄌㄨㄣˋ	論理。論量。平心而論。持平之論。論件計酬。
	ㄌㄨㄣˊ	論語。論惟明（唐代人）。
輪	ㄌㄨㄣˊ	新血輪。一輪明月。美輪美奐。首輪電影。推輪捧轂（比喻舉荐人才）。視虱ㄕ如輪（專注某事，便能達到透徹精深的境界）。輪焉奐焉（同「美輪美奐」）。輪番上陣。
【彧】		
域	ㄩˋ	領域。疆域。絕域殊方（偏遠的異地）。越域引水。
＊彧	ㄩˋ	彧彧（茂盛的樣子）。荀彧（漢代人名）。黍稷ㄐㄧˋ彧彧（黍稷長得多ㄉㄨㄛ麼茂密）。

	國字	字音	語詞
	惑	ㄏㄨㄛˋ	困惑。疑惑。大惑不解。不惑之年(四十歲)。妖言惑眾。惑世盜名(迷惑世人以盜取名聲)。
	或	ㄏㄨㄛˋ	間ㄐㄧㄢˋ或(偶爾、有時候)。不可或缺。
*	棫	ㄩˋ	吳棫(宋代人名)。棫樸(比喻賢能者眾多)。
*	淢	ㄩˋ	淢汩ㄍㄨˇ(水急流的樣子)。溝淢(溝渠)。愀ㄑㄧㄠˇ愴惻淢(悲傷,難過)。
*	窢	ㄒㄩ	窢然(迅速的樣子)。
*	緎	ㄩˋ	一緎(古代計算絲的單位。二十縷絲為一緎)。
*	罭	ㄩˋ	九罭(捕魚用的細網)。
*	聝	ㄍㄨㄛˊ	俘聝(擄獲敵人而割下左耳。同「俘馘ㄍㄨㄛˊ」)。
	蜮	ㄩˋ	鬼蜮(鬼怪)。奸同鬼蜮(比喻心地狡猾邪惡)。為鬼為蜮(比喻以陰狠毒辣的手段,暗中害人)。鬼蜮伎倆(指暗中傷人的陰狠手段)。
*	閾	ㄩˋ	閨閾(閨房)。履閾(腳踩在門檻ㄎㄢˇ上)。閫ㄎㄨㄣˇ閾(門檻)。
	馘	ㄍㄨㄛˊ	斬馘(斬殺敵人)。獻馘(割下敵人左耳獻給君王)。攸馘安安(從ㄘㄨㄥ容不迫割下敵屍左耳)。搴旗執馘(同「搴旗斬馘」)。搴ㄑㄧㄢ旗斬馘(比喻驍ㄒㄧㄠ勇善戰)。
		ㄒㄩˋ	槁項黃馘(形容面黃肌瘦)。

	國字	字音	語詞
*	魆	ㄩˋ	鬼魆（旋ㄒㄩㄢˋ風）。
	【戾】		
	唳	ㄌㄧˋ	風聲鶴唳（形容極為驚恐疑懼）。華亭鶴唳（比喻留戀過往事物或官場受挫的懊悔心情）。鶴唳雲端（鶴鳥在雲端鳴叫）。
*	悷	ㄌㄧˋ	惏ㄌㄢˊ悷（悲傷的樣子）。繚悷（憂愁糾纏）。
	戾	ㄌㄧˋ	罪戾（罪惡，過失）。反戾天常（違逆天道）。性情乖戾。剛戾自用（固執己見，不聽勸告）。鳶ㄩㄢ飛戾天（形容萬物各得其所，自得其樂）。暴戾之氣。暴戾恣ㄗˋ睢ㄙㄨㄟ。翰飛戾天（比喻在官場上飛黃騰達）。
	捩	ㄌㄧㄝˋ	轉捩點。頓足捩耳（形容束手無策的窘境）。
	淚	ㄌㄟˋ	眼淚。淚下交頤ㄧˊ（形容非常傷心）。淚如泉湧。聲淚俱下。
*	綟	ㄌㄧˋ	綟木（植物名。又名南燭）。
*	蜧	ㄌㄧˋ	黑蜧（傳說中能招來雨水的神蛇）。
	【臤】		
	堅	ㄐㄧㄢ	堅韌。心如堅石（形容人意志堅定不移）。乘堅策肥（形容生活奢靡）。堅忍不拔。堅苦卓絕。鑽堅仰高（比喻鑽研很深）。

	國字	字音	語詞
	慳	ㄑㄧㄢ	老慳（譏諷ㄈㄥˋ吝嗇的人）。慳吝（吝嗇）。大破慳囊（吝嗇的人特意拿錢花用）。好事多慳（指男女佳期多波ㄅㄛ折）。慳吝苦剋（辛勞刻苦，省吃儉用）。緣慳分ㄈㄣˋ淺（機緣、福分淺薄）。緣慳命蹇ㄐㄧㄢˇ（機緣乖舛ㄔㄨㄢˇ，命運不順利）。
*	掔	ㄑㄧㄢ	掔然（厚實的樣子）。肉袒掔羊（裸露ㄌㄨˋ上身，牽著羊。表示請罪降服。同「肉袒牽羊」）。通「牽」。
	緊	ㄐㄧㄣˇ	繃緊。緊箍ㄍㄨ咒（比喻能束縛或控制人的事物）。緊迫盯人。緊鑼密鼓。
	腎	ㄕㄣˋ	腎臟。腎盂ㄩˊ炎（病名）。雕肝鏤ㄌㄡˋ腎（比喻寫作時嘔ㄡˇ心瀝血，字斟句酌）。
*	菣	ㄑㄧㄣˋ	牡菣（植物名。即牡蒿ㄏㄠ）。
*	蜸	ㄑㄧㄢˇ	蜸蚕ㄊㄧㄢˇ（蚯蚓）。
	豎	ㄕㄨˋ	豎琴。豎儒（見識淺陋的小儒）。二豎為虐（比喻生病）。毛髮皆豎（形容非常驚懼）。柳眉倒ㄉㄠˋ豎（形容女子生氣的樣子）。寒毛直豎。撅ㄐㄩㄝ豎小人（卑劣無行ㄒㄧㄥˋ的小人）。豎起脊ㄐㄧˇ梁（比喻振作精神）。橫七豎八。橫眉豎眼。
	賢	ㄒㄧㄢˊ	賢淑。賢慧。妒賢疾能（嫉ㄐㄧˊ妒比自己有才德、名望的人）。見賢思齊。禮賢下士。
	鏗	ㄎㄥ	鏗鏘ㄑㄧㄤ（形容樂器所發出清脆悅耳的聲音）。鏗然有聲（形容聲音清脆悅耳）。鏗鏘有力。

國字	字音	語詞
鰹	ㄐㄧㄢ	鰹魚。鰹鳥。
【罙】		
探	ㄊㄢˋ	刺探。探勘ㄎㄢ。探湯（比喻心存戒懼）。探囊取物。
深	ㄕㄣ	深淵。深奧。諱ㄏㄨㄟˋ莫如深（比喻隱瞞得極為嚴密，外人無所得知）。
* 琛	ㄔㄣ	琛貢（貢品）。琛賮ㄐㄧㄣˋ（進貢的寶物）。錢其琛（前中共副總理）。
【叕】		
* 剟	ㄉㄨㄛˊ	刺剟（用刀刺）。剟削（刪除、清除）。剟刺膚面（用刀刺或割皮膚與面容）。剟定法令（刪削法令）。
啜	ㄔㄨㄛˋ	啜泣。啜茶。啜飲。餔ㄅㄨ啜（吃喝）。忘啜廢枕（不吃不睡）。啜菽飲水（指生活清貧，飲食粗劣）。
惙	ㄔㄨㄛˋ	危惙（病危、病重將死）。惙怛ㄉㄚˊ（憂傷）。綿惙（病勢垂危）。氣息惙然（氣息微弱的樣子）。惙怛ㄉㄚˊ傷悴（形容非常憂傷的樣子）。絃ㄒㄧㄢˊ歌不惙（同「絃歌不輟」）。寢疾惙頓（生病且疲困）。綿惙已極（指病情非常危急）。憂心惙惙（憂思鬱結的樣子）。
掇	ㄉㄨㄛˊ	掇拾（採取）。攛ㄘㄨㄢ掇（慫ㄙㄨㄥˇ恿勸唆他人去做某事）。上竿掇梯（比喻誘導人上前而斷絕其退路）。拈ㄋㄧㄢ輕掇重（指要做的事很多）。東借西掇（到處向人借貸）。掇臀ㄊㄨㄣˊ捧屁（形容諂媚者的醜態）。道不掇遺（形容社會風氣良好。同「路不拾遺」）。頓牟ㄇㄡˊ掇芥（比喻互相感應。同「琥珀ㄆㄛˋ拾芥」）。

	國字	字音	語詞
*	敠	ㄉㄨㄛˊ	敁ㄉㄧㄢ敠ㄉㄨㄛˊ（指在心中衡量、考慮事情輕重）。
*	棳	ㄓㄨㄛˊ	棳檽ㄋㄡˋ（梁上短柱）。
*	歠	ㄔㄨㄛˋ	放飯流歠（比喻大吃大喝）。餔ㄅㄨ糟歠醨ㄌㄧˊ（比喻與世浮沉，隨波ㄅㄛ逐流的生活態度）。歠菽飲水（形容飲食粗劣。同「啜菽飲水」）。
*	毲	ㄉㄨㄛˊ	罽ㄐㄧˋ毲（毛氈ㄓㄢ）。
*	畷	ㄓㄨㄛˊ	畛ㄓㄣˇ畷（田間的小路。同「阡陌」）。
	綴	ㄓㄨㄟˋ	連綴（互相連接而不中斷）。補綴（修補裂縫ㄈㄥˋ）。點綴。
*	腏	ㄓㄨㄟˋ	腏食（繞壇設立諸神的祭座，連續祭拜）。
*	蝃	ㄓㄨㄛˊ	蝃蝥ㄇㄠˊ（蜘蛛）。
		ㄉㄧˋ	蝃蝀ㄉㄨㄥ（虹。同「螮ㄉㄧˋ蝀」）。通「螮」。
*	裰	ㄉㄨㄛˊ	直裰（圓領、大袖的家居服。也作「直襬」）。
	輟	ㄔㄨㄛˋ	中輟。輟耕（休耕）。輟學。中輟生。力行不輟。手不輟筆（不停的用筆書寫）。絃歌不輟（比喻政治清明太平，禮樂教化普及）。輟耕壟ㄌㄨㄥˇ上（比喻不甘才能被埋沒ㄇㄛˋ，心中躍ㄩㄝˋ躍思動）。
*	醊	ㄔㄨㄛˋ	奠醊（灑酒於地而祭拜）。
*	餟	ㄓㄨㄟˋ	餟食（同「腏ㄓㄨㄟˋ食」）。
*	鵽	ㄉㄨㄛˋ	鵽鳩（鳥名）。

	國字	字音	語詞
			【典】
	典	ㄉㄧㄢˇ	典型。引經據典。典章制度。明正典刑（指根據法律公開處ㄔㄨˇ決）。經典之作。
	抻	ㄔㄣ	抻平（拉平）。抻麵（用手將麵塊拉成麵條）。
*	淟	ㄊㄧㄢˇ	淟涊ㄋㄧㄢˇ（汙濁而不鮮明）。淟濁（骯髒、汙穢）。
*	痶	ㄉㄧㄢˇ	痶腳（腿疾時，走路一腳作點地的樣子）。
	碘	ㄉㄧㄢˇ	碘酒。
	腆	ㄊㄧㄢˇ	靦ㄇㄧㄢˇ腆（害羞，難為情的樣子。同「偭ㄇㄧㄢˇ腆」）。腆著臉（厚著臉皮）。不腆之儀（不豐厚的禮物）。倨ㄐㄩˋ傲鮮ㄒㄧㄢˇ腆（傲慢沒有禮貌）。荒腆於酒（沉溺ㄋㄧˋ於酒）。腆著肚子（挺出肚子）。
*	覥	ㄊㄧㄢˇ	靦覥（同「靦腆」）。為「腆」的異體字。
*	賟	ㄊㄧㄢˇ	賟贈（豐厚贈與）。
			【匋】
	啕	ㄊㄠˊ	號啕。嚎啕（同「號啕」）。號啕大哭。
	掏	ㄊㄠ	掏錢。自掏腰包。掏心挖肺（比喻誠懇）。掏空心思。
	淘	ㄊㄠˊ	淘米。淘汰。淘金。淘洗。淘氣。浪淘沙（曲牌名）。淘金客。淘金夢（比喻想發大財的美夢）。沙裡淘金（比喻費力多但效果不大）。
*	綯	ㄊㄠˊ	令狐綯（唐代人名）。宵爾索綯（晚上搓繩子）。

國字	字音	語詞
萄	ㄊㄠˊ	葡萄。葡萄深碧（形容江水碧綠清澈）。
陶	ㄊㄠˊ	陶冶。陶醉。薰陶。鬱陶（憂思）。陶朱公（稱經商致富的人）。陶犬瓦雞（比喻無用之物，空有外形而無能耐）。陶然自得（自己感到自在快意）。富比陶 衛（比喻非常富有）。
	ㄧㄠˊ	皋陶（人名。相傳為舜之臣，掌刑獄之事。同「咎ㄍㄠ陶」「咎繇ㄧㄠˊ」）。
【念】		
唸	ㄋㄧㄢˋ	唸書。唸經。通「念」。
念	ㄋㄧㄢˋ	紀念。眷念。念茲在茲。
捻	ㄋㄧㄢˇ	捻匪。捻針（一種中醫針灸ㄐㄧㄡˇ的刺法）。捻亂。捻線（同「拈ㄋㄧㄢˇ線」）。捻繩。捻鬍子（用手指搓ㄘㄨㄛ揉鬍鬚）。
	ㄋㄧㄝ	捻塑ㄙㄨˋ（同「捏塑」）。捻鼻（一種輕視不屑ㄒㄧㄝˋ的態度）。捻手捻腳（放輕動作，小心翼翼的樣子。同「躡ㄋㄧㄝˋ手躡腳」）。捻著鼻子（勉強ㄑㄧㄤˇ承受，忍氣吞聲，不情願卻又不敢表示）。通「捏」。
*棯	ㄖㄣˇ	棯棗（果木名）。
*淰	ㄋㄧㄢˇ	山雲淰淰（山雲聚集的樣子）。
	ㄕㄣˇ	淰躍（閃爍不定的樣子）。魚鮪ㄨㄟˇ不淰（魚群不驚怕閃避。同「魚鮪不諗ㄕㄣˇ」）。通「諗」。

	國字	字音	語詞
	稔	ㄖㄣˇ	稔知（熟知）。熟稔。豐稔（農作物豐收）。五穀豐稔（豐年。同「五穀豐登」）。時和歲稔（指太平盛世）。常稔之田（比喻為良田）。惡稔貫盈（比喻作惡多端，已到末日）。歲稔年豐（指農作物豐收）。歲豐年稔（同「歲稔年豐」）。禍稔蕭牆（比喻禍害起自內部）。稔惡不悛ㄑㄩㄢ（作惡多端而不知悔改）。
*	腍	ㄖㄣˇ	腍祭（以熟食祭祀）。
*	諗	ㄕㄣˇ	素諗（平時深切了解）。從諗（唐代高僧）。父子相諗（父子相互勸諫）。將母來諗（惦ㄉㄧㄢˋ念奉養ㄧㄤˋ老母親）。
	鯰	ㄋㄧㄢˊ	鯰魚（魚名。同「鮎ㄋㄧㄢˊ魚」）。「鮎」為異體字。
【制】			
	制	ㄓˋ	制服。制裁。制高點。以暴制暴。出奇制勝。先發制人。因地制宜。克敵制勝。制敵機先。料敵制勝。運籌制勝（指擬訂作戰策略以獲取勝利）。漫無節制。臨機制變（遇事能制定應變的方法）。
	掣	ㄔㄜˋ	掣肘（為難、牽制）。掣後腿（同「扯後腿」）。風馳電掣（比喻速度很快）。掣襟肘見ㄒㄧㄢˋ（形容處境窘迫）。電掣星馳（同「風馳電掣」）。
*	淛	ㄓㄜˋ	淛江（同「浙江」）。通「浙」。
*	猘	ㄓˋ	猛猘（野獸的凶狠）。
*	痸	ㄔˋ	痸狗（瘋狗。同「瘈ㄐㄧˋ狗」）。

	國字	字音	語詞
	製	ㄓˋ	製作。製造。粗製濫造。
	【於】		
	於	ㄩˊ	有鑑於此。於事無補。青出於藍。耿耿於懷。
		ㄨ	於邑（心中鬱結煩悶）。於菟ㄊㄨˊ（虎的別稱）。於穆（讚嘆詞）。於戲ㄏㄨ（感嘆詞）。樊於期（戰國時秦將）。於呼哀哉（表示悲傷的感嘆詞。同「嗚呼哀哉」）。
*	棜	ㄩˋ	棜禁（古代用來承放酒器的兩種禮器）。
	淤	ㄩ	淤血（同「瘀血」）。淤泥。淤塞ㄙㄜˋ。淤滯ㄓˋ（淤積停滯不能暢通）。淤積。
	瘀	ㄩ	瘀血。瘀傷。活血化瘀。
	菸	ㄧㄢ	抽菸。香菸。菸酒。菸草。菸蒂。老菸槍。菸灰缸。不作「煙」。
	閼	ㄜˋ	夭ㄧㄠ閼（受阻而中斷）。沉閼（兄弟互相殘殺）。淤ㄩ閼（水流不通暢）。提閼（提閘ㄓㄚˊ，提起閘板）。填閼（淤泥）。雍ㄩㄥ閼（阻塞ㄙㄜˋ不通）。閼伯（人名。為高辛氏長子）。閼塞ㄙㄜˋ（壅ㄩㄥ塞ㄙㄜˋ）。
		ㄧㄢ	閼氏ㄓ（漢時匈奴君長的嫡ㄉㄧˊ妻）。
	【崑】		
	崑	ㄎㄨㄣ	崑崙山。崑山片玉（比喻稀世珍寶或傑出的人才。同「崐山片玉」）。「崐」為異體字。

國字	字音	語詞
昆	ㄎㄨㄣ	賢昆仲（尊稱別人兄弟）。玉昆金友（稱讚兄弟才德兼備之辭）。昆池劫灰（比喻災難後的遺跡）。昆弟之好（形容如兄弟一般好的感情）。垂裕後昆（為後代子孫留下財富或功績）。
	ㄏㄨㄣˊ	昆邪ㄧㄝˊ（漢朝時匈奴部落之一）。
棍	ㄍㄨㄣˋ	光棍。棍棒。曲ㄑㄩ棍球。
混	ㄏㄨㄣˋ	混水。混元（天地初開闢之時）。混名（綽號。同「諢ㄏㄨㄣˋ名」）。混合。混沌ㄉㄨㄣˋ。混帳。混淆。混蛋。混亂。混跡。混濁。混戰。混血兒。混同江（河川名）。混凝ㄋㄧㄥˊ土。玉石混淆（比喻賢愚雜處ㄔㄨˇ，很難區別）。含混不清。混世魔王（比喻擾亂世界，帶來煩惱、禍害的人）。混合雙打。混為一談。混淆不清。混淆黑白。混淆視聽。魚目混珠。混沌ㄉㄨㄣˋ初開。混水摸魚。龍蛇混雜。
	ㄎㄨㄣ	混夷（我國古代西部部落名）。
*焜	ㄎㄨㄣ	焜黃（焦黃色。形容色衰的樣貌）。
琨	ㄎㄨㄣ	琨玉秋霜（比喻品德高潔，言行ㄒㄧㄥˋ莊重）。
緄	ㄍㄨㄣˇ	緄邊（在衣服的邊緣縫上條狀物）。
*輥	ㄍㄨㄣˇ	輥子（可滾動的圓柱形機件）。輥軋ㄧㄚˋ（將常溫或已加熱的金屬通過旋轉的軋輥，形成板、條、管等的工作）。輥彈ㄊㄢˊ（一種計時器）。
*錕	ㄎㄨㄣ	錕鋙ㄨˊ（古代的寶刀或寶劍）。

	國字	字音	語詞
	餛	ㄏㄨㄣˊ	餛飩ㄉㄨㄣˋ。餛飩麵。
*	騉	ㄎㄨㄣ	騉駼ㄊㄨˊ（馬名）。
*	鯤	ㄎㄨㄣ	鯤鵬展翅（比喻前程遠大，無可限量）。
	【昏】		
	婚	ㄏㄨㄣ	結婚。宴爾新婚（形容新婚甜蜜的生活。同「燕爾新婚」「新婚燕爾」）。
*	崏	ㄇㄧㄣˊ	崏江（同「岷ㄇㄧㄣˊ江」）。通「岷」。
*	惛	ㄏㄨㄣ	惛怓ㄋㄠˊ（喧譁，嘈雜）。惛眊ㄇㄠˋ（形容人年老身體衰弱）。惛懵ㄇㄥˇ（模糊不清）。
	昏	ㄏㄨㄣ	昏庸。昏厥。昏聵ㄎㄨㄟˋ（愚昧糊塗）。昏定晨省ㄒㄧㄥˇ（指子女平常侍奉父母的禮節。也作「晨昏定省」）。
*	涽	ㄏㄨㄣ	涽涽（思緒混ㄏㄨㄣˋ亂不清的樣子）。
*	痻	ㄇㄧㄣˊ	多我覯ㄍㄡˋ痻（我遇到的災禍太多了）。
*	閽	ㄏㄨㄣ	天閽（宮門）。叩閽（指吏民赴宮門陳訴冤屈）。閽寺（官名）。閽侍（守宮門的人）。叩閽無路（形容人民無處申冤）。
	【隶】		
*	逮	ㄉㄞˋ	石逮（用石頭ㄊㄡˊ修建的堤防）。逮堰ㄧㄢˋ（防水的堤壩）。
	康	ㄎㄤ	政躬康泰。康莊大道。康熙字典。
	慷	ㄎㄤ	慷慨。慷慨赴義。慷慨解囊（指毫不吝嗇的拿財物援助別人）。

國字	字音	語詞
棣	ㄉㄧˋ	賢棣（同「賢弟」）。棣鄂ㄜˋ（比喻兄弟）。王小棣（名導演）。朱棣文（美國能源部部長）。黃友棣（知名作曲家）。威儀棣棣（儀態端莊，舉止嫻雅）。常棣之華ㄏㄨㄚ（棠棣樹盛開的花）。棣華ㄏㄨㄚ增映（比喻兄弟和睦，相親相愛）。棠棣競秀（稱讚別人兄弟傑出優異）。萬物棣通（萬物暢達貫通）。
糠	ㄎㄤ	米糠。糠秕ㄅㄧˇ（比喻廢棄不要的東西）。塵垢秕ㄅㄧˇ糠（比喻無用的東西）。糟糠不厭（形容生活極貧苦）。糟糠之妻（比喻貧困時共患難的妻子）。「穅」為異體字。
逮	ㄉㄞˋ	力有未逮。不逮人倫（不能生育後代，行夫妻之禮）。匡我不逮（為懇求別人幫忙的謙詞）。言不逮意（言談中沒把心意明確的表達出來）。恥躬不逮（因沒做好事情而感到羞恥）。辭不意逮（言辭無法明確表達心意）。
	ㄉㄞˇ	被逮。就逮。逮捕。逮獲。逮個正著。貓逮老鼠。
隸	ㄌㄧˋ	奴隸。隸書。隸屬。
* 霴	ㄉㄞˋ	靉ㄞˋ霴（多雲而昏暗的樣子）。氤氳ㄩㄣ靉霴（形容雲氣瀰漫的樣子）。
【采】		
* 寀	ㄘㄞˇ	僚寀（百官）。寮寀（同「僚寀」）。儲寀（官名）。
彩	ㄘㄞˇ	彩排。彩繪。掛彩。滿堂彩。五彩繽紛。多彩多姿。
採	ㄘㄞˇ	採信。採擷ㄐㄧㄝˊ。開採。

國字		字音	語詞
*	棌	ㄘㄞˇ	棌椽ㄔㄨㄢˊ不斲ㄓㄨㄛˊ（比喻生活簡樸。同「采椽不斲」）。
	睬	ㄘㄞˇ	理睬。不理不睬。不瞅ㄔㄡˇ不睬（完全不理會）。
	綵	ㄘㄞˇ	剪綵。綵牌樓。張燈結綵。綵衣娛親（比喻孝養ㄧㄤˋ雙親）。綵筆生花（比喻才思敏捷，文章富麗。也作「夢筆生花」）。戲綵娛親（同「綵衣娛親」）。懸燈結綵（同「張燈結綵」）。
	菜	ㄘㄞˋ	菜肴。面有菜色（形容人營養不良，臉色極差）。鵠ㄏㄨˊ形菜色（形容飢餓瘦弱的臉色）。
	踩	ㄘㄞˇ	踩踏。踩高蹺ㄑㄧㄠ。文化踩街。
	采	ㄘㄞˇ	精采。多采多姿（同「多彩多姿」）。采椽不斲（同「棌椽不斲」）。采薪之憂（生病的委婉說法）。神采飛揚。無精打采。興ㄒㄧㄥˋ高采烈。舉手可采（比喻極容易得到）。通「彩」「採」「棌」。
			【坴】
	睦	ㄇㄨˋ	和睦。敦睦邦交。敦睦艦隊。敦親睦鄰。講信修睦（講求誠信，相處和睦）。
*	稑	ㄌㄨˋ	黃稑（貢品）。稑熟（五穀成熟且豐收）。穜ㄊㄨㄥˊ稑（禾名。先種後熟的為穜，後種先熟的為稑）。
	逵	ㄎㄨㄟˊ	李逵（水滸ㄏㄨˇ傳中的人物）。戴逵破琴（比喻不向權貴屈服）。
	陸	ㄌㄨˋ	陸地。陸橋。陸續。光怪陸離。羊陸之交（兩國將帥雖對峙ㄓˋ相拒，仍敦睦交誼ㄧˋ）。神州陸沉（比喻國土淪陷，遭敵人占領）。
		ㄌㄧㄡˋ	「六」的大寫。

	國字	字音	語詞
*	鶇	ㄉㄨˋ	鶇鶵ㄌㄡˊ（野鵝）。
	【臽】		
	啗	ㄉㄢˋ	啗飯（吃飯。同「啖飯」）。餘桃啗君（比喻愛憎ㄗㄥ無常。後以「餘桃」指男色）。通「啖」。
*	嚪	ㄉㄢˋ	嚪飯（同「啖飯」）。通「啖」。
	埳	ㄎㄢˇ	埳軻ㄎㄜˇ（不得志。同「坎坷ㄎㄜˇ」）。埳井之蛙（比喻見識淺薄的人）。通「坎」。
*	壛	ㄧㄢˊ	步壛（屋外的長廊。同「步簷」）。
	掐	ㄑㄧㄚ	掐死。掐住。掐指一算。掐頭去尾。
*	欿	ㄎㄢˇ	欿傺ㄔˋ（陷於停止的狀態）。欿憾（指人不得志）。自視欿然（自認為不滿意）。
*	淊	ㄏㄢˋ	淊淡（水滿的樣子）。
	焰	ㄧㄢˋ	火焰。氣焰逼人。氣焰囂張。烈焰騰空。高空焰火（即高空煙火）。
	燄	ㄧㄢˋ	烈燄（同「烈焰」）。氣燄高張。通「焰」。
*	爓	ㄧㄢˋ	火爓（同「火焰」）。光爓（同「光焰」）。通「焰」。
*	窞	ㄉㄢˋ	坎窞（地窖）。窞穽（坑穴。同「陷阱」）。
	萏	ㄉㄢˋ	菡ㄏㄢˋ萏（荷花的別稱）。

	國字	字音	語詞
	諂	ㄔㄢˇ	諂佞（奉承巴結）。諂媚。諂諛（奉承阿(ㄜ)諛）。脅肩諂笑（形容逢迎拍馬屁的醜態）。貧而無諂（雖然貧窮也不去巴結諂媚人家）。諂詞令色（說出諂媚奉承的話，露(ㄌㄡˋ)出和善討好的面容）。諂諛取容（阿諛獻媚來討好人家）。
*	錎	ㄒㄧㄢˋ	錎沒(ㄇㄛˋ)（沉沒。同「陷沒」）。通「陷」。
	閻	ㄧㄢˊ	閭(ㄌㄩˊ)閻（鄉里）。窮閻漏屋（偏僻簡陋的住處）。閭閻撲地（到處都是村莊）。
	陷	ㄒㄧㄢˋ	下陷。攻陷。缺陷。淪陷。陷沒(ㄇㄛˋ)。陷阱。陷害。構陷（設計害人於罪）。陷入絕境。越陷越深。摧陷廓清（比喻掃除積弊）。衝鋒陷陣。
	餡	ㄒㄧㄢˋ	餡餅。露(ㄌㄡˋ)餡（泄露(ㄌㄡˋ)祕密）。餡多皮薄。
	【武】		
	斌	ㄅㄧㄣ	斌斌（文質兼備的樣子）。
	武	ㄨˇ	武斷。孔武有力。止戈為武。步武堂皇（行進時步伐(ㄈㄚˊ)整齊，士氣高昂）。勝之不武。
*	碔	ㄨˇ	碔砆(ㄈㄨ)（像玉的美石）。碔砆亂玉（把虛假的事物當(ㄉㄤˋ)做真實的）。
*	虣	ㄅㄠˋ	司虣（官名）。虣出（突出）。虣亂（暴亂）。伏虣藏虎（潛(ㄑㄧㄢˊ)藏虣和虎兩種野獸）。
	賦	ㄈㄨˋ	賦稅。賦詩。賦閒。賦歸。天賦人權。快樂賦歸。資賦優異。賦閒在家。
*	贇	ㄩㄣ	程福贇（人名。後晉人）。

國字	字音	語詞
鵡	ㄨˇ	鸚鵡。鸚鵡學舌（比喻人云亦云，挑ㄊㄧㄠˇ撥是非）。
【沓】		
沓	ㄊㄚˋ	拖沓（做事拖延不乾脆）。泄ㄧˋ沓（懈怠渙散的樣子）。紛至沓來。紛沓而來（形容接連不斷的到來）。紛紜雜沓（眾多且雜亂）。
* 錔	ㄊㄚˋ	錔伯（博學且豁達的人）。錔錔（包容廣泛）。
* 誻	ㄊㄚˋ	誻誻（形容多言、愛說話的樣子）。
踏	ㄊㄚˋ	踐踏。踏青。踏實。踏腳石。飛黃騰踏（同「飛黃騰達」）。
【宗】		
宗	ㄗㄨㄥ	大宗郵件。光宗耀祖。開宗明義。傳宗接代。
崇	ㄔㄨㄥˊ	崇拜。推崇。崇山峻嶺。崇洋媚外。推崇備至。
* 悰	ㄘㄨㄥˊ	懽ㄏㄨㄢ悰（喜悅的心情）。
棕	ㄗㄨㄥ	棕色。棕櫚ㄌㄩˊ。
淙	ㄘㄨㄥˊ	淙淙（形容流水聲）。
* 琮	ㄘㄨㄥˊ	琮琤ㄔㄥ（形容玉石碰撞聲）。黃琮（黃色的瑞玉）。
粽	ㄗㄨㄥˋ	肉粽。粽子。「糉」為異體字。
綜	ㄗㄨㄥˋ	綜合。綜合果汁。綜合醫院。錯綜複雜。
* 賨	ㄘㄨㄥˊ	琛ㄔㄣ賨（稀世珍寶）。<u>賨人</u>（稱古時<u>巴州</u>的少數民族）。<u>賨</u>布（古代南蠻納稅所使用的布）。

國字	字音	語詞
鬃	ㄗㄨㄥ	馬鬃。豬鬃。
【東】		
凍	ㄉㄨㄥˋ	凍餒。凍僵。天寒地凍。冰消凍解（比喻疑惑、困難或誤會障礙完全解除）。挨餓受凍。
*敶	ㄓㄣˋ	軍敶（軍隊的陣勢。同「軍陣」）。通「陣」。
	ㄔㄣˊ	敶詞（同「陳詞」）。通「陳」。
東	ㄉㄨㄥ	作東。房東。東道主。東山之志（指隱居不當官的志願）。東山再起。東窗事發。高臥東山（比喻隱居不肯出仕）。
棟	ㄉㄨㄥˋ	棟梁。生棟覆屋（比喻咎由自取）。汗牛充棟（形容書籍很多）。棟梁之材。雕梁畫棟。
*涷	ㄉㄨㄥ	涷雨（暴雨）。涷瀧ㄌㄨㄥˊ（浸溼、淋溼）。
*蝀	ㄉㄨㄥ	蝃ㄉㄧˋ蝀（虹）。螮ㄉㄧˋ蝀（同「蝃蝀」）。
*螴	ㄔㄣˊ	螴蜳ㄉㄨㄣ（不安定的樣子）。
陳	ㄔㄣˊ	陳列。陳跡。陳舊。乏善可陳。推陳出新。陳力就列（指人在各自的崗ㄍㄤˇ位上施展才能）。陳年老酒。陳年往事。陳規陋習。陳陳相因（比喻沿襲舊例，而無革新進步）。
	ㄓㄣˋ	番陳（將軍隊分作數部，輪番作戰）。戰陳（作戰時所布置的陣勢）。我善為陳（我很會擺陣）。陳陳逼人（同「陣陣逼人」）。戰陳無勇（作戰時不勇敢）。通「陣」。

	國字	字音	語詞
			【金】
*	唫	ㄧㄣˊ	呿ㄑㄩ唫（嘴巴的開合。同「呿ㄑㄩ吟」）。為「吟」的異體字。
	崟	ㄧㄣˊ	岑ㄘㄣˊ崟（山勢高峻的樣子）。崎崟（山高低不平的地方）。嶔ㄑㄧㄣ崟（山勢險峻的樣子）。嶔崟磊落（品格高尚的樣子）。
*	淦	ㄍㄢˋ	淦水（江西省水名）。嚴家淦（前中華民國總統）。
*	滏	ㄈㄨˇ	滏山（河南省山名）。滏陽（河南省河川名）。
*	菳	ㄑㄧㄣˊ	菳頟ㄜˊ（樹木茂盛的樣子）。
	金	ㄐㄧㄣ	金剛。金石至交（比喻彼此交情深厚）。金字招牌。金甌ㄡ無缺（比喻國土完整且鞏固）。
	釜	ㄈㄨˇ	瓦釜雷鳴（比喻平庸無德的人卻居顯赫的高位）。臼中無釜（比喻妻子去世）。破釜沉舟。釜中生魚（比喻生活窮困，斷炊已久）。釜底抽薪。釜底枯魚（比喻處於危險困境中的人）。釜底游魚（同「釜底枯魚」）。
	銜	ㄒㄧㄢˊ	官銜。銜命（奉命）。銜接。頭銜。職銜。結草銜環（感激他人的恩德而設法報答）。銜冤負屈（蒙受冤屈，無處申訴）。
			【虎】
	唬	ㄏㄨˇ	嚇唬。
*	猇	ㄒㄧㄠ	猇亭（古地名。劉備攻吳，敗於此）。猇聲狺ㄧㄣˊ語（粗俗不堪的話）。

	國字	字音	語詞
	琥	ㄏㄨˇ	琥珀ㄆㄛˋ（古代松柏等樹脂ㄓ的化石）。
*	箎	ㄏㄨˇ	箎竹（竹的一種）。與「篪ㄔˊ」不同。
	虎	ㄏㄨˇ	老虎。羊質虎皮（比喻空有外表，外強中乾）。虎落平陽。狼吞虎咽ㄧㄢˋ。談虎色變。
		ㄏㄨ	馬虎。打馬虎眼。馬馬虎虎。
*	虓	ㄒㄧㄠ	虓虎（勇敢強健的樣子）。虓將（威猛的將領）。虓闞ㄎㄢˋ（比喻勇將威猛如虎）。
	彪	ㄅㄧㄠ	彪炳（形容文采煥發，功績顯著ㄓㄨˋ）。功業彪炳。弸ㄆㄥˊ中彪外（比喻人內有德行，而外有風度）。彪形大漢。彪軀虎體（形容體格魁梧ㄨˇ、強壯有力）。戰功彪炳。
*	虤	ㄧㄢˊ	虤虤（老虎發怒的樣子）。
*	覤	ㄒㄧˋ	覤覤（驚恐害怕的樣子）。
*	謔	ㄒㄧㄚˋ	虎謔（恐嚇ㄏㄜˋ）。驚謔（受驚害怕）。瞞神謔鬼（背著人在暗地裡耍花招、玩手段）。通「嚇ㄒㄧㄚˋ」。

【知】

	國字	字音	語詞
	智	ㄓˋ	智慧。利令智昏。見仁見智。襲人故智（仿效別人的老方法）。
	痴	ㄔ	白痴。痴心。痴呆。痴迷。如痴如醉。痴人說夢。「癡」為異體字。

國字	字音	語詞
知	ㄓ	困知勉行（指在艱苦學習中獲得知識，忍耐勉力下加以實行）。知客師父（寺廟中負責接待賓客的僧ㄙㄥ尼）。舊雨新知。
	ㄓˋ	見仁見知（同「見仁見智」）。知者不惑（聰穎的人能深入了解，凡事不會感到疑惑）。知者樂ㄧㄠˋ水。聰明睿知。挈ㄑㄧㄝˋ瓶之知（比喻淺薄的見識、見解）。通「智」。
蜘	ㄓ	蜘蛛。
踟	ㄔˊ	踟躕ㄔㄨˊ（徘徊ㄏㄨㄞˊ不前的樣子）。搔首踟躕（形容心情憂慮著急）。
【臾】		
庾	ㄩˇ	庾積（露ㄌㄨˋ天堆積的穀物）。廩ㄌㄧㄣˇ庾（米倉）。大庾嶺。庾澄慶（歌手）。野有庾積（野外有露天堆積的穀物）。
瘐	ㄩˇ	瘐死獄中（稱因病死於牢獄之中）。
腴	ㄩˊ	沃腴（肥美）。腴辭（華麗的辭藻）。膏腴（形容土地肥沃）。墳腴（土地寬廣而肥沃）。豐腴（豐厚肥美）。面貌豐腴。膏腴之地（肥沃的地方）。
臾	ㄩˊ	須臾。稍待須臾。
萸	ㄩˊ	茱ㄓㄨ萸（植物名）。茱萸會（古代重ㄔㄨㄥˊ陽節登高飲酒的宴會）。

國字	字音	語詞
諛	ㄩˊ	阿ㄜ諛。諛詞（討好的話）。諂ㄔㄢˇ諛（逢迎阿ㄜ諛）。好ㄏㄠˋ諛惡ㄨˋ直（喜歡阿ㄜ諛巴結，討厭直言進諫）。官盛近諛（向地位高、官職大的人學習，難脫阿諛奉承之嫌）。阿諛奉承。阿諛逢迎。諂諛取容（逢迎阿諛來討好別人）。
【明】		
明	ㄇㄧㄥˊ	明瞭。明信片。山明水秀。幽明永隔（永別）。喪ㄙㄤ明之痛（比喻喪子）。
盟	ㄇㄥˊ	渝盟（改變盟約）。結盟。盟友。盟主。盟邦。盟約。加盟店。海誓山盟。
	ㄇㄥˋ	盟津（孟津的別名）。通「孟津」之「孟」。
萌	ㄇㄥˊ	萌兆（預兆）。萌芽。杜漸防萌（比喻防患未然）。見微知萌（看到一點跡象，就能預知事情即將發生）。故態復萌。草木萌動（草木開始發芽）。詐偽ㄨㄟˋ萌生（欺詐虛假的事情孳ㄗ生）。遏漸防萌（在錯誤或壞事剛要發生時，即加以防範）。
【厓】		
＊厓	ㄧㄚˊ	厓山（廣東省山名。同「崖山」）。厓眥ㄗˋ（瞪大眼睛怒視的樣子。同「睚ㄧㄚˊ眥」）。斷厓（絕壁。同「斷崖」）。
＊啀	ㄧㄚˊ	啀喍ㄔㄞˊ（狗咬東西的樣子）。
崖	ㄧㄚˊ	崖涘ㄙˋ（岸邊、邊際）。斷崖。不立崖岸（形容人天性和樂）。崖岸自高（比喻自高自大，不知謙卑）。懸崖峭壁。懸崖勒馬。

	國字	字音	語詞
	捱	ㄞˊ	捱打。捱罵。捱日子。捱人笑罵。捱肩擦背（形容人潮擁ㄩㄥˇ擠的樣子）。
	涯	ㄧㄚˊ	生涯。涯涘ㄙˋ（比喻事物的界限）。天涯海角。咫ㄓˇ尺天涯。浪跡天涯。橫無際涯（形容廣闊而沒有邊際）。
	睚	ㄧㄚˊ	睚眥ㄗˋ（發怒瞪眼）。睚眥之仇（因細故而結成的仇恨）。睚眥之隙（極小的仇恨）。睚眥必報（就算極小的仇恨也一定要報復）。萬目睚眥（眾人怒目，表示憤怒）。
	【攴】		
	啟	ㄑㄧˇ	啟示。啟航。啟齒。正式啟用。承先啟後。殷憂啟聖（深切的憂慮能啟發聖明）。落成啟用。道歉啟事。「啓」為異體字。
*	棨	ㄑㄧˇ	棨信（傳信的憑證）。棨戟ㄐㄧˇ（古時官吏遠行時，作為前驅的儀仗）。幢ㄔㄨㄤˊ棨（有羽毛裝飾的旌ㄐㄧㄥ和戟）。
	綮	ㄑㄧㄥˋ	肯綮（比喻事理的重要處）。技經肯綮（經絡連接著骨肉和筋骨盤結之處）。洞中ㄓㄨㄥˋ肯綮（觀察敏銳，言論能掌握問題的關鍵）。
		ㄑㄧˇ	綮戟（同「棨戟」）。
	肇	ㄓㄠˋ	肇事。肇造（創建。同「肇建」）。肇禍。肇端（起始、開端）。肇事者。民國肇建。肇事逃逸。
	【甾】		
*	崰	ㄗ	崰嶷ㄋㄧˊ（參ㄘㄣ差ㄘ不齊的樣子）。

國字	字音	語詞
淄	ㄗ	淄川（山東省縣名）。淄蠹ㄉㄨˋ（比喻腐蝕傾壞）。涅而不淄（比喻本質良好，不受惡劣環境的影響。史記・孔子世家作「涅而不淄」，論語・陽貨作「涅而不緇」。一般作「涅而不緇」）。
緇	ㄗ	緇衣（黑衣）。緇服（黑色衣服）。緇門（佛門）。緇黃（僧ㄙㄥ人與道士）。削ㄒㄩㄝ髮披緇（剃去頭髮，穿上緇衣出家為僧ㄙㄥ尼）。涅而不緇（比喻本質之好，不受惡劣環境影響）。素衣化緇（比喻清廉的操守受到汙染）。
菑	ㄗ	菑人（嫁禍於人）。菑畬ㄩˊ（耕田種植）。熾ㄔˋ菑（種植）。菑榛ㄓㄣ穢（努力去除田中雜草）。身如斷菑（身體有如折斷的枯木）。
	ㄗㄞ	天菑（天災）。疾菑戾疫（災病與瘟疫）。無菑無害（沒有任何災禍）。菑害並至（天災與人害一起來到）。通「災」。
輜	ㄗ	輜重（軍中器械、彈藥、糧草、材料等的總稱）。輜重兵（軍中管理物資、軍械的部隊或人員）。行李輜重（行李）。
錙	ㄗ	錙銖（比喻極其細微）。算及錙銖（比喻人凡事斤斤計較）。算盡錙銖（指搜括錢財）。錙銖必較（凡事斤斤計較）。
*鯔	ㄗ	鯔魚（魚名。狀如青魚）。
*鶅	ㄗ	鶅鳥（鳥名。雉屬）。
【肩】		
掮	ㄑㄧㄢˊ	掮客。掮著行李（肩膀扛著行李）。

國字	字音	語詞
肩	ㄐㄧㄢ	肩負。肩頭ㄊㄡˊ。行駛路肩。身肩重任。肩背相望(形容人數眾多，前後相接不斷)。肩負使命。接踵摩肩(形容人多而擁ㄩㄥˇ擠)。擦肩而過。
* 鵳	ㄐㄧㄢ	鶙ㄊㄧˊ鵳(鳥名)。
【表】		
* 俵	ㄅㄧㄠˇ	俵分ㄈㄣ(按分或按人配發)。
婊	ㄅㄧㄠˇ	婊子(妓女)。婊子送客(虛情假意)。
表	ㄅㄧㄠˇ	手表(同「手錶」)。天地可表(形容心地磊落，胸懷坦蕩)。出人意表。表裡山河(有山河為屏障而固守無虞)。為人師表。溢於言表。
裱	ㄅㄧㄠˇ	裝裱。裱褙。
錶	ㄅㄧㄠˇ	手錶。鐘錶店。
九畫【俞】		
俞	ㄩˊ	俞允(允許、允諾)。吁咈ㄈㄨˊ都ㄉㄨ俞(形容君臣討論公事極為融洽)。「兪」為異體字。
	ㄕㄨ	俞兒(神名。登山之神)。
偷	ㄊㄡ	偷渡。偷竊。苟且偷安。
喻	ㄩˋ	比喻。不可言喻(無法用言語來形容)。不可理喻。不言而喻。引喻失義(引用例證卻有所不當)。罕ㄏㄢˇ譬而喻(少用比喻卻能使人明白)。家喻戶曉。難以言喻(很難用言語來形容)。

國字	字音	語詞
媮	ㄊㄡ	媮生（同「偷生」）。媮食（苟且偷安，只圖口腹的滿足）。媮惰（苟且怠惰）。媮合苟容（逢迎苟且，以求容身）。靡ㄇㄧˇ衣媮食（比喻只圖眼前享樂，不作長久打算。同「靡衣偷食」）。通「偷」。
	ㄩˊ	姁ㄒㄩˇ媮（輕柔美麗的神態）。媮快（同「愉快」）。通「愉」。
* 崳	ㄩˊ	崑崳（山東省山名）。
愉	ㄩˊ	愉快。愉悅。心曠神愉（同「心曠神怡」）。
愈	ㄩˋ	病愈（病好了。同「病癒」）。每下愈況。愈挫愈奮。憂心愈愈（非常憂心的樣子）。
揄	ㄩˊ	揶揄（嘲弄）。揄揚（稱頌、讚美）。揄揚大義（稱頌宣揚正道）。
榆	ㄩˊ	榆樹。豆重ㄓㄨㄥˋ榆瞑（指飲食不當引起的傷害）。枌ㄈㄣˊ榆望重（受故鄉人所仰慕）。屑ㄒㄧㄝˋ榆為粥（比喻貧苦好學）。桑榆晚景（比喻晚年）。桑榆暮景（同「桑榆晚景」）。望杏瞻榆（比喻按照時令勤於耕種）。榆次之辱（指無端受辱）。失之東隅ㄩˊ，收之桑榆（比喻雖然先在某方面有損失，在另一方面卻有成就）。
* 歈	ㄩˊ	吳歈蔡謳ㄡ（南方吳地與蔡地的歌曲）。
* 毹	ㄕㄨ	氍ㄑㄩˊ毹（毛織的地毯）。
渝	ㄩˊ	生死不渝（堅貞不移，到死也不改變）。始終不渝。忠貞不渝。信守不渝。恆久不渝。渝盟毀約（改變信約）。

國字	字音	語詞
* 牏	ㄊㄡˊ	廁牏（便器）。
瑜	ㄩˊ	一時瑜亮（比喻實力相等，不分上下）。瑕不掩瑜（比喻事物雖有缺點，仍無損其整體的完美。反之作「瑜不掩瑕」）。瑕瑜互見（比喻缺點與優點同時並存）。瑜亮情結。懷瑾ㄐㄧㄣˇ握瑜（比喻懷有高貴的品德與才能）。
瘉	ㄩˋ	病瘉（病好了）。通「愈」「癒」。
癒	ㄩˋ	病癒。痊癒。大病初癒。不藥而癒。傷口癒合。
* 睮	ㄩˊ	睮睮（諂ㄔㄢˇ媚阿ㄜ諛的樣子）。
窬	ㄩˊ	窬木（中間挖空的木頭ㄊㄡ˙）。窺窬（等待時機，打算有所行動）。斗筲ㄕㄠ穿窬（比喻人氣度狹小，行為卑鄙）。穿窬之盜（形容心術不正的人）。穿窬拊ㄈㄨˇ楗ㄐㄧㄢˋ（指竊盜）。窬木為舟（同「刳ㄎㄨ木為舟」）。窺窬分毫（指謀求小利益）。篳門圭ㄍㄨㄟ窬（比喻貧窮人家居住的簡陋）。
* 緰	ㄊㄡˊ	緰貲ㄗ（細布）。
* 羭	ㄩˊ	攘ㄖㄤˇ羭（即掠人之美）。
* 腧	ㄕㄨˋ	腧穴（穴道）。深刺腧髓ㄙㄨㄟˇ（形容透徹理解）。
蝓	ㄩˊ	蛞ㄎㄨㄛˋ蝓（動物名。軟體動物腹足類，無殼）。
褕	ㄩˊ	褕翟ㄉㄧˊ（王后或諸侯夫人所穿畫有雉羽的衣服。也作「褕狄」）。襜ㄔㄢ褕（直襟的單衣）。褕衣甘食（比喻貪圖美好的食物和衣著ㄓㄨㄛˊ）。

	國字	字音	語詞
	覦	ㄩˊ	覬ㄐㄧˋ覦（希望得到不該得到的東西）。民無覦心（百姓沒有非分之想）。睥ㄅㄧˋ睨窺覦（暗中察看，尋找可乘ㄔㄥˊ之機）。覬覦之志（非分的想法或企圖）。
	諭	ㄩˋ	面諭（當面告知）。諭示（上級對下級的指示）。諭旨（皇帝曉示臣民的詔ㄓㄠˋ書）。諭令收押。
*	貐	ㄩˇ	猰ㄧㄚˋ貐（一種傳說中會吃人的野獸）。
	踰	ㄩˊ	踰矩（超越規矩、本分）。踰越（超過、越過）。行不踰方（行為不踰越正道、禮法）。鑽穴踰垣ㄩㄢˊ（比喻偷竊的行為）。通「逾ㄩˊ」。
	輸	ㄕㄨ	捐輸（將財物捐獻給公家）。輸誠（表示誠意）。輸贏。十賭九輸。踴躍ㄩㄝˋ輸將ㄐㄧㄤ（踴躍捐獻）。
	逾	ㄩˊ	逾限。逾常（超過平常）。逾期。日月逾邁（時間消逝不再回來）。哀痛逾恆。情逾骨肉。短垣ㄩㄢˊ自逾（比喻自己違背禮法）。逾時不候。逾期作廢。逾越法令。逾齡學童。
*	鄃	ㄕㄨ	鄃縣（古縣名。漢置）。
*	隃	ㄩˊ	隃麋ㄇㄧˊ（墨的代稱）。
	【建】		
	健	ㄐㄧㄢˋ	健忘。父母健在。空軍健兒。健行活動。健步如飛。健談風趣。運動健將。
	建	ㄐㄧㄢˋ	建立。封建社會。建教合作。
*	揵	ㄑㄧㄢˊ	揵然（尾端向上彎曲的樣子）。
		ㄐㄧㄢˋ	內揵（內閉對物質的欲望）。

	國字	字音	語詞
*	楗	ㄐㄧㄢˋ	拊ㄈㄨˇ楗(指竊盜)。關楗(比喻事物最重要的部分。同「關鍵」)。
	毽	ㄐㄧㄢˋ	毽子。踢毽子。
	犍	ㄐㄧㄢ	烏犍(水牛)。目犍連(即目連)。
		ㄑㄧㄢˊ	犍為(四川省縣名)。
	腱	ㄐㄧㄢˋ	牛腱。肌腱。肌腱炎。腱子肉(牛豬羊的小腿肉)。
	鍵	ㄐㄧㄢˋ	琴鍵。鍵盤。關鍵。關鍵時刻。
*	鞬	ㄐㄧㄢ	弓鞬(弓袋)。兜鞬(泛指武器裝備)。櫜ㄍㄠ鞬(裝武器的袋子)。
			【叚】
	假	ㄐㄧㄚˇ	假寐ㄇㄟˋ(打盹ㄉㄨㄣˇ兒、小睡)。不假思索。久假不歸(借用他人的物品卻遲不歸還)。天假之年(上天延長其壽命)。狐假虎威。假手他人。
		ㄐㄧㄚˋ	假期。給ㄐㄧˇ假。久假不歸(指請假很久，還沒有回來)。銷假上班。
		ㄍㄜˊ	王假有廟(君王一到宗廟)。四海來假(四海諸侯都來參拜)。來假來饗(神靈來到並享用)。鬷ㄗㄨㄥ假無言(進獻神靈安靜無聲)。通「格」。
		ㄒㄧㄚˊ	升假(帝王駕崩。同「升遐」)。陷假(陷於被眾人指責)。登假(死。同「登遐」)。烈假不瑕(大災禍哪能不滅)。通「遐」。
*	叚	ㄐㄧㄚˇ	叚借(同「假借」)。通「假」。

國字	字音	語詞
嘏	ㄍㄨˇ	祝嘏（泛指祝壽）。嘏命（大命）。稱觴祝嘏。錫爾純嘏（神將賜給你大福）。
暇	ㄒㄧㄚˊ	空ㄎㄨㄥˋ暇。閒暇。不遑暇食（形容工作緊張、辛勞）。公餘之暇。分身不暇（比喻極為忙碌，無法再兼顧他事）。日不暇給ㄐㄧˇ（指事情繁重而時間卻不夠用）。日無暇晷ㄍㄨㄟˇ（同「日不暇給」）。目不暇給。好ㄏㄠˋ整以暇。自顧不暇。急不暇擇（急切得來不及選擇）。食不暇飽（形容整天操勞忙碌）。席不暇暖（比喻奔走忙碌，沒有休息的時候）。敬事不暇（恭敬的為他人奔走效勞，忙得沒有空休息）。應接不暇。
* 榎	ㄐㄧㄚˇ	榎木（果木名）。
* 煆	ㄒㄧㄚˋ	煆煉（燒煉）。
* 猳	ㄐㄧㄚ	佩猳（佩帶豬形的裝飾物）。通「豭ㄐㄧㄚ」。
瑕	ㄒㄧㄚˊ	瑕尤（過失、缺點）。瑕疵。白璧微瑕（比喻很好的人或事仍有小缺點）。指瑕造隙（比喻挑缺點，製造分裂）。掩瑕藏疾（掩飾缺失）。棄瑕錄用（指不計較缺點過失而予以任用）。尋瑕伺隙（指乘機尋釁ㄒㄧㄣˋ）。無瑕可擊。瑕不掩瑜（比喻事物雖有缺失，仍無損整體的完美）。滌瑕蕩穢ㄏㄨㄟˋ（比喻改革過失。也作「滌瑕盪穢」）。潔白無瑕。
* 瘕	ㄐㄧㄚˇ	茗瘕（飲茶過量，將積留腹內而結成硬塊）。瘕癥（比喻隱疾）。

國字	字音	語詞
葭	ㄐㄧㄚ	吹葭（節氣變換）。葭莩ㄈㄨˊ（比喻關係疏遠的親戚ㄑㄧ）。葭縣（陝西省縣名）。葭莩之末（同「葭莩」）。葭管灰飛（指冬至）。蒹ㄐㄧㄢ葭伊人（泛指想念異地的朋友）。蒹葭倚玉（比喻品貌、地位極不相配的兩人相處在一起）。
蝦	ㄒㄧㄚ	蝦米。軟腳蝦。斑節蝦。蝦兵蟹將ㄐㄧㄤˋ（比喻不中ㄓㄨㄥˋ用的將士或手下）。
	ㄏㄚˊ	蝦蟆˙ㄇㄚ。癩蝦蟆。癩蝦蟆想吃天鵝肉。
* 豭	ㄐㄧㄚ	艾豭（年老而美好的公豬）。
* 貑	ㄐㄧㄚ	貑羆ㄆㄧˊ（獸名。大熊的一種）。
* 赮	ㄒㄧㄚˊ	赮駮ㄅㄛˊ（指顏色混ㄏㄨㄣˋ雜如彩霞）。通「霞」。
遐	ㄒㄧㄚˊ	遐思。遐想。仁恩遐被（天澤遠播ㄅㄛ四方）。天賜遐齡（老天賜予的高齡）。引人遐思。名聞遐邇（指遠近馳名）。松鶴遐齡（比喻人高齡。為長壽的祝頌詞）。室邇人遐（比喻思念至極，卻不能相見）。高顧遐視（志向遠大，傲視流俗）。逖聽遐視（指視聽範圍既遠且廣）。遐方絕域（邊遠地方）。遐邇一體（天下一統，不管遠近，人人莫不同心同德）。龜鶴遐齡（同「松鶴遐齡」）。
霞	ㄒㄧㄚˊ	彩霞。煙霞癖ㄆㄧˇ（喜好山水）。煙霞痼疾（熱愛山水成癖好）。
* 騢	ㄒㄧㄚˊ	碧雲騢（駿馬名）。有駰ㄧㄣ有騢（有些馬的毛灰白，有些紅中帶白）。
* 鰕	ㄒㄧㄚ	鰕米（同「蝦米」）。鰕虎（肉食性魚類）。鰕腰（彎腰）。通「蝦」。

	國字	字音	語詞
*	麚	ㄐㄧㄚ	牡麚(雄鹿)。
	【屏】		
*	偋	ㄅㄧㄥˇ	偋棄(同「屏ㄅㄧㄥˇ棄」)。通「屏ㄅㄧㄥˇ」「摒ㄅㄧㄥˋ」。
	屏	ㄆㄧㄥˊ	屏東。屏風。屏障。屏蔽。屏藩ㄈㄢˊ(遮蔽、保護)。
		ㄅㄧㄥˇ	屏息。屏氣。屏除。屏退(趕走)。屏棄。屏絕(斷絕往來)。屏當ㄉㄤˋ(收拾、打理)。杜門屏跡(緊閉門戶，隱藏自己的行蹤)。屏氣凝神。屏氣攝息(形容全神貫注或指極為緊張的神情)。屏跡江湖。屏聲息氣(同「小心翼翼」)。
	摒	ㄅㄧㄥˋ	摒除。摒棄。摒擋ㄉㄤˋ行裝(打理出門時所攜帶的行李)。
	【畐】		
*	偪	ㄈㄨˊ	偪陽(古國名)。
		ㄅㄧ	偪仂ㄌㄜˋ(強ㄑㄧㄤˇ迫、脅迫)。偪臣(權力過大，聲名撼動其主的大臣)。偪促(壓迫)。偪側(相迫近)。僭ㄐㄧㄢˋ上偪下(逾ㄩˊ越本分)。實偪處此(被情勢所逼，無法避免，只好如此)。邇而不偪(深密而不逼促)。通「逼」。
	副	ㄈㄨˋ	副手。副作用。一副對聯。力不副心(即力不從心)。名不副實。名高難副(比喻盛名與實際才能很難相符ㄈㄨˊ合)。名副其實。盛名難副(即名過其實)。
		ㄆㄧˋ	坼ㄔㄜˋ副(難產)。不坼ㄔㄜˋ不副(產門不裂開)。

國字	字音	語詞
匐	ㄈㄨˊ	匍ㄆㄨˊ匐(手腳伏地爬行)。匍匐之救(形容不顧一切，盡力救助)。匍匐奔喪ㄙㄤ。匍匐前進。壽陵匍匐(比喻模仿他人不成，反而失去原有的技能)。
富	ㄈㄨˋ	富態(體態豐腴ㄩˊ)。年富力強(正值壯年，精力充沛，大有作為)。
幅	ㄈㄨˊ	篇幅。邊幅。一幅字畫。不修邊幅。尺幅千里(指篇幅雖短而內容豐富，氣勢壯闊)。柴車幅巾(指人的作風儉樸不奢華)。帶裳幅舄ㄒㄧˋ(大帶、裙子、綁腿和鞋子)。幅員遼闊。
* 愊	ㄅㄧˋ	悃ㄎㄨㄣˇ愊(至誠)。愊抑(心中憂憤鬱結)。悃愊無華(誠樸不浮華)。
* 揊	ㄅㄧˋ	揊痤ㄘㄨㄛˊ(擠壓癰ㄩㄥ瘍，除去膿血)。
* 楅	ㄅㄧˋ	楅衡(在牛角上綁橫木，以防牴觸傷人)。
* 湢	ㄅㄧˋ	湢然(整齊的樣子)。不共湢浴(不共用一個浴室洗澡)。
福	ㄈㄨˊ	福祉。福將。洞天福地。
* 稫	ㄅㄧˋ	稫仄ㄗㄜˋ(禾本植物長得十分茂盛的樣子)。
* 腷	ㄅㄧˋ	腷臆ㄧˋ(情緒鬱結，憤怒填膺)。腷腷膊ㄅㄛˊ膊(形容拍打翅膀的聲音)。腷臆誰愬ㄙㄨˋ(滿肚子的冤屈和悶氣，向誰傾ㄑㄧㄥ吐、發泄)。
* 葍	ㄈㄨˊ	葍蒩ㄗㄨ(蔬菜名。即蘘ㄖㄤˊ荷、蒪ㄆㄛˊ苴ㄐㄩ)。
蔔	ㄅㄛˊ	蘿蔔˙ㄅㄛ。蘿蔔糕。

	國字	字音	語詞
	蝠	ㄈㄨˊ	蝙ㄅㄧㄢ蝠。蝙蝠俠（電影片名）。蝙蝠洞。
*	褔	ㄈㄨˋ	一褔衣（衣服上下一整套）。
*	踾	ㄅㄧˋ	踐踾。
		ㄈㄨˊ	踾踧ㄘㄨˋ（逼蹙ㄘㄨˋ）。
	輻	ㄈㄨˊ	輻射。輻射屋。輻射線。人煙輻輳ㄘㄡˋ（指人煙稠密）。車馬輻輳（形容車馬眾多，十分擁ㄩㄥˇ擠）。輻射落塵。
	逼	ㄅㄧ	逼供ㄍㄨㄥ。逼迫。威逼利誘。著ㄓㄨㄛˊ著ㄓㄨㄛˊ進逼。
*	鶝	ㄈㄨˊ	鶝鶔ㄖㄡˊ（鳥名。又名鸛ㄍㄨㄢˋ鷒ㄊㄨㄢˊ）。

【皆】

	國字	字音	語詞
	偕	ㄒㄧㄝˊ	相偕（同在一起）。偕行（同行）。白頭偕老。偕生之疾（先天性的疾病）。偕同前往。期頤偕老（祝福夫妻白頭到老的賀辭）。與子偕老（願和你白頭偕老）。與民偕樂（和人民一起享樂）。寵辱偕忘（忘記所受到的尊寵和羞辱）。
		ㄐㄧㄝ	馬偕。馬偕醫院。
*	喈	ㄐㄧㄝ	喈喈（形容鳥叫聲與和諧的鐘鼓聲）。蔡伯喈（即東漢蔡邕ㄩㄥ）。
	揩	ㄎㄞ	揩汗（擦汗）。揩油。揩拭（擦拭）。揩背。揩淚（擦拭眼淚）。揩檯抹凳（擦拭桌椅）。
	楷	ㄎㄞˇ	楷書。楷模。蠅頭小楷（字體細小的楷書）。

	國字	字音	語詞
*	湝	ㄐㄧㄝ	湝湝（水流動的樣子）。
	皆	ㄐㄧㄝ	人盡皆知。皆大歡喜。
	諧	ㄒㄧㄝˊ	和諧。詼諧。諧音。亦莊亦諧（莊重和戲謔同時具備）。詼諧笑浪（說話風趣且大聲發笑，不受拘束）。
*	鍇	ㄎㄞˇ	徐鍇（人名。南唐人）。鍇堅（堅固）。
	階	ㄐㄧㄝ	階梯。階下囚。土階茅茨ㄘˊ（比喻房屋簡陋）。巧不可階（巧妙得無法企及）。高階將領。高階警官。進身之階。「堦」為異體字。
*	龤	ㄒㄧㄝˊ	龤龢ㄏㄜˊ（同「諧和」）。通「諧」。
	【枼】		
*	偞	ㄧㄝˋ	奕偞（容態美好的樣子）。
	喋	ㄉㄧㄝˊ	喋血。海上喋血。喋喋不休。
	堞	ㄉㄧㄝˊ	城堞（城上的矮牆）。雉堞（城上的短牆）。雉堞圮ㄆㄧˇ毀（城上的短牆毀壞了）。
*	媟	ㄒㄧㄝˋ	媟汙（侮慢不恭敬）。媟慢（態度不莊重）。媟黷ㄉㄨˊ（指人行為或態度放蕩不莊重）。淫言媟語（指淫穢猥ㄨㄟˇ褻ㄒㄧㄝˋ的話）。
*	屧	ㄒㄧㄝˋ	步屧（悠閒散步）。屧廊（走廊）。
*	惵	ㄉㄧㄝˊ	惵息（因驚恐而屏ㄅㄧㄥˇ息）。惵懼（恐懼、害怕）。
*	揲	ㄕㄜˊ	打揲（收拾、整理）。揲蓍ㄕ（古人用蓍草占ㄓㄢ卜，以定陰爻或陽爻）。銀揲子（一種銀製的飾物或帽子）。

	國字	字音	語詞
*	楪	ㄧㄝˋ ㄉㄧㄝˊ	楪榆（雲南省地名）。 一楪（同「一碟」）。楪子（同「碟子」）。通「碟」。
*	殜	ㄧㄝˋ	殗ㄧㄝˋ殜（生病半躺半坐）。
	渫	ㄒㄧㄝˋ ㄉㄧㄝˊ	浚ㄐㄩㄣˋ渫（同「疏濬ㄐㄩㄣˋ」）。奧渫（幽暗汙穢）。井渫不食（比喻人修己全潔而不被任用）。浚渫河床。 浹渫（水流動的樣子）。渫渫（水流動的樣子）。淚下渫渫（難過落淚的樣子）。
*	煠	ㄓㄚˊ	油煠（油炸ㄓㄚˊ的麵食）。油煠猢ㄏㄨˊ猻ㄙㄨㄣ（比喻舉止浮躁輕狂的人）。通「炸ㄓㄚˊ」。
	牒	ㄉㄧㄝˊ	度牒（古代官府發給合法出家人的證明文件）。最後通牒。蒲牒寫書（比喻人勤讀苦學）。
	碟	ㄉㄧㄝˊ	光碟。飛碟。硬碟。碟子。
*	艓	ㄉㄧㄝˊ	艛ㄌㄡˊ艓（樓船。泛稱船）。
	葉	ㄧㄝˋ ㄕㄜˋ	中葉（朝代的中期）。葉脈ㄇㄞˋ。一葉知秋。一葉扁ㄆㄧㄢ舟。金枝玉葉。紅葉題詩（比喻姻緣巧合）。葉落歸根。 葉縣（河南省縣名）。葉公好龍（比喻表面上喜歡某事物，但並非真的喜歡）。
	蝶	ㄉㄧㄝˊ	蝴蝶。招蜂引蝶。蝶形花冠ㄍㄨㄢ。「蜨ㄉㄧㄝˊ」為異體字。
	諜	ㄉㄧㄝˊ	間ㄐㄧㄢˋ諜。間諜戰。
*	蹀	ㄉㄧㄝˊ	蹀足（頓足）。蹀躞ㄒㄧㄝˋ（小步行走的樣子）。蹀躞不下（形容內心焦慮不安）。

	國字	字音	語詞
	鰈	ㄉㄧㄝˊ	鶼ㄐㄧㄢ鰈（比喻彼此恩愛的夫婦）。鶼鰈情深（比喻夫婦愛情深厚，相處十分融洽）。
			【則】
	側	ㄘㄜˋ	側重。引人側目。側目而視（形容敬畏或輕視）。側耳傾ㄑㄧㄥ聽。
	則	ㄗㄜˊ	規則。罰則。以身作則。有典有則（有法典規則可遵循）。
*	崱	ㄗㄜˋ	峛ㄌㄧˋ崱（山峰聳立的樣子）。嶄崱（山峰相連）。
	廁	ㄘㄜˋ	茅廁。廁身（加入）。廁所。廁足其間（加入參與ㄩˋ其間）。廁身文壇。「厠」為異體字。
	惻	ㄘㄜˋ	惻怛ㄉㄚˊ（憂愁、哀傷）。惻怛之心（憐憫同情的心）。惻隱之心。纏綿悱ㄈㄟˇ惻（指情感深刻且哀婉動人）。
	測	ㄘㄜˋ	測度ㄉㄨㄛˋ。測量。不測之禍（料想不到的災禍。多指死亡）。事出不測（突然發生意料之外的變化）。居心叵ㄆㄛˇ測。風雲不測。險遭不測。
	鍘	ㄓㄚˊ	開鍘（對人採取懲ㄔㄥˊ罰的舉動）。鍘刀（一種用來切割東西的器具）。鍘草（用機器將草料切碎）。虎頭鍘。龍頭鍘。一鍘兩斷。
			【曷】
	偈	ㄐㄧㄝˊ	郅ㄓˋ偈（高聳直立的樣子）。偈偈（使力的樣子）。匪車偈兮（那車子跑得非常的快速啊）。
		ㄐㄧˋ	偈句（佛經中的唱詞）。偈頌（同「偈句」）。偈語（同「偈句」）。

	國字	字音	語　　詞
	喝	ㄏㄜ	吃香喝辣。吃喝嫖ㄆㄧㄠˊ賭。
		ㄏㄜˋ	吆喝。呵喝。呼喝。喝令。喝采。喝責。喝倒ㄉㄠˋ采（表達對某種行為、現象的不滿而報以噓聲）。大喝一聲。呼么喝六（形容賭博時的嘈雜聲）。呼盧喝雉（指賭博）。迎頭棒喝（比喻促使人醒悟的警告）。恫ㄉㄨㄥˋ疑虛喝（虛張聲勢，令人疑懼不安）。虛聲恫ㄉㄨㄥˋ喝。當頭棒喝。
	噶	ㄍㄜˊ	喀ㄎㄚ什噶爾（新疆省地名）。準噶爾盆地。
*	堨	ㄜˋ	堨田鎮（安徽省地名）。
*	嵑	ㄎㄜˇ	岬ㄐㄧㄚˇ嵑（接連不斷的樣子）。𡾛ㄎㄜˇ嵑（山石險峻的樣子）。
*	𡾛	ㄎㄜˇ	𡾛嵑ㄎㄜˇ（山石險峻的樣子）。
	愒	ㄎㄞˋ	忨ㄨㄢˊ愒（苟且偷安，不求進取）。愒日（浪費光陰）。玩ㄨㄢˊ日愒歲（安逸享受，虛度光陰）。玩歲愒日（同「玩日愒歲」）。愒陰將盡（比喻人即將死亡）。
	揭	ㄐㄧㄝ	揭穿。揭發。揭幕。揭露ㄌㄨˋ。揭櫫ㄓㄨ（揭示、公告）。揭底牌（比喻揭穿事物的內情）。揭瘡ㄔㄨㄤ疤。成績揭曉。昭然若揭（指真相完全顯露ㄌㄨˋ明白）。匿名揭帖（攻訐ㄐㄧㄝˊ他人而不具名的公開文件）。掀天揭地（比喻本領高強，聲勢懾ㄓㄜˊ人）。揭竿而起（比喻號召ㄓㄠ起義）。
		ㄑㄧˋ	厲揭（比喻做事隨機應變）。淺則揭（渡淺水時則撩ㄌㄧㄠˊ起衣服而走）。以手揭衣（用手提起下裳）。深厲淺揭（同「厲揭」）。

	國字	字音	語詞
*	擖	ㄍㄜˊ	颯ㄙㄚˋ擖（彎曲、曲折的樣子）。膺擖（將糞箕口朝向自己）。
*	暍	ㄏㄜˋ	扇ㄕㄢ暍（稱頌德政之詞）。暑暍（因盛夏酷熱而中暑的病）。暍死（中暑而死）。暍暍（形容熱氣極為旺盛的樣子）。
	曷	ㄏㄜˊ	曷若（難道）。曷其有極（何時才是盡頭ㄊㄡˊ）。
*	朅	ㄑㄧㄝˋ	朅休（停止）。朅至（什ㄕㄣˊ麼時候來到）。伯兮朅兮（我的丈夫雄壯威武）。庶士有朅（隨從ㄘㄨㄥˊ的武士雄壯威武）。
	楬	ㄐㄧㄝˊ	禿楬（沒有頭髮）。楬豆（祭器。以木頭ㄊㄡˊ製作成的高腳祭器）。楬櫫ㄓㄨ（同「揭櫫」）。
		ㄑㄧㄚˋ	椌ㄑㄧㄤ楬（古樂器名。即柷ㄓㄨˋ敔ㄩˇ）。
	歇	ㄒㄧㄝ	衰歇。停歇。歇息。歇宿（住宿）。歇業。歇腳。歇後語。歇手不幹。歇斯底里。
*	毼	ㄏㄜˊ	毳ㄘㄨㄟˋ毼（指細的毛織品）。毼雞（一種善鬥的鳥）。氀ㄌㄩˊ毼（地毯之類的毛織品）。
	渴	ㄎㄜˇ	渴求。渴盼。渴望。渴慕。求賢若渴（形容求才的心情極為迫切）。望梅止渴（比喻用空想來自我安慰）。臨渴掘井（比喻事到臨頭才進行準備，為時已晚）。渴驥奔泉（比喻氣勢勁急矯健的樣子）。
		ㄏㄜˊ	袁家渴記（唐代 柳宗元所作）。悶ㄇㄣ悶渴渴（因生氣而悶ㄇㄣ不吭ㄎㄥ聲）。
*	猲	ㄒㄧㄝ	猲獢ㄒㄧㄠ（短嘴的獵犬）。
		ㄏㄜˋ	恐猲（恐嚇ㄏㄜˋ）。恫ㄉㄨㄥˋ疑虛猲（同「恫疑虛喝ㄏㄜˋ」）。

國字	字音	語詞
* 猲	ㄍㄜˊ	猲狚ㄉㄢˋ（獸名。似狼）。猲牂ㄗㄤ（狙ㄐㄩ的別名）。猲獠（北方人對南方人鄙ㄅㄧˇ視的稱呼）。
碣	ㄐㄧㄝˊ	石碣（圓頂的石碑）。碑碣（碑刻ㄎㄜˋ的統稱）。墓碣（墓碑）。
竭	ㄐㄧㄝˊ	衰竭。力竭汗喘（氣力用盡，流汗喘氣）。甘井先竭（比喻有才華者容易早衰、嫉ㄐㄧˊ害）。悉心竭力。筋疲力竭。盡心竭力。竭誠歡迎。竭澤而漁（比喻竭力榨取，不留餘地）。聲嘶力竭。
羯	ㄐㄧㄝˊ	羯鼓（樂器名）。摩羯座。羯鼓催花（唐玄宗好羯鼓，作春光好一曲，臨窗擊鼓而柳杏吐蕊的故事）。封胡羯末（稱讚別人兄弟優異）。
葛	ㄍㄜˊ	杯葛。糾葛。葛草（植物名）。葛藤（比喻糾纏的關係）。諸葛。九重葛。黃金葛。諸葛亮。永斷葛藤（表關係斷絕之詞）。瓜葛之親（指遠親）。冬裘夏葛（指當因時制宜，隨機應變）。葛蔓糾結（蔓生的雜草糾結在一起）。葛屨ㄐㄩˋ履霜（比喻過分節儉）。裘葛屢更ㄍㄥ（形容時間的更迭變化）。攀藤附葛（形容山路崎ㄑㄧ嶇難走，必須藉助攀附其他東西才能前進）。藤攀葛繞（形容草木極為茂盛）。
	ㄍㄜˇ	葛洪（晉代人名）。葛天氏（傳說中的上古帝王）。
* 藒	ㄑㄧㄝˋ	藒車（香草名）。
藹	ㄞˇ	和藹。和藹可親。春風藹吉（教育生活和樂。為書信中常用祝福語）。藹然可親（形容態度親切，讓人容易接近。同「和藹可親」）。

國字	字音	語詞
蝎	ㄒㄧㄝ	蛇蝎（同「蛇蠍」）。蝎虎（守宮）。蝎蝕（如蝎之侵蝕木材）。天蝎座（星座名）。撩ㄌㄧㄠˊ蜂剔ㄊㄧ蝎（比喻挑ㄊㄧㄠˇ逗壞人，自取禍害）。蝎蝎螫ㄓㄜ螫（形容過分緊張害怕的樣子）。「蠍」之異體字。
	ㄏㄜˊ	媒蝎（禍患的根源）。蝎譖ㄗㄣˋ（指由內部而起的讒言）。命宮磨蝎（指人命運不好）。蝎盛木朽（蝕木的蛀蟲多，則樹木容易腐朽）。
蠍	ㄒㄧㄝ	蛇蠍（比喻心地極為狠毒）。天蠍座（同「天蝎座」）。蛇蠍心腸。蛇蠍美人（指心地狠毒的美豔女子）。蠍蠍螫螫（同「蝎ㄒㄧㄝ蝎螫螫」）。
褐	ㄏㄜˊ	褐色。茶褐色。衣ㄧˋ褐懷寶（比喻外表鄙陋，卻內藏真才）。被ㄆㄧ褐懷玉（比喻賢能之士，才德不外露ㄌㄡˋ）。短褐不完（極為貧苦的樣子）。短褐穿結（形容衣服破爛的樣子）。褐衣疏食ㄕˊ（比喻生活窮苦）。褐頭鷦ㄐㄧㄠ鶯（鳥名）。
謁	ㄧㄝˋ	干謁（為求官位而拜見當權的人）。投謁（參見，拜見）。拜謁。晉謁。參謁（依禮拜見）。請謁（請求拜見）。謁見。謁陵。款門而謁（叩門謁見）。趨前拜謁。
* 藹	ㄞˇ	藹藹（茂盛的樣子。同「藹藹」）。
* 輵	ㄍㄜˊ	幽輵（車聲）。輵蜭ㄏㄜˊ（搖目吐舌的樣子）。轇ㄐㄧㄡ輵（雜亂交錯的樣子）。
* 轕	ㄍㄜˊ	轇ㄐㄧㄡ轕（同「轇輵ㄍㄜˊ」）。

	國字	字音	語詞
	遏	ㄜˋ	遏止。遏抑(壓抑)。遏阻。怒不可遏。遏惡ㄜˋ揚善(隱藏他人缺點和過失而宣揚其善行ㄒㄧㄥˋ。同「隱惡揚善」)。遏雲繞梁(形容歌聲優美好聽)。響遏行雲(形容聲音高亮美妙)。
	靄	ㄞˇ	窅ㄧㄠˇ靄(深遠的樣子)。晻ㄧㄢˇ靄(昏暗不明的樣子)。暮靄(傍晚的雲霧)。瑞靄華堂(賀人新居落成的吉祥話)。
*	鞨	ㄏㄜˊ	靺ㄇㄛˋ鞨(我國古代民族之一)。鞨巾(頭巾)。
*	餲	ㄞˋ	食ㄙˋ饐ㄧˋ而餲(飯食太熱、太溼或變了味)。
*	鶡	ㄏㄜˊ	鶡冠ㄍㄨㄢ(冠名)。鶡雞(同「毼ㄏㄜˊ雞」)。
*	齃	ㄏㄜˊ	齃岳(形容鼻梁高挺)。
			【思】
*	偲	ㄙ	切ㄑㄧㄝˋ偲(互相勸勉)。切切偲偲(同「切偲」)。
		ㄙㄞ	美且偲(英俊又勇武)。
	崽	ㄗㄞˇ	兔崽子。猴崽子(責備頑童的話)。
	思	ㄙ	思索。思緒。三ㄙㄢ思而行。寒泉之思(比喻感懷母恩的真切思念)。
		ㄙㄞ	于思(鬍子濃密的樣子)。滿臉于思。。
*	毸	ㄙㄞ	毰ㄆㄟˊ毸(羽毛奮張的樣子)。
*	緦	ㄙ	緦麻(用細麻布做成的喪ㄙㄤ服)。

國字	字音	語詞
*罳	ㄙ	罘ㄈㄨˊ罳（獵網。同「罦ㄈㄨˊ罳」）。罜ㄍㄨㄚˋ罳（篩ㄕㄞ子）。
腮	ㄙㄞ	腮幫子。尖嘴猴腮。杏臉桃腮（形容女子容貌美好豔麗）。笨嘴拙腮（口才不好，說話不伶俐）。搔耳抓腮（形容急躁不安的樣子）。「顋」為異體字。
葸	ㄒㄧˇ	畏葸（懼怕畏怯ㄑㄩㄝˋ）。畏葸不前（畏懼怯ㄑㄩㄝˋ懦，不敢前進）。畏葸苟安（畏懼退縮，只顧眼前的安全）。
*諰	ㄒㄧˇ	諰諰然（恐懼的樣子）。
*颸	ㄙ	涼颸（涼爽的風）。颸風（疾風）。
鰓	ㄙㄞ	魚鰓。曝鰓龍門（比喻處於困境或應試落第）。
	ㄒㄧˇ	鰓鰓（憂愁害怕的樣子）。鰓鰓過慮（過於擔心憂慮）。
【貞】		
偵	ㄓㄣ	偵查。偵破。偵訊。偵探。偵望（偵察守望）。偵測。偵辦。偵察機。偵緝ㄑㄧˋ隊（負責偵察查緝刑案的警察機構）。
幀	ㄓㄥˋ	裝幀（書畫、書籍的裝訂設計）。橫幀（橫掛的字畫）。一幀圖畫。
楨	ㄓㄣ	沈葆楨。國之楨榦ㄍㄢˋ（指國家的棟梁、有用的人才。也作「國之楨幹」）。
禎	ㄓㄣ	崇禎（明朝思宗的年號）。禎祥（吉兆）。
貞	ㄓㄣ	忠貞不渝。貞亮死節（忠心誠信，能為節義而死）。貞風亮節（形容道德、操守高潔）。貞高絕俗（節操堅貞高尚，不同凡俗）。堅貞不屈。

	國字	字音	語詞
*	赬	ㄔㄥ	淶赬（深赤色）。赬尾（比喻人民受困於暴政。同「竀ㄔㄥ尾」）。魴ㄈㄤ魚赬尾（比喻生活極為勞累辛苦）。赬面長髯ㄖㄢˊ（紅光滿面，蓄著長鬍鬚）。
	【昝】		
*	偺	ㄗㄢˊ	偺們（我們。同「咱ㄗㄢˊ們」）。通「咱ㄗㄢˊ」。
*	喒	ㄗㄢˊ	喒們（我們）。通「咱ㄗㄢˊ」。
		ㄗㄚˊ	喒家（我）。通「咱ㄗㄚˊ」。
*	揝	ㄗㄨㄢˋ	揝拳頭（握住拳頭）。揝在手中（緊握在手中）。通「攥ㄗㄨㄢˋ」。
*	昝	ㄗㄢˇ	昝家驤（前籃球國手）。
	糌	ㄗㄢˊ	糌粑ㄅㄚ（西藏的主要食品）。
	【為】		
	偽	ㄨㄟˋ	真偽。偽造。偽鈔。偽裝。偽藥。偽證。虛偽。偽君子。偽政權。偽組織。偽證罪。去偽存真（去除虛假的，保留真實的）。真偽莫辨。偽造文書。「僞」為異體字。
*	僞	ㄨㄟˇ	僞佹ㄧ（心裡不安的樣子）。
*	噅	ㄎㄨㄟ	哆ㄔㄜˇ噅（形容長相醜陋）。
*	媯	ㄍㄨㄟ	帝媯（古帝名。即舜）。媯河（河川名）。媯汭ㄖㄨㄟˋ（山西省河川名）。
*	寪	ㄨㄟˇ	隍寪（不安的樣子。同「僞佹」）。

	國字	字音	語詞
	撝	ㄏㄨㄟ	指撝（指揮）。撝謙（謙遜）。撝戈反日（勇敢堅強，排除萬難而扭轉危機）。魯陽撝戈（同「撝戈反日」）。舉扇一撝（傲慢無禮）。
*	潙	ㄍㄨㄟ	潙仰宗（我國佛教禪宗的一派）。
	為	ㄨㄟˊ	不為利誘。不為所動。天下為公。為人詬ㄍㄡˋ病。為民前鋒。為民喉舌。為非作歹。鮮ㄒㄧㄢˇ為人知。有「被」的意思，已改為此音。「爲」為異體字。
		ㄨㄟˋ	官官相為（官員互相袒護掩護。同「官官相衛」）。為人作嫁（比喻為別人忙碌辛苦）。為之不安。為利亡身。為虎作倀。為虎傅ㄈㄨˋ翼（比喻替惡人助勢）。項為之強ㄐㄧㄤˋ（脖子因此而僵硬）。
*	蔿	ㄨㄟˇ	蔿賈ㄐㄧㄚˇ（人名。孫叔敖之父）。
*	譌	ㄜˊ	譌詐。譌傳。譌誤。為「訛」的異體字。

【冒】

	國字	字音	語詞
	冒	ㄇㄠˋ	冒充。冒失。冒犯。冒牌貨。貪冒（為官貪汙不廉潔）。火冒三丈。冒名頂替。冒險犯難。貪榮冒寵（貪圖富貴與恩寵）。
		ㄇㄛˋ	冒頓ㄉㄨˊ（漢初匈奴的單ㄔㄢˊ于）。
*	勖	ㄒㄩˋ	勖勉（勉勵。同「勗ㄒㄩˋ勉」）。
*	媢	ㄇㄠˋ	妒媢（妒忌）。媢怨（嫉ㄐㄧˊ妒怨恨）。媢嫉（嫉妒）。
	帽	ㄇㄠˋ	帽子。戴高帽。螺絲帽。

國字	字音	語詞
瑁	ㄇㄟˋ	玳瑁（海龜的一種。同「蝳ㄉㄞˋ蝐ㄇㄟˋ」）。玳瑁魚（觀賞用的一種魚。即金鯽ㄐㄧˋ魚）。
* 蝐	ㄇㄟˋ	蝳ㄉㄞˋ蝐（同「玳瑁ㄇㄟˋ」）。
* 賵	ㄈㄥˋ	賵儀（送給喪ㄙㄤ家助喪的財物）。賵臨（贈送財物助他人辦理喪事並親臨致哀）。賻ㄈㄨˋ賵（送給喪ㄙㄤ家的財物）。
【耑】		
喘	ㄔㄨㄢˇ	喘息。喘氣。吳牛喘月（形容天氣酷熱）。氣喘如牛。
* 圌	ㄔㄨㄟˊ	圌山（江蘇省山名）。
	ㄊㄨㄢˊ	蒲ㄆㄨˊ圌（用蒲草編成的圓形墊子。同「蒲團」）。蘆圌（同「蒲圌」）。通「團」。
惴	ㄓㄨㄟˋ	惴恐（戰慄恐懼）。惴慄（憂懼戰慄）。惴惴不安。惴惴其慄（害怕得渾身顫抖）。慚惶惴慄（羞慚惶恐，擔憂恐懼不安）。
揣	ㄔㄨㄞˇ	揣度ㄉㄨㄛˋ。揣測。揣摩。不揣冒昧。不揣譾陋（不自量ㄌㄧㄤˋ於己身的淺陋而提供ㄍㄨㄥ意見）。揣合逢迎（揣摩迎合權貴的心意）。揣骨聽聲（比喻牽強ㄑㄧㄤˇ附會，隨意評判）。揣摩上意。
* 歂	ㄔㄨㄢˇ	歂息（同「喘息」）。歂師（史記中人名）。通「喘」。
湍	ㄊㄨㄢ	急湍。飛湍（形容水流迅速）。湍急。湍流。急湍甚箭（形容水流急速）。
瑞	ㄖㄨㄟˋ	人瑞。瑞雪。祥雲瑞氣。
端	ㄉㄨㄢ	發端（開始）。端倪ㄋㄧˊ。端詳。平白無端（無緣無故）。百端待舉（眾多事情等待興辦、處ㄔㄨˇ理）。略知端倪。

	國字	字音	語詞
	耑	ㄉㄨㄢ	耑緒（頭緒、條理。同「端緒」）。開耑（同「開端」）。通「端」。
		ㄓㄨㄢ	耑此奉達（書信結尾的敬辭）。耑肅敬覆（書信結尾的敬辭）。通「專」。
*	貒	ㄊㄨㄢ	貒獸（獸名。即豬貛ㄏㄨㄢ）。
	踹	ㄔㄨㄞˋ	踹踏（用腳踐踏）。一腳踹開。把門踹開。被踹一腳。踹門而入。
*	輲	ㄔㄨㄢˊ	輲車（靈車）。輲輪（輪子沒有輻條的車輛）。
	遄	ㄔㄨㄢˊ	遄疾（水流急速）。胡不遄死（為何還不快死）。策馬遄征（鞭策馬匹，迅速前進）。逸興ㄒㄧㄥˋ遄飛（超脫世俗的興致快速飛揚）。
*	顓	ㄓㄨㄢ	顓兵（掌握兵權）。顓臾（春秋時國名）。顓孫（複姓）。顓頊ㄒㄩˋ（五帝之一）。顓制（同「專制」）。顓蒙（愚昧無知的樣子）。顓斷（同「專斷」）。倥ㄎㄨㄥ侗ㄊㄨㄥˊ顓蒙（愚昧無知的樣子）。顓兵秉政（掌控兵權和政權）。
	【彖】		
*	劙	ㄌㄧˊ	劙面（用刀子劃ㄏㄨㄚˊ臉。同「剺ㄌㄧˊ面」）。
	喙	ㄏㄨㄟˋ	鳥喙（鳥嘴）。不容置喙（不允許插嘴或批評）。百喙莫辯（形容無法申辯的窘境）。長頸鳥喙（形容人尖酸刻ㄎㄜˋ薄的相貌）。跂ㄑㄧˊ行喙息（泛指鳥獸）。喙長三尺（比喻人強ㄑㄧㄤˇ言善辯）。
*	墬	ㄉㄧˋ	墬祇ㄑㄧˊ（同「地祇」）。墬理（同「地理」）。墬勢（同「地勢」）。通「地」。
	彖	ㄊㄨㄢˋ	彖傳（易經中解釋六十四卦卦名、卦辭的文字）。彖辭（易經中統論卦義的文字）。

	國字	字音	語詞
	掾	ㄩㄢˋ	廷掾（古代州縣的職員）。掾吏（輔佐官吏）。掾佐（協助長官治理政事的官吏）。
	椽	ㄔㄨㄢˊ	椽木（屋梁上承受瓦片的木條）。椽柱（粗大的柱子）。椽梁（梁柱和承受瓦片的木條）。如椽筆（比喻重要文告或稱讚他人文筆出眾）。一椽茅屋。大筆如椽（同「如椽筆」）。尺椽片瓦（指建築物遭受破壞後剩下的材料）。束椽為柱（比喻大材小用）。采椽不斲ㄓㄨㄛˊ（比喻生活儉樸）。茅屋采椽（比喻房屋簡陋）。茅椽蓬牖ㄧㄡˇ（同「茅屋采椽」）。
*	櫞	ㄩㄢˊ	枸ㄐㄩˇ櫞（植物名）。香櫞（枸櫞的別名）。枸櫞酸（檸檬酸）。
*	猭	ㄔㄨㄢˊ	聯猭（奔走的樣子）。
*	瑑	ㄓㄨㄢˋ	彫瑑（雕琢文ㄨㄣˋ飾）。良玉不瑑（美玉不用雕琢而自現其美紋）。雕瑑曼辭（雕琢美飾巧辯的言辭）。
	篆	ㄓㄨㄢˋ	篆刻ㄎㄜˋ。篆書。接篆視事（接下印信，任職治事）。銘篆於心（內心感激不忘）。雕蟲篆刻（比喻微不足道的技藝）。龍章鳳篆（難以辨認的古字）。蟲篆之技（同「雕蟲篆刻」）。
	緣	ㄩㄢˊ	攀緣。攀緣莖。因緣巧合。因緣際會。香火因緣（前世共修所結的因緣）。無緣無故。緣文生義（同「望文生義」）。緣木求魚。
*	腞	ㄓㄨㄢˋ	腞楯ㄕㄨㄣˇ（有文ㄨㄣˋ飾的靈車）。
*	蝝	ㄩㄢˊ	蝝魚（蝗與魚）。

國字		字音	語詞
	蠡	ㄌㄧˇ	范蠡（人名。春秋時楚人）。蠡湖（江蘇省湖名）。蠡縣（河北省縣名）。彭蠡湖（鄱ㄆㄛˊ陽湖）。
		ㄌㄧˊ	瓠ㄏㄨˋ蠡（以瓠瓜硬殼製成的舀水器具）。瓢ㄆㄧㄠˊ蠡（即水瓢）。蠡測。以蠡測海。持蠡測海。管窺蠡測。甕ㄨㄥˋ天蠡海（以上五語皆比喻見識淺薄）。
*	褖	ㄊㄨㄢˋ	褖衣（古代王后的衣服）。
			【敄】
	務	ㄨˋ	務實。國務卿。不務正業。世代務農。君子務本。除惡務盡。務實去華（崇尚實際，去除浮華）。貪多務得（比喻欲望很大，貪婪ㄌㄢˊ無厭）。開物成務（泛指開發各種物資，建立制度，以造福人民）。當務之急。
	婺	ㄨˋ	婺女星（星座名）。極婺聯輝（長壽的祝賀辭）。寶婺星沉（哀悼ㄉㄠˋ婦女死亡的輓辭）。
*	楘	ㄇㄨˋ	五楘梁輈ㄓㄡ（曲轅上纏繞著五道皮條）。
*	堥	ㄇㄠˊ	堥敦（前高後低的小土山）。
		ㄇㄡˊ	黃堥（瓦壺名。古時用黃堥來合藥，稱五毒之藥）。
*	瞀	ㄇㄠˋ	佝ㄎㄡˋ瞀（愚昧）。昏瞀（愚昧不明事理）。溝瞀（同「昏瞀」）。瞀亂（昏亂）。雞瞀眼（病名）。
*	蓩	ㄇㄠˋ	蓩鄉（河南省古地名）。
*	蝥	ㄇㄠˊ	蛛蝥（蜘蛛）。斑蝥（虎甲蟲的別名）。蝥賊（比喻禍害、敗類。同「蟊賊」）。
*	鍪	ㄇㄡˊ	兜鍪（一種古代戰士戴的頭盔）。鞮ㄉㄧ鍪（頭盔）。

國字	字音	語詞
霧	ㄨˋ	雲霧。愁雲慘霧。霧裡看花。騰雲駕霧。
*鞪	ㄇㄨˋ	使車軸加強固定的皮帶。
	ㄇㄡˊ	鞮ㄉㄧ鞪(頭盔。同「兜鍪ㄇㄡˊ」「鞮ㄉㄧ鍪」)。被ㄆㄧ甲鞮鞪(穿鎧ㄎㄞˇ甲和戴頭盔)。
騖	ㄨˋ	旁騖。騁ㄔㄥˇ騖(奔走)。騖外(喜好外務,不理家務)。心無旁騖。好高騖遠。廣心博騖(指人因貪多而盲目的追求)。
鶩	ㄨˋ	刻ㄎㄜˋ鵠ㄏㄨˊ類鶩(比喻仿效雖欠逼真,但仍相像)。家雞野鶩(比喻喜新厭舊,棄妻室而喜歡外遇的對象)。落霞孤鶩(形容秋天黃昏的景致)。趨之若鶩。雞鶩爭食(比喻目光狹隘的庸俗小人互相爭名奪利)。
【甚】		
*偡	ㄓㄢˋ	偡然(整齊而不雜亂的樣子)。
勘	ㄎㄢ	探勘。勘災。勘查。勘測。勘察。勘驗。踏勘(親臨現場查看)。履勘(親自到現場檢查或測量)。點勘(校ㄐㄧㄠˋ勘核對)。勘誤表。枉勘虛招(刑求逼供ㄍㄨㄥˋ,屈打成招)。
堪	ㄎㄢ	難堪。堪輿ㄩˊ家(風水先生)。不堪一擊。不堪回首。不堪其擾。不堪負荷ㄏㄜˋ。民不堪命(人民不能忍受徵稅及勞役煩急而疲於奔命的勞苦)。後果堪虞。苦不堪言。情何以堪。情況堪慮。痛苦不堪。
*嵁	ㄎㄢ	嵁絕(山峰險峻)。嵁巖(起伏不平的山)。
*愖	ㄔㄣˊ	斟ㄓㄣ愖(遲疑)。

國字	字音	語詞
戡	ㄎㄢ	戡亂（平定亂事）。動員戡亂。
*揕	ㄓㄣˋ	揕胸（刺胸）。
斟	ㄓㄣ	斟酌。斟酒。字斟句酌。淺斟低唱（形容閒適的生活。也作「淺斟低酌」）。斟酌損益（估量事理而予以適當ㄉㄤˋ的處ㄔㄨˇ理）。
椹	ㄓㄣ	椹板（同「砧ㄓㄣ板」）。椹質ㄓˋ（一種古代的刑具。同「砧鑕ㄓˋ」）。通「砧」。
	ㄕㄣˋ	桑椹（同「桑葚ㄕㄣˋ」）。通「葚」。
湛	ㄓㄢˋ	湛恩（深厚的恩澤）。湛然（清澈的樣子）。湛憂（深憂）。湛藍。精湛。工夫湛深（工夫深厚）。神志湛然（精神意識清爽）。湛然不動（安靜不動）。渟膏湛碧（水深而靜如油脂凝結，水色碧綠清澈）。
	ㄉㄢ	湛溺（即沉溺）。子孫其湛（子孫都很喜悅）。和樂且湛（大家快樂且盡興。同「和樂且耽」）。荒湛於酒（沉溺於酒）。
	ㄔㄣˊ	浮湛（浮沉）。湛沔ㄇㄧㄢˇ（沉湎ㄇㄧㄢˇ）。湛寂（沉寂）。浮湛連蹇ㄐㄧㄢˇ（官場浮沉，遭遇坎坷ㄎㄜˇ）。通「沉」。
甚	ㄕㄣˋ	甚好。甚至。不求甚解。不為已甚（不做過分的事情）。名聲籍甚（惡名遍傳）。甚囂塵上。欺人太甚。過從甚密。
	ㄕㄣˊ	作甚。甚處。甚麼。
碪	ㄓㄣ	碪板（同「砧ㄓㄣ板」）。碪斧（古代斬罪犯的刑具）。同「砧」。

國字	字音	語詞
磡	ㄎㄢˋ	紅磡（香港地名）。紅磡體育館。
*糂	ㄙㄢˇ	藜羹不糂（用藜葉作羹，不可以米和ㄏㄨㄛˋ之）。通「糝ㄙㄢˇ」。
葚	ㄕㄣˋ	桑葚。
*諶	ㄔㄣˊ	棐ㄈㄟˇ諶（輔弼ㄅㄧˋ誠信的人）。裨ㄆㄧˊ諶（春秋鄭大夫，善於謀事）。諶瓊華（舞蹈ㄉㄠˋ家）。其命匪諶（天命不可相信）。
*踸	ㄔㄣˇ	踸踔ㄓㄨㄛˊ（走路一瘸ㄑㄩㄝˊ一簸的樣子）。
*鍖	ㄔㄣˇ	鍖然（不滿足的樣子）。鍖銋ㄖㄣˇ（聲音緩慢的樣子）。
*霮	ㄉㄢˋ	晻ㄢˇ霮（黑暗的樣子）。
*黮	ㄊㄢˇ	黤ㄧㄢˇ黮（黑暗不明）。黭ㄧㄢˇ黮（同「黤黮」）。黮闇ㄢˋ（昏昧不明的樣子）。黯黮（昏暗不明的樣子）。
【革】		
勒	ㄌㄜˋ	勾勒。勒令。勒索。勒碑。勒贖。懸崖ㄧㄚˊ勒馬。
	ㄌㄟ	勒死。勒住。勒痕。勒斃。勒緊褲帶（比喻忍受飢餓）。
緙	ㄎㄜˋ	緙絲（一種以彩色絲線交錯織成的絲織品）。緙絲畫。
革	ㄍㄜˊ	皮革。革除。兵革之禍（戰爭的禍害）。洗心革面。革職查辦。馬革裹屍（比喻效命沙場）。
	ㄐㄧˊ	革鳥（一種飛得很快的鳥）。病革（指病情危急）。疾革（同「病革」）。通「急」。

國字	字音	語詞
【匽】		
偃	ㄧㄢˇ	偃蹇ㄐㄧㄢˇ（困苦失意的樣子）。文修武偃（形容天下太平無事）。前合後偃（身體前俯後仰不停的晃動，站立不穩的樣子）。突怒偃蹇ㄐㄧㄢˇ（石頭高聳突出的樣子）。風行草偃（比喻在上位者用道德教化人民）。偃兵息甲（停戰收兵）。偃武修文（停止武備，提倡文教）。偃鼠飲河（比喻所求很少）。偃旗息鼓（比喻事情停止進行）。與世偃仰（沒有主見，隨波ㄅㄛ逐流）。韜ㄊㄠ戈偃武（同「偃武修文」）。
*匽	ㄧㄢˇ	井匽（排除汙穢ㄏㄨㄟˋ的溝渠）。屏匽（廁所）。興文匽武（停止戰爭，振興文化）。
堰	ㄧㄢˋ	埭ㄉㄞˋ堰（防水的堤壩）。都江堰。堰塞ㄙㄜˋ湖（河流因山中土石崩塌ㄊㄚ而圍成的湖泊）。攔河堰。水來土堰（同「水來土掩ㄧㄢˇ」）。
揠	ㄧㄚˋ	揠苗助長。
*蝘	ㄧㄢˇ	蝘蜓（守宮的別名）。
*郾	ㄧㄢˇ	郾城縣（河南省縣名）。
*鰋	ㄧㄢˇ	鰋鯉（鯰ㄋㄧㄢˊ魚和鯉魚）。
鼴	ㄧㄢˇ	鼴鼠（即錢鼠）。鼴鼠飲河（比喻所求不多。也作「偃鼠飲河」）。「鼹」為異體字。
【若】		
偌	ㄖㄨㄛˋ	偌大（這麼大，那麼大）。偌大家私（那麼大的家產）。

	國字	字音	語詞
	匿	ㄋㄧˋ	逃匿。匿名。隱匿。藏匿。匿名信。弢ㄊㄠ跡匿光（隱匿形跡光采，不願表現出來）。匿情不報。銷聲匿跡。韜ㄊㄠ聲匿跡（同「銷聲匿跡」）。
		ㄊㄜˋ	蔽匿（隱藏姦慝ㄊㄜˋ）。通「慝」。
	喏	ㄖㄜˇ	唱喏（一面雙手作ㄗㄨㄛˋ揖，一面出聲致敬）。聲喏（同「唱喏」）。
		ㄋㄨㄛˋ	肥喏（應人呼喚的話）。喏喏連聲（形容非常恭順的樣子）。
*	婼	ㄖㄨㄛˋ	婼羌（漢代西域諸國之一）。
	惹	ㄖㄜˇ	招惹。拈ㄋㄧㄢ花惹草。惹火燒身（比喻自己招惹災禍）。惹是生非。
	慝	ㄊㄜˋ	姦慝（邪惡）。隱慝（隱匿事實）。讒ㄔㄢˊ慝（邪惡的人或言論）。之死靡ㄇㄧˇ慝（發誓到死也不改變）。負罪引慝（背負罪惡，引咎自責）。淑慝殊途（指善惡有別）。
*	掿	ㄋㄨㄛˋ	掿戰（挑ㄊㄧㄠ戰。同「搦ㄋㄨㄛˋ戰」）。
	暱	ㄋㄧˋ	暱稱。暱愛。親暱。
*	楉	ㄖㄨㄛˋ	楉榴（石榴）。
*	渃	ㄖㄨㄛˋ	濩ㄏㄨㄛˋ渃（水面廣闊的樣子）。
	箬	ㄖㄨㄛˋ	箬笠（篛葉編成的笠帽）。為「篛」的異體字。

	國字	字音	語詞
	若	ㄖㄨㄛˋ	門庭若市。寥ㄌㄧㄠˊ若晨星。噤若寒蟬（形容害怕不敢作聲）。
		ㄖㄜˇ	般ㄅㄛ若（智慧）。般若湯（酒）。般若經（泛指闡ㄔㄢˇ明般若思想的經典）。蘭若（寺院）。阿蘭若（同「蘭若」）。
	諾	ㄋㄨㄛˋ	允諾。承諾。諾言。重然諾。一諾千金。唯唯諾諾（順從而不違逆）。慨ㄎㄞˇ然允諾（很爽快的答應）。輕諾寡信。
	【南】		
	南	ㄋㄢˊ	南柯一夢。南風不競（比喻比賽失利）。南箕北斗（比喻空有虛名而無實用價值）。南轅北轍。荊南杞ㄑㄧˇ梓ㄗˇ（比喻優秀的人才）。
		ㄋㄚˊ	南無ㄇㄛˊ（佛家合掌行禮。如「南無阿ㄜ彌陀佛」）。
	喃	ㄋㄢˊ	呢喃細語。喃喃自語。
	楠	ㄋㄢˊ	楠梓（高雄市地名）。楩ㄆㄧㄢˊ楠之材（即棟梁之材）。
	湳	ㄋㄢˇ	水湳洞（地名。位於臺灣東北角）。水湳機場（位於臺中市）。
	腩	ㄋㄢˇ	牛腩（牛腹部近肋骨處的肌肉）。牛腩燴ㄏㄨㄟˋ飯。
*	蝻	ㄋㄢˊ	蝻子（蝗蟲的幼蟲）。
*	諵	ㄋㄢˊ	諵諵（不斷細語的樣子。同「喃喃」）。

	國字	字音	語詞
	【垂】		
	唾	ㄊㄨㄛˋ	唾液ㄧㄝˋ。唾棄。唾罵。向天而唾（比喻本來想損害別人，結果卻害到自己）。咳唾成珠（比喻吐屬ㄓㄨˇ不凡或文詞優美）。拾人涕唾（比喻引用他人的言論或主張）。唾手可得。唾面自乾（比喻逆來順受，忍讓而不加反抗）。
	垂	ㄔㄨㄟˊ	垂青（得到重視）。垂淚。垂涎ㄒㄧㄢˊ。垂詢。功敗垂成。永垂不朽。生命垂危。名垂青史。
*	埵	ㄉㄨㄛˇ	鹿埵（戰敗潰散的樣子）。埵防（堤防）。埵堁ㄎㄜˇ（堅硬的土塊）。
	捶	ㄔㄨㄟˊ	捶打。捶背。泣血捶膺（形容極度悲傷）。捶胸頓足（形容十分悲憤或悔恨）。通「搥」。
*	棰	ㄔㄨㄟˊ	棰楚（古代一種用木杖鞭打的刑罰。同「捶楚」「箠ㄔㄨㄟˊ楚」）。
*	甀	ㄓㄨㄟˋ	甂ㄉㄢˊ甀（瓦瓶）。
	睡	ㄕㄨㄟˋ	酣睡。睡眠。睡覺。
*	箠	ㄔㄨㄟˊ	笞ㄔ箠（用竹條鞭打）。箠楚（同「捶楚」「棰楚」）。鞭箠（鞭打）。
*	諈	ㄓㄨㄟˋ	諈諉（繁重的樣子）。
	郵	ㄧㄡˊ	郵筒。致書郵（古代傳達書信的人）。欠資郵票。杜郵之戮（比喻忠臣遭忌，無辜被殺）。郵遞區號。
	錘	ㄔㄨㄟˊ	鐵錘。千錘百鍊。別具爐錘（比喻創作獨樹一格，與眾不同）。通「鎚」。

	國字	字音	語詞
	陲	ㄔㄨㄟˊ	邊陲（邊疆地帶）。邊陲地帶。
	【咸】		
	喊	ㄏㄢˇ	呼喊。搖旗吶喊。
	咸	ㄒㄧㄢˊ	咸丘（左高右低的低小土山）。咸豐草。天下咸服（天下都來臣服）。老少咸宜。咸五登三（德業同於五帝而超越三王）。
*	椷	ㄐㄧㄢ	華椷（尊稱他人的書信）。瑤椷（同「華椷」）。通「緘」。
		ㄏㄢˊ	間(ㄐㄧㄢˋ)可椷劍（其間可容一劍）。「函」之異體字。
	減	ㄐㄧㄢˇ	減削(ㄒㄩㄝˋ)（降低、減少）。減省(ㄕㄥˇ)。翠消紅減（形容女子色衰，美貌不再）。
*	瑊	ㄓㄣ	瑊石（像美玉一般的石頭(ㄊㄡˊ)）。瑊玏(ㄌㄜˋ)（玉石名）。
*	碱	ㄐㄧㄢˇ	臺碱（原名為台灣碱業股份有限公司）。為「鹼」的異體字。
	箴	ㄓㄣ	官箴（官吏應遵守的禮法）。箴言（規戒的言詞）。箴規（規勸）。箴諫（規戒勸諫）。不辱官箴（稱當官忠於職守）。有玷(ㄉㄧㄢˋ)官箴。
	緘	ㄐㄧㄢ	瑤緘（對他人信函的美稱）。緘默。封緘器（能快速封信的器具）。緘默權。三緘其口。金人緘口（形容說話小心）。緘口不言（閉起嘴巴不說話）。緘口如瓶（比喻說話謹慎，嚴守祕密）。緘口無言（閉上嘴巴，說不出話來）。緘口結舌（緊閉嘴巴，不敢說話）。緘扇思母（存藏母扇，以表示懷念母親）。

	國字	字音	語詞
*	羬	ㄑㄧㄢˊ	羬羊（傳說中的獸名）。
*	葴	ㄓㄣ	葴山（河南省山名）。
*	鬵	ㄅㄧˋ	鬵沸（泉水向上湧出的樣子）。鬵發（風寒）。鬵篥ㄌㄧˋ（樂器名）。鬵沸檻ㄐㄧㄢˋ泉（湧出的泉水翻騰不止）。
*	諴	ㄒㄧㄢˊ	至諴（真誠）。諴夏（隋樂曲名）。諴雅（樂曲名）。
	鍼	ㄓㄣ	鍼灸ㄐㄧㄡˇ（同「針灸」）。執鍼（女工）。鍼灸銅人（以銅鑄ㄓㄨˋ造並刻ㄎㄜˋ有人體穴位的模型）。為「針」的異體字。
	鹹	ㄒㄧㄢˊ	鹹水魚。鹹酥雞。甘苦鹹淡。鹹蛋超人。鹹魚翻身（比喻本受輕視的人或物，因時來運轉，身價不同過去）。
	【咼】		
	剮	ㄍㄨㄚˇ	剮刑（一種古代酷刑，將人的身體割成多塊）。千刀萬剮。鈍刀慢剮（比喻緩慢折磨）。
*	咼	ㄎㄨㄞ	咼斜（嘴巴歪斜不正）。
*	堝	ㄍㄨㄛ	坩ㄍㄢ堝（鎔解玻璃、金屬或其他物質的器具）。
	媧	ㄨㄚ	女媧（傳說中的上古女帝）。媧皇（同「女媧」）。女媧補天。
	撾	ㄓㄨㄚ	老撾（國名。即寮國）。撾鼓（敲鼓）。鞭撾（鞭打）。撾婦翁（無端遭到毀謗或攻訐ㄐㄧㄝˊ）。心癢難撾（形容按捺ㄋㄚˋ不住躍ㄩㄝˋ躍欲試的念頭ㄊㄡˊ）。撾耳撓腮（形容驚恐、快樂和驚喜等神情）。

	國字	字音	語詞
*	檛	ㄓㄨㄚ	脩檛（長管）。鞭檛（同「鞭撾」）。鐵檛（鐵鞭）。
	渦	ㄨㄛ	酒渦（同「酒窩」）。渦輪（藉流體通過的衝擊力而旋轉的器械名）。渦蟲（動物名）。漩ㄒㄩㄢˊ渦。渦輪機。癸ㄍㄨㄟˇ穴庚渦（道家說人口中之津液ㄧㄝˋ）。梨頰微渦（形容美女的笑靨ㄧㄝˋ迷人）。
		ㄍㄨㄛ	渦口（地名。渦河入淮河處）。渦山（山西省山名）。渦河（河南省水名）。渦陽（舊縣名）。
*	濄	ㄍㄨㄛ	濄河（同「渦ㄍㄨㄛ河」）。
*	猧	ㄨㄛ	猧兒（小狗）。
*	瘑	ㄍㄨㄛ	瘑疥（癬瘡之類）。瘑瘡（瘡名）。
	禍	ㄏㄨㄛˋ	包藏禍心。兵革之禍（戰爭的禍患）。兵連禍結（接連出兵，戰禍不絕）。幸災樂禍。橫ㄏㄥˊ災飛禍。
	窩	ㄨㄛ	心窩。酒窩。蜂窩。窩心。窩棚（臨時搭建的簡陋房舍）。窩藏。一窩蜂。窩裡反。窩囊廢。七窩八代（家庭全部成員）。窩停主人（藏匿罪犯或贓物的人）。窩藏罪犯。
*	緺	ㄍㄨㄚ	青緺（青色的綬帶）。龜緺（古時官吏的印綬）。
*	腡	ㄌㄨㄛˊ	腡肌（手、腳接近指甲部位的皮膚）。腡紋（指紋）。
	萵	ㄨㄛ	萵苣。
*	薖	ㄎㄜ	薖軸（隱居而遭貧病）。碩人之薖（賢士胸襟開闊）。

	國字	字音	語詞
	蝸	ㄍㄨㄚ	蝸牛。蝸居（謙稱自己的居舍狹窄）。蝸廬（同「蝸居」）。鼠腹蝸腸（比喻所求不多或度量狹小）。蝸名蠅利（比喻小名小利）。蝸步難移（形容行動困難，步伐ㄈㄚˊ沉重）。蝸角之爭（比喻所爭者極小。同「蠻觸之爭」）。蝸角虛名。蠅頭蝸角（同「蝸名蠅利」）。
	過	ㄍㄨㄛˋ	過度（超越適當ㄉㄤˋ的限度。與「過渡」不同）。過渡（乘船過河）。過甚其詞。過庭之訓（泛指父親的訓誨ㄏㄨㄟˋ）。
		ㄍㄨㄛ	<u>過春山</u>（<u>清代</u>人名）。
	鍋	ㄍㄨㄛ	火鍋。背ㄅㄟ黑鍋。埋鍋造飯（軍隊野炊的一種方式）。麻辣火鍋。
*	騧	ㄍㄨㄚ	騧馬（黑嘴的黃馬）。騧騮ㄌㄧㄡˊ（良馬名）。騧驪ㄌㄧˊ（淺黃色與黑色之馬）。
	【帝】		
*	啼	ㄊㄧˊ	啼叫。初試啼聲。啼笑皆非。啼飢號ㄏㄠˊ寒（因飢餓寒冷而哭泣）。
	啻	ㄔˋ	不啻（如同）。何啻（豈只、不只）。不啻天淵（形容差距極大。同「相去天淵」）。
	帝	ㄉㄧˋ	帝王。魯魚帝虎（指因文字形近而造成傳抄或刊刻ㄎㄜˋ錯誤。同「魯魚亥豕」）。
*	捺	ㄊㄧˋ	象捺（用象牙製成的搔首器具、髮飾）。
*	碲	ㄉㄧˋ	碲金礦（礦物名）。
*	禘	ㄉㄧˋ	礿ㄩㄝˋ禘（天子在春夏的祭典）。饗ㄒㄧㄤˇ禘（古代祭禮名。即禘祭）。

國字	字音	語詞
締	ㄉㄧˋ	取締。締約。締造。結締組織（連結動物體內各部器官位置的組織）。締造佳績。締結條約。締構之資（創業的費用）。
蒂	ㄉㄧˋ	菸蒂。並蒂蓮（比喻恩愛的夫妻）。心存芥蒂。瓜熟蒂落。甘瓜苦蒂（比喻事物不可能完美無缺）。根深蒂固。無根無蒂（比喻無所憑藉）。
諦	ㄉㄧˋ	真諦。諦視（仔細觀看）。諦聽。洗耳諦聽（專心、恭敬的聆聽）。愛的真諦。
蹄	ㄊㄧˊ	口蹄疫。馬不停蹄。馬失前蹄。得兔忘蹄（同「得魚忘筌(ㄑㄩㄢˊ)」）。豚蹄穰(ㄖㄤˊ)田（比喻妄圖以少許的東西求取大量的收益）。
*鶙	ㄊㄧˊ	鶙鳽(ㄐㄧㄢ)（鳥名。體似老鷹）。
		【宣】
喧	ㄒㄩㄢ	喧鬧。喧譁(ㄏㄨㄚˊ)。喧囂。喧賓奪主。喧騰一時。鼓樂(ㄩㄝˋ)喧天。語笑喧闐(ㄊㄧㄢˊ)（講話和喧笑聲大而雜亂）。鑼鼓喧天。
宣	ㄒㄩㄢ	宣布。宣泄。宣揚。宣戰。不可言宣（只能意會，無法用言語表達）。心照不宣。祕而不宣。照本宣科。
揎	ㄒㄩㄢ	捋(ㄌㄨㄛ)臂(ㄅㄧˋ)揎拳（形容粗野凶暴、準備動武的樣子）。揎拳捋(ㄌㄨㄛ)袖（同「捋臂揎拳」）。
暄	ㄒㄩㄢ	寒暄。暄風（暖風、春風）。寒暄書（問候或應酬的信函）。負日之暄（享受陽光曝晒）。風和(ㄏㄜˊ)日暄（形容天氣很好）。握手寒暄。
楦	ㄒㄩㄢˋ	楦頭(ㄊㄡ)（木製的腳模型）。鞋楦子（同「楦頭」）。麒麟楦（比喻虛有其表，中(ㄓㄨㄥˋ)看不中(ㄓㄨㄥˋ)用的人）。

國字		字音	語詞
	渲	ㄒㄩㄢˋ	渲染。暈ㄩㄣˋ渲（繪畫法的一種）。
*	煊	ㄒㄩㄢ	王建煊（監察院院長）。
*	瑄	ㄒㄩㄢ	瑄玉（璧玉）。
	萱	ㄒㄩㄢ	萱草。萱堂（指母親）。椿ㄔㄨㄣ萱並茂（比喻雙親都健在）。萱花椿樹（指雙親）。萱草忘憂。萱萎ㄨㄟˇ北堂（哀悼ㄉㄠˋ母親去世的輓辭）。
*	蝖	ㄒㄩㄢ	蝖飛蠕ㄖㄨˊ動（蟲飛行和移動的樣子）。通「蠉ㄒㄩㄢ」。
*	諠	ㄒㄩㄢ	諠呶ㄋㄠˊ（大聲吵鬧）。諠譁（同「喧譁」）。諠囂（同「喧囂」）。通「喧」。
	【客】		
	客	ㄎㄜˋ	賓客。不速之客。杜門謝客（閉門謝絕賓客來訪，不與外界往來）。
	喀	ㄎㄚ	喀血（從肺部或支氣管咳出鮮血）。喀布爾（阿富汗的首都）。喀拉蚩ㄔ（巴基斯坦城市名）。喀麥隆（國名。位於中非洲）。喀什噶ㄍㄜˊ爾（地名。位於新疆省）。
*	揢	ㄎㄜˊ	揢人（故意為難人家）。揢住（卡住）。揢著（用手握住）。
	額	ㄜˊ	額外。額滿。額溫槍。焦頭爛額。舉手加額（舉手與額齊平。表示祝賀、慶賀之意）。額手稱慶（同「舉手加額」）。
*	髂	ㄎㄚˋ	髂骨（位於腰部下面、腹部兩側的骨骼）。

國字	字音	語詞
		【胃】
喟	ㄎㄨㄟˋ	喟嘆。感喟（感慨ㄎㄞˇ嘆息）。不勝ㄕㄥ感喟（無限的感嘆）。喟然而嘆（長聲嘆息）。
*媦	ㄨㄟˋ	昆媦（弟妹）。媦婿（妹妹的丈夫）。
渭	ㄨㄟˋ	涇ㄐㄧㄥ渭不分（比喻是非不分、善惡不明）。涇渭分明（比喻是非好壞區別得極為清楚）。清渭濁涇（比喻明辨是非，善惡分明）。渭陽之思（比喻甥舅間思念的情感）。渭陽之情（比喻甥舅間的情誼ㄧˋ）。
胃	ㄨㄟˋ	胃癌ㄞˊ。合胃口。沒胃口。胃潰瘍。脾胃相投。
膚	ㄈㄨ	膚功（大功）。膚淺。切ㄑㄧㄝˋ膚之痛（形容極為深刻難忘）。以奏膚公（進獻大功）。末學膚受（做學問不求根本，淺嘗即止，僅得皮毛）。克奏膚功（能夠完成大功）。剝膚椎髓ㄙㄨㄟˇ（比喻極為殘酷的壓迫）。體無完膚。
蝟	ㄨㄟˋ	刺蝟。蝟起（比喻事端紛起）。蝟集（比喻繁多而雜亂）。公私蝟集（公事和私事集於一身）。蝟結蟻聚（指人多聚集於一處）。觀者蝟集（形容觀看的人聚集在一起）。「猬」為異體字。
謂	ㄨㄟˋ	無所謂。一之謂甚（一次已經過分，不能再有第二次）。名不虛謂（同「名不虛傳」）。無謂之舉（毫無意義的行動）。
		【音】
喑	ㄧㄣ	喑啞（不能說話。同「瘖啞」）。喑嗚（心懷怒氣）。喑不能言（嗓子啞不能發聲）。喑嗚叱ㄔˋ吒ㄓㄚˋ（生氣而厲聲喝叫）。萬馬齊喑（同「萬馬齊瘖」）。

國字	字音	語詞
* 愔	ㄧㄣ	愔愔（安和的樣子）。愔嫕ㄧˋ（安靜和婉的樣子）。
* 揞	ㄧㄠˊ	揞動（同「搖動」）。通「搖」。
暗	ㄢˋ	黑暗。不欺暗室（形容光明磊落）。化暗為明。暗藏玄ㄒㄩㄢˊ機。
歆	ㄒㄧㄣ	歆羨（羨慕）。劉歆（漢代人）。歆歆然（感動的樣子）。
* 湆	ㄑㄧˋ	湆醬（肉汁與肉醬）。
瘖	ㄧㄣ	瘖啞（同「喑啞」）。瘖啞人。萬馬齊瘖（比喻眾人皆靜默不敢發表意見）。
窨	ㄧㄣˋ	窨約（思量、忖ㄘㄨㄣˇ度ㄉㄨㄛˋ）。窨腹（同「窨約」）。地窨子（地下室、地窖）。
* 腤	ㄢ	腤雞（用鹽、豉ㄔˇ、蔥等與雞肉烹煮）。
諳	ㄢ	熟諳（知道得很清楚）。諳練（熟練）。不諳水性。不諳事務（不了解人生道理）。言不諳典（說話遣詞不了解經典）。知音諳呂（指精通音律）。飽諳世故（對人情世態有深刻的感受）。
闇	ㄢˋ	庸闇（平庸蒙昧）。陰闇（即陰暗）。闇弱（懦弱且不明事理）。明珠闇投（比喻懷才不遇。同「明珠暗投」）。幽愁闇恨（深幽的愁緒和暗暗的憾恨）。愚闇墮賢（君主昏昧，墮毀賢良）。闇於自見（沒有自知之明）。闇然日章（外表不顯露ㄌㄨˋ，日子久了，就彰顯出來）。闇閣讀書（關閉書房讀書）。
	ㄢ	諒闇（天子居喪ㄙㄤ。同「諒陰ㄢ」「亮陰ㄢ」）。諒闇之中（父母去世，尚未脫去孝服的期間）。

	國字	字音	語詞
	音	ㄧㄣ	知音。空谷足音（比喻難得的人物或言論）。
*	韽	ㄢˋ	鐘鼓韽韽（鐘鼓聲微弱的樣子）。
	黯	ㄢˋ	前途黯淡（前途淒慘的樣子）。黯然下臺。黯然失色。黯然神傷。黯然銷魂（心情沮ㄐㄩˇ喪ㄙㄤˋ好像失去魂魄）。
	【屋】		
*	偓	ㄨㄛˋ	偓促（拘迫）。韓偓（唐代詩人）。
	喔	ㄨㄛˋ	喔喔啼（公雞的叫聲）。喔咿嚅ㄖㄨˊ唲ㄦˊ（為了討好別人而強ㄑㄧㄤˇ笑獻媚的樣子）。
		ㄛ	喔唷ㄧㄛ（呼痛聲）。
	屋	ㄨ	屋脊ㄐㄧˇ（屋頂高起的地方）。比ㄅㄧˋ屋可封（比喻教化有成，國家多賢人）。海屋添籌（祝人長壽的話）。疊床架屋（比喻重複、累ㄌㄟˇ贅）。
	幄	ㄨㄛˋ	帷幄（簾幕、帷幔）。坐籌帷幄（同「運籌帷幄」）。運籌帷幄（指謀畫策略）。
	握	ㄨㄛˋ	大權在握。吐ㄊㄨˇ哺ㄅㄨˇ握髮（比喻禮賢下士，求才殷切）。握手言歡。握瑜懷玉（比喻富有學識和才能）。
	渥	ㄨㄛˋ	渥恩（深厚的恩澤）。渥惠（同「渥恩」）。渥然（形容色澤鮮紅光潤）。優渥。待遇優渥。赫如渥赭ㄓㄜˇ（形容臉色紅潤的樣子）。顏如渥丹（形容臉色非常紅潤的樣子）。寵命優渥（指所受的恩澤非常深厚）。

國字	字音	語詞
* 腛	ㄨㄛˋ	腛脂ㄓ（用豐厚的脂肪加以塗抹）。
齷	ㄨㄛˋ	齷齪ㄔㄨㄛˋ。卑鄙ㄅㄧˇ齷齪。
【查】		
喳	ㄓㄚ	吱ㄓ吱喳喳。嘁ㄑㄧ嘁喳喳（形容細碎的說話聲）。嘰ㄐㄧ嘰喳喳。
查	ㄔㄚˊ	勘ㄎㄢ查。檢查。革職查辦。
	ㄓㄚ	山查（植物名。同「山楂」）。查良鏞ㄩㄥ（筆名金庸）。查慎行（清代人名）。查顯琳（現代作家，筆名公孫嬿ㄧㄢˋ）。
楂	ㄓㄚ	山楂（同「山查ㄓㄚ」）。
渣	ㄓㄚ	豆渣。殘渣。渣滓ㄗˇ（比喻剩餘且毫無用處的事物）。沉渣泛起（同「死灰復燃」）。殘渣餘孽（未消滅、剷除的壞人）。
* 碴	ㄔㄚˊ	找碴。冰碴兒（冰初結時，薄而易碎的樣子）。接碴兒（搭腔）。鬍子碴兒（剃後殘餘或復生的鬍子）。
* 踷	ㄔㄚˇ	踷雨（在雨水泥濘ㄋㄧㄥˋ中行走）。踷踏（踐踏）。踷雨趕路。
【禺】		
偶	ㄡˇ	偶爾。偶一為之。偶語棄市（形容政府獨裁，禁止民間私人的言論）。無獨有偶（指兩項事物的恰巧相同或類似）。齊大非偶（比喻婚姻不相稱ㄔㄥˋ，不敢高攀對方）。

	國字	字音	語詞
	喁	ㄩˊ	喁喁私語（彼此低聲說話）。喁喁噥ㄋㄨㄥˊ噥（低聲說話的樣子）。
		ㄩㄥˊ	于喁（形容聲音相應和ㄏㄜˋ）。噞ㄧㄢˇ喁（魚浮到水面，張口呼吸的樣子）。喁喁向慕（眾人歸向仰慕的樣子。同「喁喁而望」）。
*	堣	ㄩˊ	堣夷（古地名）。
	寓	ㄩˋ	公寓。寓所（住所）。伊索寓言。海外寓公（在海外出租公寓的有錢人）。託物寓興ㄒㄧㄥˋ（借事物以寄託作者的興致）。寓兵於農（指兵農合一的政策）。寓教於樂。寓意深遠。游心寓目（用心體會，用眼睛觀看）。敬請寓目（敬請過目）。
	嵎	ㄩˊ	岠ㄐㄩˋ嵎（山東省山名）。如虎負嵎（比喻邪惡勢力的擴張）。負嵎頑抗（比喻憑藉地勢險固而頑強抵抗）。
	愚	ㄩˊ	愚昧。大智若愚。愚不可及。愚公移山。賢愚不分。
*	湡	ㄩˊ	湡水（山西省水名）。
	禺	ㄩˊ	禺中（將近中午的時候）。禺谷（神話傳說中日落的地方）。番ㄆㄢ禺（廣東省地名）。
*	䵫	ㄩˊ	絲䵫（古代柩車上的飾物）。
	耦	ㄡˇ	睠ㄐㄩㄢˋ以佳耦（因關心而幫他人介紹好的配偶）。齊大非耦（同「齊大非偶」）。通「偶」。
*	蕅	ㄡˇ	蕅益（僧ㄙㄥ名。即明末高僧智旭）。
	藕	ㄡˇ	蓮藕。蓮藕茶。藕斷絲連（比喻表面斷絕關係，實際仍有往來）。

國字		字音	語詞
	遇	ㄩˋ	際遇。禮遇。不期而遇。知遇之恩（受到別人賞識和重用的恩情）。遇事生風（挑ㄊㄠ撥是非，興風作浪）。遭時不遇（遇到不能展現抱負的時代）。隨遇而安。懷才不遇。
	隅	ㄩˊ	舉隅（舉一部分事例以說明全部）。邊隅（邊境）。一隅三反（指善於類推而舉一反三）。一隅之地（指狹小偏遠的地方）。一隅之見（比喻片面偏頗的見解）。以免向隅（比喻避免錯過良機而失望）。向隅而泣（面向牆角哭泣）。向隅獨泣（形容孤單失望而傷心哭泣）。安於一隅（形容苟且偷生，不求進取）。侷促一隅。苟安一隅（統治者對外來的侵略不抵抗，而偏安一地）。海角天隅（同「海角天涯」）。砥礪廉隅（指加以磨練，使品行方正不苟）。
	顒	ㄩㄥˊ	周顒（人名。南齊人）。顒坐（端坐）。顒望（盼望）。妝樓顒望（在閨房中盼望）。顒顒卬ㄤˊ卬（態度溫和，氣度昂揚）。
*	鰅	ㄩˊ	鮒ㄈㄨˋ鰅山（河北省山名）。鰅鱅ㄩㄥˊ鰜ㄑㄧㄢˊ魠ㄊㄨㄛ（鰅魚、鰫ㄩㄥˊ魚、鰻ㄇㄢˊ鱺ㄌㄧˊ、哆ㄔㄜˇ口魚）。
*	齵	ㄩˊ	齵差ㄘ（參ㄘㄣ差ㄘ不齊）。齵齒（牙齒不整齊的樣子）。
【壴】			
	嘉	ㄐㄧㄚ	嘉禾（奇特而美好的穀物）。嘉勉。嘉賓。其志可嘉。孝行ㄒㄧㄥˋ可嘉。勇氣可嘉。強ㄑㄧㄤˇ飯為嘉（比喻善自珍重）。嘉年華會。嘉言懿行ㄒㄧㄥˋ（指美善的言行）。嘉惠學子（施恩於學生）。嘉賓蒞止。精神可嘉。

	國字	字音	語詞
*	尌	ㄕㄨˋ	尌立（同「樹立」）。通「樹」。
	彭	ㄆㄥˊ	彭祖（堯的臣子籛ㄐㄧㄢ鏗）。彭佳嶼。
	樹	ㄕㄨˋ	樹立。一樹百穫（比喻培育人才收效長遠）。玉樹臨風（形容年少且才貌出眾）。
	澎	ㄆㄥˊ	澎汃ㄆㄚ（水流急速聲）。澎湃ㄆㄞˋ。澎濞ㄆㄧˋ（形容水聲）。澎湖縣。心潮澎湃（形容心情極為激動）。洶湧澎湃。澎湖群島。
	澍	ㄕㄨˋ	甘澍（即甘霖）。嘉澍（及時雨）。群生澍濡（百姓承受德澤）。
	瞽	ㄍㄨˇ	狂瞽（狂妄粗淺的言論）。瞽師（樂師）。瞽瞍ㄙㄡˇ（傳說為舜的父親。也作「瞽叟」）。瞽議（胡亂的議論）。狂言瞽說（誇大放肆的言語）。狂瞽之言（指愚昧無知的言論）。兩瞽相扶（比喻彼此都得不到任何好處）。瞽言妄舉（胡言亂語，草率行動）。瞽言芻議（謙稱自己的意見粗淺不成熟）。瞽瞍不移（指愚昧頑固，不能改過遷善）。
	膨	ㄆㄥˊ	膨脹。通貨膨脹。
*	蟛	ㄆㄥˊ	蟛蜞（動物名。一種蟹）。
	鼓	ㄍㄨˇ	鼓勵。鼓譟。一鼓作氣。打退堂鼓。蒙在鼓裡。鳴鼓而攻（一同起來攻擊、聲討）。
*	鼖	ㄈㄣˊ	鼖鼓（大鼓）。
			【是】
	堤	ㄊㄧˊ	堤防。堤岸。堤壩。通「隄」。

國字	字音	語詞
*媞	ㄊㄧˊ	媞媞（美好的樣子）。邱淑媞（前臺北市衛生局局長）。
寔	ㄕˊ	陳寔（東漢人名）。寔命不猶（命運實在比不上別人）。陳寔遺ㄨㄟˋ盜（比喻義行ㄒㄧㄥˋ善舉）。為「實」的異體字。
提	ㄊㄧˊ	前提。提名。提防。提供ㄍㄨㄥ。提拔。提挈ㄑㄧㄝˋ（互相扶持）。提綱。提攜。討論提綱。提綱挈ㄑㄧㄝˋ領。
	ㄕˊ	朱提（銀的別名）。
是	ㄕˋ	共商國是。各行其是（各人依照自己認為對的去做）。國是會議。惹是生非。
*湜	ㄕˊ	湜湜（水清澈的樣子）。皇甫湜（唐代人名。提倡古文）。
*禔	ㄊㄧˊ	禔身（安身）。禔福（幸福）。
緹	ㄊㄧˊ	緹縈（人名。漢文帝時的孝女）。緹騎ㄐㄧˋ（稱逮ㄉㄞˇ捕罪犯的騎兵）。緹縈救父。
*蝭	ㄊㄧˊ	蝭蟧ㄌㄠˊ（蟪蛄）。
	ㄔˊ	蝭母（植物名。即知母）。蝭蛙（鳥名。即子規鳥）。
*褆	ㄊㄧˊ	褆褆（衣服厚重的樣子）。
*諟	ㄕˋ	諟正（審辨校ㄐㄧㄠˋ正）。諦諟（謹慎校正）。
*趧	ㄊㄧˊ	趧婁ㄌㄡˊ（舞名）。
*踶	ㄉㄧˋ	奔踶（奔馳）。踶跂ㄑㄧˊ（用盡心力的樣子）。蹶踶（馬互相踢踩）。分背相踶（相背而立並用腳互踢）。踶跂ㄑㄧˊ為義（用心去求義）。

	國字	字音	語詞
	醍	ㄊㄧˊ	醍醐(比喻最上乘ㄕㄥˋ的佛法或智慧)。醍醐灌頂(比喻灌輸智慧，使人獲得啟發，徹底覺悟)。
*	鍉	ㄉㄧ	鋒鍉(箭鏃ㄗㄨˊ。同「鋒鏑ㄉㄧˊ」)。鍉鍪ㄇㄡˊ(皆武器)。
	隄	ㄊㄧˊ	河隄(同「河堤」)。隄防(同「堤防」)。通「堤」。
*	鞮	ㄉㄧ	鞮鍪ㄇㄡˊ(頭盔)。鞮鞪ㄇㄡˊ(同「鞮鍪」)。且ㄐㄩ鞮侯單ㄔㄢˊ于(漢武帝時，匈奴王的名稱)。
	題	ㄊㄧˊ	題跋。金榜題名。紅葉題詩(比喻姻緣巧合)。雁塔題名(比喻科舉中ㄓㄨㄥˋ式)。
*	騠	ㄊㄧˊ	駃ㄐㄩㄝˊ騠(古時駿馬名)。
*	緹	ㄊㄧˊ	東緹(古國名。東漢稱大倭ㄨㄛ國)。緹冠ㄍㄨㄢ秫ㄕㄨˊ縫ㄈㄥˋ(比喻縫製衣冠ㄍㄨㄢ的手藝不精巧)。
*	鶗	ㄊㄧˊ	鶗鴂ㄐㄩㄝˊ(鳥名。即子規鳥)。
	【昜】		
	傷	ㄕㄤ	受傷。傷痕。視民如傷(形容在上位者對百姓極為愛護)。傷風敗俗。
	場	ㄔㄤˇ	市場。考場。排場。場合。場所。登場。試場。賣場。操場。打圓場。沙場老將。派上用場。粉墨登場。
*	慯	ㄕㄤ	行容慯慯(走路時身體挺直而腳步很快的樣子)。與「惕ㄊㄧˋ」不同。
	揚	ㄧㄤˊ	發揚。其貌不揚。趾高氣揚。揚長而去。揚眉吐氣。揚揚自若(從ㄘㄨㄥ容不迫的樣子)。
	昜	ㄧㄤˊ	陰昜(同「陰陽」)。「陽」的古字。與「易」不同。

	國字	字音	語詞
	暘	ㄧㄤˊ	暘谷(古代認為是日出的地方。與「禺ㄩˊ谷」反)。雨暘時若(晴雨節候調ㄊㄧㄠˊ順)。雨暘調適(同「雨暘時若」)。
	暢	ㄔㄤˋ	通暢。暢談。暢銷。貨暢其流。暢行無阻。暢所欲言。
	楊	ㄧㄤˊ	百步穿楊。穿楊貫蝨(比喻射箭的技術絕妙高超)。潘楊之睦(稱姻親關係)。
	殤	ㄕㄤ	國殤(為國犧牲性命的人)。春祭國殤。秋祭國殤。無服之殤(小孩出生三月到七歲而死,喪禮無服)。
	湯	ㄊㄤ	泡湯。湯藥。固若金湯(比喻城池防守嚴密,無懈可擊)。金城湯池(同「固若金湯」)。赴湯蹈ㄉㄠˋ火。
		ㄕㄤ	江漢湯湯(長江漢水水勢盛大的樣子)。沸沸湯湯(形容水向上騰湧的樣子)。浩浩湯湯(水勢盛大壯闊的樣子。同「浩浩蕩蕩」)。露ㄌㄨˋ水湯湯(形容露水盛多的樣子)。
	煬	ㄧㄤˊ	隋煬帝。
	燙	ㄊㄤˋ	燙傷。燙髮。燙手山芋ㄩˋ。
*	瑒	ㄔㄤˋ	瑒圭ㄍㄨㄟ(宗廟祭祀用的圭玉)。
		ㄧㄤˊ	應ㄧㄥ瑒(人名。三國時魏人)。
*	璗	ㄉㄤˋ	璗琫ㄅㄥˇ(刀鞘ㄑㄧㄠˋ上鑲金飾)。
	瘍	ㄧㄤˊ	潰瘍。胃潰瘍。
	盪	ㄉㄤˋ	激盪。擺盪。腦震盪。盪鞦韆。迴腸盪氣。動盪不安。腦力激盪。

國字		字音	語詞
*	碭	ㄉㄤˋ	沆ㄏㄤˋ碭（秋晨的白色霧氣）。碭山（山名。位於江蘇省）。
	腸	ㄔㄤˊ	羊腸鳥道。牽腸掛肚。無腸可斷（比喻極為悲痛）。菩薩心腸。鐵石心腸。
	蕩	ㄉㄤˋ	放蕩。掃蕩。遊蕩。飄蕩。坦蕩蕩。空蕩蕩。中原板蕩。心蕩神馳（形容心神迷亂，無法自持）。放蕩不羈。波ㄅㄛ光蕩漾。浩浩蕩蕩。喪ㄙㄤ蕩游魂（心中惶恐不安的樣子）。傾ㄑㄧㄥ家蕩產。蕩析離居（人因遭遇災難而流離失所）。蕩然無存。蕩瑕滌ㄉㄧˊ穢（洗除汙垢）。
*	蕩	ㄊㄤ	蓫ㄓㄨˊ蕩（植物名。即商陸）。
*	蝪	ㄊㄤ	蛈ㄊㄧㄝˋ蝪（蜘蛛的一種）。與「蜴ㄧˋ」不同。
	觴	ㄕㄤ	御觴（喝酒）。稱ㄔㄥ觴（舉杯敬酒）。濫觴（比喻事物的開始）。引觴滿酌（舉起斟滿的酒杯，一杯一杯的喝下）。奉ㄈㄥˇ觴上壽（端著酒杯向壽星敬酒祝壽）。流觴曲ㄑㄩ水（古人依修禊ㄒㄧˋ的習俗，在水邊盥洗，藉以驅邪）。飛觴走斝ㄐㄧㄚˇ（比喻暢快的飲酒）。飛觴醉月（傳杯喝酒，醉在月光之下）。御觴賦詩。舉觴稱ㄔㄥ慶（舉起酒杯，表示慶賀之意）。觴酌流行（形容宴會時傳杯喝酒）。
*	踼	ㄉㄤˋ	跌踼（放蕩不羈的樣子）。與「踢」不同。
*	逷	ㄉㄤˋ	逷墜（失去依靠而跌倒）。陽醉逷墜（假裝喝醉而跌倒）。
*	鍚	ㄧㄤˊ	鉤膺鏤ㄌㄡˋ鍚（皆馬飾物）。與「錫」不同。

	國字	字音	語詞
	陽	ㄧㄤˊ	皮裡陽秋（嘴裡不說好壞，心中卻自有褒貶。同「皮裡春秋」）。有腳陽春（稱頌官吏愛護人民，施行德政）。高陽狂客（泛指喜好喝酒而放蕩不羈的人）。陽侯之患（指水災）。魯陽揮戈（稱讚人勇敢堅強，能挽救危局）。燮ㄒㄧㄝˋ理陰陽（指調和治理國家大事）。
	颺	ㄧㄤˊ	神魂蕩颺（心神恍惚，無法自持）。飢附飽颺（比喻人勢利而忘恩背義）。颱風遠颺。颺下屠刀（即放下屠刀）。
	餳	ㄒㄧㄥˊ	眼餳（形容眼睛無神）。餳粥（以大麥為主要原料熬煮而成的粥）。餳糖（麥芽糖）。兩眼發餳（兩眼半睜半閉，顯示出沒有精神的樣子）。眼餳耳熱（形容飲酒微醺，兩眼無神）。眼餳骨軟（形容因受外物引誘而迷醉失態）。
*	鬺	ㄕㄤ	亨ㄆㄥ鬺（烹煮）。
	【既】		
*	塈	ㄐㄧˋ	民之攸塈（百姓因此能夠安息）。
	慨	ㄎㄞˇ	慨允。慨嘆。感慨。憤慨。慨然允諾。慨然應ㄧㄥ允。慷慨陳詞。慷慨解囊（指毫不吝嗇的以錢財援助別人）。
*	摡	ㄍㄞˋ	摡之釜鬵ㄒㄧㄣˊ（我就替他清洗鍋子）。通「溉」。
	既	ㄐㄧˋ	既然。既成事實。既往不咎。既得利益。「旣」為異體字。
	暨	ㄐㄧˋ	暨今（迄今）。戎容暨暨（穿上軍裝，就要表現得堅毅果決）。

	國字	字音	語詞
	概	ㄍㄞˋ	大概。氣概。梗概（大略情形）。概算。概論。一概而論。以偏概全。概日凌雲（形容高聳）。概括承受。概莫能外（完全不能除外）。膜ㄇㄛˊ外概置（指除自己之外，皆置之不理）。
	漑	ㄍㄞˋ	沾漑（比喻恩惠澤及後人）。漑盥（洗滌）。灌漑。引水漑田。
*	穊	ㄐㄧˋ	稠穊（稠密）。深耕穊種ㄓㄨㄥˋ（田地要深耕，禾稻種得很密）。
	【青】		
*	憜	ㄉㄨㄛˋ	燕憜（儀容不整）。憜甑ㄗㄥˋ不顧（比喻事情已經過去，惋ㄨㄢˇ惜也沒用）。通「墮」。
	墮	ㄉㄨㄛˋ	墮胎。墮落。如墮煙霧（比喻茫然不得要領或無法認清方向）。自甘墮落。金谷墮樓（比喻美人無故受難而死或形容花朵掉落的美態）。呱ㄍㄨ呱墮地（比喻新生。也作「呱呱墜地」）。墮甑ㄗㄥˋ不顧（同「憜甑不顧」）。騎者善墮（比喻熟悉某一技巧，卻因大意疏忽而失敗）。
		ㄏㄨㄟ	墮斁ㄉㄨˋ（毀壞）。墮名城（拆除著名的城牆）。墮壞城郭（毀壞城牆）。功墮垂成（事情快要成功時遭到破壞）。通「隳ㄏㄨㄟ」。
*	嫷	ㄊㄨㄛˇ	嫷服（美好的衣裳）。
*	嶞	ㄉㄨㄛˋ	嶞山（山狹而長）。嶞山喬嶽ㄩㄝˋ（小山和高山）。
	惰	ㄉㄨㄛˋ	怠惰。惰性。懶惰。
	橢	ㄊㄨㄛˇ	橢圓形。

國字	字音	語詞
* 毻	ㄊㄨㄛˋ	毻毛（鳥獸換羽毛）。
* 瀡	ㄙㄨㄟˇ	滫ㄒㄧㄡˇ瀡（用洗米水浸泡食物使之柔滑）。
隋	ㄙㄨㄟˊ	隋朝。和隋之珍（比喻珍貴的物品）。隋侯之珠（指珍貴的物品或稱頌人有才智）。
隨	ㄙㄨㄟˊ	追隨。隨意。如影隨形。隨侯之珠（同「隋侯之珠」）。隨機應變。
隳	ㄏㄨㄟ	隳突（騷擾）。隳壞（毀壞、破壞）。身敗名隳（比喻人徹底的失敗。同「身敗名裂」）。華髮隳顛（白髮掉落，年老體能衰弱）。隳肝瀝膽（比喻坦誠相待，忠貞不貳）。隳突叫號ㄏㄠˊ（形容極為憤怒，暴跳如雷）。隳節敗名（毀壞節操與名譽）。曠廢隳惰（浪費時間，自甘墮落）。
髓	ㄙㄨㄟˇ	神髓。骨髓。腦髓。精髓。伐ㄈㄚˊ毛洗髓（比喻洗除汙垢，脫胎換骨）。怨入骨髓（形容怨恨極深，無法去除）。食髓知味。淪肌浹髓（比喻感受深刻或受到深厚的恩澤）。深入骨髓（形容感受深刻）。痛入骨髓。敲骨吸髓（比喻殘酷的壓榨剝削ㄒㄩㄝ）。龍肝鳳髓（比喻難得的珍貴食品）。鏤骨蝕髓（比喻深刻而難以忘懷）。
* 鬌	ㄉㄨㄛˇ	髫ㄊㄧㄠˊ鬌（童年）。鬌翦（兒童剪頭髮）。
【酋】		
* 崷	ㄑㄧㄡˊ	崷崒ㄗㄨˊ（山勢高聳的樣子）。
* 楢	ㄧㄡˊ	楢溪（浙江省水名）。

	國字	字音	語詞
	猶	ㄧㄡˊ	猶豫。中饋猶虛（比喻男子尚未結婚娶妻）。困獸猶鬥。我見猶憐（形容女子美麗，惹人憐愛）。言猶在耳。記憶猶新。猶豫不決。意猶未盡。敬姜猶績（比喻雖富貴卻不忘艱苦，不求生活安逸舒適）。過猶不及。膝下猶虛（比喻沒有兒女）。餘悸猶存。雖敗猶榮。
	猷	ㄧㄡˊ	壯猷（偉大的謀略）。再創新猷（指再度開啟新的局勢）。深謀遠猷（指計畫縝ㄓㄣˇ密而深遠）。謨ㄇㄛˊ猷籌畫（指人足智多謀）。
*	緧	ㄑㄧㄡ	緧子（駕車時套在牛馬尾下的飾物）。緧迫（急迫）。緧縮（收縮）。
	蕕	ㄧㄡˊ	一薰一蕕（比喻善容易被惡所遮蓋）。薰蕕同器（比喻善惡混ㄏㄨㄣˋ雜在一起）。薰蕕異器（比喻好人與壞人不可共處）。
	蝤	ㄑㄧㄡˊ	蝤蠐ㄑㄧˊ（天牛及桑牛的幼蟲）。領如蝤蠐（形容美人的脖子白皙纖ㄒㄧㄢ長）。
		ㄐㄧㄡ	蝤蛑ㄇㄡˊ（梭子蟹的別名）。
*	輶	ㄧㄡˊ	輶車（輕快的車子）。輶軒（古代使臣所乘坐的輕便車子）。德輶如毛（道德輕如羽毛。表示施行仁德很容易，在於其是否有志向）。
	遒	ㄑㄧㄡˊ	遒勁ㄐㄧㄥˋ。跌宕遒麗（形容文辭或書法豪放不羈，剛勁富麗）。遒文壯節（文句剛健，音節豪壯）。
	酋	ㄑㄧㄡˊ	酋長。敵酋（敵人的首領）。
*	鰌	ㄑㄧㄡ	史鰌（春秋時衛大夫）。泥鰌（同「泥鰍」）。鰌鱣ㄕㄢˋ（泥鰍和鱔魚）。為「鰍」的異體字。

國字	字音	語詞
【某】		
媒	ㄇㄟˊ	央媒(請人作媒)。冷媒。媒介。病媒蚊。蟲媒花(靠昆蟲授粉的花)。明媒正娶。婚姻媒合。
某	ㄇㄡˇ	某人。某些。
	ㄇㄟˊ	「梅」的本字。
煤	ㄇㄟˊ	煤氣。煤礦。
*禖	ㄇㄟˊ	禖祠(禖神的廟)。禖祝(祭祀禖神的祝辭)。禖宮(祭祀后稷ㄐㄧˋ母親姜嫄ㄩㄢˊ的廟)。
*腜	ㄇㄟˊ	腜腜(肥美)。
謀	ㄇㄡˊ	不相為ㄨㄟˋ謀(立場或觀點差異極大，彼此無法商量)。不謀而合。另謀發展。老謀深算。機謀不密(計畫不謹慎而泄密)。機謀遠慮(機智善謀且思慮深遠)。謀定後動。
【爰】		
媛	ㄩㄢˊ	令媛(敬稱他人的女兒)。名媛。邦媛(一國之中秀慧的淑女)。淑媛。
援	ㄩㄢˊ	援助。援救。有例可援(有前例可依循)。孤立無援。尋求奧援。援例辦理。援筆立就(拿起筆來很快就完成。形容才思敏捷)。援筆直書。攀援而登(抓住或依附他物往上爬)。
暖	ㄋㄨㄢˇ	溫暖。暖和˙ㄏㄨㄛ。暖壽。噓寒問暖。
	ㄒㄩㄢ	暖姝ㄕㄨ(柔順的樣子)。暖暖姝姝(同「暖姝」)。

	國字	字音	語詞
*	楥	ㄒㄩㄢˋ	楥頭ㄊㄡˊ(製鞋用的木質模型。同「楦ㄒㄩㄢˋ頭」)。鞋楥(木製的腳模型。同「鞋楦子」)。通「楦」。
	湲	ㄩㄢˊ	潺湲(形容水流聲)。
	煖	ㄋㄨㄢˇ	何煖軒(前交通部次長)。孔席不煖(形容熱心濟世，奔波ㄅㄛ勞碌)。飽食煖衣(吃飽穿暖，生活安樂舒適)。黔ㄑㄧㄢˊ突煖席(比喻人汲汲於行道而不懈怠)。為「暖」的異體字。
	爰	ㄩㄢˊ	爰居(遷居)。爰書(即今定罪的判決書)。
	瑗	ㄩㄢˋ	胡瑗(宋代人名)。崔瑗(東漢人名)。蘧ㄑㄩˊ瑗知非(比喻不斷反省，重新做起)。
	緩	ㄏㄨㄢˇ	緩慢。緩起訴。事緩則圓(遇事慢慢考慮，即可圓滿解決)。輕重緩急。寬衣緩帶(形容從ㄘㄨㄥ容不迫，非常自在的樣子)。緩不濟急。緩兵之計。
*	蕿	ㄒㄩㄢ	蕿草(同「萱草」)。通「萱」。
*	蝯	ㄩㄢˊ	蝚ㄖㄡˊ蝯(動物名。猿類)。蝯狙ㄐㄩ(猿猴)。蝯眩(比喻險峻)。通「猨ㄩㄢˊ」「猿」。
	諼	ㄒㄩㄢ	諼草(同「萱草」)。諼堂(指母親)。永矢弗諼(永誓不會忘記)。馮ㄈㄥˊ諼彈ㄊㄢˊ鋏ㄐㄧㄚˊ(比喻有才能的人暫時處於困境而有求於人)。馮諼燒券ㄑㄩㄢˋ(比喻收買民心，以博取民望)。
	鍰	ㄏㄨㄢˊ	罰鍰。交通罰鍰。

	國字	字音	語詞
*	鶢	ㄩㄢˊ	鶢鶋ㄐㄩ（一種海鳥）。
			【泉】
	泉	ㄑㄩㄢˊ	火然泉達（比喻擴充蔓延，無法阻擋）。息影林泉（隱居山林）。寒泉之思（比喻感懷母恩的深切思念）。碧落黃泉（形容上天下地，無所不包的範圍。原作「上窮碧落下黃泉」）。
	線	ㄒㄧㄢˋ	單絲不線（比喻單靠一個人的力量不能完成大事）。劃清界線。斷線風箏。
	腺	ㄒㄧㄢˋ	汗腺。甲狀腺。扁桃腺。唾液ㄧㄝˋ腺。
			【弇】
*	唵	ㄢˊ	唵默（緘ㄐㄧㄢ默）。唵囈（夢話）。
*	媕	ㄢ	媕婀（猶豫不決，沒有主見）。
*	弇	ㄧㄢˇ	侈弇（鐘口的大小。引申為大小、多少）。弇山（甘肅省山名）。弇中（狹道）。弇州（古州名）。耿弇（東漢人名）。見識弇陋（見識淺薄）。塞ㄙㄜˋ途弇跡（堵塞ㄙㄜˋ遏制犯罪的途徑和形跡）。
*	揜	ㄧㄢˇ	揜目（遮住眼睛）。揜眼（眼罩）。揜藏（掩藏）。搏揜（襲擊他人，以搶奪財物）。瑜不揜瑕（比喻優點無法遮蓋缺點。同「瑜不掩瑕」）。通「掩」。
*	渰	ㄧㄢˇ	胡渰（裝瘋賣傻）。水渰老鼠（形容頹喪、受挫）。水渰藍橋（比喻男女姻緣受阻不順）。
*	黭	ㄧㄢˇ	黭淺（愚昧、糊塗。自謙之詞）。黭然（倏ㄕㄨˋ然來到的樣子）。黭黮ㄊㄢˇ（黑暗的樣子）。

國字	字音	語　　詞
【复】		
履	ㄌㄩˇ	杖履（腳步、足跡）。步履。履約。履新（官員到任）。履踐（實行）。履歷表。三千珠履（比喻賓客很多）。不衫不履（形容人不好ㄏㄠˋ修飾，不拘小節）。分香賣履（比喻臨終時對妻妾的愛戀之情）。如履平地。西裝革履。杖履相從（追隨在長者的左右）。杖履追隨（同「杖履相從」）。步履維艱（形容走路極為吃力）。冠ㄍㄨㄢˋ履倒ㄉㄠˋ易（比喻上下顛倒ㄉㄠˇ或本末倒ㄉㄠˋ置）。削ㄒㄩㄝˋ足適履（比喻勉強ㄑㄧㄤˇ遷就，拘泥ㄋㄧˋ成例而不知變通）。納履決踵（比喻窮困、窘迫）。履行諾言。履險如夷。履霜堅冰（比喻從事物的徵兆可看出未來發展的結果）。鄭人買履（譏諷ㄈㄥˋ墨守成規而忽視實際狀況的人）。戴天履地（比喻生存於世間）。戴圓履方（同「戴天履地」）。臨淵履薄（比喻戒慎恐懼）。
復	ㄈㄨˋ	復健。復辟ㄅㄧˋ。剝極必復（比喻不好的情況到達極點後，必定轉變為好）。無以復加。無復孑ㄐㄧㄝˊ遺（沒有留下任何東西）。萬劫不復。舊疾復發。顧復之恩（比喻父母養育的恩惠）。
愎	ㄅㄧˋ	愎諫（固執己見，不聽勸諫）。剛愎不仁（固執己意且無仁德）。剛愎自用（性情倔ㄐㄩㄝˊ強ㄐㄧㄤˋ，不肯接受他人的意見）。
腹	ㄈㄨˋ	口蜜腹劍。捧腹大笑。推心置腹（比喻真心誠意的待人，毫無隔閡ㄏㄜˊ）。腹心之疾（嚴重或致命的禍患）。腹背受敵。腹誹心謗（嘴巴不說，內心卻深懷不滿）。
蝮	ㄈㄨˋ	蝮虫ㄏㄨㄟˇ（蝮蛇。即虺ㄏㄨㄟˇ）。蝮蛇（一種毒蛇）。蝮蛇螫ㄓㄜ手（比喻做事果決）。

	國字	字音	語詞
	複	ㄈㄨˋ	重複。複試。複製。複審。複賽。複印機。複製品。複寫紙。山重水複(形容地形複雜曲ㄑㄩ折)。重複使用。重複課稅。
	覆	ㄈㄨˋ	答覆。覆試(初試合格後再次考試。同「複試」)。反覆不定。反覆無常。天翻地覆。天覆地載。全軍覆沒ㄇㄛˋ。載舟覆舟(比喻獲取民心的重要)。覆水難收。覆車ㄔㄜ之戒(比喻失敗的教訓)。覆盆之冤(比喻遭到冤屈,無處申訴)。
	馥	ㄈㄨˋ	馥郁(香氣濃烈)。香氣芬馥(香味芬芳濃盛)。桂馥蘭芳(稱揚人賢德或子孫賢明)。殘膏賸ㄕㄥˋ馥(比喻祖先遺留下來的恩澤)。蘭薰桂馥(比喻恩澤流芳,歷久不衰)。
	【度】		
*	喥	ㄉㄨㄛˊ	喥喥(說話放肆,不合法度)。喥頭(說話沒有禮貌的人)。
	度	ㄉㄨˋ	制度。度假。量ㄌㄧㄤˊ度(測量長度和容量的標準)。度假村。度量ㄌㄧㄤˋ衡。度日如年。度假勝地。揮霍無度。暗度陳倉(比喻出其不意、從旁突擊的策略或暗中進行的活動)。置之度外。
		ㄉㄨㄛˋ	忖ㄘㄨㄣˇ度。料度(預想、揣ㄔㄨㄞˇ度)。推度。猜度。揆度。揣ㄔㄨㄞˇ度。測度。裁度。量ㄌㄧㄤˊ度(思量、忖度)。審度(仔細思考)。臆度。不可度思(不可猜度呀)。度長絜ㄒㄧㄝˊ大(指度ㄉㄨㄛˋ量ㄌㄧㄤˊ長短大小,含有比較的意思)。度德量ㄌㄧㄤˋ力(衡量自己的德行與能力)。審己度人(省ㄒㄧㄥˇ察自己,衡量他人)。審時度勢(詳細考量局勢的變化。也作「審時定勢」)。審情度理。以小人之心度君子之腹。

國字	字音	語詞
渡	ㄉㄨˋ	津渡（渡口）。偷渡。渡輪。擺渡。偷渡客。三豕渡河（比喻文字訛ㄜˊ誤。也作「三豕涉河」）。泥船渡河（比喻世道險惡ㄜˋ）。香象渡河（比喻悟道深刻）。桃花過渡（戲曲劇目）。絕渡逢舟（比喻在絕境時出現轉機）。慈航普渡（指助人脫離苦海）。過渡內閣。過渡時期。賈ㄍㄨˇ人渡河（比喻言而無信）。端陽競渡。遠渡重洋。
踱	ㄉㄨㄛˋ	踱步。踱方步。踱來踱去。
鍍	ㄉㄨˋ	電鍍。鍍金。真金不鍍（比喻有真才的人不用裝飾門面）。
【扁】		
偏	ㄆㄧㄢ	偏頗ㄆㄛ。偏僻。一偏之見（偏向某方面的見解、看法）。不偏不倚。無偏無黨（公正不偏私）。
匾	ㄅㄧㄢˇ	匾額。牌匾。橫匾。
*媥	ㄆㄧㄢ	媥姺ㄒㄧㄢˇ（步履靈巧輕快的樣子。同「蹁ㄆㄧㄢˊ躚ㄒㄧㄢ」）。
徧	ㄅㄧㄢˋ	普徧（同「普遍」）。為「遍」的異體字。
*惼	ㄅㄧㄢˇ	惼心（氣量狹窄，性情急躁）。通「褊ㄅㄧㄢˇ」。
扁	ㄅㄧㄢˇ	扁平。扁豆。扁柏。扁擔ㄉㄢˋ。扁額（同「匾額」）。扁桃腺。
	ㄆㄧㄢ	扁舟（小船）。一葉扁舟。
*斒	ㄅㄢ	斒斕ㄌㄢˊ（文彩鮮明奪目的樣子。同「斑斕」）。璸ㄅㄧㄣ斒（玉石上的紋路）。

	國字	字音	語詞
*	楄	ㄆㄧㄢˊ	楄柎ㄈㄨ（古代棺木中所使用的墊木）。
*	猵	ㄅㄧㄢ	猵狙ㄐㄩ（獸名。似猿）。猵獺ㄊㄚˋ（水獺）。
	篇	ㄆㄧㄢ	篇幅。千篇一律。長篇大論。連篇累ㄌㄟˇ牘（形容篇幅過多，文詞堆砌ㄑㄧˋ冗ㄖㄨㄥˇ長）。
	編	ㄅㄧㄢ	編輯。韋ㄨㄟˊ編三絕（比喻勤奮用功，刻苦治學）。齒若編貝（形容牙齒整齊潔白）。斷簡殘編。
	翩	ㄆㄧㄢ	風度翩翩。翩若驚鴻（形容姿態優美矯健，彷彿驚起的鴻雁）。翩然俊雅（形容人的外表英挺斯文，舉止瀟灑）。翩翩起舞。聯翩而至（接連不斷的到來）。
*	艑	ㄅㄧㄢˋ	艑艒ㄇㄠˋ（大船和小舟）。
*	萹	ㄅㄧㄢˇ	萹竹（植物名。即萹蓄）。萹苭ㄓㄨˊ（同「萹竹」）。覆巢萹卵（比喻整體一旦傾覆，個體也無法倖存。同「覆巢之下無完卵」）。
	蝙	ㄅㄧㄢ	蝙蝠。蝙蝠洞。蝙蝠俠。
	褊	ㄅㄧㄢˇ	褊急（度量狹窄，性情急躁）。褊狹。褊淺（氣量狹窄、見識淺薄）。土地褊狹。心胸褊狹。剛褊自用（固執己意，不聽別人的建言）。褊狹小器（度量狹窄，胸襟不寬闊）。
		ㄆㄧㄢˊ	褊褼ㄒㄧㄢ（衣服飄動的樣子）。
*	諞	ㄆㄧㄢˊ	諞言（花言巧語。同「便言」）。
*	蹁	ㄆㄧㄢˊ	蹁躚ㄒㄧㄢ（形容姿態曼妙的樣子）。羽衣蹁躚（穿著羽衣翩翩起舞的樣子）。

	國字	字音	語詞
	遍	ㄅㄧㄢˋ	普遍。遍布。遍地。哀鴻遍野（形容遭受災難的人民極多）。遍地開花。遍體鱗傷。漫山遍野。「徧」為異體字。
	騙	ㄆㄧㄢˋ	拐騙。欺騙。招搖撞騙。
	【軍】		
*	惲	ㄩㄣˋ	惲敬（清代人名）。楊惲（西漢人名）。惲壽平（清代人名）。
	揮	ㄏㄨㄟ	指揮。一揮而就（形容人才思敏捷）。目送手揮（比喻做事能兩面兼顧）。揮戈反日（比喻英勇奮鬥，扭轉危機。同「撝戈反日」）。揮金如土。
	暉	ㄏㄨㄟ	餘暉（夕照）。三春暉（比喻母愛）。夕陽餘暉。寸草春暉（比喻父母恩惠深厚，子女難以報答）。朝暉夕陰（早晚的日影）。
	暈	ㄩㄣ	眼暈（頭昏眼花，因看東西而昏眩）。發暈（頭暈）。暈車。暈倒。暈眩ㄒㄩㄢˋ。暈船。暈厥。暈機。暈頭轉ㄓㄨㄢˇ向。頭昏眼暈。頭暈目眩。頭暈眼花。
		ㄩㄣˋ	日暈。月暈。光暈（出現在發光物體四周邊緣的模糊光環）。血暈（傷處沒破而呈紅暈的樣子）。紅暈。酒暈（喝酒後，臉頰上出現的紅暈）。微暈（模糊不清的光影）。暈珥ㄦˇ（太陽周圍的光氣）。燈暈。月暈而風（比喻事發前，必有徵兆）。月暈效應（指個體在某方面表現良好，則被認為在其他方面必也表現傑出）。
*	楎	ㄏㄨㄣˊ	楎椸ㄧˊ（懸掛衣服的竿架）。

	國字	字音	語詞
	渾	ㄏㄨㄣˊ	渾厚。渾圓（球形）。渾濁。蹚ㄊㄤ渾水（比喻跟著別人做壞事。不作「淌渾水」）。渾水摸魚。渾身解數。渾身銅臭ㄒㄧㄡˋ（比喻人貪財且俗氣）。渾金璞玉（比喻未加雕琢修飾的天然美質）。渾渾噩噩。渾然不覺。渾然天成。渾然忘我。
		ㄏㄨㄣˋ	渾元（天地自然之氣）。渾沌ㄉㄨㄣˋ（同「混沌」）。渾天儀。
*	煇	ㄏㄨㄟ	去眼煇耳（摘除眼睛，熏灼耳朵）。庭燎ㄌㄧㄠˊ有煇（庭院中火炬照得通明）。
	琿	ㄏㄨㄣˊ	瑷琿縣（黑龍江省縣名）。瑷琿條約。
	皸	ㄐㄩㄣ	皸裂（皮膚因寒冷、乾燥而裂開。同「龜ㄐㄩㄣ裂」）。炙ㄓˋ膚皸足（形容極為辛勞）。皸手繭足（形容極為努力工作）。
*	緷	ㄩㄣˋ	緷絻ㄨㄣˋ（袞冕。天子祭祀宗廟時穿戴的冠ㄍㄨㄢ服）。
	翬	ㄏㄨㄟ	翬翟ㄉㄧˊ（指皇后的車服）。翬飛式（屋檐ㄧㄢˊ向上捲的建築形式）。丹刻ㄎㄜˋ翬飛（形容宮殿的華麗壯觀）。鳥革翬飛（形容宮殿的華麗）。
	葷	ㄏㄨㄣ	開葷。葷菜。葷腥。開洋葷（指首次接觸外國的新鮮事物）。七葷八素（形容心神混ㄏㄨㄣˋ亂，糊裡糊塗）。葷素不忌。
		ㄒㄩㄣ	葷允（即匈奴）。葷粥ㄩˋ（同「葷允」）。
	褌	ㄎㄨㄣ	犢鼻褌（一種到膝ㄒㄧ蓋長的短褲）。花下晒褌（比喻殺ㄕㄚ風景）。蝨處褌中（比喻人處世拘謹，見識狹隘）。「裩」為異體字。

	國字	字音	語詞
	諢	ㄏㄨㄣˋ	打諢（開玩笑）。諢名（綽號）。諢話（調笑戲弄的玩笑話）。打諢說笑（胡鬧、說笑話）。插科打諢（引人發笑的言談或動作）。
	軍	ㄐㄩㄣ	國軍。孤軍奮戰。潰不成軍。
	輝	ㄏㄨㄟ	光輝。交相輝映。金碧輝煌。
	運	ㄩㄣˋ	運載。匠心獨運（運用別具巧妙的創作構想與心思）。時運不濟。
*	鄆	ㄩㄣˋ	鄆城（山東省縣名）。
*	韗	ㄩㄣˋ	韗人（整治皮革，製鼓的工人）。
*	顐	ㄏㄨㄣˊ	顐官（古代以詼諧滑(ㄍㄨˇ)稽的動作取悅君主的臣子）。顐玩之臣（指樂(ㄩㄝˋ)官）。
*	餫	ㄩㄣˋ	餫夫（運送糧食的工人）。
*	鶤	ㄩㄣˋ	鶤雞（鳥名。體型較大）。
*	鼲	ㄏㄨㄣˊ	鼲鼠（鼠名。又名黃鼠、拱鼠）。
			【星】
	惺	ㄒㄧㄥ	惺忪。假惺惺。惺惺作態（故意裝模作樣，虛情假意）。惺惺相惜。
	戥	ㄉㄥˇ	戥子（一種很小的秤。用來稱(ㄔㄥ)金銀、珠寶或藥品等東西）。
	星	ㄒㄧㄥ	櫺(ㄌㄧㄥˊ)星門（孔廟的建築物之一）。披星戴月。急如星火（形容情勢非常緊急）。星夜奔馳（連夜趕路）。星羅棋布。電影明星。

	國字	字音	語詞
	猩	ㄒㄧㄥ	猩紅熱（病名）。
	腥	ㄒㄧㄥ	腥臊ㄙㄠ。腥羶ㄕㄢ（一種牛、羊肉刺鼻的臭味）。腥臊味。腥風血雨（形容殺戮ㄌㄨˋ的慘狀）。
	醒	ㄒㄧㄥˇ	醒悟。如夢初醒。
	【咢】		
*	咢	ㄜˋ	咢咢（高的樣子）。垠ㄧㄣˊ咢（邊際、界限。同「垠堮」）。
*	堮	ㄜˋ	垠堮（同「垠咢」）。
*	崿	ㄜˋ	坻ㄔˊ崿（宮殿臺階高峻的樣子）。嵒ㄧㄢˊ崿（山勢高低不齊的樣子）。疊崿（重疊的山峰）。巘ㄧㄢˇ崿（峰巒）。疊崿秀峰。
	愕	ㄜˋ	惋ㄨㄢˋ愕。愕視（驚訝而瞪著眼看）。錯愕。驚愕。驚愕失色。為ㄨㄟˋ之愕然（因此感到驚嚇的樣子）。
	萼	ㄜˋ	花萼。璿ㄒㄩㄢˊ萼（指王室、皇族）。「蕚」為異體字。
*	諤	ㄜˋ	侃侃諤諤（形容直言不諱ㄏㄨㄟˋ的樣子）。謇ㄐㄧㄢˇ諤之風（剛直敢言的風範）。謇諤自負（剛直敢言且自許甚高）。蹇諤之風（同「謇諤之風」）。
	鄂	ㄜˋ	棣ㄉㄧˋ鄂（比喻兄弟）。鄂君繡被（形容男性間的感情）。棣ㄉㄧˋ鄂聯輝（比喻兄弟友愛）。
*	鍔	ㄜˋ	釿ㄧㄣˊ鍔（器物凹下和凸ㄊㄨˊ起處）。廉鍔（比喻言辭犀利）。斂鍔韜ㄊㄠ光（比喻藏匿鋒芒，不露才氣）。藏鋒斂鍔（比喻隱匿才華，不露ㄌㄨˋ鋒芒）。
	顎	ㄜˋ	上顎。下顎。顎骨。

國字	字音	語詞
鶚	ㄜˋ	鶚立（比喻卓然獨立）。鶚眙ㄔˊ（驚視的樣子）。鶚視（比喻勇猛的樣子）。榮膺鶚荐（祝賀人金榜題名之辭）。鷹瞵ㄌㄧㄣˊ鶚視（形容等待機會，進行掠奪或侵略）。
* 齶	ㄜˋ	齦ㄧㄣˊ齶（牙床。比喻物的根柢）。齶骨（同「顎骨」）。
【罗】		
愣	ㄌㄥˋ	愣住。愣小子。愣頭愣腦（痴呆的樣子）。愣頭磕腦（同「愣頭愣腦」）。裝傻充愣（故作傻頭傻腦的樣子。也作「裝傻充楞」）。
楞	ㄌㄥˊ	瓦楞（屋頂以瓦鋪成，其行ㄏㄤˊ列稱之）。楞角（同「稜ㄌㄥˊ角」）。三楞鏡（同「三稜鏡」）。瓦楞紙。楞伽ㄑㄧㄝˊ經（佛教典籍）。楞嚴經（佛教典籍）。色楞格河（河川名）。
	ㄌㄥˋ	發楞（因心神不貫注而眼睛呆視的樣子。同「發怔」）。一楞地（因為驚訝而發呆）。楞小子（同「愣小子」）。漠楞楞（模糊不清楚）。楞頭楞腦（同「愣頭愣腦」）。通「愣」。
【㚇】		
* 嵕	ㄗㄨㄥ	九嵕（陝西省山名）。
* 㚇	ㄗㄨㄥ	困㚇（堵塞ㄙㄜˋ不通）。
* 稯	ㄗㄨㄥ	稯稯（聚集的樣子）。
* 粽	ㄗㄨㄥˋ	粽子（同「粽子」）。為「粽」的異體字。
* 䗥	ㄗㄨㄥ	三䗥（蛤ㄍㄜˊ的一種）。

	國字	字音	語詞
*	鍐	ㄗㄨㄥ	金鍐（馬頭上的飾物）。
*	騣	ㄗㄨㄥ	肉騣（馬頸肉突起的部分）。
*	鬷	ㄗㄨㄥ	三鬷（上古國名）。鬷假ㄍㄜˊ無言（進獻神靈時安靜無聲）。
	【秋】		
*	偢	ㄔㄡˇ	偢采（理會。同「偢睬」）。偢問（理睬、理會）。不偢不倸ㄘㄞˇ（不加理睬。同「不瞅不睬」）。通「瞅」。
*	僽	ㄓㄡˋ	僝ㄔㄢˊ僽（斥責、埋ㄇㄢˊ怨）。自僝自僽（自尋哀愁煩惱）。雨僽風僝（指風雨交相摧毀折斷）。
	啾	ㄐㄧㄡ	啁ㄓㄡ啾。啾疾（比喻喪ㄙㄤˋ偶的傷痛）。
	愁	ㄔㄡˊ	坐困愁城。愁眉不展。滿面愁容。窮愁潦倒。
	愀	ㄑㄧㄠˇ	愀愴ㄔㄨㄤˋ（憂愁、悲痛）。嵺ㄌㄧㄠˊ愀（蕭條的樣子）。愀然作色（容色驟變的樣子）。愀然改容（同「愀然作色」）。
*	揫	ㄐㄧㄡ	揫斂（收攏、聚集）。
	揪	ㄐㄧㄡ	揪出。揪心錢（懷著吝惜之念所花的錢）。揪辮子（比喻抓住他人的缺點或錯誤，以作為把柄。也作「抓辮子」）。揪心扒ㄅㄚ肝（形容非常擔心、憂慮）。揪住不放。揪團旅遊。
*	楸	ㄑㄧㄡ	松楸（墳墓的代稱）。弈ㄧˋ楸（棋盤）。

國字	字音	語詞
湫	ㄐㄧㄡ	淑湫（形容安靜無聲的樣子）。湫淵（湖名。在甘肅省）。
	ㄐㄧㄠˇ	湫隘ㄞˋ（住處低溼狹小）。湫隘囂塵（居處低溼狹小，喧鬧多塵）。
* 甃	ㄓㄡˋ	井甃（修井）。玉甃（用玉石砌ㄑㄧˋ成的水池）。城甃（砌城的磚頭ㄊㄡˊ）。缺甃（井壁破磚之處）。壁甃（像美玉的瓦）。
瞅	ㄔㄡˇ	瞅見。瞅不起（瞧不起）。不瞅不睬（毫不理會）。瞅了一眼（看了一眼）。
秋	ㄑㄧㄡ	一雨成秋。一葉知秋。平分秋色。秋扇見捐（比喻女子失寵而遭到冷落）。
* 萩	ㄑㄧㄡ	萩蒿ㄏㄠ（草名）。與「荻ㄉㄧˊ」不同。
鍬	ㄑㄧㄠ	圓鍬。鐵鍬。
鞦	ㄑㄧㄡ	鞦韆（同「秋千」）。盪鞦韆。
鰍	ㄑㄧㄡ	泥鰍。「鰌」為異體字。
鶖	ㄑㄧㄡ	禿鶖（水鳥名。形似鶴）。
【皇】		
凰	ㄏㄨㄤˊ	鳳凰。鳳凰于飛（比喻夫婦感情和睦）。鳳凰來儀（古代以為祥瑞的徵兆）。
徨	ㄏㄨㄤˊ	彷ㄆㄤˊ徨（徘徊ㄏㄨㄞˊ不前。同「徬徨」）。徬徨。彷徨失措（心神不定，行為失常）。徬徨歧路。
惶	ㄏㄨㄤˊ	惶恐。人心惶惶。愧惶無地（慚愧惶恐得無地自容）。誠惶誠恐（形容內心極為驚恐不安）。

	國字	字音	語詞
	煌	ㄏㄨㄤˊ	金碧熒ㄧㄥˊ煌（形容建築物或擺設華麗，光彩奪目）。金碧輝煌（同「金碧熒煌」）。燈火輝煌。
	皇	ㄏㄨㄤˊ	皇帝。冠ㄍㄨㄢ冕堂皇。堂而皇之（表面上光明正大、理直氣壯的樣子）。張皇失措。富麗堂皇。
	篁	ㄏㄨㄤˊ	竹篁（竹林）。幽篁（竹林深處）。竹篁農舍。松篁交翠（松與竹交錯成一片青蔥翠綠）。
*	艎	ㄏㄨㄤˊ	艅ㄩˊ艎（船名）。
	蝗	ㄏㄨㄤˊ	蝗蟲過境。螞蝗見血（比喻人貪婪ㄌㄢˊ無厭）。
	遑	ㄏㄨㄤˊ	不遑多讓（無暇謙讓。比喻實力相當，表現不俗）。不遑枚舉（同「不勝ㄕㄥ枚舉」）。不遑省ㄒㄧㄥˇ識（無暇省察辨識）。不遑假寐（沒有空閒打瞌睡）。食不遑味（形容憂愁或忙碌操勞的樣子）。莫敢自遑（自己不敢怠惰）。遑論其他（其他的就不必說）。寢不遑安（形容終日辛勞忙碌）。
*	鍠	ㄏㄨㄤˊ	鎗ㄑㄧㄤ鍠（形容金屬相互碰撞聲）。
	隍	ㄏㄨㄤˊ	城隍爺。城隍廟。
	【癸】		
*	戣	ㄎㄨㄟˊ	孔戣（孔子後第三十八世孫）。執戣（手拿著像戟ㄐㄧˇ的兵器）。
	揆	ㄎㄨㄟˊ	揆度ㄉㄨㄛˋ。閣揆。揆情度ㄉㄨㄛˋ理（指按照情理來估計、推想）。
	暌	ㄎㄨㄟˊ	暌違（分散隔離）。暌違已久。
*	湀	ㄍㄨㄟˇ	湀闢（流水）。

國字	字音	語詞
癸	ㄍㄨㄟˇ	壬ㄖㄣˊ癸。天癸(月經)。庚癸(告貸)。夏癸(夏桀)。陳癸淼ㄇㄧㄠˇ(前新黨主席)。癸字號(鬼門關)。呼庚呼癸(指祈求穀物豐收)。庚癸之呼(告貸)。癸穴庚渦ㄨㄛ(道家稱口中的津液ㄧㄝˋ)。
睽	ㄎㄨㄟˊ	睽違(同「暌違」)。眾目睽睽。萬目睽睽(同「眾目睽睽」)。
葵	ㄎㄨㄟˊ	葵傾(比喻極為仰慕)。葵扇。蒲ㄆㄨˊ葵。向日葵。拔葵去織(指作官不和人民爭利)。葵傾向日(比喻極為仰慕)。葵藿ㄏㄨㄛˋ傾陽(比喻全心全意嚮ㄒㄧㄤˋ往所仰慕的人或指下級對上級的忠心耿耿)。魯女憂葵(比喻女子關心國事)。
*蘷	ㄎㄨㄟ	蘷姑(蔓草名。即王瓜)。
*鄈	ㄎㄨㄟˊ	鄈城(地名)。
闋	ㄑㄩㄝˋ	一闋(量詞。計算歌、詞、曲的單位)。服闋(三年守喪ㄙㄤ期滿脫去喪服)。
*騤	ㄎㄨㄟˊ	騤瞿ㄐㄩˊ(快速奔走的樣子)。四牡騤騤(四匹公馬長得多ㄉㄨㄛ強壯)。
【前】		
前	ㄑㄧㄢˊ	前鋒。前度劉郎(指去而復返的人)。停滯ㄓˋ不前。盛況空前。
剪	ㄐㄧㄢˇ	剪裁。剪綵。剪綹ㄌㄧㄡˇ(扒手。同「翦綹」)。并ㄅㄧㄥ州剪(比喻處ㄔㄨˇ理事務敏捷且有果斷力)。
*揃	ㄐㄧㄢˇ	揃平(消滅、敉ㄇㄧˇ平)。揃搣ㄇㄧㄝˋ(摩搓臉頰兩旁。為道家的一種養生術)。

國字	字音	語詞
湔	ㄐㄧㄢ	湔江(四川省河川名)。湔雪。湔浣ㄨㄢˇ腸胃(清洗腸胃)。湔雪前恥。
煎	ㄐㄧㄢ	煎熬。蚵ㄜˊ仔ㄗˇ煎。煎煮炒炸ㄓㄚˊ。煎膏炊骨(比喻殘酷無情的壓迫剝削ㄒㄩㄝˋ)。膏火自煎(比喻人因才能而招來災禍)。
箭	ㄐㄧㄢˋ	弓箭步。一箭之地(比喻路程、距離不遠)。中箭落馬。孔明借箭。光陰似箭。折箭為誓(形容意志堅定不移)。南金東箭(比喻傑出的人才)。暗箭傷人。歸心似箭。彎弓搭箭。
翦	ㄐㄧㄢˇ	翦綹(同「剪綹」)。西窗翦燭(與親友夜聚相談)。松柏不翦(比喻祖墳未被損毀)。雙瞳翦水(形容雙眼清澈明亮)。通「剪」。
* 葥	ㄐㄧㄢˋ	葥莓(植物名。即木莓)。
譾	ㄐㄧㄢˇ	譾陋(淺陋)。不揣ㄔㄨㄞˇ譾陋(不自量ㄌㄧㄤˋ於己身的淺陋而提供ㄍㄨㄥ意見)。見識譾陋。譾薄之材(鄙陋淺薄的資質)。
* 鬋	ㄐㄧㄢ	曼鬋(形容美人的頭髮)。盛鬋(形容婦女秀髮如雲)。長髮曼鬋。豐容盛鬋(指面貌豐潤,秀髮如雲)。
【柔】		
揉	ㄖㄡˊ	揉搓。文白雜揉(同「文白雜糅ㄖㄡˇ」)。眾說紛揉(各式各樣的說法紛亂不一致)。矯揉造作。
柔	ㄖㄡˊ	柔軟。柔情密意(溫柔親密的情意)。柔腸寸斷。優柔寡斷。
* 楺	ㄖㄡˊ	楺木(用火熏烤木頭ㄊㄡ,使其彎曲)。

	國字	字音	語詞
*	煣	ㄖㄡˇ	煣木（同「楺木」）。煣木為耒ㄌㄟˇ（依樹木的形狀，使彎曲而成犁柄）。通「楺」。
	猱	ㄋㄠˊ	猱升（形容動作敏捷輕巧）。猱雜（戲弄紛擾）。教猱升木（比喻嗾ㄙㄡˇ使、誘導惡人做壞事）。
	糅	ㄖㄡˊ	糅合（混ㄏㄨㄣˋ合）。糅雜（雜亂不齊）。雜糅（錯雜混合）。文白雜糅（文言、白話混雜在一起）。玉石雜糅（比喻好壞混合）。
*	蝚	ㄖㄡˊ	蠷ㄑㄩˊ蝚（動物名。一種獼猴）。
	蹂	ㄖㄡˊ	蹂躪。
*	輮	ㄖㄡˊ	輮轢ㄌㄧˋ（車輪輾ㄋㄧㄢˇ壓過的地方，用以比喻征服）。輮以為輪（將直木加工做成曲木，再拼成車輪的外框ㄎㄨㄤ）。
*	鞣	ㄖㄡˊ	鞣製（將獸皮加工做成皮革）。鞣酸（化學名詞。又名丹寧酸或單寧酸）。
*	鶔	ㄖㄡˊ	鴀ㄈㄡˇ鶔（鳥名。一名鸛ㄍㄨㄢˋ鶨ㄊㄨㄢˊ）。

【胥】

	國字	字音	語詞
	壻	ㄒㄩˋ	女壻。夫壻。為「婿」的異體字。
	婿	ㄒㄩˋ	女婿。夫婿。婭ㄧㄚˋ婿（姊ㄐㄧㄝˇ妹的丈夫互稱。同「連襟」）。東床快婿（比喻好女婿）。「壻」為異體字。
*	揟	ㄒㄩ	揟次（舊縣名。位於甘肅省）。
*	楈	ㄒㄩ	楈枒ㄧㄚˊ（植物名。即椰子樹）。

國字	字音	語詞
* 湑	ㄒㄩˇ	酣湑（暢飲歡娛）。其葉湑湑（它的樹葉茂密繁盛）。南風湑湑（南風吹拂ㄈㄨˊ清爽的樣子）。
* 稰	ㄒㄩ	稰穛ㄓㄨㄛˊ（熟穫與生穫）。
* 縃	ㄒㄩ	縃縻ㄇㄧˊ（拘縛）。
糈	ㄒㄩˇ	厚糈（優渥ㄨㄛˋ的俸祿）。椒糈（用椒拌精米所做成的食品）。糧糈（糧食）。
胥	ㄒㄩ	胥怨（互相埋ㄇㄢˊ怨）。申包胥（春秋時楚國大夫）。伍子胥。華胥調（比喻睡覺時打鼾的聲音）。奸胥猾吏（奸詐狡猾的官吏）。汙吏黠ㄒㄧㄚˊ胥（指貪贓枉ㄨㄤˇ法，狡猾詭詐的官吏）。胥濤ㄊㄠˊ澎ㄆㄥˊ湃（潮水洶湧澎湃）。貪吏猾胥（貪財、狡詐的小吏）。華胥之夢（泛指夢境或仙境）。載胥及溺（只能接連在水中滅頂而死）。
* 蝑	ㄒㄩ	蜙ㄙㄨㄥ蝑（螽ㄓㄨㄥ斯的別稱）。
* 諝	ㄒㄩˇ	詐諝（欺詐的計謀）。謀無遺諝（指計謀周詳細密，絕無疏漏，十分穩當）。
* 醑	ㄒㄩˇ	宴醑（宴飲）。桂醑（桂花酒）。
【咠】		
* 戢	ㄐㄧˊ	戢兵（停戰）。戢身（藏身）。戢怒（停止怒氣）。戢翼（比喻歸隱不出來做官）。斂戢（自我克制、約束行動）。干戈載戢（比喻停止戰事，不再訴諸武力）。戢暴除強（指剷除強暴勢力）。戢鱗潛ㄑㄧㄢˊ翼（比喻退隱不當官）。戰事戢止（停止戰爭）。銘戢甚深（非常感謝別人的恩惠而銘記在心裡）。潛鱗戢羽（隱藏形跡，不讓人知道）。隱鱗戢翼（同「戢鱗潛翼」）。

國字	字音	語詞
揖	ㄧ	作ㄗㄨㄛˋ揖。長揖(拱手高舉，由上而下的相見禮)。揖讓(作揖謙讓)。打躬作揖。長揖不拜(對長者或尊者只行拱手禮而不跪拜)。揖客入門(向賓客拱手行禮請進門)。揖讓而升。開門揖盜(比喻引進惡人，自招禍害)。
	ㄐㄧˊ	摶ㄊㄨㄢˊ心揖志(全神貫注，心無雜念)。通「輯」。
楫	ㄐㄧˊ	舟楫(船隻)。中流擊楫(比喻發誓收復失土，報效國家)。
*檝	ㄐㄧˊ	舟檝(同「舟楫」)。
*濈	ㄐㄧˊ	湁ㄔˋ濈(水滾滾湧出的樣子)。其角濈濈(牠們的角緊緊的靠攏在一起)。
緝	ㄑㄧˋ	巡緝(巡查緝捕)。查緝。追緝。偵緝。緝捕。緝拿。緝獲。通緝令。通緝犯。緝私船。
葺	ㄑㄧˋ	修葺(修理整治)。補葺(修理、修補)。葺屋(草屋或指修繕房屋)。修葺房屋。
*蕺	ㄐㄧˊ	蕺山(浙江省山名)。蕺菜(植物名。又名魚腥草)。
輯	ㄐㄧˊ	編輯。邏輯。不合邏輯。蒙袂ㄇㄟˋ輯屨ㄐㄩˋ(形容非常困乏的樣子)。撫輯群黎(撫慰人民)。
【舂】		
*惷	ㄔㄨㄣˇ	惷迪(舉止合於正道。同「蠢迪」)。惷愚(指人愚昧。同「蠢愚」)。愚夫惷婦(指一般愚昧無知的人)。通「蠢」。與「惷ㄔㄨㄥ」不同。
春	ㄔㄨㄣ	春天。妙手回春。著ㄓㄨㄛˊ手成春(稱頌醫生的醫術高明。也作「著手回春」)。

國字	字音	語詞
椿	ㄔㄨㄣ	椿庭（對父親的尊稱）。椿象。椿萱（比喻父母）。椿壽（祝人高壽之辭）。椿齡（同「椿壽」）。椿萱並茂（比喻父母健在）。萱花椿樹（指雙親）。
蠢	ㄔㄨㄣˇ	愚蠢。蠢材。蠢動。蠢貨。蠢若木雞（同「呆ㄉㄞ若木雞」）。蠢蠢欲動。
* 踳	ㄔㄨㄣˇ	踳落（謬ㄇㄧㄡˋ誤雜亂）。踳駁（雜亂不一致）。
* 鬊	ㄕㄨㄣˋ	鬊帶（古時包紮ㄓㄚ頭髮的巾帶。即幧ㄘㄠ頭）。
* 鰆	ㄔㄨㄣ	鰆魚（魚名。又名馬鮫ㄐㄧㄠ魚）。
【畏】		
偎	ㄨㄟ	依偎。偎傍ㄅㄤ（緊靠、親近）。偎紅倚翠（同「偎香倚玉」）。偎香倚玉（比喻玩弄妓女）。偎乾就溼（比喻母親撫養孩子的辛苦。同「煨ㄨㄟ乾就溼」）。輕偎低傍ㄅㄤ（形容親密的樣子）。
喂	ㄨㄟˋ	喂眼（觀看、飽眼福）。喂偏食（比喻給ㄐㄧˇ予對方特殊的照顧）。
* 椳	ㄨㄟ	椳闑ㄋㄧㄝˋ居ㄉㄢ楔ㄒㄧㄝ（門臼、門檻ㄎㄢˇ、門閂ㄕㄨㄢ、門柱）。
* 渨	ㄨㄟ	渨涹ㄨㄛ（骯髒混ㄏㄨㄣˋ濁）。
煨	ㄨㄟ	煨熱（用小火加熱）。煨燼（灰燼）。煨藥（用微火慢慢煮藥）。煨牛肉（用小火慢慢燒煮牛肉）。煨栗子（把栗子埋在火灰中燒熟）。煨乾就溼（也作「偎ㄨㄟ乾就溼」「煨乾避溼」）。

國字		字音	語詞
	猥	ㄨㄟˇ	猥瑣（鄙陋瑣碎）。猥褻ㄒㄧㄝˋ。公然猥褻。貪猥無厭（指人貪多而不知滿足）。猥自枉屈（委屈自己，不顧貶低自己的身分）。猥當大任（鄙陋無才，卻擔當重要職務）。
	畏	ㄨㄟˋ	畏縮。畏懼。大無畏。人言可畏。後生可畏。畏罪潛ㄑㄧㄢˊ逃。望而生畏（比喻看了就令人害怕）。視人畏傷（形容待人慈悲）。視為畏途（比喻把事情看作艱難而不敢去嘗試）。
*	碨	ㄨㄟ	碨磊（不平的樣子）。碨磥ㄌㄟˇ（石頭眾多的樣子）。
*	腲	ㄨㄟˇ	腲腇ㄋㄟˇ（飽食不能動的樣子）。
	隈	ㄨㄟ	山隈（山彎曲的地方）。水隈（水流彎曲的地方）。隈隩ㄩˋ（曲窄幽深的樣子）。山隈水涯。
	餵	ㄨㄟˋ	餵食。餵養。
【禹】			
*	偊	ㄩˇ	偊旅（彎著身體的樣子）。偊偊而步（獨行的樣子。同「踽ㄐㄩˇ踽獨行」）。
*	楀	ㄩˇ	楀木（木名）。
*	瑀	ㄩˇ	阮瑀（東漢末文學家。建安七子之一）。
	禹	ㄩˇ	禹步（跛著腳走路）。禹跡（中國的代稱）。大禹治水。貢禹彈ㄊㄢˊ冠ㄍㄨㄢˋ（比喻樂於輔助政治理念一樣的人）。
*	蝺	ㄐㄩˇ	蝺僂ㄌㄡˊ（彎曲、駝背。同「傴ㄩˇ僂」「踽ㄐㄩˇ僂」）。

	國字	字音	語詞
	踽	ㄐㄩˇ	奎(ㄎㄨㄟˊ)踽（邁開步伐(ㄈㄚˊ)）。踽僂(ㄌㄡˊ)（同「蝺(ㄐㄩˇ)僂」）。踽踽涼涼（孤僻不合群的樣子）。踽踽獨行（孤單無伴的走著）。
	齲	ㄑㄩˇ	齲齒（蛀牙）。
	【盾】		
	循	ㄒㄩㄣˊ	依循。遵循。因循苟且。有例可循。循名責實（依照其名而求其實際，要求名實相副(ㄈㄨˋ)）。循序漸進。循循善誘。惡性循環。
*	楯	ㄕㄨㄣˇ	擲楯（比喻放棄卑賤的職位）。欄楯（欄杆）。
	盾	ㄉㄨㄣˋ	矛盾。後盾。盾牌。銀盾。盾柱木（植物名）。人肉盾牌。自相矛盾。磨盾之暇（作戰時的空(ㄎㄨㄥˋ)閒時間）。
*	腯	ㄊㄨˊ	肥腯（牲畜肥壯）。博碩肥腯（六畜肥大壯碩）。
*	輴	ㄔㄨㄣ	龍輴（天子的柩(ㄐㄧㄡˋ)車）。
	遁	ㄉㄨㄣˋ	遁逃。奇門遁甲（術數用語）。飛遁鳴高（遠離塵世而自鳴清高）。望風而遁（遙見對方的蹤跡或氣勢就嚇得逃之夭夭）。無所遁形。遁入空門（避開塵世而皈(ㄍㄨㄟ)依佛門）。遁天之刑（指違逆自然規律所受的刑罰）。遁名匿跡（隱姓埋名，不讓人知道）。違世遁俗（遠離塵俗，隱居不出）。遠遁山林（比喻隱匿行蹤，遠離塵世）。
*	鶞	ㄔㄨㄣ	鳻(ㄈㄣˊ)鶞（候鳥名）。

	國字	字音	語詞
	【垔】		
*	垔	一ㄣ	垔塞ㄙㄜˋ（阻塞ㄙㄜˋ、堵塞ㄙㄜˋ）。
	堙	一ㄣ	堙滅（埋沒）。鬱堙不偶（指遭埋沒而不得志）。
*	歅	一ㄣ	九方歅（春秋時人。又名九方皋ㄍㄠ）。
	湮	一ㄣ	湮沒ㄇㄛˋ。湮滅。年湮代遠（年代悠久）。河道湮塞ㄙㄜˋ（河道阻塞ㄙㄜˋ）。湮沒無聞（埋沒，沒有人知道）。湮滅證據。
	煙	一ㄢ	煙火。分煙析產（兄弟分家，各自炊食）。灰飛煙滅（比喻完全消失殆盡或形容戰爭的慘敗）。香煙不絕（形容香火鼎盛）。香煙後代（後代子孫）。浩如煙海（形容書籍或文獻資料等極為豐富）。狼煙四起（比喻外敵侵犯，戰事頻起）。荒煙蔓草。接續香煙（指繁衍子孫，接續香火）。煙消雲散。煙霞痼疾（熱愛山水已成癖ㄆㄧˇ好）。過眼雲煙。「烟」為異體字。
	甄	ㄓㄣ	甄陶（培育造就人才）。甄試。甄選。教師甄選。甄別考試。甄拔人才。
*	禋	一ㄣ	宗禋（祖先的祭祀）。烝禋（舉行冬祭，虔ㄑㄧㄢˊ敬的祭祀祖先）。禋祀（潔身齋戒以祭祀）。潔禋（心意虔敬的祭祀）。
*	鄄	ㄐㄩㄢˋ	鄄城（山東省縣名）。
*	闉	一ㄣ	城闉（城內的重門）。闉闍ㄕㄜˊ（城門）。羅闉（軍營中夜間所設的崗ㄍㄤˇ哨）。窮困闉厄（貧乏窮困，窒礙窘迫）。闉跂ㄑㄧˊ支離（指人跛腳駝背）。

	國字	字音	語詞
*	黫	ㄧㄢ	黫然（黑色的樣子）。
			【巷】
	巷	ㄒㄧㄤˋ	巷戰。街談巷議（大街小巷中的議論或傳聞）。街頭巷尾。萬人空巷。
	港	ㄍㄤˇ	商港。港口。港埠ㄅㄨˋ。
			【訇】
	揈	ㄏㄨㄥ	揈出去（同「轟出去」）。
*	渹	ㄏㄨㄥ	渹湱ㄏㄨㄛˋ（形容波ㄅㄛ浪相激盪的聲音）。渹湱澎ㄆㄥ湃。
	訇	ㄏㄨㄥ	阿ㄚ訇（回教掌理教務的人。也作「阿吽ㄏㄨㄥ」）。訇然（形容巨大的聲音）。
*	輷	ㄏㄨㄥ	輷輘ㄌㄥˊ（車聲）。輷輷殷殷（車聲喧闐ㄊㄧㄢˊ、盛大的樣子）。通「轟」。
	鞫	ㄐㄩˊ	鞫訊（審訊犯人）。鞫問（審訊盤問）。鞫審（審問）。鞫為茂草（到處都是茂盛的野草）。
			【炭】
	炭	ㄊㄢˋ	炭烤。炭精紙（複寫紙）。生靈塗炭。冰炭不洽（比喻對立的雙方無法相容）。漆身吞炭（比喻不惜犧牲性命以報答主人的恩德）。
	碳	ㄊㄢˋ	節能減碳。
			【重】
*	偅	ㄓㄨㄥˋ	儱ㄌㄨㄥˊ偅（潦倒不得志的樣子）。

	國字	字音	語詞
	動	ㄉㄨㄥˋ	動脈ㄇㄞˋ。動靜。大動干戈。勞師動眾。
*	尰	ㄓㄨㄥˇ	既微且尰（又是小腿生瘡疾，又是足部浮腫）。
	慟	ㄊㄨㄥˋ	哀慟。悲慟。慟哭。撫膺大慟（拍胸痛哭，悲傷至極）。觸目慟心（目光所及，令人悲哀傷痛）。
	懂	ㄉㄨㄥˇ	懂事。懵ㄇㄥˇ懂。淺顯易懂。
*	湩	ㄉㄨㄥˋ	乳湩（乳汁）。湩然（鼓聲）。湩然擊鼓。
*	畽	ㄊㄨㄢˇ	村畽（村落）。町ㄊㄧㄥˇ畽（舍旁空地）。町畽鹿場（房屋空地踩成了野鹿場）。「疃」為異體字。
	種	ㄓㄨㄥˇ	下種。種子ㄗˇ。種切（一切等等，為舊書信中常用）。播ㄅㄛ種。撒ㄙㄚˇ種。聆悉種切。
		ㄓㄨㄥˋ	芒種（二十四節氣名）。種因（事情尚未發生時，預伏某事的因）。種德（修積德行）。種牛痘。接種疫苗。預防接種。種玉之緣（兩家結成婚姻關係）。藍田種玉（比喻女子懷孕）。
	腫	ㄓㄨㄥˇ	浮腫。腫脹。腫瘤。臃ㄩㄥ腫。鼻青臉腫。
	董	ㄉㄨㄥˇ	古董（同「骨董」）。董事長。董生下帷（比喻專注於學術的傳授）。
	衝	ㄔㄨㄥ	要衝。怒髮衝冠ㄍㄨㄢ。首當其衝。衝口而出（沒有經過思考，一下子說出來）。衝鋒陷陣。
		ㄔㄨㄥˋ	衝南走（向南走）。坐北衝南。味道好衝（味道非常強烈）。脾氣太衝。衝你的面子。

國字	字音	語詞
踵	ㄓㄨㄥˇ	企踵（形容殷切盼望的樣子）。係踵（接連的來到）。踵接（形容人很多的樣子）。踵謝（親自登門道謝）。亡不旋踵（形容時間很短）。延頸企踵（形容熱切盼望的樣子）。計不旋踵（指事情決定後，即勇往直前，絕不觀望徘徊ㄏㄨㄞˊ）。疾如旋踵（形容變化迅速）。納履決踵（比喻窮困）。接踵而來。禍不旋踵（指災禍很快就要到來）。禍亂相踵（兵禍、戰亂接連發生）。摩肩接踵（形容人多擁ㄩㄥˇ擠的樣子）。摩頂放ㄈㄤˇ踵（比喻捨身救世，不怕勞苦）。踵決肘見ㄒㄧㄢˋ（形容衣履破爛，極為窮困）。踵事增華（因襲前人的成就或事業，而更加增添補益）。踵門致謝（登門表示謝意）。隨踵而至（形容人接連不斷的來到）。
重	ㄓㄨㄥˋ	慎重。安土重遷（久居故土，不肯輕易遷移他鄉）。積重難返（長期形成的不良習慣，不容易改變）。鄭重其事。
	ㄔㄨㄥˊ	重孫（孫子的兒子）。山重水複。百舍重繭（比喻長途跋涉，非常辛苦。同「百舍重趼ㄐㄧㄢˇ」）。重足側目（形容極為恐懼的樣子）。食不重肉（形容生活儉樸）。墜歡重拾（夫妻離異又復合）。
鍾	ㄓㄨㄥ	鍾愛。千鍾粟（指高祿）。一見鍾情。二缶ㄈㄡˇ鍾惑（比喻是非不明，無所適從）。老態龍鍾。氣殺鍾馗ㄎㄨㄟˊ（比喻發怒而臉色難看）。情有獨鍾。龍鍾潦倒（年老體弱，舉止行動不靈活。同「老態龍鍾」）。鍾靈毓ㄩˋ秀（形容能培育傑出人才的環境）。
【奐】		
喚	ㄏㄨㄢˋ	召ㄓㄠˋ喚。呼喚。傳喚。千呼萬喚。不聽使喚。傳喚到案。

國字	字音	語詞
奐	ㄏㄨㄢˋ	美輪美奐（形容房屋高大、裝飾華美）。
換	ㄏㄨㄢˋ	替換。調換。大換血。改朝換代。改頭換面。
渙	ㄏㄨㄢˋ	渙散。人心渙漓（形容人心動盪離散）。渙然冰釋（比喻疑慮、誤會或嫌隙瞬間完全消除）。渙然汗出（汗流全身的樣子）。精神渙散。
煥	ㄏㄨㄢˋ	煥發。神采煥發。英姿煥發。容光煥發。煥然一新。煥然冰釋（同「渙然冰釋」）。
瘓	ㄏㄨㄢˋ	癱瘓。交通癱瘓。
【風】		
嵐	ㄌㄢˊ	山嵐（山中的霧氣）。煙嵐（山中蒸騰的霧氣）。山光嵐影。山嵐設色（山中霧氣所呈現的色彩）。嵐翠鮮明（山中霧氣所呈現的翠綠色，潔淨秀麗）。嵐影湖光（形容風景極美）。煙嵐雲岫ㄒㄧㄡˋ（比喻山間雲霧瀰漫、繚繞）。
楓	ㄈㄥ	楓樹。楓橋夜泊。
* 渢	ㄈㄥˊ	渢渢（形容宏大的風聲、水聲等）。
瘋	ㄈㄥ	瘋狂。瘋狗浪。裝瘋賣傻。
颯	ㄙㄚˋ	衰颯（衰落）。淅ㄒㄧ颯（動作細微的聲音）。塌ㄊㄚ颯（指人潦倒失志）。蕭颯（秋風蕭瑟）。英姿颯爽（體態英挺矯健，容光煥發）。磊落颯爽（形容人豪邁開朗，樂觀積極）。
諷	ㄈㄥˋ	反諷。嘲諷。諷刺。諷諫（以婉言隱語相規諫）。譏諷。冷嘲熱諷。借古諷今。

	國字	字音	語詞
	風	ㄈㄥ	羊癲風（病名。又稱癲癇ㄒㄧㄢˊ）。古道可風。義行ㄒㄧㄥˊ可風（仁義好善的行為，可作為後人模範）。運斤成風（比喻手法熟練，技術高超）。
		ㄈㄥˋ	風示（勸誡，訓示）。風告（規勸）。風曉（以婉言諷ㄈㄥˇ諭ㄩˋ，使人知曉）。風諫（用委婉的言詞規諫）。風勸（諷諭規勸）。春風ㄈㄥ風人（比喻教育給人的感化和恩澤）。風世勵俗（規勸世人，鼓勵善良風俗）。風葉露穗（風吹拂ㄈㄨˊ稻葉，使稻子露出穗來）。通「諷」。
*	颩	ㄅㄧㄠ	迷颩模登（指人迷糊的樣子）。
		ㄉㄧㄡ	抹颩（害羞、扭捏的樣子）。
*	颿	ㄈㄢˊ	颿颿（走得很快的樣子）。
	【韋】		
	偉	ㄨㄟˇ	宏偉。雄偉。衣冠ㄍㄨㄢ甚偉（儀表端莊、神態嚴肅）。豐功偉績。
	圍	ㄨㄟˊ	入圍（入選）。圍堵。為ㄨㄟˋ人解圍。珠圍翠繞（形容婦女妝扮華麗高貴）。殺出重ㄔㄨㄥˊ圍。
*	幃	ㄨㄟˊ	幃幄ㄨㄛˋ（帷幔。同「帷幄」）。幃幕（同「帷幕」）。慈幃（母親）。羅幃（指床帳）。繡幃香冷（哀悼ㄉㄠˋ女子死亡的輓辭）。
*	暐	ㄨㄟˇ	暐如（形容非常明亮的樣子）。暐暐（光彩熾盛的樣子）。暐曄ㄧㄝˋ（同「暐暐」）。顧盼暐如（目光炯炯有神，膽識非凡的樣子）。
*	湋	ㄨㄟˊ	耿湋（唐代詩人）。湋水（陝西省水名）。

	國字	字音	語詞
*	煒	ㄨㄟˇ	煒燁ㄧㄝˋ（光采的樣子）。
*	瑋	ㄨㄟˇ	瑋寶（珍奇的寶物）。瑰ㄍㄨㄟ瑋（珍貴奇特）。
	褘	ㄧ	夏褘（名演員，來自上海）。
	緯	ㄨㄟˇ	經緯度。有經有緯（形容事理分明，沒有任何缺點）。經天緯地（比喻治理國家）。經文緯武（以文德與武功來治理國家）。經緯天下（治理天下）。嫠ㄌㄧˊ不恤緯（憂勞國事，不顧自身安危）。嫠緯之憂（同「嫠不恤緯」）。
	葦	ㄨㄟˇ	蘆葦。一葦渡江（達摩以一束葦草渡江的故事）。葦苕ㄊㄧㄠˊ繫巢（比喻處境非常危險）。葦戟ㄐㄧˇ桃杖（古時用來驅邪或驅除疫病的物品）。
	衛	ㄨㄟˋ	防衛。保衛。官官相衛（為官者彼此遮掩過失）。放虎自衛（比喻自取禍害）。首尾相衛（前後相互援助）。富比陶衛（比喻非常富有）。精衛填海（比喻意志堅定，不怕艱難）。魯衛之政（比喻相仿的事物）。「衞」為異體字。
*	褘	ㄏㄨㄟ	陳褘（唐高僧ㄙㄥ玄奘ㄗㄤˋ的俗名）。褘衣（王后的祭服）。
	諱	ㄏㄨㄟˋ	忌諱。不諱言。不可諱言（直說，無須避諱的說）。坦承不諱。直言不諱。無庸諱言（直接說出，不需要忌諱）。諱疾忌醫。諱莫如深（比喻隱瞞得極為嚴密，不讓外人知悉）。諱惡不悛ㄑㄩㄢ（掩瞞罪惡而不知道悔改）。
*	讏	ㄨㄟˋ	讏言（沒有誠信的話）。

	國字	字音	語詞
	違	ㄨㄟˊ	違建。違約金。違禁品。身體違和(身體生病)。陽奉陰違。違心之論。違紀參選。違章建築。
*	郼	ㄧ	郼國(殷時國名)。
	闈	ㄨㄟˊ	入闈(進入闈場)。宮闈(后妃居住的深宮)。庭闈(父母)。闈場。天倫庭闈(與一家人共同生活)。命題入闈。眷戀庭闈(懷念父母)。
	韋	ㄨㄟˊ	呂不韋(戰國時秦人)。布衣韋帶(指一般老百姓)。韋布匹(ㄆㄧˇ)夫(同「布衣韋帶」)。韋弦(ㄒㄧㄢˊ)之佩(比喻有益的規勸。也作「佩韋佩弦」)。韋編三絕(比喻讀書勤奮,刻苦勵學)。韋叡(ㄖㄨㄟˋ)樹麾(ㄏㄨㄟ)(比喻意志堅決,誓死不退縮)。
	韓	ㄏㄢˊ	韓信用兵(多多益善)。極切瞻韓(比喻極為仰慕)。蘇海韓潮(形容文章風格雄偉豪邁)。
	韙	ㄨㄟˇ	不韙(過失、不是)。大不韙(大不是)。犯五不韙。甘冒不韙(甘願冒著去做全天下人都認為不對的事)。罔有不韙(沒有不善)。冒天下之大不韙(不作「冒天下之大不諱」)。
	【郎】		
*	啷	ㄌㄤ	啷噹(佩帶在身上的零星飾物)。啷鐺(同「啷噹」)。噹啷落地(金屬器物落地而發出聲音)。
*	嫏	ㄌㄤˊ	嫏嬛(ㄏㄨㄢˊ)(相傳天帝藏書的地方。同「瑯嬛」)。
	廊	ㄌㄤˊ	走廊。廊廟(朝廷)。廊廟器(比喻能擔負國家重任的傑出人才)。廟廊之彥(朝廷裡才德優秀出眾的人)。
	榔	ㄌㄤˊ	桄(ㄍㄨㄤ)榔(植物名)。榔頭(˙ㄊㄡ)(鐵錘)。檳榔。

國字	字音	語詞
瑯	ㄌㄤˊ	琺ㄈㄚˇ瑯質。琳瑯滿目（形容觸目所及都是珍美的東西。同「琳琅滿目」）。
螂	ㄌㄤˊ	螞螂（蜻蜓）。螳螂。
郎	ㄌㄤˊ	郎才女貌。天壤王郎（指婦女不滿意所嫁的丈夫）。江郎才盡。夜郎自大（比喻人不自量ㄌㄧㄤˋ力，驕矜自大）。傅ㄈㄨˋ粉何郎（稱美男子）。
【虐】		
瘧	ㄋㄩㄝˋ	瘧疾。發瘧子（罹ㄌㄧˊ患瘧疾）。
虐	ㄋㄩㄝˋ	虐待。凌虐。肆虐。暴虐。虐待狂。助紂為虐。豺ㄔㄞˊ虎肆虐（比喻惡人恣ㄗˋ肆橫ㄏㄥˋ行，殘虐無道）。雪虐風饕ㄊㄠ（形容風雪交加，天氣酷寒的樣子）。暴虐無道。謔而不虐（開玩笑但不過火，不致令對方難堪）。
謔	ㄋㄩㄝˋ	嘲謔。諧謔（說開玩笑的話）。戲謔。謔稱（開玩笑的稱呼）。謔而不虐（開玩笑但不過火，不致令對方難堪）。謔浪笑敖ㄠˋ（假意殷勤，戲弄調笑。指人玩ㄨㄢˊ世不恭的樣子）。
【頁】		
囂	ㄒㄧㄠ	叫囂。喧囂。煩囂。囂張。甚囂塵上。氣焰囂張。遠離塵囂。謾罵叫囂。囂然思食（飢餓得想吃東西）。
煩	ㄈㄢˊ	煩冗ㄖㄨㄥˇ。煩悶ㄇㄣˋ。煩惱。煩躁。煩囂（紛亂嘈雜）。不勝ㄕㄥ其煩。心煩意亂。車殆馬煩（形容旅途困頓疲累）。要言不煩（言辭精要簡潔）。

	國字	字音	語詞
	碩	ㄕㄨㄛˋ	壯碩。碩士。碩彥（才學優異的人）。豐碩。健碩如牛。耆ㄑㄧˊ儒碩望（年高德劭，且有聲望的儒者）。碩大無朋（形容物品很大）。碩果僅存。
	頁	ㄧㄝˋ	頁數。網頁。
	順	ㄕㄨㄣˋ	名正言順。耳順之年（指六十歲）。順理成章。節哀順變（抑制悲傷、順應變故）。
*	項	ㄒㄩˋ	顓ㄓㄨㄢ項（五帝之一）。
*	鎮	ㄑㄧㄣ	鎮頤（歪曲變形的下巴和臉頰）。
【胡】			
	湖	ㄏㄨˊ	湖泊。湖畔。
	猢	ㄏㄨˊ	猢猻ㄙㄨㄣ（獼猴的別名）。樹倒猢猻散（比喻依附權勢的人，一旦當權者失勢，則隨即散去）。
	瑚	ㄏㄨˊ	珊瑚。瑚璉之器（比喻品格高貴，或具堪當重責大任的才能）。
	糊	ㄏㄨˊ	糊塗。一塌ㄊㄚ糊塗。含糊不清。含糊其詞。
	胡	ㄏㄨˊ	胡瓜。胡同ㄊㄨㄥˋ（小巷道）。胡塗（同「糊塗」）。
	葫	ㄏㄨˊ	葫蘆。依樣葫蘆（比喻一味模仿，沒有創意）。
	蝴	ㄏㄨˊ	蝴蝶。蝴蝶穿花（比喻女子善於交際）。
	衚	ㄏㄨˊ	衚衕ㄊㄨㄥˋ（北方人稱小巷子。同「胡同ㄊㄨㄥˋ」）。

國字	字音	語詞
醐	ㄏㄨˊ	如飲醍ㄊㄧˊ醐（指聽了別人的見解後有所啟發，而感到舒暢愉快）。醍醐灌頂（佛教語。比喻灌輸智慧，讓人獲得啟發，徹底醒悟）。
餬	ㄏㄨˊ	餬口（填飽肚子）。食不餬口（吃不飽。形容生活貧困）。饘ㄓㄢ粥ㄓㄡ餬口（吃稀飯過生活）。
鬍	ㄏㄨˊ	鬍鬚。刮鬍子。吹鬍子瞪眼（形容發怒的樣子）。
鶘	ㄏㄨˊ	鵜ㄊㄧˊ鶘（鳥名。又名伽ㄑㄧㄝˊ藍鳥）。
【耶】		
揶	ㄧㄝˊ	揶揄ㄩˊ（嘲弄、戲弄）。
椰	ㄧㄝˊ	花椰菜。椰子樹。椰子蟹。
爺	ㄧㄝˊ	爺爺˙ㄧㄝ。老爺車。駙馬爺。
耶	ㄧㄝˊ	耶誕。耶穌。耶和華。耶誕卡。耶誕節。耶誕樹。耶路撒ㄙㄚ冷（城市名。以色列的首都）。耶誕老人。耶魯大學。
【侯】		
侯	ㄏㄡˊ	諸侯。百里侯（即今縣市長）。王侯將相ㄒㄧㄤˋ（泛指達官顯要）。侯門如海（形容門禁森嚴，外人無從進入）。陽侯之患（水災）。談笑封侯（形容獲取功名極為容易）。
候	ㄏㄡˋ	天候。火候。候鳥。候補。稍候。等候。全天候。候車室。承顏候色（看他人臉色行事）。候補選手。

	國字	字音	語詞
	喉	ㄏㄡˊ	喉嚨。割喉戰。咽ㄧㄢ喉要路（比喻地勢最險要之處）。為ㄨㄟˋ民喉舌。香喉玉口（比喻聲樂悅耳動聽）。骨鯁ㄍㄥˇ在喉（比喻心裡有話，一定要說出口）。煙生喉舌（比喻生氣）。
*	堠	ㄏㄡˋ	堠吏（道旁掌管迎候的小吏）。堠鼓（守望時，用來示警的鼓）。堠樓（眺望敵情的哨樓）。
	猴	ㄏㄡˊ	獼猴。尖嘴猴腮（形容人長相非常醜陋難看）。殺雞儆ㄐㄧㄥˇ猴。
*	瘊	ㄏㄡˊ	疣瘊（皮膚上所生的小贅ㄓㄨㄟˋ肉）。
*	篌	ㄏㄡˊ	箜ㄎㄨㄥ篌（古代一種弦ㄒㄧㄢˊ樂器）。
*	緱	ㄍㄡ	緱氏山（河南省山名）。
*	餱	ㄏㄡˊ	乾餱（乾食）。餱糧（乾糧）。乾餱以愆ㄑㄧㄢ（指以粗食招待的罪過。引申為招待客人不周到）。
*	鯸	ㄏㄡˊ	鯸鮐ㄊㄞˊ（河豚的別名）。

【封】

	國字	字音	語詞
	封	ㄈㄥ	封閉。封鎖。比ㄅㄧˋ屋可封（比喻國家賢人很多，教化有成就。也作「比屋而封」）。封豕ㄕˇ長蛇（比喻貪暴的人）。封建社會。素封之家（指無官爵但資財豐厚的富人）。
	幫	ㄅㄤ	穿幫。幫助。幫傭。幫襯。
	葑	ㄈㄥ	葑菲ㄈㄟˇ（比喻人、物有一點可取之處）。不棄葑菲（指不要因一個人才能淺薄而棄用）。葑菲之采（比喻別人對自己有所採納的謙詞）。

國字	字音	語詞
* 鞤	ㄅㄤ	鞋鞤（鞋子的兩側部分。同「鞋幫」）。
【豕】		
墜	ㄓㄨㄟˋ	墜毀。墜落。墜機。下墜球。天花亂墜。加膝墜淵（比喻人的愛恨無常）。呱ㄍㄨ呱墜地。搖搖欲墜。墜入愛河（男女兩情相悅，互相愛戀）。墜歡重拾（夫妻離異又復合）。
燧	ㄙㄨㄟˋ	烽燧（敵人侵犯，燃火示警）。燧人氏（傳說中的古代帝王）。
* 穟	ㄙㄨㄟˋ	嘉穟（飽滿的稻穗）。穟穟（禾苗茂盛美好）。盈車嘉穟（比喻豐收）。通「穗」。
* 襚	ㄙㄨㄟˋ	賻ㄈㄨˋ襚（送給喪ㄙㄤ家的財物）。
遂	ㄙㄨㄟˋ	順遂。既遂犯（法律上指具有犯罪事實的人）。陽遂足（動物名）。毛遂自荐。功成名遂。功遂身退（同「功成身退」）。半身不遂。殺人未遂。順心遂意。遂心如意。遂其所願。
邃	ㄙㄨㄟˋ	幽邃（幽深）。深邃（同「幽邃」）。清邃（清幽深邃）。邃宇（幽深的房屋）。高堂邃宇（高大而又深邃的屋屋）。
隊	ㄉㄨㄟˋ	隊伍。成群結隊。
	ㄓㄨㄟˋ	失隊（遺失墜落。同「失墜」）。隊失（同「墜失」）。隕ㄩㄣˇ隊（墜落。同「隕墜」）。隊于車（從車上掉下來）。大命隕隊（比喻死亡）。通「墜」。
隧	ㄙㄨㄟˋ	隧道。時光隧道。過港隧道。綠色隧道。

國字	字音	語詞
		【段】
段	ㄉㄨㄢˋ	片段。不擇手段。放下身段。碎屍萬段。
* 碫	ㄉㄨㄢˋ	以碫投卵（比喻以強擊弱，必定成功）。
緞	ㄉㄨㄢˋ	綢緞。緞帶花。綾羅綢緞（比喻華麗的衣著ㄓㄨㄛˊ）。
* 腶	ㄉㄨㄢˋ	腶脩（添加薑桂，捶搗所製成的肉乾）。
鍛	ㄉㄨㄢˋ	鍛鍊。日鍛月煉（比喻利用長時間不懈怠的下苦功鑽研）。
		【亭】
亭	ㄊㄧㄥˊ	亭午夜分ㄈㄣˋ（正午與半夜）。亭亭玉立。亭亭如蓋（形容樹木高大、枝葉茂密）。亭臺樓閣。
停	ㄊㄧㄥˊ	調停。馬不停蹄。停辛佇ㄓㄨˋ苦（形容備嘗辛苦）。停雲落月（比喻深切思念親友）。
婷	ㄊㄧㄥˊ	娉ㄆㄧㄥ婷（輕巧美好。指女人的容貌體態）。
渟	ㄊㄧㄥˊ	川渟嶽ㄩㄝˋ峙ㄓˋ（比喻人品德高潔，氣度恢弘）。淵渟嶽峙（同「川渟嶽峙」）。
		【彥】
* 喭	ㄧㄢˋ	弔喭（弔祭並慰問喪ㄙㄤ家。同「弔唁ㄧㄢˋ」）。畔喭（粗魯率直而失禮）。
彥	ㄧㄢˋ	邦彥（國內才能與學識兼優的人士）。俊彥（才智傑出的美士）。名流俊彥。彥國吐屑ㄒㄧㄝˋ（形容人口才好，說話滔滔不絕）。旁求俊彥（多方尋找有能力的人）。碩彥名儒（才能與學識優秀的人才）。「彥」為異體字。

國字	字音	語詞
諺	ㄧㄢˋ	俗諺。諺語。俗諺俚ㄌㄧˇ語（流傳於地方的俗話）。
顏	ㄧㄢˊ	正顏厲色。犯顏苦諫（冒犯君主或尊長極力規諫）。抗顏為師（面色嚴正不屈的人可作為學習的榜樣）。和顏悅色。厚顏無恥。童顏鶴髮（形容老人氣色佳，有精神）。顏筋柳骨（指顏真卿、柳公權的書法遒ㄑㄧㄡˊ勁有力）。
*齴	ㄧㄢˇ	棧齴（高聳險峻）。齴齴（露ㄌㄡˋ出牙齒的樣子）。
【首】		
導	ㄉㄠˇ	引導。訓導。導火線。
*艏	ㄕㄡˇ	艗ㄧˋ艏（船的別稱。同「鷁ㄧˋ首」）。
道	ㄉㄠˋ	求道於盲（比喻向不懂的人請教。也作「問道於盲」）。盜亦有道。黃道吉日。道貌岸然。築室道謀（比喻人多嘴雜，很難有定論）。
首	ㄕㄡˇ	首肯。首飾。不堪回首。心折首肯（心裡佩服、稱讚）。白首如新（形容朋友相交甚久，卻仍不了解對方）。首丘之情（比喻懷念故鄉或死後歸葬之情）。首屈一指。首善之區。首鼠兩端（形容躊ㄔㄡˊ躇ㄔㄨˊ不前，猶豫不決的樣子）。進退首鼠（指拿不定主意，進退維谷）。
【眉】		
媚	ㄇㄟˋ	嫵ㄨˇ媚。千嬌百媚。甘言媚詞（甜美動聽的諂媚言語）。良辰媚景（同「良辰美景」）。春光明媚。崇洋媚外。煙視媚行（形容新娘微睜著看，慢步行走的姿態或指女子輕佻ㄊㄧㄠ放蕩的行徑）。

	國字	字音	語詞
	嵋	ㄇㄟˊ	峨嵋山（四川省山名。同「峨眉山」）。
	楣	ㄇㄟˊ	門楣（家庭的社會地位及聲譽）。倒楣。光耀門楣。自認倒楣。倒楣透頂。敗壞門楣（破壞家庭聲譽）。
	湄	ㄇㄟˊ	湄洲（福建省島名）。在水之湄（在河水的岸邊）。湄洲 媽祖。
	眉	ㄇㄟˊ	眉批。眉梢。眉壽（長壽）。眉頭ㄊㄡˊ。巾幗鬚眉（指具有男子氣概ㄍㄞˋ的女子）。以介眉壽（即延年益壽）。百齡眉壽（祝人長命百歲之詞）。眉目不清（比喻事情毫無頭緒）。眉目如畫（形容面貌端正美麗）。眉睫之禍（指當前的災禍）。眉頭不展。迫在眉睫。掃眉才子（比喻具有文學修養的女子）。紫芝眉宇（稱讚他人相貌的話）。遐不眉壽（怎ㄗㄣˇ麼不高壽）。燃眉之急。舉案齊眉（比喻夫妻相敬如賓，感情融洽）。
*	郿	ㄇㄟˊ	郿塢ㄨˋ（陝西省地名）。郿縣（陝西省縣名）。
	【耎】		
*	偄	ㄖㄨㄢˇ	偄弱（懦弱、軟弱）。
*	堧	ㄖㄨㄢˊ	河堧（黃河邊。同「河壖ㄖㄨㄢˊ」）。堧垣ㄩㄢˊ（宮外的短牆。同「壖垣」）。通「壖」。
*	愞	ㄖㄨㄢˇ	畏愞（怕事懦弱的樣子）。
*	渜	ㄋㄨㄢˇ	渜水（水名。即今內蒙古自治區的灤ㄌㄨㄢˊ河）。渜濯ㄓㄨㄛˊ（沐浴後剩下的水）。

	國字	字音	語詞
*	瑌	ㄖㄨㄢˇ	瑌石（像玉的美石）。瑌石武夫（皆為似玉的美石）。為「瓀ㄖㄨㄢˇ」的異體字。
*	緛	ㄖㄨㄢˇ	緛短（縮短）。
*	耎	ㄖㄨㄢˇ	惴ㄓㄨㄟˋ耎（蟲蠕ㄖㄨˊ動的樣子）。選耎（膽怯ㄑㄩㄝˋ軟弱）。惴耎之蟲（沒有腳的蟲）。
*	蝡	ㄖㄨㄢˇ	蝡蝡蟫ㄊㄢˊ蟫（蟲行動的樣子）。蠉ㄒㄩㄢ飛蝡動（蟲類飛翔爬動的樣子）。
*	陾	ㄖㄥˊ	陾陾（眾多的樣子）。
*	餪	ㄋㄨㄢˇ	餪女（宋代婚姻習俗。女嫁三天，娘家饋送食物問候）。
	【面】		
*	偭	ㄇㄧㄢˇ	偭規越矩（違背禮法）。
*	勔	ㄇㄧㄢˇ	勔釗ㄓㄠ（彼此勸勉）。
*	媔	ㄇㄧㄢˊ	媔然（眼睛美麗的樣子）。
		ㄇㄧㄢˇ	妒媔（嫉ㄐㄧˊ妒）。
	湎	ㄇㄧㄢˇ	沉湎（沉迷）。耽湎（同「沉湎」）。沉湎酒色。沉湎淫逸（生活糜爛，沉迷酒色而無節制）。
	緬	ㄇㄧㄢˇ	緬甸（國名）。緬梔ㄓ（植物名。又名雞蛋花）。緬想（遙想）。緬懷（同「緬想」）。緬懷先烈。
*	蝒	ㄇㄧㄢˊ	蟧ㄌㄠˊ蝒（蟬的一種。即馬蜩ㄊㄧㄠˊ）。

國字	字音	語詞
* 蠠	ㄇㄧˋ	蠠沒ㄇㄛˋ（勉勵、努力）。
面	ㄇㄧㄢˋ	面頰。耳提面命。見過世面。面面相覷ㄑㄩˋ。面授機宜。
靦	ㄇㄧㄢˇ	靦腆ㄊㄧㄢˇ（心中難為情而表現在臉上。同「腼ㄇㄧㄢˇ腆」）。「腼」為異體字。
	ㄊㄧㄢˇ	靦冒（厚著臉皮接受）。靦面（厚著臉皮）。靦然（慚愧臉紅的樣子）。靦愧（慚愧）。靦臉（同「靦面」）。靦顏（同「靦面」）。有靦瞢ㄇㄥˊ容（臉部慚愧的樣子）。靦冒恩私（厚著臉皮接受寵愛、恩惠）。靦然視息（同「靦顏借命」）。靦顏事仇（形容人不知羞恥，不能明辨是非）。靦顏借命（厚著臉皮，貪生怕死）。
麵	ㄇㄧㄢˋ	麵包。麵食。泡麵哲學（指速戰速決的處世態度和方法）。清湯掛麵（女子直而齊耳的短髮髮型）。「麪」為異體字。
【食】		
食	ㄕˊ	食言而肥。食指浩繁（家中需要撫養的人很多）。解衣推食（比喻慷慨的給人恩惠）。
	ㄙˋ	食母（乳母、奶媽）。簞食（形容生活貧困）。食以草具（供ㄍㄨㄥ給ㄐㄧˇ粗劣的食物）。推食ㄕˊ食我（把吃的食物給我吃）。簞食豆羹（指粗劣的食物）。簞食壺漿（指人民踴躍ㄩㄝˋ犒ㄎㄠˋ勞ㄌㄠˋ軍隊的熱情）。簞食瓢ㄆㄧㄠˊ飲（比喻人安貧樂道）。
	ㄧˋ	審食其ㄐㄧ（漢初沛縣人）。酈ㄌㄧˋ食其ㄐㄧ（秦末辯士）。

	國字	字音	語詞
*	飡	ㄙㄨㄣ	以錐飡壺（用錐代替筷子在壺裡取食）。通「飧」。
		ㄘㄢ	狼飡虎咽ㄧㄢ（形容吃東西又猛又急。同「狼吞虎嚥」）。「餐」的異體字。
	飧	ㄙㄨㄣ	盤飧（盤中的菜肴）。饔ㄩㄥ飧（指熟食）。盤中飧。易子而飧（形容天災人禍時，挨餓的慘狀）。風飧露ㄌㄨˋ宿（形容野外生活或行旅的艱苦）。朝饔夕飧（飲食之外，無所事事）。饔飧不繼（形容生活極為困頓）。「飱」為異體字。
	【狊】		
*	湨	ㄐㄩˊ	湨水（河南省水名）。湨梁（湨水上的堤岸）。
*	瞁	ㄒㄩˋ	瞁然失色（失色的樣子）。
	闃	ㄑㄩˋ	闃寂（安靜無聲）。闃然（寂靜無聲的樣子）。闃寂無聲。闃無人聲。
*	鶪	ㄐㄩˊ	鶪鳥（伯勞鳥）。
*	鼳	ㄐㄩˊ	鼳鼠（松鼠）。
	【拜】		
	拜	ㄅㄞˋ	拜訪。拜謁ㄧㄝ（拜見）。崇拜。拜碼頭ㄊㄡ。甘拜下風。望塵而拜（形容趨炎附勢，逢迎奉承的神態）。
	湃	ㄆㄞˋ	泙ㄆㄥ湃（水聲）。滂ㄆㄤ湃（雨勢極大的樣子）。澎ㄆㄥ湃。洶湧澎湃。浪濤ㄊㄠ澎湃（形容波ㄅㄛ濤洶湧，水面起伏激盪的樣子）。

	國字	字音	語詞
			【美】
	美	ㄇㄟˇ	美貌。如花美眷(指家中美麗的妻子)。美人胚ㄆㄟ子。美冠ㄍㄨㄢˋ一方。
	鎂	ㄇㄟˇ	鎂光燈(供攝影用的鎂光)。
			【弭】
	弭	ㄇㄧˇ	弭兵(停息戰爭)。弭患。弭亂(平定戰亂)。弭謗(止住誹謗的話)。消弭。弭患無形(不著ㄓㄨㄛˊ痕跡的排除禍患)。
*	麛	ㄇㄧˊ	麛夭(指幼獸)。麛卵(指尚未長大的鳥獸)。麛裘(用幼鹿皮做成的皮衣)。
			【苗】
	喵	ㄇㄧㄠ	喵喵(形容貓聲)。
	描	ㄇㄧㄠˊ	素描。描述。描繪。掃描器。輕描淡寫。
	瞄	ㄇㄧㄠˊ	瞄準。瞄了一眼。
	苗	ㄇㄧㄠˊ	禾苗。疫苗。苗條。互別苗頭ㄊㄡ˙。苗而不秀(比喻才質雖好但難有成就)。苗頭不對。
	貓	ㄇㄠ	三腳貓(比喻技藝不佳、不中ㄓㄨㄥˋ用的人)。貓頭鷹。貓哭耗子(假慈悲)。「猫」為異體字。
	錨	ㄇㄠˊ	起錨(指船隻啟航)。拋錨。鐵錨(穩定船身不使搖晃的鐵製大鉤子)。岩錨生鏽。
*	鶓	ㄇㄧㄠˊ	鴯ㄦˊ鶓(鳥類名。產於澳洲)。

國字	字音	語詞
		【皇】
毀	ㄏㄨㄟˇ	詆毀。毀謗。毀壞。求全之毀（為求完美，卻招來毀謗）。哀毀骨立（形容因服親喪過於悲痛，以致身形消瘦）。眾毀所歸（形容為眾人所不齒）。毀於一旦。毀譽參半。毀鐘為鐸ㄉㄨㄛˊ（比喻愚昧的行為）。積毀銷骨（形容流言可畏）。
隉	ㄋㄧㄝˋ	杌ㄨˋ隉（形容危險不安的樣子。同「阢ㄨˋ隉」「卼ㄨˋ臲ㄋㄧㄝˋ」）。杌隉不安。
燬	ㄏㄨㄟˇ	銷燬（同「銷毀」）。燒燬（同「燒毀」）。
		【柬】
揀	ㄐㄧㄢˇ	揀擇。揀選。披沙揀金（去蕪存菁ㄐㄧㄥ，比喻精選。同「披沙簡金」）。挑三揀四。
柬	ㄐㄧㄢˇ	柬帖。請柬。
楝	ㄌㄧㄢˋ	楝樹。
* 湅	ㄌㄧㄢˋ	湅絲（煮生絲使成熟絲）。
煉	ㄌㄧㄢˋ	提煉。煉乳。煉鋼。煉油廠。煉鋼廠。人間煉獄（人間遭受苦難的地方）。九煉成鋼（比喻歷經不斷磨練，終成大器）。土法煉鋼。煉石補天。
練	ㄌㄧㄢˋ	老練。練土（陶器製作的過程之一）。練習。磨練（同「磨鍊」）。人情練達。白練橫飛。光說不練。老成練達（老練穩重、通曉事理）。澄江如練（形容江水像潔白的生絲一般的澄澈）。歷練之才（見識廣博、經驗豐富的人）。歷練老成（閱歷豐富，人情世故通達）。

	國字	字音	語詞
*	萰	ㄌㄧㄢˋ	芊萰（翠綠而茂盛的樣子）。
	諫	ㄐㄧㄢˋ	諫諍（直言規諫在上位的人）。勸諫。犯顏苦諫（冒犯君主或尊長而竭力規諫）。拒諫飾非（不但不能接受他人善意的規勸，反而竭力掩蓋其過失）。直言極諫（用正直的話極力規勸）。納諫如流（虛心接受勸諫的話，從善如流）。從諫如流（同「納諫如流」）。遂事不諫（已成的事，不能再加以諫阻）。
	鍊	ㄌㄧㄢˋ	磨鍊。鍛鍊。百鍊鋼（比喻意志堅強）。千錘百鍊。百鍊成鋼。肘手鍊足（用鐵鍊拷ㄎㄠˋ住人犯的手腳，限制其行動）。
	【品】		
	品	ㄆㄧㄣˇ	舶來品。品竹彈ㄊㄢˊ絲（吹彈樂器。竹，簫、笛等管樂器；絲，弦ㄒㄧㄢˊ樂器）。品頭論足。
*	嵒	ㄧㄢˊ	岑ㄘㄣˊ嵒（高聳險峻）。
	癌	ㄞˊ	乳癌。胃癌。癌症。致癌物。癌末病患。
*	喦	ㄧㄢˊ	民喦（民眾中存在許多不同的意見、主張）。嶄ㄔㄢˊ喦（積石高峻的樣子）。
	【韭】		
	瀣	ㄒㄧㄝˋ	沆ㄏㄤˋ瀣（夜間的露氣）。沆瀣一氣（彼此志氣相投合。多用於貶義）。
	韮	ㄐㄧㄡˇ	韮菜。為「韭」的異體字。
	薤	ㄒㄧㄝˋ	薤露ㄌㄨˋ（古時輓歌名）。

國字	字音	語　　詞
虀	ㄐㄧ	虀臼（用來搗碎薑蒜等辛辣食物的石臼）。虀鹽（形容非常貧困）。朝虀暮鹽（形容生活窮困）。漏虀搭菜（比喻做事拖泥帶水）。斷虀畫粥ㄓㄡ（形容不怕艱難，勤學苦讀。同「斷齏ㄐㄧ畫粥」）。通「齏」。
韭	ㄐㄧㄡˇ	韭菜。冒雨剪韭（友情深厚）。「韮」為異體字。
*韰	ㄒㄧㄝˋ	韰果（果敢）。
【相】		
廂	ㄒㄧㄤ	包廂。車廂。一廂情願。兩廂情願。
孀	ㄕㄨㄤ	遺孀。孀妻（寡婦）。孀婦（同「孀妻」）。
想	ㄒㄧㄤˇ	幻想。突發奇想。想當然耳。痴心妄想。
湘	ㄒㄧㄤ	湘江（湖南省河川名）。
相	ㄒㄧㄤ	相撲。藺相如。司馬相如。相如病渴（罹ㄌㄧˊ患糖尿病的代稱）。相如歸璧。相親相愛。
	ㄒㄧㄤˋ	丞相。吃相。相貌。相機。相親。福相。出將ㄐㄧㄤˋ入相。相女配夫（女兒婚配前，先審視對方才貌家世等條件是否相稱ㄔㄣˋ）。相夫教子。相機行事。真相大白。
箱	ㄒㄧㄤ	信箱。箱底功夫（指最拿手的本事）。
緗	ㄒㄧㄤ	緗帙ㄓˋ（指書籍）。縹ㄆㄧㄠˇ緗（比喻為珍貴的書籍）。縑ㄐㄧㄢ緗黃卷ㄐㄩㄢˋ（指書冊）。

	國字	字音	語詞
	霜	ㄕㄨㄤ	冷若冰霜。雪上加霜。琨玉秋霜（比喻品格高潔，言行ㄒㄧㄥˋ謹慎）。飽經風霜。蜜餞砒ㄆㄧ霜（比喻說話親切卻居心狠毒）。霜舂ㄔㄨㄥ雨薪（形容辛苦操作）。霜露ㄌㄨˋ之思（對父母的哀思）。
	【奏】		
	奏	ㄗㄡˋ	奏效。奏疏ㄕㄨˋ（古代臣子向君王進奏的文書）。間ㄐㄧㄢˋ奏曲。曲ㄑㄩˇ終奏雅（比喻結局很精采）。我軍奏捷。計日奏功（形容不久即可成功）。
	揍	ㄗㄡˋ	挨揍。
	湊	ㄘㄡˋ	拼湊。湊巧。湊錢。湊熱鬧。人煙湊集（人口密集，居民眾多）。東拼西湊。湊在一起。
*	腠	ㄘㄡˋ	腠理（肌肉的紋路）。
	輳	ㄘㄡˋ	人煙輻輳（同「人煙湊集」）。天緣輻輳（天意促成美好的姻緣）。車馬輻輳（形容車馬眾多，極為擁ㄩㄥ擠的樣子）。
	【哀】		
*	偯	ㄧˇ	三曲ㄑㄩ而偯（哭時一波ㄅㄛ三折，而且有餘音）。
	哀	ㄞ	哀悼ㄉㄠˋ。哀慟ㄊㄨㄥˋ。節哀順變。獨弦ㄒㄧㄢˊ哀歌（諷ㄈㄥˋ刺故意表現不同流俗，以沽名釣譽）。
	【要】		
*	偠	ㄧㄠˇ	偠紹（容貌、體態美好的樣子）。

	國字	字音	語　　詞
*	喓	ㄧㄠ	喓喝ㄏㄜˋ（大聲呼喝。同「吆喝」）。喓五喝六（同「吆五喝六」）。喓喓草蟲（草蟲鳴叫著）。
	腰	ㄧㄠ	哈腰（彎腰）。自掏腰包。折腰升斗（比喻因做官而遭受羞辱）。虎背熊腰。
*	葽	ㄧㄠ	葽繞（植物名。遠志的別名）。
	要	ㄧㄠˋ	要職。需要。官居要津（指擔任重要的官職）。要言不煩（言辭簡短而切要）。達官顯要。
		ㄧㄠ	要功（求取功勞。同「邀功」）。要求。要服（古代五服之一）。要約（契約）。要挾ㄒㄧㄚˊ。要脅。要盟（用威勢脅迫對方訂盟）。要擊（半路攔阻襲擊）。<u>要離</u>（人名。<u>春秋</u> <u>吳</u>人）。要約人（法律上指雙方當事人中，先表達締約意思者）。久要不忘（不忘舊約或老朋友）。曲ㄑㄩ要磬ㄑㄧㄥˋ折（屈身如磬，表示恭敬）。要寵召ㄓㄠˋ禍（冀求寵愛卻招致禍害）。詘ㄑㄩ要撓膕ㄍㄨㄛˊ（彎著腰部和膝蓋）。
*	騕	ㄧㄠˇ	騕褭ㄋㄧㄠˇ（古駿馬名）。

【盈】

	國字	字音	語　　詞
*	戤	ㄍㄞˋ	戤牌（商人冒用他人的商標或品牌）。影戤（同「戤牌」）。
	楹	ㄧㄥˊ	門楹（門框ㄎㄨㄤ）。奠楹（死亡）。楹聯（懸掛在門旁或柱子上的對聯）。丹楹刻ㄎㄜˋ桷ㄐㄩㄝˊ（形容建築物的壯麗美觀）。奠楹之夢（比喻人之將死）。

國字	字音	語詞
盈	ㄧㄥˊ	盈利（賺錢。同「贏利」）。盈餘（同「贏餘」）。盈虧。豐盈。引之盈貫（把弓拉滿）。月盈則虧（同「盛極必衰」）。自負盈虧。持盈守成（處於極富貴時，能保住既有的成就）。持盈保泰（處在高位時而能守住既有的事業）。持滿戒盈（比喻居高位而能隨時警戒自己不驕矜自滿）。盈千累ㄌㄟˇ萬（形容數量眾多）。盈車嘉穗（比喻豐收。同「盈車嘉穟ㄙㄨㄟˋ」）。盈盈秋水（形容女子眼眶ㄎㄨㄤ充滿淚水的眼神）。盈篇累ㄌㄟˇ牘ㄉㄨˊ（形容篇幅過多，文詞冗長。同「連篇累牘」）。笑聲盈耳。殺人盈野。惡貫滿盈。款步盈盈。量小易盈（形容人度量狹小，因此容易自滿）。賓客盈門。賓客盈庭（形容客人眾多）。體態輕盈。
【契】		
*偰	ㄒㄧㄝˋ	商偰（殷的始祖。同「商契ㄒㄧㄝˋ」）。
喫	ㄔ	大喫一驚（同「大吃一驚」）。省喫儉用（同「省吃儉用」）。通「吃」。
契	ㄑㄧˋ	投契（情意相合）。契合。契約。契機。契闊（分離，相隔）。賣身契。合契若神（事情預測極準，如同鬼神般靈驗）。同符ㄈㄨˊ合契（比喻完全相符合）。同窗契友。死生契闊（指生死離合）。契舟求劍（比喻拘泥ㄋㄧˋ固執，不知變通。同「刻舟求劍」）。契若金蘭（形容朋友情意相投，像兄弟一般）。契臂ㄅㄧˋ以盟（雙方用刀刻ㄎㄜˋ臂ㄅㄧˋ出血盟誓）。
	ㄒㄧㄝˋ	商契（殷的始祖。同「商偰」）。

	國字	字音	語　　詞
*	揳	ㄒㄧㄝ	揣ㄔㄨㄞˇ長揳大（絜ㄒㄧㄝˊ度ㄉㄨㄛˋ長短、大小）。
	楔	ㄒㄧㄝ	楔子（古典小說前的序文）。抽丁拔楔（比喻排除困難）。楔形文字。
*	猰	ㄧㄚˋ	猰犬（瘋狗）。猰貐ㄩˇ（神話中的獸名。比喻凶惡的人）。猰貐ㄩˇ（同「猰貐」）。
*	瘈	ㄐㄧˋ	瘈狗（瘋狗。同「猰ㄧㄚˋ犬」）。
		ㄑㄧˋ	瘈瘲ㄗㄨㄥˋ（驚風。病狀為手足痙ㄐㄧㄥˋ攣ㄌㄨㄢˊ，不停搐動）。
	禊	ㄒㄧˋ	春禊（古人於春季臨水洗濯ㄓㄨㄛˊ，祓ㄈㄨˊ除不祥的習俗）。修禊（古時一種洗除不潔的節日）。禊帖（即王羲之的蘭亭帖）。
*	窫	ㄧㄚˋ	窫貐ㄩˇ（同「猰ㄧㄚˋ貐」）。
	鍥	ㄑㄧㄝˋ	鍥而不舍ㄕㄜˇ（比喻努力不懈，堅持到最後）。

【亟】

	國字	字音	語　　詞
	亟	ㄐㄧˊ	亟待（急切等待）。亟欲（極希望）。亟待救援。需才孔亟（非常需要人才）。需款孔亟。
		ㄑㄧˋ	亟來請教（屢次來請教）。往來頻亟。
	極	ㄐㄧˊ	極刑（即死刑）。極品。兩極化。位極人臣（居人臣中最高的官位）。看法兩極。紅極一時。登峰造極。極目千里（窮盡目力眺望遠方）。極樂世界。極權國家。樂不可極（不可過分享樂）。樂極生悲。靜極思動。

國字	字音	語詞
殛	ㄐㄧˊ	雷殛（被雷電擊死）。誅殛滅絕（誅殺而使消滅淨盡。同「一網打盡」）。
【亲】		
*嚫	ㄔㄣˋ	嚫施（布施僧(ㄙㄥ)尼財物）。嚫錢（請僧尼或道士作法事的經懺錢）。
新	ㄒㄧㄣ	履新（官員接任新職）。文君新寡（指丈夫死後不久，剛守寡的婦女）。白頭如新（形容朋友相交已久，彼此仍不了解）。喜新厭舊。
櫬	ㄔㄣˋ	靈櫬（同「靈柩(ㄐㄧㄡˋ)」）。面縛輿(ㄩˊ)櫬（表示投降並自願遭受刑罰）。
薪	ㄒㄧㄣ	薪俸。反裘負薪（形容貧困勞苦）。曲(ㄑㄩ)突徙薪（比喻預先採取措施，以防止事情發生）。米珠薪桂。披裘負薪（比喻貧困隱居）。抱薪救火（比喻處(ㄔㄨˇ)理的方法錯誤）。抽薪止沸（比喻從根本上解決問題）。杯水車(ㄔㄜ)薪。臥薪嘗膽。采薪之憂（生病的委婉之辭）。負薪之疾（身體有病的謙詞）。食辨勞薪（形容見識卓越出色）。釜底抽薪。積薪厝(ㄘㄨㄛˋ)火（比喻情勢危急可怕，隱藏無窮的禍患）。薪水之勞（比喻工作辛苦）。薪火相傳。薪盡火傳（同「薪火相傳）。
襯	ㄔㄣˋ	陪襯。幫襯（幫助、贊助）。襯托。襯衫。齋襯錢（做齋事、佛事時施予和尚的錢。同「嚫錢」）。言不幫襯（話亂說，不得體）。
親	ㄑㄧㄣ	親炙（親承教誨(ㄏㄨㄟˋ)）。親戚(ㄑㄧ)。天道無親（天意公正、不偏袒）。白雲親舍（比喻客居思念雙親）。
	ㄑㄧㄥˋ	親家。親家公。親家母。

	國字	字音	語詞
			【臿】
*	喢	ㄕㄚˋ	喢血(古代盟誓時，用牲血塗在嘴邊。同「歃ㄕㄚˇ血」)。
	插	ㄔㄚ	安插。插手。插曲。插花。插秧。插隊。見縫ㄈㄥˊ插針。「挿」為異體字。
	歃	ㄕㄚˋ	歃血為盟(古代盟誓時，用牲血塗在嘴邊，表示信守不渝)。
*	臿	ㄔㄚ	耒ㄌㄟˇ臿(皆農具名)。雜臿其間(參雜其間)。
*	鍤	ㄔㄚˊ	畚鍤(挖運泥土的器具)。荷ㄏㄜˋ鍤(肩荷ㄏㄜˋ著鍬ㄑㄧㄠ)。
	十畫【倉】		
	傖	ㄘㄤ	傖父ㄈㄨˇ(品格卑賤的人)。傖俗(粗鄙ㄅㄧˇ、庸俗)。寒傖(窮困、寒酸的樣子。含有鄙視的意思)。寒傖相。傖夫俗人(粗鄙庸俗的人)。
	倉	ㄘㄤ	倉卒ㄘㄨˋ。倉頡ㄐㄧㄝˊ。太倉稊ㄊㄧˊ米(比喻極為渺小)。倉皇失措。
*	凔	ㄔㄨㄤˋ	凔熱(寒熱)。疾養凔熱(痛癢寒熱)。凔凔涼涼(寒冷的樣子)。
	創	ㄔㄨㄤˋ	創舉。開創。獨創一格。
		ㄔㄨㄤ	受創。重創。創口。創夷(同「瘡痍」)。創痕。創傷。裹創(包紮ㄓㄚ受傷的傷口)。刀創藥。百孔千創(同「百孔千瘡」)。哀矜懲ㄔㄥˊ創(施以刑罰，仍有哀憐體恤的心)。重創敵人。清創手術。創殘餓羸ㄌㄟˊ(指老弱殘兵)。創鉅痛深(比喻遭受極大的傷痛。也作「創巨痛深」)。
	嗆	ㄑㄧㄤˋ	嗆鼻。

	國字	字音	語詞
	愴	ㄔㄨㄤˋ	悽愴。悲愴。愴天呼地（形容哀痛欲絕。同「呼天搶(ㄑㄧㄤ)地」）。愴然涕下。
*	戧	ㄑㄧㄤˋ	戧金（先在器物上刻(ㄎㄜˋ)出圖案或花紋，然後在刻痕中填滿金色）。戧柱（屋角支撐的柱子）。央央戧戧（衰頹而勉強(ㄑㄧㄤˇ)支撐）。
	搶	ㄑㄧㄤˇ	搶劫。搶奪。搶手貨。
		ㄑㄧㄤ	搶地（以頭碰觸地面）。搶風（逆風）。呼天搶地（形容極度的哀痛）。
	槍	ㄑㄧㄤ	老菸槍。刀槍不入。荷(ㄏㄜˋ)槍實彈。單槍匹馬。
		ㄔㄥ	欃(ㄔㄢˊ)槍（彗星的別名）。
	滄	ㄘㄤ	滄桑。滄海（大海）。珠沉滄海（比喻人才埋沒，不被人知道）。滄桑之變（同「滄海桑田」）。滄海一粟。滄海桑田（比喻世事無常，變化快速）。滄海微塵（比喻渺小）。滄海橫(ㄏㄥˋ)流（比喻世事紛亂，動盪不安）。滄海遺珠（比喻被埋沒的人才或珍貴的事物）。歷盡滄桑。
*	牄	ㄑㄧㄤ	牄牄（形容鳥獸覓食的聲音）。
*	獊	ㄔㄨㄤˋ	悲獊（悲傷悽愴。同「悲愴」）。通「愴」。
*	瑲	ㄑㄧㄤ	瑲瑲（形容音樂聲）。管磬(ㄑㄧㄥˋ)瑲瑲。
	瘡	ㄔㄨㄤ	瘡疤。揭瘡疤。千瘡百孔。剜(ㄨㄢ)肉醫瘡。滿目瘡痍。瘡疥之疾（比喻小禍患）。紅斑性狼瘡。
	艙	ㄘㄤ	客艙。船艙。太空艙。指揮艙。頭等艙。

	國字	字音	語詞
	蒼	ㄘㄤ	蒼天。蒼生。蒼白。蒼老。蒼勁。蒼翠。白雲蒼狗(比喻世事變幻不定)。白髮蒼蒼。白髮蒼顏(形容老人的面貌)。蒼山翠谷。<u>蒼吾</u>讓兄(比喻不必要的過分禮讓)。蒼松翠柏。暮色蒼茫。霖雨蒼生(比喻恩澤廣被於百姓)。
*	謒	ㄑㄧㄤ	謒白(罵)。謒謒(生氣)。
	蹌	ㄑㄧㄤ ㄑㄧㄤˋ	趨蹌(快步行走)。蹌捍(馬奔馳的樣子)。巧趨蹌兮(走路從容不迫喲)。 踉ㄌㄧㄤˋ蹌(走路搖晃不穩的樣子)。踉踉蹌蹌。躋ㄐㄧ躋蹌蹌(走路有節奏的樣子。亦指人數眾多)。
	鎗	ㄑㄧㄤ ㄔㄥ	手鎗(同「手槍」)。刀鎗劍戟ㄐㄧˇ。臨陣磨鎗。通「槍」。 酒鎗(一種三足的溫酒器。同「酒鐺ㄔㄥ」)。鎗底飯(鍋底焦飯,即鍋巴。同「鐺底飯」)。鎗然有聲(敲擊金屬樂器的響聲)。鎗然擊金。
*	鶬	ㄘㄤ	鶬鴰ㄍㄨㄚ(白頂鶴的別名)。鶬鶊ㄍㄥ(黃鶯的別名)。
	【旁】		
	傍	ㄅㄤˋ ㄅㄤ ㄆㄤˊ	依傍。倚傍。偎ㄨㄟ傍。依山傍水。傍人門戶。傍人籬壁(比喻依靠他人)。輕偎低傍(形容感情親密的樣子)。 傍午。傍亮。傍晚。傍黑(同「傍晚」)。 作舍道傍(比喻眾說紛紜,事情難以成功)。珠玉在傍(比喻身旁的人儀態華貴,才識卓絕超群)。傍若無人。道傍苦李(被人拋棄)。道傍築室(比喻事情無法成功)。通「旁」。

	國字	字音	語詞
*	嗙	ㄆㄤˇ	吹嗙（自誇、自詡ㄒㄩˇ）。開嗙（誇耀、吹牛）。胡吹亂嗙（自誇、吹牛）。開嗙自炫。
	徬	ㄆㄤˊ	徬徨。徬徨歧路。
		ㄅㄤˋ	牽徬（在車轅外輓牛）。通「傍ㄅㄤˋ」。
*	搒	ㄅㄥˋ	搒掠（鞭笞ㄔ拷問）。搒笞（鞭打）。搒檠ㄑㄧㄥˊ（矯正弓弩ㄋㄨˇ的工具）。通「榜ㄅㄥˋ」。
		ㄅㄤˇ	摽ㄅㄧㄠ搒（同「標榜」）。通「榜」。
	旁	ㄆㄤˊ	旁礴（同「磅ㄆㄤ礴」）。心無旁騖。責無旁貸。
		ㄅㄤˋ	旁午（縱ㄗㄨㄥˋ橫交錯的樣子）。旁緣（依附）。依山旁水（同「依山傍水」）。軍事旁午（比喻軍中事物繁雜）。通「傍ㄅㄤˋ」。
	榜	ㄅㄤˇ	榜首。金榜題名。榜上無名。
		ㄅㄥˋ	榜人（船夫）。榜女（船家的女兒）。榜舟（使船前進）。榜掠（鞭笞ㄔ）。榜笞（鞭打）。榜楚（同「榜笞」）。榜歌（船夫所唱的歌）。榜箠（同「榜笞」）。
	滂	ㄆㄤ	滂沱。滂澤（比喻恩澤）。胡吹亂滂（胡說八道，胡亂瞎說）。涕泗滂沱（形容哭得非常傷心）。滂沱大雨。
	牓	ㄅㄤˇ	門牓（懸示在門上的通告）。牓帖（考試及第榜上的名單）。標牓（表揚、稱讚）。通「榜」。

	國字	字音	語詞
	磅	ㄅㄤˋ	地磅。過磅。磅秤。
		ㄆㄤ	磅硠ㄌㄤˊ（鼓聲）。磅礴（廣大充塞ㄙㄜˋ的樣子）。氣勢磅礴。
*	篣	ㄆㄤˊ	篣竹（百葉竹）。篣楚（鞭笞ㄔ扑打）。篣婦公（比喻誣ㄨ陷。同「撾ㄓㄨㄚ婦翁」）。
*	耪	ㄆㄤˇ	耪地（在田地上除草培土）。
	膀	ㄅㄤˇ	肩膀。翅膀。臂ㄅㄧˋ膀。光膀子（露ㄌㄨˋ出臂膀）。
		ㄆㄤˊ	膀胱。
		ㄆㄤ	膀腫（肌肉浮腫）。奶膀子（乳房周圍的部分）。
		ㄅㄤˋ	吊膀子（俗稱男女眉目傳情，互相引誘）。
*	艕	ㄅㄤˋ	艕舟（兩艘小船合併來載人）。
	蒡	ㄅㄤˋ	牛蒡（植物名）。牛蒡茶。
	螃	ㄆㄤˊ	螃蟹。螃蟹過河（七手八腳）。
	謗	ㄅㄤˋ	毀謗。誹謗。心謗腹非（嘴巴不說，心裡卻反對、責罵）。名高引謗（名聲太大，容易引起他人的嫉ㄐㄧˊ妒和毀謗。同「樹大招風」）。造謗生事（捏造毀謗，惹是生非）。
	鎊	ㄅㄤˋ	英鎊。
	髈	ㄆㄤˇ	蹄髈（豬後肢的上半部）。紅燒蹄髈。

國字	字音	語　　詞
【尃】		
傅	ㄈㄨˋ	師傅。傅說ㄩㄝˋ(殷高宗時賢相)。一傅眾咻(比喻環境對人的影響很大)。如虎傅翼(同「如虎添翼」)。傅說版築(比喻有才德的人總有機會成功立業)。
	ㄈㄨ	傅粉(在臉上抹粉)。傅納(陳述意見，欲令國君採納)。傅粉郎(美男子)。施丹傅粉(比喻修飾妝扮。同「傅粉施朱」)。面如傅粉(形容人長得眉清目秀)。傅粉何郎(同「傅粉郎」)。傅粉施朱(比喻修飾妝扮)。通「敷」。
博	ㄅㄛˊ	博士。博取。賭博。博覽會。仁言利博(有德者的言論，能使大眾受到好處)。米鹽博辯(比喻議論廣泛細雜)。地大物博。風流博浪(指人放蕩不羈)。旁徵博引。高冠ㄍㄨㄢ博帶(為舊時儒生的裝扮)。博大精深。博文約禮(廣博的鑽研典籍，並依禮來約束行為)。博古通今。博而不精。博君一笑。博取同情。博施濟眾(廣施德澤，救助眾人)。博聞強ㄑㄧㄤˇ記。博學洽聞(學問淵博，見識深廣)。博覽古今。褒衣博帶(古代儒生的服飾)。
搏	ㄅㄛˊ	脈ㄇㄞˋ搏。搏鬥。搏動。搏擊。肉搏戰。以小搏大。放手一搏。捉風搏影(比喻變化不定，不能預期)。搏手無策(同「束手無策」)。搏命演出。搏香弄粉(指化妝)。獅子搏兔(比喻對小事情也會全心全力去做)。彈箏搏髀ㄅㄧˋ(彈著古箏，拍擊大腿)。螳螂搏蟬(同「螳螂捕蟬」)。
* 榑	ㄈㄨˊ	榑木(即扶桑)。榑桑(傳說中的神木)。

國字	字音	語詞
*欂	ㄅㄛˊ	欂櫨ㄌㄨˊ(柱上承梁的短木。也稱為「斗栱ㄍㄨㄥˇ」)。
溥	ㄆㄨˇ	溥儀(清末代皇帝)。溥天之下(同「普天之下」)。溥天同慶(同「普天同慶」)。獲利甚溥(獲利甚多)。通「普」。
	ㄈㄨ	溥之而橫乎四海(普及起來就會遍ㄅㄧㄢˋ及天下各處)。通「敷」。
礴	ㄅㄛˊ	磅ㄆㄤˊ礴。氣勢磅礴。
簿	ㄅㄨˋ	簿本。簿冊。作業簿。對簿公堂。
	ㄅㄛˊ	蠶簿(用竹篾ㄇㄧㄝˋ或蘆葦編成的養蠶器具。同「蠶箔」)。通「箔」。
縛	ㄈㄨˊ	束縛。吐絲自縛(比喻為自作ㄗㄨㄛˋ自受)。作繭自縛。束手就縛。泥首面縛(叩頭觸地,手縛在背。比喻戰敗投降、請罪)。面縛銜璧(同「泥首面縛」)。俯首就縛(低頭投降)。縛雞之力(形容力量很小)。
髆	ㄅㄛˊ	赤髆。胳ㄍㄜ髆。打赤髆。赤髆上陣。
*蒪	ㄆㄛˋ	蒪苴ㄐㄩ(植物名。蘘ㄖㄤˊ荷的別名)。
薄	ㄅㄛˊ	單薄。薄弱。薄紙。薄餅。日薄西山(指人年老體衰,臨近死亡)。兵薄城下。厚此薄彼。高義薄雲(比喻節操義行ㄒㄧㄥˋ極為崇高)。臨淵履薄(比喻做事戰戰兢ㄐㄧㄥ兢,小心謹慎)。薄利多銷。薄具菲ㄈㄟˇ酌。薄海同仇(比喻群情激憤到了極點)。薄物細故(微小的事故)。薄海騰歡。
	ㄅㄛˋ	薄荷ㄏㄜ˙。薄荷油。薄荷精。

	國字	字音	語詞
	賻	ㄈㄨˋ	賻儀（慰問喪ㄙㄤ家的錢）。賻賵ㄈㄥˋ（送給喪家助喪的財物）。賻贈（贈送財物幫助喪家辦理喪事）。
*	鎛	ㄅㄛˊ	錢ㄐㄧㄢˇ鎛（鋤地的農具）。齊侯鎛鐘（周代鐘名）。
*	髆	ㄅㄛˊ	肩髆（肩胛ㄐㄧㄚˇ骨）。
	【奚】		
*	傒	ㄒㄧ	傒落（嘲笑。同「奚落」）。
	奚	ㄒㄧ	奚落。祁奚舉午（比喻薦舉人才，重在才德，不刻意迴避親人）。
*	榽	ㄒㄧˊ	榽橀ㄒㄧ（木名。似檀）。
	溪	ㄒㄧ	溪谷。溪澗ㄐㄧㄢˋ。
*	螇	ㄒㄧ	螇蚸ㄌㄧˋ（即蟿ㄑㄧˋ螽ㄓㄨㄥ）。
*	謑	ㄒㄧˋ	謑詬ㄍㄡˋ（恥辱）。謑落（嘲笑。同「奚落」）。謑髁ㄎㄜ（不正的樣子）。
	谿	ㄒㄧ	勃谿（家人爭吵）。婦姑勃谿（比喻為不重要要的小事爭吵）。欲深谿壑（形容欲望無窮，永遠難以滿足）。「豀」為異體字。
	蹊	ㄒㄧ	蹊徑。蹊蹺ㄑㄧㄠ。鼠蹊部（腹部與大腿連接處。也稱為「腹股溝」）。另闢蹊徑。委肉虎蹊（比喻處境極為危險）。桃李成蹊（比喻真誠待人，別人就會受到感動）。蹊田奪牛（比喻處罰過重）。蹺蹊作怪（奇怪，違背常理）。
	雞	ㄐㄧ	鐵公雞。陶犬瓦雞（陶製的犬，瓦製的雞。比喻無用的東西）。「鷄」為異體字。

國字	字音	語詞
*鞵	ㄒㄧㄝˊ	芒鞵（草鞋）。為「鞋」的異體字。
*鼷	ㄒㄧ	鼷鼠（一種家鼠）。膽若鼷鼠（形容膽量很小）。
【鬼】		
傀	ㄎㄨㄟˇ	傀儡ㄌㄟˇ。傀儡戲。傀儡政權。
	ㄍㄨㄟ	大傀（大災害）。倭ㄨㄛ傀（古代的醜女）。傀奇（怪異）。傀偉（奇特雄壯的樣子）。傀然（高壯魁梧ㄨˊ的樣子）。
塊	ㄎㄨㄞˋ	石塊。消波ㄅㄛ塊。大塊文章。塊然獨處（形容人孤獨的樣子）。
*媿	ㄔㄡˇ	媿女（同「醜女」）。通「醜」。
	ㄎㄨㄟˋ	「愧」之異體字。
嵬	ㄨㄟˊ	崔嵬（山高而陡的樣子）。嵬峨ㄜˊ（高大聳立的樣子。同「巍ㄨㄟˊ峨」）。馬嵬坡。嵬目鴻耳（形容眼界寬闊）。嵬然不動（穩若泰山，屹ㄧˋ立不搖的樣子。同「巍然不動」）。
巍	ㄨㄟˊ	巍峨。顫巍巍（顫動搖曳的樣子）。巍然屹ㄧˋ立（高聳雄偉，直立不搖的樣子）。
*廆	ㄍㄨㄟ	慕容廆（晉時前燕主）。
愧	ㄎㄨㄟˋ	羞愧。愧怍。愧疚。慚愧。不愧屋漏（比喻處世光明磊落）。受之有愧。俯仰無愧。問心有愧。愧不敢當。「媿」為異體字。

	國字	字音	語詞
	槐	ㄏㄨㄞˊ	槐月（陰曆四月）。槐樹。槐安夢（比喻人生富貴如夢般無常。同「南柯夢」）。三槐九棘（比喻三公九卿）。指桑罵槐。螞蟻緣槐（比喻反對勢力雖薄弱，卻自以為天下無敵）。
*	溾	ㄨㄟ	溾水（湖北省水名）。
*	犩	ㄨㄟˊ	犩牛（牛名。即犪ㄎㄨㄟˊ牛）。
	瑰	ㄍㄨㄟ	玫瑰ㄍㄨㄟ˙。瑰麗。瑰寶（稀有珍貴的寶物）。奇文瑰句（泛指好文章）。國之瑰寶。瑰意琦行（思想行獨特，與眾不同）。
*	瘣	ㄏㄨㄟˋ	崴瘣（高峻的樣子）。魁瘣（樹木叢生，根節盤結）。瘣隤ㄊㄨㄟˊ（生病。同「虺ㄏㄨㄟˇ隤」）。
*	磈	ㄎㄨㄟˇ	崴磈（山勢高峻的樣子）。磊磈（比喻心中積鬱難平。同「壘塊」）。
	蒐	ㄙㄡ	蒐集。蒐購。蒐證。蒐羅（蒐集網羅）。拍照蒐證。春蒐夏苗（於春夏兩季打獵）。蒐羅匪易（不易蒐集網羅）。
*	褢	ㄏㄨㄞˊ	猾褢（傳說中的野獸名）。褢誠秉忠（懷抱著忠誠之心）。通「懷」。
	醜	ㄔㄡˇ	醜化。醜陋。獻醜。醜小鴨。比物醜類（以同類的事物相比方，則學易成）。出乖露醜（在眾人面前丟臉出醜）。地醜德齊（形容彼此的條件相同）。家醜外揚。摧堅獲醜（擊敗強敵，擄獲敵兵）。醜態百出。醜態畢露ㄌㄨˋ。
	餽	ㄎㄨㄟˋ	餽贈（同「饋贈」）。通「饋」。

	國字	字音	語　　詞
*	騩	ㄍㄨㄟ	騩山（山名）。
	鬼	ㄍㄨㄟˇ	冒失鬼。鬼迷心竅。鬼鬼祟ㄙㄨㄟˋ祟。魔鬼身材。
	魂	ㄏㄨㄣˊ	勾魂攝魄（具有吸引人的魅力，使人著ㄓㄠˊ迷）。神魂顛倒。魂不附體。魂飛魄散。靈魂之窗。
	魄	ㄆㄛˋ	天奪之魄（比喻人將死亡）。失神落魄（精神恍惚或受到極大驚恐的樣子）。失魂落魄（同「失神落魄」）。動人心魄。喪ㄙㄤˋ魂落魄（形容極為恐懼害怕）。懾ㄓㄜˊ人心魄（令人心神驚懼）。
		ㄊㄨㄛˋ	落魄（窮困潦倒而不得志）。醉落魄（詞牌名）。失意落魄。家貧落魄。寒酸落魄（形容不得志時窮困潦倒的樣子）。落魄不堪。落魄不羈（性情狂放，不受拘束的樣子）。落魄江湖（為生活所逼而四處流浪）。窮途落魄。
	隗	ㄨㄟˇ	隗囂（東漢人名）。先從隗始（比喻網羅人才，先暫時起用能力低劣的人）。請自隗始（比喻自告奮勇，自願起帶頭作用）。
	【豈】		
	凱	ㄎㄞˇ	凱旋。凱撒ㄙㄚˇ。奏凱歌（比喻獲得勝利）。奏凱而歸（勝利歸來）。凱弟ㄊㄧˋ君子（和樂平易的有德君子。同「愷ㄎㄞˇ悌君子」）。
	剴	ㄎㄞˇ	剴切（切ㄑㄧㄝˋ中ㄓㄨㄥˋ事理）。剴切陳詞。
*	塏	ㄎㄞˇ	爽塏（高爽乾燥的地方）。塏塏（枯乾的樣子）。
	愷	ㄎㄞˇ	愷悌（和樂平易）。愷歌（同「凱歌」）。愷悌君子（和樂平易的有德君子）。

	國字	字音	語詞
*	敳	ㄞˊ	敳氏（姓）。
*	榿	ㄑㄧ	榿木（木名。材質堅韌）。
*	溰	ㄧ	漼溰（霜雪積聚的樣子）。零露溰溰（露水濃厚的樣子）。
	獃	ㄉㄞ	發獃。獃頭獃腦。通「呆」。
	皚	ㄞˊ	皚然（霜雪潔白的樣子）。白皚皚（潔白的樣子）。白雪皚皚。皚皚白雪。
*	磑	ㄨㄟˋ	碾磑（水車）。磑茶（磨茶）。磑船（舂米的船）。安碓磑（安裝舂物臼、磨粉器）。風舂雨磑（指風雨前，蠛蠓的上下飛舞）。
	螘	ㄧˇ	虰螘（大的紅螞蟻）。綠螘（一種美酒）。螻螘得志（比喻小人得勢。同「螻蟻得志」）。麋沸螘動（比喻紛亂擾攘）。通「蟻」。
	覬	ㄐㄧˋ	窺覬（懷著野心窺伺，等待機會行動）。覬覦（希望獲得自己不該擁有的東西）。闚覬（同「窺覬」）。覬覦之志（非分的意念或企圖）。
	豈	ㄑㄧˇ	豈料。豈有此理。
		ㄎㄞˇ	豈弟（同「愷悌」）。豈樂（和樂）。壽豈（長壽且快樂）。令德壽豈（德美、長壽、和樂）。豈弟君子（同「愷悌君子」）。通「愷」。
	鎧	ㄎㄞˇ	鎧甲（古代的戰服）。唐猊鎧甲（指良甲）。
	闓	ㄎㄞˇ	闓懌（和樂愉悅）。王闓運（清末民初學者）。譚延闓（人名。首任行政院院長）。
*	隑	ㄑㄧˊ	隑企（站立）。隑州（曲岸）。

	國字	字音	語　　詞
*	顗	ㄧˇ	周顗（晉代人。即「我雖不殺伯仁，伯仁由我而死」的「伯仁」）。智顗（隋代高僧ㄙㄥ）。
*	颽	ㄎㄞˇ	颽風（南風）。
			【朕】
	勝	ㄕㄥˋ	勝利。名勝古蹟。高人勝士（品格清高不求名利的人）。勝之不武。勝殘去殺（指施行感化教育，使凶暴的人去惡從善，則可以廢除死刑）。尋幽訪勝。濟勝之具（身體強壯，具有登山攬勝的條件。也作「濟勝具」）。
		ㄕㄥ	勝任。不勝衣（比喻瘦弱）。力不自勝（人力量不夠而使得自己禁ㄐㄧㄣ受不起）。不可勝言（非言語所能表達）。不可勝記（極多而無法一一記載ㄗㄞˇ）。不可勝數。不勝其煩。不勝其擾。不勝枚舉。不勝負荷ㄏㄜˋ。行不勝衣（比喻體力極弱）。防不勝防。哀不自勝。指不勝屈（比喻數量很多）。美不勝收。弱不勝衣（形容女子嬌弱動人）。勝任愉快。喜不自勝。悲不自勝。數不勝數。高處不勝寒（比喻權勢大或地位高的人，因知心朋友愈少而顯得孤獨）。
	塍	ㄔㄥˊ	田塍（田埂）。溝塍（溝渠田畦ㄑㄧˊ）。「塖」為異體字。
	媵	ㄧㄥˋ	媵臣（陪嫁的臣僕）。媵妾（陪嫁的侍妾）。媵婢ㄅㄧˋ（陪嫁的婢女）。妃嬪ㄆㄧㄣˊ媵嬙ㄑㄧㄤˊ（女官名。古代帝王的侍妾）。
	滕	ㄊㄥˊ	滕王閣序（文章名）。滕薛爭長（比喻互比高下，一爭長短。為爭先的典故）。

國字	字音	語詞
籐	ㄊㄥˊ	牽籐帶葉（比喻東拉西扯，把無關緊要的事物牽扯在一塊）。通「藤」。
* 縢	ㄊㄥˊ	行縢（綁腿）。金縢（尚書篇名）。緘ㄐㄧㄢ縢（繩索）。攝緘縢（用繩索將箱子綁緊）。羸ㄌㄟˊ縢履蹻ㄐㄩㄝˊ（纏緊綁腿布，穿上草鞋）。
藤	ㄊㄥˊ	藤椅。牽絲攀藤（比喻東拉西扯，糾纏不清。同「牽籐帶葉」）。順藤摸瓜（比喻循著線索追查，可以得到結果）。攀藤附葛ㄍㄜˊ（形容山路崎ㄑㄧˊ嶇難行，必須藉助其他攀爬的力量）。藤原效應（指兩個颱風距離約一千公里時，會以颱風中心的中點為圓心，進行逆時針旋轉）。
螣	ㄊㄥˊ	螣蛇（飛蛇）。
	ㄊㄜˋ	螟螣（吃稻苗的害蟲）。去其螟螣。
謄	ㄊㄥˊ	謄清。謄寫。戶口謄本。謄錄文稿（謄寫抄錄文稿）。
賸	ㄕㄥˋ	賸餘（多餘、餘留）。殘山賸水（比喻戰後破碎的山河或淪陷的國土。也作「殘山剩水」）。殘膏賸馥（比喻祖先的遺蔭）。通「剩」。
騰	ㄊㄥˊ	奔騰。熱騰騰。士飽馬騰（軍隊中的糧餉ㄒㄧㄤˇ充裕，士氣旺盛）。民怨沸騰。物價騰貴（物價飛漲ㄓㄤˇ）。飛黃騰達。飛黃騰踏（同「飛黃騰達」）。飛聲騰實（比喻名聲與實際均佳）。烈焰騰空。喧騰一時。經濟騰飛。騰出空間。騰空而起。騰笑中外。騰蛟ㄐㄧㄠ起鳳（比喻才華優異傑出）。騰雲駕霧。蘭桂騰芳（比喻子孫眾多，家族顯達）。

	國字	字音	語詞
			【原】
	原	ㄩㄢˊ	過敏原。中原板蕩（比喻國家動盪不安）。平原督郵（指劣酒）。原形畢露ㄌㄨˋ。
		ㄩㄢˋ	鄉原（外貌忠厚老實，實際上卻不能明辨是非的人。同「鄉愿ㄩㄢˋ」）。通「愿」。
	愿	ㄩㄢˋ	許愿（同「許願」）。鄉愿（同「鄉原」）。謹愿（恭敬誠懇）。
	源	ㄩㄢˊ	源頭ㄊㄡˊ。桃花源（比喻避世隱居的地方。同「世外桃源」）。發源地。世外桃源（不作「世外桃園」）。推本溯ㄙㄨˋ源。源源而來。源遠流長。
*	縓	ㄑㄩㄢˊ	縓冠ㄍㄨㄢ（淺紅色之冠）。縓緣（淺紅色之衣緣）。
	螈	ㄩㄢˊ	蠑螈（動物名。似蜥蜴）。
*	獂	ㄏㄨㄢˊ	獂道（古地名）。
	願	ㄩㄢˋ	願望。願景。心甘情願。事與願違。
			【叟】
	叟	ㄙㄡˇ	老叟（老人）。北叟失馬（同「塞翁失馬」）。童叟無欺。黃童白叟（幼童與老人）。煙波ㄅㄛ釣叟（比喻不問世事，不貪求榮華的隱士）。路叟之憂（指人民的疾苦）。
	嫂	ㄙㄠˇ	大嫂。姑嫂。嫂夫人。
	廋	ㄙㄡ	廋伏（伏兵）。廋辭（隱語）。人焉廋哉（他怎ㄗㄣˇ麼掩蓋得住呢）。
	搜	ㄙㄡ	搜捕。搜索。搜救。搜尋。人肉搜索。搜索枯腸（比喻竭力思索。多指寫文章）。

	國字	字音	語詞
*	溲	ㄙㄡ	溲器（溺ㄋㄠˋ器、便器）。解溲（排解屎尿）。牛溲馬勃（比喻雖微賤而有用的東西）。
*	獀	ㄙㄡ	獶ㄋㄠˊ獀（南越稱犬）。
	瘦	ㄕㄡˋ	消瘦。瘦削ㄒㄩㄝˋ。面黃肌瘦。瘦骨嶙峋。環肥燕瘦（比喻女子的體態不同，但都很美麗）。
	瞍	ㄙㄡˇ	瞽ㄍㄨˇ瞍（傳說為舜的父親）。矇ㄇㄥˊ瞍（指盲人）。
	艘	ㄙㄠ	一艘船。
*	螋	ㄙㄡ	蠼ㄐㄩㄝˊ螋（蚰ㄧㄡˊ蜒ㄧㄢˊ的別名）。
*	謏	ㄒㄧㄠˇ	謏才（小才幹，小有才能）。謏聞之陋（形容僅有小名氣，學識極為淺陋）。謏聞淺說（形容小有聲名，學識淺薄）。
*	鄋	ㄙㄡ	鄋瞞（春秋時北方少數民族的國名）。
	颼	ㄙㄡ	冷颼颼。涼颼颼。
	餿	ㄙㄡ	餿水。餿臭（腐敗變味）。餿水油。餿主意。
	【員】		
	勛	ㄒㄩㄣ	功勛。勛章。汗馬勛勞（比喻戰功或指工作的辛勞與績效）。殊勛茂績（卓越的功勛業績）。累ㄌㄟˇ彰勛效（屢次表現功勞、績效）。屢建奇勛。蓋世功勛。「勳」為異體字。

國字	字音	語詞
員	ㄩㄢˊ	幅員。兩員大將。
	ㄩㄣˊ	伍員(春秋時楚人。即伍子胥ㄒㄩ)。員于爾輻(增固你的車輻)。
圓	ㄩㄢˊ	打圓場。自圓其說。杏眼圓睜(形容女子發怒時瞪大眼睛的神態)。事緩則圓。骨肉團圓。
* 塤	ㄒㄩㄣ	塤篪ㄔˊ(樂器名。同「壎ㄒㄩㄣ篪」)。塤篪相和ㄏㄜˋ(比喻兄弟友愛和睦)。通「壎」。
損	ㄙㄨㄣˇ	損害。損毀。損壞。有損無益。毫髮無損。損兵折將。
殞	ㄩㄣˇ	殞沒ㄇㄛˋ(死亡)。殞命(喪失生命)。大星殞落(比喻偉人逝世)。心殞膽破(形容內心非常恐懼)。香消玉殞(比喻女子死亡)。捐軀殞首(指犧牲生命)。殞身不恤(犧牲生命也在所不惜)。殞身滅命(同「殞命」)。
* 溳	ㄩㄣˊ	溳水(湖北省水名)。
* 熉	ㄩㄣˊ	熉黃(黃色)。
* 篔	ㄩㄣˊ	篔簹ㄉㄤ(竹名)。篔簹谷(陝西省谷名)。
* 鄖	ㄩㄣˊ	鄖西(湖北省縣名)。鄖縣(湖北省縣名)。
隕	ㄩㄣˇ	隕石。隕命(同「殞命」)。隕泗(落淚)。隕首(犧牲生命)。隕涕(同「隕泗」)。隕越(比喻失職)。隕落(比喻死亡)。隕墜(自高處墜下)。不虞隕越(不憂慮倒塌ㄊㄚ下來)。早世隕命(年少就死亡)。星隕如雨(星星如下雨般墜落)。

	國字	字音	語詞
*	霣	ㄩㄣˇ	霣霜（降霜）。星霣如雨（星星如雨般隕墜）。瀺ㄔㄢˊ灂ㄓㄨㄛˊ霣墜（水從上往下降落）。通「隕」。
	韻	ㄩㄣˋ	神韻。韻味。韻律操。流風餘韻（流傳下來的風俗、韻致）。風流韻事。「韵」為異體字。
	【高】		
*	嗃	ㄏㄜˋ	嗊ㄏㄨㄥˇ嗃（詭詐，欺騙）。嗃嗃（嚴肅冷酷的樣子）。謍ㄧㄥˊ嗃（聲音疾速）。
	嚆	ㄏㄠ	嚆矢（比喻事物的開始。同「濫觴」）。
	嵩	ㄙㄨㄥ	嵩山。嵩呼（古時頌祝天子之辭）。嵩壽（高壽）。嵩雲秦樹（比喻彼此相隔甚遠）。嵩嶽ㄩㄝˋ並峙ㄓˋ（比喻人的功德極大）。
	搞	ㄍㄠˇ	胡搞。搞笑。搞鬼。搞飛機。
	敲	ㄑㄧㄠ	推敲。敲詐。敲竹槓。敲門磚。敲邊鼓（從旁幫腔、應和ㄏㄜˋ）。旁敲側擊。敲冰戛ㄐㄧㄚˊ玉（形容聲音清脆響亮）。
*	暠	ㄍㄠˇ	暠然（形容明亮雪白的樣子）。暠暠（明亮皎潔的樣子）。
	槁	ㄍㄠˇ	枯槁。形容枯槁（外表乾瘦，神情憔悴）。折槁振落（比喻很容易）。面如槁木（形容臉色灰敗，像乾枯的木頭ㄊㄡˊ）。槁木死灰（形容人因遭遇挫折或變故而意志消沉的樣子）。槁項黃馘ㄒㄩˋ（形容人面黃肌瘦）。

	國字	字音	語　　詞
*	歊	ㄒㄧㄠ	熇歊（因酷熱而煩悶）。歊烝ㄓㄥ（熱氣升騰）。歊陽（炎熱的陽光）。歊歊（氣盛的樣子）。
*	毃	ㄑㄧㄠ	毃打（同「敲打」）。通「敲」。
*	滈	ㄏㄠˋ	滈水（陝西省水名）。滈汗（水長流的樣子）。滈滈（波ㄅㄛ光閃動燦爛的樣子）。
*	熇	ㄏㄜˋ	熇暑（大熱天）。熇熇（火勢熾ㄔˋ烈的樣子）。熇赫（天氣熾熱）。昔熇今涼（形容往日熟悉的繁華消逝不見了）。
	犒	ㄎㄠˋ	犒軍。犒師。犒勞ㄌㄠˋ。犒賞員工。
*	皜	ㄏㄠˋ	皜皜（光亮潔白的樣子）。通「皓」。
*	碻	ㄑㄩㄝˋ	碻磝ㄠˊ（古城名）。此論甚碻（這個論點極為正確）。通「確」。
	稿	ㄍㄠˇ	腹稿。截稿。撰稿。稿紙。
	篙	ㄍㄠ	竹篙。撐篙。篙師（船夫）。一篙煙水（指隱者逍遙自在的生活）。
	縞	ㄍㄠˇ	縞冠ㄍㄨㄢ（白色素冠）。縞素（白色的絹ㄐㄩㄢˋ或指喪ㄙㄤ服）。炫晝縞夜（形容不分晝夜皆明亮耀眼）。齊紈魯縞（指質地細緻的絲絹）。履絲曳縞（形容揮霍浪費，不知節儉）。縞衣綦ㄑㄧˊ巾（周代貧困女子的服裝）。縞紵ㄓㄨˋ之交（指友情深厚）。
*	翯	ㄏㄜˋ	翯翯（潔白肥潤的樣子）。白鳥翯翯（白鳥的羽毛潔白光亮）。

	國字	字音	語詞
	膏	ㄍㄠ	膏沐（古代婦女洗滌ㄉㄧˊ、潤澤頭髮的油膏）。膏粱（精美的食物）。膏澤（恩惠）。民脂ㄓ民膏（人民用血汗所換來的財富）。投膏止火（比喻方法或措施不當，反而造成反效果）。狗皮膏藥。病入膏肓ㄏㄨㄤ。脂膏不潤（比喻人在可以致富的時候，廉潔自守，不貪財物）。殘膏賸ㄕㄥˋ馥ㄈㄨˋ（比喻祖先的遺蔭）。焚膏繼晷ㄍㄨㄟˇ（指夜以繼日的勤學而不稍怠惰）。煎膏炊骨（比喻殘酷無情的搜括剝削ㄒㄩㄝˋ）。膏火不繼（沒錢而不能繼續求學）。膏火自煎（比喻人因才能而招致禍害）。膏肓ㄏㄨㄤ之疾（比喻難治的疾病）。膏粱子弟（只知飽食，不曉世務的富貴人家子弟）。膏粱文繡（比喻富貴人家的奢華生活）。
		ㄍㄠˋ	膏油（把油塗在車軸或機械上，增加潤滑作用）。膏墨（蘸ㄓㄢˋ墨）。膏車秣馬（為車上油，餵馬飼料。指準備動身出發）。
	蒿	ㄏㄠ	茼ㄊㄨㄥˊ蒿。蒿里（墓地）。蒿廬（草屋）。壯氣蒿萊（雄壯的氣概ㄍㄞˋ衰竭）。殺人如蒿（同「殺人如麻」）。君ㄒㄩㄣ蒿悽愴（祭祀時，祭品所散發出來的香臭之氣上升，使人感到悲傷）。傷心蒿目（指志士仁人對時局的憂慮）。蒿目時艱（憂慮世局而極目遠望）。蓬蒿滿徑（形容極為荒涼，人煙罕ㄏㄢˇ至的地方）。甕ㄨㄥˋ牖ㄧㄡˇ蒿廬（指住屋簡陋）。
*	歊	ㄏㄠˋ	歊暴ㄅㄠˋ（物體表面不堅緻而突起）。通「耗」。
*	謞	ㄏㄜˋ	謞謞（氣盛而囂張跋扈的樣子）。謞躁（喧囂粗鄙）。

國字		字音	語詞
*	鄗	ㄏㄠˋ	鄗邑(春秋時晉邑)。
		ㄑㄧㄠ	鄗山(河南省山名)。
	鎬	ㄏㄠˋ	鎬池(古池名)。豐鎬(地名。周的舊都)。鎬京(地名。周武王建都之地)。鎬鎬鑠ㄕㄨㄛˋ鑠(光明的樣子)。
		ㄍㄠˇ	十字鎬(挖掘土石的鐵製工具)。
*	髇	ㄒㄧㄠ	髇箭(射出時會發出聲音的箭。同「嚆矢」)。
	高	ㄍㄠ	高昂。高峰會。登高自卑。

【兼】

國字		字音	語詞
*	傔	ㄑㄧㄢˋ	傔人(差ㄔㄞ役)。傔卒(古代衛兵)。傔從ㄗㄨㄥˋ(侍從ㄗㄨㄥˋ)。
	兼	ㄐㄧㄢ	兼差。兼顧。身兼數職。品學兼優。食不兼味(形容生活儉約)。兼容並蓄(容納各種不同的意見或事物)。兼程回國。
*	嗛	ㄑㄧㄢˇ	嗛羊(古代一種怪獸名)。嗛鼠(即鼸ㄑㄧㄢˇ鼠)。頰嗛(猿猴的口腔內兩側的囊狀構造)。
		ㄑㄧㄢ	嗛志(比喻稱ㄔㄥˋ心如意)。謹慎而嗛(小心且謙虛)。通「謙」。
		ㄑㄧㄢˋ	嗛閃(畏懼退縮的樣子)。作物嗛收(同「作物歉收」)。滿則慮嗛(當盈滿時,就要想到其後之不足而加以預防)。通「歉」。
	嫌	ㄒㄧㄢˊ	涉嫌。嫌疑。嫌隙。避嫌。休嫌怠慢。嫌貧愛富。盡釋前嫌(完全化解以前的嫌隙)。

	國字	字音	語　　詞
	廉	ㄌㄧㄢˊ	廉潔。一廉如水(比喻為官廉潔自持)。物美價廉。廉遠堂高(比喻帝王的尊嚴、威勢)。廉潔奉公。寡廉鮮ㄒㄧㄢˇ恥。儉以養廉(儉約可以培養廉潔的心)。「亷」為異體字。
*	慊	ㄑㄧㄢˋ	慊吝(儉吝)。慊慊(心中不滿意的樣子)。
		ㄑㄧㄝˋ	誠慊(誠懇)。不慊於心(內心覺得不滿意)。盡去而後慊(完全脫掉才覺得舒適)。
*	搛	ㄐㄧㄢ	搛菜(夾菜)。
		ㄌㄧㄢˊ	打鼓。
	歉	ㄑㄧㄢˋ	道歉。歉收。歉疚。作物歉收。
*	溓	ㄌㄧㄢˊ	溓溓(薄冰)。
	濂	ㄌㄧㄢˊ	濂洛關閩(宋代理學的四大流派。即周敦頤、程顥ㄏㄠˋ和程頤兄弟、張載ㄗㄞˇ、朱熹)
*	磏	ㄌㄧㄢˊ	磏勇(崇尚勉行武勇)。
	簾	ㄌㄧㄢˊ	門簾。窗簾。簾青(門簾)。簾幕。水簾洞。映入眼簾。垂簾聽ㄊㄧㄥ政。畫棟朱簾(泛稱華麗的房屋)。
	縑	ㄐㄧㄢ	縑帛(質地細薄的絲絹ㄐㄩㄢˋ)。尺幅寸縑(指小幅的書畫等藝術作品)。縑緗ㄒㄧㄤ黃卷ㄐㄩㄢˋ(指書冊)。斷縑尺楮ㄔㄨˇ(指殘缺不完整的書畫作品)。
	蒹	ㄐㄧㄢ	蒹葭ㄐㄧㄚ(詩經・秦風的篇名)。蒹葭倚玉(比喻兩個極不相稱ㄔㄥˋ的人相處在一起)。
	蠊	ㄌㄧㄢˊ	蜚ㄈㄟˇ蠊(蟑螂)。

	國字	字音	語詞
	謙	ㄑㄧㄢ	謙卑。謙虛。謙遜。謙讓。一謙四益(比喻謙虛而獲益良多)。謙謙君子(謙虛有禮、律己甚嚴的人)。
		ㄑㄧㄝˋ	自謙(內心感到自足而愜ㄑㄧㄝˋ意)。通「慊ㄑㄧㄝˋ」。
	賺	ㄓㄨㄢˋ	賺錢。賺騙(欺騙)。賺人熱淚。穩賺不賠。
*	鎌	ㄌㄧㄢˊ	鎌利(比喻議論或筆鋒極為銳利)。鎌倉(日本地名)。通「鐮」。
	鐮	ㄌㄧㄢˊ	鐮刀。
*	馦	ㄒㄧㄢ	馦馦(香氣)。
*	鰜	ㄐㄧㄢ	鰜魚(即比目魚)。
	鶼	ㄐㄧㄢ	鶼鰈(比喻感情和睦深厚的夫婦)。鶼鰈情深(比喻夫婦感情深厚，相處和睦)。
*	鼸	ㄑㄧㄢˇ	鼸鼠(田鼠的一種。即香鼠)。

【席】

	國字	字音	語詞
	席	ㄒㄧˊ	草席。筵ㄧㄢˊ席。一席話。一席之地。席不暇暖。席地而坐。席卷ㄐㄩㄢˇ天下。席豐履厚(比喻家產豐厚，生活富裕)。幕天席地(比喻胸襟曠達開闊)。瞞天席地(比喻說謊言欺騙他人)。戴憑奪席(比喻學識廣博，超出眾人)。
	蓆	ㄒㄧˊ	竹蓆(同「竹席」)。草蓆(同「草席」)。
*	褯	ㄐㄧㄝˋ	褯子(尿布)。

	國字	字音	語詞
	【差】		
*	傞	ㄙㄨㄛ	傞傞（醉舞不停的樣子）。屢舞傞傞（屢屢起舞，迴旋不止的樣子）。
	嗟	ㄐㄧㄝ	于ㄒㄩˊ嗟（有所感觸的嗟嘆詞）。叱嗟（發怒指責的喝ㄏㄜˋ斥聲）。吁ㄒㄩ嗟（同「于嗟」）。嗟夫ㄈㄨˊ。嗟悼ㄉㄠˋ（悲傷哀悼）。嗟嘆。嗟來食（指沒有禮貌或不懷好意的施捨）。自嗟自嘆（獨自埋ㄇㄢˊ天怨地，自怨自嘆）。咄ㄉㄨㄛ嗟便辦（很快就辦好）。嗟來之食（同「嗟來食」）。嘆老嗟卑（感嘆年紀已老而尚未顯達於世）。
	嵯	ㄘㄨㄛˊ	嵯峨ㄜˊ（山勢高峻的樣子）。
	差	ㄔㄚ	相差。差勁。差異。最差。等差（等級由上而下，按次序一級一級降低）。差不多。差點兒。相差無幾。差強ㄑㄧㄤˇ人意。
		ㄔㄞ	公差。夫ㄈㄨ差。出差。差遣。郵差。當差。苦差事。開小差（泛指一般人私自逃離）。神差鬼使。欽差大臣。銷差上班。
		ㄘ	差等（等級）。齵ㄩˊ差（雜亂不整齊）。差肩而坐（並肩而坐）。參ㄘㄣ差不齊。愛無差等（愛沒有區分等級）。櫛比ㄅㄧˋ鱗差（形容建築物排列密集整齊）。
		ㄘㄨㄛ	景差（人名。戰國時楚人）。
	搓	ㄘㄨㄛ	搓揉。搓湯圓。搓手跺ㄉㄨㄛˋ腳（形容極為焦急的動作）。搓手頓足（同「搓手跺腳」）。
	槎	ㄔㄚˊ	乘槎（乘坐竹筏）。浮槎（傳說中來往於海上和天河之間的木筏）。槎枒（形容參ㄘㄣ差ㄘ錯雜）。槎桎ㄓˋ（監禁野獸的工具。即獸檻ㄐㄧㄢˋ）。

國字	字音	語詞
* 溠	ㄓㄚˋ	溠水（湖北省水名）。
* 瑳	ㄘㄨㄛ	瑳瑳（玉色鮮白的樣子）。瑳瑳（潔白的樣子）。巧笑之瑳（甜甜一笑，牙齒如玉般的潔白）。
瘥	ㄔㄞˋ	札瘥（染瘟疫致死）。病瘥（病痊癒）。天方荐瘥（老天一再降禍）。病勢稍瘥。
磋	ㄘㄨㄛ	切ㄑㄧㄝ磋。磋商。磋議（商量協調）。切磋琢磨。
* 縒	ㄘㄨㄛˋ	縒綜ㄗㄨㄥˋ（雜亂的樣子）。
* 艖	ㄔㄚ	小艖（小船）。漁艖（漁船）。
蹉	ㄘㄨㄛ	蹉跎。日月蹉跎（歲月流逝，一事無成）。
* 髊	ㄗˋ	揜ㄧㄢˇ骼霾ㄇㄞˊ髊（掩埋腐爛的屍體。同「掩骼埋胔ㄗˋ」）。澤及髊骨（形容恩澤深厚，遍及萬物）。
* 鹺	ㄘㄨㄛˊ	鹺使（鹽運使的舊稱）。鹺務（鹽務的舊稱）。
【益】		
* 嗌	ㄧˋ	嗌喔ㄛ（阿ㄜ諛奉承的樣子）。嗌痛（喉嚨痛）。嗌塞ㄙㄜˋ（咽喉阻塞ㄙㄜˋ不通）。嗌不容粒（咽ㄧㄢ喉嚥不下任何飯粒）。
搤	ㄜˋ	搤腕ㄨㄢˋ（失意、憤怒的樣子）。偏袒搤腕（心裡憤慨ㄎㄞˇ不平的樣子）。搤肮ㄏㄤˊ拊ㄈㄨˇ背（比喻抓住要害，使對方毫無反抗能力）。通「扼」。

	國字	字音	語詞
	溢	ㄧˋ	洋溢。漫溢(氾濫)。溢洪道。腦溢血。天才橫溢。車馬駢ㄆㄧㄢˊ溢(形容車馬並列眾多，非常熱鬧的樣子)。香氣四溢。海不波溢(比喻天下安寧，沒有紛爭)。情溢於表(情感流露ㄌㄨˋ在外)。掩惡溢美(隱藏過失，宣揚優點)。溢於言表(內容的深度、感情或思想超出言語之外)。溢美之言(過分讚美的話)。滿而不溢(比喻富有而不浪費，或有才能而不驕傲)。
	益	ㄧˋ	請益。公益事業。公益廣告。日益壯大。多多益善。老當益壯。延年益壽。登門請益。集思廣益。精益求精。熱心公益。請益之旅。
	縊	ㄧˋ	自縊身亡。
*	謚	ㄕˋ	追謚(追加謚號)。謚號(依死者生前的事跡所給ㄐㄧˇ予的稱號)。為「諡ㄕˋ」的異體字。
*	鎰	ㄧˋ	以銖稱ㄔㄥ鎰(比喻力量極不相當，處於絕對的劣勢)。百鎰之金(形容極為貴重)。千鎰之裘，非一狐之白(比喻把國家治理好，需要眾多賢能之士的力量)。
	隘	ㄞˋ	要隘(險要的隘口)。狹隘。隘口(狹窄險要的山口)。隘巷(狹窄的巷子)。險隘(險要之地)。邊隘(邊境要隘)。關隘(邊界上的要塞ㄙㄞˋ隘口)。隘慴ㄓㄜˊ傷生(極度哀痛會傷及生命)。
*	鷁	ㄧˋ	輕鷁(輕舟)。鷁首(船)。虎飽鷁咽ㄧㄢˋ(形容貪官汙吏貪婪ㄌㄢˊ凶暴。同「虎飽鴟ㄔ咽」)

	國字	字音	語詞
			【夏】
*	嗄	ㄕㄚˋ	嗄程（送行的禮物）。嗄飯（佐飯的菜肴）。號ㄏㄠˊ而不嗄（號叫但聲音不沙啞）。
	夏	ㄒㄧㄚˋ	夏天。夏日可畏（比喻嚴峻的人難以親近）。郭公夏五（比喻缺漏的文字）。
		ㄐㄧㄚˇ	夏楚（古代學校裡對學生施行體罰的器具。同「榎ㄐㄧㄚˇ楚」「檟ㄐㄧㄚˇ楚」）。
	廈	ㄒㄧㄚˋ	大廈。高樓大廈。廣廈萬間（比喻所庇ㄅㄧˋ蔭者眾多）。「厦」為異體字。
*	榎	ㄐㄧㄚˇ	榎楚（同「夏ㄐㄧㄚˇ楚」）。
			【馬】
	嗎	ㄇㄚˇ	嗎呼（同「馬虎˙ㄏㄨ」）。嗎啡。
		˙ㄇㄚ	他來了嗎。你明白嗎（限於當語尾助詞）。
	媽	ㄇㄚ	媽祖。媽媽。媽媽˙ㄇㄚ樂（一種洗衣機的品牌）。
	憑	ㄆㄧㄥˊ	文憑。憑弔。憑恃。憑據。有憑有據。空口無憑。真憑實據。憑空捏造。「凭」為異體字。
*	獁	ㄇㄚˋ	猛獁（一種已經滅絕的長毛象）。
	瑪	ㄇㄚˇ	瑪瑙。瑪利亞ㄧㄚˋ（基督的母親）。
	碼	ㄇㄚˇ	加碼。砝ㄈㄚˇ碼。起碼。碼頭˙ㄊㄡ。兩碼事。零碼鞋（尺碼已不全的鞋）。
*	禡	ㄇㄚˋ	禡牙（出兵時祭軍前的大旗）。

	國字	字音	語詞
	篤	ㄉㄨˇ	病篤(病勢嚴重)。誠篤(誠懇敦厚)。篤定。篤信。篤厚。篤實。篤學(專心好學)。力學篤行(勤勉學習且確切實踐)。私交甚篤。篤志好學。篤定當ㄉㄤ選。
	罵	ㄇㄚˋ	咒罵。唾罵。拍案怒罵。「駡」為異體字。
	羈	ㄐㄧ	羈束(拘束)。羈押。羈旅(旅居他鄉)。羈留。羈絆。羈縻ㄇㄧˊ(牽制)。羈押權。放誕不羈。羈心絆意(掛念、留戀)。「覊」為異體字。
	螞	ㄇㄚˇ	螞螂(蜻蜓)。螞蝗(水蛭)。螞蟥(同「螞蝗」)。螞蟻。
		ㄇㄚˋ	螞蚱(蚱蜢)。
*	褭	ㄋㄧㄠˇ	褭褭(搖曳不定的樣子。同「裊裊」)。褭驂ㄘㄢ(小馬)。娉ㄆㄧㄥ娉褭褭(輕盈美好的樣子)。
	闖	ㄔㄨㄤˇ	闖禍。闖紅燈。闖蕩江湖。
	馬	ㄇㄚˇ	馬表(同「馬錶」)。馬廄ㄐㄧㄡˋ(豢ㄏㄨㄢˋ養馬匹的場所)。馬前卒(為別人奔走效力的人。為貶義詞)。馬齒徒增(自謙虛度年華，而毫無成就)。
	馮	ㄈㄥˊ	馮京(宋代人名)。重作馮婦(比喻重操舊業)。馮唐易老(慨ㄎㄞˇ嘆時運不濟，命運乖舛ㄔㄨㄢˇ，或表示年老體衰，再也不能有所作為)。馮諼ㄒㄩㄢ彈ㄊㄢˊ鋏ㄐㄧㄚˊ(比喻有才華者暫居逆境而有求於人)。
		ㄆㄧㄥˊ	馮夷(水神名)。馮怒(盛怒)。馮夷之怒(河神發怒。即淹大水)。馮恃其眾(倚仗他的人眾多)。馮虛御風(在空中乘風飛行)。暴虎馮河(比喻人有勇無謀)。通「憑」。

	國字	字音	語詞
*	馵	ㄓㄨˋ	駕我騏馵（駕著我的騏馵。騏，青黑色的馬；馵，左後腳白色的馬）。
*	馽	ㄓˊ	馽羈（羈絆ㄅㄢˋ、牽制）。
*	驫	ㄅㄧㄠ	驫驫（眾馬行走的樣子）。
	【盍】		
	嗑	ㄎㄜˋ	嗑牙（談笑戲謔，消磨時間。同「磕ㄎㄜ牙」）。嗑瓜子ㄗˇ。嗑藥族。嗑牙料嘴（多嘴，不該說而說）。嗑西北風（同「喝西北風」）。
		ㄏㄜˊ	噬嗑（易經卦名）。
*	廅	ㄏㄜˊ	廅藥（藥草名）。
*	搕	ㄎㄜ	搕打（敲打）。搕碰（撞擊）。搕搕碰碰（形容腿腳不靈活，走起路來很費力）。撞頭搕腦（形容走投無路，四處碰壁）。
*	榼	ㄎㄜˋ	刀榼（刀鞘ㄑㄧㄠˋ）。椑ㄆㄧˊ榼（盛酒的器具）。龜榼（古代的一種盛酒器）。挈ㄑㄧㄝˋ榼提壺（形容人非常喜愛飲酒）。執榼承飲（手拿著酒器飲酒）。
	溘	ㄎㄜˋ	溘逝（指人死亡）。溘然（突然）。溘謝（人突然死亡）。溘先朝ㄓㄠ露ㄌㄨˋ（形容早死）。溘然長逝。
*	濭	ㄞˋ	晻ㄧㄢˇ濭（雲氣幽暗的樣子）。
	灩	ㄧㄢˋ	瀲灩（水波ㄅㄛ流動）。水光瀲灩（形容水勢盛大，波光閃動的樣子）。波光瀲灩（波光閃爍）。
	盇	ㄏㄜˊ	昌盇（秋風）。盇不（何不）。盇簪ㄗㄢ（朋友聚首）。盇興ㄒㄧㄥ乎來（為什ㄕㄣˊ麼不大家共同來做一做）。

國字	字音	語詞
瞌	ㄎㄜ	瞌睡。打瞌睡。
磕	ㄎㄜ	磕頭。閒磕牙(閒談)。磕頭蟲。磕牙料嘴(同「嗑ㄎㄜˋ牙料嘴」)。磕頭碰腦(形容人多擁ㄩㄥˇ擠,互相碰撞)。
*篕	ㄏㄜˊ	篕棪ㄧㄢˇ(粗竹席)。
蓋	ㄍㄞˋ	膝蓋。鋪ㄆㄨ蓋。天靈蓋(指頭頂骨)。立馬蓋橋(形容非常迅速或急迫)。氣蓋山河(形容氣勢盛大)。欲蓋彌彰。傾蓋如故(同「一見如故」)。傾蓋相逢(形容在途中偶遇熟識的老友,彼此親切交談的樣子)。蓋世之才(當代第一的才識)。蓋世太保。蓋世功勛。蓋世英雄。蓋世無雙。蓋棺論定。鋪ㄆㄨ天蓋地(形容聲勢大、威力猛)。
	ㄍㄜˇ	蓋縣(古縣名)。蓋文達(人名。唐代人)。蓋先生。
	ㄏㄜˊ	蓋云歸哉(為何還不歸去)。蓋云歸處ㄔㄨˋ(為何還不回家休息)。通「盍」。
豔	ㄧㄢˋ	嬌豔。豔羨。豔陽天。爭奇鬥豔。哀感頑豔(形容文章悽婉動人,措辭古拙美麗)。殊豔尤態(美麗的容貌和嫵媚的神態)。溫香豔玉(形容女子芳香柔軟的肌體)。濃妝豔抹。鮮豔奪目。豔冠ㄍㄨㄢˋ群芳。豔陽高照。「艷」為異體字。
闔	ㄏㄜˊ	開闔(分散聚合)。闔府。闔眼(同「合眼」「閤眼」)。闔閭ㄌㄩˊ(人名。春秋吳王)。風雲開闔(比喻時局動盪變化)。縱ㄗㄨㄥ橫捭ㄅㄞˇ闔(政治或外交上慣用的拉攏、分化等靈活高明的手段)。闔第光臨。顏闔鑿培(比喻不願為官,甘於遁世)。

	國字	字音	語詞
	饁	ㄧㄝˋ	饁獸（古祭禮。畋獵後以獵物祭神）。有嗿ㄊㄢˇ其饁（送飯的人眾多）。捋桑行饁（採摘桑葉和送飯給在田裡工作的人吃）。饁彼南畝（送飯到南方的田畝給工作的人吃）。
	【真】		
*	傎	ㄉㄧㄢ	傎倒（同「顛倒」）。通「顛」。
	嗔	ㄔㄣ	嗔怒。嬌嗔。大發嬌嗔。回嗔作喜（由生氣轉變為高興）。宜嗔宜喜（形容容貌不論喜悅或生氣都很美麗）。薄面含嗔（形容女子面色嬌羞，而露出微怒的樣子）。
	塡	ㄊㄧㄢˊ	塡塞ㄙㄜˋ（充塞ㄙㄜˋ、塡滿）。塡鴨式。塡然鼓之（鼕ㄉㄨㄥ鼕的擂著戰鼓）。義憤塡膺。賓客塡門（形容客人眾多。同「賓客盈庭」）。
*	寘	ㄓˋ	寘懷（放在心上）。寘予ㄩˊ于懷（把我摟在懷中）。寘彼周行ㄏㄤˊ（奔波在通往周國的道路上）。願寘誠念（希望留做永久的紀念）。通「置」。
	巔	ㄉㄧㄢ	山巔。巔峰。巔峰狀態。巔峰負載ㄗㄞˋ（發電工作的最高負荷量）。
	慎	ㄕㄣˋ	謹慎。戒慎恐懼。慎思明辨。慎重其事。慎終追遠。慎謀能斷（凡事謹慎策畫和謀慮，並能夠當機立斷）。謹小慎微（形容凡事過分謹慎，不敢大膽去做）。謹言慎行。
*	搷	ㄊㄧㄢˊ	搷鼓（擂鼓）。
*	攧	ㄉㄧㄢ	攧腳（用力跺腳）。攧撲（跌倒。同「顛仆」）。攧脣簸ㄅㄛˇ舌（搬弄是非）。
	滇	ㄉㄧㄢ	滇池。滇緬公路。

	國字	字音	語詞
*	瑱	ㄊㄧㄢˋ	象瑱（象牙做的耳飾，用以塞耳）。瑱圭（古代帝王接受諸侯朝覲ㄐㄧㄣˋ時所持的玉製信符）。以規為瑱（比喻不聽他人的規諫）。
	癲	ㄉㄧㄢ	瘋癲。羊癲風。癲癇ㄒㄧㄢˊ症。
	真	ㄓㄣ	真假。弄假成真。美夢成真。「眞」為異體字。
	瞋	ㄔㄣ	瞋目（張大眼睛怒視的樣子）。瞋恚ㄏㄨㄟˋ（氣憤、發怒）。瞋目切ㄑㄧㄝˋ齒（形容極為憤怒的樣子）。瞋目張膽（同「明目張膽」）。
*	磌	ㄊㄧㄢˊ	磌然（形容石頭ㄊㄡˊ落下的聲音）。
	稹	ㄓㄣˇ	元稹（唐代詩人。與白居易齊名）。
*	窴	ㄊㄧㄢˊ	窴滅（淤塞ㄙㄜˋ湮ㄧㄣ滅）。窴顏（山名。即祁連山）。
	縝	ㄓㄣˇ	縝密。縝緻（細密）。
*	蹎	ㄉㄧㄢ	蹎仆（傾跌。也作「顛仆」）。蹎跌（同「蹎仆」）。蹎蹎（行動緩慢的樣子）。蹎仆氣竭（傾跌仆倒，氣息竭盡）。通「顛」。
	鎮	ㄓㄣˋ	坐鎮。鎮定。鎮壓。鎮痛劑。坐鎮指揮。
	闐	ㄊㄧㄢˊ	于闐（古西域國名）。和闐（新疆省縣名）。喧闐。闐然（強壯的樣子）。和闐玉。人物闐咽ㄧㄝˋ（形容人多氣盛，聲音喧雜）。車馬駢ㄆㄧㄢˊ闐（形容車馬眾多，非常熱鬧的樣子）。喧闐社鼓（祭神時的鼓聲喧鬧震天）。鼓吹喧闐（形容音樂的演奏聲熱鬧嘈雜）。語笑喧闐（言語喧鬧聲非常大而亂）。鑼鼓喧闐。

	國字	字音	語詞
	顛	ㄉㄧㄢ	顛倒。顛簸ㄅㄛˇ。白髮盈顛(頭頂生滿白髮)。扶危持顛(挽救危亡傾覆的局勢)。國勢顛危。顛沛流離。顛倒是非。顛撲不破。
*	鬒	ㄓㄣˇ	鬒黑(頭髮濃密烏黑)。鬒髮如雲(比喻頭髮烏黑明亮)。
*	黰	ㄓㄣˇ	黰黑(同「鬒黑」)。
*	齻	ㄉㄧㄢ	齻齒(智齒)。
			【宀】
	塞	ㄙㄜˋ	充塞。阻塞。栓塞(血管受到阻塞,血液ㄧㄝˋ不能流通的病狀)。堵塞。梗塞。淤ㄩ塞。閉塞。搪塞。鼻塞。蔽塞。壅ㄩㄥ塞。堰ㄧㄢˋ塞湖(河流因土石崩塌ㄊㄚ而圍堵成的湖泊)。屯街塞巷(形容人多擁擠)。汗牛塞屋(形容書籍很多。同「汗牛充棟」)。拔本塞源(比喻人毀棄根源。也作「拔本塞原」)。推諉塞責。閉目塞聽(比喻與外界事物完全斷絕)。閉門塞竇(防禦堅固)。壺漿塞道(形容百姓歡迎所擁護的軍隊的熱烈情形)。塞耳偷鈴(同「掩耳盜鈴」)。敷衍塞責。蔽聰塞明(比喻對世事不聞不問)。赭ㄓㄜˇ衣塞路(形容罪犯眾多)。擔雪塞井(比喻徒然無功)。譽塞天下(美好的名聲,世人皆知)。
		ㄙㄞˋ	出塞。要塞。塞外。榆塞(邊塞)。邊塞。塞翁失馬。
		ㄙㄞ	活塞。瓶塞。塞牙。塞住。塞車。塞滿。塞藥。火星塞。軟木塞。塞牙縫ㄈㄥˋ(比喻東西小,只夠填補牙縫)。

	國字	字音	語詞
	寒	ㄏㄢˊ	心寒。寒毛。天寒地凍。芒寒色正（頌揚人品的高潔剛直）。寒毛直豎（比喻極為恐怖）。寒毛盡戴（同「寒毛直豎」）。
*	寋	ㄐㄧㄢˇ	老寋（一種神話中的龍）。
	寨	ㄓㄞˋ	山寨。營寨。山寨版（即仿冒品）。引狗入寨（比喻把壞人或敵人引進來）。押寨夫人。
	搴	ㄑㄧㄢ	斬將搴旗（砍殺敵將，拔取敵旗。形容驍ㄒㄧㄠ勇善戰或鏖ㄠˊ戰沙場）。搴旗取將（同「斬將搴旗」）。搴旗斬馘ㄍㄨㄛˊ（比喻勇猛善戰）。
*	攐	ㄑㄧㄢ	攐裳ㄔㄤˊ（用手提起衣裳ㄕㄤ˙。同「褰ㄑㄧㄢ裳」）。通「褰」。
*	攓	ㄑㄧㄢ	攓蓬（拔去蓬草）。
*	褰	ㄑㄧㄢ	褰裳（提起衣裳）。褰簾（掀開簾幕）。褰衣涉水（提起衣裳涉水過河）。褰裳涉溱ㄓㄣ（提起裙襬渡過溱河）。褰裳躩ㄐㄩㄝˊ步（提起衣裳，走得很快）。
*	謇	ㄐㄧㄢˇ	謇正（嚴肅剛直）。謇直（正直）。謇諤ㄜˋ（直言）。殘忠害謇（殘害忠誠正直的人）。謇諤之風（正直敢言的風範。同「寋ㄐㄧㄢˇ諤之風」）。謇諤自負（正直敢言且對自己期許很高）。
	賽	ㄙㄞˋ	友誼ㄧˋ賽。賽西施（比喻女子很美麗）。賽神廟會（酬神的廟會）。

	國字	字音	語　詞
	蹇	ㄐㄧㄢˇ	乖蹇（不順利）。蹇剝（時運不濟）。蹇澀（文筆不流暢或步履艱難）。驕蹇（傲慢）。才高運蹇（指人懷才不遇）。命蹇時乖（命運不好，時機不佳）。突怒偃蹇（石頭高聳突出）。偃蹇困窮（困窘失志、命運乖舛ㄔㄨㄢˇ）。運蹇時乖（同「命蹇時乖」）。數奇ㄐㄧ命蹇（指時運不濟，事多乖舛不順）。磨鉛策蹇（比喻勉力而行）。蹇人上天（指不可能的事）。蹇諤之風（同「謇ㄐㄧㄢˇ諤之風」）。
	騫	ㄑㄧㄢ	張騫。騫汙（汙辱逼迫）。騫飛（高飛）。騫期（錯過約定的期限。同「愆ㄑㄧㄢ期」）。騫騰（比喻仕途得意騰達）。不騫不崩（不虧損，也不崩損）。斬將騫旗（同「斬將搴旗」）。
		ㄐㄧㄢˇ	策騫（騎驢。同「策蹇」）。通「蹇」。
*	鶱	ㄒㄧㄢ	鶱飛（比喻奔走）。鶱翥ㄓㄨˋ（鳥飛翔的樣子）。
	【般】		
*	媻	ㄆㄢˊ	媻姍（屈膝匍ㄆㄨˊ匐ㄈㄨˊ而行的樣子）。媻跚（同「媻姍」）。媻媻（往來）。
		ㄆㄛˊ	媻娑（舞蹈ㄉㄠˋ的樣子。同「婆娑」）。通「婆」。
	搬	ㄅㄢ	搬運。搬弄是非。搬磚砸ㄗㄚˊ腳。
	槃	ㄆㄢˊ	涅槃（出家人去世。也作「圓寂」）。槃匜ㄧˊ（盥洗的器具）。大才槃槃（形容人有卓越的才能）。扣槃捫燭（比喻認識不清而產生誤會）。殘槃冷炙（吃剩的酒菜）。槃根錯節（比喻事情錯綜ㄗㄨㄥˋ複雜，不易處ㄔㄨˇ理。同「盤根錯節」）。

	國字	字音	語詞
*	瘢	ㄅㄢ	瘢痕（疤痕）。洗垢求瘢（比喻故意挑ㄊㄧㄠˇ剔ㄊㄧ他人的過錯或缺點）。尋瑕索瘢（同「洗垢求瘢」）。
	盤	ㄆㄢˊ	盤查。盤桓ㄏㄨㄢˊ。盤纏（旅費、路費）。中盤商。盤龍癖ㄆㄧˇ（稱人酷愛賭博）。不上臺盤（比喻品德不佳，難登大雅之堂）。全盤否定。沙盤推演。和盤托出。委身玉盤（比喻投身仕途、政壇）。盤古開天。盤石之固（同「磐石之固」）。盤根錯節。盤馬彎弓（形容做出準備行動的架式）。龍盤虎踞（形容地勢險要。同「龍蟠ㄆㄢˊ虎踞」）。
	磐	ㄆㄢˊ	磐石（比喻基礎穩固）。風雨如磐（比喻黑暗勢力的壓迫極為沉重）。泰山磐石（比喻平穩的環境或情況）。堅如磐石（比喻意志堅定，不可動搖）。磐石之固（形容極為穩固的樣子）。
	般	ㄅㄢ	般師（同「班師」）。一般見識。萬般無奈。
		ㄆㄢˊ	般桓ㄏㄨㄢˊ（徘徊ㄏㄨㄞˊ、流連。同「盤桓」）。般遊（遊樂忘返）。般樂（流連於遊樂）。般還ㄒㄩㄢˊ（旋轉）。般礴（盤坐）。般舟三昧（佛學上指一種定的境界）。般樂怠敖（盡情的享樂，怠惰嬉遊，不理政事）。般樂奢汰（恣ㄗˋ意玩樂，揮霍無度）。解衣般礴（形容神態安閒，不受拘束的樣子）。
		ㄅㄛ	般若ㄖㄜˇ（能證悟空理的智慧）。般若湯（酒）。般若經。
*	鞶	ㄆㄢˊ	鉤鞶（腰帶）。鞶帨ㄕㄨㄟˋ（大帶與佩巾）。鞶帶（腰帶）。鞶鑑（以鏡子裝飾的皮帶。比喻清楚、明顯）。

國字	字音	語詞
【孫】		
孫	ㄙㄨㄣ ㄒㄩㄣˋ	長孫。不肖子孫。名落孫山。含飴弄孫。 民有孫心（人民有謙遜之心）。奢則不孫（生活奢華，就會顯得缺乏謙虛禮讓）。近之則不孫（親近他們，他們就不會謙卑忍讓）。通「遜」。
猻	ㄙㄨㄣ	猢猻（獼猴的別名）。樹倒猢猻散（比喻有權力的人一旦失勢，則依附者隨即離去）。
蓀	ㄙㄨㄣ	蘭蓀（比喻具有美德的賢人）。蕙蓀農場。
遜	ㄒㄩㄣˋ	遜色（比較差、比不上人）。遜位（帝王讓位）。遜謝（謙讓不接受）。謙遜。口出不遜（比喻口出惡言，說話沒有禮貌）。出言不遜（同「口出不遜」）。推賢遜能（推舉賢士，讓位給有才能的人）。毫不遜色。略遜一籌。遜志時敏（指虛心求進，時時勤勉不懈的努力向學）。
【桀】		
傑	ㄐㄧㄝˊ	傑出。傑作。豪傑。地靈人傑。英雄豪傑。精心傑作。
* 嶫	ㄐㄧㄝˊ	嶫峙ㄓˋ（山勢陡峻的樣子）。
桀	ㄐㄧㄝˊ	桀黠ㄒㄧㄚˊ（凶惡狡詐）。助桀為虐。桀犬吠堯（比喻忠於主人，不問主人行為的是非）。桀驁ㄠˊ難馴ㄒㄩㄣˊ（凶暴倔ㄐㄩㄝˊ強ㄐㄧㄤˋ而難以馴服。不作「桀傲難馴」）。
磔	ㄓㄜˊ	磔刑（古代分裂犯人肢體的刑罰）。一磔手（中指與大拇指張開所量的長度）。波磔點畫（書法的各種筆畫）。馬毛蝟ㄨㄟˋ磔（形容狂風怒號，氣候惡劣）。鉤輈ㄓㄡ格磔（形容鷓ㄓㄜˋ鴣ㄍㄨ的啼叫聲）。磔死梟首（肢體被分裂，並將人頭懸在木桿上示眾）。

	國字	字音	語詞
*	謋	ㄏㄨㄛˋ	謋然（骨與肉快速分離的聲音）。謋然已解（牛的肢體就分解開來）。
			【疾】
	嫉	ㄐㄧˊ	嫉妒。嫉惡好善。嫉惡如仇。嫉賢妒能（嫉妒才德比自己好的人）。憤世嫉俗。
	疾	ㄐㄧˊ	迅疾（迅速快捷）。力疾從公（盡力支撐病體處理公務）。大聲疾呼。不疾不徐。出醜揚疾（宣揚醜惡）。民間疾苦。行疾如飛（形容行走快速）。走筆疾書。河魚腹疾（比喻腹瀉）。疢ㄔㄣˋ如疾首（心情煩躁而頭痛腦脹）。疾如旋踵（形容變化神速）。疾言厲色（形容人生氣的樣子）。疾足先得（同「捷足先登」）。疾風迅雷（事情來得突然快速）。疾風勁草（比喻在艱苦的環境下，才能考驗出堅強的節操和意志）。疾風暴雨。疾馳而過。疾駛而去。高材疾足（指才能高超，辦事快捷的人）。無疾而終。痛心疾首。撫劍疾視（按著劍很生氣的瞪著眼睛）。奮筆疾書。
	蒺	ㄐㄧˊ	蒺藜（植物名）。
			【畟】
*	畟	ㄘㄜˋ	畟畟（鋒利的樣子）。瓊畟（骰ㄊㄡˊ子）。
	稷	ㄐㄧˋ	后稷（周朝的先祖）。社稷（國家）。黍稷（高粱）。功在社稷。社稷之臣（擔當國家大任的官員）。稷食菜羹（泛指粗糙ㄘㄠ的飯菜）。稷蜂社鼠（仗勢為惡的小人。同「城狐社鼠」）。

	國字	字音	語詞
	謖	ㄙㄨˋ	馬謖（三國時蜀臣）。謖爾（態度收斂嚴肅的樣子）。謖謖（挺拔的樣子）。楚楚謖謖（清高脫俗，超越群倫）。
	【冥】		
	冥	ㄇㄧㄥˊ	冥想。冥王星。苦心冥想。冥思苦想。冥頑不靈。幽冥地府（陰曹地府）。鴻飛冥冥（比喻超然世外，以避禍害）。
*	塓	ㄇㄧˋ	塓館宮室（粉刷賓館宮室。也作「塓館公室」）。
*	嫇	ㄇㄧㄥˊ	嫈ㄧㄥ嫇（新婦）。嫇嫇（身材矮小的樣子）。
*	幎	ㄇㄧˋ	幎目（為死者覆臉的布巾）。幎歷（朦朧不清楚的樣子）。
*	暝	ㄇㄧㄥˊ	暝天（傍晚、黃昏）。暝色（晦ㄏㄨㄟˋ暗的夜色）。山居秋暝（王維詩作）。
*	榠	ㄇㄧㄥˊ	榠樝ㄓㄚ（植物名）。
*	溟	ㄇㄧㄥˊ	滄溟（大海）。溟濛（小雨）。滄溟浩渺（海水浩瀚，沒有邊際）。
	瞑	ㄇㄧㄥˊ	瞑目。一瞑不視（死亡）。死不瞑目。瞑目九泉（雖死無憾）。瞑然入定（合上眼睛，靜止不動）。
		ㄇㄧㄢˋ	瞑眩（服藥後頭暈ㄩㄣˋ目眩）。瞑眩反應。
		ㄇㄧㄢˊ	睡瞑（同「睡眠」）。瞑言（說夢話）。瞑菜（睡菜）。據槁梧而瞑（倚靠著琴睡覺）。通「眠」。
	螟	ㄇㄧㄥˊ	螟蛉ㄌㄧㄥˊ（養子）。螟螣ㄊㄜˋ蟊ㄇㄠˊ賊（皆吃稻苗的害蟲）。

	國字	字音	語詞
			【茲】
	孳	ㄗ	孳尾（鳥獸交尾）。孳乳（滋生繁衍）。孳生源。孳孳不倦（勤勉而不知厭倦。同「孜孜不倦」）。孳孳為善（勤勉不懈的做善事）。
	嵫	ㄗ	崦ㄧㄢ嵫（甘肅省山名）。日薄崦嵫（比喻人老）。
	慈	ㄘˊ	慈祥。慈顏。慈烏反哺ㄅㄨˇ。慈禧太后。
	滋	ㄗ	滋事。滋長。滋補。滋潤。滋養品。日滋月益（一天天的逐漸增加）。滋生事端。群眾滋擾。聚眾滋事。樹德務滋（施行德政，要求更多）。
	磁	ㄘˊ	磁磚（同「瓷磚」）。磁鐵。核磁共振。
	茲	ㄗ	今茲（現在）。念茲在茲。挹彼注茲（比喻取有餘以補不足。同「挹彼注此」。或簡作「挹注」）。茲事體大。策勵來茲。「玆」為異體字。
		ㄘˊ	龜ㄑㄧㄡ茲（國名。漢代西域國之一）。
*	鎡	ㄗ	鎡基（一種農具。即鋤頭ㄊㄡˊ）。
	鶿	ㄘˊ	鸕ㄌㄨˊ鶿（鳥類名。又名魚鷹）。「鷀」為異體字。
			【害】
	割	ㄍㄜ	割愛。割據。心如刀割。任人宰割。操刀必割（比喻做事須立即行動，不能耽擱）。
*	嗐	ㄏㄞˋ	嗐聲（嘆息聲）。嗐聲跺腳（形容人焦急、生氣或惋ㄨㄢˋ惜的樣子）。嗐聲嘆氣（同「咳ㄏㄞ聲嘆氣」）。

	國字	字音	語詞
	害	ㄏㄞˋ	要害。害處。利害得失。害群之馬。
		ㄏㄜˊ	害澣ㄏㄨㄢˇ害否（哪件衣服要洗，哪件又不洗）。時日害喪（這個太陽何時會毀喪呢）。通「曷ㄏㄜˊ」。
*	搳	ㄏㄨㄚˊ	搳拳（同「划拳」「豁ㄏㄨㄚˊ拳」）。
*	犗	ㄐㄧㄝˋ	犗牛（去勢的公牛）。
	瞎	ㄒㄧㄚ	瞎扯。瞎眼。瞎子摸象。
*	磍	ㄐㄧㄚˊ	碣ㄐㄧㄝˊ磍（猛獸大怒發威的樣子）。
*	螛	ㄏㄜˊ	輵ㄍㄜˊ螛（搖目吐舌的樣子）。
	豁	ㄏㄨㄛˋ	豁免。豁命（拚ㄆㄢˋ命）。豁亮（寬敞明亮）。豁達。豁嘴（嘴脣裂開）。豁出去。豁免權。豁脣子（嘴脣先天缺裂的人。即兔脣）。爽心豁目（心情愉快舒暢，眼界開闊）。頭童齒豁（形容人年老力衰的樣子）。豁口截舌（閉嘴不說話）。豁然貫通。豁然開朗。豁著命幹。豁達大度。
		ㄏㄨㄚˊ	豁拳。
	轄	ㄒㄧㄚˊ	投轄（比喻留客殷切）。管轄。轄區。直轄市。管轄權。投轄留賓（比喻主人留客殷勤）。取轄投井（比喻挽留客人極熱切）。閉門投轄（同「取轄投井」）。陳遵投轄（比喻主人好客）。
*	鶷	ㄒㄧㄚˊ	鶷鸐ㄉㄧˊ（鳥的一種）。

國字	字音	語詞
【射】		
射	ㄕㄜˋ	射利（牟取利益）。后羿ㄧˋ射日。含沙射影（比喻暗地裡害人）。聊城射書（比喻以文制敵，不戰而勝）。邀名射利（求取功名利祿）。
	ㄧㄝˋ	姑射（山西省山名）。射干。僕射。藐姑射（山名。相傳為神仙所居之處）。列姑射山（神話傳說中的仙山名）。姑射神人（傳說居住在姑射山的神仙。泛指美貌的女子）。
	ㄧˋ	無射（十二律之一）。
榭	ㄒㄧㄝˋ	香榭大道（巴黎著名的一條大街）。歌臺舞榭。層臺累ㄌㄟˇ榭（形容亭臺樓閣等建築物高下相間ㄐㄧㄢˋ，錯落有致）。
謝	ㄒㄧㄝˋ	致謝。感謝。老成凋謝。
麝	ㄕㄜˋ	麝月（對月亮的美稱）。麝香。麝香豬。蘭麝之香（幽雅芬芳的氣味）。
【𤇾】		
*塋	ㄧㄥˊ	先塋（祖先的墳墓）。祖塋（同「先塋」）。
*嫈	ㄧㄥ	嫈嫇ㄇㄧㄥˊ（新婦）。嫈嫈（美好的樣子）。
嶸	ㄖㄨㄥˊ	歲月崢嶸（特殊而不平凡的歲月）。頭角ㄐㄧㄠˇ崢嶸（形容年輕人才華洋溢，能力出眾）。
榮	ㄖㄨㄥˊ	榮膺（頌揚人受官任職之辭）。引以為榮。欣欣向榮。榮辱與共。賣友求榮。

國字	字音	語詞
滎	ㄒㄧㄥˊ	滎陽（河南省縣名）。
	ㄧㄥˊ	滎經（四川省縣名）。
* 濴	ㄒㄧㄥˊ	濎ㄉㄧㄥˇ濴（小水流動的樣子）。瀅ㄧㄥˊ濴（水流迴旋不進的樣子）。
* 瀅	ㄧㄥˊ	汀ㄊㄧㄥ瀅（水清澈的樣子）。
熒	ㄧㄥˊ	熒惑（迷惑）。聽ㄊㄧㄥˋ熒（疑惑不明白）。熒熒然（微光閃動的樣子）。金碧熒煌（同「金碧輝煌」）。燈火熒熒（燈火微弱閃動的樣子）。燈盞熒熒（同「燈火熒熒」）。燈燭熒煌（燈火光明輝煌）。
營	ㄧㄥˊ	營利。營救。步步為營。汲汲營營。狗苟蠅營（比喻小人鑽營攀附，逢迎諂ㄔㄢˇ媚的卑劣行為。也作「蠅營狗苟」）。營利事業。
犖	ㄌㄨㄛˋ	卓犖（卓越超群）。犖确ㄑㄩㄝˋ（地勢險峻不平的樣子）。卓犖不羈。犖犖大端（極為明顯、明確）。
瑩	ㄧㄥˊ	晶瑩。晶瑩剔ㄊㄧ透。
* 禜	ㄩㄥˋ	攻禜（古祭名）。
縈	ㄧㄥˊ	縈繞。縈懷（心裡牽掛）。左縈右拂ㄈㄨˊ（比喻輕易的制伏對手）。碧水縈迴（形容景色秀麗）。魂牽夢縈（形容十分想念的樣子）。緹ㄊㄧˊ縈救父。縈青繚白（比喻山林景致美不勝ㄕㄥ收）。
* 罃	ㄧㄥ	罃甈ㄑㄧˋ（盆）。

	國字	字音	語詞
*	膋	ㄌㄧㄠˊ	血膋（鮮血和脂ㄓ肪）。肝膋（食品名。古八珍之一）。膋血（凝固的血）。膟ㄌㄩˋ膋（祭祀時所用的牲血和腸間脂ㄓ肪）。
	螢	ㄧㄥˊ	螢幕。螢光棒。螢光幕。螢光劑。映雪囊螢（形容在艱困的環境中，勤學苦讀）。螢窗雪案（同「映雪囊螢」）。囊螢積雪（同「映雪囊螢」）。
	蠑	ㄖㄨㄥˊ	蠑螈（動物名。形似蜥蜴）。
*	謍	ㄧㄥˊ	謍嗃ㄏㄜˋ（形容聲音快速或指笛聲）。謍謍（小聲）。
*	醟	ㄩㄥˋ	酗ㄒㄩˋ醟（酗酒）。
	鶯	ㄧㄥ	新鶯出谷（比喻歌聲清脆悅耳）。燕妒鶯慚（形容女子婀娜多姿）。鶯聲燕語（形容女子說話宛轉流利）。鶯鶯燕燕（形容美女眾多）。
			【家】
	傢	ㄐㄧㄚ	傢伙。
	嫁	ㄐㄧㄚˋ	嫁接。嫁禍。轉嫁。為ㄨㄟˋ人作嫁（比喻為他人忙碌辛苦）。雲英未嫁（比喻女子尚未出嫁，待字閨中）。嫁禍於人。
	家	ㄐㄧㄚ	家具。大家閨秀。孤家寡人。
		ㄍㄨ	阿ㄚ家翁（稱丈夫的父母。即公婆）。曹大家（人名。指東漢班彪之女班昭）。
*	幏	ㄐㄧㄚˋ	賨ㄘㄨㄥˊ幏（古代賨人納稅用的布。也作「賨布」）。
	稼	ㄐㄧㄚˋ	莊稼（農作物的總稱）。稼穡ㄙㄜˋ（指一般農事）。莊稼漢。稼穡艱難（指農事勞動非常不易）。

國字	字音	語詞
【嗀】		
*嗀	ㄏㄨㄛˋ	嗀嗀(嘔吐ㄊㄨˋ的聲音)。
彀	ㄍㄡˋ	入彀(比喻就範、陷入圈套中)。能彀(同「能夠」)。彀率ㄌㄩˋ(弓張開時的限度)。入吾彀中(同「入彀」)。英雄入彀(比喻掌握與網羅人才)。張羅彀弓(指準備好打獵的工作)。
*愨	ㄑㄩㄝˋ	忠愨(忠誠恭敬)。敦愨(正直誠懇)。誠愨(忠厚誠實)。「慤」為異體字。
*榖	ㄍㄨˇ	榖樹(即構樹、楮ㄔㄨˇ樹)。與「穀」不同。
殼	ㄎㄜˊ	地殼。貝殼。硬殼。軀殼。金蟬脫殼。無殼蝸牛。
*瀔	ㄏㄨˊ	瀔水(浙江省水名。即衢ㄑㄩˊ江)。
*瞉	ㄎㄡˋ	瞉瞀ㄇㄠˋ(愚蠢的樣子)。瞉霿ㄇㄥˊ(不明事理)。
穀	ㄍㄨˇ	稻穀。穀旦(好日子)。晒穀場。五穀豐登。民莫不穀(人民都過著好日子)。孤寡不穀(古代君王的自謙詞)。積穀防饑(比喻預先作妥善的準備,以備不時之需)。
縠	ㄏㄨˊ	紈縠(白細絹ㄐㄩㄢˋ)。縠紋(比喻細小的水波ㄅㄛ)。波紋如縠(像縐ㄓㄡˋ紗一樣的波紋)。
*螜	ㄏㄨˊ	蝖ㄒㄩㄢ螜(即蝤ㄑㄧㄡˊ蠐ㄑㄧˊ,天牛及桑牛的幼蟲)。
觳	ㄏㄨˊ	觳觫ㄙㄨˋ(因恐懼而身體顫抖的樣子)。觳觫伏罪(惶恐的承認自己犯罪)。
	ㄑㄩㄝˋ	觳土(指土地貧瘠ㄐㄧˊ不肥沃)。觳薄(儉省ㄕㄥˇ節約)。

	國字	字音	語詞
*	縠	ㄏㄨˋ	縠縠（因恐懼、寒冷或激動而全身顫抖）。
	轂	ㄍㄨˇ	推轂（推舉人才）。綰ㄨㄢˇ轂（比喻據守要衝）。輦ㄋㄧㄢˇ轂（皇帝的車駕）。轉轂（車輛）。多蒙推轂（感謝人推荐之辭）。朱輪華轂（指古代高官貴族所坐的車子）。車轂擊馳（形容車輛來往頻繁）。捧轂推輪（同「推轂」）。鈞旋轂轉（比喻事物的變遷）。綰轂天下（說人掌握政權）。輦ㄋㄧㄢˇ轂之下（指京師）。轂擊肩摩（往來的人車擁ㄩㄥˇ擠）。
		ㄍㄨ	轂轆（車輪）。一轂轆（形容速度極快。同「一骨ㄍㄨ碌」）。車轂轆（車輪）。轂轆錢兒（一種似錢幣的圓形圖案花紋）。
*	鷇	ㄎㄡˋ	雛鷇（剛孵出的小鳥）。鷇食（比喻生活需求得仰賴他人供應）。鶉居鷇飲（比喻自給ㄐㄧˇ自足的原始生活或比喻生活儉約）。
	【蚤】		
*	慅	ㄘㄠˇ	勞心慅兮（想得我心裡好煩啊）。
		ㄙㄠ	慅慅（擾亂不安的樣子）。通「騷」。
	搔	ㄙㄠ	搔癢。心癢難搔（形容心中情緒起伏不定，無法控制。也作「心癢難撓」）。搔首弄姿。搔首踟ㄔˊ躕ㄔㄨˊ（形容心情焦急）。搔著ㄓㄠˊ癢處。隔靴搔癢。
*	溞	ㄙㄠ	溞溞（淘ㄊㄠˊ米的聲音）。
*	瑵	ㄓㄠˇ	葩ㄆㄚ瑵（古代車蓋的花形裝飾物）。
*	瘙	ㄙㄠ	瘙疹（病名。似出疹而較輕微）。瘙病（病重）。瘙癢難忍（皮膚發癢，難以忍受）。

	國字	字音	語詞
*	糔	ㄒㄧㄡˇ	糔溲ㄙㄡˇ(用水摻ㄔㄢ和ㄏㄨㄛˋ粉末)。
	蚤	ㄗㄠˇ	跳蚤。蚤出莫ㄇㄨˋ入(即早出晚歸)。跳蚤市場。
*	颾	ㄙㄠ	颾颾(指風聲)。冷颾颾(同「冷颼颼」)。
	騷	ㄙㄠ	牢騷。離騷(楚辭篇名)。騷客(詩人)。騷動。騷亂。騷鬧。騷擾。性騷擾。滿腹牢騷。遷客騷人(泛指失意不得志的文人)。獨領風騷。騷人思士(失意而多愁善感的文人)。騷人墨客(同「文人雅士」)。
	【荒】		
	慌	ㄏㄨㄤ	著ㄓㄠ慌。慌張。驚慌失措。
	荒	ㄏㄨㄤ	洪荒。荒唐。破天荒。地老天荒。兵荒馬亂。拾荒老人。荒淫無道。荒誕不經。落荒而逃。
	謊	ㄏㄨㄤˇ	撒ㄙㄚ謊。謊言。謊話。
	【昷】		
*	嗢	ㄨㄚˋ	嗢噱ㄐㄩㄝˊ(笑個不停，樂不自勝ㄕㄥ)。
	塭	ㄨㄣ	魚塭。
	媪	ㄠˇ	老媪(指老婦人。同「老嫗ㄩˋ」)。媪神(地神)。
	慍	ㄩㄣˋ	慍色(發怒的臉色)。慍怒(怒恨、生氣)。慍容(同「慍色」)。慍恚ㄏㄨㄟˋ(憤怒)。慍懟ㄉㄨㄟˋ(同「慍怒」)。不慍不火(不怨恨、不生氣)。
	搵	ㄨㄣˋ	搵鈴(按鈴)。搵英雄淚。

國字	字音	語詞
*殟	ㄨㄣ	殟歿（舒徐和緩的樣子）。殟絕（突然昏迷，失去知覺、意識）。
氳	ㄩㄣ	氛氳（指雲氣瀰漫或香氣濃郁的樣子）。氤氳（形容煙雲瀰漫的樣子）。氤氳靉ㄞˋ靆ㄉㄞˋ（形容雲氣瀰漫、濃密）。
溫	ㄨㄣ	溫度。溫馨。冬溫夏凊ㄐㄧㄥˋ（稱讚子女事親無微不至）。溫文爾雅。溫柔敦厚。「温」為異體字。
*熅	ㄩㄣˋ	熅斗（即熨斗）。
瘟	ㄨㄣ	瘟疫。雞瘟。
縕	ㄩㄣˋ	縕袍（以舊棉絮或碎麻外罩布面做成的袍子。比喻粗劣的衣服）。束縕請火（比喻求助於人）。紛縕宜修（枝葉茂盛而修剪得宜）。
膃	ㄨㄚˋ	膃肭ㄋㄚˋ（即海狗）。
*薀	ㄩㄣˋ	薀利（聚利）。薀積（聚積）。
蘊	ㄩㄣˋ	蘊藏。水蘊草。不明底蘊（不明白事情的底細）。風流蘊藉（形容人風度瀟脫，含蓄有致。同「風流醞藉」）。蘊奇待價（身懷絕才，等待施展的好機會）。「藴」為異體字。
*蝹	ㄩㄣ	蝹蜦ㄌㄨㄣˊ（龍蛇屈身爬行的樣子）。
*褞	ㄩㄣˇ	褞褐ㄏㄜˊ（賤者之衣）。褞袍糟食（即粗衣粗食）。
*轀	ㄨㄣ	轀輬ㄌㄧㄤˊ（喪ㄙㄤ車）。

國字	字音	語詞
醞	ㄩㄣˋ	醞酒（釀酒）。醞釀。良醞可戀（比喻為迷戀美酒之意）。風流醞藉（同「風流蘊藉」）。
韞	ㄩㄣˋ	韜光韞玉（比喻隱藏才能）。韞玉待價（同「待價而沽」）。韞櫝ㄉㄨˊ而藏（比喻懷才不為世用）。韞櫝藏珠（比喻懷才隱退）。
【氣】		
愾	ㄎㄞˋ	愾憤（憤怒）。同仇敵愾（共同抵抗大家所怒恨的敵人）。敵愾同仇（同「同仇敵愾」）。
氣	ㄑㄧˋ	氣球。熱氣球。氣沖牛斗（十分生氣的樣子）。
* 鎎	ㄎㄞˋ	同仇敵鎎（同「同仇敵愾」）。通「愾」。
餼	ㄒㄧˋ	餼牢（活的牲畜）。餼牽（同「餼牢」）。餼廩ㄌㄧㄣˇ（每月由公家供ㄍㄨㄥ給ㄐㄧˇ的官俸）。牛餼退敵（形容人運用機智退敵）。告ㄍㄨˋ朔餼羊（比喻依照成例，敷衍了事）。脯ㄈㄨˇ資餼牽（糧食與牲口）。
【貢】		
* 嗊	ㄏㄨㄥˇ	嗊嘴（形容發怒的樣子）。囉嗊曲（詞牌名）。
* 摃	ㄍㄤ	發摃（發交搬運）。
戇	ㄓㄨㄤˋ	愚戇（痴騃ㄞˊ、憨ㄏㄢ直）。戇直（忠厚正直）。戇小子（稱正直而帶傻氣的年輕人）。悍戇好鬥（凶悍愚戇而好爭鬥）。
	ㄍㄤˋ	戇子頭（迂直而少心眼的人）。戇頭戇腦（形容人笨頭笨腦、魯莽冒失）。

	國字	字音	語詞
	槓	ㄍㄤˋ	抬槓。槓刀（在皮革或石上磨刀）。槓桿。槓鈴（舉重器具之一）。保險槓。敲竹槓。大抬其槓（同「抬槓」）。公然槓上。隔空互槓。槓上開花（形容運氣好，有料想不到的收穫）。
*	灨	ㄍㄢˋ	灨江（江西省水名。同「贛江」）。通「贛」。
	貢	ㄍㄨㄥˋ	貢獻。朝貢。進貢。貢禹彈冠(ㄍㄨㄢˋ)（比喻樂於輔助政治意念一樣的人）。貢高我慢（自視甚高，瞧不起別人）。稱臣納貢。
	贛	ㄍㄢˋ	贛江（江西省水名）。
	【扇】		
	扇	ㄕㄢˋ	扇子。羽扇綸(ㄍㄨㄢ)巾（形容態度沉著(ㄓㄨㄛˊ)鎮定，從(ㄘㄨㄥ)容不迫）。卻扇之夜（結婚之夜）。秋扇見捐（比喻女子失寵而受冷落）。寶扇迎歸（娶妻）。
		ㄕㄢ	扇風。扇動。扇惑。扇火止沸（採取的方法錯誤而徒勞無功）。扇枕溫被（比喻事親至孝）。扇風耳朵。蜂扇蟻聚（比喻起不了作用）。
	搧	ㄕㄢ	搧火（鼓動、慫(ㄙㄨㄥˇ)恿）。搧風（同「扇(ㄕㄢ)風」）。
	煽	ㄕㄢ	煽動。煽情。煽惑。煽風點火（比喻挑(ㄊㄧㄠˇ)動慫恿，以引起爭端）。
*	騸	ㄕㄢˋ	騸馬（閹(ㄧㄢ)割過的馬）。騸樹（嫁接過的樹）。
	【雀】		
*	傕	ㄐㄩㄝˊ	李傕（東漢人名）。

國字		字音	語詞
	搉	ㄑㄩㄝˋ	揚搉（約略，略舉大要）。揚搉古今（大概述說古今的事情）。
	榷	ㄑㄩㄝˋ	商榷。辜榷（壟斷）。有待商榷。
	確	ㄑㄩㄝˋ	準確。確信。確實。確鑿ㄗㄠˊ。千真萬確。
*	篧	ㄓㄨㄛˊ	篧器（以細竹編製的捕魚籠）。
	鶴	ㄏㄜˋ	不舞之鶴（嘲諷ㄈㄥˋ人無能或比喻名不副ㄈㄨˋ實的人）。別鶴離鸞（比喻夫妻分散）。杳ㄧㄠˇ如黃鶴（比喻一去不回，杳無蹤影）。風聲鶴唳。梅妻鶴子（比喻過著隱居的生活）。焚琴煮鶴（比喻殺ㄕㄚ風景）。閒雲野鶴（比喻逍遙自在，無拘無束的人）。駕鶴西歸（比喻人死亡）。斷鶴續鳧ㄈㄨˊ（比喻違背自然的本性）。蟲沙猿鶴（比喻陣亡的將士。也指死於戰亂的人）。雞皮鶴髮。鶴立雞群。鶴髮童顏（形容老年人氣色好、精神佳）。
【畜】			
*	慉	ㄒㄩˋ	慉結（積聚不舒暢）。蘊慉（積聚）。不我能慉（「不能慉我」的倒文。即不愛我）。
	搐	ㄔㄨˋ	抽搐。搐動（肌肉或筋脈ㄇㄞˋ收縮抽動）。
*	滀	ㄔㄨˋ	忿滀（忿怒鬱結）。滀水（湍ㄊㄨㄢ急的流水）。
	畜	ㄔㄨˋ	家畜。畜生。人頭畜鳴（指人是非善惡不分、毫無智慧，說話好像畜牲鳴叫）。
		ㄒㄩˋ	牧畜。畜牧（同「牧畜」）。畜產。畜養。仰事俯畜。豕交獸畜（比喻待人沒有禮貌）。畜我不卒（養我無法養到老）。

國字	字音	語詞
蓄	ㄒㄩˋ	含蓄。蓄意。儲蓄。蓄水池。蓄電池。兼收並蓄（比喻包含容納極為寬大廣泛）。蓄勢待發。蓄積能量。蓄髮還俗。養精蓄銳。
* 鄐	ㄔㄨˋ	鄐熙（漢代人名。為東海太守）。
【弱】		
嫋	ㄋㄧㄠˇ	嫋娜ㄋㄨㄛˊ（姿態柔美的樣子）。嬌嫋不勝ㄕㄥ（嬌弱而無法負荷ㄏㄜˋ）。餘音嫋嫋（形容聲音十分美妙，綿延不絕）。通「裊」「嬝」。
弱	ㄖㄨㄛˋ	強弱。文弱書生。弱肉強食。強幹弱枝（比喻強化根本的主權勢力，削ㄒㄩㄝ弱分歧的力量）。積弱不振。濟弱扶傾。
搦	ㄋㄨㄛˋ	搦管（執筆）。搦戰（挑ㄊㄧㄠˇ戰）。搦翰（同「搦管」）。搦管操觚ㄍㄨ（拿筆寫文章）。
溺	ㄋㄧˋ	沉溺。耽溺。溺職（失職。同「瀆職」）。人溺己溺（比喻仁愛、慈悲的胸襟）。大水沖溺（河水暴漲ㄓㄤˇ，沖毀屋舍田地，人民遭溺）。己飢己溺（指關懷他人的苦難。或稱頌執政者關心民間疾苦的用辭）。扶危拯溺（比喻援助他人的急難）。見溺不救（比喻見死不救）。溺於酒色。
	ㄋㄧㄠˋ	便溺。溲ㄙㄡ溺（小便）。溺器（盛尿的器具）。阿ㄜ金溺銀（比喻能生財。也作「屙ㄜ金溺銀」）。道在屎溺（比喻道無所不在）。通「尿」。
篛	ㄖㄨㄛˋ	篛笠（用篛葉所做成的笠帽）。青篛笠。篛帽芒鞋（農夫或隱士的裝扮）。「箬」為異體字。
蒻	ㄖㄨㄛˋ	蒟ㄐㄩˇ蒻。匡床蒻席（形容安適的床席）。

國字	字音	語詞
【展】		
展	ㄓㄢˇ	拓展。展示。展覽。一籌莫展。大展身手。
搌	ㄓㄢˇ	搌布（抹布）。
碾	ㄋㄧㄢˇ	碾米。碾坊ㄈㄤ。碾米廠。藥碾子（一種研磨中藥的用具）。
* 蹍	ㄓㄢˇ	蹍地（踐踏地面）。
輾	ㄓㄢˇ	輾轉。輾轉反側（因心事而翻來覆去，不得安眠）。輾轉相傳（多次轉移傳送）。輾轉遷徙。
	ㄋㄧㄢˇ	輾米（同「碾米」）。輾斃。通「碾」。
囅	ㄔㄢˇ	囅然而笑（笑的樣子。同「辴ㄓㄣˇ然而笑」）。
【鬲】		
嗝	ㄍㄜˊ	打嗝。打飽嗝。
* 滆	ㄍㄜˊ	滆湖（江蘇省湖名）。
* 灊	ㄑㄧㄢˊ	灊山（即安徽省的霍山）。灊水（即四川省的渠江）。灊縣（舊縣名）。
翮	ㄍㄜˊ	羽翮（鳥類羽毛的中軸藏於皮膚的部分）。羽翮已就（比喻輔佐的人才甚多，勢力已經鞏固壯大。同「羽翼已成」）。羽翮飛肉（比喻聚集微小的力量，足以撼舉重物）。振翮飛去（揮動翅膀飛走）。奮翮高飛。
膈	ㄍㄜˊ	膈膜ㄇㄛˊ。膈肢窩（胳ㄍㄜ下）。橫膈膜（同「膈膜」）。

	國字	字音	語詞
	融	ㄖㄨㄥˊ	金融。通融。融化。融洽。金融卡。水乳交融。半付祝融(大半被火燒毀)。其樂融融。金融風暴。昭明有融(指前途光明燦爛)。祝融為虐(被火災肆虐)。融為一體。融會貫通。
	鎘	ㄍㄜˊ	鎘米。鎘汙染。
	隔	ㄍㄜˊ	隔絕。隔離。隔音牆。天人永隔。天懸地隔(相差極遠)。恍若隔世。弱水之隔(比喻兩地隔絕,不能會合)。隔岸觀火。隔牆有耳。擔ㄉㄢ隔夜憂(先替別人擔心)。
	鬲	ㄍㄜˊ	有鬲(古國名)。肝鬲(比喻真誠懇摯)。鬲俞(穴道名)。鬲咽(阻隔不通)。鬲閉(阻隔閉塞ㄙㄜˋ)。鬲縣(縣名)。膠鬲(殷末賢人)。襟鬲(胸襟)。膠鬲之困(指士人不在位而處於困境)。
		ㄌㄧˋ	鬲如(突起高絕的樣子)。鬲部(部首之一)。鬲器(一種古代的炊具)。
*	鬵	ㄒㄧㄣˊ	釜鬵(釜甑ㄗㄥˋ之類的炊具)。溉之釜鬵(我就替他洗滌鍋子)。
	鬻	ㄩˋ	典鬻家當ㄉㄤˋ(典當家產)。破家鬻子(比喻生活極為貧困)。焚琴鬻鶴(殺ㄕㄚ風景。同「焚琴煮鶴」)。賣官鬻爵(出賣官爵,以聚斂財物)。賣妻鬻子(同「破家鬻子」)。質ㄓˋ妻鬻子(同「破家鬻子」)。鬻文為生(替人撰寫文字而收受酬金,以維持生計)。鬻歌為生(賣唱維持生計)。鬻聲釣世(騙取世俗的名聲和讚譽。同「沽名釣譽」)。
*	鷊	ㄧˋ	鷊鳥(即火雞)。邛ㄑㄩㄥˊ有旨鷊(小土山上怎ㄗㄣˇ會有美味的綬草)。

	國字	字音	語詞
	【晉】		
*	戩	ㄐㄧㄢˇ	楊戩（神話傳說中神仙的名字。又名二郎神）。戩穀（福祿）。
	搢	ㄐㄧㄣˋ	搢紳（稱古代士大夫。同「縉紳」）。
	晉	ㄐㄧㄣˋ	晉謁ㄧㄝˋ（前往拜見）。秦　晉之好（指兩姓締結婚姻的關係）。得成秦　晉（結為夫妻關係）。朝梁暮晉（比喻政局混ㄏㄨㄣˋ亂，朝代更ㄍㄥ迭不止）。楚材晉用。「晋」為異體字。
	縉	ㄐㄧㄣˋ	縉紳（同「搢紳」）。簪ㄗㄢ纓縉紳（作官的人）。
	【骨】		
*	愲	ㄍㄨˇ	結愲（心緒迷亂的樣子）。
*	搰	ㄏㄨˊ	搰搰（用力的樣子）。狐埋狐搰（比喻人過於疑慮而反覆不定）。
*	榾	ㄍㄨˇ	榾柮ㄉㄨㄛˋ（斷木頭ㄊㄡˊ，可當ㄉㄤˋ炭用）。
	滑	ㄏㄨㄚˊ	滑頭ㄊㄡˊ。滑稽（詼諧有趣的言語、動作或神態）。滑板車。滑鐵盧。滑稽有趣。
		ㄍㄨˇ	滑稽（形容人能隨俗浮沉）。禽滑釐（戰國魏人，墨子弟子）。突梯滑稽（婉轉順從，圓滑而隨俗）。滑泥揚波（比喻隨俗浮沉。同「淈ㄍㄨˇ泥揚波」）。滑稽列傳（史記篇名）。
	猾	ㄏㄨㄚˊ	狡猾。奸胥ㄒㄩ猾吏（奸惡狡詐的官吏）。老奸巨猾。
*	縎	ㄍㄨˇ	結縎（同「結愲」）。
*	蓇	ㄍㄨˇ	蓇蓉（草名。食之會使人不能生育）。

國字	字音	語詞
*螖	ㄏㄨㄚˊ	螖蠌ㄗㄜˊ（即寄居蟹）。
*餶	ㄍㄨˇ	餶飿ㄉㄨㄛˋ（餛ㄏㄨㄣˊ飩ㄉㄨㄣˋ）。
骨	ㄍㄨˇ	骨骼。骨髓ㄙㄨㄟˇ。刻骨銘心。骨牌效應。
	ㄍㄨˊ	骨頭˙ㄊㄡ。老骨頭。硬骨頭。懶骨頭。骨頭架子。
	ㄍㄨ	骨碌（滾動的樣子）。一骨碌（形容速度很快的樣子）。骨朵兒（指還沒有開放的花朵）。
*鶻	ㄍㄨˇ	鶻鳩（斑鳩）。鶻鵃ㄓㄡ（同「鶻鳩」）。鶻鳩氏（古代官名）。
	ㄏㄨˊ	回鶻（回族的古稱）。鶻突（糊塗）。回鶻文（記錄古土耳其語的文字）。鶻鴒ㄌㄧㄥˊ眼（形容眼睛非常銳利）。兔起鶻落（比喻書法家下筆疾速）。鶻入鴉群（比喻威力強盛，所向披靡ㄇㄧˇ）。鶻崙吞棗（同「囫ㄏㄨˊ圇ㄌㄨㄣˊ吞棗」。崙，也作「圇」「淪」）。鷹覷ㄑㄩˋ鶻望（形容眼光極為銳利）。
【䍃】		
傜	ㄧㄠˊ	傜役（古代義務性的勞役。同「徭役」）。傜族（族名）。傜賦（勞役與賦稅。同「徭賦」）。
徭	ㄧㄠˊ	徭役（同「傜役」）。徭賦（同「傜賦」）。
搖	ㄧㄠˊ	動搖。搖曳。搖晃。招搖過市。搖旗吶喊。
瑤	ㄧㄠˊ	瓊瑤（美石）。瑤臺鏡（指月亮）。琪花瑤草（比喻珍奇的花草）。瑤臺瓊室（指華麗的樓臺屋宇等建築物）。駕返瑤池（傷悼ㄉㄠˋ女老年人的輓辭）。瓊瑤樓閣（形容覆蓋著雪的樓閣）。

國字	字音	語詞
繇	ㄧㄠˊ	外繇（戍ㄕㄨˋ守邊界的士兵）。皋繇（古人名。虞舜時刑官之長，我國法典的創始人。同「咎ㄍㄠ繇」「皋陶ㄧㄠˊ」「咎陶」）。繇賦（同「徭賦」）。
	ㄧㄡˊ	優繇（閒暇自得，無拘無束的樣子）。鍾繇（人名。三國魏人）。自繇自在（不受任何拘束，隨心所欲。同「自由自在」）。通「由」。
	ㄓㄡˋ	成風聞成季之繇（成風聽聞季友降生時占ㄓㄢ筮ㄕˋ的爻ㄧㄠˊ辭）。通「籀ㄓㄡˋ」。
謠	ㄧㄠˊ	歌謠。謠言。闢謠。造謠生事。
遙	ㄧㄠˊ	遙控。遙遠。遙控器。千里迢ㄊㄧㄠˊ遙。山遙水遠（形容路途艱辛迢遙）。逍遙自在。遙不可及。遙遙相對。遙遙無期。遙遙領先。
*颻	ㄧㄠˊ	颻颺（風吹飄盪的樣子）。飄颻（隨風搖動。同「飄搖」）。風雨飄颻（同「風雨飄搖」）。
*鰩	ㄧㄠˊ	文鰩魚（魚名。又稱飛魚）。
鷂	ㄧㄠˋ	紙鷂（風箏）。鷂鷹（雀鷹的別名）。南鷂北鷹（比喻嚴峻剛正的人）。鷂子翻身（一種武技身段）。鷹鼻鷂眼（形容人的相貌凶狠醜惡）。
【蚩】		
嗤	ㄔ	嗤笑（譏笑）。嗤斳ㄐㄧㄣ（嘲笑、羞辱他人）。嗤之以鼻。噗嗤一笑（同「噗哧ㄔ一笑」）。
媸	ㄔ	妍媸（美麗與醜陋）。求妍更媸。媸妍自別（美醜分明）。
*滍	ㄓˋ	滍水（古水名。今名沙河）。

	國字	字音	語詞
	蚩	ㄔ	蚩尤。蚩吻（宮殿或廟宇等建築物屋脊ㄐㄧˇ兩端的獸形裝飾物。同「鴟吻」）。蚩拙（質樸魯鈍）。天下蚩蚩（天下喧擾紛亂）。
	【芻】		
*	媰	ㄗㄡ	媰孀（孕婦和寡婦）。
*	搊	ㄔㄡ	搊扶（攙扶）。搊趣（逗趣）。搊琵琶（以五指撥弄琵琶）。搊彈ㄊㄢˊ詞（說唱藝術的一種）。劣缺搊搜（勇猛凶悍）。性情太搊（性情太拘執）。
*	犓	ㄔㄨˊ	犓牛（以草料飼養的牛）。犓豢ㄏㄨㄢˋ（家畜。指牛、羊與犬、豬等。同「芻豢」）。
	皺	ㄓㄡˋ	皺紋。皺摺。皺眉頭ㄊㄡˊ。眉頭ㄊㄡˊ一皺。
*	篘	ㄔㄡ	新篘美酒（新濾清的美酒）。
	縐	ㄓㄡˋ	縐紗（一種絲織物）。縐絺ㄔ（精細的葛ㄍㄜˊ布）。縐縠（縐紗的一種）。文縐縐（形容人談吐、舉止溫文儒雅。同「文謅ㄗㄡ謅」）。
	芻	ㄔㄨˊ	反芻。芻言（同「芻議」）。芻狗（比喻輕賤無用的東西）。芻秣（飼養牛馬的飼料）。芻豢ㄏㄨㄢˋ（指牛、羊與犬、豬等家畜）。芻糧（糧草）。芻議（謙稱議論淺薄鄙陋）。反裘負芻（形容生活貧苦）。飛米轉芻（比喻戰火連續發生）。飛芻輓粟（用車船快速運送糧食）。詢於芻蕘ㄖㄠˊ（不恥下問）。瞽ㄍㄨˇ言芻議（謙稱己見淺陋，不夠成熟）。
	謅	ㄗㄡ	胡謅（隨便亂說）。瞎謅。文謅謅（同「文縐縐」）。胡吹亂謅（胡亂吹嗙ㄆㄤˇ或瞎掰ㄅㄞ）。

	國字	字音	語詞
	趨	ㄑㄩ	趨前。趨勢。大勢所趨。民心趨向。亦步亦趨。時勢所趨。趨之若鶩ㄨˋ。趨吉避凶。趨於一致。趨炎附勢。
		ㄘㄨˋ	趨數ㄕㄨˋ（音調急促）。趨趨（小步快走的樣子）。趨織（蟋蟀）。修上趨下（上半身長、下半身短）。通「促」。
	鄒	ㄗㄡ	鄒族。鄒魯遺風（孔孟所流傳下來的儒家學風）。鄒纓齊紫（比喻上行下效）。
	雛	ㄔㄨˊ	雛形。雛鳥。雛菊。雛鳳（比喻表現傑出的子弟）。伏龍鳳雛（比喻有潛ㄑㄧㄢˊ力而尚未被發掘的人）。孤雛腐鼠（比喻微賤不值得ㄉㄜˊ一提的人或物）。「鶵」為異體字。
*	騶	ㄗㄡ	引騶（前導的馬隊）。騶卒（僕役、賤役）。騶從ㄗㄨㄥˋ（高官出門時，前導或後隨的侍從ㄗㄨㄥˋ）。
*	齺	ㄗㄡ	齺然（齒上下相向的樣子）。
	【虒】		
*	傂	ㄔˇ	仳ㄘˇ傂（參ㄘㄣ差ㄘ不齊的樣子）。偨ㄘ傂（同「仳傂」）。
	搋	ㄔㄨㄞ	搋麵（和ㄏㄨㄛˋ麵時用力搓揉）。搋手兒（兩手交叉放在衣袖中）。
*	擨	ㄧㄝˊ	擨歈ㄩˊ（嘲弄、譏笑。同「揶揄」）。
*	榹	ㄙ	榹桃（果名。即山桃）。
*	歋	ㄧㄝˊ	歋瘉ㄩˊ（戲弄、訕笑。同「擨歈」「揶揄」）。

國字	字音	語詞
* 磃	ㄙ	磄ㄊㄤˊ磃（怪石）。磃氏館（漢代的館舍名）。
* 禠	ㄙ	祈禠禳ㄖㄤˊ災（祈福除災害）。
篪	ㄔˊ	李仲篪（書法家）。伯壎ㄒㄩㄣ仲篪（比喻兄弟友愛）。鼓腹吹篪。壎篪相和ㄏㄜˋ（同「伯壎仲篪」）。與「箎」不同：「箎」音ㄏㄨˊ，不讀ㄔˊ（見88年3月出版之國語一字多音審訂表第三一四頁）。
* 虒	ㄙ	虒祁（古代宮殿名）。
* 螔	ㄧˊ	螔蝓ㄩˊ（蝸牛）。
	ㄙ	螔蝾（守宮）。
褫	ㄔˇ	褫奪。褫魄（失去魂魄）。褫職（革職）。解珮褫紳（脫掉玉珮和腰帶）。褫革職務（革除職務）。褫奪公權。驚心褫魄（形容非常害怕）。
* 謕	ㄊㄧˊ	謕號ㄏㄠˊ（啼哭）。通「啼」。
遞	ㄉㄧˋ	投遞。郵遞。傳遞。遞交。遞送。遞減。遞補。遞解ㄐㄧㄝˋ（將犯人押解ㄐㄧㄝˋ到遠處去）。遞增。遞嬗ㄕㄢˋ（指更替演變）。遞眼色（以眼睛示意）。郵遞區號。遞解出境（對於不受歡迎或非法居留的外國人驅逐出境）。關山迢ㄊㄧㄠˊ遞（比喻路途遙遠）。
鷉	ㄊㄧˊ	鷿ㄆㄧˋ鷉（鳥名。大如小鴨）。「鷈」為異體字。
* 鼶	ㄙ	鼶鼠（一種體形很大的田鼠）。

	國字	字音	語詞
	【倝】		
	幹	ㄍㄢˋ	軀幹。埋頭苦幹。幹父之蠱ㄍㄨˇ（兒子能繼承父親曾從事的事業）。
		ㄏㄢˊ	井幹（井上木欄。同「井榦ㄏㄢˊ」）。井幹麗譙ㄑㄧㄠˊ（古代兩樓閣名）。
	擀	ㄍㄢˇ	擀麵。擀麵杖（擀麵用的短木棒）。擀餃子皮。
	斡	ㄨㄛˋ	斡旋。掀天斡地（比喻聲勢浩大。也作「掀天揭地」）。調ㄊㄧㄠˊ三斡四（挑ㄊㄧㄠˇ撥是非）。
	榦	ㄍㄢˋ	枝榦。國之楨榦（指國家棟梁之材）。
		ㄏㄢˊ	井榦（井上的木欄。同「井幹」）。
	澣	ㄏㄨㄢˇ	澣衣（洗衣）。澣濯ㄓㄨㄛˊ（洗滌）。
	瀚	ㄏㄢˋ	浩瀚。瀚海（即「戈壁」）。
*	簳	ㄍㄢˇ	簳麵杖（同「擀麵杖」）。
	翰	ㄏㄢˋ	翰墨（比喻文章、書法）。揮翰成風（形容寫字或作畫非常快速、熟練）。揮翰臨池（指運筆寫字）。筆翰如流（形容文筆快捷如流水）。操觚ㄍㄨ染翰（指創作詩文字畫）。翰飛戾ㄌㄧˋ天（比喻為官飛黃騰達）。龍翰鳳翼（形容才華卓越的君子）。
*	雗	ㄏㄢˋ	雗鷽ㄒㄩㄝˊ（山鵲）。
	【衰】		
	榱	ㄘㄨㄟ	榱桷ㄐㄩㄝˊ（屋椽ㄔㄨㄢˊ）。榱椽（架屋承瓦的梁柱）。榱題（屋椽的兩端之處）。棟折榱崩（比喻國家滅亡）。

國字		字音	語詞
*	滖	ㄙㄨㄟ	滖灖ㄇㄧˇ（雪霜閃耀的樣子）。
	簑	ㄙㄨㄛ	簑衣（同「蓑衣」）。通「蓑」。
	縗	ㄘㄨㄟ	縗絰ㄉㄧㄝˊ（麻布做成的喪ㄙㄤ服）。縗墨（古代居喪者從戎時所穿以墨染黑的喪服）。
	蓑	ㄙㄨㄛ	蓑衣（用蓑草編成的雨衣）。蓑草。蓑笠。煙蓑雨笠（比喻隱居避世的人）。通「簑」。
	衰	ㄕㄨㄞ	衰老。衰弱。衰竭。衰頹。色衰愛弛ㄔˊ（因姿色衰退而失寵）。紅衰翠減（形容花木凋落衰敗的景象）。歷久不衰。
		ㄘㄨㄟ	衰絰ㄉㄧㄝˊ（用麻布所做成的喪服）。斬衰（古代喪服的一種）。等衰（等級順序）。綌ㄒㄧˋ衰（用粗葛ㄍㄜˊ布製成的喪服）。趙衰（春秋 晉國大夫）。齊ㄗ衰（一種喪服，比最重的斬衰次一等）。
	【舀】		
*	慆	ㄊㄠ	慆淫（放縱無度）。慆慢（怠慢）。慆慆（長久）。日月其慆（時間將白白的溜走）。慆慆不歸（長久不回來）。
*	搯	ㄊㄠ	搯擢ㄓㄨㄛˊ（挖取、掏出。搯，同「掏」。如「搯擢胃腎」）。搯膺ㄧㄥ（捶胸。表示悲痛）。與「掐ㄑㄧㄚ」不同。
	滔	ㄊㄠ	白浪滔滔。罪惡滔天。雄辯滔滔。滔天大罪。滔天大禍。滔天之罪。滔滔不絕。滔滔而至（形容事物源源不絕的到來）。
	稻	ㄉㄠˋ	稻米。稻穗。稻穀。

	國字	字音	語　　詞
*	縚	ㄊㄠ	南宮縚(古代人名)。
	舀	ㄧㄠˇ	舀水。舀湯。水舀子(用來取水的勺子)。舀水瓢ㄆㄧㄠˊ。
*	謟	ㄊㄠ	天道不謟(天命不容懷疑)。
	蹈	ㄉㄠˋ	舞蹈。蹈虎尾(比喻極為危險)。手舞足蹈。羽蹈烈火(比喻自不量ㄌㄧㄤˋ力而導致滅亡)。抵瑕蹈隙(針對他人弱點、短處加以攻擊)。赴湯蹈火。重蹈覆轍。躬蹈矢石(指親自作戰)。高舉遠蹈(隱居)。高蹈遠舉(同「高舉遠蹈」)。循規蹈矩。發揚蹈厲(意氣昂揚,精神奮發的樣子)。誤蹈法網。履仁蹈義(實踐仁義之道)。蹈常襲故(因循故習,不知改進創新)。蹈厲之志(比喻奮發向上的志向)。蹈厲奮發。
	韜	ㄊㄠ	韜略(用兵的謀略。同「弢ㄊㄠ略」)。文韜武略(指用兵的計謀)。鉗ㄑㄧㄢˊ口韜筆(緘ㄐㄧㄢ默不言,藏筆不用,以免惹禍上身)。龍韜虎略(比喻用兵有謀略和膽識)。韜戈卷ㄐㄩㄢˇ甲(收兵停止作戰。同「偃ㄧㄢˇ兵息甲」)。韜世之量(比喻度量極大)。韜光晦ㄏㄨㄟˋ跡(比喻隱藏才能,不為世用)。韜光養晦(同「韜光晦跡」)。韜晦待時(隱匿才華和行蹤,等待時機而有所作為)。韜聲匿跡(隱匿起來,使不為人所知)。通「弢」。
	【冓】		
*	冓	ㄍㄡˋ	中冓之言(於房內談論有關淫邪之事的言辭)。中冓之羞(嘲諷ㄈㄥˋ人妻外遇)。

國字	字音	語　　詞
媾	ㄍㄡˋ	婚媾（婚姻）。媾和（兩國達成協議，停止戰爭。也作「搆和」）。婚媾不通（彼此不通婚）。
搆	ㄍㄡˋ	搆和（同「媾和」）。搆怨（結怨）。搆陷（設計陷害）。搆釁ㄒㄧㄣˋ（與人結怨）。搆不著ㄓㄠˊ（同「勾ㄍㄡˋ不著」）。搆木為巢（搭架木枝以作為居所）。
* 斠	ㄐㄧㄠˋ	斠訂（校ㄐㄧㄠˋ訂）。斠補（校對補正）。說文經斠（書名）。
構	ㄍㄡˋ	架構。結構。構陷（同「搆陷」）。構釁（同「搆釁」）。肯堂肯構（比喻兒子能繼承父業）。
溝	ㄍㄡ	溝通。溝渠。溝壑。不忘溝壑（比喻時刻不忘為正義而奉獻生命）。深溝高壘（比喻防禦極為堅固）。
* 篝	ㄍㄡ	篝火（指在野外堆架木柴燃燒的火堆）。篝火狐鳴（比喻密謀起事或謠言惑眾）。甌窶ㄌㄡˊ滿篝（比喻擁有的少，卻要求多且奢侈）。篝火晚會（即營火晚會）。篝燈呵凍（比喻勤奮寫作）。
* 覯	ㄍㄡˋ	罕ㄏㄢˇ覯（不多見）。覯閔ㄇㄧㄣˇ（遭人妒忌、陷害）。
講	ㄐㄧㄤˇ	講究。講座。投戈講藝（雖身處軍中，仍然不忘學習）。講信修睦。
購	ㄍㄡˋ	採購。購買。購物袋。
* 遘	ㄍㄡˋ	遘疾（生病）。遘閔（同「覯閔」）。遘難ㄋㄢˋ（遭受災難）。
* 韝	ㄍㄡ	臂ㄅㄧˋ韝（即袖套）。韝鞴ㄅㄟˋ（活塞ㄙㄞ）。韝上鷹（比喻英勇勃發）。韋ㄨㄟˊ韝毳ㄘㄨㄟˋ幙ㄇㄨˋ（皮製的護臂套與氈ㄓㄢ帳。也作「韋韝毳幕」）。「鞲」為異體字。

	國字	字音	語　　詞
*	顜	ㄐㄧㄤˇ	顜若畫一（調和整齊如一）。
	【𢼸】		
*	媺	ㄇㄟˇ	陳茵媺（二〇〇六年香港小姐）。民殷俗媺（人民富裕，禮俗良善）。通「美」。
	微	ㄨㄟˊ	式微。顯微鏡。人微言輕。出身寒微。杜漸防微。見微知著ㄓㄨˋ。具體而微。刻ㄎㄜ畫入微。無微不至。紫微斗數。微言大義（精微的言論，切要的義理。比喻純正的規勸）。微服出巡。微罪不舉。道德式微。漸趨式微。體貼入微。
	薇	ㄨㄟˊ	紫薇。薔薇。大花紫薇（皆植物名）。
	【邕】		
*	噰	ㄩㄥ	噰噰（形容群鳥和鳴的聲音）。
*	廱	ㄩㄥ	辟ㄅㄧˋ廱（古代天子所設立的大ㄊㄞˋ學。也作「辟雍」）。廱廱（和諧的樣子）。
*	灉	ㄩㄥ	灉水（山東省水名）。
	癰	ㄩㄥ	癰疽ㄐㄩ（常見的毒瘡。淺的為癰，深的為疽）。吮ㄕㄨㄣˇ癰舐ㄕˋ痔（比喻阿ㄜ諛諂媚權貴的卑鄙ㄅㄧˇ行為。也作「舐癰吮痔」）。決癰潰疽（比喻事情的癥結獲得解決）。養癰遺患（比喻姑息養奸，必留下後患）。膿瘡癰腫（即惡性腫瘤）。
	邕	ㄩㄥ	邕邕（和諧的樣子。同「廱廱」「雝雝」「雍雍」）。蔡邕（東漢人名。蔡琰ㄧㄢˇ之父）。
*	雝	ㄩㄥ	肅雝（恭敬而溫和）。佐雝得嘗（比喻行善，自己也分享榮耀。也作「佐饔得嘗」）。

國字	字音	語詞
* 齆	ㄨㄥˋ	齆鼻兒（鼻孔堵塞ㄙㄜˋ，發音不清楚）。齆聲齆氣（鼻孔阻塞ㄙㄜˋ不通氣。也作「齉聲齉氣」）。
【羔】		
* 溔	ㄧㄠˇ	灝ㄏㄠˋ溔（水勢盛大的樣子）。
窯	ㄧㄠˊ	瓦窯。窯洞。磚窯。「窰」為異體字。
* 禚	ㄓㄨㄛˊ	禚宏順（知名電視綜藝節目製作人）。
糕	ㄍㄠ	年糕。蛋糕。糕餅。
羔	ㄍㄠ	羔羊。代罪羔羊。狐裘羔袖（比喻整體雖然完好卻略有缺點）。羔羊跪乳。羔酒自勞ㄌㄠˋ（指殺羊飲酒來慰勞ㄌㄠˋ自己）。素絲羔羊（稱譽廉潔奉公的官吏）。迷途羔羊。替罪羔羊（同「代罪羔羊」）。
羹	ㄍㄥ	羊羹。肉羹。魚羹。調ㄊㄧㄠˊ羹（湯匙ㄔˊ）。羹匙。羹湯。羹牆（比喻仰慕、懷念）。閉門羹。土飯塵羹（比喻以假作真，沒有用處的東西）。分一杯羹。見羹見牆（指對賢人的思慕。同「羹牆見堯」）。指雁為羹（比喻以不實在的事物來安慰自己。同「望梅止渴」）。麥飯豆羹（指農家的粗飯淡菜）。殘羹剩飯。塵飯塗羹（同「土飯塵羹」）。蜩ㄊㄧㄠˊ螗沸羹（比喻議論喧鬧，紛擾不寧）。羹汙朝衣（比喻人的性情溫和、度量寬大）。羹牆見堯（比喻對先賢前輩的仰慕和懷念）。
【烏】		
鳴	ㄨ	鳴呼。鳴咽ㄧㄝˋ。鳴呼哀哉。

	國字	字音	語詞
	塢	ㄨˋ	山塢（山的凹處）。村塢（村落、村莊）。船塢。好萊塢。花塢春曉（形容美麗的春色）。浮沉船塢。
	摀	ㄨˇ	摀住。摀蓋。摀住眼睛。
*	歍	ㄨ	歍唈（哽咽ㄧㄝˋ哭泣。同「於ㄨ邑」）。歐歍（嘔吐ㄊㄨˋ的聲音）。
	烏	ㄨ	烏龜。子虛烏有。化為烏有。屋烏推愛（同「愛屋及烏」）。烏合之眾。烏飛兔走（比喻光陰消逝迅速）。烏鳥私情（比喻侍奉長輩的孝心）。馬角ㄐㄧㄠˇ烏白（比喻不可能的事或比喻精誠感動天地）。愛屋及烏。
	鄔	ㄨ	鄔陽關（湖北省關名）。
	鎢	ㄨ	鎢絲。鎢絲燈。
	【犕】		
	備	ㄅㄟˋ	備用品。備忘錄。有備無患。攻其不備。求全責備（指對人或事要求完美無瑕）。聊備一格（姑且算作一份，表示暫且充數之意）。備而不用。備受好評。備受威脅。備受禮遇。備受矚目。備嘗艱苦。關懷備至。
	憊	ㄅㄟˋ	疲憊。疲憊不堪。
*	犕	ㄅㄟˋ ㄈㄨˊ	牛八歲。 犕牛乘馬（駕馭牛馬）。通「服」。
*	糒	ㄅㄟˋ	糗ㄑㄧㄡˇ糒（乾糧。也作「糒糗」）。
*	鞴	ㄅㄟˋ	鞲ㄍㄡ鞴（風箱、唧ㄐㄧ筒等裡面的活塞ㄙㄞ）。

國字		字音	語詞
【臬】			
*	嵲	ㄋㄧㄝˋ	嵽(ㄉㄧㄝˊ)嵲（山高險的樣子）。嶢(ㄧㄠˊ)嵲（同「嵽嵲」）。
*	寱	ㄧˋ	寱掙（發怔(ㄌㄥˋ)的樣子）。
*	甈	ㄑㄧˋ	甈瓠(ㄏㄨˋ)（壺）。罃(ㄧㄥ)甈（盆）。
	臬	ㄋㄧㄝˋ	圭臬（比喻法度、標準）。臬臺（古官名。按察使的別稱。也作「臬司」）。奉為圭臬（奉為依據的準則）。
*	臲	ㄋㄧㄝˋ	臲卼(ㄨˋ)（動盪不安的樣子。同「杌隉」）。
	鎳	ㄋㄧㄝˋ	鎳幣。
*	闑	ㄋㄧㄝˋ	棖(ㄔㄥˊ)闑（比喻家門）。椳(ㄨㄟ)闑扂(ㄉㄧㄢˋ)楔(ㄒㄧㄝ)（門臼、門檻(ㄎㄢˇ)、門閂(ㄕㄨㄢ)、門柱）。
【脊】			
*	塉	ㄐㄧˊ	塉埆(ㄑㄩㄝˋ)（貧瘠(ㄐㄧˊ)不肥沃的土地）。塉确(ㄑㄩㄝˋ)（多石而貧瘠的土地）。
	瘠	ㄐㄧˊ	肥瘠。貧瘠。溝中瘠（因生活窮苦而餓死在溝壑中的人）。地瘠人稀。瘠人肥己（待人嚴苛而對己卻寬厚）。瘠己肥人（律己嚴格，待人寬厚。與「瘠人肥己」義反）。
	脊	ㄐㄧˇ	屋脊（屋頂的高起處）。脊柱。脊椎。脊髓(ㄙㄨㄟˇ)。脊梁骨（同「脊椎骨」）。脊椎骨。露(ㄌㄨˋ)脊鯨（鯨魚的一種）。世界屋脊（即帕米爾高原）。豎起脊梁（比喻振作精神，奮發興起）。
*	膌	ㄐㄧˊ	肥膌（肥沃與貧瘠）。通「瘠」。

國字		字音	語詞
*	蹐	ㄐㄧˊ	跼ㄐㄩˊ蹐（害怕緊張的樣子）。跼天蹐地（形容恐懼畏縮的樣子）。跼蹐不安（形容緊張害怕，不知所措的樣子）。
	鶺	ㄐㄧˊ	鶺鴒ㄌㄧㄥˊ（鳥名）。鶺鴒在原（比喻兄弟共處危難，互相救助。同「脊令在原」）。
			【皋】
	嗥	ㄏㄠˊ	狼嗥。狼嗥鬼叫（形容哭叫聲淒厲悲慘）。「嘷」為異體字。
	槔	ㄍㄠ	桔ㄐㄧㄝˊ槔（汲水的工具）。「橰」為異體字。
	皋	ㄍㄠ	江皋（江邊）。皋壤（水澤旁邊平坦的溼地）。如皋射雉（指男子因才華而得到女子的歡心）。皋魚之泣（比喻奉養ㄧㄤˋ父母須及時）。漢皋解佩（比喻男女因愛慕而彼此互贈禮物）。鶴鳴九皋（比喻賢人雖處卑賤，仍不掩其光芒）。「臯」為異體字。
*	皞	ㄏㄠˋ	太皞（即伏羲氏）。皞天（天。同「昊ㄏㄠˋ天」）。皞皞（廣大自得的樣子）。
	翺	ㄠˊ	翺翔。翺翔天際。「翱」為異體字。
*	韔	ㄍㄠ	韔章（畫有弓袋的旗子）。
			【袁】
	園	ㄩㄢˊ	花園。園囿ㄧㄡˋ（供人遊樂的園林）。目不窺園（比喻治學勤苦專心）。桃園結義。梨園子弟（泛稱表演戲曲的演員）。

	國字	字音	語詞
	猿	ㄩㄢˊ	猿猴。亡猿禍木（比喻損人害己的行為）。心猿意馬。猿穴壞山（比喻忽略小事，將釀成大禍患）。猿腸寸斷（比喻思念極為悲切）。窮猿奔林（比喻人處困境，急於尋找安身的地方。也作「窮猿投林」）。籠鳥檻ㄐㄧㄢˋ猿（比喻人受限制而無自由）。
*	睘	ㄑㄩㄥˊ	睘睘（孤單而沒有依靠的樣子）。獨行睘睘（孤獨無伴的走著。同「踽ㄐㄩˇ踽獨行」）。
*	薳	ㄨㄟˇ	薳澨ㄕˋ（古地名）。
	袁	ㄩㄢˊ	袁安臥雪（比喻寒士不願向人乞求的節操）。
	轅	ㄩㄢˊ	轅下駒（比喻人受束縛不能施展而侷促不安）。北轅適楚（比喻行動和目的彼此相反）。改轅易轍（同「改弦易轍」）。南轅北轍。拜倒轅門（形容對人極為佩服，自願認輸）。張堪折轅（比喻為官清廉）。農歌轅議（俚俗的作品）。擊轅之歌（泛指俚俗的歌曲）。攀轅臥轍（挽留賢明的長官）。
	遠	ㄩㄢˇ	負重致遠。高瞻遠矚。
		ㄩㄢˋ	遠庖ㄆㄠˊ廚（遠離廚房）。全身遠害（遠離禍根，以保全性命）。敬而遠之。遠罪豐家（遠離罪惡而使家財豐厚）。禮賢遠佞（敬重親近有才德的人，遠離逢迎諂媚的無恥小人）。敬鬼神而遠之。
			【師】
	師	ㄕ	出師不利。師心自用（固執己見，自以為是）。師出無名。師老兵疲（軍隊長期在外奔波ㄅㄛ，兵士疲累，士氣低落）。班師回朝。

國字		字音	語詞
	獅	ㄕ	風獅爺。獅子吼（比喻悍妻罵人的聲音）。河東獅吼（比喻妻子凶悍發威）。獅子搏ㄅㄛˊ兔（比喻雖做小事情也全力以赴）。
	篩	ㄕㄞ	篩子（一種有密孔的竹器）。篩選。篩檢。日炙ㄓˋ風篩（形容旅途的艱苦）。擂鼓篩鑼（形容大聲吵鬧。也比喻大肆吹噓誇大）。
*	蒒	ㄕ	蒒草（植物名。莎ㄙㄨㄛ草科）。
	螄	ㄙ	螺螄ㄙ（動物名。與田螺同類）。
	【毘】		
	媲	ㄆㄧˋ	媲美。取青媲白（比喻詩文對仗工整）。
	篦	ㄅㄧˋ	竹篦（刑具名。用竹片紮ㄓㄚˊ成，一頭劈開成細條狀）。梳篦（梳子與篦子）。篦子（用竹子製成的梳頭的用具）。金篦刮目（比喻幡ㄈㄢ然覺悟）。鈿ㄉㄧㄢˋ頭雲篦（指梳子上刻ㄎㄜˋ有雲紋且兩端鑲嵌ㄑㄧㄢ金花寶飾）。
*	膍	ㄆㄧˊ	膍胵ㄔ（反芻動物或鳥類的胃）。
	蓖	ㄅㄧˋ	蓖麻（植物名）。蓖麻油。
	貔	ㄆㄧˊ	貔虎（比喻勇猛的將士）。貔貅ㄒㄧㄡ（同「貔虎」）。
*	鎞	ㄆㄧ	金鎞（金製品，似小刀，可用來刮掠物體的表面）。
		ㄅㄧˋ	梳鎞（同「梳篦」）。鎞子（同「篦子」）。通「篦」。

	國字	字音	語詞
			【能】
	態	ㄊㄞˋ	態度。老態龍鍾。故態復萌ㄇㄥˊ。體態輕盈。
	擺	ㄅㄞˇ	搖擺。擺布。擺設。擺渡。擺盪。擺架子。鐘擺效應。
	熊	ㄒㄩㄥˊ	熊羆ㄆㄧˊ（比喻軍隊或勇士）。虎背熊腰。夢兆熊羆（生男孩的徵兆）。夢熊之喜（同「夢兆熊羆」）。熊丸之教（比喻賢母教子）。
*	犤	ㄆㄧˊ	犤牛（體型矮小的牛）。
*	矲	ㄅㄚˋ	矲矮（身材矮小）。矲雉（同「矲矮」）。
	罷	ㄅㄚˋ	罷工。罷手。罷休。罷免。罷官。欲罷不能。
		ㄆㄧˊ	罷乏。罷民（窮困不堪的人民）。罷病（疲累貧病）。罷軟（軟弱而不能振作）。罷弊（疲累困乏。也作「罷敝」）。罷癃ㄌㄨㄥˊ（指駝背）。罷羸ㄌㄟˊ（形容身體怠倦無力的樣子）。益州罷弊。罷於奔命（同「疲於奔命」）。罷散之卒（疲困散亂的部隊）。通「疲」。
	羆	ㄆㄧˊ	羆丸（神話傳說中的野獸）。老羆當道（比喻勇將鎮守要隘）。非熊非羆（比喻隱士受到賞識重用）。夢兆熊羆（生男的徵兆）。熊羆之士（比喻勇猛善戰的將士）。
	能	ㄋㄥˊ	能夠。能者多勞。積不相能（指一向不能和睦相處）。難能可貴。
*	藣	ㄅㄟ	藣草（草名）。
*	䙞	ㄋㄞˋ	䙞襶ㄉㄞˋ（說人不明白事理，不懂事）。

	國字	字音	語詞
	襬	ㄅㄞˇ	裙襬。裙襬飛揚。
	【翁】		
	嗡	ㄨㄥ	嗡嗡。嗡嗡作響。
*	塕	ㄨㄥˇ	塕然（風起塵土飛揚的樣子）。塕薆ㄞˋ（草木茂盛的樣子）。
*	暡	ㄨㄥˇ	暡曚（天氣昏暗不明的樣子）。暡靉ㄞˋ（昏暗，晦暗）。
*	滃	ㄨㄥˇ	勃滃（形容充實布滿的樣子）。浡滃（同「勃滃」）。滃鬱（雲氣濃密的樣子）。
	翁	ㄨㄥ	富翁。塞ㄙㄞˋ翁失馬。漁翁得利。醉翁之意（比喻言論或行動另有企圖或目的）。
	蓊	ㄨㄥˇ	蓊蔚（同「蓊鬱」）。蓊鬱（草木繁茂的樣子）。
	【耆】		
	嗜	ㄕˋ	嗜好。嗜睡症。嗜之如命（形容極為喜愛）。嗜痂ㄐㄧㄚ成癖ㄆㄧˇ（形容人喜愛奇特的事物已成癖好）。嗜酒如命（不作「視酒如命」）。
*	搘	ㄓ	搘拄ㄓㄨˇ（支持）。以木搘牆（以木頭ㄊㄡˊ支撐牆壁）。以手搘頤（以手支撐腮頰）。
	耆	ㄑㄧˊ	耆老（指德高望重的老人）。耆艾（老人的通稱）。耆耇ㄍㄡˇ（老人）。耆宿（同「耆老」）。耆臘（指年齡大的比丘）。地方耆宿。耆英望重（賀壽辭。形容壽星年高且聲望崇隆）。耆儒碩望（年老而德高望重的讀書人）。

	國字	字音	語詞
	著	ㄕ	著草。著蔡（比喻有先見之明的人）。著龜（指占ㄓㄢ卜）。不待著龜（不用占卜即可預知吉凶禍福）。刈ㄧˋ著遺簪ㄗㄢ（比喻不忘故舊之情）。著簪不忘（同「刈著遺簪」）。
*	鬐	ㄑㄧˊ	鬐甲（牛馬羊等動物頸和背脊ㄐㄧˇ之間隆起的部位）。鬐鬣ㄌㄧㄝˋ（指魚類的背鰭）。
	鰭	ㄑㄧˊ	尾鰭。背鰭。胸鰭。臀ㄊㄨㄣˊ鰭。身如植鰭（比喻人駝背）。
	【索】		
	嗦	ㄙㄨㄛ	哆嗦˙ㄙㄨㄛ。打哆嗦。嗦手指頭（吸吮ㄕㄨㄣˇ手指頭）。
*	溹	ㄙㄨㄛˇ	溹水（河南省水名）。
	索	ㄙㄨㄛˇ	思索。索取。索性（乾脆，直截ㄐㄧㄝˊ了當）。探索。繩索。不假思索。犬馬齒索（謙稱自己年老體衰）。索然無味。探賾ㄗㄜˊ索隱（指探求精微深奧的事理）。興致索然。離群索居。
	【秦】		
	榛	ㄓㄣ	榛狉ㄆㄧ（形容蠻荒未開化時的景象）。榛梗（道路未通）。榛莽（雜亂叢生的草木）。斫ㄓㄨㄛˊ榛莽（砍刈ㄧˋ叢生的草木）。披榛ㄓㄣ採蘭（比喻選拔人才）。荊榛滿目（形容荒涼的景象）。荒榛斷梗（形容景象荒蕪蕭條）。莽榛蔓草（草木叢生蔓延。形容荒蕪蒼涼的地方）。
*	溱	ㄓㄣ	溱水（河南省水名）。溱洧ㄨㄟˇ（詩經‧鄭風的篇名）。汗出溱溱（微微冒汗的樣子）。室家溱溱（宗族興旺）。褰ㄑㄧㄢ裳ㄔㄤˊ涉溱（撩ㄌㄧㄠˊ起裙襬渡過溱河）。
	獉	ㄓㄣ	獉狉（同「榛狉」）。

國字	字音	語　　詞
秦	ㄑㄧㄣˊ	秦庭之哭（指向別國哀求援助，或哀求別人幫忙）。秦庭朗鏡（比喻官吏執法嚴明，判案公正無私）。秦 晉之好（指兩姓締結聯姻的關係）。秦樓楚館（指妓院）。秦鏡高懸（同「秦庭朗鏡」）。視同秦 越（指將事情看得與自己毫無關係）。朝秦暮楚（比喻人心反覆不定）。越人視秦（比喻對人冷漠而不關心）。
臻	ㄓㄣ	五福駢ㄆㄧㄢˊ臻（五福一齊來到）。百福具臻（形容各種福分一齊來到）。至臻化境（達到精妙超凡的境界）。荐臻而至（連續不斷的到來）。漸臻佳境。臻於完美。饑饉荐臻（指連年水旱荒年）。
蓁	ㄓㄣ	蓁荒（雜草叢生的荒地）。蓁莽（同「榛莽」）。蓁蓁（草木繁茂的樣子）。蓁莽荒穢（草木雜亂叢生，非常荒涼汙穢）。
螓	ㄑㄧㄣˊ	螓首蛾眉（形容女子相貌美麗）。
【辱】		
溽	ㄖㄨˋ	溽暑。祁寒溽暑（形容日子過得非常艱苦）。
縟	ㄖㄨˋ	繁縟。繁文縟節（繁瑣的儀式和禮節）。縟禮煩儀（同「繁文縟節」）。繁文縟禮（同「繁文縟節」）。豐草綠縟（草木茂盛）。
耨	ㄋㄡˋ	耕耨（耕田除草）。刀耕火耨（一種原始耕種方法，播ㄅㄛ種ㄓㄨㄥˇ前先伐ㄈㄚ去樹木，焚燒作為肥料）。耒ㄌㄟˇ耨之教（傳授農業耕種的技術）。深耕易耨（把土耕深，並勤除田間雜草）。
蓐	ㄖㄨˋ	坐蓐（婦人即將生產）。床蓐（臥具）。蓐瘡（久臥在床，皮膚潰爛的症狀。同「褥瘡」）。

	國字	字音	語詞
*	薅	ㄏㄠ	薅草（拔草）。薅惱（打攪、騷擾）。薅鋤（除草用的短柄鋤頭˙ㄊㄡ）。薅鬍鬚（拔鬍鬚）。以薅荼蓼ㄌㄧㄠˇ（用來除去田裡的雜草）。
	褥	ㄖㄨˋ	坐褥（同「坐蓐」）。床褥（同「床蓐」）。被褥（棉被和墊褥）。褥瘡（同「蓐瘡」）。重ㄔㄨㄥˊ裀ㄧㄣ疊褥（形容住屋華美，生活富足寬裕）。
	辱	ㄖㄨˋ	侮辱。辱沒ㄇㄛˋ（屈辱）。辱荷ㄏㄜˋ（承蒙）。不辱使命。忍辱負重。忍辱偷生。辱蒙惠顧。盛衰榮辱（比喻世間的種種變遷、變化）。喪ㄙㄤˋ權辱國。寵辱不驚（指將一切得失置之度外）。
*	鄏	ㄖㄨˋ	郟ㄐㄧㄚˊ鄏（周代地名）。
*	鎒	ㄋㄡˋ	銚ㄧㄠˊ鎒（皆為鋤草的農具）。
	【追】		
	搥	ㄔㄨㄟˊ	搥打。搥背。跌腳搥胸（表示悲憤或悔恨到了極點。同「頓足捶胸」）。通「捶」。
	槌	ㄔㄨㄟˊ	棒槌。槌球。
*	縋	ㄓㄨㄟˋ	縋城（從城上用繩索垂到地面，緣之而下）。夜縋而出（晚上以繩索垂至地面而出城）。
*	膇	ㄓㄨㄟˋ	沉膇（指氣力微弱）。重膇之疾（腿腫的毛病）。
	追	ㄓㄨㄟ	追悼ㄉㄠˋ。追亡逐北ㄅㄟˇ（追擊戰敗而潰逃的敵軍）。追根究柢。
		ㄉㄨㄟ	毋ㄨˊ追（夏冠ㄍㄨㄢ名）。牟ㄇㄡˊ追（同「毋追」）。追師（官名。掌理冠ㄍㄨㄢ冕之事）。追蠡ㄌㄧˇ（懸鐘的繩索像被蟲啃咬而將斷的樣子）。追琢其章（他們的外表像經過雕琢一樣美麗）。

	國字	字音	語詞
	鎚	ㄔㄨㄟˊ	鎚骨（內耳聽骨之一）。鐵鎚。稱ㄔㄥ鎚落井（比喻不見蹤跡，不知下落）。通「錘」。
	【乘】		
	乘	ㄔㄥˊ	乘客。搭乘。可乘之機。有機可乘。乘人之危。乘其不備。乘其不意。乘堅策肥（形容生活豪奢）。乘勝追擊。乘虛而入。乘間ㄐㄧㄢˋ投隙（利用機會挑ㄊㄧㄠˇ撥離間ㄐㄧㄢˋ）。乘機坐大。乘興ㄒㄧㄥˋ而來。變亂紛乘（時局動亂不斷）。
		ㄕㄥˋ	上乘（上等）。下乘。史乘。車乘（車輛）。乘輿（指君王的車子）。家乘（家譜）。萬乘（天子）。千乘之國（諸侯之國）。小乘佛教。大乘佛教。百乘之家（卿大夫）。乘馬在廄ㄐㄧㄡˋ（四匹馬圈養在馬棚）。乘輿播ㄅㄛ越（京師淪陷，天子流亡遷徙在外。乘輿，指國君、諸侯所乘坐的車子）。晉乘 楚杌ㄨˋ（晉、楚史書名）。萬乘之尊（天子）。
	剩	ㄕㄥˋ	剩餘。殘羹剩飯。
	嵊	ㄕㄥˋ	嵊縣（浙江省縣名）。嵊泗列島（群島名。位於江蘇省外海）。
*	騬	ㄔㄥˊ	騬馬（閹ㄧㄢ割去勢的馬。同「騸ㄕㄢˋ馬」）。
	【眔】		
	瘝	ㄍㄨㄢ	恫ㄊㄨㄥ瘝（病苦）。恫瘝在抱（時時把百姓的疾苦放在心上。也作「痌ㄊㄨㄥ瘝在抱」）。
	遝	ㄊㄚˋ	雜遝（眾多而雜亂的樣子）。魚鱗雜遝（指眾多聚集而紛亂的樣子）。駢ㄆㄧㄢˊ肩雜遝（形容人多擁ㄩㄥˇ擠不堪的樣子）。

國字	字音	語詞
鰥	ㄍㄨㄢ	鰥夫（老而無妻或喪妻的人）。鰥居（沒有妻子的男人）。鰥寡（泛指孤獨無依的人）。兩眼鰥鰥（兩眼張開不閉合）。哀鰥哲獄（憐恤鰥寡，能知獄情）。鰥魚渴鳳（比喻獨身的男子急於結婚，找到配偶）。鰥寡孤獨（孤單貧苦、無依無靠的人）。
【泰】		
傣	ㄉㄞˇ	傣族（我國少數民族之一）。
泰	ㄊㄞˋ	泰斗。否ㄆㄧˇ極泰來。身名俱泰（形容生活富裕、舒適）。政躬康泰（祝賀國家元首或一般官員身體安康的用語）。泰山梁木（推崇賢哲之辭）。泰阿ㄜ倒ㄉㄠˋ持（比喻授人以柄，自己反而受到傷害。同「太阿倒持」）。處之泰然（也作「泰然處之」）。國泰民安。穩如泰山。
【唐】		
唐	ㄊㄤˊ	荒唐。頹唐。唐氏症。功不唐捐（比喻所下的功夫沒有白費）。求馬唐肆（比喻所求的方法途徑錯誤，必徒勞無功）。唐突西施（比喻對女子冒犯不尊重，言語舉止冒昧不適當）。荒唐無稽。
塘	ㄊㄤˊ	池塘。錢塘江。
搪	ㄊㄤˊ	搪缸。搪塞ㄙㄜˋ。水來土搪（同「水來土掩」）。敷衍搪塞。
*溏	ㄊㄤˊ	溏便（稀薄不成形的大便）。溏心兒蛋（蛋煮半熟，蛋黃不凝固。或簡作「溏心蛋」）。
瑭	ㄊㄤˊ	石敬瑭（五代後晉高祖，尊稱契丹君主為「父皇帝」，而自稱「兒皇帝」）。
糖	ㄊㄤˊ	糖果。

	國字	字音	語詞
	螗	ㄊㄤˊ	蜩ㄊㄧㄠˊ螗（蟬的別稱）。蜩ㄊㄧㄠˊ螗沸羹（比喻議論嘈雜，擾攘ㄖㄤˇ不寧）。
*	赯	ㄊㄤˊ	紫赯臉兒（呈紫色的臉）。
	醣	ㄊㄤˊ	多醣體。
	【𦐇】		
*	傝	ㄊㄚˋ	傝㒆ㄋˋ（糊塗大意的樣子）。
	塌	ㄊㄚ	坍ㄊㄢ塌。倒塌。崩塌。塌陷。塌實（安穩，扎ㄓㄚ實）。塌鼻。塌臺（比喻事業失敗）。一塌糊塗。天塌地陷。死心塌地。鼻塌嘴歪。
	搨	ㄊㄚˋ	搨本（摹印碑帖ㄊㄧㄝˇ的本子。同「拓ㄊㄚˋ本」）。搨印。垂頭搨翼（形容受挫後精神頹喪的樣子）。
	榻	ㄊㄚˋ	下榻（投宿）。床榻。臥榻（睡覺的床鋪）。病榻。下榻處。榻榻米。同榻共眠（同床睡覺）。臥榻鼾睡（指他人侵占自己的利益或侵入自己的勢力範圍）。病榻纏綿（長期臥病在床）。掃榻以待（比喻熱切的歡迎客人的到來）。陳蕃ㄈㄢˊ下榻（禮賢下士或對賓客的禮遇）。懸榻留賓（比喻以禮待客）。
*	褟	ㄊㄚ	汗褟兒（夏天穿著的貼身短衫）。
	蹋	ㄊㄚˋ	糟蹋。蹧蹋（同「糟蹋」）。
	遢	ㄊㄚˋ	邋ㄌㄚ遢˙ㄊㄚ。邋裡邋遢。
*	闒	ㄊㄚˋ	闒茸ㄖㄨㄥˊ（資質駑ㄋㄨˊ鈍愚笨）。闒靸ㄙㄚˇ（精神不振作的樣子）。闒茸ㄖㄨㄥˊ貨（比喻軟弱無用的人）。

	國字	字音	語　　　詞
			【荅】
	嗒	ㄊㄚˋ	嗒喪ㄙㄤˋ（沮ㄐㄩˇ喪失意）。嗒然（同「嗒喪」）。嗒然若喪ㄙㄤˋ（形容沮喪的神情）。嗒然絕望。
	塔	ㄊㄚˇ	燈塔。雁塔題名（比喻科舉考中進士，金榜題名）。聚沙成塔。
	搭	ㄉㄚ	搭訕ㄕㄢˋ。搭載ㄗㄞˋ。搭檔ㄉㄤˇ。彎弓搭箭。
	瘩	ㄉㄚˊ	疙ㄍㄜ瘩˙ㄉㄚ。麵疙瘩。雞皮疙瘩。
*	荅	ㄉㄚˊ	荅布（一種粗厚的布）。荅記（札記）。渠荅（守城禦敵的戰具）。荅臘鼓（一種鼓）。
	褡	ㄉㄚ	掛褡（遊方僧ㄙㄥ侶投宿寺ㄙˋ院）。褡連（一種長形布袋）。褡褳ㄌㄧㄢˊ（同「褡連」）。
*	鎝	ㄙㄚˋ	刻ㄎㄜˋ鏤ㄌㄡˋ。通「鈒ㄙㄜˋ」。
		ㄉㄚ	鐵鎝（鏟土的器具）。
		ㄊㄚˇ	化學元素（限讀）。
*	鞳	ㄊㄚˋ	鏜ㄊㄤ鞳（鐘鼓聲。同「鏜鞈ㄊㄚˋ」）。
			【栗】
	慄	ㄌㄧˋ	惴ㄓㄨㄟˋ慄（憂慮恐懼）。戰慄。顫慄（同「戰慄」）。不寒而慄。汗洽股慄（形容恐懼的樣子）。縮頸股慄（同「汗洽股慄」）。
	栗	ㄌㄧˋ	苗栗。栗色（深棕色）。栗鼠（松鼠）。不寒而栗（同「不寒而慄」）。火中取栗（比喻受他人利用而冒險出力，自己卻一無所得）。糖炒栗子。

	國字	字音	語詞
*	溧	ㄌㄧˋ	溧水（江蘇省水名）。溧陽市（江蘇省城市名）。
*	篥	ㄌㄧˋ	觱ㄅㄧˋ篥（一種胡人吹奏的木管樂器）。
*	鷅	ㄌㄧˋ	鶹ㄌㄡˊ鷅（一種猛禽類動物）。
	【耿】		
	耿	ㄍㄥˇ	耿直（同「梗直」「鯁ㄍㄥˇ直」）。忠心耿耿。耿介之士（堅貞剛直的人）。耿耿不寐（因內心不安而輾轉反側難以入眠）。耿耿於懷。
*	褧	ㄐㄩㄥˇ	褧衣（泛指單層的罩袍）。衣ㄧˋ錦褧衣（比喻君子懷其德而不炫耀於人。同「衣ㄧˋ錦尚絅ㄐㄩㄥˇ」）。
	【丵】		
	業	ㄧㄝˋ	業已（已經）。業餘。高業弟子（學業優異的學生）。業餘選手。
*	鄴	ㄧㄝˋ	鄴架（稱人藏書豐富或藏書的地方）。鄴架之藏（對他人庋ㄐㄧˇ藏書籍的美稱）。
	鑿	ㄗㄠˊ	枘ㄖㄨㄟˋ鑿（比喻互相牴觸而格格不入）。開鑿。確鑿。鑿井。斧鑿痕（比喻詩文繪畫過於刻意經營而不自然）。人言鑿鑿（指人們議論的事好像有憑有據）。天真未鑿（性情純真，未經人事歷練）。妄生穿鑿（毫無根據的加以穿鑿附會）。言之鑿鑿（說話確實而有憑有據）。炳炳鑿鑿（同「言之鑿鑿」）。穿鑿附會。圜ㄩㄢˊ鑿方枘ㄖㄨㄟˋ（同「枘鑿」「圓鑿方枘」）。證據確鑿。鑿山破石（闢建山路）。鑿枘不入（同「枘鑿」）。鑿空之論（憑空穿鑿的議論）。鑿空指鹿（指人故意歪曲事實，混ㄏㄨㄣˋ淆是非）。鑿壁偷光（比喻刻苦好學）。鑿鑿有據（確實而有根據）。

	國字	字音	語詞
	【臭】		
	嗅	ㄒㄧㄡˋ	嗅覺。
*	溴	ㄒㄧㄡˋ	溴水（溴的水溶液(ㄧㄝˋ)）。溴酸（無色液(ㄧㄝˋ)體，為強氧化劑）。
	糗	ㄑㄧㄡˇ	出糗。糗事。糗糒(ㄅㄟˋ)（乾糧）。糗糧（同「糗糒」）。飯糗茹草（比喻貧賤或生活清苦）。糗態百出。羹藜唅(ㄏㄢˊ)糗（比喻飲食菲(ㄈㄟˇ)薄粗劣）。
	臭	ㄒㄧㄡˋ	容臭（古代佩飾的香囊）。銅臭（指錢或譏諷(ㄈㄥˋ)有錢人）。蘭臭（比喻朋友間情意相投）。銅臭味。口尚乳臭（比喻年紀輕缺乏經驗）。乳臭未乾。書香銅臭（書香與銅錢的氣味相對比）。臭味相投（指彼此志趣、性情相投合）。崔烈銅臭（嘲諷(ㄈㄥˋ)有錢人賄(ㄏㄨㄟˋ)賂(ㄌㄨˋ)夤(ㄧㄣˊ)緣等不良的風氣）。渾身銅臭（比喻人貪財庸俗）。無聲無臭（比喻人湮(ㄧㄣ)沒不顯、沒(ㄇㄛˋ)沒無聞）。
		ㄔㄡˋ	臭皮囊（比喻人的軀殼）。香三臭四（說人與某些人親近，與另一些人卻顯得疏遠）。臭味相投（譏諷(ㄈㄥˋ)人的興趣、性情相投合。含貶義）。逐臭之夫。遺臭萬年。
	【息】		
	媳	ㄒㄧˊ	媳婦。童養媳。
	息	ㄒㄧˊ	息肉（同「瘜肉」）。息燈（同「熄燈」）。一息尚存。不息不汗（不喘息也未流汗）。立正稍息。休養生息。息事寧人。息息相關。
	熄	ㄒㄧˊ	熄滅。熄燈。

	國字	字音	語詞
*	瘜	ㄒㄧˊ	瘜肉（同「息肉」）。
	螅	ㄒㄧ	水螅（腔腸類動物名）。
*	郋	ㄒㄧˋ	郋國（周代侯國名）。
			【茶】
*	嗏	ㄔㄚ	痲嗏（欲睡而將合眼的樣子）。
	搽	ㄔㄚˊ	搽粉。搽藥。抹土搽灰（指戲劇演員上妝）。搽脂ㄓ抹粉（化妝打扮。同「擦脂抹粉」）。
	茶	ㄔㄚˊ	茶褐ㄏㄜˋ色。家常茶飯（同「家常便飯」）。茶壺風暴（起於內部的風暴）。茶飯不思。
			【朔】
	塑	ㄙㄨˋ	台塑。形塑。塑身。塑造。塑像。塑膠。雕塑。可塑性。塑化劑。塑膠花。塑膠袋。木雕泥塑（形容愚笨不靈活或比喻人被突發事件嚇得手足無措，神情呆滯ㄓˋ）。
*	愬	ㄙㄨˋ	告愬（申訴）。泣愬（哭著訴說）。譖ㄗㄣˋ愬（誣ㄨ衊毀謗）。腷ㄅㄧˋ臆ㄧˋ誰愬（憋著滿肚子的委屈，向誰傾ㄑㄧㄥ訴）。膚受之愬（利害切ㄑㄧㄝˋ身的讒ㄔㄢˊ言）。通「訴」。
*	搠	ㄕㄨㄛˋ	搠死（刺死）。搠換（調換）。搠包兒（掉包）。搠筆巡街（窮文人沿街賣文為生）。
	朔	ㄕㄨㄛˋ	朔月。朔氣（北方的寒氣）。朔望。告ㄍㄨˋ朔餼ㄒㄧˋ羊（比喻虛應ㄧㄥˋ故事ㄕˋ）。奉其正ㄓㄥ朔（投降）。朔風野大（冬天吹的北風很猛烈）。朔風凜冽（北風寒冷刺骨）。撲朔迷離。

國字	字音	語　　詞
槊	ㄕㄨㄛˋ	矛槊（比喻文筆犀利）。槊血滿袖（形容英勇作戰）。橫槊賦詩（形容意氣風發的樣子）。
溯	ㄙㄨˋ	回溯（回想）。追溯。溯源（探究本源）。溯溪。不溯既往。追本溯源。探本溯源。推本溯源。溯及既往。溯水行舟（逆水行船）。溯江而上。溯源窮流（探究事物的根源及其演變）。
蒴	ㄕㄨㄛˋ	蒴果（由數子房相合而成的果實）。
【桑】		
嗓	ㄙㄤˇ	嗓子。嗓門。破鑼嗓子。
* 搡	ㄙㄤˇ	推推搡搡（用手連續不斷的推）。
桑	ㄙㄤ	扶桑。桑梓（故鄉）。滄桑。生桑之夢（比喻死期將到）。研桑心計（比喻有理財的本事）。桑土之防（比喻防患未然。同「未雨綢繆ㄇㄡˊ」）。桑中之約（比喻男女祕密約會）。桑間之音（比喻亡國淫靡的音樂）。桑榆晚景（比喻晚年）。桑蓬之志（比喻男子具有經營天下四方的遠大志向）。遁跡桑門（指避開塵世當出家人）。甕牖ㄧㄡˇ桑樞（比喻貧窮之家）。
顙	ㄙㄤˇ	碓ㄉㄨㄟˋ顙（額頭高）。稽ㄑㄧˇ顙（以額頭碰地的敬禮）。泣血稽顙（比喻喪ㄙㄤ家以沉痛的心情向前來致哀者哭拜致謝）。稽顙肉袒（叩頭請罪）。
【素】		
嗉	ㄙㄨˋ	嗉囊（鳥類及昆蟲類消化器官的一部分，可以暫貯ㄓㄨˇ食物）。

國字	字音	語詞
愫	ㄙㄨˋ	情愫（內心的真情）。
素	ㄙㄨˋ	素行ㄒㄧㄥˋ。素養。七葷八素（形容心神混ㄏㄨㄣˋ亂，糊裡糊塗）。尸位素餐（占著職位享受俸祿卻不做事）。甘之若素（在危險的情況中，依舊能處之泰然）。安之若素（同「甘之若素」）。我行我素。素口罵人（比喻人偽ㄨㄟˋ善）。素不相識。素行ㄒㄧㄥˋ不良。素昧平生。訓練有素。葷素不忌。繪事後素（比喻行事起初簡單，然後逐漸深入）。
* 膆	ㄙㄨˋ	帶膆貂褂（為清代大臣最尊貴的禮服）。
【𧴪】		
嗩	ㄙㄨㄛˇ	嗩吶（樂器名）。
瑣	ㄙㄨㄛˇ	委瑣（細碎）。煩瑣。瑣事。瑣屑ㄒㄧㄝˋ。瑣碎。繁瑣。瑣尾流離（比喻處境由順利轉為艱困）。
鎖	ㄙㄨㄛˇ	封鎖。枷鎖。連鎖店。北門鎖鑰ㄧㄠˋ（指國土北境的要塞ㄙㄞˋ）。名韁利鎖（比喻被名利束縛）。披枷帶鎖（罪犯戴著枷、鎖等刑具）。連鎖反應。煙籠霧鎖（煙霧濃厚的樣子）。雙眉緊鎖。
【容】		
* 傛	ㄩㄥˇ	傛華（漢代女官名）。
容	ㄖㄨㄥˊ	天理難容。求容取媚（奉承逢迎，討好他人）。容或有之（或許有這件事情）。偷合苟容（奉承取悅他人，以求容身。也作「偷合取容」）。視端容寂（目光端正、容貌沉寂）。德言容功（古時婦女所應具備的四種美德）。
* 嵱	ㄩㄥˊ	嵱嵷ㄗㄨㄥ（山巒眾多的樣子）。

國字	字音	語詞
榕	ㄖㄨㄥˊ	榕樹。
溶	ㄖㄨㄥˊ	溶化（物質在液ㄧㄝˋ體中分解，不見痕跡）。溶液。溶解。可溶性。
熔	ㄖㄨㄥˊ	熔化（固體加熱，變成液ㄧㄝˋ體）。熔解（同「熔化」）。熔爐（比喻融合各種觀念、文化、種族等的地方）。
瑢	ㄖㄨㄥˊ	瑽ㄘㄨㄥ瑢（形容玉石的碰擊聲）。
蓉	ㄖㄨㄥˊ	芙蓉（荷花）。出水芙蓉（形容女子容貌或文章清新可愛。也作「芙蓉出水」）。芙蓉月印（形容極富詩意的景致）。
鎔	ㄖㄨㄥˊ	鎔化（金屬加熱到一定溫度時變成液體）。鎔爐（同「熔爐」）。陶鎔鼓鑄ㄓㄨˋ（比喻薰陶調教人才）。
十一畫【庸】		
傭	ㄩㄥ	女傭。幫傭。外籍傭兵（受僱替他國從事某項競賽的人）。傭中佼佼（同「庸中佼佼」）。傭書自資（形容人靠筆耕以維持生計）。
*墉	ㄩㄥ	垣ㄩㄢˊ墉（城牆）。崇墉（高大的城牆）。頹墉（斷垣殘壁）。崇墉百雉（形容城牆高大雄偉）。
庸	ㄩㄥ	中庸。平庸。昏庸。庸俗。庸詎（豈、難道）。庸碌。庸醫。登庸（舉拔人才）。酬庸。附庸國。毋ㄨˊ庸再議。毋庸置疑。附庸風雅（庸俗之輩攀附文人，從事有關文化的活動）。政治酬庸。庸人自擾。庸中佼ㄐㄧㄠˇ佼（在平庸的眾人中顯得特別突出）。庸碌無能（庸俗平凡，沒有才能）。庸醫殺人。無庸贅言（同「毋庸贅言」）。碌碌庸流（平庸無能之輩）。

	國字	字音	語詞
	慵	ㄩㄥ	慵惰（懶惰）。慵懶。心慵意懶（意志消沉，精神頹喪）。意慵心懶（同「心慵意懶」）。
*	鄘	ㄩㄥ	鄘國（周代諸侯國名）。
*	鏞	ㄩㄥ	瞿ㄑㄩˊ鏞（清代人名）。
	【專】		
	傳	ㄔㄨㄢˊ	傳染。必傳之作。名不虛傳。家傳戶誦（家家戶戶傳習誦讀。形容詩文極佳）。
		ㄓㄨㄢˋ	傳車（驛車）。傳記。不見經傳（比喻毫無根據、來歷或名聲）。言歸正傳。
*	剸	ㄊㄨㄢˊ	剸剡ㄧㄢˇ（裁割）。燔ㄈㄢˊ魚剸蛇（烤魚割蛇）。纖剸之刑（刺割之刑）。
	囀	ㄓㄨㄢˇ	鳥囀（鳥鳴）。黃鶯巧囀。鶯聲巧囀。
	團	ㄊㄨㄢˊ	謎團。打成一團。花團錦簇。集團結婚。
*	塼	ㄓㄨㄢ	塼甓ㄆㄧˋ（磚）。通「磚」。
*	嫥	ㄓㄨㄢ	嫥嫥（可愛的樣子）。
	專	ㄓㄨㄢ	專注。專家。專賣店。恃才自專（倚仗才高而獨斷獨行）。專心一志。專欲難成（單憑個人意願，則難以成事）。專斷獨行。
*	慱	ㄊㄨㄢˊ	慱慱（憂勞）。勞心慱慱（心裡憂煩不快樂）。

	國字	字音	語詞
	摶	ㄊㄨㄢˊ	陳摶（宋代人。自號扶搖子）。摶飯（把飯捏揉成團）。摶麵。鵬摶（比喻發憤圖強）。摶沙作飯（比喻白費心力）。摶沙嚼ㄐㄩㄝˊ蠟（比喻空虛而毫無趣味）。摶泥造人（傳女媧ㄨㄚ氏摶黃土造人）。摶柱乘梁（形容動作靈巧敏捷）。摶香弄粉（比喻與女子廝混）。與「搏ㄅㄛˊ」不同。
*	漙	ㄊㄨㄢˊ	漙漙（露ㄌㄨˋ水多的樣子）。零露漙兮（露水豐沛的樣子）。白露ㄌㄨˋ漙漙（秋天露多的樣子）。與「溥ㄆㄨˇ」不同。
	磚	ㄓㄨㄢ	瓷磚。磚窯。磚頭ㄊㄡˊ。敲門磚。磨磚成鏡（比喻事情不能成功）。懷磚之俗（比喻風俗澆薄，人心勢利）。「塼」「甎」為異體字。
	糰	ㄊㄨㄢˊ	飯糰。御飯糰。
	蓴	ㄔㄨㄣˊ	蓴菜（植物名）。千里蓴羹（泛指有地方風味的特產。舊時多作懷鄉之辭）。蓴羹鱸膾ㄎㄨㄞˋ（比喻思念故鄉）。懷家蓴客（客居在外，思歸故鄉的人）。
	轉	ㄓㄨㄢˇ	扭轉。旋轉。轉型。天旋地轉。颱風轉向。
		ㄓㄨㄢˋ	公轉。自轉。轉盤（能夠旋轉的圓盤）。轉磨ㄇㄛˋ（推磨ㄇㄛˋ使之旋轉）。團團轉。轉一轉。轉圈兒。地球自轉。昏頭轉向。暈頭轉向。
*	鱄	ㄓㄨㄢ	鱄魚（神話中的魚名）。
*	鷒	ㄊㄨㄢˊ	鸛ㄍㄨㄢˋ鷒（鳥名。又名鶝ㄈㄨˊ鶔ㄖㄡˊ）。

國字	字音	語詞
【堇】		
僅	ㄐㄧㄣˇ	功僅補過（以功勞抵前過，不能再有賞賜）。絕無僅有（形容極少）。僅以身免（指戰爭時幾ㄐㄧ乎全軍覆沒，只有少數人能僥倖逃脫，免於一死）。僅只於此。碩果僅存。
勤	ㄑㄧㄣˊ	值勤。勤務。勤謹（勤勞謹慎）。獻殷勤。父母恩勤（指父母撫育子女的慈愛和劬ㄑㄩˊ勞）。四體不勤（四肢不勞動。常接「五穀不分」）。矢ㄕˇ勤矢勇。克儉克勤。勤政愛民。業精於勤（學業的精進在於勤奮努力）。
* 菫	ㄐㄧㄣˇ	菫菫（不多。同「僅僅」）。田秋菫（立法委員）。與「堇ㄐㄧㄣˇ」不同。
* 墐	ㄐㄧㄣˇ	墐戶（用泥塗抹門窗的縫ㄈㄥˋ隙）。
* 廑	ㄐㄧㄣˇ	廑念（殷切的思念）。廑注（殷切的關注）。
* 慬	ㄑㄧㄣˊ	立慬（樹立勇武的威勢）。
懃	ㄑㄧㄣˊ	慇懃（情意懇切且周到。同「殷勤」）。
槿	ㄐㄧㄣˇ	朱槿（植物名。即扶桑）。漚ㄡˋ珠槿豔（比喻短暫而美麗的事物）。
殣	ㄐㄧㄣˇ	道殣相望（餓死在路上的人很多，到處可見）。
瑾	ㄐㄧㄣˇ	瑾瑜（美玉）。瑾瑜匿瑕（美玉隱藏著瑕疵）。懷瑾握瑜（比喻懷有高貴的才德）。
* 螼	ㄑㄧㄣˇ	螼蚓（蚯蚓）。

	國字	字音	語詞
	覲	ㄐㄧㄣˋ	入覲（謁ㄧㄝˋ見皇上）。朝覲（臣子上朝晉謁君主）。覲見。覲禮。
	謹	ㄐㄧㄣˇ	拘謹。謹慎。嚴謹。奉命唯謹（服從命令，謹慎行事）。慎小謹微（慎重的處ㄔㄨˇ理微小的事情）。謹小慎微（形容過分謹慎，不敢大膽行事）。謹毛失貌（比喻注意細微處，卻忽略大處）。謹守分ㄈㄣˋ際。謹言慎行。謹身節用（修身飭ㄔˋ行，節省開支）。謹記在心。
	鄞	ㄧㄣˊ	鄞縣（浙江省縣名。今改為鄞州市）。
	饉	ㄐㄧㄣˇ	饑饉（荒年）。饑饉荐臻ㄓㄣ（指災荒連年）。
*	騹	ㄑㄧˊ	騹驥（駿馬名）。
			【翏】
*	僇	ㄌㄨˋ	僇人（罪人）。僇辱（欺負侮辱）。同心僇力（齊心合力。同「同心戮力」）。死有餘僇（同「死有餘辜」）。
*	嘐	ㄒㄧㄠ	嘐嘐然（形容人志大言誇、言行ㄒㄧㄥˋ不一致的樣子）。
*	嫪	ㄌㄠˋ	嫪毐ㄞˇ（人名。戰國時秦人）。戀嫪（留戀思慕）。
	寥	ㄌㄧㄠˊ	寂寥。寥落（稀疏）。寥廓（空闊深遠的樣子）。寥若晨星。寥寥可數。寥寥無幾。
*	嵺	ㄌㄧㄠˊ	嵺愀ㄑㄧㄠˇ（空闊蕭條的樣子）。嵺廓（高遠遼闊的樣子）。

國字	字音	語詞
廖	ㄌㄧㄠˋ	蜀中無大將，廖化作先鋒（比喻沒有最佳人選時，只好讓次要腳ㄐㄩㄝˊ色擔當重任）。
* 憀	ㄌㄧㄠˊ	憀亮（同「嘹亮」）。憀慄（悲苦的樣子）。
戮	ㄌㄨˋ	夷戮（誅殺）。殺戮。引頸就戮（指從ㄘㄨㄥˊ容就義，無所畏懼）。同心戮力。自相夷戮（自相殘殺）。免於刑戮（避免觸及刑罰被殺）。明刑不戮（刑罰嚴明，則人民很少因犯罪被殺害）。神人共戮（形容罪大惡極）。屠戮戰場（同「殺戮戰場」）。悉心戮力（用盡才智和力量。也作「悉心畢力」）。齊心戮力。戮力以赴。「勠」為異體字。
* 摎	ㄐㄧㄡ	相摎（互相糾結纏繞）。摎毐ㄞˇ（即嫪毐）。摎結（糾結）。摎廣德（漢代人名）。
* 樛	ㄐㄧㄡ	樛木（彎曲的樹木）。樛曲（彎曲）。樛枝（下垂的樹枝）。樛結（互相纏繞。同「糾結」）。樛嵑ㄎㄜˇ（交錯糾結的樣子）。
* 漻	ㄌㄧㄠˊ	漻淚（水流湍ㄊㄨㄢ急）。漻漻（高遠的樣子）。漻澥ㄒㄧㄝˋ（小水流）。寂漻無聲（寂靜沒有聲音）。
* 璆	ㄑㄧㄡˊ	璆琳（美玉）。璆磬ㄑㄧㄥˋ（即玉磬）。
* 瘳	ㄔㄡ	病瘳（病癒）。厥疾弗ㄈㄨˊ瘳（病重而不得痊癒。也作「厥疾勿瘳」）。靡ㄇㄧˇ有夷瘳（苦難沒有停息的時候）。與「廖」不同。
* 穋	ㄌㄨˋ	黍稷ㄐㄧˋ重ㄔㄨㄥˊ穋（有黍稷，還有早熟和晚熟的米糧）。通「稑ㄌㄨˋ」。

國字	字音	語詞
繆	ㄇㄡˊ	綢繆。繆篆（摹刻ㄎㄜˋ印章用的篆書）。未雨綢繆。桑土綢繆（同「未雨綢繆」）。綢繆牖ㄧㄡˇ戶（纏縛門窗。同「未雨綢繆」）。
	ㄇㄧㄠˋ	繆襲（三國魏人）。繆騫人（香港影星）。
	ㄇㄧㄡˋ	紕ㄆㄧ繆（錯誤）。繆巧（智謀與巧詐）。繆為恭敬（假裝恭敬的樣子）。差之毫釐，繆以千里（剛開始雖然相差ㄔㄚ很細小，結果卻造成極大的謬誤）。通「謬」。
	ㄇㄨˋ	昭繆（祖宗神位的輩次排列。同「昭穆」）。壯繆侯（即關羽）。秦繆公（同「秦穆公」）。關壯繆（同「壯繆侯」）。通「穆」。
*翏	ㄌㄧㄠˊ	翏翏（風聲。同「飂ㄌㄧㄠˊ飂」）。
膠	ㄐㄧㄠ	塑ㄙㄨˋ膠。如膠似漆。膠柱鼓瑟（比喻固執而不知變通）。膠著ㄓㄨㄛˊ狀態。膠漆相投（比喻友誼ㄧˋ深厚，志趣相投合）。鸞膠續斷（比喻男子喪ㄙㄤˋ偶再娶。也作「鸞膠新續」）。
蓼	ㄌㄧㄠˇ	水蓼。馬蓼（植物名）。荼蓼（比喻處境的艱苦）。蓼花（蓼的花朵）。蓼藍（植物名）。含蓼問疾（指在位者不辭辛苦，撫慰百姓，與士卒同甘共苦）。蓼菜成行ㄏㄤˊ（比喻人的才能平庸無奇，無法擔負大任）。蓼蟲忘辛（比喻人為了所好ㄏㄠˋ，就會忘記辛苦）。
	ㄌㄨˋ	蓼莪ㄜˊ（詩經．小雅的篇名）。詩廢蓼莪（形容孝子思親的哀慟ㄊㄨㄥˋ。讚美孝子的話）。蓼蓼者莪（長得茁壯高大的是莪蒿ㄏㄠ）。

國字	字音	語詞
* 蟉	ㄌㄧㄡˊ	蟉虯ㄑㄧㄡˊ（盤曲的樣子）。
謬	ㄇㄧㄡˋ	乖謬（荒謬反常，違背常理）。剌ㄌㄚˋ謬（錯誤）。荒謬。謬見。謬誤。謬論。大謬不然（大錯特錯，與事實完全不符ㄈㄨˊ合）。匡謬正俗（糾正錯誤，改正陋習）。荒謬怪誕。荒謬絕倫。謬悠之說（指不合事實、常理的言論）。謬想天開（想法極為荒謬）。
* 轇	ㄐㄧㄡ	轇輵ㄍㄜˊ（同「糾葛ㄍㄜˊ」）。轇轕ㄍㄜˊ（同「轇輵」）。
* 鄝	ㄌㄧㄠˇ	鄝國（春秋時國名）。
* 醪	ㄌㄠˊ	投醪（比喻與士卒同甘共苦）。醇醪（濃烈純厚的美酒）。濁醪（混ㄏㄨㄣˋ濁的酒）。銜杯漱醪（喝酒）。濁醪妙理（喝酒的樂趣）。
* 鏐	ㄌㄧㄡˊ	錢鏐（唐末臨安人。五代吳越開國之主）。
* 顟	ㄌㄠˊ	顤ㄧㄠˊ顟（大頭高鼻深目，為胡人面狀）。
* 飂	ㄌㄧㄠˊ	飂戾（迅速的樣子）。
* 鷚	ㄌㄧㄡˋ	天鷚（鳥類名）。岩鷚（鳥類名）。
		【婁】
僂	ㄌㄡˊ	佝ㄎㄡˋ僂（背部向前彎曲）。傴ㄩˇ僂（脊ㄐㄧˇ梁彎曲的病）。僂儸（精明幹練）。一命而僂（比喻謙虛而有禮貌）。垂白上僂（形容已萌生老態）。僂指可數ㄕㄨˇ（同「屈指可數」）。

國字	字音	語詞
嘍	ㄌㄡˊ	嘍囉ㄌㄨㄛˊ（盜匪的手下）。
塿	ㄌㄡˇ	培ㄆㄡˇ塿（小土山）。
婁	ㄌㄡˊ	婁江（江蘇省水名）。婁宿ㄒㄧㄡˋ（星宿名）。婁縣（舊縣名）。離婁（孟子篇名）。婁師德（唐代人名）。輸巧婁明（比喻手藝精巧，眼力敏銳）。離婁之明（比喻眼力極佳）。
	ㄌㄩˇ	卷ㄑㄩㄢˊ婁（駝背）。婁豐年（屢次賜給我們豐年）。牛馬維婁（繫著牛馬）。
* 窶	ㄐㄩˋ	窶藪ㄙㄡˇ（用茅草結成的環狀物。同「窶ㄐㄩˋ數ㄕㄨˇ」）。
	ㄌㄡˊ	甌窶（狹窄的高地。同「甌窶」）。通「窶ㄌㄡˊ」。
屢	ㄌㄩˇ	屢次。屢仆屢起。屢敗屢戰。屢試不爽。簞瓢屢空ㄎㄨㄥˋ（形容生活非常貧困，缺乏食物）。
屨	ㄐㄩˋ	草屨（草鞋）。天冠ㄍㄨㄢˋ地屨（比喻差距很大）。削ㄒㄩㄝ趾適屨（比喻勉強ㄑㄧㄤˇ遷就，拘泥ㄋㄧˋ成例而不知變通）。納屨踵決（形容極度窮困）。敝衣草屨（破衣草鞋）。葛ㄍㄜˊ屨履霜（比喻過分節儉吝嗇）。遺簪ㄗㄢ墜屨（比喻不忘故舊。同「著簪不忘」）。屨賤踊ㄩㄥˇ貴（比喻刑罰嚴酷苛濫）。
* 嶁	ㄌㄡˇ	岣ㄍㄡˇ嶁（湖南省山名）。
* 廔	ㄌㄡˊ	麗ㄌㄧˊ廔（窗戶上交錯通風的花格）。
* 慺	ㄌㄡˊ	慺誠（恭敬誠懇）。慺慺（恭敬勤勉，謹慎行事）。

國字	字音	語詞
摟	ㄌㄡˊ	摟其處子ㄗˇ（搶奪別人家的處ㄔㄨˇ女）。
	ㄌㄡ	摟財。摟聚（把東西聚攏過來，湊在一塊兒）。摟錢(搜括錢財)。摟生意(招徠ㄌㄞˋ生意)。摟衣裳ㄕㄤ˙(用手攏著撩ㄌㄧㄠˊ起衣裳)。摟機槍（用手指往懷裡的機槍撥動）。摟貨販賣（承攬委託貨物以販售）。
	ㄌㄡˇ	摟住。摟抱。
擻	ㄙㄡˇ	抖擻（振作、奮發）。擻火（用鐵條或火筷子插入火爐裡，把灰搖下）。精神抖擻。
數	ㄕㄨˋ	心中有數。定數難逃。恆河沙數（形容數量很多）。渾身解數。數大為美。數以萬計。
	ㄕㄨˇ	數落。數數ㄕㄨˋ兒。不足齒數（不值得ㄉㄜˊ一談）。不能盡數(形容極多。同「不能勝數」)。如數家珍。更ㄍㄥ僕難數。屈指可數。倒ㄉㄠˋ數計時。數米而炊(比喻處ㄔㄨˇ理事物過於煩瑣，勞而無益)。數典忘祖（比喻忘本）。數往知來（推測過去的事，就可預知未來）。擢ㄓㄨㄛˊ髮難數（形容罪狀或惡劣事項很多。同「罄ㄑㄧㄥˋ竹難書」）。
	ㄕㄨㄛˋ	頻數。不勝ㄕㄥ煩數（數量很多）。言之數數（屢次的說）。數見不鮮ㄒㄧㄢ。數數來訪。
	ㄘㄨˋ	數罟（細密的網）。數罟不入洿池。
	ㄙㄨˋ	數珠兒（佛教徒念佛時用來計數的珠串）。
樓	ㄌㄡˊ	樓房。人去樓空。近水樓臺。亭臺樓閣。
* 氀	ㄌㄩˊ	氀毼ㄏㄜˊ（如地毯之類的毛織物）。

	國字	字音	語詞
*	漊	ㄌㄡˊ	漊水（湖南省水名）。
	瘻	ㄌㄡˋ	痀ㄐㄩ瘻（駝背）。痔瘻。瘻管。瘻癘ㄌㄧˋ（脖子部位腫大的惡瘡。同「瘰ㄌㄨㄛˇ癧ㄌㄧˋ」）。
*	瞜	ㄌㄡ	瞜瞴ㄨˊ（微視）。
	窶	ㄐㄩˋ	凋窶（窮困）。貧窶（貧困）。窶數ㄕㄨˇ（用茅草結成的環狀物。用來墊在盆盎等器皿下面，以便盛物頂在頭上）。艱窶（貧困）。窶人子（窮人家子弟）。終窶且貧（既寒酸又窮困）。窶人丐夫（窮人和乞丐）。
		ㄌㄡˊ	甌窶（狹窄的高地）。甌窶滿篝ㄍㄡ（比喻擁ㄩㄥˇ有的少，卻要求多且奢侈）。
	簍	ㄌㄡˇ	竹簍。魚簍。字紙簍。
	縷	ㄌㄩˇ	藍縷（形容衣服破爛。同「藍褸」「襤褸」）。金縷衣。一縷輕煙。千絲萬縷（形容彼此關係密切而複雜，難以理清）。不絕如縷（比喻情勢危急）。身無寸縷（形容極為貧困，幾ㄐㄧ乎沒有衣服可穿）。條分縷析。篳路藍縷（比喻開創事業的艱苦。同「蓽路藍縷」）。羅縷紀存（詳細的記載ㄗㄞˇ下來）。
*	耬	ㄌㄡˊ	耬車（古代播ㄅㄛ種的農具）。耬犁（同「耬車」）。
*	膢	ㄌㄩˊ	膢臘（古代農曆八月初一的祭名）。貙ㄔㄨ膢（古祭祀名）。離膢（古代立秋祭名）。
*	艛	ㄌㄡˊ	艛艓ㄉㄧㄝˊ（泛稱船）。

	國字	字音	語詞
	蔞	ㄌㄡˊ	蔞室（王后實施胎教的房間）。蔞蒿ㄏㄠ（植物名）。
	藪	ㄙㄡˇ	淵藪（比喻人或物聚集的地方。多用於貶義）。盜藪（盜匪聚集的地方）。藪澤（比喻人物聚集之處）。言談林藪（比喻善於談吐的人）。風流藪澤（指風流韻事薈ㄏㄨㄟˋ萃之處）。焚藪而田（比喻取之不留餘地，只貪圖眼前的利益）。萬惡淵藪。竭澤焚藪（同「焚藪而田」）。藪中荊曲ㄑㄩ（比喻在不好的環境中學習，易受影響而變壞）。
	螻	ㄌㄡˊ	螻蛄ㄍㄨ。螻蟻（螻蛄及螞蟻。同「螻螘ㄧˇ」）。先驅螻蟻（比喻不顧生死，竭誠效命）。螻蟻得志（比喻小人得勢。也作「螻螘得志」）。
	褸	ㄌㄩˇ	襤褸（衣服破舊的樣子。同「藍褸」「藍縷」）。衣衫襤褸（同「衣衫藍褸」）。褸襤篳瓢ㄆㄧㄠˊ（比喻生活貧苦）。
*	謱	ㄌㄡˊ	謰ㄌㄧㄢˊ謱（語意紛亂不清楚）。
*	貗	ㄐㄩˋ	貗獸（獸名。即小貒ㄊㄨㄢ）。
	鏤	ㄌㄡˋ	雕鏤。鏤刻ㄎㄜˋ。鏤空（雕刻ㄎㄜˋ出穿透物體的文字或圖案）。吹影鏤塵（比喻不切實際）。金石可鏤。畫脂ㄓ鏤冰（比喻徒勞無功）。銘心鏤骨。錯彩鏤金（形容雕繪精緻華麗）。雕肝鏤腎（比喻寫作時刻意雕琢字句）。雕蚶ㄏㄢ鏤蛤ㄍㄜˊ（比喻飲食豪奢）。雕章鏤句（刻意的雕琢文章字句）。鏤月裁雲（比喻手藝精巧細緻）。鏤骨銘肌（比喻深深感激，牢記不忘）。鏤塵吹影（也作「吹影鏤塵」）。

國字	字音	語詞
* 瞜	ㄌㄡˊ	鞮ㄉㄧ瞜氏（周禮官名）。
髏	ㄌㄡˊ	骷髏。髑ㄉㄨˊ髏（同「骷髏」）。
* 鷜	ㄌㄡˊ	鷜鵝（鳥類名。即野鵝）。
【頃】		
傾	ㄑㄧㄥ	傾向。傾斜。傾訴。傾聽。玉山傾倒ㄉㄠˇ（酒醉的樣子或指醉態）。傾盆大雨。傾家蕩產。傾國傾城。傾巢而出。傾瀉而下。傾囊相授。濟弱扶傾。權傾天下（形容權勢極大）。
跬	ㄎㄨㄟˇ	跬步（半步。同「跬ㄎㄨㄟˇ步」）。
頃	ㄑㄧㄥˇ	頃刻。萬頃琉璃（形容水面廣闊，碧波蕩漾）。碧波萬頃（形容水色碧綠，廣闊無垠的樣子）。
	ㄑㄧㄥ	頃筐（略為傾斜的竹筐）。不盈頃筐（裝不滿斜竹筐）。頃耳而聽（十分專心的聽著。同「傾耳而聽」）。通「傾」。
【票】		
* 僄	ㄆㄧㄠˋ	僄狡ㄐㄧㄠˇ（輕快迅捷）。僄悍（同「慓悍」「剽悍」）。
剽	ㄆㄧㄠˋ	剽匪（剷除匪徒）。剽悍。剽掠（搶劫掠奪）。剽賊（同「剽竊」）。剽竊（抄襲他人的作品以為己有）。剽匪有功（剷滅匪徒有功勞）。
* 嘌	ㄆㄧㄠ	嘌唱（宋代演唱時曲中加字拉腔的唱法）。
嫖	ㄆㄧㄠˊ	嫖妓。吃喝嫖賭。
	ㄆㄧㄠ	嫖姚（矯捷強勁。同「票ㄆㄧㄠ姚」「剽姚」）。嫖疾（勁疾）。霍嫖姚（指漢代霍去病將軍）。

	國字	字音	語詞
*	彯	ㄆㄧㄠ	彯帶(帶子)。彯搖(輕捷的樣子。同「嫖ㄆㄧㄠ姚」)。彯節(手執符ㄈㄨˊ節)。
*	慓	ㄆㄧㄠˋ	慓悍(同「剽悍」)。
	摽	ㄅㄧㄠ	摽末(比喻微末)。摽牌(盾牌)。摽搒ㄅㄤˇ(同「標榜」)。摽幟(同「標幟」)。摽末之功(小功勞)。摽諸門外(揮之門外使離去)。
		ㄆㄧㄠˇ	摽梅(比喻女子已到結婚的年齡。也作「摽有梅」)。摽落(落下、掉落)。摽說(說話沒有根據，任意採用他人的言論)。摽梅之年(同「摽梅」)。摽梅迨ㄉㄞˋ吉(同「摽梅」)。
		ㄅㄧㄠˋ	摽在一起(互相勾結、依附在一起)。摽著胳膊(彼此胳膊相互勾連在一起)。
*	旚	ㄆㄧㄠ	旚搖(旌ㄐㄧㄥ旗搖動的樣子)。旚繇ㄧㄠˊ(同「飄搖」)。
	標	ㄅㄧㄠ	治標。標本。標準。標榜。標籤。錦標。一時之標(一時的標準、榜樣)。名標青史(同「名垂青史」)。孤標獨步(形容人的品格極為清高)。標新立異。
	漂	ㄆㄧㄠ	漂泊。漂浮。漂流物。打水漂兒。眾呴ㄒㄩ漂山(比喻眾人的力量極大。同「眾喣ㄒㄩ漂山」)。
		ㄆㄧㄠˇ	漂布(已經漂ㄆㄧㄠˇ洗過的布)。漂母(漂洗衣物的老婦人)。漂白。漂染。漂白粉。漂白劑。漂母進食(比喻給人恩惠，不望回報)。
		ㄆㄧㄠˋ	漂了(事情失敗了，失去機會)。漂亮。漂帳(欠帳不承認或不還)。

國字	字音	語詞
* 熛	ㄅㄧㄠ	熛火（飛火）。熛矢（帶有火焰的箭）。熛怒（形容火勢熾ㄔˋ烈的樣子）。熛風（迅疾的風）。
瓢	ㄆㄧㄠˊ	水瓢。瓢蟲。瓢潑大雨（形容雨勢大）。鍋碗瓢盆。簞食ㄙˋ瓢飲（比喻人安貧樂道）。簞瓢陋巷（同「簞食瓢飲」）。簞瓢屢空ㄎㄨㄥˋ。
* 瘭	ㄅㄧㄠ	瘭疽ㄐㄩ（一種疔瘡）。
瞟	ㄆㄧㄠˇ	瞟眇（隱約而不明顯的樣子）。眼睛亂瞟。瞟了一眼。
票	ㄆㄧㄠˋ	綁票。一票買賣。空ㄎㄨㄥˋ頭支票。
	ㄆㄧㄠ	票姚（同「嫖ㄆㄧㄠ姚」）。票禽（輕疾的鳥類）。通「嫖ㄆㄧㄠ」「彯ㄆㄧㄠ」。
* 篻	ㄆㄧㄠˇ	篻竹（一種中心堅實強韌的竹子）。
縹	ㄆㄧㄠˇ	縹帙ㄓˋ（書卷）。縹緗ㄒㄧㄤ（同「縹帙」）。縹緲。縹囊（青白色的帛製書袋）。水皆縹碧（水呈青綠色）。名溢縹囊（指文人眾多，超出書籍的記載ㄗㄞˋ）。虛無縹緲。
* 翲	ㄆㄧㄠ	翲忽（輕忽）。翲眉（紋眉的一種，但比較自然）。翲翲（高飛的樣子）。
* 膘	ㄅㄧㄠ	脂ㄓ膘（脂肪、肥肉）。膘壯（肥壯。指牲畜而言）。蹲膘（指好吃而少活動，造成身體肥胖）。肉膘肥滿（同「膘滿肉肥」）。膘滿肉肥（指牲畜長得肥壯）。膘肥體壯（同「膘滿肉肥」）。通「臕ㄅㄧㄠ」。
螵	ㄆㄧㄠ	螵蛸ㄒㄧㄠ（螳螂產卵的卵房）。桑螵蛸（螳螂產卵的卵房，因黏在桑樹上，故稱）。海螵蛸（烏賊體內的白色骨狀硬殼）。

	國字	字音	語詞
*	褾	ㄅㄧㄠˇ	紫褾（以紫色裱褙）。褾背（同「裱褙」）。褾軸（把書畫裱褙成卷ㄐㄩㄢˋ軸狀）。
	鏢	ㄅㄧㄠ	保鏢（同「保鑣」）。飛鏢。鏢客。
*	顠	ㄆㄧㄠˇ	顠顠（頭髮雜亂的樣子）。
	飄	ㄆㄧㄠ	飄逸。飄搖。飄零。行蹤飄忽。琴劍飄零（比喻文人潦倒失意，飄流四方）。飄忽不定。飄洋過海（同「漂洋過海」）。飄風驟雨。
	驃	ㄆㄧㄠˋ	驃姚（矯捷勁疾。同「嫖ㄆㄧㄠ姚」）。驃騎ㄐㄧˋ（職官名）。驃騎將軍（漢代對將軍的稱號）。
	鰾	ㄅㄧㄠˋ	魚鰾。鰾膠（用魚鰾或豬皮所熬製的膠）。死鰾白纏（指寸步不離的跟著他人）。
	【巢】		
	剿	ㄐㄧㄠˇ	兜剿。圍剿。剿匪。剿滅。兜剿匪寇。剿撫兼施（一面清剿，一面安撫招降）。
	勦	ㄐㄧㄠˇ	勦匪（同「剿匪」）。勦滅（同「剿滅」）。勦撫兼施（同「剿撫兼施」）。通「剿」。
		ㄔㄠ	勦說（剽ㄆㄧㄠˋ襲他人的言論以為己出）。勦襲（同「抄襲」）。通「抄」「鈔」（掠奪）。
	巢	ㄔㄠˊ	巢穴。窠ㄎㄜ巢（鳥巢）。有巢氏。傾ㄑㄧㄥ巢而出。鳩占鵲巢。燕巢幕上（比喻處境極為危險）。
*	漅	ㄔㄠˊ	漅湖（湖泊名。即巢湖）。
*	璅	ㄙㄨㄛˇ	璅蛣ㄐㄧㄝˊ（即寄居蟹）。璅語（瑣碎不重要的話）。璅慧（小聰明）。璅蟲（比喻見識淺薄、平庸粗俗的人）。璅才凡庸（形容才能平庸而不突出）。通「瑣」。

	國字	字音	語詞
	繅	ㄙㄠ	繅絲（煮繭抽絲）。繅繭（同「繅絲」）。
*	鏁	ㄙㄨㄛˇ	縲鏁（繩子與枷鎖。比喻束縛）。通「鎖」。
*	隟	ㄒㄧˋ	百隟（許多隙穴）。通「隙」。
	【莫】		
	冪	ㄇㄧˋ	乘冪。冪冪（滿布的樣子）。葺ㄑㄧˋ牆冪室（修補牆壁，粉刷房間）。
	募	ㄇㄨˋ	招募。募兵。募捐。募集。募款。勸募。募兵制。勸募基金。
*	嗼	ㄇㄛˋ	嗼寂（安靜無聲）。嗼然（形容無聲）。
	墓	ㄇㄨˋ	自掘墳墓（比喻自尋死路、自毀前程）。墓木已拱（指人死去已久）。
*	嫫	ㄇㄛˊ	嫫母（古時的醜女，黃帝的第四妃子）。妝嫫費黛（為醜女化妝，只是浪費脂ㄓ粉，無法使她成為美女。比喻無濟於事，白費力氣）。
	寞	ㄇㄛˋ	寂ㄐㄧˊ寞。落寞。落寞寡歡。寞天寂地（比喻非常寂寞無聊）。
	幕	ㄇㄨˋ	布幕。帳幕。帷幕。開幕。落幕。幕府（古代軍中將帥的官署。因在駐地搭帳幕作指揮所，故稱之）。幕僚。放煙幕。內幕消息。退居幕後。黑幕重重。幕天席地（比喻胸襟寬闊開朗）。幕後功臣。幕後花絮。幕後英雄。幕後黑手。幕燕鼎魚（比喻處境極度危險）。燕巢幕上（同「幕燕鼎魚」）。
		ㄇㄛˋ	幕北（我國北方沙漠地區。同「漠北」）。幕朔（同「漠北」）。幕南（同「漠南」）。通「漠」。

國字	字音	語詞
* 幙	ㄇㄨˋ	幙府（同「幕府」）。幙帷（帷幕）。通「幕」。
慕	ㄇㄨˋ	仰慕。思慕。渴慕。愛慕。羨慕。孺慕（指對人深切依戀愛慕之情，如幼童對父母之情）。弋ㄧˋ者何慕（比喻隱逸的賢人不自惹禍亂，統治者對他們也無可奈何）。貪榮慕利（貪圖榮華，愛慕錢財）。慕名而來。
* 慔	ㄇㄨˋ	慔慔（努力、盡力）。
摹	ㄇㄛˊ	描摹。臨摹。摹寫。摹聲詞（狀聲詞）。
摸	ㄇㄛ	摸索。摸彩。盲人摸象。捉摸不定。
暮	ㄇㄨˋ	歲暮。暮色。暮靄ㄞˇ。日暮途窮。春樹暮雲（對遠方友人思念之辭）。美人遲暮（比喻年華老去，盛年不再。感嘆美人年老色衰）。朝三暮四。朝生暮死（形容生命極為短暫）。朝思暮想。暮氣沉沉。暮鼓晨鐘。
模	ㄇㄛˊ	字模。楷模。模子。模仿。模型。模樣。模範。一模一樣。模稜ㄌㄥˊ兩可。
* 氁	ㄇㄨˊ	氁綾（厚密光澤的毛織物）。
漠	ㄇㄛˋ	冷漠。沙漠。漠視。廣漠（寬廣空曠）。冷漠無情。荒漠甘泉。記憶淡漠。漠不相關（彼此毫無關聯）。漠不關心。漠然不動。漠然不覺（形容毫無感覺）。漠然置之。
瘼	ㄇㄛˋ	民瘼（人民的疾苦）。探求民瘼。廣求民瘼。關心民瘼。體恤民瘼。
* 糢	ㄇㄛˊ	糢糊（同「模糊」）。

	國字	字音	語詞
＊	縸	ㄇㄨˋ	絡ㄌㄨㄛˋ縸（張開羅網）。
＊	冪	ㄇㄧˋ	冪冪（濃密的覆蓋地面）。
	膜	ㄇㄛˊ	耳膜。角膜。骨膜。膜拜。薄膜。黏膜。保鮮膜。眼角膜。視網膜。結膜炎。腦膜炎。橫膈膜。皮裡膜外（局外人）。膜外概置（指除自身之外，皆置之不顧）。
	莫	ㄇㄛˋ	莫須有。莫名其妙。莫逆之交。莫測高深。
		ㄇㄨˋ	莫府（同「幕府」）。莫春（同「暮春」）。莫景（老年的景況。同「暮景」）。不夙則莫（報告時間不是早就是晚）。日莫途遠（比喻窮困到了極點。同「日暮途遠」）。蚤出莫入（早出晚歸）。歲聿ㄩˋ其莫（一年將結束）。通「幕」或「暮」。
	蟆	ㄇㄚˊ	蛤ㄏㄚˊ蟆ㄇㄚ˙。蝦ㄏㄚˊ蟆ㄇㄚ˙（同「蛤蟆」）。癩蝦蟆。
	謨	ㄇㄛˊ	宏謨。良謨（好的謀略）。謨臣（謀臣）。謨猷ㄧㄡˊ（謀略）。定鼎訏ㄒㄩ謨（指安定王都帝業的大謀略）。典謨訓誥ㄍㄠˋ（指堯典、大禹謨、伊訓和湯誥）。忠言嘉謨（忠誠的言論，卓越的謀略）。訏謨定命（制定國家遠大的計畫）。謀謨帷幄ㄨㄛˋ（指在軍帳中訂定作戰的計畫和策略）。謨猷籌畫（謀畫策略）。
	貘	ㄇㄛˋ	馬來貘（動物名）。「獏」為異體字。
＊	鏌	ㄇㄛˋ	鏌鋣ㄧㄝˊ（寶劍名。同「莫邪ㄧㄝˊ」）。
＊	饃	ㄇㄛˊ	饃頭ㄊㄡ˙（一種用麵粉發酵蒸熟的食品）。饃饃（饅頭ㄊㄡ˙）。

	國字	字音	語詞
	驀	ㄇㄛˋ	驀地（忽然）。剛行剛驀（勉強ㄑㄧㄤˇ走動的樣子）。登山驀嶺（形容長途跋涉，旅途艱辛）。跳牆驀圈（指竊盜行為）。驀然回首。
	【區】		
	傴	ㄩˇ	傴僂ㄌㄡˊ（背脊ㄐㄧˇ彎曲的病）。蹇ㄐㄧㄢˇ傴（形容身形醜陋）。傴僂提攜（老人和小孩）。傴僂策杖（彎腰駝背拄ㄓㄨˇ著枴杖）。
	區	ㄑㄩ	區別。區域。區隔。區區小事。
		ㄡ	區脫（邊界）。區博（漢代人名）。區蓋（比喻可信的言論）。區丁平（導演）。豆區釜鍾（古代計算容量的單位）。
	嘔	ㄡˇ	作嘔。乾嘔。嘔吐。嘔心瀝血。嘔心鏤ㄌㄡˋ骨（形容費盡心血。同「嘔心瀝血」）。鏤心嘔血（比喻苦心構思）。
		ㄡ	嘔啞ㄧㄚ（形容鳥叫聲）。嘔歌（同「謳歌」）。嘔啞嘲哳ㄓㄚ（嘈雜刺耳的聲音）。
		ㄡˋ	嘔氣。存心嘔我（故意讓我生氣）。
	奩	ㄌㄧㄢˊ	妝奩（嫁妝）。嫁奩（同「妝奩」）。奩敬（祝賀人家女兒出嫁的賀儀）。香奩體（文體名）。「匳」為異體字。
	嫗	ㄩˋ	老嫗（老婦人。同「老媼ㄠˇ」）。煦嫗（比喻溫情撫育）。嫗伏（鳥用體溫孵蛋）。老嫗能解（形容文字通俗淺顯，容易看懂）。
	嶇	ㄑㄩ	崎ㄑㄧˊ嶇。崎嶇不平。
*	彄	ㄎㄡ	彄環（指環之類的東西）。藏ㄘㄤˊ彄（古代一種遊戲。也作「藏鉤」）。

國字	字音	語詞
* 慪	ㄡˋ	慪氣（同「嘔氣」）。
摳	ㄎㄡ	摳門兒（指吝嗇）。摳鼻子。倒ㄉㄠˋ舄ㄒㄧˋ摳衣（比喻非常急迫）。摳心挖肚（形容絞盡腦汁、費心思索）。摳心挖膽（形容真誠待人）。
毆	ㄑㄩ	毆騁（驅騁、馳騁）。為ㄨㄟˋ淵毆魚（比喻暴政虐民，促使人民歸向仁君）。為叢毆爵ㄑㄩㄝˋ（同「為淵毆魚」。爵，通「雀」）。通「驅」。
	ㄡ	毆傷（同「毆傷」）。通「毆」。
樞	ㄕㄨ	中樞。樞紐。樞機（比喻事物的關鍵）。中樞神經。戶樞不蠹ㄉㄨˋ（比喻經常活動，便不易被外物侵蝕破壞）。黃閣紫樞（泛指朝中高官）。樞機主教。甕ㄨㄥˋ牖ㄧㄡˇ繩樞（比喻貧窮之家）。
歐	ㄡ	歐洲。歐母畫荻（稱頌賢母教子）。
毆	ㄡ	鬥毆。圍毆。毆打。毆辱。毆傷。反目互毆。
	ㄑㄩ	馳毆（策馬馳騁。同「馳驅」）。通「驅」。
漚	ㄡˋ	漚鬱（香氣濃郁）。漚得難受。蒸漚歷瀾ㄌㄢˊ（溼熱地區因長期浸水，以致泥土冒泡糜爛）。
	ㄡ	浮漚（水上浮泡）。水上漚（比喻瞬間即逝、空幻難捉）。如海一漚（比喻微小虛幻）。漚珠槿ㄐㄧㄣˇ豔（比喻短暫而美麗的事物）。
甌	ㄡ	甌脫（邊界。同「區ㄡ脫」）。名動金甌（形容名望極高，是國家選用的治國之才）。名覆金甌（同「名動金甌」）。金甌無缺（比喻國土完整鞏固）。金甌藏名（同「名動金甌」）。

國字	字音	語詞
*瞘	ㄎㄡ	瞘瞜ㄌㄡ（眼睛深陷在眼眶ㄎㄨㄤ裡面）。
*蓲	ㄡ	其木若蓲（樹木像刺榆）。通「櫙ㄡ」。
	ㄑㄧㄡ	烏蓲（草名。即荻草）。
謳	ㄡ	謳歌（同聲歌頌功德。同「嘔歌」）。吳歈ㄩˊ蔡謳（南方吳地與蔡地的歌謠）。清謳微吟（悠揚的歌唱，低聲的吟哦ㄜˊ）。
*貙	ㄔㄨ	貙虎（動物名。其形如狗）。熊羆ㄆㄧˊ貙虎（比喻勇猛的士兵）。
軀	ㄑㄩ	身軀。軀殼。軀幹。軀體。七尺之軀（成年男子的身軀）。血肉之軀。為國捐軀。捐軀赴難。糜ㄇㄧˊ軀碎首（同「粉身碎骨」）。
*鏂	ㄡ	鈇ㄈㄨˊ鏂（鏡匣ㄒㄧㄚˊ上的裝飾）。鏂銗ㄒㄧㄤˋ（同「鋪ㄆㄨ首」）。
*饇	ㄩˋ	如食宜饇（好比吃飯吃得過飽）。
驅	ㄑㄩ	先驅。前驅。驅使。驅動。驅逐。驅策。驅離。驅蟲劑。先驅螻蟻（比喻不顧生死，竭誠效命）。並駕齊驅。長驅直入。後擁前驅（形容達官顯要出行時的浩大聲勢和排場）。革命先驅。熱湯驅寒。驅車前往。
鷗	ㄡ	海鷗。鷗水相依（比喻離不開賴以維生的環境）。鷗鳥忘機（隱逸者恬淡自適，不存機心，忘身物外）。鷗鷺忘機（同「鷗鳥忘機」）。

	國字	字音	語詞
			【參】
	參	ㄘㄢ	參孫（中古猶太人的領袖之一）。參與ㄩˋ。曹參（漢時宰相）。古木參天。利弊參半。拔地參天（形容高大或氣勢雄偉壯麗）。參前落後（雜亂不齊）。毀譽參半。
		ㄕㄣ	人參。岑ㄘㄣˊ參。海參。參商（比喻彼此阻隔，不能相見）。參膏。曾參。海參崴。高麗ㄌㄧˊ參。斗轉參橫。月落參橫（指天色將亮）。卯酉參辰（比喻彼此對立或隔絕）。動如參商（比喻長時間的分離而無法相見）。參商之虞（比喻分離不得相見的憂慮）。略無參商（比喻意見相合）。曾參殺人（比喻流言可畏。同「曾母投杼ㄓㄨˋ」）。意見參商（意見不合）。
		ㄘㄣ	參差ㄘ。參錯（雜亂不整齊）。物論參差（大家的見解和說法不一致）。參差不齊。
		ㄙㄢ	參漏（三個孔穴）。禹耳參漏（相傳禹有三個耳孔）。通「三」。
*	墋	ㄔㄣˇ	墋黷ㄉㄨˊ（混ㄏㄨㄣˋ沌ㄉㄨㄣˋ不清的樣子）。
*	嵾	ㄘㄣ	嵾嵳ㄘㄨㄛˊ（山石不齊的樣子）。
*	幓	ㄕㄣ	幓纚ㄕˇ（車飾下垂的樣子）。
	慘	ㄘㄢˇ	慘不忍睹。慘無人道。慘綠少年（比喻青春年少或指意氣風發的青年才俊）。

	國字	字音	語詞
	摻	ㄔㄢ	摻合(混ㄏㄨㄣˋ雜)。摻和ㄏㄨㄛˋ(混ㄏㄨㄣˋ合)。摻袂ㄇㄟˋ(指離別)。摻假。摻雜。
		ㄘㄢˋ	漁陽摻撾ㄓㄨㄚ(鼓曲名)。
		ㄕㄢˇ	摻執(手持)。摻執子之袪ㄑㄩ兮(緊緊抓住你的袖啊)。
*	槮	ㄙㄢˇ	橚ㄙㄨˋ槮(草木茂密的樣子)。
*	毿	ㄙㄢ	毿毿(細長的樣子)。白毿毿(鬢ㄅㄧㄣˋ毛斑白且細長的樣子)。
	滲	ㄕㄣˋ	滲出。滲透。滲漏。
	磣	ㄔㄣˇ	牙磣˙ㄔㄣ(咀ㄐㄩˇ嚼ㄐㄩㄝˊ時遇有沙子，牙齒有不舒服的感覺)。寒磣˙ㄔㄣ(長相醜陋或丟臉、不光彩)。
	糝	ㄙㄢˇ	飯糝(飯粒)。糝飯(米飯)。糝粒不繼(比喻生活困頓)。藜羹不糝(藜菜的羹湯中不放米粒)。
*	縿	ㄕㄢ	旒ㄌㄧㄡˊ縿(旗子垂下的絲幅)。縿綃ㄒㄧㄠ(絲織品)。
	葠	ㄕㄣ	人葠(同「人參」「人蓡ㄕㄣ」)。
*	襂	ㄕㄢ	襂襹ㄕ。襂纚ㄕˇ。襂褷ㄕ(以上三詞皆形容羽毛下垂的樣子)。
	驂	ㄘㄢ	驂乘ㄕㄥˋ(乘車陪坐在右邊的人)。驂靳ㄐㄧㄣˋ(比喻前後相隨，形影不離)。如驂之靳(比喻關係ㄒㄧˋ密切，一刻也不能分離)。咫角驂駒ㄐㄩ(比喻年少者)。解驂推食(比喻以財物救人之急)。驂鸞馭鶴(比喻得道成仙)。
*	鬖	ㄙㄢ	髧ㄉㄢˋ鬖(頭髮下垂蓬亂的樣子)。

	國字	字音	語詞
*	黲	ㄘㄢˇ	黲黷ㄉㄨˊ（混ㄏㄨㄣˋ濁或昏暗不清的樣子）。
			【族】
	嗾	ㄙㄡˇ	嗾使。
	族	ㄗㄨˊ	民族。家族。貴族。
*	瘯	ㄘㄨˋ	瘯蠡ㄌㄧˊ（家畜的瘟疫）。
	簇	ㄘㄨˋ	簇新（嶄新）。簇擁。花團錦簇。花攢ㄘㄨㄢˊ錦簇（同「花團錦簇」）。張弓簇箭（指打獵或出征）。群山攢簇（群山聚集在一起）。
*	蔟	ㄘㄨˋ	大蔟（古代音律名）。蠶蔟（供蠶吐絲作繭的用具。也作「蠶簇」）。
	鏃	ㄗㄨˊ	矢鏃（箭頭）。飛鏃（快速射出的箭頭）。箭鏃（箭頭上所裝尖銳或有倒ㄉㄠˋ鉤的金屬物）。亡矢遺鏃（比喻軍事上的微小損失）。
*	鷟	ㄓㄨㄛˊ	張鷟（唐代人名）。鸑ㄩㄝˋ鷟（鳳凰的別名，古代認為是祥瑞之鳥）。
			【埶】
	勢	ㄕˋ	姿勢。勢利眼。人多勢眾。大勢所趨。因勢利導（順應事物自然發展的趨勢加以引導）。後勢看好。勢不兩立。勢在必行。勢如破竹。趨炎附勢。
	囈	ㄧˋ	夢囈（說夢話）。囈語（同「夢囈」）。
	埶	ㄕˋ	殺埶（殺滅威勢）。權埶（同「權勢」）。「勢」的本字。
		ㄧˋ	六埶（同「六藝」）。「藝」的本字。

	國字	字音	語　　　詞
*	摰	ㄋㄧㄝˋ	危摰(危殆不安)。通「隉」。與「摯ㄓˋ」不同。
*	槷	ㄋㄧㄝˋ	危槷(不安。同「危摰」)。槷刖ㄩㄝˋ(危險或險峻的樣子)。
	熱	ㄖㄜˋ	熱絡。白熱化。冷嘲熱諷ㄈㄥˋ。
*	爇	ㄖㄜˋ	爇燋ㄐㄧㄠ(古代占ㄓㄢ卜時燃燒灼龜所使用的柴枝)。爇櫬ㄔㄣˋ(焚燒棺木。為古代受降的儀式)。
*	埶	ㄧˋ	埶文(同「藝文」)。埶術(同「藝術」)。樹埶(種植。同「樹藝」)。投戈講埶(同「投戈講藝」)。殺人如埶(形容濫殺無辜。同「殺人如麻」)。與「執ㄐㄧˊ」不同。
	藝	ㄧˋ	藝術。色藝雙絕。投戈講藝(雖身處軍中,仍然不忘學習)。貪慾無藝(貪財的慾念沒有限度)。樹藝五穀(種植五穀)。
	褻	ㄒㄧㄝˋ	猥ㄨㄟˇ褻。褻衣(貼身內衣)。褻狎ㄒㄧㄚˊ(與人相處,舉止輕佻ㄊㄧㄠ)。褻玩ㄨㄢˊ(狎ㄒㄧㄚˊ褻玩弄)。褻慢(同「褻狎」)。褻瀆(輕視怠慢)。褻瀆神明。
*	襼	ㄧˋ	掎ㄐㄧˇ裳ㄔㄤˊ連襼(形容人多擁ㄩㄥˇ擠)。
	【爽】		
*	塽	ㄕㄨㄤˇ	鄭克塽(鄭成功之孫)。
	爽	ㄕㄨㄤˇ	爽約。分毫不爽(形容沒有一點差錯)。爽然自失(失意茫然,無所適從)。屢試不爽。
*	鷞	ㄕㄨㄤˇ	鷞鳩(鳥名。即鷹)。
		ㄕㄨㄤ	鷫ㄙㄨˋ鷞(鳥名。似雁)。典鷫鷞裘(友誼ㄧˋ深厚)。

國字		字音	語詞
【執】			
	執	ㄓˊ	執筆。父執輩。執牛耳（指在某方面居領導地位的人）。允執厥中（秉持中庸之道，無過與不及）。仗義執言。各執一詞。各執己見。執手話別。執而不化（堅持己見而不知變通）。執迷不悟。執意前往。執業律師。
	墊	ㄉㄧㄢˋ	代墊。床墊。坐墊。墊付。墊底。墊背。墊款。墊錢。墊檔。鞋墊。氣墊車。墊腳石。墊上運動。
*	慹	ㄓˊ	慹服（因畏怯ㄑㄩㄝˋ而屈服。同「懾ㄓㄜˊ服」）。慹然（不動的樣子）。慮嘆變慹（有時憂慮長嘆，有時猶豫害怕）。
	摯	ㄓˋ	真摯。誠摯。摯友。摯愛。懇摯。情真意摯。摯而有別（指夫妻感情融洽，相敬如賓）。鷹擊毛摯（比喻治民嚴苛）。與「摰ㄋㄧㄝˋ」不同。
*	縶	ㄓˊ	維縶（比喻羈絆或挽留人才）。縶拘（束縛）。縶維（同「維縶」）。
	蟄	ㄓˊ	蟄伏。蟄居（隱居）。驚蟄（二十四節氣名）。百蟲蟄伏。蟄居田野。
*	贄	ㄓˋ	執贄（帶著禮物作為相見之禮）。贄見（帶著禮物初次拜見他人）。贄敬（帶著禮物來謁ㄧㄝˋ見）。贄儀（初次見面所饋贈的禮物）。贄見禮（同「贄儀」）。
*	鷙	ㄓˋ	卓鷙（行為不合乎常道）。忿鷙（凶惡殘忍）。鷙悍（凶猛強悍）。鷙鳥（凶猛的鳥類）。鷙鳥不群（比喻忠貞之士不合於世俗）。

	國字	字音	語詞
			【帶】
*	墆	ㄉㄧㄝˊ	砥墆(停滯ㄓˋ不流通)。墆積(存藏物資)。墆翳ㄧˋ(形容高峻或遮蔽的樣子)。
*	嵽	ㄉㄧㄝˊ	岧ㄊㄧㄠˊ嵽(高遠的樣子。同「迢遞」)。嵽嵲ㄋㄧㄝˋ(高峻的山或指山的高處)。
	帶	ㄉㄞˋ	帶累ㄌㄟˋ(牽連他人受到不良的影響)。拖泥帶水。披麻帶孝。沾親帶故(有些親戚或朋友的關係)。被ㄆㄧˋ山帶河(形勢非常險要)。帶髮修行(不剃髮而在寺院修行)。連本帶利。
*	懘	ㄔˋ	怗ㄓㄢ懘(聲音不調和)。沾ㄓㄢ懘(同「怗懘」)。
*	殢	ㄊㄧˋ	尤殢(耍賴，糾纏)。殢人(責怪人)。殢酒(沉迷於酒)。尤雲殢雨(比喻纏綿於男歡女愛)。愁腸殢酒(心情煩悶的人容易醉酒)。
	滯	ㄓˋ	留滯。停滯。滯留。滯銷。凝滯(停止不動)。滯洪池。滯留鋒。滯納金(對逾ㄩˊ期納稅的納稅義務人所加收的一種款項)。停滯不前。眼神呆滯。
*	蔕	ㄉㄧˋ	芥蔕(比喻積在心裡使人不快的嫌怨。同「芥蒂」)。根蔕(比喻事物的根基或基礎)。細故蔕芥(同「芥蔕」)。通「蒂」。
	螮	ㄉㄧˋ	螮蝀(虹。同「蝃ㄉㄧˋ蝀」)。
*	蹛	ㄉㄞˋ	留蹛(積聚不流通)。蹛財(積存錢財)。
*	遰	ㄉㄧˋ	遰礙(阻礙不通暢)。
			【瞢】
*	儚	ㄇㄥˊ	儚僜ㄔㄥ(半睡半醒、神志模糊不清的樣子)。儚儚(心思昏亂迷惑的樣子)。

	國字	字音	語詞
	夢	ㄇㄥˋ	作夢。夢幻。夢魘ㄧㄢˇ。同床異夢。春夢無痕。浮生若夢。夢筆生花（比喻文人才思敏捷、文筆美妙富麗）。
	懵	ㄇㄥˊ	懵懂。懵然未覺（糊塗而毫無感覺）。懵然無知。懵憒ㄎㄨㄟˋ無知（心裡不明瞭）。懵懵懂懂。
	甍	ㄇㄥˊ	比ㄅㄧˋ屋連甍（住屋眾多）。連甍接棟（同「比屋連甍」）。碧瓦朱甍（形容建築物富麗堂皇）。
*	瞢	ㄇㄥˊ	昏瞢（昏昧。同「昏蒙」）。瞢昧（愚昧無知）。瞢容（面有愧色）。瞢懂（同「懵懂」）。
		ㄇㄥˋ	雲瞢（古澤名。即雲夢大澤）。瞢見（同「夢見」）。通「夢」。
	薨	ㄏㄨㄥ	薨逝（舊稱諸侯死亡）。薨落（同「薨逝」）。薨薨（蟲飛的聲音）。丞相薨（丞相去世）。

【曼】

	國字	字音	語詞
*	僈	ㄇㄢˋ	寬而不僈（寬厚而不輕視怠慢）。
	曼	ㄇㄢˋ	曼妙。曼麗（柔媚豔麗）。舞姿曼妙。輕歌曼舞。羅曼蒂克。
*	墁	ㄇㄢˋ	墁地（用磚石鋪地）。毀屋畫墁（比喻有害而無益的行為）。
	嫚	ㄇㄢˋ	詆嫚（詆毀侮辱）。嫚罵（同「謾罵」）。
	幔	ㄇㄢˋ	布幔。帷幔。幔帳（帳幕）。
	慢	ㄇㄢˋ	傲慢。慢郎中。慢條斯理。
*	槾	ㄇㄢˊ	杇ㄨ槾（塗泥抹ㄇㄛˋ牆的工具。同「鏝刀」）。

	國字	字音	語詞
	漫	ㄇㄢˋ	漫卷ㄐㄩㄢˇ（隨便的收拾整理）。漫長。漫談。爛漫。太空漫步。長夜漫漫。漫山遍ㄅㄧㄢˋ野。漫不經心。漫天討價（胡亂的索取高價）。漫無止境。漫無目的。漫無節制。漫無邊際。
*	獌	ㄇㄢˋ	獌狿ㄧㄢˊ（古獸名。似貍。同「蟃ㄨㄢˋ蜒ㄧㄢˊ」）。
	縵	ㄇㄢˋ	布縵（同「布幔」）。爛縵（光彩紛布的樣子。同「爛漫」）。縵襠ㄉㄤ褲（下至腳踝ㄏㄨㄞˊ，上連胸腹，沒有開襠的褲子）。風寒紗縵（用於女性老師或師母喪的輓辭）。
	蔓	ㄇㄢˋ	蔓延。蔓衍。蔓草。瓜蔓抄（指統治者對臣民的殘酷殺害且殃及無辜的人）。不蔓不枝（比喻文章簡潔，不節外生枝）。抱蔓摘瓜（指案情擴大，殃及無辜）。荒煙蔓草。滋蔓難圖（比喻勢力擴大了，就難以消滅）。蔓生植物。蔓草寒煙（比喻極為荒涼）。
		ㄇㄢˊ	蔓菁ㄐㄧㄥ（即大頭菜）。
*	蟃	ㄨㄢˋ	蟃蜒（同「獌狿」）。
	謾	ㄇㄢˊ	詑ㄊㄨㄛˊ謾（欺騙）。欺謾。謾語（說謊話）。謾譠ㄓㄢ（說假話哄騙人）。謾讕ㄌㄢˊ（同「謾譠」）。謾上謾下（形容欺騙，蒙蔽上下的人）。謾天謾地（同「謾上謾下」）。譖ㄗㄣˋ下謾上（毀謗下級，欺騙上級）。
		ㄇㄢˋ	謾怠（怠慢）。謾罵。謾誕（虛妄誇大）。抵死謾生（費盡心思，絞盡腦汁）。謾罵叫囂。
	鏝	ㄇㄢˋ	鏝刀（塗抹牆壁所使用的工具）。
	饅	ㄇㄢˊ	饅頭·ㄊㄡ。

	國字	字音	語詞
*	鬘	ㄇㄢˊ	華鬘（印度人以線貫穿花草而成，戴在胸前或頭頂的裝飾品）。
	鰻	ㄇㄢˊ	海鰻。鰻魚。鰻鱺ㄌㄧˊ（魚類名）。紅燒鰻。蒲ㄆㄨˊ燒鰻。
	【宿】		
	宿	ㄙㄨˋ	宿命。宿雨（前夜下的雨）。宿疾。宿將（作戰經驗豐富的沙場老將）。宿敵。宿醉。宿願。弋ㄧˋ不射宿（指不射殺已經回巢的鳥）。胸無宿物（比喻坦率正直，對人沒有偏見）。宿夕之憂（指短暫的憂心）。宿學舊儒（年高德劭的飽學之士）。餐風宿露ㄌㄨˋ。
		ㄒㄧㄡˋ	列宿（群星）。角ㄐㄩㄝˊ宿（星座名）。星宿。二十八宿。辰宿列張（星辰布滿在無邊無際的太空中）。
		ㄒㄧㄡˇ	一宿。整宿。通宿未眠（整夜沒睡覺）。
	縮	ㄙㄨㄛ	畏縮。瑟縮。自反而縮（省ㄒㄧㄥˇ察自己的作為與理念，覺得正直）。節衣縮食（指生活儉約）。縮手旁觀（同「袖手旁觀」）。縮頭烏龜。
	蓿	ㄙㄨˋ	苜蓿。苜蓿風味（比喻教書生活的清苦）。
*	蹜	ㄙㄨˋ	踧ㄘㄨˋ蹜（水積聚不前的樣子）。蹜蹜（形容小心翼翼的樣子）。
	【尉】		
	尉	ㄨㄟˋ	少尉。廷尉（職官名）。
		ㄩˋ	尉遲（複姓）。尉遲恭（唐代名將）。尉遲乙僧ㄙㄥ（唐代人名）。
	慰	ㄨㄟˋ	安慰。慰藉。聊以自慰（姑且用來安慰自己）。

	國字	字音	語詞
	熨	ㄩㄣˋ	熨斗。
		ㄩˋ	熨貼（妥帖ㄊㄧㄝ舒適）。平整熨貼。
*	罻	ㄨㄟˋ	罻羅（捕鳥的羅網。比喻法網）。
	蔚	ㄨㄟˋ	蓊蔚（草木繁茂的樣子）。蔚藍。文風蔚起。徒黨蔚起（志同道合者紛紛起來）。雲蒸霞蔚（比喻繁盛豔麗）。蔚為奇觀。蔚然成風。
		ㄩˋ	蔚結（積聚不舒暢。同「鬱結」）。蔚蔚（悶ㄇㄣ悶不樂的樣子。同「鬱鬱」）。蔚縣（河北省縣名）。蔚興（宋代人名）。

【將】

	國字	字音	語詞
	將	ㄐㄧㄤ	扶將（扶持）。將息（休息）。將軍。將進酒（詩名）。日就月將（每日每月都有進步）。打將下去（打下去）。行將就木（比喻年紀已大，生命將結束）。將本求利。將信將疑。將養老弱（讓老弱保養休息）。慎重將事（辦事謹慎認真）。踴躍ㄩㄝˋ輸將（踴躍捐獻財物）。
		ㄐㄧㄤˋ	將兵（率領軍隊）。將指（中指）。將校。將領。反將計（反間ㄐㄧㄢˋ計）。將相ㄒㄧㄤˋ器（稱能擔負大任的人才）。出將入相ㄒㄧㄤˋ（指允文允武的高級官員）。兵來將擋。將士用命。將兵迎敵。將門虎子（將相家門培育出來的強健後輩）。韓信將兵（多多益善）。
		ㄑㄧㄤ	將伯（向人求助）。將將（形容鐘鼓聲。如「鼓鐘將將」）。將子無怒（拜託你不要生我的氣）。將伯之助（請求長者幫助）。將伯之呼（指求人幫忙或求人說明）。

國字	字音	語詞
*嶈	ㄑㄧㄤ	嶈嶈（水勢受山阻擋而發出噴濺的聲音）。
槳	ㄐㄧㄤˇ	划槳。螺旋槳。
漿	ㄐㄧㄤ	豆漿。漿果。乞漿得酒（比喻獲得的遠超過自己原來所要求的）。汗出如漿（形容汗流很多）。漿酒霍肉（形容飲食奢侈）。
	ㄐㄧㄤˋ	漿糊（同「糨ㄐㄧㄤˋ糊」）。通「糨」。
獎	ㄐㄧㄤˇ	頒獎。嘉獎。獎券ㄑㄩㄢˋ。獎狀。獎品。獎牌。獎勵。獎掖ㄧㄝˋ後進。
蔣	ㄐㄧㄤˇ	蔣經國。蔣夢麟。
螿	ㄐㄧㄤ	寒螿（昆蟲名。似蟬而較小）。
*蹡	ㄑㄧㄤ	蹡路（趕路）。踉ㄌㄧㄤˋ踉蹡蹡（走路歪斜不穩，跌跌撞撞的樣子。同「踉踉蹌ㄑㄧㄤˋ蹌」）。
醬	ㄐㄧㄤˋ	醬油。豆瓣醬。覆醬瓿ㄆㄡˇ（謙稱論著ㄓㄨˋ沒有價值）。
鏘	ㄑㄧㄤ	鏗ㄎㄥ鏘。鏘鏘（形容玉石碰撞聲）。戛ㄐㄧㄚˊ玉鏘金（形容聲音響亮而富有節奏）。濟ㄐㄧˇ濟ㄐㄧˇ鏘鏘（形容眾多且威武的樣子）。鏗鏘有力。鏘金鳴玉（比喻音節響亮，詩句美妙）。

【斬】

國字	字音	語詞
塹	ㄑㄧㄢˋ	竹塹（新竹市的舊稱）。溝塹（繞城的壕溝）。長江天塹（指長江的形勢非常險要）。高壘深塹（比喻防禦堅固）。
嶄	ㄓㄢˇ	嶄新。嶄露ㄌㄨˋ鋒芒。嶄露ㄌㄨˋ頭角ㄐㄧㄠˇ。頭角嶄然（形容年少有為，才華出眾）。

	國字	字音	語詞
	慚	ㄘㄢˊ	慚愧。大言不慚。衾ㄑㄧㄣ影無慚(比喻為人光明磊落，問心無愧)。慚鳧ㄈㄨˊ企鶴(比喻對自己的短處感到慚愧，而只羨慕他人的長處)。「慙」為異體字。
*	摲	ㄕㄢˋ	摲手(拳術手法之一)。
	斬	ㄓㄢˇ	斬獲。先斬後奏。斬刈ㄧˋ殺伐ㄈㄚˊ(作戰時拿武器互相砍殺)。斬首示眾。斬草除根。斬釘截鐵。
	暫	ㄓㄢˋ	短暫。暫時。暫緩。「蹔」為異體字。
	槧	ㄑㄧㄢˋ	抱槧(指著作)。鉛槧(古人記錄文字的工具)。以事鉛槧(用來購買、校ㄐㄧㄠˋ勘ㄎㄢ、收藏書籍)。抱槧書生(界尺的別名)。懷鉛提槧(指隨身攜帶書寫工具，以便記錄或著述)。
	漸	ㄐㄧㄢˋ	逐漸。漸染(因接觸日久而逐漸受到影響)。西風東漸。防微杜漸。漸入佳境。漸不可長ㄓㄤˇ(壞的根源不容許其發展滋長)。
*	獑	ㄔㄢˊ	獑胡(動物名。猿屬。同「螹ㄐㄧㄢˋ胡」)。
*	磛	ㄔㄢˊ	磛喦ㄧㄢˊ(積石高峻的樣子)。
*	蔪	ㄐㄧㄢ	蔪蔪(麥子長出花穗的樣子)。
*	螹	ㄐㄧㄢˋ	螹胡(同「獑ㄔㄢˊ胡」)。
	鏨	ㄗㄢˋ	鏨刀(雕刻ㄎㄜˋ金石所用的刀)。鏨子。

	國字	字音	語詞
			【庶】
	庶	ㄕㄨˋ	庶民（百姓）。庶務（各種事務）。庶幾ㄐㄧ（希望）。富庶。黎庶（同「庶民」）。生息蕃ㄈㄢˊ庶（生養繁衍後代）。庶民經濟。庶幾ㄐㄧ無愧。
	摭	ㄓˊ	捃ㄐㄩㄣˋ摭（採集）。採摭（採拾）。掎ㄐㄧˇ摭（指摘ㄓㄞ、批評）。摭拾（拾取）。掎摭利病（指摘利弊，評論好壞）。摭華捐實（比喻只重視表面，而忽略實質內涵）。
*	蔗	ㄓㄜˋ	甘蔗。藷ㄓㄨ蔗（同「甘蔗」）。倒ㄉㄠˋ吃甘蔗（比喻漸入佳境）。
*	蟅	ㄓㄜˋ	蟅蝜ㄈㄨˋ（蟲名。又名鼠婦）。蟅蟒（蚱蜢）。
	蹠	ㄓˊ	蹠骨（足骨的一部分）。跗ㄈㄨ蹠骨（鳥類下肢骨的一部分）。高掌遠蹠（比喻野心與雄圖）。蹠穿藤暴ㄆㄨˋ（形容行路艱辛）。
	遮	ㄓㄜ	遮掩。遮蔽。遮蔭。遮羞布。伏兵遮擊（中途埋伏，加以襲擊）。隻手遮天。遮人耳目。
	鷓	ㄓㄜˋ	鷓鴣ㄍㄨ（鳥類名）。鷓鴣菜（植物名）。
			【異】
	冀	ㄐㄧˋ	希冀。冀求（希望、要求）。冀望。群空冀北（比喻賢才遇到知己者而獲得拔擢ㄓㄨㄛˊ）。
*	廙	ㄧˋ	廙廙（恭敬的樣子。同「翼翼」）。
	異	ㄧˋ	日新月異。見異思遷。特異功能。異軍突起。異想天開。標新立異。黨同伐ㄈㄚˊ異（結合同黨的人來攻擊異己）。

國字	字音	語　　　詞
糞	ㄈㄣˋ	馬糞紙。朽木糞土（比喻人不可造就）。佛頭著(ㄓㄨㄛˊ)糞（比喻褻(ㄒㄧㄝˋ)瀆(ㄉㄨˊ)、輕慢。含諷(ㄈㄥˋ)刺意味）。賤如糞土（比喻不值錢）。
翼	ㄧˋ	羽翼。卵翼（比喻養育庇(ㄅㄧˋ)護）。輔翼。比(ㄅㄧˇ)翼鳥。翼手目（哺乳動物之一目。如蝙(ㄅㄧㄢ)蝠）。翼手龍（恐龍的一種）。小心翼翼。不翼而飛。天生羽翼（比喻兄弟和睦相愛）。比翼雙飛。如虎添翼。羽翼已成（比喻輔佐的人才已定，勢力也已經鞏固）。卵翼之恩（比喻培植庇護部屬的恩情）。兩翼夾擊。彪虎生翼（同「如虎添翼」）。雁行(ㄏㄤˊ)折翼（比喻兄弟分離或死亡。也作「雁行失序」）。奮翼高飛。燕翼詒(ㄧˊ)謀（祖先善為後代庇佑造福）。薄如蟬翼。攀鱗附翼（攀附權貴，以求進身）。
驥	ㄐㄧˋ	驥騄(ㄌㄨˋ)（古良馬名）。附驥尾（比喻攀附他人而成名）。人中騏驥（比喻才能出眾的人）。牛驥同皁(ㄗㄠˋ)（比喻賢愚不分）。老驥伏櫪（比喻年老仍懷著雄心壯志）。見驥一毛（比喻僅了解事物的一部分）。附驥名彰（攀附權貴，使自己顯名於世）。怒猊(ㄋㄧˊ)渴驥（比喻書法的骨力雄健，筆勢奔馳）。按圖索驥。渴驥奔泉（比喻氣勢勁急矯健的樣子）。道遠知驥（路途遙遠才知道馬力的好壞。同「路遙知馬力」）。攀龍附驥（同「攀鱗附翼」）。蠅隨驥尾（比喻攀附有名望者，必能受益）。驥服鹽車（比喻懷才不遇）。
【敝】		
*嫳	ㄆㄧㄝˋ	便(ㄆㄧㄢˊ)姍嫳屑(ㄒㄧㄝˋ)（步履安詳，衣服輕飄的樣子）。

國字	字音	語詞
幣	ㄅㄧˋ	貨幣。錢幣。甘言厚幣(說話動聽、禮物貴重)。幣重言甘(禮厚言甜。指別有所圖)。
弊	ㄅㄧˋ	作弊。流弊。弊病。弊端。弊竇ㄉㄡˋ。切中ㄓㄨㄥˋ時弊。百弊叢生。利多於弊。利弊得失。金舌弊口(比喻說破嘴也沒用)。徇ㄒㄩㄣˋ私舞弊。補偏救弊(矯正偏差漏洞,補救缺點錯誤)。弊絕風清。積久弊生(制度或政策實施過久,容易產生弊端)。興利除弊。營私舞弊。
彆	ㄅㄧㄝˋ	拗ㄠˋ彆(固執不順從)。彆扭。鬧彆扭。
憋	ㄅㄧㄝ	憋氣。憋不住。憋在心裡。
撇	ㄆㄧㄝ	撇下。撇油(刮取浮在液ㄧㄝˋ體上的油脂ㄓ)。撇棄。撇清。撇開。假撇清(假裝自己與某事毫無關聯,故意撇清關係)。撇在一邊。撇棄不顧。撇開不談。
	ㄆㄧㄝˇ	一撇。撇嘴(表示輕視的意思)。撇蘭(朋友互相湊錢聚餐的遊戲)。左撇子。撇齒拉嘴(狂傲而不屑ㄒㄧㄝˋ一顧的樣子)。八字還沒一撇。
敝	ㄅㄧˋ	敝校。民生凋敝。舌敝脣焦。振衰起敝(挽救衰頹,除去弊害)。敝帚千金。
斃	ㄅㄧˋ	槍斃。暴斃。擊斃。斃死豬。一槍斃命。作法自斃。坐以待斃。束手待斃。
*潎	ㄆㄧˋ	潎潎(魚游動的樣子)。
	ㄆㄧㄝ	潎洌(水流快速的樣子)。
*獘	ㄅㄧˋ	疲獘(困苦貧乏。同「疲敝」)。獘廬(破舊的房舍。同「敝廬」)。通「敝」。

	國字	字音	語　　詞
	瞥	ㄆㄧㄝ	瞥見。瞥眼（很短的時間）。瞥一眼。瞥然塵念（忽然萌ㄇㄥˊ生的世俗之念）。驚鴻一瞥。
	蔽	ㄅㄧˋ	蒙蔽。遮蔽。建蔽率（建築物地面面積，在全基地所占的比率）。一言蔽之（用一句話概括它）。衣不蔽體（形容生活極為貧困）。金舌蔽口（閉口不說話。同「緘ㄐㄧㄢ口不言」）。浮雲蔽日（比喻奸臣蒙蔽君主）。旌ㄐㄧㄥ旗蔽空（形容軍容壯盛）。遮風蔽雨（不作「遮風避雨」）。
*	蟞	ㄅㄧㄝˊ	珠蟞（魚名）。
*	襒	ㄅㄧㄝˊ	襒席（用衣服拂ㄈㄨˊ拭坐席，表示恭敬）。
	蹩	ㄅㄧㄝˊ	蹩腳。蹩腳貨（指品質不佳的物品）。
	鱉	ㄅㄧㄝ	援鱉失龜（比喻得不償ㄔㄤˊ失，為求小利卻失大利）。跛鱉千里（比喻人只要堅持不懈，努力學習，雖然資質駑ㄋㄨˊ鈍，也會成功）。黿ㄩㄢˊ鳴鱉應（比喻互相感應、唱和ㄏㄜˋ）。甕ㄨㄥˋ中捉鱉。「鼈」為異體字。
*	鷩	ㄅㄧˋ	鷩衣（帝王祭祀祖先及饗射時所穿的衣服）。鷩冕（同「鷩衣」）。鷩雉（錦雞的別名）。
	【彗】		
	彗	ㄏㄨㄟˋ	彗星。日中必彗（比喻做事要當機立斷，把握良機）。百武彗星。哈雷彗星。彗氾畫塗（比喻極其容易）。擁彗先驅（手持掃ㄙㄠˋ帚掃地，為貴賓引路。表示敬意）。擁彗迎門（手持掃帚掃地，在門前歡迎賓客。表示對賓客的敬意）。

	國字	字音	語詞
	慧	ㄏㄨㄟˋ	慧根。好行小慧(喜歡賣弄小聰明)。秀外慧中。拾人牙慧。福慧雙修。慧心巧手。獨具慧眼。
*	篲	ㄏㄨㄟˋ	拔篲(掃ㄙㄠˋ帚)。剪莽擁篲(指辛勤工作)。擁篲救火(指方法不正確,事情就不會成功)。
	【從】		
*	傱	ㄙㄨㄥˇ	萃傱(聚集)。傱傱(疾進的樣子)。
*	嵸	ㄗㄨㄥ	嵱ㄩㄥˊ嵸(山巒眾多的樣子)。巃ㄌㄨㄥˊ嵸(山勢高峻的樣子)。
	從	ㄘㄨㄥˊ	從頭。隨從(跟隨)。投筆從戎。言聽計從。從心所欲(完全隨著自己的心意去做事)。
		ㄗㄨㄥˋ	侍從。從父(伯父或叔父的通稱)。從母(姨母)。從犯。從刑(附隨於主刑的刑罰)。僕從。賢從(尊稱他人的堂兄弟)。隨從(跟隨的人)。侍從官。從兄弟(堂兄弟)。從數騎ㄐㄧˋ(後面跟著幾個騎馬的侍從ㄗㄨㄥˋ)。不分主從(對事情的首謀和附從ㄘㄨㄥˊ者一律處罰)。欲不可從(對人的情欲不可放縱,須加以約束)。輕車ㄔㄜ簡從。雞尸牛從(比喻寧願做小團體的首領,也不願做大團體中不重要的分子ㄗˇ)。
		ㄘㄨㄥ	從容。從容不迫。從容自在。從容就義。
		ㄗㄨㄥ	合從(同「合縱ㄗㄨㄥ」)。從橫(同「縱橫」)。從衡(合縱和連橫)。約從離衡(六國結成合縱的關係,以化解秦國的連橫策略)。從散約解(合縱的策略被瓦解了)。通「縱ㄗㄨㄥ」。
	慫	ㄙㄨㄥˇ	慫恿。

國字		字音	語詞
*	摐	ㄔㄨㄤ	常摐(相傳為老子的老師)。摐摐(指撞擊或撞擊的聲音)。
*	樅	ㄘㄨㄥ	樅木(木名。又名日本冷杉)。櫳ㄌㄨㄥˊ樅(古代兵車名)。
*	潨	ㄘㄨㄥˊ	潨潨(迅速的樣子)。
	瑽	ㄘㄨㄥ	琤ㄔㄥ瑽(指走路時玉佩相碰的聲音或流水聲)。
*	瘲	ㄗㄨㄥˋ	瘈ㄑㄧˋ瘲(小兒驚風的症狀。病狀為手足痙ㄐㄧㄥˋ攣ㄌㄨㄢˊ)。
	縱	ㄗㄨㄥˋ	放縱。縱性(任性)。縱情(盡情。同「恣ㄗˋ情」)。天縱之才(上天所賦予的卓越才能)。天縱英明(上天所賦予的聰明才識)。欲擒ㄑㄧㄣˊ故縱。稍縱即逝。縱目遠望。縱步如飛(同「健步如飛」)。縱身一跳。縱虎歸山。
		ㄗㄨㄥ	合縱(聯合六國共同來抵禦秦國)。縱谷。縱深。縱貫。縱隊。縱橫。縱坐標。縱橫家。阡陌縱橫。涕泗縱橫。花東縱谷。縱貫公路。縱貫鐵路。縱橫天下。縱橫交錯。縱橫捭ㄅㄞˇ闔ㄏㄜˊ(政治或外交上慣用的聯合盟友、分化敵人等靈活高明的手段)。
	聳	ㄙㄨㄥˇ	高聳。聳立。聳肩。聳峙ㄓˋ。聳動。毛髮聳然(形容極為恐懼)。危言聳聽。高聳入雲。聳人聽聞。聳善抑惡(獎勵好人,處罰惡人)。
*	蓯	ㄘㄨㄥ	肉蓯蓉(植物名)。
*	豵	ㄗㄨㄥ	壹發五豵(一發射中了五頭小豬)。
	蹤	ㄗㄨㄥ	失蹤。行蹤。追蹤。蹤跡。蹤影。行蹤飄忽。萍蹤不定。「踪」為異體字。

國字	字音	語詞
鏦	ㄘㄨㄥ	錚ㄓㄥ鏦（形容金屬物的碰擊聲）。錚ㄓㄥ錚鏦鏦（形容清脆的聲音）。
【曹】		
嘈	ㄘㄠˊ	嘈雜。
曹	ㄘㄠˊ	法曹（職官名。掌刑法訴訟）。爾曹（你們）。三曹對案（指訊問對質）。才當曹斗（比喻人學識淵博，很有才華）。曹社之謀（比喻亡國的徵兆）。陰曹地府。綁赴市曹（將人犯帶往街市熱鬧處，當眾處ㄔㄨˇ死）。蕭規曹隨（比喻後任者依循前任所訂的規章辦事）。
槽	ㄘㄠˊ	水槽。馬槽。跳槽（主動辭職，比喻到別處工作）。槽化線（交通標誌之一）。水落歸槽（比喻惦記的事有了著ㄓㄨㄛˊ落或比喻回復穩定）。背槽拋糞（比喻過河拆橋，忘恩負義）。
*漕	ㄘㄠˊ	漕渠（運送糧食的渠道）。漕漼ㄘㄨㄟˇ（渡水時所發出的聲音）。
糟	ㄗㄠ	糟糕。糟蹋ㄊㄚˋ。酒糟鼻。糟糠妻（比喻貧賤時同甘苦、共患難的妻子）。糟糠不厭（形容生活極為窮苦）。
*螬	ㄘㄠˊ	蠐ㄑㄧˊ螬（金龜子ㄗˇ的幼蟲）。
蹧	ㄗㄠ	蹧蹋（同「糟蹋」）。
遭	ㄗㄠ	遭殃。遭遇。頭一遭。遭時不遇（遭逢有志難伸的時代）。

	國字	字音	語詞
	【習】		
*	慴	ㄓㄜˊ	慴伏（因畏懼而屈服）。慴息（畏懼而不敢發出氣息）。懾ㄓㄜˊ慴（害怕、恐懼）。
	摺	ㄓㄜˊ	存摺。奏摺。摺疊。皺摺。
*	槢	ㄒㄧˊ	椄ㄐㄧㄝ槢（古刑具名）。
	熠	ㄧˋ	熠燿ㄧㄠˋ（閃亮鮮明的樣子）。熠熠生輝（發出明亮耀眼的光芒）。熠熠紅星（形容星光耀眼的當紅明星）。繁星熠熠。
	習	ㄒㄧˊ	習染（感染惡習）。相沿成習。相習成風（互相學習效法，蔚成風氣）。涼風習習。習以為常。習而不察。習非勝是（比喻習慣於某些不正確的說法或做法，久而久之就以為是正確無誤的）。積習難改。
	褶	ㄉㄧㄝˊ	褶衣（夾衣。同「袷ㄐㄧㄚˊ衣」）。帛為褶（用帛製作的是夾衣）。
		ㄓㄜˊ	褶子（衣服摺疊的痕跡）。褶曲ㄑㄩ。襞ㄅㄧˋ褶（布帛上摺疊的痕跡）。百褶裙。褶曲ㄑㄩ山脈。
		ㄒㄧˊ	褲褶（騎ㄐㄧˋ兵的戰服）。
*	謵	ㄒㄧˊ	謵讋ㄓㄜˊ（以言辭威嚇ㄏㄜˋ，使人心生恐懼）。
*	霫	ㄒㄧˋ	霫霫（下雨的樣子）。
*	飁	ㄒㄧˊ	颯ㄙㄚˋ飁（大風）。
*	鰼	ㄒㄧˊ	鰼水（貴州省縣名、水名）。鰼鰼（古代傳說中的一種怪魚）。

國字	字音	語　　詞
【舂】		
* 惷	ㄔㄨㄥ	惷愚（愚蠢。同「惷ㄔㄨㄣˇ愚」）。
樁	ㄓㄨㄤ	一樁。木樁。布樁。暗樁（安排在敵對陣營的眼線）。綁樁。樁腳。梅花樁。小事一樁。與「椿ㄔㄨㄣ」不同。
舂	ㄔㄨㄥ	舂米。舂碓ㄉㄨㄟˋ（舊時搗米用的器具）。夕舂未下（黃昏的時候）。以戈舂黍（比喻目的沒有達成）。或舂或揄ㄩˊ（有的人搗米，有的人取出）。舂容大雅（指人雍容大度，用辭典雅）。霜舂雨薪（形容勞苦工作）。與「春」不同。
* 踳	ㄔㄨㄥ	踳地（踩地）。與「踳ㄔㄨㄣˇ」不同。
【㒼】		
* 㥼	ㄇㄢˊ	㥼兜（糊塗不懂事）。
懣	ㄇㄣˋ	憤懣。中懣之症（因憤怒而引起胃部不舒服的疾病）。
* 樠	ㄇㄢˊ	烏樠（植物名。即烏木）。
滿	ㄇㄢˇ	滿不錯。滿厲害。名滿天下。行滿功成（比喻事情圓滿成功）。志得意滿。滿不在乎。
* 璊	ㄇㄣˊ	毳ㄘㄨㄟˋ衣如璊（穿著細毛織的紅色官服）。
瞞	ㄇㄢˊ	遮瞞。瞞哄ㄏㄨㄥˇ。瞞騙。隱瞞。實不相瞞。瞞天過海。瞞心昧己（違背良心做自己不該做的事）。

國字	字音	語詞
蟎	ㄇㄢˊ	壓蟎。
蹣	ㄇㄢˊ	蹣跚（形容步伐ㄈㄚˊ不穩的樣子）。步履蹣跚。蹣山渡水（比喻路程長遠，行走艱辛的樣子）。
顢	ㄇㄢˊ	顢頇ㄏㄢ（形容糊塗而不明事理）。顢頇無能。
【戚】		
嘁	ㄑㄧ	嘁嘁喳ㄓㄚ喳（形容細碎的說話聲）。
* 慼	ㄑㄧ	慘慼（悲傷）。慼慼（憂愁、悲傷）。
戚	ㄑㄧ	悲戚。親戚。休戚相關（形容彼此關係密切，利害一致）。休戚與共（同「休戚相關」）。同休共戚（同「休戚相關」）。朱干玉戚（指儀仗）。自詒ㄧˊ伊戚（自己招致禍害）。皇親國戚。
* 摵	ㄕㄜˋ	摵摵（狀聲詞。形容葉子掉落的聲音）。蕭摵（寂靜、冷清。同「蕭瑟」）。
槭	ㄘㄨˋ	槭樹。槭糖漿（用槭樹的汁液ㄧㄝˋ做成的糖漿）。
蹙	ㄘㄨˋ	窮蹙（困窮急迫）。蹙眉（皺眉）。顰ㄆㄧㄣˊ蹙（形容憂慮的神情）。力蹙勢窮（力量威勢窮盡而不得伸展）。計窮勢蹙（謀略用盡，形勢緊迫）。疾首蹙頞ㄜˋ（痛恨厭惡ㄨˋ的樣子）。掩鼻蹙頞ㄜˋ（比喻極為厭惡，而不願意提及）。皺眉蹙眼（表示人心裡不滿或不高興的神情）。攢ㄘㄨㄢˊ蹙累積（緊密的堆積在一起）。
* 鏚	ㄑㄧˋ	鏚柲ㄅㄧˋ（斧柄）。

	國字	字音	語詞
*	皾	ㄘㄨˋ	皾頞ㄜˋ（心裡愁悶，眉頭ㄊㄡˊ緊皺的樣子）。通「蹙ㄘㄨˋ」。
			【寅】
	夤	ㄧㄣˊ	夤夜（深夜）。夤緣（比喻攀附權貴以求更高官位）。夤緣為虐（攀附權貴以求進身之輩盛行）。夤緣攀附（攀附有權有勢的人以拉攏關係）。
	寅	ㄧㄣˊ	同寅（同僚）。寅月（陰曆正月）。寅支卯糧（比喻入不敷ㄈㄨ出，透支或預支的意思）。寅吃卯糧（同「寅支卯糧」）。寅憂夕惕（早晚擔憂，戒慎警惕）。
*	戭	ㄧㄣˇ	檮ㄊㄠˊ戭（左傳中的人名）。
*	殥	ㄧㄣˊ	八殥（八方極遼遠的地方）。
	演	ㄧㄢˇ	表演。沙盤推演。愈演愈烈。
*	瞚	ㄕㄨㄣˋ	目不瞚（眼珠不轉動）。
*	螾	ㄧㄣˇ	蚯螾（即蚯蚓）。螾螾（生動的樣子）。
			【啇】
	嘀	ㄉㄧˊ	嘀咕。「啾」為異體字。
	嫡	ㄉㄧˊ	嫡系。嫡親（指同一血統最親近的親人）。嫡長子。嫡系人馬。嫡孫承重（長子死，而由嫡長孫繼承）。嫡傳弟子。
	摘	ㄓㄞ	摘要。摘錄。摘奸發伏（稱頌吏治清明）。讀者文摘。

國字	字音	語詞
擿	ㄊㄧˋ	擿出（挑出）。抉瑕擿釁ㄒㄧㄣˋ（找出缺點毛病，含有故意挑ㄊㄧㄠ剔ㄊㄧ的意思）。發姦擿伏（形容吏治清明。同「摘奸發伏」）。搜章擿句（搜集文章，摘取句子）。擿問罪犯（審問罪犯）。
	ㄓˊ	投擿（同「投擲」）。冥行擿埴ㄓˊ（比喻研究學問不知門徑，暗中摸索）。擿珠毀玉（毀棄珠玉）。擿埴索塗（瞎子用手杖觸地，探求道路情況。比喻暗中摸索）。通「擲」。
敵	ㄉㄧˊ	工力悉敵（雙方的功夫學力相當，分不出高低）。富可敵國。寡不敵眾。敵愾ㄎㄞˋ同仇。
*樀	ㄉㄧˊ	樀樀（敲門聲）。
	ㄓㄜˊ	磨ㄇㄛˋ床曰樀（放磨的木架稱樀）。
滴	ㄉㄧ	滴答ㄉㄚ。水滴石穿。垂涎ㄒㄧㄢˊ欲滴。涓滴歸公。滴水不沾。滴酒不沾。蒼翠欲滴。
*璃	ㄊㄧˋ	瑕璃（玉上的斑點。比喻缺失）。
*甋	ㄉㄧˊ	瓴ㄌㄧㄥˊ甋（用黏土燒成的磚塊）。
謫	ㄓㄜˊ	貶ㄅㄧㄢˇ謫（降低官等職位，並調派到遠離京城的地方）。瑕謫（比喻過失。同「瑕璃ㄊㄧˋ」）。遷謫（因犯罪貶官到遠地就任。同「貶謫」）。謫戍ㄕㄨˋ（古代官吏因罪降職，而流放戍守邊疆）。謫居。謫降（官吏因犯罪而降職）。眾口交謫（眾人用言語互相指責）。「讁」為異體字。
*蹢	ㄓˊ	蹢躅ㄓㄨˊ（徘徊ㄏㄨㄞˊ不前的樣子。同「躑ㄓˊ躅」）。

國字	字音	語詞
適	ㄕˋ	安適。體適能。何適何從。身體不適。無所適從。適可而止。適得其反。
	ㄉㄧˊ	適孫(稱嫡出長ㄓㄤˇ孫)。心無適莫(心裡沒有絕對想要怎ㄗㄣˇ麼做)。殺適立庶(殺死國君的嫡子,而立庶子為國君)。無適無莫(指公正無私,對於人事沒有偏頗ㄆㄛ及厚薄之分)。誰適為ㄨㄟˋ容(我為誰去裝扮美容)。
	ㄓㄜˊ	瑕適(比喻缺失。同「瑕謫ㄓㄜˊ」「瑕讁ㄊㄧˋ」)。
鏑	ㄉㄧˊ	矢鏑(箭頭)。鳴鏑(響箭。又稱嚆ㄏㄠ矢)。冒鏑當鋒(指親自作戰)。鳴鏑股戰(聽到響箭聲便害怕得發抖)。鋒鏑餘生(指經過戰亂逃生後而存活下來)。攢ㄘㄨㄢˊ鋒聚鏑(比喻備受社會輿ㄩˊ論指責)。
	ㄉㄧ	化學元素。
【离】		
摛	ㄔ	摛詞(遣詞為文)。摛藻(鋪ㄆㄨ陳辭藻)。英名遠摛(美好的名聲傳播ㄅㄛ到遠處)。摛章繪句(鋪陳辭藻,雕琢文句)。摛翰振藻(舒展文才,鋪陳辭藻)。摛藻春華ㄏㄨㄚˊ(鋪陳華麗的辭藻)。鏤ㄌㄡˋ彩摛文(描述生動逼真、細緻入微)。
漓	ㄌㄧˊ	淋漓。澆漓(人情、風俗澆薄)。人心渙漓(形容人心動盪離散。也作「人心渙散」)。淋漓盡致。痛快淋漓。酣暢淋漓。興ㄒㄧㄥˋ會淋漓。
灕	ㄌㄧˊ	灕江(廣西省河川名)。

	國字	字音	語詞
	璃	ㄌㄧˊ	玻璃。琉璃。萬頃琉璃（形容水波ㄅㄛ蕩漾）。
*	瞝	ㄔ	眯ㄇㄧ瞝（瞇眼。眼睛似視不視的樣子）。
	籬	ㄌㄧˊ	籬笆。竹籬茅舍。寄人籬下。傍ㄅㄤˋ人籬壁（比喻依賴他人）。跳籬騙馬（偷竊欺騙）。籬壁間ㄐㄧㄢˋ物（自己家園所生產的東西）。
	縭	ㄌㄧˊ	帨ㄕㄨㄟˋ縭（佩巾。古時候女子出嫁時的用品）。結縭（結婚。同「結褵」）。
	螭	ㄔ	螭首（螭獸頭部形貌的雕刻ㄎㄜˋ）。螭魅（傳說中山林間害人的精怪。同「魑ㄔ魅」）。螭盤虎踞（同「龍蟠ㄆㄢˊ虎踞」）。蠖ㄏㄨㄛˋ屈螭盤（彎曲盤旋的樣子）。
	褵	ㄌㄧˊ	結褵（同「結縭」）。施衿結褵（比喻父母對兒女的訓誨ㄏㄨㄟˋ）。
*	謧	ㄌㄧˊ	謧詍ㄧˋ（多話）。
*	醨	ㄌㄧˊ	醇醨（濃烈的厚酒與溫和的薄酒）。餔ㄅㄨ糟歠ㄔㄨㄛˋ醨（比喻隨波ㄅㄛ逐流，與世浮沉的生活態度）。變醨養瘠ㄐㄧˊ（比喻改變貧困落後的面貌）。
	離	ㄌㄧˊ	離別。離異。離譜。悲歡離合。
	魑	ㄔ	魑魅（同「螭魅」）。魑魅魍ㄨㄤˇ魎ㄌㄧㄤˇ（比喻各式各樣的壞人）。
*	黐	ㄔ	麵黐（麵筋）。黐竿（一種黏鳥的工具）。

	國字	字音	語詞
			【鹿】
	塵	ㄔㄣˊ	蒙塵(天子因戰亂逃亡在外)。一塵不染。世網塵勞(指世俗事務的煩惱)。步人後塵。和ㄏㄜˋ光同塵(比喻隨波逐流、與世浮沉或同流合汙)。奔逸絕塵(比喻人才能出眾)。東海揚塵(比喻世事變化非常大)。前塵往事。望塵而拜(形容趨炎附勢,阿ㄜ諛逢迎的神態)。望塵莫及。絕塵拔俗(超脫塵世,與世俗不同)。蛛網塵封(形容住屋或物品等長時間無人居住使用)。塵封已久。塵飯塗羹(比喻以假當ㄉㄤˋ真,或不重要的物品)。甑ㄗㄥˋ塵釜魚(比喻生活極為窮困)。
*	攗	ㄇㄟˊ	蕨攗(菱角)。
	漉	ㄌㄨˋ	滲ㄕㄣˋ漉(水由小孔緩慢向下滲出)。溼漉漉。葛ㄍㄜˊ巾漉酒(比喻嗜酒如命的人)。塵泥滲漉(塵埃泥土順著雨水由孔隙下漏)。
*	簏	ㄌㄨˋ	書簏(譏諷ㄈㄥˋ書讀得多而不知活用的人)。簏簌ㄙㄨˋ(下垂的樣子)。
*	蔍	ㄌㄨˋ ㄘㄨ	蔍蹄(草名)。 「麤」之異體字。
*	蘪	ㄇㄧˊ	蘪蕪(香草名)。
	轆	ㄌㄨˋ	轂ㄍㄨˇ轆(車輪)。轆轤ㄌㄨˊ(汲水的用具)。飢腸轆轆。
	鄜	ㄈㄨ	鄜州(鄜縣的舊名)。鄜縣(陝西省縣名)。
	鏖	ㄠˊ	鏖戰。赤壁鏖兵(比喻歷經艱苦的戰鬥,終於獲得勝利)。

國字	字音	語詞
鹿	ㄌㄨˋ	共挽鹿車（比喻夫妻不畏艱難，同甘共苦）。指鹿為馬。逐鹿中原（比喻爭奪天下）。鹿死誰手。鹿裘不完（比喻生活儉樸）。鴻案鹿車（比喻夫妻同甘共苦，相處融洽）。覆鹿尋蕉（比喻把真實的事情當ㄉㄤˋ作夢幻）。
麋	ㄇㄧˊ	麋鹿。居河之麋（住在黃河水邊）。臨江之麋（柳宗元作品）。麋沸蟻聚（比喻世局紛亂擾攘ㄖㄤˇ）。麋鹿之性（比喻粗野的習性）。麋蒙虎皮（比喻擁有太多令人覬ㄐㄧˋ覦ㄩˊ之物，處境堪慮）。
麓	ㄌㄨˋ	山麓（山腳）。
麤	ㄘㄨ	麤食（粗食）。心麤膽大（粗率大膽，無所顧忌）。麤衣淡飯（簡單的衣著ㄓㄨㄛˊ飲食）。麤服亂頭（比喻不經修飾或裝飾）。通「粗」。
【雩】		
* 嫮	ㄏㄨˋ	姡ㄍㄨˇ嫮（醜與美）。嫮姱ㄎㄨㄚ（美好的樣子）。豐嫮（豐腴美好）。通「嫭ㄏㄨˋ」。
* 嶀	ㄊㄨ	嶀山（浙江省山名）。
* 摴	ㄕㄨ	摴蒱ㄆㄨˊ（古代賭博的遊戲之 一。類似擲骰ㄊㄡˊ子）。
樗	ㄕㄨ	樗材（比喻平庸沒有才華）。樗散ㄙㄢˋ（沒有用處的自謙詞）。樗蒲（同「摴蒱」）。樗櫟ㄌㄧˋ（比喻無用的人）。樗櫟庸材（同「樗材」）。
* 謣	ㄩˊ	謣言（狂妄的話）。謣言敗俗（狂妄的話會敗壞習俗）。
	ㄒㄩ	輿ㄩˊ謣（舉重、勞動時一齊用力的呼聲）。

	國字	字音	語詞
*	鄠	ㄏㄨˋ	鄠縣（陝西省縣名）。
	雩	ㄩˊ	雩祭（求雨的祭典）。雩都（江西省縣名）。舞雩（古代祭天求雨的儀式）。
	【累】		
	嫘	ㄌㄟˊ	嫘祖（人名。黃帝正妃）。
*	摞	ㄌㄨㄛˋ	摞在一起（綁在一起）。
	漯	ㄊㄚˋ	漯河（山東省水名）。瀹ㄩㄝˋ濟ㄐㄧˇ漯（疏濬ㄐㄩㄣˋ濟水和漯水）。
		ㄌㄨㄛˋ	漯河（河南省地名）。
*	瘰	ㄌㄨㄛˇ	瘰癧ㄌㄧˋ（病名。稱脖子間的淋巴結核症）。
*	磥	ㄌㄟˇ	碨ㄨㄟˇ磥（石子ㄗˇ眾多的樣子）。磈ㄎㄨㄟˇ磥（不平的樣子）。磥硊ㄍㄨㄟˇ（高聳的樣子）。磥砢ㄌㄨㄛˇ（形容眾多堆積的樣子）。通「磊」。
	累	ㄌㄟˇ	係累（綑綁）。累犯。累次。累歲（連年）。累積。累牆（砌ㄑㄧˋ牆）。累贅。虧累（累積的虧損）。不差累黍（形容非常準確，毫無差錯）。日積月累。危如累卵。成千累萬。成年累月。累世之藏（歷代的積蓄）。累世通家（好幾代的世交）。累次三番。累卵之危（同「危如累卵」）。連篇累牘。經年累月。銖積寸累（由從小數目累積起）。
		ㄌㄟˋ	拖累。負累（連累）。家累。連累。帶累（連累別人受到壞的影響）。不為物累（不被外物所牽累）。盛名之累。累及無辜。

國字		字音	語詞
	縲	ㄌㄟˊ	縲紲ㄒㄧㄝˋ(比喻監獄)。縲絏ㄒㄧㄝˋ(同「縲紲」)。身陷縲絏(指犯罪入獄)。
*	虆	ㄌㄟˊ	虆梩ㄌㄧˊ(盛土、運土的器具)。
	螺	ㄌㄨㄛˊ	陀螺。螺旋。螺絲。吃螺絲。螺絲釘。螺旋槳。大吹法螺(譏諷ㄈㄥˋ人好吹牛)。拴緊螺絲。
*	鏍	ㄌㄨㄛˊ	鏍鈿ㄉㄧㄢˋ(工藝技術的一種)。鏍鈿家具。
	騾	ㄌㄨㄛˊ	騾子。騾馱ㄉㄨㄛˋ子(專供馱ㄊㄨㄛˊ運貨物的騾子)。
【崔】			
	催	ㄘㄨㄟ	催促。催眠。催討。催逼。催眠曲。催淚彈。臘鼓頻催(比喻年關將近，一年即將過去)。
	崔	ㄘㄨㄟ	崔嵬ㄨㄟˊ(崎ㄑㄧˊ嶇不平的高山)。崔烈銅臭ㄒㄧㄡˋ(嘲諷ㄈㄥˋ有錢人賄賂ㄌㄨˋ夤ㄧㄣˊ緣等不良的風氣)。
	摧	ㄘㄨㄟ	摧殘。摧毀。堅不可摧。無堅不摧。摧枯拉朽。摧陷廓ㄎㄨㄛˋ清(比喻掃蕩過去的積弊)。辣手摧花。
*	慛	ㄘㄨㄟˊ	慛傷(憂愁悲傷)。
*	漼	ㄘㄨㄟˇ	漼溰ㄧˊ(霜雪堆聚的樣子)。漼漼(流淚哭泣的樣子)。漕ㄘㄠˊ漼(渡水時所發出的聲音)。
	璀	ㄘㄨㄟˇ	璀璨。前程璀璨。
*	磪	ㄘㄨㄟ	磪嵬ㄨㄟˊ(山高峻的樣子。同「崔嵬」)。

國字	字音	語詞
		【𢿐】
徹	ㄔㄜˋ	透徹。貫徹。徹夜。徹底。徹查。通天徹地(形容本領高強,樣樣都會)。笙歌徹夜。貫徹始終。寒風徹骨。痛徹心腑。徹頭徹尾。響徹雲霄。
撤	ㄔㄜˋ	撤兵。撤除。撤退。撤換。撤銷。撤職。撤離。撤回提案。撤職查辦。
澈	ㄔㄜˋ	清澈。透澈(同「透徹」)。澈底(同「徹底」)。大澈大悟(同「大徹大悟」)。
轍	ㄔㄜˋ	車轍。如出一轍。改弦ㄒㄧㄢˊ易轍。車轍馬跡(行蹤、蹤跡)。南轅北轍。重蹈ㄉㄠˋ覆轍。涸轍之鮒ㄈㄨˋ(比喻陷入困境,急需幫助的人或物)。復蹈前轍(同「重蹈覆轍」)。憑軾ㄕˋ結轍(駕車奔馳)。濡沫涸ㄏㄜˊ轍(比喻人同處困境,而以微力互相救助)。轍亂旗靡ㄇㄧˇ(形容軍隊打敗潰逃的樣子)。轍環天下(蹤跡行遍ㄅㄧㄢˋ天下)。攀轅臥轍(挽留或感懷賢明的長官)。
	ㄓㄜˊ	沒轍了。出門合轍(按同規格造車子,使用起來自然合轍)。合轍押韻(指歌曲、戲曲的唱詞或韻白押韻,音調優美和諧)。言行ㄒㄧㄥˊ合轍(言行一致)。拿他沒轍(不作「拿他沒輒」)。
		【敖】
傲	ㄠˋ	傲骨。傲慢。驕傲。心高氣傲。傲骨嶙ㄌㄧㄣˊ峋ㄒㄩㄣˊ(形容人個性高傲不屈,剛強正直)。傲視群倫。傲霜鬥雪。
嗷	ㄠˊ	哀鳴嗷嗷(發出嗷嗷的哀號聲)。嗷嗷待哺。

國字		字音	語詞
*	囋	ㄔㄨㄛˋ	囋菽飲水（指生活貧苦，飲食粗簡。同「啜ㄔㄨㄛˋ菽飲水」「歠ㄔㄨㄛˋ菽飲水」）。
*	廒	ㄠˊ	倉廒（貯ㄓㄨˇ藏米穀的場所）。
	敖	ㄠˊ	敖遊（同「遨遊」）。煎敖（同「煎熬」）。讙ㄏㄨㄢ敖（喧譁ㄏㄨㄚˊ）。若敖鬼餒（比喻人沒有後代。也作「若敖之鬼」）。碩人敖敖（美人的身材十分高挑）。
		ㄠˋ	敖慢（同「傲慢」）。敖不可長ㄓㄤˇ（傲慢的心不可滋長）。貴必敖賤（貴者必定輕慢賤者）。謔浪笑敖（假意殷勤，戲弄嘲笑）。通「傲」。
	熬	ㄠˊ	煎熬。熬夜。熬惱（懊惱）。熬出頭。熬白菜（煮白菜）。心癢難熬（情緒起伏不定，無法克制）。焦熬投石（比喻自取毀滅，必招致失敗）。熱熬翻餅（比喻事情很容易做到）。
	獒	ㄠˊ	獒犬（一種凶猛的狗）。西藏獒犬。
*	磝	ㄠˊ	碻ㄑㄩㄝˋ磝（古城名。位於今山東省）。磝磝（山中多石的樣子）。
	聱	ㄠˊ	聱牙（形容文詞晦澀難念）。詰ㄐㄧㄝˊ屈聱牙（文字深奧，音調艱澀，難懂難念）。
	螯	ㄠˊ	蟹螯。持螯把酒（吃蟹喝酒）。
*	警	ㄠˊ	呰ㄗˇ警（詆毀）。警醜（同「呰警」）。警警（眾口哀怨聲）。警然不顧（掉頭不顧）。
	贅	ㄓㄨㄟˋ	入贅。冗ㄖㄨㄥˇ贅（繁雜而多餘）。招贅。累ㄌㄟˋ贅。贅肉。贅言（多餘無用之言）。贅述（不必要的敘述）。冗詞贅句。附贅懸疣（比喻多餘而毫無用處的物品）。無庸贅言。餘食贅行ㄒㄧㄥˊ（比喻遭人厭惡ㄨˋ的事物）。

	國字	字音	語詞
	遨	ㄠˊ	遨遊。
*	鏊	ㄠˊ	餅鏊（一種烙ㄌㄠˋ餅用的平底鍋）。鏊硯（硯臺名）。
	驁	ㄠˊ	悖驁凌上（違背倫常，冒犯長輩）。桀驁不馴ㄒㄩㄣˊ（倔ㄐㄩㄝˊ強ㄐㄧㄤˋ凶暴，傲慢不順從）。桀驁難馴。
	鼇	ㄠˊ	釣鼇客（豪邁奔放、抱負遠大的人）。巨鼇戴山（比喻感恩之情深厚）。博鼇論壇。獨占鼇頭（競賽中獲得第一名）。鼇背ㄅㄟˋ負山（比喻恩澤深重）。鼇鼓溼地。鼇躍龍翔（2001高雄燈會主燈）。「鰲」為異體字。
	【𠩺】		
*	剺	ㄌㄧˊ	剺面（以刀割面。表示忠誠哀痛。同「劙ㄌㄧˊ面」）。
*	嫠	ㄌㄧˊ	惸ㄑㄩㄥˊ嫠（孤獨貧苦的寡婦）。煢ㄑㄩㄥˊ嫠（同「惸嫠」）。嫠婦（寡婦）。保全嫠節（保護寡婦的名節）。嫠不恤緯ㄨㄟˋ（比喻憂國忘身）。嫠憂宗周（同「嫠不恤緯」）。嫠緯之憂（同「嫠不恤緯」）。
*	孷	ㄌㄧˊ	孷孖ㄗ（雙生子）。孷孳（同「孷孖」）。
*	斄	ㄊㄞˊ	斄縣（古地名）。
*	氂	ㄇㄠˊ	氂牛（即犛ㄌㄧˊ牛）。足下生氂（腳下生出長ㄔㄤˊ毛）。
*	漦	ㄌㄧˊ	龍漦（龍的唾液ㄧㄝˋ。比喻使國家受到災禍女子）。龍漦帝后（龍涎ㄒㄧㄢˊ變生帝后）。
	犛	ㄌㄧˊ	犛牛。犛牛愛尾（比喻人因貪婪ㄌㄢˊ而捨命）。

	國字	字音	語詞
	釐	ㄌㄧˊ	公釐。毫釐。釐訂。釐清。一釐一毫（形容極小的數量）。不差毫釐（形容非常準確，毫無差錯）。毫釐千里（開始相差ㄔㄚ極小，結果相差很大）。毫釐不爽（同「不差毫釐」）。釐清事實。釐清真相。釐清責任。「厘」為異體字。
		ㄒㄧ	延釐（迎福）。春釐。祝釐（祭神祈福）。鴻釐（大福）。恭賀年釐。恭賀新釐。同「禧ㄒㄧ」。
【條】			
	條	ㄊㄧㄠˊ	苗條。蕭條。井井有條。風不鳴條（比喻社會安定太平）。
	滌	ㄉㄧˊ	洗滌。浣ㄨㄢˇ滌。滌蕩（洗去汙垢）。洗心滌慮（比喻徹底改變思想、念頭ㄊㄡ）。痛滌前非。滌盡惡習。蕩瑕滌穢ㄏㄨㄟˋ（洗淨去除汙垢）。
*	窱	ㄊㄧㄠˇ	杳ㄧㄠˇ窱（幽深的樣子。同「窈ㄧㄠˇ窕ㄊㄧㄠˇ」）。窅ㄧㄠˇ窱（深遠的樣子）。
*	篠	ㄒㄧㄠˇ	松篠（泛稱隱居避世的人）。碧篠（綠色的竹子）。篠寢（天子諸侯睡臥休息的地方）。篠懸木（植物名）。紅荷碧篠。
	蓧	ㄉㄧㄠˋ	以杖荷ㄏㄜˋ蓧（用枴杖擔ㄉㄢ著除草的農具）。
【欶】			
	嗽	ㄙㄡˋ	咳嗽。
*	樕	ㄙㄨˋ	樸樕（比喻粗俗、平庸）。林有樸樕（郊外有叢生的小樹）。樸樕散ㄙㄢˇ材（比喻才能平庸的人）。
*	欶	ㄕㄨㄛˋ	共欶（共飲）。酒醪ㄌㄠˊ共欶（一起喝酒）。

國字	字音	語詞
漱	ㄕㄨˋ	漱口。漱盂ㄩˊ（漱口杯）。漱洗。漱口水。枕ㄓㄣˇ石漱流（形容人品高潔者的隱居生活）。
簌	ㄙㄨˋ	撲簌簌（形容流淚多而急落的樣子）。
蔌	ㄙㄨˋ	肴蔌（肉類與蔬菜）。山肴野蔌（山裡的野味和蔬菜）。
【郭】		
廓	ㄎㄨㄛˋ	寥廓（空曠、深遠）。廓清（肅清、澄清）。廓落（遼遠廣闊的樣子）。輪廓。恢廓大度（心胸寬廣，度量極大）。廓清陋習。廓然大公（形容人心胸寬闊、公正不偏袒）。廓達大度（同「豁達大度」）。摧陷廓清（比喻掃除積弊）。
槨	ㄍㄨㄛˇ	棺槨（棺材和套在棺外的外棺）。「椁」為異體字。
*漷	ㄎㄨㄛˋ	漷水（水名。源出山東省）。漷陰（舊縣名）。
郭	ㄍㄨㄛ	城郭。郭公夏五（比喻文字有闕ㄑㄩㄝ漏的意思）。鐵郭銅關（比喻國防堅強穩固）。
*鞹	ㄎㄨㄛˋ	朱鞹（染上紅漆的皮革）。虎豹之鞹（將虎豹皮上的花紋去掉）。鞹同犬羊（虎、豹一旦失去斑斕ㄌㄢˊ的毛色，則表皮就像犬、羊）。「鞟」為異體字。
【連】		
槤	ㄌㄧㄢˊ	榴槤。
漣	ㄌㄧㄢˊ	漣洳ㄖㄨˋ（哭泣落淚的樣子）。漣漪ㄧ。淚漣漣。泣血漣如（形容十分悲痛的樣子）。泣涕漣漣（哭泣落淚的樣子）。

國字	字音	語詞
璉	ㄌㄧㄢˊ	瑚璉（宗廟裡盛ㄔㄥˊ黍稷ㄐㄧˋ的器具）。
蓮	ㄌㄧㄢˊ	蓮子ㄗˇ。蓮花。並蒂蓮（比喻彼此真切相愛的夫妻）。蓮蓬頭。
連	ㄌㄧㄢˊ	黃連。目連。目犍ㄐㄧㄢ連（同「目連」）。黃連木。目連救母（戲曲劇目）。流連忘返。連城之珍（比喻極其珍貴的寶物）。啞巴吃黃連。
鏈	ㄌㄧㄢˋ	鉸ㄐㄧㄠˇ鏈。食物鏈。鏈球菌。鏈黴素。鏈鎖反應（同「連鎖反應」）。
鰱	ㄌㄧㄢˊ	鰱魚。
【桼】		
* 桼	ㄑㄧ	桼雕（複姓）。桼雕開（孔子的學生）。
漆	ㄑㄧ	油漆。漆黑。如膠似漆。雷陳膠漆（比喻朋友的交情很深）。漆身吞炭（比喻不惜性命以報答主人的恩惠）。膠漆之情（比喻深摯的情誼ㄧˋ）。膠漆相投（同「如膠似漆」）。鬢ㄅㄧㄣˋ髯ㄖㄢˊ如漆（鬢毛和髯鬚像漆一樣黑）。
膝	ㄒㄧ	促膝。膝蓋。加膝墜淵（比喻人的愛憎ㄗㄥ不定，令人難以捉摸）。奴顏婢ㄅㄧˋ膝。承歡膝下（迎合討好父母，使其歡喜）。促膝長談。容膝之安（比喻對居處不苛求）。膝下猶虛（比喻沒有子女）。膝語蛇行（跪著說話，爬著進去）。
黍	ㄕㄨˇ	角ㄐㄧㄠˇ黍（粽子）。玉蜀黍。不差累ㄌㄟˋ黍（形容絲毫不差）。故宮禾黍（比喻懷念故國之情）。殺雞為黍（指盛情款待客人）。黍谷生春（比喻處境艱難卻出現轉機）。黍離麥秀（感嘆國家滅亡）。雞黍之約（指朋友互守誠信的邀約）。

	國字	字音	語詞
			【牽】
	牽	ㄑㄧㄢ	牽涉。牽強。牽掛。牽強ㄑㄧㄤˇ附會。牽腸掛肚。
	縴	ㄑㄧㄢˋ	拉縴（在河的兩岸，用繩索拉船前進）。縴夫（用繩索拉船前進的人）。扯篷拉縴（比喻從事牽線的工作以從中得利。即仲介者）。
			【孰】
	塾	ㄕㄨˊ	私塾（從前私人設立的教ㄐㄧㄠˋ學場所）。
	孰	ㄕㄨˊ	孰料（怎ㄗㄣˇ麼料想得到）。孰是孰非。是可忍，孰不可忍（表示對某事已無法忍耐下去）。
	熟	ㄕㄡˊ	成熟。純熟。熟悉。熟練。熟識。瓜熟蒂落。深思熟慮。滾瓜爛熟。輕車ㄔㄜ熟路（比喻對某事非常純熟）。熟能生巧。熟視無睹（比喻對眼前的事物一點也不關心）。駕輕就熟。
			【祭】
*	傺	ㄔˋ	侘ㄔㄚˋ傺（失意的樣子）。欿ㄎㄢˇ傺（陷於停頓的狀態）。
*	嚓	ㄘㄚ	喀ㄎㄚ嚓（東西斷裂或按下相機快門的聲音）。
	察	ㄔㄚˊ	偵察。考察團。檢察官。出國考察。明察暗訪。
	擦	ㄘㄚ	摩擦。擦拭。擦身而過。擦槍走火。
*	瘵	ㄓㄞˋ	凋瘵（指民生凋敝，百姓困病的樣子）。病瘵（肺癆病）。癆瘵（同「病瘵」）。羸ㄌㄟˊ瘵（瘦弱）。
*	礤	ㄘㄚˇ	礤床兒（將蔬果刮刨ㄅㄠˋ成絲狀的用具）。

	國字	字音	語　　詞
	祭	ㄐㄧˋ	祭祀。祭典。祭拜。祭出校規。祭出優惠。
		ㄓㄞˋ	祭彤（東漢人名）。祭公謀父ㄈㄨˇ（西周卿士）。祭遵布被ㄅㄟˋ（比喻以廉潔儉約要求自己）。
*	縩	ㄘㄞˋ	綷ㄘㄨㄟˋ縩（形容衣服摩擦的聲音）。
	蔡	ㄘㄞˋ	陳蔡之厄（比喻在旅途中遇到食宿上的困難。也作「在陳之厄」）。
	際	ㄐㄧˋ	際遇。邊際。一望無際。因緣際會。風雲際會。橫無際涯（形容廣闊而沒有邊際）。
	【規】		
	窺	ㄎㄨㄟ	窺伺。窺覦ㄩˊ。坐不窺堂（形容人端正守禮節）。管窺之見（比喻見識狹隘ㄞˋ）。管窺蠡ㄌㄧˊ測。牖ㄧㄡˇ中窺日（比喻見識狹窄、不深厚）。窺豹一斑（比喻所見狹窄，不見全貌）。
	規	ㄍㄨㄟ	規矩。規範。規行矩步。循規蹈ㄉㄠˋ矩。
	闚	ㄎㄨㄟ	管中闚天（比喻見識狹隘）。管闚筐舉（比喻見聞狹小）。管闚錐指（比喻所見狹小）。通「窺」。
	【畢】		
	嗶	ㄅㄧˋ	嗶剝（形容火燒乾燥物的聲音）。嗶嘰ㄐㄧ（毛織物的一種）。
	畢	ㄅㄧˋ	完畢。畢竟。子平畢娶（指人在兒女成家後，沒有牽掛）。原形畢露ㄌㄨˋ。悉心畢力（竭盡心思和力量）。畢力平險（竭盡全力剷平險阻）。畢力同心。畢生難忘。畢恭畢敬（同「必恭必敬」）。群賢畢至（眾多有才德的人全部聚集在一起）。箕風畢雨（比喻施政能順應民心）。

	國字	字音	語詞
	篳	ㄅㄧˋ	篳門圭ㄍㄨㄟ竇（比喻窮苦人家或窮苦人家居住的簡陋）。篳路藍縷（比喻開創事業的艱辛）。
	蓽	ㄅㄧˋ	蓽門圭竇（同「篳門圭竇」）。蓽路藍縷（同「篳路藍縷」）。蓬蓽生輝。
*	蹕	ㄅㄧˋ	駐蹕（古代帝王出巡時，沿途停留或暫住）。出警入蹕（帝王出入時清空道路，百姓迴避）。
	【堂】		
	堂	ㄊㄤˊ	穿堂。滿堂彩。驚堂木（古代判官在公案上所放置的小木塊。用以拍打桌面，警戒罪犯）。坐不垂堂（形容謹慎保護自身）。肯堂肯構（比喻兒子能繼承父業）。堂而皇之（光明正大，大模大樣）。登堂入室。廟堂之器（比喻可擔當重任的才幹）。
	瞠	ㄔㄥ	瞠視（睜眼直視的樣子）。目瞠口哆ㄔㄜˇ（形容驚惶的樣子）。瞠乎其後（比喻落後而追趕不上）。瞠乎後矣ㄧˇ（同「瞠乎其後」）。瞠目結ㄐㄧㄝˊ舌。
	膛	ㄊㄤˊ	胸膛。槍膛。子彈上膛。挺起胸膛。
	螳	ㄊㄤˊ	螳螂。螳螂捕蟬。螳臂ㄅㄧˋ當ㄉㄤ車ㄔㄜ（比喻不自量ㄌㄧㄤˋ力。同「蚍ㄆㄧˊ蜉ㄈㄨˊ撼樹」）。
	蹚	ㄊㄤ	蹚土（行走在土質鬆軟的地面上，塵埃揚起）。蹚渾ㄏㄨㄣˊ水（比喻參與ㄩˋ他人的不法勾ㄍㄡˋ當ㄉㄤˋ）。
*	鏜	ㄊㄤ	鏜鞈ㄊㄚˋ（指鐘鼓的聲音）。擊鼓其鏜（敲起戰鼓，咚咚作響）。鏜鞳ㄊㄚˋ（同「鏜鞈」）。
*	闛	ㄊㄤˊ	闛鞈ㄊㄚˋ（鼓聲。同「鏜ㄊㄤ鞳ㄊㄚˋ」）。

	國字	字音	語詞
			【陰】
	廕	ㄧㄣˋ	福廕（福分庇ㄅㄧˋ護。同「福蔭」）。封妻廕子（舊時稱人因親人庇蔭而貴顯）。
	蔭	ㄧㄣˋ	庇ㄅㄧˋ蔭。遮蔭。樹蔭。甘棠有蔭（表示對好官吏的愛戴或感懷）。林蔭大道。
	陰	ㄧㄣ	光陰。陰天。陰沉。
		ㄧㄣˋ	庇陰（同「庇蔭」）。樹陰。既之陰女ㄖㄨˇ（我曾經庇ㄅㄧˋ護你們）。綠葉成陰（比喻女子嫁人後生有兒女。也作「綠葉成蔭」）。通「蔭」。
		ㄢ	亮陰（古代天子居喪ㄙㄤ）。諒陰（同「亮陰」）。通「闇ㄢ」。
			【產】
	剷	ㄔㄢˇ	剷除。剷除異己。
	產	ㄔㄢˇ	產品。不事生產。傾ㄑㄧㄥ家蕩產。「産」為異體字。
	薩	ㄙㄚˋ	拉薩。菩薩。菩薩心腸。
	鏟	ㄔㄢˇ	鏟子。鏟除（同「剷除」）。
			【鳥】
*	窵	ㄉㄧㄠˋ	窵遠（遠隔）。離山窵遠（遠離家鄉）。
*	蔦	ㄋㄧㄠˇ	蔦蘿（比喻兄弟親戚ㄑㄧ間相互依附扶持）。蔦蘿幸託（比喻兄弟親戚攀附權貴）。
	贗	ㄧㄢˋ	贗本（仿冒的書畫）。贗品。贗鼎（假造的物品）。贗幣（假的錢幣）。「贋」為異體字。

國字	字音	語詞
鳥	ㄋㄧㄠˇ	鳥瞰ㄎㄢˋ。羊腸鳥道。鳥盡弓藏（比喻天下平定後，功臣遭到見棄的命運。同「兔死狗烹」）。
	ㄉㄧㄠˇ	衣冠ㄍㄨㄢ了ㄌㄧㄠˇ鳥（衣冠破爛的樣子）。鳥兒郎當（形容人放蕩不羈的樣子）。
鳳	ㄈㄥˋ	鳳凰。鳳毛麟角（比喻稀罕ㄏㄢˇ珍貴的人或物）。鳳凰于飛。攀龍附鳳。
鳴	ㄇㄧㄥˊ	鳴謝。不平則鳴。百家爭鳴。自鳴得意。孤掌難鳴。鳴金收兵。鳴謝啟事。鳴鑼開道（古時官吏出巡，人在轎前敲鑼清道）。雞鳴狗盜（比喻有某種微末小技的人，或指卑微的技能）。鶴鳴之士（才德為世人所敬仰而隱居不仕的人）。
鴈	ㄧㄢˋ	鴈序（比喻兄弟）。箭穿鴈嘴（比喻閉口不說話）。鴈逝魚沉（音訊全無）。通「雁」。
【率】		
捽	ㄕㄨㄞ	捽角。捽倒。捽跤。
率	ㄕㄨㄞˋ	坦率。表率。草率。率同。率領。相率離去（一個一接著一個離去）。率由舊章（典章制度完全仿效前代）。率皆如此（通常都這樣）。率爾成章（不經思索，即下筆成文。形容為文草率、不細心）。率爾操觚ㄍㄨ（比喻草率作文）。
	ㄌㄩˋ	效率。速率。百分率。命中率。圓周率。
* 膟	ㄌㄩˋ	膟膋ㄌㄧㄠˊ（祭祀時所用的牲血和腸脂ㄓ）。
蟀	ㄕㄨㄞˋ	蟋蟀。

	國字	字音	語詞
			【虘】
*	樝	ㄓㄚ	山樝（植物名）。樝子（植物名。木桃的別名）。
*	皻	ㄓㄚ	酒皻（鼻上的紅斑。同「酒齇ㄓㄚ」）。酒皻鼻。
*	譇	ㄗㄨˇ	譇咒（同「詛ㄗㄨˇ咒」）。通「詛」。
		ㄐㄧㄝ	歌詠。
	齇	ㄓㄚ	酒齇鼻（病名。患者鼻部及其周圍出現鮮紅色斑點。也作「酒糟鼻」）。
			【殸】
	磬	ㄑㄧㄥˋ	玉磬（樂器名）。編磬（古代的打擊樂器）。磬折（屈身如磬，表示恭敬。如「曲ㄑㄩ要ㄧㄠ磬折」）。室如懸磬（比喻非常窮困）。笙磬同音（比喻人相處和諧）。簪ㄗㄢ筆磬折（形容禮儀完備且恭敬）。懸然如磬（同「室如懸磬」）。
	罄	ㄑㄧㄥˋ	告罄（財物用完或賣完）。售罄（賣完）。罄竭（用完、竭盡）。一言難罄（同「一言難盡」）。存糧告罄。瓶罄罍ㄌㄟˊ恥（比喻彼此關係ㄒㄧˋ密切，利害相同）。餘容面罄（剩下的容我當面詳述）。罄竹難書（比喻罪狀很多，難以寫盡。同「擢ㄓㄨㄛˊ髮難數」）。罄其所有（竭盡所擁有的一切）。罄無不宜（指一切都很順利）。
	聲	ㄕㄥ	聲援。聲譽。先聲奪人。同聲相應（比喻相同志趣的人互相應和ㄏㄜˋ）。聲入心通。
	謦	ㄑㄧㄥˋ	謦欬ㄎㄞˋ（談笑）。久違謦欬（很久沒有聽到你的談笑聲）。言行ㄒㄧㄥˋ謦欬（指人的行為和談笑）。

國字	字音	語詞
馨	ㄒㄧㄣ	溫馨。康乃馨。寧馨兒(這樣的孩子)。甘馨之費(指供ㄍㄨㄥ養ㄧㄤˋ雙親吃穿的費用)。垂馨千祀(德澤流傳後世久遠)。馨香禱祝(形容真心的盼望)。
【責】		
債	ㄓㄞˋ	欠債。債券ㄑㄩㄢˋ。債臺高築(形容欠債很多)。
* 勣	ㄐㄧ	功勣(同「功績」)。李勣(唐代人名)。通「績」。
嘖	ㄗㄜˊ	唧ㄐㄧ嘖(形容蟲鳴聲)。人言嘖嘖(形容眾人爭相議論。多指不好的議論)。嘖有煩言(指眾人因不滿而發出怨言)。嘖嘖稱奇。
* 幘	ㄗㄜˊ	卷ㄐㄩㄢˋ幘(古代童子所戴的頭巾)。皙ㄒㄧ幘(形容牙齒潔白整齊)。幘巾(用來包頭髮的頭巾)。
漬	ㄗˋ	水漬。汗漬。血漬。油漬。浸漬(以液ㄧㄝˋ體浸泡)。醃ㄧㄢ漬。風漬書(遭受風雨或受潮而汙損的書)。醃漬物。墨漬未乾。
* 磧	ㄑㄧˋ	冰磧(冰河侵蝕搬運後的砂礫ㄌㄧˋ等堆積物)。沙磧(水中沙石堆)。磧鹵(含有鹽質的沙地)。磧礫ㄌㄧˋ(水淺而露ㄌㄡˋ出砂石)。
積	ㄐㄧ	堆積。積弊。積蓄。死傷如積(形容死傷很多)。眾望所積(同「眾望所歸」)。積不相容(指長期以來不能互相包容對方)。積案如山(形容未經處ㄔㄨˇ理的公文或案件甚多)。積體電路。
* 簀	ㄗㄜˊ	易簀(比喻人將要去世的時候)。曾子易簀(曾子將死之際)。綠竹如簀(綠竹就像床席)。

	國字	字音	語詞
	績	ㄐㄧ	功績。成績。考績。業績。戰績。績效。績麻。紡績器（蜘蛛吐絲之器）。汗馬功績（比喻戰功或工作績效）。紡績井臼（做家事）。敬姜猶績（比喻雖處富貴卻不求安逸，不忘過去的艱苦）。績效獎金。績學之士（指學問淵博的人）。豐功偉績。蠶績蟹匡（比喻本來互不相關的兩件事情，卻因某種因緣而發生關係ㄒㄧˋ）。
*	積	ㄐㄧ	襞ㄅㄧˋ積（衣服上的褶ㄓㄜˊ子）。
	責	ㄗㄜˊ	責任。反躬自責。引咎責躬（坦承過失並責備自己）。百般責難ㄋㄢˋ。
		ㄓㄞˋ	收責（索還債務）。償責（償還所欠的債）。折券ㄑㄩㄢˋ棄責（毀債券，不索還債務）。通「債」。
	賾	ㄗㄜˊ	研幾ㄐㄧ探賾（指研究細微而深奧玄妙的學問）。探賾索隱（指探求深奧玄ㄒㄩㄢˊ妙的事理）。
	蹟	ㄐㄧ	古蹟。事蹟。奇蹟。名勝古蹟。經濟奇蹟。
*	鰿	ㄐㄧˊ	鰿魚（即鯽ㄐㄧˋ魚）。
	【章】		
*	傽	ㄓㄤ	傽惶（驚恐的樣子）。
*	嫜	ㄓㄤ	姑嫜（舊稱丈夫的父母）。尊嫜（對他人公婆的尊稱）。
	嶂	ㄓㄤˋ	疊嶂（重疊的山峰）。重巖疊嶂（形容山峰重疊、險峻的樣子）。高山重嶂（高山重疊交錯）。連雲疊嶂（形容高聳入雲，重疊綿亙ㄍㄣˋ的山峰）。層巒疊嶂（同「重巖疊嶂」）。

	國字	字音	語詞
	幛	ㄓㄤˋ	喜幛。壽幛。
	彰	ㄓㄤ	彰顯。天理昭彰。相得益彰。效果不彰。欲蓋彌彰。眾目昭彰（眾人都看得很清楚）。惡名昭彰。彰明較著ㄓㄨˋ（形容極為顯明）。彰善懲ㄔㄥˊ惡。績效不彰。
*	慞	ㄓㄤ	慞惶（忙亂，恐懼）。慞惶失次（恐懼驚惶，舉止失常。同「張皇失措」）。
	樟	ㄓㄤ	樟樹。牛樟芝。黃樟素。樟腦丸。樟腦油。
	漳	ㄓㄤ	漳州（福建城市名）。開漳聖王（唐代陳元光）。
	獐	ㄓㄤ	弄獐宰相（指唐玄宗宰相李林甫）。獐頭鼠目（形容人相貌鄙陋，令人生厭。指貧賤或陰險者的相貌）。「麞」為異體字。
	璋	ㄓㄤ	圭璋（比喻人品高尚廉潔）。璋瓚ㄗㄢˋ（古代祭祀時，用來盛鬯ㄔㄤˋ酒的禮器）。弄璋之喜（恭喜人生男孩的賀詞。也作「弄璋之慶」）。珪ㄍㄨㄟ璋特達（比喻人品高潔，卓絕出眾）。
	瘴	ㄓㄤˋ	瘴氣。瘴癘ㄌㄧˋ（人因為接觸到山林間溼熱蒸發的毒氣而生的疾病）。烏煙瘴氣。瘴雨蠻煙（指極為荒涼的地方）。
	蟑	ㄓㄤ	蟑螂。
*	鄣	ㄓㄤ	故鄣（舊縣名）。鄣壅ㄩㄥ（阻塞ㄙㄜˋ遮蔽）。
	障	ㄓㄤˋ	保障。屏障。故障。障礙。障礙物。
	章	ㄓㄤ	章魚。急就章。大費周章。走馬章臺（比喻涉足從事色情交易的不良場所）。毫無章法。

	國字	字音	語詞
	鱆	ㄓㄤ	鱆魚（同「章魚」）。
			【強】
	強	ㄑㄧㄤˊ	強梁（橫ㄏㄥˋ暴之人）。年富力強。差強人意。博聞強記（見聞廣博，記憶力超強）。
		ㄑㄧㄤˇ	勉強。強求。強迫。強逼。強辯（理屈卻強ㄑㄧㄤˇ為辯解）。牽強。強制罪。強人所難。強文假醋（假裝成一副斯文的樣子）。強作解人（形容不了解實情而妄發議論）。強作鎮靜。強忍淚水。強制拆除。強制執行。強迫教育。強迫降落。強恕而行（努力實行忠恕之道）。強聒不舍ㄕㄜˇ（嘮ㄌㄠˊ叨個不停）。強詞奪理。強飯為嘉（比喻善自珍重）。強顏歡笑。牽強附會。惡ㄨˋ醉強酒（比喻明知故犯）。強不知以為知（對某事不了解而硬要裝成知道）。「强」為異體字。
		ㄐㄧㄤˋ	木強（剛直不屈服）。倔ㄐㄩㄝˋ強。拗ㄠˋ強。強嘴（強ㄑㄧㄤˇ辯，說話強硬，不肯認輸或認錯）。彆ㄅㄧㄝˋ強（作對、嘔ㄡˇ氣）。強顏忍恥（厚著臉皮不知羞恥）。強顏事仇。項為之強（脖子因此而僵硬）。脾氣很強。
	糨	ㄐㄧㄤˋ	糨糊（同「漿ㄐㄧㄤˋ糊」）。「糡」為異體字。
*	繈	ㄑㄧㄤˇ	繈褓（同「襁ㄑㄧㄤˇ褓」）。藏繈千萬（比喻貯ㄓㄨˇ藏錢財甚多）。
	襁	ㄑㄧㄤˇ	襁褓（背ㄅㄟˋ負幼兒的布條）。襁褓之年（幼年）。
*	鏹	ㄑㄧㄤˇ	白鏹（銀子）。楮ㄔㄨˇ鏹（冥紙）。藏鏹巨萬（同「藏繈千萬」）。
		ㄑㄧㄤ	鏹水（硫酸）。硝鏹水（硝酸的俗稱）。

	國字	字音	語詞
			【竟】
	境	ㄐㄧㄥˋ	入境問禁。大軍壓境。名山勝境。無人之境。學無止境。
	獍	ㄐㄧㄥˋ	梟ㄒㄧㄠ獍（比喻不孝或忘恩負義的人）。行同梟獍（罵人忤逆不孝的話）。衣冠ㄍㄨㄢ梟獍（指人行為惡劣像禽獸一般）。梟獍其心。
	鏡	ㄐㄧㄥˋ	借鏡。目光如鏡（比喻眼光十分明亮）。破鏡重圓。虛堂懸鏡（比喻公正沒有偏袒）。鏡花水月（比喻空幻不實在）。秦庭朗鏡（官吏執法嚴明，判案公正無私）。秦鏡高懸（同「秦庭朗鏡」）。
	竟	ㄐㄧㄥˋ	究竟。畢竟。未竟之業。有志竟成。芳蘭竟體（稱舉止溫和儒雅）。竟夜難眠。難竟全功（任務、目標無法圓滿的達成）。
			【崩】
*	傰	ㄅㄥ	傰宗（人名）。
*	剻	ㄆㄥˇ	剻成（諸侯名）。
	崩	ㄅㄥ	崩坍ㄊㄢ。崩殂ㄘㄨˊ（天子死亡）。崩塌ㄊㄚ。崩潰。駕崩（同「崩殂」）。土崩瓦解。山崩地坼ㄔㄜˋ（形容聲勢浩大）。分崩離析。天崩地坼ㄔㄜˋ（比喻重大的災難、事故）。
*	漰	ㄆㄥ	漰沛（形容水聲）。漰泙ㄆㄥ（大水奔騰沖擊的聲音）。漰渹ㄏㄨㄛˋ（同「漰泙」）。
*	磞	ㄆㄥ	磞見（碰見）。磞死在地（受刺激倒地而死）。

	國字	字音	語詞
	繃	ㄅㄥ	繃帶。繃紮ㄓㄚˊ。繃緊。繃價（討論價錢）。繃場面（撐場面）。倒ㄉㄠˇ繃孩兒（比喻原本熟悉的事反倒產生疏漏和錯誤）。緊繃著臉。繃著價兒（買方和賣方在價格上僵持不下）。
		ㄅㄥˇ	繃不住（忍不住）。繃著臉兒。
		ㄅㄥˋ	繃裂（脹到極限而裂開）。繃開。繃鼓子（小鼓）。
	蹦	ㄅㄥˋ	蹦跳。活蹦亂跳。
			【莽】
*	漭	ㄇㄤˇ	漭沆ㄏㄤˋ（水廣闊的樣子）。漭瀁ㄧㄤˋ（廣闊的樣子）。
	莽	ㄇㄤˇ	莽撞。魯莽。草莽英雄。莽榛ㄓㄣ蔓草（形容草木叢生茂盛的樣子）。
	蟒	ㄇㄤˇ	蟒蛇。
			【鹵】
	滷	ㄌㄨˇ	滷肉。滷味。滷蛋。大滷麵。滷肉飯。
	鹵	ㄌㄨˇ	鹵莽（同「魯莽」）。流血漂ㄆㄧㄠ鹵（比喻傷亡很多）。鹵莽滅裂（形容做事粗率莽撞、隨便不仔細）。
	鹽	ㄧㄢˊ	鹽巴。無鹽女（比喻面貌醜陋而有德行的婦女）。米鹽博辯（比喻議論廣泛細雜）。刻ㄎㄜˋ畫無鹽（指以醜婦比美人，比擬不恰當）。柴米油鹽。朝虀ㄐㄧ暮鹽（形容生活窮困）。朝齏ㄐㄧ暮鹽（同「朝虀暮鹽」）。撮ㄘㄨㄛ鹽入火（比喻性情暴躁，容易發作）。「塩」為異體字。
		ㄧㄢˋ	屑ㄒㄧㄝˋ桂與薑，以灑諸上而鹽之（撒ㄙㄚˇ上桂屑與薑末，再加上鹽巴）。

	國字	字音	語詞
			【國】
	嘓	ㄍㄨㄛ	嘓嘓（形容青蛙的叫聲）。
	國	ㄍㄨㄛˊ	國際。國寶級。國是論壇。
	幗	ㄍㄨㄛˊ	巾幗（女子）。巾幗英雄（指女英雄。同「女中豪傑」）。巾幗鬚眉（指具有男子氣概ㄍㄞˋ的女子）。
	摑	ㄍㄨㄛˊ	掌摑。摑耳光。摑一巴掌。
*	膕	ㄍㄨㄛˊ	詘ㄑㄩ要ㄧㄠ撓膕（彎曲腰部和膝ㄒㄧ蓋）。
	蟈	ㄍㄨㄛ	蟈蟈兒（螽ㄓㄨㄥ斯）。
			【袞】
	滾	ㄍㄨㄣˇ	滾燙。屁滾尿流（形容非常驚恐，狼狽不堪的樣子）。滾瓜爛熟。滾滾紅塵（人群熙來攘ㄖㄤˇ往的塵世間）。
	袞	ㄍㄨㄣˇ	袞職（比喻天子）。一言華袞（極言褒獎讚美的可貴）。袞冕之志（從政為官的心願）。袞袞諸公（眾多居高位的官員）。袞實無闕ㄑㄩㄝ（比喻帝王治理國家無過失）。袞職有闕ㄑㄩㄝ（天子治理有缺失）。「衮」為異體字。
			【微】
	徽	ㄏㄨㄟ	校徽。國徽。徽音（好的聲名）。徽章。淑教流徽（哀悼ㄉㄠˋ師母或女老師的輓辭）。徽音遠播ㄅㄛˋ。
*	黴	ㄏㄨㄟ	黴鯨（強而有力的魚）。
	黴	ㄇㄟˊ	黴菌。金黴素（一種抗生素）。青黴素。

	國字	字音	語詞
	【䙴】		
*	僊	ㄒㄧㄢ	神僊（同「神仙」）。智僊（古代僧ㄙㄥ人名）。僊僊（舞動的樣子）。屢舞僊僊（屢屢輕盈得跳起舞來）。穀僊之術（古代方士假裝以種穀可求得黃金的法術）。通「仙」。
*	䙴	ㄒㄧㄢ	褊ㄆㄧㄢˊ䙴（衣服飄揚的樣子）。
*	躚	ㄒㄧㄢ	翩躚（形容飛舞或動作輕盈的樣子）。蹁ㄆㄧㄢˊ躚（形容儀態曼妙）。躚躚（跳舞的美妙姿態）。
	遷	ㄑㄧㄢ	升遷。左遷（貶官）。遷怒。遷移。遷徙。遷就。變遷。拆遷戶。改過遷善。見異思遷。事過境遷。萬物遷化（萬物死亡）。遷客騷人（失意憂愁的文人）。遷喬之望（職務有高升的希望）。
	韆	ㄑㄧㄢ	鞦韆（同「秋千」）。盪鞦韆。
	【虖】		
*	嘑	ㄏㄨ	嘑爾（呵叱聲）。嘑頭ㄊㄡ˙性子（魯莽的個性）。
*	嫭	ㄏㄨˋ	嫭大（美好而盛大）。嫭姱ㄎㄨㄚ（美好的樣子。同「嫮ㄏㄨˋ姱」）。
*	滹	ㄏㄨ	滹沱河（河川名。發源於山西省）。
	罅	ㄒㄧㄚˋ	罅漏（裂縫ㄈㄥˋ、漏洞）。罅隙（同「罅漏」）。不罅不漏（不透風、不漏雨）。補苴ㄐㄩ罅漏（比喻彌補事物的缺失、缺陷）。
*	虖	ㄏㄨ	嗚虖（同「嗚呼」）。

	國字	字音	語詞
*	謼	ㄏㄨ	號ㄏㄠˊ謼（大聲呼叫）。仰天大謼（仰望著天空大聲呼叫）。謼服謝罪（呼號認罪，請求原諒）。通「呼」。
			【雀】
*	巀	ㄐㄧㄝˊ	巀嶭ㄋㄧㄝˋ（山高峻的樣子）。
*	蠽	ㄐㄧㄝˊ	麥蠽（一種小蟬。同「麥蚻ㄓㄚˊ」）。
	雀	ㄑㄩㄝˋ	雀躍ㄩㄝˋ。孔雀開屏。門可羅雀。蛇雀之報（比喻報恩）。雀屏中ㄓㄨㄥˋ選（比喻被選為女婿）。鳧ㄈㄨˊ趨雀躍（比喻歡欣鼓舞的樣子）。鴉雀無聲。燕雀處ㄔㄨˇ堂（比喻處在極為危險的境地，卻渾然不覺）。羅雀掘鼠（比喻想盡辦法籌款）。
			【頃】
	潁	ㄧㄥˇ	潁水（河川名。發源於河南省）。潁川（郡名）。潁考叔（人名。春秋鄭國人）。
*	熲	ㄐㄩㄥˇ	熲熲（光亮的樣子）。熲耀（金光閃爍的樣子）。
	穎	ㄧㄥˇ	毛穎（毛筆）。新穎。聰穎。囊中穎（比喻懷才不遇的人，終將受到重用）。脫穎而出。脫穎囊錐（比喻有才識者，顯露ㄌㄨˋ才能，出人頭地）。穎悟絕倫。穎脫而出（同「脫穎而出」）。
*	顈	ㄑㄩㄥˇ	顈笄ㄐㄧ（髮簪ㄗㄢ、頭簪）。
			【焉】
*	嘕	ㄒㄧㄢ	嘕嘕（歡愉喜悅的樣子）。嘕然一笑（女子笑的樣子。同「嫣然一笑」）。

國字	字音	語詞
嫣	ㄧㄢ	嫣紅（比喻嬌豔而盛開的花）。姹ㄔㄚˋ紫嫣紅。嫣然一笑。
焉	ㄧㄢ	心不在焉。心焉如割（形容內心非常痛苦）。烏焉成馬（形容文字因輾轉抄寫，容易產生錯誤）。終焉之志（對生活環境滿意，而有安身終老的想法）。習焉不察。語焉不詳。
蔫	ㄋㄧㄢ	發蔫（指人精神委ㄨㄟˇ靡ㄇㄧˇ，沒有朝氣）。蔫呼呼（人的性情軟弱，做事不夠果斷明快）。花兒蔫了（花因缺乏水分而不直挺的樣子）。氣索神蔫（精神頹喪不振作）。
鄢	ㄧㄢ	鄢水（湖北省水名）。鄢陵縣（河南省縣名）。
十二畫【𤔔】		
亂	ㄌㄨㄢˋ	叛亂。凌亂。以假亂真。亂葬崗子（無人管理而任隨貧民埋葬的墓地）。
*薍	ㄨㄢˋ	菼ㄊㄢˇ薍（荻苗）。
覶	ㄌㄨㄛˊ	覶縷（詳述事情的原委，並極力刻畫。同「羅縷」）。不盡覶縷。「覼」為異體字。
辭	ㄘˊ	措辭。辭別。不辭辛勞。引咎辭職。義不容辭。
【童】		
僮	ㄊㄨㄥˊ	書僮。僮僕。
	ㄓㄨㄤˋ	僮族（我國少數民族之一。即壯族）。

國字		字音	語詞
	幢	ㄔㄨㄤˊ	一幢。旌ㄐㄧㄥ幢(旌旗的一種)。經幢(刻ㄎㄜˋ有佛名或佛經的石柱子)。幢幡ㄈㄢ(佛前所立的長形旗幟)。幢麾ㄏㄨㄟ(儀仗和旗幟等類)。鬼影幢幢(形容陰森恐怖,使人害怕的樣子)。
	憧	ㄔㄨㄥ	愚憧(愚笨)。憧憬。戇ㄓㄨㄤˋ憧(愚昧、遲鈍)。心緒憧憧(心神不定)。憧憧往來(來往不停)。
	撞	ㄓㄨㄤˋ	撞擊。撞騙。橫衝直撞。
*	曈	ㄊㄨㄥˊ	曈曚(旭日初升,曙ㄕㄨˋ色漸明的樣子)。曈曨ㄌㄨㄥˊ(天將亮,光線漸明的樣子)。
*	朣	ㄊㄨㄥˊ	朣朦(隱約不明的樣子)。朣朧(月色微明)。
*	橦	ㄊㄨㄥˊ	橦布(用橦花所織成的布)。橦華ㄏㄨㄚ(樹名。即橦花,可織布)。橦橦(狀聲詞。擊鼓聲)。
		ㄔㄨㄤˊ	尋橦(漢代雜技名。由人攀附竹竿以表演技藝)。緣橦(同「尋橦」)。決帆摧橦(船帆扯破,桅ㄨㄟˊ竿折斷。比喻海象險惡ㄜˋ)。
	潼	ㄊㄨㄥˊ	潼關(陝西省地名)。臨潼鬥寶(比喻炫耀個人財富,爭強鬥勝)。
*	犝	ㄊㄨㄥˊ	犝牛(無角的牛)。
	瞳	ㄊㄨㄥˊ	瞳孔。雙瞳翦水(形容眼睛明亮清澈)。
*	穜	ㄊㄨㄥˊ	穜稑ㄌㄨˋ(皆禾名。先種後熟的為「穜」,後種先熟的為「稑」)。
	童	ㄊㄨㄥˊ	童山濯濯(形容人頭禿無髮)。童心未泯ㄇㄧㄣˇ。頭童齒豁(頭禿齒缺。形容人年老體衰的樣子)。

國字		字音	語詞
*	罿	ㄊㄨㄥˊ	雉離于罿（野雞掉進了羅網）。
*	艟	ㄊㄨㄥˊ	艟艫ㄌㄨˊ（戰船）。
*	董	ㄉㄨㄥˇ	不知蕭ㄉㄥˇ董（稱人愚昧無知）。
	鐘	ㄓㄨㄥ	金鐘罩。鐘乳石（同「石鐘乳」）。山崩鐘應（比喻事物相互感應）。盜鐘掩耳（比喻自欺欺人，同「掩耳盜鈴」）。黃鐘毀棄（比喻有才能的人不被重用）。暮鼓晨鐘。鐘鳴鼎食（形容生活豪奢）。鐘鳴漏盡（指深夜。也比喻晚年）。
【巽】			
*	僎	ㄓㄨㄢˋ	僎爵（古時飲爵之一。主人獻給鄉人觀禮者喝酒用的酒杯）。
*	噀	ㄒㄩㄣˋ	沙噀（動物名。即刺參ㄕㄣ）。含血噀人（比喻捏造事實，誣ㄨ賴別人。同「含血噴人」）。面如噀血（形容長相凶暴的樣子）。噀天為白（將江面天空噴染成一片銀白色）。噀墨將軍（墨魚的代稱）。通「潠ㄒㄩㄣˋ」。
	巽	ㄒㄩㄣˋ	巽令（古代帝王的詔ㄓㄠˋ令）。巽言（委婉謙遜的言辭）。巽卦（八卦之一）。謙巽（謙虛）。巽他海峽（海峽名）。巽令風行（指詔令之行像風一樣快速）。巽與之言（委婉相勸的話）。
	撰	ㄓㄨㄢˋ	杜撰。撰文。撰述。撰寫。撰稿。精心結撰（用心創作，構思文字）。憑空杜撰。
*	潠	ㄒㄩㄣˋ	含血潠人（同「含血噀人」）。

國字		字音	語詞
*	簨	ㄙㄨㄣˇ	簨業（懸掛鐵磬ㄑㄧㄥˋ或鼓的架子）。簨虡ㄐㄩˋ（同「簨業」）。
*	蟤	ㄓㄨㄢ	蜿ㄨㄢ蟤（自相催促的樣子）。
*	譔	ㄓㄨㄢˋ	譔述（著ㄓㄨˋ述。同「撰述」）。通「撰」。
	選	ㄒㄩㄢˇ	當ㄉㄤ選。選拔。一時之選。精挑細選。
	饌	ㄓㄨㄢˋ	肴饌（泛指飯菜）。饌玉（精緻珍貴的飲食）。饌餔ㄅㄨ（食物）。炊金饌玉（形容飲食豐盛美味）。珍羞異饌。美饌佳肴。酌金饌玉（同「炊金饌玉」）。設饌待客（陳設飲食，款待客人）。鐘鼓饌玉（指富貴人家的奢侈生活）。
			【孱】
*	僝	ㄔㄢˊ	僝僽ㄓㄡˋ（斥責、埋ㄇㄢˊ怨）。自僝自僽（自己憂愁、怨恨和煩惱）。
	孱	ㄔㄢˊ	孱夫（個性懦弱的人）。孱弱。孱頭貨（懦弱無能的人）。
	潺	ㄔㄢˊ	潺湲ㄩㄢˊ（水流緩慢的樣子）。潺潺。
*	轏	ㄓㄢˋ	轏輅ㄌㄨˋ（臥車。同「輚ㄓㄢˋ輅」）。通「輚」。
*	驏	ㄓㄢˋ	驏馬（不加鞍轡ㄆㄟˋ的馬）。
			【堯】
	僥	ㄐㄧㄠˇ	僥倖。僥競（為求利祿而爭先恐後）。
		ㄧㄠˊ	僬ㄐㄧㄠ僥（古代的矮人國）。

	國字	字音	語詞
*	嘵	ㄒㄧㄠ	嘵舌（多話）。嘵咋ㄗㄜˊ（驚恐）。嘵嘵（爭論的聲音）。嘵嘵不休（爭論不停）。
	堯	ㄧㄠˊ	唐堯。堯齡（比喻高壽）。女中堯舜（稱譽臨朝執政的賢能女主）。見堯於牆（形容思念仰慕到了極點）。桀犬吠堯（比喻不問仁暴，只對主人忠心）。堯天舜日（比喻天下安定，國家興盛的時代）。堯鼓舜木（比喻能接受直諫忠言）。羹牆見堯（比喻對先賢前輩的追念和仰慕）。
*	墝	ㄑㄧㄠ	墝埆ㄑㄩㄝˋ（土地貧瘠ㄐㄧˊ）。墝瘠（土壤貧瘠堅硬）。
	嬈	ㄖㄠˊ	妖嬈（姿色美麗而行為不端正的樣子）。嬌嬈（姿容嫵ㄨˇ媚、相貌美麗）。
*	嶢	ㄧㄠˊ	嶢屼ㄨˋ（山險峻的樣子）。嶢嵲ㄋㄧㄝˋ（同「嶢屼」）。嶢嶭ㄋㄧㄝˋ（同「嶢屼」）。嶕ㄐㄧㄠ嶢（同「嶢屼」）。嶢嶢易缺（比喻剛直的性格易招致禍害）。
*	憢	ㄒㄧㄠ	憢悍（驍ㄒㄧㄠ勇強悍。同「驍悍」）。
	撓	ㄋㄠˊ	屈撓。阻撓。撓敗（失敗）。撓鴨子（拔腿逃走）。一里撓椎（形容人言可畏）。不屈不撓。心癢難撓（形容心緒起伏不定，無法克制）。守正不撓（為人做事堅守正道而不屈服）。百折不撓。抓耳撓腮。堅毅不撓。撓直為曲ㄑㄩ（比喻剛強正直轉變為媚世阿ㄜ俗）。
	曉	ㄒㄧㄠˇ	知曉。拂ㄈㄨˊ曉。通曉。揭曉。見分曉。天剛破曉。家喻戶曉。曉以大義。曉行夜宿（形容匆忙趕路的樣子）。盧溝曉月。

國字	字音	語詞
橈	ㄋㄠˊ	橈骨(人骨ㄍㄨˇ頭ㄊㄡˊ之一)。橈敗(挫折)。橈神經(神經系統之一)。膚橈目逃(比喻人膽小怕事，沒有勇氣)。蘭橈畫舸ㄍㄜˇ(指船隻)。
澆	ㄐㄧㄠ	澆薄(土地不肥沃)。借酒澆愁。澆瓜之惠(指人以德報怨，對仇敵施予德惠)。澆風薄俗(社會風氣淡薄而不淳厚)。
燒	ㄕㄠ	燒烤。燒毀。怒火中燒。
*獟	ㄧㄠˋ	獟駻ㄏㄢˋ(驍ㄒㄧㄠ勇凶悍)。
磽	ㄑㄧㄠ	磽瘠(土地貧瘠。同「墝ㄑㄧㄠ瘠」)。磽薄(土壤堅硬不肥沃)。大磽嶼(澎湖群島之一)。豐牆磽下(比喻根基不穩固)。
繞	ㄖㄠˋ	圍繞。纏繞。繞口令。珠圍翠繞(形容婦女華麗的服飾與妝扮)。歌聲繞梁。餘音繞梁。
翹	ㄑㄧㄠˊ	拿翹(擺架子，自抬身價刁難他人。同「拿喬」)。翹企。翹首。翹楚(比喻傑出的人才)。翹舌音。引頸翹望(形容盼望急切的樣子)。匠成翹秀(培育特出的人才)。肖ㄒㄧㄠˋ翹之物(泛稱微小能飛的生物)。翹足引領(同「引頸翹望」)。翹足而待(形容極短暫的時間)。翹首企盼。翹關扛ㄍㄤ鼎(形容力氣很大)。
	ㄑㄧㄠˋ	翹翹板。翹辮子(稱人死亡)。
*膮	ㄒㄧㄠ	臐ㄒㄩㄣ膮(羊肉羹與豬肉羹)。

	國字	字音	語詞
	蕘	ㄖㄠˊ	芻蕘（割草砍柴的人）。芻蕘之言（謙稱自己的見解）。詢於芻蕘（同「不恥下問」）。
	蟯	ㄖㄠˊ	蟯蟲。跂ㄑㄧˋ行蟯動（小蟲爬動的樣子。比喻細微）。
*	襓	ㄖㄠˊ	夫襓（刀鞘ㄑㄧㄠˋ）。袪ㄈㄨˊ襓（同「夫襓」）。
*	譊	ㄋㄠˊ	譊譊（爭辯的聲音）。譊譊不休（爭辯不停）。
*	趬	ㄑㄧㄠ	輕趬（動作敏捷）。趬悍（輕快勇猛的樣子）。
	蹺	ㄑㄧㄠ	高蹺（同「高蹻ㄑㄧㄠ」）。蹊蹺（怪異且違背常情）。蹺家。蹺課。踩高蹺。事有蹊蹺。蹺二郎腿。蹺足而待（形容心情非常輕鬆的等待結果）。蹺蹊作怪（奇怪，違背常情）。
	遶	ㄖㄠˋ	圍遶（同「圍繞」）。神明遶境。通「繞」。
	鐃	ㄋㄠˊ	鐃鈸ㄅㄚˊ（樂器名）。
*	顤	ㄧㄠˊ	顤顟ㄌㄠˊ（胡人面貌。頭狹長、鼻高且雙眼深陷）。
	饒	ㄖㄠˊ	告饒。富饒。豐饒。饒舌（多話）。饒命。饒恕。多嘴饒舌。跪地求饒。豐干饒舌（比喻多言多語，不該說而說）。饒富趣味。
	驍	ㄒㄧㄠ	驍將（勇猛的將領）。兵驍將勇。將銳兵驍（將領精銳，士兵勇武剛健）。驍勇善戰。
*	髐	ㄒㄧㄠ	髐然（屍骨乾枯的樣子）。髐箭（響箭）。髐然有形（枯骨突露，呈現出原來的樣子）。

	國字	字音	語詞
	【賁】		
	僨	ㄈㄣˋ	僨事(敗事)。一言僨事(指一句話不適當ㄉㄤˋ，足以敗壞整件事情)。張脈ㄇㄞˋ僨興(形容緊張興ㄒㄧㄥ奮的樣子)。鼠首僨事(比喻人辦事欠缺果斷力)。瘠ㄐㄧˊ牛僨豚(比喻大國雖然衰弱，如果凌壓小國，則小國必定滅亡)。曠職僨事(指工作不努力，而把事情弄糟了)。
	噴	ㄆㄣ	噴泉。噴嚏ㄊㄧˋ。噴灑。令人噴飯。含血噴人。噴雲吐霧(同「吞雲吐霧」)。
		ㄆㄣˋ	噴香。噴鼻。噴香獸(一種獸形的香爐，香氣從獸口中噴出)。噴鼻兒香(香氣撲鼻)。
		˙ㄈㄣ	嚏噴(同「噴ㄆㄣ嚏」)。
	墳	ㄈㄣˊ	墳墓。墳壤(鬆軟而肥沃的土壤)。三墳五典(傳說中上古時代的典籍)。地勢墳起(地勢高起)。自掘墳墓(比喻自尋死路或自毀前程)。牂ㄗㄤ羊墳首(母羊生個大腦袋)。
*	幩	ㄈㄣˊ	朱幩鑣鑣(馬銜上纏繞的紅綢帶迎風飄揚)。
	憤	ㄈㄣˋ	憤怒。憤慨ㄎㄞˇ。人神共憤。不憤不啟(不是心中想了解卻有困難的，不去啟發他)。發憤忘食。發憤圖強。群情激憤。義憤填膺。憤世嫉ㄐㄧˊ俗。
	歕	ㄆㄣ	歕飯(同「噴飯」)。歕嚏(同「噴嚏」)。灸ㄐㄧㄡˇ頞ㄜˋ歕鼻(以艾炷灸鼻梁，用瓜蒂噴鼻治病的方法。比喻貪生怕死)。通「噴」。
*	濆	ㄈㄣˊ	濆水(河南省水名)。鋪ㄆㄨ敦淮濆(大軍迫近淮河邊上的高地)。
		ㄆㄣ	濆泉(同「噴泉」)。濆薄(迸ㄅㄥˋ射湧起)。濆灑(同「噴灑」)。通「噴」。

國字	字音	語詞
* 膹	ㄈㄣˋ	膹炙（切熟肉）。膹膾ㄎㄨㄞˋ（粗切或細切的肉）。膹鬱（心中忿恨不平）。
* 蕡	ㄈㄣˊ	劉蕡（唐代人名）。有蕡有實（果實肥大繁多）。劉蕡下第（比喻考試落第，名落孫山）。
* 蟦	ㄈㄟˊ	蟦蠐ㄑㄧˊ（蟲名。即蠐螬ㄘㄠˊ）。
* 豶	ㄈㄣˊ	豶豕之牙（拔去豬牙）。
賁	ㄅㄧˋ	炳賁（形容文章辭藻華麗耀眼）。賁如（裝飾華麗的樣子）。賁卦（易經卦名）。賁然（衣著ㄓㄨㄛˊ光鮮亮麗的樣子）。賁臨。連壁賁臨（對兩位前來的賓客所說的客套話）。賁象窮白（象徵華麗文飾的賁卦，最後一爻就出現樸實的白）。
	ㄅㄣ	虎賁（勇士）。賁士（勇士）。賁育（孟賁和夏育。比喻勇士）。賁門（胃與食道相連的部分）。黝ㄧㄡˇ賁（北宮黝和孟賁。皆古代勇士）。賁育弗ㄈㄨˊ奪（比喻忠誠事上，永遠不會改變）。
* 轒	ㄈㄣˊ	轒轀ㄨㄣ（古代攻城所用的四輪車）。轒櫓（古代城牆上所設的瞭ㄌㄧㄠˋ望臺）。
* 饙	ㄈㄣ	饙餾ㄌㄧㄡˋ（把飯蒸熟）。
* 黂	ㄈㄣˊ	縕ㄩㄣˋ黂（用麻絮著ㄓㄨㄛˊ裡的衣服，勉強ㄑㄧㄤˇ能禦寒的冬衣）。黂燭（以麻蒸為燭）。
【尞】		
僚	ㄌㄧㄠˊ	同僚。官僚。僚屬（同事或部屬）。幕僚。官僚作風。

國字		字音	語詞
	嘹	ㄌㄧㄠˊ	嘹亮。
*	嫽	ㄌㄧㄠˊ	嫽妙（美好的樣子）。
	寮	ㄌㄧㄠˊ	工寮。草寮。枋ㄈㄤ寮鄉。
*	憭	ㄌㄧㄠˊ	憭慄（淒涼的樣子）。儌ㄐㄧㄠˇ憭（坦誠告訴對方）。
	撩	ㄌㄧㄠˊ	撩撥（招惹、打擾）。眼花撩亂。撩了一眼（稍微看了一眼）。撩起裙襬。撩開窗帘ㄌㄧㄢˊ。撩蜂撥刺（比喻惹是生非或招惹壞人，自取禍害）。
*	橑	ㄌㄠˇ	重ㄔㄨㄥˊ橑（即閣樓）。
	潦	ㄌㄧㄠˊ	潦倒。潦草。窮愁潦倒。龍鍾潦倒（形容老年人衰弱的樣子）。
		ㄌㄠˋ	行潦（匯聚路旁的流水）。旱潦（旱災和水災）。泥潦（泥水聚積處）。雨潦（雨後的積水）。淫潦（大水災）。水潦降（降下大雨）。旱潦不收。旱潦兵燹ㄒㄧㄢˇ。雨潦四集（雨水積滿地上）。潢潦可荐（比喻祭祀重在心裡虔ㄑㄧㄢˊ誠而不在祭品的厚薄）。蟲霜旱潦（指農地的四大害）。通「澇ㄌㄠˋ」。
	燎	ㄌㄧㄠˊ	庭燎（詩經・小雅的篇名）。燎毛（比喻事情非常容易）。燎髮（同「燎毛」）。燎漿泡（皮膚因燙傷或火傷而腫起的水泡）。心急火燎（比喻心中十分焦慮、著急）。星火燎原。洪爐燎髮（比喻解決問題極為容易）。燎原之火（比喻氣勢盛大不易遏ㄜˋ阻的暴亂）。縱風止燎（比喻不加以遏止，反會助長情勢的發展）。
	獠	ㄌㄧㄠˊ	獠牙。青面獠牙（形容相貌極為凶惡可怕）。

	國字	字音	語詞
	療	ㄌㄧㄠˊ	治療。療養。療傷止痛。煮字療飢（賣文維生）。
	瞭	ㄌㄧㄠˇ	明瞭。一目瞭然（同「一目了然」）。心裡瞭亮（心中明白、清楚）。瞭若指掌。
		ㄌㄧㄠˋ	瞭望。瞭望臺。趄ㄒㄩㄝˊ門瞭戶（即串門子）。
	繚	ㄌㄧㄠˊ	繚繞。矜糾收繚（誇耀自己、中傷別人、奪取功勞、語言便ㄆㄧㄢˊ佞ㄋㄧㄥˋ等四種卑劣行為）。餘音繚繞。縈ㄧㄥˊ青繚白（比喻山林風景秀麗）。
*	蟟	ㄌㄧㄠˊ	蛁ㄉㄧㄠ蟟（蟬的一種）。蜘蟟（蟬的俗稱）。
*	轑	ㄌㄠˇ	熏轑（恐嚇ㄏㄜˋ威脅）。轑釜（用勺刮鍋釜所發出聲音）。
	遼	ㄌㄧㄠˊ	遼闊。遼東豕（比喻少見多怪而自命不凡）。
	鐐	ㄌㄧㄠˊ	腳鐐。腳鐐手銬ㄎㄠˋ（束縛罪犯手腳的刑具）。
*	飉	ㄌㄧㄠˊ	飉厲（歌聲清越悠揚的樣子）。飉飉（微風吹拂ㄈㄨˊ的樣子）。
*	鷯	ㄌㄧㄠˊ	鷦鷯（鳥類名）。鷦鷯一枝（表示所求很少。常用為請託人求職的話）。
	【惢】		
*	惢	ㄙㄨㄛˇ	心疑曰惢。神惢形茹（神情沮ㄐㄩˇ喪柔弱）。
*	橤	ㄖㄨㄟˇ	花橤（同「花蕊」）。橤橤（下垂的樣子）。
*	繠	ㄖㄨㄟˇ	繠繠（散亂垂落的樣子）。

	國字	字音	語詞
	蕊	ㄖㄨㄟˇ	花蕊。雌ㄘ蕊。石蕊試紙。
			【貴】
*	僓	ㄊㄨㄟˇ	僓然（自在不受拘束樣子。同「隤ㄊㄨㄟˊ然」）。
	匱	ㄎㄨㄟˋ	匱乏。匱竭。不虞匱乏。民窮財匱（人民困窮，財物缺乏）。永錫不匱（形容蒙受恩遇，不虞匱乏）。孝子不匱（孝子不會匱乏）。勤則不匱。
		ㄍㄨㄟˋ	金匱（金製的藏書櫃。比喻縝ㄓㄣˇ密）。金匱石室（古代國家藏重要文書的地方）。金匱要略（書名。漢代 張機撰）。「櫃」的本字。
*	嘳	ㄎㄨㄟˋ	嘳然而嘆（長聲嘆氣。同「喟ㄎㄨㄟˋ然而嘆」）。通「喟」。
*	壝	ㄨㄟˇ	壇壝（築土高起為壇，有矮牆圍繞的壇為壝）。壝埒ㄌㄜˋ（環繞壇的矮土圍牆）。
*	憒	ㄎㄨㄟˋ	憂憒（憂愁煩心）。憒眊ㄇㄠˋ（昏昧不明）。憒亂（昏亂不安的樣子）。消愁釋憒（消除憂愁煩惱，保持心情的愉快）。
	櫃	ㄍㄨㄟˋ	書櫃。貨櫃。櫥櫃。保險櫃。貨櫃車。
	潰	ㄎㄨㄟˋ	崩潰。潰決。潰逃。潰敗。潰散。潰瘍。潰爛。胃潰瘍。一觸即潰（形容極為容易被打垮）。不戰而潰（軍隊還沒有經過戰鬥便已潰敗）。突圍潰陣（突破包圍和陣勢）。望風而潰（看見敵人的蹤影或氣勢便嚇得潰逃）。鳥散魚潰（比喻人紛亂的逃離）。群蟻潰堤（比喻微小的漏洞可造成大災禍）。潰不成軍。擊潰敵軍。

	國字	字音	語詞
*	潰	ㄉㄨㄟˋ	潰沲ㄉㄨㄛˋ（同「瀢ㄉㄨㄟˋ沲」）。
*	瀢	ㄉㄨㄟˋ	瀢沲ㄉㄨㄛˋ（砂石隨水搖晃的樣子）。
		ㄨㄟˇ	瀢瀢（魚類相隨的樣子）。
	瞶	ㄍㄨㄟˋ	昏瞶（視力模糊）。聾瞶（耳聾眼瞎）。
*	穨	ㄊㄨㄟˊ	穨唐（委ㄨㄟˇ靡ㄇㄧˇ不振。同「頹唐」）。穨廢（同「頹廢」）。通「頹」。
	簣	ㄎㄨㄟˋ	一簣之功（比喻即將完成的功業，卻遭到失敗的命運。同「功虧一簣」）。功虧一簣。為山止簣（同「功虧一簣」「一簣之功」）。
*	繢	ㄏㄨㄟˋ	紗繢（包頭髮的頭巾。即幧ㄘㄠ頭）。藻繢（多色彩的繪畫）。雕章繢句（雕琢文章字句）。繢事後素（比喻行事起先容易，然後逐步深入。同「繪事後素」）。
	聵	ㄎㄨㄟˋ	耳聵（耳聾）。昏聵（昏昧糊塗，不明事理）。眊ㄇㄠˋ聵（兩眼昏花，耳朵聾了）。振聾發聵（比喻以言論喚醒糊塗愚昧的人）。發矇ㄇㄥˊ振聵（比喻見解高超，引人深思而大開眼界）。
	蕢	ㄎㄨㄟˋ	荷ㄏㄜˋ蕢（挑著盛ㄔㄥˊ土的草器）。蕢山（陝西省山名）。
*	藬	ㄊㄨㄟˊ	牛藬（車前草的別名。同「牛蘈ㄊㄨㄟˊ」）。通「蘈」。
	貴	ㄍㄨㄟˋ	珍貴。貴庚。貴賤。權貴顯要。
*	隤	ㄊㄨㄟˊ	隤陷（顛仆而墮入其中）。

國字	字音	語　　詞
遺	ㄧˊ	遺忘。遺恨。遺棄。遺跡。遺憾。遺贈（依遺囑ㄓㄨˇ將財產於死亡後贈與特定之人）。後遺症。一覽無遺。路不拾遺。遺世獨立（不問世間俗事，過著與世無爭的生活）。遺珠之憾。
	ㄨㄟˋ	問遺（親友送物慰問）。餉ㄒㄧㄤˇ遺（饋贈糧食）。歸ㄎㄨㄟˋ遺（同「饋遺」）。贈遺（贈送。與「遺ㄧˊ贈」不同）。饋遺（饋贈財物）。遺所思（贈送給思念的人）。使人問遺（派人送東西來）。陳寔ㄕˊ遺盜（比喻義行ㄒㄧㄥˋ善舉）。裘葛ㄍㄜˊ之遺（指四季適時的關心、照應）。爾有母遺（你有母親可以饋送禮物）。歸遺細君（把東西送給妻子）。
*闠	ㄏㄨㄟˋ	駔ㄗㄤˇ闠（居中介紹買賣的商人）。闤ㄏㄨㄢˊ闠（市場）。
隤	ㄊㄨㄟˊ	虺ㄏㄨㄟˊ隤（生病，多指馬而言）。崔隤（虛度光陰）。隤然（柔順的樣子）。風骨少隤（風骨稍為敗壞一點）。隤其家聲（敗壞家庭聲譽）。
*頮	ㄏㄨㄟˋ	頮面（洗臉）。通「沬ㄏㄨㄟˋ」「額ㄏㄨㄟˋ」。
饋	ㄎㄨㄟˋ	回饋。饋線（電力公司的配電線路）。饋贈（同「餽贈」）。饋貧糧（比喻學問的重要）。一饋十起（形容事務多而忙碌不堪）。中饋猶虛（比喻男子尚未結婚）。婦主中饋（婦女負責家中飲食烹飪等事）。寢饋其中（睡覺和吃飯時仍在想所鑽研的事物）。寢饋難安（比喻心神不寧）。
【單】		
*僤	ㄉㄢˋ	僤怒（大怒）。逢天僤怒（剛好碰到老天大怒）。
*匰	ㄉㄢ	匰笥ㄙˋ（皆為盛裝食物的竹器。同「簞ㄉㄢ笥」）。通「簞」。

國字	字音	語詞
單	ㄉㄢ	掛單(僧ㄙㄥ侶投寺ㄙˋ寄住)。買單。跑單幫。單身貴族。單槍匹馬。
	ㄕㄢˋ	單超(東漢人名)。單縣(山東省縣名)。單雄信(隋唐間人)。
	ㄔㄢˊ	單于(漢時匈奴君長的稱號)。
*嘽	ㄊㄢ	嘽嘽(喘息的樣子)。嘽嘽駱馬(黑色鬃ㄗㄨㄥ毛的白馬不停的喘氣)。
	ㄔㄢˇ	嘽咺ㄒㄩㄢˇ(迂緩不急迫)。嘽緩(舒緩而不急迫)。
*嚲	ㄉㄨㄛˇ	嚲避(同「躲避」)。嚲鞚ㄎㄨㄥˋ(形容策馬奔馳)。嚲懶(偷懶)。柳嚲鶯嬌(形容春天美好的景色)。
*墠	ㄕㄢˋ	白墠(製造石灰和瓷器的原料。也作「白堊ㄜˋ」)。東門之墠(詩經・鄭風的篇名)。
*奲	ㄔㄜˇ	奲都ㄉㄨ(西夏毅宗李諒祚ㄗㄨㄛˋ的年號)。
嬋	ㄔㄢˊ	嬋娟(形容姿態曼妙或借指「明月」)。嬋媛(同「嬋娟」)。
*幝	ㄔㄢˇ	幝幝(破敗的樣子)。檀車幝幝(兵車破舊)。
彈	ㄉㄢˋ	彈子房。彈丸之地(比喻狹小的地方)。彈無虛發。彈道飛彈。彈盡援絕。
	ㄊㄢˊ	彈劾ㄏㄜˊ。彈性。彈腿。彈簧床。老調重彈。品竹彈絲(吹彈各種管、弦ㄒㄧㄢˊ樂器)。馮諼ㄒㄩㄢ彈鋏ㄐㄧㄚˊ(比喻有才能的人暫處困境而有求於人)。

	國字	字音	語詞
	憚	ㄉㄢˋ	憚煩（害怕事情的煩瑣）。不憚煩（不害怕麻煩）。不憚其煩（形容極有耐心）。益無忌憚（更加放肆，一點也不忌諱ㄏㄨㄟˋ害怕）。無所忌憚（什ㄕㄣˊ麼都不害怕顧忌）。過勿憚改（有過錯就不要怕改過）。肆無忌憚。憚赫千里（形容聲勢威望極大）。
	戰	ㄓㄢˋ	酣戰。戰績。拉鋸戰。兩棲作戰。背水一戰。
	撣	ㄉㄢˇ	撣子（一種拂塵的用具。同「撢ㄉㄢˇ子」）。撣灰（拂去灰塵）。撣援（互相牽引的樣子）。撣塵（設宴歡迎遠來或歸來的人）。撣撣（恭敬戒懼）。
		ㄕㄢˋ	撣族（民族名）。撣讓（同「禪ㄕㄢˋ讓」）。
*	樿	ㄕㄢˋ	樿傍ㄆㄤˊ（每邊用整塊木板做成的棺材）。
	殫	ㄉㄢ	殫心（盡心）。不能殫記（不能詳細的記錄下來）。門殫戶盡（形容戰亂後家敗人亡的慘狀）。財粟ㄙㄨˋ殫亡（錢財和米糧全部消耗完了）。財殫力竭（形容陷入貧苦窮困的生活）。道盡塗殫（形容走投無路，面臨末日）。殫心竭力（用盡心思與精力）。殫見洽聞（指人見聞廣博，學識豐富）。殫精極慮（用盡精力與心思）。殫精竭慮（同「殫精極慮」）。殫謀戮ㄌㄨˋ力（用盡智謀與精力）。
*	潬	ㄉㄢˋ	涴ㄨㄛˋ潬（水波ㄅㄛ相撞擊）。潬城（古地名）。
*	燀	ㄔㄢˇ	燀赫（形容聲勢浩大）。燀之以薪（用薪柴燒煮）。
		ㄉㄢˇ	燀熱（太熱）。衣不燀熱。

國字	字音	語詞
癉	ㄉㄢˋ	癉疽ㄐㄩ（惡瘡）。癉暑（苦熱）。彰善癉惡ㄜˋ（憎ㄗㄥ恨不好的，表揚優良的）。
	ㄉㄢ	火癉（小孩熱病）。
* 磾	ㄉㄧ	金日ㄇㄧˋ磾（西漢人名）。
禪	ㄔㄢˊ	禪寺ㄙˋ。禪坐。禪房。禪機。口頭禪。
	ㄕㄢˋ	受禪（接受禪ㄕㄢˋ讓的帝位）。封禪（古代帝王在泰山築壇祭天稱為「封」；在梁甫山除地祭地稱為「禪」）。禪位（君王將帝位讓給賢人）。禪讓（同「禪位」）。封禪書（史記八書之一。內記載ㄗㄞˇ歷代帝王封禪之事）。
簞	ㄉㄢ	簞笥ㄙˋ（裝食物的竹器）。簞豆見色（比喻計較微小的利益）。簞食ㄙˋ豆羹（指粗糙ㄘㄠ的食物）。簞食ㄙˋ壺漿（人民擁ㄩㄥ護與愛戴軍隊，紛紛慰勞ㄌㄠˋ犒ㄎㄠˋ賞）。簞食ㄙˋ瓢飲（比喻安於貧窮的清高生活）。簞瓢屢空ㄎㄨㄥˋ（形容生活非常窮困，缺乏食物）。
* 繟	ㄔㄢˇ	繟然（心中坦然寬舒的樣子）。繟然善謀（天道寬坦公正，善於為萬物設想思慮）。
* 蕇	ㄉㄧㄢˇ	蕇蒿ㄏㄠ（草名）。
* 蘄	ㄑㄧˊ	蘄水（湖北省水名）。蘄艾（植物名）。蘄求（同「祈求」）。蘄春（湖北省縣名）。蘄菜（植物名。即冬葵）。蘄黃潛桐（蘄春、黃岡、潛山、桐城）。
蟬	ㄔㄢˊ	蟬聯。仗馬寒蟬（形容悶ㄇㄣ不吭聲，有話不敢直說）。金蟬脫殼。噤若寒蟬。薄如蟬翼。蟬不知雪（比喻見識淺薄）。蟬腹龜腸（比喻非常飢餓）。蟬聯不絕（比喻接連不斷）。蟬聯冠軍。

	國字	字音	語詞
*	襌	ㄉㄢ	襌衣（單層的衣服）。襌襦ㄖㄨˊ（汗衫）。與「禪」不同。
*	觶	ㄓˋ	酒觶（酒器的一種）。揚觶（舉起酒器）。杜蕢ㄎㄨㄟˋ揚觶（師曠、李調未能及時匡正國君的過錯，所以杜蕢罰他們喝酒）。
	鄲	ㄉㄢ	邯ㄏㄢˊ鄲（河北省地名）。邯鄲一夢（比喻人生的榮辱盛衰如夢一場）。邯鄲學步（比喻仿效他人，沒有成果，反而失去自己本來的面目）。
	闡	ㄔㄢˇ	闡明。闡述。闡揚。闡緩（舒緩）。闡釋（詳細說明）。顯微闡幽（形容鑽研極深，使人啟發）。
*	驒	ㄊㄨㄛˊ	驒驒（馬喘息的樣子）。有驒有駱（有的馬斑如魚鱗，有的黑鬃白身）。飛驒高山（位於日本）。
*	鷤	ㄊㄢˊ	鸛ㄍㄨㄢˋ鷤（鳥名。似鵲短尾。同「鸛鷒ㄊㄨㄢˊ」）。
		ㄊㄧˊ	鷤鴂ㄐㄩㄝˊ（鳥名。即杜鵑）。鷤鳺ㄈㄨ（即子鳺鳥）。
			【焦】
*	劁	ㄑㄧㄠˊ	劁刈ㄧˋ（割取）。
*	噍	ㄐㄧㄠˋ	咀ㄐㄩˇ噍（將東西含在口中，加以細細品嘗）。噍食（啃食）。噍類（人類）。餘噍（動亂後殘餘的人口）。無噍類（全部遭殺害，沒留下活口）。
		ㄐㄧㄠ	噍殺（聲音快而短促）。其聲噍以殺（發出的聲音急促而沒有延續）。
*	嫶	ㄑㄧㄠˊ	嫶妍（因憂傷而消瘦）。
*	嶕	ㄐㄧㄠ	嶕石（即礁石）。嶕嶢ㄧㄠˊ（山勢險峻的樣子）。

國字		字音	語詞
	憔	ㄑㄧㄠˊ	憔悴。「顦」為異體字。
	樵	ㄑㄧㄠˊ	樵夫。薪樵（可供燃燒的柴火）。樵蘇不爨ㄘㄨㄢˋ（形容貧困的生活）。
*	潐	ㄐㄧㄠˋ	潐水（河南省水名）。潐潐（明察）。
	焦	ㄐㄧㄠ	焦急。焦躁。心焦如焚。舌敝脣焦。苦心焦慮。焦孟不離(比喻感情深摯，形影不離)。焦頭爛額。
*	燋	ㄐㄧㄠ	近火先燋（比喻不避禍的人便會最先遭殃）。燋金流石（形容天氣非常炎熱）。燋金爍石（同「燋金流石」）。通「焦」。
	瞧	ㄑㄧㄠˊ	瞧見。瞧不起。
	礁	ㄐㄧㄠ	礁石。暗礁。觸礁。
*	穛	ㄓㄨㄛˊ	稰ㄒㄩ穛（晚熟和早熟的穀類）。
*	膲	ㄐㄧㄠ	三膲（中醫上指食道、胃、腸等部分，屬於六腑。同「三焦」）。
	蕉	ㄐㄧㄠ	香蕉。剝蕉抽繭(同「剝絲抽繭」)。覆鹿尋蕉(比喻把真實的事情看作如夢幻一般)。
	蘸	ㄓㄢˋ	蘸筆。蘸墨水。蘸醬油。蘸著糖吃。
	譙	ㄑㄧㄠˊ	譙周（人名。三國 蜀人）。譙樓（城門上用來望遠的高樓）。譙櫓（同「譙樓」）。麗譙（雄偉華麗的高樓）。譙周獨笑（形容好學不倦）。
		ㄑㄧㄠˋ	譙呵（呵斥、責問）。譙責（責備）。譙讓（責罵、譴責。同「誚ㄑㄧㄠˋ讓」）。通「誚」。

國字	字音	語詞
*趭	ㄐㄧㄠˋ	狂趭（疾速奔走）。
醮	ㄐㄧㄠˋ	改醮（婦女再嫁。同「改嫁」）。再醮（同「改醮」）。建醮。齋醮（僧ㄙㄥ道設壇祈福）。文君新醮（指寡婦再嫁）。寡婦再醮。
鷦	ㄐㄧㄠ	鷦鷯（鳥類名）。鷦鷯一枝（表示所求很少。常用為託人求職的話）。
【勞】		
*僗	ㄌㄠˊ	呆僗（呆笨）。
勞	ㄌㄠˊ	勞駕。勞什ㄕˊ子（令人厭惡ㄨˋ的東西。同「撈ㄌㄠ什子」）。五勞七傷。勞師動眾。勞燕分飛。
	ㄌㄠˋ	勞軍。勞徠ㄌㄞˋ（勸勉）。犒ㄎㄠˋ勞。慰勞。勞軍團。斗酒自勞（準備斗酒，犒賞自己）。羔酒自勞（宰羊喝酒來慰勞自己）。送往勞來（交際應酬）。
嘮	ㄌㄠˊ	叨嘮。嘮叨ㄉㄠ（同「叨嘮」）。
*嶗	ㄌㄠˊ	嶗山（山東省山名與縣名）。
撈	ㄌㄠ	打撈。捕撈。撈過界。大海撈針。水中撈月。
	ㄌㄠˊ	撈什ㄕˊ子（令人厭惡ㄨˋ的東西。同「勞ㄌㄠˊ什子」）。
澇	ㄌㄠˋ	水澇（水災）。旱澇（旱災和水災）。澇災（因大雨而造成農損的災害）。瀝澇成災（因淹水而造成災害）。同「潦ㄌㄠˋ」。
癆	ㄌㄠˊ	肺癆。饞癆（譏人貪饞美食或垂涎ㄒㄧㄢˊ女色）。
*蟧	ㄌㄠˊ	蟧蝒ㄇㄧㄢˊ（蟬的一種。即馬蜩ㄊㄧㄠˊ）。

	國字	字音	語詞
			【喜】
*	僖	ㄒㄧ	魯僖公。
	喜	ㄒㄧˇ	恭喜。好大喜功。欣喜若狂。恭喜發財。喜形於色。
	嘻	ㄒㄧ	笑嘻嘻。嘻皮笑臉。
	嬉	ㄒㄧ	嬉鬧。嬉戲。酣嬉淋漓（非常暢達痛快的樣子）。嬉皮笑臉（同「嘻皮笑臉」）。嬉笑怒罵。
	熹	ㄒㄧ	朱熹。浡ㄅㄛˊ熹（婆媳不合、彼此爭吵。同「勃谿」）。熹微（天剛亮，陽光微弱的樣子）。晨光熹微（早晨天色微明的樣子）。
	禧	ㄒㄧ	新禧。鴻禧（大福）。千禧年。李鴻禧（臺大教授）。恭賀新禧。慈禧太后。通「釐ㄒㄧ」。
*	蟢	ㄒㄧˇ	壁蟢（蟲名。即壁錢）。蟢子（長腳的蜘蛛。又名蠨ㄒㄧㄠ蛸ㄒㄧㄠ）。
*	譆	ㄒㄧ	譆譆出出（悲嘆的聲音或形容鬼神聲）。
*	饎	ㄒㄧ	吉蠲ㄐㄩㄢ為饎（吉日潔身，準備祭祀用的酒食）。
			【喬】
	僑	ㄑㄧㄠˊ	華僑。僑胞。
	喬	ㄑㄧㄠˊ	拿喬（同「拿翹ㄑㄧㄠˊ」）。喬木。喬梓ㄗˇ（父子）。喬裝。喬遷。下喬入幽（比喻違背常情）。付諸洪喬（比喻遺失書信）。出谷遷喬（比喻遷入新居或職務升遷）。故家喬木（比喻官宦之家多寶物）。洪喬之誤（比喻書信寄失）。喬木世臣（比喻擔任重職的元老大臣）。喬松之壽（指高壽）。遷喬之望（有職務高升的希望）。

國字	字音	語詞
嬌	ㄐㄧㄠ	東床嬌客(女婿)。金屋藏嬌。嬌小玲瓏。嬌生慣養。
* 屩	ㄐㄩㄝˊ	芒屩(草鞋)。居士屩(隱士所穿的草鞋)。芒屩布衣(指一般平民百姓)。離蔬釋屩(比喻脫離清苦生活，開始當官)。
* 嶠	ㄐㄧㄠˋ	海嶠(海邊多山的地方)。溫嶠(晉代人名)。嶠南(嶺南)。嶠嶼(海中的小島)。嶠嶽(高山)。燃犀溫嶠(比喻能觀察清楚事物的人)。
* 憍	ㄐㄧㄠ	憍泄(傲慢。同「驕泄」)。憍奢(同「驕奢」)。亢ㄎㄤˋ心憍氣(指高傲自滿)。虛憍恃氣(比喻內在涵養不夠而傲慢自大)。通「驕」。
* 撟	ㄐㄧㄠˇ	夭撟(屈曲的樣子。即伸懶腰。同「夭矯」)。撟舌(形容驚訝或懼怕的樣子)。撟捷(體態輕盈，動作敏捷。同「矯捷」)。目瞪舌撟(同「目瞪口呆」)。舌撟不下(形容驚訝的神情)。鉗ㄑㄧㄢˊ口撟舌(形容因害怕或受到驚嚇而說不出話來)。撟枉過正(同「矯枉過正」)。
橋	ㄑㄧㄠˊ	橋梁。盧溝橋。過河拆橋。
矯	ㄐㄧㄠˇ	夭矯(同「夭撟」)。矯正。矯健。矯捷。矯飾。夭矯不群(風度翩翩，氣概ㄍㄞˋ非凡，超群出眾)。夭矯離奇(極其奇怪而曲ㄑㄩ折)。企足矯首(比喻殷切盼望)。身手矯捷。痛矯前非。矯枉過正。矯若遊龍(形容筆勢、舞姿等靈巧的姿態)。矯首昂視(傲慢、旁若無人的樣子)。矯情干譽(掩飾真情，而謀求名譽)。矯矯不群(儀表品格超出眾人，與眾不同)。
* 繑	ㄑㄧㄠ	絏ㄒㄧㄝˋ繑(連續不斷)。

	國字	字音	語詞
	蕎	ㄑㄧㄠˊ	蕎麥(同「莜ㄑㄧㄠˊ麥」)。蕎麥麵。
*	蟜	ㄐㄧㄠˇ	夭蟜(同「夭矯」)。蠪ㄌㄨㄥˊ蟜(螞蟻)。
*	譑	ㄐㄧㄠˇ	貪利糾譑(貪圖利益而掠取搜括)。
*	趫	ㄑㄧㄠˊ	輕趫(身手矯健敏捷)。趫才(動作敏捷矯健的人)。趫悍(矯捷勇猛的樣子)。趫捷(身手矯健敏捷)。趫踔(足力矯捷,善於行走)。
	蹻	ㄑㄧㄠ	高蹻(同「高蹺ㄑㄧㄠ」)。陽蹻(奇經八脈之一)。蹻捷(手腳敏捷輕快)。踩高蹻。蹻足而待(形容時間極為短暫)。蹻足抗首(形容殷切期望)。
		ㄐㄧㄠˇ	蹻勇(強健有力)。蹻跖ㄓˊ(莊蹻和盜跖。比喻盜賊)。蹻蹻(勇武或驕傲的樣子)。
		ㄐㄩㄝˊ	跂ㄑㄧˊ蹻(木屐和草鞋)。履蹻(穿草鞋)。蹻然不固(流行快速而不堅固的樣子)。躡蹻擔ㄉㄢ簦ㄉㄥ(指長途跋涉。也作「躡蹻檐ㄉㄢ簦」)。
	轎	ㄐㄧㄠˋ	抬轎。花轎。轎車。
	驕	ㄐㄧㄠ	驕矜。驕恣ㄗˋ(驕傲、任性)。驕陽。驕傲。驕縱。天之驕子ㄗˇ。恃ㄕˋ寵而驕。驕兵之計。驕兵必敗。驕奢淫佚ㄧˋ。
	【曾】		
	僧	ㄙㄥ	高僧。僧人。僧尼。僧侶。僧徒。老僧入定。削ㄒㄩㄝ髮為僧。僧多粥少。
	噌	ㄘㄥ	味噌。泓噌(聲音大而且響亮)。挨噌(遭到責備)。噌吰ㄏㄨㄥˊ(同「泓噌」)。味噌湯。噌了一頓(叱責了一頓)。

國字	字音	語詞
增	ㄗㄥ	增加。增添。有增無減。馬齒徒增（自謙年歲增長，卻毫無成就）。與日俱增。增長見識。
層	ㄘㄥˊ	高層。階層。層次。層峰。層出不窮。層次分明。
嶒	ㄘㄥˊ	崚ㄌㄥˊ嶒（山勢險峻重疊）。傲骨崚嶒（形容人性情剛毅正直、堅貞不屈）。
憎	ㄗㄥ	嫌憎（厭惡ㄨˋ）。愛憎。憎恨。憎惡ㄨˋ。可憎才（指意中人、可愛的人）。文章憎命（形容有才能的人遭遇不好的命運）。面目可憎。怨憎會苦（指互不喜歡的人卻聚在一起）。愛憎分明。盜憎主人（比喻奸詐邪惡的人怨恨正直的人）。
曾	ㄗㄥ	曾孫。曾益（增加、增進。同「增益」）。高曾規矩（比喻依循前人的法則）。曾不崇朝ㄓㄠ（回家還不必半天）。曾參ㄕㄣ殺人（比喻謠言可怕）。
	ㄘㄥˊ	曾經。似曾相識。曾幾何時（才多少時間，含有感慨ㄎㄞˇ的語氣）。
*橧	ㄗㄥ	橧巢（古時用柴木在樹上所築成像鳥巢一樣用來居住的地方）。
甑	ㄗㄥˋ	塵甑（形容家境貧困，無米下鍋煮飯）。曲頸甑。破甑生塵（比喻極為貧困）。墮ㄉㄨㄛˋ甑不顧（比喻既成事實，惋ㄨㄢˋ惜也沒有用。也作「墮甑不顧」）。甑塵釜魚（同「破甑生塵」）。
矰	ㄗㄥ	曼矰（繫ㄐㄧˋ有絲繩，用以射鳥的箭）。矰繳ㄓㄨㄛˊ（繫ㄐㄧˋ有絲繩的射鳥工具）。矰繳ㄓㄨㄛˊ之說（比喻為私利而用的虛誇言辭）。
*磳	ㄗㄥ	稜ㄌㄥˊ磳（石階層層重疊的樣子）。

	國字	字音	語詞
*	繒	ㄗㄥ	彩繒（有五色文彩的絲織品）。綈ㄊㄧˊ繒（粗厚的絲織品）。繒書（書寫在布帛上的典籍）。繒繳ㄓㄨㄛˊ（同「矰ㄗㄥ繳」）。
*	罾	ㄗㄥ	扳ㄅㄢ罾（漁人用竹竿架網沉進水中，隨時拉起）。
	贈	ㄗㄥˋ	贈送。雪中贈襦ㄖㄨˊ（在別人危難時伸出援手）。
	蹭	ㄘㄥˋ	磨蹭（來回摩擦或指糾纏）。蹭蹬ㄉㄥˋ（指人失勢、不得意）。科名蹭蹬（科舉功名不如意）。浮皮蹭癢（形容人做事不仔細、不認真）。
*	鬙	ㄙㄥ	鬅ㄆㄥˊ鬙（頭髮蓬亂的樣子）。
	【壹】		
	噎	ㄧㄝ	抽噎。哽噎（悲傷氣塞ㄙㄜˋ而不能成聲）。中心如噎（比喻心中非常苦悶）。吃飯防噎（比喻做事要謹慎）。因噎廢食。哽噎難言。臉白氣噎（形容非常憤怒的樣子）。臨噎掘井（比喻事到臨頭才匆忙應付，對事情沒有任何幫助）。
	壹	ㄧ	民心不壹（人民的心意不一樣）。禮先壹飯（年歲比別人大）。
	懿	ㄧˋ	懿旨（舊稱皇太后或皇后的詔ㄓㄠˋ令）。懿範（稱讚女子的德性）。司馬懿（三國 魏人）。好ㄏㄠˋ是懿德（就是喜歡這種美德）。貞懿賢淑（形容女子堅貞善良，性情賢淑）。嘉言懿行ㄒㄧㄥˊ（美好的言行。也作「嘉言善行」）。
*	曀	ㄧˋ	淫曀（陰暗不明）。曀風（陰風）。終風且曀（天氣既颳風又陰暗）。

	國字	字音	語詞
*	殪	ㄧˋ	束手就殪（同「束手待斃」）。摧堅殪敵（摧毀敵陣，加以殲ㄐㄧㄢ滅）。殪敵無算（殲滅很多敵人）。
*	饐	ㄧˋ	哽饐（悲泣，不能成聲。同「哽ㄍㄥˇ咽ㄧㄝˋ」）。食饐而餲ㄞˋ（食物太熱、太溼或變了味道）。
	【朝】		
	嘲	ㄔㄠˊ	嘲笑。嘲諷ㄈㄥˋ。譏嘲。冷嘲熱諷ㄈㄥˋ。嘲風弄月（讀書人吟詠風月之類的作品）。
	廟	ㄇㄧㄠˋ	廟宇。廊廟材（擔負國家重任的人）。廟堂之器（比喻可以擔當重任的人才）。
	朝	ㄓㄠ	朝會。朝露ㄌㄨˋ。有朝一日。花朝月夕（比喻良辰美景）。朝三暮四。朝不保夕。朝令夕改。朝思暮想。朝秦暮楚（比喻反覆無常）。朝乾ㄑㄧㄢˊ夕惕（形容勤奮惕厲，不敢稍有懈怠）。朝陽鳴鳳（比喻敢直言進諫）。滅此朝食（等殲滅了敵人再吃早餐）。
		ㄔㄠˊ	朝廷。朝覲ㄐㄧㄣˋ。大隱朝市（有心隱居的人，雖處在鬧市當中，仍不改變心志）。斷爛朝報（指殘缺不全，缺少價值的記載ㄗㄞˇ）。
	潮	ㄔㄠˊ	潮流。潮溼。心血來潮。佳評如潮。風起潮湧。暗潮洶湧。
	【黑】		
	嘿	ㄏㄟ	嘿嘿的笑。
		ㄇㄛˋ	腆ㄊㄧㄢˇ嘿（因臉慚而說不出話來）。寢嘿（沉默不說話）。嘿記（暗記在心裡）。嘿然（不發出聲音）。嘿嘿無言（沉默不說話）。通「默」。

國字	字音	語　　詞
* 嚜	ㄇㄛˋ	嚜然(沉默的樣子)。嚜嚜(不自得的樣子。同「默默」)。通「默」。
	˙ㄇㄜ	看嚜。大家都贊成嚜，就這麼辦吧(限於當語助詞時)。
* 纆	ㄇㄛˋ	糾纆(互相纏繞)。徽纆(捆綁犯人的繩子)。纆索(同「徽纆」)。
* 蟔	ㄇㄛˋ	蟙ㄓˊ蟔(蝙ㄅㄧㄢ蝠)。
黑	ㄏㄟ	黑豆。面目黧ㄌㄧˊ黑。黑面琵鷺。黑箱作業。
墨	ㄇㄛˋ	墨暈ㄩㄣˋ。全盤皆墨。粉墨登場。胸無點墨(比喻人毫無學識。與「滿腹經綸」反)。屠毒筆墨(用文章攻擊，使他人身敗名裂的行為)。惜墨如金(不肯輕易動筆寫文章)。規矩繩墨(比喻應遵循的標準、法度)。貪墨之風(貪汙不廉潔的風氣)。貪墨敗度(貪圖財物，破壞法度)。墨守成規。繩墨之言(合於道德禮法，可當ㄉㄤˋ作行為準繩的言論)。騷人墨客(風雅之士)。
默	ㄇㄛˋ	沉默。幽默。默不作聲。默默無言。
【最】		
最	ㄗㄨㄟˋ	最初。最後。為善最樂。最佳拍檔ㄉㄤˇ。
嘬	ㄗㄨㄛ	嘬奶(用嘴吸奶)。
撮	ㄘㄨㄛˋ	公撮。撮合。撮弄(玩弄、戲弄)。撮口呼。開齊合撮。

	國字	字音	語詞
	蕞	ㄗㄨㄟˋ	蕞爾（很小的樣子）。蕞爾小島。蕞爾小國。
	【虛】		
	噓	ㄒㄩ	吹噓。不勝ㄕㄥ唏噓（極為悲哀嘆息）。噓枯吹生（形容人能言善道）。噓寒問暖。噓聲四起。
	墟	ㄒㄩ	廢墟。社稷ㄐㄧˋ為墟（國家滅亡後變成了廢墟）。宗廟丘墟（比喻國家衰弱滅亡）。華屋丘墟（比喻遭逢巨變或興亡盛衰的快速）。
	歔	ㄒㄩ	欷歔（悲泣抽噎ㄧㄝ的樣子）。
	虛	ㄒㄩ	虛心。虛榮心。太虛幻境（比喻虛擬且不真實的仙境）。名不虛傳。形同虛設。故弄玄ㄒㄩㄢˊ虛。虛有其表。虛室生白（比喻心中無雜念，就能悟出道來，生出智慧）。虛應故事ㄕˋ。
*	虡	ㄐㄩˋ	栒ㄒㄩㄣˊ虡（掛鐵磬ㄑㄧㄥˋ所用的架子）。筍虡（懸掛鐘磬等樂器所用的木架）。簨ㄙㄨㄣˇ虡（同「栒虡」）。
	覷	ㄑㄩˋ	偷覷。覷眼（瞇著眼睛仔細看）。不可小覷（不可看不起）。四目相覷。胡寇覷邊（胡人蠢蠢欲動，準備攻擊）。面面相覷。鷹覷鶻ㄏㄨˊ望（形容目光如鷹鶻ㄏㄨˊ般的銳利）。「覻」為異體字。
*	驉	ㄒㄩ	駏ㄐㄩˋ驉（母騾與公馬交配所生的獸類）。
*	魖	ㄒㄩ	夔ㄎㄨㄟˊ魖（木石的精怪）。
*	鱋	ㄑㄩ	鱋魚（即比目魚）。

	國字	字音	語詞
			【華】
	嘩	ㄏㄨㄚ	嘩啦。嘩啦啦。稀里嘩啦。
		ㄏㄨㄚˊ	喧嘩（同「喧譁」）。通「譁」。
	曄	ㄧㄝˋ	范曄（南朝 宋人。著後漢書）。曄然（興盛的樣子）。曄煜ㄩˋ（繁榮興盛的樣子）。韡ㄨㄟˇ曄（華麗明盛的樣子）。
	樺	ㄏㄨㄚˋ	銀樺。樺木（皆植物名）。王彩樺（藝人）。江宜樺（前內政部長）。林岱樺（立委）。陳淑樺（名歌手）。楊宗樺（網球國手）。樺樹奶粉。
	燁	ㄧㄝˋ	煒ㄨㄟˇ燁（光耀的樣子）。燁然（光彩鮮明的樣子）。燁煜ㄩˋ（聲音喧騰的樣子）。燁聯鋼鐵。
	華	ㄏㄨㄚˊ	華埠ㄅㄨˋ。華裔ㄧˋ。風華絕代。華而不實。
		ㄏㄨㄚ	華萼。發華滋（花開得很茂盛）。春華秋實（比喻文采和實質各有不同）。枯樹生華（比喻在絕望中重現生機）。寒木春華（比喻各具特色、各有所長）。朝華夕秀（比喻富有文采）。棣華增映（比喻兄弟和睦、相親相愛）。曇華一現。顏如舜華（臉蛋美得像木槿花一樣）。通「花」。
		ㄏㄨㄚˋ	華山。華佗。華陰（陝西省地名）。華佗再世。華封三祝（祝頌之詞）。
	譁	ㄏㄨㄚˊ	喧譁。譁然（人眾多而聲音嘈雜的樣子）。譁變（軍隊或部下叛變）。輿ㄩˊ論譁然。譁眾取寵。
*	鏵	ㄏㄨㄚˊ	犁鏵大鼓（鐵片大鼓的別名）。
*	韡	ㄒㄩㄝ	暖韡（冬天穿來保暖的靴子）。舞韡（同「舞靴」）。「靴」的異體字。

國字		字音	語詞
*	韡	ㄨㄟˇ	虺ㄏㄨㄟˇ韡（盛多的樣子）。斐ㄈㄟˇ韡（光明的樣子）。跗ㄈㄨ萼載韡（比喻兄弟都顯貴而榮耀）。鄂不ㄈㄨ韡韡（花蒂多ㄉㄨㄛˇ麼鮮明茂盛）。
	騿	ㄏㄨㄚˊ	騿騮ㄌㄧㄡˊ（周穆王八匹駿馬之一）。騿騮開道（比喻有賢人輔佐）。
【無】			
*	嘸	ㄈㄨˇ	嘸然（驚訝的樣子）。嘸蝦米（一種輸入法）。
	嫵	ㄨˇ	嫵媚。成熟嫵媚。
*	幠	ㄏㄨ	昊ㄏㄠˋ天大幠（上天太過暴虐）。亂如此幠（禍亂這樣大而嚴重）。
*	廡	ㄨˇ	亭廡（亭臺廊廡）。室廡（居室）。堂廡（廳堂兩側較矮的廂房）。廊廡（堂前東西兩側的廂房）。廡殿（一種我國傳統建築的屋頂形式）。蕃ㄈㄢˊ廡（滋多茂盛）。千廡萬室（形容住戶很多。同「比ㄅㄧˋ屋連甍ㄇㄥˊ」）。
*	憮	ㄨˇ	憮然（悵ㄔㄤˋ惘而失意的樣子）。
	撫	ㄈㄨˇ	安撫。撫卹。撫養。撫心自問。撫躬自問（自我反省ㄒㄧㄥˇ）。
*	潕	ㄨˇ	潕水（古水名）。
	無	ㄨˊ	不識之無（比喻人不識字或胸無點墨）。略識之無。無以復加（指已達到極點，無法再增加）。
		ㄇㄛˊ	南ㄋㄚˊ無（佛教用語。為敬禮的意思）。
*	甒	ㄨˇ	瓦甒（可盛五斗酒的瓦器）。

國字	字音	語詞
* 膴	ㄨˇ	華膴（形容生活富裕）。膴仕（高貴的官位，優厚的俸祿）。膴膴（肥美的樣子）。周原膴膴（岐周原野的土地多ㄉㄨㄛ麼肥沃）。
蕪	ㄨˊ	荒蕪。去蕪存菁。刪蕪就簡（刪除繁雜部分，使其簡明扼要）。舉要刪蕪（指抓住重點）。
* 譕	ㄇㄛˊ	譕臣（有謀略的臣子）。「謨ㄇㄛˊ」的古字。
* 鄦	ㄒㄩˇ	鄦國（周時國名。即許國）。
【敢】		
噉	ㄉㄢˋ	噉蔗（比喻漸入佳境）。大噉一番（大吃一頓）。「啖」的異體字。
憨	ㄏㄢ	嬌憨。憨直。憨厚。憨態可掬（形容憨厚天真的神態溢於言表，十分有趣）。
敢	ㄍㄢˇ	果敢。勇敢。
橄	ㄍㄢˇ	橄欖。橄欖油。橄欖球。
* 澉	ㄍㄢˇ	澉浦（浙江省地名）。澹ㄉㄢ澉（洗滌）。澹澉手足。
瞰	ㄎㄢˋ	俯瞰。鳥瞰。瞰視（俯看）。鳥瞰圖。鬼瞰其室（比喻人謙受益，滿招損。也作「鬼瞰高明」）。
* 矙	ㄎㄢˋ	矙亡負罪（見人不在而前往請罪）。通「瞰」。
* 闞	ㄎㄢˋ	俯闞（同「俯瞰」）。哮ㄒㄧㄠ闞（非常生氣）。虓ㄒㄧㄠ闞（比喻勇將像虎一般威猛）。闞如虓虎（大聲吼叫像是咆哮ㄒㄧㄠ的老虎）。

	國字	字音	語詞
*	闞	ㄏㄢˇ	闞闞（形容軍旅的威容盛大）。闞如虓虎（同「闞ㄎㄢˋ如虓虎」）。
	【舄】		
	寫	ㄒㄧㄝˇ	寫意兒（心情愜ㄑㄧㄝˋ意逍遙）。初寫黃庭（比喻做事或行文恰到好處）。輕描淡寫。
	潟	ㄒㄧˋ	潟湖。潟鹵（海水浸漬ㄗˋ的土地）。七股潟湖。
	瀉	ㄒㄧㄝˋ	吐ㄊㄨˋ瀉。狂瀉。一瀉千里。上吐下瀉。大雨如瀉。直瀉而下。傾瀉而下（不作「傾洩而下」）。銀河倒ㄉㄠˋ瀉（形容水勢極為盛大）。
	舄	ㄒㄧˋ	松桷ㄐㄩㄝˊ有舄（松木椽ㄔㄨㄢˊ子多麼粗大）。倒ㄉㄠˋ舄摳ㄎㄡ衣（比喻極為急切）。莊舄越吟（比喻懷念故國）。舄烏虎帝（指文字傳抄錯誤）。腳登木舄（腳穿著重ㄔㄨㄥˊ木底鞋）。履舄交錯（比喻賓客眾多）。
*	蕮	ㄒㄧˋ	馬蕮（藥草名）。
	【粦】		
	嶙	ㄌㄧㄣˊ	嶙峋（山石奇特峭立的樣子）。怪石嶙峋（石頭ㄊㄡˊ眾多且奇形怪狀）。傲骨嶙峋（形容人高傲不屈，堅毅正直）。瘦骨嶙峋（形容人身體乾瘦，骨骼突出的樣子）。
	憐	ㄌㄧㄢˊ	憐恤。憐憫。同病相憐。我見猶憐（形容女子容貌美麗，惹人憐惜疼愛）。搖尾乞憐。楚楚可憐。憐香惜玉。顧影自憐。
*	橉	ㄌㄧㄣˋ	橉筋木（木名）。

	國字	字音	語詞
*	潾	ㄌㄧㄣˊ	潾潾（形容水清澈的樣子）。
	燐	ㄌㄧㄣˊ	燐火（即鬼火）。燐光。
*	璘	ㄌㄧㄣˊ	玢ㄅㄣ璘（光彩繽紛的樣子）。結璘（月神）。文彩璘班（文彩繁富絢ㄒㄩㄢˋ麗）。
	瞵	ㄌㄧㄣˊ	瞵盼（抬頭張望）。虎視鷹瞵（比喻強敵環繞窺視、伺機攫ㄐㄩㄝˊ取）。瞵視昂藏（形容志得意滿，神采飛揚的樣子）。
	磷	ㄌㄧㄣˊ	卵磷脂ㄓ。磨而不磷（比喻意志堅定，不受外在環境的影響）。
	粼	ㄌㄧㄣˊ	波ㄅㄛ光粼粼（波光閃耀的樣子）。
*	膦	ㄌㄧㄢˇ ㄌㄧㄣˊ	膦軟（軟弱沒有力氣的樣子）。膦酸（化學名詞）。 膦火。
*	躪	ㄌㄧㄣˋ	蹂躪（踐踏。同「蹂躪」）。
*	轔	ㄌㄧㄣˊ	轔轔（車行聲）。轔轢ㄌㄧˋ（欺凌。同「凌轢」）。
	遴	ㄌㄧㄣˊ	遴定（謹慎選定）。遴派。遴聘ㄆㄧㄣˋ。遴選。
	鄰	ㄌㄧㄣˊ	毗ㄆㄧˊ鄰（相鄰接連）。鄰居。比ㄅㄧˋ鄰而居。以鄰為壑（把災禍推給別人）。敦親睦鄰。「隣」為異體字。
*	驎	ㄌㄧㄣˊ	騏驎（傳說中罕ㄏㄢˇ見的神獸。同「麒麟」）。

國字	字音	語　　詞
鱗	ㄌㄧㄣˊ	鱗片。鱗集（群聚一塊）。批逆鱗（直言諫諍）。一鱗半爪ㄓㄠˇ（比喻零星不完整的事物）。目斷鱗鴻（指殷切盼望書信的到來）。東鱗西爪ㄓㄠˇ（同「一鱗半爪」）。振鱗奮翼（形容魚龜等動物游走的樣子）。涸ㄏㄜˊ轍窮鱗（比喻陷入困境，亟ㄐㄧˊ待救援的人或物）。魚鱗馬齒（比喻人煙稠密之處）。烏集鱗萃（形容聚集很多）。殘鱗敗甲（比喻紛飛的雪片）。腹有鱗甲（比喻心地險惡ㄜˋ，很難接近）。遍ㄅㄧㄢˋ體鱗傷。鴻稀鱗絕（比喻斷絕音信）。斷羽絕鱗（指書信斷絕）。攀鱗附翼（攀附權貴，以求晉升）。鱗次櫛比ㄅㄧˋ（形容建築物排列得緊密）。鱗鴻杳ㄧㄠˇ絕（比喻失去聯絡，完全沒有消息）。鱗鴻附便（比喻以書信往來，互相聯繫）。
麟	ㄌㄧㄣˊ	麒麟。天上石麟（稱讚他人的兒子聰穎出眾）。炳炳麟麟（光彩耀目的樣子）。祥麟威鳳（比喻不易得到的人才）。喜獲麟兒。鳳毛麟角（比喻稀少珍貴的人、物）。龍驤麟振（比喻將軍恩威兼具）。龜龍麟鳳（比喻品德高尚的人）。蟬衫麟帶（形容華麗的服飾）。麟肝鳳髓ㄙㄨㄟˇ（比喻極為珍貴少見的食物）。麟角鳳距（比喻珍貴但不實用的東西）。麟趾呈祥（稱譽子孫良善昌盛）。麟鳳龜龍（比喻難得的好人）。
【厥】		
*劂	ㄐㄩㄝˊ	剞ㄐㄧ劂（雕刻ㄎㄜ用的曲刀）。

	國字	字音	語詞
	劂	ㄐㄩㄝˊ	昏劂。暈劂。大放劂辭。大肆劂辭（大發議論。同「大放劂辭」）。允執劂中（指不偏不倚，無過與不及。即中庸之道）。克盡劂職。劂功甚偉（功勞很大。同「劂功至偉」）。劂角稽ㄑㄧˇ首（叩頭時，用額頭輕觸地面）。詒ㄧˊ劂孫謀（為子孫的將來作打算）。繩劂祖武（比喻承繼祖業）。
	噘	ㄐㄩㄝ	噘嘴。蹙眉噘嘴（生氣的樣子）。
*	嶡	ㄍㄨㄟˋ	山突然高起的樣子。
		ㄐㄩㄝˊ	梡ㄎㄨㄢˇ嶡（有虞氏和夏后氏時陳列禮品的禮器）。嶡俎ㄗㄨˇ（同「梡嶡」）。
	撅	ㄐㄩㄝ	硬撅撅（同「硬邦邦」）。撅樹枝（折斷樹枝）。撅耳頓足（面對問題，毫無解決的辦法）。撅著尾ㄨㄟˇ巴˙ㄅㄚ（翹著尾巴）。撅豎小人（品格低劣的人）。
	橛	ㄐㄩㄝˊ	木頭˙ㄊㄡ橛子（小木樁ㄓㄨㄤ、短木頭）。銜橛之變（指車馬在行駛當中，隨時有翻覆的危險）。橛豎小人（同「撅豎小人」）。
	獗	ㄐㄩㄝˊ	猖獗。宵小猖獗。盜匪猖獗。
	蕨	ㄐㄩㄝˊ	蕨類植物。
	蹶	ㄐㄩㄝˊ	尥ㄌㄧㄠˋ蹶子（比喻不馴ㄒㄩㄣˊ順）。一蹶不振。屯ㄓㄨㄣ蹶否ㄆㄧˇ塞ㄙㄜˋ（比喻處境險惡ㄜˋ困頓）。痿ㄨㄟˇ蹶不振（委ㄨㄟˇ靡ㄇㄧˇ不振的樣子）。蹶石伐ㄈㄚˊ木（形容風勢強大）。蹶角受化（比喻歸順）。蹶然而起（突然驚起的樣子）。
	鱖	ㄍㄨㄟˋ	鱖魚。
*	鷢	ㄐㄩㄝˊ	白鷢（鳥類名。指白色的鷢鳥）。

國字	字音	語詞
【戠】		
幟	ㄓˋ	旗幟。別出一幟。拔幟易幟（比喻用計謀戰勝敵人，並取而代之）。獨出一幟（比喻別出心裁、有所創新，而獨具風格）。
*樴	ㄓˊ	木樴子（木樁ㄓㄨㄤ子）。石樴子（石樁子）。
熾	ㄔˋ	熾烈。熾盛。熾熱。心如火熾。白熾電燈（用鎢ㄨ絲或炭精絲封入玻璃球內所製成的燈泡ㄆㄠˋ）。熯ㄏㄢˋ天熾地（天地極為熾熱）。
織	ㄓ	心織筆耕（形容文章寫得好，並靠寫作賣錢生活）。血淚交織。拔葵去織（指當官的不和民互爭利益）。愛恨交織。遊客如織。羅織罪名。
職	ㄓˊ	供ㄍㄨㄥ職。職志（志向）。職掌。有虧職守。忠於職守。怠忽職守。洗手奉職（比喻廉潔無私，對自己的職責盡心盡力）。職是之故（因此）。
*蟙	ㄓˊ	蟙䘃ㄇㄛˋ（蝙ㄅㄧㄢ蝠）。
識	ㄕˋ	不識抬舉。目不識丁。老馬識途。見多識廣。高才卓識（才能卓越，見解高超）。積理練識（由生活與知識當中累積對道理的了解，而增長自己的見識）。
	ㄓˋ	表識（標記）。款識（書畫上的落款和題字）。陽識（古代器物上凸ㄊㄨ起的文字。反之稱「陰識」）。標識。博聞強識（見識廣博，記憶力頗佳）。默而識之（默記在心裡）。鐘鼎款識（書名）。
【幾】		
嘰	ㄐㄧ	嗶ㄅㄧˋ嘰（密度較小且具斜紋的一種毛織品）。

國字	字音	語　　詞
幾	ㄐㄧˇ	幾何。不知凡幾。春秋幾何(問人年齡的客套用語)。相差無幾。
	ㄐㄧ	幾乎。幾希(相差很少)。幾微(極小、一點點)。幾諫(婉轉勸諫)。晏幾道(宋臨川人，晏殊之子)。幾內亞(國名)。劉知幾(唐代史學家)。一蹴ㄘㄨˋ可幾。心纏幾務(內心牽掛著政務)。日理萬幾(每天處ㄔㄨˇ理繁重的政務。同「日理萬機」)。見幾而作(看到事發前細微的跡象，就能加以因應)。事親幾諫(侍奉父母，當委婉勸諫)。研幾析理(指研究分析精微深奧的義理)。庶幾無愧。極深研幾(同「研幾析理」)。幾可亂真。
機	ㄐㄧ	玄ㄒㄩㄢˊ機。機械。日理萬機。投機取巧。機事不密(將機密的事情泄漏出去)。當機立斷。
璣	ㄐㄧ	璿ㄒㄩㄢˊ璣(古代測天文的儀器)。字字珠璣(形容文章中的遣詞用字非常優美)。珠璣咳唾(比喻人極有才氣，談吐或詩文都非常美好)。傅璣之珥ㄦˇ(綴在耳環上的珠子)。滿腹珠璣(形容人善於詩文，很有才氣)。
磯	ㄐㄧ	磯釣(指在礁岩上的垂釣)。洛杉磯。
* 禨	ㄐㄧ	禨祥(鬼神吉凶之事的總稱)。
	ㄐㄧˋ	進禨進羞(沐浴後進酒食)。
* 蟣	ㄐㄧˇ	鼠臂ㄅㄧˋ蟣肝(指人世間變化無常)。蝨脛ㄐㄧㄥˋ蟣肝(比喻非常微小)。蟣蝨相弔(比喻生命將結束而自我悲憐)。甲冑生蟣蝨(比喻戰爭過於長久)。
譏	ㄐㄧ	譏刺。譏笑。譏誚ㄑㄧㄠˋ(以諷ㄈㄥˋ刺的話質問他人)。譏諷。

	國字	字音	語詞
	饑	ㄐㄧ	饑饉（荒年）。鬧饑荒。積穀防饑（比喻先作準備，以防不時之需）。
	【黃】		
*	彉	ㄎㄨㄛˋ	彉弩ㄋㄨˇ（拉滿的弓弩。同「彍ㄎㄨㄛˋ弩」）。「彍」為異體字。
	橫	ㄏㄥˊ	橫行。縱ㄗㄨㄥ橫。歹徒橫行。妙趣橫生。滿臉橫肉（形容人面貌猙獰凶惡）。橫生枝節。橫行霸道。「横」為異體字。
		ㄏㄥˋ	強橫。專橫。橫死。橫事（料想不到的禍事）。橫政。橫流。橫恣（強橫放肆）。橫財。橫逆。橫暴。橫議（任意發表言論）。驕橫。蠻橫。發橫財。老淚橫流。飛災橫禍。飛來橫財。飛來橫禍。專橫跋扈。滄海橫流（比喻世事紛亂不安）。橫災飛禍（意外無辜的災禍）。
	潢	ㄏㄨㄤˊ	裝潢。天潢貴胄（皇族宗室的後代）軫ㄓㄣˇ念潢池（同情因飢餓而淪為盜匪的百姓）。潢池弄兵（比喻人不自量ㄌㄧㄤˋ力而發動亂事）。斷港絕潢（比喻無法達到目的地的錯誤行徑）。
	璜	ㄏㄨㄤˊ	璜珩ㄏㄥˊ（佩玉名）。璜臺（用璜玉裝飾的臺閣）。
	磺	ㄏㄨㄤˊ	硫磺（同「硫黃」）。
	簧	ㄏㄨㄤˊ	彈簧。唱雙簧（比喻一搭一唱，彼此配合無間ㄐㄧㄢˋ）。演雙簧。彈簧床。簧樂器。巧舌如簧（同「巧言如簧」）。巧言如簧（形容人花言巧語而善於變化）。如簧之舌（形容人說話滔滔不絕）。鼓舌如簧（形容人出言虛偽ㄨㄟˋ且能說善道）。簧口利舌（形容人能說善道。乃貶義詞）。

國字	字音	語　　詞
蟥	ㄏㄨㄤˊ	馬蟥（水蛭ㄓˋ的別名。同「螞蟥」）。
黃	ㄏㄨㄤˊ	黃色。登黃甲（稱科舉中ㄓㄨㄥˋ式）。明日黃花（比喻過時的事物）。青黃不接。面黃肌瘦。信口雌ㄘ黃（比喻昧於事實，隨口批評）。連登黃甲（科舉時代接連通過會試及殿試，考中進士）。臉黃皮寡（指人面黃肌瘦的樣子）。「黄」為異體字。
黌	ㄏㄨㄥˊ	黌宇（學校的房舍）。黌舍（同「黌宇」）。黌宮（學校）。
【悶】		
悶	ㄇㄣˋ	悶香（點燃後使人不能發聲及動作的麻醉香料）。悶棍（形容不明原因的棍擊）。悶雷（比喻突然的打擊）。煩悶。打悶棍（趁人沒防備，用棒棍襲擊，將人打倒）。生悶氣。吃悶虧。喝悶酒。悶得˙ㄉㄜ慌（非常煩悶）。悶葫蘆（比喻弄不清楚的事情）。悶悶不樂。悶葫蘆罐（撲滿）。
	ㄇㄣ	悶板（聲音不響亮的銀幣）。悶飯。悶熱。打悶弓（象棋中使對方的將帥無法行動而敗局）。悶得慌（天氣或屋裡空氣悶熱，令人忍受不住）。天氣發悶。胡吃悶睡（能吃能睡，無憂無慮過生活）。悶不作聲。悶不吭ㄎㄥ聲。悶在心裡。悶頭幹活（一聲不響的埋頭做事）。悶聲不響。悶聲悶氣（比喻忍氣吞聲，不想發言）。
燜	ㄇㄣˋ	燜煮。燜燒鍋。
【閒】		
僩	ㄒㄧㄢˋ	邵僩（作家）。僩然（極為憤怒的樣子）。瑟兮僩兮（多ㄉㄨㄛ麼莊重和威武啊）。

	國字	字音	語詞
	嫺	ㄒㄧㄢˊ	嫺習（練習熟練）。嫺雅（文雅）。嫺熟（熟練）。嫺靜。「嫻」的異體字。
*	憪	ㄒㄧㄢˊ	憪然（心裡不安或憤怒的樣子）。
*	撊	ㄒㄧㄢˋ	撊然（憤怒的樣子）。
	癇	ㄒㄧㄢˊ	癲癇（即羊癲風）。
*	蕑	ㄐㄧㄢ	蕑札（即簡札）。蕑忌（漢代人名）。蕑草（蘭草）。蕑屨ㄐㄩˋ（用蕑草編的鞋子）。蕑子藤（蔓草名）。
*	譋	ㄌㄢˊ	譋言（毀謗、不實的言詞。同「讕ㄌㄢˊ言」）。通「讕」。
	閒	ㄒㄧㄢˊ	氣定神閒。等閒之輩。等閒視之。閒雲野鶴。
	【覃】		
*	憛	ㄊㄢˊ	悇ㄊㄨˊ憛（憂愁的樣子）。
	撢	ㄉㄢˇ	撢子。撢灰塵。雞毛撢子。
		ㄊㄢˋ	撢人（周官名。掌管探尋帝王旨意來轉告國人的事務）。撢取（同「探取」）。通「探」。
	潭	ㄊㄢˊ	潭府（尊稱別人的住宅）。潭第（同「潭府」）。一潭死水。龍潭虎穴。
*	燂	ㄑㄧㄢˊ	燂爍（形容非常酷熱）。
*	瞫	ㄕㄣˇ	狼瞫（人名。春秋晉大夫）。瞫氏（姓）。瞫視（仔細端詳）。

	國字	字音	語詞
*	禫	ㄊㄢˇ	神ㄓㄨㄥˋ禫（指話淡薄）。禫禮（脫掉孝服的祭禮）。
	簟	ㄉㄧㄢˋ	玉簟（如玉般光澤的竹席）。冰簟（清涼如冰的竹席）。竹簟（竹席）。篾ㄇㄧㄝˋ簟（竹席）。簟子（席子）。下莞ㄍㄨㄢ上簟（下面墊著蒲ㄆㄨˊ席，上面鋪著竹席）。簟紋如水（形容夏夜的天氣清涼）。
	罈	ㄊㄢˊ	一罈酒。醋罈子。「罎」為異體字。
	蕈	ㄒㄩㄣˋ	松蕈。香蕈（香菇）。菇蕈。蕈螂（動物名。形狀像瓢ㄆㄧㄠˊ蟲）。蕈狀雲（因火山爆發或原子彈爆炸所形成的雲）。
*	蟫	ㄊㄢˊ	蟫蟫（舞動的樣子）。素蟫灰絲（白色的蠹ㄉㄨˋ蟲，灰色的蛛絲網）。
	覃	ㄊㄢˊ	覃思（深思）。覃恩（廣布恩澤）。研精覃思（縝ㄓㄣˇ密研究，深入思考）。研精覃奧（研究精深微妙的義理）。專精覃思（專心研究，深入思考）。
		ㄑㄧㄣˊ	覃季（唐代人名）。覃子豪（現代詩人）。
	譚	ㄊㄢˊ	天方夜譚。老生常譚。通「談」。
*	醰	ㄊㄢˊ	醰粹（濃厚）。醰醰（形容很有滋味）。
*	鐔	ㄊㄢˊ	鐔江（廣西省水名）。刀劍鉤鐔（指各種兵器）。鱗鋏星鐔（形容紋飾奇異，少見而珍貴的寶劍）。
*	驔	ㄉㄧㄢˋ	有驔有魚（有的是黑色黃脊ㄐㄧˇ的馬，有的是白色眼圈的馬）。
*	鷣	ㄧㄣˊ	鷣鳥（鳥類名。即鷂ㄧㄠˋ）。

國字	字音	語詞
【發】		
廢	ㄈㄟˋ	百廢待舉（眾多事情等待創辦、處ㄔㄨˇ理）。寢食俱廢。廢物利用。廢然長嘆（形容失望無奈的嘆氣）。興廢繼絕（扶助滅絕的國家，使其復興）。
撥	ㄅㄛ	挑ㄊㄧㄠ撥。撥冗ㄖㄨㄥˇ。郵政劃撥。撥雲見日。撥亂反正。
潑	ㄆㄛ	潑天大禍（大災禍）。潑天大膽（形容膽量很大）。
發	ㄈㄚ	發布。發掘。發號施令。奮發向上。
* 襏	ㄅㄛˊ	襏襫ㄕˋ（一種雨具）。
* 蹳	ㄅㄛ	蹳剌ㄌㄚˋ（魚騰躍ㄩㄝˋ的聲音）。
醱	ㄆㄛˋ	醱酵（同「發酵」）。醱醅ㄆㄟ（釀酒）。醱酵乳（即發酵乳）。
* 鱍	ㄅㄛ	鱍鱍（形容魚兒跳躍ㄩㄝˋ的樣子）。活鱍鱍（魚游水跳躍的樣子）。
【登】		
凳	ㄉㄥˋ	板凳。凳子。坐冷板凳。
* 墱	ㄉㄥˋ	墱流（排水道、灌溉渠道）。墱道（棧道）。
* 嶝	ㄉㄥˋ	大嶝島（福建東南最大的島嶼）。
* 撜	ㄓㄥˇ	撜溺（援救、濟助。同「拯溺」）。通「拯」。
	ㄔㄥˊ	撜觸（撥動、觸動。同「棖ㄔㄥˊ觸」）。通「棖」。
橙	ㄔㄥˊ	柳橙。橙色。柳橙汁。

	國字	字音	語詞
	澄	ㄉㄥˋ	澄沙(豆沙)。澄一澄(沉澱雜質，使水清澈)。把水澄清(沉澱水中雜質，使其清澈)。沙裡澄金(比喻困難而所得極少)。
		ㄔㄥˊ	澄明(清澈明亮)。澄清。攬轡ㄆㄟˋ澄清(指剛任官職，即有澄清天下的大願)。
	燈	ㄉㄥ	燈泡ㄆㄠˋ。省油的燈(比喻容易應付的人)。華燈初上。
	登	ㄉㄥ	登陸。登場ㄔㄤˇ。高不可登(形容很難到達)。從善如登(比喻棄惡從善，難若登天)。登載ㄗㄞˇ不實。與「豋ㄉㄥ」不同。
	瞪	ㄉㄥˋ	瞪眼。目瞪口呆。擰ㄋㄧㄥˇ眉瞪眼(形容極為生氣)。
*	磴	ㄉㄥˋ	石磴(用石頭ㄊㄡˊ鋪砌ㄑㄧˋ而成的臺階)。磴道(山上的石子ㄗˇ路)。
*	簦	ㄉㄥ	負笈擔ㄉㄢ簦ㄉㄥ(比喻出外求學。同「負笈從師」)。躡蹻ㄐㄩㄝ擔簦(指長途跋涉或出外遠遊)。
	證	ㄓㄥˋ	證券ㄑㄩㄢˋ。身分證。目擊證人。鐵證如山。
	蹬	ㄉㄥˋ	蹭ㄘㄥˋ蹬(指人失勢、不得意)。蹬腳。刁蹬用強(以狡詐的言語強ㄑㄧㄤˇ辯)。
	鄧	ㄉㄥˋ	鄧艾吃ㄐㄧˊ(比喻口吃ㄐㄧˊ)。鄧通之財(比喻非常富有，家財萬貫)。
*	鐙	ㄉㄥˋ	馬鐙(馬鞍兩旁，踏腳的器具)。鐙骨(生理學名詞。耳內聽骨之一)。立馬追鐙(比喻速度極快)。執鞭墜鐙(追隨左右、任由主人差ㄔㄞ遣)。執鞭隨鐙(同「執鞭墜鐙」)。截鐙留鞭(指百姓挽留好官吏，不讓其離去)。
		ㄉㄥ	明鐙(明亮的燈火。同「明燈」)。華鐙(華麗好看的燈臺或燭臺)。通「燈」。

	國字	字音	語詞
			【尋】
	尋	ㄒㄩㄣˊ	尋找。尋覓。枉尺直尋(比喻損失小部分以求龐大的收穫)。枉尋直尺(比喻多所枉屈，而所獲卻少。與「枉尺直尋」相反)。非比尋常。耐人尋味。尋尺之祿(指菲ㄈㄟˇ薄的俸祿)。尋死覓活(指意圖自盡)。尋章摘ㄓㄞ句(讀書時只知摘選美詞佳句，卻不深入研究)。
*	撏	ㄒㄩㄣˊ	撏撦ㄔㄜˇ(各方面的摘ㄓㄞ錄、摭ㄓˊ拾。多指剽ㄆㄧㄠ竊詞句)。撏綿扯絮(漫ㄇㄢˋ天雪花紛飛的樣子)。
	潯	ㄒㄩㄣˊ	江潯(江邊)。潯江(廣西省河川名)。江潯海裔ㄧˋ(江邊和海邊)。
*	燖	ㄒㄩㄣˊ	揚湯燖毛(以熱水燙後去毛)。
	蕁	ㄒㄩㄣˊ	蕁麻(植物名。即咬人貓)。蕁麻疹(病名)。
	蟳	ㄒㄩㄣˊ	青蟳(蟹的一種)。處ㄔㄨˇ女蟳。
*	鄩	ㄒㄧㄣˊ	鄩肸ㄒㄧˋ(人名。周代大ㄉㄚˋ夫)。
	鱘	ㄒㄩㄣˊ	中華鱘(魚名。為億年活化石)。
			【斯】
	嘶	ㄙ	嘶吼。嘶啞。嘶喊。人語馬嘶(形容喧鬧嘈雜的景象)。老馬嘶風(比喻人雖老，仍保有雄心壯志)。聲嘶力竭。蟬嘶鳥鳴。
	廝	ㄙ	廝守。廝混。耳鬢ㄅㄧㄣˋ廝磨。長相廝守(形容感情親暱的樣子)。捉對廝殺。

國字	字音	語　　詞
撕	ㄙ	撕毀。撕破臉。
	ㄒㄧ	提撕（提引、拉扯）。
斯	ㄙ	斯文。螽ㄓㄨㄥ斯。有求斯應（只要提出請求，就一定能達成心願）。逝者如斯（時光消失的迅速如同河水流去一般）。斯文掃地。慢條斯理。赫斯之怒（大怒。指帝王的怒氣）。赫斯之威（指古代帝王壯盛的威儀）。
* 凘	ㄙ	凘滅（全部消滅）。凘凘（形容下雪聲或下雨聲）。形體凘滅。凘盡泯ㄇㄧㄣˇ滅（滅亡，消滅）。
* 蟴	ㄙ	蛅ㄓㄢ蟴（刺蛾的幼蟲）。
【散】		
撒	ㄙㄚ	撒旦（同「撒但」）。撒尿。撒野。撒開（放開）。撒網。撒腿（拔腿逃走）。撒嬌。撒潑（舉動粗蠻、不講道理）。撒賴。撒謊。望彌撒。撒手鐧ㄐㄧㄢˇ（同「殺手鐧」）。撒酒瘋（藉著醉酒瞎鬧、胡鬧）。吃喝拉撒。放刁撒潑（耍賴撒野）。耶ㄧㄝ路撒冷（以色列的首都）。凱撒大帝。撒手不管。撒手西歸（比喻人去世）。撒手塵寰（同「撒手西歸」）。撒科打諢ㄏㄨㄣˋ（穿插在戲曲表演中，引起觀眾發笑的舉動與言語。同「插科打諢ㄏㄨㄣˋ」）。撒網捕魚。撒哈拉沙漠。
	ㄙㄚˇ	撒種。撒播ㄅㄛ。撒紙錢。傷口撒鹽。撒了一地。撒豆成兵（古代小說戲曲中所說的一種法術）。撒然驚覺（吃驚的樣子）。

國字	字音	語詞
散	ㄙㄢˋ	拆散。散播ㄅㄛ。散熱。鳥獸散。天女散花。
	ㄙㄢˇ	散文。散光。散曲。散兵。散沙。散居（分散居住）。散逸（閒散安逸）。散裝。散蕩（沒有事而到處遊逛）。散職（閒散的官職或不重要的職物）。閒散。鬆散。藥散。懶散。嵇中散（指三國時嵇康）。散光眼。廣陵散（樂曲名）。一盤散沙。丸散膏丹。投閒置散（放在不重要的地位，不加以重用）。散兵游勇（指不屬於團體，而單獨行動的人）。散散落落。散裝貨輪（將貨物散裝於船艙內的貨輪）。湖濱散記。
繖	ㄙㄢˇ	黃繖（古代帝王用的黃傘）。聚繖花序。輪繖花序。繖房花序（以上三者皆花序名）。
* 鏾	ㄒㄧㄢˋ	鏾雞（雄雞割除生殖器）。
霰	ㄒㄧㄢˋ	冰霰。雪霰（水蒸氣在高空遇冷時所凝結成的雪珠）。凝霰（凝結的雪珠）。榴霰彈（武器名）。先集維霰（先是雪珠紛紛從空中落下）。雨ㄩˋ雪維霰（比喻事情發生必有預兆）。
【菐】		
僕	ㄆㄨˊ	僕從ㄗㄨㄥˋ。更ㄍㄥ僕難數ㄕㄨˇ（形容事物繁多，難以數算清楚）。風塵僕僕。
噗	ㄆㄨ	噗哧ㄔ（形容突然發出的笑聲或水擠出的聲音）。噗嗤ㄔ（同「噗哧」）。
撲	ㄆㄨ	撲通。撲鼻。望風撲影（所知不詳盡，而作沒有把握的探求）。撲通一聲。顛撲不破。

國字		字音	語詞
	樸	ㄆㄨˊ	儉樸。樸素。抱素懷樸（比喻民風敦厚樸實，且人心安定）。樸質無華。
	濮	ㄆㄨˊ	桑間 濮上（指淫風流行或男女幽會的地方）。濮上之音（比喻淫靡亡國之音）。濠濮間想（比喻超脫凡俗，悠然自得的情趣）。
	璞	ㄆㄨˊ	璞玉（比喻有潛ㄑㄧㄢˊ質但尚未琢磨的人）。大璞不完（比喻讀書人當官後，喪失了原有的志向、理想）。卞和ㄏㄜˋ獻璞（比喻懷有才華的人堅守到底，終於獲得重用）。反璞歸真（回復到本來的質樸、純真的境界）。采光剖ㄆㄡˇ璞（比喻揀選人才）。渾金璞玉（比喻未加修飾的自然美質）。璞玉為石（比喻見識淺薄）。
*	襆	ㄆㄨˊ	襆被（整理行李）。襆頭ㄊㄡˊ（即頭巾）。
	蹼	ㄆㄨˊ	鴨蹼。
*	醭	ㄆㄨˊ	白醭（醋上長出的白色黴菌）。
【番】			
	墦	ㄈㄢˊ	墦間（墓地）。東郭墦間（東門城外的墓地）。墦間酒肉（比喻人不知奮發振作，而只知求乞別人祭祀後的食物）。
	審	ㄕㄣˇ	審判。審查。審理。審慎樂觀。審時度ㄉㄨㄛˋ勢（詳細考量時局和情勢的變化）。
*	嶓	ㄅㄛ	嶓冢山（陝西省山名）。

國字	字音	語詞
幡	ㄈㄢ	白幡。揚幡擂鼓（比喻大肆張揚，讓人知道）。幡然改圖。幡然悔悟（徹底的悔改、覺悟）。
播	ㄅㄛˋ	主播。傳播。廣播。播弄。播放。播映。播音。播送。播報。播種ㄓㄨㄥˇ。播遷。導播。轉播。播音室。大眾傳播。掂ㄉㄧㄢ斤播兩。實況轉播。廣播電臺。播名天下（名氣傳遍ㄅㄧㄢˋ各處，大家都知道）。聲名遠播。
旛	ㄈㄢ	招魂旛。火染旛竿（長嘆。乃歇後語）。風動旛動（比喻侷限於外在現象不同意見的爭論）。揚旛擂鼓（同「揚幡ㄈㄢ擂鼓」）。通「幡」。
潘	ㄆㄢ	沈ㄕㄣˇ腰潘鬢ㄅㄧㄣˋ（比喻男子身體羸ㄌㄟˊ弱，早生白髮）。潘安再世。潘岳貌美（同「潘安再世」）。潘鬢ㄅㄧㄣˋ成霜（比喻時光易逝而沒有成就，或感慨ㄎㄞˇ身體未老先衰）。
瀋	ㄕㄣˇ	墨瀋（墨汁）。瀋陽。墨瀋未乾（比喻事隔不遠）。
* 燔	ㄈㄢˊ	燔肉（宗廟祭祀時所用的熟肉）。燔灼（焚燒）。以煎止燔（比喻處ㄔㄨˇ理方法不對，反而助長之前形成的態勢）。燔書坑儒（即焚書坑儒）。
* 璠	ㄈㄢˊ	璠璵ㄩˊ（一種產於魯國的美玉）。
番	ㄈㄢ	更ㄍㄥ番（輪流調換）。番茄。番薯。番石榴。三番兩次。輪番上陣。
	ㄆㄢ	番禺（廣東省地名）。
皤	ㄆㄛˊ	皤然（頭髮斑白的樣子）。白髮皤皤（頭髮白的樣子）。皤皤國老（指一國之元老重臣）。

國字	字音	語詞
*磻	ㄆㄢˊ	磻溪（陝西省溪名）。
	ㄅㄛ	礛ㄐㄧㄢ磻（尖銳的石頭ㄊㄡˊ）。流磻平皋ㄍㄠ（在平原草澤地上弋ㄧˋ鳥）。
*籓	ㄈㄢ	籓籬（同「藩ㄈㄢˊ籬」）。
*繙	ㄈㄢ	繙譯（同「翻譯」）。
*羳	ㄈㄢˊ	羳羊（腹部為黃色的羊）。
翻	ㄈㄢ	翻供ㄍㄨㄥ。翻譯。人仰馬翻。翻天覆地。翻然悔悟（同「幡然悔悟」）。
*膰	ㄈㄢˊ	脤ㄕㄣˋ膰（一種古代用來祭社稷ㄐㄧˋ和宗廟的祭肉）。膰肉（同「燔肉」）。
蕃	ㄈㄢˊ	蕃茂（草木茂盛）。蕃衍。蕃滋（生長繁衍）。生息蕃庶（生育繁殖後代）。陳蕃下榻ㄊㄚˋ（指對賢能者的重視或對賓客的禮遇）。蕃衍不絕。蕃籬之鷃ㄧㄢˋ（比喻見識淺薄的人）。
	ㄅㄛ	吐蕃（民族名）。
	ㄈㄢ	蕃茄（同「番茄」）。蕃椒（同「番椒」）。蕃薯（同「番薯」）。通「番」。
藩	ㄈㄢˊ	屏ㄆㄧㄥˊ藩（遮蔽、防衛）。藩屬（附屬的地方或國家）。藩籬（引申為保護）。曾國藩。羝ㄉㄧ羊觸藩（比喻進退兩難）。藩鎮之亂（發生於唐末）。
蟠	ㄆㄢˊ	蟠桃。蟠桃會（戲曲劇目）。蟠夔ㄎㄨㄟˊ紋（指青銅器或玉器上屈曲纏繞的花樣紋飾）。深根蟠結（同「盤根錯節」）。龍蟠虎踞。龍蟠鳳逸（比喻不平凡的人卻懷才不遇，沒人賞識）。

國字		字音	語詞
*	譒	ㄈㄢˊ	譒捲ㄐㄩㄢ（擦拭或覆蓋東西的布巾）。
	蹯	ㄈㄢˊ	熊蹯（熊的腳掌）。
*	轓	ㄈㄢ	轓車（藉水力舂ㄔㄨㄥ米的工具。即水碓ㄉㄨㄟˋ）。朱轓皂蓋（指職位高的官吏）。
	鄱	ㄆㄛˊ	鄱陽湖。
【毳】			
	撬	ㄑㄧㄠˋ	撬門。撬開。
	橇	ㄑㄧㄠ	雪橇。
	毳	ㄘㄨㄟˋ	甘毳（美食）。毳帳（游牧民族所居住的氈ㄓㄢ帳）。毳幕（同「毳帳」）。鴻毳沉舟（細毛雖輕，積多一樣可以使船沉沒）。
*	竁	ㄘㄨㄟˋ	甫竁（墓穴）。幽竁（同「甫竁」）。
*	臎	ㄘㄨㄟˋ	甘臎（美食。同「甘毳」「甘脆」）。通「脆」。
【敦】			
	墩	ㄉㄨㄣ	石墩（用石頭ㄊㄡˊ砌ㄑㄧˋ成的底座）。臺墩。橋墩。
	憝	ㄉㄨㄟˋ	大憝（罪大惡極）。元惡ㄜˋ大憝（指罪惡滔天的罪魁禍首）。

	國字	字音	語詞
	敦	ㄉㄨㄣ	敦促。敦厚。<u>敦煌</u>。敦請。敦品勵學。敦親睦鄰。溫柔敦厚。
		ㄉㄨㄟˋ	玉敦（古盟誓歃ㄕㄚˋ血時的器皿）。敦槃ㄆㄢˊ（諸侯盟會時所用的器具）。珠槃玉敦（以珠玉作裝飾的槃和敦。天子與諸侯歃ㄕㄚˋ血為盟時所用的器具）。
	暾	ㄊㄨㄣ	朝暾（早晨的陽光）。溫暾（微溫而不熱）。溫暾之談（形容人的言行ㄒㄧㄥˊ不自在、不著ㄓㄨㄛˊ邊際）。
	燉	ㄉㄨㄣˋ	燉煮。燉補。燉鍋。燉雞。細火慢燉。「炖」為異體字。
		ㄉㄨㄣ	<u>燉煌</u>（地名。同「<u>敦煌</u>」）。
*	譈	ㄉㄨㄟˋ	元惡大譈（同「元惡大憝ㄉㄨㄟˋ」）。通「憝」。
*	鐓	ㄉㄨㄣ	公鐓（計算重量的單位。一公鐓等於一百公斤）。鐓雞（雄雞割掉生殖器。同「鏾ㄒㄧㄢˋ雞」）。鐵鐓（用鐵建造成的建築物基座）。
		ㄉㄨㄟˋ	厹ㄑㄧㄡˊ矛鋈ㄨˋ鐓（三稜ㄌㄥˊ長矛飾著白銅柄套。同「厹矛鋈錞ㄉㄨㄟˋ」）。通「錞ㄉㄨㄟˋ」。
*	鷻	ㄊㄨㄢˊ	鷻鳶ㄩㄢ（皆猛禽類鳥名）。

【曏】

	國字	字音	語詞
*	曏	ㄒㄧㄤˋ	曏來（過去）。曏者（以前）。證曏今故（驗證過去與今日之變故）。
*	薌	ㄒㄧㄤ	薌萁ㄑㄧˊ（即高粱）。薌劇（歌仔ㄗˇ戲）。薌澤（香氣）。微聞薌澤（隱約嗅到一些香氣）。

	國字	字音	語詞
*	蠁	ㄒㄧㄤˋ	肸ㄒㄧˋ蠁（散播瀰漫）。蟲蠁（蟲名。又名知聲蟲）。蠁昒ㄏㄨ（形容速度非常快）。肸蠁布寫（香氣向四方瀰漫散布）。
	鄉	ㄒㄧㄤ	鄉愿ㄩㄢˋ。離鄉背井。
		ㄒㄧㄤˋ	鄉化（歸化）。鄉往（同「嚮ㄒㄧㄤˋ往」）。鄉導（同「嚮ㄒㄧㄤˋ導」）。一人鄉隅（在共同情形下，只有一個人不參與ㄩˋ其事）。斐ㄈㄟˇ然鄉風（形容人們景仰對方的仁政或良好的風氣）。鄉風慕義（形容受對方德義感召ㄓㄠˋ而嚮往，紛紛投靠）。鄉壁虛造（不根據事實而憑空捏造）。靡ㄇㄧˇ然鄉風（指大家紛紛學習、追隨而形成一種風氣）。通「嚮」。
		ㄒㄧㄤˇ	景ㄧㄥˇ鄉（如影之隨形，如響之隨聲。同「景ㄧㄥˇ響」「影響」）。通「響」。
	響	ㄒㄧㄤˇ	絕響。響應。不同凡響。響徹雲霄。
	饗	ㄒㄧㄤˇ	尚饗（希望死者享用祭品）。饗宴。伏維尚饗（指死亡）。椎牛饗士（指慰勞ㄌㄠˋ作戰的軍隊）。飽饗老拳（指遭一頓痛打。同「飽以老拳」）。
	【朁】		
	僭	ㄐㄧㄢˋ	奢僭（逾ㄩˊ越禮數，不守法度）。僭越（假借名義，逾越本分）。僭號（冒用古代帝王的尊號）。鳩僭鵲巢（比喻坐享其成。同「鳩占鵲巢」）。僭上偪ㄅㄧ下（逾越本分）。僭越權限。
*	噆	ㄗㄢˇ	唵ㄢˇ噆（不乾淨。同「骯髒」）。噂ㄗㄨㄣˇ噆（聲音雜亂）。蚊虻ㄇㄥˊ噆膚（蚊虻叮ㄉㄧㄥ咬皮膚）。

國字		字音	語詞
*	嶜	ㄑㄧㄣˊ	嶜岑ㄘㄣˊ（山險峻而深邃的樣子）。嶜崟ㄧㄣˊ（山高峻的樣子）。
*	憯	ㄘㄢˇ	憯怛ㄉㄚˊ（悲傷哀痛）。憯惻（同「憯怛」）。憯痛（同「憯怛」）。憯酷（殘忍苛刻）。憯不畏明（竟然不怕冒犯法網）。憯憯日瘁（憂慮不安而一天天的憔悴）。通「慘」。
*	朁	ㄘㄢˇ	朁不畏明（同「憯ㄘㄢˇ不畏明」）。
	潛	ㄑㄧㄢˊ	潛入。潛力。潛心（心靜而專心）。潛伏。潛能。潛逃。潛藏。潛伏期。潛意識。白髮郎潛（比喻一生運氣不佳，難有作為）。畏罪潛逃。飛潛動植（泛指各種動植物）。捲款潛逃。戢ㄐㄧˊ鱗潛翼（比喻退隱而不出來做官）。潛在危機。潛移默化。潛龍勿用（比喻才德之士遭埋沒，不受當局重用）。
*	熸	ㄐㄧㄢ	毀熸（燒毀）。熸師（比喻軍隊打敗仗）。
	簪	ㄗㄢ	投簪（指辭官，不再從政）。簪花（戴花）。美女簪花（形容書法娟秀或詩文秀麗）。瓶墜簪折（比喻男女永別）。缾ㄆㄧㄥˊ沉簪折（同「瓶墜簪折」）。著ㄕ簪不忘（比喻不忘故交舊友）。墮珥ㄦˇ遺簪（形容酒酣且混ㄏㄨㄣˋ亂的樣子）。遺簪墜屨ㄐㄩˋ（同「著ㄕ簪不忘」）。遺簪墮履（同「遺簪墜屨」）。簪筆磬ㄑㄧㄥˋ折（形容禮儀完備、恭敬）。簪纓世胄（世代為官的人家）。竊簪之臣（比喻略施小技可解決一時危難的人）。
	蠶	ㄘㄢˊ	殭蠶（未吐絲就死的蠶）。老蠶作繭（比喻年老仍勞碌奔波，無法安閒）。蠶食鯨吞。蠶績蟹匡（比喻原本不相關的兩件事情，因某種因緣而發生關係）。蠶叢鳥道（比喻道路崎ㄑㄧ嶇難走）。

	國字	字音	語詞
	譖	ㄗㄣˋ	媒譖（藉機獻讒言，誣ㄨ害他人）。譖言（毀謗的話）。譖害（毀謗、陷害）。浸潤之譖（指毀謗他人的話就像水之滲透，積久而逐漸發生作用）。靖譖庸回（言語機巧詭詐而行動乖違）。譖下謾ㄇㄢˊ上（毀謗下級，欺謾上級）。譖潤之言（同「浸潤之譖」）。
*	鐕	ㄗㄢ	牛骨鐕（用牛骨所作的釘子）。
	【棥】		
	攀	ㄆㄢ	高攀。攀升。攀折。攀岩。攀附。攀留（挽留）。攀登。攀援。攀談。攀緣莖。高不可攀。高攀不上。節節高攀。攀山越嶺。攀龍附鳳。
	樊	ㄈㄢˊ	樊籬（比喻對事物限制）。柙ㄒㄧㄚˊ虎樊熊（比喻身邊的危險分子）。樊然殽ㄧㄠˊ亂（雜亂的樣子）。
	礬	ㄈㄢˊ	明礬。礬石（一種結晶礦物）。
*	蠜	ㄈㄢˊ	阜ㄈㄨˋ蠜（昆蟲名。螽ㄓㄨㄥ斯的一種。即草螽）。負蠜（同「阜蠜」）。氣蠜（昆蟲名，形似斑蝥ㄇㄠˊ。又名「行夜」）。
*	襻	ㄆㄢˋ	扣襻兒（衣服上用布做的鈕扣，像個小圈套）。紐襻兒（鈕扣的套孔）。
	【然】		
	撚	ㄋㄧㄢˇ	撚指間（比喻時間的短暫快速）。吃醋撚ㄋㄧㄢˇ酸（比喻嫉ㄐㄧˊ妒）。輕攏ㄌㄨㄥˇ慢撚（一種彈琵琶的手法）。
*	橪	ㄖㄢˇ	橪支（香草名）。枇杷橪柿（皆水果名）。
	然	ㄖㄢˊ	譁ㄏㄨㄚˊ然。表情木然。悍然不顧。斷然處置。

國字	字音	語詞
燃	ㄖㄢˊ	燃燒。死灰復燃。燃眉之急。
【犀】		
墀	ㄔˊ	丹墀（屋宇前面沒有屋簷遮蓋的平臺）。玉墀（宮殿前的石階）。庭墀（庭階）。
* 樨	ㄒㄧ	木樨（食物在烹調時加進蛋花）。木樨湯。木樨飯。
犀	ㄒㄧ	犀牛。犀利。犀牛角。心有靈犀。拔犀擢ㄓㄨㄛˊ象（比喻提拔傑出人才）。拽ㄓㄨㄞˋ象拖犀（形容力氣過人）。珠衡犀角（比喻聖賢的容貌）。犀牛望月（比喻為長久的渴望）。犀兵快馬（比喻軍備壯盛優良）。燃犀之見（指能洞悉、明察事物的見解）。燃犀溫嶠ㄐㄧㄠˋ（比喻能洞察事物的人）。燒犀觀火（比喻對事物觀察清楚）。靈犀相通。
遲	ㄔˊ	延遲。凌遲。遲鈍。遲緩。美人遲暮（比喻老人年老色衰，盛年不再）。
	ㄓˋ	欽遲（敬重）。遲旦（黎明）。遲明（同「遲旦」）。遲賓之館（招待賓客的地方）。
【翕】		
歙	ㄒㄧˋ	歙張（一開一合。也作「翕ㄒㄧˋ張」）。歙赩ㄒㄧˋ（赤色鮮豔的樣子）。歙歙（心不偏執的樣子）。
	ㄕㄜˋ	歙浦（安徽省地名）。歙硯（歙溪所產的硯臺）。歙縣（安徽省縣名）。歙漆阿ㄜ膠（比喻情投意合）。
* 潝	ㄒㄧˋ	潝潝（朋比ㄅㄧˋ為奸，眾口附和ㄏㄜˋ的樣子）。潝潝訿ㄗˇ訿（當面附和ㄏㄜˋ，卻在背後詆毀）。

	國字	字音	語詞
	翕	ㄒㄧˋ	卉翕(形容風吹草木的聲音)。欻(ㄏㄨ)翕(突然)。翕如(盛大的樣子)。翕忽(迅速的樣子)。天下翕然(天下和順的樣子)。往來翕忽(來往快速)。神化翕忽(變化迅速)。翕然張口(忽然開口)。
*	闟	ㄒㄧˋ ㄊㄚˋ	闟戟(ㄐㄧˇ)(兵器名。即長戟)。闟然(突然)。 土闟(四川省谷名)。闟茸(ㄖㄨㄥˊ)(指人愚劣、猥(ㄨㄟˇ)賤。同「闒茸」)。闟敦(漢代匈奴的地名)。
			【景】
	影	ㄧㄥˇ	泡影。影射。杯弓蛇影。捕風捉影。
	憬	ㄐㄧㄥˇ	憬悟(覺悟)。憧(ㄔㄨㄥ)憬。憬然赴目(非常清楚的呈現在眼前)。
	景	ㄐㄧㄥˇ ㄧㄥˇ	景仰。景致。景象。急景凋年(指歲暮)。 景刻(時間)。景附(歸附)。景從(緊相追隨,如影隨形)。搏景(比喻無法捉摸或不能成功)。係風捕景(形容事物不真實,沒有根據)。追風躡景(形容速度極快)。景從雲集(形容隨從(ㄗㄨㄥ)眾多,簇(ㄘㄨˋ)擁而來)。遁陰匿景(指隱匿形跡)。躡景追飛(同「追風躡景」)。通「影」。
*	灝	ㄏㄠˋ	灝氣(充滿在天地間的大氣)。灝溔(ㄧㄠˇ)(水面廣闊的樣子)。
*	璟	ㄐㄧㄥˇ	李璟(南唐人,世稱南唐中主。為李後主李煜(ㄩˋ)的父親)。
	顥	ㄏㄠˋ	程顥(宋代理學家)。顥穹(ㄑㄩㄥˊ)(蒼天)。顥氣(天邊明潔清新之氣)。

	國字	字音	語詞
	【矞】		
*	僪	ㄐㄩㄝˊ	佹ㄍㄨㄟˇ僪（奇特怪異。同「詭譎ㄐㄩㄝˊ」）。
*	劀	ㄍㄨㄚ	劀殺（古時治療瘍傷的方法）。
*	憰	ㄐㄩㄝˊ	憰怪（奇特怪異）。恢恑ㄍㄨㄟˇ憰怪（奇異而不尋常）。
	橘	ㄐㄩˊ	橘色。南橘北枳ㄓˇ（比喻事物會因環境條件不同而發生改變）。橘化為枳（同「南橘北枳」）。
*	氄	ㄖㄨㄥˇ	氄毛（柔細的毛）。氄毨ㄒㄧㄢˇ（鳥獸細密整齊的絨毛）。頭髮發氄（頭髮纖ㄒㄧㄢ細柔軟）。
*	潏	ㄐㄩㄝˊ	浡潏（水沸騰翻湧的樣子）。潏湟ㄏㄨㄤˊ（水流急速）。潏潏淈ㄍㄨˇ淈（水流細小向上湧出的樣子）。
*	獝	ㄒㄩˋ	獝狂（凶暴的鬼怪）。獝狘ㄒㄩㄝˋ（飛走的樣子）。
*	璚	ㄐㄩㄝˊ	玉璚（玉製的耳飾。同「玉玦ㄐㄩㄝˊ」）。通「玦」。
		ㄑㄩㄥˊ	璚枝（如玉般的枝條）。璚筵ㄧㄢˊ（珍貴的筵席）。璚輪（指明月）。璚露ㄌㄨˋ（指美酒）。璚漿玉液ㄧㄝˋ（比喻香醇的美酒）。通「瓊」。
*	瞲	ㄒㄩˋ	睒ㄕㄢˇ瞲（驚視的樣子）。瞲然（同「睒瞲」）。
*	矞	ㄩˋ	矞皇（盛美的樣子）。矞雲（彩色的瑞雲）。典麗矞皇（形容富麗堂皇、明亮奪目）。
		ㄐㄩㄝˊ	矞宇（狡猾奸詐）。通「譎ㄐㄩㄝˊ」。
*	繘	ㄩˋ	繘綆ㄍㄥˇ（汲水的繩子）。

國字	字音	語詞
譎	ㄐㄩㄝˊ	詭譎（奇特、荒謬ㄇㄧㄡˋ）。險譎（邪惡而詭詐）。譎諫（託辭不直言，使聞者自己醒悟）。主文譎諫（假借對事物的形容以達規勸的效果）。生性怪譎（生性古怪而變化多端）。波ㄅㄛ詭雲譎（形容世事變化莫測）。波譎雲詭（同「波詭雲譎」）。雲譎波詭（同「波詭雲譎」）。詭譎多變。詭譎怪誕（怪異離奇）。譎而不正（通權達變，但不能謹守正道）。譎誑相軋ㄧㄚˋ（遊說ㄕㄨㄟˋ時權詐變化，互相傾軋ㄧㄚˋ）。
* 遹	ㄩˋ	遹皇（往來的樣子）。遹追（追求）。遹駿有聲（真大呀！他有好聲譽）。
* 鐍	ㄐㄩㄝˊ	扃ㄐㄩㄥ鐍（門窗或箱篋ㄑㄧㄝˋ前的上鎖處）。
* 驈	ㄩˋ	有驈有皇（有的是兩股間為白色的黑馬，有的馬毛為淺黃色）。
* 鱊	ㄩˋ	鱊魚（小魚名。俗名春魚）。
鷸	ㄩˋ	鷸鴕（紐西蘭的國寶鳥。又名奇異鳥）。鷸蚌相爭。
【肅】		
嘯	ㄒㄧㄠˋ	海嘯。仰天長嘯。命儔ㄔㄡˊ嘯侶（呼引同類）。呼嘯而過。放聲狂嘯。虎嘯風生（比喻英雄豪傑之士應ㄧㄥˋ運而起）。虎嘯龍吟（同類事情互相感應）。金融海嘯。海嘯山崩（形容來勢洶洶）。嘯聚山林（指盜匪或賊寇呼嘯聲聚集在山中）。
* 橚	ㄙㄨˋ	橚爽（草木茂盛的樣子）。
* 潚	ㄒㄧㄠ	潚率（風聲）。潚箾ㄕㄨㄛˋ（網的形狀）。
瀟	ㄒㄧㄠ	瀟灑。風流瀟灑。瀟灑自若。

	國字	字音	語詞
	簫	ㄒㄧㄠ	洞簫。玉簫聲斷（哀悼ㄉㄠˋ少女早夭ㄧㄠ的輓辭）。吳市吹簫（比喻行乞街頭或飄泊流浪，生活困頓）。簫韶ㄕㄠˊ九成（指優美的樂章）。
	繡	ㄒㄧㄡˋ	拋繡球。綠繡眼。繡花針。繡球花。繡荷包。繡學號。朱門繡戶（比喻有財勢地位的家庭）。花拳繡腿。金門繡戶（同「朱門繡戶」）。長齋繡佛（終年吃素禮佛）。香閨繡閣（美稱女子居室）。膏粱錦繡（比喻富貴人家生活豪奢）。錦心繡口（稱讚人文思巧妙，詞句優美）。錦繡河山。錦繡前程。繡花枕頭ㄊㄡ˙（比喻外表雖華美卻沒有學識才能的人）。「綉」為異體字。
	肅	ㄙㄨˋ	肅穆。肅靜。天氣寒肅（天氣寒冷肅寂）。秋氣肅殺（秋天草木枯萎ㄨㄟˋ的蕭條景象）。軍令整肅（軍中的法令嚴明）。肅清煙毒。肅然起敬。魯肅指囷ㄐㄩㄣ（讚譽人慷慨濟助朋友）。整肅異己。整肅儀容。斂容肅坐（端正儀容而坐）。
	蕭	ㄒㄧㄠ	蕭條。蕭瑟。蕭颯ㄙㄚˋ。身後蕭條。禍起蕭牆（比喻禍害發生於內部）。經濟蕭條。蕭規曹隨。環堵蕭然（形容居室簡陋，非常貧窮）。
*	蠨	ㄒㄧㄠ	蠨蛸ㄒㄧㄠ（俗稱長腳蜘蛛，又名蟢ㄒㄧˇ子）。蠨蛸滿堂（形容很久沒有人居住）。
	鏽	ㄒㄧㄡˋ	生鏽。防鏽。不鏽鋼。「銹」為異體字。
*	驌	ㄙㄨˋ	驌驦ㄕㄨㄤ（駿馬名）。
*	鷫	ㄙㄨˋ	鷫鷞ㄕㄨㄤ（神鳥名）。典鷫鷞裘（形容友誼ㄧˋ深厚）。

國字	字音	語詞
【間】		
澗	ㄐㄧㄢˋ	山澗。溪澗（兩山之間的流水）。溝澗（同「溪澗」）。林寒澗肅（林間寒冷，澗水靜寂）。餐松飲澗（形容超脫世俗）。
瞷	ㄐㄧㄢˋ	瞷察（窺視、偵察）。「覸」為異體字。
簡	ㄐㄧㄢˇ	簡陋。因陋就簡。披沙簡金（去蕪存菁ㄐㄧㄥ，比喻精心挑選。同「披沙揀金」）。斷簡殘編（殘缺不完整的典籍或文章）。
鐧	ㄐㄧㄢˋ	殺手鐧（比喻最厲害、最致命的一招）。撒ㄙㄚ手鐧（同「殺手鐧」）。
間	ㄐㄧㄢ	間架。間關（鳥叫聲）。隔間。間奏曲。籬壁間物（自己家園所生產的東西）。
	ㄐㄧㄢˋ	乘間（利用著機會）。病間（病勢稍微好轉）。間色（雜色）。間或（有時候）。間接。間歇。間歲（一年）。間隔。間隙。間諜。間壁（隔壁）。間闊（久不見面）。間斷。間雜（錯雜）。離間。反間計。間歇熱（一種定時發熱的病症）。合作無間。挑ㄊㄧㄠˇ撥離間。乘ㄔㄥˊ間投隙（乘ㄔㄥˊ機挑撥離間）。疏不間親（關係疏遠的人不能挑撥離間關係親近的人）。間不容息（時間極為急迫，不容稍有延遲）。間不容髮（比喻情勢緊急）。間歇噴泉。黑白相間。遠不間親（同「疏不間親」）。
【象】		
像	ㄒㄧㄤˋ	畫像。想像。像片（同「相片」）。影像。
橡	ㄒㄧㄤˋ	橡皮筋。橡皮艇。橡皮圖章。

	國字	字音	語詞
*	潒	ㄉㄤˋ	廣潒（水勢盛大壯闊的樣子）。潒瀁ㄧㄤˋ（水流搖蕩的樣子。同「蕩漾」）。
*	蟓	ㄒㄧㄤˋ	蟓蛉ㄌㄧㄥˊ（螻ㄌㄡˊ蛄）。
*	襐	ㄒㄧㄤˋ	襐飾（華麗的服飾與妝扮）。
	象	ㄒㄧㄤˋ	印象。形象。景象。包羅萬象。氣象萬千。森羅萬象。象齒焚身（比喻因財多而招致禍患）。
	豫	ㄩˋ	猶豫。事豫則立（做任何事若有準備，就能成功）。面有豫色（露ㄌㄡˋ出喜悅的臉色）。桐生茂豫（草木茂盛而且有光澤的樣子）。備豫不虞（凡事預先作妥善計畫就不會憂慮）。猶豫不決。逸豫亡身（安逸會讓己身滅亡）。豐亨豫大（形容政治承平，國家富強安樂）。
	【尊】		
*	僔	ㄗㄨㄣˇ	僔沓（當面相對談話）。僔僔（聚集的樣子）。
*	噂	ㄗㄨㄣˇ	噂沓（人聲喧譁，議論紛雜）。噂議（相聚譏議）。
	尊	ㄗㄨㄣ	令尊。尊崇。自尊心。自尊自大。師嚴道尊。尊姓大名。德隆望尊（指人德行高、聲望大）。
*	嶟	ㄗㄨㄣ	嶟嶟（山勢高峻聳立的樣子）。
	撙	ㄗㄨㄣˇ	撙省（節省）。撙節（節約）。撙節開支。
	樽	ㄗㄨㄣ	樽俎ㄗㄨˇ（盛裝酒食的器具）。折衝樽俎（指在酒席宴會間，運用外交手段制敵取勝）。移樽就教。潔樽候教（清洗、整治酒杯以待賓客。表示對賓客的尊重）。「罇」為異體字。

	國字	字音	語詞
*	繜	ㄗㄨㄣ	繜衣（古代婦女所穿的小衣）。繜絀ㄔㄨˋ（謙虛，撙ㄗㄨㄣˇ節）。
*	譐	ㄗㄨㄣˇ	譐誻ㄊㄚˋ（當面相對談話。同「僔ㄗㄨㄣˇ沓」）。
	蹲	ㄉㄨㄣ	蹲膘ㄅㄧㄠ（指貪吃而少活動，使身體肥胖）。蹲踞ㄐㄩˋ（張開雙腿屈膝蹲著）。
	遵	ㄗㄨㄣ	遵守。遵命。遵循。遵照辦理。遵養時晦ㄏㄨㄟˋ（暫時隱退，以等待時機復出）。
	鱒	ㄗㄨㄣ	虹鱒（魚名）。鱒魚。
			【善】
	繕	ㄕㄢˋ	修繕。繕寫。營繕工程。繕甲厲兵（指整治軍備）。
	善	ㄕㄢˋ	妥善。改善。善行ㄒㄧㄥˊ。善於。乏善可陳。收拾善後。知人善任。首善之區。從善如流。善才童子。善後工作。與人為善。親善大使。點頭稱ㄔㄥ善（點頭表示贊成，並加以稱許、肯定）。
	膳	ㄕㄢˋ	用膳（用餐）。膳食。膳宿。藥膳（用藥材配合食物調理成的補品）。御膳房（舊時稱帝王的廚房）。問安視膳（指子女奉養ㄧㄤˋ父母的禮節）。藥膳排骨。「饍」為異體字。
	鄯	ㄕㄢˋ	鄯善（國名。漢時西域諸國之一）。
	鱔	ㄕㄢˋ	白鱔（鰻ㄇㄢˊ魚的別名）。鱔魚。
			【厤】
*	厤	ㄌㄧˋ	厤數（曆法。同「曆數」）。通「曆」。

	國字	字音	語詞
*	嚦	ㄌㄧˋ	嚦嚦（形容鳥鳴聲）。
	壢	ㄌㄧˋ	中壢（桃園縣地名）。
	曆	ㄌㄧˋ	日曆。農曆。行事曆。農民曆。隔年曆本（比喻已失去效用的東西）。山中無曆日（隱居深山與人世隔絕，而忘記年歲的消逝）。
	櫪	ㄌㄧˋ	伏櫪守株（安於現狀）。老驥伏櫪（比喻年紀雖老卻懷著雄心壯志）。
	歷	ㄌㄧˋ	病歷。資歷。歷史。病歷表。履歷表。心路歷程。來歷不明。往事歷歷。指證歷歷。海上歷險。無冬歷夏（一年當中，不論冬夏）。嶔(ㄑㄧㄣ)崎歷落（比喻人品傑出不群，有骨氣）。蓬頭歷齒（形容人衰老的面貌）。歷久彌新。歷經波(ㄅㄛ)折。歷盡滄桑。歷練之才。歷歷在目。
	瀝	ㄌㄧˋ	淅瀝。瀝青。把水瀝乾。披肝瀝膽（比喻坦懷相待，極盡忠誠）。嘔心瀝血。瀝血之仇（指非常大的仇恨）。瀝膽墮肝（同「披肝瀝膽」）。
*	癧	ㄌㄧˋ	瘰(ㄌㄨㄛˇ)癧（古代稱頸項間的淋巴結核症）。
*	磿	ㄌㄧˋ	磿室（戰國時燕(ㄧㄢ)宮名）。
	靂	ㄌㄧˋ	霹靂。青天霹靂。霹靂行動（迅雷不及掩耳的出擊行動）。
	【隆】		
	癃	ㄌㄨㄥˊ	疲癃（衰老或身體有殘缺或疾病的人）。罷(ㄆㄧˊ)癃（同「疲癃」）。

國字	字音	語詞
窿	ㄌㄨㄥˊ	窟窿ㄌㄨㄥ。捅窟窿（借債）。
隆	ㄌㄨㄥˊ	隆重。隆起。隆鼻。興隆。國運昌隆。隆恩盛德（恩澤深厚）。歲末隆冬。
【畫】		
劃	ㄏㄨㄚˋ	劃撥。劃時代。劃定界限。
	ㄏㄨㄚˊ	劃破。劃然（形容皮、肉被撕裂開）。劃開。劃火柴。
* 嫿	ㄏㄨㄚˋ	婠ㄍㄨㄢ嫿（嫻靜美好的樣子）。
畫	ㄏㄨㄚˋ	刻ㄎㄜˋ畫。小康計畫。比手畫腳。半途自畫。江山如畫。家庭計畫。
【惠】		
惠	ㄏㄨㄟˋ	受惠。略施小惠。惠而不費（比喻空口說白話，做順水人情）。惠風和暢。惠然肯來（歡迎賓客賞光蒞ㄌㄧˋ臨的客套話）。嘉惠學子。
穗	ㄙㄨㄟˋ	麥穗。稻穗。盈車嘉穗（比喻收穫豐碩。也作「盈車嘉穟ㄙㄨㄟˋ」）。麥穗兩歧（比喻相似的兩事物）。稻子抽穗。穗狀花序。
* 繐	ㄙㄨㄟˋ	繐帳（死者靈前的幃ㄨㄟˊ帳）。
蕙	ㄏㄨㄟˋ	芝焚蕙嘆（比喻同類相悲憐）。蕙心蘭質（比喻女子心地芳潔、品德高雅）。蕙質蘭心（同「蕙心蘭質」）。蘭摧蕙折（比喻女子早逝）。
蟪	ㄏㄨㄟˋ	蟪蛄（動物名。蟬類）。

	國字	字音	語詞
			【集】
*	潗	ㄐㄧˊ	湁ㄔˋ潗（水流湧起的樣子）。
*	磼	ㄗㄚˊ	磼礏ㄜˋ（山勢險峻的樣子）。
*	襍	ㄗㄚˊ	襍亂（同「雜亂」）。為「雜」的異體字。
	集	ㄐㄧˊ	召ㄓㄠˋ集。趕集。集大成。中央集權。高手雲集。集於一身。集思廣益。
			【戟】
	戟	ㄐㄧˇ	刀鎗劍戟（泛指兵器）。亡戟得矛（比喻有失去也有得到）。方天畫戟（一種古代兵器）。折戟沉沙（形容失敗慘重）。貫頤奮戟（形容戰士勇敢殺敵）。戟指怒目（形容怒罵的樣子）。葦ㄨㄟˇ戟桃杖（古代驅邪或驅除疫病的工具）。劍戟森森（比喻人心險惡ㄜˋ，令人心生畏懼）。聱ㄠˊ牙戟口（形容文辭晦澀，拗ㄠˇ口難讀。同「詰ㄐㄧㄝˊ屈聱牙」）。鬚髯ㄖㄢˊ如戟（比喻威武雄健的樣子）。驢生戟角（比喻絕不可能發生的事）。
*	撠	ㄐㄧˇ	搏撠（擊刺）。
			【就】
*	僦	ㄐㄧㄡˋ	僦舍(租屋居住)。僦屋(同「僦舍」)。僦賃ㄌㄧㄣˋ(租借)。僦屋而居。
*	噈	ㄘㄨˋ	嚬ㄆㄧㄣˊ噈（皺眉頭ㄊㄡˊ憂苦的樣子）。
	就	ㄐㄧㄡˋ	就緒。不知就裡。不明就理。功成名就。半推半就。明知就裡。造就人才。就地取材。就近照顧。準備就緒。

國字	字音	語詞
* 憱	ㄘㄨˋ	憱然（心裡不高興的樣子）。
蹴	ㄘㄨˋ	蹴然（恭敬的樣子）。蹴鞠（一種古代踢球遊戲）。一蹴可幾ㄐㄧ（比喻一下子就能成功）。一蹴而就（形容事情一下子就能完成）。「蹵」為異體字。
鷲	ㄐㄧㄡˋ	禿鷲（鳥類名）。大冠ㄍㄨㄢˋ鷲。灰面鷲（今稱「灰面鵟鷹」）。<u>靈鷲山</u>（山峰名）。
【欽】		
嶔	ㄑㄧㄣ	嶔崟ㄧㄣˊ（山勢險峻的樣子）。嶔崎磊落（比喻人品傑出不群，有骨氣）。嶔崎歷落（同「嶔崎磊落」）。嶔然相累ㄌㄟˇ（高聳而且相互重疊）。
* 廞	ㄑㄧㄣ	振廞（非常生氣的樣子）。廞塞ㄙㄜˋ（堵塞ㄙㄜˋ不通）。
撳	ㄑㄧㄣˋ	撳住（用手按住）。撳門鈴。撳著頭（頭向下倒垂著）。撳倒ㄉㄠˇ在地（用手按倒在地）。
欽	ㄑㄧㄣ	欽佩。欽羨。欽點（皇帝自己選定）。
【閑】		
嫻	ㄒㄧㄢˊ	嫻習（練習熟練）。嫻雅（沉靜文雅）。嫻熟。嫻於辭令。舉止嫻雅。「嫺」為異體字。
閑	ㄒㄧㄢˊ	清閑（同「清閒」）。閑習（同「嫻習」）。閑雅（同「嫻雅」）。閑暇（同「閒暇」）。踰ㄩˊ閑蕩檢（行為放縱，不受禮法約束）。通「閒」「嫻」。
鷴	ㄒㄧㄢˊ	藍腹鷴（鳥類名）。

國字	字音	語詞
【須】		
*嬃	ㄒㄩ	女嬃(傳說為屈原的姊姊)。
須	ㄒㄩ	必須。無須。須知。須臾ㄩˊ。莫須有。考試須知。相須而行(必須彼此依賴,才能發揮功效)。相須為命(彼此依靠,共同生活)。摩厲以須(比喻事先準備好,一有機會立即行動)。磨礪以須(同「摩厲以須」)。
鬚	ㄒㄩ	鬍鬚。巾幗鬚眉(具有男子氣概ㄍㄞˋ的女子。即女中豪傑)。不讓鬚眉(形容女子的處事能力不輸給男子)。煮粥焚鬚(比喻手足情深)。
【奠】		
奠	ㄉㄧㄢˋ	奠基。奠儀。奠立友誼ㄧˋ。奠定基礎。奠都南京。
擲	ㄓˊ	投擲。拋擲。擲還(請人歸還原物的謙辭)。擲瓶禮(新艦舉行下水的典禮)。擲骰ㄊㄡˊ子。擲鐵餅。一擲千金(同「揮霍無度」)。孤注一擲。金聲擲地(同「擲地有聲」)。時光虛擲。浪擲光陰。乾坤一擲(一決勝負,以爭奪天下)。擲地有聲(形容文辭巧妙優美、聲調鏗ㄎㄥ鏘ㄑㄧㄤ悅耳)。
躑	ㄓˊ	跳躑(跳躍ㄩㄝˋ)。躑躅ㄓㄨˊ(徘徊ㄏㄨㄞˊ不前的樣子)。躑躅不前。
鄭	ㄓㄥˋ	鄭重其事。鄭衛之音(即靡ㄇㄧˇ靡之音)。鄭衛桑間(同「鄭衛之音」)。

國字	字音	語詞
【敞】		
廠	ㄔㄤˇ	工廠。廠房。廠商。
敞	ㄔㄤˇ	軒敞（高大寬敞）。寬敞。敞篷車。明淨敞亮。屋宇高敞。張敞畫眉（比喻夫妻恩愛）。敞胸露懷。敞開大門。敞開心房。敞嘴大笑。
氅	ㄔㄤˇ	鶴氅（用鶴羽所做成的外衣）。綸ㄍㄨㄢ巾鶴氅（頭戴綸巾，身披鶴氅）。
【絲】		
絲	ㄙ	絲毫。一絲不苟。命若懸絲（比喻命危而幾ㄐㄧ近死亡）。品竹彈ㄊㄢˊ絲（吹彈各種管、弦樂器。也作「品竹調ㄊㄧㄠˊ絲」）。氣若游絲（同「命若懸絲」）。絲絲入扣。絲髮之功（微小的功勞）。
鷥	ㄙ	白鷺鷥。
【款】		
款	ㄎㄨㄢˇ	款步（緩步）。款門（叩門）。款密（親密）。貸款。悃悃款款（懇切、忠誠）。款啟寡聞（比喻人識見淺薄，見聞譾ㄐㄧㄢˇ陋）。款款動人（形容舉止緩慢柔美，令人心動）。傾ㄑㄧㄥ訴款曲ㄑㄩ。
窾	ㄎㄨㄢˇ	批郤ㄒㄧˋ導窾（比喻凡事從關鍵處下手，就可以迎刃而解）。動中ㄓㄨㄥˋ窾要（比喻言談舉止能切實掌握重要部分。即中ㄓㄨㄥˋ肯）。窾木為櫝ㄉㄨˊ（挖空木頭ㄊㄡˊ作棺材）。窾言不聽（不聽虛假不實的話）。

	國字	字音	語詞
	十三畫【雋】		
*	嶲	ㄙㄨㄟˇ	越嶲ㄙㄨㄟˇ(郡名。漢代設立。同「越嶲」)。通「巂」，但與「巂ㄍㄨㄟ」不同。
*	檇	ㄗㄨㄟˋ	檇李(果名。李的一種)。
*	臇	ㄐㄩㄢˇ	臇鳧ㄈㄨˊ(野鴨羹)。
	鐫	ㄐㄩㄢ	鐫刻ㄎㄜˋ(雕刻ㄎㄜˋ)。鐫級(降級)。鐫罰(免除職務表示懲ㄔㄥˊ罰)。鐫黜ㄔㄨˋ(官吏降級或免去職務)。鐫心銘骨(指感受深刻，永遠不會忘記)。
	雋	ㄐㄩㄢˋ	雋永。雋語(耐人尋味的言語)。雋不疑(漢代人名)。雋觾ㄧㄢˋ之翠(肥美多味的鳥味。比喻珍奇美味的食物)。
		ㄐㄩㄣˋ	英雋(才智傑出，超過一般人)。雋乂ㄧˋ(俊秀傑出)。雋材(傑出的才能)。雋拔(英俊傑出)。雋彥(俊秀的人才)。雋楚(翹ㄑㄧㄠˊ楚，才能出眾的人)。雋譽(好名聲)。一時之雋。通「俊」。
	【亶】		
	亶	ㄉㄢˇ	亶時(正好遇上適當的時候)。大道亶亶(大路平坦的樣子)。古公亶父ㄈㄨˇ(周文王的祖父)。
*	儃	ㄔㄢˊ	儃佪ㄏㄨㄞˊ(徘徊ㄏㄨㄞˊ不前的樣子)。
		ㄊㄢˇ	儃儃然(悠然自得的樣子)。

	國字	字音	語詞
	壇	ㄊㄢˊ	杏壇（指教育界）。花壇。神壇。菊壇（戲劇界）。政壇新秀。登壇拜將（指任命將帥）。
	嬗	ㄕㄢˋ	遞嬗（指交替更(ㄍㄥ)迭）。嬗變（蛻(ㄊㄨㄟˋ)變、演變）。
	擅	ㄕㄢˋ	專擅（專斷獨行）。擅改（私自變更）。擅長。擅場（壓倒全場）。擅權（獨攬大權）。不擅言辭。擅自作主。擅作主張。擅作威福。擅離職守。擅權專制。獨擅勝場（比喻技術高超）。攝威擅勢（憑藉權勢，囂張跋扈）。
	檀	ㄊㄢˊ	檀口（指婦女淺紅色的嘴脣）。檀色（淺紅色）。檀越（施主）。檀香山。檀香扇。檀郎謝女（才學與外貌皆出眾的夫婦或情侶）。
	氈	ㄓㄢ	氈帽。氈毯。氈裘（用毛皮製成的衣服）。魔鬼氈。如坐針氈。官清氈冷（為官廉潔不貪汙）。青氈舊物（指舊東西或祖先留下的家業）。寒氈一席（比喻官位小，薪俸菲(ㄈㄟˇ)薄）。齧(ㄋㄧㄝˋ)雪吞氈（比喻在艱困中過生活）。
	澶	ㄔㄢˊ	澶淵（河北省地名）。澶淵之盟(ㄇㄥˊ)。漫澶不振（精神散慢不振作）。
*	灗	ㄕㄢˋ	涴(ㄨㄛ)灗（水波(ㄅㄛ)相撞擊）。蜿(ㄨㄢ)灗（彎曲）。
*	繵	ㄉㄢˋ	繵緣（纏繞）。
	羶	ㄕㄢ	腥羶（牛、羊肉特殊的氣味）。人心羶慕（人心渴慕、喜愛）。群蟻附羶（比喻眾人爭相追求名利）。遍(ㄅㄧㄢˋ)地腥羶。「羴」為異體字。

	國字	字音	語詞
	膻	ㄕㄢ	腥膻(同「腥羶」)。附膻逐臭(比喻依附或追隨奸詐邪惡的人)。通「羶」。
		ㄉㄢˋ	膻中(位於前胸正中的部位)。膻中穴。
*	蟺	ㄕㄢˋ	蜿ㄨㄢ蟺(蚯蚓)。蟺蜎ㄩㄢ蠖濩ㄏㄨㄛˋ(宮觀ㄍㄨㄢˋ深遠的樣子)。
*	襢	ㄓㄢˋ	襢衣(古代子、男、大夫之妻所穿的一種沒有文彩禮服)。
		ㄊㄢˇ	襢裼ㄒㄧˊ暴虎(赤膊且空手與虎搏鬥)。通「袒」。
*	譠	ㄓㄢ	譠謾(欺騙的話)。
	邅	ㄓㄢ	屯ㄓㄨㄣ邅(處境艱難或遭遇到失敗)。迍ㄓㄨㄣ邅(同「屯邅」)。
	顫	ㄓㄢˋ	顫抖。顫巍巍(顫動的樣子)。心驚膽顫(同「心驚膽戰」)。花枝亂顫(形容女人高興而大笑的樣子)。
	饘	ㄓㄢ	槖ㄊㄨㄛˊ饘(衣食的代稱)。饘粥ㄓㄡ(稀飯)。饘粥餬口(吃稀飯勉強ㄑㄧㄤˇ過日子)。
*	鱣	ㄓㄢ	鱣魚(一種無鱗的大魚)。
		ㄕㄢˋ	鱣序(指學校)。鱣舍(講堂)。鱣庭(同「鱣舍」)。鱣堂(同「鱣舍」)。三鱣堂(位於河南省閿ㄨㄣˊ鄉縣西,楊震在此隱居教ㄐㄧㄠ學)。
*	鸇	ㄓㄢ	鸇視(比喻貪求)。鷹鸇(比喻勇猛擅長搏鬥的人)。鸇視狼顧(形容露ㄌㄡˋ出貪婪ㄌㄢˊ的目光)。

國字	字音	語詞
【辟】		
僻	ㄆㄧˋ	冷僻。孤僻。偏僻。僻道（偏僻清靜的道路）。僻靜。窮鄉僻壤。
劈	ㄆㄧ	劈柴。劈腿。天打雷劈。劈頭就罵。劈頭蓋臉（向著頭和臉而來）。
壁	ㄅㄧˋ	戈壁。壁上觀。半壁江山（形容國土殘破不堪）。面壁功深（比喻人因長期鑽研，而功夫精深）。面壁思過。家徒四壁。堅壁清野（一種作戰策略）。畫壁流青（如畫的岩壁，極為青翠）。補壁之作（謙稱自己書畫作品不好）。壁立千仞ㄖㄣˋ（形容岩壁陡峻）。壁壘ㄌㄟˇ分明。牆風壁耳（比喻祕密容易向外泄露ㄌㄨˋ）。
* 嬖	ㄅㄧˋ	便ㄆㄧㄢˊ嬖（會說逢迎諂ㄔㄢˇ媚的話而受寵幸的人）。嬖臣（受到寵幸的臣子）。嬖佞（受君王寵幸的讒臣）。嬖妾。寵嬖（寵愛）。
* 擗	ㄆㄧˋ	擗掠（擦拭、打掃）。擗摽ㄅㄧㄠˋ（形容心驚膽怕的樣子）。擗踊ㄩㄥˇ（形容極為悲憤或悔恨的樣子）。擗踊拊ㄈㄨˇ心（同「擗踊」）。
擘	ㄅㄛˋ	擘指（大拇指）。擘畫。擘窠ㄎㄜ書（泛指匾額所用的書體）。一代巨擘（一個時代中最傑出的人物）。分星擘兩（比喻清楚）。金翅擘海（比喻文辭氣勢雄壯）。擘肌分理（比喻分析事理十分仔細、周詳）。擎天巨擘（比喻棟梁之材）。
* 檗	ㄅㄛˋ	冰檗（形容婦女的苦節。也作「冰蘗ㄅㄛˋ」）。

	國字	字音	語詞
*	澼	ㄆㄧˋ	洴ㄆㄧㄥˊ澼絖ㄎㄨㄤˋ（指在水中漂ㄆㄧㄠˇ洗絲絮）。
	璧	ㄅㄧˋ	璧人（讚許人儀容舉止美好）。璧謝（退還原物，並且道謝）。璧還（將別人贈送的物品完整無缺的退還）。和氏璧。寸陰尺璧（比喻時間的可貴）。中西合璧。日月合璧（日月同時出現在天空上，乃祥瑞的徵兆）。白璧青蠅（比喻善惡忠佞ㄋㄧㄥˋ）。白璧微瑕。完璧歸趙。和璧隋珠（比喻非常珍貴的寶物）。珍同拱璧（形容東西非常珍貴）。面縛銜璧（投降請罪）。珠聯璧合。秦庭歸璧（同「完璧歸趙」）。被ㄆㄧ褐ㄏㄜˊ懷璧（比喻賢人隱藏才能，不為人知）。視同拱璧（同「珍同拱璧」）。連城之璧（比喻珍貴的寶物）。連珠合璧（同「珠聯璧合」）。連璧賁ㄅㄧˋ臨（指兩客同來）。貴陰賤璧（比喻光陰的可貴）。楚璧隋珍（比喻人才傑出）。餘珍璧謝（接受部分禮物，退還其餘的，並表達感謝之意）。靜影沉璧（月影映入平靜的水中，像沉下一塊玉）。懷璧其罪（比喻懷才而遭人嫉ㄐㄧˊ妒迫害）。
*	甓	ㄆㄧˋ	瓴ㄌㄧㄥˊ甓（磚塊）。磚甓（磚頭ㄊㄡˊ）。陶侃運甓（比喻勤勞不懈，不怕往返重複）。朝運百甓（每天早上搬運很多磚塊）。
	癖	ㄆㄧˇ	潔癖。癖好。癖性。周郎癖（指人酷愛音樂、戲劇）。季常癖（比喻怕老婆的毛病）。煙霞癖（說人性好山水風景）。盤龍癖（指人嗜好賭博）。孤癖之隱（不為ㄨㄟˋ人知的獨特嗜好）。嗜痂之癖（形容人的嗜好很特殊）。

國字	字音	語　　詞
* 礔	ㄆㄧ	礔礰ㄌㄧˋ（迅捷的雷聲。同「霹靂」）。
* 檗	ㄅㄛˊ	檗焦（釜底燒焦的飯）。
臂	ㄅㄧˋ	手臂。臂膀。長臂猿。一臂之力。三頭六臂。失之交臂。把臂而談。振臂高呼。掉臂不顧（揮手不顧而去。形容毫無眷顧）。螳臂當ㄉㄤ車ㄔㄜ。攘ㄖㄤˇ臂而起（捋ㄌㄨㄛ起衣袖，露出臂膀，準備行動）。
薜	ㄅㄧˋ	薜荔（植物名）。薜蘿（比喻隱居者的服裝）。
蘗	ㄅㄛˋ	黃蘗（植物名）。蘗苦（比喻生活困苦）。根蘗繁殖（切離母株根部附近所生的幼株，栽成新株的繁殖方法）。飲冰茹蘗（生活極為清苦。稱婦女耐苦守節。也作「飲冰食蘗」）。齧ㄋㄧㄝˋ蘗吞針（形容食物難以下嚥）。通「檗」。
* 襞	ㄅㄧˋ	襞積（衣服上的摺痕）。襞褶ㄓㄜˊ（衣服或布帛上摺疊的痕跡）。
譬	ㄆㄧˋ	譬喻。罕ㄏㄢˇ喻而譬（少用比喻而能使人充分明白、了解）。能近取譬（指在言論中能就眼前的事物作比喻或例證）。
* 躄	ㄅㄧˋ	躄踊ㄩㄥˇ（同「擗ㄆㄧˇ踊」）。攣ㄌㄨㄢˊ躄（指手腳收縮彎曲而不能伸展）。黑斑躄魚（魚名。俗稱五腳虎）。「躃」為異體字。

國字	字音	語詞
辟	ㄅㄧˋ	復辟。辟王（君王）。辟召ㄓㄠˋ（因才高名重而被徵召ㄓㄠˋ授以職位）。辟邪。辟易（退避）。辟雍（古代帝王所設的大學）。百辟卿士（諸侯卿士）。復子明辟（君主復位，重新掌權）。鞭辟入裡。
	ㄆㄧˋ	便ㄆㄧㄢˊ辟（善於投合他人）。辟如（同「譬如」）。辟除（掃除。同「闢除」）。辟匿（荒遠偏僻）。辟淫（邪惡放蕩。同「僻淫」）。辟踴ㄩㄥˇ（同「擗ㄆㄧˇ踴」）。辟穀（指不吃五穀，以求成仙）。大辟囚（死刑犯）。放辟邪侈（指恣ㄗˋ意作惡）。辟穀絕粒。通「譬」「闢」「僻」「擗」。
避	ㄅㄧˋ	避嫌。避諱ㄏㄨㄟˋ。退避三舍。避人耳目。避暑勝地。
闢	ㄆㄧˋ	精闢。闢謠。另闢蹊徑。開天闢地。闢室密談。
霹	ㄆㄧ	霹靂。霹靂舞。青天霹靂。霹靂行動。
鷿	ㄆㄧˋ	鷿鷉ㄊㄧ（鳥類名）。「鸊」為異體字。
* 鼊	ㄅㄧˋ	鼊龜（龜的一種）。
【賈】		
價	ㄐㄧㄚˋ	估價。評價。價值。
	˙ㄍㄚ	成天價忙。嗤嗤價響。震天價響（形容聲音非常響亮）。
* 檟	ㄐㄧㄚˇ	松檟（比喻墓地）。梧檟（比喻傑出的人物）。檟楚（古時用檟木及荊條做成的打人刑具或體罰器具。同「夏ㄐㄧㄚˇ楚」「榎ㄐㄧㄚˇ楚」）。

國字	字音	語詞
賈	ㄐㄧㄚˇ	賈公彥（唐代經學家）。賈寶玉。陸賈分金（比喻辭官返鄉，而為子孫安排家產）。
	ㄍㄨˇ	商賈。賈利（得利）。賈勇（形容人很有勇氣）。賈怨（招致仇怨）。賈禍（自己招惹禍害）。大腹賈（富商）。多錢善賈（比喻具備充分ㄈㄣˋ條件，有所憑藉，謀事容易成功）。行商坐賈（指一般大商小販）。良賈深藏（比喻有才德者不在人前表露ㄌㄨˋ炫耀）。直言賈禍（因說話正直而招惹災禍）。衒ㄒㄩㄢˋ玉賈石（比喻虛偽ㄨㄟˋ欺詐，言行ㄒㄧㄥˋ不相符ㄈㄨˊ合）。富商大賈。賈人渡河。賈其餘勇。賈儒商秀（具有書生身分的商人）。餘勇可賈（還有餘力可以賣。比喻勇力過人，持久不懈）。
	ㄐㄧㄚˋ	豫賈（預估價錢。同「估價」）。善賈而沽（等待好價錢賣出）。通「價」。
【禁】		
噤	ㄐㄧㄣˋ	打寒噤。噤口不語（閉嘴不說話。同「禁口不語」）。噤若寒蟬（形容害怕不敢出聲）。
禁	ㄐㄧㄣˋ	囚禁。宵禁。禁止。禁忌。禁閉室。關禁閉。入境問禁（比喻明瞭當地風俗習慣，以適應新環境）。門禁森嚴。
	ㄐㄧㄣ	禁受（忍受）。禁不住。禁不起。禁不得ㄉㄜ˙（承受不住）。禁得ㄉㄜ˙住。禁得ㄉㄜ˙起。忍俊不禁（忍不住的要發笑）。弱不禁風。情不自禁。喜不自禁。

國字	字音	語詞
襟	ㄐㄧㄣ	胸襟。連襟。襟抱（胸懷、抱負）。襟喉（比喻要害的地方）。襟懷（懷抱）。大展襟抱（大大的展現個人的抱負）。山河襟帶（比喻形勢險要。同「襟山帶河」）。正襟危坐（形容嚴肅莊重的樣子）。泣下沾襟。捉襟見肘。馬牛襟裾ㄐㄩ（比喻衣冠ㄍㄨㄢ禽獸。或指人不懂得禮節）。推襟送抱（比喻坦誠相見，表達真心實意）。襟山帶河（形容形勢險要之地）。
【敬】		
儆	ㄐㄧㄥˇ	儆惕。以儆效尤。殺一儆百。殺雞儆猴。通「警」。
* 憼	ㄐㄧㄥˇ	憼革貳兵（戒備和增加兵器裝備）。
擎	ㄑㄧㄥˊ	引擎。擎槍。一柱擎天。架海擎天（形容本領極大，能擔負重任的傑出人物）。隻手擎天（形容本領高強）。眾擎易舉（比喻集合眾人的力量，容易把事情做好）。搜尋引擎。擎天之柱（同「架海擎天」）。擎天玉柱（同「架海擎天」）。擎天撼地（比喻足以影響天地的巨大力量。比喻事物影響深遠）。擎受不起（承受不起）。擎拳合掌（拱手為禮，表示恭敬）。
敬	ㄐㄧㄥˋ	敬佩。相敬如賓。敬老尊賢。敬事不暇（恭敬的為人做事，忙得沒空休息）。
檠	ㄑㄧㄥˊ	輔檠（矯正弓弩ㄋㄨˇ的器具）。燈檠（燈架）。檠枻ㄧˋ（同「輔檠」）。補闕ㄑㄩㄝ燈檠（諷ㄈㄥˋ刺男人怕老婆）。
警	ㄐㄧㄥˇ	警告。警訊。警備森嚴。

	國字	字音	語詞
	驚	ㄐㄧㄥ	驚喜。驚嚇ㄒㄧㄚˋ。受寵若驚。驚為天人。驚鴻一瞥ㄆㄧㄝ。
	【敫】		
*	僥	ㄐㄧㄠˇ	僥倖（意外成功或免除災禍。同「僥倖」「徼ㄐㄧㄠˇ幸」）。
*	噭	ㄐㄧㄠˋ	噭咷（歌聲清脆悠揚）。噭噭（形容哭泣聲）。噭應（高聲回應）。
		ㄑㄧㄠˋ	蹄噭（馬的蹄和口，一馬計為五）。馬蹄噭千（馬二百匹。同「馬蹄躈ㄑㄧㄠˋ千」）。
*	墽	ㄑㄧㄠ	墽瘠（土地貧瘠堅硬。同「墝ㄑㄧㄠ瘠」）。通「墝」。
	徼	ㄐㄧㄠˋ	丹徼（古代稱南方的邊疆）。海徼（靠海的偏遠地區）。徼外（塞ㄙㄞˋ外）。徼循（巡邏警戒）。邊徼（邊塞ㄙㄞˋ）。疆徼（邊界、疆界）。執戈徼巡（手持武器巡邏警戒）。
		ㄐㄧㄠ	徼訐ㄐㄧㄝˊ（揭發他人隱私）。惡ㄨˋ徼以為知ㄓˋ者（厭惡ㄨˋ刺探他人隱私而自以為聰明的人）。
		ㄐㄧㄠˇ	徼幸（同「僥倖」）。徼冀（希望得到）。
*	憿	ㄐㄧㄠˇ	憿絕（快速的樣子）。憿憭ㄌㄧㄠˇ（誠實相告）。
*	擻	ㄑㄧㄠˋ	擻以馬捶（用馬鞭擊打）。擻遂萬物（養育萬物）。
*	皦	ㄐㄧㄠˇ	皦皦（光亮的樣子）。
	檄	ㄒㄧˊ	羽檄（古代軍中緊急的文書）。檄文（軍中文書的通稱）。羽檄飛馳（比喻軍情緊迫）。奉檄守禦。馬頭草檄（形容文思敏捷）。傳檄而定（形容威勢強大，不需出兵就能降ㄒㄧㄤˊ服對方）。

國字	字音	語詞
激	ㄐㄧ	刺激。偏激。激盪。激將法。令人激賞。慷慨激昂。激濁揚清(比喻掃除壞人，表揚好人)。
皦	ㄐㄧㄠˇ	皦日(明亮的太陽)。皦如(音節分明)。心中皦皦(心胸光明)。有如皦日(比喻心地光明，有如明亮的太陽)。
* 磝	ㄏㄜˊ	慘磝少恩(指執法苛刻嚴厲)。
	ㄑㄧㄠˋ	磝磽ㄑㄧㄠ(石頭ㄊㄡ不平的樣子)。
竅	ㄑㄧㄠˋ	孔竅。訣竅。一竅不通。七竅生煙。財迷心竅。鬼迷心竅。懂得竅門。
繳	ㄐㄧㄠˇ	繳納。繳稅。繳費。
	ㄓㄨㄛˊ	矰ㄗㄥ繳(繫ㄐㄧˋ有絲繩的射鳥工具)。繳射(拉弓繳ㄓㄨㄛˊ射出)。纖繳(弋ㄧˋ射的細小絲繩)。矰繳之說(比喻為私利而說的虛誇言辭)。
覈	ㄏㄜˊ	考覈(考查審核。同「考核」)。檢覈(檢查審核)。覈實(考查實際)。研覈是非(仔細考核對與錯)。峭覈為方(性情峻急，好窮究事情)。檢覈考試。覈實報銷。
* 躈	ㄑㄧㄠˋ	馬蹄躈千(馬的蹄和肛門，一馬計為五。共二百匹。同「馬蹄噭千」)。
邀	ㄧㄠ	邀功。邀約。邀請。應邀出席。邀斤論兩(比喻斤斤計較)。邀名射利(求取功名和財利)。

【僉】

國字	字音	語詞
僉	ㄑㄧㄢ	僉議(眾人的意見)。眾口僉同(大家所說的話都一樣)。意見僉同(意見相同)。詢謀僉同(向眾人諮詢，並獲到眾人的同意)。

	國字	字音	語詞
	儉	ㄐㄧㄢˇ	儉省ㄕㄥˇ。儉樸。自奉甚儉。克勤克儉。禮奢寧儉（禮節與其過多而煩雜，不如儉約一些）。
	劍	ㄐㄧㄢˋ	口蜜腹劍。刻ㄎㄜˋ舟求劍。故劍情深（比喻夫妻感情深厚）。揮劍成河（形容神通廣大，才華出眾）。微時故劍（比喻貧賤時的妻子）。劍拔弩ㄋㄨˇ張。
*	噞	ㄧㄢˇ	噞喁ㄩㄥˊ（魚游到水面張口呼吸的樣子）。噞喁沉浮。
*	嬐	ㄧㄢˇ	嬐然（整齊的樣子）。
*	嶮	ㄒㄧㄢˇ	嶮岨ㄐㄩ（指地勢險峻阻隔）。嶮巇ㄒㄧ（比喻艱難險峻）。巉ㄔㄢˊ嶮（高峻的樣子）。世路巇嶮（世途險峻難行）。
*	憸	ㄒㄧㄢ	憸人（奸佞ㄋㄧㄥˋ的小人）。憸壬ㄖㄣˊ（同「憸人」）。憸佞（同「憸人)。憸邪（奸詐邪惡）。
	撿	ㄐㄧㄢˇ	撿拾。你丟我撿。
	斂	ㄌㄧㄢˋ	內斂。收斂。斂首（俯首）。斂財。斂跡（隱蔽行蹤，不敢露ㄌㄡˋ面）。屏ㄅㄧㄥˇ氣斂息（形容極為緊張或全神貫注的神情）。煙霏雲斂（煙氣瀰漫，雲彩收斂）。鋒芒內斂。銷聲斂跡（隱匿形跡，不公開露面）。橫征暴斂（巧立名目，向人民收取重稅，搜括財富）。整衣斂容（整理服裝，端正儀容）。頭會箕斂（比喻賦稅繁重苛刻）。斂衽正容（整理衣襟、端正容貌）。斂首低眉（形容沮喪失意的樣子）。斂鍔ㄜˋ韜光（比喻隱匿鋒芒，不露才氣）。「歛」為異體字。
	檢	ㄐㄧㄢˇ	篩ㄕㄞ檢。檢束（檢點約束）。檢討。檢舉。檢察官。
	殮	ㄌㄧㄢˋ	入殮。殯ㄅㄧㄣˋ殮。

國字		字音	語詞
	瀲	ㄌㄧㄢˋ	瀲灩ㄧㄢˋ（波ㄅㄛ光映照）。水光瀲灩（形容水勢盛大，波光閃耀的樣子）。波光瀲灩（波光閃爍）。
*	獫	ㄒㄧㄢˇ	獫狁ㄩㄣˇ（匈奴的古稱。同「玁ㄒㄧㄢˇ狁」）。
	瞼	ㄐㄧㄢˇ	眼瞼。瞼腺炎（病名）。
	簽	ㄑㄧㄢ	簽約。簽署ㄕㄨˋ。
	臉	ㄌㄧㄢˇ	臉龐。撲克臉（比喻喜怒不形於色的冷漠表情）。死皮賴臉。鼻青臉腫。
		ㄐㄧㄢˇ	眼臉（同「眼瞼」）。臉波（形容女子目光清澈，顧盼流轉如波）。通「瞼」。
*	蘞	ㄌㄧㄢˋ	蘞芋ㄩˋ（植物名。又名青芋）。
*	蘝	ㄌㄧㄢˋ	白蘝（植物名。又名白草）。
*	襝	ㄌㄧㄢˋ	襝衽ㄖㄣˋ（古代女子所行的拜手禮。同「斂衽」）。襝襜ㄔㄢ（衣裳ㄕㄤ下垂的樣子）。
*	譣	ㄒㄧㄢˇ	譣詖ㄅㄧˋ（狡詐、奸邪的話）。
	險	ㄒㄧㄢˇ	危險。冒險。險惡ㄜˋ。險象環生。險遭不測。
*	顩	ㄑㄧㄢ	顩頤折頞ㄜˋ（態度恭順，低聲下氣的樣子）。
	驗	ㄧㄢˋ	考驗。經驗。應驗。驗明正身。
	鹼	ㄐㄧㄢˇ	古柯鹼。酸鹼值。鹼性電池。「硷」為異體字。

	國字	字音	語詞
			【鼠】
*	攛	ㄘㄨㄢ	攛哄ㄏㄨㄥˇ(慫恿)。攛掇ㄉㄨㄛ˙(同「攛哄」)。百方攛掇(以各種方法慫恿他人行事)。隔屋攛椽ㄔㄨㄢˊ(比喻不自量ㄌㄧㄤˋ力)。攛拳攏ㄌㄨㄥˇ袖(準備動手打架的樣子)。
*	癙	ㄕㄨˇ	癙疫(即鼠疫)。癙憂(憂愁成疾)。
	竄	ㄘㄨㄢˋ	奔竄。流竄。逃竄。竄升。竄改。竄紅。字無點竄(沒有變動文字)。抱頭鼠竄。狼奔鼠竄(形容人四處逃竄)。掉頭鼠竄(同「抱頭鼠竄」)。竄改歷史。竄端匿跡(比喻掩蓋事實的真相)。
*	躥	ㄘㄨㄢ	躥稀(瀉肚子)。上躥下跳(跳上跳下)。躥房越脊ㄐㄧˇ(跳上屋頂,在上面奔走的技能)。
*	鑹	ㄘㄨㄢˋ	冰鑹(一種鑿冰的器具。同「冰攛ㄘㄨㄢ」)。
	鼠	ㄕㄨˇ	目光如鼠。投鼠忌器(比喻做事有所顧忌,不敢放手去做)。城狐社鼠(比喻倚仗權勢而恣ㄗˋ意為惡的人)。首鼠兩端(形容猶豫不決,瞻前顧後的樣子)。鼠目寸光(形容人眼光短淺,見識狹隘ㄞˋ)。
			【雷】
	擂	ㄌㄟˊ	擂臺。打擂臺。大吹大擂。自吹自擂。搖旗擂鼓。擂鼓鳴金(同「大張旗鼓」)。擂鼓篩ㄕㄞ鑼(同「擂鼓鳴金」)。
*	礌	ㄌㄟˋ	礌石(古代守城用的大塊石頭ㄊㄡ˙。由高處往下推,以抵擋敵軍的攻勢)。
	蕾	ㄌㄟˇ	味蕾。花蕾。蓓ㄅㄟˋ蕾。芭蕾舞。蕾絲邊。

國字	字音	語詞
鐳	ㄌㄟˊ	鐳錠（一種放射性金屬元素）。
雷	ㄌㄟˊ	雷射。大發雷霆。布鼓雷門（比喻在高手面前賣弄本領，貽笑大方。同「班門弄斧」）。瓦釜雷鳴（比喻無才德的人占據高位）。雷陳膠漆（比喻友誼ㄧˋ深厚）。聚蚊成雷（比喻多數小人的攻訐ㄐㄧㄝˊ足以淆亂是非）。難越雷池。
【畺】		
僵	ㄐㄧㄤ	凍僵。僵化。僵住。僵局。僵持。僵硬。弄僵了。僵著臉（臉部表情嚴肅）。化解僵局。死而不僵。李代桃僵（比喻頂替或代人受過）。思想僵固（想法死板，不合時宜）。陷入僵局。僵持不下。
彊	ㄑㄧㄤˊ	彊梁（剛橫ㄏㄥˋ凶暴。同「強梁」）。彊禦（有權勢的人）。不畏彊禦（為官剛直，不畏權勢威逼。同「不畏強禦」）。彊弩ㄋㄨˇ之末（比喻氣衰力竭。同「強弩之末」）。通「強ㄑㄧㄤˊ」。
	ㄑㄧㄤˇ	勉彊（同「勉強ㄑㄧㄤˇ」）。彊顏歡笑（同「強ㄑㄧㄤˇ顏歡笑」）。通「強ㄑㄧㄤˇ」。
	ㄐㄧㄤˋ	彊顏為盜（厚著臉皮當起強盜。同「強ㄐㄧㄤˋ顏為盜」）。通「強ㄐㄧㄤˋ」。
殭	ㄐㄧㄤ	殭屍。殭蠶（未吐絲便死去的蠶）。
疆	ㄐㄧㄤ	疆土。疆界。疆域。疆場ㄧˋ（邊界、邊境）。疆場ㄔㄤˊ。邊疆。拓土開疆（開拓領土和疆域）。封疆大吏（指鎮守邊疆的將帥）。封疆之任（舊稱督撫）。捐軀疆場。無疆之休（無限的美好）。開疆闢土。萬壽無疆。
* 礓	ㄐㄧㄤ	礓礫ㄌㄧˋ（小石頭ㄊㄡˊ）。

	國字	字音	語詞
	薑	ㄐㄧㄤ	薑湯。野薑花。薑母鴨。咬薑呷ㄒㄧㄚ醋（形容生活清苦，省吃儉用）。薑桂之性（比喻性情剛強不移）。薑桂老辣（比喻性情剛烈正直）。
	韁	ㄐㄧㄤ	韁勒。韁繩。韁轡ㄆㄟˋ（控制牲口行動的韁繩）。名韁利鎖（為名利所束縛）。信馬由韁（比喻無主見，受外力左右而改變）。信馬游韁（同「信馬由韁」）。脫韁野馬。野馬無韁（比喻性情放縱，難以約束）。「繮」為異體字。
	【豦】		
	劇	ㄐㄩˋ	劇烈。劇痛。劇變。惡作劇。病情加劇。窮心劇力（竭盡心力，全力以赴）。
	噱	ㄐㄩㄝˊ	發噱（引人發笑）。飲噱（一起飲酒作樂）。嗢ㄨㄚˋ噱（笑個不停）。懽ㄏㄨㄢ噱（歡笑）。令人發噱。
		ㄒㄩㄝ	噱頭ㄊㄡˊ（引人發笑的話或舉動）。耍噱頭。
*	懅	ㄐㄩˋ	慚懅（慚愧）。
	據	ㄐㄩˋ	根據地。不足為據（不能成為憑據）。引經據典。於法無據。真憑實據。進退失據。據地為王。據床指麾ㄏㄨㄟ（比喻將ㄐㄧㄤˋ領胸有成竹，兩軍交鋒時，指揮若定）。據為己有。據理力爭。
*	澽	ㄐㄩˋ	澽水（陝西省水名）。
	璩	ㄑㄩˊ	閻若璩（清初學者）。璩大成（和平醫院院長）。璩美鳳（前臺視記者）。
*	籧	ㄑㄩˊ	籧篨ㄔㄨˊ（一種粗竹席）。籧篨不鮮ㄒㄧㄢˇ（遇到不死的醜巴怪）。籧篨戚施（指醜陋難看的人）。

	國字	字音	語詞
*	臄	ㄐㄩㄝˊ	嘉殽脾臄（好吃的食物有牛肚(ㄉㄨˇ)和牛舌頭(˙ㄊㄡ)）。
*	蘧	ㄑㄩˊ	蘧麥（植物名。即瞿(ㄑㄩˊ)麥）。蘧然（驚喜的樣子）。蘧伯玉（人名。春秋 衛國大夫蘧瑗(ㄩㄢˋ)）。蘧瑗知非（比喻遷善改過）。
*	躆	ㄐㄩˋ	僑躆（動作輕捷自如）。
	遽	ㄐㄩˋ	遽然（忽然）。遽爾（同「遽然」）。遽變（同「劇變」）。疾言遽色（形容人不能沉穩、鎮靜）。
*	醵	ㄐㄩˋ	醵金（湊集錢財，集資）。醵飲（湊錢去喝酒）。醵資（同「醵金」）。
*	鐻	ㄐㄩˋ	鐘鐻（鐘架上的立柱）。鐻枝（製作鐘架的木頭(˙ㄊㄡ)）。削(ㄒㄩㄝˋ)木為鐻（削木頭做鐻這種樂器）。銷鋒鑄(ㄓㄨˋ)鐻（鎔鑄刀劍和樂器）。通「虡(ㄐㄩˋ)」。
	【稟】		
	凜	ㄌㄧㄣˇ	凜冽。大義凜然。威風凜凜。凜然難犯（神色莊重嚴肅，不可侵犯）。「凛」為異體字。
*	壈	ㄌㄢˇ	坎壈（失意、不得志）。
	廩	ㄌㄧㄣˇ	倉廩（貯(ㄓㄨˇ)藏米穀的地方）。廩稍（公家按時供(ㄍㄨㄥ)給(ㄐㄧˇ)的糧食、俸祿）。廩粟（公家供(ㄍㄨㄥ)給(ㄐㄧˇ)的糧食）。餼(ㄒㄧˋ)廩（同「廩粟」）。空食倉廩（同「尸位素餐」）。倒(ㄉㄠˋ)廩傾囷(ㄐㄩㄣ)（比喻罄(ㄑㄧㄥˋ)其所有）。倉廩府庫（官家貯藏米糧、財物的地方）。
*	懍	ㄌㄧㄣˇ	憯(ㄘㄢˇ)懍（憂傷恐懼）。懍然（悚慄、畏懼的樣子）。百姓懍懍（百姓驚懼的樣子）。
*	檁	ㄌㄧㄣˇ	檁子（架在屋架或山牆上托住椽(ㄔㄨㄢˊ)子或屋面板的長條形橫木）。

國字	字音	語詞
稟	ㄅㄧㄥˇ	稟告。稟承。稟明。稟報。稟賦。天生異稟。
	ㄌㄧㄣˇ	日稟(古代官吏每日所得的糧食)。倉稟(同「倉廩」)。稟食(公家發給的糧食。同「廩食」)。既稟稱ㄔㄥˋ事(依工作表現給ㄐㄧˇ予官吏的俸祿)。通「廩」。
【睪】		
* 嶧	ㄧˋ	嶧山(山東省山名)。嶧縣(山東省縣名)。
* 懌	ㄧˋ	不懌(不愉快)。夷懌(愉悅歡樂)。悅懌(喜樂、愉快)。奭ㄕˋ懌(喜悅愉快)。闓ㄎㄞˇ懌(和樂喜悅)。欣喜奭懌(歡喜愉悅的樣子)。
擇	ㄗㄜˊ	抉擇。擇席(更換睡眠環境,就睡不安穩)。不擇手段。口不擇言。物競天擇。飢不擇食。擇善固執。
斁	ㄧˋ	無斁(不厭惡ㄨˋ)。服之無斁(喜歡穿在身上而不討厭)。眷念無斁(指時時惦記著)。庸鼓有斁(大鐘和鼓多ㄉㄨㄛ麼美盛)。
	ㄉㄨˋ	法斁(法律敗壞)。耗斁(耗損、敗壞)。墮ㄉㄨㄛˋ斁(敗壞)。耗斁下土(下界的土地已被烤焦敗壞)。彝ㄧˊ倫攸斁(倫常敗壞)。
* 檡	ㄓㄜˊ	檡棘(木名)。陳檡文(前嘉義市警察局長)。
澤	ㄗㄜˊ	光澤。色澤。芳澤。恩澤。袍澤。膏澤(恩惠)。德澤。一親芳澤。水鄉澤國。同袍同澤(形容軍中同事間甘苦與共的友情)。流風遺澤(前人留傳下來的風尚和德澤)。竭澤而漁。澤及枯骨(比喻恩澤深厚,遍ㄅㄧㄢˋ及萬物)。

	國字	字音	語詞
*	燡	ㄧˋ	燡燡（光明的樣子）。
	睪	ㄧˋ	睪文奏（古人名）。
		ㄍㄠ	睪丸。睪牢（牢籠）。隱睪症。「睾」為異體字。
	籜	ㄊㄨㄛˋ	竹籜（竹皮）。筍籜（筍殼）。紫籜（新長出的竹子）。包籜矢竹（又名箭竹）。
	繹	ㄧˋ	紬ㄔㄡ繹（理出頭緒）。演繹（由普通原理推斷特殊事實的方法）。絡繹不絕。絡繹於途。
*	蘀	ㄊㄨㄛˋ	隕ㄩㄣˇ蘀（草木凋謝）。蘀兮（詩經・鄭風的篇名）。十月隕蘀（十月草木凋萎ㄨㄟ）。
*	蠌	ㄗㄜˊ	螖ㄏㄨㄚˊ蠌（寄居蟹）。
*	襗	ㄗㄜˊ	袍襗（長袍與內衣。同「袍澤」）。
	譯	ㄧˋ	迻ㄧˊ譯（翻譯）。翻譯。
*	醳	ㄧˋ	醳醳（酒色清澈的樣子）。攫ㄐㄩㄝˊ醳（比喻恩威並濟）。
	釋	ㄕˋ	冰釋。解釋。釋放。釋疑。釋憲。釋懷。不忍釋手。心凝形釋（指思想極為專注，已到達忘我的境界）。手不釋卷。如釋重負。假釋出獄。無罪開釋。無罪獲釋。愛不釋手。煙消冰釋（比喻誤會已獲澄清，不再猜疑）。盡釋前嫌。誤會冰釋。釋出善意。
	鐸	ㄉㄨㄛˊ	木鐸（比喻宣揚教化的人）。司鐸（主掌教化的人）。師鐸獎。毀鐘為鐸（比喻愚蠢的行為）。

	國字	字音	語詞
	驛	ㄧˋ	驛站。驛馬車。水郵山驛(比喻旅行的生活)。駱驛不絕(同「絡繹不絕」)。鐵馬驛站(供騎單車者休息之所)。驛夫走卒(比喻地位卑下者)。驛寄梅花(比喻向遠方友人表達想念之情)。
*	鸅	ㄓㄜˊ	鴮ㄨˇ鸅(即鵜ㄊㄧˊ鶘ㄏㄨˊ)。鸅鸆ㄩˊ(鳥名。俗稱護田鳥)。
	【會】		
	儈	ㄎㄨㄞˋ	牙儈(居間介紹雙方買賣而牟利的人)。市儈(同「牙儈」)。儈佞(小人)。駔ㄗㄤˇ儈(同「牙儈」)。
	劊	ㄎㄨㄞˋ	劊子ㄗ˙手(古代執行死刑的人。同「刀斧手」)。
	噲	ㄎㄨㄞˋ	樊ㄈㄢˊ噲(漢代人名)。羞與噲伍(指不屑ㄒㄧㄝˋ與粗鄙庸碌的人為伍)。與噲為伍(比喻與平庸者共事或同夥)。與「噌ㄘㄥ」不同。
*	廥	ㄎㄨㄞˋ	帑ㄊㄤˇ廥(貯ㄓㄨˋ藏財幣和米糧的府庫)。
*	旝	ㄎㄨㄞˋ	矢旝(箭鏃ㄗㄨˊ與石頭ㄊㄡˊ,都是古時的武器)。旝動而鼓(舞動帥旗,擊鼓進軍)。
	會	ㄏㄨㄟˋ	大都會。因緣際會。聚精會神。融會貫通。
		ㄎㄨㄞˋ	會計。會計師。會弁ㄅㄧㄢˋ如星(鑲嵌ㄑㄧㄢ在皮冠ㄍㄨㄢ中縫的美玉有如耀眼的星星)。
		ㄍㄨㄟˋ	會稽(浙江省舊縣名)。會稽山(浙江省山名)。會稽之恥(比喻戰敗的恥辱)。會稽國小(位於桃園市)。
		ㄏㄨㄟˇ	一會兒。歇會兒。待一會兒。
	檜	ㄎㄨㄞˋ	紅檜。檜木。秦檜。

國字		字音	語　　詞
	澮	ㄎㄨㄞˋ	涓澮（小水流）。溝澮（田間水道。同「溝洫」）。
	燴	ㄏㄨㄟˋ	燴飯。大雜燴。牛肉燴飯。外燴辦桌。
	獪	ㄎㄨㄞˋ	狙ㄐㄩ獪（形容人像猴子一樣的狡猾奸詐）。狡獪（詭ㄍㄨㄟˇ詐。同「狡猾」）。
*	癐	ㄨㄟ	打癐癐（眾人一起工作，齊聲喊叫，以壯聲勢）。阿癐癐（士卒助軍威的吶喊聲）。
*	禬	ㄍㄨㄟˋ	禬解（祭祀祈福，消除災禍）。禬禳ㄖㄤˊ（焚香誦經，祈求消除災害）。
	繪	ㄏㄨㄟˋ	彩繪。描繪。歷歷如繪（描述清楚、生動，就像畫面呈現眼前一般）。繪事後素（比喻行事起初簡單，然後逐漸深入）。繪聲繪影。
	膾	ㄎㄨㄞˋ	蓴ㄔㄨㄣˊ羹鱸膾（比喻思念故鄉）。膾不厭細（比喻食品精緻，飲食極其講究）。膾炙人口。
	薈	ㄏㄨㄟˋ	薈萃ㄘㄨㄟˋ（聚集）。蘆薈。人文薈萃（比喻傑出人物聚集在一地）。薈萃一堂（聚集四方菁英於一處。形容難逢的盛會）。
*	襘	ㄍㄨㄟˋ	袺ㄐㄧㄝˊ襘（比喻重要的地方）。
	鄶	ㄎㄨㄞˋ	自鄶以下（比喻程度太低，不值得ㄉㄜˊ評論）。
*	鬠	ㄎㄨㄛˋ	鬠笄ㄐㄧ（固定髮髻ㄐㄧˋ的笄）。
	鱠	ㄎㄨㄞˋ	斫ㄓㄨㄛˊ鱠（將魚肉切成薄片）。魚鱠。蓴ㄔㄨㄣˊ羹鱸鱠（同「蓴羹鱸膾」）。通「膾」。

國字	字音	語詞
【萬】		
*勱	ㄇㄞˋ	勱相（勉力輔佐治理）。通「邁」。
勵	ㄌㄧˋ	勉勵。策勵。風ㄈㄥˋ世勵俗（規勸世人，獎勵善良習俗）。敦品勵學。勵精圖治。
厲	ㄌㄧˋ	淩厲。夕惕若厲（終日戒懼，如臨危境，不敢稍加懈怠）。再接再厲。疾言厲色（形容人發怒的樣子）。泰山若厲（比喻時間久遠）。秣馬厲兵。敦世厲俗（使世俗、風尚敦厚樸實）。發揚踔厲（形容意氣昂揚，精神振奮的樣子）。雷厲風行。厲民自養（虐害人民，以人民的血汗奉養ㄧㄤˋ自己）。厲行節約。鋪ㄆㄨ張揚厲（極力鋪陳張揚，以表闊綽）。聲色俱厲。蹈ㄉㄠˋ厲之志（比喻奮發圖強的志向）。變本加厲。
	ㄌㄞˋ	漆身為厲（塗漆使身體長瘡）。通「癩」。
癘	ㄌㄧˋ	疫癘（瘟疫）。瘴ㄓㄤˋ癘（人接觸到山林間因溼熱而產生的毒氣所引起的疾病）。瘴癘之氣。
礪	ㄌㄧˋ	砥礪。砥志礪行ㄒㄧㄥˋ（磨鍊意志，奮發向上）。砥礪廉隅ㄩˊ（指磨鍊節操，使品格方正不苟）。礪山帶河（比喻歷時久遠，任何動盪也絕不變節）。礪帶山河（同「礪山帶河」）。
萬	ㄨㄢˋ	家財萬貫。揚名立萬（名聲流傳於久遠）。萬籟俱寂。
糲	ㄌㄧˋ	粗糲（粗米、糙ㄘㄠ米）。布衣糲食（形容生活儉樸、清苦）。粗衣糲食（同「布衣糲食」）。惡ㄜˋ衣糲食（同「布衣糲食」）。

國字	字音	語詞
蠆	ㄔㄞˋ	水蠆。蠆尾（比喻為害人者）。卷ㄑㄩㄢˇ髮如蠆（卷ㄑㄩㄢˇ曲的頭髮像蠍尾）。蜂蠆之禍（指由小毒而造成的大禍）。蜂蠆有毒（比喻細小的東西也能害人）。銀鉤蠆尾（指書法趯ㄊㄧˋ的筆畫遒ㄑㄧㄡˊ勁有力）。
蠣	ㄌㄧˋ	牡蠣（不作「牡蠇」）。
躉	ㄉㄨㄣˇ	躉批（整批的大量銷售）。躉賣（整批賣出）。躉售市場（大量批發貨物的市場）。
邁	ㄇㄞˋ	年邁(年紀大)。老邁。豪邁。邁方步。日月逾ㄩˊ邁(指時光流逝)。向前邁進。老邁龍鍾。勇往邁進。邁古超今(超越古今)。邁開步伐ㄈㄚˊ。邁跡自身(無所攀附，靠自己奮發上進)。
		【感】
感	ㄍㄢˇ	感召ㄓㄠˋ。感慨ㄎㄞˇ。哀感頑豔(內容淒切，文辭綺ㄑㄧˇ麗。後指小說、戲曲或電影裡的感人情節)。
憾	ㄏㄢˋ	抱憾。缺憾。憾事。遺憾。了無憾恨（一點也沒有遺憾怨恨）。抱憾而終。抱憾終生。遺珠之憾。
撼	ㄏㄢˋ	搖撼。震撼。震撼力。震撼彈。蚍ㄆㄧˊ蜉撼樹（比喻不自量ㄌㄧㄤˋ力）。震撼人心。震撼教育。撼天震地（形容聲音或聲勢浩大）。
*轗	ㄎㄢˇ	轗軻ㄎㄜˇ（比喻人潦倒不得志。同「坎坷ㄎㄜˇ」）。
		【意】
億	ㄧˋ	億則屢中ㄓㄨㄥˋ（形容估計事情準確，每次總是猜中）。億萬斯年（形容時間極為長遠）。
噫	ㄧˋ	噫氣（吐氣）。噫嗚（悲嘆感傷的樣子）。憑噫（忿恨抑鬱）。

	國字	字音	語詞
	意	ㄧˋ	意興ㄒㄧㄥˋ。出人意表。先意承志（揣ㄔㄨㄞˇ測人意而加以迎合）。言簡意賅。防意如城（防止私欲之心，像守城防敵一樣）。事出不意（事情的發生出乎意料之外）。美意延年（比喻心情樂觀舒暢，可延長壽命）。意識形態。
	憶	ㄧˋ	回憶。行思坐憶(形容時時刻刻在想念)。記憶猶新。過目皆憶（只要一看過就記得˙ㄉㄜ）。
*	繶	ㄧˋ	繶爵（古代飾以篆ㄓㄨㄢˋ文的飲酒器）。
	臆	ㄧˋ	胸臆（胸懷、心胸）。臆度ㄉㄨㄛˋ。臆測。直抒胸臆。痛心傷臆（形容極為悲痛）。憑空臆造。
	薏	ㄧˋ	薏苡（植物名）。薏苡之謗（比喻未收賄賂ㄌㄨˋ卻遭誣ㄨ衊）。薏苡明珠（同「薏苡之謗」）。
*	醷	ㄧˋ	喑ㄧㄣ醷（氣凝結的樣子）。
	【當】		
	噹	ㄉㄤ	叮噹。噹啷ㄌㄤ落地（金屬物落地而發出響聲）。
		ㄉㄧㄤ	噹噹兒（比喻無知識，沒有見過世面的人）。
	擋	ㄉㄤˇ	抵擋。阻擋。擋箭牌。
		ㄉㄤˋ	摒ㄅㄧㄥˋ擋（收拾，料理）。摒擋行裝（料理出門時所攜帶的行李）。
	檔	ㄉㄤˇ	排檔。搭檔。檔案。高檔產品。最佳拍檔。
	璫	ㄉㄤ	耳璫（耳飾）。琅璫（形容金石撞擊的聲音）。翠鳳明璫（比喻首飾華麗）。

	國字	字音	語詞
	當	ㄉㄤ	當選。勢不可當。銳不可當。應ㄧㄥ時當令（指做事適合時令）。螳臂ㄅㄧˋ當車ㄔㄜ。
		ㄉㄤˋ	典當。屏ㄅㄧㄥˇ當（同「摒ㄅㄧㄥˋ擋」）。當作。當真。不正當。正當性。大而無當（形容東西過大而不實用）。正當防衛。正當娛樂。正當職業。玉卮ㄓ無當（比喻物品雖貴重，卻不合實用）。防衛過當。晚食當肉（泛指不熱中名利，甘於淡薄清苦的生活）。
*	簹	ㄉㄤ	篔ㄩㄣˊ簹（竹名）。
*	蟷	ㄉㄤ	蟷蠰ㄖㄤˇ（螳螂）。
	襠	ㄉㄤ	褲襠。開襠褲。縵ㄇㄢˋ襠褲（下及足踝ㄏㄨㄞˊ，上連胸腹，沒有開襠的褲子）。
	鐺	ㄉㄤ	鈴鐺。鋃鐺入獄（即被捕、坐牢）。
		ㄔㄥ	茶鐺。酒鐺（舊時一種三腳的溫酒器）。餅鐺（烙ㄌㄠˋ餅用的平底鍋）。鼎鐺玉石（視鼎如鐺，視玉如石。形容生活奢侈）。鼎鐺有耳（比喻應多聽聞，以廣益智慧謀慮）。鐺底焦飯（比喻孝順）。鐺腳刺史（指政績卓著ㄓㄨˋ的官吏）。

【農】

	儂	ㄋㄨㄥˊ	你儂我儂（形容男女之間的情感深厚）。
	噥	ㄋㄨㄥˊ	咕噥˙ㄋㄨㄥ（小聲說話，含糊不清）。嘟噥˙ㄋㄨㄥ（自言自語）。
*	憹	ㄋㄨㄥˊ	心亂。
		ㄋㄠˊ	懊憹（後悔，煩悶ㄇㄣˋ）。

	國字	字音	語詞
	濃	ㄋㄨㄥˊ	濃厚。濃郁。濃縮。血濃於水。濃妝豔抹。
	穠	ㄋㄨㄥˊ	夭桃穠李（祝人嫁娶的頌辭）。穠纖(ㄒㄧㄢ)合度（形容身材適中，胖瘦恰到好處）。
*	繷	ㄋㄨㄥˇ	紛繷（多而亂的樣子）。
	膿	ㄋㄨㄥˊ	膿包（譏嘲懦弱無能的人）。膿包貨（比喻沒出息的人）。信口捏膿（隨口任意亂說）。傷口化膿。
*	襛	ㄋㄨㄥˊ	夭桃襛李（同「夭桃穠李」）。何彼襛矣（詩經・召(ㄕㄠˋ)南的篇名）。
*	譨	ㄋㄡˊ	譨譨（話多的樣子）。
	農	ㄋㄨㄥˊ	務農。穀賤傷農。
	醲	ㄋㄨㄥˊ	醲郁（濃厚香醇）。沉浸醲郁（努力讀書，埋首在典籍的書香裡）。
	【歲】		
	劌	ㄍㄨㄟˋ	劌鉥(ㄕㄨˋ)（雕飾、雕琢）。廉而不劌（比喻為人廉直寬厚）。曹劌論戰（比喻振作勇氣）。鉥肝劌腎（形容用心良苦，盡心盡力）。劌目鉥心（比喻看到極為恐怖驚駭的事）。
	噦	ㄩㄝ	乾噦（有嘔(ㄡˇ)吐(ㄊㄨˋ)的聲音，卻吐不出東西來）。嗢(ㄨㄚˋ)噦（嘔吐）。
		ㄏㄨㄟˋ	噦鳳棲梧（賀人新居落成的題辭）。噦噦其冥（內室幽深陰暗）。鸞聲噦噦（傳來叮叮噹噹有節奏的車鈴聲）。
	歲	ㄙㄨㄟˋ	歲暮。度日如歲（同「度日如年」）。歲不我與（同「時不我與」）。

	國字	字音	語詞
*	濊	ㄏㄨㄟˋ	汙濊（同「汙穢」）。濊貊[ㄇㄛˋ]（我國古代北方種族名）。施罛[ㄍㄨ]濊濊（魚網放入水中呼呼作響）。
*	獩	ㄏㄨㄟˋ	獩貊[ㄇㄛˋ]（同「濊貊」）。
	穢	ㄏㄨㄟˋ	汙穢。口出穢言。自慚形穢（比喻自愧比不上別人）。滌瑕蕩穢（比喻除去人的過失）。穢語汙言（低俗而不堪入耳的話）。穢德彰聞（汙穢的品行，眾人都知道）。
*	翽	ㄏㄨㄟˋ	翽翽其羽（鼓動翅膀呼呼作響）。鷹揚鳳翽（指人氣概[ㄍㄞˋ]威武剛強，才華傑出）。
*	薉	ㄏㄨㄟˋ	薉貊（同「濊貊」「獩貊」）。田薉稼惡（田地荒蕪，作物敗惡）。耘耨[ㄋㄡˋ]失薉（過度失當耕種，損失歲收）。
			【禽】
	噙	ㄑㄧㄣˊ	噙淚。眼噙粉淚（形容婦女哭泣的樣子）。噙著淚水。噙齒戴髮（指男子漢頂天立地的氣概[ㄍㄞˋ]）。
	擒	ㄑㄧㄣˊ	擒拿。擒獲。擒拿術。一舉成擒。七擒七縱（比喻運用策略，使對方臣服）。生擒活捉。束手就擒。欲擒故縱。擒賊擒王（比喻做事要能把握住關鍵、重點）。
*	檎	ㄑㄧㄣˊ	林檎（植物名）。
	禽	ㄑㄧㄣˊ	匹[ㄆㄧ]禽（鴛[ㄩㄢ]鴦的別名）。衣冠[ㄍㄨㄢ]禽獸。委禽之禮（古代訂婚時男方送的聘[ㄆㄧㄣˋ]禮）。珍禽異獸。禽困覆車（比喻不可逼人太甚）。禽息鳥視（比喻生活富裕，對社會無絲毫貢獻）。禽犢之愛（比喻父母疼愛子女）。禽獸不如。

	國字	字音	語詞
			【豊】
	澧	ㄌㄧˇ	澧水（湖南省水名）。澧縣（湖南省縣名）。臨澧（湖南省縣名）。沅芷澧蘭（比喻高潔的人格）。與「灃(ㄈㄥ)」不同。
	禮	ㄌㄧˇ	禮貌。克己復禮（克制自己的私欲，使言行(ㄒㄧㄥˋ)舉止合乎禮節）。知書達禮。禮賢下士。
	豊	ㄌㄧˇ	豊器（豆形的禮器）。與「豐」不同。
	醴	ㄌㄧˇ	醴泉（甘泉）。金漿玉醴（美酒）。醴酒不設（比喻待客之禮漸衰）。
	體	ㄊㄧˇ	體育。遍(ㄅㄧㄢˋ)體鱗傷。體大思精（形容著作規模宏大、構思縝(ㄓㄣˇ)密）。體國經野（泛指治理國家）。
*	鱧	ㄌㄧˇ	鱧腸（植物名。又名蓮子草）。
			【蜀】
*	噣	ㄓㄡˋ	鳥噣（鳥嘴）。噣鳥（嘴像鉤狀的大鳥）。人面鳥噣（指人的容貌怪異）。通「咮(ㄓㄡˋ)」。
		ㄓㄨㄛˊ	俯噣（向下啄食）。噣食（同「啄食」）。俯噣白粒（向下啄食米粒）。通「啄」。
*	擉	ㄔㄨˋ	擉刃（刺取魚鱉的器具）。擉鱉（刺鱉）。整擉（整齊。同「整娖(ㄔㄨㄛˋ)」）。
*	斶	ㄔㄨˋ	顏斶（人名。戰國時齊人）。
*	歜	ㄔㄨˋ	甘歜（春秋人名）。顏歜（同「顏斶」）。
	濁	ㄓㄨㄛˊ	汙濁。混(ㄏㄨㄣˋ)濁。行濁言清（即言行(ㄒㄧㄥˋ)不一）。激濁揚清（比喻掃除惡人，表彰好人）。

國字		字音	語詞
	燭	ㄓㄨˊ	蠟燭。扣槃ㄆㄢˊ捫燭（比喻認識不清而產生誤會）。西窗翦燭（與親友夜聚相談）。秉燭夜遊。花燭之期（婚期）。洞燭其奸（看透了對方的陰謀詭計）。洞燭機先（預先察知事情的發展、跡象）。炳燭之明（比喻人老而好學不倦）。風中殘燭。風燭殘年。燭照數ㄕㄨˋ計（比喻預料事情準確）。燭影斧聲（比喻懸案）。
	獨	ㄉㄨˊ	獨裁。無獨有偶。獨木難支。獨步天下（才能傑出，無人能比）。獨到之見。獨門絕活。獨當一面。獨領風騷（形容表現傑出，傲視群倫）。
*	臅	ㄔㄨˋ	臅膏（胸臆中的脂ㄓ油）。
	蜀	ㄕㄨˇ	玉蜀黍。得隴ㄌㄨㄥˇ望蜀。蜀犬吠日。樂不思蜀。
*	蠋	ㄓㄨˊ	蠋蝓ㄩˊ（蜘蛛的別名）。蜎ㄩㄢ蜎者蠋（蠕ㄖㄨˊ動屈曲的是野蠶）。
*	襡	ㄕㄨˇ	袿ㄍㄨㄟ襡（女子的服裝之一。袿為上衣，襡為較長的短衣）。
		ㄉㄨˊ	斂簟ㄉㄧㄢˋ而襡（把竹席捆綁並加以收藏）。
	蠲	ㄐㄩㄢ	蠲免（免除）。蠲削ㄒㄩㄝˋ（同「蠲免」）。蠲減（同「蠲免」）。蠲賦（免除稅賦）。蠲體（潔淨身體）。蠲痺湯（中藥的治風劑）。年年蠲租（年年免除租稅）。蠲免稅賦。蠲邪納福（去邪致祥）。蠲除祅ㄧㄠ災（除去怪異的災禍）。蠲煩析酲ㄔㄥˊ（消除煩惱，解除酒病）。
	觸	ㄔㄨˋ	一觸即發。觸山之力（形容力氣強大）。觸目皆是。觸目駭心（形容事態極為慘重）。觸目驚心（同「怵目驚心」）。觸景生情。觸類旁通。蠻觸之爭（比喻為小事而爭鬥）。

	國字	字音	語詞
	躅	ㄓㄨˊ	芳躅（前賢的遺跡）。高躅（崇高的行為）。踟ㄔˊ躅（同「躑ㄓˊ躅」）。躑躅（徘徊ㄏㄨㄞˊ不前的樣子）。紅躑躅（杜鵑花的別名）。躑躅不前。
	鐲	ㄓㄨㄛˊ	手鐲。鐲子。
*	韣	ㄉㄨˊ	弓韣（裝弓的袋子）。韞ㄩㄣˋ韣（懷藏才能，不為世用。同「韞櫝ㄉㄨˊ」）。
	髑	ㄉㄨˊ	髑髏（人屍體腐爛後剩下的頭骨）。
*	鸀	ㄓㄨˊ	鸀鳿ㄩˋ（水鳥名。即鸑ㄩㄝˋ鷟ㄓㄨㄛˊ）。
	【奧】		
*	噢	ㄩˇ	噢咿（心裡悲痛）。噢咻ㄒㄩˇ（因痛苦而發出的呻吟聲。同「噢休ㄒㄩˇ」）。
	奧	ㄠˋ	堂奧（比喻學問的深奧境界）。深奧。奧妙。奧祕。奧援。奧運會。日月方奧（天氣剛轉暖和ㄏㄨㄛˊ）。深入堂奧（深入學問或文藝作品的奧妙處）。瞻彼淇奧（看看那淇水的轉彎處）。
	懊	ㄠˋ	懊悔。懊喪ㄙㄤˋ。懊惱。
	澳	ㄠˋ	澳洲。
	燠	ㄩˋ	寒燠（冷熱。指噓寒問暖的應酬話）。燠熱。
*	薁	ㄩˋ	蘡ㄧㄥ薁（即山葡萄）。食鬱及薁（吃郁李和山葡萄）。
	襖	ㄠˇ	皮襖（用獸皮製的外套）。棉襖。荊釵ㄔㄞ布襖（指婦女服飾樸素簡約）。

	國字	字音	語詞
*	隩	ㄩˋ	隈ㄨㄟ隩（曲折幽深）。隩室（暖室）。
		ㄠˋ	隩阼ㄗㄨㄛˋ（室西南隅ㄩˊ的阼階）。隩隅ㄩˊ（室的西南角）。其塗隩矣（他的學說很幽深）。通「奥」「墺」。
	【睘】		
*	儇	ㄒㄩㄢ	妝儇（裝模作樣）。儇子（奸巧而輕薄的男子）。儇媚（奸巧諂媚）。儇薄（輕薄無行ㄒㄧㄥˋ）。
	圜	ㄩㄢˊ	圜土（監獄）。圜丘（古代天子祭天之壇）。圜牆（同「圜土」）。刓ㄨㄢˊ方為圜（比喻改變忠直的性格為圓融世故）。破觚ㄍㄨ為圜（比喻去除嚴刑峻法）。圜鑿方枘ㄖㄨㄟˋ（比喻格格不入，互不相合）。通「圓」。
		ㄏㄨㄢˊ	圜視（驚愕而向四周觀看）。轉圜。兩面轉圜。
	嬛	ㄒㄩㄢ	便ㄆㄧㄢˊ嬛（輕巧美好的樣子）。嬛佞（輕佻ㄊㄧㄠ而擅言辭）。嬛嬛（柔媚的樣子）。便ㄆㄧㄢˊ嬛綽約。
		ㄏㄨㄢˊ	丫嬛（同「丫鬟」）。娅嬛（同「丫鬟」）。瑯嬛福地（藏有奇書的仙境）。
	寰	ㄏㄨㄢˊ	寰宇（全世界）。威震寰宇（指聲威強大，令人震驚）。慘絕人寰。撒ㄙㄚ手塵寰（即死亡）。聲振寰宇（同「威震寰宇」）。譽滿寰中（美好的名聲，天下人都知道）。
*	彋	ㄏㄨㄥˊ	弸ㄆㄥˊ彋（形容風吹帷帳鼓動的樣子）。
*	懁	ㄒㄩㄢ	懁急（性情急躁衝動）。民俗懁急（民俗急躁）。
	擐	ㄏㄨㄢˋ	擐甲（穿著鎧ㄎㄞˇ甲）。躬擐甲冑ㄓㄡˋ（比喻親自上戰場指揮作戰）。擐甲執兵（形容準備作戰的樣子）。擐甲揮戈（同「擐甲執兵」）。

	國字	字音	語詞
*	擐	ㄏㄢˋ	擐如囚拘（如同囚徒受到羈絆）。
*	澴	ㄏㄨㄢˊ	漩ㄒㄩㄢˊ澴（水成漩渦而向上湧起的樣子）。澴水（水名。源出河南省）。
*	獧	ㄐㄩㄢˋ	狂獧（過於激進與過於保守的人。同「狂狷ㄐㄩㄢˋ」）。獧者（性情耿介而有所不為的人）。通「狷」。
	環	ㄏㄨㄢˊ	光環。豹頭環眼（形容人相貌凶惡）。強敵環伺。結草銜環（感激他人的恩德而設法報答）。黃雀銜環（比喻報恩）。險象環生。環肥燕瘦（比喻女人體態不同而各擅其美）。
	繯	ㄏㄨㄢˊ	繯首（古代一種用繩結為環套而加以勒ㄌㄟ絞致死的刑罰。即絞刑）。投繯自盡。
*	翾	ㄒㄩㄢ	翾翾（飛翔）。翴ㄌㄧㄢˊ翾（相連飛行）。翾風（輕拂ㄈㄨˊ的風）。翾飛（同「翾翾」）。翾風迴雪（形容舞姿輕盈曼妙）。翾飛蠕ㄖㄨˊ動（同「蠉飛蠕動」）。
*	蠉	ㄒㄩㄢ	蠉飛蠕ㄖㄨˊ動（蟲飛翔和爬動的樣子）。
*	轘	ㄏㄨㄢˊ	轘轅（曲折險阻、形勢險要的道路）。
		ㄏㄨㄢˋ	刑轘。車轘。轘磔ㄓㄜˊ（以上三詞皆指古代車裂的酷刑）。
	還	ㄏㄨㄢˊ	還原。天道好還（因果循環的天理。多指惡有惡報）。乍暖還寒。欲語還休。還以顏色。
		ㄏㄞˊ	還有。解鈴還是繫鈴人。
		ㄒㄩㄢˊ	般ㄆㄢ還（退縮轉身）。還踵（形容極為快速。同「旋踵」）。通「旋」。

	國字	字音	語詞
*	鐶	ㄏㄨㄢˊ	鎖鐶(鎖鏈ㄌㄧㄢˋ)。
*	闤	ㄏㄨㄢˊ	闤闠ㄏㄨㄟˋ(市場,店鋪)。
	鬟	ㄏㄨㄢˊ	ㄚ鬟。風鬟雨鬢ㄅㄧㄣˋ(形容婦女頭髮蓬亂)。霧鬢風鬟(同「風鬟雨鬢」)。
*	鰥	ㄍㄨㄢ	鰥魚(魚名)。鰥夫(年老無妻或喪偶的人。同「鱞夫」「矜ㄍㄨㄢ夫」)。

【雍】

	國字	字音	語詞
	壅	ㄩㄥ	培壅(在植物根部堆土,加強穩固)。壅門(用以掩蔽城門的城牆)。壅塞ㄙㄜˋ。壅蔽(阻塞ㄙㄜˋ、遮蔽)。交通壅塞。
	擁	ㄩㄥˇ	擁有。擁抱。擁塞ㄙㄜˋ(阻塞)。擁戴。擁擠。擁護。一擁而上。坐擁百城(形容藏書極為豐富)。雲擁山腰(雲遮住了山腰)。蜂擁而至。擁兵自固(掌握軍隊以鞏固自己的地位)。
*	澭	ㄩㄥ	澭水(水名。源出山東省。同「灉ㄩㄥ水」)。荊人涉澭(諷ㄈㄥˋ刺墨守成法而不根據實際情況變通的行為)。
	甕	ㄨㄥˋ	酒甕。桑樞甕牖ㄧㄡˇ(形容貧寒之家)。漢陰抱甕(比喻純真無邪,對事物順其自然)。請君入甕(比喻以其人之道,還治其人之身)。擊甕叩缶ㄈㄡˇ(一種秦國民間音樂)。甕中捉鱉。甕天蠡ㄌㄧˊ海(比喻見識淺薄)。甕裡醯ㄒㄧ雞(指見聞淺陋、眼光狹隘的人)。甕盡杯乾(比喻錢已用完,一貧如洗)。甕牖ㄧㄡˇ繩樞(同「桑樞甕牖」)。

國字		字音	語詞
*	罋	ㄨㄥˋ	罋牖ㄧㄡˇ（比喻貧寒之家。同「甕牖」）。罋牖繩樞（同「甕牖繩樞」）。通「甕」「瓮ㄨㄥˋ」。
	臃	ㄩㄥ	臃腫。
	蕹	ㄨㄥˋ	蕹菜（空心菜）。水蕹菜。
	雍	ㄩㄥ	雍正。伯雍種玉（比喻男女兩家通婚）。雍容華貴。雍容雅步（態度從ㄘㄨㄥ容、舉止斯文）。雍容爾雅（神態從容、舉止儒雅）。
	饔	ㄩㄥ	饔飧ㄙㄨㄣ（熟食）。佐饔得嘗（比喻助人行善會得到善報）。朝饔夕飧（說己才疏力薄，除飲食外，別無所能）。饔飧不繼（形容生活極為困頓）。
			【學】
	學	ㄒㄩㄝˊ	教ㄐㄧㄠ學。學歷。學以致用。學無止境。
*	斅	ㄒㄧㄠˋ	模斅（模仿他人）。斅學半（教人所得到的效益，等於是自學的一半）。斅學相長（同「教ㄐㄧㄠ學相長」）。
*	澩	ㄒㄩㄝˊ	澩灂ㄓㄨㄛˊ（波ㄅㄛ濤ㄊㄠˊ相激盪的聲音）。
*	嶨	ㄑㄩㄝˋ	嶨石（因波浪沖擊而發聲的石頭ㄊㄡˊ）。嶨堅（像石頭般堅硬的樣子）。
	鱟	ㄏㄡˋ	鱟魚（節肢動物名。古生代即已出現）。
*	鷽	ㄒㄩㄝˊ	鷽鳩（即斑鳩。比喻小人）。鷽鳩笑鵬（比喻見識淺薄，又無自知之明）。
			【解】
*	嶰	ㄒㄧㄝˋ	嶰谷（崑崙山北谷名）。嶰壑ㄏㄨㄛˋ（山澗ㄐㄧㄢˋ、澗谷）。

國字	字音	語詞
廨	ㄒㄧㄝˋ	公廨（官署ㄕㄨˇ）。官廨（同「公廨」）。廨宇（古代屬於官署的房屋。即官舍）。
懈	ㄒㄧㄝˋ	懈怠。鬆懈。夙夜匪懈。堅持不懈。無懈可擊。
* 澥	ㄒㄧㄝˋ	勃澥（即渤海）。渤澥（同「勃澥」）。澥谷（同「嶰谷」）。渤澥桑田（同「滄海桑田」）。
* 獬	ㄒㄧㄝˋ	獬豸ㄓˋ（神話傳說中的獨角獸。同「獬廌ㄓˋ」）。獬豸冠ㄍㄨㄢ（古代執法者所戴的帽子）。
* 繲	ㄐㄧㄝˋ	治繲（洗滌ㄉㄧˊ衣物）。挫鍼ㄓㄣ治繲（替人縫補、洗滌衣物以維持生計）。
* 薢	ㄒㄧㄝˋ	山蓽ㄅㄧˋ薢（植物名）。
蟹	ㄒㄧㄝˋ	螃蟹。蝦兵蟹將（神話中海龍王手下的兵將）。蟹行文字（歐美各國橫寫的文字）。
解	ㄐㄧㄝˇ	解剖ㄆㄡˇ。告解室。大惑不解。不求甚解。庖ㄆㄠˊ丁解牛。解衣推食（比喻慷慨的施恩於人）。
	ㄐㄧㄝˋ	押解。起解（犯人或貨物被押送上路）。解元（科舉時代，鄉試第一名）。解送。解差ㄔㄞ（押解犯人的差ㄔㄞ役）。遞解。遞解出境（執行驅逐出境）。蘇三起解（戲曲劇目）。
	ㄒㄧㄝˋ	解池（山西省的鹹水湖）。解谷（同「嶰谷」）。解廌（同「獬豸」）。解縣（山西省縣名）。解縉（明代人名）。解鹽（解池出產的鹽）。解淑君（演員）。稼穡ㄙㄜˋ匪解（耕種莊稼不能鬆懈。同「稼穡匪懈」）。

國字		字音	語詞
	邂	ㄒㄧㄝˋ	邂逅ㄏㄡˋ。邂逅之緣（偶然相遇的緣分）。邂逅相逢（事先沒有約定而遇見）。邂逅聚首。
	【喿】		
*	剿	ㄐㄧㄠˇ	剿殄ㄊㄧㄢˇ（消滅）。剿絕（同「剿殄」）。剿滅（同「剿ㄐㄧㄠˇ滅」）。剿獪ㄎㄨㄞˋ（詭變多詐。同「狡獪」）。征伐ㄈㄚˊ剿絕（出征討伐ㄈㄚˊ並加以消滅）。
	噪	ㄗㄠˋ	聒噪。噪音。名噪一時。蛙鳴蟬噪（比喻拙劣的文章、議論）。聲名大噪。
*	幧	ㄘㄠ	幧頭（古代男子的束髮巾。同「帩ㄑㄧㄠˋ頭」）。
*	懆	ㄘㄠˇ	暴懆（同「暴躁」）。懆懆（憂慮不安的樣子）。念子懆懆（想你想得憂慮不安）。
	操	ㄘㄠ	操觚ㄍㄨ（指執筆為文）。入室操戈（比喻持對方的論點，找其紕ㄆㄧ漏，反駁對方）。重操舊業。操之過急。操兵演練。
*	氉	ㄗㄠˋ	毷ㄇㄠˋ氉（心裡煩悶）。
	澡	ㄗㄠˇ	澡身浴德（修身立德，使身心高潔純淨）。
	燥	ㄗㄠˋ	乾燥。燥熱。乾燥劑。口乾舌燥。天乾物燥。炙冰使燥（比喻事情辦不到，白費力氣）。枯燥乏味。推燥居溼（比喻撫養幼兒的辛苦）。焦燥如焚（形容因天氣酷熱而非常口渴）。
		ㄙㄠˋ	肉燥。肉燥飯。肉燥麵。燥子豆腐。通「臊ㄙㄠˋ」。
*	璪	ㄗㄠˇ	張璪（唐代畫家）。
*	矂	ㄗㄠˋ	眊ㄇㄠˋ矂（因失意而煩悶）。

國字	字音	語詞
*繅	ㄗㄠˇ	朱綠繅（祭服的冠ㄍㄨㄢ冕前後有旒ㄌㄧㄡˊ，用朱、綠兩種顏色的絲作為細繩，貫串珠玉而垂懸在冠冕的前後）。通「藻」。
	ㄙㄠ	繅車（繅ㄙㄠ絲的器具。同「繰車」）。繅絲（煮繭取絲。同「繰絲」）。通「繰」。
臊	ㄙㄠ	腥臊。臊氣（腥臭的氣味）。臊臭。臊聲（醜陋的名聲）。羊臊味。腥臊味。臭短臊長（各種汙穢的言語）。
	ㄙㄠˋ	肉臊（同「肉燥ㄙㄠˋ」）。花臊（漂亮）。害臊。臊子（碎肉）。沒羞沒臊（厚顏無恥的樣子）。臊子豆腐（同「燥ㄙㄠˋ子豆腐」）。臊眉搭眼（形容羞愧的樣子）。
藻	ㄗㄠˇ	海藻。詞藻。藻井（傳統建築的天花板）。藻飾（修飾）。掞ㄧㄢˋ藻飛聲（發抒辭藻而聲譽遠揚）。
譟	ㄗㄠˋ	鼓譟。搖旗鼓譟。群眾鼓譟。
*趮	ㄗㄠˋ	趮急（快速的樣子）。趮視（急視而心不安）。趮者不靜（急躁的人心不能平靜）。
躁	ㄗㄠˋ	毛躁。急躁。浮躁。焦躁。煩躁。暴躁。躁進（輕率求進）。躁鬱症。少安勿躁。心浮氣躁。心煩意躁。焦躁不安。輕率躁急（草率而急躁）。躁人辭多（急躁的人話多）。
*鱢	ㄙㄠ	鱢鮏ㄒㄧㄥ（腥臭）。

國字	字音	語詞
		【疒】
應	ㄧㄥ	應屆。一應俱全。理應如此。罪有應得。應有盡有。應屆畢業。
	ㄧㄥˋ	應允。應瑒ㄧㄤˊ（三國時魏人）。應山縣（湖北省縣名）。應聲蟲（比喻胸無主見，隨聲附和ㄏㄜˋ的人）。刺激反應。虛應故事ㄕˋ。順天應時（順從天命，適應時機）。應名點卯（照例行事）。應時當ㄉㄤ令。應接不暇。應規蹈ㄉㄠˋ矩（同「循規蹈矩」）。應運而生。應機立斷。應聲倒地。
膺	ㄧㄥ	服膺。膺任（擔任）。膺選（當ㄉㄤ選）。膺懲ㄔㄥˊ（討伐ㄈㄚ、懲治）。拊ㄈㄨˇ膺切ㄑㄧㄝ齒（表示非常悲憤）。拳拳服膺（態度誠懇真摯的牢記在心）。義憤填膺。榮膺大任。撫膺大慟ㄊㄨㄥˋ。謬ㄇㄧㄡˋ膺重寄（力不勝ㄕㄥ任，錯負重職。乃自謙詞）。與「贗ㄧㄢˋ」不同。
鷹	ㄧㄥ	鷹架。犬牙鷹爪ㄓㄠˇ（比喻奴僕）。鷹視狼顧（形容目光銳利，貪狠凶殘的樣子）。
		【殳】
擊	ㄐㄧˊ	打擊。槍擊。目擊者。目擊耳聞（親自看到和聽到）。目擊證人。擊節稱賞。
*檕	ㄐㄧˋ	檕梅（山楂ㄓㄚ的別名）。
繫	ㄒㄧˋ	聯繫。繫念。繫馬。繫懷（心裡掛念）。紅繩繫足。解鈴繫鈴。繫而不食（比喻懷才不遇）。繫風捕影（同「捕風捉影」「係風捕影」）。
	ㄐㄧˋ	繫安全帶。繫鞋帶兒。
*蟿	ㄑㄧˋ	蟿螽ㄓㄨㄥ（昆蟲的一種）。

	國字	字音	語詞
*	轚	ㄐㄧˊ	轚互（車行至狹隘處，車軸與他車互相碰撞）。
	【詹】		
	儋	ㄉㄢ	儋石（指少量的稻穀糧食）。儋耳（部落名）。儋縣（地名。位於海南島西岸）。家無儋石（形容生活極為貧困）。
*	幨	ㄔㄢ	幨帷（車上的帷幕）。幨幌ㄏㄨㄤˇ（帷幔，床帳）。
*	憺	ㄉㄢˋ	煩憺（煩惱）。憺畏（畏懼）。憺然（安適恬靜的樣子）。憺然無欲（生活恬淡沒有欲望）。
	擔	ㄉㄢ	扁擔。負擔。擔荷ㄏㄜˋ。擔憂。擔不是（承擔過錯）。枉擔虛名（徒有空名。指名實不副ㄈㄨˋ）。擔雪填井（比喻白費力氣，無濟於事）。擔驚受怕。
		ㄉㄢˋ	一擔（一百斤）。重擔。擔子。貨郎擔（舊時肩挑擔子，手搖博浪鼓，沿街叫賣日常用品的小販）。擔仔ㄗˇ麵。
	檐	ㄉㄢˋ	檐子（唐初盛行，由官員或老人、病患所乘坐無屏障的轎子）。檐石（形容數量微少）。檐竿（高舉竹竿）。躡蹻ㄐㄩㄝ檐簦ㄉㄥ（指長途跋涉或離家遠遊。同「躡蹻擔ㄉㄢ簦」）。
		ㄧㄢˊ	步檐（走廊）。屋檐（同「屋簷」）。壓檐（形容某物高大，覆蓋屋簷）。風檐寸晷ㄍㄨㄟˇ（形容舊時科舉考試分秒必爭情形。同「風簷寸晷」）。檐陰薪爨ㄘㄨㄢˋ（在屋簷下以柴燒飯）。通「簷」。
	澹	ㄉㄢˋ	澹泊（同「淡泊」）。澹然（恬ㄊㄧㄢˊ靜的樣子）。澹泊明志（恬淡寡欲，志向高遠）。慘澹經營。
		ㄊㄢˊ	澹臺（複姓）。澹臺滅明（孔子弟子，字子羽）。

	國字	字音	語詞
*	甋	ㄉㄢ	甋甀ㄓㄨㄟˋ（瓦瓶）。
	瞻	ㄓㄢ	瞻仰。瞻望。瞻顧。前瞻性。有礙觀瞻。馬首是瞻。高瞻遠矚。動見觀瞻（一舉一動都受人矚目）。眾目具瞻（眾人都嚮ㄒㄧㄤˋ往。也比喻極明顯）。就日瞻雲（指晉謁ㄧㄝˋ天子）。極切瞻韓（比喻極為景仰思慕）。瞻前顧後。
	膽	ㄉㄢˇ	膽怯ㄑㄩㄝˋ。膽寒。膽固醇。劍膽琴心（比喻人剛柔相濟，允文允武）。膽戰心驚。膽識過人。
	簷	ㄧㄢˊ	屋簷。風簷寸晷（同「風檐ㄧㄢˊ寸晷」）。飛簷走壁。
*	薝	ㄓㄢ	薝棘（草名）。薝蔔（一種佛經記載ㄗㄞˇ的花）。
	蟾	ㄔㄢˊ	玉蟾。銀蟾。蟾兔。蟾宮。蟾桂（以上各詞皆指月亮）。蟾蜍。蟾宮客（新郎）。攀蟾折桂（比喻科舉中試）。蟾宮折桂（同「攀蟾折桂」）。
*	襜	ㄔㄢ	襜帷（車上四周的帷幕。同「幨ㄔㄢ帷」）。襜褕ㄩˊ（古代一種直襟的單衣）。
	詹	ㄓㄢ	詹尹ㄧㄣˇ（古代對占ㄓㄢ筮ㄕˋ者的稱呼）。詹詹（喋喋不休的樣子）。詹天佑。
*	譫	ㄓㄢ	譫語（人在病中神志不清時的胡言亂語）。
	贍	ㄕㄢˋ	富贍（形容學識淵博高超）。贍富（豐富）。贍聞（見聞廣博）。贍養。贍養費。家給ㄐㄧˇ戶贍（家家戶戶生活富裕）。救過不贍（補救過失唯恐來不及）。詞華典贍（遣詞華麗，用典豐富）。學優才贍（學問豐富，又有才氣）。
*	黵	ㄉㄢˇ	黵改（塗改）。黵面（古代刑法。在臉上刺字塗墨。同「黥ㄑㄧㄥˊ面」）。

	國字	字音	語　　詞
			【義】
	儀	ㄧˊ	心儀已久。母儀天下（儀態舉止可作為全天下母親的典範）。有鳳來儀（古時祥瑞的徵兆）。行禮如儀。儀表堂堂。儀態萬方。
*	巇	ㄧˇ	崎巇（山勢陡峻的樣子）。
*	檥	ㄧˇ	檥船（停船靠岸）。同「艤ㄧˇ」。
	義	ㄧˋ	義行ㄒㄧㄥˋ。天經地義。言不及義（只說些無聊的話，不談正經的道理）。陳義過高（所說的道理太過於高深）。開宗明義。義方之訓（教ㄐㄧㄠˋ導為人處世應遵守的道理）。義方垂範（指人的義行ㄒㄧㄥˋ可作為後輩的典範）。斷章取義。
*	艤	ㄧˇ	艤舟（將船停靠在岸邊）。艤船（同「艤舟」「檥舟」）。艤舟江口。
	蟻	ㄧˇ	蟻附（像螞蟻聚集攀附）。蟻夢（比喻世事如夢或指夢境）。蟻聚（形容聚集的人很多）。蟻慕（比喻嚮ㄒㄧㄤˋ往歸附）。螻蟻得志（比喻小人得勢）。麋ㄇㄧˊ沸蟻動（比喻紛亂擾攘ㄖㄤˇ。同「麋沸螘ㄧˇ動」）。蟻聚蜂屯（比喻眾人聚在一處）。通「螘」。
	議	ㄧˋ	不可思議。引人非議。招人物議。從長計議。街談巷議。議論紛紛。
*	轙	ㄧˇ	龍輈ㄓㄡ華轙（指天子的座車）。
*	鸃	ㄧˊ	鵔ㄐㄩㄣˋ鸃（鳥名。即鷩ㄅㄧˋ。又名赤雉）。

	國字	字音	語詞
			【節】
	櫛	ㄐㄧㄝˊ	櫛比ㄅㄧˋ（比喻房屋排列緊密）。不盥不櫛（不洗臉梳髮）。不櫛進士（形容有文才的女子。同「掃眉才子」）。櫛比ㄅㄧˋ鱗次（比喻建築物緊密排列）。櫛次鱗比（同「櫛比鱗次」）。櫛風沐雨。
*	癤	ㄐㄧㄝˊ	癤子（皮膚上的小瘡）。
	節	ㄐㄧㄝˊ	擊節（打拍子）。折節下士（屈己下人，謙恭對待地位或名氣不如自己的人）。貞節牌坊ㄈㄤ。晚節黃花（比喻人老而節操堅貞高尚）。開源節流。節外生枝。節用厚生（節約用度，潤澤百姓）。節節敗退。盤根錯節。擊節嘆賞（指對詩文創作或藝術表演的欣賞讚美）。擊節稱賞（同「擊節嘆賞」）。
			【黽】
*	僶	ㄇㄧㄣˇ	僶俛ㄇㄧㄢˇ（努力，勤勉。同「黽ㄇㄧㄣˇ勉」）。
*	憴	ㄕㄥˊ	憴憴（警惕謹慎）。
	澠	ㄇㄧㄣˇ	澠池（河南省縣名）。澠池之功（指為國立下大功勞）。
		ㄕㄥˊ	澠水（山東省古水名）。澠 淄ㄗ（二水名。即澠水與淄水）。
	繩	ㄕㄥˊ	繩索。赤繩繫ㄒㄧˋ足（男女雙方經由媒人介紹而結婚）。進退中ㄓㄨㄥˋ繩。繩之以法。繩其祖武（比喻繼承祖業）。繩愆ㄑㄧㄢ糾謬ㄇㄧㄡˋ（糾正過失、錯誤）。繩樞之士（指貧寒人家的子弟）。繩墨之言（合乎道德規範，可作為行為準繩的言論）。繩鋸木斷（比喻力量雖小，但只要堅持不懈，持之以恆，終能達到目的）。

	國字	字音	語詞
	蠅	ㄧㄥˊ	力士捉蠅（比喻行事要謹慎，不因事小而輕忽大意）。以冰致蠅（比喻事情難以實現）。如蠅逐臭。青蠅弔客（比喻生前沒有知心朋友）。蒼蠅見血（比喻人非常貪婪ㄌㄢˊ）。蝸利蠅名（形容微不足道的小名小利）。蠅名蝸利（同「蝸利蠅名」）。蠅頭小利。蠅頭小楷。蠅頭蝸角（同「蠅名蝸利」）。蠅營狗苟（比喻四處鑽ㄗㄨㄢ營，不擇手段；不知羞恥，但求偷生的生活態度）。蠅糞點玉（比喻好人遭到誣ㄨ陷）。
*	鄳	ㄇㄥˊ	鄳阸ㄜˋ（古關名）。鄳縣（舊縣名）。
	黽	ㄇㄧㄣˇ	黽池（河南省縣名。同「澠池」）。黽勉（勤奮、努力）。黽勉同心。黽勉從事（盡心盡力去做）。
		ㄇㄥˇ	耿黽（蛙的一種。又名土鴨）。蛙黽。在水者黽（黽，即耿黽）。
*	黿	ㄩㄢˊ	黿魚（鱉）。黿頭渚ㄓㄨˇ（地名。位於江蘇省太湖中）。黿鳴鱉應ㄧㄥˋ（比喻互相感應，聲氣相通）。
*	鼂	ㄔㄠˊ	匽ㄧㄢˇ鼂（蟲名）。鼂錯（漢代人名）。
		ㄓㄠ	鼂飽（比喻一時的滿足。同「朝ㄓㄠ飽」）。鼂不保夕（比喻情況危急難保。同「朝不保夕」）。通「朝ㄓㄠ」。
*	鼆	ㄇㄥˇ	句ㄍㄡ鼆（地名。春秋時魯邑）。
*	鼉	ㄊㄨㄛˊ	鼉江（浙江省水名）。鼉鼓（用鼉皮所製成的鼓）。鼉龍（一種巨大的爬蟲類）。鯨濤ㄊㄠˊ鼉浪（同「驚濤駭浪」）。靈鼉之鼓（同「鼉鼓」）。

國字	字音	語詞
【嗇】		
嗇	ㄙㄜˋ	吝嗇。儉嗇。吝嗇鬼。嗇己奉公（節省用度，辦好公共事業）。繁言吝嗇（指人尖酸刻(ㄎㄜˋ)薄）。
嬙	ㄑㄧㄤˊ	王嬙（即王昭君）。嬪(ㄆㄧㄣˊ)嬙（古代宮中女官）。
* 廧	ㄑㄧㄤˊ	廧咎(ㄍㄠ)如（春秋時赤狄的分支）。
檣	ㄑㄧㄤˊ	帆檣（船上掛帆幔的桅(ㄨㄟˊ)杆）。檣桅（船上的桅杆）。風檣陣馬（比喻行進快度，氣勢勇猛）。萬里連檣（形容船隻眾多，往來不絕）。檣傾楫摧（風浪很大，船桅傾倒(ㄉㄠˇ)、船槳折斷）。
* 濇	ㄙㄜˋ	濇脈（中醫名詞。稱脈象枯澀遲滯）。濇濇（不潤滑的樣子）。瀸(ㄐㄧㄢ)濇（浸潤）。
牆	ㄑㄧㄤˊ	牆垣(ㄩㄢˊ)。牆頭(ㄊㄡˊ)草。忝(ㄊㄧㄢˇ)列門牆（對師長的自謙詞）。牆風壁耳（比喻祕密容易泄露(ㄌㄨˋ)出去。原作「牆有風，壁有耳」）。騎牆之見（比喻心存觀望，態度立場不明）。「墻」為異體字。
穡	ㄙㄜˋ	稼穡（農事）。不稼不穡（譏諷(ㄈㄥˋ)人無功受祿）。服田力穡（指勤奮從事農業生產）。稼穡艱難（指農事勞動極為不易）。
薔	ㄑㄧㄤˊ	薔薇(ㄨㄟˊ)。
* 蘠	ㄑㄧㄤˊ	治蘠（菊花的別名）。蘠蘼(ㄇㄧˊ)（天門冬的別名）。
* 轖	ㄙㄜˋ	結轖（比喻心中鬱結不舒暢）。

國字	字音	語詞
		【署】
曙	ㄕㄨˋ	曙光。曙色。曙鳳蝶(蝶名)。一線曙光。曙光乍現。曙後星孤（人死遺留下的孤女）。
糬	ㄕㄨˇ	麻糬。
署	ㄕㄨˇ	公署。官署。衙署(古代官吏辦理公務的地方)。環保署。廉政公署。
	ㄕㄨˋ	部署。副署（總統發布命令，由行政院院長連同簽署，表示負責)。連署。署名。署理(代理)。題署（在對聯或書畫上題字並簽名）。簽署。人事部署。私署證書（私人簽署的證件）。面署第一（當面評定為第一）。戰略部署。
薯	ㄕㄨˇ	甘薯。薯條。馬鈴薯。
		【𣎆】
嬴	ㄧㄥˊ	嬴利（營業所得的利益。同「贏利」「盈利」）。嬴政（秦始皇的名字）。嬴秦（秦朝）。嬴糧（攜帶著糧食。同「贏糧」）。嬴顛劉蹶（比喻改朝換代，政權更替）。
瀛	ㄧㄥˊ	東瀛（日本）。寰瀛（指全世界）。瀛海（大海）。瀛臺。負笈東瀛（到日本求學）。蓬瀛仙境（指風景極美好的地方）。瀛海中學（位於臺南市）。
羸	ㄌㄟˊ	尪ㄨㄤ羸（瘦弱）。羸劣（同「尪羸」）。羸師（疲憊衰弱的軍隊）。羸弱。弊車ㄔㄜ羸馬（形容生活儉樸。或指居官清廉）。

國字		字音	語詞
*	臝	ㄌㄨㄛˇ	果臝（瓜科植物名。栝ㄍㄨㄚ樓的別名）。臝身（裸體）。臝葬（人死後，不用衣衾ㄑㄧㄣ棺槨ㄍㄨㄛˇ而葬。同「裸葬」）。通「裸」。
*	蠃	ㄌㄨㄛˇ	蜾ㄍㄨㄛˇ蠃（一種昆蟲。體形似蜂）。蠃蟲（不長鱗甲、毛羽的蟲）。
		ㄌㄨㄛˊ	茈ㄗˇ蠃（紫色的螺）。蚹ㄈㄨˋ蠃（即蝸牛）。蒲蠃（蛤ㄍㄜˊ蚌類動物）。蝸蠃（一種蝸牛）。蠃髻ㄐㄧˋ（螺形的髮髻。也作「螺髻」）。蠃醢ㄏㄞˇ（用螺蚌肉所製成的醬）。蠃鬟（螺狀的髮鬟。與「蠃髻」相似）。瓜隋ㄉㄨㄛˋ蠃蛤ㄍㄜˊ（瓜果螺蛤）。通「螺」。
	贏	ㄧㄥˊ	輸贏。贏得。贏餘（同「盈餘」「羸餘」）。大贏家。小輸為贏。最大贏家。操奇計贏（商賈ㄍㄨˇ囤ㄊㄨㄣˊ積貨物以謀取暴利）。贏糧景ㄧㄥˇ從（響應者擔著糧食如影隨形跟從）。
*	鸁	ㄌㄨㄛˊ	過鸁（鳥類名。即鷦鷯）。
	【辥】		
	孽	ㄋㄧㄝˋ	妖孽。造孽。遺孽。孽子。自作孽。孤臣孽子（在朝中孤立無援的臣子與失寵的庶子）。情天孽海（指男女深陷情海）。殘渣餘孽（未被剷除的壞人或惡勢力）。無名孽火（極為憤怒）。罪孽深重。
*	嶭	ㄋㄧㄝˋ	巀ㄐㄧㄝˊ嶭（山高峻的樣子）。
*	櫱	ㄋㄧㄝˋ	牙櫱（新芽。引申指事物的開始）。萌櫱（即新芽）。「蘖」（與「蘗」不同）為異體字。

	國字	字音	語詞
*	櫱	ㄋㄧㄝˋ	媒櫱（用嫁禍的方法，釀成別人的罪過。也作「媒孽」）。麴ㄑㄩˊ櫱（酒母）。放浪麴櫱（比喻盡情的飲酒）。酒醴ㄌㄧˇ麴櫱（比喻人君左右輔佐的元老功臣。網路國語辭典作「酒醴麴櫱」）。媒櫱其短（同「媒櫱」）。「蘗」為異體字。
	薛	ㄒㄩㄝ	滕薛爭長（比喻互相競爭、搶先）。
*	躠	ㄙㄚˋ	蹩ㄅㄧㄝˊ躠（盡心盡力的樣子）。蹩躠為仁（竭盡心力去行仁）。
			【達】
	撻	ㄊㄚˋ	扑ㄆㄨ撻（用鞭、棍擊打）。蛋撻。撻伐ㄈㄚˊ。撻罰（鞭打的刑罰）。鞭撻。大張撻伐。群起撻伐。
	躂	ㄊㄚˋ	踢躂（形容人或動物的腳步聲）。踢躂舞（即踢踏舞）。
		˙ㄉㄚ	蹓躂（同「溜達」）。
	達	ㄉㄚˊ	到達。社會賢達。通權達變。達官貴人。達官顯要。
		ㄊㄚˋ	挑ㄊㄧㄠ達（態度輕浮不莊重）。
	闥	ㄊㄚˋ	瑣闥（宮門）。閨闥（女子的內室）。排闥直入（推門進入）。連闥洞房（重ㄔㄨㄥˊ門且深邃ㄙㄨㄟˋ的房子）。
	韃	ㄉㄚˊ	韃靼ㄉㄚˊ（唐末蒙古種族之一）。韃靼海峽（海峽名。介於亞ㄧㄚˋ洲大陸和庫頁島之間）。
			【鼎】
*	濎	ㄉㄧㄥˇ	濎濘ㄋㄧㄥˊ（水清的樣子）。濎濙ㄒㄧㄥˊ（小水流）。

	國字	字音	語詞
*	薡	ㄉㄧㄥˇ	不知薡董ㄉㄨㄥˇ（比喻愚昧無知）。
	鼎	ㄉㄧㄥˇ	鼎助。鼎湖（比喻帝王崩殂ㄘㄨˊ）。一代鼎臣（德高望重，受人敬仰的大臣）。一言九鼎。九鼎大呂（比喻說的話分量極重）。人聲鼎沸。三國鼎立。大名鼎鼎。天下鼎沸（比喻國家局勢不安定，民心動盪）。牛鼎烹雞（比喻大材小用）。市聲鼎沸（形容街市上各種聲音的喧譁、熱鬧）。列鼎而食（形容豪門貴族生活的奢侈華靡）。春秋鼎盛（正當壯年之時）。染指於鼎（比喻覬ㄐㄧˋ覦或沾取非分的利益）。負鼎之願（比喻希圖擔負起輔佐君王大任的願望）。革故鼎新（革除舊弊，建立新政）。香火鼎盛。問鼎冠軍。鼎力相助。鼎足而立。鼎食之家（富貴人家的飲食）。鼎鼎有名。幕燕鼎魚（比喻處於極度危險的境地）。鐘鼎之家（比喻位高權重的家族）。鐘鳴鼎食（形容富貴人家生活豪奢）。
*	鼐	ㄋㄞˋ	姚鼐（清代學者）。鼎鼐臣（比喻宰相）。烹飪鼎鼐（比喻治理國家）。調ㄊㄧㄠˊ和鼎鼐（指宰相的職責）。
*	鼒	ㄗ	鼐鼎及鼒（從大鼎觀察到小鼎）。
	【殿】		
	殿	ㄉㄧㄢˋ	宮殿。殿下。殿宇（殿堂。或指高大的建築物）。殿後。殿軍。殿堂。國會殿堂。魯殿靈光（比喻碩果僅存的人或事物）。
	澱	ㄉㄧㄢˋ	沉澱。澱粉。
*	癜	ㄉㄧㄢˋ	白癜風（一種皮膚病。即白斑）。

國字		字音	語詞
	臀	ㄊㄨㄣˊ	臀部。臀圍。臀鰭。
【路】			
*	潞	ㄌㄨˋ	潞涿ㄓㄨㄛˊ君（譏諷ㄈㄥˋ沒有鬍鬚的男人）。
*	璐	ㄌㄨˋ	寶璐（美玉）。
*	簬	ㄌㄨˋ	箘ㄐㄩㄣˋ簬（竹名）。
	路	ㄌㄨˋ	末路之難（指事情越接近成功越艱鉅困難）。徘徊ㄏㄨㄞˊ歧路。路柳牆花（比喻不被人重視的人，尤指娼妓）。
	露	ㄌㄨˋ	白露。吐露。披露。表露。流露。透露。寒露（二十四節氣之一）。朝露。暴ㄆㄨˋ露。露天。露水。露布（古時傳遞捷報的報告書）。露珠。露骨。露營。顯露。玫瑰露。花露水。露脊ㄐㄧˇ鯨（鯨的一種）。多露之嫌（古時男女不依循禮節而私會）。吐露心腹（說出真心話）。事機敗露。雨露之恩（恩澤、恩惠）。拋頭露面。原形畢露。袒胸露背。嶄露頭角ㄐㄧㄠˇ。鋒芒畢露。醜態畢露。霜露之疾（指感冒）。餐風宿露。露才揚己（炫耀才能，表現自己）。露水夫妻（比喻暫時結合而非正式的夫妻）。露尾藏頭（形容說話躲躲閃閃，舉止畏縮的樣子）。露宿街頭。
		ㄌㄡˋ	露出。露白。露相。露面。露臉。露一手。露口風。露餡ㄒㄧㄢˋ兒。公開露面。衣角外露。財不露白。露出馬腳。龇ㄘ牙露嘴（形容痛苦的樣子）。

國字	字音	語詞
鷺	ㄌㄨˋ	鵷ㄩㄢ行ㄏㄤˊ（比喻朝官整齊的行列）。鵷鷺（同「鵷行」）。鷺鷥。振鷺充庭（比喻朝廷內賢才濟ㄐㄧˇ濟）。黑冠ㄍㄨㄢ麻鷺。黑面琵鷺。鷗鷺忘機（比喻隱逸者淡泊隱居，不存機心而忘身物外）。

【虘】

國字	字音	語詞
巇	ㄒㄧ	嶮ㄒㄧㄢˇ巇（比喻艱難險峻）。險巇（同「嶮巇」）。乘ㄔㄥˊ機抵巇（乘其間ㄐㄧㄢˋ隙，利用機會。即鑽營）。乘險抵巇（利用機會，採取冒險行動）。
戲	ㄒㄧˋ	戲弄。逢場作戲。壓軸好戲。戲綵娛親。
	ㄏㄨ	於ㄨ戲（感嘆詞。同「嗚呼」）。
	ㄏㄨㄟ	戲下（將帥的部屬。同「麾ㄏㄨㄟ下」）。戲戟ㄐㄧˇ（武器名。有旗的戟）。通「麾」。

【楚】

國字	字音	語詞
楚	ㄔㄨˇ	痛楚。四面楚歌。衣冠ㄍㄨㄢ楚楚。衣裳ㄔㄤˊ楚楚（同「衣冠楚楚」）。淒風楚雨（比喻境況悲慘淒涼。同「淒風苦雨」）。朝秦暮楚。楚弓楚得（比喻利益不流失）。楚囚對泣（比喻處境艱困，無計可施）。楚材晉用。楚楚可憐。
礎	ㄔㄨˇ	基礎。礎潤而雨（比喻事情發生前，必有徵兆。同「月暈而風」「履霜堅冰至」）。

【愛】

國字	字音	語詞
嬡	ㄞˋ	令嬡（敬稱他人的女兒。同「令愛」）。
愛	ㄞˋ	愛護。憐愛。潔身自愛。

	國字	字音	語詞
	曖	ㄞˋ	曖昧。曖曖（昏暗不明的樣子）。
	璦	ㄞˋ	璦琿ㄏㄨㄣˊ（黑龍江省縣名）。璦琿條約。
	十四畫【𦥑】		
	亹	ㄨㄟˇ	亹亹（勤勉而不倦怠）。亹亹不倦（同「亹亹」）。
		ㄇㄣˊ	亹源（青海省縣名）。
*	爂	ㄅㄧㄠ	輕爂（輕脆。或指土壤鬆散ㄙㄢˋ）。
	爨	ㄘㄨㄢˋ	分爨（兄弟分家，各自為炊）。析爨（分家）。執爨（負責炊事）。另起煙爨（另外開伙）。同居各爨（指一家人同居而各自為炊）。析骸ㄏㄞˊ以爨（形容戰亂或災荒時百姓的悲慘困境）。炊金爨玉（比喻主人以珍貴的飲食熱情待客）。炊骨爨骸（同「析骸以爨」）。稱ㄔㄥ薪而爨（形容人斤斤計較於小利或小節）。樵蘇不爨（形容清苦的生活）。簷陰薪爨（在簷下以柴炊飯）。爨龍顏碑（南朝宋碑刻ㄎㄜˋ）。
*	璺	ㄨㄣˋ	裂璺（陶瓷器將要裂開的痕跡）。瑕璺（指玉石上的斑點和裂紋）。打破沙鍋璺到底（比喻對事情追根究柢）。
*	舋	ㄒㄧㄣˋ	挑ㄊㄧㄠˇ舋（故意惹起爭端。同「挑釁」）。尋舋（故意製造事端，引發衝突。同「尋釁」）。通「釁」。
*	虋	ㄇㄣˊ	虋冬（蔓草名。一說薔薇ㄨㄟˊ）。

國字	字音	語詞
釁	ㄒㄧㄣˋ	挑釁。尋釁。險釁（命運惡劣）。釁端（爭端）。釁隙（意見不合或感情有裂痕）。釁鐘（古代祭神時以牲血塗鐘的儀式）。三釁三沐（表示對人極為禮遇、尊重）。抉瑕擿ㄊㄧˋ釁（指刻意尋求缺點和破綻，加以挑ㄊㄧㄠ剔ㄊㄧ）。卑梁之釁（指因細故而引起的衝突）。貪功起釁（貪圖功績而挑起爭端）。禍結釁深（指禍害接連不斷，以致災難慘重）。觀釁伺隙（觀察對方的破綻，等待機會行動）。釁面吞炭（比喻不惜犧牲性命以報答主恩）。釁起蕭牆（比喻內部發生禍亂）。
【賓】		
儐	ㄅㄧㄣ	儐相。女儐相。男儐相。
嬪	ㄆㄧㄣˊ	宮嬪（宮女）。嬪妃。嬪婦（宮中女官）。嬪然（眾多的樣子）。嬪嬙ㄑㄧㄤˊ（同「嬪婦」）。
擯	ㄅㄧㄣˋ	擯斥（排斥、斥退）。擯除。擯棄。擯黜ㄔㄨˋ（斥退、流放）。擯於門外。擯而不用（排除不用）。
檳	ㄅㄧㄣ	香檳。檳榔。
殯	ㄅㄧㄣˋ	殯殮（入殮和出殯）。殯葬業。殯儀館。
濱	ㄅㄧㄣ	濱海。率土之濱（指四海之內）。問諸水濱（比喻兩者互不相涉）。
* 璸	ㄅㄧㄣ	璸㻞ㄅㄢ（玉的紋理）。
矉	ㄆㄧㄣˊ	效矉（同「效顰」）。東施效矉（同「東施效顰」）。國步斯矉（國家命運已十分危急）。深矉蹙ㄘㄨˋ頞ㄜˋ（憂愁苦悶的樣子）。通「顰」。

	國字	字音	語詞
	繽	ㄅㄧㄣ	繽紛。五彩繽紛。色彩繽紛。
	臏	ㄅㄧㄣˋ	臏骨（膝ㄒㄧ蓋骨）。臏腳（削除膝蓋骨的酷刑）。舉鼎絕臏（比喻能力小而擔負重任）。
*	蠙	ㄆㄧㄣˊ	蠙洲（江西省地名）。蠙珠（蚌珠的別名）。逾ㄩˊ牆鑽蠙（指男女偷情）。
	賓	ㄅㄧㄣ	嘉賓。賓服（歸順服從）。門不停賓（形容殷勤接待客人）。截髮留賓（比喻女性待客極為誠摯）。賓主盡歡。賓至如歸。龍馭上賓（皇帝崩殂ㄘㄨˊ的諱飾語）。
*	鑌	ㄅㄧㄣ	鑌刀（用精鐵製成的刀）。
*	驞	ㄅㄧㄣ	驞駍ㄆㄥ（形容眾聲喧鬧嘈雜）。
	髕	ㄅㄧㄣˋ	髕骨（同「臏骨」）。通「臏」。
	鬢	ㄅㄧㄣˋ	雲鬢（形容女子的鬢髮捲曲如雲）。鬢毛。鬢角。鬢髮。安仁鬢秋（比喻時光流逝而毫無成就或感嘆未老先衰）。耳鬢廝磨（形容非常親密的樣子）。沈腰潘鬢（比喻男子身體羸弱而早生白髮）。兩鬢飛霜。潘鬢成霜（同「安仁鬢秋」）。鬢髮如銀（形容鬢髮雪白的樣子）。
			【疑】
*	儗	ㄋㄧˇ	僭ㄐㄧㄢˋ儗（僭越）。儗儗（草木茂盛的樣子。同「薿ㄋㄧˇ薿」）。儗於不倫（比喻不相稱ㄔㄥˋ）。
	凝	ㄋㄧㄥˊ	凝固。凝望。凝視。凝聚。混ㄏㄨㄣˋ凝土。凝聚力。屏ㄅㄧㄥˇ氣凝神。望遠凝視。臉色凝重。

	國字	字音	語詞
	嶷	ㄧˊ	嵬ㄨㄟˊ嶷（山高峻的樣子）。九嶷山（湖南省山名）。
		ㄋㄧˋ	岐嶷（形容小孩聰明特異）。嵫ㄗ嶷（參ㄘㄣ差ㄘ不齊的樣子）。嶷岌（高聳陡峭的樣子）。嶷然（同「岐嶷」）。嶷嶷（同「岐嶷」）。
	擬	ㄋㄧˇ	模擬。擬訂。擬人化。草擬計畫。無可比擬（沒有可與相比的）。虛擬實境。模擬考試。擬規畫圓（比喻固守舊法，不知改變）。
	疑	ㄧˊ	疑惑。疑竇。不容置疑。毋庸置疑。用人勿疑。滿腹狐疑。疑人勿用。疑事無功（辦事猶豫不定，不會成功）。疑雲重重。遲疑不決。
	礙	ㄞˋ	障礙。不礙事。障礙物。礙手礙腳。礙難照辦。辯才無礙。
*	薿	ㄋㄧˇ	薿薿（同「儗儗」）。黍稷ㄐㄧˋ薿薿（黍稷長得十分茂盛的樣子）。
*	觺	ㄧˊ	觺觺（獸角銳利的樣子）。
*	譺	ㄞˋ	譺然（莊嚴恭敬的樣子）。
【㬎】			
*	儽	ㄌˋ	傝ㄊㄚˋ儽（糊塗不小心的樣子）。窮則棄而儽（貧困時自棄而卑下）。
	濕	ㄕ	潮濕（同「潮溼」）。濕漉漉（同「溼漉漉」）。偎ㄨㄟ乾就濕（比喻母親撫養孩子的辛苦。也作「煨乾就溼」）。為「溼」的異體字。
	隰	ㄒㄧˊ	原隰（廣大平坦和低溼的地方）。畛ㄓㄣˇ隰（田地）。隰朋（齊桓公的臣子）。隰阜ㄈㄨˋ（低窪潮溼的地方）。隰皋（靠近水邊的低溼地方。也作「皋隰」）。隰縣（山西省縣名）。

	國字	字音	語詞
*	韅	ㄒㄧㄢˇ	鮫ㄐㄧㄠ韅(用鮫魚皮所做成的馬腹革帶)。韅靷ㄧㄣˇ鞅靽ㄅㄢˋ(皆是馬身上用來駕車的皮製韁繩)。
	顯	ㄒㄧㄢˇ	顯露ㄌㄨˋ。大顯身手。高官顯爵。顯而易見。顯親揚名。
	【厭】		
	厭	ㄧㄢˋ	厭惡ㄨˋ。不厭其煩。貪得無厭。會厭軟骨(位於舌後會厭的軟骨。也作「會咽ㄧㄢ軟骨」)。
		ㄧㄢ	病厭厭(同「病懨懨」)。醉厭厭(醉心、陶醉)。厭厭夜飲(夜裡喝酒,多ㄉㄨㄛ麼愉快安適)。
	壓	ㄧㄚ	壓抑。鎮壓。壓箱寶。大軍壓境。壓軸好戲。
	懨	ㄧㄢ	懨懨(困倦或精神委靡的樣子)。病懨懨。
	擫	ㄧㄝˋ	擫息(以手指按壓脈ㄇㄞˋ搏)。擫脈(同「擫息」)。擫笛(以手指按笛吹奏)。「擪」為異體字。
	靨	ㄧㄝˋ	笑靨。酒靨(酒窩)。桃腮帶靨(形容女子貌美的樣子)。綻開笑靨。
	饜	ㄧㄢˋ	饜足(滿足)。饜飫ㄩˋ(飽食)。貪求無饜(同「貪求無厭」)。飫甘饜肥(飽吃甘美的食物)。
	魘	ㄧㄢˇ	夢魘。魘魅(利用鬼神,作法害人的一種妖術)。狐媚魘道(比喻行為妖邪不正)。
*	黶	ㄧㄢˇ	黶子(痣)。黶翳ㄧˋ(寂ㄐㄧˋ寞的樣子)。黑黶子(黑痣)。披毛索黶(同「吹毛求疵」)。
	【齊】		
	儕	ㄔㄞˊ	同儕。吾儕(我們)。儕輩(同輩)。詩酒朋儕(一同作詩飲酒的朋友)。

國字	字音	語詞
劑	ㄐㄧˋ	調ㄊㄧㄠˊ劑。藥劑師。
* 嚌	ㄐㄧˋ	嚌啜ㄔㄨㄛˋ（品嘗）。嚌嘈（形容聲音嘈雜紛亂）。擩ㄖㄨˋ嚌（比喻深入的體會、玩ㄨㄢˊ味）。
* 懠	ㄑㄧˊ	天之方懠（上天正在發怒）。
擠	ㄐㄧˇ	排擠。擁ㄩㄥ擠。擠眉弄眼。
* 檱	ㄐㄧ	檱木（木名）。
濟	ㄐㄧˇ	濟水（河南省水名）。濟南。濟陽（山東省縣名）。濟源（河南省縣名）。濟州島（島名。位於朝鮮ㄒㄧㄢˇ半島之南）。人才濟濟。衣冠ㄍㄨㄢ濟楚（同「衣冠楚楚」）。濟南慘案。濟濟一堂（比喻眾多人才聚在一起）。濟濟多士（人才眾多）。膠濟鐵路（山東省鐵路名）。
	ㄐㄧˋ	才能幹濟（形容才能優異，處事幹練）。公私兩濟（對公私兩方都有好處）。匡濟之才（人有匡正時弊、拯救社稷ㄐㄧˋ的才能）。同舟共濟。同惡ㄜˋ相濟（壞人彼此幫助，共同作惡）。自力救濟。和衷共濟。表裡相濟（指內外互相救助、補益）。剛柔並濟。時運不濟。博施濟眾（廣施恩惠，救濟眾人）。無濟於事。經世濟民（治理世事，救助人民）。精神不濟。鳳毛濟美（形容後代子弟優秀，將先人的事業發揚光大）。寬猛相濟（寬大與嚴厲兩種方式同時進行）。緩不濟急。濟河焚舟（比喻有進無退，決一死戰。義近「破釜沉舟」）。濟弱扶傾。濟勝之具（具有登山涉水、遊覽勝景的好身體）。懸壺濟世。

國字	字音	語詞
* 穧	ㄐㄧˋ	斂穧（捆紮ㄓㄚˊ割下來的農作物）。
臍	ㄑㄧˊ	肚臍。臍帶。臍帶血。噬ㄕˋ臍莫及（比喻後悔已經來不及）。
薺	ㄐㄧˋ	薺菜（植物名）。甘之如薺（比喻心甘情願）。甘心如薺（同「甘之如薺」）。春荼ㄊㄨˊ秋薺（指極為平時常見的食物）。
	ㄑㄧˊ	荸ㄅㄧˊ薺（植物名。同「葧ㄅㄛˊ薺」）。
蠐	ㄑㄧˊ	蝤ㄑㄧㄡˊ蠐（天牛及桑牛的幼蟲）。楚腰蠐領（形容女子體態優美）。領如蝤蠐（形容脖子潔白纖長。指美女）。
躋	ㄐㄧ	踐躋（登臨）。躋升（上升）。躋身（登上）。躋覽（登高遠眺）。躋身國際。躋躋蹌ㄑㄧㄤ蹌（走路有節奏的樣子。亦可指人物眾多）。
* 隮	ㄐㄧ	隮墜（墜落）。顛隮（衰敗滅亡）。朝ㄓㄠ隮于西（早晨彩虹出現在西邊）。
霽	ㄐㄧˋ	雪霽（雪停，天氣轉晴）。霽色（晴朗時所呈現的蔚藍色。或指溫和的臉色）。霽怒（息怒）。霽威（同「霽怒」）。大雪初霽（大雪過後轉晴）。光風霽月（比喻人胸懷開闊，品格高潔）。秋雨新霽（秋雨過後放晴）。虹銷雨霽（彩虹消失，雨後天轉晴朗）。霽範永存（高風亮節的品德，可永遠作為人們的典範）。
* 麡	ㄐㄧ	麡狼（鹿的一種）。

	國字	字音	語詞
	齊	ㄑㄧˊ	洪福齊天。齊人之福(男子既有妻又有妾)。齊大非耦(比喻婚姻門第懸殊,不敢高攀。也作「齊大非偶」)。舉案齊眉。
		ㄐㄧˋ	六齊(六種合金)。火齊(火候)。鐘鼎之齊(金有六齊。六分其金而錫居一)。
		ㄗ	齊衰ㄘㄨㄟ(一種喪ㄙㄤ服)。齊盛ㄔㄥˊ(祭祀鬼神時,把黍稷ㄐㄧˋ放在祭器裡。同「粢ㄗ盛ㄔㄥˊ」)。攝齊升堂(撩ㄌㄧㄠˊ起衣襬,登上廳堂)。
		ㄓㄞ	致齊(祭祀或典禮前清心潔身的禮節)。齊如(嚴肅而恭敬的樣子)。齊戒(同「齋戒」)。齊栗(恭謹戒懼)。齊宿(祭祀前夕齋戒,以示誠敬)。齊莊(齋戒以示莊敬)。齊心滌ㄉㄧˊ慮(摒ㄅㄧㄥˋ棄雜念,清心寡欲)。齊明盛服(齋戒清潔,穿著整齊莊重的衣服)。通「齋」。
	齋	ㄓㄞ	書齋。齋戒。齋醮ㄐㄧㄠˋ(僧ㄙㄥ道設壇祈福)。吃長齋。持齋受戒(不吃葷食,遵守戒律)。聊齋志異(書名。蒲松齡撰)。齋心滌慮(同「齊心滌慮」)。齋戒沐浴。齋廚索然(廚房無食物可果腹)。
*	齌	ㄐㄧˋ	齌怒(暴怒)。
*	齍	ㄗ	玉齍(盛放黍稷的玉器)。齍盛ㄔㄥˊ(同「齊ㄗ盛ㄔㄥˊ」「粢ㄗ盛ㄔㄥˊ」)。
	齎	ㄐㄧ	齎恨(懷恨)。齎盜糧(比喻助長敵寇)。齎志而歿(心願未能實現而死去)。齎志沒ㄇㄛˋ地(同「齎志而歿」)。齎恨而終(懷恨而死)。齎發盤纏(資助旅費)。「賫」為異體字。

	國字	字音	語詞
	齏	ㄐㄧ	齏粉（比喻粉身碎骨）。朝齏暮鹽（形容飲食菲ㄈㄟˇ薄，生活清苦。同「朝虀ㄐㄧ暮鹽」）。懲ㄔㄥˊ羹吹齏（比喻過分戒懼。同「懲羹吹虀」）。齏骨粉身（比喻擔負某事而萬死不辭）。通「虀」。
	【蒦】		
*	嚄	ㄏㄨㄛˋ	喔ㄛ嚄（感嘆詞）。嚄唶ㄗㄜˊ（大聲呼笑）。
*	擭	ㄏㄨㄛˋ	搫ㄆㄢˊ擭（手不正）。罟ㄍㄨˇ擭陷阱（捕捉禽獸的器具和窩穴）。
*	濩	ㄏㄨㄛˋ	布濩（徧ㄅㄧㄢˋ布）。潰濩（波ㄅㄛ浪相沖擊而洶湧澎ㄆㄥˊ湃的樣子）。濩渃ㄖㄨㄛˋ（水盛大的樣子）。
	獲	ㄏㄨㄛˋ	查獲。捕獲。斬獲。漁獲。獲得。獲救。獲鹿（河北省地名）。漁獲量。一無所獲。大獲全勝。不勞而獲。不獲前來（不能前來）。先難後獲（先勞苦而後有收穫。指想成功必須努力）。如獲至寶。烏獲之力（比喻力氣很大）。獲益匪淺。辭不獲命（辭謝卻未獲得允許）。
	矱	ㄏㄨㄛˋ	矩矱（比喻規矩法度）。矩矱繩尺（同「矩矱」）。
	穫	ㄏㄨㄛˋ	收穫。一樹百穫（比喻培植人才的效益長遠）。
	蠖	ㄏㄨㄛˋ	尺蠖（動物名。尺蠖蛾的幼蟲）。蠖屈（比喻不得志時，屈身隱退，以待時機復出）。尺蠖蛾。尺蠖之屈（比喻暫時屈身蟄ㄓˊ伏，等待機會伸展抱負）。蠖屈求伸（同「蠖屈」）。蠖屈蝸ㄍㄨㄚ潛（指房屋低矮狹窄）。
	護	ㄏㄨˋ	呵護。保護。掩護。愛護。辯護。護身符ㄈㄨˊ。官官相護。

	國字	字音	語詞
	鑊	ㄏㄨㄛˋ	鼎鑊（烹煮食物的器具）。一鑊之味（比喻以偏概全）。刀鋸鼎鑊（皆為古代刑具）。身膏鼎鑊（指身受鼎鑊烹煮的酷刑）。斧鉞ㄩㄝˋ湯鑊（指漢時兩種酷刑）。湯鑊之罪（比喻犯重罪）。
*	臒	ㄏㄨㄛˋ	丹臒（紅色的顏料。或比喻君王的恩澤）。
*	艧	ㄏㄨˋ	外艧（耳目受聲色引誘）。
【爾】			
*	嬭	ㄋㄞˇ	老嬭（對老婦人的尊稱）。阿嬭（母親）。嬭公（對於乳母之夫的尊稱）。嬭媼ㄠˇ（乳母）。堂上阿嬭（高堂上老母）。通「奶」。
	彌	ㄇㄧˊ	彌封。彌補。彌漫（同「瀰漫」）。須彌山（山名）。彌月酒。日久彌新。仰之彌高（比喻學問淵博，令人極為敬仰）。老而彌堅。欲蓋彌彰。須彌芥子（指佛法無邊，神通廣大）。歷久彌新。彌天大罪。彌天大謊。彌天亙ㄍㄣˋ地（形容數量很多）。彌天恨事。彌月之喜。彌足珍貴。彌留之際。曠日彌久（指時間拖延太久）。
*	濔	ㄇㄧˇ	濔迆ㄧˊ（平坦綿延遼闊的樣子）。濔濔（眾多的樣子）。垂轡濔濔（垂下的韁繩非常柔韌）。
	瀰	ㄇㄧˊ	瀰漫。煙霧瀰漫。瀰山遍ㄅㄧㄢˋ野（同「漫山遍野」）。
	爾	ㄦˇ	爾曹（你們）。不過爾爾。出爾反爾。卓爾不群（卓越突出，與眾不同）。宴爾新婚（同「新婚燕爾」）。率爾操觚ㄍㄨ（比喻不慎重考慮而輕率寫作）。聊復爾爾（姑且如此）。新婚燕爾（祝賀他人新婚的頌辭）。爾虞我詐。

國字	字音	語詞
*獮	ㄒㄧㄢˇ	秋獮冬狩ㄕㄡˋ（於秋冬兩季打獵）。草薙ㄊㄧˋ禽獮（比喻不分好壞，悉數屠殺）。
獼	ㄇㄧˊ	獼猴。獼猴桃（植物名）。
璽	ㄒㄧˇ	玉璽（君主的印信）。國璽（代表國家最高權力的印信）。符璽（天子的兵符印信）。
禰	ㄋㄧˇ ㄇㄧˊ	宗禰（奉祀祖、父的家廟）。禰廟（先父的家廟）。 禰衡（東漢人名）。
*蠒	ㄐㄧㄢˇ	獨蠒縷（單股的蠶絲）。為「繭」的異體字。
邇	ㄦˇ	遐邇（遠近）。邇來（近來）。不可向邇（形容人或事物不能接近）。不邇聲色（不接近聲色）。名聞遐邇。好察邇言（喜歡省ㄒㄧㄥˇ察淺近的話）。行遠自邇（即循序漸進）。室邇人遠（比喻思念甚深，卻不能相見。常用為悼ㄉㄠˋ念亡者之辭）。遐邇著ㄓㄨˋ聞（名聲很大，遠近皆知）。
【翟】		
*嬥	ㄉㄧㄠˋ	嬥歌（古代巴、蜀間一帶的民歌）。嬥嬥（獨行或往來的樣子）。
戳	ㄔㄨㄛ	郵戳。戳印（蓋上的印）。戳破。戳記。戳個洞。戳穿謊言。
擢	ㄓㄨㄛˊ	拔擢。擢升。拔犀擢象（比喻提拔傑出的人才）。過蒙拔擢（受到過分的提拔）。擢髮抽腸（形容愧疚、悔恨）。擢髮難數ㄕㄨˇ（形容罪狀或惡劣事項很多。同「罄ㄑㄧㄥˋ竹難書」）。

國字	字音	語詞
* 曜	ㄧㄠˋ	炳曜（指文采晶亮）。晞ㄒㄧ曜（暴ㄆㄨˋ露ㄌㄨˋ於日光中）。日曜日（即星期日。一週七天，順序是日月火水木金土等七曜日。為現今日本的用法）。
櫂	ㄓㄨㄛˊ ㄓㄠˋ	盌ㄨㄢˇ的異名。梢櫂（樹枝直上的樣子）。 桂櫂（用桂木做成的船槳）。櫂歌（船夫行船時所唱的歌）。通「棹ㄓㄠˋ」。
濯	ㄓㄨㄛˊ	洗濯。牛山濯濯（形容人禿頭、無髮）。振衣濯足（比喻心志高潔，遠離塵世而歸隱）。童山濯濯（同「牛山濯濯」）。蒼翠如濯（山色像洗過一樣，顯得十分青翠）。濯汙揚清（比喻去除邪惡，發揚真善）。濯纓洗耳（同「振衣濯足」）。濯纓彈冠ㄍㄨㄢˋ（比喻準備出仕）。濯纓濯足（比喻人之榮辱皆由自取）。
燿	ㄧㄠˋ	晃ㄏㄨㄤˇ燿（閃爍照耀）。焜燿（光彩奪目）。熠ㄧˋ燿（光亮鮮明）。熠燿宵行（螢火蟲閃閃發光）。
* 籊	ㄊㄧˋ	籊籊（長而纖ㄒㄧㄢ細的樣子）。籊籊竹竿（又細又長的竹竿）。
糴	ㄉㄧˊ	市糴（購入米糧）。糴米（買入米糧）。糴糶ㄊㄧㄠˋ（米糧、稻穀的買進和賣出）。糴貴民飢（米糧昂貴使人民挨餓）。與「糶」反。
糶	ㄊㄧㄠˋ	出糶（賣出糧食）。市糶（販售米糧）。糶糴村（屏東縣 竹田鄉村名）。陳州糶米（元代雜劇名）。糶風賣雨（比喻玩弄花樣，招搖撞騙）。

	國字	字音	語詞
	翟	ㄓㄞˊ	陽翟（春秋地名）。翟方進（漢代人名）。翟山坑道（位於金門）。
		ㄉㄧˊ	褕ㄩˊ翟（古代王后所穿畫有雉羽的衣服）。墨翟（即墨子）。長尾翟（鳥類名）。
	耀	ㄧㄠˋ	炫耀。耀眼。光宗耀祖。耀武揚威。
*	藋	ㄉㄧㄠˋ	灰藋（植物名）。蒴ㄕㄨㄛˋ藋（植物名。又名有骨消）。蔏ㄕㄤ藋（同「灰藋」）。
*	蠗	ㄓㄨㄛˊ	蠗蝚ㄖㄡˊ（野獸名。猴類）。
*	趯	ㄊㄧˋ	趯筆（一種書寫方法。運筆至轉彎鉤處，先輕頓，再轉筆而出）。趯趯（跳躍ㄩㄝˋ的樣子）。趯趯阜ㄈㄨˋ螽ㄓㄨㄥ（蝗蟲上下跳動）。
	躍	ㄩㄝˋ	活躍。雀躍。跳躍。踴躍。大躍進。一躍而下。一躍而起。欣喜雀躍。飛躍前進。浮光躍金（指月光映在水面，如金光閃爍跳動）。魚躍龍門。鳶ㄩㄢ飛魚躍（比喻天地萬物各得其所，自得其樂）。龍騰虎躍。躍馬揚鞭（形容揚鞭催馬奔馳前進）。躍然紙上（形容描寫得極為生動逼真）。躍躍欲試。
*	鸐	ㄉㄧˊ	青鸐（傳說中的祥瑞之鳥。即山雉）。
			【需】
	儒	ㄖㄨˊ	儒家。犬儒之徒（泛指玩ㄨㄢˋ世不恭的人）。溫文儒雅。碩彥名儒（學識淵博，才學優秀的人才）。
	嚅	ㄖㄨˊ	呫ㄓㄢ嚅（附耳小聲說話）。囁ㄋㄧㄝˋ嚅（說人有顧慮而說話吞吞吐吐的樣子）。喔ㄨㄛ咿嚅唲ㄦˊ（向人強笑獻媚的樣子）。

國字		字音	語詞
*	壖	ㄖㄨㄢˊ	河壖（黃河的河邊地）。壖垣ㄩㄢˊ（宮外的短牆。同「堧ㄖㄨㄢˊ垣」）。瀛ㄧㄥˊ壖（海岸）。通「堧」。
	孺	ㄖㄨˊ	婦孺。孺慕（像小孩那樣的思慕父母。比喻思慕深切）。和樂且孺（和樂而且親睦）。婦孺皆知。黃口孺子（譏諷ㄈㄥˋ人淺薄幼稚）。孺子可教ㄐㄧㄠˋ。孺慕之思（形容思慕深切）。
	懦	ㄋㄨㄛˋ	怯ㄑㄩㄝˋ懦。庸懦。懦夫。懦弱。柔懦寡斷（做事軟弱不果斷）。廉頑立懦（形容仁德之人對社會的感化力量很大）。
*	擩	ㄖㄨˋ	擩嚌ㄐㄧˋ（比喻深入的體會、玩ㄨㄢˋ味）。目擩耳染（同「耳濡目染」）。
*	檽	ㄋㄡˋ	株檽（梁上的短柱）。棳ㄓㄨㄛˊ檽（同「株檽」）。
	濡	ㄖㄨˊ	沾濡（比喻德澤普及）。浸濡（浸溼）。濡忍（忍讓承受）。濡染。濡筆（以筆蘸ㄓㄢˋ墨）。濡滯ㄓˋ（遲滯）。耳濡目染。相呴ㄒㄩ相濡（比喻人同處於困境，而彼此以微力救助）。相濡以沫（同「相呴相濡」）。群生澍ㄕㄨˋ濡（生民承受德澤）。
*	獳	ㄋㄡˋ ㄖㄨˊ	犬怒的樣子。 朱獳（神話中的異獸）。
*	瓀	ㄖㄨㄢˇ	瓀玟ㄨㄣˊ（次於玉的美石）。瓀珉ㄇㄧㄣˊ（同「瓀玟」）。「瑌」為異體字。
*	礝	ㄖㄨㄢˇ	礝石（同「瓀玟」）。通「瓀ㄖㄨㄢˇ」。
	糯	ㄋㄨㄛˋ	糯米。糯米腸（一種臺灣的食品）。

國字	字音	語詞
* 繻	ㄖㄨˊ	契繻（用布帛做成的符信）。裂繻（即今之通行證）。棄繻關（即潼關）。終軍棄繻（比喻年少立志，求取功名）。
* 羺	ㄋㄡˊ	羺羊（複姓）。
* 臑	ㄖㄨˊ	臑肫ㄓㄨㄣˊ（用牲禮上臂ㄅㄧˋ所做成的脯ㄈㄨˇ肉）。臑骨（肩下肘上的骨ㄍㄨˇ頭ㄊㄡˊ）。
* 蕠	ㄖㄨˊ	木耳。
	ㄖㄡˊ	香蕠（植物名。也作「香葇」）。
蠕	ㄖㄨˊ	蠕動。腸胃蠕動。蠕形動物（動物界中無脊ㄐㄧˇ椎動物的一門。也作「環節動物」）。
襦	ㄖㄨˊ	襦襖（短襖）。雪中贈襦（比喻在人危難時伸出援手救助）。綺ㄑㄧˇ襦紈褲（指富貴人家子弟）。
* 醹	ㄖㄨˊ	酒醴維醹（酒很醇厚）。
需	ㄒㄩ	急需。軍需（軍隊所需物資的統稱）。需求。需要。必需品。不時之需。民生所需。生活所需。供ㄍㄨㄥ需失調。擴大內需。
* 顬	ㄖㄨˊ	顳ㄋㄧㄝˋ顬（頭顱兩側靠近耳朵上方的部位）。顳ㄋㄧㄝˋ顬葉（大腦的一部分）。
		【豪】
嚎	ㄏㄠˊ	嚎啕。鬼哭神嚎。喪ㄙㄤ聲嚎氣（如遇喪事一般的咳ㄏㄞ聲嘆氣）。
壕	ㄏㄠˊ	塹ㄑㄧㄢˋ壕（挖掘壕溝以為險阻）。戰壕。壕溝。防空壕。

	國字	字音	語詞
	濠	ㄏㄠˊ	濠梁（比喻隱士自得其樂的出世思想）。濠溝（同「壕溝」）。濠上之樂（指舒適悠閒的情趣）。濠濮ㄆㄨˊ間想（比喻逍遙清淡、悠然自得的情趣。間，或作「閒」。閒，本讀ㄐㄧㄢ，教育部已刪此音）。
	蠔	ㄏㄠˊ	生蠔。蠔油。
	豪	ㄏㄠˊ	文豪。豪雨。豪爽。豪傑。豪華。豪賭。豪興ㄒㄧㄥˋ。豪邁。土豪劣紳（泛指鄉里橫ㄏㄥˋ行霸道、仗勢欺人的惡勢力）。引以自豪。巧取豪奪。豪言壯語。豪放不羈。豪情萬丈。
	【廌】		
*	廌	ㄓˋ	解ㄒㄧㄝˋ廌（古代傳說中能分辨是非曲ㄑㄩ直的獨角獸，外觀似羊或鹿。同「獬ㄒㄧㄝˋ豸ㄓˋ」「獬廌」）。廌史（舊時對知縣的尊稱）。
*	灋	ㄈㄚˇ	灋令（同「法令」）。灋則（「同「法則」）。「法」的古字
	薦	ㄐㄧㄢˋ	引薦。推薦。毛遂自薦。超薦法會。薦賢舉能。饑饉薦臻（連年災荒）。為「荐」的異體字。
	韉	ㄐㄧㄢ	鞍韉（為馬背上的坐具）。
	【臨】		
	攬	ㄌㄢˇ	包攬。兜攬。攬權。大權獨攬。收攬人心。延攬人才。招攬生意。兜攬生意（招攬生意）。尋幽攬勝。攬權納賄ㄏㄨㄟˋ（把持權柄，收取賄賂ㄌㄨˋ）。攬轡ㄆㄟˋ澄清（指初任官職，即有刷新政治，一清天下的抱負）。

國字	字音	語詞
欖	ㄌㄢˇ	橄欖。橄欖油。橄欖枝（和平與希望的象徵）。橄欖球。橄欖樹。
纜	ㄌㄢˇ	纜車。電纜車。光纖(ㄒㄧㄢ)電纜。空中纜車。解纜出航（開船離開港口）。
覽	ㄌㄢˇ	展覽。遊覽。覽勝（同「攬勝」）。一覽表。博覽會。遊覽車。閱覽室。瀏覽器。一覽無遺。博覽古今。博覽群書。
鑒	ㄐㄧㄢˋ	鈞鑒（對尊長的提稱語。用於書信、公文）。洞鑒古今（透徹的了解古今世事）。神天鑒察（指心地光明磊落）。殷鑒不遠（比喻前人失敗的教訓近在眼前。同「殷鑑不遠」）。覆車(ㄔㄜ)之鑒（比喻失敗的教訓）。通「鑑」。
【貌】		
藐	ㄇㄧㄠˇ	藐視。藐小微物（微小的東西）。藐不可測（遼遠而無法度(ㄉㄨㄛˋ)量(ㄌㄧㄤˊ)）。言者諄(ㄓㄨㄣ)諄，聽者藐藐（形容徒費脣舌，勞而無功）。
貌	ㄇㄠˋ	禮貌。年輕貌美。花容月貌。相貌堂堂。道貌岸然。貌合神離。德言工貌（指婦女應具備的婦德、婦言、婦容、婦功等四德）。謹毛失貌（比喻注意細微之處，卻忽略了大處）。
邈	ㄇㄧㄠˇ	邈然（高遠的樣子）。互相軒邈（互比高下）。邈不可聞（很久的事，無法查清楚）。邈若山河（形容非常遙遠，如隔山河）。

	國字	字音	語詞
			【寧】
*	儜	ㄋㄥˊ	拘儜（受拘束而不自在）。蚩儜（遲鈍庸劣）。傖ㄘㄤ儜（形容聲音粗俗嘈雜）。儜人（身體衰弱的人）。儜弱（膽怯ㄑㄩㄝˋ軟弱）。
	嚀	ㄋㄧㄥˊ	叮嚀。
	寧	ㄋㄧㄥˊ	安寧。寧靜。寧願。歸寧。息事寧人。雞犬不寧。
		ㄋㄧㄥˋ	寧戚（春秋時韓國人）。
*	懧	ㄋㄨㄛˋ	懧愚（懦弱愚昧）。通「懦」。
	擰	ㄋㄧㄥˇ	擰乾。擰開。弄擰了（弄僵、弄糟）。擰毛巾。擰脖子（形容故意不理會對方）。擰成一股（形容人關係緊密，團結一致）。擰眉瞪眼（形容極為生氣）。擰緊螺絲。
		ㄋㄧㄥˋ	擰性（性情倔ㄐㄩㄝˋ強ㄐㄧㄤˋ）。擰種（罵人脾氣倔強的話）。擰脾氣（脾氣倔強、固執）。
	檸	ㄋㄧㄥˊ	檸檬。
	濘	ㄋㄧㄥˋ	泥濘。淖ㄋㄠˋ濘（同「泥濘」）。濘泥（稀糊狀的爛泥）。
	獰	ㄋㄧㄥˊ	猙獰。獰笑（奸邪的笑）。面目猙獰。
*	聹	ㄋㄧㄥˊ	耵ㄉㄧㄥ聹（耳垢）。耵聹腺（生理學名詞）。
			【監】
	尷	ㄍㄢ	尷尬。處境尷尬。

	國字	字音	語詞
	檻	ㄐㄧㄢˋ	囚檻。軒檻（廳堂上長廊的欄杆）。圈ㄐㄩㄢˋ檻（圈禁猛獸的鐵籠）。檻車（裝載ㄗㄞˋ獸類或囚犯的車子）。獸檻。欄檻。<u>朱雲</u>折檻（比喻臣子直言進諫）。觱ㄅㄧˋ沸檻泉（湧出的泉水不停翻騰）。籠鳥檻猿（比喻人受拘禁不自由）。
		ㄎㄢˇ	門檻。老門檻（指對某方面極為熟ㄕㄡˊ悉老練的人）。懂得門檻（知道竅門）。
	濫	ㄌㄢˋ	氾濫。濫墾。濫觴（比喻事物的開始。同「嚆矢」）。氾濫成災。粗製濫造。陳腔濫調。寧缺勿濫。濫用職權。濫竽ㄩˊ充數。濫殺無辜。
*	爁	ㄌㄢˋ	爁炎（火勢蔓延）。
	監	ㄐㄧㄢ	探監。發監（發送到監獄去執刑）。跟監。監視。監督。理監事。監視器。監護人。監守自盜。
		ㄐㄧㄢˋ	太監。祕書監（職官名。掌理歷代經籍圖書）。國子監。欽天監（職官名。相當於今日的天文臺或氣象局）。
*	礛	ㄐㄧㄢ	礛磻ㄅㄛ（銳利的石鏃ㄗㄨˊ）。
	籃	ㄌㄢˊ	菜籃。搖籃。籃球。灌籃。
	艦	ㄐㄧㄢˋ	軍艦。船艦。旗艦店。航空母艦。
	藍	ㄌㄢˊ	湛ㄓㄢˋ藍。藍圖。青出於藍。篳路藍縷（比喻創業的艱辛。同「蓽路藍縷」）。<u>藍田</u>種玉（比喻女子受孕）。藍領階級（從事勞力工作的人）。

國字	字音	語詞
襤	ㄌㄢˊ	襤褸ㄌㄩˇ（衣服破爛的樣子）。衣衫襤褸。褸襤簞瓢ㄆㄧㄠˊ（比喻生活貧苦）。篳路襤褸（比喻創業的艱苦不易。同「篳路藍縷」）。
* 轞	ㄐㄧㄢˋ	轞車（同「檻車」）。
鑑	ㄐㄧㄢˋ	借鑑（借鏡）。鑑別。鑑定。鑑賞。鑑識。引以為鑑（以某人或某事為借鑑，避免重犯。同「引以為鑒」）。以人為鑑（比喻根據他人的成敗得失作為鑑戒）。以古為鑑。光可鑑人。有鑑於此。明鑑秋毫（同「明察秋毫」）。前車之鑑。風月寶鑑（紅樓夢的別名）。殷鑑不遠。鑑古推今。鑑往知來（觀察過去，就可推知未來怎樣變化）。鑑湖女俠（清末民初人秋瑾的號）。
【壽】		
儔	ㄔㄡˊ	匹ㄆㄧˇ儔（伴侶、配偶）。朋儔（友輩、同伴）。命儔嘯侶（呼引同類）。舉世無儔（同「舉世無雙」）。鴛ㄩㄢ儔鳳侶（同「鶯儔燕侶」）。攜朋挈ㄑㄧㄝˋ儔（帶著朋友或伴侶）。鶯儔燕侶（形容男女恩愛，如膠似漆。或指男子的妻室或情侶）。
壽	ㄕㄡˋ	眉壽（長壽）。壽命。延年益壽。南山並壽（為祝壽的頌詞）。萬壽無疆。韓壽偷香（比喻男女暗通款曲ㄑㄩ）。
* 幬	ㄉㄠˋ	覆幬（覆蓋）。天幬地載ㄗㄞˋ（指天地廣大，無所不包。同「天覆地載」）。
	ㄔㄡˊ	衾ㄑㄧㄣ幬（被褥和床帳）。幬帳（單層的床帳）。同衾幬（比喻友誼ㄧ深厚）。通「裯ㄔㄡˊ」。

國字		字音	語詞
*	幬	ㄔㄡˊ	幬幬（憂愁的樣子）。
	擣	ㄉㄠˇ	擣衣。批亢擣虛（指抓住敵人要害，乘ㄔㄥˊ虛而入）。憂心如擣（比喻心中焦急難安）。
*	檮	ㄊㄠˊ	檮杌ㄨˋ（古代楚國的史書）。檮昧（愚昧無知）。
	濤	ㄊㄠˊ	松濤（風吹松樹發出的聲音）。波ㄅㄛ濤。浪濤。胡錦濤。馬景濤。鍾鎮濤。狂濤巨浪。波濤洶湧。怒濤排壑ㄏㄨㄛˋ（形容聲勢浩大）。推濤作浪（比喻慫恿生事）。驚濤拍岸。驚濤駭浪。
*	燾	ㄊㄠˊ	燾育（覆育）。燾育萬物。
	疇	ㄔㄡˊ	範疇。疇輩（同輩）。平疇沃野。洪範九疇（古書名）。草木疇生（草木同類相聚而生）。綠野平疇。疇咨ㄗ之憂（比喻人才難求的憂慮）。
	禱	ㄉㄠˇ	祈禱。禱告。馨香禱祝（形容真誠的期盼）。
	籌	ㄔㄡˊ	籌備。籌碼。一籌莫展。九籌好漢（即九條好漢）。技高一籌。拔著ㄓㄜ短籌（比喻短命）。兼籌並顧。海屋添籌（比喻長壽。或祝人長壽的頌辭）。唱籌量ㄌㄧㄤˊ沙（比喻製造假象欺敵）。略勝一籌。觥ㄍㄨㄥ籌交錯（比喻暢飲）。運籌帷幄ㄨㄛˋ。
*	翿	ㄉㄠˋ	鷺翿（用白鷺的羽毛做成的舞具）。左執翿（左手拿著羽扇）。
*	譸	ㄓㄡ	譸張（欺誑。也作「侜ㄓㄡ張」）。譸張為幻（用不實的話來欺騙他人）。

國字	字音	語詞
躊	ㄔㄡˊ	躊躇ㄔㄨˊ。躊躇不決（同「猶豫不決」）。躊躇滿志（志得意滿的樣子）。
鑄	ㄓㄨˋ	陶鑄（比喻造就人才）。鑄造。研經鑄史（精通經史，學問廣博）。鬥而鑄兵（比喻時機已喪失。同「鬥而鑄錐」）。臨難ㄋㄢˋ鑄兵（比喻行動未能及時。同「鬥而鑄兵」）。鑄山煮海（形容善於開發並利用自然資源）。鑄成大錯。
【蒙】		
* 幪	ㄇㄥˊ	帡ㄆㄧㄥˊ幪（帳幕）。跅ㄊㄨㄛˋ幪不羈（行為放蕩不受拘束。同「跅弛ㄔˊ不羈」）。
* 懞	ㄇㄥˊ	懞懂（糊塗而不明事理。同「懵ㄇㄥˊ懂」）。
曚	ㄇㄥˊ	曚曨（形容太陽初出時，光線昏暗的樣子）。曠若發曚（指人的頭腦開竅，心神清明。同「曠若發蒙」「曠若發矇」）。
朦	ㄇㄥˊ	朦朧（月色昏暗模糊的樣子）。朦昧執迷（不明事理，固執己見）。
檬	ㄇㄥˊ	檸檬。
濛	ㄇㄥˊ	迷濛。灰濛濛。濛濛細雨。
矇	ㄇㄥˊ	欺矇（欺騙）。矇瞍ㄙㄡˇ（指盲人）。矇矓（將睡時眼睛欲閉又張的樣子）。淚眼矇矓（眼睛因充滿淚水而視線模糊）。發矇振聵ㄎㄨㄟˋ（比喻見解高超，使人眼界大開）。曠若發矇（同「曠若發曚」）。
	ㄇㄥ	矇住（被欺騙的方法蒙蔽而一時相信）。矇事（用欺騙的手段蒙蔽人）。矇混。矇騙。矇矇亮。矇頭轉ㄓㄨㄢˇ向（同「昏頭轉向」）。

	國字	字音	語詞
*	艨	ㄇㄥˊ	艨艟ㄊㄨㄥˊ（一種古代戰艦）。
	蒙	ㄇㄥˊ	啟蒙。蒙蔽。蒙汗藥（內服後使人失去知覺的藥）。天子蒙塵（天子因戰亂逃亡在外）。多蒙藥石（感謝人規勸之詞）。吳下阿蒙（比喻人學識淺薄）。發蒙振落（比喻易如反掌，毫不費力）。曠若發蒙（同「曠若發矇」「曠若發矇」）。
*	蠓	ㄇㄥˊ	蠛ㄇㄧㄝˋ蠓（一種昆蟲。種類繁多，全世界已知四千多種，將下雨時，會群飛塞ㄙㄜˋ路）。
	【獄】		
	嶽	ㄩㄝˋ	山嶽。羅福嶽（高雄市皮膚科名醫）。川渟嶽峙ㄓˋ（比喻人嚴肅莊重，品德高尚）。崧ㄙㄨㄥ生嶽降（稱人的稟賦優異）。嶽峙淵渟（比喻人品格高尚，氣度恢宏）。
	獄	ㄩˋ	地獄。監獄。片言折獄（憑一句話就能決斷訟案）。牢獄之災。畫地為獄（比喻只准在限定的範圍內活動。同「畫地為牢」）。
*	鸑	ㄩㄝˋ	鸑鷟ㄓㄨㄛˊ（鳳凰的別稱，舊以為祥瑞之鳥）。
	【盡】		
	儘	ㄐㄧㄣˇ	儘量。儘管。儘讓（謙讓）。有儘有讓（知謙虛，能夠禮讓對方）。
*	濜	ㄐㄧㄣˋ	濜水（湖北省水名）。濜溳ㄩㄣˊ（水流急速的樣子）。
	燼	ㄐㄧㄣˋ	灰燼。玉石俱燼（同「玉石俱焚」）。劫後餘燼（比喻災難後殘存的人、物或景象）。餘燼復然（比喻失勢者又重掌大權）。蘭艾同燼（比喻玉石俱焚，賢愚貴賤盡皆毀滅）。

	國字	字音	語詞
	盡	ㄐㄧㄣˋ	盡量（同「儘量」）。人盡皆知。同歸於盡。地盡其利。曲ㄑㄩ盡人情（做事非常投合對方的心意或需要）。克盡己職。言不盡意（言語無法將全部的心意表達出來）。盡人皆知（所有的人都知道）。盡忠職守。盡態極妍（形容容貌姿態嬌豔到了極點）。竭盡所能。
*	藎	ㄐㄧㄣˋ	忠藎（忠心）。藎臣（忠心的臣子）。王之藎臣。
*	贐	ㄐㄧㄣˋ	餽贐（以財物贈別親友）。贐行（贈送禮物給即將遠行的人）。贐儀（送行的禮物）。贐贄ㄓˋ（進貢用的禮物、貢品）。「賮」為本字。
	【鼻】		
	劓	ㄧˋ	劓刑（古代割去鼻子的酷刑）。息黥ㄑㄧㄥˊ補劓（比喻痛悔前非，改過自新）。
	擤	ㄒㄧㄥˇ	擤鼻涕。
*	濞	ㄆㄧˋ	滂ㄆㄤ濞（水流沖擊聲）。澎ㄆㄥ濞（波ㄅㄛ濤ㄊㄠ激盪聲）。吳王濞（漢代時引起七國之亂者）。
	鼻	ㄅㄧˊ	鼻祖。鼻梁。鼻青臉腫。聽ㄊㄧㄥ人穿鼻（比喻聽憑人擺布，無法自主）。
	【熏】		
	勳	ㄒㄩㄣ	勳章。開國元勳。為「勛」的異體字。
*	壎	ㄒㄩㄣ	壎篪ㄔˊ（樂器名。同「塤ㄒㄩㄣ篪」）。伯壎仲篪（比喻兄弟友愛）。壎篪相和ㄏㄜˋ（同「伯壎仲篪」）。
*	曛	ㄒㄩㄣ	夕曛（落日餘暉。指黃昏）。曛日（夕陽）。曛黃（黃昏）。曛黑（日暮天黑昏暗）。

	國字	字音	語詞
	熏	ㄒㄩㄣ	熏香（一種聞到能使人昏睡的香）。熏粥ㄩˋ（匈奴的別稱。同「熏鬻ㄩˋ」）。穹ㄑㄩㄥ窒熏鼠（塞住洞穴熏老鼠）。氣焰熏天（比喻氣勢盛大逼人，非常傲慢）。氣勢熏灼（形容氣勢驕橫ㄏㄥˋ，威逼他人）。眾口熏天（形容輿ㄩˊ論力量的影響極大）。臭氣熏天。通「燻」。
	燻	ㄒㄩㄣ	燻灼（比喻傲氣極盛，咄ㄉㄨㄛˋ咄逼人）。通「熏」。
*	獯	ㄒㄩㄣ	獯鬻（匈奴。同「熏粥ㄩˋ」「葷ㄒㄩㄣ粥ㄩˋ」）。
*	纁	ㄒㄩㄣ	玄纁（泛稱幣帛）。纁黃（黃昏。同「曛黃」）。纁裳ㄔㄤˊ（淺絳色的衣裳˙ㄕㄤ）。
*	臐	ㄒㄩㄣ	臐膮ㄒㄧㄠ（羊肉羹和豬肉羹）。
	薰	ㄒㄩㄣ	薰染。薰風（和風）。薰陶。薰衣草。利慾薰心。憂心如薰（比喻極為憂慮痛苦）。薰天赫地（形容氣焰極盛）。薰穴求君（同「強ㄑㄧㄤˇ人所難」）。薰蕕ㄧㄡˊ同器（比喻善惡同處，好壞不分）。蘭薰桂馥（比喻恩澤流芳，歷久不衰）。
	醺	ㄒㄩㄣ	醉醺醺。天氣醺酣（天氣暖和˙ㄏㄨㄛ）。酒飲微醺。發為醺鳴（酣醉的發出鳴叫聲）。
	【疐】		
	嚔	ㄊㄧˋ	噴嚔。嚔噴˙ㄈㄣ。打噴嚔。
*	懥	ㄓˋ	忿懥（怨恨動怒）。
	疐	ㄓˋ	前跋後疐（比喻陷入困境，進退兩難）。跋前疐後（同「前跋後疐」）。跋胡疐尾（同「前跋後疐」）。

國字		字音	語詞
			【筫】
*	攥	ㄗㄨㄢˋ	攥拳頭ㄊㄡˊ（握住拳頭）。攥住不放（握住不放）。
	篡	ㄘㄨㄢˋ	篡位。篡奪。篡竊（篡奪、竊據）。弋ㄧˋ者何篡（比喻隱居的賢者不自惹禍亂，統治者也無可奈何）。<u>王莽</u>篡<u>漢</u>。
*	篹	ㄙㄨㄢˇ	雕篹（裝食物的祭器名。柄有雕飾）。
		ㄓㄨㄢˋ	肴篹（泛指飯菜。同「肴饌」）。論篹（論說撰錄。同「論撰」）。通「饌」「撰」。
		ㄗㄨㄢˇ	編篹（編輯。同「編纂ㄗㄨㄢˇ」）。通「纂」。
	纂	ㄗㄨㄢˇ	編纂（編輯）。纂修（編輯校ㄐㄧㄠˋ訂）。
			【遣】
	繾	ㄑㄧㄢˇ	繾綣ㄑㄩㄢˇ（情意纏綿不忍分離的樣子）。繾綣難捨（情意深厚纏綿，難捨難分）。
	譴	ㄑㄧㄢˇ	天譴。譴責。遭天譴。
	遣	ㄑㄧㄢˇ	支遣（差ㄔㄞ遣）。派遣。差ㄔㄞ遣。消遣。排遣。資遣。遣返。遣送。遣悶ㄇㄣˋ。遣散。調遣。資遣費。遣散費。先遣部隊。遣興ㄒㄧㄥˋ陶情（排遣意興，陶冶心性）。遣辭用句。調兵遣將。
			【臧】
	臟	ㄗㄤˋ	五臟。五臟六腑。明徹臟腑（看透了心中的想法）。祭五臟廟（比喻填飽肚子）。

國字	字音	語詞
臧	ㄗㄤ	臧否ㄆㄧˇ（評論）。臧獲（奴婢ㄅㄧˋ）。人謀不臧。何用不臧（還有什ㄕㄣˊ麼事情辦不成呢）。陟ㄓˋ罰臧否（獎勵好人，處罰壞人）。臧否人物（評論人物的好壞）。臧穀亡羊（比喻凡有虧職守，不論其理由如何，都難逃失職之責）。
藏	ㄘㄤˊ	典藏。埋藏。庫藏（倉庫內所收藏的東西）。藏匿。礦藏。慢藏誨ㄏㄨㄟˋ盜（收藏財物不慎，以致引起盜賊竊取）。
	ㄗㄤˋ	五藏（同「五臟」）。西藏。帑ㄊㄤˇ藏（國庫）。道藏（道家經籍的總稱）。藏青（藍中帶黑的顏色）。藏腑（同「臟腑」）。藏藍（藍中帶紅的顏色）。寶藏。掘藏之家（指獲得意外之財的人家）。
贓	ㄗㄤ	栽贓。贓物。贓款。人贓俱獲。坐地分贓。貪贓枉ㄨㄤˇ法。
【與】		
嶼	ㄩˇ	島嶼。彭佳嶼。
*旟	ㄩˊ	井旟（畫有井星圖案的軍旗）。隼ㄓㄨㄣˇ旟（繪有隼鳥的旗幟）。千麾ㄏㄨㄟ萬旟（形容軍容壯盛）。
欅	ㄐㄩˇ	欅木（植物名）。欅柳（植物名）。
歟	ㄩˊ	猗ㄧ歟盛哉（多ㄉㄨㄛ麼盛大美好啊）。
*璵	ㄩˊ	璠ㄈㄢˊ璵（魯國的美玉）。璵璠之質（比喻美才）。
*礜	ㄩˋ	礜石（含砒ㄆㄧ素的毒石。乃有毒礦石）。

	國字	字音	語詞
	與	ㄩˇ	民胞物與。生殺與奪。易與之人（容易應付的人）。相與甚厚（指交情深厚）。時不我與。欲取固與（欲奪取他人的東西，得先付出代價以誘使對方放鬆警戒）。無與倫比。虛與委ㄨㄟ蛇ㄧˊ（對人虛情假意，敷衍應付）。
		ㄩˋ	參與。與會。與聞（參與並知內情）。與會人士。與聞其事。
		ㄩˊ	與與（繁茂的樣子）。我黍與與（我種的黍子長得很繁茂）。與與如也（威儀適中ㄓㄨㄥˋ的樣子）。
	舉	ㄐㄩˇ	大舉入侵。毛舉細故（一一列舉不重要的小事）。明智之舉。舉手投足。舉世公認。舉世聞名。舉目無親。舉步維艱。舉足輕重。舉重若輕。舉家出遊。舉國若狂。「擧」為異體字。
*	藇	ㄒㄩˋ	釃ㄙ酒有藇（去糟的清酒多ㄉㄨㄛ麼美好香醇）。
	譽	ㄩˋ	稱譽。讚譽。不計毀譽。不虞之譽（意料不到的讚揚）。名譽掃地。享譽全國。眾口交譽。毀譽參半。聲譽鵲起（聲名突然崛起）。譽滿天下。
*	轝	ㄩˊ	肩轝（轎子。同「肩輿ㄩˊ」）。轝駕（天子乘坐的車駕）。轝隸（車夫）。靈轝（靈車）。鑾轝（同「轝駕」）。轝駕親征（同「御駕親征」）。
*	鱮	ㄒㄩˋ	魴ㄈㄤˊ鱮（鯿ㄅㄧㄢ魚和鰱魚）。
*	鸒	ㄩˋ	鸒斯（鳥名。即寒鴉）。
	【辡】		
	瓣	ㄅㄢˋ	花瓣。豆瓣醬。重瓣胃（反芻動物的消化器官）。一瓣心香。

國字	字音	語　　詞
辮	ㄅㄧㄢˋ	辮子。小辮子。抓辮子（比喻抓住他人的缺點或錯誤作為把柄）。翹ㄑㄧㄠˊ辮子（死亡）。解辮請職（表示願意歸順臣服）。
辦	ㄅㄢˋ	辦公。辦理。舉辦。一手包辦。礙難照辦。
辨	ㄅㄧㄢˋ	分辨。辨別。辨認。不辨菽麥（形容人愚昧無知）。明辨是非。烈火辨玉（比喻在亂世中，方能了解君子節操的堅貞）。慎思明辨。離經辨志（斷經文之句讀ㄉㄡˋ，辨別學習之意向）。
辯	ㄅㄧㄢˋ	抗辯。狡辯。辯給ㄐㄧˇ（有口才，能言善辯）。辯解。辯駁。辯論。辯護。答辯書（答覆或反駁他人批評的文書）。巧言舌辯（同「辯給」）。百口莫辯。米鹽博辯（比喻議論廣泛細雜）。舌辯之士（擅長遊說ㄕㄨㄟˋ、辯論的人）。能言舌辯。能言善辯。滔滔雄辯。辯才無礙。辯口利舌（形容人擅長辯論）。辯護律師。
【㥯】		
癮	ㄧㄣˇ	上癮。毒癮。過癮。癮君子。大呼過癮。藥物成癮。
穩	ㄨㄣˇ	安穩。沉穩。穩固。穩健。穩婆（接生婆）。老成穩重。穩住情緒。穩操勝算。
隱	ㄧㄣˇ	隱約。隱情。隱憂。隱私權。忽隱忽現。直言無隱。若隱若現。探求民隱。惻隱之心。隱頭花序（花序的一種）。難言之隱。
【睿】		
叡	ㄖㄨㄟˋ	叡知ㄓˋ（同「睿知」）。叡哲（舊時尊稱皇帝賢明。同「睿哲」）。韋ㄨㄟˊ叡樹麾ㄏㄨㄟ（比喻意志堅決，誓死不退縮）。通「睿」。

國字	字音	語詞
濬	ㄐㄩㄣˋ	修濬（疏通河道。同「疏濬」）。疏濬。開濬（開通水道）。開濬運河。
璿	ㄒㄩㄢˊ	璿圖（指國家）。孫運璿。璿璣玉衡（古代天象觀測儀器）。
睿	ㄖㄨㄟˋ	睿知ㄓˋ（見識卓越高遠）。睿哲（同「叡哲」）。睿智（同「睿知」）。英明睿智。
【對】		
對	ㄉㄨㄟˋ	登對。牛衣對泣（比喻夫妻共度窮苦的生活）。對酒當歌。對簿公堂（原被告在法庭上公開審問，以辨是非）。
懟	ㄉㄨㄟˋ	怨懟（怨恨）。慍ㄩㄣˋ懟（同「怨懟」）。
十五畫【賣】		
* 儥	ㄩˋ	儥慝ㄊㄜˋ（出售劣質物品）。
櫝	ㄉㄨˊ	玉毀櫝中（比喻因主管人員失職而釀成重大的損失）。買櫝還珠（比喻取捨失當ㄉㄤˋ）。龜玉毀櫝（同「玉毀櫝中」）。窾ㄎㄨㄢˇ木為櫝（挖空木頭ㄊㄡ˙作棺材）。韞ㄩㄣˋ櫝而藏（比喻懷才不為世用）。韞櫝待價（比喻懷才待用）。「匵」為異體字。
瀆	ㄉㄨˊ	冒瀆（冒犯。也作「冒突」）。貪瀆。溝瀆（渠道）。褻瀆。瀆職。五岳四瀆（泛指群山眾川）。褻瀆神明。「瀆」為異體字。
	ㄉㄡˋ	自墓門之瀆入（從墓門的排水洞進入）。通「竇」。

	國字	字音	語　　詞
	牘	ㄉㄨˊ	尺牘（書信）。案牘（公務文書）。苞苴ㄐㄩ竿牘（指行賄請託）。案無留牘（形容辦理公務熟ㄕㄡˊ練、積極）。案牘勞形（形容公事繁重而疲憊不堪）。連篇累ㄌㄟˋ牘（形容篇幅過多，文詞冗ㄖㄨㄥˇ長）。
	犢	ㄉㄨˊ	犢鼻褌ㄎㄨㄣ（一種齊膝的短褲）。老牛舐ㄕˋ犢（比喻父母疼愛子女）。初生之犢。孤犢觸乳（比喻子女忤ㄨˇ逆不孝）。舐犢之愛（同「老牛舐犢」）。舐犢情深。帶牛佩犢（比喻改業務農）。禽犢之愛（同「老牛舐犢」）。賣刀買犢（比喻賣掉武器，而改行務農。同「帶牛佩犢」）。
*	皾	ㄉㄨˊ	皾丸（收藏弓箭的一種器具）。
	竇	ㄉㄡˋ	疑竇。雪竇寺（寺名。位於浙江省）。鼻竇炎。狗竇大開（譏笑別人缺牙齒）。情竇初開。啟人疑竇。閉門塞ㄙㄜˋ竇（比喻防備堅固）。弊竇叢生（弊端接連發生）。篳門圭ㄍㄨㄟ竇（比喻貧寒之家或貧寒人家居處的簡陋）。
	續	ㄒㄩˋ	延續。持續。連續。陸續。手續費。永續經營。存亡絕續（形容情勢十分危急）。後續發展。
*	藚	ㄒㄩˋ	藚斷（藥名）。言采其藚（有人在摘取藚菜）。
	覿	ㄉㄧˊ	私覿（私見）。覿武（展示武力）。文覿武匿（提倡文教，停止武事）。武不可覿（不可展現武力、兵備）。眇ㄇㄧㄠˇ覿玄ㄒㄩㄢˊ風（隱約可以見到幽遠淳樸的民風）。偃ㄧㄢˇ武覿文（同「文覿武匿」「偃ㄧㄢˇ武修文」）。覿面相談（面對面相談）。

	國字	字音	語詞
	讀	ㄉㄨˊ	研讀。百讀不厭。掛角讀書（比喻人勤學苦讀）。
		ㄉㄡˋ	句讀（指文章休止和停頓處）。讀點（即逗點）。
*	讟	ㄉㄨˊ	怨讟（怨恨毀謗）。民無謗讟（人民沒有毀謗怨恨的話）。謗讟叢生（毀謗怨恨的話不斷產生）。
	賣	ㄇㄞˋ	買賣。倚老賣老。賣國求榮。
	贖	ㄕㄨˊ	勒ㄌㄜˋ贖。贖金。贖款。贖罪。百身莫贖（比喻已無挽回的餘地）。將功贖罪。擄人勒ㄌㄜˋ贖。
*	韇	ㄉㄨˊ	韇丸（同「韣丸」）。
*	韥	ㄉㄨˊ	韥丸（同「韣丸」）。
	黷	ㄉㄨˊ	黲ㄘㄢˇ黷（昏暗不清楚的樣子）。黷武（濫用武力，好戰不已）。稍黷筐篚ㄈㄟˇ（指極貪求財物）。窮兵黷武（恣ㄗˋ意運用兵力而好戰無厭）。
	【憂】		
	優	ㄧㄡ	優伶（稱戲曲演員）。優異。優惠。生活優裕。養尊處優。優孟衣冠ㄍㄨㄢ（指登場演戲）。優哉游哉（形容從ㄘㄨㄥ容不迫，悠閒自在的樣子）。優柔寡斷。
*	嚘	ㄧㄡ	咿嚘（形容嘆息、吟詠和呻吟聲）。
	憂	ㄧㄡ	丁憂（遭遇父母之喪）。憂鬱。忘憂草。憂鬱症。分憂解勞。高枕無憂。憂患意識。懷憂喪ㄙㄤˋ志。
*	懮	ㄧㄡˇ	懮受（從ㄘㄨㄥ容的樣子）。懮懮（憂傷的樣子）。
	擾	ㄖㄠˇ	干擾。打擾。滋擾。庸人自擾。擾人清夢。

	國字	字音	語詞
*	櫌	ㄧㄡ	鉏ㄔㄨˊ櫌棘矜（鋤頭ㄊㄡˊ、鋤柄和戟ㄐㄧˇ柄）。
*	獶	ㄋㄠˊ	獶雜（雜亂不整齊）。
*	耰	ㄧㄡ	耰鉏ㄔㄨˊ（用來平整田地和鬆土的農具）。耰而不輟（不停的用土覆蓋種子ㄗˇ）。通「櫌」。
	【畾】		
	儡	ㄌㄟˇ	傀ㄎㄨㄟˇ儡。傀儡戲。傀儡政權。線抽傀儡（比喻任人操縱、擺布的人）。
*	儽	ㄌㄟˇ	儽儽（精神頹喪ㄙㄤˋ的樣子）。
	壘	ㄌㄟˇ	堡壘。對壘。壘球。壘牆（砌ㄑㄧˋ牆。同「累ㄌㄟˇ牆」）。全壘打。四郊多壘（形容敵軍迫近，形勢非常危急）。酒澆壘塊（比喻懷才不遇而藉酒澆愁）。高壘深塹ㄑㄧㄢˋ（比喻防守堅固）。魁壘之士（指身材魁梧ㄨˊ的人）。壁壘分明。
		ㄌㄩˋ	鬱壘（傳說中的門神）。神荼ㄕㄨ 鬱壘（神話傳說中的兩位神明）。
*	櫑	ㄌㄟˊ	櫑具（古劍名。即櫑具劍）。
*	櫐	ㄌㄟˇ	山櫐（植物名。豆的一種）。虎櫐（豆科植物。即紫藤）。
	疊	ㄉㄧㄝˊ	重疊。堆疊。摺疊車。疊羅漢。挺胸疊肚（強壯威武的樣子）。陽關三疊（樂曲名）。層出疊見（比喻事物或言論不斷的出現）。疊床架屋（比喻重複累ㄌㄟˇ贅）。疊矩重ㄔㄨㄥˊ規（比喻模仿，重複）。

國字	字音	語　　詞
* 礧	ㄌㄟˊ	相礧（互相撞擊）。
	ㄌㄟˇ	碚ㄅㄟˋ礧（即蓓ㄅㄟˋ蕾）。礧石（大石）。礧砢ㄌㄨㄛˇ（比喻才能卓越或指人心地光明）。礧磈ㄎㄨㄟˇ（眾石高低不平的樣子）。通「磊」。
* 礨	ㄌㄟˇ	礨空ㄎㄨㄥˇ（蟻穴，小土堆）。
纍	ㄌㄟˊ	纍囚（指獄中的囚犯）。纍臣（被囚禁在獄中的臣子）。印纍綬若（形容官吏身兼多職，權勢顯赫）。果實纍纍。喪ㄙㄤ容纍纍（居喪ㄙㄤ時，容貌瘦削ㄒㄩㄝˋ疲憊的樣子）。結實纍纍。纍瓦結繩（比喻堆砌ㄑㄧˋ一些無用的言詞）。纍臣釁ㄒㄧㄣˋ鼓（殺了囚繫的俘臣，並取其血去塗鼓）。
罍	ㄌㄟˊ	春盛ㄔㄥˊ食罍（春遊時攜帶的多層食盒）。瓶罄ㄑㄧㄥˋ罍恥（比喻彼此關係ㄒㄧˋ密切，利害一致）。缾ㄆㄧㄥˊ罄罍恥（同「瓶罄罍恥」）。維罍之恥（比喻不能及時孝養父母是子女的恥辱）。
* 藟	ㄌㄟˇ	花藟（即花蕾ㄌㄟˇ）。葛ㄍㄜˊ藟（皆蔓生草）。藟山（傳說中的山名）。藟散ㄙㄢˇ（一種稻米名）。
* 蘽	ㄌㄟˊ	蘽梩ㄌㄧˊ（盛土的籠和挖土的鍬ㄑㄧㄠ）。
* 蠝	ㄌㄟˇ	飛蠝（鼯鼠。即飛鼠）。
* 轠	ㄌㄟˊ	轠轤ㄌㄨˊ不絕（連續不斷的樣子）。
* 鸓	ㄌㄟˇ	鸓鼠（同「飛蠝」）。

	國字	字音	語詞
			【廣】
*	壙	ㄎㄨㄤˋ	壙埌ㄌㄤˋ（空曠遼闊的樣子）。壙僚（不做官、沒有官位）。壙遠（久遠，遼闊）。
	廣	ㄍㄨㄤˇ	寬廣。廣泛。廣闊。大庭廣眾。兵多將廣。
*	懭	ㄎㄨㄤˇ	懭悢ㄌㄧㄤˋ（失意惆悵）。
	擴	ㄎㄨㄛˋ	擴充。擴建。擴展。擴張。擴音器。
	曠	ㄎㄨㄤˋ	曠野。曠課。曠職。心曠神怡。荒郊曠野。歷日曠久（經過很久的時間）。曠日持久（耗費時日，拖延長久）。曠日廢時。曠世奇才（當世罕ㄏㄢˇ見的傑出人才）。曠世無匹ㄆㄧˇ（指極為出色，當世沒有比得上的）。曠古未有。曠若發蒙（比喻人的頭腦開竅，心神清明）。曠職僨ㄈㄣˋ事（指人不盡職，把事情搞砸ㄗㄚˊ了）。
*	瀇	ㄨㄤˇ	瀇洋（水深而廣闊的樣子）。瀇瀁ㄧㄤˋ（水勢盛大的樣子）。
*	爌	ㄎㄨㄤˋ	空明。通「曠」。
		ㄏㄨㄤˇ	爌朗（寬敞明亮的樣子）。爌熀ㄏㄨㄤˇ（同「爌朗」）。通「晃ㄏㄨㄤˇ」。
	獷	ㄍㄨㄤˇ	粗獷。獷悍（凶悍蠻橫ㄏㄥˋ）。招降獷敵（號召ㄓㄠˋ、勸誘強敵投降）。
	礦	ㄎㄨㄤˋ	礦工。礦藏ㄘㄤˊ。礦物質。礦泉水。
*	穬	ㄍㄨㄥˇ	穬麥（植物名。大麥的一種）。

國字		字音	語詞
*	纊	ㄎㄨㄤˋ	挾ㄒㄧㄚˊ纊（比喻受人安慰而感到溫暖）。絺ㄔ纊（指夏天與冬天）。纊息（比喻彌留時氣息微弱）。寢關曝纊（比喻不得安寧）。
	鄺	ㄎㄨㄤˋ	鄺美雲（港星）。鄺麗貞（前臺東縣縣長）。
	【質】		
*	懫	ㄓˋ	叨ㄊㄠ懫（貪婪ㄌㄢˊ而暴戾）。
	質	ㄓˊ	品質。質詢。質疑。天生麗質。文質彬彬。
		ㄓˋ	人質。典質。斧質（古刑法。置人於鐵砧ㄓㄣ上，以斧頭ㄊㄡˊ砍殺）。鈇ㄈㄨ質（古代腰斬的刑具）。椹ㄓㄣ質（古代腰斬時使用的墊板）。質押（債務人以動產財產作為擔保，向債權人貸款）。衣囊質盡（衣物全部典當ㄉㄤˋ完）。質妻鬻ㄩˋ子（形容生活極為貧苦）。通「鑕ㄓˋ」。
	躓	ㄓˋ	屯ㄓㄨㄣ躓（困頓失意）。困躓（境遇困頓不順利）。顛躓（比喻處境艱困）。躓踣ㄅㄛˊ（比喻遭受失敗）。屯ㄓㄨㄣ邅ㄓㄢ困躓（境遇險惡，困頓受挫）。跋前躓後（比喻處境艱困，進退兩難。同「跋前疐ㄓˋ後」）。
*	鑕	ㄓˋ	砧ㄓㄣ鑕（一種古代的刑具。斬首或腰斬時，罪犯伏臥在墊板上受刑。同「椹ㄓㄣ質ㄓˋ」）。鈇鑕（同「鈇質ㄓˋ」）。
	【頡】		
	擷	ㄐㄧㄝˊ	採擷。擷取（採取）。

	國字	字音	語詞
*	纈	ㄒㄧㄝˊ	夾纈（古代在絲織品上印染出圖案花樣的方法）。春纈（形容少女紅潤的臉色）。纈紋（臉上呈現的酒暈ㄩㄣˋ）。纈草（植物名）。
*	襭	ㄒㄧㄝˊ	薄言襭之（快掖ㄧㄝ起衣服的下襬兜圍裝盛ㄔㄥˊ它）。
	頡	ㄒㄧㄝˊ	頡仵（相衝突）。頡滑（錯亂或指不正的言辭）。頡頏ㄏㄤˊ（鳥飛上飛下。亦指不相上下，彼此抗衡）。抗頡作用（指植物體內有兩種不同物質，其作用方向相反的現象）。足相頡頏（足以彼此相抗衡）。頡頏之行ㄒㄧㄥˋ（傲慢的態度）。
		ㄐㄧㄝˊ	丐頡（強行掠奪財物）。倉頡。頡皋（舊時一種汲水的用具。同「桔ㄐㄧㄝˊ槔ㄍㄠ」）。盜頡資糧（剋扣或掠奪物資與糧食）。
			【慮】
	慮	ㄌㄩˋ	疑慮。心煩慮亂（心裡煩躁，思緒紊ㄨㄣˋ亂）。百慮一致（形容想法雖多，卻歸於一致）。困心衡慮（比喻苦心焦慮，費盡心思）。苦心積慮。深思熟慮。深謀遠慮。處心積慮。朝不慮夕（比喻情況非常危急，難以逆料）。
	攄	ㄕㄨ	攄憤（發抒憤懣ㄇㄣˋ）。各攄所見。攄忠報國（表達忠誠，報效國家）。攄陳己見。攄誠相待（竭誠相對待）。攄憤千古（抒發長久的怨憤）。
	濾	ㄌㄩˋ	過濾。濾水池。濾水器。
			【欒】
*	攣	ㄌㄩㄝˋ	攣然（堅固、堅定的樣子）。

	國字	字音	語詞
	樂	ㄩㄝˋ	音樂。樂正（古官名或複姓）。樂經（書名。六經之一）。樂毅（戰國時燕ㄧㄢ國名將）。鼓樂喧天（形容奏樂聲十分響亮熱鬧）。樂正子春（人名。曾子弟子）。
		ㄌㄜˋ	樂亭（河北省縣名）。樂陵（山東省縣名）。不亦樂乎。樂不思蜀。樂此不疲。
		ㄧㄠˋ	仁者樂山。知ㄓˋ者樂水。敬業樂群。樂山樂水（比喻各人的喜好不同）。
	櫟	ㄌㄧˋ	櫟散ㄙㄢˇ（比喻才能平庸、無用的人。多作為謙辭）。櫟樹（植物名）。樗ㄕㄨ櫟（比喻平庸無用的人）。樗櫟庸材（同「樗櫟」）。
		ㄩㄝˋ	櫟陽（陝西省古縣名）。櫟陽雨ㄩˋ金（比喻料想不到的恩賜）。
*	濼	ㄌㄨㄛˋ	濼水（山東省水名）。濼口鎮（山東省鎮名）。
	爍	ㄕㄨㄛˋ	閃爍。閃爍其詞。燋ㄐㄧㄠ金爍石（形容極為炎熱）。爍石流金（同「燋金爍石」）。
*	瓅	ㄌㄧˋ	玓ㄉㄧˋ瓅（明珠的光澤）。
*	皪	ㄌㄧˋ	的ㄉㄧˋ皪（鮮明顯著ㄓㄨˋ的樣子）。玓ㄉㄧˋ皪（同「玓瓅」）。
		ㄅㄛ	皪犖ㄌㄨㄛˋ（雜色）。
	礫	ㄌㄧˋ	瓦礫。石礫。沙礫。礫石（小石頭˙ㄊㄡ）。瓦礫堆。飛沙揚礫（形容風速迅猛）。棄瓊拾礫（比喻丟棄珍貴的而撿拾無用的。即棄取失當ㄉㄤˋ）。

國字		字音	語詞
	藥	ㄧㄠˋ	藥罐子。早占ㄓㄢ勿藥（祝人身體早日康復之詞）。對症下藥。藥石罔效（形容病情極為嚴重）。藥石無功（同「藥石罔效」）。
*	觻	ㄌㄨˋ	觻得（舊縣名。屬張掖ㄧㄝˋ郡）。
*	躒	ㄌㄧˋ	荀躒（春秋時晉大夫）。躒踝（奮勇向前的樣子）。騏驥一躒（千里馬一跳）。
		ㄌㄨㄛˋ	卓躒（卓越超群）。逴ㄔㄨㄛˋ躒（同「卓躒」）。英才卓躒（才華傑出，卓絕超群）。
*	轢	ㄌㄧˋ	刻ㄎㄜˋ轢（以刻ㄎㄜˋ薄嚴厲的手段欺凌他人）。軋ㄧㄚˋ轢（碾壓）。凌轢（欺壓虐待）。陵轢（同「凌轢」）。輘ㄌㄥˊ轢（同「凌轢」）。輮ㄖㄡˊ轢（踐踏碾壓。比喻征服）。轢釜待炊（形容生活艱困）。
	鑠	ㄕㄨㄛˋ	矍ㄐㄩㄝˊ鑠（老而強健）。日銷月鑠（比喻時光流逝）。流金鑠石（形容天氣酷熱。同「爍石流金」）。眾口鑠金（眾口同聲，足以混ㄏㄨㄣˋ淆是非）。震古鑠今（形容事業或功績非常偉大，足以震驚古人，誇耀今世）。
*	轢	ㄌㄨㄛˋ	轢得（同「觻ㄌㄨˋ得」）。
	【巤】		
*	攞	ㄌㄚˋ	拉攞（崩塌ㄊㄚ的聲音）。
*	犣	ㄌㄧㄝˋ	犣牛（犛ㄌㄧˊ牛、犛ㄇㄠˊ牛）。
	獵	ㄌㄧㄝˋ	打獵。狩ㄕㄡˋ獵。涉獵。獵裝。見獵心喜（比喻舊習難忘，觸其所好，便心動技癢而躍ㄩㄝˋ躍欲試）。涉獵不精。漁經獵史（形容博覽群書，學問廣博）。獵戶星座（星座名）。

國字	字音	語詞
臘	ㄌㄚˋ	年臘(僧ㄙㄥ人受戒以後的年歲)。臘月。臘肉。臘八粥。臘腸狗。厚味臘毒(比喻事物兼具正反的雙重性質)。殘冬臘月(比喻歲暮)。歲時伏臘(指逢年過節)。葷湯臘水(指葷腥的殘羹剩菜)。臘鼓頻催(比喻年關將近)。臘盡冬殘(同「殘冬臘月」)。「腊」為異體字。
蠟	ㄌㄚˋ	打蠟。蠟染。蠟炬(蠟燭)。蠟梅。蠟淚。蠟筆。蠟燭。亮光蠟。蠟像館。阮孚蠟屐ㄐㄧ(比喻痴迷某物)。味同嚼ㄐㄩㄝˊ蠟(比喻說話或文章枯燥無味)。面如白蠟(臉色蒼白)。面色蠟黃。
躐	ㄌㄧㄝˋ	凌躐(踐踏)。躐等(超越等級,不按次序)。越次躐等(同「躐等」)。學不躐等(求學問不超越等級,應循序漸進)。
邋	ㄌㄚ	邋遢。邋裡邋遢。
	ㄌㄧㄝˋ	邋邋(旗幟搖動的聲音)。
鑞	ㄌㄚˋ	白鑞(錫與鉛的合金)。鑞槍頭(比喻虛有其表,中看而不中用的人。也作「蠟槍頭」)。銀樣鑞槍頭(同「鑞槍頭」)。
鬣	ㄌㄧㄝˋ	鬣狗(動物名。又名土狼)。鬣蜥(爬蟲類動物名)。張牙奮鬣(形容猛獸發威的樣子)。
*鱲	ㄌㄧㄝˋ	赤鱲角(香港國際機場的所在地)。

【廚】

國字	字音	語詞
廚	ㄔㄨˊ	庖ㄆㄠˊ廚。書廚(同「書櫥」)。廚房。立地書廚(比喻學問廣博的人)。有腳書廚(比喻博聞強ㄑㄧㄤˇ記的人)。兵廚之擾(感謝飲食款待的客套話。同「飽飫ㄩˋ郇ㄒㄩㄣˊ廚」)。「厨」為異體字。

	國字	字音	語詞
	櫥	ㄔㄨˊ	衣櫥。櫥窗。櫥櫃。「橱」為異體字。
	躕	ㄔㄨˊ	踟ㄔˊ躕（徘徊ㄏㄨㄞˊ不前的樣子）。搔首踟躕（形容心情焦急或猶豫）。「蹰」為異體字。
	【魯】		
	嚕	ㄌㄨ	咕嚕。嚕囌ㄙㄨ（說話絮聒不休）。
	櫓	ㄌㄨˇ	搖櫓。櫓棹ㄓㄠˋ（用來划水使船前進的器具）。
*	穭	ㄌㄩˇ	穭豆（植物名。又名黑小豆）。
	魯	ㄌㄨˇ	魯莽（同「鹵莽」）。魯魚亥豕（指因文字形似而致傳抄錯誤）。魯魚帝虎（同「魯魚亥豕」）。魯殿靈光（比喻碩果僅存的人或事物）。鄒魯遺風（指孔孟遺留下來的儒學風氣）。
	【輦】		
	攆	ㄋㄧㄢˇ	攆走（驅趕走）。攆不上（追趕不上）。攆出去。攆得上（追趕得上）。
	輦	ㄋㄧㄢˇ	步輦（一種古代轎子）。鳳輦（天子的車駕）。畿ㄐㄧ輦（京師、京城）。輦轂ㄍㄨˇ（同「鳳輦」）。帝輦之下（指京都。同「輦轂之下」）。推輦歸里（比喻不忘友人囑ㄓㄨˇ託，信守承諾）。輦金馱ㄊㄨㄛˊ帛（載運珍貴財寶和綢布）。輦轂之下（指京師）。龍車ㄔㄜ鳳輦（天子所乘坐的車子）。
	【㬥】		
*	儤	ㄅㄠˋ	儤直（古代官吏連日值宿或值班）。
*	嚗	ㄅㄛ	嚗然（物落地聲或物體迸ㄅㄥˋ裂聲）。

國字		字音	語詞
*	懪	ㄅㄛˊ	懪懪（憂愁煩悶）。
	暴	ㄅㄠˋ	暴卒（突然去世）。暴虐。暴躁。一夕暴紅。山洪暴發。暴戾之氣。
		ㄆㄨˋ	暴面（拋頭露面）。暴露ㄌㄨˋ。暴露狂。一暴十寒。暴屍於市（橫屍街市）。暴骨原野（形容死無葬所）。暴腮龍門（比喻境遇困頓或應試落敗）。暴鰓龍門（同「暴腮龍門」）。蹠ㄓˊ穿膝暴（形容行路艱難）。懷詐暴憎ㄗㄥ（心懷詭詐，外露憤恨）。
	曝	ㄆㄨˋ	曝光。曝晒。一曝十寒（同「一暴十寒」）。野人獻曝（指人對所獻東西或意見的自謙之詞）。野叟曝言（書名。清 夏敬渠撰）。曝鰓龍門（同「暴鰓龍門」）。
	瀑	ㄆㄨˋ	瀑布。懸流飛瀑。
		ㄅㄠˋ	瀑雨（疾雨。同「暴雨」）。瀑風（疾風）。終風且瀑（既颳風又下起疾雨）。
	爆	ㄅㄠˋ	爆滿。爆冷門。爆發力。火山爆發。火爆脾氣。
*	犦	ㄅㄠˋ	犦牛（犎ㄈㄥ牛。牛的一種）。
*	襮	ㄅㄛˊ	表襮（自我張揚炫ㄒㄩㄢˋ耀）。素衣朱襮（白色上衣，紅色衣領）。
	【麃】		
*	儦	ㄅㄧㄠ	儦儦（行人眾多的樣子）。行人儦儦（路上行人來往不絕）。
*	瀌	ㄅㄧㄠ	瀌瀌（雨雪盛大的樣子）。雨ㄩˋ雪瀌瀌。

國字		字音	語詞
*	犥	ㄆㄧㄠˇ	犥色（毛羽變色而沒有光澤）。
*	皫	ㄆㄧㄠˇ	皫色（同「犥色」）。
*	穮	ㄅㄧㄠ	穮蓘ㄍㄨㄣˇ（指耕作之事）。
*	臕	ㄅㄧㄠ	上臕（牲畜日見肥壯）。臕壯（獸類肥壯）。臕肥（同「臕壯」）。臕滿（肥壯）。通「膘ㄅㄧㄠ」。
*	藨	ㄅㄧㄠ	藨莓（莓的一種。可食）。
		ㄆㄧㄠˇ	藨席（用藨草所織的席子）。藨蒯ㄎㄨㄞˇ（草名）。
	鑣	ㄅㄧㄠ	保鑣（同「保鏢」）。分道揚鑣。連鑣並軫ㄓㄣˇ（比喻並駕齊驅）。揚鑣分路（同「分道揚鑣」）。
*	麃	ㄅㄧㄠ	雨ㄩˋ雪麃麃（雪下得盛大的樣子。同「雨ㄩˋ雪瀌瀌」）。綿綿其麃（仔細剷除田中的雜草）。駟介麃麃（四匹馬披上護甲多ㄉㄨㄛ麼矯健）。
		ㄆㄠˊ	獐ㄓㄤ麃（鹿的一種）。同「麅ㄆㄠˊ」。

【蔑】

國字		字音	語詞
*	懱	ㄇㄧㄝˋ	懱爵ㄑㄩㄝˋ（鳥名。即鷦鷯）。
*	瀎	ㄇㄧㄝˋ	濛瀎（細雨迷濛的樣子）。瀎布（抹布）。
	蔑	ㄇㄧㄝˋ	侮蔑。輕蔑。蔑棄（蔑視鄙棄）。蔑視（看不起）。方斯蔑如（指與此相比，沒有人能比得上）。國步蔑資（國家面臨貧窮極為嚴重）。毀廉蔑恥（不顧廉恥）。蔑不有成（頗有成效和收穫）。蔑以復加（指已到達了極點。同「無以復加」）。蔑倫悖理（違背倫理）。

	國字	字音	語詞
*	蠛	ㄇㄧㄝˋ	蠛蠓（一種昆蟲，蚋ㄖㄨㄟˋ類）。
	衊	ㄇㄧㄝˋ	汙衊。誣ㄨ衊。
	襪	ㄨㄚˋ	棉襪。絲襪。鞋襪。襪子。襪線之才（自謙才學淺陋）。
*	鱴	ㄇㄧㄝˋ	鱴刀（魚名）。
			【寬】
	寬	ㄎㄨㄢ	寬恕。寬敞。寬廣。從寬發落。寬衣解帶。寬宏大量。寬猛相濟（寬大與嚴厲兩種方式同時進行）。
	髖	ㄎㄨㄢ	髖骨（骨盆的大骨。也稱「髀ㄅㄧˋ骨」「胯ㄎㄨㄚˋ骨」）。髖關節。
			【敻】
	敻	ㄒㄩㄥˋ	幽敻（幽遠深邃ㄙㄨㄟˋ）。倏ㄕㄨˋ敻（倏忽，迅速消失不見）。敻古（遠古）。遼敻（遙遠，遼闊）。幽闃ㄑㄩˋ遼敻（幽靜而遼闊寬廣）。
	瓊	ㄑㄩㄥˊ	瓊麻。瓊琚ㄐㄩ（美玉）。瓊漿（美酒）。玉佩瓊琚（稱讚詩文作品很美）。碎瓊亂玉（指雪花）。瑤林瓊樹（比喻人品高潔、資質出眾）。瑤臺瓊室（富麗堂皇的宮廷建築物）。瓊林玉質（指資質優秀）。瓊林玉樹（形容人的身材修長、容貌姣ㄐㄧㄠˇ好，氣度資質俱佳）。瓊枝玉葉（比喻皇室貴族的子孫）。瓊閨繡閣（對女子閨房的美稱）。瓊廚金穴（比喻豪門貴戶）。瓊樓玉宇（形容精美的樓閣）。瓊漿玉液ㄧㄝˋ（比喻香醇的美酒）。

國字		字音	語詞
*	矎	ㄒㄩㄢ	矎矎（眼花撩亂的樣子）。
*	藑	ㄑㄩㄥˊ	藑茅（一種靈草。古人多用來占ㄓㄢ卜）。
*	觼	ㄐㄩㄝˊ	觼軜ㄋㄚˋ（車軾前的環和兩驂ㄘㄢ內側的轡ㄆㄟˋ繩）。
*	譞	ㄒㄩㄢˋ	譞求（追求）。
【邊】			
*	籩	ㄅㄧㄢ	籩豆（古代祭祀或宴會時，用來盛棗栗之類的竹器和盛菹ㄐㄩ醢ㄏㄞˇ之類的木器）。籩祭（在籩器內以棗栗為祭品的祭祀）。
	邊	ㄅㄧㄢ	邊緣。邊疆。不修邊幅。邊陲地帶。
【廛】			
*	廛	ㄔㄢˊ	市廛（市中的店鋪）。廛閈ㄏㄢˋ（古代城市內住宅的通稱）。廛肆（店鋪）。市廛喧囂。
*	瀍	ㄔㄢˊ	瀍水（河南省水名）。
	纏	ㄔㄢˊ	糾纏。盤纏（旅費）。纏足。纏鬥。纏訟（不斷訴訟而無法案結）。纏綿。纏繞。死纏爛打。死鰾ㄅㄧㄠˋ白纏（寸步不離的跟著）。扳ㄅㄢ纏不清（即糾纏不清）。官司纏身。糾纏不清。病榻ㄊㄚˋ纏綿。腰纏萬貫。纏綿悱ㄈㄟˇ惻。「纒」為異體字。
*	躔	ㄔㄢˊ	躔度ㄉㄨˋ（日月星辰所運行的度數）。
十六畫【褱】			
	壞	ㄏㄨㄞˋ	毀壞。敗壞門楣ㄇㄟˊ。梁木其壞（比喻賢哲去世）。

國字		字音	語詞
	懷	ㄏㄨㄞˊ	緬ㄇㄧㄢˇ懷。懷抱。身懷絕技。耿耿於懷。
*	櫰	ㄏㄨㄞˊ	櫰槐ㄏㄨㄞˊ（植物名。又名高麗ㄌㄧˊ槐）。
	瓌	ㄍㄨㄟ	瓌奇（珍貴奇異。同「瑰奇」）。瓌寶（珍奇的寶物。同「瑰寶」）。藝林瓌寶（比喻精美珍貴的藝術品）。為「瑰」的異體字。
*	褱	ㄏㄨㄞˊ	想望風褱（極為仰慕對方，渴望一見）。
【龍】			
*	儱	ㄌㄨㄥˇ	儱侗ㄊㄨㄥˊ（模糊籠統。同「籠統」）。儱偅ㄓㄨㄥˋ（潦倒不得志的樣子）。
	嚨	ㄌㄨㄥˊ	喉嚨。大喉嚨（比喻嗓門很大的人）。深喉嚨（提供ㄍㄨㄥ資料給爆料者的人）。
	壟	ㄌㄨㄥˇ	丘壟（墳墓）。壟斷。輟ㄔㄨㄛˋ耕壟上（比喻不甘被埋沒，而心中有躍ㄩㄝˋ動的心志）。壟畝之臣（指在野的臣子）。壟斷市場。懸劍空壟（比喻向朋友許諾的事，不因死而改變）。
	寵	ㄔㄨㄥˇ	爭寵。寵物。寵愛。受寵若驚。恃ㄕˋ寵而驕。貪冒榮寵（希冀榮耀與恩寵）。媒體寵兒。蒙主寵召ㄓㄠˋ（去世）。寵辱不驚（將個人得失置之度外）。譁ㄏㄨㄚˊ眾取寵。與「籠ㄌㄨㄥˇ」不同。
*	巃	ㄌㄨㄥˊ	崆ㄎㄨㄥ巃（山高峻的樣子）。巃嵸ㄗㄨㄥ（山勢險峻陡峭的樣子）。「巄」為異體字。
	龐	ㄆㄤˊ	臉龐。龐大。龐眉皓髮（形容老人的相貌。同「尨ㄆㄤˊ眉皓髮」）。龐然大物。「厐」為異體字。

國字	字音	語詞
攏	ㄌㄨㄥˇ	併攏。拉攏。圍攏。靠攏。攏岸（使船靠岸）。攏總（總計）。談不攏。攏頭髮（整理頭髮）。合不攏嘴。輕攏慢撚ㄋㄧㄢˇ（一種彈琵琶的指法）。
曨	ㄌㄨㄥˊ	曚曨（形容太陽初出時，光線昏暗的樣子）。
朧	ㄌㄨㄥˊ	朦朧（月色昏暗模糊的樣子）。朦朧恍惚（神志迷糊不清的樣子）。
* 櫳	ㄌㄨㄥˊ	房櫳（窗櫺ㄌㄧㄥˊ）。珠櫳（珠飾的窗櫺）。簾櫳（竹簾和窗牖ㄧㄡˇ）。櫳樅ㄘㄨㄥ（古代攻守通用的兵車名）。
瀧	ㄌㄨㄥˊ	飛瀧（湍ㄊㄨㄢ急的水流）。涷ㄉㄨㄥ瀧（浸溼的樣子）。瀧夫（善於在急流中泅水的人）。瀧船（可在急流上駕駛的輕舟）。瀧瀧（水流聲）。
	ㄕㄨㄤ	瀧水（湖南省水名。即武水）。瀧岡（江西省山名）。瀧岡阡表（歐陽脩撰）。
瓏	ㄌㄨㄥˊ	八面玲瓏。小巧玲瓏。玲瓏剔ㄊㄧ透。
矓	ㄌㄨㄥˊ	矇矓（將睡時眼睛欲閉又張的樣子）。淚眼矇矓（眼睛因充滿淚水而視線模糊）。
* 礱	ㄌㄨㄥˊ	礱蜃ㄕㄣˋ（蚌的一種）。雅礱江（四川省水名）。礱穀機（除去穀粒外皮，使成糙ㄘㄠ米的糧食加工機械）。磨礱砥礪（比喻指嚴加鍛鍊）。礱淬ㄘㄨㄟˋ利器（刻苦鑽研學問，使自己更進步）。礱推磨ㄇㄛˋ轉（比喻隨機應變）。「磖」為異體字。
籠	ㄌㄨㄥˊ	出籠。牢籠。籠絡。籠罩。籠中鳥。如鷹在籠（比喻有志難伸）。煙籠霧鎖（煙霧濃密瀰漫的樣子）。蒙籠暗碧（形容樹木青翠茂盛）。窮鳥觸籠（比喻人陷於困境而無法脫身）。

國字	字音	語　　詞
聾	ㄌㄨㄥˊ	聾啞。裝聾作啞。震耳欲聾。
蘢	ㄌㄨㄥˊ	蔥蘢（草木青綠茂盛的樣子）。蘢蓯ㄘㄨㄥ（聚集的樣子）。佳木蔥蘢。
* 蠬	ㄌㄨㄥˊ	蠬蜄ㄕㄣˋ（貝類）。
* 蠪	ㄌㄨㄥˊ	蠪蚳ㄔˊ（獸名）。蠪蛭（同「蠪蚳」）。蠪蟜ㄐㄧㄠˇ（螞蟻）。
襲	ㄒㄧˊ	世襲。沿襲。侵襲。襲擊。什ㄕˊ襲珍藏（層層包裝，謹慎珍藏。比喻極為珍重的收藏物品）。沿襲舊規。春風襲面。勞師襲遠（指冒險的軍事行動）。寒氣襲人。蹈ㄉㄠˋ常襲故（因循故習，不知改進創新）。襲人故智（模仿別人用過的計策）。
讋	ㄓㄜˊ	觸讋（戰國時趙人）。讋服（因畏懼威勢而服從。同「懾ㄓㄜˊ服」）。陸讋水慄（聲威遠播ㄅㄛˋ，四方莫不畏懼而歸順）。
隴	ㄌㄨㄥˇ	麥隴（麥田）。隴斷（高而陡峭的田崗）。得隴望蜀。輟ㄔㄨㄛˋ耕隴上（同「輟耕壟上」）。隴海鐵路。隴頭音信（指書信）。
* 鸗	ㄌㄨㄥˊ	羅鸗（鳥類名）。
龍	ㄌㄨㄥˊ	登龍術（成名、飛黃騰達的方法）。跑龍套。痛飲黃龍（比喻戰勝敵人的雄心壯志）。攀龍附鳳。
龕	ㄎㄢ	佛龕（稱佛寺ㄙˋ或供ㄍㄨㄥˋ奉佛像的小閣子）。神龕。蓮龕（供ㄍㄨㄥˋ奉佛像的櫥櫃）。

	國字	字音	語詞
	【盧】		
*	壚	ㄌㄨˊ	壚邸（酒店）。文君當壚（指美女賣酒）。通「爐」「罏」「鑪」。
	廬	ㄌㄨˊ	穹[ㄑㄩㄥˊ]廬。茅廬。廬山。廬舍（田野間的房舍）。廬墓（結廬守喪[ㄙㄤ]）。三顧茅廬。初出茅廬（比喻初入社會，缺乏經驗）。草廬三顧（同「三顧茅廬」）。結廬躬耕（建造廬舍，親自耕種）。廬山真面目（比喻事情的真相或人本來的面目）。
*	櫨	ㄌㄨˊ	櫝[ㄉㄨˊ]櫨（汲水的器具）。欂[ㄅㄛˊ]櫨（柱上承梁的短木。即「斗栱[ㄍㄨㄥˇ]」）。欒[ㄌㄨㄢˊ]櫨宏敞（形容房屋高且寬敞）。
*	瀘	ㄌㄨˊ	瀘水（四川省水名）。
	爐	ㄌㄨˊ	出爐。爐火。爐灶。剛出爐。焚化爐。微波[ㄅㄛ]爐。另起爐灶。別具爐錘（比喻創作獨具風格）。官法如爐（形容國家法律嚴厲無情）。爐火純青。
	盧	ㄌㄨˊ	滑鐵盧（比喻競爭挫敗）。盧溝橋。出手得盧（比喻一舉就獲勝）。妙手盧醫（稱譽大夫的醫術高明。盧醫，扁鵲）。彤[ㄊㄨㄥˊ]弓盧矢（紅色的弓，黑色的箭。同「彤弓旅[ㄌㄨˇ]矢」）。呼盧喝[ㄏㄜˋ]雉（形容賭博時的呼叫聲）。盧生之夢（比喻富貴榮華如夢一般，短促而虛幻。同「黃粱夢」）。盧家少婦（少婦的代稱）。盧溝曉月（燕[ㄧㄢ]京八景之一）。
	罏	ㄌㄨˊ	當罏（賣酒。同「當壚」）。文君當罏（同「文君當壚」）。當罏紅袖（泛指賣酒的女子）。通「壚」「爐」「鑪」。

國字		字音	語詞
	臚	ㄌㄨˊ	臚列(陳列、羅列)。臚言(傳言、流言)。臚情(陳情)。臚陳(一一陳述)。
	艫	ㄌㄨˊ	舳ㄓㄨˊ艫千里(形容船隻很多)。舳艫相繼(同「舳艫千里」)。
	蘆	ㄌㄨˊ	葫蘆。蘆筍。蘆薈。悶ㄇㄣˋ葫蘆。乍入蘆圩ㄩˊ(比喻剛到一個新的地方，對當地情況還不熟ㄕㄡˊ悉)。依樣葫蘆。
*	蠦	ㄌㄨˊ	蠦蜰ㄈㄟˊ(蜚ㄈㄟˇ蠊。即蟑螂)。
*	轤	ㄌㄨˊ	轆轤(井上汲水的器具)。
	鑪	ㄌㄨˊ	鑪火(同「爐火」)。文君當鑪(同「文君當壚」「文君當罏」)。夏鑪冬扇(比喻不合時宜，毫無用處的東西。同「冬扇夏爐」)。通「壚」「爐」「罏」。
	顱	ㄌㄨˊ	頭顱。拋頭顱。顱蓋骨。圓顱方趾(指人類)。
	驢	ㄌㄩˊ	三紙無驢(諷ㄈㄥˋ刺寫文章蕪雜冗ㄖㄨㄥˇ長，不著ㄓㄨㄛˊ邊際，不得要領)。父子騎驢。非驢非馬(形容不倫不類的事物)。博士買驢(同「三紙無驢」)。黔ㄑㄧㄢˊ驢技窮(比喻人拙劣的技能已經用完，而再也想不出其他的辦法)。驢年馬月(茫茫無期，不知何年何月)。驢蒙虎皮(比喻倚仗他人的權勢來嚇唬人或欺壓人)。
	鱸	ㄌㄨˊ	鱸魚。蓴ㄔㄨㄣˊ羹鱸膾ㄎㄨㄞˋ(比喻思念故鄉)。
	鸕	ㄌㄨˊ	鸕鷀ㄘˊ(鳥類名。又名魚鷹)。

	國字	字音	語詞
			【賴】
*	嬾	ㄌㄢˇ	嬌嬾(倦怠懶散ㄙㄢˇ)。嬾架(讀書時用來托書本的架子)。嬾婦(蟋蟀)。「懶」的本字。
	懶	ㄌㄢˇ	慵懶。懶惰。懶散ㄙㄢˇ。心灰意懶。
	瀨	ㄌㄞˋ	湍ㄊㄨㄢ瀨(石灘上的急流)。懸瀨(瀑布)。瀨戶內海(海洋名)。走馬瀨農場。
	獺	ㄊㄚˋ	水獺。海獺。獺祭魚(形容羅列故實，堆砌ㄑㄧˋ而成的文章)。
	癩	ㄌㄞˋ	癩皮狗。癩蝦ㄏㄚˊ蟆ㄇㄚˊ。
	籟	ㄌㄞˋ	天籟。天籟自鳴(比喻不依賴任何外力而渾然天成的作品)。神籟自韻(大自然的聲音組成的美妙音韻)。萬籟俱寂。萬籟無聲。
*	藾	ㄌㄞˋ	藾蒿ㄏㄠ(草名)。
	賴	ㄌㄞˋ	仰賴。依賴。賴帳。市井無賴。兆民賴之(廣大民眾仰賴他)。死乞白賴(糾纏不休)。死皮賴臉。百無聊賴(極為無聊)。涎ㄒㄧㄢˊ皮賴臉。
			【霍】
*	擢	ㄏㄨㄛˋ	揮擢(同「揮霍」)。挑ㄊㄧㄠˇ三擢四(挑ㄊㄧㄠˇ撥是非，破壞雙方的關係)。
*	濯	ㄏㄨㄛˋ	濯濩ㄏㄨㄛˋ(色彩眾多，閃爍不定的樣子)。
*	礭	ㄑㄩㄝˋ	礭然(堅強剛毅的樣子)。通「確」。

	國字	字音	語詞
*	臛	ㄏㄨㄛˋ	鴨臛（鴨肉羹）。
*	藿	ㄏㄨㄛˋ	葵藿（思慕）。藜藿（百姓所吃的野菜）。食藿懸鶉ㄔㄨㄣˊ（比喻生活貧苦）。屠者羹藿（比喻徒然為他人辛苦）。葵藿傾陽（比喻一心嚮ㄒㄧㄤˋ往所仰慕者）。漿酒藿肉（形容飲食奢侈浪費）。藜藿不採（比喻國家有忠臣，奸邪不敢亂事）。
	霍	ㄏㄨㄛˋ	揮霍。揮金霍玉（任意浪費錢財，毫不吝惜）。揮霍無度。漿酒霍肉（同「漿酒藿肉」）。磨刀霍霍（形容準備動刀殺人）。霍然而愈（形容病很快痊癒）。霍然雲消（雲突然消逝不見）。
	【頻】		
*	嚬	ㄆㄧㄣˊ	嚬蹴ㄘㄨˋ（皺眉憂愁的樣子）。嚬蹙（同「顰蹙」）。含嚬不語（憂心皺眉不說話）。通「顰」。
	瀕	ㄅㄧㄣ	瀕臨。病重瀕危。瀕臨絕種。
	蘋	ㄆㄧㄣˊ	白蘋（植物名。即馬尿花）。青蘋（水中浮萍）。蘋草。蘋葉（一種多年生水草）。蘋藻（蘋和藻。皆為水草名）。白蘋洲（古地名）。掌葉蘋婆（植物名）。
		ㄆㄧㄥˊ	蘋果。蘋果綠。蘋果臉。
	頻	ㄆㄧㄣˊ	頻仍（連續發生）。頻率。頻繁。來往頻數ㄕㄨㄛˋ（常常來往）。國步斯頻（國家命運如此危殆）。捷報頻傳。戰火頻仍。頻頻失利。
	顰	ㄆㄧㄣˊ	顰眉（皺著眉頭ㄊㄡˊ）。顰蹙ㄘㄨˋ。一顰一笑。東施效顰。醜女效顰（同「東施效顰」）。

國字	字音	語詞
【燕】		
嚥	ㄧㄢˋ	吞嚥。狼吞虎嚥。細嚼ㄐㄧㄠˊ慢嚥。
* 嬿	ㄧㄢˋ	嬿服（閒居時穿的衣服）。嬿婉（安順的樣子。同「燕婉」）。公孫嬿（作家。本名查ㄓㄚ顯琳）。
* 曣	ㄧㄢˋ	曣晛ㄒㄧㄢˋ（日光照耀的樣子）。
燕	ㄧㄢˋ	燕窩。燕尾服。身輕如燕。兔絲燕麥（比喻有名而無實）。釜魚幕燕（比喻處境非常危險）。勞燕分飛。新婚燕爾（祝賀他人新婚的頌辭。也作「宴爾新婚」）。燕石為玉（謙稱自己珍藏的東西微不足道）。燕巢幕上（同「釜魚幕燕」）。燕雀相賀（祝賀新屋落成之詞）。環肥燕瘦（比喻女人體態不同而各擅其美）。
	ㄧㄢ	燕京。燕脂（即胭脂）。燕國。燕然山。燕歌行ㄒㄧㄥˊ（樂曲名）。郢ㄧㄥˇ書燕說（比喻穿鑿ㄗㄠˋ附會，曲解原意）。燕姞ㄐㄧˊ夢蘭（比喻受寵或婦人有孕的吉兆）。燕昭築臺（比喻以禮廣納賢才）。燕然勒ㄌㄜˋ石（用以表彰開疆闢土之功）。
* 臙	ㄧㄢ	臙脂ㄓ（化妝品。即胭ㄧㄢ脂ㄓ）。臙脂菜（藜的別名）。臙脂蟲（動物名）。
* 讌	ㄧㄢˋ	讌見（天子退朝閒居時，臣子於內廷覲ㄐㄧㄣˋ見天子。泛指公餘會見）。讌戲（嬉戲）。契ㄑㄧˋ闊談讌（情意相投，在一起談心飲酒）。
* 醼	ㄧㄢˋ	醼飲（聚在一起喝酒。同「燕飲」）。

	國字	字音	語詞
			【羲】
	曦	ㄒㄧ	晨曦。朝曦。東曦既駕（太陽從東方升起）。
	犧	ㄒㄧ	庖犧（同「伏羲」）。犧牲。犧牲品。犧牲玉帛（古代祭祀用的牲畜、美玉和布帛）。
	羲	ㄒㄧ	伏羲氏。羲和馭日（比喻時光的流逝）。羲皇上人（指太古的人。比喻生活恬淡無憂慮的人）。
			【鬳】
*	巘	ㄧㄢˇ	峰巘（山峰險峻）。絕巘（指斷崖ㄧㄚˊ）。層巘（重疊的高峰）。
	獻	ㄒㄧㄢˋ	奉獻。貢獻。獻芹ㄑㄧㄣˊ（自謙禮物菲ㄈㄟˇ薄的客套話）。獻醜。借花獻佛。野人獻芹（對所獻東西或建議的自謙詞）。獻可替否（泛指臣子向君王勸善規過，提出興革的建議）。
*	甗	ㄧㄢˇ	甑ㄗㄥˋ甗（兩種蒸煮食物的器具）。甗錡ㄑㄧˊ（形容山巖傾ㄑㄧㄥ斜的樣子）。
*	瓛	ㄏㄨㄢˊ	瓛珪ㄍㄨㄟ（古代一種禮器。即桓ㄏㄨㄢˊ珪）。
	讞	ㄧㄢˋ	定讞（罪行ㄒㄧㄥˊ判決已經確定，不能再改變）。讞獄（公正的審理疑案）。讞牘（審理訴訟的紀錄）。讞讞（正直的樣子）。三審定讞。判決定讞。
*	齾	ㄧㄚˋ	齾齾（形容器物缺損的樣子）。
			【穌】
	囌	ㄙㄨ	嚕ㄌㄨ囌。
	穌	ㄙㄨ	耶ㄧㄝ穌。

國字	字音	語詞
蘇	ㄙㄨ	流蘇。復蘇（同「復甦」）。屠蘇酒（酒名）。死而復蘇（死了又醒過來）。累ㄌㄟˇ塊積蘇（比喻居室簡陋）。樵蘇不爨ㄘㄨㄢˋ（形容清貧的生活）。
【閵】		
藺	ㄌㄧㄣˋ	藺草。藺相ㄒㄧㄤˋ如。久懷慕藺（比喻極為仰慕）。
躪	ㄌㄧㄣˋ	蹂躪。躪藉（指踐踏或欺壓迫害。同「蹂躪」）。慘遭蹂躪。
* 閵	ㄌㄧㄣˋ	閵轢ㄌㄧˋ（踐踏輾ㄋㄧㄢˇ壓）。
【龜】		
鬮	ㄐㄧㄡ	抓鬮（從做好記號的紙捲或紙團中，拈ㄋㄧㄢˊ取其中一個，以決定事情或勝負）。拈ㄋㄧㄢˊ鬮（同「抓鬮」）。肉鬮兒（皮膚上突起的小肉瘤）。話裡藏鬮（比喻有言外之意）。
龜	ㄍㄨㄟ	烏龜。龜甲。龜坼ㄔㄜˋ（土地因天旱裂開，有如龜甲上的紋路）。龜筴ㄘㄜˋ（古代占ㄓㄢ卜吉凶的用具。同「龜策」）。龜速車。龜殼花。兔角龜毛（比喻不可能存在的事情）。蝸步龜移（形容動作非常緩慢）。龜鶴遐齡（比喻長壽）。
	ㄐㄩㄣ	龜手（手因寒凍或乾燥而裂開）。龜裂（同「皸ㄐㄩㄣ裂」）。不龜手藥（使手不龜裂的藥）。
	ㄑㄧㄡ	龜茲ㄘˊ（國名。漢代西域國之一）。
【憲】		
* 幰	ㄒㄧㄢˇ	紺ㄍㄢˋ幰（紺色的車幔。紺，微紅帶深青的顏色）。幰弩ㄋㄨˇ（古代儀仗所用加有布罩的弓弩）。

國字	字音	語詞
憲	ㄒㄧㄢˋ	修憲。違ㄨㄟˊ憲。憲法。萬邦為憲(萬邦引為典範)。職司風憲(掌管風紀法度)。
【雔】		
* 犨	ㄔㄡ	犨麋ㄇㄧˊ(人名。相傳為貌醜而有德的人)。「犫」為異體字。
讎	ㄔㄡˊ	讎匹ㄆㄧˇ(氣勢、力量相等的人。同「儔ㄔㄡˊ匹」)。冤讎(同「冤仇」)。讎校ㄐㄧㄠˋ(校ㄐㄧㄠˋ對文字)。視如寇讎(看得像敵寇仇人一樣)。無言不讎(比喻說出的話一定會發生作用)。
* 雔	ㄔㄡˊ	雔由(吃樗ㄕㄨ葉的蠶)。
雙	ㄕㄨㄤ	雙棒兒(孿ㄌㄨㄢˊ生子)。舉世無雙。雙料冠軍。雙管齊下。
* 靃	ㄏㄨㄛˋ	靃靡ㄇㄧˇ(草木隨風披拂ㄈㄨˊ的樣子)。
【噩】		
噩	ㄜˋ	噩耗(同「惡耗」)。噩夢(同「惡夢」)。渾噩。渾渾噩噩。
* 蘁	ㄜˋ	蘁夢(同「噩夢」)。
鱷	ㄜˋ	鱷魚。「鰐」為異體字。
十七畫【毚】		
* 儳	ㄔㄢˊ	儳言(插嘴)。儳越(中途插嘴,僭ㄐㄧㄢˋ越禮分)。儳道(捷徑)。毋儳言(不可插嘴)。
* 劖	ㄔㄢˊ	鐫ㄐㄩㄢ劖(雕刻ㄎㄜˋ)。劖言訕ㄕㄢˋ語(譏諷ㄈㄥˋ嘲笑)。

	國字	字音	語詞
*	嚵	ㄔㄢˋ	狗嚵子（狗嘴）。
*	巉	ㄔㄢˊ	嵌ㄑㄧㄢ巉（山勢險峻陡峭的樣子）。巉岏ㄨㄢˊ（同「嵌巉」）。巉刻ㄎㄜˋ（比喻言語或文章尖刻）。巉峭（同「嵌巉」）。削ㄒㄩㄝˋ壁巉巖（山勢峻峭的樣子）。
	攙	ㄔㄢ	攙扶。攙和ㄏㄨㄛˋ。攙雜。
*	欃	ㄔㄢˊ	欃槍ㄔㄥ（彗星的別名）。
*	毚	ㄔㄢˊ	毚兔（狡兔）。毚欲（貪欲）。毚微（輕微）。
*	瀺	ㄔㄢˊ	瀺灂ㄓㄨㄛˊ（形容水聲）。瀺灂霣ㄩㄣˇ墜（水從上往下降落）。
	纔	ㄘㄞˊ	方纔（同「方才」）。纔瞬（極短暫的時間）。通「才」。
	讒	ㄔㄢˊ	讒佞（毀謗）。讒言。讒間ㄐㄧㄢˋ（用讒言離間ㄐㄧㄢˋ他人）。讒隙（因讒害而生嫌隙）。讒譖ㄗㄣˋ（以讒言陷害他人）。掩袖工讒（善於設計陷害他人）。憂讒畏譏（擔憂奸人的毀謗，畏懼惡人的譏笑）。讒諂ㄔㄢˇ面諛（同「阿ㄜ諛奉承」）。
*	鑱	ㄔㄢˊ	鑱石（古代治病所用的石針）。鑱斧（斧鉞ㄩㄝˋ）。
	饞	ㄔㄢˊ	貪饞。解饞。嘴饞。眼饞肚飽（形容貪得無厭）。饕ㄊㄠ口饞舌（形容貪吃或指貪吃的人）。饞涎ㄒㄧㄢˊ欲滴（形容極為貪饞的樣子）。
	【襄】		
*	儴	ㄖㄤˊ	儴佯（逍遙，遊蕩）。
*	勷	ㄖㄤˊ	劻ㄎㄨㄤ勷（急迫的樣子）。戎馬劻勷（指戰亂而不得安寧的樣子）。

國字		字音	語詞
	嚷	ㄖㄤˇ	叫嚷。吵嚷。大聲嚷嚷。
	壤	ㄖㄤˇ	土壤。接壤（兩國或兩地邊界相接）。天壤之別（比喻差別很大。同「天淵之別」）。天壤王郎（指婦女不滿意所嫁的丈夫）。天壤懸隔（同「天壤之別」）。判如天壤（同「天壤之別」）。穹ㄑㄩㄥˊ壤之間（天地之間。指世間）。遐方絕壤（邊遠地區）。窮鄉僻壤。霄壤之別（同「天壤之別」）。擊壤鼓腹（比喻太平盛世，人民安居樂業）。
	孃	ㄋㄧㄤˊ	爺孃（父母）。舞孃。通「娘」。
*	儴	ㄒㄧㄤ	儴佯（徜ㄔㄤˊ佯，徘徊ㄏㄨㄞˊ）。
	攘	ㄖㄤˊ	擾攘（紛亂）。攘除（排除）。攘奪（奪取）。心勞意攘（即心慌意亂）。安內攘外（安定內部的紛亂，抵禦外敵的侵犯）。兵戈擾攘（戰爭頻仍，國家不得安寧）。風塵勞攘（世俗的困頓紛擾）。紛紜擾攘。尊王攘夷（尊敬王室，驅除夷狄）。熙來攘往（形容人來人往，非常熱鬧）。熙熙攘攘（同「熙來攘往」）。攘人之美（奪取他人的好處而據為己有）。攘袂ㄇㄟˋ切ㄑㄧㄝˋ齒（形容激動、生氣的樣子）。攘除奸凶（剷除奸邪的人）。攘臂ㄅㄧˋ一呼（揮動手臂ㄅㄧˋ，大聲呼叫）。
	曩	ㄋㄤˇ	疇ㄔㄡˊ曩（往日）。曩日（從前）。曩昔（同「曩日」）。曩時（同「曩日」）。曩歲（往年）。疇曩心跡（指往日蓄積於胸中的想法）。

	國字	字音	語詞
*	瀼	ㄖㄤˊ	決瀼(水流動的樣子)。瀼水(四川省水名)。瀼瀼(露ㄌㄨˋ水多的樣子)。零露ㄌㄨˋ瀼瀼(露水很濃的樣子)。
*	獽	ㄖㄤˊ	獽狿ㄧㄢˊ(蠻族名)。獽蜑ㄉㄢˋ(蠻族名)。
*	瓖	ㄒㄧㄤ	瓖嵌ㄑㄧㄢ(同「鑲嵌」)。通「鑲」。
	瓤	ㄖㄤˊ	瓜瓤(瓜果的肉質部分)。信瓤(信紙)。西瓜瓤兒(西瓜內部可食的部分)。
*	禳	ㄖㄤˊ	祈禳(祈求上蒼降福,消除災禍)。禳解(祭祀祈神以解除災禍)。求福禳災(指祈求神靈降福,解除災害。同「祈禳」)。
*	穰	ㄖㄤˊ	豐穰(豐收)。穰歲(豐年)。人煙浩穰(人口密集眾多)。人稠物穰(形容城市繁榮的景象)。土穰細流(比喻極小的事物)。五穀豐穰(五穀豐收)。豚蹄穰田(比喻希圖以少量的東西求取大量的收益)。
*	纕	ㄒㄧㄤ	佩纕(繫佩物所用的絲帶)。纓纕(套在馬頸與腹部的皮帶)。纕臂ㄅㄧˋ(捋ㄌㄨㄛ起衣袖而露ㄌㄡˋ出臂膀。同「攘ㄖㄤˊ臂」)。
*	蘘	ㄖㄤˊ	蘘山(古地名。位於河南省)。蘘荷(植物名。又名蒪ㄆㄛˋ苴ㄐㄩ)。
*	蠰	ㄕㄤˋ	蠰蟲(一種類似天牛的蟲)。
		ㄖㄤˇ	螳ㄊㄤˊ蠰(螳螂)。蠰谿(蚱蜢)。

	國字	字音	語詞
	襄	ㄒㄧㄤ	襄助。襄理。襄辦（同「襄理」）。襄贊（輔助）。共襄盛舉。宋襄之仁（譏諷ㄈㄥˋ人迂ㄩ闊不切實際，不知輕重利害）。懷山襄陵（指洪水氾濫，洶湧奔騰直上山陵）。
	讓	ㄖㄤˋ	禪ㄕㄢˋ讓。讓渡。不遑多讓（無暇多所謙讓）。當仁不讓。讓棗推梨（比喻兄弟友愛）。
*	躟	ㄖㄤˇ	躟躟（紛亂的樣子。同「攘ㄖㄤˇ攘」「壤壤」）。
	釀	ㄋㄧㄤˋ	醞釀。釀酒。釀造。釀禍。釀蜜。釀製。陳年佳釀。釀成大禍。
	鑲	ㄒㄧㄤ	鑲牙。鑲嵌ㄑㄧㄢ。鑲邊。金鑲玉嵌（形容富麗耀眼的裝飾）。
*	饟	ㄒㄧㄤˇ	餽饟（運送軍糧）。饟道（運送軍糧的道路）。
	驤	ㄒㄧㄤ	雲起龍驤（比喻英雄豪傑乘ㄔㄥˊ時興起）。龍驤虎步（比喻氣概ㄍㄞˋ雄壯威武的樣子）。龍驤虎視（比喻人志氣高遠或氣概威武的樣子）。
*	鬤	ㄖㄤˊ	被ㄆㄧ髮鬤鬤（毛髮散亂的樣子）。
			【爵】
	嚼	ㄐㄧㄠˊ	嚼舌（信口胡說、搬弄是非）。嚼舌根（同「嚼舌」）。嚼舌頭ㄊㄡˊ（同「嚼舌」）。嚼菜根（安貧而吃苦）。大吃大嚼。咬文嚼字。細嚼慢嚥。貪多嚼不爛（貪求過多，反而達不到目的）。
		ㄐㄩㄝˊ	咀ㄐㄩˇ嚼。味同嚼蠟（比喻說話或文章枯燥無味）。咬釘嚼鐵（比喻主意堅定或意志堅強）。屠門大嚼（比喻欣羨而不可得，聊為已得之狀以自我安慰）。裂眥ㄗˋ嚼齒（形容極為憤怒）。摶ㄊㄨㄢˊ沙嚼蠟（比喻空虛而毫無趣味）。

國字	字音	語詞
* 潪	ㄓㄨㄛˊ ㄐㄧㄠˋ	涔ㄘㄣˊ潪（游魚出沒的樣子）。澩ㄒㄩㄝˊ潪（波ㄅㄛ濤ㄊㄠ相激盪的聲音）。瀺ㄔㄢˊ潪（形容水流聲）。瀺ㄔㄢˊ潪霣ㄩㄣˇ墜（水從上往下降落）。 良輈ㄓㄡ環潪（良好的車轅塗抹油漆）。
* 爝	ㄐㄩㄝˊ	螢爝（比喻光弱。常作能力低的謙辭）。爝火（火炬、火把）。爝火微光（比喻渺小、卑微）。
爵	ㄐㄩㄝˊ ㄑㄩㄝˋ	爵士。爵位。爵士舞。封侯賜爵。高官顯爵（官位高而顯赫）。高爵厚祿（爵位很高，俸祿豐厚）。賣官鬻爵。 燕爵（同「燕雀」）。爵馬（供玩賞的東西）。懱ㄇㄧㄝˋ爵（即鷦鷯）。門可羅爵（同「門可羅雀」）。為ㄨㄟˋ叢毆ㄑㄩ爵（比喻為政不善，人心背離，使百姓投向敵方）。淵魚叢爵（比喻暴君為政不仁，就好像把人民趕到敵方）。通「雀」。
* 皭	ㄐㄧㄠˋ	皭然（潔白純淨的樣子）。皭皭（同「皭然」）。
* 釂	ㄐㄧㄠˋ	未釂（沒喝完酒）。競飲先釂（每個人爭先恐後的將酒喝完）。
【韱】		
孅	ㄒㄧㄢ	孅介（比喻極微小。同「纖介」）。孅弱（瘦弱。同「纖弱」）。孅介之過（小過錯）。通「纖」。
懺	ㄔㄢˋ	懺悔。悔過自懺（後悔犯錯，並且感到自責與慚愧。也作「悔過自責」）。
* 攕	ㄒㄧㄢ	攕攕女手（指女子的手纖細柔美的樣子）。通「纖」「孅」。

	國字	字音	語詞
*	櫼	ㄐㄧㄢ	櫼櫨ㄌㄨˊ（即斗栱ㄍㄨㄥˇ）。剔ㄊㄧ齒櫼（剔牙齒的木櫼。即牙籤。也稱「剔齒纖」）。
	殲	ㄐㄧㄢ	殲滅。殲敵。殲滅戰。犬馬齒殲（謙稱自己年老體衰）。殲一警百（殺一人以警戒眾人）。
*	瀸	ㄐㄧㄢ	瀸洳ㄖㄨˋ（道路積水難行）。瀸漏（水浸透而滲出）。
	籤	ㄑㄧㄢ	牙籤。求籤。抽籤。書籤。標籤。貼標籤。牙籤萬軸（形容藏書非常豐富）。萬籤插架（同「牙籤萬軸」）。
	纖	ㄒㄧㄢ	纖介（比喻極微小）。纖弱。纖細。纖維。剔ㄊㄧ齒纖（牙籤）。光纖電纜。窮纖入微（深入探求玄奧的學問）。穠ㄋㄨㄥˊ纖合度。纖悉無遺（形容極為詳盡，連最細微的部分都沒有遺漏）。纖塵不染。纖纖玉手（同「攕攕女手」）。
*	襳	ㄒㄧㄢ	襳褵ㄌㄧˊ（古代女子衣服上用作裝飾的長帶）。襳襹ㄕ（毛衣羽毛盛多的樣子）。
	讖	ㄔㄣˋ	讖語（迷信者指事後應驗的話）。讖緯ㄨㄟˇ（讖錄和圖緯，皆為占ㄓㄢ驗術數的書）。一語成讖（指本為一句無心或開玩笑的話，最後竟然成真了）。
*	鑯	ㄐㄧㄢ	鑯峻（指山勢峻峭的樣子）。
	【霝】		
	櫺	ㄌㄧㄥˊ	窗櫺（以木條交錯製成的窗格子）。櫺床（設有欄杆的床）。櫺星門（孔廟的建築物之一）。
*	酃	ㄌㄧㄥˊ	酃淥ㄌㄨˋ（以湖南省酃湖湖水所釀製的酒。泛指美酒）。酃縣（湖南省縣名）。

	國字	字音	語詞
*	醽	ㄌㄧㄥˊ	醽醁ㄌㄨˋ（美酒。同「酃淥」）。
	靈	ㄌㄧㄥˊ	天靈蓋（指頭頂）。人傑地靈（也作「地靈人傑」）。荼毒生靈。鍾靈毓ㄩˋ秀。靈蛇之珠（比喻超凡的才能）。靈犀相通。靈機一動。
	【龠】		
*	瀹	ㄩㄝˋ	潭瀹（水波ㄅㄛ搖動的樣子）。瀹茗ㄇㄧㄥˊ（煮茶）。瀹濟ㄐㄧˇ漯ㄊㄚˋ（疏濬ㄐㄩㄣˋ濟水和漯水）。
*	爚	ㄩㄝˋ	煜ㄩˋ爚（光耀的樣子）。熠ㄧˋ爚（明亮的樣子）。儵ㄕㄨˋ爚（疾閃的樣子）。
*	籥	ㄩㄝˋ	天籥（星宿ㄒㄧㄡˋ名）。竽ㄩˊ籥（樂器名。竽為笙類，籥為笛類）。管籥（笙與簫兩種樂器）。槖ㄊㄨㄛˊ籥（風箱）。忠臣籥口（忠臣閉口，不得發言）。盲翁捫籥（比喻只憑片面了解就妄加論斷）。
	籲	ㄩˋ	呼籲。籲請。闢門籲俊（廣納賢才）。籲求協助。
	鑰	ㄧㄠˋ	鎖鑰（比喻險要之地或事物的關鍵所在）。鑰匙。北門鎖鑰（指國土北境的要塞ㄙㄞˋ）。
*	鸙	ㄩㄝˋ	天鸙（鳥類名。即鷚ㄌㄧㄡˋ）。
*	龢	ㄏㄜˊ	太龢（太平盛世。同「太和」）。翁同龢（清代人名）。通「和」。
	【闌】		
	攔	ㄌㄢˊ	阻攔。攔路虎（比喻阻擋前進的人或事物）。口無遮攔。攔腰撞上。
	爛	ㄌㄢˋ	斑爛（形容花紋美麗，光彩奪目）。色彩斑爛。

國字	字音	語詞
欄	ㄌㄢˊ	柵ㄓㄚˋ欄。檻ㄐㄧㄢˋ欄。欄杆。布告欄。
瀾	ㄌㄢˊ	波ㄅㄛ瀾。瀾瀾（流淚的樣子）。瀾滄江（河川名）。力挽狂瀾。波瀾不驚（形容風平浪靜）。波瀾壯闊。推波助瀾。蒸漚ㄡˋ歷瀾（形容溼熱地區因長期浸水，以致泥土冒泡糜爛的樣子）。
	ㄌㄢˋ	瀾汗（水勢浩大的樣子）。瀾漫（紛雜散亂的樣子）。
爛	ㄌㄢˋ	燦爛。天真爛漫。柯爛忘歸（比喻長時間的流連忘返）。海枯石爛。滾瓜爛熟。爛醉如泥。
蘭	ㄌㄢˊ	蘭若ㄖㄜˇ（寺院）。芳蘭竟體（比喻稱舉止風流閒雅）。芝蘭之室（比喻良好的環境）。芝蘭玉樹（比喻優異有出息的子弟）。金蘭之交（情誼ㄧˋ堅固的朋友）。桂子蘭孫（對他人子孫的美稱）。夢蘭之喜（稱婦人有孕）。蘭玉蕭條（比喻兒女單薄ㄅㄛˊ、子孫不多）。蘭艾俱焚（比喻玉石俱焚，不管貴賤、賢愚盡皆毀滅）。
* 襴	ㄌㄢˊ	襴衫（古代讀書人服飾的一種）。襴裙（覆蓋在胸腹的小衣。即肚兜、抹ㄇㄛˋ胸）。金襴衣（指以金色絲線編織而成的袈裟）。
* 讕	ㄌㄢˊ	讕言（誣ㄨ妄而沒有根據的話）。
* 鑭	ㄌㄢˊ	鑭石（礦物名）。
闌	ㄌㄢˊ	闌珊（逐漸衰落的樣子）。闌尾炎（盲腸炎）。夜闌人靜。春意闌珊（指春天將結束）。酒闌人散（酒席結束，客人歸去）。意興ㄒㄧㄥˋ闌珊。漏盡更ㄍㄥ闌（比喻深夜的時候）。燈火闌珊（形容燈火稀疏、微暗的樣子）。興ㄒㄧㄥˋ盡意闌（興味和情致都沒有了）。闌風長雨（指風雨不停止）。

	國字	字音	語詞
			【鮮】
	癬	ㄒㄧㄢˇ	頑癬。頭癬。癬疥(比喻不足為害的小問題或小毛病)。癬疥之疾(同「癬疥」)。
	蘚	ㄒㄧㄢˇ	苔蘚。
	鮮	ㄒㄧㄢ ㄒㄧㄢˇ	數ㄕㄨㄛˋ見不鮮(指事物經常見到，並不稀奇)。 朝鮮。鮮少。鮮民(沒有父母的人)。鮮有。倨ㄐㄩˋ傲鮮腆ㄊㄧㄢˇ(指人傲慢無禮)。終鮮兄弟(我們兄弟勢單力薄)。魚雁鮮通(彼此很少書信往來)。寡見鮮聞(見聞孤陋、學識淺薄)。寡廉鮮恥。德薄能鮮(謙稱自己德行淺薄而才能不足)。鮮克有終(很少有完美的結局。說人做事要有始有終)。鮮為ㄨㄟˊ人知。鮮規之獸(指小動物)。
			【燮】
	燮	ㄒㄧㄝˋ	鄭燮(人名。即鄭板橋)。燮和之任(指宰相之職)。燮理陰陽(大臣輔弼ㄅㄧˋ天子治理國事)。
*	躞	ㄒㄧㄝˋ	蹀ㄉㄧㄝˊ躞(小步行走的樣子)。金題玉躞(指極精美的書畫作品)。蹀躞不下(形容心中憂慮難安，放心不下)。
			【嬰】
	嚶	ㄧㄥ	嚶嚶(形容禽鳥和ㄏㄜˋ鳴聲)。嚶鳴求友(比喻尋求志同道合的朋友)。
	嬰	ㄧㄥ	嬰疾(生病)。嬰罪(獲罪)。嬰鱗(比喻人臣敢於直言諫諍ㄓㄥˋ。同「批逆鱗」)。夙嬰疾病(長年臥病)。俗務嬰身(被俗務羈絆)。嬰城固守(據城而堅固防守)。嬰疾在身(身體生病)。

國字	字音	語詞
* 攖	一ㄥ	攖寧(心神寧靜，不為ㄨㄟˋ外境所動)。莫之敢攖(不敢觸犯)。
櫻	一ㄥ	櫻花。櫻花蝦。櫻桃小口。
瓔	一ㄥ	瓔珞ㄌㄨㄛˋ(用珠玉綴成的頸飾)。瓔珞木。
* 癭	一ㄥˇ	木癭(樹木外部突起的瘤狀物)。蟲癭(昆蟲的幼蟲寄生於植物的組織，使寄生的部位形成的瘤狀物)。癭瘤(一種生於肩背等處的肉瘤)。頦ㄏㄞˊ下癭(比喻憎ㄗㄥ恨的事物)。
纓	一ㄥ	簪ㄗㄢ纓(比喻高官顯宦)。馬纓丹。自動請纓。衣纓之族(官宦的家族)。被ㄆㄧ髮纓冠ㄍㄨㄢˋ(形容急迫的樣子)。終軍請纓(比喻立下征服敵人、建功報國的志向)。無路請纓(沒有立功報國的機會)。請纓報國(自請從軍報效國家)。濯ㄓㄨㄛˊ纓彈ㄊㄢˊ冠ㄍㄨㄢˋ(比喻準備出仕)。濯纓濯足(比喻人之榮辱皆由人自取)。簪纓世胄ㄓㄡˋ(世代為官的人家)。
* 蘡	一ㄥ	蘡薁ㄩˋ(植物名。即山葡萄)。
* 蠳	一ㄥ	蠳龜(一種喜食蛇的小龜)。蠳螺(一種海螺名)。
鸚	一ㄥ	鸚鵡。鸚鵡學舌(比喻沒有主見，人云亦云)。
十八畫【聶】		
囁	ㄋㄧㄝˋ	喋囁(耳語、私語)。囁嚅ㄖㄨˊ(有話想說又吞吞吐吐的樣子)。囁囁嚅嚅(說話有顧忌)。

	國字	字音	語詞
	懾	ㄓㄜˊ	震懾。懾服（因懼怕威勢而屈服）。聲懾海內。臨難ㄋㄢˋ不懾（遭遇危難而不畏懼）。懾人心魄（令人心神畏懼）。
	攝	ㄕㄜˋ	攝生（養生）。攝衣（撩ㄌㄧㄠˊ起衣裳ㄕㄤ下襬）。攝取。攝政（代替君主處ㄔㄨˇ理國政）。攝影。勾魂攝魄（極具吸引人的魅力，能蕩人心神）。出外攝食。呂后攝政。善自珍攝（善加保重自己）。
		ㄋㄧㄝˋ	天下攝然（天下安定的樣子）。
*	灄	ㄕㄜˋ	灄水（湖北省水名）。
	聶	ㄋㄧㄝˋ	聶政（戰國時韓國勇士）。聶小倩。
*	讘	ㄓㄜˊ	詀ㄔㄜˋ讘（附在耳邊低聲細語）。讘䛟ㄐㄧㄚˊ（多言妄語的樣子）。
	躡	ㄋㄧㄝˋ	追蹤躡跡（指有所依憑而非胡亂揣ㄔㄨㄞˇ測）。躡手躡腳。躡足附耳（踩人足以示意，附耳說悄ㄑㄧㄠˇ悄話）。躡影追風（形容速度很快）。
	鑷	ㄋㄧㄝˋ	鑷子（用來夾取細小東西或拔除毛髮的器具）。缺口鑷子（比喻一毛不拔的人）。
*	顳	ㄋㄧㄝˋ	顳顬ㄖㄨˊ（頭部的兩側靠近耳朵上方的部位）。顳顬葉（大腦的一部分）。
	【雚】		
	勸	ㄑㄩㄢˋ	規勸。勸告。勸募。勸導。好言相勸。
*	嚾	ㄏㄨㄢ	嚾呼（大聲呼喊）。嚾嚾（喧囂爭辯的樣子）。輿ㄩˊ臺嚾呶ㄋㄠˊ（奴僕大聲吵鬧）。
*	巏	ㄑㄩㄢˊ	巏務山（河北省山名）。

國字	字音	語詞
* 懽	ㄏㄨㄢ	懽娛（歡喜快樂。同「歡娛」）。懽噱ㄐㄩㄝˊ（喜悅歡笑）。合懽被（有表裡兩層縫合起來的被子）。通「歡」。
權	ㄑㄩㄢˊ	權威。權衡。爭權奪利。權力鬥爭。權利義務。權宜之計。
歡	ㄏㄨㄢ	喜歡。歡迎。不歡而散。把手言歡。
灌	ㄍㄨㄢˋ	灌木。灌溉。灌籃。灌夫罵坐（比喻剛直不屈，不阿ㄜ諛權勢。也作「灌夫罵座」）。
* 爟	ㄍㄨㄢˋ	司爟（官名。掌管行火的政令）。爟火（祭祀時舉火，以祓ㄈㄨˊ除不祥）。爟星（星宿名）。
獾	ㄏㄨㄢ	狼獾（動物名）。「貛」為異體字。
* 瓘	ㄍㄨㄢˋ	張懷瓘（唐代書法家）。
* 矔	ㄍㄨㄢˋ	矔世（張目以觀塵世）。
罐	ㄍㄨㄢˋ	罐子。罐裝。罐頭ㄊㄡ。油罐車。藥罐子。
* 虇	ㄑㄩㄢˇ	虇蕍ㄩˊ（草木萌ㄇㄥˊ芽）。
* 蠸	ㄑㄩㄢˊ	馬蠸（馬陸的別名）。腐蠸（螢火蟲）。
觀	ㄍㄨㄢ ㄍㄨㄢˋ	參觀。觀察。觀摩。嘆為觀止。察言觀色。 寺觀。京觀（戰勝方築高丘收埋戰死者的屍體，以炫耀戰功）。傑觀（高聳的樓閣）。道觀（道士所奉的神廟）。鼻觀（鼻孔）。觀宇（道教的廟宇）。觀城（山東省縣名）。白雲觀（北京道觀名）。東觀之殃（殺身之禍）。貞觀之治。貞觀政要（書名。唐代吳兢ㄐㄧㄥ作）。

國字		字音	語　　詞
*	讙	ㄏㄨㄢ	讙呼（同「歡呼」）。讙敖（喧囂鼓譟）。通「歡」「懽ㄏㄨㄢ」。
*	雚	ㄍㄨㄢˋ	雚水（古水名）。雚菌（菌名）。雚蘆（同「雚菌」）。
	顴	ㄑㄩㄢˊ	顴骨（眼下鼻旁高起的菱形狀骨ㄍㄨˊ頭ㄊㄡˊ）。突兀高顴（顴骨突出）。顴骨高聳。
*	飌	ㄈㄥ	飌師（星宿ㄒㄧㄡˋ名。即箕星。同「風師」）。「風」的古字。
*	驩	ㄏㄨㄢ	驩心（同「歡心」）。驩洽（歡樂融洽）。驩虞（同「歡娛」）。合驩聚眾（聚會歡樂）。通「歡」。
*	鑵	ㄍㄨㄢˋ	鱗鑵（古人名）。
	鸛	ㄍㄨㄢˋ	鸛崖ㄧㄚˊ（山崖名）。鸛雀樓（位於山西省）。
【瞿】			
*	瞿	ㄑㄩˊ	蟬瞿（古代車子的一種）。
	懼	ㄐㄩˋ	畏懼。恐懼。懼怕。懼高症。勇者不懼。
*	欋	ㄑㄩˊ	欋推（比喻擢ㄓㄨㄛˊ用官員過於浮濫）。欋疏（附著）。與「櫂ㄓㄠˋ」不同。
*	氍	ㄑㄩˊ	氍毹ㄕㄨ（毛織的地毯）。
*	濯	ㄑㄩˊ	濯水（河南省水名）。與「濯ㄓㄨㄛˊ」不同。
	癯	ㄑㄩˊ	清癯（指人形體清瘦。應作「清臞」）。為「臞」的異體字。

	國字	字音	語詞
	瞿	ㄑㄩˊ	瞿麥（植物名）。瞿式耜ㄙˋ（明代人名）。瞿塘峽。
		ㄐㄩˋ	瞿然（驚駭、恐懼的樣子）。騤ㄎㄨㄟˊ瞿（快速奔走的樣子）。狂夫瞿瞿（狂夫驚懼得睜大眼睛）。瞿然注視。瞿然驚覺。
*	臞	ㄑㄩˊ	肥臞（肥胖與消瘦）。清臞（指人清瘦）。臞小（瘦小）。臞劣（身體孱ㄔㄢˊ弱疲憊）。臞瘠ㄐㄧˊ（「臞劣」）。「癯」為異體字。
*	蠷	ㄑㄩˊ	蠷螋ㄙㄡ（蟲名。又名蠼ㄐㄩㄝˊ螋）。
	衢	ㄑㄩˊ	亨衢（四通八達的道路）。通衢（同「亨衢」）。街衢（街道）。衢州（地名。位於浙江省）。衢巷（街巷）。衢道（歧路）。高步雲衢（比喻官居高位。也指科舉登第）。通衢大道（同「亨衢」）。通衢廣陌（同「亨衢」）。福衢壽車（指獲取福壽的方法）。龍躍ㄩㄝˋ天衢（比喻英雄脫離困境，發揮所長）。衢道不至（比喻徘徊ㄏㄨㄞˊ歧路，不能到達目的地）。
*	躣	ㄑㄩˊ	躣躣（走路的樣子）。與「躍ㄩㄝˋ」不同。
*	鸜	ㄑㄩˊ	鸜鵒ㄩˋ（同「鴝ㄑㄩˊ鵒」）。
			【豐】
*	灃	ㄈㄥ	灃水（陝西省河川名）。與「澧ㄌㄧˇ」不同。
*	豐	ㄈㄥ	豐蕘ㄖㄠˊ（蕪菁。即大頭菜）。

	國字	字音	語詞
	豐	ㄈㄥ	豐原。豐盛。豐富。豐饒。五穀豐登。羽毛未豐。豐干饒舌(比喻人多嘴)。豐衣足食。豐功偉業。豐亨豫大(國家富足,太平盛世的景象)。
*	酆	ㄈㄥ	酆琅(形容聲音宏大響亮)。酆都(四川省縣名。俗傳為冥府所在)。
	【巂】		
	攜	ㄒㄧ	提攜。攜手。攜帶。扶老攜幼。褓抱提攜(指父母對孩子的用心照顧)。攜手合作。攜伴參加。攜家帶眷。「携」為異體字。
*	欈	ㄨㄟˊ	欈李(地名。越國大敗吳國之地)。
	蠵	ㄒㄧ	蠵龜(海龜的別名)。綠蠵龜。
*	觿	ㄒㄧ	童觿(少年)。觜ㄗ觿(星宿ㄒㄧㄡˋ名)。觿年(指童年)。金斷觿決(形容決斷快速)。
	十九畫【羅】		
*	儸	ㄌㄨㄛˊ	僂ㄌㄡˊ儸(幹練、機伶)。
	囉	ㄌㄨㄛˊ	嘍ㄌㄡˊ囉(盜匪的部下)。囉唣ㄗㄠˋ(吵鬧)。小嘍囉。囉嗊ㄏㄨㄥˇ曲(詞牌名)。
		ㄌㄨㄛ	囉唆(嘮ㄌㄠˊ叨)。囉嗦(同「囉唆」)。哩ㄌㄧ哩囉囉(說話囉唆不清)。囉哩囉嗦(絮叨不休的樣子)。
		˙ㄌㄨㄛ	好囉。夠囉。
*	欏	ㄌㄨㄛˊ	桫ㄙㄨㄛ欏(植物名)。
		ㄌㄨㄛˇ	裂。

	國字	字音	語詞
*	玀	ㄌㄨㄛˊ	猓ㄍㄨㄛˇ玀（我國少數民族名）。
	籮	ㄌㄨㄛˊ	一籮（商品十二打）。籮筐。兩籮鉛筆。
	羅	ㄌㄨㄛˊ	侏羅紀。波ㄅㄛ羅蜜（植物名）。天羅地網。包羅萬象。門可張羅（形容失勢者門庭冷落、賓客稀少的景況）。門可羅雀（同「門可張羅」）。綾羅綢緞。羅雀掘鼠（比喻想盡辦法籌款）。羅敷有夫（指婦女已婚）。羅織罪名。
	蘿	ㄌㄨㄛˊ	蘿蔔。女蘿無託（比喻女子沒有依靠）。松蘿共倚（比喻夫妻關係親密融洽）。牽蘿補屋（比喻生活拮ㄐㄧㄝˊ据ㄐㄩ困頓）。蔦蘿幸託（比喻兄弟親戚攀附權貴）。攀蘿附木（形容道路崎ㄑㄧ嶇難行）。
	邏	ㄌㄨㄛˊ	巡邏。邏輯。不合邏輯。
	鑼	ㄌㄨㄛˊ	開鑼（戲曲開始演出）。好戲開鑼。破鑼嗓子。敲鑼打鼓。緊鑼密鼓。鑼鼓喧天。
	【贊】		
*	儹	ㄗㄢˇ	積儹（同「積攢ㄗㄢˇ」）。儹勁ㄐㄧㄥˋ（即使勁）。儹錢（同「攢ㄗㄢˇ錢」）。
*	劗	ㄓㄨㄢ	劗髮文身（剃髮文身）。
*	囋	ㄗㄢˋ	傲囋（話多）。嘈囋（聲音喧譁）。
*	巑	ㄘㄨㄢˊ	巑岏ㄨㄢˊ（陡峭的山峰）。

	國字	字音	語詞
	攢	ㄗㄢˇ	積攢（一點一滴的積蓄）。攢錢（積聚錢財）。攢錢罐兒（撲滿）。
		ㄘㄨㄢˊ	攢眉（形容憂慮或痛苦的的神態）。攢聚。攢錢（湊集眾人所出的錢）。攢蹙ㄘㄨˋ（緊密的積聚在一起）。攢露。四馬攢蹄（指雙手雙腳被捆在一起）。花攢錦簇ㄘㄨˋ（同「花團錦簇」）。怒目攢眉（形容盛怒的表情）。眾毛攢裘（比喻積少成多）。萬箭攢心（形容萬般的痛苦）。萬頭攢動（形容眾人聚集的景象）。群山攢簇（群山聚集在一起）。蜂攢蟻聚（形容眾人聚集在一起。同「蜂屯蟻聚」）。攢眉苦臉（表情愁苦的樣子）。攢蹙ㄘㄨˋ累積（緊密的聚集一處）。
*	欑	ㄘㄨㄢˊ	欑茅（古地名）。欑宮（帝、后停棺的殯ㄅㄧㄣˋ宮）。
*	瓚	ㄗㄢˋ	玄瓚（以黑玉為飾的酒器）。倪瓚（元末著名的畫家）。璋瓚（古代祭祀時盛鬯ㄔㄤˋ酒的玉器）。
*	纘	ㄗㄨㄢˇ	纘述（繼承傳述）。纘緒（繼承前人的事業。指君主繼位）。纘續（繼續）。
	臢	ㄗㄤ	腌ㄤ臢（不乾淨。也作「骯髒」）。
	讚	ㄗㄢˋ	誇讚。稱讚。讚佩。讚美。讚許。讚揚。讚頌。讚嘆。讚賞。讚譽。讚不絕口。
	贊	ㄗㄢˋ	翊ㄧˋ贊（輔助）。贊同。贊成。贊助。贊助廠商。
*	趲	ㄗㄢˇ	催趲（催趕前進）。積趲（同「積攢ㄗㄢˇ」）。趲程（趕路）。趲路（同「趲程」）。趲錢（同「攢ㄗㄢˇ錢」）。晝夜趲行（日夜趕路急行）。趲步歸家（急走回家）。趲馬向前（催馬前行）。

	國字	字音	語　　詞
*	酇	ㄗㄢˋ	酇長（官名）。<u>酇臺</u>（古臺名）。<u>酇縣</u>（舊縣名）。
	鑽	ㄗㄨㄢ	刁鑽。鑽洞。鑽研。鑽探。鑽營。鑽空（ㄎㄨㄥˋ）子（比喻利用時機，採取對自己有利的行動）。刁鑽古怪（刁蠻狡詐，性情怪異）。鑽木取火。鑽牛犄（ㄐㄧ）角（比喻思想固執不通。也作「鑽牛角尖」）。鑽皮出羽（比喻極度稱譽自己偏愛的人）。鑽冰求火（比喻不可能發生的事情）。
		ㄗㄨㄢˋ	電鑽。鑽子。鑽石。鑽戒。
*	饡	ㄗㄞˋ	澆饡（用羹湯澆飯。比喻濁亂）。
	【䜌】		
*	圞	ㄌㄨㄢˊ	團圞（團聚）。骨肉團圞（骨肉團圓）。
*	孌	ㄌㄨㄢˊ	姝（ㄕㄨ）孌（美女）。婉孌（柔媚的樣子）。孌童（舊時供人狎（ㄒㄧㄚˊ）玩的美男子。即男妓）。婉孌多姿。
	孿	ㄌㄨㄢˊ	孿生（雙胞胎）。孿生子。孿生兄弟。
	巒	ㄌㄨㄢˊ	山巒。岡巒（連綿的山岡）。峰巒。<u>秀姑巒溪</u>。<u>萬巒</u>豬腳。層巒疊嶂（ㄓㄤˋ）。巒兄巒弟（妻子的兄弟）。
	彎	ㄨㄢ	彎曲。拐彎抹（ㄇㄛˇ）角。彎弓搭箭。彎腰駝背。
	戀	ㄌㄧㄢˋ	迷戀。眷戀。戀棧。犬馬戀主（比喻臣子眷懷君王）。戀戀不捨。
	攣	ㄌㄨㄢˊ	拘攣（手腳抽筋的病症）。痙（ㄐㄧㄥˋ）攣。攣踠（ㄨㄢˇ）（手腳彎曲不能伸展的病）。拘攣補衲（ㄋㄚˋ）（形容好用典故勉強（ㄑㄧㄤˇ）拼湊而顯得不自然）。牽攣乖隔（彼此思念，互相牽掛惦記，但卻分隔兩地）。

國字	字音	語詞
變	ㄅㄧㄢˋ	改變。變幻。變動。通權達變。
欒	ㄌㄨㄢˊ	團欒（同「團圞」）。團欒明月（月亮圓又明）。臺灣欒樹。欒櫨ㄌㄨˊ宏敞（形容房屋高且寬敞）。
灣	ㄨㄢ	海灣。臺灣。
*灤	ㄌㄨㄢˊ	灤平（熱河省縣名）。灤河（水名。古稱渜ㄋㄨㄢˇ水）。
*矕	ㄇㄢˇ	覘ㄓㄢ矕（窺視）。
*羉	ㄌㄨㄢˊ	羅羉（捕捉鳥獸的網子）。
臠	ㄌㄨㄢˊ	禁臠（比喻為某人獨享，不許他人染指的東西）。臠割（分割。同「脟ㄌㄨㄢˊ割」）。視為禁臠。嘗鼎一臠（比喻可由部分推知全部）。輕刀臠割（比喻凌遲）。
蠻	ㄇㄢˊ	野蠻。蠻荒。蠻腰。蠻橫ㄏㄥˋ。蠻觸之爭（比喻為細微的事物而爭鬥）。
鑾	ㄌㄨㄢˊ	鑾駕（帝王的座車）。金鑾殿（稱皇帝的正殿）。鵝鑾鼻（不作「鵝鸞鼻」）。
鸞	ㄌㄨㄢˊ	孤鸞年（民間習俗以為不宜嫁娶的年頭）。別鶴孤鸞（比喻離散的夫妻）。孤鸞寡鶴（比喻失去配偶的男女）。紅鸞星動（指姻緣事近）。紅鸞照命（指喜事臨門）。跨鳳乘鸞（比喻飛黃騰達，欣然自得的樣子）。寡鵠ㄏㄨˊ孤鸞（也作「孤鸞寡鵠」）。鸞鳳和鳴（比喻夫妻倆ㄌㄧㄚˇ感情和睦）。鸞膠續斷（比喻喪ㄙㄤˋ妻男子再娶）。

	國字	字音	語詞
			【麗】
	儷	ㄌㄧˋ	伉ㄎㄤˋ儷。嬪ㄆㄧㄣˊ儷(妻子，配偶)。賢伉儷。騈ㄆㄧㄢˊ四儷六(文體名。即騈體文)。儷影雙雙(形容情侶或夫婦感情和睦，形影不離)。
*	孋	ㄌㄧˊ	皇孋(皇后)。孋姬(同「驪ㄌㄧˊ姬」)。
*	攦	ㄌㄧˋ	攦指(折斷手指)。攦脫(擺脫，脫離)。
*	欐	ㄌㄧˋ	梁欐(房屋的棟梁。同「梁麗」)。欐佹ㄍㄨㄟˇ(樹木枝條交錯盤結的樣子)。
	灑	ㄙㄚˇ	噴灑。瀟灑。灑水。灑脫。灑水車。洋洋灑灑。揮灑自如。灑掃應對。「洒」為異體字。
*	纚	ㄕˇ	纚纚(形容長而下垂的樣子)。
		ㄌㄧˊ	綝ㄌㄧㄣˊ纚(衣裳毛羽下垂的樣子)。纚連(連續不斷)。纚屬(同「纚連」)。
*	襹	ㄕ	襂ㄕㄣ襹(同「綝ㄌㄧㄣˊ纚ㄌㄧˊ」)。
*	躧	ㄒㄧˇ	躧步(輕快的步伐ㄈㄚˊ)。躧履(形容匆忙的樣子)。躧履相迎(比喻歡迎賓客的急切心情與熱誠。同「屣ㄒㄧˇ履相迎」)。
	邐	ㄌㄧˇ	迆ㄧˇ邐(一路走去，曲ㄑㄩ折連綿的樣子)。迤ㄧˇ邐(同「迆邐」)。迆邐不絕(曲折而連綿不斷)。
	酈	ㄌㄧˋ	酈食ㄧˋ其ㄐㄧ(秦末辯士)。酈道元(北魏地理學家)。

	國字	字音	語詞
	釃	ㄙ	釃酒臨江（臨著江流喝酒）。
		ㄌㄧˊ	餔糟歠ㄔㄨㄛˋ釃（比喻隨波逐流，與世浮沉的生活態度）。通「醨ㄌㄧˊ」。
	驪	ㄌㄧˊ	驪山（陝西省山名）。驪姬（人名。春秋時晉獻公的夫人。同「孋ㄌㄧˊ姬」）。驪歌。一串驪珠（比喻歌聲宛轉圓潤有如成串的珍珠一樣）。牝ㄆㄧㄣˋ牡驪黃（比喻觀察事物要了解真相，而不能僅著ㄓㄨㄛˊ眼於表面）。探驪得珠（寫作文章時能緊扣主題，抓住要點，深得題旨的精髓ㄙㄨㄟˇ）。驪駒ㄐㄩ在門（形容朋友即將分別）。
*	鱺	ㄌㄧˊ	鰻ㄇㄢˊ鱺（即鰻ㄇㄢˊ魚）。澎湖海鱺。
	鸝	ㄌㄧˊ	朱鸝（鳥類名）。黃鸝。鴞ㄒㄧㄠ心鸝舌（形容人說話動聽，但居心狠毒）。
	麗	ㄌㄧˋ	梁麗(同「梁欐」)。絢ㄒㄩㄢˋ麗。天生麗質。清麗俊逸(形容詩文清新優美，不落俗套）。富麗堂皇。
		ㄌㄧˊ	高麗（國名。在今朝鮮ㄒㄧㄢˇ半島）。麗視（斜眼症）。麗黃（鳥名。即黃鶯）。高句ㄍㄡ麗（同「高麗」）。高麗紙（一種質地堅韌粗厚的棉紙）。高麗參ㄕㄣ。高麗菜。
	【難】		
*	儺	ㄋㄨㄛˊ	猗ㄜˇ儺（柔順的樣子）。贈儺（古代在歲末驅除疫鬼以祓ㄈㄨˊ除不祥的儀式）。儺神（古代舉行儺祭時，驅除疫鬼的神）。鄉人儺（鄉人舉行儺祭驅逐疫鬼）。

國字	字音	語詞
* 戁	ㄋㄢˇ	不戁不竦ㄙㄨㄥˇ（不畏懼，不驚恐）。
攤	ㄊㄢ	分攤。收攤。攤販。攤牌。攤開。均攤任務。兩手一攤。攤還債務。
灘	ㄊㄢ	沙灘。海灘。灘頭堡。
癱	ㄊㄢ	癱瘓。交通癱瘓。癱軟在地。
難	ㄋㄢˊ	色難。克難。為難。面有難色。責難於君（要求國君做他認為難以實行的事）。難兄難弟（稱讚別人的兄弟才學品德均佳）。
	ㄋㄢˋ	問難（辯論詰ㄐㄧㄝˊ問）。難人（使人為難）。難友。難壬ㄖㄣˊ人（批評巧言諂媚的人）。難住了（指事情無法解決）。交相問難（互相辯論詰ㄐㄧㄝˊ問）。多難興邦。受人責難。急人之難（熱心的幫別人解決困難）。執經問難（指從師受學）。排難解紛。毀家紓ㄕㄨ難（捐出所有家產以解救國難）。質疑問難（提出懷疑困惑的問題來請教別人）。難兄難弟（共患難或處於同樣困境的人）。
	ㄋㄨㄛˊ	其葉有難（它的葉子多ㄉㄨㄛ麼茂盛）。

二十畫【戄】

國字	字音	語詞
* 戄	ㄐㄩㄝˊ	戄然（驚惶的樣子）。
攫	ㄐㄩㄝˊ	攫取。攫奪。拏ㄋㄚˊ雲攫石（形容古樹高聳入雲，盤根錯節，氣勢雄偉。也作「拿雲攫石」）。攫戾執猛（形容威武勇猛，無人能敵）。攫為己有（奪取別人的財物變為自己的）。

	國字	字音	語　　詞
*	玃	ㄐㄩㄝˊ	玃猱ㄋㄠˊ（獸名。猴屬）。
	矍	ㄐㄩㄝˊ	矍鑠（老而強健）。精神矍鑠。矍然失容（驚視而神色改變。也作「矍然失色」）。
*	蠼	ㄐㄩㄝˊ	蠼猱ㄋㄠˊ（獮猴）。蠼螋ㄙㄡ（蚰ㄧㄡˊ蜒ㄧㄢˊ的別名）。
*	貜	ㄐㄩㄝˊ	貜父（動物名。一種黑猩猩）。貜如（神話中的獸名）。
*	躩	ㄐㄩㄝˊ	躩步（行走快速）。躩躍ㄩㄝˋ（跳躍）。褰ㄑㄧㄢ裳ㄔㄤˊ躩步（提起衣裳ㄕㄤ，快步過去）。
*	钁	ㄐㄩㄝˊ	钁頭（一種刨ㄆㄠˊ土用的農具。同「鍤ㄔㄚ」）。
			【黨】
	儻	ㄊㄤˇ	倜ㄊㄧˋ儻（豪邁灑脫，不受世俗禮法拘束的樣子）。儻若（同「倘若」）。儻然（悵然自失的樣子）。風流倜儻。儻來之物（比喻無意中得到或非本分所得的東西）。
*	戃	ㄊㄤˇ	戃怳ㄏㄨㄤˇ（失意的樣子。同「惝ㄔㄤˇ怳」）。戃慌（同「戃怳」「戃恍」）。
*	曭	ㄊㄤˇ	曭朗（日光昏暗不明）。曭莽（晦暗不清的樣子）。
*	爣	ㄊㄤˇ	爣朗。爣烺ㄌㄤˇ。爣閬ㄌㄤˇ（以上三詞皆指火光明亮的樣子）。
*	矘	ㄊㄤˇ	矘眄ㄇㄧㄢˇ（目光直視的樣子）。
	讜	ㄉㄤˇ	讜論（正直的言論）。忠言讜論（忠誠正直的言論）。直言讜議（正直的議論）。讜論侃侃（指議論時理直氣壯，從ㄘㄨㄥ容不迫的樣子）。

國字	字音	語　　詞
*钂	ㄊㄤˇ	钂鈀ㄆㄚˊ（半月形長柄武器，外形像馬叉）。
黨	ㄉㄤˇ	黨羽（同黨附和ㄏㄜˋ的人。用於貶義）。朋黨比ㄅㄧˋ周（指一群人彼此結黨營私，排斥異己）。植黨營私。無偏無黨（不阿ㄜ黨、不偏私。比喻公正不偏袒）。鄉黨尚齒（指在鄉里中以年高者為尊）。群而不黨（與眾合群而不結黨營私）。黨同伐ㄈㄚˊ異（結合同黨，攻擊異己）。
【覺】		
攪	ㄐㄧㄠˇ	打攪。攪局。攪和ㄏㄨㄛˋ。攪拌。攪散。攪亂。攪拌器。心如刀攪（同「心如刀割」「心如刀絞」）。從中攪局。翻江攪海（比喻聲勢或力量巨大）。
	ㄍㄠˇ	胡攪。瞎攪。攪三攪四（招惹是非。同「惹是生非」）。攪來攪去（草率行事，讓人不明所為）。通「搞」。
覺	ㄐㄩㄝˊ	知覺。乖覺（機警敏捷）。發覺。覺悟。覺醒。伶俐乖覺（聰明乖巧）。乖覺可喜（乖巧而討人喜歡）。
	ㄐㄧㄠˋ	睡覺。睡晌ㄕㄤˇ覺（睡午覺）。
【嚴】		
儼	ㄧㄢˇ	儼如（好像）。儼恪ㄎㄜˋ（莊嚴而恭敬的樣子）。屋舍儼然（屋舍整齊的樣子）。望之儼然（看上去一副莊嚴的樣子）。道貌儼然（神態莊重嚴肅的樣子。同「道貌岸然」）。
嚴	ㄧㄢˊ	家嚴（同「家父」）。莊嚴。嚴冬。嚴肅。嚴厲。門禁森嚴。師嚴道尊（指師長受到尊敬，所傳授的知識、技能等才能得到尊重）。義正詞嚴。嚴師為難（尊敬老師很困難）。嚴詞厲色。

	國字	字音	語詞
	巖	ㄧㄢˊ	峰巖（山崖ㄧㄚˊ）。千巖競秀（形容眾峰奇石競相爭美）。重巖疊嶂ㄓㄤˋ（形容山景優美秀麗）。巖穴之士（指隱居避世的人）。巖居穴處ㄔㄨˇ（指隱居生活）。巖居谷飲（同「巖居穴處」）。巖牆之下（指處境極為危險）。
	玁	ㄒㄧㄢˇ	玁狁ㄩㄣˇ（匈奴於周朝時的名稱。同「獫ㄒㄧㄢˇ狁」）。
	釅	ㄧㄢˋ	清釅（清醇有味）。釅茶（濃茶）。釅酒（醇酒）。
	二十一畫【屬】		
	囑	ㄓㄨˇ	遺囑。囑咐。囑託。千叮萬囑。
	屬	ㄕㄨˇ	金屬。部屬。親屬。附屬品。
		ㄓㄨˇ	延屬（比喻殷切盼望的樣子）。勤屬（奮勉勤勞）。屬文（指寫文章）。屬令（叮嚀，告誡）。屬目（同「矚目」）。屬耳（竊聽）。屬怨（與人結怨）。屬託（同「囑託」）。屬望（注目，期待）。屬意。屬對（即作對聯）。吐屬不凡（時話時遣詞用字典雅不俗）。冠ㄍㄨㄢˋ蓋相屬（比喻使者來往持續不斷）。前後相屬（前後相連續）。道殣ㄐㄧㄣˋ相屬（餓死者在路上隨處可見。同「道殣相望」）。舉酒屬客（舉起酒杯，勸請客人喝酒）。屬之廷尉（把他交給廷尉）。屬引淒異（聲音連續不斷，異常淒涼）。屬毛離裡（比喻親子關係密切）。屬垣ㄩㄢˊ有耳（以耳附牆，偷聽他人談話）。屬辭比事（泛指撰文記事）。
*	斸	ㄓㄨˊ	斤斸（斧頭ㄊㄡˊ和鑿子等工具）。斪ㄑㄩˊ斸（古農具。鋤頭ㄊㄡˊ）。斸掘（挖掘）。

	國字	字音	語詞
*	濁	ㄓㄨˊ	洞洞濁濁（元氣混ㄏㄨㄣˋ沌ㄉㄨㄣˋ未分的樣子）。
	矚	ㄓㄨˇ	矚目。矚望（期望）。高瞻遠矚。眾所矚目。舉世矚目。
*	蠾	ㄓㄨˊ	蠾蝓ㄩˊ（蜘蛛的別名）。
	【霸】		
	壩	ㄅㄚˋ	水壩。壩子（雲貴高原上，丘陵與丘陵之間狹長的沖積小平原）。攔沙壩。
	灞	ㄅㄚˋ	灞水（陝西省河川名）。灞橋（陝西省橋名。同「霸橋」）。灞陵折柳（指送客辭別）。
	霸	ㄅㄚˋ	惡霸。路霸。霸王。霸主。霸占。霸道。霸權。巨無霸。爭霸戰。春秋五霸。橫ㄏㄥˋ行霸道。獨霸一方。霸陵折柳（同「灞陵折柳」）。
		ㄆㄛˋ	哉生霸（農曆每月月初始見的月光或月亮，指農曆每月初二或初三。。同「哉生魄」）。哉死霸（指農曆每月十七。同「哉死魄」）。既生霸（指農曆每月初八、九至十四、十五日。也指上弦ㄒㄧㄢˊ月的時日。同「既生魄」）。既死霸（指農曆每月二十三日以後到月底的日子。也指下弦月的時日。同「既死魄」）。通「魄」。（見王國維觀堂集林的「生霸死霸考」）。

殍…0419
漂…0775
犥…0995
皫…0995
瞟…0776
篻…0776
縹…0776
莩…0419
藨…0995
顠…0777

ㄆㄧㄠˋ

僄…0774
剽…0774
慓…0775
漂…0775
票…0776
驃…0777

ㄆㄧㄢ

偏…0631
媥…0631
扁…0631
篇…0632
翩…0632

ㄆㄧㄢˊ

便…0370
楩…0371
楄…0632
胼…0298
褊…0632
諞…0632
跰…0299
蹁…0632
駢…0299
骿…0299

ㄆㄧㄢˋ

騙…0633

ㄆㄧㄣ

姘…0297
拼…0298

ㄆㄧㄣˊ

嚬…1004
嬪…0954
玭…0098
矉…0954
蘋…1004
蠙…0955
貧…0068
頻…1004
顰…1004

ㄆㄧㄣˇ

品…0670

ㄆㄧㄣˋ

牝…0009

ㄆㄧㄥ

乒…0145
俜…0368
娉…0368
甹…0368
砯…0138
艵…0298
頩…0299

ㄆㄧㄥˊ

凭…0065
坪…0207
屏…0580
帡…0297
平…0208
憑…0703
枰…0208
洴…0298
淜…0476
瓶…0298
秤…0208
缾…0298
苹…0208
萍…0208
荓…0299
蓱…0299
蘋…1004
蛢…0299
評…0208
軿…0299
郱…0299
馮…0704
鵧…0300

ㄆㄧㄥˋ

聘…0368

ㄆㄨ

仆…0008
噗…0880
扑…0008
撲…0880
痡…0383
鋪…0384
餔…0384

ㄆㄨˊ

僕…0880
匍…0381
扶…0093
朴…0008
樸…0881
濮…0881
璞…0881
脯…0383
莆…0383
菩…0500
葡…0383
蒱…0383
蒲…0383
襆…0881
蹼…0881
酺…0384
醭…0881

ㄆㄨˇ

圃…0382
埔…0382
普…0505
浦…0382
溥…0683
譜…0506

ㄆㄨˋ

暴…0994
曝…0994
瀑…0994
鋪…0384

【ㄇ】

ㄇㄚ

媽…0703
嬤…0466

ㄇㄚˊ

嘛…0466
犘…0467
痲…0467
蟆…0780
麻…0468
麼…0468

ㄇㄚˇ

嗎…0703
瑪…0703
碼…0703
螞…0704
馬…0704

ㄇㄚˋ

獁…0703
禡…0703
罵…0704
螞…0704

˙ㄇㄚ

嗎…0703
嘛…0466

ㄇㄛ

摸…0779

ㄇㄛˊ

劘…0466
嫫…0778
摹…0779
摩…0466
模…0779
無…0864
磨…0467
糢…0779
膜…0780
蘑…0467
謨…0780
譕…0865
饃…0780
髍…0468
魔…0468
麼…0468

ㄇㄛˇ

抹…0219

ㄇㄛˋ

冒…0593
嗼…0778
嘿…0860
嚜…0861
妺…0218
寞…0778
幕…0778
抹…0219
末…0219
歾…0114
歿…0121
沒…0120
沫…0219
漠…0779
瘼…0779
眽…0283
磨…0467
秣…0219
纆…0861
脈…0283
茉…0219
莫…0780
蟔…0861
袜…0219
袹…0341
覛…0283
貉…0274
貊…0341
貘…0780
鏌…0780
陌…0341
霢…0283
靺…0219
驀…0781
魩…0115
墨…0861
默…0861

˙ㄇㄜ

嚜…0861
麼…0468

ㄇㄞˊ

埋…0390
薶…0391
霾…0391

ㄇㄞˇ

買…0439

ㄇㄞˋ

勱…0924
脈…0283
賣…0984
邁…0925

ㄇㄟˊ

塺…0466
媒…0626
嵋…0664

眯…0332
米…0332
芈…0039
蔝…0332
靡…0468

ㄇㄧˋ

冪…0778
塓…0715
宓…0186
密…0186
幎…0715
日…0135
汨…0135
泌…0186
祕…0187
羃…0780
蜜…0187
蠠…0666
覓…0368
謐…0187

ㄇㄧㄝ

咩…0330
芈…0039

ㄇㄧㄝˋ

懱…0995
瀎…0995
篾…0214
蔑…0995
蠛…0996
衊…0996
鱴…0996

ㄇㄧㄠ

喵…0668

ㄇㄧㄠˊ

描…0668
瞄…0668
苗…0668
鶓…0668

ㄇㄧㄠˇ

杪…0099
渺…0100
眇…0100
秒…0100
緲…0100
藐…0969
訬…0100
邈…0969

ㄇㄧㄠˋ

妙…0099
廟…0860
眇…0100
繆…0768

ㄇㄧㄡˋ

繆…0768
謬…0769

ㄇㄧㄢˊ

媔…0665
棉…0526
眠…0218
瞑…0715
綿…0526
蝒…0665

ㄇㄧㄢˇ

丏…0136
俛…0378
偭…0665
免…0378
冕…0378
勉…0378
勔…0665
娩…0379
媔…0665
沔…0136
湎…0665
眄…0136
緬…0665
靦…0666
鮸…0380

ㄇㄧㄢˋ

湣…0218
眠…0218
瞑…0715
面…0666
麵…0666

ㄇㄧㄣˊ

岷…0217
崏…0560
忞…0109
旻…0109
旼…0109
民…0217
珉…0218
痻…0560
緡…0218

ㄇㄧㄣˇ

僶…0944
愍…0217
憫…0109
抿…0217
敏…0411
敯…0217
暋…0217
泯…0218
湣…0218
澠…0944
笢…0218
閔…0110
鰵…0412
黽…0945

ㄇㄧㄥˊ

冥…0715
名…0333
嫇…0715
明…0570
暝…0715
榠…0715
洺…0333
溟…0715
眳…0333
瞑…0715
茗…0333
螟…0715
酩…0333
銘…0333
鳴…0824

ㄇㄨˊ

氁…0779

ㄇㄨˇ

坶…0199
姆…0199
姥…0259
拇…0199
母…0199
牡…0026
畝…0046
鉧…0199

ㄇㄨˋ

募…0778
坶…0199
墓…0778
幕…0778
幙…0779
慕…0779
慔…0779
暮…0779
木…0136
楘…0597
沐…0137
牟…0282
牧…0126
目…0238
睦…0562
穆…0174
縸…0780
繆…0768
苜…0238
莫…0780
蚞…0137
霂…0137
鞪…0598

【ㄈ】

ㄈㄚ

伐…0063
發…0876

ㄈㄚˊ

乏…0235
法…0157
筏…0063
罰…0015
茷…0063
閥…0063

ㄈㄚˇ

法…0157
灋…0968
砝…0158
髮…0206

ㄈㄚˋ

琺…0157

ㄈㄛˊ

佛…0152
坲…0152

ㄈㄟ

啡…0506
妃…0030
婓…0506
扉…0507
緋…0507
菲…0508
蜚…0508
裶…0508
霏…0509
非…0509
馡…0509
騑…0509

ㄈㄟˊ

淝…0075
肥…0076
腓…0507
蟦…0843

ㄈㄟˇ

匪…0506
悱…0506
斐…0507
朏…0191
棐…0507
榧…0507
篚…0507
翡…0507
菲…0508
蜚…0508
誹…0508

ㄈㄟˋ

剕…0506
厞…0506
吠…0124
屝…0506
廢…0876
沸…0153
狒…0153
痱…0507
肺…0131
髴…0153
芾…0131
費…0154
陫…0508
鼣…0126

ㄈㄡ

不…0056
紑…0056

ㄈㄡˊ

芣…0057

ㄈㄡˇ

不…0056
否…0429
鴀…0057

ㄈㄢ

幡…0882
旛…0882
番…0882
籓…0883
繙…0883
翻…0883
蕃…0883
轓…0884

ㄈㄢˊ

凡…0032
墦…0881
帆…0032
樊…0888
煩…0657
燔…0882
璠…0882
礬…0888
笲…0225
緐…0412
羳…0883
膰…0883
蕃…0883
藩…0883
蠜…0888
襎…0884
蹯…0884
颿…0654

ㄈㄢˇ

反…0073
返…0074

ㄈㄢˋ

梵…0032
氾…0013
汎…0032
泛…0235
犯…0013
畈…0074
笵…0013
範…0013
范…0013
販…0074
軓…0032
畚…0363
飯…0075

ㄈㄣ

分…0066
吩…0066
氛…0067
紛…0068
玢…0068
芬…0068
棻…0068
衯…0068
酚…0068
雰…0069
餴…0843
鳻…0069

ㄈㄣˊ

妢…0066
墳…0842
幩…0842
弅…0067
枌…0067
棼…0067
汾…0067
濆…0842
焚…0547
羒…0068
蒶…0068
蕡…0843
蚡…0068
豶…0843
轒…0843
黂…0843
鼢…0069
鼓…0617

ㄈㄣˇ

粉…0068
黺…0069

ㄈㄣˋ

份…0066
僨…0842
分…0066
忿…0067
憤…0842
糞…0797
膹…0843
魵…0069

·ㄈㄣ

噴…0842

ㄈㄤ

坊…0101
方…0101
枋…0102
芳…0102
邡…0102
鈁…0102

ㄈㄤˊ

坊…0101
妨…0101
房…0101
肪…0102
防…0102
魴…0102

ㄈㄤˇ

仿…0101
倣…0101
彷…0101
放…0126
昉…0101
紡…0102
舫…0102
訪…0102
髣…0102

ㄈㄤˋ

放…0126

ㄈㄥ

丰…0132
妦…0132
封…0660
峰…0433
楓…0653
灃…1022
烽…0433
瘋…0653
葑…0660
蘴…1022
蜂…0434
豐…1023
酆…1023
鋒…0434
風…0654
飌…1021

ㄈㄥˊ

夆…0432
摓…0433
渢…0653
縫…0433
艂…0433
逄…0326
逢…0434
馮…0704

ㄈㄥˇ

唪…0515
泛…0235
覂…0236

ㄈㄥˋ

俸…0515
奉…0516
甮…0234
縫…0433
諷…0653
賵…0594
風…0654
鳳…0824

ㄈㄨ

不…0056
伕…0093
傅…0682
夫…0093
孵…0419
敷…0382
柎…0228
溥…0683
砆…0093
稃…0419
胕…0229
膚…0611
荴…0094
衭…0094
趺…0094
跗…0229
鄜…0810
鈇…0094
鳺…0094
麩…0094

ㄈㄨˊ

伏…0282
佛…0152
俘…0418
偪…0580
刜…0152
匐…0581
咈…0152
夫…0093
孚…0418
宓…0186
岪…0152
市…0130
帗…0204
幅…0581
弗…0152
彿…0152
怫…0152
扶…0093
拂…0153
枎…0093
枹…0176
桴…0419
榑…0682
氟…0153
泭…0229
洑…0282
浮…0419
涪…0499
烰…0419
犕…0743
祓…0205
福…0581
符…0229
紼…0153
紱…0205
綍…0406
縛…0683
罘…0056
罦…0419
翇…0205
胕…0229
艀…0419
艴…0153
芙…0093
芾…0131
茀…0153
苻…0229
茯…0282
莩…0419
葍…0581
虙…0187
蚨…0094
蜉…0420
蝠…0582
袱…0282

ㄉㄨ

嘟…0484
督…0475
都…0488

ㄉㄨˊ

櫝…0982
毒…0118
瀆…0982
牘…0983
犢…0983
獨…0931
皾…0983
蝳…0119
襡…0931
讀…0984
讟…0984
韇…0984
韣…0932
頓…0091
髑…0932
韥…0984
黷…0984

ㄉㄨˇ

堵…0485
睹…0486
篤…0704
肚…0026
賭…0488

ㄉㄨˋ

妒…0140
度…0630
斁…0920
杜…0026
渡…0631
秺…0031
簬…0951
肚…0026
蠹…0442
鍍…0631

ㄉㄨㄛ

哆…0288
多…0288

ㄉㄨㄛˊ

剟…0553
喥…0630
掇…0553
敚…0355
敠…0554
毲…0554
裰…0554
鐸…0921

ㄉㄨㄛˇ

嚲…0849
垛…0293
埵…0604
朵…0293
趓…0293
躲…0293
鬌…0624

ㄉㄨㄛˋ

剁…0293
咄…0191
垛…0293
憜…0623
墮…0623
嶞…0623
度…0630
惰…0623
杝…0027
柮…0191
柂…0243
柁…0150
沱…0150
舵…0150
跢…0289
跺…0293
踱…0631
陊…0290
陏…0293
飿…0192
馱…0035
鵽…0554

ㄉㄨㄟ

堆…0527
碓…0528
追…0752

ㄉㄨㄟˋ

兌…0355
對…0982
憝…0884
懟…0982
敦…0885
濧…0847
瀩…0442
潰…0847
碓…0528
祋…0111
譈…0885
錞…0451
鐓…0885
隊…0661

ㄉㄨㄢ

端…0594
耑…0595

ㄉㄨㄢˇ

短…0440

ㄉㄨㄢˋ

段…0662
碫…0662
緞…0662
腶…0662
鍛…0662

ㄉㄨㄣ

墩…0884
惇…0451
敦…0885
燉…0885
蜳…0451
蹲…0896
鐓…0885

ㄉㄨㄣˇ

盹…0090
躉…0925

ㄉㄨㄣˋ

噸…0089
囤…0089
庉…0090
沌…0090
燉…0885
盾…0648
遁…0648
遯…0402
鈍…0090
頓…0091
飩…0091

ㄉㄨㄥ

冬…0234
咚…0234
東…0566
涷…0566
蝀…0566
鼕…0234

ㄉㄨㄥˇ

懂…0651
董…0651
蕫…0837

ㄉㄨㄥˋ

侗…0261
凍…0566
動…0651
垌…0262
峒…0262
恫…0262
棟…0566
洞…0263
湩…0651
胴…0263
詷…0264
迵…0264

【ㄊ】

ㄊㄚ

佗…0149
塌…0755
它…0149
褟…0755
趿…0093
鉈…0150

ㄊㄚˇ

塔…0756
鎝…0756

ㄊㄚˋ

傝…0755
嗒…0756
拓…0222
搨…0755
撻…0949
榻…0755
沓…0565
漯…0812
䵬…0565
獺…1003
誻…0565
踏…0565
蹋…0755
躂…0949
達…0949
遝…0753
遢…0755
闒…0755
闟…0890
闥…0949
鞈…0278
鞳…0756

ㄊㄜˋ

匿…0602
忒…0049
慝…0602
特…0301
螣…0690
貣…0049

ㄊㄞ

𪏮…0816
胎…0168

ㄊㄞˊ

台…0167
抬…0167
檯…0309
炱…0167
臺…0309
苔…0168
薹…0309
跆…0168
邰…0168
颱…0168
駘…0169
鮐…0169

ㄊㄞˋ

忕…0035
態…0748
汰…0035
泰…0754

ㄊㄠ

叨…0010
慆…0738
掏…0555
搯…0738
滔…0738
絛…0413
縚…0739
謟…0739
韜…0739

饕…0191

ㄊㄠˊ

咷…0286
啕…0555
桃…0287
檮…0973
洮…0287
淘…0555
濤…0973
燾…0973
綯…0556
萄…0556
逃…0287
錭…0478
陶…0556
鞀…0181
鞉…0288
鼗…0288

ㄊㄠˇ

討…0053

ㄊㄡ

偷…0573
媮…0574

ㄊㄡˊ

投…0110
牏…0575
緰…0575
酘…0112
頭…0441
骰…0112

ㄊㄡˇ

妵…0146
蘣…0147
黈…0147

ㄊㄡˋ

透…0429

˙ㄊㄡ

頭…0441

ㄊㄢ

嘽…0849
坍…0137
怹…0027
攤…1030
灘…1030
癱…1030
緂…0457
舑…0237
貪…0088

ㄊㄢˊ

倓…0455
壇…0904
彈…0849
惔…0456
憛…0874
曇…0128
檀…0904
潭…0874
澹…0941
痰…0457
罈…0875
蟫…0875
覃…0875
談…0458
譚…0875
郯…0458
醰…0875
錟…0458
鐔…0875
驒…0852

ㄊㄢˇ

儃…0903
嗿…0086
坦…0160
忐…0015
毯…0456
襌…0875
菼…0457
袒…0161
襢…0905
醓…0072
黮…0600

ㄊㄢˋ

探…0553
撢…0874
炭…0650
碳…0650
賧…0457

ㄊㄤ

湯…0620
蕩…0621
蝪…0621
蹚…0822
鏜…0822

ㄊㄤˊ

唐…0754
堂…0822
塘…0754
搪…0754
棠…0470
溏…0754
瑭…0754
糖…0754
膛…0822
螗…0755
螳…0822
餹…0755
醣…0755
闛…0822

ㄊㄤˇ

倘…0469
儻…1031
帑…0206
戃…1031
曭…1031
淌…0470
爣…1031
矘…1031
躺…0470
钂…1032

ㄊㄤˋ

燙…0620
趟…0470

ㄊㄥˊ

滕…0689
疼…0234
籐…0690
縢…0690
藤…0690
螣…0690
謄…0690
騰…0690

ㄊㄧ

剔…0502
梯…0409
踢…0503
銻…0410

ㄊㄧˊ

厗…0431
啼…0608
堤…0617
媞…0618
提…0618
禔…0618
稊…0410
綈…0410
緹…0618
蝭…0618
禵…0618
謕…0736
趧…0618
蹄…0609
醍…0619
隄…0619
題…0619
騠…0619
鯷…0619
鵜…0410
鶙…0609
鶗…0619
鷈…0736
鷤…0852

ㄊㄧˇ

体…0244
體…0930

ㄊㄧˋ

倜…0477
俶…0474
剃…0409
嚏…0977
屜…0221
弟…0409
悐…0415
悌…0409
惕…0503
揥…0608
擿…0807
殢…0789
涕…0409
瓋…0807
籊…0964
薙…0529
裼…0503
趯…0965
逖…0415
銻…0410
髢…0028
鬄…0503

ㄊㄧㄝ

帖…0164
貼…0166
跕…0166

ㄊㄧㄝˇ

帖…0164
鐵…0394
驖…0394

ㄊㄧㄝˋ

蛈…0170
餮…0227

ㄊㄧㄠ

佻…0285
恌…0286
挑…0286
祧…0287
蓨…0413

ㄊㄧㄠˊ

佻…0285
岧…0180
條…0817
笤…0181
苕…0181
蜩…0478
調…0478
迢…0181
銚…0288
鰷…0414
髫…0182
齠…0182

ㄊㄧㄠˇ

宨…0286
挑…0286
窕…0287
篠…0817
誂…0287

ㄊㄧㄠˋ

朓…0287
眺…0287
糶…0964
覜…0287
跳…0287

ㄊㄧㄢ

天…0134
添…0135

ㄊㄧㄢˊ

填…0707
恬…0338
搷…0707
沺…0161
湉…0338
甜…0338
田…0161
畋…0126
磌…0708
窴…0708
菾…0135
闐…0708

ㄊㄧㄢˇ

忝…0135
殄…0226
淟…0555
腆…0555
舔…0135
蚕…0135
覥…0555
賟…0555
靦…0666
餂…0339

ㄊㄧㄢˋ

掭…0135
瑱…0708

ㄊㄧㄥ

听…0083
廳…0116
朾…0002
桯…0393
汀…0002
綎…0524
聽…0117
艼…0003
鞓…0394

ㄊㄧㄥˊ

亭…0662
停…0662
婷…0662
庭…0408
廷…0408
渟…0662
筳…0408
莛…0408
蜓…0408
霆…0409

ㄊㄧㄥˇ

挺…0408
梃…0408
珽…0408
町…0002
脡…0408
艇…0408
鋌…0408
頲…0409

ㄊㄧㄥˋ

听…0083
聽…0117

ㄊㄨ

嵞…0811
禿…0443

ㄊㄨˊ

塗…0350
屠…0485
峹…0350
徒…0387
怢…0169
悇…0351
涂…0351
瘏…0486
突…0125
筡…0351
腯…0648
荼…0351
莬…0379
蒤…0352
途…0352
酴…0352
駼…0352

ㄊㄨˇ

吐…0026
土…0026

ㄊㄨˋ

兔…0378
吐…0026
菟…0379

ㄊㄨㄛ

侂…0031
托…0031
拖…0242
捝…0355
痑…0289
矺…0031
脫…0356
託…0032
飥…0032

ㄊㄨㄛˊ

佗…0149
坨…0149
岮…0149
柁…0150
橐…0442
沱…0150
砣…0150
紽…0150
詑…0028
跎…0150
酡…0150
鉈…0150
阤…0028
陀…0150
馱…0035
駝…0151
驒…0852
鮀…0151
鴕…0151
鼉…0945
鼧…0151

ㄊㄨㄛˇ

妥…0420
媠…0623
橢…0623

ㄊㄨㄛˋ

侻…0355
唾…0604
拓…0222
柝…0225
毤…0113
毻…0624
籜…0921
莌…0356
蘀…0921
跅…0225
魄…0687

ㄊㄨㄟ

推…0528
蓷…0529

ㄊㄨㄟˊ

穨…0847
蘈…0847
蹪…0847
隤…0848
頹…0443
魋…0530

ㄊㄨㄟˇ

僓…0846
腿…0258

ㄊㄨㄟˋ

蛻…0356
退…0258
駾…0356

ㄊㄨㄢ

湍…0594
貒…0595

ㄊㄨㄢˊ

剸…0763
圌…0594
團…0763
慱…0763
摶…0764
漙…0764
糰…0764
鷒…0764
黗…0885

ㄊㄨㄢˇ

畽…0651

ㄊㄨㄢˋ

彖…0595
褖…0597

ㄊㄨㄣ

吞…0134
啍…0450
暾…0885
涒…0377

ㄊㄨㄣˊ

囤…0089
屯…0089
忳…0090
臀…0951
芚…0090
豚…0402
軘…0090
飩…0091

ㄊㄨㄣˋ

褪…0258

ㄊㄨㄥ

恫…
痌…0263
通…0425

ㄊㄨㄥˊ

仝…0041
佟…0234
侗…0261
僮…0835
同…0262
哃…0262
垌…0262
峒…0262
彤…0137
挏…0262
曈…0836
朣…0836
桐…0262
橦…0836
洞…0263
潼…0836
犝…0836
狪…0263
瞳…0836
穜…0836
童…0836
絧…0263
罿…0837
艟…0837
茼…0264
衕…0264
赨…0400
酮…0264
銅…0264

ㄊㄨㄥˇ

捅…0424
桶…0424
筒…0263
筩…0425
統…0238

ㄊㄨㄥˋ

慟…0651
痛…0424

【ㄋ】

ㄋㄚ

那…0398

ㄋㄚˊ

南…0603
拏…0207
拿…0276
挐…0294

ㄋㄚˇ

哪…0398
那…0398

ㄋㄚˋ

內…0069
吶…0069
妠…0069
娜…0398
捺…0490
納…0070
肭…0070
衲…0070
豽…0070
貀…0192
那…0398
鈉…0070
魶…0070

・ㄋㄚ

哪…0398

ㄋㄜˋ

眲…0329
訥…0070

・ㄋㄜ

呢…0188

ㄋㄞˇ

嬭…0962
迺…0319

ㄋㄞˋ

奈…0490
柰…0231
渿…0231
耐…0336
耏…0336
褦…0748
鼐…0950

ㄋㄟˇ

腇…0480
餒…0420
餧…0480

ㄋㄟˋ

內…0069

ㄋㄠ

孬…0056

ㄋㄠˊ

呶…0206
怓…0207
憹…0927
撓…0839
獿…0985
橈…0840
猫…0095
猱…0643
硇…0345
譊…0841
鐃…0841

ㄋㄠˇ

惱…0345
瑙…0345
腦…0345

ㄋㄠˋ

淖…0510

ㄋㄡˊ

羺…0967
譨…0928

ㄋㄡˋ

檽…0966
獳…0966
耨…0751
鎒…0752

ㄋㄢ

囡…0047

ㄋㄢˊ

南…0603
喃…0603
枏…0236
楠…0603
蝻…0603
諵…0603
難…1030

ㄋㄢˇ

戁…1030
湳…0603
腩…0603
赧…0400

ㄋㄢˋ

難…1030

ㄋㄣˋ

嫩…0386

ㄋㄤˊ

囊…0441

ㄋㄤˇ

攮…0442
曩…1010

ㄋㄤˋ

齉…0442

・ㄋㄤ

囔…0442

ㄋㄥˊ

儜…0970
能…0748

ㄋㄧˊ

倪…0489
兒…0489
呢…0188
堄…0489
妮…0188
婗…0489
尼…0188
怩…0188
泥…0189
猊…0489
蜺…0489
觬…0489
輗…0489
郳…0490
霓…0490
鯢…0490
麑…0490
齯…0490

ㄋㄧˇ

儗…0955
掜…0489
擬…0956
旎…0188
柅…0189
狔…0189
禰…0963
苨…0189
薿…0956

ㄋㄧˋ

匿…0602
嶷…0956
惄…0474
昵…0188
暱…0602
泥…0189
溺…0728
睨…0489
膩…0049
衵…0136
逆…0339

ㄋㄧㄝ

捏…0443
捻…0556

ㄋㄧㄝˊ

苶…0055

ㄋㄧㄝˋ

囁…1018
嚙…0290
孽…0948
嵲…0744
嶭…0948
摰…0787
攝…1019
槷…0787
櫱…0948
涅…0443
糱…0949
聶…1019
臬…0744
臲…0744
躡…1019
鎳…0744
鑷…1019
闑…0744
隉…0669
顳…1019
齧…0291

ㄋㄧㄠˇ

嫋…0728
嬝…0443
蔦…0823
裊…0444
褭…0704
鳥…0824

ㄋㄧㄠˋ

溺…0728

ㄋㄧㄡ

妞…0095

ㄋㄧㄡˊ

牛…0082

ㄋㄧㄡˇ

忸…0095
扭…0095
杻…0096
狃…0096
紐…0096
鈕…0096

ㄋㄧㄡˋ

拗…0198

ㄋㄧㄢ

蔫…0835

ㄋㄧㄢˊ

拈…0164
粘…0165
鮎…0166
鯰…0557
黏…0166

ㄋㄧㄢˇ

拈…0164
捻…0556
撚…0888
攆…0993
涊…0036
淰…0556
碾…0729

輦…0993
輾…0729

ㄋㄧㄢˋ

唸…0556
念…0556

ㄋㄧㄣˊ

恁…0065

ㄋㄧㄤˊ

娘…0353
孃…1010

ㄋㄧㄤˋ

釀…1012

ㄋㄧㄥˊ

凝…0955
嚀…0970
寧…0970
檸…0970
獰…0970
甯…0234
聹…0970

ㄋㄧㄥˇ

擰…0970

ㄋㄧㄥˋ

佞…0047
寧…0970
擰…0970
濘…0970
甯…0234

ㄋㄨˊ

奴…0206
孥…0206
帑…0206
笯…0207
駑…0207

ㄋㄨˇ

努…0206
弩…0207
砮…0207

ㄋㄨˋ

怒…0207

ㄋㄨㄛˊ

儺…1029
哪…0398
娜…0398
挪…0398
那…0398
難…1030

ㄋㄨㄛˋ

喏…0602
懧…0970
懦…0966
掿…0602
搦…0728
糯…0966
諾…0603

ㄋㄨㄢˇ

暖…0626
渜…0664
煖…0627
餪…0665

ㄋㄨㄥˊ

儂…0927
噥…0927
憹…0927
濃…0928
穠…0928
膿…0928
襛…0928
農…0928
醲…0928

ㄋㄨㄥˇ

繷…0928

ㄋㄨㄥˋ

弄…0407

ㄋㄩˇ

女…0047
籹…0048

ㄋㄩˋ

女…0047
恧…0335
朒…0341
衄…0036
衂…0096

ㄋㄩㄝˋ

瘧…0657
虐…0657
謔…0657

【ㄌ】

ㄌㄚ

啦…0216
拉…0216
搚…0334
邋…0992

ㄌㄚˊ

剌…0386
旯…0004

ㄌㄚˇ

喇…0386

ㄌㄚˋ

剌…0386
擸…0991
瘌…0386
腊…0517
臘…0992
落…0273
蜡…0518
蠟…0992
辣…0387
鑞…0992
鬎…0387

·ㄌㄚ

啦…0216

·ㄌㄛ

咯…0272

ㄌㄜˋ

仂…0006
勒…0600
垃…0216
埒…0417
扐…0007
捋…0418
樂…0990
泐…0007
肋…0007

ㄌㄞˊ

來…0453
倈…0453
崍…0453
庲…0454
徠…0454
萊…0454

ㄌㄞˋ

勑…0453
厲…0924
徠…0454
瀨…1003
癩…1003
睞…0454
籟…1003
藾…1003
賚…0454
賴…1003

ㄌㄟ

勒…0600

ㄌㄟˊ

嫘…0812
擂…0916
檑…0985
礧…0986
縲…0813
纍…0986
罍…0986
羸…0947
蔂…0813
虆…0986
轠…0986
鐳…0917
雷…0917

ㄌㄟˇ

儡…0985
儽…0985
壘…0985
櫐…0985
磊…0223
磥…0812
礧…0986
讄…0986
累…0812
耒…0349
蕾…0916
藟…0986
蠝…0986
誄…0349
鸓…0986

ㄌㄟˋ

淚…0551
礌…0916
累…0812
酹…0418

ㄌㄠ

撈…0854

ㄌㄠˊ

僗…0854
勞…0854
嘮…0854
嶗…0854
撈…0854
牢…0081
癆…0854
蟧…0854
醪…0769
顟…0769

ㄌㄠˇ

佬…0259
姥…0259
栳…0259
橑…0844
老…0259
荖…0259
轑…0845

ㄌㄠˋ

勞…0854
嫪…0766
潦…0844
澇…0854
烙…0272
絡…0273
落…0273

ㄌㄡ

摟…0771
瞜…0772

ㄌㄡˊ

僂…0769
嘍…0770
婁…0770
寠…0770

寥…0766
寮…0844
嵺…0766
憀…0767
憭…0844
撩…0844
敹…0332
漻…0767
潦…0844
燎…0844
獠…0844
療…0845
窌…0179
繚…0845
翏…0768
聊…0179
膋…0720
蟟…0845
遼…0845
鐐…0845
飂…0769
飉…0845
鷯…0845

ㄌㄧㄠˇ

瞭…0845
蓼…0768
鄝…0769

ㄌㄧㄠˋ

尥…0023
廖…0767
撂…0272
料…0108
瞭…0845

ㄌㄧㄡ

溜…0245

ㄌㄧㄡˊ

劉…0245
旒…0322
榴…0245
流…0323
瀏…0245
琉…0323
瑠…0246
留…0246
瘤…0246
硫…0323
蟉…0769
鎏…0324
鎦…0246
鏐…0769
騮…0246
鶹…0247

ㄌㄧㄡˇ

柳…0179
綹…0511
罶…0246

ㄌㄧㄡˋ

塯…0245
廇…0245
溜…0245
蹓…0246
遛…0246
陸…0562
霤…0246
餾…0246
鷚…0769

ㄌㄧㄢˊ

奩…0781
帘…0050
廉…0698
怜…0147
憐…0866
搛…0698
槤…0818
溓…0698
漣…0818
濂…0698
璉…0819
磏…0698
簾…0698
蓮…0819
蠊…0698
連…0819
鎌…0699
鐮…0699
鰱…0819

ㄌㄧㄢˇ

膦…0867
臉…0915

ㄌㄧㄢˋ

戀…1026
斂…0914
楝…0669
殮…0914
湅…0669
瀲…0915
煉…0669
練…0669
萰…0670
蘞…0915
蘝…0915
襝…0915
鍊…0670
鏈…0819

ㄌㄧㄣˊ

嶙…0866
林…0547
淋…0547
潾…0867
燐…0867
琳…0547
璘…0867
痳…0547
瞵…0867
磷…0867
箖…0548
粼…0867
綝…0548
膦…0867
轔…0867
遴…0867
鄰…0867
霖…0548
驎…0867
鱗…0868
麟…0868

ㄌㄧㄣˇ

凜…0919
廩…0919
懍…0919
檁…0919
稟…0920

ㄌㄧㄣˋ

吝…0109
橉…0866
藺…1007
賃…0066
躪…0867
躙…1007
閵…1007

ㄌㄧㄤˊ

俍…0353
粱…0140
涼…0452
粱…0141
糧…0391
良…0354
莨…0354
踉…0354
輬…0453
量…0391

ㄌㄧㄤˇ

倆…0463
兩…0463
裲…0463
魎…0463

ㄌㄧㄤˋ

兩…0463
悢…0353
晾…0452
涼…0452
諒…0453
踉…0354
輛…0463
量…0391

ㄌㄧㄥ

拎…0147

ㄌㄧㄥˊ

伶…0147
凌…0541
囹…0147
夌…0541
岭…0147
怜…0147
櫺…1014
泠…0147
淩…0541
玲…0148
瓴…0148
笭…0148
綾…0541
羚…0148
翎…0148
聆…0148
舲…0148
苓…0148
菱…0541
蔆…0541
蛉…0148
詅…0148
軨…0148
輘…0542
酃…1014
醽…1015
鈴…0148
陵…0542
零…0149
靈…1015
鯪…0542
鴒…0149
齡…0149

ㄌㄧㄥˇ

嶺…0147
領…0149

ㄌㄧㄥˋ

令…0147
另…0007
狑…0148

ㄌㄨ

嚕…0993

ㄌㄨˊ

壚…1001
廬…1001
櫨…1001
瀘…1001
爐…1001
旅…0342
盧…1001
罏…1001
臚…1002
艫…1002
蘆…1002
蠦…1002
轤…1002
鑪…1002
顱…1002
鱸…1002
鸕…1002

ㄌㄨˇ

擄…0119
櫓…0993
滷…0831
虜…0119
魯…0993
鹵…0831

ㄌㄨˋ

僇…0766

彔…0496
戮…0767
淥…0496
漉…0810
潞…0951
琭…0496
璐…0951
甪…0233
盝…0496
睩…0496
硉…0337
碌…0496
禄…0497
稑…0562
穋…0767
簏…0810
籙…0497
蓼…0768
蔍…0810
角…0422
觻…0991
賂…0274
路…0951
輅…0274
轆…0810
逯…0497
醁…0497
錄…0497
陸…0562
露…0951
騄…0497
鵱…0563
鷺…0952
鹿…0811
麓…0811

ㄌㄨㄛ

囉…1023
捋…0418

ㄌㄨㄛˊ

儸…1023
囉…1023
欏…1023
玀…1024
籮…1024
羅…1024
腡…0607
蘿…1024
螺…0813
蠃…0948
覶…0835
邏…1024
鏍…0813
鑼…1024
騾…0813
蠃…0948

ㄌㄨㄛˇ

倮…0503
攞…1023
瘰…0812
砢…0156
蠃…0948
蓏…0194
蠃…0948
裸…0504

ㄌㄨㄛˋ

摞…0812
洛…0272
漯…0812
濼…0990
烙…0272
犖…0719
珞…0273
硌…0273
絡…0273
落…0273
袼…0273
躒…0991
酪…0274
雒…0274
駱…0274
鱳…0991
鵅…0275

·ㄌㄨㄛ

囉…1023

ㄌㄨㄢˊ

圞…1026
孌…1026
孿…1026
巒…1026
攣…1026
欒…1027
灤…1027
羉…1027
脟…0418
臠…1027
鑾…1027
鸞…1027

ㄌㄨㄢˇ

卵…0179

ㄌㄨㄢˋ

亂…0835

ㄌㄨㄣ

掄…0548

ㄌㄨㄣˊ

侖…0548
倫…0548
圇…0548
崙…0548
掄…0548
淪…0548
綸…0549
蜦…0549
論…0549
輪…0549

ㄌㄨㄣˋ

論…0549

ㄌㄨㄥˊ

嚨…0998
巃…0998
曨…0999
朧…0999
櫳…0999
瀧…0999
瓏…0999
癃…0897
矓…0999
礱…0999
窿…0898
籠…0999
聾…1000
蘢…1000
蠬…1000
蠪…1000
隆…0898
鸗…1000
龍…1000

ㄌㄨㄥˇ

儱…0998
壟…0998
攏…0999
隴…1000

ㄌㄨㄥˋ

哢…0407
弄…0407
衖…0261

ㄌㄩˊ

櫚…0438
氀…0771
膢…0772
閭…0438
驢…1002

ㄌㄩˇ

侶…0438
呂…0438
婁…0770
屢…0770
履…0629
捋…0418
旅…0342
穭…0993
縷…0772
膂…0342
褸…0773
郘…0438
鋁…0438

ㄌㄩˋ

壘…0985
嵂…0336
律…0337
慮…0989
氯…0496
濾…0989
率…0824
綠…0497
膟…0824
菉…0497

ㄌㄩㄝˋ

剠…0452
掠…0452
擽…0989
略…0273
鋝…0418

【ㄍ】

ㄍㄚ

嘎…0445
旮…0004

ㄍㄚˊ

軋…0001

ㄍㄚˋ

尬…0062

·ㄍㄚ

价…0062
價…0909

ㄍㄜ

仡…0016
割…0716
咯…0272
戈…0063
擱…0272
牁…0156
疙…0017
肐…0017
胳…0273
閣…0274
鴿…0278

ㄍㄜˊ

假…0577
咯…0272
嗝…0729
噶…0586
挌…0272
獦…0276
擖…0587
格…0272
滆…0729
獦…0588
翮…0729
膈…0729
茖…0273
葛…0588
蛤…0277
祴…0410
觡…0274
輵…0589
轕…0589
鎘…0730
閤…0274
閣…0278
隔…0730
革…0600
鞈…0278
頜…0278
骼…0275
鬲…0730
鵅…0275

髂…0610

ㄎㄜ

搕…0705
柯…0156
棵…0504
珂…0156
瞌…0706
磕…0706
科…0108
稞…0504
窠…0504
苛…0156
薖…0607
蚵…0156
蝌…0108
趷…0018
軻…0157
頦…0267
顆…0505
髁…0505

ㄎㄜˊ

咳…0265
揢…0610
欬…0266
殼…0721

ㄎㄜˇ

可…0155
哿…0155
坷…0155
堁…0504
岢…0156
嵑…0586
嶱…0586
敤…0504
渴…0587
軻…0157

ㄎㄜˋ

克…0397
刻…0265
剋…0398
可…0155
嗑…0705
客…0610
恪…0272
榼…0705
溘…0705
緙…0600
課…0505
錁…0505
騍…0505

ㄎㄞ

揩…0582
開…0122

ㄎㄞˇ

凱…0687
剴…0687
塏…0687
慨…0622
愷…0687
楷…0582
豈…0688
輆…0267
鍇…0583
鎧…0688
闓…0688
颽…0689

ㄎㄞˋ

愒…0586
愾…0725
欬…0266
鎎…0725

ㄎㄠ

尻…0004

ㄎㄠˇ

拷…0319
栲…0319
烤…0319
考…0319

ㄎㄠˋ

犒…0695
銬…0320
靠…0396

ㄎㄡ

彄…0781
挎…0324
摳…0782
瞘…0783

ㄎㄡˋ

佝…0183
寇…0104
㲉…0721
蔻…0105
鷇…0722

ㄎㄢ

刊…0037
勘…0598
堪…0598
嵁…0598
戡…0599
看…0238
龕…1000

ㄎㄢˇ

坎…0082
埳…0563
崁…0082
嵌…0082
檻…0971
欿…0563
砍…0082
轗…0925

ㄎㄢˋ

看…0238
瞰…0865
矙…0865
磡…0600
衎…0039
闞…0865

ㄎㄣˇ

啃…0520
墾…0257
懇…0257
肯…0520
豤…0258

ㄎㄣˋ

掯…0520

ㄎㄤ

康…0560
慷…0560
糠…0561

ㄎㄤˊ

扛…0041

ㄎㄤˇ

骯…0061

ㄎㄤˋ

亢…0060
伉…0060
匟…0060
抗…0060
炕…0061
犺…0061
閌…0061

ㄎㄥ

吭…0060
坑…0060
牼…0388
硜…0388
羥…0389
誙…0389
鏗…0552
阬…0061

ㄎㄨ

刳…0324
堀…0462
挎…0324
枯…0159
楛…0159
窟…0463
朏…0192
骷…0160

ㄎㄨˇ

楛…0159
苦…0159

ㄎㄨˋ

嚳…0395
庫…0362
矻…0017
袴…0325
褲…0362
酷…0396

ㄎㄨㄚ

夸…0324
姱…0324
挎…0324
誇…0325

ㄎㄨㄚˇ

侉…0324
垮…0324

ㄎㄨㄚˋ

胯…0325
跨…0325
骻…0325

ㄎㄨㄛˋ

廓…0818
彍…0872
括…0269
擴…0987
漷…0818
蛞…0269
闊…0269
鞟…0452
鞹…0818
韕…0452
髺…0270
鬠…0923

ㄎㄨㄞ

咼…0606

ㄎㄨㄞˇ

蒯…0476
擓…0528

ㄎㄨㄞˋ

儈…0922
劊…0922
噲…0922
塊…0685
廥…0922
快…0122
旝…0922
會…0922
檜…0922
澮…0923
獪…0923
筷…0123
膾…0923
鄶…0923
鱠…0923

ㄎㄨㄟ

刲…0278
噅…0592
巋…0524
悝…0390
盔…0305
窺…0821
藈…0641
闚…0821

ㄎㄨㄟˊ

鎬…0697
顥…0890

ㄏㄡ

呴…0183
齁…0186

ㄏㄡˊ

侯…0659
喉…0660
猴…0660
瘊…0660
篌…0660
餱…0660
鯸…0660

ㄏㄡˇ

吼…0001
吽…0081

ㄏㄡˋ

候…0659
后…0335
堠…0660
逅…0335
郈…0335
鱟…0936

ㄏㄢ

唅…0086
憨…0865
蚶…0190
谽…0088
酣…0190
頇…0040
鼾…0041

ㄏㄢˊ

函…0495
含…0086
唅…0086
寒…0710
幹…0737
梒…0086
椷…0605
榦…0737
汗…0038
涵…0495
甝…0189
虷…0039
邗…0040
邯…0190
韓…0656

ㄏㄢˇ

喊…0605
罕…0039
蔊…0417
闞…0866

ㄏㄢˋ

和…0240
悍…0417
憾…0925
扞…0038
捍…0417
撼…0925
攌…0934
旱…0417
汗…0038
浫…0039
淊…0563
瀚…0737
琀…0087
翰…0737
菡…0496
釬…0040
銲…0417
閈…0040
鶾…0737
頷…0089
顄…0496
馯…0041
駻…0417

ㄏㄣˊ

拫…0257
痕…0257

ㄏㄣˇ

佷…0257
很…0257
狠…0257

ㄏㄣˋ

恨…0257

ㄏㄤ

夯…0007

ㄏㄤˊ

吭…0060
杭…0061
桁…0321
肮…0061
航…0061
行…0322
迒…0061
頏…0061

ㄏㄤˋ

沆…0061
行…0322

ㄏㄥ

亨…0350
哼…0350

ㄏㄥˊ

佷…0257
姮…0314
恆…0250
桁…0321
橫…0872
珩…0321
胻…0321
鴴…0322

ㄏㄥˋ

橫…0872

ㄏㄨ

唿…0114
嘑…0833
幠…0864
忽…0114
惚…0114
戲…0952
昒…0114
曶…0114
欻…0456
淴…0115
滹…0833
虎…0568
虖…0833
謼…0834

ㄏㄨˊ

和…0240
囫…0114
弧…0193
搰…0731
斛…0108
槲…0108
湖…0658
瀫…0721
狐…0193
猢…0658
瑚…0658
箎…0568
糊…0658
縠…0721
胡…0658
葫…0658
蝴…0658
螜…0721
衚…0658
觳…0721
醐…0659
餬…0659
鬍…0659
鵠…0396
鶘…0659
鶻…0732

ㄏㄨˇ

唬…0567
滸…0064
琥…0568
虎…0568

ㄏㄨˋ

婟…0473
嫮…0811
嫭…0833
岵…0158
怙…0158
戶…0140
戽…0107
扈…0427
楛…0159
滬…0428
瓠…0325
祜…0159
笏…0115
蔰…0428
護…0961
豰…0722
鄠…0812
韄…0962

ㄏㄨㄚ

化…0072
嘩…0863
花…0072
荂…0325
華…0863

ㄏㄨㄚˊ

划…0063
劃…0898
嘩…0863
搳…0717
滑…0731
猾…0731
華…0863
螖…0732
譁…0863
豁…0717
鏵…0863
驊…0864

ㄏㄨㄚˋ

劃…0898
化…0072
咶…0268
嫿…0898
樺…0863
畫…0898
華…0863
蘳…0281
觟…0281
話…0269

ㄏㄨㄛˊ

佸…0268
姡…0268
活…0269

ㄏㄨㄛˇ

伙…0139
夥…0289
火…0139

ㄏㄨㄛˋ

和…0240
嗀…0721
嚄…0961
壑…0430
惑…0550
或…0550
擭…0961
攉…1003
渚…0132
濩…0961
瀖…1003
獲…0961
眓…0214

矱…0961
砉…0132
禍…0607
穫…0961
臛…1004
藿…1004
蠖…0961
謋…0714
豁…0717
貨…0073
鑊…0962
雘…0962
霍…1004
靃…1008
騞…0133

˙ㄏㄨㄛ

午…0064
和…0240

ㄏㄨㄞˊ

佪…0301
徊…0302
懷…0998
槐…0686
櫰…0998
淮…0528
褢…0998
褱…0686
踝…0505

ㄏㄨㄞˋ

壞…0997

ㄏㄨㄟ

墮…0623
徽…0832
恢…0305
戲…0952
撝…0593
揮…0633
暉…0633
灰…0305
煇…0634
翬…0634
虺…0044
禕…0655
詼…0305
虺…0045
輝…0635
隳…0624
麾…0469
徽…0832

ㄏㄨㄟˊ

回…0302
佪…0302
洄…0302
茴…0302
蛕…0134
蛔…0302
迴…0302

ㄏㄨㄟˇ

悔…0411
會…0922
毀…0669
燬…0669
虺…0044

ㄏㄨㄟˋ

匯…0527
喙…0595
噦…0928
彗…0799
彙…0504
恚…0279
惠…0898
慧…0800
晦…0411
會…0922
沬…0188
濊…0929
燴…0923
獩…0929
瘣…0686
穢…0929
篲…0800
繢…0847
繪…0923
翽…0929
蕙…0898
薈…0923
薉…0929
蟪…0898
誨…0412
諱…0655
賄…0293
闠…0848
靧…0848

ㄏㄨㄢ

嚾…1019
懽…1020
歡…1020
犴…0124
貛…1020
讙…1021
驩…1021

ㄏㄨㄢˊ

圜…0933
嬛…0933
寰…0933
桓…0314
梡…0414
洹…0314
澴…0934
狟…0314
環…0934
瓛…1006
繯…0934
萑…0529
豲…0691
貆…0314
轘…0934
還…0934
鍰…0627
鐶…0935
闤…0935
鬟…0935

ㄏㄨㄢˇ

睆…0414
澣…0737
皖…0414
緩…0627

ㄏㄨㄢˋ

喚…0652
奐…0653
宦…0342
患…0350
換…0653
擐…0933
渙…0653
漶…0350
煥…0653
瘓…0653
豢…0271
轘…0934
逭…0547
鯇…0415

ㄏㄨㄣ

婚…0560
惛…0560
昏…0560
湣…0560
涽…0218
葷…0634
薰…0377
閽…0560

ㄏㄨㄣˊ

昆…0559
楎…0633
渾…0634
琿…0634
顐…0635
餛…0560
魂…0687
鼲…0635

ㄏㄨㄣˋ

圂…0401
慁…0401
混…0559
渾…0634
溷…0401
諢…0635

ㄏㄨㄤ

慌…0723
肓…0021
衁…0021
荒…0723

ㄏㄨㄤˊ

凰…0639
徨…0639
惶…0639
潢…0872
煌…0640
璜…0872
皇…0640
磺…0872
篁…0640
簧…0872
艎…0640
蝗…0640
蟥…0873
遑…0640
鍠…0640
隍…0640
黃…0873

ㄏㄨㄤˇ

幌…0315
怳…0227
恍…0315
晃…0315
洸…0315
滉…0315
熿…0987
銧…0315
謊…0723

ㄏㄨㄤˋ

晃…0315

ㄏㄨㄥ

吽…0081
哄…0260
揈…0650
渹…0650
烘…0261
焢…0455
薨…0790
訇…0650
谾…0455
輷…0650
轟…0363
魟…0043

ㄏㄨㄥˊ

呟…0129
宏…0129
玒…0042
弘…0199
彋…0933
汯…0129
泓…0200
洪…0260
浤…0129
洚…0042
竑…0129
紅…0042
紘…0129
翃…0129
耾…0129
虹…0043
訌…0043
谹…0129
閎…0130
鴻…0044
黌…0873

ㄏㄨㄥˇ

哄…0260

翦…0642
臉…0915
蠒…0963
謇…0710
譾…0642
趼…0122
蹇…0711
錢…0502
鶱…0711
鹼…0915

ㄐㄧㄢˋ

俴…0500
健…0576
僭…0886
劍…0914
建…0576
揵…0576
楗…0577
檻…0971
毽…0577
洊…0320
漸…0795
澗…0894
濺…0501
牮…0242
監…0971
瞷…0894
箭…0642
腱…0577
艦…0971
荐…0320
葥…0642
薦…0968
螹…0795
見…0368
諓…0501
諫…0670
賤…0502
轞…0972
踐…0502
鍵…0577
鐧…0894
鑒…0969
鑑…0972
間…0894
餞…0502

ㄐㄧㄣ

今…0086
巾…0050
斤…0083
津…0337
矜…0087
祲…0357
禁…0910
筋…0007
衿…0088
襟…0911
觔…0421
金…0567

ㄐㄧㄣˇ

僅…0765
儘…0975
堇…0765
墐…0765
巹…0249
廑…0765
槿…0765
殣…0765
瑾…0765
緊…0552
謹…0766
錦…0526
饉…0766

ㄐㄧㄣˋ

噤…0910
妗…0086
寖…0357
搢…0731
晉…0731
浸…0357
濜…0975
燼…0975
盡…0976
禁…0910
縉…0731
藎…0976
覲…0766
贐…0976
近…0085
進…0529
靳…0085

ㄐㄧㄤ

僵…0917
姜…0344
將…0793
殭…0917
江…0042
漿…0794
疆…0917
矼…0042
礓…0917
茳…0043
薑…0918
螿…0794
豇…0043
韁…0918

ㄐㄧㄤˇ

槳…0794
獎…0794
蔣…0794
講…0740
顜…0741

ㄐㄧㄤˋ

匠…0083
將…0793
強…0829
彊…0917
洚…0325
漿…0794
糨…0829
絳…0325
醬…0794
降…0326

ㄐㄧㄥ

京…0452
兢…0397
旍…0147
旌…0232
涇…0388
睛…0460
箐…0460
精…0460
經…0389
荊…0334
莖…0389
菁…0461
青…0461
驚…0912
鯨…0453
鵛…0390
鶄…0462
鼱…0462

ㄐㄧㄥˇ

井…0130
儆…0911
剄…0388
憬…0890
憼…0911
景…0890
汫…0130
璟…0890
警…0911
阱…0130
頸…0389

ㄐㄧㄥˋ

俓…0388
凊…0460
勁…0388
境…0830
婧…0460
徑…0388
敬…0911
淨…0542
獍…0830
痙…0388
竫…0543
競…0228
肵…0085
脛…0389
請…0461
逕…0389
鏡…0830
靖…0461
靚…0461
靜…0543
竟…0830

ㄐㄩ

且…0141
娵…0494
居…0537
岨…0142
崌…0538
拘…0184
据…0538
椐…0538
沮…0142
狙…0143
琚…0538
疽…0143
痀…0184
砠…0143
罝…0143
腒…0538
苴…0143
菹…0143
葅…0143
蛆…0143
蜛…0538
裾…0538
趄…0144
車…0362
輂…0363
鋦…0436
鋸…0538
雎…0144
駒…0185
鶋…0539

ㄐㄩˊ

侷…0436
匊…0526
局…0436
挶…0436
掬…0526
桔…0309
橘…0891
湨…0667
焗…0436
菊…0526
趜…0526
跼…0436
踘…0526
輂…0261
鋦…0436
鞠…0526
鞫…0650
駶…0437
鵙…0440
鵴…0527
鶪…0667
鼳…0667

ㄐㄩˇ

咀…0142
枸…0184
柜…0220
椇…0471
櫸…0979
沮…0142
矩…0220
竘…0184
筥…0438
舉…0980
莒…0438
蒟…0185
蝺…0647
踽…0648
齟…0144

ㄐㄩˋ

俱…0470

【ㄑ】

ㄑㄧ

腃…0522
荃…0311
蜷…0522
蠸…1020
觠…0271
詮…0311
跧…0312
踡…0522
輇…0312
醛…0312
銓…0312
顴…1021
鬈…0522
齤…0271

ㄑㄩㄢˇ

犬…0125
甽…0029
畎…0125
綣…0522
虇…1020

ㄑㄩㄢˋ

券…0271
勸…1019

ㄑㄩㄣ

峮…0377
逡…0375
踆…0375
輑…0377

ㄑㄩㄣˊ

群…0377
裙…0377

ㄑㄩㄥ

穹…0033
芎…0034
銎…0307

ㄑㄩㄥˊ

惸…0303
煢…0048
璚…0891
瓊…0996
笻…0345
睘…0746
舼…0261
藑…0997
蛩…0307
跫…0307
邛…0345

ㄑㄩㄥˇ

顈…0834

【ㄒ】

ㄒㄧ

傒…0684
僖…0855
兮…0127
吸…0092
唏…0426
嘻…0855
奚…0684
娭…0372
嬉…0855
屖…0432
巇…0952
希…0426
悉…0361
扱…0092
撕…0879
攜…1023
晞…0426
晰…0472
曦…1006
析…0472
栖…0318
棲…0535
橀…0323
樨…0889
欷…0426
浠…0426
淅…0473
溪…0684
熙…0403
熹…0855
犀…0889
犧…1006
狶…0426
皙…0473
睎…0427
禧…0855
稀…0427
窸…0361
羛…0153
羲…1006
膝…0819
蜥…0473
螇…0684
螅…0759
蟋…0362
蠵…1023
西…0319
觿…1023
誒…0373
譆…0855
谿…0684
豨…0427
蹊…0684
醯…0324
釐…0817
𨭉…0855
鼷…0685

ㄒㄧˊ

媳…0758
席…0699
息…0758
惜…0517
昔…0517
榽…0684
槢…0803
檄…0912
欯…0309
熄…0758
瘜…0759
習…0803
腊…0517
蓆…0699
裼…0503
褶…0803
襲…1000
覡…0436
謵…0803
郋…0290
錫…0503
隰…0956
飁…0803
鰼…0803

ㄒㄧˇ

喜…0855
屣…0539
徙…0539
枲…0167
洗…0297
洒…0319
漇…0539
璽…0963
簁…0539
葸…0591
蓰…0539
蟢…0855
諰…0591
蹝…0539
躧…1028
鰓…0591

ㄒㄧˋ

係…0444
僁…0361
呬…0248
咥…0327
夕…0053
妎…0062
屭…0439
戲…0952
扢…0017
歙…0889
忥…0131
汐…0053
潟…0866
潝…0889
盻…0127
矽…0053
禊…0675
穸…0053
系…0444
細…0162
綌…0430
緆…0503
繫…0940
翕…0890
肹…0011
舄…0866
蕮…0866
覤…0568
謑…0684
赩…0400
郄…0130
郤…0431
鄎…0759
釳…0018
闟…0890
隙…0055
隟…0778
霫…0803
餼…0725
鬩…0490

ㄒㄧㄚ

呀…0079
岈…0080
瞎…0717
蝦…0579
颬…0081
鰕…0579

ㄒㄧㄚˊ

俠…0358
假…0577
匣…0223
呷…0223
峽…0358
挾…0358
暇…0578
柙…0224
狎…0224
狹…0358
瑕…0578
硤…0359
祫…0276
赮…0579
轄…0717
遐…0579
陜…0359
霞…0579
騢…0579
魻…0224
鶷…0717
黠…0310

ㄒㄧㄚˇ

閜…0157

ㄒㄧㄚˋ

嚇…0399
夏…0703
廈…0703
欱…0276
煆…0578
罅…0833
諕…0568

ㄒㄧㄝ

些…0250
揳…0675
楔…0675
歇…0587
猲…0587
蝎…0589
蠍…0589

ㄒㄧㄝˊ

偕…0582
劦…0333

ㄔㄨˇ
午…0064
杵…0064
楮…0485
楚…0952
礎…0952
處…0012
褚…0488

ㄔㄨˋ
亍…0002
俶…0474
怵…0211
搐…0727
擉…0930
㒔…0930
歜…0930
滀…0727
畜…0727
矗…0464
絀…0192
臅…0931
處…0012
觸…0931
詘…0192
諔…0475
鄐…0728
黜…0192

ㄔㄨㄚˇ
抓…0112

ㄔㄨㄛ
戳…0963

ㄔㄨㄛˋ
啜…0553
嚽…0815
娖…0369
婥…0509
惙…0553
歠…0554
綽…0510
輟…0554
逴…0510
醊…0554
齪…0369

ㄔㄨㄞ
搋…0735

ㄔㄨㄞˇ
揣…0594

ㄔㄨㄞˋ
踹…0595

ㄔㄨㄟ
吹…0082
炊…0082

ㄔㄨㄟˊ
圌…0594
垂…0604
捶…0604
搥…0752
棰…0604
槌…0752
箠…0604
錘…0604
鎚…0753
陲…0605

ㄔㄨㄢ
川…0029
穿…0080

ㄔㄨㄢˊ
傳…0763
椽…0596
猭…0596
船…0231
輲…0595
遄…0595

ㄔㄨㄢˇ
喘…0594
歂…0594
舛…0348

ㄔㄨㄢˋ
串…0349
玔…0029
釧…0029

ㄔㄨㄣ
春…0645
杶…0090
椿…0646
橁…0303
輴…0648
鰆…0646
鶞…0648

ㄔㄨㄣˊ
屯…0089
淳…0451
漘…0360
焞…0451
純…0090
脣…0360
蓴…0764
醇…0451
錞…0451
鶉…0452

ㄔㄨㄣˇ
惷…0645
蠢…0646
踳…0646

ㄔㄨㄤ
創…0677
摐…0801
囪…0400
瘡…0678
窗…0401

ㄔㄨㄤˊ
幢…0836
床…0136
橦…0836

ㄔㄨㄤˇ
闖…0704

ㄔㄨㄤˋ
凔…0677
刱…0140
創…0677
愴…0678
獊…0678

ㄔㄨㄥ
充…0238
忡…0058
惷…0804
憧…0836
沖…0058
浺…0058
翀…0058
舂…0804
茺…0238
衝…0651
踳…0804

ㄔㄨㄥˊ
崇…0565
种…0058
重…0652

ㄔㄨㄥˇ
寵…0998

ㄔㄨㄥˋ
衝…0651
銃…0238

【ㄕ】

ㄕ
失…0169
師…0746
施…0243
溮…0956
獅…0747
絁…0243
蒒…0747
著…0750
蝨…0048
褷…0539
纚…1028
詩…0301
邿…0301

ㄕˊ
什…0006
十…0005
塒…0300
寔…0618
實…0119
拾…0276
提…0618
時…0301
湜…0618
石…0223
祏…0223
蒔…0301
食…0666
鼫…0223
鰣…0301

ㄕˇ
使…0247
史…0247
始…0167
屎…0332
矢…0034
縰…0539
纚…1028
豕…0402
駛…0247

ㄕˋ
世…0221
事…0448
仕…0054
侍…0300
勢…0786
唑…0420
嗜…0749
噬…0435
埶…0786
士…0054
奭…0340
室…0327
市…0050
式…0347
弒…0347
忕…0035
恃…0300
戺…0051
拭…0347
是…0618
柹…0202
柿…0050
氏…0105
澨…0435
示…0232
筮…0435
簭…0436
舐…0106
視…0368
試…0347
誓…0424
諡…0127
諟…0618
謚…0702
識…0870
貰…0222
軾…0347
逝…0424
適…0808
釋…0921
飾…0050

˙ㄕ
匙…0008

從…0800
瘲…0801
粽…0565
糉…0637
綜…0565
縱…0801

【ㄘ】

ㄘ

偨…0250
呲…0250
差…0700
疵…0251
雌…0252
骴…0253

ㄘˊ

呲…0250
慈…0716
瓷…0306
磁…0716
祠…0151
茨…0306
茲…0716
詞…0152
辭…0835
鴜…0253
餈…0307
鶿…0716

ㄘˇ

佌…0250
此…0251
泚…0251
玼…0251
跐…0252

ㄘˋ

伺…0151
佽…0305
刺…0267
次…0306
絘…0306
截…0317

ㄘㄚ

嚓…0820
擦…0820

ㄘㄚˇ

礤…0820

ㄘㄜˋ

側…0585
冊…0175
廁…0585
惻…0585
測…0585
畟…0714
猎…0517
策…0268
筴…0359
簎…0517

ㄘㄞ

猜…0460

ㄘㄞˊ

才…0054
材…0054
纔…1009
裁…0317
財…0055

ㄘㄞˇ

寀…0561
彩…0561
採…0561
棌…0562
睬…0562
綵…0562
跴…0319
踩…0562
采…0562

ㄘㄞˋ

縩…0821
菜…0562
蔡…0821

ㄘㄠ

幧…0938
操…0938
糙…0396

ㄘㄠˊ

嘈…0802
曹…0802
槽…0802
漕…0802
螬…0802

ㄘㄠˇ

慅…0722
懆…0938

ㄘㄡˋ

湊…0672
腠…0672
輳…0672

ㄘㄢ

參…0784
飡…0667
餐…0445
驂…0785

ㄘㄢˊ

慚…0795
殘…0501
蚕…0135
蠶…0887

ㄘㄢˇ

慘…0784
憯…0887
朁…0887
黲…0786

ㄘㄢˋ

摻…0785
燦…0444
璨…0444
粲…0444

ㄘㄣ

參…0784
篸…0784

ㄘㄣˊ

岑…0086
涔…0087

ㄘㄤ

倉…0677
傖…0677
倉…0677
滄…0678
艙…0678
蒼…0679
鶬…0679

ㄘㄤˊ

藏…0979

ㄘㄥ

噌…0857

ㄘㄥˊ

層…0858
嶒…0858
曾…0858

ㄘㄥˋ

蹭…0859

ㄘㄨ

犓…0422
粗…0143
麄…0810
麤…0811

ㄘㄨˊ

徂…0142
殂…0142

ㄘㄨˋ

促…0369
卒…0512
噈…0899
憱…0900
數…0771
槭…0805
猝…0513
瘯…0786
簇…0786
蔟…0786
趣…0494
趨…0735
踧…0475
蹙…0805
蹴…0900
酢…0173
醋…0518
顣…0806

ㄘㄨㄛ

差…0700
搓…0700
瑳…0701
磋…0701
蹉…0701
遳…0421

ㄘㄨㄛˊ

嵯…0700
痤…0421
矬…0421
鹺…0701

ㄘㄨㄛˇ

脞…0421

ㄘㄨㄛˋ

剉…0420
剒…0516
厝…0516
挫…0421
措…0517
撮…0861
縒…0701
莝…0421
銼…0421
錯…0518

ㄘㄨㄟ

催…0813
崔…0813
摧…0813
榱…0737
磪…0813
縗…0738
衰…0738

ㄘㄨㄟˊ

慛…0813

ㄘㄨㄟˇ

洒…0319
漼…0813
璀…0813
趡…0529

ㄘㄨㄟˋ

倅…0512
啐…0512
悴…0513
毳…0884
淬…0513
焠…0513
瘁…0513
竁…0884
粹…0513
綷…0513
翠…0514
脆…0265
膵…0514
膬…0884

萃…0514
顇…0514

ㄘㄨㄢ

擔…0916
躥…0916

ㄘㄨㄢˊ

巑…1024
攢…1025
欑…1025

ㄘㄨㄢˋ

爨…0953
竄…0916
篡…0978
鑹…0916

ㄘㄨㄣ

皴…0374
踆…0375

ㄘㄨㄣˊ

存…0320

ㄘㄨㄣˇ

刌…0052
忖…0052

ㄘㄨㄣˋ

吋…0052
寸…0052

ㄘㄨㄥ

匆…0114
囪…0400
從…0800
樅…0801
璁…0401
瑽…0801
聰…0401
蔥…0401
蓯…0801
蟌…0401
鏦…0802
驄…0401

ㄘㄨㄥˊ

叢…0494
從…0800
悰…0565
淙…0565
潨…0801
琮…0565
藂…0344
賨…0565

ㄘㄨㄥˋ

謥…0401

【ㄙ】

ㄙ

偲…0590
司…0151
嘶…0878
廝…0878
思…0590
撕…0879
斯…0879
榹…0735
澌…0879
磃…0736
禠…0736
絲…0902
緦…0590
罳…0591
虒…0736
蜇…0473
螔…0736
螄…0747
蟴…0879
釃…1029
颸…0591
鷥…0902
鼶…0736

ㄙˋ

伺…0151
似…0239
俟…0372
嗣…0151
四…0248
姒…0239
寺…0300
巳…0050
肂…0337
汜…0051
泗…0248
涘…0373
洍…0403
祀…0051
笥…0151
肆…0337
貄…0337
賜…0503
食…0666
飼…0152
駟…0248

ㄙㄚ

撒…0879

ㄙㄚˇ

撒…0879
洒…0319
灑…1028
靸…0093

ㄙㄚˋ

薩…0823
趿…0093
躠…0949
鎝…0756
颯…0653
馺…0093

ㄙㄜˋ

嗇…0946
圾…0092
塞…0709
濇…0946
澀…0036
瑟…0187
穡…0946
色…0076
譅…0036
轖…0946
鈒…0093

ㄙㄞ

偲…0590
塞…0709
思…0590
毸…0590
腮…0591
鰓…0591

ㄙㄞˋ

塞…0709
賽…0710

ㄙㄠ

慅…0722
搔…0722
溞…0722
瘙…0722
繅…0778
繰…0939
臊…0939
艘…0692
颾…0723
騷…0723
鱢…0939

ㄙㄠˇ

埽…0524
嫂…0691
掃…0525

ㄙㄠˋ

埽…0524
掃…0525
燥…0938
臊…0939

ㄙㄡ

廋…0691
搜…0691
溲…0692
獀…0692
蒐…0686
螋…0692
鄋…0692
颼…0692
餿…0692

ㄙㄡˇ

叟…0691
嗾…0786
擻…0771
瞍…0692
藪…0773

ㄙㄡˋ

嗽…0817

ㄙㄢ

叁…0784
毿…0785
鬖…0785

ㄙㄢˇ

散…0880
糝…0785
糂…0600
糝…0785
繖…0880

ㄙㄢˋ

散…0880

ㄙㄣ

森…0547

ㄙㄤ

桑…0760

ㄙㄤˇ

嗓…0760
搡…0760
顙…0760

ㄙㄥ

僧…0857
鬙…0859

ㄙㄨ

囌…1006
甦…0371
穌…1006
蘇…1007
酥…0241

ㄙㄨˊ

俗…0429

ㄙㄨˋ

嗉…0760
塑…0759
夙…0053
宿…0792
愬…0759
愫…0761
數…0771
梀…0268
樕…0817
樎…0892
泝…0225
涑…0386
溯…0760
窣…0513
簌…0818
粟…0332
素…0761
肅…0893
膆…0761
蓿…0792

藪…0818
觫…0387
訴…0225
謖…0715
蹜…0792
速…0387
餗…0387
驌…0893
鷫…0893

ㄙㄨㄛ

些…0250
傞…0700
唆…0373
嗦…0750
娑…0404
挲…0404
梭…0374
桫…0404
簑…0738
縮…0792
莏…0100
莎…0404
蓑…0738

ㄙㄨㄛˇ

嗩…0761
惢…0845
溹…0750
瑣…0761
璅…0777
索…0750
鎖…0761
鏁…0778

ㄙㄨㄛˋ

些…0250

ㄙㄨㄟ

倠…0527
滖…0738
眭…0280
睢…0528
綏…0420
荾…0375
荽…0420
雖…0530

ㄙㄨㄟˊ

隋…0624
隨…0624

ㄙㄨㄟˇ

嶲…0903
瀡…0624
髓…0624

ㄙㄨㄟˋ

歲…0928
燧…0661
睟…0513
碎…0513
祟…0191
穗…0898
檖…0661
繐…0898
術…0211
襚…0661
誶…0514
遂…0661
邃…0661
隧…0661

ㄙㄨㄢ

狻…0374
痠…0374
酸…0375

ㄙㄨㄢˇ

篹…0978

ㄙㄨㄢˋ

筭…0407
蒜…0232

ㄙㄨㄣ

孫…0713
猻…0713
蓀…0713
飡…0667
飱…0667

ㄙㄨㄣˇ

損…0693
榫…0528
筍…0303
簨…0838

ㄙㄨㄥ

娀…0339
崧…0106
嵩…0694
忪…0106
憁…0400
松…0106
淞…0106
菘…0107
蜙…0107
鬆…0107

ㄙㄨㄥˇ

慫…0800
悚…0386
愯…0528
慫…0800
竦…0386
聳…0801

ㄙㄨㄥˋ

宋…0136
訟…0107
誦…0425
送…0347
頌…0107

【ㄚ】

ㄚ

啊…0519
阿…0519

˙ㄚ

啊…0519

【ㄛ】

ㄛ

呵…0155
喔…0613

ㄛˊ

哦…0380

【ㄜ】

ㄜ

峉…0272
婀…0519
屙…0519
痾…0519
阿…0519

ㄜˊ

俄…0380
吪…0072
哦…0380
娥…0380
峨…0380
睋…0380
硪…0380
莪…0380
蚵…0156
蛾…0381
訛…0072
譌…0593
額…0610
鵝…0381

ㄜˇ

噁…0449
婐…0504
惡…0450
猗…0533

ㄜˋ

厄…0013
呃…0013
咢…0636
噩…1008
埡…0449
堊…0449
堨…0586
堮…0636
姶…0275
岋…0092
崿…0636
惡…0450
愕…0636
扼…0013
搤…0701
砐…0092
萼…0636
蘁…1008
詻…0274
諤…0636
軛…0013
遏…0590
鄂…0636
鍔…0636
閼…0558
阨…0013
頞…0313
顎…0636
餓…0381
鱷…1008
鶚…0637
齶…0637

【ㄝ】

ㄝˋ

誒…0373

【ㄞ】

ㄞ

哎…0014
哀…0672
唉…0372
埃…0372
挨…0372

ㄞˊ

捱…0571
敱…0688
癌…0670
皚…0688
騃…0373

ㄞˇ

欸…0372
毐…0118
矮…0479
藹…0588
譪…0589
靄…0590

ㄞˋ

乂…0014
嬡…0952
愛…0952
曖…0953
溘…0705
璦…0953
礙…0956
艾…0014
譺…0956
隘…0702
餲…0590

【ㄟ】

ㄟˋ

欸…0372

【ㄠ】

ㄠ

【ㄩ】

88 年審訂音與建議的新音之比較

國字	88 年審訂音	建議的新音	詞例
仔	ㄗˇ	1. ㄗˇ 2. ㄗㄞˇ(粵語)	1. 仔細。仔肩。山仔腳。 水筆仔。蚵仔煎。歌仔戲。 擔仔麵。關仔嶺。筒仔米糕。 搖囝仔歌。 2. 公仔。牛仔。打仔。華仔 (劉德華)。豬仔。大圈仔。 牛仔裝。牛仔褲。 ※閩南音「ㄚ」，國語定音 為「ㄗˇ」。如「山仔腳」、 「蚵仔煎」、「歌仔戲」、 「擔仔麵」和「關仔嶺」。 ※粵語中，凡言 (1) 幼小的動物 (2) 小男兒 (3) 男青年等義時， 音ㄗㄞˇ。
价	ㄐㄧㄝˋ	1. ㄐㄧㄝˋ 2. ㄐㄧㄚˋ 3. ˙ㄍㄚ	1. 小价。貴价。 2.「價」之異體字。 3.「價」之異體字。
佗	1. ㄊㄨㄛˊ 2. ㄊㄨㄛ	1. ㄊㄨㄛˊ 2. ㄊㄚ	1. 華佗。委委佗佗。 華佗再世。 2. 佗故。通「它」 ※將ㄊㄨㄛ改讀作ㄊㄚ。
伽	1. ㄑㄧㄝˊ 2. ㄐㄧㄚ	1. ㄑㄧㄝˊ 2. ㄐㄧㄚ	1. 伽藍。伽南香。楞伽經。 2. 瑜伽。伽利略。瑜伽術。 伽瑪射線。 ※「伽利略」的「伽」，本讀 ㄑㄧㄝˊ，今讀ㄐㄧㄚ。

國字	88 年審訂音	建議的新音	詞　　　　例
佻	ㄊㄧㄠˊ	1. ㄊㄧㄠˊ 2. ㄊㄧㄠ	1. 佻巧。佻薄。輕佻。 2. 佻健。 ※「佻」通「挑達」之「挑」。
俇	ㄎㄨㄤˇ	ㄍㄨㄤˋ	俇俇。俇攘。逢世俇攘。 ※將ㄎㄨㄤˇ改讀作ㄍㄨㄤˋ。
倒	1. ㄉㄠˇ 2. ㄉㄠˋ	1. ㄉㄠˇ 2. ㄉㄠˋ	1. 倒坍。顛倒。倒胃口。 為之傾倒。倒海翻江。 倒頭便睡。排山倒海。 隨風倒舵。翻箱倒篋。 翻箱倒櫃。 2. 倒立。倒敘。倒不如。 倒栽蔥。倒裝句。 本末倒置。柳眉倒豎。 倒行逆施。倒果為因。 倒持泰阿。倒屣相迎。 倒繃孩兒。解民倒懸。 傾倒垃圾。傾筐倒庋。 ※「「翻箱倒篋」和「翻箱倒櫃」的「倒」，本讀ㄉㄠˋ，今讀ㄉㄠˇ。
偕	ㄒㄧㄝˊ	1. ㄒㄧㄝˊ 2. ㄐㄧㄝ(限讀)	1. 相偕。偕同。偕行。 白頭偕老。與民偕樂。 2. 馬偕。馬偕醫院。
價	ㄐㄧㄚˋ	1. ㄐㄧㄚˋ 2. ·ㄍㄚ	1. 代價。價格。價值。價錢。 2. 成天價忙。嗤嗤價響。 震天價響。

國字	88 年審訂音	建議的新音	詞　　例
六	1. ㄌㄧㄡˋ 2. ㄌㄨˋ	1. ㄌㄧㄡˋ 2. ㄌㄨˋ	1. 六合（上下四方）四五六。六君子。六親不認。五臟六腑。 2. 六合（江蘇省地名）。六安（安徽省地名） ※ 姓。六，讀作ㄌㄨˋ僅限姓，今作地名時，也讀作ㄌㄨˋ，如「六合」和「六安」。
冠	1. ㄍㄨㄢ 2. ㄍㄨㄢˋ	1. ㄍㄨㄢ 2. ㄍㄨㄢˋ	1. 后冠。花冠。禮冠。雞冠花。衣冠楚楚。冠狀動脈。冠冕堂皇。冠蓋雲集。面如冠玉。桂冠詩人。掛冠求去。彈冠相慶。鳳冠霞帔。優孟衣冠。 2. 及冠。未冠。冠軍。冠禮。冠夫姓。弱冠。沐猴而冠。冠絕古今。勇冠三軍。豔冠群芳。 ※「沐猴而冠」的「冠」，本讀ㄍㄨㄢ，今讀ㄍㄨㄢˋ。
匱	ㄎㄨㄟˋ	1. ㄎㄨㄟˋ 2. ㄍㄨㄟˋ	1. 匱乏。不虞匱乏。民窮財匱。財匱力絀。 2. 金匱石室。「櫃」的本字。
午	1. ㄨˇ 2. ˙ㄏㄨㄛ	1. ㄨˇ 2. ˙ㄏㄨㄛ 3. ㄔㄨˇ	1. 亭午。子午卯酉。祁奚舉午。 2. 晌午。 3. 午臼。午臼之交。磨午成針。通「杵」。

國字	88 年審訂音	建議的新音	詞　　　例
厓	ㄧㄞˊ	ㄧㄚˊ	厓山。厓眥。斷厓。 ※ 聲符為「厓」者，皆訂音為ㄧㄚˊ。
各	1. ㄍㄜˋ 2. ㄍㄜˇ	ㄍㄜˋ	各自。各有千秋。各行其是。各個擊破。
咇	1. ㄅㄧㄝˊ 2. ㄅㄧ	1. ㄅㄧㄝˊ 2. ㄅㄧˋ	1. 咇茀。 2. 咇咇剝剝。 ※「咇咇剝剝」的「咇」，本讀ㄅㄧ，今讀ㄅㄧˋ。
哇	ㄨㄚ	1. ㄨㄚ 2. ˙ㄨㄚ	1. 哇哇叫。 2. 好哇(為常用語氣助詞)。
哈	1. ㄏㄚ 2. ㄏㄚˇ 3. ㄎㄚ(限讀)	1. ㄏㄚ 2. ㄏㄚˇ 3. ㄎㄚ(限讀)	1. 哈腰。哈密瓜。哈哈大笑。哈雷彗星。 2. 哈達。哈巴狗。哈德門(北京崇文門的俗稱)。哈遠儀(中天記者)。 3. 哈喇呢。哈喇馬褂。 ※「哈達」的「哈」，本讀ㄏㄚ，今讀ㄏㄚˇ；「哈」作姓時，本讀ㄏㄚ，今讀ㄏㄚˇ。
咧	ㄌㄧㄝˇ	1. ㄌㄧㄝˇ 2. ˙ㄌㄧㄝ	1. 咧開。咧嘴。齜牙咧嘴。 2. 可以開始咧。
呲	ㄘ	1. ㄘ 2. ㄗ 3. ㄘˊ	1. 挨呲。 2. 呲牙裂嘴。通「齜」。 3. 呲食。「飺」之異體字。 ※「呲牙裂嘴」的「呲」本讀ㄘ，今讀ㄗ。

國字	88 年審訂音	建議的新音	詞　　例
啀	一ㄞˊ	一ㄚˊ	啀喍。 ※ 聲符為「厓」者，皆訂音為一ㄚˊ。
囉	1. ㄌㄨㄛˊ 2. ㄌㄨㄛ	1. ㄌㄨㄛˊ 2. ㄌㄨㄛ 3. ˙ㄌㄨㄛ	1. 嘍囉。囉唕。小嘍囉。囉嗊曲。 2. 囉唆。囉嗦。哩哩囉囉。囉哩囉嗦。 3. 好囉。夠囉。
圳	ㄗㄨㄣˋ	1. ㄗㄨㄣˋ 2. ㄓㄣˋ	1. 大圳。圳溝。 2. 深圳(廣東省地名)。
埡	一ㄚˇ	1. 一ㄚˋ 2. ㄨˋ 3. ㄜˋ	1. 埡口。 2.「塢」之異體字。 3.「堊」之異體字。 ※「埡口」的「埡」，本讀一ㄚˇ，今讀一ㄚˋ。
埤	1. ㄆ一ˊ 2. ㄅㄟ 3. ㄅ一ˋ	1. ㄆ一ˊ 2. ㄅ一ˋ	1. 水埤。埤益。埤溼。虎頭埤。埤頭鄉。新埤鄉。 2. 埤堄。松柏不生埤。 ※ 將ㄅㄟ併讀為ㄆ一ˊ。「虎頭埤」和「埤頭鄉」的「埤」，本讀ㄅㄟ，今讀ㄆ一ˊ。
大	1. ㄉㄚˋ 2. ㄉㄞˋ 3. ㄊㄞˋ	1. ㄉㄚˋ 2. ㄉㄞˋ	1. 大夫(職官名)。士大夫。卿大夫。御史大夫。 2. 大夫(醫生。夫字輕讀)。蒙古大夫。

國字	88 年審訂音	建議的新音	詞　　例
好	1. ㄏㄠˇ 2. ㄏㄠˋ	1. ㄏㄠˇ 2. ㄏㄠˋ	1. 好事多磨。好整以暇。 君子好逑。 2. 好奇。好大喜功。 潔身自好。 ※「好整以暇」的「好」，本讀ㄏㄠˋ，今讀ㄏㄠˇ。
姊	1. ㄗˇ 2. ㄐㄧㄝˇ	1. ㄗˇ 2. ㄐㄧㄝˇ	1.「小弟聞姊來，磨刀霍霍向豬羊。」《木蘭辭》 2. 姊妹。姊姊。十姊妹。 姊妹市。姊妹校。姊妹淘。 兄弟姊妹。 ※ 在文言中，「姊」音ㄗˇ；口語中「姊」用法同「姐」時，音ㄐㄧㄝˇ。「姊妹」的「姊」，本讀ㄗˇ，今讀ㄐㄧㄝˇ。
嬥	ㄊㄧㄠˋ	ㄉㄧㄠˋ	嬥歌。嬥嬥。
屎	1. ㄕˇ 2. ㄒㄧ	ㄕˇ	屎棋。屎蚵蜋。 ※「殿屎」的「屎」，本讀ㄒㄧ，今罕用不列。
崖	ㄧㄞˊ	ㄧㄚˊ	崖涘。斷崖。不立崖岸。 崖岸自高。懸崖峭壁。 懸崖勒馬。 ※ 聲符為「厓」者，皆訂音為ㄧㄚˊ。
幅	1. ㄈㄨˊ 2. ㄅㄧ	ㄈㄨˊ	篇幅。邊幅。一幅字畫。 幅員遼闊。 ※ ㄅㄧ併讀為ㄈㄨˊ。「帶裳幅舄」的「幅」，本讀ㄅㄧ，今讀ㄈㄨˊ。

國字	88 年審訂音	建議的新音	詞　　　例
平	1. ㄆㄧㄥˊ 2. ㄆㄧㄢˊ （限讀） 3. ㄅㄧㄢˋ	1. ㄆㄧㄥˊ 2. ㄅㄧㄢˋ	1. 平均。平衡。平心而論。 2. 平章百姓。 ※「王道平平」的「平」，本讀ㄆㄧㄢˊ，今罕用不列。
忒	1. ㄊㄜˋ 2. ㄊㄜ	ㄊㄜˋ	差忒。四時不忒。欺人忒甚。聰明忒甚。
悗	ㄇㄢˇ	ㄇㄢˊ	悗密。
拗	1. ㄠˋ 2. ㄋㄧㄡˋ 3. ㄠˇ	1. ㄠˋ 2. ㄋㄧㄡˋ 3. ㄠˇ 4. ㄠ（臺灣閩南語）	1. 拗口。拗句。拗強。拗彆。拗口令。執拗。拗體詩。 2. 拗不過。一不拗眾。脾氣很拗。 3. 拗折。拗花。拗曲作直。 4. 硬拗。不要拗了。
挜	1. ㄧㄚˋ 2. ㄧㄚˇ	ㄧㄚˋ	挜緊。挜擺。挜在袖內。
旰	1. ㄍㄢˋ 2. ㄏㄢˋ	ㄍㄢˋ	旰食。日旰忘食。宵衣旰食。宵旰焦勞。宵旰圖治。
晃	1. ㄏㄨㄤˇ 2. ㄏㄨㄤˋ	1. ㄏㄨㄤˇ 2. ㄏㄨㄤˋ	1. 晃朗。晃眼。晃縣。晃耀。一晃眼。白晃晃。明晃晃。亮晃晃。虛晃一招。眼前一晃而過。 2. 晃動。晃悠。晃蕩。搖晃。搖搖晃晃。搖頭晃腦。一晃就是半年。 ※「晃眼」和「一晃眼」的「晃」本讀ㄏㄨㄤˋ，今讀ㄏㄨㄤˇ。
晁	1. ㄔㄠˊ 2. ㄓㄠ	ㄔㄠˊ	晁補之。「鼂」為異體字。

國字	88 年審訂音	建議的新音	詞　　　　例
更	1. ㄍㄥ 2. ㄍㄥˋ	1. ㄍㄥ 2. ㄍㄥˋ	1. 打更。更夫。更生人。 三更半夜。少不更事。 自力更生。改弦更張。 更生保護。更長漏永。 更深人靜。更僕難數。 洗盞更酌。 2. 更勝一籌。更上一層樓。 ※「更生人」和「更生保護」的「更」本讀ㄍㄥˋ，今讀ㄍㄥ。
楪	ㄧㄝˋ	1. ㄧㄝˋ 2. ㄉㄧㄝˊ	1. 楪榆。 2. 一楪。楪子。通「碟」。
椹	ㄓㄣ	1. ㄓㄣ 2. ㄕㄣˋ	1. 椹板。 2. 桑椹。通「葚」。
楞	1. ㄌㄥˊ 2. ㄌㄥˋ	1. ㄌㄥˊ 2. ㄌㄥˋ	1. 瓦楞。楞角。瓦楞紙。 楞伽經。 2. 發楞。一楞地。漠楞楞。 楞頭楞腦。 ※「一楞地」的「楞」，本讀ㄌㄥˊ，今讀ㄌㄥˋ。
樅	1. ㄘㄨㄥ 2. ㄗㄨㄥ	ㄘㄨㄥ	樅木。櫳樅。 ※「樅陽」的「樅」，本讀ㄗㄨㄥ，今罕用不列。
峙	ㄓˋ	1. ㄔˊ 2. ㄓˋ	1. 峙躇。 2. 峙糧。
殺	1. ㄕㄚ 2. ㄕㄞˋ	1. ㄕㄚ 2. ㄕㄞˋ 3. ㄕㄚˋ	1. 殺青。殺價。殺風景。 2. 隆殺。豐殺。威勢稍殺。 親親之殺。 3. 傚殺萬戶侯。通「煞」。

國字	88 年審訂音	建議的新音	詞　　例
比	1. ㄅㄧˇ 2. ㄅㄧˋ	1. ㄅㄧˇ 2. ㄅㄧˋ 3. ㄆㄧˊ	1. 比丘。比翼鳥。比翼雙飛。 2. 比肩。比比皆是。 比年不登。比肩繼踵。 比屋可封。比屋連甍。 比歲不登。周而不比。 朋比為奸。朋黨比周。 鱗次櫛比。天涯若比鄰。 3. 皋比。坐擁皋比。通「皮」。
毹	ㄩˊ	ㄕㄨ	氍毹。
沈	ㄕㄣˇ	1. ㄕㄣˇ 2. ㄔㄣˊ	1. 沈腰潘鬢。 2. 沈沒。沈思。沈溺。沈默。 破釜沈舟。通「沉」。
治	1. ㄓˋ 2. ㄔˊ	ㄓˋ	治水。不治之症。民心望治。
泯	1. ㄇㄧㄣˇ 2. ㄇㄧㄢˋ	ㄇㄧㄣˇ	泯沒。泯除。泯滅。沒齒難泯。 泯然無跡。盛德不泯。 童心未泯。 ※通「瞑眩」之「瞑」時，泯，本讀ㄇㄧㄢˋ，今罕用不列。
淡	1. ㄉㄢˋ 2. ㄧㄢˇ	ㄉㄢˋ	淡忘。攻苦食淡。淡然處之。 雲淡風輕。
涷	ㄉㄨㄥˋ	ㄉㄨㄥ	涷雨。涷瀧。
淠	1. ㄆㄧˋ 2. ㄆㄟˋ	ㄆㄧˋ	淠水。淠彼涇舟。
淜	ㄆㄧㄥˊ	1. ㄆㄧㄥˊ 2. ㄆㄥ	1. 無舟渡河。通「馮」。 2. 淜滂。 ※「淜滂」的「淜」本讀ㄆㄧㄥˊ，今讀ㄆㄥ。

國字	88 年審訂音	建議的新音	詞　例
湛	1. ㄓㄢˋ 2. ㄉㄢ 3. ㄓㄣˋ 4. ㄔㄣˊ	1. ㄓㄢˋ 2. ㄉㄢ 3. ㄔㄣˊ	1. 湛恩。湛然。湛藍。精湛。 工夫湛深。神志湛然。 湛然不動。渟膏湛碧。 2. 湛溺。子孫其湛。 和樂且湛。荒湛於酒。 3. 浮湛。湛沔。湛寂。 通「沉」。 ※「湛溺」的「湛」本讀ㄔㄣˊ，今讀ㄉㄢ。
澎	1. ㄆㄥ 2. ㄆㄥˊ	ㄆㄥˊ	澎汃。澎湃。澎濞。澎湖縣。 心潮澎湃。洶湧澎湃。 ※ 將ㄆㄥ併讀為ㄆㄥˊ。
潦	1. ㄌㄠˇ 2. ㄌㄧㄠˊ 3. ㄌㄠˋ	1. ㄌㄠˋ 2. ㄌㄧㄠˊ	1. 行潦。旱潦。泥潦。雨潦。 淫潦。水潦降。雨潦四集。 2. 潦倒。潦草。窮愁潦倒。 ※ 將ㄌㄠˇ併讀為ㄌㄠˋ。
濕	1. ㄒㄧˊ 2. ㄕ	ㄕ	浸濕。濕漉漉。偎乾就濕。 推燥居濕。
當	1. ㄉㄤ 2. ㄉㄤˋ 3. ㄉㄤˇ	1. ㄉㄤ 2. ㄉㄤˋ	1. 當選。銳不可當。 應時當令。螳臂當車。 2. 典當。當作。當真。 玉卮無當。晚食當肉。 ※「抵當」的「當」，本讀ㄉㄤˇ，今罕用不列。
疋	1. ㄕㄨ 2. ㄆㄧˇ 3. ㄧㄚˇ	ㄕㄨ	疋部（二一四部首之一）。

國字	88 年審訂音	建議的新音	詞　　　例
癟	ㄅㄧㄝˇ	1. ㄅㄧㄝˇ 2. ㄅㄧㄝ	1. 吃癟。乾癟。 2. 癟三。 ※「癟三」的「癟」本讀ㄅㄧㄝˇ，今讀ㄅㄧㄝ。
盯	1. ㄉㄧㄥ 2. ㄔㄥ	ㄉㄧㄥ	盯梢。緊迫盯人。 ※「盯矖」的「盯」，本讀ㄔㄥ，今併讀為ㄉㄧㄥ。
睚	ㄧㄞˊ	ㄧㄚˊ	睚眥。睚眥之仇。睚眥必報。 ※聲符為「厓」者，皆訂音為ㄧㄚˊ。
竘	ㄑㄩˇ	ㄐㄩˇ	竘然。
粘	ㄋㄧㄢˊ	1. ㄓㄢ 2. ㄋㄧㄢˊ	1. 粘連。粘貼。粘黏。腸粘連。粘皮帶骨。 2. <u>粘仲仁</u>（人名）。 ※「粘貼」、「腸粘連」和「粘皮帶骨」等語的「粘」本讀ㄋㄧㄢˊ，今改讀作ㄓㄢ。
紑	ㄈㄡˊ	ㄈㄡ	絲衣其紑。
紒	ㄐㄧㄝˋ	1. ㄐㄧㄝˋ 2. ㄐㄧˋ	1. 紫青色的綅。即緺。 2. 縳紒（綁髻）。
紾	1. ㄓㄣˇ 2. ㄊㄧㄢˇ	ㄓㄣˇ	紾抱。紾臂。千變萬紾。 ※「紾而昔」的「紾」，本讀ㄊㄧㄢˇ，今罕用不列。
綅	ㄑㄧㄣ	1. ㄑㄧㄣ 2. ㄒㄧㄢ	1. 朱綅。貝冑朱綅。 2. 同「纖」。
緺	ㄍㄨㄛ	ㄍㄨㄚ	青緺。龜緺。

國字	88 年審訂音	建議的新音	詞　　　例
纚	ㄕˇ	1. ㄕˇ 2. ㄌㄧˊ	1. 纚纚。 2. 綝纚。纚連。纚屬。 ※「綝纚」的「纚」本讀ㄕˇ，今讀ㄌㄧˊ。
翛	1. ㄒㄧㄠ 2. ㄕㄨˋ	ㄒㄧㄠ	翛然。翛翛。翛然塵外。 ※通「倏」的「翛」，本讀ㄕㄨˋ，今罕用不列。
耡	1. ㄓㄨˋ 2. ㄔㄨˊ	ㄔㄨˊ	耕前耡後
腓	ㄅㄧˋ	1. ㄅㄧˋ 2. ㄈㄟˋ	1. 腓肸。 2. 腓胃。通「肺」。
脟	ㄌㄨㄢˊ	1. ㄌㄧㄝˋ 2. ㄌㄨㄢˊ	1. 肋骨部位的肉。 2. 脟割。
腳	ㄐㄧㄠˇ	1. ㄐㄧㄠˇ 2. ㄐㄩㄝˊ（限讀）	1. 腳夫。腳本。絆腳石。腳踏車。兩腳書櫥。腳踏實地。 2. 腳色（同「角色」）。 ※「腳色」的「腳」本讀ㄐㄧㄠˇ，今讀ㄐㄩㄝˊ。而「腳本」的「腳」仍讀作ㄐㄧㄠˇ。
膏	ㄍㄠ	1. ㄍㄠ 2. ㄍㄠˋ	1. 牙膏。膏壤。民脂民膏。投膏止火。病入膏肓。焚膏繼晷。膏火自煎。 2. 膏油。膏墨。（當動詞用）。
艀	ㄈㄡˊ	ㄈㄨˊ	艀船。
芘	ㄆㄧˊ	ㄅㄧˋ	芘芣。芘莉。

國字	88 年審訂音	建議的新音	詞　　例
茆	1. ㄇㄠˇ 2. ㄇㄠˊ	ㄇㄠˇ	茆店。茆屋。茆茨。蓬茆。 薄采其茆。 ※「茆店」、「茆屋」、「茆茨」和「蓬茆」的「茆」本讀ㄇㄠˊ，今讀 ㄇㄠˇ。
著	1. ㄓㄨˋ 2. ㄓㄨㄛˊ 3. ㄓㄠˊ 4. ㄓㄠ 5. ˙ㄓㄜ	1. ㄓㄨˋ 2. ㄓㄨㄛˊ 3. ㄓㄠˊ 4. ㄓㄠ 5. ˙ㄓㄜ	1. 著名。見微知著。 著作等身。 2. 土著。著手。著地。著眼。 著棋。棋高一著。 著無庸議。 3. 著火。著迷。搔著癢處。 4. 著水。著雨。著風。著急。 著涼。 5. 拔著短籌。 ※「土著」和「著眼」的「著」，正讀ㄓㄨㄛˊ，又讀ㄓㄨˋ，今取正讀ㄓㄨㄛˊ，刪又讀ㄓㄨˋ。
蕭	ㄒㄧㄠ	ㄕㄠ	蕭蔘。
蕃	1. ㄈㄢˊ 2. ㄈㄢ	1. ㄈㄢˊ 2. ㄅㄛ（限讀） 3. ㄈㄢ	1. 蕃育。蕃衍。蕃茂。蕃息。 「以蕃王室」（《書經・微子之命》）。陳蕃下榻。 蕃籬之鷃。 2. 吐蕃（民族名）。 3. 蕃茄。蕃薯。蕃石榴。通「番」。 ※「吐蕃」的「蕃」，本讀ㄈㄢ，今讀ㄅㄛ。
蕹	ㄩㄥ	ㄨㄥˋ	蕹菜（空心菜）。

國字	88 年審訂音	建議的新音	詞　　例
蘗	1. ㄅㄛˋ 2. ㄅㄧˋ	ㄅㄛˋ	黃蘗。根蘗繁殖。飲冰茹蘗。 齧蘗吞針。
蘴	1. ㄈㄥ 2. ㄙㄨㄥ	ㄈㄥ	蘴蕘。 ※「菘」之異體字「蘴」，本讀ㄙㄨㄥ，今罕用不列。
虎	ㄏㄨˇ	1. ㄏㄨˇ 2. ㄏㄨ	1. 老虎。 2. 馬虎。馬馬虎虎。
蜄	ㄕㄣˋ	1. ㄕㄣˋ 2. ㄓㄣˋ	1. 蠬蜄。 2. 振動。
裒	ㄆㄡˊ	1. ㄆㄡˊ 2. ㄅㄠ	1. 裒輯。裒多益寡。 2. 裒錫。「褒」之異體字。
褕	1. ㄩˊ 2. ㄊㄡˊ	ㄩˊ	襜褕。褕衣甘食。 ※「裗褕」的「褕」，本讀ㄊㄡˊ，今罕用不列。
褊	ㄅㄧㄢˇ	1. ㄅㄧㄢˇ 2. ㄆㄧㄢˊ	1. 褊狹。土地褊狹。心胸褊狹。剛褊自用。 2. 褊襬。
褶	1. ㄉㄧㄝˊ 2. ㄓㄜˊ 3. ㄓㄜˇ 4. ㄒㄩㄝˊ	1. ㄉㄧㄝˊ 2. ㄓㄜˊ 3. ㄒㄧˊ	1. 褶衣。帛為褶。 2. 褶子（衣、物上的摺痕）。褶曲。襞褶。百褶裙。褶曲山脈。 3. 褲褶。 ※將ㄓㄜˇ併讀為ㄓㄜˊ將ㄒㄩㄝˊ改讀為ㄒㄧˊ。「褶子」的「褶」本讀ㄓㄜˇ，今讀ㄓㄜˊ；「褲褶」的「褶」本讀ㄒㄩㄝˊ，今讀ㄒㄧˊ。

國字	88 年審訂音	建議的新音	詞　　例
禫	1. ㄕㄨˊ 2. ㄉㄨˊ	1. ㄕㄨˇ 2. ㄉㄨˊ	1. 袿禫。 2. 斂簞而禫。 ※將ㄕㄨˊ改讀作ㄕㄨˇ。
訑	1. ㄧˊ 2. ㄊㄨㄛ	1. ㄧˊ 2. ㄊㄨㄛˊ	訑訑。 訑謾。 ※將ㄊㄨㄛ改讀作ㄊㄨㄛˊ。
誒	ㄒㄧ	1. ㄒㄧ 2. ㄝˋ	1. 誒詒為病。誒誒出出。 2. 答應聲或招呼聲。
謯	ㄗㄨˇ	1. ㄐㄧㄝ 2. ㄗㄨˇ	1. 歌詠。 2. 謯咒。通「詛」。
豻	1. ㄢˋ 2. ㄏㄢˋ	ㄢˋ	青豻。豻侯。獄豻。貙豻。 ※將ㄏㄢˋ併讀為ㄢˋ。「獄豻」的「豻」，本讀ㄏㄢˋ，今讀ㄢˋ。
趣	1. ㄑㄩˋ 2. ㄘㄨˋ	1. ㄑㄩˋ 2. ㄘㄨˋ 3. ㄑㄩ	1. 各異其趣。妙趣横生。 2. 局趣。敦趣。督趣。趣裝。趣織。趣民收斂。通「促」。 3. 趣向。趣舍。趣勢。通「趨」。
踦	1. ㄐㄧˇ 2. ㄧˇ 3. ㄑㄧˊ	1. ㄐㄧˇ 2. ㄧˇ 3. ㄑㄧˊ	1. 踦跂。 2. 踦閭。踦觸。膝之所踦。 3. 踦踽。踦距。汪踦。 ※「踦跂」的「踦」本讀ㄑㄧˊ，今讀ㄐㄧˇ；「踦閭」的「踦」本讀ㄐㄧˇ，今讀ㄧˇ；「汪踦」的「踦」本讀ㄐㄧˇ，今讀ㄑㄧˊ。

國字	88 年審訂音	建議的新音	詞　　例
蹻	1. ㄑㄧㄠ 2. ㄐㄧㄠˇ 3. ㄐㄩㄝˊ	1. ㄑㄧㄠ 2. ㄐㄧㄠˇ 3. ㄐㄩㄝˊ	1. 高蹻。陽蹻。蹻捷。踩高蹻。蹻足而待。 2. 蹻勇。蹻蹻。 3. 跂蹻。蹻然不固。躡蹻擔簦。 ※「蹻捷」的「蹻」本讀ㄐㄧㄠˇ，今讀ㄑㄧㄠ；「跂蹻」的「蹻」，本讀ㄑㄧㄠ，今讀ㄐㄩㄝˊ。
躂	ㄊㄚˋ	1. ㄊㄚˋ 2. ˙ㄉㄚ(限讀)	1. 踢躂。踢躂舞。 2. 蹓躂(同「溜達」)。
車	1. ㄐㄩ 2. ㄔㄜ	1. ㄐㄩ 2. ㄔㄜ	1. 車馬包。棄車保帥。 2. 安步當車。舟車勞頓。車殆馬煩。奔車朽索。杯水車薪。前車之鑑。宮車晏駕。脣齒輔車。閉門造車。輕車簡從。輕車熟路。學富五車。龍車鳳輦。鮮車怒馬。 ※ 文言辭彙舊讀ㄐㄩ者，除象棋子名(車馬包)及其相關詞語(棄車保帥)仍讀作ㄐㄩ外，餘皆併讀為ㄔㄜ。
軿	1. ㄆㄧㄥˊ 2. ㄆㄥ	ㄆㄧㄥˊ	軿車。軿輅。輜軿。
轘	ㄏㄨㄢˊ	1. ㄏㄨㄢˋ 2. ㄏㄨㄢˊ	1. 刑轘。車轘。轘磔。 2. 轘轅。 ※「刑轘」、「車轘」和「轘磔」的「轘」，本讀ㄏㄨㄢˊ，今讀ㄏㄨㄢˋ。

國字	88 年審訂音	建議的新音	詞 例
迋	ㄨㄤˋ	1. ㄨㄤˋ 2. ㄍㄨㄤˋ 3. ㄎㄨㄤˊ	1. 往也。 2. 女實自迋 3. 妄也。
達	ㄉㄚˊ	1. ㄉㄚˊ 2. ㄊㄚˋ	1. 社會賢達。通權達變。達官貴人。達官顯要。 2. 挑達。
遺	1. ㄧˊ 2. ㄨㄟˋ	1. ㄧˊ 2. ㄨㄟˋ	1. 遺忘。遺憾。遺贈。 2. 問遺。贈遺。歸遺細君。 ※「遺贈」的「遺」，本讀ㄨㄟˋ，今讀ㄧˊ。
那	1. ㄋㄚˋ 2. ㄋㄚˇ 3. ㄋㄚ 4. ˙ㄋㄚ 5. ㄋㄨㄛˊ	1. ㄋㄚˋ 2. ㄋㄚˇ 3. ㄋㄚ 4. ㄋㄨㄛˊ	1. 那樣。剎那。剎那間。 2. 那能。那門子。 3. 那英。那椿。那宗訓。 4. 那步。那動。有那其居。受福不那。
銚	1. ㄧㄠˊ 2. ㄉㄧㄠˋ 3. ㄊㄧㄠˊ	1. ㄧㄠˊ 2. ㄉㄧㄠˋ 3. ㄊㄧㄠˊ 4. ㄓㄠˋ（限讀）	1. 銚弋。銚期。銚鎒。 2. 銚子。銚銳。 3. 長銚。長銚利兵。 4. 化學元素。
鍭	ㄏㄡˊ	ㄒㄧㄤˋ	鍭鏤。
鉿	ㄏㄜˊ	1. ㄏㄜˊ 2. ㄏㄚ	1. 鉿然。 2. 化學元素。
錍	1. ㄆㄧˋ 2. ㄅㄧˋ	1. ㄆㄧ 2. ㄅㄧˋ	1. 金錍。 2. 梳錍。錍子。 ※「金錍」的「錍」，本讀ㄆㄧˋ，今讀ㄆㄧ。
錯	ㄘㄨㄟ	ㄘㄨㄟˇ	錯錯。

國字	88 年審訂音	建議的新音	詞　　　例
鏑	ㄉㄧˊ	1. ㄉㄧˊ 2. ㄉㄧ	1. 矢鏑。鳴鏑。冒鏑當鋒。 鳴鏑股戰。鋒鏑餘生。 2. 化學元素。
長	1. ㄔㄤˊ 2. ㄓㄤˇ	1. ㄔㄤˊ 2. ㄓㄤˇ 3. ㄓㄤˋ	1. 冗長。長久。長短。專長。 長生果。百無一長。 長生久視。 2. 生長。首長。尊長。靈長目。 長孫無忌。草長鶯飛。 3. 長物。一無長物。 別無長物。身無長物。 家無長物。
閒	1. ㄒㄧㄢˊ 2. ㄐㄧㄢ 3. ㄐㄧㄢˋ	ㄒㄧㄢˊ	氣定神閒。等閒之輩。 等閒視之。閒雲野鶴。
陂	1. ㄆㄧˊ 2. ㄆㄛ	1. ㄆㄧˊ 2. ㄆㄛ	1. 山陂。陂池。陂塘。黃陂。 澤陂。 2. 陂陁。陂陀。偏陂。 無偏無陂。 ※「山陂」的「陂」，本讀 ㄆㄛ，讀ㄆㄧˊ。
陶	1. ㄊㄠˊ 2. ㄧㄠˊ	1. ㄊㄠˊ 2. ㄧㄠˊ	1. 陶冶。薰陶。鬱陶。 陶犬瓦雞。陶然自得。 2. 皋陶。 ※「鬱陶」的「陶」，本讀 ㄧㄠˊ，今讀ㄊㄠˊ。
韄	ㄏㄨㄛˋ	ㄏㄨˋ	外韄。
鐕	ㄢ	ㄢˋ	鐘鼓鐕鐕。

國字	88 年審訂音	建議的新音	詞　　例
頌	1. ㄙㄨㄥˋ 2. ㄖㄨㄥˊ	ㄙㄨㄥˋ	頌揚。歌頌。善頌善禱。 頌聲載道。歌功頌德。 ※「頌禮」和「頌繫」的「頌」，本讀ㄖㄨㄥˊ，今罕用不列。
馮	1. ㄈㄥˊ 2. ㄆㄧㄥˊ	1. ㄈㄥˊ 2. ㄆㄧㄥˊ	1. 馮京。重作馮婦。 馮唐易老。馮諼彈鋏。 2. 馮夷。馮怒。馮恃其眾。 馮虛御風。暴虎馮河。 ※「馮夷」的「馮」，本讀ㄈㄥˊ，今讀ㄆㄧㄥˊ
騎	ㄑㄧˊ	1. ㄑㄧˊ 2. ㄐㄧˋ	1. 騎車。騎馬。騎樓。 2. 輕騎。騎兵。鐵騎。驃騎。 結駟連騎。輕騎過關。 驃騎將軍。
驒	1. ㄊㄨㄛˊ 2. ㄊㄢ	ㄊㄨㄛˊ	驒驒。有驒有駱。 ※將ㄊㄢ併讀為ㄊㄨㄛˊ。「驒驒」的「驒」，本讀ㄊㄢ，今讀ㄊㄨㄛˊ。
髒	ㄗㄤ	1. ㄗㄤ 2. ㄗㄤˇ（限讀）	1. 骯髒（ㄤ ㄗㄤ，汙穢不潔） 2. 骯髒（ㄎㄤˇ ㄗㄤˇ，剛直倔強貌）。
髟	1. ㄅㄧㄠ 2. ㄕㄢ	ㄅㄧㄠ	髟部（二一四部首之一）。
魌	ㄑㄧˊ	ㄐㄧˋ	射魌。魌服。
魟	ㄏㄨㄥ	1. ㄏㄨㄥ 2. ㄍㄨㄥ	1. 魟魚。 2.「魭」之異體字。

國字	88 年審訂音	建議的新音	詞　　　例
鮮	1. ㄒㄧㄢ 2. ㄒㄧㄢˇ	1. ㄒㄧㄢ 2. ㄒㄧㄢˇ	1. 新鮮。數見不鮮。 2. 朝鮮。鮮少。倨傲鮮腆。寡廉鮮恥。 ※「朝鮮」的「鮮」，本讀ㄒㄧㄢ，今讀ㄒㄧㄢˇ。
鷞	ㄕㄨㄤˇ	1. ㄕㄨㄤˇ 2. ㄕㄨㄤ	1. 鷞鳩。 2. 鸘鷞。
鸂	ㄑㄧ	ㄒㄧ	鸂鶒（水鳥名）。
鶳	ㄕ	ㄇㄧˊ	古書上說的一種能吃蛇的鳥。

國家圖書館出版品預行編目資料

審訂音活學活用字典／蔡有秩編著. ——
二版. ——臺北市：五南, 2020.09
面； 公分
ISBN 978-986-522-134-8（精裝）
1.漢語字典
802.3 109009999

1AL3

審訂音活學活用字典

審 訂 者— 孫劍秋（176.3）
編 著 者— 蔡有秩（367.4）
發 行 人— 楊榮川
總 經 理— 楊士清
總 編 輯— 楊秀麗
副總編輯— 黃文瓊
責任編輯— 吳雨潔
封面設計— 姚孝慈
出 版 者— 五南圖書出版股份有限公司
地　　址：106台北市大安區和平東路二段339號4樓
電　　話：(02)2705-5066　　傳　真：(02)2706-6100
網　　址：http://www.wunan.com.tw
電子郵件：wunan@wunan.com.tw
劃撥帳號：01068953
戶　　名：五南圖書出版股份有限公司

法律顧問　林勝安律師事務所　林勝安律師

出版日期　2012年10月初版一刷
　　　　　2020年 9 月二版一刷
定　　價　新臺幣650元